Dear You

L'intégrale

EMILY BLAINE

Dear You

L'intégrale

HARPERCOLLINS FRANCE

83-85, boulevard Vincent-Auriol, 75646 PARIS CEDEX 13.
Service Lectrices — Tél. : 01 45 82 47 47

www.harlequin.fr

ISBN 978-2-2804-2302-1

Table des personnages

Kathleen — Kat — Dillon : Après avoir abandonné sa carrière de journaliste, Kathleen, jeune femme de 25 ans, est devenue concierge de nuit dans un palace new-yorkais, le Peninsula. Romantique et profondément attachée à l'importance du destin dans sa vie, elle espère, un jour, se reconnaître dans une des petites annonces du *New Yorker*. Prenant conscience de la monotonie de son existence et hantée par une annonce qui l'a bouleversée, elle finit par y répondre. C'est également au Peninsula qu'elle rencontre Andrew Blake, puissant magnat de la presse, client de son hôtel, un homme séduisant qui trouble la routine professionnelle de Kat.

Andrew Blake : Client du Peninsula et chef d'entreprise puissant. Magnat de la presse sur la côte Ouest, Andrew Blake est aussi arrogant que riche. Il alimente les rumeurs, attise les convoitises, mais peut se montrer particulièrement fragile quand on s'attaque à ceux qu'il aime.

Lynne Hoffman : Collègue de Kat, en charge de l'événementiel, Lynne est très terre à terre et raisonnable. Trop pour Kat qui lui reproche une vie terne et sans passion. Fiancée à Philip Kingston, elle prépare assidûment son mariage.

Nathan Evans : Bras droit dévoué d'Andrew Blake, Nathan est un charmeur, bourré d'humour. C'est au Peninsula, à l'occasion d'une rencontre fortuite et brutale, qu'il s'éprend de Lynne, collègue de Kat.

Daniel Cooper : Engagé comme barman intérimaire au sein du Peninsula, Daniel se rapproche très vite de Kathleen.

Gregory : Ancien policier, Greg a connu Kathleen quand elle était encore journaliste. Désormais responsable de la sécurité du Peninsula, il agit comme un grand frère avec elle.

Meghan Stanton : Belle, brillante et tout à fait consciente de l'être, Meghan peut sembler, de prime abord, glaciale, voire pédante. Elle se révèle chaleureuse et sensible au charme de Gregory au fur et à mesure de l'évolution de la relation d'Andrew avec Kathleen.

Sam : Collègue de jour de Kathleen, c'est lui qui l'a formée à son poste. Ils sont très amis.

Jim Cooper : Père de Dan.

Jodie : Meilleure amie de Daniel depuis l'enfance. Elle est ravie de la relation qu'entretiennent Kathleen et Daniel, quitte à être intrusive.

Matt et Abby : Collègues d'Andrew. Matt se montre particulièrement désagréable et dubitatif sur la relation d'Andrew avec Kathleen.

Walt Dillon : Père de Kathleen, policier. Eloigné géographiquement, il demeure pourtant très protecteur envers sa fille. Il espère la faire revenir à son métier de journaliste.

Eleanor Blake : Décrite comme étant enthousiaste et pétillante par son mari, Eleanor est décédée dans un accident de voiture, laissant Andrew dans l'incompréhension et le chagrin.

Emily : Assistante d'Andrew Blake.

Nelson : Vendeur de bijoux, représentant de la maison Cartier. Il a ses habitudes au sein de l'hôtel et est surnommé « l'homme qui valait trois milliards ».

Bradley : Ancien amant et collègue de Kat, quand cette dernière était encore journaliste. Mis au courant du sujet sur lequel elle enquête, il est finalement retrouvé mort. C'est son décès qui poussera Kat à changer de métier.

Janet : Belle-sœur d'Andrew, sœur d'Eleanor. Elle a un fils, **David**. Malgré l'accident qui a coûté la vie à Eleanor, Andrew et elle sont restés proches.

Grant : En charge de l'enquête sur les menaces que reçoit Andrew et sur l'hypothèse émise par Kathleen.

LIVRE 1

Chapitre 1

Cinq...

Cinq... C'est le nombre de marches qui séparent le Peninsula du monde réel. Cinq marches de velours rouge, encadrées de deux statues de lion, rugissant leur plaisir de faire partie de l'élite.

Personne n'entre ici par hasard. Chaque main qui pousse l'immense porte tambour le fait pour une vraie raison. La première fois que j'ai franchi ces cinq ridicules et précieuses marches, je n'étais que Kat Dillon, jeune femme au chômage, cherchant à manger autre chose que des légumes en boîte. J'étais désormais Kat Dillon, employée dévouée à nos richissimes clients.

Chaque soir, un peu avant 20 heures, en passant cette porte, j'oubliais mon appartement miteux et sombre, pour plonger dans le luxe du Peninsula, hôtel cinq étoiles sur la Cinquième Avenue, à deux pas de Central Park. J'étais fascinée par ce lieu : les moulures délicates du plafond, l'éclairage tamisé, le silence à peine troublé par quelques notes de piano qui régnait dans le hall.

Un autre monde.

Tout était toujours parfait, huilé, harmonieux. Rien à voir avec le monde réel, un monde de bruit, de drames et de luttes intestines. La réalité n'était pas douloureuse ici. Et quel que soit le problème, vous trouviez une réponse dans le confinement et le raffinement de cet endroit.

Le sapin trônait dans le petit salon, jouxtant l'espace bar. Nous étions à une semaine de Noël et, malgré la bulle dans laquelle je vivais ici, on sentait dans l'air un mélange inédit d'effervescence, de joie et de bonheur anticipés. Cette année, c'était là que je passerais les fêtes. Maman était partie avec Phil en voyage initiatique en Inde. Et papa... Papa vouait une haine féroce à l'encontre des villes de plus de cinq mille habitants. Je griffonnai son visage dans un coin de mon bloc-notes, me souvenant avec tendresse du plissement de ses yeux quand il riait. Papa me manquait.

Un tintement, léger, familier, presque inaudible, me parvint, me donnant instantanément le sourire. Maria avança vers mon pupitre de concierge, le pas énergique et une mine réjouie sur le visage. Ses bracelets fins en argent tintinnabulaient autour de ses poignets frêles. Je l'accueillis avec joie. Voir Maria était une sorte de passerelle vers l'extérieur, une bourrasque fraîche qui vous surprend et que vous appréciez invariablement. Elle déposa mon magazine préféré, tout juste sorti de la presse, devant moi.

— Maria, tu es une fée ! m'exclamai-je en serrant le *New Yorker* contre moi.

— Tu as conscience d'être une espèce en voie de disparition ? demanda mon amie en s'appuyant contre le comptoir en marbre précieux.

— Parfaitement !

Maria était une belle femme de cinquante ans. Ses cheveux poivre et sel et son sourire prévenant lui donnaient un air doux. Je doutais que cette femme ait, un jour, fait le mal autour d'elle. Un sourire bienveillant s'étira sur son visage harmonieux, dévoilant une dentition parfaite. Quoi qu'elle en dise, Maria était séduisante, et pas seulement physiquement. Depuis mon arrivée au Peninsula, Maria était devenue progressivement une mère de substitution. Une maman idéale, sympathique, raisonnable et sur qui on pouvait compter. Tout le contraire de la mienne.

— Les fleurs sont superbes, comme toujours, Maria,

constatai-je en observant le flot de grooms de l'hôtel les emporter dans les différentes parties du hall.

— Merci. As-tu le planning du week-end ? Lynne devait me le faxer hier...

— Hier ? Tu as parlé à Lynne hier ? m'étonnai-je.

— Oui.

— Avant midi, je présume ?

— Dans la matinée, effectivement. Notre reine de l'organisation aurait-elle un problème ?

— Un diamant de trois carats n'est pas un problème dans le monde de Lynne.

Maria rit doucement et secoua la tête, incrédule.

— Les essayages de la robe ? m'interrogea Maria.

— Elle sera superbe ! assurai-je en me remémorant la journée de la veille.

— Tu donnes parfaitement le change ! J'y croirais presque si je ne te connaissais pas. Je ne comprends vraiment pas pourquoi tu n'aimes pas Philip !

— Lynne ne partage pas mon point de vue, dis-je en haussant les épaules.

— J'imagine. Dans le cas contraire, elle n'aurait jamais dit oui.

Je soupirai lourdement. J'avais déjà eu ce débat avec Lynne et tout ce que j'avais su répondre était un charabia inintelligible et passablement obscur sur les âmes sœurs et leur capacité à se reconnaître l'une l'autre.

— Ce n'est pas que je ne l'aime pas. C'est juste que... Il n'y a pas de... chimie, ou de... je ne sais pas. Philip ne lui ressemble tellement pas.

— Elle est amoureuse de lui ! contra Maria. Tu sais, le cœur a ses raisons...

— Je sais, je sais. Je dis juste que si elle était sûre d'elle et de sa relation avec lui elle n'aurait pas demandé un délai pour répondre à sa demande en mariage.

— Lynne est du genre... très organisée. La connaissant, elle a dû faire une liste des pour et des contre.

— Elle est angoissée de finir sa vie toute seule et a

dit oui sans se concentrer sur l'essentiel, affirmai-je un peu durement.

Lynne menait sa vie amoureuse de la même façon que sa vie professionnelle. Tout devait être carré, organisé, millimétré. Il n'y avait pas de place pour la fantaisie, la chance, ou le destin.

Maria roula des yeux et pointa du doigt le magazine que je serrais toujours contre moi.

— Cette chose-là ne vend que du fantasme, Kat.

— Il s'agit de destin, rectifiai-je en agitant nerveusement des papiers devant moi.

— Nous sommes au XXIe siècle, Kat. Plus personne ne lit ces annonces, tout le monde a un profil Facebook.

— Tu es en train de me vendre un monde virtuel, quand je peux toucher ça? demandai-je en brandissant le magazine devant moi.

— J'abandonne.

— Maria, tu es la première à croire qu'un homme est là quelque part à t'attendre.

— Certes, et c'est pour ça que je n'attends pas que le destin toque à ma porte, je vais à sa rencontre. Je sors, je vis... Depuis combien de temps n'es-tu pas allée au cinéma?

— J'y suis allée la semaine dernière!

— Je voulais dire, accompagnée.

— Oh...

Pour toute réponse, je haussai les épaules. Maria soupira et je signai le bon de livraison qu'elle me tendit.

Maria nous fournissait en fleurs, pour tous nos événements et pour la décoration de l'ensemble des chambres et du palace, depuis un peu moins de vingt ans. Elle faisait un peu partie des murs et connaissait chaque recoin de cet hôtel mieux que le directeur lui-même.

Je glissai le *New Yorker* dans ma bannette personnelle, cachée par le rebord du comptoir, et consultai le listing des réservations de salle.

— Une conférence de presse ce soir, et deux mariages samedi, annonçai-je à Maria.

— Et pour les suites ?

— La Peninsula Suite est réservée. Je vais demander à Lynne de te faire un fax de confirmation.

— Sans problème. Je dois filer. J'ai confié la boutique à Irina, et elle est capable d'y mettre le feu. Je livrerai les fleurs pour la conférence en milieu d'après-midi !

Elle s'éloigna avec un sourire sur le visage. Elle salua deux grooms et disparut dans l'immense porte tambour. Je jetai un œil à ma montre. Mon service se terminait dans une heure.

Travailler de nuit n'était pas mon choix. Mais j'y avais très vite pris goût. Non seulement j'arrivais à profiter d'une partie de mes journées mais, en plus, les demandes des clients étaient nettement plus faisables et abordables à 2 heures du matin qu'en plein milieu de l'après-midi. Le Peninsula était un palace luxueux, sur l'avenue la plus luxueuse du monde. Les boutiques haut de gamme qui jouxtaient l'hôtel y drainaient une clientèle aisée et habituée à voir se réaliser le moindre de leur désir dans la minute.

Des fraises en novembre ? Aucun problème.

Du champagne à 8 heures du matin ? C'est comme si c'était fait.

Une suite préparée à la perfection pour une demande en mariage ? Avec plaisir.

Voilà de quoi était remplie ma vie. Le mot « non » ne faisait pas partie de mon vocabulaire. Au pire, je devais me contenter d'un « Je vais faire de mon mieux, monsieur ». Vivre dans le luxe sans vraiment en profiter. J'étais la petite spectatrice de leur monde parfait et harmonieux. Comme si, devant mon pupitre, il y avait une vitre invisible m'empêchant d'y participer.

— Bonjour, Kat. Comment a été la nuit ? me demanda le directeur de l'hôtel.

— Bonjour, monsieur Perkins. Nuit très calme, répondis-je en lui tendant le cahier de transmission.

Il le parcourut rapidement, faisant glisser son doigt sur ma petite écriture.

— La période des fêtes est toujours plus creuse. Qui vous remplace pendant vos congés ? demanda mon supérieur.

— Je ne prends pas de congés, monsieur.

— Oh… Bien, dit-il en relevant les yeux vers moi. Avant de partir, pouvez-vous vérifier la Peninsula Suite ? Je veux qu'elle soit parfaite.

— Bien, monsieur.

Il se dirigea vers l'un des salons du hall et passa en revue la propreté des lieux. J'attrapai mon téléphone portable, celui dédié à mes missions professionnelles, et enfilai ma veste. Machinalement, je vérifiai que mon badge était correctement maintenu sur le côté gauche.

Mon passe-partout électronique à la main, je me dirigeai vers les ascenseurs centraux. Je fus interceptée par Joe. Visiblement, quelqu'un m'en voulait là-haut.

— Oui, Joe ! m'exaspérai-je en regardant ma montre. Je finis mon service dans peu de temps, et M. Perkins m'a missionnée pour la Peninsula Suite. Fais vite !

— Angela est malade et Kim est bloquée dans le métro.

— Je vais appeler Angela, dis-je en dégainant mon portable. Concernant Kim, tu me l'expédies dès qu'elle arrive.

L'ascenseur s'ouvrit dans un petit « ding », et je grimpai vivement à l'intérieur. Je retrouvai le numéro d'Angela dans mon répertoire. Les étages s'égrenaient rapidement pendant que la sonnerie résonnait.

— Allôoooo ? fit une voix traînante et faible.

— Angie ?

— Kat ? Je… je… je suis malade, souffla-t-elle avant de partir dans une violente quinte de toux.

— J'entends ça, dis-je en écartant l'appareil de mon oreille. Tu seras là demain ?

— Aucune idée. Je t'appelle ce soir.

— Je vais modifier le planning. Pourquoi as-tu appelé Joe ? m'enquis-je alors que je parvenais au dix-neuvième étage.

— Steven a téléphoné à Joe.

— Dis à Steven d'éviter de donner à ce cher Joe des excuses pour venir me parler !

Elle éclata de rire, et sa respiration sifflante me parvint. Son rire se transforma en toux et je grimaçai. Il y avait peu de chances qu'Angela soit là pour la conférence de presse et les deux mariages. J'allais devoir prendre un extra.

Je glissai le passe dans la porte unique de cet étage. Cette suite était la plus grande et la plus luxueuse de l'hôtel. Y passer une nuit revenait à liquider la moitié de mon salaire annuel. Encore une partie inaccessible du rêve. Je retirai mes chaussures pour m'assurer de ne pas ravager le travail des femmes de ménage, et pénétrai dans l'entrée. Les journaux étaient disposés en éventail sur un guéridon.

Dans la salle à manger, la table était brillante, lustrée, et le couvert avait été mis pour six. Je vérifiai les poussières sur les meubles en y passant le bout de l'index. Le bureau était rangé et la moquette immaculée. Le salon avait été fleuri ce matin. Par acquit de conscience, je regonflai les assises et les coussins. J'inspectai en dernier lieu la chambre, dans les tons écrus et dorés, et finis par la salle de bains.

Les peignoirs manquaient, tout comme le gel douche et le shampooing estampillés au logo de l'hôtel. Le balcon n'avait pas été déneigé. Cela dit, je doutais qu'il soit utilisé dans les prochains jours vu les températures sibériennes qui régnaient sur New York.

Comme à mon habitude, pour cette suite, je laissais un mot de bienvenue replié sur la table basse du salon. C'était une façon discrète de faire savoir aux clients richissimes qui réservaient cette suite que nous leur étions dévoués. Je signai de mon prénom professionnel : Kathleen.

Je ressortis de la suite, jetant de nouveau un œil sur ma montre. Encore quinze minutes... Je redescendis dans le hall. Kim boutonnait à la va-vite son chemisier bleu ciel. Je fonçai sur elle, déterminée à expédier ce dernier problème.

— Mademoiselle, je suis désolée... La neige ralentit toute la circulation.

— Même le métro ? ironisai-je.

Elle eut le mérite de se taire et de baisser la tête, légèrement honteuse de se faire prendre en flagrant délit de mensonge.

— Vous allez finir la Peninsula Suite. Il manque les peignoirs et les produits. Et trouvez une âme charitable pour déneiger le balcon.

— D'accord.

— Quand vous aurez fini, vous irez voir Lynne. Je pense que vous serez chargée de la conférence de presse. Je veux que ce soit impeccable.

— Bien.

Je compulsai l'agenda de réservation des salles, déchiffrant les annotations de Lynne. Elle gérait la partie événementielle de l'hôtel : les réservations de salle, que ce soit pour un mariage, un congrès médical ou un anniversaire, passaient par elle. Autant je me chargeais des demandes instantanées et parfois étranges des clients, autant Lynne listait, cataloguait et classait tous leurs desiderata au moment des réservations.

— « Blake Medias », lus-je sur le carnet.

— Wow ! s'exclama Kim près de moi.

Je l'ignorai et glissai mon doigt sur la ligne horizontale, espérant avoir plus de détails. Mais la ligne était vierge. Lynne devait sûrement avoir un dossier épais et détaillé sur ce client pour qu'elle se dispense de commentaires sur l'agenda.

— De toute façon, je suis de service la nuit prochaine, donc je jetterai un œil à votre travail.

— Bien, mademoiselle.

— Allez-y... Et commencez par la Peninsula Suite, ajoutai-je en rangeant l'agenda.

Elle fit deux pas en arrière et s'éclipsa discrètement. Je n'avais pas eu le temps de former les équipes de femmes de chambre. J'avais la chance de pouvoir donner mon avis sur leur recrutement et sur celui des grooms de l'hôtel. Malheureusement, Kim avait été embauchée une semaine avant moi et je devais désormais composer avec sa mythomanie habituelle et bien trop fréquente.

Je soupirai en regardant ma montre. Sam devait me relever pour que je puisse rentrer chez moi. J'avais une confiance aveugle en lui. Il tenait son rôle de concierge à la perfection et il m'avait formée à mon arrivée ici.

— Cappuccino avec un supplément crème pour mademoiselle, l'entendis-je annoncer derrière moi.

— Et pour toi, j'imagine que c'est ton double expresso habituel?

— Triple ce matin! Mon fils est malade, j'ai passé une partie de la nuit à le bercer! me répondit-il en me tendant le gobelet brûlant.

— Rien de grave, j'espère?

— On a réussi à dégoter un rendez-vous en urgence chez le pédiatre.

Nous prîmes une gorgée de nos boissons et je lui tendis le cahier de transmission.

— Nuit calme, comme tu peux le voir.

— Ils sont tous dans la frénésie des fêtes, observa Sam en lisant le cahier.

— J'ai expédié Kim faire la Peninsula Suite, tu pourras revérifier avant midi?

— Sans faute.

— Et ensuite, elle doit s'occuper de la première salle pour la conférence de presse de ce soir. Il faut refaire un point avec Lynne, car il n'y a pas de détails. Maria livre dans l'après-midi. Angie est malade, il va falloir revoir le planning pour ce week-end.

— Merde! Tu as demandé un extra?

— Pas eu le temps. Peux-tu t'en charger? demandai-je avec un sourire.

— Tu n'as aucune pitié pour un pauvre père de famille épuisé?

— Désolée! m'excusai-je. Ça va aller?

Il reprit de son café et, après une grimace, il fit un mouvement de menton m'autorisant silencieusement à partir. Je lui souris et lui tendis le téléphone portable et le passe-partout. Je le saluai et quittai mon poste, rêvassant vaguement à l'idée de retrouver mon lit et de plonger dans le sommeil pour les prochaines heures.

— Kat ? m'interpella Sam alors que j'allais accéder au petit couloir menant aux vestiaires.

Je me tournai vers lui et le vis en train d'agiter mon magazine en roulant des yeux. Je rougis violemment, connaissant l'avis de Sam sur mon incroyable addiction.

— Pas de commentaires, sifflai-je en le lui arrachant des mains.

— Tu connais ce truc appelé « probabilité » ? Ouvre les yeux, Kat. Tu as plus de chance de trouver l'homme de tes rêves ici que là-dedans, dit-il avec douceur en désignant le magazine.

— Ici ? Ici, je suis transparente, Sam. Juste un objet, au mieux un être vivant qui ne respire que pour faire de leur vie idéale une vie encore plus parfaite.

— Tu te trompes... Gratte le vernis, tu verras qu'ils ne sont pas tous si heureux que ça !

Je haussai les épaules, comme chaque fois que je ne savais pas quoi répondre à un commentaire. Je voulais bien admettre que j'étais un peu folle d'y croire. Je voulais bien admettre que je me voilais la face.

Mais j'y croyais. Je voyais l'espoir, le bonheur, le désir dans toutes ces annonces. Toutes ces choses avec lesquelles je n'étais pas familière.

Et inconsciemment, je devais me l'avouer, j'espérais me reconnaître dans une de ces annonces. Je voulais être la belle inconnue de quelqu'un, ou la jolie brunette endormie au petit matin... Ou la femme qui lisait le *New Yorker*, inconsciente d'être dévorée du regard par un homme. Je voulais être désirée, cherchée, convoitée.

Je voulais une histoire, pas un simple flirt ou une relation adulte et raisonnée. Je voulais un homme qui me ferait toucher les étoiles et qui me comprendrait d'un simple regard.

Je quittai l'hôtel dix minutes plus tard, armée de mes

mitaines grises et de mon reste de cappuccino. Le trajet jusqu'à la bouche de métro me parut interminable. L'air était vif, et je dus me montrer extrêmement prudente pour éviter les plaques de verglas persistantes. Je finis ma boisson en attendant ma rame.

Dans le métro qui roulait dans un vacarme infernal, je calai ma tête contre une vitre, les yeux mi-clos. Les stations défilèrent une à une et je fis un dernier effort en voyant mon arrêt.

Après dix nouvelles minutes de marche sur la neige, j'arrivai enfin chez moi. Mon appartement était loin du luxe du Peninsula. A vrai dire, le seul luxe que je pouvais m'offrir était un étage élevé pour profiter de la lumière du jour. Je posai mon sac au sol, retirai mon épais manteau en laine grise et me dirigeai jusqu'à ma chambre minuscule. Après avoir enfilé un bas de jogging et un T-shirt, je tombai dans le sommeil.

Quand je rouvris les yeux, il était presque 15 heures et mon ventre gargouillait. Les cheveux emmêlés et le corps encore engourdi, je me levai et allai jusqu'à ma toute petite cuisine, composée d'un réfrigérateur, d'une plaque de cuisson et d'un mini plan de travail.

Alors que mes œufs cuisaient, mon portable sonna et la voix joyeuse de Lynne me parvint.

— Bonjour, Lynne !

— Kat ! Dieu merci, tu es réveillée !

— A peine, murmurai-je, la voix encore rauque.

— Peux-tu venir une heure plus tôt ce soir ?

— L'esclavagisme ne fait pas partie de la charte de qualité du Peninsula ! raillai-je.

— Il faut que tu sois là ! J'ai cette maudite conférence de presse à régler, Angie est malade... Et... Il faut que tu viennes !

— Sinon quoi ?

— Tu auras ma mort sur la conscience. J'ai besoin de toi pour tout finaliser, Kim a réussi à saccager la table où étaient disposées les flûtes à champagne, et... S'il te plaît, Kat ! gémit-elle avec une voix traînante.

— J'ai un millier de...

J'entendis un soupir, et imitai mon amie.

— Bien... Si tu veux. Je serai là à 19 heures.

— Génial ! piailla-t-elle. La conférence commence à 18 heures, mais je veux juste que tu t'assures que l'équipe de Blake Medias soit bichonnée.

— Nouveau client ?

— Nouveau... Et riche.

— La Peninsula Suite est pour eux alors ? demandai-je en versant mes œufs dans une assiette.

— Surtout pour lui.

— Pourquoi le ton de ta voix ne me rassure-t-il pas ? m'enquis-je en portant mon repas dans le salon.

— Son assistante est une garce. Une bonne partie de jambes en l'air la détendrait sûrement !

— Lynne ! m'offusquai-je.

— Ce n'est que mon avis ! Je dois te laisser, je dois refaire un point téléphonique avec l'avocat de Blake.

— A plus tard, Lili.

Au fil du temps, Lynne était devenue plus qu'une simple collègue. Vu mes horaires, nous ne travaillions que rarement ensemble, mais notre collaboration était agréable et nous étions devenues amies lors d'une semaine où je travaillais exceptionnellement de jour.

C'est en septembre, alors qu'elle revenait de vacances des Caraïbes, qu'elle m'avait appris que Philip l'avait demandée en mariage. J'avais plutôt mal encaissé cette nouvelle. J'avais passé un peu de temps avec son futur mari. Sous l'apparence heureuse de leur couple, et malgré leurs marques d'affection continuelles, je ne parvenais pas à les assimiler à l'image que je me faisais du bonheur.

A 17 h 30, je filai sous la douche et entrepris mes corvées habituelles : séchage et lissage de ma chevelure indomptable. L'expérience aidant, je mis un temps record à être prête et quittai l'appartement en m'assurant d'avoir mon téléphone.

Le froid de ce matin avait laissé place au redoux. La neige fondait et je pus marcher à une cadence normale.

Après mon trajet en métro, j'atteignis l'hôtel, saluai rapidement Sam et me changeai.

Mon uniforme — tailleur jupe — ne m'avait jamais emballée. Mais le pire restait encore les talons. Pas très hauts, certes, mais suffisants pour anéantir un éventuel excès de confiance en moi.

A 19 heures tapantes, j'entrai dans la salle de conférences et cherchai Lynne du regard. Cette dernière briefait les serveurs et les barmans. Elle prit le temps de me faire un signe de la main et je repassai en mode professionnel.

J'avais très vite pris l'habitude de faire abstraction de l'événement pour me consacrer à mes missions. Quand j'enfilais ma tenue, j'enfilais aussi un masque. Je n'étais plus Kat, mais Kathleen, la femme chargée de réaliser le moindre de vos caprices.

Rien ne devait me toucher, ou m'émouvoir. Sam m'avait rapidement conseillé de faire comme lui : se construire une carapace inébranlable. Nous n'étions que des pions dans un monde où l'apparence prévalait sur tout.

— Excusez-moi, mademoiselle, m'interrompit une voix masculine alors que j'inspectai une table.

— Monsieur ?

— Pouvez-vous vous assurer que le champagne soit servi dans dix minutes ? demanda-t-il.

Son regard gris acier me fixait intensément. Il passa une main dans ses cheveux et je devinai un voile de fatigue sur son visage. Il dénoua légèrement sa cravate et passa un doigt dans l'encolure pour l'écarter.

— Bien sûr, monsieur. Autre chose pour vous être agréable ?

— J'ai besoin d'un taxi dans trente minutes.

— Souhaitez-vous que notre personnel vous conduise quelque part ? Nous pouvons mettre un de nos chauffeurs à votre disposition.

— Oh... Evidemment, le luxe a ses avantages, marmonna-t-il en secouant la tête.

Je lui fis un sourire entendu. Il ne devait pas avoir l'habitude de ce genre d'attentions. Je retrouvai ses yeux où brillait une pointe d'amusement. Non seulement il n'avait pas l'habitude mais, visiblement, cela le laissait dubitatif.

— J'ai besoin de prendre un avion.

— Je vais demander qu'on vous conduise à l'aéroport. Avez-vous des bagages ?

— Je m'en occuperai. M. Blake prendra un vol demain matin, pouvez-vous faire le nécessaire ?

— Sans problème, monsieur.

Ses yeux s'illuminèrent et il hocha la tête avant de s'éclipser. Je finis mon inspection, puis me concentrai sur la fin de la conférence.

— Il s'agira d'un magazine masculin, tourné en priorité vers la tranche trente-quarante ans. Nous y aborderons la vie new-yorkaise, ainsi que des sujets d'actualité sous forme de reportages d'investigation.

Je regardai l'homme qui expliquait le contenu de ce magazine. Il semblait à l'aise, souriant aussi. Son regard naviguait sur la foule de journalistes et de photographes face à lui, ne s'arrêtant jamais sur quelqu'un en particulier. Il ne devait pas avoir plus de trente ans, et son sourire était éblouissant. Le haut de sa chemise légèrement ouvert laissait apparaître la pilosité de son torse, son cou et le dessin carré de ses épaules. Les spots au-dessus de l'estrade et le crépitement des flashs ne me permirent pas de deviner la couleur de ses yeux, mais je remarquai qu'il écoutait les questions avec attention, calant son menton dans le creux de sa main.

— Andrew Blake, m'annonça Lynne en se positionnant près de moi. Plutôt pas mal, non ?

— Il est... Oui... En effet, marmonnai-je en poursuivant l'étude de son visage. Il faut prévoir un chauffeur pour un type de son équipe.

— Je vais m'en occuper, affirma ma collègue en notant la prestation sur son bloc-notes. J'ai passé la journée dans cette salle, j'ai hâte que cela se termine.

— Encore quelques minutes. A ce propos, il faut remplir les coupes !

Lynne fit un signe de la main à l'un des serveurs et,

aussitôt, celui-ci ouvrit une des bouteilles et commença à en vider le contenu. Je repris ma contemplation, souriant largement en entendant le rire de Blake résonner dans la salle.

— Si ça marche, il reviendra ici régulièrement, reprit Lynne.

Mon cœur fit un petit bond dans ma cage thoracique. Revenir ici ? Donc, je le croiserais ? Ma concentration professionnelle allait être mise à rude épreuve... La plupart des clients du Peninsula avaient l'âge de mon père, mais lui... C'était un peu comme s'il avait appuyé sur le bouton « Fantasmes autorisés » dès que mon regard s'était posé sur lui.

— Je m'assurerai qu'il soit pleinement satisfait de son séjour ici, Lili.

Elle arqua un sourcil et un sourire étrange flotta sur ses lèvres.

— C'est ton cerveau ou tes hormones qui parlent ?

— Mon cerveau, Lynne ! répliquai-je un peu trop vite.

— Il est séduisant... C'est tout ce que je dis. N'importe quelle femme...

— Pitié, Lynne, on parle d'un client !

— Et moi je te parle de sexe... Tu sais, ce truc un peu débridé qui devrait être ton activité principale à ton âge.

— Je bosse la nuit !

— Qui a dit que c'était uniquement nocturne ? plaisanta-t-elle en serrant son bloc-notes contre elle. Je vais finir par te présenter un des collègues de Philip !

J'ouvris la bouche pour répliquer, mais le brouhaha des applaudissements m'en empêcha. Le sourire de Lynne parlait pour elle : elle avait gagné cette manche.

Chapitre 2

Trouver un homme s'apparentait pour moi à trouver une aiguille dans une meule de foin... Une meule de foin de la taille du pays ! Ça n'était pas faute d'avoir essayé mais, la plupart du temps, je tombais dans le gouffre profond creusé entre ce que je désirais ardemment et ce que j'obtenais difficilement. La plupart de mes histoires s'étaient terminées de façon plutôt lamentable.

— Je vais faire le nécessaire pour le chauffeur, annonça Lynne alors que la foule des journalistes et des photographes se dispersait pour mieux se retrouver autour des tables à champagne.

— Bien. J'attends ton retour et j'irai relever Sam ensuite, répondis-je en regardant ma montre.

— Sans problème. Merci de ton aide ! conclut-elle en me faisant un sourire. Oh, et respire, Blake est à moins de cinq mètres de toi !

Je roulai des yeux et, la seconde suivante, je balayai la salle pour le trouver. L'homme aux yeux gris, qui m'avait parlé quelques minutes auparavant, disparut par une porte adjacente. J'eus tout juste le temps de le voir retirer définitivement sa cravate.

Je reculai un peu, m'éloignant des convives. Mon rôle était juste de m'assurer que tout se passait bien. J'étais, là encore, une spectatrice invisible de leur monde. Je regardais, sans vraiment voir. De petits groupes se formaient, parlant sûrement de ce qu'ils venaient d'apprendre. Au loin, les visuels géants reprenaient le titre du magazine — *Powerfull* — surmonté du logo de Blake Medias.

— Mademoiselle Hoffman, je présume ? s'enquit une voix au timbre grave.

— Monsieur Blake... Je... euh... Non... Mlle Hoffman s'est absentée pour finaliser certains détails de votre... séjour, bafouillai-je en rougissant.

Je baissai les yeux et vis que sa main retombait. Merde ! Je venais de snober Andrew Blake, qui était non seulement un client de l'hôtel, mais aussi l'homme le plus... superbe — et encore le mot est faible — que le destin ait bien voulu mettre sur mon chemin.

Je pris trois secondes pour recomposer mon visage professionnel, optant pour le détachement total. Mais à la seconde où je croisais son étincelant regard vert, je réalisai que c'était un peu comme tenter l'apnée profonde sans même savoir nager : un échec cuisant et humiliant.

Je rougis de nouveau, espérant que mes neurones allaient se mettre en mode survie.

— Souhaitez-vous que je transmette un message à Mlle Hoffman ?

Une femme blonde, sublime, lui tendit une coupe de champagne. Il la remercia et je réalisai que je me dandinais d'un pied sur l'autre. Je m'ordonnai de cesser et plaçai mes mains derrière moi, me triturant les doigts. Dieu du ciel, mais était-ce possible que mon estomac fasse des sauts périlleux ? C'était sûrement lié à l'électricité crépitante qui parcourait mon corps.

La jeune femme se pencha légèrement et mon vis-à-vis lui parla à l'oreille. Dans ce mouvement, je remarquai sa main, négligemment posée dans le bas de son dos. Elle lui parla à son tour, et il opina, portant son verre à ses lèvres. La jeune femme blonde lui fit un dernier sourire et le quitta sans même un regard pour moi.

— Excusez-moi, vous disiez ? reprit-il en se penchant vers moi.

— Un message pour Mlle Hoffman ? suggérai-je en

tentant de trouver une partie de son corps que je pouvais regarder sans rougir.

Il était grand, élancé, et son pantalon de costume noir révélait la finesse de ses jambes. Je relevai les yeux vers son visage et observai ses mâchoires se serrer. De nouveau, il porta son verre à ses lèvres et son front se plissa de réflexion. Mon regard accrocha ses mains, douces, fines, élégantes et sources d'images obscènes. Je n'avais jamais songé à être réincarnée en flûte à champagne, et pourtant cela me semblait tellement évident maintenant.

Mais brutalement, mon film à fantasmes s'arrêta. Il portait un anneau doré à l'annulaire. Ce type était marié. Sûrement avec cette blonde plantureuse, et depuis son plus jeune âge, histoire d'éviter une mésalliance néfaste pour la descendance Blake.

Ce simple détail eut le mérite de me faire redescendre sur Terre.

— Dites-lui qu'elle a fait un très bon travail, déclara-t-il finalement.

— Je lui transmettrai, monsieur.

Il me lança un dernier regard, mélange d'autorité et de scepticisme, et partit en direction d'un petit groupe derrière lui. La blonde magnifique en faisait partie. On ne pouvait pas dire que j'avais fait la meilleure des impressions.

— Tu peux filer! chuchota Lynne à mon oreille.

— Super, soufflai-je, soulagée. M. Blake te remercie de ton travail.

— Tu lui as parlé? s'étonna-t-elle.

— Il m'a prise pour toi.

Je limitai le récit de ma rencontre aux choses avouables, évacuant le fait que j'avais loupé sa poignée de main et que j'avais comme un trou dans l'estomac depuis que j'avais remarqué son alliance. Je sortis de la salle quelques minutes plus tard, rejoignant le hall et Sam. Il me fit les transmissions avec sa célérité habituelle, tandis que je compulsais le cahier.

— J'ai demandé à Kim de nettoyer la piscine dans

l'après-midi, tu pourras aller vérifier ? Blake l'a privatisée pour ce soir.

— Je ne veux même pas savoir ce qu'il veut en faire !

Sam me fit un sourire entendu et quitta le poste quelques minutes plus tard. La nuit promettait d'être calme. Généralement, l'hôtel s'agitait aux alentours de 2 heures du matin. Les noctambules invétérés croisaient ceux qu'ils considéraient comme des couche-tôt. Je glissai le portable dans ma poche et affichai la petite pancarte indiquant mon retour dans quelques minutes.

Je récupérai le *New Yorker* au fond de mon vestiaire, le glissai dans ma bannette puis me dirigeai vers le bar. Ce n'est qu'en voyant un homme plutôt grand et tout en muscles que je me souvins qu'Angela était clouée au lit. Il essuyait des verres, le regard fixé sur un point du bar.

— Bonsoir, je suis Kat. La concierge de nuit, précisai-je en tendant ma main vers lui.

— Daniel Cooper. Le remplaçant, ajouta-t-il avec un sourire lumineux en me prenant la main.

— Bienvenue au Peninsula. Peux-tu me faire un thé, s'il te plaît ?

— Je te l'amène.

— Parfait, merci !

Je retournai à mon poste et vis les premiers journalistes participant à la conférence de presse franchir la porte tambour. Je les saluai un à un, avec un sourire poli. Daniel m'apporta mon thé et repartit aussitôt en direction du bar. Il était seul à servir, et même s'il n'y avait pas foule, on ne faisait jamais attendre un client. Je m'installai dans le fauteuil et ouvris mon magazine. Je feuilletai rapidement les premières pages, préférant me consacrer à mon moment favori de la semaine : la découverte des annonces.

Ces annonces étaient une version moderne des bouteilles à la mer. Vous croisiez quelqu'un dans la rue, vous sentiez une alchimie mais, trop tard, cette personne avait déjà disparu. Et vous passiez une annonce dans l'espoir ténu qu'on vous reconnaisse.

Mon espoir à moi était de ME reconnaître dans l'une d'entre elles. D'être l'inconnue à l'écharpe rouge vif, ou la fille qui était descendue à hauteur de la 46e Rue, près de Broadway. *A contrario* de ma vie au Peninsula, j'avais la sensation que ce rêve-là pouvait être accessible.

Jeudi 2 décembre,

Belle brune au regard mélancolique, Grand Central, ligne 5. Tu as des larmes dans les yeux et tu joues nerveusement avec ton téléphone. Tu disparais dans la foule à l'arrêt 125e Rue. Veux te revoir et te consoler. Annonce BR4590.

Vendredi 3 décembre,

Beauté asiatique, Classon Av., ligne G. Des regards et des sourires échangés, mais je n'ai pas eu le courage de t'aborder. Ton visage hante mes nuits et envoûte mes journées. Peut-être le début d'une histoire ? Annonce BR4367.

Je sirotai mon thé en rêvassant à ces rencontres fortuites et pourtant tellement puissantes. Le hasard vous met sur le chemin de quelqu'un. Souvent, il manque juste le courage ou l'envie de le voir. Un nouveau flot de journalistes quitta la salle de conférences. Lynne suivait, me faisant un petit signe avant de rejoindre son bureau.

Mercredi 1er décembre

Starbucks, Rockfeller Center. Cappuccino pour toi, Grand Latte pour moi. Quelques regards échangés, ta main a touché la mienne. Tu portais un bonnet en laine rouge. T'offrir un cappuccino ? Annonce BR2387.

— Je rentre, Kat ! me surprit Lynne.

Je refermai vivement le magazine, mais pas assez vite pour l'œil acéré de mon amie.

— Ne me dis pas que tu lis encore ces bêtises ?

— Lynne ! gémis-je.

— Tu es incroyable ! Tu vis dans un autre monde, Kat !

Je pris mon thé et en bus un peu. Je voulais éviter cette énième conversation avec Lynne. Elle ne me comprenait pas. Ces annonces étaient encore la seule chose qui me prouvait que les âmes sœurs existaient et se reconnaissaient.

— Il reste encore du monde dans la salle ? l'interrogeai-je.

— Quelques photographes et l'équipe de Blake.

— Merde, le chauffeur pour demain ! m'exclamai-je en me souvenant subitement de mon entretien avec l'homme aux yeux gris.

Lynne roula des yeux et pointa le magazine devant moi.

— La réalité, Kat... La réalité !

Je grognai pour la forme, consciente que Lynne se moquait ouvertement de mon addiction. Pendant que je consultais le dossier au nom de Blake pour trouver l'horaire de son vol, une nouvelle vague de journalistes quitta l'hôtel. Je devinai la silhouette d'Andrew Blake, longiligne et élégante. Son bras enroulé autour de la taille de sa femme, il riait en serrant des mains. Son vol était à 9 heures, je décidai de lui réserver un chauffeur dès 6 heures. Je croisai furtivement son regard avant qu'il ne reporte son attention sur la blonde à son côté. Malgré moi, je sentis mon cœur s'emballer pendant que je fixais sa nuque et sa chevelure indisciplinée. Passer une main dans ses cheveux ne devait pas être désagréable.

Je secouai la tête, cherchant à limiter le flot de fantasmes que cet homme éveillait en moi. Scruter le moindre de ses mouvements pouvait sûrement s'apparenter à du harcèlement... ou à du masochisme. Je n'arrivais pas à comprendre la réaction de mon corps. Cet homme était marié et mon cerveau aurait dû avoir le pas sur mon organisme perturbé. Au lieu de ça, j'étais inexorablement attirée par lui, par son corps, par ses gestes gracieux, alors que je ne lui avais parlé que deux minutes.

Enfin, si on pouvait appeler ça une discussion. Une véritable idiote!

Je tentai de baisser les yeux et de trouver un semblant d'occupation. Compulser l'agenda, vérifier les réservations, trier les bons de livraison, recharger de papier la photocopieuse cachée sous le meuble... Mais j'avais du mal à coordonner mes mouvements ; dès que je faisais face au hall, mon regard se relevait de lui-même vers Andrew Blake.

Et ce fut pire quand je le vis relâcher la femme près de lui et se diriger vers moi. Mes mains se mirent à trembler et ma gorge se serra douloureusement. Je tentai de respirer calmement et de reprendre le contrôle. J'accrochai le meuble devant moi et, debout face à lui, je plaquai un sourire ultra-professionnel sur mes lèvres.

— Oh... bonsoir, fit-il en me reconnaissant.

— Monsieur Blake. Que puis-je pour vous?

— Je vais aller nager. Pouvez-vous faire en sorte qu'un dîner me soit servi... disons dans une heure dans ma suite?

— Sans problème, monsieur.

— Et une bouteille de vin! Du blanc.

— Bien, monsieur.

Il me fit un sourire et sortit son téléphone de sa poche. De nouveau, je fixai son alliance brillante et lisse. Je pris des notes sur un carnet, prête à exécuter la moindre de ses demandes, aussi exubérantes puissent-elles être. J'étais déterminée à garder une attitude professionnelle, espérant que la carapace ne se fissure pas la seconde suivante.

— Je dois faire livrer des fleurs à San Francisco, reprit-il en fronçant les sourcils.

— Je peux vous recommander notre fleuriste habituelle.

— Je ne veux pas d'un bouquet standard. C'est une occasion particulière.

— Pour quand vous faut-il ces fleurs? repris-je en ne relevant pas son ton désagréable.

— Demain midi, à San Francisco. Et je veux une discrétion absolue, ajouta-t-il en posant son téléphone.

— Nous travaillons toujours dans la confidentialité la plus totale, monsieur Blake.

Derrière lui, le petit groupe auquel il parlait précédemment se décomposait. Les journalistes quittaient le hall. La jeune femme blonde jeta un dernier regard vers nous et entra dans l'ascenseur. J'attrapai la carte de visite de Maria et la glissai entre les mains de Blake.

— Je suis certaine que Maria saura répondre à votre demande.

Il prit la carte et consulta de nouveau son téléphone. Il secoua la tête, claquant sa langue d'agacement. Je remis une mèche de cheveux rebelle derrière mon oreille et reposai mes mains sur le meuble nous séparant. Ma nervosité reprenait le dessus. Ce silence tendu m'embarrassait, mais je devais attendre qu'il parte. Le client choisissait toujours quand la conversation était terminée. Ses doigts s'agitèrent sur l'appareil et il soupira lourdement. Pour la première fois de la soirée, je remarquai les traces de fatigue sous ses yeux.

— Vous travaillez toujours de nuit ? demanda-t-il subitement, les yeux rivés à son écran.

— Euh... oui.

— Depuis longtemps ?

— Trois... ans.

Je virai couleur coquelicot, me pinçant fortement les lèvres. Finalement, il releva la tête vers moi et un léger sourire moqueur apparut sur son visage.

— Ça faisait longtemps..., dit-il.

Je ne répondis pas, peu envieuse de m'enfoncer dans cette conversation intime et embarrassante.

— Ne soyez pas si nerveuse, dit-il avec prévenance en posant sa main sur la mienne.

Pétrifiée, je n'osai plus bouger. Je me liquéfiai quand son regard se verrouilla au mien. Son sourire s'effaça et un muscle dans sa mâchoire tressauta. L'électricité que j'avais ressentie en le regardant dans la salle n'était rien par rapport à celle qui m'habitait maintenant. L'ensemble de mon corps était en éruption, l'adrénaline, le désir et une pointe de culpabilité parcouraient mes veines, comprimant mon bas-ventre dans une chaude douleur. Il libéra ma main, et je respirai de nouveau.

— Je vous souhaite une bonne nuit.

— Merci, articulai-je avec difficulté. Vous aussi.

Il leva un sourcil, conscient, tout comme moi, que je franchissais la ligne. Rester polie et professionnelle... Ne pas laisser la carapace se fendiller, garder une distance respectable entre l'employée que j'étais et le client qu'était Andrew Blake. Tout cela était en train de voler en éclats.

Il quitta mon poste et se dirigea vers les ascenseurs. Je m'effondrai dans mon fauteuil, tremblant de tout mon corps. Je fermai les yeux une seconde, espérant que mon cœur cesse sa cavalcade infernale. Mes mains agrippèrent les accoudoirs et j'évacuai la panique de mon organisme. Je me redressai brutalement...

La piscine ! Merde !

Je fonçai vers la lingerie, trébuchant sur les marches et récupérai trois épaisses serviettes fraîchement lavées et un peignoir. Kim étant en charge de la piscine, j'étais certaine qu'elle avait oublié le linge. Je repassai devant mon pupitre, mis ma pancarte d'attente et courus jusqu'à la piscine intérieure...

... Avant de me rendre compte que j'avais oublié mon passe d'accès.

Je retournai en vitesse à mon poste et, après une minute de fouille intense sur mon bureau, le retrouvai sous le *New Yorker*. Ma course effrénée reprit et, après avoir traversé un long couloir, j'entrai dans la piscine. De petits spots éclairaient le sol en tek. J'entendis le clapotis régulier de l'eau, signe qu'il nageait déjà. J'avançai un peu, me sermonnant pour ne pas le regarder outrageusement une fois de plus. Mais à la seconde où je perçus la coloration bleutée des murs, reflet de l'eau de la piscine, mes yeux s'égarèrent sur lui. En pleine coulée, et malgré l'eau qui floutait son corps, je distinguai les muscles de son dos, le mouvement parfait de ses jambes et la fluidité de sa nage.

Je posai les serviettes sur un des bains de soleil et accrochai le peignoir à une des patères au-dessus.

— Merci ! lança une voix derrière moi, me faisant sursauter.

Je me retournai avec précaution, presque effrayée de devoir lui faire face. Je venais à peine de me remettre de notre dernière entrevue.

— Je vous en prie, monsieur, murmurai-je.

— Vous aviez raison pour votre fleuriste.

— Oh...

— Donc je dois aussi vous remercier pour ça ! Je tenais beaucoup à ce que ce soit fait.

— Ravie d'avoir pu vous aider, monsieur.

Il installa ses avant-bras sur le rebord et s'y appuya. Je déglutis en voyant son visage quasiment parfait se pencher légèrement pour me scruter.

— Vous ne faites jamais ça, n'est-ce pas ?

— Je vous demande pardon ?

— Parler aux clients. Exister à leurs yeux, je veux dire. Votre embarras est palpable.

— Je vous prie de m'excuser, murmurai-je en esquissant un mouvement vers la sortie.

Je l'entendis rire, puis le clapotis reprit. Je restai là, figée, les poings serrés. Une partie de moi voulait continuer à admirer son corps en mouvement, et une autre partie — la partie professionnelle — savait que je devais sortir de là. Je n'eus pas le temps de m'appesantir davantage qu'il émergeait de nouveau et reprit sa position d'attente.

— Quel est votre nom ? demanda-t-il.

— Dillon... Kathleen Dillon, répondis-je d'une voix peu assurée.

— Enchanté, Kathleen.

Je bougeai d'un pied sur l'autre, ma nervosité ayant grimpé de manière exponentielle.

— Je vous souhaite une bonne soirée, monsieur Blake.

Je baissai un peu la tête, de façon à faire une petite

courbette, et sortis de la pièce. L'humiliation avait assez duré. De retour à mon poste, je m'assurai qu'un serveur amènerait son dîner à Andrew Blake, sans oublier sa bouteille de vin blanc.

Je passai ma nuit dans un état second. Daniel prit soin de ramener un thé vers 2 heures du matin, alors que je consultai de nouveau les annonces.

Jeudi 2 décembre

Sur le quai de Lexington. Nous nous sommes regardés, je t'ai souri et tu as détourné le regard. Tu avais un sac rouge et les cheveux noués. Ton métro est arrivé, et nous nous sommes fait un signe de la main. Annonce BR1766.

Je souris béatement avant de refermer le magazine et de saisir le cahier de transmission. Il était 5 heures du matin. La nuit n'avait pas été particulièrement mouvementée. A peine avais-je vu deux clients un peu éméchés rentrer vers 3 heures.

A 6 heures, je m'assurai qu'un chauffeur était prêt à conduire Blake à l'aéroport. C'était presque un soulagement pour moi de le savoir bientôt hors de ces murs. Les réactions qu'il provoquait en moi étaient incontrôlables et violentes. Peut-être que Lynne avait raison. Avoir vécu pendant tout ce temps comme un ermite avait maintenant des conséquences. La simple vue d'un homme sublime réveillait une Kat que je ne connaissais pas, percluse de fantasmes inavoués et irréalisables dans le monde réel.

A 7 heures, alors que je remplissais le planning des salles pour la semaine suivante — celle de Noël —, Blake apparut avec sa splendide femme blonde. Dès qu'il me vit, son visage changea imperceptiblement et il se dirigea vers moi.

— Bonjour, Kathleen.

— Monsieur Blake.

— Cela vous dérange-t-il que je vous appelle par votre

prénom ? s'enquit-il en se penchant vers le revers de ma veste pour déchiffrer mon nom. Vous préférez peut-être « Mademoiselle Dillon » ?

— Comme vous souhaitez, monsieur Blake.

— Comment vous appellent vos clients généralement ?

— Mademoiselle, soufflai-je en rougissant.

— Parfait. Donc, pour moi, ça sera Kathleen. Nous allons nous revoir régulièrement, autant éviter un formalisme inutile.

Je hochai simplement la tête, remarquant que le formalisme s'appliquait de toute évidence pour moi. Il me salua et s'éloigna légèrement. Ma torture cessait enfin, et son parfum boisé et entêtant ne me tourmenterait plus. Mais il se tourna une dernière fois vers moi et, de nouveau, sous son regard profond, je me statufiai, mon stylo en suspension.

— Et encore merci pour les fleurs, j'ai apprécié votre dévouement, Kathleen.

Mon prénom roula sur sa langue et je frissonnai. C'était encore pire qu'hier soir. La fatigue annihilait toutes mes résistances. Il se détourna de moi avant que je puisse répondre et disparut, comme aspiré par la porte tambour, suivant sa femme.

L'arrivée de Sam me libéra de mon engourdissement. J'avais besoin de quitter cet endroit et de me vider la tête. Les images d'Andrew Blake, pendant sa conférence de presse, dans la piscine, puis devant moi ce matin, tournaient en boucle dans mon esprit. Comment un client pouvait-il me faire autant d'effet ?

Dans le métro, je repris la page d'annonces de mon magazine.

Samedi 4 décembre

Tu me vois chaque jour, sans me voir. Tu me parles chaque jour, mais tu ne me remarques pas. Deux ans que nous partageons le même bureau, deux ans que je connais chaque parcelle de ton visage. Bank of America, 4e étage. Annonce BR7709.

Et je me plaignais de souffrir de masochisme? De toute évidence, j'avais trouvé quelqu'un de plus atteint que moi. Je me couchai directement en arrivant chez moi. Mon sommeil fut serein. Cela me rassura sur mon état mental. Nous étions samedi et je savourais la première de mes deux nuits de repos. Enroulée dans une couverture molletonnée, je pliai le *New Yorker* pour n'avoir que la page d'annonces devant moi.

Samedi 4 décembre

Chaque samedi, je te parle.

Chaque dimanche, je cherche une explication.

Chaque lundi, je promets de passer à autre chose.

Chaque mardi, je murmure ton prénom.

Chaque mercredi, je te demande pardon.

Chaque jeudi, je réalise que j'ai perdu la femme que j'aimais.

Chaque vendredi, j'espère ton retour.

Et maintenant, j'espère retrouver le bonheur et une âme aussi belle que la tienne... Annonce BR9855.

Je relus plusieurs fois l'annonce, cherchant à qui elle s'adressait vraiment. Un amour perdu de toute évidence. Mais la façon dont se mêlaient l'espérance et le désespoir dans ces quelques lignes me déstabilisait. Une boule de tristesse se forma dans ma gorge. Je secouai la tête, espérant fuir ces lignes, mais mes yeux y revenaient, inlassablement.

Je finis par poser le magazine sur la table basse et me décidai à m'habiller pour trouver mes derniers cadeaux de Noël. La neige était retombée pendant la nuit, couvrant la ville d'un épais manteau immaculé. Armée de mon cappuccino, j'errai dans les rayons, remarquant une fois de plus la solitude dans laquelle j'étais. Travailler de nuit fait de vous un marginal. J'étais dans un rythme tout à fait contraire à une vie normale. Mes principaux contacts et amis travaillaient à l'hôtel, mon père était à l'autre bout du pays, et ma mère, à l'autre bout du monde. Voir les couples se tenir amoureusement la main avait quelque chose de douloureux.

Quand je rentrai chez moi, le silence, l'obscurité, l'absence de vie me sautèrent aux yeux. Je n'étais pas une fille particulièrement expansive, mais je n'étais pas non plus une solitaire. A ce rythme, j'allais finir absolument seule, entourée d'exemplaires du *New Yorker*, à nourrir les oiseaux dans Central Park.

Accomplir les rêves des autres était devenu ma vie, et j'en avais oublié les miens. Voyager, vivre, acheter un appartement, trouver mon âme sœur... Comment avais-je pu me renfermer à ce point sur moi-même ?

Au point de ne plus être capable d'avoir une conversation avec un homme... Blake avait dû me prendre pour une idiote écervelée. Kat, tu es absolument pathétique ! Et dire que je réprimandais Lynne pour son mariage. Elle avait raison, je ne vivais pas dans la réalité.

Je passai la matinée de dimanche à marcher dans New York. Malgré le froid et la neige, je m'étais promis de ne pas rester cloîtrée dans cet appartement. Néanmoins, en me couchant le soir, j'emportai avec moi mon exemplaire du *New Yorker*. Cette habitude allait être difficile à quitter.

Je relus l'annonce qui m'avait tant touchée. Cet homme semblait désemparé, comme prisonnier de sa propre vie, relié à jamais à son amour perdu. Le désespoir, le vide, le manque...

Il s'en voulait. C'était sûrement pour ça qu'il se noyait dans son chagrin. Quoi qu'il fasse, il se levait chaque matin en pensant à elle, à ce qu'il lui avait fait. La culpabilité, le regret, l'amertume.

Il avait fait son choix. Il tentait de revenir à la vie, de sortir de sa peine. Il sortait de sa coquille...

J'allais sortir de la mienne.

Le lundi soir, j'arrivai une heure plus tôt que ma prise de service. Sam plaqua un sourire heureux sur son visage en me voyant.

— Ne rêve pas... Tu ne vas pas partir plus tôt!

— Tu es parfois d'une cruauté sans nom! Je n'avais pas inclus ça dans ta formation!

— Je vais faire le tour des troupes.

Il secoua la tête, son sourire toujours bien en place, et je me dirigeai vers la salle de repos et les vestiaires. Je retrouvai Lynne, sirotant un verre d'eau tout en parlant avec Gregory.

— Tu as laissé tes sbires assurer la sécurité?

— C'est Noël... L'hôtel est quasiment vide. Donc à moins que la jolie blonde de l'autre jour refasse son apparition, je refuse de m'abîmer les yeux sur ces minuscules écrans de contrôle, répondit Gregory.

— Quelle blonde? demanda Lynne.

— Celle de Blake Medias.

— Tu te fais du mal, Greg. Blake a déjà mis le grappin sur elle.

Lynne ouvrit des yeux comme des soucoupes et écrasa légèrement son gobelet entre ses doigts.

— Et ton discours sur la confidentialité et la confiance envers les clients? s'enquit-elle.

— Je dis juste ça pour Gregory! expliquai-je en haussant les épaules.

— Tu es sûre de toi? m'interrogea-t-il en fronçant les sourcils.

— Absolument. Certains gestes ne trompent pas.

— Merde! pesta-t-il.

Je pris un gobelet et le remplis d'eau. Nous discutâmes des fêtes à venir, et Lynne, sans le vouloir, me ruina le moral en deux secondes.

— Philip et moi allons dans le Vermont.

— Ça sent le week-end cochon! ironisa Gregory en haussant de manière suggestive les sourcils. Genre, il va jouer à Papa Noël dans ta cheminée?

— Gregory! geignis-je en lui frappant l'avant-bras.

— Désolée d'avoir une vie sexuelle, riposta Lynne à notre attention.

— J'en aurais une si Blake n'avait pas mis la main sur ce fabuleux et sexy petit lot ! lança Gregory dans un sourire.

— Aucune chance qu'elle te regarde !

— Est-ce que tu mets en doute mon sex-appeal ?

— Gregory, quel genre de femme normalement constituée quitterait Andrew Blake pour... toi ? lui demandai-je.

— Il n'est pas si beau que ça ! répliqua-t-il, un peu vexé.

— Il est riche, contra Lynne.

Et il est beau... Evidemment, songeai-je en repensant à son corps glissant dans l'eau de la piscine dans un geste élégant. Cette fille serait absolument folle de le laisser. Gregory soupira et rendit les armes. Même s'il était chef de la sécurité, son salaire mensuel devait avoisiner ce que Blake gagnait avant d'avoir pris son petit déjeuner.

— En fait, j'ai une bonne nouvelle ! lançai-je pour changer de sujet. J'ai décidé d'acheter un appartement.

— Vraiment ? s'étonna Lynne. J'ai cru que tu ne quitterais jamais ce truc lugubre.

— Ce n'est pas lugubre ! râlai-je.

— Ça l'est, crois-moi. Mais c'est en effet une bonne nouvelle. Veux-tu que j'en parle à Philip ?

— Ce n'est pas urgent. Ça peut attendre la fin des fêtes. Et le retour de ton week-end outrageusement scandaleux dans le Vermont !

Le téléphone de Gregory sonna et, après avoir avalé son verre d'eau d'un trait, il s'éclipsa. Lynne m'entraîna vers son bureau et nous discutâmes de son prochain départ en week-end. Avant de prendre mon service et d'enfiler ma tenue réglementaire, je passai par les cuisines pour saluer la brigade de soirée.

Je récupérai une pomme au passage et croquai dedans en allant vers mon vestiaire. Je me changeai rapidement et, après une longue bataille contre ma chevelure, je décidai, pour la première fois en trois ans, de la laisser libre. Je me dirigeai vers mon pupitre et Sam me détailla de la tête aux pieds.

— Il s'appelle comment ? plaisanta-t-il en désignant mes cheveux.

— Oh... Ce n'est pas... réglementaire ? hésitai-je soudain.

— C'est très bien, Kat. Je te trouve juste... différente. En bien..., ajouta-t-il alors que je baissais la tête, embarrassée.

— Comment s'est passée la journée ? demandai-je pour cacher ma gêne.

— C'était calme... J'ai fait les statistiques de fin de mois pour M. Perkins.

— Merci, soupirai-je, heureuse que Sam m'ait exemptée de ce pénible exercice de maths.

— Ne me remercie pas, je t'ai laissé les réservations à valider !

— Ça me va, je te rassure.

Je pris le cahier de transmission et le parcourus rapidement. En effet, la journée avait été calme. Les débuts de semaine étaient traditionnellement moins fréquentés de toute façon.

— Comment va ton fils ?

— Mieux... Tu connais les gosses, ils sont rapidement sur pied !

— Je sais... Tu devrais y aller, la neige recommence à tomber, ajoutai-je en regardant par l'immense baie vitrée.

Sam me tendit le téléphone et s'éclipsa rapidement. Je m'installai dans le fauteuil et lançai le logiciel de réservation. Même si tout était automatisé, je devais m'assurer qu'il n'y avait ni erreurs ni doublons. Ce travail était un peu rébarbatif finalement, mais nettement moins sujet à migraine que les statistiques pour moi.

J'épluchai la liste et m'arrêtai net en voyant le nom de Blake. Fébrile, je suivis la ligne, espérant que je serais miraculeusement absente lors de son prochain séjour. Jeudi et vendredi ! Et merde ! Je soupirai lourdement, songeant que je devrais m'entraîner à l'affronter. Il l'avait dit lui-même, nous allions nous voir fréquemment.

Après avoir validé sa réservation, je poursuivis la liste, refoulant les images de Blake dans la piscine. Au milieu de la nuit, j'eus la bonne surprise de voir Daniel devant mon comptoir.

— Je t'ai ramené un thé, s'excusa-t-il en me tendant un petit plateau avec ma boisson.

— Merci. C'est très gentil d'y avoir pensé.

— Jolis... Enfin, je veux dire... Tes cheveux, balbutia-t-il en les désignant.

— Oh ! je voulais changer, répondis-je en triturant une mèche entre mes doigts. Combien de temps dure ton remplacement ? Je ne pensais pas te revoir.

— Angela est malade et ensuite en congés, donc je suis là jusqu'au début du mois de janvier.

— Oh ! d'accord. Je... je n'ai pas de congés.

— Voilà enfin une bonne nouvelle ! Pour moi, je veux dire, rajouta-t-il en me voyant froncer les sourcils. C'est toujours plus agréable de partager ses nuits avec quelqu'un, déclara-t-il alors qu'un rire m'échappa.

Daniel me lança un regard avant de comprendre.

— Ce n'est pas ce que je voulais dire ! s'affola-t-il.

— Ce n'est rien, je te rassure. J'ai compris ce que tu voulais dire, dis-je en prenant une gorgée de mon thé.

— Vraiment ? Parce que là, j'ai juste la sensation de ressembler à un parfait crétin !

— Tout va bien, je t'assure.

— A quelle heure finis-tu ?

— 8 heures.

— Est-ce que... enfin... Tu voudrais prendre un petit déjeuner ensuite ? Je connais un restaurant fabuleux...

— Daniel..., commençai-je.

— Dan, me coupa-t-il avec un sourire lumineux.

— Dan, je ne sais pas si... Je risque d'être fatiguée.

— Juste un petit déjeuner. Histoire de savoir si la légende est vraie !

— Quelle légende ? l'interrogeai-je.

— Ton surnom. Tu savais qu'on t'appelait l'Iceberg ?

— Quoi ? hurlai-je presque.

— Des rumeurs... Des trucs que j'ai entendus dans les vestiaires du personnel.

— Qui balance des horreurs pareilles ? m'enquis-je en serrant ma tasse entre mes doigts.

— Pour le savoir, il va falloir petit-déjeuner avec moi ! chantonna-t-il en se détachant du comptoir.

Génial ! Dans quoi étais-je embarquée ? L'Iceberg ? Cette histoire de carapace avait un peu trop bien fonctionné visiblement.

A 8 h 02, Daniel était devant mon comptoir, souriant largement pendant que je faisais les transmissions à Sam. Je me changeai rapidement dans les vestiaires, me faisant intercepter au passage par Lynne.

— Tu as le temps pour un café ?

— Désolée, Lynne... On m'attend, m'excusai-je en sortant avec précipitation de la salle de pause.

Elle haussa les épaules et se tourna vers la fontaine à eau. Je rejoignis Daniel qui m'attendait devant la porte tambour. Sur le trottoir, j'enfilai mes mitaines et mon bonnet, suivant Dan qui marchait devant moi.

— Alors, c'est quoi cette histoire d'iceberg ? lui demandai-je alors que nous entrions dans un minuscule restaurant.

— Asseyons-nous.

J'obtempérai, un peu furieuse de me faire mener par le bout du nez.

— John, deux petits déjeuners, hurla mon collègue à l'attention d'un homme baraqué derrière le bar. Tu ne veux pas retirer ton bonnet ?

— Hum... si... Si, si, bien sûr, soufflai-je en retirant mon attirail contre le froid.

— Kim dit que...

— Kim ? J'aurais dû m'en douter !

— Oh... Donc c'est faux ?

— Tu ne devrais pas te fier à une fille dont le QI ne dépasse pas celui d'une huître, sifflai-je.

— Elle ne t'aime pas ! C'est un fait !

— Je suis sa patronne. Qui aime son patron au juste ?

— Moi ! claironna-t-il en dévoilant ses dents parfaitement blanches.

Je fronçai les sourcils. Techniquement, pendant la nuit, j'étais effectivement sa supérieure. Mais il s'agissait juste de pallier un éventuel problème pendant le service. Le grand brun nous amena deux jus d'oranges pressées et deux cafés.

— Cette fille me déteste parce que j'ai le malheur de lui remonter les bretelles chaque jour !

— Elle a dit que tu étais une pimbêche frigide, rigola Dan en portant son verre de jus de fruits à ses lèvres.

— Je ne suis ni l'une ni l'autre ! m'écriai-je.

Dan rit doucement et deux assiettes fumantes emplies d'œufs, de pommes de terre et de bacon furent posées sur notre table.

— Je savais que ce petit déjeuner dépasserait toutes mes espérances ! se réjouit-il en piochant dans ses œufs.

— Désolée... Cette fille m'agace. Je ne suis pas... un iceberg, marmottai-je.

— Je vois ça ! Et j'aime ça, ajouta-t-il en levant les yeux vers moi.

Je me réfugiai dans mon assiette. Discuter avec des hommes, je savais le faire... Discuter avec un seul d'entre eux était nettement plus compliqué à gérer.

— Merci pour l'invitation, murmurai-je.

— Le plaisir est pour moi. Je ne savais pas si tu étais adepte de ce genre de choses !

— Ce genre de choses ? répétai-je sans comprendre.

— Mélanger le travail et... la vie privée.

— A vrai dire, je n'ai jamais eu à me poser la question.

— Jamais ?

— Jamais.

Il secoua la tête, stupéfait. J'observai son regard brillant et noir ébène. Ses cheveux très courts laissaient apparaître un cou épais et des épaules musclées. Il était grand.

Il mangea un peu de ses œufs, et je regardai, presque

fascinée, ses mains puissantes et monstrueuses tenir cette ridicule fourchette.

— Ça doit rassurer ton petit ami, dit-il en plongeant son regard dans le mien.

— Encore un sujet qui ne me concerne pas ! avouai-je.

— Je sais que ça va te paraître cruel, mais je suis ravi de l'apprendre, avoua-t-il en buvant un peu de son café.

— Tu fais le coup du petit déjeuner à toutes les filles que tu croises ?

— En toute franchise, généralement, le petit déjeuner n'est pas… une étape. C'est plutôt… la finalité !

— Tu es abject !

— Je trouve pourtant que la franchise est une qualité appréciable.

— Pas le mauvais goût ! ripostai-je.

Il rit de nouveau et je repris ma contemplation. Sa chemise blanche — chemise de travail, je présumai — cachait à peine ses biceps gonflés. Mon regard se redirigea vers ses mains viriles. Chez lui, pas d'alliance.

Le flot de mes réflexions s'arrêta net.

Pourquoi je pensais à ça maintenant ? Et pourquoi je pensais à Andrew Blake ? S'il existait au monde deux concepts clairement opposés l'un à l'autre, c'étaient définitivement Dan et Blake.

— Un problème ? me demanda Dan alors qu'il sortait son portefeuille pour régler.

— Non… non. Je pensais juste… au travail, finis-je avec consternation.

— Ton service est fini depuis une heure, tu devrais apprendre à laisser ton boulot à l'hôtel.

— Je travaille sur ce sujet, répondis-je en repensant à mon week-end de remise en question.

Quelques minutes plus tard, nous sortions du restaurant et je me retrouvai un peu mal à l'aise devant Dan. Il eut le mérite de sentir mon embarras et me souhaita simplement une bonne journée.

— Merci pour le petit déjeuner, dis-je en enfilant mon bonnet.

— Merci de ne pas avoir été un iceberg. Je dois filer ! A ce soir !

— A ce soir !

Je partis dans la direction opposée, espérant que la neige ne viendrait pas troubler ma séance d'exercice. Dan n'était pas désagréable. En récupérant finalement le métro trois pâtés de maisons plus tard, je m'interrogeai sur ma relation avec lui. Techniquement, il n'était pas un employé de l'hôtel, juste un remplaçant. Je n'étais pas contre l'idée d'envisager quelque chose avec quelqu'un de l'hôtel — tant que ce n'était pas un client —, mais je ne me voyais pas travailler avec ce quelqu'un. Ça m'aurait semblé... étrange ou fusionnel. Et je ne suis pas fusionnelle. Ma liberté est primordiale.

Je jetai mes clés sur ma table basse. Ma liberté... Et ma solitude aussi ! J'avais pris des résolutions, il fallait que je m'y tienne. Je retrouvai le *New Yorker* et relus pour la dixième fois l'annonce de cet homme esseulé. Je repoussai la revue et allai me coucher. Je ne devais plus vivre dans mon imagination. Je ne pouvais pas gérer deux solitudes... La mienne me pesait suffisamment. A mon réveil, en milieu d'après-midi, le *New Yorker* me narguait.

Cette annonce, encore et toujours... Cette peine si visible qui en tenaillait l'auteur. Qu'attendait-il ? Que quelqu'un le rassure sur l'existence d'une autre âme solitaire — la mienne par exemple ? Qu'on s'appesantisse sur son chagrin d'amour ? Qu'on lui dise que la vie n'est pas faite pour être remplie de regrets ou de culpabilité ?

Ma conscience de bonne samaritaine eut raison de ma raison hurlante. J'arrachai la page d'annonces de mon magazine, m'installai sur mon ridicule bureau, face à la fenêtre et, après une seconde de dernière hésitation, je laissai mon stylo courir.

« Cher inconnu,

Je n'ai pas pour habitude de répondre à des

annonces... Mais j'imagine que c'est ce que la plupart des lettres que vous recevrez diront.

J'ai passé les dernières 24 heures à lire et à relire votre annonce. Certains diraient qu'il s'agit d'une étrange fascination, moi je dirais juste qu'elle m'a émue. Elle m'a fait ouvrir les yeux sur la personne que je suis et celle que je voudrais être.

Celle que je suis vous écrit en regardant la neige tomber sur New York, seule. Celle que j'aimerais être... peut-être regarderait-elle la neige avec quelqu'un. Avec une âme aussi importante pour moi que semble l'être pour vous votre amour perdu. Bien que je ne sache pas réellement ce qu'est ce genre de douleur, je suis certaine qu'elle finira par s'estomper un jour.

Un matin, vous vous lèverez, vous tendrez la main et quelqu'un sera là pour la prendre dans la sienne. C'est ainsi que la vie fonctionne. Tout bouge, tout évolue, les choses les plus difficiles le sont moins au bout d'un moment. La solitude que vous ressentez, au détour d'une rencontre, d'un café ou d'un simple regard, vous semblera finalement moins pesante.

Regardez autour de vous, écoutez les gens rire, savourez la douceur d'un morceau de chocolat, sentez l'odeur de la neige fraîche, effleurez les pages d'un livre... Revenir à la vie, c'est aussi ça. Qui sait si le destin ne mettra pas alors quelqu'un sur votre chemin ? Ce quelqu'un, qui, j'en suis certaine, vous attend déjà en vous tendant la main.

Soyez heureux,

Avec toutes mes pensées,

Une inconnue new-yorkaise. »

Après cette lettre, j'eus la sensation qu'un poids immense avait été retiré de mes épaules. Devant la boîte aux lettres en face du Peninsula, j'eus un instant d'hésitation. Cette lettre m'avait fait du bien. Et je trouvai mon geste presque égoïste. Je n'avais pas écrit à cet homme pour qu'il se sente mieux, mais pour que moi, je me sente en paix.

Je regardai la lettre adressée au *New Yorker* avec le numéro de l'annonce. Il était probable que cet homme ne me lise même pas... Ou peut-être au mieux parcourrait-il mon courrier avant de le rouler en boule. Je pris une profonde inspiration et postai la lettre. Le destin ferait son œuvre bien assez vite.

Les deux jours suivants furent mouvementés. Une réunion de famille, programmée dans la plus grande salle de réception, vira au pugilat. Je dus faire intervenir la police pour calmer les esprits. Le jeudi matin, avant-veille de Noël, je glissai sur une plaque de verglas et me blessai au poignet. A la fin de cette même journée, Lynne m'appela et laissa un message apocalyptique sur mon répondeur. D'après elle, je ne répondais pas vraiment à la fiche de poste concernant mon rôle de demoiselle d'honneur. J'étais évidemment flattée d'œuvrer au bonheur de Lynne... mais j'avais encore cette sensation inexplicable de cautionner une monstruosité. Prise dans mes réflexions, j'en avais oublié l'essentiel.

— Andrew Blake arrivera vers 21 h 30, débita Sam alors que je déchiffrais le cahier de transmission.

— Super ! sifflai-je.

— Un problème avec lui ?

— Non... non, rien. C'est juste que... Il me met mal à l'aise.

Je frissonnai légèrement, chassant les images de mes échanges désastreux avec lui. Deux nuits consécutives avec cet homme, ma carapace allait devoir tenir.

— La piscine est pour lui de 22 heures à minuit. Ensuite petit déjeuner dans sa suite à 7 heures. Journaux du matin et tu dois confirmer sa réservation au restaurant...

— Dieu du ciel, ce type a besoin d'une armée pour lui tout seul ! soupirai-je avec désespoir.

— Euh... ouais. Ses costumes doivent être nettoyés cette nuit et ramenés demain matin en même temps que son petit déjeuner.

Je fronçai les sourcils, écoutant Sam énumérer la longue liste des desiderata de Blake. Je récupérai le planning et maudis l'humanité entière.

— Tu as mis Kim sur la Peninsula Suite ? m'alarmai-je.

— Je sais ce que tu penses d'elle, mais elle est une des rares qui travaille demain.

— Et elle est une des rares à tout pouvoir foirer en deux minutes ! Lynne tient à ce client !

— Je suis au courant, me coupa-t-il. Mais je n'ai pas eu le choix. Elle sera ici à 6 heures, briefe-la !

Je soupirai lourdement en jetant un œil à Sam. A la fin des transmissions, il me surprit en me prenant dans ses bras et en me souhaitant un joyeux Noël. J'eus juste le temps de marmonner des remerciements avant qu'il ne s'éclipse. Quelques instants après avoir validé toutes les réservations, je fus interrompue par un raclement de gorge.

— Dan !

— Bonsoir, Kat. Je t'ai ramené ton thé, dit-il en posant un petit plateau sur le comptoir de réception.

— Merci ! Comment s'est passée ta journée ?

— J'ai dormi... Et ensuite j'ai tenté de survivre à une excursion dans les grands magasins pour les cadeaux de dernière minute.

— Oh... Tu fêtes Noël en famille, je présume.

— Mon père vient. Ça sera un tout petit comité !

Son sourire s'élargit et je devinai sa joie à l'idée de réveillonner en famille. Mon humeur vira légèrement et j'en voulus à mes parents de ne pas agir comme tels. Ou peut-être étais-je une mauvaise fille, trop exigeante.

— Je travaille demain, annonçai-je avec mélancolie.

— Je suis désolé.

Je balayai ses excuses et sa pitié d'un revers de la main. C'était mon choix.

— Mes parents ne sont pas là... Et je sais que la nuit sera calme de toute façon.

— Tu peux nous rejoindre plus tard, si tu veux.

Il saisit le bloc-notes devant lui et nota son adresse.

— Je serais ravi de t'accueillir dans mon minuscule appartement, proposa-t-il en me tendant le papier.

— Dan...

— Kat... Tu m'as prouvé ce matin que tu n'étais pas un iceberg !

— Tu seras en famille, et...

— Et rien du tout ! Tu vas me gâcher les fêtes si je te sais seule chez toi le jour de Noël.

— Bien, abdiquai-je en saisissant son adresse. Je viendrai en fin d'après-midi.

— Génial !

Il abattit le plat de sa main sur le comptoir, apparemment ravi de me voir céder. Son visage s'illumina d'excitation et son sourire remonta jusqu'à ses oreilles. Le voir si heureux me ragaillardit, et mon humeur sombre disparut.

J'observai Dan s'éloigner, sautillant presque dans le hall en marbre. Je ris doucement alors qu'il exécutait un petit pas chassé façon Gene Kelly au sommet de sa forme. Il tourna son visage radieux vers moi, et je me mordis la lèvre pour ne pas rire à gorge déployée. Cet homme avait sûrement des pouvoirs magiques : je n'avais pas souri ainsi depuis une éternité, et je me sentais bien.

Je murmurai *Jingle Bells* en rangeant mon petit coin de bureau. A chaque nouvelle année, je me promettais de ne plus rien entasser dans mon minuscule tiroir privé. Cette résolution tenait une semaine, avant que le naturel ne revienne au galop. En vrac, je retrouvai des stylos — pas forcément en état —, des cartes de visite, un livre et des coupures du *New Yorker* noyés dans les notes de service de l'hôtel. Le dos tourné à la porte, je chantonnai doucement, me morigénant gentiment de mon incapacité à me défaire du passé.

— Vous assurez l'ambiance musicale ? demanda une voix masculine derrière moi.

Je m'arrêtai net et fourrai dans la poubelle le tas de papier que j'avais dans la main. Je me tournai doucement, honteuse.

— Bonsoir, monsieur Blake, le saluai-je poliment.

— Kathleen.

— Voici le passe de votre suite, soufflai-je en posant la clé électronique sur le comptoir.

Il s'en saisit immédiatement et nos doigts se frôlèrent. Durant ce trop court contact, je remarquai le froid de sa peau. Je fuis son regard, espérant survivre à cette entrevue.

— La piscine vous est réservée. Avez-vous besoin d'autre chose ?

— Je suis certain que tout est parfait. Comme la dernière fois.

— Je vous souhaite un bon séjour, monsieur Blake.

Son téléphone sonna, coupant court à notre conversation. Il décrocha et son visage jovial se transforma subitement pour se couvrir d'inquiétude.

— Et tu vas bien ? As-tu été à l'hôpital ?

Il s'éloigna doucement, me saluant d'un hochement de tête. Il reprit sa conversation, son corps se détendant légèrement. Je restai un instant à le fixer, observant sa démarche fluide et le mouvement des muscles de son dos au travers de sa chemise. Il portait son long manteau en laine, de toute évidence hors de prix, replié sur son avant-bras.

Sa silhouette disparut dans l'ascenseur. Il releva un instant les yeux vers mon pupitre, mais je ne fus pas certaine qu'il me regardait vraiment. Son téléphone toujours vissé à l'oreille, il semblait absorbé. Je lâchai mon rangement et me dirigeai vers la lingerie. J'attrapai des serviettes de bain et un peignoir et les déposai à la piscine. Cette fois, j'échappai à l'« inquisition Blake ».

Je récupérai ensuite ses costumes, pendus dans l'entrée de sa suite, et les mis au nettoyage. Le reste de la nuit fut calme et Dan vint discuter avec moi, essentiellement de ses souvenirs de Noël avec son père.

Chapitre 3

Le lendemain matin, je pris la ferme résolution d'envoyer Kim à l'autre bout de la planète. De façon douloureuse, si possible. A 6 h 30, ne la voyant pas arriver, je l'appelai. En vain. Encore une fois, je constatais que je ne pouvais avoir aucune confiance en elle. Je filai en cuisine, m'assurant que le petit déjeuner d'Andrew Blake était prêt, et me décidai à le lui porter moi-même. Au passage, je récupérai ses costumes, protégés d'une housse en tissu, et grimpai au dix-neuvième étage.

Un léger coup à la porte et la voix profonde de Blake résonna :

— Entrez !

J'ouvris la porte lentement, et fis rouler le plateau dans le salon. Je suspendis les costumes et versai le café dans une tasse. J'entendis un tapotement régulier, typique d'un bruit de clavier d'ordinateur. Le bruit cessa et Andrew Blake, vêtu simplement du peignoir moelleux de l'hôtel, apparut dans l'encadrement de la porte.

— Kathleen ? s'étonna-t-il.

— Monsieur Blake. Vos costumes sont suspendus dans l'entrée.

— Je ne savais pas que vous assuriez aussi le service en chambre.

— Je pallie un défaut de personnel. J'espère que cela vous convient.

Il lorgna sur le plateau de petit déjeuner et grimaça.

— Meghan a encore fait du zèle. Elle sait pourtant que je ne prends qu'un café le matin.

— Votre fiche disait...

— Meghan a dû remplir cette fiche. Peu importe.

Il sembla soudain en colère et je reculai d'un pas.

— Ce n'est pas contre vous, Kathleen. Corrigez donc la fiche et rayez l'option petit déjeuner, reprit-il avec apaisement.

— Bien, monsieur Blake.

— Vous pouvez annuler mon déjeuner de ce midi. Par contre, j'aimerais profiter de la piscine vers 14 heures.

— Je vais faire le nécessaire.

Il quitta la pièce et je compris que la discussion était terminée. Je sortis du salon, fière de ma résistance.

— Kathleen ?

— Oui ? répondis-je en me tournant vers lui.

— Je n'aurai pas la chance de vous voir ce soir, je vous souhaite donc un joyeux Noël.

— Euh... Merci..., marmonnai-je. Vous aussi, monsieur Blake, ajoutai-je sans oser avouer qu'il me verrait encore ce soir.

— Noël n'est pas ma tasse de thé. C'est pour ça que je travaille généralement. Etre seul dans un hôtel ne doit pas constituer le réveillon idéal pour une personne normale.

Il secoua la tête, avec un sourire amer sur les lèvres, et je souris malgré moi. En effet, ce n'était pas le réveillon idéal ! Il passa une main dans sa chevelure indomptable et je pris conscience à quel point il était beau. Bien trop beau même. Mais quelque chose flottait autour de lui. Au-delà du charisme évident qu'il dégageait, on le sentait surtout tourmenté. Comme s'il était prisonnier d'un secret invisible et douloureux qu'il tentait de masquer coûte que coûte.

— Bonne journée, monsieur Blake, le saluai-je poliment.

— Rentrez bien, Kathleen. Couvrez-vous, la neige retombe.

Je jetai un œil vers la baie vitrée, constatant que la terrasse était en train de se couvrir d'un manteau immaculé.

Après avoir dormi une grande partie de la journée, je rejoignis Dan en milieu d'après-midi, à son appartement. Il m'étreignit avec force et me présenta à son père.

— La fameuse Kat ! se réjouit-il en m'embrassant avec chaleur.

— Papa ! le morigéna Daniel.

— Mon fils n'a cessé de me parler de vous depuis que je suis arrivé, poursuivit-il.

— Oh... En bien, j'espère ? l'interrogeai-je en jetant un regard médusé à Dan.

— Evidemment. Laissez-moi vous débarrasser.

Immédiatement, il me contourna et m'aida à retirer mon manteau. Je me débarrassai de mon bonnet et de mon écharpe, et Jim, le père de Dan, fila dans le couloir.

— Désolé... pour ça, s'excusa Dan. Mon père a une tendance pathologique à me mettre mal à l'aise ! C'est très gênant !

— Ne t'inquiète pas, le rassurai-je en riant. Mon père fait ça aussi !

— Je t'offre un thé ? Ça compensera celui que je ne t'offrirai pas à 2 heures du matin !

— Avec plaisir.

Je le suivis dans la cuisine, à peine plus grande que la mienne, et Jim revint vers nous.

— Resterez-vous dîner avec nous ? me demanda-t-il.

— Non... Je travaille. L'hôtel ne ferme jamais, vous savez.

— Le bar est fermé pourtant, remarqua Dan.

— Exceptionnellement, oui. Au pire, je pourrais assurer un service minimum. De toute façon, le seul client d'importance ne fréquente pas le bar.

— Qui est-ce ? me questionna Jim.

— Andrew Blake.

— Blake ? Comme dans Blake Medias ?

— Lui-même. Il a réservé la plus grande des suites, et je doute de le voir.

Dan posa un mug fumant de thé devant moi et s'installa à mes côtés. Nous échangeâmes un sourire et je fus soudain heureuse d'avoir accepté son invitation. Quelque chose chez lui me faisait me sentir bien.

— Il va donc passer Noël tout seul ? reprit le père de Dan.

— Il dit qu'il n'aime pas Noël, lâchai-je en haussant les épaules. Il n'est pas désagréable, juste exigeant.

Et étonnamment prévenant, pensai-je en me rappelant sa recommandation de ce matin. Je sirotai doucement mon thé, échangeant des plaisanteries avec les Cooper.

— Ce type ne m'inspire pas, lança Jim pendant que Dan approuvait en opinant. Tout cet argent...

— J'ai eu bien pire comme client. Au moins lui, il mérite son argent... Ce n'est pas comme ces héritières pourries gâtées ou ces filles qui profitent du manque d'affection d'hommes bien plus vieux qu'elles.

— C'est vrai... Mais...

— Papa ! le coupa Dan en lui lançant un regard sombre.

— Je dis juste que je le trouve étrange ! Il est là sans être là, il limite ses apparitions publiques, sa vie privée est un vrai mystère...

Il est marié... Cela me suffisait comme information. Ça avait le mérite de couper court à mes rêves de gamine romantique et aussi à mes fantasmes débridés.

— Peut-être parce qu'il n'a pas un père qui passe son temps à radoter et à l'embarrasser devant tout le monde ! ironisa Dan.

— Cet homme n'est pas réel, renchérit Jim tout en souriant à son fils.

— Je vous assure qu'il l'est ! Et il n'est pas si... glacial.

— Ah oui... Dan m'a aussi parlé de cette histoire d'iceberg !

Je manquai presque de recracher ma gorgée de thé, avant de rouler des yeux vers Daniel. Il rit doucement, secouant la tête de consternation. Deux heures plus tard, je les quittai à regret, après les avoir aidés à préparer leur petite dinde de réveillon. Dan et son père s'entendaient comme larrons en foire. Il était difficile de ne pas être à l'aise en leur compagnie. Alors que j'enfilais mon bonnet et mon écharpe, Dan me tendit un petit sac.

— Joyeux Noël, Kat.

— Oh... Euh...

— C'est trois fois rien. Mais l'idée de te savoir à l'hôtel pendant que tout le monde sera en famille est juste insupportable.

— Et tu reproches à ton père de provoquer des moments gênants ? Je n'ai rien pour toi, ajoutai-je en voyant qu'il ne comprenait pas où je voulais en venir.

— Tu l'ouvriras cette nuit.

J'attrapai mon cadeau et pris Dan dans mes bras. Son étreinte chaude effaça ma gêne et je me sentis immédiatement en paix. Nous restâmes collés l'un à l'autre un peu trop longtemps... Du moins, c'est ce que je compris en entendant Jim se racler la gorge bruyamment pour nous interrompre.

— Je t'appelle demain, promis-je à Dan en quittant son appartement.

— Avec plaisir !

En sortant de son immeuble, je courus jusqu'au métro, espérant éviter la neige qui tombait à gros flocons. Avant de retrouver l'hôtel, je m'arrêtai au kiosque et achetai mon exemplaire hebdomadaire du *New Yorker*. Voilà ce qui allait me tenir compagnie durant cette longue nuit. Je retrouvai le Peninsula, désert et magnifique. Le sapin avait été illuminé et Lynne avait fait en sorte que la tradition soit respectée : chacun des employés travaillant ce soir trouverait un cadeau sous l'arbre.

Après m'être changée, je me concentrai sur les transmissions de Sam. Comme je m'y attendais, la nuit allait sûrement être calme : très peu de clients, et tous étaient sortis réveillonner. J'appris au passage que Kim avait la grippe. J'émis quelques doutes sur la véracité de cette information, souhaitant ironiquement la voir revenir en forme pour que je puisse la virer !

— Tous, sauf Andrew Blake, me corrigea Sam sans le savoir.

— Oh ! a-t-il laissé des instructions particulières ?

— Aucune.

Je soupirai de soulagement. Un problème de moins à gérer ! Sam me salua et quitta l'hôtel, son petit cadeau sous le bras. Je glissai le cadeau de Dan sous mon pupitre, me promettant de l'ouvrir à minuit.

Je lisais le premier article du *New Yorker* quand une silhouette se posta devant moi. Je fermai le magazine avec précipitation et le planquai sous un dossier cartonné beige.

— Kathleen ?

— Monsieur Blake.

— Vous me faites des cachotteries ? sourit-il en révélant du bout de son index la couverture de ma revue.

— Euh... Non... non, balbutiai-je en rougissant violemment.

Il posa le bout de ses doigts sur les miens, me faisant me sentir encore plus mal. Mes jambes se mirent à trembler pendant que je cherchais un moyen de sortir de ce guêpier.

— Calmez-vous. Je n'irai pas vous dénoncer à M. Perkins.

— C'est juste que...

— Kathleen, respirez, m'intima-t-il en plongeant ses yeux dans les miens.

Son expression se fit rassurante et je tentai de reprendre mon souffle. Son regard profond m'aida à me calmer et je le fixai intensément, tout en reprenant contenance. Il relâcha mes doigts et se saisit de son téléphone portable.

— Que puis-je pour vous ? éludai-je.

— Votre fleuriste ! J'ai perdu son numéro et j'aurais une commande à passer en urgence.

— Oh... Bien sûr, dis-je en prenant une des cartes de visite de Maria pour la lui tendre.

— Vous croyez qu'elle répondra ?

— Cette ligne est dédiée à notre hôtel, je suis certaine qu'elle va répondre.

Il acquiesça et composa le numéro sur son appareil. Il s'éloigna de mon pupitre et je me rassis sur ma chaise, encore secouée par mes émotions. Je distinguai le son de sa voix, chaude, douce, aimable, mais rien ne filtra du contenu de sa conversation. Après quelques minutes, j'entendis un très clair « Merci » et il revint vers moi.

— Le bar est fermé ? demanda-t-il les yeux rivés sur son téléphone.

— Pour la nuit, monsieur. Peut-être puis-je vous aider ?

— J'aimerais un bourbon.

Sans me prêter attention, il me suivit vers le bar. Je passai derrière le comptoir, me saisissant d'un verre et d'une de nos meilleures bouteilles. Du coin de l'œil, je vis Andrew Blake s'installer dans un des cabriolets en cuir marron. Le visage tourné vers la baie vitrée, il regardait l'extérieur, perdu dans ses pensées.

Je posai le verre sur le petit guéridon près de lui et retournai à mon poste. De ma place, je distinguai son profil. Le bar était faiblement éclairé et la lampe, à côté de lui, illuminait à peine les contours de sa mâchoire. A plusieurs reprises, je le vis saisir son verre et boire de petites gorgées de sa boisson ambrée. Plusieurs fois, ses yeux se voilèrent. Et comme pour réprimer un cauchemar récurrent, il secouait la tête, regardait autour de lui, avant de rediriger son attention sur la neige.

Je l'observai de longues minutes, devinant l'alliance dorée à son annulaire. Après avoir bu son verre, il joua quelques secondes avec et finit par se relever.

— Bonne nuit, Kathleen, me lança-t-il en se dirigeant vers les ascenseurs.

Je hochai la tête pour le saluer. Les portes se fermèrent derrière lui, et j'eus le temps de voir ses yeux se voiler. Encore une fois.

A minuit, j'ouvris le cadeau de Dan, découvrant une écharpe noire duveteuse. Je l'enroulai immédiatement autour de mon cou, tout en respirant le tissu. J'allais devoir courir les magasins dès que possible pour lui offrir à mon tour un cadeau.

Le lendemain matin, alors que j'allais entamer la lecture des annonces que j'avais exceptionnellement mises de côté pour le week-end, la voix d'Andrew Blake me sortit de ma torpeur :

— Kathleen, pouvez-vous m'apporter mon café, je vous prie ?

— Je vous le fais monter immédiatement.

— Non... J'aimerais que *vous* me l'ameniez.

— Je... euh... Bien. Comme vous voulez.

A peine avais-je raccroché que je fonçai vers les cuisines et préparai un café digne de ce nom. Je versai le tout dans une cafetière en porcelaine, et y joignis une tasse. Mon plateau à la main, j'empruntai l'ascenseur en direction du dix-neuvième étage.

Je pris une profonde inspiration avant de toquer à sa porte. La plupart des clients ne prenaient pas la peine de nous ouvrir. Au mieux, ils hurlaient qu'on pouvait entrer et, avec notre passe, nous pénétrions dans leur intimité. Aussi, quand Andrew Blake m'ouvrit la porte avec un petit sourire sur les lèvres, je restai figée, les mains cramponnées à son petit déjeuner.

— Je vous en prie, dit-il en me désignant le couloir qui menait dans le salon.

Tremblante, je m'y dirigeai. Je posai le tout sur la table, espérant échapper à une nouvelle conversation embarrassante.

— J'espère que votre nuit n'a pas été trop longue.

— Tout s'est bien passé. Merci.

— Pouvez-vous m'attendre un instant ? demanda-t-il poliment.

Je baissai le regard et il s'éclipsa vers sa chambre. Il en revint avec deux enveloppes en papier kraft. Il les étudia un instant, puis m'en tendit une. Je relevai les yeux vers lui, un peu interdite.

— Joyeux Noël, Kathleen.

— Je... Euh..., balbutiai-je.

— Je sais. Accepter un cadeau de la part d'un client ne fait pas partie de vos attributions.

— En effet. Je suis...

— Epargnez-moi vos excuses, et prenez cette enveloppe, me coupa-t-il en l'agitant devant moi.

— C'est interdit par notre règlement.

— Je ne dirai rien. Allez-vous faire un mémo à M. Perkins pour l'avertir de cette monstrueuse faute professionnelle ?

J'ignorai le ton ironique de sa voix et frottai mes mains nerveusement contre ma jupe. J'étais tiraillée entre curiosité et respect du règlement. Je sentais qu'en présence de cet homme ma carapace s'amenuisait de plus en plus vite. Je soupirai de lassitude et saisis l'enveloppe avec prudence. Elle était plus lourde qu'il n'y paraissait.

— Vous pouvez l'ouvrir, sourit-il en voyant que je la tournais en tous sens entre mes mains.

Je la décachetai avec précaution et en tirai un magazine avec une couverture en papier glacé. *Powerfull.*

— C'est le numéro zéro, expliqua-t-il alors que je fronçais les sourcils. J'aimerais que vous le lisiez.

— Je... C'est... Merci, lâchai-je finalement.

— Ne me remerciez pas. Je reviens ici dans dix jours, je veux votre avis là-dessus, m'intima-t-il en tapotant la revue du bout de son index.

— Monsieur Blake...

— Et voici votre vrai cadeau, m'interrompit-il de nouveau en posant la seconde enveloppe sur le magazine.

— Je ne peux pas.

— Bien sûr que si !

Je reposai le magazine sur la table près de moi et gardai la seconde enveloppe. Avec la même précaution, toujours sous les yeux scrutateurs de ce drôle de client, je l'ouvris. J'en sortis une petite note de papier.

— C'est pour la librairie au coin de la rue.

— Des livres ? murmurai-je.

— Vous m'avez pris de court… Si seulement vous m'aviez dit que vous seriez ici pour le réveillon, j'aurais demandé à mon assistante de prévoir un vrai cadeau. Seulement, tout est fermé et c'est la seule idée que j'ai eue. Je ferai appeler la boutique demain pour prévenir de votre arrivée.

— C'est très généreux, mais, vraiment, je ne peux accepter, articulai-je péniblement en lui rendant le papier.

— Kathleen !

— Monsieur Blake, j'apprécie votre geste, mais je souhaite que notre relation reste strictement professionnelle, débitai-je rapidement.

Je croisai son regard, soudain plus terne, et il récupéra son cadeau pour le fourrer dans sa poche. Son sourire s'effaça et il recula légèrement. Le silence tendu persista quelques secondes. Remarquant la crispation de ses mâchoires, je fis un pas en arrière pour me rapprocher de la porte.

— Je vous souhaite une bonne journée, monsieur Blake, murmurai-je en sortant.

Je courus presque dans le couloir pour rejoindre l'ascenseur. Je craignais qu'il cherche à me rattraper. Je m'y engouffrai puis j'appuyai mon dos contre la paroi, reprenant une respiration normale. Plus que la scène surréaliste de me voir offrir un cadeau de Noël par un client, c'était surtout sa colère, froide, contenue et fulgurante qui m'avait stupéfiée. Je revoyais les traits de son visage, figé dans sa fureur, l'éclat sombre de son regard et ses poings fermés.

Dans un calme encore relatif, je regagnai mon pupitre, scrutant l'arrivée de Sam. Encore trente minutes de service, il fallait juste que je me montre patiente. Je notai les transmissions sur le cahier, priant pour fuir indemne de cet endroit. Mais quand j'entendis le bruit presque imperceptible des portes d'ascenseur qui s'ouvraient, je compris que ma prière ne serait pas exaucée.

J'osai à peine lever la tête, effrayée à l'idée de revoir la colère habiter son visage. Il se posta devant mon comptoir et posa son passe.

— J'ai besoin d'un taxi, lâcha-t-il sèchement.

— Bien, monsieur, murmurai-je en faisant un signe à un des grooms dans l'entrée.

— Et j'aimerais vraiment que vous lisiez ceci, ajouta-t-il d'une voix plus douce.

Il posa son magazine devant moi et j'osai enfin relever mon visage vers le sien. Ses yeux verts étincelaient et un sourire presque invisible flottait sur ses lèvres.

— Monsieur...

— Kathleen, il me semblait acquis que notre relation est, et restera, purement professionnelle.

Je plongeai mon regard dans le sien et deux évidences me percutèrent simultanément. La première était que je n'appartenais pas à son monde. La seconde était qu'il était marié.

— En effet, soufflai-je, honteuse.

— Votre rôle ici est bien de faire en sorte que mon séjour soit agréable ?

— C'est mon rôle, oui, admis-je en ne voyant pas où il voulait en venir.

— J'apprécie votre professionnalisme. Et je sais que vous saurez le mettre à profit pour me donner votre avis sur ça.

— Mais...

— Je suis à peu près certain que vous traitez régulièrement des exigences particulières.

Je hochai la tête, incapable de formuler une réponse décente.

— Voyez ça comme une demande hors norme de ma part.

J'effleurai la couverture lisse et brillante du bout des doigts. Quelque part, je ne faisais qu'obéir à ce qu'on me demandait. Si lire ce magazine constituait sa seule demande, c'était mon rôle — professionnel — de m'exécuter.

— Bien. Je le ferai, abdiquai-je finalement.

— Enfin une réponse raisonnable. Pour une personne devant être à mon service, vous êtes incroyablement butée.

Je souris doucement, notant la lueur d'amusement dans ses prunelles.

— Et ce n'est pas un compliment, ajouta-t-il alors que son téléphone vibrait.

Il le sortit de sa poche et, accoudé à mon comptoir, se concentra sur l'écran. Il fronça les sourcils, déchiffrant un message. Je fixai ses doigts qui tapaient une réponse à une vitesse hallucinante. Je repérai son alliance et songeai à la femme chanceuse qui partageait sa vie. Malgré tout cet argent et tout ce pouvoir, Andrew Blake n'avait rien d'un client arrogant et pédant. Mais cette normalité dans ce monde d'apparences trompeuses et d'argent-roi était déstabilisante.

— Ils savent pourtant que je déteste ça! marmonna-t-il.

Il rangea son téléphone et pianota des doigts sur le comptoir.

— Je reviens le 5. Gardez-moi la suite, et faites accorder le piano.

— Sans problème, monsieur. Combien de temps resterez-vous?

— Deux nuits. Mais je vais demander à Lauren, mon assistante, d'envoyer une confirmation.

— Aucun souci, monsieur. Je vous garde la suite.

Il m'adressa un sourire, plein et entier.

— Parfois, vous êtes tellement docile, Kathleen.

Je restai bouche bée, rougissant jusqu'à la racine des cheveux.

— Pardon... Je voulais dire « professionnelle », corrigea-t-il sans se départir de son sourire.

— Désirez-vous autre chose?

— Lauren vous transmettra un planning détaillé.

— Bien noté. La Peninsula vous est réservée.

Le groom avança vers nous et attrapa la petite valise à roulettes que traînait Andrew Blake.

— Votre taxi est arrivé, annonçai-je aimablement.

— Bien. A bientôt, Kathleen.

Il s'éloigna en direction de la porte et je secouai la tête, incrédule d'avoir eu une conversation aussi singulière avec un client. Pour la première fois depuis une éternité, j'avais la sensation de ne pas être invisible. J'observai le magazine, me réjouissant d'avoir le privilège de le lire.

— Kathleen ? m'interpella Blake en s'arrêtant net au milieu du hall.

— Monsieur ?

— A la réflexion, accordez-moi une faveur pour mon retour : passez la nuit avec moi !

— Je... je... vous demande pardon ? hoquetai-je.

— Dans le contexte d'une relation strictement professionnelle évidemment.

La seconde suivante, il disparut dans la porte tambour et je retrouvai ma respiration.

Sam arriva quelques instants plus tard et je lui fis un compte rendu de la nuit. Compte rendu qui n'incluait évidemment pas ma séance d'humiliation dans la suite.

Je récupérai mes deux magazines — l'habituel et mon cadeau empoisonné — et m'engouffrai dans la première bouche de métro pour rentrer chez moi.

Chapitre 4

J'avais le week-end de libre, mais à mon réveil, vers 15 heures, je n'avais pas envie de rester seule. J'appelai Dan et nous prîmes rendez-vous dans un cinéma près de chez moi, exceptionnellement ouvert. Pour la première fois en deux ans, je me surpris à faire un effort vestimentaire pour une sortie. La phrase acerbe de Maria me revint en tête : c'est vrai, je n'avais pas été avec quelqu'un au cinéma depuis une éternité. Avec un homme, depuis au moins deux éternités.

Je retrouvai Dan devant le cinéma, souriant avec chaleur avant de m'étreindre dans ses bras puissants.

— Bonsoir, beauté !

— Bonsoir, Dan.

Il me libéra et plaça sa main dans le bas de mon dos, m'entraînant vers le guichet du cinéma. Ce simple contact m'aida à me libérer. J'étais soudainement décidée à lâcher prise, à quitter ma vie triste et monotone pour quelque chose de plus stimulant.

Dans le cinéma, Dan m'aida à retirer mon manteau et nous discutâmes de sa journée passée avec son père. Visiblement, Jim n'avait cessé de titiller son fils à mon propos.

— Il a radoté toute la journée... Je vais me faire une raison : je crois que tu as tapé dans l'œil de mon père !

— Vraiment ?

La foule était plutôt éparse en ce soir de Noël. A croire que tout le monde tentait de digérer la dinde de la veille.

— Il te trouve sensationnelle ! Tu n'imagines pas les efforts et la ruse qu'il m'a fallu pour qu'il ne m'accompagne pas ici, plaisanta-t-il.

— Ton père est charmant...

— Il te plaît ? me coupa-t-il, anxieux.

— Pas autant que son fils, murmurai-je à son oreille alors que le noir se faisait progressivement autour de nous.

L'écran s'illumina et je devinai le sourire géant de Dan. Il laissa son avant-bras reposer sur l'accoudoir, main ouverte, silencieuse invitation pour que j'entre dans sa vie. Réellement.

Je tentai de me concentrer sur le film, mais mon regard était happé soit par le visage de Dan, rivé sur l'écran, soit par sa main.

Dan me plaisait. Sa chaleur, son sourire, sa faculté à me mettre à l'aise rien qu'avec son regard sombre et pourtant rassurant, tout cela me remplissait de joie. Comme si je le connaissais depuis longtemps, alors qu'il n'était là que depuis une semaine.

Je souris à l'idée de me sentir importante aux yeux de quelqu'un. Exactement ce que je voulais : être convoitée et aimée sans craindre de me perdre dans un océan de mensonges et de secrets. Comme si le destin mettait enfin quelqu'un sur ma route, comme si la part de rêve que je cherchais en vain se révélait enfin à moi.

Un nouveau sourire idiot s'empara de mes lèvres et ne les quitta plus pendant le reste du film. Au même instant, mes doigts trouvèrent ceux de Dan et il serra doucement ma main. Les yeux toujours rivés sur l'écran, je le vis sourire légèrement avant de porter le dos de ma main à ses lèvres pour l'embrasser doucement.

Après la séance, il me raccompagna à mon appartement, ne lâchant pas une seconde ma main. Devant ma porte, il y eut tout de même cet instant gênant où on ne savait pas vraiment comment se quitter lui et moi.

— Je bosse la semaine prochaine, dit-il après un long silence tendu.

— Moi aussi. Mais... Enfin... J'aimerais que ça — je désignai l'espace restreint entre lui et moi — ne se voie pas à l'hôtel.

— Ça ? répéta-t-il.

— Tu sais ce que je veux dire. *Ça* !

— Est-ce qu'on se cache pour une bonne raison ? Genre un point du règlement de l'hôtel que je ne connaîtrais pas ?

— Non... Juste, je n'aime pas être la cible des on-dit. Je veux que *ça* reste entre toi et moi.

Il me fit un sourire que j'interprétai comme un « oui ». Je me soulevai sur la pointe des pieds, effleurant ses lèvres pleines. Aussitôt, son bras s'enroula autour de ma taille et il me maintint contre lui, retrouvant ma bouche. Je reculai légèrement, me heurtant à la porte derrière moi et Dan en profita pour insinuer sa langue entre mes lèvres. Je le laissai faire, me laissant emporter par la sensation de son corps chaud. Il m'attira contre lui et je m'agrippai à ses bras, enfonçant mes ongles dans la laine de son manteau.

Après quelques minutes, il rompit le baiser, souriant sur mes lèvres, son front contre le mien. Ses mains, toujours sur mes hanches, me tenaient fermement.

— Tu devrais rentrer avant que je ne fasse quelque chose de vraiment malhonnête, murmura-t-il.

— Malhonnête à quel point ?

— Tu ne veux vraiment pas savoir.

— Bonne nuit alors.

Il ferma les yeux une courte seconde avant de s'écarter de moi.

— On se voit demain ? demanda-t-il, plein d'espoir.

— Sans problème. Appelle-moi.

— Je le ferai.

J'observai sa silhouette massive s'éloigner en direction des ascenseurs. Je rentrai chez moi et me glissai dans mon lit. En repensant à cette soirée, je songeai à quel point j'avais fait le bon choix. Toute cette vie que j'avais inconsciemment chassée revenait enfin doucement.

Je passai les deux jours suivants avec Dan. Cela acheva de me convaincre que quelque chose de fort et de puissant se construisait entre lui et moi. Il était attentionné et prévenant. Pour la première fois depuis deux ans, on prenait soin de moi, sans rien me demander en retour.

Nous parlions de tout, et très facilement. Nos goûts en musique et en littérature différaient, mais nous nous retrouvions lorsque nous parlions cinéma et cela grâce à un sens de l'humour identique.

Le lundi soir, je repris mon service de nuit au Peninsula. Cette semaine devait être courte et, ayant travaillé pour le réveillon de Noël, j'étais libérée le soir du nouvel an. Daniel avait un planning similaire au mien.

Chaque nuit, aux environs de 2 heures du matin, Dan m'apportait mon thé, avec, sous la tasse, un petit mot qu'il rédigeait.

« Je vais tenter de ne pas passer mon temps à te regarder. D. »

« Je persiste à croire que tu devrais te détacher les cheveux plus souvent. D. »

Cela me faisait sourire, et je répondais à ses remarques en écrivant moi-même un mot au dos de son papier.

« Le harcèlement est puni par la loi et par la direction de cet hôtel. K. »

Nous quittions l'hôtel ensemble chaque matin, en direction du restaurant dans lequel il m'avait emmenée petit-déjeuner. Après ce rituel, nous retournions vers nos appartements respectifs. Les baisers que nous échangions avant de nous quitter étaient toujours plus profonds et me laissaient dans un état de manque intense.

« Mes cheveux seront tout à toi ce week-end. K. »

Ce dernier mot datait de jeudi et ne laissait que peu de doute sur mes intentions du week-end. Le sourire lumineux de Dan et ses yeux sombres ne laissèrent, eux, aucun doute sur sa compréhension du message. Aussi, le vendredi soir, après avoir dîné au restaurant en guise de réveillon, je laissai Dan découvrir mon petit appartement.

Après avoir fait le tour du propriétaire, se régalant de mes commentaires idiots sur les habitudes horribles et bruyantes de mon voisin, il s'installa sur le canapé. Je m'assis près de lui, nos genoux se frottant involontairement l'un contre l'autre. Après un moment d'embarras, il se tourna vers moi et, après avoir posé sa main sur ma joue, il effleura doucement mes lèvres.

Qu'il me demande ainsi la permission d'aller plus loin, après une semaine de relation idyllique et rassurante, me conquit totalement. Je retrouvai ses lèvres, encadrai son visage de mes mains et l'attirai contre moi. Je basculai en arrière, m'allongeant sur le canapé. Le corps de Dan, moulé contre le mien, suivit mon geste et il se retrouva au-dessus de moi, se maintenant sur ses avant-bras. Du bout des doigts, il repoussa mes cheveux. Ma respiration devint lourde et, très vite, Dan se redressa puis quitta le canapé. Je le regardai, surprise, et il me tendit la main.

— Pour une première, il faut au moins un lit.

— Tu es si pragmatique, remarquai-je en prenant sa main pour me lever à mon tour.

Brusquement, il glissa une main derrière mes genoux et j'eus tout juste le réflexe d'enrouler mes bras autour de son cou.

— Depuis quand sommes-nous mariés ? plaisantai-je.

— Juste une question de temps, murmura-t-il.

Il nous dirigea jusqu'à ma chambre et me posa avec délicatesse sur le lit. Il ôta son pull noir, retira ses chaussures et s'allongea sur moi.

— Rien qu'une question de temps, répéta-t-il en nichant sa tête dans mon cou.

Ses mains glissèrent sous mon pull, réchauffant ma peau. Très vite, il m'en débarrassa et son regard parcourut mon corps.

— Tu es magnifique, Kat.

Son index traça un chemin brûlant de mon cou jusqu'à mon nombril, en passant par le sillon de peau entre mes seins. Il descendit plus bas, quémandant une nouvelle autorisation d'accès. Les yeux clos, je respirai lourdement avant d'ouvrir moi-même les boutons de mon jean. Je le jetai au sol et Dan grogna. Je le repoussai doucement et nous nous fîmes face, allongés tous les deux sur le lit. Avec ses pectoraux saillants, ses épaules fortes et ses biceps ciselés, Dan aurait pu faire peur à n'importe qui. Mais dans son regard caressant je retrouvai l'homme rassurant et protecteur qu'il était.

J'approchai de nouveau de lui, accaparant ses lèvres. Il enroula son bras autour de ma taille, frottant son bassin contre le mien. Je gémis en sentant son excitation qui faisait déjà écho à la mienne. J'attaquai l'ouverture des boutons de son jean, le lui ôtant rapidement. Son boxer suivit le même chemin et ma main se mit à le caresser. Son sexe se tendit un peu plus dans ma paume et, à son tour, il me rebascula sur le lit.

Il repoussa mon soutien-gorge, appréciant en souriant le clip situé à l'avant. Ses mains larges et douces caressèrent mes seins, très vite suivies par ses lèvres. Je me cambrai contre lui, me laissant envahir par la douce sensation de chaleur et de joie qui se diffusait dans mon corps. Sa langue titilla longuement les pointes de mes seins. Je soupirai d'aise, mon cœur s'accélérant de plus en plus. Mon amant glissa le long de mon corps, ses mains traînant sur ma peau.

Avec douceur, il repoussa mon dernier sous-vêtement et posa sa main sur mon sexe. Il allait et venait sur moi. Les yeux mi-clos, je voyais les traits de son visage changer doucement. La douceur s'estompait peu à peu pour laisser place à l'envie et au désir brut et violent. Allongé sur le côté, il observait les réactions de mon corps à sa caresse.

Je me cambrai de nouveau, gémissant lourdement.

— S'il te plaît...

— Dis-moi, souffla-t-il en poussant son doigt en avant.

Je criai de plaisir avant de geindre de frustration. Dan

retira son doigt et couvrit son sexe d'un préservatif. La seconde suivante, il se positionna sur moi et son membre effleura mon entrée.

— Dan, s'il te plaît, grondai-je en remuant des hanches.

Il saisit mes poignets et, d'une main, les retint au-dessus de ma tête. Son regard me brûla littéralement et, pendant une courte seconde, l'association de son corps musclé, de sa main ferme et de ses yeux noirs m'effraya presque. Puis il m'embrassa doucement et s'enfonça en moi avec lenteur.

J'immobilisai mes hanches, appréciant sa poussée. Je relevai les genoux, me cambrai et tentai de garder mon corps le plus possible au contact du sien. Sa tête dans mon cou, son souffle s'accéléra en rythme avec son bassin. J'allais à sa rencontre, sentant ma délivrance proche. Ma peau me brûlait et chacune de mes terminaisons nerveuses palpitait de désir trop contenu.

Je tentai de libérer mes mains, mais Dan me maintint fermement prisonnière, cette lueur de défi toujours présente dans son regard. J'abdiquai. Mon corps se tendit fermement alors que Dan me faisait l'amour frénétiquement, dans un rythme quasi inhumain. Je l'encourageai en bougeant, en gémissant de plaisir tout en murmurant son prénom. Il donna deux puissants coups de reins, m'arrachant des cris et j'explosai autour de lui.

Les yeux clos, je sentis Dan bouger au-dessus de moi. Il lâcha mes mains et s'effondra sur moi avant de glisser sur le flanc en me calant contre son torse. Sa poitrine se soulevait spasmodiquement. Je posai ma main sur son torse, calquant ma respiration sur la sienne.

— Je peux passer la nuit ici ? demanda-t-il en fixant le plafond.

— Je ne voyais pas les choses autrement, répondis-je.

Il se débarrassa du préservatif et me reprit dans ses bras. J'étouffai presque dans son étreinte mais finis par trouver une position confortable.

— Dors bien, beauté. Je suis là.

Je fermai les yeux, sombrant doucement dans le sommeil.

A mon réveil, il n'était plus là, mais un mot trônait sur l'oreiller.

« Ma bonne résolution pour cette nouvelle année : ne pas te dire à quel point tu es importante pour moi. D. »

Je tournai le petit papier, souriant largement.

« Trop tard. »

J'éclatai de rire et m'enfonçai dans mon oreiller. Je pouvais encore dormir un peu.

Le début de la semaine passa dans un souffle. La fin de la période des fêtes marquait aussi la reprise de l'activité à l'hôtel. Le lundi, je passai en revue l'ensemble des réservations du mois, à la recherche de noms familiers.

Blake Medias.

Dans l'euphorie de ma relation avec Dan, j'en avais oublié les tourments que provoquait Andrew Blake en moi. Je repris le dossier que Lynne m'avait laissé avant son départ et vérifiai que tout avait été prévu pour le piano.

Depuis que je travaillais ici, aucun client ne s'était jamais soucié de ce piano. Il était au mieux un élément de décoration, au pire — et j'avais pu le constater moi-même — un endroit un peu saugrenu pour faire l'amour.

Lynne avait heureusement fait le nécessaire et un accordeur devait passer dans la matinée. La salle de conférences avait été réservée, et Blake ne restait finalement pas deux jours, mais cinq. Heureusement, je n'étais de service que pour ses trois premières nuits. Soudain, je repensai à son magazine. Je n'avais même pas encore ouvert *Powerfull*... Et, contrairement à moi, Andrew Blake n'était pas du genre à oublier les détails.

Le mail détaillant son planning des prochains jours avait été imprimé par Lynne. Je retrouvais ses annotations manuscrites : deux réservations au restaurant asiatique de l'hôtel et une table pour le soir de son arrivée au *Five*, la brasserie située au troisième étage. Pour son séjour, il avait même réservé un soin au spa et la piscine avait été privatisée tous les soirs, hormis celui de son arrivée, après 22 heures.

Après avoir tout vérifié, je refermai le dossier Blake, le laissant en haut de la pile.

Comme toutes les nuits, Dan m'amena un thé vers 2 heures et nous discutâmes quelques minutes. Sa vacation finissait vendredi soir, et je savais que sa présence ici allait me manquer. Il avait cette incroyable capacité à me rendre heureuse et légère. Ses yeux sombres s'illuminaient et il m'attirait dans l'étreinte chaude et rassurante de ses bras. Et j'aimais ça... J'aimais me sentir aimée.

La nuit de mardi à mercredi fut particulièrement studieuse. Je fis, pour une fois, une infidélité à mon magazine préféré — lâchement mis de côté depuis que Dan partageait mon lit — pour lire *Powerfull.* Armée de mon carnet de notes et d'un stylo, je déchiffrai scrupuleusement chaque article, annotant, ajoutant, commentant les rubriques et la mise en page.

Je m'octroyai une pause pour le thé.

— Qu'est-ce que tu lis ? me demanda Dan alors que je surlignais un article.

— *Powerfull.*

— Le truc de Blake ? Mais je croyais que ça ne sortait que le mois prochain ?

— Il m'a demandé de lire le numéro zéro et de lui donner mon avis.

Dan m'arracha le magazine des mains, le feuilletant furieusement. Estomaquée, je remarquai ses yeux qui se voilaient de colère.

— Je n'arrive pas à y croire..., murmura-t-il entre ses mâchoires serrées.

— Dan...

— Ce type se sert de toi ! explosa-t-il soudain en secouant la revue.

Je reculai légèrement, presque apeurée par cette rage. Dan soupira et reposa le magazine sur mon petit bureau. Il chassa la tension de son visage et posa ses mains à plat sur le comptoir.

— Pardon... C'est juste que... Blake...

— Dan, c'est mon job ! le coupai-je. On me demande de faire en sorte que leur séjour soit idyllique, on me demande de les faire revenir. Alors quand Blake me demande de lire ce magazine, je le fais !

— Il te plaît ?

— Au cas où tu l'aurais oublié, je suis avec toi.

Je repris le magazine et l'ouvris à la page où je m'étais arrêtée. Un silence tendu et glacial s'installa, mais je restai les yeux rivés sur ma lecture.

— Kat, regarde-moi, s'il te plaît, murmura mon petit ami.

— Tu n'as pas à être jaloux. Je ne fais pas ce genre de choses... Je ne couche pas avec un client, ajoutai-je en plantant mon regard dans le sien.

— Tu es en colère ?

— Non... Je suis juste... déçue.

— OK, Kat. J'ai juste... réagi de façon excessive. Je... je tiens beaucoup à toi, Kat, et...

— C'est bon, Dan. Fais juste en sorte de me faire confiance.

— Promis.

— De toute façon, Andrew Blake est marié ! plaisantai-je en haussant les épaules.

— Tu vois qu'il te plaît ! rit Dan, de nouveau détendu.

— Le seul qui me plaît est en ce moment en face de moi, chuchotai-je en posant ma main sur la sienne en signe d'apaisement.

Je sentais toujours une légère crispation, mais Dan me sourit avant de retirer sa main. Il retourna à son poste au bar et je replongeai dans ma lecture. Quelques heures plus tard, alors que le soleil pointait à peine, je reposai le magazine et relus mes remarques. Blake débarquait ce soir et j'avais certainement pris trop de notes. En tout cas, certainement trop par rapport au temps qu'il m'accordait.

Sam et Lynne arrivèrent en même temps en discutant et mon collègue de jour me tendit un gobelet fumant.

— Alors ces vacances ? demandai-je à Sam.

— Trop de dinde et trop de monde. Ma belle-famille a une tendance manifeste à l'envahissement. Dieu merci, je les ai déposés ce matin à l'aéroport, et normalement, ce soir, je serai enfin tranquille !

— Tu vas reprendre doucement. C'est calme ici.

— Tu as fait les réservations pour Blake ? demanda Lynne.

— Toutes, oui. Par contre, Sam, tu pourras vérifier la Peninsula Suite ? Et n'y affecte pas Kim ! le prévins-je.

— Pas de problème !

Du coin de l'œil, je vis Daniel quitter l'hôtel. Je lui fis un sourire, le rassurant sur mon intention de le rejoindre, avant de me tourner vers Lynne et Sam.

— Le dossier Blake est là, indiquai-je à Sam en ramassant *Powerfull* et mon bloc-notes.

— OK. A ce soir !

Je quittai mon pupitre et Lynne me suivit jusqu'aux vestiaires.

— J'ai une dégustation de gâteaux pour le mariage cet après-midi. Tu pourras venir ?

— Bien sûr, Lynne. A quelle heure précisément ?

— 16 heures... Et je me disais qu'on pourrait aussi aller essayer ta robe, ajouta-t-elle avec prudence.

— Oh... Je...

— S'il te plaît, Kat.

Je retirai ma veste et soupirai. A chaque événement, à chaque étape de la préparation du mariage de Lynne, j'avais la sensation désagréable de cautionner une erreur. Je participais à cette immense machine, œuvrant pour le bonheur de Lynne, et pourtant, quelque chose manquait. Certes, je ne faisais aucune confiance à Philip, mais ce que je craignais encore plus, c'était de faire du mal à ma meilleure amie.

— D'accord.

Son visage s'illumina et elle me prit dans ses bras. Maladroitement, je la serrai contre moi, heureuse de lui faire plaisir.

— Je te rejoins ici ? proposai-je.

— Oui, le pâtissier est à deux blocs.

— Bien. A ce soir alors !

Je quittai l'hôtel quelques minutes plus tard, *Powerfull* et mes notes sous le bras, avant de rejoindre Dan.

— Petit déjeuner ?

— Pas ce matin, Dan. Je...

— C'est à cause de cette nuit ? me coupa-t-il vivement.

— Non, non... Je... je dois relire ça, expliquai-je en montrant mes notes, et je dois rejoindre Lynne dans l'après-midi.

— Tu es certaine que ce n'est pas à cause de moi ?

— Dan, soufflai-je en collant mon corps au sien, je t'ai dit que tu pouvais me faire confiance. Je veux juste aller dormir maintenant, car je ne pourrai pas le faire plus tard.

— D'accord.

Il posa ses lèvres doucement sur les miennes et m'embrassa. Pour lui prouver que je ne lui en voulais pas, j'agrippai ses avant-bras et appuyai fermement mes lèvres. Il sembla surpris, mais très vite sa main trouva ma nuque et nous échangeâmes un baiser passionné.

— A ce soir, dis-je doucement, mes mains toujours sur ses bras.

— A ce soir. Ce sera mon avant-dernière nuit !

— Il va falloir fêter ça alors, rétorquai-je, joueuse.

— Tout ce que tu veux, beauté. Tout ce que tu veux !

Nous nous séparâmes en direction de nos métros respectifs. Après un long sommeil réparateur, je regagnai l'hôtel en début d'après-midi, relisant mes notes dans la rame. Je ne voulais pas être prise au dépourvu, et, pour l'instant, toutes mes conversations avec Andrew Blake avaient été déconcertantes.

Je rejoignis Lynne à l'hôtel et nous partîmes ensemble en direction de sa dégustation.

— Celui-ci est à la crème, avec un fourrage aux fruits rouges, annonça la vendeuse en posant une assiette devant nous.

Lynne me lança un regard perdu. Nous en étions à

notre cinquième gâteau et je risquais l'overdose de sucre. Lynne hésitait, tentant de concilier ses goûts avec ceux de Philip.

— Lynne, c'est le dernier... Je ne peux plus rien avaler! l'avisai-je.

— Tu es censée m'aider!

— Je fais de mon mieux, je t'assure. Mais tout ce sucre m'écœure.

— Le premier, au chocolat, était bien, non?

— Ils sont tous bons, Lynne. Tous! Et à ce rythme, je ne rentrerai plus dans ma robe!

— Bien, bien... Je vais finir par me décider.

Nous goûtâmes l'échantillon minuscule devant nous. Lynne le mastiqua longuement, tentant sûrement de s'octroyer un sursis avant la décision finale. Elle posa sa fourchette et se perdit dans sa réflexion. Je demandai un verre d'eau à la vendeuse et me rinçai la bouche de cet amas de sucrerie.

— Nous prendrons le premier, affirma-t-elle soudain.

— Vous en êtes certaine? demanda la serveuse en prenant note de la commande.

Lynne me jeta un regard, de nouveau, complètement perdue et hésitante.

— Oh! non... ne me demande rien. Tu m'as demandé de venir goûter, je suis venue! me défendis-je en levant les mains devant moi.

— Et tu te dis mon amie?

— Je te laisse libre de tes choix!

— Bien. Le premier, répéta-t-elle dans un souffle.

— Combien de personnes?

— Cent cinquante... Euh, non... Prévoyez pour deux cents!

— Bien, mademoiselle.

La vendeuse prit le détail de la commande et Lynne versa un substantiel acompte. La famille de Philip était riche, très riche même. Le mariage n'avait pas vraiment été budgétisé, et Philip n'avait de cesse de me le rappeler dès que nous nous croisions. Cet homme avait un rapport à l'argent qui me dépassait. Il en voulait toujours plus. Mais ce qui était dérangeant, c'était qu'il voulait le montrer.

Une heure plus tard, j'étais perchée sur un podium, bras en l'air pendant qu'une jeune fille prenait les mesures nécessaires aux retouches de ma robe. Le bustier me gênait un peu, mais dans l'ensemble, la robe était jolie. J'avais craint de ressembler à une meringue informe, mais Lynne, contre toute attente, avait respecté mon choix.

Cette dernière commentait les retouches, précisant qu'elle voulait que la robe soit ajustée au niveau de la taille.

— Comment te sens-tu ? me demanda-t-elle après vingt minutes de torture.

— Encombrée !

— Tu es très jolie... Philip a un frère célibataire, tu sais ! ajouta-t-elle en levant un sourcil entendu à mon attention.

— Laisse-moi deviner, il est lui aussi riche à millions et passe son temps à les compter ! rétorquai-je sèchement.

— Kat !

— Pardon. C'est... Non, rien. Laisse tomber.

— Aimerais-tu Philip s'il n'avait pas autant d'argent ?

— Parce que tu t'empresserais de lui demander de se délester de son patrimoine pour me plaire peut-être ?

— J'aimerais juste comprendre pourquoi tu es si sévère avec lui !

— Je ne suis pas sévère avec lui. Je cherche juste à comprendre pourquoi tu veux te marier avec lui !

— Parce que je l'aime. Et parce qu'il m'aime, expliqua-t-elle avant de s'intéresser de nouveau à la robe.

Je secouai la tête, incrédule. Elle avait réussi à se convaincre de faire sa vie avec lui. Elle avait réussi à se convaincre qu'elle était amoureuse de lui.

— Parlons plutôt de toi, suggéra-t-elle.

— Rien à dire, mentis-je alors que je ne parvenais pas à retenir mon sourire.

— Toi, tu me caches un truc, déclara Lynne, les poings sur les hanches. Comment il s'appelle ?

— Daniel.

— Daniel qui ? Je le connais ?

— L'intérimaire qui remplace Angie.

— Wow... Et qu'est devenue ta règle d'or : « Ne jamais sortir avec quelqu'un de l'hôtel » ?

— Techniquement, il n'est pas vraiment de l'hôtel.

— Comme c'est pratique ! Sexe ?

— Humm...

— Sexe donc ! Sur une échelle de 1 à 10 ?

— Lynne ! m'écriai-je, choquée.

— Tu ne veux pas répondre ?

— Non ! C'est... personnel. Aïe ! criai-je en sentant une épingle piquer ma hanche.

— Pardon, mademoiselle, s'excusa la jeune couturière.

Lynne s'installa dans le fauteuil face à moi et prit un magazine. Je reconnus le *New Yorker*. J'envisageai un court instant de lui faire lire les annonces mais renonçai. Lynne ne comprenait pas mon addiction et je n'avais pas le cœur à tenter de la convaincre.

Sur mon podium, je commençais à trouver le temps long. Très long. La couturière se pencha et je devinai qu'elle attaquait l'ourlet de la robe.

Près de vingt minutes plus tard, nous sortions de la boutique. J'étais légèrement endolorie d'être restée presque une heure statique, les bras relevés. Sur le chemin de l'hôtel, je m'arrêtai au kiosque, achetant le *New Yorker* pour passer la nuit.

— Tu as une vie sexuelle et tu lis quand même ce truc !

— Une part de rêve ne fait jamais de mal !

— Oh... Donc, il n'a pas 10 sur 10, sourit-elle.

— Je n'ai pas dit ça !

— Tu n'as pas dit le contraire !

Nous passâmes la porte tambour et en attendant le début de mon service, trente minutes plus tard, je me dirigeai vers son bureau. J'ouvris le *New Yorker*, tout en suivant Lynne qui s'agitait devant moi.

— Philip va m'attendre, râla-t-elle en constatant l'heure, tout en rassemblant ses affaires.

— Tu n'as pas la permission de 20 heures ? ironisai-je en nouant mes cheveux.

— Très drôle ! Nous avons un dîner ce soir avec ses parents.

— Oh... Ça a l'air... fun ! dis-je avec maladresse.

— Un enfer, oui ! clama-t-elle en s'installant derrière son ordinateur. Sa mère est une coincée qui n'ose même pas prendre un taxi de peur de se faire détrousser. Et son père passe son temps dans son bureau à travailler comme un...

Sa voix s'éteignit et elle releva les yeux vers moi. Leur éclat brillant s'estompa et, à la place, la stupéfaction et une pointe de colère apparurent.

— Tu as quelque chose à me dire ? m'interrogea-t-elle brutalement en me fixant droit dans les yeux.

— Non... Mais de quoi parles-tu ?

— Tu es certaine ? Rien ?

— Mais, évidemment ! Que se passe-t-il, Lynne ?

— Je dois te remplacer pour ton début de service.

— Quoi ? m'écriai-je en me relevant de ma chaise vivement.

Je contournai son bureau pour regarder l'écran : un mail du directeur demandait à Lynne de rester deux heures de plus, pour me remplacer.

— Tu avais prévu de t'absenter ? s'enquit mon amie, un peu plus calme.

— Non. Je ne sais absolument pas de quoi il s'agit !

— Un entretien avec Perkins ? Il précise qu'il viendra te voir à ta prise de service.

— Peut-être.

Je fronçai les sourcils, à la recherche d'une explication rationnelle. Une multitude de raisons se fracassèrent dans mon esprit au même moment : ma liaison avec Dan, Kim et notre dernière conversation, le refus du cadeau d'Andrew Blake. Dans tous les cas, je redoutais ces deux heures.

Après avoir ramassé ma revue, je quittai le bureau de Lynne, l'esprit embrumé. Je me dirigeai vers mon vestiaire, réfléchissant à toute vitesse à ce qui pouvait m'attendre. Je gardai le magazine de Blake, le *New Yorker* et mon bloc-notes avec moi. Je me postai près de Sam, écoutant d'une oreille distraite les informations qu'il devait me transmettre.

— Tout va bien, Kat ?

— Je... Euh... Est-ce que M. Perkins t'a parlé... de moi ? l'interrogeai-je.

— Ce matin. Il voulait mon avis sur ton travail. Je lui ai dit que tout était parfait.

— Oh... Il veut me voir apparemment.

— C'est sûrement pour te féliciter, me rassura-t-il. Je ne vois pas quel genre de reproche il pourrait te faire !

— Humm... Merci.

— Je vais y aller. Prends soin de toi. Oh... Et tant que j'y pense, Blake est arrivé !

Super ! Je posai mes affaires dans la bannette devant moi. Comme si ma soirée n'allait déjà pas être assez compliquée, il fallait encore que je supporte Andrew Blake et ses remarques déstabilisantes.

Il fallait que je m'occupe, que je pense à autre chose. Sam avait raison, je n'avais certainement rien à me reprocher.

Sauf Dan... Et Blake... Et Kim... Si jamais j'apprenais que cette petite peste était derrière cette histoire, je promettais de la tuer !

Cherchant à me concentrer, j'imprimai les factures du lendemain matin — tâche normalement dédiée à Sam — et vérifiai les réservations de salle pour le week-end à venir. Le hall bourdonnait à cause des allées et venues mais je parvins à faire abstraction du bruit tandis que j'entreprenais de classer les archives.

— Bonsoir, Kathleen.

Cette voix. Cette intonation. Je relevai la tête et trouvai le regard... d'Andrew Blake.

Chapitre 5

— Monsieur Blake, le saluai-je poliment.

— Comment allez-vous ?

— Très bien, je vous remercie. Que puis-je pour vous ?

Je voulais évacuer Andrew Blake et cette conversation dérangeante au plus vite. J'étais suffisamment tourmentée par mon entretien avec M. Perkins.

— Pouvez-vous me dire quelle table m'est réservée ?

— Nous vous avons réservé une table au *Five*. Souhaitez-vous que quelqu'un vous accompagne ?

— Annulez-la. Je vais dîner au bar ce soir.

— Bien, monsieur. Toujours pour deux personnes ?

— J'espère, sourit-il.

J'appelai le restaurant au troisième étage, annulant sa réservation, puis pris contact avec Daniel pour qu'il me garde une table. Quelques minutes plus tard, je vis sa silhouette se déplacer et je compris qu'il avait fait le nécessaire.

— Votre table est prête, monsieur.

— Parfait. Vous m'accompagnez ?

— Je... euh... Oui. Bien sûr, balbutiai-je.

Il sortit son téléphone et sa conversation dura à peine quelques secondes.

— Vous pouvez faire le nécessaire. Merci.

Nous entrâmes dans le bar et Dan me désigna l'espace réservé du menton. J'indiquai l'emplacement à Blake. A ma grande surprise, il me devança de deux pas et tira une chaise.

— Installez-vous, Kathleen.

— Je... Monsieur... Je dois retourner...

— Toujours aussi professionnelle. Rassurez-vous, vos clients ne sont pas totalement abandonnés.

Il se tourna vers mon pupitre et j'imitai son geste. Lynne se tenait debout, droite comme un « i », les yeux écarquillés. Je déglutis violemment, comprenant enfin la machination. Je croisai le regard rieur de Blake et m'installai avec précaution sur la chaise.

Blake contourna la table et s'assit face à moi.

— M. Perkins a accepté de vous libérer pendant deux heures.

— C'est... inattendu, avouai-je.

— Il me semblait avoir été plutôt clair lors de ma dernière visite.

En un instant, le souvenir de son départ du palace me revint à la mémoire.

« La nuit ensemble... »

Je le fixai, stupéfaite par son aplomb.

— Evidemment, je me doutais de votre potentiel refus. Je savais que vous n'accepteriez pas de sortir de la droite ligne de vos obligations. J'ai donc pris les devants.

— C'est extrêmement cavalier, sifflai-je, pas franchement heureuse de me faire manipuler.

— La fin justifie les moyens. Ceci étant dit, je prendrai soin de vous solliciter directement la prochaine fois.

La prochaine fois ? Je ricanai en songeant que jamais je n'accepterais quoi que ce soit de la part de cet homme.

— Que désirez-vous boire ? s'enquit-il.

— Rien. Je vous remercie, assénai-je, très tendue.

Il reposa la carte sur la table et cala son menton sur ses poings joints. Son regard brillant me tétanisa et mon cœur s'alourdit dans ma poitrine.

— N'êtes-vous pas censée acquiescer à toutes mes demandes ?

— Pas si elles me semblent inappropriées.

— C'est parce que je suis un client que vous êtes mal à l'aise ?

— En effet, avouai-je.

— Bien. Dans ce cas, je vais aller réserver une suite au Four Seasons, et vous ne verrez plus en moi qu'un *ancien* client.

— Je...

— Je suis certain que M. Perkins sera ravi d'apprendre cet arrangement, enchaîna-t-il en composant un numéro sur son portable.

Je me crispai encore plus. Faire perdre un client de ce standing au Peninsula allait sûrement me coûter ma place et ma réputation dans toute l'hôtellerie.

— Attendez ! m'exclamai-je vivement en posant ma main sur son téléphone.

Blake me fit un sourire victorieux.

— Je présume que vous voulez boire quelque chose maintenant ?

— Je... Un jus de fruits sera parfait.

— Voilà que je retrouve ce fameux professionnalisme.

Il jeta un regard en direction de Dan. Ce dernier se propulsa à une vitesse hallucinante à notre table.

— Un jus de fruits pour mademoiselle. Vous avez une préférence ? s'enquit-il.

— Je... Pomme. Pomme, ça sera parfait, balbutiai-je en osant à peine regarder Dan.

— Jus de pomme donc. Et pour moi, un verre de cabernet.

Dan acquiesça et me fit un faible sourire. Je repensai à sa crise de jalousie de la veille. J'espérais qu'il ne fasse pas d'esclandre ce soir.

— Je vous remercie pour le piano. Il a désormais un son décent.

— Oh... Je vous en prie.

— Avez-vous lu *Powerfull*?

— Oui. J'ai... Je l'ai parcouru avec beaucoup d'attention.

Il opina, satisfait, et Dan revint vers nous pour poser nos boissons sur la table.

— Avez-vous faim? m'interrogea-t-il en prenant la carte devant lui.

— Non, merci. J'ai mangé avant le début de mon service.

— Je prendrai un hamburger, saignant. Avec des légumes.

— Bien, monsieur, répondit Dan en inclinant la tête.

Il s'éclipsa quelques secondes plus tard. Je tentai de me détendre et me réfugiai dans mon verre à la recherche d'une contenance. Blake s'affaissa dans son fauteuil, faisant rouler le sien entre ses mains.

— Je vous écoute. Qu'en avez-vous pensé?

— J'ai trouvé ça bien. Complet. Le graphisme est intéressant et les articles sont...

— Kathleen, je ne vous demande pas d'être politiquement correcte avec moi.

— Mais...

— Je sais que vous avez fait des études de journalisme. Je sais que vous êtes une fille brillante. Pour l'instant, vous ne m'avez pas déçu, faisons en sorte que notre « relation professionnelle » perdure dans les mêmes conditions.

Je me figeai sur ma chaise, estomaquée par sa confiance, et me léchai nerveusement les lèvres. Je voulais en finir au plus vite avec cette entrevue, mais il ne semblait pas l'entendre ainsi...

— Maintenant, dites-moi vraiment ce que vous en pensez.

— J'ai pris des notes. Si vous voulez bien m'excuser un instant.

— Faites donc.

Je me levai de ma chaise et il m'imita par pure galanterie. J'allais vers mon pupitre à grandes enjambées. Lynne feuilletait le *New Yorker* et, en me voyant approcher, elle bondit de sa place.

— C'est quoi cette histoire? demanda-t-elle, les nerfs à vif.

— Je ne sais pas, Lynne. Donne-moi mon bloc-notes.

— Tu as intérêt à me raconter!

— Plus tard.

Elle me tendit mes notes et je retournai à ma place. De nouveau, Blake se leva quand je m'installai. Prenant une profonde inspiration, j'ouvris mon bloc, avant de rediriger mon attention sur Blake qui me fixait intensément.

— Soyez franche.

— Je trouve l'organisation du magazine trop brouillon. On lit un article de fond, puis on a les pages mode, puis de nouveau un article de fond...

Je levai les yeux vers lui, cherchant une réaction. Il opina doucement et porta son verre à ses lèvres.

— Le graphisme est... minimaliste.

— C'est un parti pris, me coupa-t-il en s'accoudant à la table.

Je me tus, ne sachant si je devais poursuivre ou non.

— Je veux faire un bon magazine, pas une œuvre d'art.

— Le visuel est pourtant ce qui déterminera l'achat, contrai-je.

— Donc, pour vous, seule l'apparence importe ?

— Pas pour moi. Pour la majorité des gens... A choisir entre deux magazines, le lecteur lambda préférera la jolie couverture à autre chose de trop...

— ... minimaliste ? finit-il pour moi.

— Oui.

Il y eut un silence tendu. Blake avait les mâchoires crispées et son regard brillant s'assombrissait.

— Poursuivez, m'intima-t-il.

— Vous devriez étoffer la partie culturelle. Vous êtes à New York, c'est important.

— Et vous y verriez quoi ?

— Du théâtre... Ou peut-être une forme de rencontre avec quelqu'un du domaine artistique.

Dan apporta son assiette à Blake et celui-ci recula pour se faire servir. De nouveau, je croisai son regard. La bienveillance du début de soirée avait laissé place à l'inquiétude. Je lui fis un petit sourire, presque invisible, avant qu'il ne reprenne sa place derrière le bar.

Blake mordit généreusement dans son hamburger. Je

l'observai mastiquer son repas, me demandant si je devais continuer. Il avala sa bouchée et s'essuya la bouche.

— Votre point de vue est... effrayant, dit-il.

— Vous m'avez demandé d'être franche, ripostai-je.

— C'est justement ce qui m'effraie. Avec moi, la plupart des gens se contentent de sortir la brosse à reluire.

Je rougis violemment, inquiète d'avoir franchi la ligne rouge.

— Votre petit ami nous fixe depuis le début du repas, annonça-t-il.

— Ce n'est pas...

— Ne finissez pas cette phrase, Kathleen. Je n'apprécie que très modérément le mensonge. Surtout après un tel élan de franchise!

Il reprit une gorgée de son verre. Mon corps, légèrement détendu depuis quelques instants, se crispa instantanément. Je voulais quitter cette table. Je voulais quitter son regard inquisiteur et méfiant. Je voulais... reprendre ma place de concierge et qu'il reste un simple client.

— Y a-t-il au moins quelque chose de récupérable dans ce que vous avez l'air de considérer comme un échec total? Et gardez à la mémoire ce que je viens de vous dire au sujet du mensonge.

— Les articles sont bien écrits, répondis-je en ignorant sa dernière remarque. Les sujets sont originaux.

— Vous avez aimé?

— Beaucoup, admis-je avec sincérité.

Nouveau silence. Blake reprit une bouchée de son repas. Le regarder manger était à la fois gênant et... intéressant.

— Vous avez terminé?

— Je... oui.

Je me relevai de ma chaise, prête à quitter la table avec mes notes sous le bras.

— Que faites-vous?

— Je vous laisse finir votre dîner, monsieur.

— M. Perkins m'a octroyé deux heures. Je ne compte pas vous libérer plus tôt. Finissez votre jus de pomme.

Je me rassis sur-le-champ même si je mourais d'envie de disparaître et de reprendre le cours normal de ma vie.

Blake se tamponna les lèvres avec sa serviette et repoussa son assiette, à demi terminée.

Il attrapa mon bloc-notes et le parcourut, l'air concentré. Mal à l'aise, je cherchai à fixer autre chose que son visage. Mais une force étrange m'en empêchait. Je le surpris à sourire.

— Ma fonction de rédacteur en chef ne vous convient pas ? me demanda-t-il en pointant mon bloc.

— C'est... paradoxal, soufflai-je.

Il eut un nouveau sourire et, d'un mouvement de main, m'encouragea à poursuivre.

— Je veux dire... Cela n'est pas cohérent avec votre personnalité.

— Vous avez un avis sur ma personnalité ?

— Pas un avis. Juste... J'écoute ce qu'on me dit à votre sujet.

— Et que dit-on ?

— Que vous êtes un véritable secret, avouai-je en rougissant.

— Ma vie privée est secrète. Pas le reste. Tout le monde sait exactement ce que je fais et pourquoi je le fais.

— On vous craint, ajoutai-je.

— Vous me craignez ?

— Vous êtes un client.

— C'est donc un « oui » ?

— Monsieur Blake, puis-je vous débarrasser ? nous interrompit Dan.

Il hocha la tête avec agacement et Dan repartit avec l'assiette. Malgré la rapidité de son intervention, je retrouvai ce regard sombre et féroce.

— La plupart des gens sont nerveux en ma présence. Vous appelez ça de la crainte, j'appelle ça du charisme.

— Je...

— Je suis un homme normal, Kathleen. Comme tout le monde, j'ai des rêves, des espoirs, des déceptions.

— Je suis certaine que vos rêves sont réalisables.

— Vous croyez ?

— L'argent aide à cela.

— Oubliez l'argent. Et oubliez qui je suis. Je n'ai compris que trop récemment à quel point cette façade me desservait.

Dan vint remplir son verre et Blake lui ordonna de me resservir un jus de fruits. Je n'eus pas la force de protester.

— L'apparence, Kathleen, ce n'est pas important.

— Ça l'est dans ce monde, que vous le vouliez ou non. Vous fréquentez un hôtel de luxe. Tout ici n'est que façade, apparence et faux-semblants.

— Tout sauf vous.

Je haussai les sourcils, vexée de sa remarque.

— Ne vous méprenez pas sur mes intentions. J'ai juste envie de vous comprendre.

— Dans quel but ? demandai-je, curieuse.

— La franchise est une valeur éculée, tout comme la politesse et l'honnêteté. Vous êtes surprenante. Vous m'appelez « Monsieur », alors que je ne me gêne aucunement pour vous appeler par votre prénom. Vous restez aimable alors que j'agis comme un parfait goujat avec vous...

— Vous appelez ça de la politesse, j'appelle ça du *professionnalisme*, le coupai-je en reprenant ses mots.

— Touché, avoua-t-il.

— Vous entretenez votre propre mythe, conclus-je.

Il s'enfonça dans son siège et je repris un peu contenance. La seule façon de survivre à cet entretien, c'était de le mener. Il voulait mon avis sur lui, je pouvais le lui donner. S'il appréciait la franchise, il devrait l'encaisser.

— Je ne suis pas un mythe.

— Bien sûr que si... Vous avez de l'argent, vous réussissez et vous conservez le secret sur votre vie privée. Vous fascinez. Et la fascination rend curieux. Vous entretenez ce cercle vicieux.

— Que voulez-vous savoir ? demanda-t-il en se penchant vers moi.

Je tentai de reculer, de retrouver une distance respectable, mais il posa sa main sur la mienne et accrocha mon regard. Mon cœur remonta dans ma gorge et mon corps fut secoué de tremblements.

— Dites-moi, Kathleen.

— Rien.

— Dans ce cas, accepteriez-vous de me dire pourquoi vous êtes si pâle ?

— Je n'ai pas... l'habitude.

— Des hommes ?

— De parler de cette façon avec les clients.

— Donc, je vous déstabilise. Soyez rassurée, votre petit ami veille au grain.

Son attention se porta sur Dan. Je tournai la tête à mon tour ; ce dernier nous fusillait du regard, nettoyant le bar déjà étincelant. Je sentis brutalement la tension entre nous trois. Je redirigeai mon regard sur Blake, puis sur nos mains, l'une sur l'autre.

— Les apparences, Kathleen. Elles sont toujours trompeuses.

— Ce... ce n'est pas ce que vous croyez.

— Vraiment ? Vous voulez que je vous dise ce que n'importe qui pourrait croire en entrant ici ?

Je jetai un œil vers Dan, toujours en colère. Son visage tendu ne laissait pas de doute sur la rage qui l'habitait.

— Les gens penseraient que nous avons un rendez-vous. Ou peut-être même que c'est *moi* votre petit ami. Ils penseraient aussi que le barman est furieux parce que j'ai été désagréable avec lui.

— Et ensuite, ces fameuses personnes verraient votre alliance.

— Oh... Evidemment. Peut-être alors serions-nous mariés ? s'amusa-t-il.

— Je n'ai pas d'alliance, contrai-je en retirant rageusement ma main.

Je m'adossai à ma chaise et croisai mes bras.

— Qu'attendez-vous de moi ? l'interrogeai-je, en colère.

— Rien. Vous avez déjà été bien au-delà de mes attentes avec ça ! souligna-t-il en pointant mes notes.

— Bien. Je vais donc reprendre mon poste, grommelai-je en me relevant vivement.

Blake me saisit le poignet pour me forcer à me tourner vers lui.

— Restez, murmura-t-il d'une voix rauque.

— J'ai du travail.

— Toujours aussi butée, sourit-il. Et il me reste une heure.

Je tirai sur mon bras, tentant de m'échapper, mais il me tenait fermement. Dan apparut en un éclair, s'interposant entre Blake et moi.

— Un problème, Kat ?

— Tout va bien, murmurai-je avec apaisement.

La soirée était déjà assez compliquée, inutile de rajouter un affrontement.

— Kathleen allait commander deux cafés pour finir notre entretien, expliqua Blake.

— C'est bien ça, Kat ? s'enquit mon petit ami.

— Je...

Ma voix s'éteignit et mon regard passa de Dan à Blake. Le premier sombre et colérique, le second brillant et lumineux. Je tremblai un peu sur mes jambes avant de me rasseoir. Blake me libéra dans l'instant et Dan se pencha sur moi :

— S'il t'importune, je peux appeler la sécurité.

— Ça ira, répliquai-je sèchement.

— Kat...

— Ça ira, Dan. Maintenant, amène son café à M. Blake.

Après une seconde d'hésitation, Dan repartit et un silence tendu s'installa entre nous. Je le toisai méchamment, espérant qu'il comprenne que je n'étais en aucun cas prête à lui pardonner ce geste.

— Excusez-moi, Kathleen. Je... je veux juste que vous compreniez que...

— Que vous avez créé un tel vide autour de vous que vous êtes contraint d'utiliser votre pouvoir pour me parler ?

— Vous avez une image si négative de moi.

— Pourquoi moi ? demandai-je de nouveau.

— Parce que vous, comme moi, n'agissons pas comme tout le monde. Avez-vous un secret, Kathleen ?

— Tout le monde a des secrets.

— Pourquoi travaillez-vous de nuit ?

— Le hasard ! répondis-je en haussant les épaules.

— Je dirais la fuite. Cette même fuite qui explique que vous avez renoncé au journalisme pour vous contenter de satisfaire les lubies de riches clients capricieux comme moi.

— Je ne fuis rien ! m'exclamai-je avec force.

— Vraiment ?

— Absolument.

— Donc même si je vous proposais de doubler votre salaire pour travailler pour moi, vous n'accepteriez pas ?

— Non, évidemment.

Il secoua la tête, un sourire apparaissant sur ses lèvres. Je posai mes mains sur la table, consciente qu'il était de nouveau en train de mener le jeu.

— Barman ! cria-t-il à l'attention de Dan. Apportez-nous du chocolat, demanda-t-il sans quitter son regard du mien. Je sens que cette conversation va devenir passionnante.

Quelques instants plus tard, le bruit d'une petite assiette à dégustation posée entre nous vint troubler le silence.

— Servez-vous, me proposa Blake en poussant l'assiette vers moi.

— Merci, soufflai-je en prenant un chocolat fourré.

Blake croqua dans le sien et ferma les yeux pour le savourer.

— Un plaisir que je m'octroie de nouveau depuis peu, indiqua-t-il en riant.

Il desserra sa cravate, et soudain c'était comme s'il avait perdu sa stature d'homme puissant, médiatique et nébuleux. Il était devenu un homme ordinaire, se perdant dans un plaisir simple comme du chocolat. Je souris doucement et remuai la tête pour détendre ma nuque.

— Je ne fais pas ça pour coucher avec vous, Kathleen. D'une part parce que votre petit ami ne me laisserait sûrement pas faire ; et d'autre part parce que...

— ... vous êtes marié, finis-je pour lui.

Il loucha vers son alliance et son visage perdit de sa lumière.

— Je... Oui... J'aime profondément ma femme.

— Pourquoi ne pas lui avoir demandé son avis sur votre magazine ? l'interrogeai-je.

— Je vous l'ai dit. La franchise est une valeur rare et éculée de nos jours.

— Comment savoir si vous pouvez me faire confiance, vous me connaissez à peine !

— Je sais. J'ai récemment pris conscience du fait que les personnes qui me connaissaient le moins étaient aussi les plus honnêtes. L'honnêteté... voilà ce que j'attends des gens qui m'entourent.

— Je comprends, admis-je.

— Et vous comprendrez aussi alors que je tiens à garder ce genre de personnes autour de moi.

— C'est difficile, remarquai-je.

— Mais pas impossible... J'attends de voir ce que l'avenir me réserve.

— Vous savez ce qu'on dit... Le meilleur reste à venir, soufflai-je en m'emparant d'un second chocolat.

— J'aime à le croire en effet.

Il se tut et, pour la première fois depuis le début de notre conversation, ce silence n'était ni gênant ni tendu. Au contraire, il était confortable et bienvenu.

Dan nous servit nos cafés, le visage fermé. Il n'osa même pas relever les yeux vers moi, et je dus me faire violence pour ne pas me lever et le retenir.

— Je donne une réception à la fin de mon séjour. J'aimerais vous y voir.

— Monsieur Blake, je suis dans l'obligation de décliner.

— Et je suis dans l'obligation d'insister.

— Vous êtes un client.

— Je vous invite à une réception. Dois-je vous refaire ma fameuse démonstration sur mes caprices idiots mais nécessaires ?

Je relevai les yeux vers lui, scrutant son visage. Ses

lèvres se soulevaient dans un demi-sourire. Difficile de savoir s'il plaisantait ou non.

— Si cela peut vous rassurer, vous pouvez venir avec votre chien de garde, ajouta-t-il en désignant Dan du menton.

— Je n'ai pas besoin d'être protégée. Ni de vous ni de personne.

— Parfait. J'aime autant que vous veniez seule de toute façon. D'ici là, le fameux futur dont nous parlions aura peut-être évolué.

Il sourit, toujours énigmatique, et but son café d'un trait. Je le regardai faire, observant son alliance luire à la lumière de l'éclairage ambiant.

Quel genre de femme pouvait supporter son arrogance?

Il se leva, me distrayant de mes pensées, et se plaça derrière moi. Je me figeai, mes muscles transis et la gorge soudainement sèche. Ses mains se posèrent sur mes accoudoirs et je sentis son parfum boisé flotter autour de moi. Mon pouls s'accéléra. Il dépassait les limites de la bienséance.

De toute façon, au cours des deux dernières heures, je venais de franchir une à une toutes les limites que je m'étais fixées.

— Merci d'avoir passé la soirée avec moi, Kathleen, murmura-t-il.

Ma gorge se serra et une boule d'angoisse, mêlée à un soupçon d'excitation, se forma dans mon ventre. Sa voix, chaude et puissante pendant notre entretien, devenait apaisante et douce.

— Je vais vous laisser vaquer à vos occupations habituelles.

— Je... Euh..., balbutiai-je.

Je me levai maladroitement et Blake tira ma chaise pour l'écarter. Je remis ma jupe en place et finalement retrouvai son regard brillant.

— Merci encore de votre travail, Kathleen.

— Je... je vous en prie.

— Nous aurons l'occasion de nous revoir d'ici la réception.

Je hochai simplement la tête, le remerciant ainsi de son invitation. Je fis un pas en avant, prête à cavaler jusqu'à mon poste.

— Je vous raccompagne, proposa-t-il en posant sa main dans le bas de mon dos.

Je m'immobilisai, comprenant que cela n'avait rien d'une proposition. Il avait choisi de m'escorter et cela ne souffrait aucune forme de refus. Il avança, m'entraînant avec lui, et nous traversâmes le bar. Sur ma droite, je vis Dan nous observer, furieux et inquiet à la fois.

Nous traversâmes le hall, lumineux et silencieux, et nous arrêtâmes devant une Lynne éberluée. Le bras de Blake retomba le long de son corps et, au même instant, ma respiration reprit un rythme normal.

— Merci encore, Kathleen, pour m'avoir accordé de votre temps.

De nouveau, je hochai imperceptiblement la tête, me souvenant tout juste qu'il ne m'avait pas franchement donné la chance de le lui refuser. Soudain, il prit ma main, la porta à hauteur de sa bouche et m'offrit le premier véritable baisemain de toute ma vie.

Je me crispai un peu plus, hypnotisée par son regard, avant d'observer sa bouche si proche de ma peau.

— Bonne nuit, murmura-t-il avant de relâcher ma main.

Il salua Lynne d'un simple mouvement de tête.

Les yeux toujours ronds comme des soucoupes, elle en relâcha le stylo qu'elle tenait.

Mon bras retomba mollement pendant que mes joues me brûlaient toujours.

Chapitre 6

Dans le brouillard cotonneux qui m'entourait, je distinguai le « ding » de l'ascenseur. Ma tête bourdonnait. Je frottai mes mains l'une contre l'autre, espérant ainsi chasser l'amas de nervosité, de stress et de gêne que cet homme avait réussi à créer en moi.

— Toi, tu me dois une explication. Et crois-moi, elle a intérêt à être sacrément bonne! s'exclama Lynne en contournant le comptoir.

— Je... Rien... Lynne... Rien du tout, fuis-je en prenant sa place.

Je remuai des papiers, évitant d'observer mes mains tremblantes. Ma vue était brouillée, mais je parvins à m'asseoir et à me saisir du dossier Blake.

— Qu'est-ce que tu fiches? me demanda Lynne.

— Je rajoute à sa note son dîner de ce soir, répondis-je automatiquement.

La main de Lynne referma violemment le dossier et mon stylo vola quelque part derrière moi. Je relevai les yeux vers elle, hébétée.

— Une explication. Maintenant! m'ordonna-t-elle en fronçant les sourcils. Nous sommes amies, je peux aussi entendre les détails scabreux!

Je soupirai avant de lui raconter la version courte de mon entrevue avec Blake. Je m'arrêtai aux détails strictement professionnels : son magazine et ma critique.

— Et le baisemain ? m'interrogea Lynne avec suspicion.

— Je... je ne sais pas, Lynne. Peut-être juste une façon de me saluer.

— Bah voyons ! Je croyais qu'il était marié ?

— Il l'est. Et je cite : il aime profondément sa femme !

— Ne te frotte pas à lui, Kat.

Sa dernière remarque me piqua au vif. Je ne savais pas si je devais être vexée ou flattée.

— Je ne me frotte pas à lui, Lynne. C'est un client ! m'écriai-je durement.

— Oui, un sacré gros client ! Et je tiens à le garder ! répliqua-t-elle aussi sèchement.

— Lynne, je sais pertinemment où est ma place. Tu n'as aucune raison de t'inquiéter sur le sujet.

— Vraiment ? Alors pourquoi tu es couleur coquelicot et les mains tremblantes ? m'interrogea-t-elle.

— Ça, j'aimerais vraiment le savoir aussi ! hurla soudain Dan en venant à grandes enjambées vers nous.

Je reculai instinctivement contre le mur et Lynne se décala sur la droite pour lui laisser de la place.

— C'était quoi ce cirque ? Monsieur se pavane avec le personnel ?

— OK... Dan, ce n'est pas ce que tu crois. Je n'étais même pas au courant de cette soirée, expliquai-je rapidement.

— Et tu le laisses te traiter de la sorte ? cria-t-il. Tu le laisses faire ?

— Dan, elle n'était vraiment pas au courant, certifia Lynne en s'approchant de lui. Et Blake ne lui a pas laissé d'alternative. C'est un client important !

— Je sais. Je sais que c'est un client ! Je... Bon sang, ça me rend dingue de voir que ce type peut faire tout ce qu'il veut avec son argent !

Je me décollai du mur et allai vers Dan.

— Je comprends que tu sois furieux, mais je t'assure que je n'ai pas prémédité cette soirée. Sinon, je te l'aurais dit !

— Je ne veux plus que ce type t'approche ! m'ordonna-t-il en pointant son index rageur sur moi.

— Il reste au Peninsula pendant quatre jours ! s'exclama Lynne.

— Bien. Dans ce cas, préviens-le que votre relation est professionnelle. Uniquement. Je ne supporterai pas un nouveau geste déplacé.

— Quel geste déplacé ? m'interrogea Lynne.

— Rien de grave, éludai-je en frottant mon poignet au souvenir de son geste. Dan, cet homme est juste... seul... et je ne sais pas... sûrement mégalo. Il a besoin de se sentir puissant, et pour l'instant, je suis...

— ... son jouet... Voilà ce que tu es : un simple jouet ! C'est ainsi que les types dans son genre agissent, gronda-t-il.

Il baissa la tête et je croisai le regard inquiet de Lynne. Sur ses lèvres, je lus un simple « Et tu sors avec ce type ? » J'avançai prudemment vers Dan et posai ma main sur sa joue.

— Ne t'en fais pas... Je maîtrise la situation, murmurai-je.

— Je n'en suis pas certaine, me contredit Lynne.

Je la fusillai du regard et elle leva les mains devant elle en signe de défense.

— Dan ?

— Je hais ce type !

— Je me tiendrai à distance, assurai-je.

Il releva la tête vers moi. La fureur était toujours bien présente sur ses traits, mais la peur y était aussi apparue.

— Ne te laisse pas embobiner par lui, murmura-t-il.

— C'est promis.

Il m'ouvrit les bras et je l'étreignis quelques instants. Il me serra fort contre lui, me coupant presque la respiration. Comme s'il craignait que Blake ne vienne me ravir.

Je me détachai de lui et constatai qu'il répondit à peine au faible sourire que je lui adressai. Il s'excusa avant de traverser le hall, les épaules voûtées.

— Un brin possessif, non ? remarqua Lynne en l'observant pendant que je rejoignais ma chaise.

— Il m'a observée pendant deux heures en tête à tête avec un autre homme. Je pense qu'on puisse lui laisser le bénéfice du doute.

— Ceci dit, il a raison. Fais attention à toi.

— Aucune raison d'avoir peur de cet homme. Il est juste malheureux.

— Et marié ! ajouta Lynne, le regard pétillant.

— Et marié. Et c'est un client. Ce qui fait un paquet de bonnes raisons pour que tu rentres chez toi pour retrouver ta délicieuse belle-mère.

— C'est ça, moque-toi !

Nous rîmes doucement et mon corps se détendit. Gérer l'affrontement avec Blake, puis avec Dan, n'avait pas été de tout repos. Je n'avais pas besoin de nouvelles émotions fortes ce soir. Je me contenterais d'un bon thé et de ma lecture préférée — au moins, les annonces sont inoffensives — avant de rejoindre Dan au petit matin pour notre repas habituel.

— Passe une bonne nuit, me lança Lynne en nouant son écharpe.

— Merci, Lynne. Bonne soirée à toi aussi.

Elle sortit de l'hôtel et je m'assis sur ma chaise. Soudain, toute la pression, tout le stress que j'avais ressentis depuis le début de la soirée s'évaporèrent. Des bribes de ma conversation avec Blake me revenaient. Sa façon de me tester, de me défier, de franchir la ligne invisible qui nous séparait. J'étais employée de l'hôtel et lui, client. Nos routes se devaient d'être parallèles, pas entrelacées.

Forte de ma conviction, j'éclusai les réservations à valider en moins de vingt minutes, avant de me pencher sur le planning de Blake. Je validai sa réservation au spa du lendemain, puis sa table au restaurant asiatique. Une table pour trois, ce qui me rassura sur ma prochaine nuit.

Vers minuit, je rangeai le tout et me saisis de ma revue. J'épluchai rapidement les articles de fond, souhaitant me consacrer au plus vite à mon hypnotisante passion : les annonces.

Toi, bonnet noir et mitaines grises. Dans la file

du cinéma sur la 53e. Tu parlais avec un autre homme, mais tu m'as souri. Annonce BR. 9800.

Dans le train à destination du Vermont. Avons échangé plusieurs regards, plusieurs sourires et même un numéro de téléphone. Mais impossible de te joindre. Annonce BR. 5623.

Le téléphone de mon bureau sonna, me faisant sursauter. Evacuant mon magazine, je jetai un œil sur le numéro de la suite qui s'affichait : Blake.

Encore !

— Monsieur Blake ?

— Kathleen, je dois être à un rendez-vous aux aurores demain matin. *Wake-up call* à 6 heures, et il me faut un chauffeur à disposition pour la journée.

— C'est noté, monsieur, répondis-je en notant ses demandes. Devons-nous prévoir un petit déjeuner ?

— Vous, mieux que quiconque, savez ce que je prends pour le petit déjeuner.

J'entendis la trace d'un sourire et, malgré moi, mes lèvres s'étirèrent aussi.

Arrogant.

Irrésistible.

— C'est entendu, monsieur.

— Bonne nuit, Kathleen, dit-il d'une voix douce.

— Bonne nuit, monsieur Blake.

Après avoir réservé la voiture et prévenu le service en chambre du café matinal de Blake, je me réinstallai dans mon fauteuil et repris ma lecture.

Vous aviez raison. La plupart des lettres ont commencé comme la vôtre. Mais c'était le seul point commun. Aimerais regarder la neige avec vous. Annonce BR. 5875.

Je me redressai prestement, le cœur battant à une vitesse hallucinante. Je sentis mon souffle se raréfier. J'étouffais. Je posai les mains à plat sur mon bureau et tentai de calmer ma respiration. J'inspirai et expirai profondément à plusieurs reprises. La sensation de suffocation disparut progressivement.

Reprenant mes esprits, je jetai un coup d'œil vers le magazine que j'avais lancé au sol. Cette revue que j'affectionnais tant m'angoissait maintenant. Je la regardais comme on regarderait une bombe sur le point d'exploser.

Après quelques instants, je la ramassai et me rassis.

Vous aviez raison. La plupart des lettres ont commencé comme la vôtre.

Ma lettre pour l'inconnu. L'annonce qui m'avait tellement perturbée, les quelques mots qui avaient déclenché une tempête violente dans ma vie. Il l'avait lue. Inlassablement, je relus cette phrase. J'étais en plein paradoxe. Finalement, mon rêve, mon fantasme — me reconnaître un jour dans une annonce —, se réalisait. Mais elle n'avait pas l'effet que j'avais espéré. Cela m'effrayait, alors que cela aurait dû me réjouir.

Aimerais regarder la neige avec vous.

Généralement, le hasard n'était pas très généreux avec moi. Evidemment, je croyais au destin, à la somme des choses inexplicables qui faisaient que vous rencontriez quelqu'un et pas un autre.

Mais maintenant... maintenant, tout cela était réel. J'étais dans une de ces annonces que je passais mon temps à dévorer. J'étais la femme que l'on cherchait, celle qu'on désespérait de revoir. Sauf qu'il ignorait à quoi je ressemblais et que c'étaient de simples mots qui avaient lié nos vies.

Un peu étourdie par la violence de ma découverte, je songeai aux conséquences qu'avait eues cette annonce dans ma vie.

Je secouai la tête, cherchant à me remettre les idées en place. Je pouvais tout aussi bien ne pas en tenir compte. Faire comme si tout cela n'existait pas. Si je ne répondais pas, cet homme m'oublierait. Parce que c'est ainsi que les choses se passent : on oublie.

Je repoussai mon magazine sous une pile de dossiers, le cachant ainsi de toute vue directe.

Ma nuit fut longue. Très longue. Daniel m'amena un thé vers 3 heures, mais se montra extrêmement silencieux. De toute évidence, sa crise de jalousie passagère l'avait secoué. J'espérais que les choses rentrent dans l'ordre pour notre petit déjeuner. Régulièrement, je regardai furtivement le *New Yorker*. Du moins, ce que je pouvais en distinguer.

Je n'arrivais toujours pas à croire qu'une chose pareille pouvait m'arriver. Et ce que je comprenais encore moins, c'était pourquoi je réagissais aussi violemment. Je ne voulais pas de cette annonce, je ne voulais pas de l'intérêt de cet homme et pourtant, quelque chose m'avait attirée dans ce qu'il avait écrit. Quelque chose de beau, de juste, qui allait bien plus loin qu'une simple annonce.

A 6 heures, j'entamai le marathon Blake. J'appelai dans sa suite pour le réveiller. Une voix rauque et encore enveloppée de limbes de sommeil me répondit.

— Bonjour, monsieur Blake. *Wake-up call*, dis-je doucement.

— Merci... Kathleen, balbutia-t-il à voix basse.

— Votre voiture vous attendra à 7 heures.

J'entendis du mouvement, puis il s'éclaircit la gorge et murmura un bref « OK ».

— Bonne journée, monsieur ! lançai-je de ma voix la plus dynamique possible.

— Kathleen... Mon café ! grommela-t-il.

— Tout de suite, monsieur.

Il raccrocha immédiatement et j'appelai le service en chambre pour lui faire amener un café chaud dans sa suite. Mon soulagement ne dura pas plus d'une minute. Alors que je me rasseyais dans ma chaise, préparant consciencieusement la presse du jour pour les clients, j'entendis la voix nasillarde de Kim.

Je tournai la tête vers les ascenseurs. Aucun doute

possible, elle allait chez Blake. Malheureusement, le temps que je réagisse, les portes se refermaient sur elle. Je n'avais plus qu'à prier pour qu'elle sache se tenir et pour qu'elle ne fasse pas une énorme erreur. Je me promis que cela serait la dernière le cas échéant.

Kim réapparut cinq minutes plus tard, écarlate puis disparut en cuisine. Armée de mon stock de journaux, j'en entamai la distribution que j'expédiai aussi vite que possible. Vingt minutes plus tard, je me réinstallai derrière mon pupitre. J'exhumai le *New Yorker* de sa cachette et relus l'annonce. Aucun doute possible, le message m'était bien destiné.

J'avais le choix maintenant. Je passais mon temps à me seriner que je croyais au destin, que je voulais être choisie.

Dorénavant, cela ne dépendait plus que de moi : soit je répondais à cette lettre et j'acceptais de voir où cela mènerait, soit je l'oubliais.

A l'instant où je formulais ce choix, ma décision fut prise. J'avais tenté d'ignorer cette annonce pendant toute une partie de la nuit, comment pouvais-je penser réussir à l'oublier ? Cet homme avait juste besoin qu'on lui parle et qu'on lui dise que tout irait bien. Il ne m'avait jamais vue, ne m'avait jamais croisée dans le secret espoir de nouer une relation avec moi.

Juste une lettre... Peut-être deux, et l'affaire serait close.

— Bonjour, Kathleen, résonna la voix de Blake devant moi.

— Monsieur Blake, le saluai-je poliment.

Je relevai les yeux vers lui avec un sourire poli. Si j'avais déjà eu l'occasion de remarquer qu'Andrew Blake, le soir, après une journée bien remplie, était extrêmement beau, force était de constater que le matin il était à couper le souffle.

Il était rasé de près, révélant ainsi le parfait dessin de ses mâchoires. Le col de sa chemise, légèrement ouvert, laissait découvrir l'espace entre ses clavicules. Je devinai le parfum de son after-shave lorsqu'il se mit en mouvement pour enfiler sa veste.

— Votre voiture sera là dans quelques minutes, annonçai-je.

— Très bien. Ceci dit, je dois avouer que vous m'avez vraiment déçu ce matin, lâcha-t-il en ajustant les boutons de manchette de sa chemise.

— Je... Oh... A quel sujet, monsieur ?

— Mon petit déjeuner.

Je réfléchis à toute vitesse. J'étais pourtant certaine de mon choix : juste un café. Je pris le dossier reprenant toutes les informations à son sujet et compulsai mes notes : effectivement, juste un café.

— Un problème avec votre café, monsieur ?

— Disons que le problème était ce qui accompagnait le café.

— Le *room service* n'a pas été à la hauteur ? Si c'est le cas, je vous présente, au nom de l'hôtel, mes plus...

— Kathleen, me coupa doucement Blake en posant sa main sur la mienne pour me rassurer, reprenez votre dossier. Je n'ai rien à redire concernant le café, mais c'est *vous* que j'attendais ce matin.

Je figeai mon geste. Son dossier entre les mains, je baissai les yeux, cherchant une parade. Mais, évidemment, je me retrouvai coincée. Il savait pertinemment qu'il avait le pouvoir et que je ne pouvais pas réellement le contredire. Péniblement, je redressai la tête, plantant mes yeux dans les siens.

— Quand vous êtes de service, je veux que mon café soit apporté par vos soins.

— Bien, je...

— Notez-le, intima-t-il en désignant le dossier. Et par pitié, ne me faites pas recroiser le chemin de la jeune femme de ce matin.

Sa voix et son regard m'hypnotisaient et, consciencieusement, je pris note de sa remarque.

« Café par KD. »

— Parfait. Aurais-je la chance de vous croiser ce soir ?

— Oui, monsieur. Je suis de service.

— J'aime les bonnes nouvelles au réveil.

Il vérifia le bouton de manchette de son autre manche puis ajusta sa montre, un peu clinquante à mon goût, et finit par resserrer sa cravate. Je l'observai, fascinée par cette confiance en lui, par la souplesse de ses gestes. Il n'y avait pas une pointe de maladresse ou de nervosité dans tout son corps. C'était harmonieux, facile. Comme si les vêtements, à l'instar des humains qu'il côtoyait, exécutaient sans broncher le moindre de ses ordres.

— Comment suis-je ? demanda-t-il.

— Je... Euh...

Je levai la main à hauteur de ma gorge et désignai mon encolure, cherchant à me faire comprendre. Je me fustigeai d'être aussi gourde avec lui. Il suffisait d'aligner deux mots et de coordonner ma bouche, ma main et mon cerveau. Tout cela aurait dû être simple.

— Votre col, monsieur, articulai-je péniblement.

— Pouvez-vous m'aider ?

Sans attendre ma réponse, il se pencha au-dessus de mon pupitre et leva la tête. Son cou ainsi dégagé, il attendit quelques instants avant de baisser les yeux sur moi. J'hésitai une seconde puis portai mes mains à hauteur de son cou.

Je réajustai sa cravate et le revers de son col, parvenant à canaliser le tremblement de mes doigts. Pour éviter de me perdre de nouveau, je me focalisai sur le nœud de sa cravate noire. Je lissai les pans de sa veste — réflexe lié à mes années de vie commune avec mon père — avant de me reculer.

— Merci, Kathleen.

Il me fixa quelques secondes. Quelques longues secondes. Je finis par baisser les yeux. Pour chasser mon embarras, je me concentrai sur mon travail.

— Votre soin est réservé pour 16 heures, et votre dîner pour 20 heures.

— Le soin n'est pas pour moi. Je demanderai à Meghan de venir se présenter.

— Très bien. Mme Blake dînera-t-elle avec vous ? demandai-je en notant son nom face au soin.

— Mme Blake ? s'étonna-t-il.

— Le soin au spa doit durer environ deux heures, mais...

Il éclata d'un rire joyeux et cristallin tandis que je rougissais violemment.

— Meghan... Meghan n'est pas ma femme, articula-t-il entre deux rires.

— Je vous prie de m'excuser, murmurai-je au comble de la honte.

— Je vous en prie. Meghan est... une amie, clarifia-t-il après un instant de réflexion. Une très bonne amie. Et son nom est Stanton.

Prestement, je rayai le nom « Blake » dans le dossier et le remplaçais par son véritable nom de famille.

— Pouvez-vous vérifier qu'une chambre a été réservée pour elle ?

Je pianotai rapidement sur l'ordinateur, vérifiant qu'une seconde chambre avait bien été réservée. Seconde chambre, au nom de Blake. Evidemment. Je corrigeai l'information, me fustigeant encore de ma bourde.

— Evidemment, ça reste sur mon compte, précisa-t-il.

Le portier apparut dans mon champ de vision. Il hocha la tête, me signifiant ainsi que la voiture de mon client était en place.

— Votre véhicule est prêt, monsieur.

— Parfait. Bonne journée, Kathleen.

Je souris largement, appréciant sa gentillesse. Certains clients pouvaient s'offusquer d'un rien. Le soin n'était pas pour sa femme, juste pour une amie. Je secouai la tête, chassant l'idée saugrenue qui germait dans mon esprit. Cet homme... Se pouvait-il qu'il trompe sa femme ?

C'était impossible. Il ne pouvait pas me tenir un discours sur l'honnêteté et la franchise et agir de la sorte. Juste une amie. Je regroupai les papiers éparpillés sur le bureau, posai mon magazine et mon bloc-notes dans un coin et lançai l'édition des factures. Je n'osai pas imaginer celle de Blake. Astronomique pour moi ; pour lui, c'était une goutte d'eau dans l'océan de son patrimoine.

J'accueillis Sam avec un sourire de soulagement. Il me tendit mon cappuccino avant de se saisir des transmissions.

— Quelque chose à signaler ? me demanda-t-il.

— Rien, répondis-je en occultant mon dîner avec Blake, l'annonce du *New Yorker* et la crise de jalousie de Dan. Meghan Stanton va venir se présenter. C'est une amie de Blake. Ne t'étonne pas.

— Pas de souci. Et ton entretien avec Perkins ?

— Oh... Euh... Il a annulé, mentis-je de nouveau en baissant les yeux.

— On t'attend, m'indiqua mon collègue en dirigeant son regard derrière moi.

Dan était là. Il n'était pas souriant, mais il ne semblait pas fâché non plus. Je risquai un sourire auquel il répondit à peine. Je quittai Sam quelques secondes plus tard, il fallait que je passe aux vestiaires avant de rejoindre Dan. Nous avions des choses à mettre au point.

— Hey ! Kat ! m'interpella Sam.

— Quoi ? m'agaçai-je sans raison.

— Ton magazine ! cria-t-il en agitant la revue.

Je rebroussai chemin et lui arrachai le magazine des mains. Maintenant, je savais pourquoi j'étais énervée. J'étais fatiguée et la perspective de discuter avec Dan me mettait les nerfs à vif. Je fourrai ma revue dans mon sac et rejoignis Dan à l'extérieur. A peine mon regard eut-il croisé le sien qu'il se précipita vers moi et me prit dans ses bras.

— Je suis désolé, Kat, murmura-t-il. J'ai réagi comme un idiot. Je... je tiens beaucoup à toi, et ce type...

— Tout va bien, Dan. Je t'assure. Blake est juste un sale type arrogant.

Il s'écarta de moi, mais nos corps restèrent à proximité l'un de l'autre. Il posa ses lèvres sur les miennes et m'embrassa doucement. C'était doux et tendre, et j'oubliai instantanément sa réaction disproportionnée de la veille. Tout cela était la faute de Blake. Je voulais préserver ma vie. Les décisions que j'avais prises pendant la nuit — garder une distance professionnelle et ne pas répondre à ses sollicitations hasardeuses — étaient les bonnes.

— On va petit-déjeuner? proposai-je avec douceur.

— Mieux que ça. On va chez moi.

Je me réveillai bien plus tard, nue dans le lit de mon petit ami. Dan me tenait contre lui, son bras fermement coincé contre ma taille. Je bougeai doucement, espérant ne pas le réveiller complètement.

— Qu'est-ce que tu fais? marmonna-t-il alors que je repoussais son bras.

— Je vais rentrer, j'ai besoin de dormir.

— Ce n'était pas ce que tu étais en train de faire?

— Dan, soupirai-je en enfilant mon jean.

Il me saisit la main et me fit tomber sur le lit, me réceptionnant dans ses bras.

— Je crois que je vais avoir du mal à vous laisser partir, mademoiselle Dillon.

Il me prit le visage entre ses mains et m'embrassa avec ferveur. J'étouffai un gémissement contre sa bouche avant qu'il ne me fasse basculer sur le lit pour mieux me dominer. Il quitta mes lèvres et planta son regard sombre dans le mien.

— J'aimerais que tu restes.

— Il faut que je rentre. Je bosse cette nuit et j'ai besoin de récupérer.

— Tu peux récupérer ici!

— Dan, s'il te plaît, soufflai-je en me dégageant.

Je me relevai et finis de m'habiller. Le regard de Dan avait changé, se voilant d'une tristesse non dissimulée. J'optai pour le compromis.

— Quand j'aurai fait ma dernière nuit, je resterai... Enfin, si tu en as toujours envie. Il m'en reste deux.

A son tour, Dan se redressa, glorieusement nu et se mit à genoux sur le lit. Il me fit un sourire heureux.

— Je vais faire de cet endroit un lieu digne de t'accueillir, promit-il.

Je rassemblais mes cheveux en une queue-de-cheval lâche et pris mon sac. Curieusement, une force étrange me poussait à quitter ce lieu. Dan et moi avions petit-déjeuné, puis nous avions fait l'amour, mais je voulais retrouver mon appartement et mon indépendance.

Je voulais digérer ma nuit. Et surtout, j'avais besoin de solitude. Malgré toute sa bonne volonté et ses sourires lumineux, Dan ne me laissait pas le temps de penser. Dès que je m'offrais un moment de silence et de réflexion, il se faisait un devoir de traquer le contenu de mes pensées.

— On se voit demain ?

— Euh... ouais. Plutôt en fin de journée, j'ai des tonnes de choses à faire.

Je fuis son regard, espérant qu'il ne cherche pas à me faire plier. Je l'entendis soupirer, puis il me saisit la main pour l'embrasser. Instantanément, je repensai à Andrew Blake et à son baisemain de la veille.

— A demain alors, souffla Daniel.

— A demain.

Je gagnai mon appartement aussi vite que possible. Une fois chez moi, je me sentais mieux. L'air vif hivernal m'avait dégrisée et le poids des derniers événements s'était envolé.

J'ôtai mes vêtements, optant pour une tenue d'intérieur chaude et confortable. Puis, je me calai dans un fauteuil et regardai le paysage enneigé.

Aimerais regarder la neige avec vous.

L'annonce du *New Yorker* me revint violemment en tête. Soudain, il était primordial que je la relise. Juste pour m'assurer que l'ambiance féerique du Peninsula n'avait pas biaisé mon interprétation. Je récupérai le magazine dans mon sac et repris ma position initiale.

Je relus les lignes. Plusieurs fois. Il s'agissait bien de moi et de ma lettre. Peu importait le résultat final — et j'étais à peu près certaine que notre échange n'irait pas bien loin —, je me devais de lui répondre. Pas forcément pour lui, mais surtout pour moi. Pour ne pas rester avec des regrets ou un sentiment d'inachevé.

Je posai mon mug au sol et attrapai mon bloc-notes.

« Cher inconnu,

La neige retombe sur New York à l'instant où je vous écris ces lignes. J'espère que vous aurez la chance de voir ce spectacle.

Je ne sais pourquoi ma lettre vous a tant... touché. Votre annonce était superbe. Peut-être m'a-t-elle juste inspirée, peut-être vos états d'âme n'étaient-ils pas si éloignés des miens. De toute façon, je ne suis pas celle qui vous a aidé, vous êtes celui qui m'a fait ouvrir les yeux sur la vie que j'avais et que je ne veux plus avoir.

J'espère que vous avez trouvé la force de surmonter votre peine. La vie est courte, belle et toujours improbable. Je pense — non, je sais — que le meilleur est toujours à venir. Pour vous comme pour moi.

Il suffit de changer son regard sur les choses. De voir le verre à moitié plein, de trouver l'aspect positif de chaque chose. Je ne dis pas que c'est simple, mais ça viendra.

Je vous écris sans savoir qui vous êtes. Je suis à New York, sommes-nous voisins ? Je lis le New Yorker *depuis presque dix ans. La plupart de mes proches se moquent de mon addiction aux annonces. Mais quand j'ai vu votre réponse, cette nuit, dans mon magazine, j'ai eu la sensation d'être récompensée de mon attente. J'admets que cela peut sembler étrange, ou égoïste, mais je suis heureuse d'avoir retenu votre attention.*

Je peux donc rayer cet item de la liste des choses à accomplir dans une vie : apparaître dans une annonce du New Yorker.

Concernant le fait de regarder la neige ensemble... Je ne sais pas quoi vous dire. D'un point de vue pratique, la neige finira par laisser place au soleil, je doute donc que cela soit possible. Question de timing. Par ailleurs, c'est regarder la neige qui est intéressant, pas la regarder avec moi. »

Je suspendis mon stylo, relisant ma lettre. Mes idées n'étaient pas franchement hiérarchisées, mais j'étais incapable de faire mieux. La fatigue, Blake, Daniel, le mariage à venir de Lynne... Tout cela tourbillonnait dans ma tête. Je me dispersais. Je sautais d'un sujet à un autre sans savoir pourquoi. J'arrachai la feuille de mon bloc-notes, m'apprêtant à la rouler en boule pour la jeter.

Je relevai les yeux vers les flocons de neige qui tombaient avec légèreté sur le sol. Je relus ma lettre et hésitai quelques instants sur la formule de politesse adéquate. J'avais du mal à juger quel degré d'intimité adopter.

J'optai pour un basique « A bientôt ». Après tout, je ne savais rien de cet homme, et il aurait très bien pu être un sociopathe en puissance. Cette pensée brutale me fit réfléchir au mode de communication à mettre en place.

Me levant de mon canapé, je tentai de réfléchir calmement à la situation. J'avais initié notre échange, mais jamais, même dans mes rêves les plus fous, je n'aurais cru recevoir une réponse.

Je fermai les yeux, essayant d'imaginer l'homme qui était derrière ces mots. Je ne savais pas à quoi il ressemblait, ni même où il vivait et pourtant, à l'instant précis où je rouvris les yeux, mon cœur sursauta dans ma poitrine. D'un coup, tout me semblait clair, facile. Je devais le faire. Parce qu'il avait besoin de mon aide, et parce que j'avais accepté la sienne. Parce qu'il voulait regarder la neige tomber, et qu'elle tombait devant mes yeux.

Je récupérai mon téléphone et, prise d'une idée qui me semblait plutôt intelligente, j'appelai Gregory.

— Sécurité ! répondit-il avec force.

— Greg, c'est Kat.

— Salut, Kat... Un souci ? s'inquiéta-t-il.

— Tout va bien. Je voulais savoir si nous avions toujours cette boîte postale pour le Peninsula ?

— Toujours, oui. Je la relève à ma prise de service. Pourquoi ?

— Je... j'ai... Enfin, j'ai besoin d'une adresse, mais pas celle de mon domicile.

— T'as commandé un truc honteux ? plaisanta-t-il.

— Gregory !

— OK... J'ai rien dit ! De toute façon, elle n'est quasiment plus utilisée.

— Merci, Greg.

— Je t'en prie. Tu me raconteras ? demanda-t-il.

— Aucune chance ! On se voit ce soir ?

— Oui, briefing avec Lynne, Maria et un mec de chez Blake.

— Oh... La réception de dimanche j'imagine ?

— C'est ça ! T'es la veinarde de l'histoire. J'ai vu que tu n'étais pas de service.

— Un simple coup de chance, Greg. A ce soir !

— Bye, Kat.

Je raccrochai le téléphone en songeant aux derniers mots de Gregory. Je n'étais effectivement pas de service, mais Blake m'avait invitée. Invitation que j'avais déclinée poliment. Parce qu'il était un client, et moi une employée de l'hôtel, nous ne pouvions avoir ce genre de relation.

Pour être honnête, je cherchais la ligne, la limite. Je resongeai au dîner qu'il m'avait imposé. Malgré la carapace professionnelle que je revêtais en entrant dans le palace, malgré toute ma volonté à compartimenter ma vie, je ne voyais plus la frontière entre mon rôle de concierge et mon statut de femme.

Cet homme bouleversait mes repères. Dès qu'il me parlait, dès qu'il me touchait, je perdais le contrôle. Il me provoquait et me poussait dans mes retranchements.

Je frottai nerveusement mon poignet. Etait-ce à ce moment-là que les choses avaient dérapé ? Quand il m'avait retenue ?

Il était confiant, sûr de lui. Tout ce que je n'étais pas et qui me faisait sentir comme une idiote. J'avais les cartes en main pour faire resurgir la frontière entre lui et moi. Je n'étais pas de service ce dimanche, je n'avais que faire de ces exigences en dehors de mon service.

Ma décision était prise : je n'irai pas à cette réception.

Chapitre 7

Je récupérai ma lettre et annotai l'adresse de la boîte postale tout en bas, espérant presque qu'elle ne serve pas. Dès que cet homme aurait découvert la banalité de ma vie, le goût de l'aventure le quitterait certainement.

Je signai de mon second prénom, inutile de semer des indices. Mettre de la distance. Etre une autre. C'était étrange. Je mis la lettre sous pli, et un mélange d'appréhension et d'excitation forma une boule dans mon ventre. Comme si mon corps anticipait déjà une réponse possible.

Je postai l'enveloppe sur le chemin du Peninsula. Contrairement à la première fois, où j'avais hésité sur le bien-fondé de mon initiative, j'étais sûre de moi. En glissant l'enveloppe dans la boîte, j'avais fermé les yeux une petite seconde. Et j'avais de nouveau senti cette même sensation de secousse. Un peu ébranlée par les réactions incontrôlables de mon corps, je gagnai le Peninsula. J'eus à peine le temps d'ouvrir la bouche pour saluer Sam qu'il m'arrêta d'un geste de la main.

— Avant toute chose, il faut que tu me dises ce qui se passe avec Blake.

— Blake ? m'étonnai-je.

— Il vient de me faire décaler son dîner...

— Et où est le problème ? le coupai-je en me saisissant du dossier client.

— Le problème ? Est-ce qu'il y a un truc entre lui et toi ?

— Quoi ? Mais... mais enfin, non ! Il a une espèce de... je ne sais pas... d'intérêt pour moi, balbutiai-je, stupéfaite.

— Il a décalé son dîner à cause de toi.

Le souvenir de notre conversation de la veille me revint en tête. Je n'étais pas franchement motivée pour remettre ça ce soir.

— Il veut que tu participes au briefing pour la réception.

— Quoi ? m'écriai-je.

— Ils sont tous dans le bureau de Lynne. Blake a demandé ta participation. Du coup, le dîner est décalé à 21 heures.

— Pourquoi ne pas m'avoir appelée ? Je serais venue plus tôt ! râlai-je.

— J'ai essayé ! riposta Sam avec une légère colère dans le regard. Ceci dit, ça a été impossible dès l'instant où ce cher Blake a menacé de me faire virer si je le faisais.

— Oh ! Sam, je suis désolée. Crois-moi, il n'y a rien. Il a juste décidé que j'étais sa tête de Turc.

— Une tête de Turc ? Il ne voulait pas qu'on te dérange pendant ton repos.

— Je vais lui parler. Et je vais régler ça. Je ne veux pas qu'il t'importune. Tu peux rentrer, je vais m'en occuper, soupirai-je lourdement.

— Bien. Passe une bonne nuit, dit-il d'une voix adoucie.

Il m'embrassa doucement sur la joue et je le remerciai. Je savais que Sam était en colère, mais de mon côté, j'étais plutôt abasourdie. Je jetai un coup d'œil rapide aux transmissions avant de rejoindre le bureau de Lynne.

Quand je pénétrai dans la petite pièce, je croisai immédiatement le regard de ma collègue. Elle me fit un sourire heureux et se leva de son fauteuil pour me rejoindre. Gregory, bras croisés, était debout près d'elle, tandis que Blake et Maria me tournaient le dos, en pleine conversation.

Ces derniers pivotèrent vers moi et Blake se leva aussitôt de sa chaise.

— Bonsoir, Kathleen.

— Monsieur Blake, Maria, les saluai-je poliment.

— Allons dans la salle de réception, proposa cette dernière en prenant un petit bloc-notes.

Lynne et moi nous effaçâmes et laissâmes sortir du bureau Gregory, Maria et notre client. Ils prirent un peu d'avance et Lynne enroula son bras autour du mien.

— Je ne sais pas ce que tu lui as fait, mais il ne jure que par toi, murmura-t-elle, conspiratrice.

— Je suis désolée, Lynne... Vraiment, je...

— Ne t'excuse pas. Quoi qu'il se passe, continue.

Elle me relâcha et rejoignit la petite troupe devant nous, un sourire immense plaqué sur le visage. Une fois dans la salle, je restai à l'écart. Techniquement, je n'avais rien à faire ici. Maria et Blake parlèrent décoration florale pendant dix bonnes minutes.

Du coin de l'œil, j'observai mon client. Son costume gris était sûrement un sur-mesure. Il tombait impeccablement le long de ses jambes.

— Je veux des bouquets sur les tables ici, et là, indiqua-t-il en désignant des espaces devant lui. Pour la lumière, pouvez-vous faire quelque chose de tamisé?

— Parfaitement, acquiesça Lynne.

— Avez-vous vu avec le chef pour le repas?

— Il sera servi à 21 heures, comme vous le désiriez.

Elle sortit deux feuilles de son calepin et les lui tendit. Il les déchiffra rapidement avant de se retourner vers Maria.

— Vu la saison, nous n'utiliserons pas le balcon ; toutefois, pouvez-vous y mettre une ou deux plantes avec un peu de lumière?

— Sans problème. Et pour les couleurs?

— Peu importe. Je vous fais confiance.

Il fit un sourire à Maria et mon cœur s'emballa bêtement. Elle ne cilla pas, se contentant d'opiner.

— Pour la sécurité, il y aura une liste d'invités, reprit Blake en s'adressant à Gregory.

— Très bien, monsieur.

— La liste est exhaustive. Je ne veux pas être dérangé pour quelqu'un qui ne serait pas sur la liste. Suis-je clair?

— Parfaitement clair, monsieur. Nous ajouterons un détecteur de métaux.

Je redressai la tête et fixai Gregory, puis Blake. Ils échangèrent un regard, puis ce dernier hocha la tête. Quelque chose m'échappait. Je les regardais de nouveau, alternativement, mais Blake était déjà passé à autre chose, avançant dans la salle à grandes enjambées.

— Ici, vous installerez le nécessaire pour le champagne. Il y aura une centaine de personnes, prévoyez pour cent cinquante.

Il retira sa veste et, instinctivement, j'avançai. Un léger sourire s'étira sur ses lèvres, presque moqueur, puis il s'adressa à Lynne.

— Mademoiselle Hoffman, s'il vous plaît, lui intima-t-il en tendant sa veste.

Passé l'instant de surprise, elle récupéra sa veste avec précaution. Elle me jeta un regard, consternée. Je reculai, tête basse, à la fois vexée et plongée dans l'incompréhension la plus totale. Qu'est-ce que je fichais ici ?

— Kathleen ?

— Euh... oui ?

Il tendit la main et j'approchai de lui avec prudence. Son regard rivé sur moi, il inclina à peine la tête.

— N'ayez crainte, me rassura-t-il avec un brin d'ironie.

Ces simples mots me firent gagner en assurance et je lui fis un vrai sourire conquérant. Une petite voix me serinait de rester une femme professionnelle avant tout. Retrouver la limite, rester dans mon domaine, sans lui donner une chance de m'en faire sortir.

Sauf que cette petite voix n'avait visiblement pas conscience du regard de Blake sur moi. Il agita ses doigts, m'invitant à venir encore plus près de lui. Cette fois, mon corps entra en lutte. Je ne cessais de me répéter d'être une simple employée, à ses ordres, qu'il fallait que j'agisse en adulte raisonnée et pas en femme.

J'attrapai sa main et il m'attira contre lui. Je heurtai son torse assez violemment, m'en coupant le souffle. Il cala sa seconde main dans le bas de mon dos tandis que je fixais, abasourdie, sa gorge et le dessin parfait de ses mâchoires.

— Nous allons danser. Car je veux vérifier l'espace.

— Je... euh...

— Je mène. Vous n'avez qu'à suivre.

Il pressa sa main dans mon dos et m'attira avec assurance. Il me tint fermement la main et glissa sur la gauche. Hagarde et haletante, je suivis son geste avec maladresse.

— Détendez-vous, Kathleen, murmura-t-il en bougeant avec grâce.

— J'essaye, dis-je avec difficulté.

— Dites-vous que c'est un simple entraînement pour dimanche soir. Je compte sur vous pour me garder une danse.

Je me raidis, stupéfaite par son incroyable confiance en lui. Il partait du principe que j'allais forcément venir. Je sentis une rage sourde bouillir dans mes veines. Cet homme ne me ferait pas changer d'avis. S'il voulait une cavalière, il lui suffisait d'appeler sa femme. A cette pensée, mon regard se dirigea vers nos mains liées. Son alliance était là, visible, brillante.

— Votre femme ne peut-elle pas vous servir de cavalière ? demandai-je doucement.

— Elle ne le peut pas. En effet. De toute façon, je ne suis pas certain que ce genre de réception lui plaise.

— Je ne suis pas non plus une grande adepte des mondanités, avouai-je.

— J'ose espérer que c'est le seul point commun que vous ayez avec elle.

Il nous fit tourner vivement, avec élégance. Mon corps se détendit peu à peu, soulagé d'avoir pu lui tenir tête. Nous dansions depuis plusieurs minutes. Il était gracieux et j'essayai de ne pas paraître trop gauche. Je me concentrai sur ses mouvements, gardant la tête droite. Vu le public que nous avions, je ne souhaitais pas spécialement me ridiculiser.

— Voilà qui est mieux, dit Blake.

Il nous entraîna plus loin, à hauteur de la baie vitrée.

— Vous viendrez, n'est-ce pas? me demanda-t-il doucement.

— Monsieur Blake...

— Ça ressemble à un « non ».

— Allez-vous encore arguer de votre condition de client prestigieux? assénai-je, agacée par toute cette mise en scène.

Il se contenta de sourire, nous faisant danser plus lentement, toujours plus loin de mes collègues.

Je déglutis avec difficulté, consciente de la présence de son corps contre le mien. Je bougeai mes doigts contre sa main. En réaction, il relâcha sa prise dans mon dos, remontant un peu sa main.

— J'aimerais beaucoup que vous veniez. Vous. Pas la femme muée par son instinct professionnel.

— Vous restez un client de l'hôtel. Je ne peux pas faire ça.

— J'aimerais que vous y réfléchissiez.

Il s'arrêta soudain et relâcha ma main. Je baissai les yeux, de plus en plus mal à l'aise.

— S'il vous plaît, murmura-t-il en relevant mon menton du bout de son index.

Ma carapace professionnelle se brisa à cet instant précis. Il ne ressemblait plus à l'homme de pouvoir que je connaissais. Il n'était pas beau, il était... à couper le souffle. Ses traits étaient détendus, comme s'il avait abaissé son masque. Je n'avais plus Blake devant moi, juste un homme normal.

Je l'observais, me coupant du monde extérieur. Il n'y avait plus mes collègues muets, il n'y avait plus cette salle de réception vide. Juste lui et moi. Lui, quémandant ma présence, et moi, luttant contre les réactions incontrôlables de mon corps.

— D'accord, soufflai-je, conquise par son regard presque suppliant.

Il lâcha mon menton et me sourit largement, cachant à peine sa joie. Puis, la seconde suivante, il reprit son masque. Il releva les yeux, et je devinai que son regard se portait sur Lynne, Gregory et Maria.

— Je crois que nous avons fait le tour. Mademoiselle Hoffman, pouvez-vous me chiffrer la prestation et me présenter un devis demain?

— Bien sûr, monsieur Blake.

Il avança vers eux, déblatérant de nouveau avec Gregory sur la sécurité et la discrétion qu'il attendait de la part de son équipe. Je restai figée, mes pieds refusant de bouger. Quand enfin ils gagnèrent la sortie de la salle, discutant des détails du cocktail et du quartet de jazz qui jouerait pour l'occasion, je me décidai à les suivre, tout en restant à bonne distance.

En rejoignant mon poste, j'étais encore abasourdie par la teneur de ma conversation avec Blake, et surtout par mon manque de volonté. Quelque chose en lui me faisait oublier mes résolutions. J'oubliais que je devais être à son service et devenais une femme malléable, presque dépendante de ses sourires. Nul doute que ça devait le faire rire de me voir si faible.

Ils restèrent tous les quatre quelques minutes dans le hall avant d'être dérangés par la fameuse femme blonde que j'avais vue le soir de la conférence de presse. Elle enroula son bras autour de Blake et l'embrassa sur la joue en riant. Blake la présenta et j'eus le temps d'apercevoir le regard gourmand de Gregory sur ses longues jambes gainées de Nylon.

— Mademoiselle?

Je sortis de ma contemplation et dirigeai mon attention sur la voix masculine qui m'interpellait.

— Bonsoir, salua l'homme avec un sourire.

— Bonsoir, monsieur.

Ses yeux gris me fixèrent et, brutalement, le souvenir de notre rencontre me revint. Il s'agissait de l'homme qui m'avait parlé lors de la conférence de presse.

— Je dîne avec Andrew Blake, pouvez-vous m'appeler un taxi pour 23 heures? Je reprends un vol de nuit, et si je le loupe, je pense que je vais finir par me faire virer!

Je notai sa demande sur un bloc-notes, souriant à sa remarque.

— C'est noté, monsieur. Je viendrai vous prévenir quand votre taxi sera arrivé.

— Parfait.

— La prochaine fois qu'on me propose un boulot soi-disant en or, je le refuse! plaisanta-t-il.

Son regard navigua sur la droite et s'arrêta sur notre présentation du spa.

— Un spa? J'ai vraiment un mauvais karma! pesta-t-il en compulsant la brochure. Je suis à peu près certain que ce massage indien pourrait vraiment me faire du bien. Qu'en pensez-vous?

— Je suis certaine qu'il pourrait vous convenir, monsieur!

Il pencha la tête vers moi, tout sourires. Je distinguai tout de même de légers cernes sous ses yeux.

— Vous n'avez jamais eu la chance d'en faire un, n'est-ce pas?

— Malheureusement, non, avouai-je. Mais nos clients en sont très satisfaits.

— Et vous croyez que...

— Nat! s'exclama une voix derrière lui.

La plantureuse blonde avançait vers nous avec prestance. Elle semblait défiler et non marcher, comme nous autres, pauvres humains. Ils s'étreignirent quelques secondes et je sus que je redevenais transparente.

— Tu as fait un de ces trucs? demanda l'homme en désignant la brochure du spa.

— Cet après-midi... Et c'était divin! s'extasia-t-elle.

— Tu es toujours dans les bons coups? Pourquoi au juste dois-je aller à cette fichue réunion en Floride?

— Parce que tu es le cerveau, et je suis juste... moi!

— Andrew est bien trop sympa avec toi! Je vais aller me plaindre!

Je devinai que la blonde était Meghan Stanton, l'amie de Blake. Elle était vraiment superbe, avec ses longs cheveux blonds cascadant dans son dos. Son teint était reposé, frais, et sa robe noire était ajustée à la perfection.

— Tu seras à la réception ? demanda-t-elle à l'homme.

— Normalement, oui. Enfin, si Andrew ne m'expédie pas une fois de plus à l'autre bout du pays.

— Il t'avait prévenu. Sa priorité, c'est New York.

— Je sais, je sais.

A ce moment, l'entretien entre Maria, Gregory et Lynne se terminait. Cette dernière vint vers moi, contourna mon pupitre et posa ses notes sur le meuble.

— Depuis quand tu danses ? me demanda-t-elle avec une pointe d'humour dans la voix.

— Tu m'as demandé de continuer, éludai-je.

— C'est vrai. Mais il t'appelle Kathleen, quand je suis « mademoiselle Hoffman ».

Je levai les yeux au ciel. Lynne avait le don pour monter en épingle la moindre petite chose.

— De quoi avez-vous parlé pendant votre... danse ?

— De rien.

— Kathleen, mademoiselle Hoffman ? nous interrompit la voix de Blake.

— Monsieur ?

— Je veux ce devis demain matin, avec mon café. Kathleen, vous finissez votre service vers 8 heures, je crois ?

— En effet, monsieur.

— Parfait. Dans ce cas, café à 7 heures. Dans ma suite.

Il me fit un bref sourire, façon polie de me rappeler que j'allais avec le café.

— Nat, je te le ferai suivre, ajouta-t-il en accrochant le regard de son collaborateur.

— Et j'aurai un soin au spa la prochaine fois que je viens ?

Je vis Lynne réprimer un rire, alors que le jeune homme blond haussait frénétiquement les sourcils.

— Meghan en a eu un, plaida-t-il, presque boudeur.

— Décroche-moi le même contrat qu'elle et oui, tu auras un soin !

— C'est injuste ! Il lui suffit d'agiter les cheveux et hop, tout le monde lui tombe dans le creux de la main !

— Je propose que nous en reparlions à table, conclut Blake.

— Je vous accompagne, offris-je poliment.

Lynne me jeta un regard ahuri que j'ignorais. Je les devançai et me dirigeai jusqu'à l'ascenseur. Je les entendais plaisanter tous les trois et ne pus m'empêcher de sourire face à l'attitude du jeune homme blond. De toute évidence, Blake et son amie prenaient un malin plaisir à le torturer. Je les laissai entrer dans la cabine, puis les suivis, me postant face aux portes.

— Dois-je te rappeler ton dernier fait d'armes? demanda Blake alors que l'ascenseur vibrait sous nos pieds.

— Pourquoi toujours ressasser le passé et des détails sans importance?

— Sans importance? s'esclaffa Meghan.

— Tu étais d'accord! riposta le prénommé Nat.

— Parce que je ne pensais pas que tu le ferais!

— Il était temps d'agir. Et tu n'as pas le droit de râler! Je l'ai fait pour toi! Regarde-toi, tu es déjà un autre homme.

L'ascenseur s'arrêta dans une secousse et mes trois clients me suivirent jusqu'au restaurant. Je les quittai à l'entrée, laissant un de mes collègues prendre le relais pour les installer.

— Merci beaucoup, Kathleen, me glissa Blake dans un murmure.

— Je vous en prie. A votre service, ajoutai-je en fuyant son regard.

— J'irai à la piscine après mon dîner. Pouvez-vous vous assurer que tout soit prêt?

J'opinai doucement et le saluai une dernière fois avant de m'éclipser pour reprendre mon poste, réglant les détails de la privatisation de la piscine. Lynne tenta de me poser d'autres questions sur Andrew Blake et notre étrange relation, mais je refusai de répondre. De toute façon, je n'avais pas vraiment les réponses.

— Je vais rentrer, je suis épuisée, soupira Lynne en regardant sa montre.

— Tu as raison. Tu as fini ton devis de toute façon. Je l'amènerai à Blake demain matin.

— Tu te charges même du *room service* maintenant ?

— Ce n'est pas ce que tu crois !

— Oh ! Mais tu ne sais pas ce que je crois !

— Tu n'as pas un homme à satisfaire ? ripostai-je.

— Pas ce soir... il est en déplacement. Mais c'est gentil de te soucier de ma vie amoureuse !

Je lui lançai un regard en biais, me retenant d'argumenter sur ce qu'elle pensait être de l'amour.

— Tu abandonnes ? s'amusa-t-elle.

— Lynne, tu sais ce que je pense de toute cette histoire.

— Je l'aime. Je vais l'épouser, poursuivit-elle.

— Je sais.

— Tu sors avec un mec pathologiquement jaloux depuis deux semaines et tu te permets d'expertiser ma vie amoureuse ?

— OK... Lynne, stop. Je ne veux pas me disputer avec toi. Je ne suis experte en rien. Je t'ai parlé de mon ressenti, maintenant le sujet est clos.

— Ton ressenti se limitait à quoi déjà ? Ah oui, Philip n'est pas un homme pour moi. C'était vraiment une analyse profonde et argumentée, railla-t-elle.

— Je ne vois pas pourquoi mon avis te touche autant.

— Parce que tu es mon amie, et que j'aimerais que tu sois heureuse pour moi.

— Je suis heureuse pour toi, Lynne. Vraiment.

— Mais tu préfères lire des annonces, contra-t-elle.

— N'as-tu jamais envie de moments de magie ? l'interrogeai-je en songeant à ce que j'avais éprouvé en lisant l'annonce de l'inconnu.

— La magie, ce n'est pas la réalité. Rien de tout cela n'existe. Ce n'est pas parce qu'on travaille dans un palace que le prince charmant existe !

— Laisse-moi y croire, OK ?

— Tu es irrécupérable, soupira-t-elle en se levant de sa chaise.

Je haussai les épaules. Cette conversation, nous l'avions

eue des centaines de fois. Lynne était la fille réaliste, les pieds ancrés au sol, quand j'étais une douce rêveuse bêtifiant devant mes annonces. Sauf que cette fois j'avais mon annonce.

Lynne rassembla ses dossiers et quitta mon pupitre pour se diriger vers l'ascenseur. Je consultai ma montre, je devais prévenir le collaborateur de Blake dans cinq minutes.

Je vérifiai auprès du voiturier la présence du taxi avant de retourner dans le hall. Un « ding » retentit et, la seconde suivante, un bruit sourd puis un petit cri de surprise résonnèrent dans le palace.

Lynne était figée, ses affaires éparpillées au sol, et brusquement le jeune homme blond sortit de l'ascenseur.

— Je suis désolé... Je ne regardais pas du tout où j'allais, s'excusa-t-il avant de se précipiter au sol en même temps que Lynne.

— C'est moi, monsieur. Toutes mes excuses, j'aurais dû vérifier que l'ascenseur était vide avant de...

— ... foncer droit devant vous ? finit-il avec une pointe d'humour dans la voix.

Je restai prudemment à l'écart. Il me semblait que Lynne tremblait un peu, sûrement honteuse et agacée à la fois. Elle ramena ses cheveux derrière l'oreille — signe annonçant une probable apocalypse dans son univers — et pesta contre sa maladresse.

— Laissez... Je vais finir, soupira-t-elle en ramassant ses stylos.

— Je suis aussi fautif que vous. Croyez-moi, habituellement j'ai une parfaite coordination.

Je souris malgré moi. La plupart de nos clients n'auraient même pas pris le temps de s'excuser, tandis que celui-ci l'aidait à ramasser tout en faisant en sorte de détendre l'atmosphère. Son âge, proche du nôtre, devait sûrement expliquer cette réaction inhabituelle.

Et puis il y eut cette courte seconde. Au moment où ils se relevaient tous les deux, je vis leurs regards rivés l'un à l'autre. L'homme blond lui tendit un dernier dossier cartonné et leurs mains s'effleurèrent. Lynne baissait les yeux et ramenait ses documents contre sa poitrine.

Ils restèrent face à face quelques instants, hésitant tous les deux à laisser passer l'autre. Leurs corps se mouvaient en miroir, Lynne allant à droite quand l'homme allait à gauche. Après quelques secondes de cette valse, Lynne finit par se figer et l'homme la contourna pour s'éloigner vers la porte tambour.

Il me salua discrètement d'un mouvement de tête et, avant de sortir de l'hôtel, il se retourna vers les ascenseurs. Lynne avait déjà disparu et les portes se refermaient sur elle. Je souris, secouant la tête. Cette fameuse magie qu'elle niait en bloc était là, juste sous ses yeux.

Environ vingt minutes plus tard, Lynne quitta le palace, me déposant en chemin le devis de Blake. Elle me souhaita une bonne nuit et je gagnai le bar pour me faire mon thé habituel. Un nouvel extra remplaçait Angie. Je m'étonnais que Dan n'ait pas été gardé, mais vu notre situation, il valait mieux que nos vies professionnelles restent indépendantes l'une de l'autre.

Je croisai furtivement la silhouette d'Andrew Blake alors qu'il retournait à sa suite après sa séance de piscine. Il m'adressa un simple regard, sans dire un mot.

A 7 heures, après avoir trié et distribué les journaux, je rejoignis, avec mon plateau et le devis de Lynne, la suite de Blake. Je toquai doucement à la porte, m'annonçant. La voix de Blake m'ordonna d'entrer et je le découvris attablé devant son ordinateur, compulsant des graphiques colorés.

— Bonjour, monsieur. Votre café et le devis pour votre réception, annonçai-je en posant le tout sur la table adjacente.

— Merci, Kathleen.

Il le parcourut rapidement avant d'apposer sa signature et de me retendre le papier.

— C'est parfait. Comme toujours, souffla-t-il alors que je me dandinais nerveusement d'un pied sur l'autre. Pouvez-vous récupérer mes costumes pour le nettoyage ?

— Bien sûr, monsieur.

Je me dirigeai vers la porte et je l'entendis se relever et me suivre.

— Kathleen ?

— Monsieur ?

— J'espère que dimanche je ne serai plus « Monsieur Blake » mais juste « Andrew ».

— Je... je vais essayer, balbutiai-je.

— Parce que la plupart de mes amis m'appellent par mon prénom. J'aimerais autant que vous ne dérogiez pas à cette habitude.

Je tressaillis légèrement à la mention de notre « amitié ». Je le détaillai, en jean brut et T-shirt gris. Mes yeux s'attardèrent sur le col en V, révélant cette pilosité que j'avais déjà remarquée. Je remis aussitôt ma carapace de professionnalisme et lui offris un pâle sourire.

— Je vous souhaite une bonne journée, monsieur Blake.

— Pareillement, Kathleen.

Dehors, ma respiration reprit un rythme normal. Cet homme avait décidément un pouvoir phénoménal sur moi. J'étais à mi-chemin entre la fascination et la folie furieuse. Mais il m'attirait : pas l'homme de pouvoir ou le client, mais juste lui, l'être désarmé et honnête que j'avais eu l'occasion d'apercevoir lors de notre danse improvisée.

Il se servait de moi, me manipulait. J'étais en train de devenir sa prisonnière et, finalement, cela ne me dérangeait plus.

Après avoir fait les transmissions à Sam, je pris le métro pour rentrer chez moi. La neige commençait à fondre doucement, sûrement grâce au petit réchauffement des températures. C'est la sonnerie de mon téléphone qui me tira de mon sommeil réparateur.

Dan.

Je soupirai, me frottai les yeux et décrochai.

— Salut, ma belle, chanta la voix de Dan.

— Bonjour, Dan.

— Je te réveille ?

— Oui... Mais j'ai quantité de choses à faire, donc c'est une bonne chose, avouai-je en me levant.

— Je ne t'ennuie pas longtemps, je voulais savoir si tu étais libre pour dîner avec Jodie et moi.

— Qui est Jodie? l'interrogeai-je en mettant ma bouilloire en route.

— Une amie... Elle veut tout savoir de toi...

— OK... Si tu veux. Je suis de repos ce week-end et mon planning est plutôt léger.

— Parfait. Dimanche soir alors?

— Non! m'exclamai-je. Pas... pas dimanche.

— Tu viens de me dire...

— Je dois dîner avec Lynne, débitai-je à toute vitesse. Tu sais, pour son mariage.

Je détestais mentir, mais je savais que c'était nécessaire. Dan ne supportait déjà pas que je sois l'obligée de Blake au sein de l'hôtel, je doutais sérieusement qu'il apprécie que je passe aussi mon temps libre avec lui.

— Bien... Bon, je vais voir avec Jodie alors. On se voit toujours demain?

— Sans problème. Je serai ravie de passer la journée avec toi.

— Tu me manques, Kat.

— Tu me manques aussi, murmurai-je avec sincérité.

— Je dois te laisser. Je te récupère demain, à la sortie de l'hôtel.

— Parfait.

Je raccrochai avant d'entendre quelque chose que je n'avais pas envie d'entendre.

Dan semblait tellement sûr de nous. Cela m'effrayait. Nous sortions ensemble depuis très peu de temps, et j'avais la sensation de vivre une relation suivie depuis des mois.

Je passai le reste de ma journée à ranger l'appartement. Dans ma mission ménage, je retrouvai mon exemplaire du *New Yorker* et de *Powerfull*. Je les entassai sur ma table de chevet, me promettant de les ranger plus tard. Je souris à la pensée que ma lettre se baladait à travers les Etats-Unis.

L'inconnu était certainement d'ici car le *New Yorker* était une institution dans cette ville et que je ne pouvais imaginer un étranger lire ce magazine.

En reprenant le métro le soir, je me surpris à observer les hommes autour de moi. Peut-être était-il là, juste sous mes yeux. Je scrutai la foule, attendant stupidement que mon corps réagisse. Ou que mon cœur tressaute comme il l'avait déjà fait. Mais rien ne se produisit.

Je relevai Sam rapidement. Ce dernier m'informa que Blake était déjà dans sa suite et que je devais lui amener son petit déjeuner juste avant mon départ. C'était ma dernière nuit de service. Après ça, il me fallait survivre à la réception — et je doutais de pouvoir le faire — et ensuite, Blake partirait d'ici.

Jusqu'à la prochaine fois. Car si j'avais désormais une certitude, c'est qu'il reviendrait. Et cela me réconforta. J'en étais à la fois heureuse et angoissée. Le lendemain matin, tout sourires, je toquai à la porte de Blake.

— Vous pouvez entrer, Kathleen.

— Bonjour, monsieur. Votre café !

Il prit la petite tasse sur mon plateau et l'avala d'un trait avant de la reposer. Il se lécha les lèvres et se dirigea vers la salle de bains. Je soupirai de soulagement — pas d'affrontement ce matin — et me dirigeai vers la sortie.

— Je vous souhaite...

— Ne vous avisez pas de partir. J'en ai pour quelques minutes, cria-t-il.

Je me figeai, la main sur la poignée. Cet homme ne me laissait jamais respirer ! Il réapparut, embaumant l'after-shave, ses cheveux presque disciplinés.

— Posez ce plateau, m'intima-t-il.

Je m'exécutai. Il eut un sourire satisfait et enfila sa veste. Mal à l'aise, je tentai de trouver quelque chose à regarder, mais je revenais toujours à lui. Ses mouvements, ses gestes, cette facilité à se mouvoir. J'étais subjuguée. Il jeta un dernier coup d'œil à son reflet, resserrant sa cravate, avant de m'ouvrir la porte. En silence, nous gagnâmes l'ascenseur.

— J'ai besoin de vous parler, avoua-t-il quand les portes se refermèrent.

— Je vous écoute, soufflai-je en relevant les yeux vers lui.

— Pour dimanche soir. Dois-je vous prévoir un chauffeur ?

— Je... Non. Ça ira. Je viendrai en taxi.

— Bien.

Il y eut un silence, à peine troublé par la musique douce que diffusaient les haut-parleurs. Je bougeai un peu avant de prendre conscience que je ne faisais que me rapprocher de lui. Je fis un pas de côté pour m'écarter pour de bon.

— Je suis heureux que vous veniez, dit-il doucement.

— Je n'ai pas encore eu l'occasion de vous remercier pour votre invitation, mais je...

— Serez-vous escortée ? demanda-t-il brutalement.

De nouveau, je croisai son regard. Je rougis légèrement avant de me frotter nerveusement les mains.

— Non. Je viendrai seule.

— Votre choix ?

— En effet.

— Je pourrais compter sur vous pour une danse alors ?

— Avec plaisir, avouai-je d'une petite voix.

Les portes de l'ascenseur s'ouvrirent et je retrouvai brutalement le bourdonnement du hall. Blake posa sa main dans mon dos et me fit avancer en direction de la porte tambour.

— Je sais que je peux toujours compter sur vous, Kathleen.

— C'est mon travail, monsieur.

— Je ne pense pas. Il s'agit de vous. Vous êtes... la bonne amie, la jeune fille solidaire.

Je fronçai les sourcils. Pourquoi cela sonnait-il comme une insulte dans sa bouche ? La bonne amie ? Devant mon silence, il reprit :

— Alors que vous pourriez être tellement plus.

— J'aime la personne que je suis.

— Vous aimerez encore plus la personne que vous serez dimanche soir !

— Et qui serai-je censée être ? l'interrogeai-je, vexée.

— La femme sublime qui dansera avec moi dimanche soir, voyons ! Qui d'autre ?

J'ouvris la bouche, mais rien ne sortit. Une fois encore, cet homme avait trouvé le moyen de retourner la situation. Nous descendîmes les cinq marches d'entrée du Peninsula et il héla un taxi.

— Comprenez-vous ce que je veux dire ? m'interrogea-t-il alors qu'un taxi jaune se garait devant lui.

— Je crains que non.

— J'espère être avec Kathleen dimanche soir… Pas avec l'employée, expliqua-t-il en s'installant à l'arrière du véhicule.

— L'employée que je suis aurait certainement demandé une rétribution pour un tel service, grinçai-je.

— Et je l'aurais payée. Mais savoir que vous venez sans votre uniforme du Peninsula me convient nettement plus. Quelle est votre couleur préférée ? demanda-t-il dans un sourire.

— Le vert, répondis-je automatiquement en soutenant son regard.

— Comme ma femme. Bonne journée, Kathleen.

— Bonne journée, monsieur Blake, murmurai-je, pétrifiée.

Il claqua la porte et je regardai, immobile, imperméable au froid, la voiture se noyer dans le trafic. Je retournai à mon pupitre.

Sam arriva quelques minutes plus tard.

— Est-ce que tout va bien, Kat ?

— Je… Euh… oui. Juste un peu de fatigue, murmurai-je avant de faire tomber deux dossiers successivement au sol.

Toujours sous le choc de ma conversation avec Blake, je comprenais maintenant comment il avait réussi dans les affaires. Il savait manipuler et retourner les situations.

— Hum… Blake est parti pour la journée, repris-je péniblement. Il n'a rien précisé pour ce soir. Lynne te parlera de la réception.

— D'accord. Tu es de repos ce week-end ?

— Oui… Je… Enfin, je vais en profiter pour me reposer.

Rougissante et balbutiante, je quittai Sam pour gagner mon appartement. Sur le trajet, j'envoyais un message à Daniel, indiquant que je le rejoindrais en fin de journée et pour la nuit. Après une sieste réparatrice, je me préparai lentement à retrouver mon petit ami, mais je restais partagée. D'un côté, j'appréciais Dan, sa chaleur, son sourire et son enthousiasme. Mais de l'autre, j'étais tourmentée. J'avais l'impression de perdre le contrôle sur cette partie de ma vie.

Chapitre 8

C'est avec une légère appréhension que j'arrivai chez Dan. Mais dès que ses lèvres se posèrent sur les miennes, j'oubliai mes inquiétudes. Auprès de lui, je me sentais bien, je me sentais femme. Il était prévenant et, en effet, il avait fait de son appartement un cocon douillet.

— Quoi de neuf à l'hôtel ? me demanda-t-il pendant notre dîner.

— C'est un peu l'effervescence... Blake donne une grosse réception. Je pense qu'à cette heure-ci Lynne doit être dans tous ses états !

— Une réception ? Pourquoi au juste ?

— Le lancement de son magazine, expliquai-je en enroulant des pâtes autour de ma fourchette.

— Il va réunir le gratin de la ville pour célébrer sa réussite ? railla-t-il.

Je reposai ma fourchette et regardai mon petit ami. Cette ironie, ce sarcasme, cela ne lui ressemblait pas.

— Dan, je peux comprendre que tu n'apprécies pas Andrew Blake, mais pourquoi es-tu si vindicatif à son sujet ?

— Et toi, pourquoi es-tu si compréhensive avec lui ? riposta-t-il.

— Je ne juge pas un homme que je ne connais pas.

— Je connais ce genre de type, Kat. Ils sont arrogants, prétentieux et sont persuadés que tout le monde doit se traîner à leurs pieds.

— Tu ne laisses donc le bénéfice du doute à personne ?

Son visage se ferma et je me décidai à creuser le sujet : soit il avait quelque chose contre Blake, soit il n'avait pas confiance en moi. En tout état de cause, il fallait vite crever l'abcès.

— Blake est juste un client. Quoi que tu t'imagines, c'est faux !

— Il a dîné avec toi.

— Je n'ai pas eu le choix. Je souhaite que toutes mes relations soient basées sur l'indépendance, la liberté et la franchise et la nôtre ne fait pas exception, m'énervai-je en repoussant mon assiette.

— Et évidemment, tu as parlé de ça avec ton « client » ? m'interrogea-t-il en mimant les guillemets. Ou peut-être est-il plus que ça pour déroger à la règle ?

— Cette conversation est terminée, lâchai-je entre mes dents avant de me lever de table.

— Kat ! cria Daniel alors que je marchais vivement vers le salon pour récupérer mes affaires. S'il te plaît, écoute !

— Que je t'écoute ? Tu es en train de m'insulter, et je devrais tranquillement t'écouter ?

J'enfilai mon manteau avec rage, ravalant mes larmes de colère. Comment osait-il ? Comment pouvait-il croire que j'étais ce genre de femme ?

— Excuse-moi, Kat. Je ne pensais pas ce que j'ai dit.

— Dan, j'en ai assez. Pourquoi la moindre conversation au sujet de Blake finit-elle ainsi ?

Ses mâchoires se contractèrent et ses poings se refermèrent violemment.

Le silence était pesant, mais je lui offris encore deux secondes pour me répondre avant de me détourner et d'enrouler mon écharpe autour du cou.

— Kat, je veux juste te protéger.

— De Blake ?

— De lui ou des autres hommes ! Il a de l'argent et je sais ce que les femmes pensent de lui.

— Tu es idiot, m'écriai-je. L'argent ? Vraiment ? Et alors quoi, il est séduisant et riche, donc je dois automatiquement tomber sous le charme ?

La colère fit place à la peine. Il ne voyait manifestement en moi qu'une femme faible et attirée par le clinquant. Cette fois, les larmes roulèrent sur mes joues et je les essuyai d'un revers de la main.

— Je vais rentrer chez moi.

— Kat, s'il te plaît..., gémit Dan.

— Je... je ne crois pas être en état de rester près de toi.

— Est-ce que... est-ce que c'est fini ?

— Je ne sais pas, avouai-je avec tristesse. Prouve-moi que... que je peux encore y croire.

Je me dirigeai vers la porte, tentant de ne pas croiser son regard. Il fallait que je parte. Rester ici, c'était cautionner son comportement, et j'en avais assez de lui trouver des excuses.

— Quoi que tu penses, ce n'est pas Blake qui est en train de ruiner notre relation. C'est toi.

Et sur ces mots, je quittai son appartement. Je priai pour qu'il ne me suive pas, refoulant mes larmes, ma peine et ma colère sourde. Je regardai ma montre. A peine 21 heures. Pour ce soir, je serai vraiment seule.

Ce soir-là, j'ignorai chacun des appels de Dan. Il s'excusa par SMS et me supplia de lui répondre. Je l'ignorai encore. La nuit ne serait pas de trop pour digérer ce nouvel accès de jalousie incontrôlé.

Le lendemain matin, je me réveillai en travers de mon lit, la page des annonces du *New Yorker* ouverte et collée sur ma joue. Je me frottai les yeux avant de consulter mon réveil. 10 heures.

Je me glissai sous la douche, espérant qu'elle éradiquerait les dernières traces de sommeil de mon visage. J'avais digéré ma dispute avec Dan et je songeai à l'appeler. Alors que je me rinçais, la sonnerie de la porte retentit dans l'appartement.

Je soupirai. Sûrement Dan qui venait présenter ses plates excuses. Je sortis de ma petite cabine de douche et, les cheveux encore dégoulinants, je m'enroulai dans une épaisse serviette de bain noire.

— Dan, ce n'était pas la peine de..., m'exclamai-je, agacée en ouvrant la porte.

Je remontai ma serviette contre ma poitrine et me figeai. Andrew Blake, vêtu d'un caban noir, se tenait devant moi. Si j'étais surprise, on peut dire que lui avait l'air stupéfait. Son visage était comme paralysé et il se retourna brusquement.

— Bonjour... Kathleen, balbutia-t-il, me tournant le dos.

— Monsieur Blake ? m'étonnai-je avec une voix suraiguë.

— Pouvez-vous enfiler... un peignoir ? J'aimerais autant vous parler face à face.

— Je... euh... oui, marmonnai-je avant de foncer dans ma chambre, un rouge coquelicot du plus bel effet ornant mon visage.

— Vous pouvez entrer ! hurlai-je.

J'ôtai ma serviette et me glissai dans un bas de jogging et un débardeur. Des gouttes d'eau parsemèrent mon haut noir tandis que je me frottais frénétiquement les cheveux. Qu'est-ce qu'il fichait ici ? Et surtout, comment avait-il dégoté mon adresse ? Le souvenir de notre dîner me revint. S'il connaissait mon cursus universitaire, j'imaginai qu'obtenir mon adresse avait donc été un jeu d'enfant.

Je finis rapidement de m'essuyer les cheveux et me précipitai en direction de mon salon. Andrew Blake s'y tenait debout, une housse à vêtements enroulée autour de son bras.

— Désolée... pour... enfin... je pensais que c'était Dan, m'excusai-je, mortifiée.

— Votre petit ami ?

Il se tourna vers moi, un léger sourire au bord des lèvres. Il avait ouvert son caban, laissant apparaître un sweat-shirt de l'université de San Francisco.

— J'ai pensé que vous auriez besoin de ça. Pour ce soir, ajouta-t-il en me tendant la housse.

Je la récupérai maladroitement, déchiffrant le nom du créateur de luxe dessiné en lettres dorées. Mon regard passa de la housse à mon client, puis de lui à mes mains tremblantes.

— Vous ne l'ouvrez pas ? s'amusa-t-il.

— Je... Si... Bien sûr.

Je posai la housse sur le canapé et, tout doucement, fis glisser le zip. Je découvris une robe beige, splendide, parsemée de dentelles et de petites perles. Le bas n'était que mousseline douce et aérienne. Blake s'approcha de moi tandis que j'admirais cette tenue. J'étais stupéfaite. J'avais à peine assimilé son intrusion dans mon appartement, voilà maintenant que je devais gérer ce cadeau hors de prix.

— Monsieur Blake..., commençai-je.

— Andrew, corrigea-t-il automatiquement. Vous n'êtes pas en service.

— Je ne peux pas accepter ça, dis-je en refermant la housse.

— Bien sûr que vous pouvez. Et vous le ferez.

Ma surprise laissa place à une forme de colère. Pour qui me prenait-il ? Une de ces femmes sans cervelle qui accepte sans broncher n'importe quel cadeau ? Je me redressai légèrement et m'éloignai de lui.

— Ecoutez, j'apprécie réellement que vous vous soyez déplacé pour ça.

— Mais ?

— Mais cette robe vaut très certainement une fortune.

— L'argent n'est pas un problème pour moi.

— Ça en est un pour moi ! m'écriai-je, presque à bout de souffle.

Il me fixa intensément, sûrement un peu perdu par ma réaction.

Je devais l'avouer, moi-même, je me trouvai un peu excessive. Il me suffisait de lui dire non, inutile d'en faire un scandale.

— Monsieur Blake, repris-je, un peu plus calme, j'apprécie que vous vous souciiez de ma tenue, mais...

— De votre tenue ? s'esclaffa-t-il. Vous pensez que j'ai fait tout ça juste pour une robe ?

— Je...

— Je ne m'étais pas interrogé sur ce que vous alliez porter, mais Meghan a été plus perspicace sur le sujet, me coupa-t-il en souriant. À vrai dire, je suis venu ici pour m'assurer que j'aurais bien l'honneur de vous voir ce soir.

— Vous remercierez Mlle Stanton de sa prévenance mais il me semblait avoir été claire au sujet de ma présence à votre réception, m'agaçai-je.

— En effet. Mais j'avais peur que notre petite conversation d'hier matin n'ait changé les choses.

— Je ne vois pas en quoi, mentis-je en me souvenant de ma vexation.

Il planta ses yeux dans les miens. Je savais que j'étais une mauvaise menteuse.

— Je me suis trompé hier. Vous n'êtes pas la femme sans relief que vous vous efforcez de paraître.

— Je vais prendre ça comme un compliment, exhalai-je alors que mon cœur s'emballait bien trop vite.

— C'en est un. Vous êtes... pleine de surprises, rit-il doucement. Mais j'aime ça. C'est... rafraîchissant.

— Que suis-je censée dire ? demandai-je brutalement.

Son sourire s'effaça instantanément et il recula légèrement. Mon corps reprit un fonctionnement normal et mon ventre cessa de se tordre.

— Que suis-je censée dire pour ce soir ? complétai-je.

— Oh... Eh bien, dites que vous êtes une invitée personnelle d'Andrew Blake. Généralement, cela ouvre des portes, ajouta-t-il avec humour.

Je secouai la tête, partagée entre hilarité et agacement. Ce type était d'une arrogance effroyable. Mais j'étais certaine que ce qu'il disait n'était pas faux.

— De toute façon, avec cette robe, vous éblouirez tout le monde.

— Monsieur Blake...

— Andrew, rectifia-t-il de nouveau, sans se départir de son sourire.

— Je vous remercie de votre sollicitude, mais je préférerais...

— Kathleen, croyez-moi, je ne le fais pas pour moi. Je le fais pour vous. Je ne veux pas vous voir mal à l'aise pendant cette soirée.

— Je...

— Je sais ce que les gens pensent de moi, me coupa-t-il vivement. Je sais que les rumeurs les plus folles courent à mon sujet. Mais je sais aussi que vous ne vous arrêtez pas à ça, et c'est en partie pour ça que je veux vous avoir avec moi ce soir.

— En partie ? m'amusai-je avec un sourire.

— J'adore les faire jaser... Ça les occupe. Andrew Blake avec une autre femme que la sienne... Voilà qui les occupera jusqu'au dessert.

Il sourit largement, visiblement fier de sa stratégie. Je souris à mon tour, contaminée par sa joie. Soudain, un détail me revint.

— Puis-je vous poser une question ?

— Je vous écoute.

— Pourquoi prévoir un détecteur à métaux ?

— Simple précaution. Je n'aimerais pas que la fête soit gâchée par un illuminé. Je vais vous laisser profiter de votre journée, ajouta-t-il en se dirigeant vers la porte.

— Je... Euh... merci... pour tout.

— Je vous en prie.

Il ouvrit la porte et je me précipitai pour l'accompagner.

— Meghan a aussi prévu les chaussures. S'il y a un souci, vous pouvez la joindre à ce numéro.

Il sortit une carte de visite de sa poche et me la tendit. Il y avait annoté un mot sur le dos de la carte.

« A ce soir. Andrew. »

Je relevai les yeux vers lui, plongée dans une totale incompréhension.

— Je ne savais pas si vous seriez chez vous, avoua-t-il comme si la situation était normale.

— Oh... Enfin quelque chose que vous ne savez pas sur moi ? lâchai-je avec sarcasme.

— Je vous l'ai dit : vous êtes pleine de surprises. A ce soir, Kathleen ! lança-t-il en se dirigeant vers l'ascenseur.

— A ce soir, *Andrew.*

A la mention de son prénom, il tourna la tête vers moi, un immense sourire barrant son visage. Après avoir fermé la porte, je filai à la salle de bains, espérant rattraper mes cheveux avant que les dégâts ne soient irréversibles. En fin d'après-midi, j'appelai Daniel pour mettre les choses à plat, mais une femme répondit à sa place. Elle se présenta — Jodie — et mon cœur, qui s'était serré en entendant cette voix féminine, se sentit instantanément mieux.

— Dan est sous la douche, m'expliqua-t-elle.

— Oh... Pourriez-vous lui dire que Kat a appelé ?

— Kat ? *La* Kat ?

— Hum... oui.

— Dan m'a raconté pour hier. Tu sais, il ne faut pas sauter aux conclusions. Il... On lui a déjà brisé le cœur par le passé, et...

— Jodie, je crois que je préférerais parler de ça avec lui, assénai-je, un peu agacée.

— Oh... Oui. Bien sûr ! Ne prends pas de décisions hâtives. C'est un mec bien.

— Je sais, soupirai-je. Dis-lui juste que j'ai appelé et que j'aimerais le voir lundi.

— C'est noté ! A bientôt, Kat ! Je suis contente qu'on ait pu discuter toutes les deux !

— Moi aussi, assurai-je.

Après une heure de bataille ardue avec ma chevelure, j'avais réussi à les discipliner et à les lisser. Les pointes étaient légèrement bouclées et retombaient souplement sur mes épaules. Je me maquillai légèrement et enfilai la robe qu'Andrew Blake m'avait apportée.

En me regardant dans le miroir, j'eus la sensation

de voir une inconnue. Les bras nus et la gorge dégagée, j'étais une autre. Plus vraiment Kat, mais... Kathleen. L'invitée personnelle d'Andrew Blake.

Pour la première fois en trois ans, j'allais franchir les cinq marches du Peninsula et passer de l'autre côté de la barrière invisible et infranchissable de mon pupitre pour participer au rêve.

Je commandai un taxi et, en l'attendant, je repris le magazine de Blake. Je le connaissais déjà par cœur, ou presque, mais j'espérais me mettre ainsi dans l'ambiance de la soirée.

Vingt minutes après mon appel, l'Interphone grésilla et, ajustant une étole sur mes épaules, je descendis.

— Kathleen Dillon ? m'interrogea un homme en costume bleu foncé.

— Oui ?

Pour toute réponse, il retira sa casquette et ouvrit la portière de la voiture.

— M. Blake m'a chargé de vous conduire à la réception.

— Evidemment ! murmurai-je en levant les yeux au ciel. J'imagine que je n'ai pas vraiment le choix.

Je grimpai dans la luxueuse berline en soupirant. Le peu de confiance que j'avais réussi à capitaliser était en train de fondre comme neige au soleil.

La voiture avançait prudemment. La neige avait repris ses droits sur la ville et un tapis blanc se formait sur les trottoirs. Alors que nous remontions la Cinquième Avenue, une boule d'angoisse se forma dans mon estomac. Soudain, je n'étais plus aussi certaine du bien-fondé de ma présence ce soir.

Je triturais mes doigts, ouvrais et refermais frénétiquement ma pochette noire. Andrew Blake m'avait fait venir, mais je n'avais aucune idée des personnes que j'allais devoir affronter. J'étais là, habituellement, pour les servir, pas pour discuter avec eux.

La voiture se gara finalement devant l'hôtel et un voiturier se précipita pour ouvrir ma portière. Mon collègue ne cilla pas en me voyant et me tendit sa main.

Je soulevai légèrement la robe, espérant ne pas la ruiner avec la neige.

Je gagnai le tapis de velours rouge qui menait aux marches et le groom m'ouvrit la porte en souriant. Je risquai un œil vers le poste que j'occupais habituellement. Sam hocha la tête pour me saluer, mais ne sembla pas surpris. Doucement, je me dirigeai vers la salle de réception.

Je poussai la porte et entrai dans un monde que je ne connaissais pas. A peine avais-je fait un pas qu'un garde de l'équipe de Gregory me demanda mon nom et ma pièce d'identité. Je la lui présentai avant de me faufiler au travers du portique à métaux.

— Kat ? firent en chœur Lynne et Gregory sur ma gauche.

— Bonsoir, chuchotai-je en rougissant.

Leurs visages s'illuminèrent en un instant. Ils étaient tapis dans un recoin, et je devinai qu'ils s'assuraient du bon fonctionnement de la soirée.

— Tu es invitée ? s'étonna Gregory.

— Je...

— Bon sang, cette robe, Kat ! Tu es superbe ! s'extasia Lynne en tournant autour de moi. Organza et soie, parfait... Elle est parfaite sur toi !

— Merci, Lynne. C'est Andrew Blake qui m'a invitée, résumai-je.

— Décidément ! Ce type t'adore ! déclara Lynne en levant un sourcil.

— C'est juste une soirée, Lynne.

— Une soirée où tout le gratin est invité. Le gratin *et* toi !

— Comment ça se passe ? demandai-je à Lynne.

— Bien... Mais tu n'as pas à t'en soucier. Tu...

Sa voix s'éteignit et elle recula d'un pas. Elle reprit son visage professionnel, toute trace d'enthousiasme disparaissant de son visage.

— Je crois que nous n'avons pas été présentés, lança une voix derrière moi.

Je me tournai doucement et tombai nez à nez avec le collaborateur de Blake.

— Nathan Evans, annonça-t-il en tendant sa main.

— Kathleen Dillon, répondis-je en serrant doucement ses doigts.

— La fameuse Kathleen.

— Fameuse ? m'étonnai-je.

— Andrew a fait des pieds et des mains pour avoir votre adresse... Non, en fait, *j'ai* fait des pieds et des mains pour avoir votre adresse, sourit-il en se désignant du pouce.

Ses yeux rieurs me mettaient immédiatement à l'aise. Il me semblait qu'il avait perpétuellement le sourire, toute situation étant assez bonne pour en plaisanter.

— Mais je suis ravi de voir que ma mission a porté ses fruits, constata-t-il pendant que ses yeux naviguaient sur ma robe. Vous êtes superbe, je dois l'avouer.

— Vous devez l'avouer ? répétai-je, stupéfaite.

— Andrew nous a briefés. Nous ne sommes pas censés vous mettre mal à l'aise.

— Charmante intention.

— Mais Andrew est un type charmant, assura-t-il.

— Je sais. Peut-être est-ce parce qu'il sait s'entourer ?

— De la flatterie ? Il a beaucoup à apprendre de vous. Andrew ne sait pas réellement manier le compliment.

Je ris doucement, me souvenant de notre conversation surréaliste du matin même. Il savait les faire, il fallait juste savoir les décrypter. Derrière moi, j'entendis Lynne s'excuser et je me glissai sur ma gauche pour libérer le passage.

— Oh... Mademoiselle ? l'interpella Nathan.

Lynne se tourna vers nous et planta son regard dans celui de mon vis-à-vis.

— Monsieur ?

— Pouvez-vous nous faire apporter deux coupes de champagne ? Vous aimez le champagne ? me questionna-t-il.

— Ça sera parfait ! répondis-je en évitant le regard de Lynne.

— Champagne donc.

— Tout de suite, monsieur.

Elle lui fit un sourire poli avant de s'éclipser. J'observais la scène avec curiosité. De nouveau, j'avais le sentiment d'assister à un moment particulier entre deux personnes. Nathan la suivit du regard, cillant à peine, pendant qu'un léger sourire soulevait ses lèvres. Il secoua la tête et se tourna vers moi.

— Excusez-moi... J'étais ailleurs, se justifia-t-il.

— Aucun souci, le rassurai-je.

— Comment s'appelle cette fille ?

— Lynne. Lynne Hoffman.

Brutalement, son sourire s'effondra. Son visage se figea un peu et un voile de tristesse passa dans son regard.

— Y a-t-il un problème ?

— Euh... non... non... Tout va bien. Andrew vous a placée à notre table, j'espère que vous apprécierez notre compagnie, éluda-t-il.

— A votre table ?

— Ah oui... Il m'avait prévenu que vous risquiez de réagir ainsi.

— Eh bien, c'est surprenant !

— Vous trouvez ? C'est pourtant...

— Mademoiselle, monsieur, nous interrompit la voix de Lynne.

Je me tournai vers elle. Dans un petit plateau argenté, elle avait disposé deux coupes de champagne. Nathan en prit une et me la tendit avant de se saisir de la sienne. De nouveau, il eut un regard pour Lynne. Celle-ci lui adressa un sourire timide.

— Puis-je vous être utile pour autre chose ? demanda-t-elle en rabattant le petit plateau contre elle.

J'attendais que le collaborateur de Blake parle, mais il resta muet. Il triturait sa coupe de champagne entre ses doigts, fixant mon amie.

— Ça ira, Lynne, murmurai-je doucement.

Elle hocha la tête et nous laissa en tête à tête. Nathan

avala son champagne d'un trait et s'étrangla avec. Il reprit ses esprits au bout de quelques instants.

— Excusez-moi.

— Est-ce que tout va bien ? lui demandai-je, un peu inquiète.

— Oui... du moins je crois.

Je pris une gorgée de mon champagne. La dernière fois que j'en avais bu, c'était pour l'obtention de mon diplôme. Mais celui-ci était nettement meilleur.

— Andrew m'a dit que vous aviez fait des études de journalisme ?

— En effet. Vous tentez de me soutirer les informations qu'il n'a pas réussi à obtenir ? ripostai-je en riant pendant qu'il se figeait.

— Euh... Non. Pourquoi ?

— M. Blake... enfin Andrew... voulait savoir pourquoi je travaillais ici.

— Oh... C'était avant ou après qu'il cherche à vous débaucher ?

— Y a-t-il une chose qu'il ne vous a pas racontée ?

Il pencha la tête vers moi, un sourire amusé sur les lèvres, pendant que ses yeux pétillaient.

— En tout cas, sa description est tout à fait conforme.

— Oh... Je sais, je suis butée.

— Il a dit « surprenante ». Et, croyez-moi, il est difficile de surprendre un homme comme lui. C'est tout à votre honneur.

— Ravie de l'apprendre, souris-je, alors que je laissais naviguer mon regard dans la foule.

Notre conversation dura encore quelques instants, mais il fut contraint de me laisser quand il croisa une connaissance parmi les invités. Parler avec lui m'avait vraiment détendue. Ma coupe était vide, aussi je me décidai à aller au bar.

Je fis un clin d'œil à Gregory qui, bras croisés, surveillait la salle. Il y répondit, ôtant pour quelques secondes son masque impénétrable, avant de se concentrer de nouveau sur l'assemblée.

La salle était belle, chaleureuse et conviviale. Maria avait porté ses efforts sur l'éclairage. Ce qu'avait désiré Blake, du tamisé, était là. La lumière se diffusait d'un peu partout, sans être agressive. Sur ma gauche, le quartet jouait, presque en sourdine, se faisant oublier. A ma droite, une dizaine de tables rondes avaient été dressées pour le dîner.

Mes yeux naviguèrent à la recherche d'Andrew Blake. Maintenant que j'étais de nouveau moi-même, je pouvais décemment aller le saluer et le remercier. La liste des motifs de remerciements semblait d'ailleurs s'allonger de minute en minute : la robe, le chauffeur, l'invitation, le placement à sa table. Cela devenait étourdissant.

Et je le vis. Il se tenait loin devant moi, écoutant avec concentration un homme un peu plus grand que lui. Une coupe de champagne à la main, son profil gauche se dessinait dans un assemblage glorieux d'ombres et de lumières. Ses mâchoires étaient nettes, presque tranchantes, tandis que le haut de son visage restait dans l'ombre. Je fronçai les sourcils, cherchant à distinguer son regard. Soudain, ses traits se relâchèrent et un sourire apparut sur ses lèvres.

Et sur les miennes. Je secouai la tête, cette fois, ce n'était plus de l'étourdissement, mais carrément de l'hypnose. Cet homme me subjuguait. Il était à l'opposé des autres millionnaires que j'avais eu l'occasion de croiser, il ne partageait rien de leurs manières si désagréables, ou de leur côté... despote. Je considérai ma robe, admettant en moi-même qu'il pouvait tout de même se montrer un tantinet autoritaire.

A Rome, on fait comme les Romains, aussi je me saisis d'une autre coupe de champagne. Autant je pouvais passer inaperçue avec cette robe, autant être les bras ballants à examiner Andrew Blake semblerait suspect. Quand je redirigeai mes yeux vers le même endroit, il avait disparu.

— Je ne pensais pas que vous viendriez, siffla une voix féminine près de moi.

Je fixai Meghan Stanton, droite comme un *i*, plantée devant moi, les yeux flamboyants.

— Bonsoir, marmonnai-je.

— Meghan Stanton, se présenta-t-elle sèchement.

— Kathleen Dillon.

— Je sais qui vous êtes. Andrew était sûr que vous viendriez, mais j'avoue que j'avais des doutes.

Instinctivement, je me redressai et fis front. Il était hors de question que je me laisse démonter par cette pimbêche blonde. Autant je pouvais admettre l'humiliation à faible dose dans le cadre de mon travail, autant, ici, je supportais mal de me faire attaquer gratuitement.

— Oh... Et je peux savoir pourquoi ? demandai-je innocemment.

— Vous savez pourquoi, sourit-elle. Je ne comprends pas cet intérêt que vous porte Andrew, ajouta-t-elle en saisissant une coupe de champagne.

— Je vous demande pardon ?

— Accompagnez-moi, m'ordonna-t-elle tandis qu'elle se dirigeait sur le côté du bar.

Je la suivis doucement. Elle s'installa face à la foule et je l'imitai. Devant nous, Andrew Blake riait de bon cœur avec d'autres hommes.

— Andrew est un type bien et...

— Allez-vous me faire un sermon ? la coupai-je sèchement.

— Vous ne savez pas où vous mettez les pieds.

— J'en sais suffisamment... Je n'appartiens pas à ce monde et je ne prétends pas vouloir en faire partie.

— Vous vous trompez sur moi. Je ne veux pas vous effrayer.

— Vous vous trompez sur moi aussi. Je ne suis pas... une de ces filles !

— Une de ces filles ? répéta Meghan en haussant un sourcil.

— Celles qui ne voient en Andrew qu'un simple portefeuille bien garni.

— Puisque vous semblez savoir ce que vous faites...

— Je le sais, rassurez-vous.

C'était un pieux mensonge. Je n'avais aucune idée d'où toute cette mascarade allait me mener. En quelques jours de présence, Andrew Blake avait réussi à détruire ma précieuse carapace, et voilà que je me pavanais maintenant dans une robe hors de prix dans une de ses réceptions. La situation était tout sauf sous contrôle.

— Oh ! Pour demain, pourrez-vous nous réserver une table au *Five*... pour six, précisa-t-elle après une courte réflexion.

— Je...

— Nous partirons juste après le déjeuner. Prévoyez un taxi pour l'aéroport.

— Vous...

— Andrew vous a-t-il déjà indiqué les dates de son prochain séjour ? Il m'a parlé de...

— Meghan ! s'écria Blake qui venait de faire irruption et dont le regard irradiait de colère.

Elle se pétrifia. Je me figeai aussi, surprise et presque apeurée par la froideur de son visage. Si Andrew Blake pouvait se montrer agréable et prévenant, il se révélait tout aussi bien colérique. Ses mâchoires se crispèrent et soudain je compris qu'il se retenait d'exploser.

— Kathleen est ici en tant qu'invitée, articula-t-il entre ses dents... Si tu as des demandes concernant ton séjour, adresse-toi au concierge de service !

— Mais, Andrew, elle est concierge ! riposta-t-elle.

Instinctivement, je m'éloignai de Meghan. Les yeux de Blake s'assombrirent encore plus. Ce vert-là était profond et terne, loin des émeraudes que je connaissais.

— Pas ce soir ! gronda-t-il avec une voix très basse.

— Andrew, siffla Meghan.

— J'ai dit « Pas ce soir », répéta-t-il en hachant sa phrase sèchement.

J'observai la scène, fascinée par l'autorité de Blake et par l'aplomb de son amie. Elle n'avait aucunement peur de lui. Toutefois, je notai que sa poitrine se soulevait plus vite et qu'elle aussi semblait se retenir de dire ce qu'elle pensait de ma présence ici. Elle se racla la gorge et dégagea la mèche de cheveux flottant sur son épaule.

— Si vous voulez bien m'excuser, lâcha-t-elle finalement.

Andrew s'écarta et la laissa partir. Je suivis des yeux sa silhouette rouge sang avant que mon regard ne soit de nouveau happé par Andrew Blake.

— Je vous prie d'excuser son comportement, murmura-t-il pendant que sa colère semblait se diluer.

— Ce n'est rien. Je comprends que ma présence...

— Ce n'est pas rien, me coupa-t-il. Vous autorisez peut-être vos clients à vous parler ainsi, mais je ne le supporterais pas ici. Pas ce soir.

Il se plaça près de moi et j'esquissai un sourire ironique. Si Meghan m'avait parlé ainsi pendant mon temps de travail, aurait-il eu la même réaction ?

— Meghan pense que sa position de femme la dessert, expliqua-t-il.

— Elle n'a rien à me prouver.

— A vous, non. Mais aux autres, oui. Elle est persuadée qu'une femme doit en faire deux fois plus pour prétendre au même pouvoir qu'un homme.

— Techniquement, elle n'a pas tort.

Un souvenir nauséabond me revint. Celui de mon ancien emploi, où même en travaillant deux fois plus je n'avais pas eu gain de cause.

— Elle a tort. Une femme ne doit pas en faire deux fois plus, elle doit juste procéder différemment.

— Vous êtes un homme, vous ne savez pas ce que c'est.

Il tourna son visage vers moi et inclina la tête. Un sourire discret orna ses lèvres.

— La douce Kathleen Dillon aurait-elle eu des problèmes avec la gent masculine ? s'amusa-t-il.

— Vous me croyez inoffensive, n'est-ce pas ? ripostai-je en plantant mes yeux dans les siens.

Il rit doucement, décrochant son regard du mien. Vexée par sa réaction, je m'agaçai et soupirai. Pourquoi m'acharnais-je à le contredire ?

Je dirigeai mon attention sur la foule et regardai les

petits groupes de femmes, toutes élégantes, riant de bon cœur, pendant que les hommes parlaient avec sérieux, acquiesçant à leurs interlocuteurs. A cet instant, cela me frappa : les hommes travaillaient, les femmes n'étaient là que pour l'apparat.

Et j'étais une femme, dans une robe hors de prix, pas vraiment à ma place. C'était humiliant. Je n'eus pas le temps de m'appesantir : la main d'Andrew Blake se posa dans mon dos et je sentis son souffle frais chatouiller ma peau.

— Inoffensive n'est pas le premier mot qui me vient à l'esprit en vous voyant ce soir, chuchota-t-il.

Je frémis doucement, concentrée sur le léger mouvement de ses doigts dans mon dos et l'imperceptible appui de la paume de sa main, son pouce qui glissait sur moi, allant et venant en petits cercles.

Réprimant le rougissement qui gagnait mes joues, je me tournai vers lui. J'espérais avoir l'air imperturbable, mais quand mon visage se retrouva à quelques centimètres du sien, je compris que j'avais perdu. Tout mon corps se tendait vers lui, toutes mes terminaisons nerveuses exigeaient son toucher et mon ventre bouillonnait à la fois de désir et de perplexité.

— Vous êtes superbe, dit-il pendant que je me perdais de nouveau dans l'éclat de ses yeux vert clair.

— Je... Merci, soufflai-je.

— Et vous n'êtes pas inoffensive. Vous êtes sûrement la femme la plus intelligente de cette réception. Vous valez tellement plus que vous ne le pensez.

— Je n'ai rien à voir avec toute cette foule et je ne crois pas être à ma place.

— Vous êtes mon invitée. Par conséquent, vous êtes à votre place.

— Ce n'est pas ce que Mlle Stanton...

— Meghan peut parfois se comporter en véritable brute. Ne vous laissez pas berner par son apparence de garce frigide.

— Je ne manquerais pas de lui dire toute l'estime que vous avez pour elle, souris-je.

— Et elle vous confirmera toute l'estime que j'ai pour vous, rétorqua-t-il.

Je secouai la tête, incapable de distinguer le monde réel du monde parfait d'Andrew Blake quand la réalité me percuta : tout le monde nous observait. Des œillades discrètes, des murmures... J'étais la femme à qui parlait Andrew Blake. Il retira sa main de mon dos, se pencha sur le bar et saisit une coupe de champagne.

— Je suis heureux que vous soyez venue, dit-il en me tendant une coupe.

— Vous dites ça à tous vos invités?

— Seulement à ceux qui comptent pour moi.

Son bras repassa derrière moi et sa main retrouva l'espace dans le creux de mon dos. Mon ventre fit un saut périlleux pendant que mon cœur s'emballait plus que de raison.

Il est marié, me serinai-je. Marié. Il veut juste provoquer la foule.

Je tentai d'oublier sa main et de revenir à un sujet moins difficile pour moi. J'étais seule avec lui, c'était le moment de le remercier.

— Je tenais à vous dire que je...

— De rien, me coupa-t-il.

— J'apprécie que...

— Tout le plaisir est pour moi, m'interrompit-il de nouveau.

— Je...

— Kathleen, dites-moi que vous allez cesser cette litanie de remerciements.

— Mon père m'a appris à toujours dire merci.

— Et le mien m'a appris que le seul remerciement valable de la part d'une femme, c'est son sourire.

Il se tourna vers moi, les yeux brillants. Je lui souriais avec joie, même si je doutais que cela soit suffisant.

— Comment trouvez-vous la soirée? demanda-t-il alors que son regard survolait la salle.

— Très réussie. J'ai rencontré un de vos collaborateurs, Nathan.

— Quoi qu'il vous ait dit sur moi, n'en croyez pas un traître mot.

— Il a été plutôt élogieux à votre sujet.

— C'est ce que je disais. Ne le croyez pas!

Nous rîmes doucement, oubliant le poids des regards des convives sur nous. Andrew se rapprocha, l'espace entre nous se réduisant désormais à quelques centimètres. Je balayai la foule, apercevant Lynne slalomant entre les invités. Elle traversa la salle et gagna un angle à peine éclairé. Je scrutai l'endroit, cherchant une explication à sa présence là-bas, quand elle devait normalement être avec Gregory.

Et je vis Nathan. Il lui parlait, tout sourires, la dévorant avec ce même regard fasciné que lors de leur rencontre devant l'ascenseur. J'étouffai un léger rire.

— Je peux savoir ce qui vous amuse? demanda Blake en cherchant qui j'étais en train d'observer.

— Je crois que votre collaborateur a développé un léger béguin pour ma collègue.

Blake fronça les sourcils et les considéra pendant quelques instants. Il se pencha vers moi, sa bouche à proximité de mon oreille.

— Il faut croire qu'il se passe quelque chose avec les employées de cet hôtel.

— Voilà pourquoi M. Perkins nous garde, plaisantai-je.

— Votre amie n'est pas rancunière, j'espère, lança-t-il en reprenant sa position initiale.

— Pourquoi le serait-elle?

— Parce que je lui ai fait refaire entièrement le plan de table à cause de vous.

— A cause de moi? m'exclamai-je, consternée.

— Enfin, je ne vous ai pas vraiment nommée, précisa-t-il. J'ai juste dit qu'il fallait écarter une personne de ma table.

Quand Lynne allait découvrir qui avait pris cette fameuse place libérée, elle allait sûrement faire des bonds.

— Rassurez-moi, et dites-moi que vous ne faites pas ça à chaque réception que vous donnez, souris-je en espérant dissiper la stupéfaction de mon visage.

— Je vous rassure. Vous êtes la seule exception, murmura-t-il dans le creux de mon cou.

Sa voix vibra contre ma peau et tous mes muscles se tendirent un à un. Il y eut une seconde de flottement où sa main s'écarta de mon dos, avant de revenir s'y poser. Il vida sa coupe pendant que, tremblante, je cherchais à me remettre les idées en place.

— Le dîner va être servi, je vais vous accompagner à notre table.

Il avança doucement, m'entraînant avec lui. Sa main bougea, agrippant ma hanche dans un geste presque possessif. Un nouveau sourire, à la fois heureux et satisfait, se dessina sur ses lèvres, et nous avançâmes vers les tables. La foule s'écarta à notre passage, me faisant prendre conscience de l'énormité de la situation. J'étais avec Andrew Blake. Moi et pas sa femme.

— Cette robe est sublime sur vous, murmura-t-il en se penchant vers mon oreille.

— Tout le monde nous regarde, constatai-je avec stupéfaction.

— Ils regardent simplement la plus belle femme de la soirée, chuchota-t-il, amusé.

— Non... C'est vous qu'ils regardent !

— Faites-moi confiance, c'est bien vous qui êtes le centre d'attention ce soir. Donnons-leur de quoi discuter pendant le dîner.

Brutalement, il m'attrapa la main et la porta à ses lèvres. Il l'effleura et je sentis la caresse de son souffle sur ma peau. Son sourire arrogant réapparut et il toisa la foule, heureux de son effet. Au loin, Nathan souriait largement, tandis que Meghan semblait estomaquée.

Arrivé devant notre table, il relâcha ma main et me tira une chaise. Dans un mouvement parfaitement synchronisé, les invités prirent place. Blake s'assit près de moi tandis que Meghan et Nathan me faisaient face.

Deux autres personnes nous entourèrent. La sensation de malaise que j'avais ressentie à l'arrivée me reprit.

— Matt, Abby, je vous présente Kathleen Dillon, lança Andrew.

— Enchantée, sourit la femme pendant que j'opinais.

— Tu as l'art de nous surprendre encore et toujours, Andrew, plaisanta Matt.

— Vraiment ? s'étonna-t-il.

— Personne ne s'attendait à ça. Enfin... à vous, Kathleen.

— Kat, le corrigeai-je par automatisme.

— Ceci dit, reprit Matt en m'ignorant totalement, toute publicité est bonne à prendre.

J'arquai un sourcil, prête à fusiller cet homme sur place. De la publicité ? Voilà donc ce que je représentais à cette soirée ?

— Abby, vraiment je ne comprends pas que tu puisses être mariée à ce sale type, plaisanta Andrew.

— L'argent, mon cher, l'argent, s'amusa-t-elle.

Elle coula un regard attendri vers Matt, avant de le réprimander gentiment :

— Ne la mets pas mal à l'aise, s'il te plaît.

— Je dis juste que cette petite scène va faire de l'ombre au lancement du magazine !

— Matt ! gronda-t-elle, un peu plus menaçante.

— Quoi ? Je sais ce qui se passera demain. Andrew et sa très sympathique invitée feront les gros titres. Tout le monde se focalisera sur cette ridicule histoire et oubliera *Powerfull.*

De toute évidence, il ne m'aimait pas, et il aimait encore moins l'effet désastreux que j'aurais sur leur campagne de lancement. Je jetai un œil vers Matt dont le regard noir me transperçait et me décidai à quitter la table.

— Merci pour l'invitation, monsieur Blake, murmurai-je en me levant.

— Kathleen, je vous interdis de quitter cette table, gronda Blake en me saisissant le poignet.

— Oui, Kathleen, n'allons pas créer un nouveau scandale, siffla Matt avec rage.

— Matt, peux-tu oublier ton boulot et simplement profiter de la soirée? claqua Andrew.

— Je voulais juste te prévenir.

— Dois-je aussi te demander la permission pour te virer sur-le-champ? s'écria-t-il en colère.

— Andrew, murmura Meghan avec apaisement.

Toujours debout, j'hésitai à me réinstaller. Je croisai le regard sombre de Blake et, sans un mot de plus, je me rassis. Matt et Andrew se toisèrent avant que le premier ne baisse les yeux pour prendre son verre. Abby s'était raidie sur sa chaise, posant les mains à plat sur la table.

— Bien... Maintenant que le ton de la soirée est donné, je propose que nous portions un toast, lança Nathan, tout sourires, face à moi.

La table l'imita et Andrew finit par lever son verre, le visage toujours marqué par de la rage contenue.

— A Andrew, puisse-t-il me faire un énorme chèque pour ma prime annuelle! déclama Nathan avec sérieux.

Je me retins d'éclater de rire, le visage d'Andrew se détendant finalement.

— Combien de femmes as-tu à entretenir au juste?

— Une dans chaque aéroport que je fréquente. J'ai compté, ça en fait dix-huit différentes ces six derniers mois.

— Vous voyagez beaucoup, lançai-je pour faire la conversation.

— Derrière l'homme au costume parfait qui est près de vous se cache un implacable patron. Mon corps subit les pires atrocités à cause du décalage horaire! Et encore, je ne vous parle pas de la nourriture de l'avion.

— Evidemment! Sinon, tu devrais aussi parler des hôtesses que tu dragues effrontément, railla Meghan.

— Est-ce ma faute si je plais?

— Bien sûr, tout cela se passe à votre corps défendant, ironisai-je.

— Parfaitement. Je suis l'innocence incarnée, plastronna-t-il. Jamais je...

Sa voix s'éteignit et son regard se perdit en direction d'Andrew. Je tournai la tête et vis Lynne qui parlait avec Blake. Celui-ci hocha la tête. Lynne s'éclipsa et la main de Blake se posa sur la mienne.

Après son départ, j'entamai une conversation axée sur le cinéma avec Nathan. Andrew se joignit à nous, m'épatant à plusieurs reprises par sa science hitchcockienne.

Les serveurs débarrassèrent l'entrée et il en profita pour se pencher vers moi :

— Si j'ouvre une rubrique cinéma, je vous embauche, promit-il.

— Je ne cherche pas de travail, contrai-je.

— Votre prix sera le mien.

— Peut-être que je suis hors de prix. Même pour vous !

— Ne me défiez pas. Vous ne savez pas de quoi je suis capable.

— Vous avez débarqué chez moi en pleine journée pour me faire livrer une robe, m'exclamai-je en riant. Je sais que vous êtes capable de tout.

— Bien. Nous savons donc tous les deux à quoi nous en tenir.

Il se recula et entreprit une conversation avec Meghan, désormais plus souriante et détendue.

— Kat, je dois dire que même si votre présence est une surprise je suis ravie de vous connaître, dit Abby, près de moi.

— Le plaisir est réciproque.

— Je voulais m'excuser pour ce qu'a dit Matt tout à l'heure. C'était tout à fait déplacé et j'espère que vous ne lui en tiendrez pas rigueur.

— Ce n'est pas grave, balayai-je vivement. Oublions ça.

— Je comprends qu'Andrew vous ait invitée. Vous êtes... rafraîchissante. Une étonnante et rafraîchissante distraction...

— Une distraction ? répétai-je.

Pour toute réponse, elle m'offrit un sourire poli. J'allais lui demander plus d'explications quand nos plats arrivèrent. Mais je n'avais plus vraiment faim. Derrière la soirée amusante et festive, il ne s'agissait que d'un jury. Ils me jaugeaient, cherchant la faille dans ma personnalité. Entre Meghan, persuadée que j'en voulais à l'argent d'Andrew, les paroles doucereuses d'Abby et le regard méprisant de Matt, je me sentais désemparée, incapable de comprendre pourquoi Andrew Blake avait exigé que je dîne à sa table.

— Vous n'aimez pas ? me demanda Andrew alors que je jouais avec ma nourriture.

— Si... si... C'est juste que je n'ai pas très faim.

— Quelque chose vous aurait-il coupé l'appétit ?

— Vous feignez très mal l'ignorance, monsieur Blake, répondis-je en dissimulant difficilement un sourire.

— Croyez-moi, ils sont tous sous votre charme. Il serait très difficile de ne pas l'être... D'ailleurs, votre petit ami sait-il que vous êtes ici ?

— Je...

— Quand je dis « ici », je veux dire avec moi, compléta-t-il en plantant ses yeux dans les miens.

— Non, avouai-je.

— Il ne m'aime pas.

Je retrouvai de l'intérêt pour mon assiette et picorai un morceau de viande en réfléchissant à toute vitesse à comment changer de conversation.

— Etes-vous amoureuse de lui ?

— Je vous demande pardon ? m'écriai-je en manquant de m'étouffer avec ma nourriture.

— Vous l'aimez ? Je veux dire, vous l'aimez vraiment ? Parce qu'une partie de moi a envie de croire que vous ne l'aimez pas.

— Cette partie de vous est incroyablement arrogante et prétentieuse.

— Vous pensez que je suis jaloux ? m'interrogea-t-il en souriant largement.

— Je pense que votre femme n'apprécierait sûrement pas que nous ayons ce genre de conversation.

— En effet, se rembrunit-il. Toutes mes excuses si je vous ai offensée.

Je finis mon assiette en silence. Andrew m'ignora jusqu'à la fin du plat de résistance. Quand les serveurs réapparurent, j'en fus presque soulagée.

— Je vous prie de m'excuser, murmurai-je en posant ma serviette sur la table.

Les hommes se levèrent tandis que je quittais la table pour gagner les toilettes. J'avançai vite et soufflai d'aise en m'enfermant dans la première cabine. Le dos appuyé contre la porte, je tentai de reprendre mes esprits. J'avais voulu du rêve, et voilà que j'étais en plein cauchemar. Abby me prenait pour une distraction; Matt ne m'avait plus adressé la parole depuis son esclandre au début du repas; Blake passait du froid au chaud. Je détestais chaque seconde de ce dîner.

Après quelques minutes de réflexion, je retournai à ma table avec le peu de confiance qui me restait. De nouveau, les hommes se levèrent pendant que je me réinstallais. Le dessert fut servi, accompagné de champagne, et j'entrepris une conversation légère avec Nathan.

Cela chassa mes idées noires. Il avait toujours le mot juste pour me faire rire. Je sentais le regard insistant et curieux d'Andrew sur moi. Le quartet de jazz joua un peu plus fort, et je devinai que le dîner était terminé. Blake s'excusa et alla discuter avec un homme placé à une table près de la nôtre.

— Je profite du départ d'Andrew pour vous inviter à danser, proposa Nathan en se levant.

— Oh... la danse... Ce n'est pas trop mon truc...

— Voyons, Kat. Vous n'avez pas envie de me gâcher la soirée?

— Non, admis-je.

Il se planta devant moi et tendit sa main. J'y plaçai la mienne et me levai en lui souriant. A l'instant où je m'apprêtais à faire un pas, Blake réapparut devant nous et agrippa ma main sans ménagement pour la caler dans la sienne.

— Priorité au patron, sourit Blake, un air triomphant sur le visage.

— Voilà qui est très gentleman de votre part, sifflai-je avec mécontentement.

— Venez danser, m'ordonna-t-il.

Je renonçai à lui parler de mes difficultés avec la danse et ma coordination de manière générale. Il m'entraîna avec lui sur la piste improvisée, plaçant une main dans mon dos. Dans un mouvement sec, il m'attira fermement contre lui, et nous dansâmes.

Ses gestes étaient fluides, faciles. Je suivais avec difficulté, me concentrant ardemment pour ne pas lui écraser les pieds. Calée contre son torse, j'osai à peine cligner des yeux. Sa main dans mon dos bougea un peu, glissant un peu plus bas. Mon cœur tapa frénétiquement dans ma poitrine, au point qu'il devait très certainement le sentir contre son torse.

— Je ne voulais pas vous mettre mal à l'aise avec mes questions, Kathleen, murmura-t-il tout près de mon oreille.

— Vous m'avez juste prise au dépourvu.

— Parce que ma question était déplacée ou parce que vous n'aviez pas la réponse ?

Mon pied gauche écrasa un des siens.

— Pardon, m'excusai-je. Dan et moi, c'est récent.

— Vous et moi aussi.

— Ça n'a rien à voir ! ripostai-je.

— Ah oui... Notre sacro-sainte relation strictement professionnelle.

Il replia son bras et nos mains jointes se retrouvèrent contre son torse. Nous étions maintenant collés l'un contre l'autre, Andrew me maintenant au plus près de son corps avec sa main dans mon dos. Il la bougea, atteignant la limite acceptable.

Nous dansions toujours, bercés par la musique. Ses mouvements étaient lents, presque imperceptibles. Je bougeais à peine, flottant presque au-dessus du parquet.

— Avez-vous apprécié le dîner ?

— Je vais être honnête, ça n'a pas été le meilleur repas de ma vie.

— J'ose croire que c'est la nourriture que vous remettez en cause et non les convives.

— Le magret de canard était très réussi, dis-je en espérant qu'il comprenne.

— Je ne pensais pas qu'ils se montreraient aussi grossiers à votre égard.

— Expliquez-moi pourquoi ils devraient se montrer aimables ?

— Parce que vous êtes une invitée. Mon invitée. Cette seule explication aurait dû leur suffire.

— Ils ont tiré leurs propres conclusions, lâchai-je en jetant un regard vers la table où Matt et Abby étaient assis.

— Peut-être que vous ne devriez pas y attacher de l'importance.

— Ou peut-être que vous devriez me fournir une explication sur ma présence ici.

— Est-ce si inconcevable pour vous de croire que j'apprécie votre compagnie ?

Le masque avait de nouveau disparu et Andrew me fixait, jaugeant ma réaction.

— Je crois que nous devrions nous en tenir à une relation strictement professionnelle.

Il s'arrêta de bouger et son visage se referma. La badinerie était terminée et il paraissait déçu de ma réaction.

— Bien. Si vous y tenez, murmura-t-il.

— Je crois que cela simplifierait les choses.

— Elles sont pourtant très simples. Seriez-vous perturbée ? Ou dois-je comprendre que vous ne savez plus comment réagir ?

— Je ne suis pas perturbée, mentis-je en sentant sa main remuer dans mon dos.

— Vous êtes sur la défensive.

— Je ne suis pas sur la défensive, je tente de ne pas saccager votre second pied. Je doute que votre femme apprécierait de vous retrouver en miettes.

— Ma femme ? s'étonna-t-il. Dieu du ciel, Kathleen, vous êtes... vraiment surprenante !

Il reprit sa danse pendant que je morigénais dans ma barbe. Je l'entendis étouffer un rire et il approcha son visage du mien. Mes joues me chauffaient et la proximité de son corps, chaud lui aussi, ne m'aidait pas à rester alerte. Toute force de réflexion semblait me quitter dès qu'il m'effleurait.

— Sachez que mon dîner fut délicieux. Et je ne parle évidemment pas du canard.

— Heureuse pour vous, ripostai-je avec sarcasme.

— Concernant votre requête sur une relation strictement professionnelle, je vais devoir m'y opposer.

— Vous n'abandonnez jamais ? l'interrogeai-je en relevant les yeux vers lui.

— Jamais avec vous. Je vous l'ai dit, vous êtes ma seule exception.

L'exception... Je me concentrai sur notre danse qui touchait presque à sa fin.

Quelque chose m'attirait chez cet homme. Cela allait au-delà d'une relation normale entre deux personnes, comme si nous gardions ensemble un secret idiot et sans importance mais qui nous liait. J'aurais aimé m'en réjouir, mais au contraire, cela m'horripilait.

La musique faiblit progressivement et il se détacha de moi. Je regagnai la table pendant qu'Andrew entamait une nouvelle danse. Je discutai avec Nathan, qui me réinvita à danser.

— Andrew a peut-être gagné cette bataille, mais il ne gagnera pas la guerre, rit-il en m'entraînant sur la piste.

— Votre prime annuelle est-elle assez conséquente pour des soins médicaux d'urgence ?

— N'ayez crainte...

— Je suis vraiment très maladroite et...

— Je me suis fait piétiner par un taureau fou furieux quand j'avais 15 ans, croyez-moi, j'ai vu pire.

— Oh... Je vais prendre ça pour un vrai compliment.

— Vous pouvez ! Vous êtes tout de même plus gracieuse que ce taureau !

Je ris de nouveau et nous dansâmes. Enfin, nous faisions comme si. Autant j'avais réussi avec Andrew, avec Nathan, ça tenait plutôt du massacre.

Une heure plus tard, alors qu'Andrew Blake disait au revoir à ses derniers convives, je dirigeai mon attention vers la fenêtre. La neige avait repris, tombant en flocons épais sur la ville.

J'admirai le paysage blanc devant moi. Les lumières de la ville et des immeubles éclairaient les rues quasi désertes. Vu le froid, mon étole n'allait être que d'un faible secours. Je croisai les bras, plaquant mes mains à hauteur des épaules pour me réchauffer.

Mon étole glissa sur mon bras et, avant que je n'eusse le temps de la réajuster, je sentis un effleurement. Je relevai les yeux vers Andrew Blake, dont les doigts s'appesantirent quelques instants sur mes bras nus.

— Merci, soufflai-je avant de reprendre ma contemplation.

— Je vous en prie.

Il se posta derrière moi, à une distance acceptable. Mais une fois de plus, je fus surprise par l'intensité des réactions de mon corps. Une force quasi surnaturelle me tirait vers lui. Je réduisis l'espace entre nous, reculant d'un pas.

— New York est vraiment une belle ville, déclara Andrew.

Le silence réapparut, calme et apaisant. Après toutes les émotions accumulées pendant la réception, j'appréciai ce moment de sérénité. Andrew resta derrière moi, silencieux. Cela dura quelques minutes, quelques minutes où il n'existait rien d'autre que ce paysage enneigé avec lui à mes côtés. Il y eut du mouvement sur ma gauche et notre précieux moment se finit.

— Monsieur Blake, commença Lynne, votre voiture vous attend.

— Parfait, mademoiselle Hoffman.

— Je vous en prie.

Elle se recula, prête à disparaître, mais Blake l'arrêta.

— Merci encore pour l'organisation de la réception. C'était très réussi.

— Je suis ravie que tout se soit passé comme vous le souhaitiez.

— C'était au-delà de mes espérances, dit-il en jetant un coup d'œil vers moi.

Un sourire se dessina sur le visage de Lynne et Andrew me tendit son bras.

— Votre carrosse est avancé. Je vous raccompagne.

— Andrew, ce n'était pas nécessaire. J'aurais très bien pu rentrer en taxi.

— Vous tenez vraiment à me contrarier ce soir ? m'interrogea-t-il avec humour alors que j'enroulais mon bras autour du sien.

— Comme ça, la soirée sera vraiment inoubliable pour vous !

— Elle l'est déjà ! Grâce à vous.

Nous nous dirigeâmes vers la sortie. Je saluai Lynne et Gregory avec un hochement de tête. Je traversai le hall avec prudence, entendant le rire de Nathan résonner derrière moi. Quelques secondes plus tard, c'est celui de Lynne, léger et cristallin, qui flotta dans l'air.

Le voiturier m'ouvrit la portière et je m'installai sur la banquette arrière de la berline surchauffée à côté d'Andrew. Il indiqua mon adresse au chauffeur et le véhicule démarra. Andrew desserra sa cravate et ôta ses boutons de manchette. Malgré la neige, nous arrivâmes chez moi en moins de vingt minutes.

— Merci encore pour cette soirée.

— Laissez-moi vous accompagner jusqu'à la porte de votre immeuble.

Il ne me laissa pas le temps de répondre et quitta la voiture. Le chauffeur vint m'ouvrir et je rejoignis Andrew Blake. Surréaliste. Je sortis mes clés de ma pochette.

— Kathleen, quoi qu'ait dit Matt, je ne cherche pas à vous manipuler.

— Il semblerait que je sois une « rafraîchissante distraction ».

— Qui vous a dit ça ? s'agaça-t-il.

— Abby.

— C'est totalement faux. Faites-moi plaisir et n'y accordez aucune importance. Si je passe du temps avec vous, c'est que j'en ai envie.

Il secoua la tête, cherchant ses mots avant de relever ses yeux vers moi et, à cet instant, je sentis mon cœur tressauter. Même si j'avais eu à gérer tout un tas d'émotions depuis ma rencontre avec Andrew Blake, celle-ci était inédite. Mon corps sembla se liquéfier et ma tête me brûlait. Les battements de mon cœur étaient lourds et désordonnés.

— Votre collègue m'a confié que vous aimiez la nourriture italienne.

— Je... En effet, confirmai-je.

— Et que vous aimiez Keats.

— Je... Oui, balbutiai-je, complètement perdue. Qu'est-ce que...

— Croyez-vous que je m'intéresserais à ce genre de détail si vous n'étiez qu'une distraction ?

Nos yeux se croisèrent de nouveau et mon cœur fit encore cet étrange petit bond inattendu.

Une seconde plus tard, les lèvres d'Andrew Blake effleurèrent les miennes. Je restai figée et entendis seulement le bruit de mon trousseau de clés atteignant le sol entre mes pieds. Andrew se recula à peine. Son visage était tout proche. Son regard se fondit dans le mien et, de nouveau, sa bouche retrouva la mienne. Ce fut là notre premier baiser. Le premier contact avait été juste un frôlement, comme s'il me demandait la permission, alors que le second était nettement plus puissant.

Dans un bref instant de lucidité, je pris conscience que je ne m'étais pas effondrée. J'étais simplement figée dans la stupéfaction, et mon corps ne semblait plus vivre que pour le mouvement doux de sa bouche.

Il recula de nouveau, me faisant face. Mon visage se

colora vivement et le coin de ses lèvres se souleva dans un demi-sourire.

— Je vous souhaite une bonne nuit, Kathleen.

Et comme il l'avait fait à l'hôtel, il attira ma main contre ses lèvres pour m'offrir un baisemain.

Chapitre 9

C'était réel. Réel et... incroyablement stupide.

Une fois dans mon appartement, je me débarrassai de mes chaussures, me démaquillai et quittai ma robe pour un débardeur et un short. Après avoir tourné près de deux heures dans mon lit, je trouvai enfin le sommeil.

Je me réveillai, groggy, et titubai jusque dans le salon, constatant qu'il n'était pas loin de 11 heures. Par chance, je ne travaillais pas ce soir-là. Je reprenais mon service le lendemain pour quatre nuits.

Je repensais à la réception. Après tout ce qui s'était passé, après toutes les conversations que j'avais eues avec Blake, Nathan et même Abby, j'avais une curieuse sensation de vide. Evidemment, tout cela n'était rien en comparaison du souvenir que m'avait laissé le baiser d'Andrew Blake sur le pas de ma porte. Je passai une main sur mon visage, tentant de chasser le flot d'informations qui inondait mon cerveau : l'homme marié, le client... Andrew Blake. Sa vie de rêve, et la mienne, ancrée dans la réalité. Comment deux vies aussi radicalement opposées avaient-elles pu se croiser ?

Un sourire apparut sur mes lèvres pendant que je me préparais un thé. Même si la situation était confuse, même si Andrew Blake avait sûrement commis une erreur de jugement en m'embrassant, j'étais heureuse.

Hier soir, pendant de trop courtes secondes, je n'avais plus été invisible.

J'avais été la femme qu'on hésite à embrasser car on ne sait pas si elle est d'accord.

J'avais été la femme qui avait fait flancher le plus inflexible des hommes, Andrew Blake.

Tout cela était sûrement sans importance pour lui, juste un trophée de plus dans une collection sûrement plus longue que je ne pourrais imaginer. Il avait d'ailleurs probablement trop bu, oubliant à la fois sa femme et la position que j'occupais dans l'hôtel qu'il fréquentait.

Mais je m'en fichais... J'avais eu ma part de rêve et cela me suffisait. De toute façon, je n'avais aucun doute sur l'issue de cette histoire. J'allais l'ignorer, mettre ce petit baiser insignifiant dans un coin de ma tête, pendant que lui m'ignorerait tout autant, prendrait même sûrement plaisir à se moquer et continuerait à jouer avec moi. La vie réelle reprenait. Et même si ma robe somptueuse était étendue dans le fauteuil, elle me rappelait juste que les festivités étaient terminées.

Après avoir fait un brin de ménage, je me décidai à tenir ma promesse : appeler mon père.

— Bonjour, papa, le saluai-je avec joie.

— Kat, ma puce ! Bien, je peux donc rappeler l'équipe du FBI que j'ai lancée à ta recherche, maugréa-t-il.

— Tu exagères, papa !

— J'exagère ? Veux-tu que je te donne le taux de criminalité de New York ?

— Je travaille dans un hôtel de luxe. Je t'assure que je ne fréquente pas vraiment la délinquance new-yorkaise !

— Je ne comprends toujours pas ce que tu fiches dans ce truc !

Mon père n'avait jamais adhéré à mon changement de carrière. Sûrement parce qu'il n'était pas au courant des motifs de cette reconversion brutale. Régulièrement, il me faisait part d'offres de poste de journaliste dans l'Etat de Washington. Une manière comme une autre de me faire rentrer au pays.

Je lui parlais de l'hôtel assez évasivement, évitant le sujet Andrew Blake. Connaissant mon père, il allait me reprocher de mélanger travail et plaisir. Par ailleurs, je savais qu'il ne comprendrait pas que je cède si facilement aux demandes excentriques de ce millionnaire.

— J'ai rencontré quelqu'un, avouai-je. Il s'appelle Dan.

— Dan comment ?

— Cooper.

Il marmonna dans sa barbe et j'enchaînai. Par expérience, j'avais appris à ne jamais laisser le temps à mon père d'analyser ma vie amoureuse. Il fallait aller aux faits et couper court à son flot de questions habituel :

— Il est très gentil et il a travaillé à l'hôtel quelque temps.

— Que fait-il maintenant ?

— Papa ! L'interrogatoire n'est pas nécessaire !

— Tu es ma fille. Je dois m'assurer que les hommes qui t'approchent sont dignes de confiance.

— Tu te fais du souci pour rien. Dan est très prévenant. Ne t'inquiète pas.

— Bien. Si tu le dis, lâcha-t-il, dubitatif.

Je déambulai dans l'appartement tout en continuant à discuter. Il me narra ses derniers exploits sportifs — à la pêche — et me régala d'une histoire hilarante sur sa dernière arrestation — un homme qui conduisait nu comme un ver en se prenant pour John Lennon. Alors que je riais avec lui, appréciant ce moment de complicité entre nous, la sonnette retentit.

— Tu attends de la visite ? Sûrement ce Dan ! râla mon père.

— Sûrement ! approuvai-je en allant ouvrir la porte.

Je me retrouvai nez à nez avec un sublime bouquet de roses blanches. Sans un mot, je récupérai maladroitement les fleurs, calant mon téléphone dans le creux de mon cou. Le livreur s'éclipsa rapidement, ne me laissant même pas le temps de le remercier.

— Andrew Blake, murmurai-je, incrédule, en posant le téléphone sur la table basse.

— Kat ? m'interpella mon père.

— Une seconde ! Une livraison ! hurlai-je pour qu'il m'entende.

J'arrachai la carte qui accompagnait le bouquet.

« Serait-ce présomptueux de vous demander d'être de nouveau mon exception ? A. Blake. »

Je m'effondrai sur mon canapé et relus la carte plusieurs fois, estomaquée par sa requête. Un nouveau dîner ? Une nouvelle réception où j'allais devoir composer avec son humeur et ses collaborateurs peu amènes ? Je n'étais pas certaine d'avoir la force d'affronter ça. Mes pensées se perdirent quelque part parmi les roses. Notre baiser.

J'entendis la voix de mon père dans le combiné et repris le téléphone :

— Pardon, papa... Je... J'étais occupée, dis-je d'une voix sourde.

— Par ta livraison ?

— Ce sont des fleurs.

— Oh... Ce Dan commence à me plaire !

— Elles ne sont pas de Dan. C'est un client de l'hôtel, murmurai-je en relisant la carte une énième fois.

— Un client ? Kat, le harcèlement est un crime fédéral.

Soudain, les mots sortirent tout seuls de ma bouche. J'avais besoin d'évacuer cette tension étrange que je ressentais.

— Il s'agit d'Andrew Blake.

J'entendis simplement la respiration de mon père et l'appelai, vérifiant qu'il était toujours en ligne.

— Andrew Blake ? répéta-t-il, surpris.

— De Blake Medias. Il... Il réside à l'hôtel régulièrement.

Mes yeux se posèrent sur le bouquet de fleurs et je reposai la carte à côté. Je me relevai du canapé et me dirigeai vers la fenêtre.

— Est-ce qu'il t'a fait des avances ? demanda mon père.

— Non... Non, papa... Pitié, ne reprends pas ton rôle de flic ! Je ne sais même pas ce qu'il me veut.

— Kat, souffla-t-il avec exaspération.

— S'il te plaît ! Ce n'est pas important. Je suis... une distraction, expliquai-je avec amertume. Ce type est riche, célèbre, puissant et il semble persuadé que le monde lui appartient.

— En l'occurrence, Kat, c'est presque vrai. En tout cas, il détient bien la moitié de San Francisco.

— Je sais, papa. Il va se lasser, assurai-je comme pour m'en convaincre.

— Kat, est-ce qu'il se passe quelque chose entre Andrew Blake et toi ?

— Bien sûr que non, papa ! Jamais je ne... Enfin... Il est marié ! m'écriai-je.

— Etait, corrigea mon père.

— Je... Co... Comment ça, « était » ? demandai-je, stupéfaite.

— Sa femme est morte.

Un flot d'images me revint en tête instantanément : la première fois que je l'avais vu, au cours de la conférence de presse ; la première fois que j'avais remarqué son alliance ; la première fois que je lui avais parlé ; notre dîner surréaliste devant Dan ; et hier soir : « Vous êtes ma seule exception » ; notre baiser.

Tout s'emboîta parfaitement. Son comportement tendancieux avec moi, ses remarques sur son épouse, son attitude quand je parlais d'elle. Tout était enfin cohérent.

Sa femme était morte.

Mon ventre se tordit et mon corps fut secoué de tremblements incontrôlables. Je me réinstallai sur le canapé, encaissant la nouvelle.

— Kat ? m'interpella mon père.

— Je... euh...

— Est-ce que tout va bien ?

— De... Depuis combien de temps... est-elle... enfin... est-elle morte ? bégayai-je sous le choc.

— Un peu plus de deux ans. Blake a tout fait pour que la nouvelle ne se propage pas. Sa position dans le milieu a dû aider.

— Je... C'est impossible. Comment... Comment est-elle morte ? demandai-je d'une voix blanche.

— Accident de voiture. Bailey m'en a parlé, il a été muté là-bas un mois avant l'accident. Apparemment, la pauvre petite n'avait aucune chance de s'en sortir.

L'image d'Andrew Blake pétri de douleur et de chagrin me traversa l'esprit. Evidemment, c'était à des années-lumière de celle de l'homme que je connaissais mais, de son propre aveu, il aimait toujours sa femme. De plus, le fait qu'il ait gardé son alliance démontrait à quel point cet aveu était honnête.

Curieusement, je me souvins de ma promesse de faire des recherches sur cet homme. Je savais désormais dans quelle direction les mener. J'avais encore quelques contacts dans la presse, s'il le fallait, je les solliciterais.

Mon regard navigua sur les roses et mon cœur s'emballa. Ce que j'avais considéré comme un jeu pour lui, un passe-temps agréable et distrayant, n'en était pas un. La douceur de son baiser de la veille n'était pas une tentative pour asseoir son pouvoir de séduction. Il se testait... Il voulait s'assurer qu'il était capable, de nouveau, d'être avec une femme.

Une autre que la sienne.

Moi.

Je repris la carte et mes tremblements s'atténuèrent. Mon cœur s'emballa un peu plus et je fermai les yeux pour me calmer. Au bord des larmes, je constatai qu'il tressautait de la même façon qu'hier soir, juste avant notre baiser. La partie rationnelle en moi me serinait qu'il était un client, que j'étais l'employée et que je devais être raisonnable.

La partie émotionnelle ne voyait que son regard éblouissant, ne sentait que ses lèvres sur les miennes et réagissait aux réactions de mon cœur.

— L'enquête n'a jamais...

— Papa, il faut que je te laisse ! le coupai-je en ravalant mes larmes.

— Mais...

— Je... Je dois rejoindre Lynne pour un essayage, mentis-je. Je... Je te rappelle très vite.

Je raccrochai sans lui laisser le temps de répondre et me précipitai dans ma chambre, à la recherche de mon ordinateur portable. Je le ramenai dans le salon et, le temps qu'il démarre, je plaçai les roses dans un vase. Je mis de l'eau à bouillir, dégainai un mug et coupai mon téléphone. Je ne voulais pas être dérangée.

En m'installant sur le canapé avec mon ordinateur sur les genoux, je songeai que je n'avais pas ressenti cette frénésie depuis mon dernier article. L'adrénaline coulait dans mes veines et je me sentais incroyablement vivante et énergique. La dernière fois qu'une telle force m'avait habitée, j'avais passé un nombre incalculable de nuits blanches à recouper les informations, à vérifier et comparer les sources... Malheureusement pour rien... Mais c'était ce que je préférais dans le journalisme : le travail de recherche.

Les fleurs posées devant moi, je commençai mes investigations sur Andrew Blake.

Son enfance était plutôt habituelle et sans surprise : parents aimants, collège et lycée huppés, puis il avait intégré l'université de Californie. Il en était ressorti avec un diplôme en économie. Les quelques témoignages des gens qui l'avaient côtoyé à cette époque étaient unanimes : c'était un homme charismatique et ambitieux. Il ne s'entourait que de peu de personnes, et il me sembla reconnaître Meghan sur une photo datant de sa dernière année de fac.

Peu de temps après l'obtention de son diplôme, il avait eu la chance de faire l'acquisition d'un journal moribond, et c'est là qu'avait débuté la construction de son empire. La plupart des spécialistes estimaient qu'il détenait à lui seul près du tiers des parutions de la côte ouest du pays. Aucun, cependant, ne s'aventurerait à estimer dans combien exactement il avait des participations. Mais il était facile d'en déduire que cette omniprésence expliquait en partie comment il avait réussi à limiter les fuites concernant le décès de sa femme.

Les informations devenaient rares sur son parcours exact après l'achat de ce premier journal. Il n'y avait pas de faits précis, juste des rumeurs et des commérages. Beaucoup s'interrogeaient sur ses capacités financières et sur sa personnalité ambivalente, entre secrets et abus de pouvoir.

Ironiquement, je souris en songeant qu'il n'avait pas changé.

Après avoir écumé les archives des journaux de San Francisco, je réussis à retrouver l'avis de mariage. Je pris mon bloc-notes et fis un rapide calcul. Il était sorti de l'université à 23 ans et s'était marié presque trois ans plus tard.

Je sirotais mon thé, parcourant l'avis. Quelque chose me chiffonnait, mais je n'arrivais pas à mettre le doigt dessus.

Je retrouvai des informations sur leur mariage intime, célébré après quatre ans de relation. Rien de très inhabituel. Il y avait une photo officielle, dont la légende indiquait sobrement qu'il s'agissait de M. et Mme Andrew Blake. Mon ventre se tordit un peu. Pour une raison obscure, j'avais imaginé que sa femme n'était que son pendant féminin : froide, hautaine et prétentieuse. En observant la photo, je ne voyais rien d'autre qu'un jeune couple heureux d'être marié et dont les yeux brillaient.

Je poussai mes recherches sur leurs apparitions publiques. Au gré des galas, des réceptions et des lancements de magazines, ils s'affichaient main dans la main, un sourire géant aux lèvres. Leur amour mutuel rayonnait. Le dernier cliché de sa femme datait d'une dizaine de jours avant le drame. De toute évidence, une photo volée. Elle marchait auprès d'un homme plus petit qu'elle, plus trapu aussi, mais dont on ne distinguait pas les traits.

Et finalement, je trouvai un article sur l'accident de voiture :

« Mort d'Eleanor Blake, femme du magnat de la presse, Andrew Blake.

Dans la nuit du 25 au 26 décembre, un accident de voiture violent a causé la mort d'Eleanor Blake. La femme d'Andrew Blake, détenteur de nombreux titres de presse, a été retrouvée inconsciente au volant de son véhicule.

Les premières constatations font part des mauvaises conditions climatiques et notamment du verglas. Eleanor Blake aurait perdu le contrôle de sa voiture, avant de percuter la glissière de sécurité et de faire plusieurs tonneaux. Malgré l'intervention rapide des secours, elle n'a pu être réanimée.

Dans un communiqué, Andrew Blake a fait part de son très grand chagrin et a demandé le respect de sa vie privée.

La cérémonie doit avoir lieu demain soir, à San Francisco, en présence des proches de la famille. »

Je retournai à la section des photos de leur couple. Vu le bonheur qu'ils affichaient, je me doutais qu'Andrew Blake avait dû être bouleversé par le décès de sa femme. Après deux ans, il n'avait pas renoncé à porter son alliance. Ce seul indice suffisait à prouver l'amour qu'il lui portait toujours.

Je poursuivis mes recherches, les axant sur la partie plus professionnelle. Si Andrew Blake ne parlait pas de vie privée, il était tout aussi discret sur sa vie publique. Il n'y avait que très peu d'interviews de lui, tandis que des centaines d'articles aussi fumeux que sans fondement fleurissaient.

La sonnerie de la porte me tira de mes recherches. Je me frottai les yeux et me levai de mon canapé en grimaçant. Mes muscles étaient légèrement endoloris. J'avançai en titubant vers le judas pour y découvrir Daniel. Un sourire se dessina sur mes lèvres et je lui ouvris.

Il dévoila un bouquet de fleurs variées aux tons roses et mauves, qu'il avait soigneusement caché derrière son dos.

— Toutes mes excuses pour être un tel idiot avec toi.

— Entre, proposai-je en le débarrassant.

Il pénétra dans mon salon et se figea devant le bouquet monstrueux de roses blanches. Je guettai sa réaction, espérant qu'il n'allait pas, encore une fois, provoquer une dispute inutile. Je le dépassai et, du coin de l'œil, vis son visage tendu par la colère. Je décidai de l'ignorer et récupérai un vase dans la cuisine pour y plonger ses fleurs.

— J'ai eu Jodie hier au téléphone! lançai-je avec un air joyeux. Tu as raison, je pense qu'elle et moi pouvons bien nous entendre.

Ses mâchoires se décrispèrent et un sourire flotta sur ses lèvres sans vraiment s'y poser.

— Elle me l'a dit. Elle veut vraiment te rencontrer, ajouta-t-il en avançant vers moi.

Il me saisit par la taille et posa doucement sa bouche contre la mienne. Notre baiser, d'abord chaste, se fit très vite de plus en plus passionné. J'eus une pensée furtive pour Andrew Blake. Aurait-il osé aller aussi loin avec moi?

Daniel s'écarta et me caressa la joue du bout des doigts.

— Tu as l'air fatiguée.

— Je... J'ai passé la soirée avec Lynne, avouai-je en rangeant la carte du bouquet dans un tiroir.

— Oh... Je croyais qu'elle était à la réception de Blake?

— Je... J'y étais aussi.

— J'imagine que vous n'étiez pas trop de deux pour vous occuper de tout le gratin de New York.

— En effet, soufflai-je avec une pointe de culpabilité dans la voix. Tu veux qu'on passe la soirée ensemble? demandai-je pour changer de sujet.

— Euh... oui.

— Tu hésites?

— C'est juste que je ne pensais pas que tu me le proposerais. Après... enfin... tu sais.

Je lui pris la main et l'attirai sur le canapé. Je me lovai dans ses bras musclés, appréciant sa chaleur.

— Je crois qu'on doit faire des efforts tous les deux. J'ai envie que cela fonctionne, expliquai-je.

— Moi aussi, murmura-t-il. Je suis désolé de ce que j'ai dit au sujet de Blake et toi.

— Dan..., chuchotai-je, consternée, tout en refermant mon portable.

— C'était grossier et stupide.

Et juste comme ça, la petite pointe de culpabilité qui me transperçait le cœur s'élargit et gagna mon ventre. Je penchai la tête, me camouflant derrière un rideau de cheveux.

— Je sais à quel point tu es professionnelle, et je ne sais pas pourquoi j'ai pu imaginer un seul instant qu'il pouvait se passer quelque chose entre lui et toi.

— Oui... Encore faudrait-il que je lui plaise, plaisantai-je en espérant être crédible.

— Tu plairais à n'importe qui.

Il me lâcha la main et repoussa mes cheveux pour m'embrasser la tempe. Je fermai les yeux, oubliant ma honte, oubliant le baiser de Blake, et oubliant à quel point il m'avait complètement éblouie pendant cette soirée.

Je retrouvai la bouche de Daniel. Quand ce dernier me fit allonger sur le canapé en me répétant qu'il était désolé et qu'il ferait tout pour moi, je me laissai aller dans ses bras.

Notre étreinte fut douce, presque retenue. Plusieurs fois, Dan me saisit les poignets, avant de les relâcher, comme s'il prenait conscience de son geste. De la même façon, après avoir consciencieusement évité que j'enroule mes bras autour de sa nuque — esquivant chaque nouvelle tentative de ma part —, il sembla l'accepter. Mais, ensuite, il se détourna, fuyant mon regard.

Malgré son comportement distant, je savais que Daniel faisait des efforts. Après notre étreinte, il se lança dans la préparation d'un dîner copieux, et nous regardâmes un film dans les bras l'un de l'autre. A plusieurs reprises, je scrutai son regard illuminé par l'écran. Ses yeux étaient comme soudés à l'image et aucune émotion ne semblait le pénétrer.

Si Daniel était calme en apparence, je sentais la colère bouillonner sous sa peau bronzée. Je décidai d'encaisser la situation. Il était jaloux, maladivement jaloux, et en ayant embrassé Blake, je lui avais donné toutes les raisons de l'être.

Vers minuit, je me décidai à aller dormir. Daniel me suivit et nous fîmes l'amour.

Il me laissa l'enlacer et je pris vraiment du plaisir, qui se décupla en voyant enfin un sourire franc s'étirer sur ses lèvres. Nous nous étions pardonné nos écarts, enfin prêts à vivre notre histoire.

Le lendemain matin, Dan me quitta pour aller passer un entretien dans un bar-restaurant dont l'ouverture était prévue deux semaines plus tard. Je l'encourageai de mon mieux, me réjouissant même en apprenant que le restaurant en question était à deux blocs du Peninsula. Avant de partir, il m'embrassa avec fougue, enflammant mon corps et mon cœur.

Je passai une journée calme chez moi. La visite de Dan avait coupé court à mes recherches sur Blake. Je lui en étais reconnaissante. Cette frénésie et ce besoin de tout savoir sur lui, sur l'homme inaccessible qu'il était, devaient cesser au plus vite. Dan était tout ce dont j'avais besoin, la réalité qui devait surpasser le rêve et le fantasme.

J'arrivai plus tôt que prévu à l'hôtel pour prendre mon service. Sam me salua rapidement, le téléphone collé à l'oreille. Je me changeai et toquai à la porte du bureau de Lynne. Sa petite voix carillonnante m'ordonna d'entrer.

Tandis qu'elle tapait frénétiquement sur son clavier, je m'installai dans un des fauteuils face à elle, attendant patiemment qu'elle termine. Je pris un des magazines professionnels qui traînaient sur son bureau et le feuilletai distraitement.

— Tu devrais plutôt jeter un œil à ça, s'amusa-t-elle en me tendant l'édition du jour du *New York Times.*

Je repoussai le magazine et me saisis de la page du journal. Enfoui dans la rubrique « culture », un article parlait d'Andrew Blake et de son énigmatique réapparition sur le devant de la scène. Je le lus rapidement et dépliai la page pour y découvrir une photo de la soirée.

J'écarquillai les yeux et me redressai, atterrée, fixant l'image et sa légende : « Andrew Blake accompagné d'une amie. »

Moi. Andrew Blake et *moi* en train de discuter quand nous étions près du bar.

— La photo trône déjà dans les vestiaires du personnel, m'indiqua Lynne.

— Bon sang ! Je ne savais pas qu'il y aurait des photographes, râlai-je, sous le choc.

— Alors ?

— Alors quoi ?

— Je dois déjà te reverser un pourcentage sur nos substantiels bénéfices à venir ? m'interrogea-t-elle en contournant son bureau pour me faire face.

— Lynne, n'accorde pas d'importance à tout ça.

— Evidemment que j'en accorde... Tu as conscience des implications de votre petite histoire ? demanda-t-elle avec conviction.

— Notre « petite histoire » ? répétai-je, estomaquée. Voyons, Lynne...

— On ne peut pas perdre ce client ! me coupa-t-elle. J'espère que tu sais ce que tu fais.

— Ce que je fais ? Mais absolument rien ! Je me contente de faire mon boulot, parce que ce fameux client a menacé de nous planter pour le Four Seasons ! m'écriai-je en me levant de ma chaise, soudainement en colère.

Je jetai le journal près de Lynne. Elle s'affaissa un peu, s'appuyant sur le bord de son bureau.

— Crois-moi, Lynne, je ne maîtrise rien dans cette histoire, ajoutai-je avec hargne.

— Ce n'est pas ce que je voulais dire, Kat. Mais tu connais la politique de l'hôtel...

— Je sais, on ne mélange pas les torchons et les serviettes ! soufflai-je, exaspérée.

Lynne avança vers moi, un air sérieux sur le visage, et me scruta. Je fuis son regard, toujours en colère contre ses sous-entendus.

— Kat, s'il se passe quelque chose entre Blake et toi, je te conseille de me le dire maintenant.

— Je t'en prie ! Comment peux-tu croire une chose pareille ? Il s'amuse... Je suis un jouet pour lui.

— Tu sais, ce n'est pas vraiment votre « relation » qui m'inquiète.

— C'est quoi alors ? La réputation de l'hôtel ?

— C'est la façon dont tu prends tout cela à cœur. Tu es la concierge la plus professionnelle que j'aie pu côtoyer et je ne t'ai jamais vue bouleversée comme ça par un client. C'est pour toi que je m'inquiète, pas pour l'hôtel et encore moins pour Blake. Juste pour toi. Je veux juste m'assurer que tu contrôles la situation.

— Je suis avec Dan et je sais encore comment garder une attitude professionnelle en toutes circonstances. Je vais d'ailleurs aller prendre mon service...

Un sourire se dessina sur ses lèvres et, presque aussitôt, ma colère contre elle disparut. J'étais plutôt d'un naturel calme et patient, mais je savais aussi que je virais soupe au lait dès qu'on me contrariait.

— Kat, je n'ai aucun doute sur ton professionnalisme, assura-t-elle avec apaisement.

— Merci ! dis-je avec gratitude.

— J'ai toujours eu de bons retours sur ton travail. Je ne veux pas perdre ce client... Et je ne veux pas que tu te perdes, toi. Je sais comment tu es, conclut-elle en se réinstallant dans son fauteuil.

— Et comment suis-je ? l'interrogeai-je.

— Le grand amour, les fleurs, les violons et tout ça..., s'amusa-t-elle en tapotant sur son clavier.

Je haussai les épaules. Lynne avait raison mais je savais que, dans ce cas précis, je pouvais faire face. Andrew Blake n'allait pas résider éternellement dans cet hôtel.

Je tenais à mon boulot et ne voulais pas être à l'origine d'une perte de chiffre d'affaires.

Je pouvais survivre à Blake. J'avais les cartes en main, et désormais je ne serais plus que l'incarnation du professionnalisme.

— Je suis contente que tout soit clair au sujet de Blake, dit Lynne.

— Tu t'inquiétais pour rien. Je ne suis pas grand-chose dans son monde.

Lynne ricana doucement avant de saisir la feuille qui sortait de son imprimante. Elle me la tendit et me fixa pendant que je tentais de déchiffrer le document.

— Qu'est-ce que c'est ? l'interrogeai-je en voyant quatre nuits consécutives en rouge sur le graphique.

— Ton planning de février.

— Et pourquoi cette semaine-là est en rouge ? demandai-je de nouveau en désignant les petites cases.

— Oh... Eh bien, même si tu n'es rien dans le monde de Blake, il a exigé ta présence pendant son séjour.

— Bon sang ! râlai-je.

J'examinai de nouveau mon planning. Il avait osé ! Ses abus de pouvoir à répétition commençaient à m'exaspérer. Mais, curieusement, je ressentais une pointe d'excitation et de joie à l'idée de le voir. Pas parce qu'il me plaisait, pas non plus parce qu'il était riche et célèbre, mais juste parce que j'existais aux yeux de cet homme dans un monde où je n'étais que transparence.

Après ma semaine de quatre nuits, j'avais trois jours de libre. Trois jours tombant impeccablement sur le week-end de la Saint-Valentin. J'esquissai un sourire, songeant à une escapade avec Dan.

— Ça ira ? me demanda Lynne pour s'assurer que je n'avais pas changé d'avis.

— C'est parfait, dis-je en pliant la feuille pour la glisser dans ma veste.

***

Après le départ de Sam — et ses félicitations pour le cliché dans le *New York Times* —, je compulsai les réservations à venir. Le nom de Blake apparut : quatre jours au Peninsula. En plus de sa suite habituelle, il avait aussi réservé deux autres chambres. Je récupérai son dossier, cherchant d'autres informations, en vain. Lynne n'avait sûrement pas encore eu le temps de le mettre à jour.

— Hé ! La star de la journée ! résonna la voix rieuse de Gregory.

— Ne t'y mets pas toi aussi !

Il dégaina un exemplaire du *New York Times*, plié judicieusement à l'endroit de l'article, et le posa devant moi. De nouveau, je regardai la photo. Je me demandais comment je n'avais pas pu voir les photographes et la réponse me sauta aux yeux : j'étais sûrement bien trop obnubilée par l'homme près de moi.

— J'ai parié vingt dollars sur la date de votre prochain rendez-vous ! proclama-t-il en s'accoudant à mon pupitre.

— Ce n'était pas un rendez-vous. Juste du boulot !

— Tut-tut-tut-tut-tut-tut, objecta-t-il en secouant la tête. Je ne suis peut-être pas un spécialiste mais, grâce à mon job, j'ai développé une espèce de science du comportement.

— Oh ! pitié... Tu vois des tueurs à tous les coins de rue, me désespérai-je.

— Toujours est-il que je suis resté les yeux rivés sur Blake toute la soirée.

— Et ?

— Et lui a eu les yeux rivés sur toi toute la soirée. Ce gars-là en pince clairement pour toi.

Je roulai des yeux, exaspérée. De toute évidence, les rumeurs au sein de l'hôtel allaient bon train au sujet de Blake et moi.

— Greg, je suis venue pour éviter un scandale au Peninsula. Il n'y a rien d'autre qu'une relation strictement professionnelle entre lui et moi.

— Je sais qu'il t'a raccompagnée chez toi.

— Grand Dieu, Gregory ! Tu n'as pas mieux à faire ?

— Ça fait partie de mon boulot. Je devais veiller au grain. Donc...

— Donc tes troupes t'ont fait un rapport détaillé, conclus-je, dépitée.

— Exactement. Ce cher Blake est rentré à l'hôtel à 2 heures du matin. Et si j'en crois mes « troupes », poursuivit-il en mimant les guillemets, il avait le sourire aux lèvres.

— Il avait sûrement passé une bonne soirée, soupirai-je en m'activant à ranger inutilement des dossiers.

— Certainement... D'autant plus qu'il l'a passée avec toi.

Il souleva les sourcils de façon suggestive. J'éclatai de rire avant de secouer la tête.

— Tu sais quoi ? Tu devrais récupérer tes vingt dollars ! ris-je.

— Allez... Raconte-moi... Il t'a raccompagnée jusqu'à ta porte...

— Parce qu'il est un gentleman, le coupai-je rapidement. Peut-être une notion que tu devrais approfondir au lieu de bavasser comme une vieille pie !

— Et vous avez dansé ensemble...

— En quoi est-ce si terrible ?

— Kat, j'étais là l'an dernier pour la fête des employés... Tu ne danses pas. Tu... remues, tu piétines et tu trébuches, expliqua-t-il en ondulant légèrement des hanches.

— J'étais juste polie. Je n'allais tout de même pas refuser une danse à un type qui justifie ton salaire mirobolant !

— Tu lui plais ! asséna-t-il, sûr de lui.

— Tu radotes ! ripostai-je sur le même ton.

Il prit un air faussement offusqué avant de retrouver un visage sérieux.

— Kat, fais attention à toi, murmura-t-il avec une lueur d'urgence dans le regard.

— Gregory... ! râlai-je.

— Je suis sérieux. Sois prudente.

Il me fixa intensément et une boule d'angoisse se forma

dans ma gorge. Je déglutis avec difficulté avant de me décider à l'interroger :

— Que se passe-t-il ?

— Je ne voudrais pas qu'il t'arrive quelque chose.

— Comme quoi ?

Gregory secoua la tête et se tourna vers l'entrée de l'hôtel.

— Gregory ! l'interpellai-je en attendant sa réponse.

— S'il se passe quoi que ce soit... d'inhabituel, je veux que tu m'en parles.

— Ne sois pas...

— Kat, Blake est riche et célèbre. Crois-moi, il ne fait pas l'unanimité.

— Le détecteur de métaux ! m'exclamai-je soudain à voix basse.

Gregory hocha la tête. Il n'en laissait rien paraître, mais Blake était bel et bien menacé. Je regrettai de ne pas avoir pris mon portable pour poursuivre mes recherches. Visiblement, Andrew Blake cachait avec précaution ses petits secrets. Gregory me fit un sourire et son visage se détendit.

— Je présume que c'est pour toi ? m'interrogea-t-il en me tendant une enveloppe. Ça vient de la boîte postale.

Je levai les yeux sur le papier blanc, découvrant l'adresse de la boîte surmontée de mon second prénom. L'inconnu. Mon cœur se mit à battre la chamade, subissant ce désormais petit tressautement habituel.

— Je... euh... Oui... merci, balbutiai-je, gênée, en prenant le pli.

— Tu vas te décider à me raconter toute l'histoire ? demanda Gregory en se penchant au-dessus de mon pupitre.

— Non ! hurlai-je pendant que je cachais l'enveloppe dans ma bannette.

— Allez ! Tu utilises la boîte postale de l'hôtel, je pourrais te dénoncer pour ça !

— Et dire que j'allais te présenter la magnifique blonde qui accompagne Blake...

— Je… Que… Quoi ? Mais je croyais que… Enfin, tu disais…

— Il s'avère qu'ils sont juste amis ! lançai-je avant de lui tourner le dos pour ranger des papiers.

J'avançai sur ma gauche et entendis les pas de Gregory me suivre. Je souris, heureuse d'avoir réussi aussi facilement à détourner son attention.

— Elle s'appelle Meghan, ajoutai-je en lui faisant face de nouveau.

— Et… elle est célibataire ?

— Je pense. C'est une garce frigide, expliquai-je en reprenant les mots de Blake. Le genre de filles qui s'essuieraient les pieds sur ton postérieur sans même le remarquer !

— Elle me plaît déjà ! conclut-il en s'éloignant de mon pupitre.

— Greg, tu n'as aucune chance ! Jamais elle ne te laissera l'occasion de l'approcher.

— Mais je ne comptais pas lui demander son avis ! rit-il grassement avant de se diriger vers ses bureaux.

Près d'une heure après, Lynne quitta l'hôtel. Avant de franchir la porte, elle me donna le planning détaillé de Blake.

— Passe une bonne nuit ! lança-t-elle. Je dois rejoindre mon homme !

— Oh… Encore un dîner mondain, sifflai-je en sachant que Lynne allait agir de nouveau comme une parfaite potiche.

— En effet, admit-elle.

Sa joie factice disparut dans l'instant. Lynne n'avait jamais rechigné à participer à ce genre de dîner. Son téléphone vibra et, après avoir lu un message sur l'écran, elle eut enfin un vrai sourire.

— Philip ? demandai-je, curieuse.

— Euh… non, avoua-t-elle en secouant la tête. Juste… quelqu'un.

Elle rangea son téléphone et j'aurais pu jurer que Lynne, la fille la plus loyale, droite et sérieuse du monde, était en train de me cacher quelque chose.

— Quelqu'un ? répétai-je en souriant face à son air faussement détaché.

— Quelqu'un. Je dois y aller, éluda-t-elle.

Elle se dirigea vers la porte, mais je décidai de ne pas la lâcher. Je me doutais de qui était derrière ce « quelqu'un ».

— Lynne ? l'interpellai-je avec un air parfaitement innocent.

— Oui ?

— Est-ce que, toi, tu contrôles la situation ? demandai-je.

Elle rougit vivement avant de secouer la tête, un air déconcerté sur le visage. Je ris doucement, et elle passa la porte de l'hôtel en prenant soin de ne pas répondre à ma question.

Après avoir glissé le planning de Blake dans son dossier sans même y avoir jeté un œil, la curiosité l'emporta et je le ressortis pour le lire. Autant être au courant de ce qui risquait de m'arriver.

Blake arrivait le 7 février dans le courant de la journée pour repartir le 12 au matin. Cinq nuits... Cinq longues et périlleuses nuits. Heureusement, je n'en faisais que quatre. Etonnamment, son planning ne me parut pas des plus copieux. Il y avait des réservations au restaurant pour seulement un déjeuner, un soin au spa — Meghan Stanton était donc du déplacement — et un dîner au *Five*.

Pour deux. Je suivis la ligne indiquant la date : le 9. Je secouai la tête, espérant chasser l'adrénaline qui cavalait dans mes veines. J'en avais envie. Et cela m'effrayait. J'avais envie de parler avec lui, de chercher la faille, de voir le masque tomber devant moi. Ce n'était pas Andrew Blake, géant des médias, qui m'attirait, mais seulement l'homme.

Mécaniquement, je fis les réservations au regard de son planning. D'office, j'ajoutai les prestations que je connaissais dorénavant : son petit déjeuner et la privatisation de la piscine. Brièvement, je songeai à la première fois que je l'avais vu nager. L'une de nos toutes premières conversations, et je m'étais très vite sentie piégée. Les choses n'avaient que peu changé : il menait la danse, je me contentais de lui opposer mes réticences, dont il se fichait éperdument.

Je refermai son dossier, à la fois soulagée et inquiète. Ce dîner pour deux hantait mes pensées.

Officiellement, il était un client. Officieusement, il était un client que j'avais embrassé.

Officiellement, j'étais avec Daniel. Officieusement... je ne savais pas si c'était une bonne chose.

Gregory quitta l'hôtel vers 21 heures et je me décidai enfin à ouvrir la lettre de l'inconnu.

Chapitre 10

« Marie,

Il semblerait que nous prenions, vous et moi, l'habitude de nous écrire. J'aime cette habitude. Votre dernière lettre, comme la première, a éclairé ma journée.

Malgré ce que vous m'avez dit, j'ose espérer que vos états d'âme sont éloignés des miens. Pendant longtemps, je n'ai été que peine et colère. Pendant longtemps, j'ai cru que ma vie ne serait qu'une succession de journées ternes et sans joie. Et finalement, j'ai décidé de suivre l'un de vos conseils : j'ai lu un livre. Puis un deuxième... Et un troisième.

J'ai mangé du chocolat, je l'ai apprécié. J'ai ouvert les yeux sur le monde qui m'entoure. Chaque matin, quand je me lève, le chagrin et la rage s'estompent. Je ne sais pas s'ils disparaîtront un jour mais, récemment, j'ai découvert que d'autres sentiments forts et puissants pouvaient m'habiter. Je ne dirais pas que mes jours sont éclatants, mais les nuages sont moins sombres.

Il y a tellement de choses que j'aimerais dire, faire, ressentir. Mais c'est encore trop tôt. Parfois j'ai l'impression d'être sur le bon chemin, et parfois je crois faire fausse route. Curieusement, j'ai l'impression qu'un siècle est passé. Les choses et les gens ont tellement changé que je ne suis pas sûr d'agir comme il faut. Ou peut-être est-ce juste l'âge... Tout me semble... trop rapide. J'ai à peine 30 ans, et j'ai l'impression d'avoir déjà vécu plusieurs vies.

Malheureusement, nous ne sommes pas voisins. Je vis sur la côte Ouest, dans une maison qui fait face à l'océan. J'ai repris la fameuse liste dont vous parliez... Ce que je voudrais accomplir... « Etre heureux » est le premier de la liste. Qu'avez-vous écrit en haut de la vôtre ? Qu'avez-vous fait dernièrement de réellement incroyable ? De quoi avez-vous envie ?

Pendant que vous regardez la neige tomber, je regarde les vagues rageuses du Pacifique s'écraser en contrebas. Et plus je les regarde, plus je songe que je veux vraiment voir la neige avec vous. Le timing n'est pas un problème. Dites-moi juste où et quand. Je viendrai.

A bientôt.

Votre inconnu. »

Je relus la lettre plusieurs fois, m'attardant sur ces mots à la fois tristes et joyeux. Il semblait dépité, comme s'il tentait de se sortir du gouffre mais que, malgré tous ses efforts, il n'y parvenait pas.

Mon cœur cognait dans ma poitrine à un rythme frénétique. Mon imagination prit le pas sur ma raison. Je voyais sa stature élancée et parfaite, debout devant une baie vitrée gigantesque. Les vagues s'abattaient à ses pieds pendant que lui, immobile, scrutait l'océan. Je n'arrivais pas encore à lui donner des traits, ni à imaginer son visage. Mais je traçais dans mon esprit le contour de ses épaules, je voyais cette silhouette sombre, tourmentée, éclairée par la lumière du jour.

— Mademoiselle! cria une voix.

Je relâchai la lettre et dirigeai mon attention sur l'homme bedonnant devant moi.

— Je vous prie de m'excuser. Que puis-je pour vous, monsieur?

— Un taxi! répondit-il sèchement.

— Tout de suite, monsieur. Autre chose que je puisse faire?

Il ne me répondit pas et me tourna le dos pour se diriger vers la porte tambour. Je fis un petit signe au portier pour qu'il fasse arrêter un taxi avant de soupirer.

Invisible, une fois de plus.

L'homme sortit de l'hôtel, l'air bougon, et je ramassai ma lettre tombée au sol. Je la repliai, remarquant au passage qu'il s'agissait d'une feuille de bloc-notes. Je glissai le papier dans l'enveloppe blanche et remis le tout dans ma bannette. Il fallait que je digère tout ça avant de lui répondre.

La nuit fut calme. Angela occupait de nouveau son poste au bar et me questionna sur mon apparition à la soirée de Blake. A elle, comme aux autres, je servis la réponse politiquement correcte : j'avais été contrainte d'y aller. En riant, elle me répondit qu'il y avait, de toute évidence, pire comme « contrainte client ».

— J'ai hâte de voir à quoi il ressemble! lança-t-elle alors que je retournais à mon pupitre.

— Il revient en février, avouai-je dans un sourire.

— Oh! je ne suis pas la seule à être pressée de le voir!

— Ce n'est pas ce que tu crois. Cet homme est vraiment déstabilisant, rien à voir avec les clients habituels.

— Grossier? demanda-t-elle.

— Prévenant plutôt.
— T'as toujours été plus veinarde que moi !
Je ris doucement, la laissant à son bar pendant que je regagnais mon poste. La plupart des gens ne voyaient que l'extérieur. Andrew Blake était prévenant, aimable et poli. Mais sous ce vernis se cachait un homme secret, arrogant et cynique.

A mon départ, le lendemain matin, je prévins Sam des réservations effectuées pour Blake. Là encore, mon collègue me fit un clin d'œil et se fendit d'une remarque :
— Tu es aux petits soins !
— Comme pour tous mes clients !
— Humm... Oui, la différence, c'est que lui sort l'artillerie lourde pour te remercier. Une réception rien que pour t'exhiber !
— Ce n'est pas ce que tu crois ! m'exclamai-je.
— Tu es la favorite, grommela-t-il. Je ne veux même pas savoir ce que tu as dû faire...
— Tu ne crois tout de même pas que j'ai couché avec lui ?
— Ce n'est pas le cas ? s'étonna-t-il.
— Bien sûr que non ! Qui t'a raconté de telles âneries ?
Il y eut un petit silence étrange et tendu. Sam baissa la tête et je regardai les quelques employés autour de nous. Le groom, le portier, le serveur du bar, les femmes de chambre : tous me fixaient.
— Kat, c'est ce que tout le monde croit, m'avoua Sam avec un air désolé.
— Je ne couche pas avec Blake ! protestai-je, en colère.
Je quittai mon poste sur-le-champ, ne prenant même pas la peine de saluer Sam. Je me changeai en vitesse dans le vestiaire et me dirigeai vers la porte de service. Soudain, le souvenir de la lettre de l'inconnu me revint. Il fallait que je lui réponde. Je retournai sur mes pas et, sans un mot pour Sam, toujours mue par la rage, je pris ma lettre avant de fuir cet endroit.
Avant que je ne m'en rende compte, j'étais devant

la porte de l'appartement de Dan. Quand il ouvrit, un sourire apparut sur ses lèvres et je me jetai dans ses bras. Nous n'eûmes pas le temps de gagner la chambre, Dan me fit l'amour sauvagement sur le canapé, sans même prendre le temps de nous déshabiller complètement. Je m'endormis dans ses bras et fus réveillée quelques heures plus tard par la sonnerie de son téléphone.

Pendant qu'il discutait dans la cuisine, je m'étirai mollement et me rhabillai. Ce n'était pas dans mes habitudes d'agir ainsi, mais retrouver Daniel m'avait fait du bien. Je m'installai sur le canapé, les jambes repliées sous moi. Le téléphone à la main, mon petit ami me rejoignit avec un sourire.

— Je n'ai même pas eu le temps de te dire bonjour, dit-il en enroulant son bras autour de mes épaules.

— Désolée, m'excusai-je.

— Ne le sois pas. C'était loin d'être désagréable.

— C'est juste que... j'ai eu une nuit difficile, me justifiai-je en me rappelant que le sujet Blake était à éviter avec Dan.

— Je comprends mieux...

De nouveau, je choisis de mentir à Dan. Ces derniers temps, mentir était devenu une seconde nature. Je mentais à tout le monde, y compris à moi-même.

— Heureusement, Angela est revenue et nous avons pu discuter toutes les deux.

— Kat, tu sais que je suis toujours disponible pour toi. Si ça ne va pas, je serai toujours prêt à t'aider.

— Je sais.

Il m'embrassa doucement et me caressa la joue avec prévenance.

— Qui était-ce? demandai-je en désignant le téléphone.

— Mon père. Il passe me voir en février. Il voulait savoir s'il devait prendre une chambre d'hôtel pour nous laisser notre intimité.

— Quand vient-il?

— Juste avant la Saint-Valentin.

— Je travaille, grimaçai-je. Mais je suis libre pour

le week-end des amoureux, et j'ai songé qu'on pourrait peut-être partir quelque part toi et moi...

— Je ne sais pas, Kat, on devrait attendre. En fonction de mon nouveau boulot.

— Oh... Oui. Bien sûr.

Je me levai du canapé, vraiment déçue de voir la perspective de notre week-end en amoureux s'évaporer. Alors que je me postais devant la fenêtre, je sentis les bras puissants de Dan m'entourer. Le ciel était gris et chargé, et cela renforça ma mauvaise humeur.

— Ne sois pas triste, Kat. Je ne veux rien te promettre. On verra si c'est possible.

— Je comprends. C'est juste que... j'avais déjà fait des projets et que... rien.

Il me mit face à lui et prit mon visage entre ses mains :

— Je te promets de tout faire pour être libre pour la Saint-Valentin.

— Je voulais juste changer d'air, murmurai-je. J'ai besoin d'être loin d'ici.

Daniel fronça légèrement les sourcils, cherchant à fixer mon regard. Je baissai les yeux, honteuse de vouloir fuir à tout prix et cette ville et Andrew Blake.

— Veux-tu me dire ce qui se passe ? m'interrogea doucement mon petit ami.

— Rien... Juste le travail... J'ai besoin de vacances. Rien d'autre, assurai-je dans un énième mensonge. Je vais rentrer chez moi et dormir un peu.

Dan relâcha mon visage et je me blottis dans ses bras réconfortants. Nous restâmes enlacés pendant quelques minutes, dans un silence à peine troublé par le bruit de la circulation. Soudain, Dan s'écarta et m'adressa un sourire éblouissant.

— Voilà ce que je propose : à la fin de ton service, tu viens ici et je promets de tout faire pour te changer les idées.

— Dan...

— Et je vais voir avec mon potentiel futur nouveau patron s'il peut me libérer pour la Saint-Valentin.

— Mais...

— Et je t'emmènerai où tu veux. Enfin, en fonction de mes maigres moyens, mais on se débrouillera. On organisera un dîner romantique, avec des chandelles, et on fera l'amour sur une peau de bête devant un feu de cheminée, plaisanta-t-il.

— Euh...

— Excessif, la peau de bête ? sourit-il.

— Un lit, c'est bien aussi.

— Va pour un lit...

Il rit doucement et ce simple son me détendit totalement. J'oubliai le fantôme Blake et les médisances de l'hôtel, et m'imaginai déjà en tête à tête avec mon amoureux pour tout un week-end.

— Je vais rentrer, dis-je en attrapant mon manteau. Il faut que je récupère.

— Je dois déjeuner avec Jodie, tu veux te joindre à nous ?

— Hum... Je ne suis pas très en forme. Pourquoi pas la semaine prochaine ? On pourra fêter ton nouveau job !

— Comme tu veux, répondit-il, un air ravi sur le visage.

Quatre heures plus tard, je retrouvais l'hôtel et les regards moqueurs de mes collègues, tandis que Sam m'adressait un sourire compatissant. Apparemment, il avait passé la journée à démentir une à une toutes les rumeurs qui couraient sur Blake et moi. Au mieux, j'avais une liaison avec lui, au pire, j'avais été rémunérée pour le distraire.

Après un énième ricanement de deux femmes de chambre, je décidai de ne plus y faire attention. Je trouvais la situation des plus ironiques. Personne ne connaissait la vérité et tout le monde se gaussait de savoir quelque chose. Tous pensaient que je couchais avec Blake alors que c'était faux. Je voulais faire en sorte que ma relation avec Dan fonctionne et je lui mentais sur la plupart des choses que je ressentais.

En pleine nuit, alors que je parlais avec Angela des fameuses rumeurs, elle me demanda qui elle devait croire. Je sirotais mon thé, installée au bar, pendant qu'elle essuyait et rangeait des verres.

— Moi évidemment ! Je n'ai pas couché avec Blake ! assénai-je.

— Parce que tu ne voulais pas ?

— Angela ! m'écriai-je, offusquée.

— Kat, je te connais par cœur. Quel est le problème ?

— Il n'y a aucun problème ! Je veux juste que... Il ne s'est rien passé. C'était juste une soirée.

— Alors pourquoi réagis-tu ainsi ? Tu travailles ici depuis des années, tu as toujours été hermétique à ce monde clinquant... Toute cette histoire ne devrait pas te toucher.

— Je sors avec Dan, expliquai-je.

— Raison de plus... Tu n'as rien à prouver à personne. Tu sors avec Dan et tu as passé une soirée, une seule, avec Blake. Et il ne s'est rien passé, donc...

Sa voix s'éteignit pendant que je baissais les yeux sur la tasse de thé entre mes mains. Mon cœur se serra un peu en songeant que je me fendais d'un nouveau mensonge par omission.

— Kat ?

— Tu as raison... Je devrais laisser couler.

— Il s'est passé quelque chose, n'est-ce pas ? m'interrogea Angela en délaissant ses verres.

— Je n'ai pas couché avec Blake, répétai-je avec obstination.

— Ce n'est pas ce que je te demande.

Je levai les yeux vers elle et soupirai. Peut-être que si je le lui disais, les choses seraient moins pénibles. Peut-être qu'en avouant la vérité je me sentirais moins mal. Peut-être qu'elle comprendrait ce que je ne comprenais pas.

— On... Enfin... Il m'a embrassée, avouai-je finalement en triturant ma tasse.

— Waouh !

— Mais c'était rien du tout, balayai-je rapidement. Rien du tout.

— Ce type est marié, Kat, ce n'est pas « rien du tout »!

— Il est veuf.

Je levai les yeux vers Angela, dont les yeux écarquillés ne laissaient aucun doute sur son état de stupéfaction.

— Veuf? répéta-t-elle, estomaquée.

— Depuis deux ans.

— Kat... Mais... Mais c'est... Bon sang... C'est énorme! Ça veut dire que tu lui plais vraiment!

— Bien sûr que non, répondis-je en sautant de mon tabouret. Nous ne sommes pas du même monde, et je ne suis sûrement qu'une distraction éphémère pour lui.

— Et ça te déçoit? m'interrogea-t-elle avec un petit sourire.

— Je suis plutôt soulagée en fait. J'ai déjà eu ma photo dans le journal, j'aimerais autant que ça en reste là!

Je quittai le bar en entendant le rire d'Angela résonner derrière moi. Je secouai la tête, apaisée de lui avoir confié mon secret. Maintenant qu'elle le connaissait, j'avais la sensation étrange d'être plus légère. Elle avait raison : il fallait que je reste hermétique à tout ça. Ainsi qu'à Blake et aux regards extérieurs.

Ragaillardie, j'envisageais désormais de ne plus faire attention aux quolibets. J'aurais même pu en profiter ou en jouer, mais je voulais avant tout que la situation s'apaise. Il ne se passait rien avec Blake. Il ne se passerait jamais rien. Ça, j'en étais certaine.

Avant de rejoindre mon pupitre et après m'être assurée que personne ne rôdait dans le hall, je bifurquai vers mon vestiaire et y récupérai mon sac. Je retournai à mon poste et relus la lettre de l'inconnu.

Aucun prénom, aucun détail sur sa vie. Il mentionnait seulement résider sur la côte Ouest, ce qui ne m'aidait pas beaucoup. Je tournai la feuille de papier pour y trouver l'adresse d'une boîte postale. Comme moi, il brouillait les pistes et préférait rester discret. *L'anonymat auquel tant de gens répugnent n'est pas une si mauvaise chose*, songeai-je en repensant furtivement à ma photo dans le journal.

« Cher inconnu,

Me direz-vous un jour votre prénom ? Non pas que je cherche à vous retrouver, mais vous connaissez le mien. Ne serait-ce pas un juste retour des choses que j'apprenne le vôtre ?

Pour tout vous dire, j'aime aussi vous écrire. Je n'oublie pas que ma lettre a retenu votre attention, et je ne veux pas gâcher ma chance de vous connaître. J'ai pris le temps de vous imaginer... Même si je n'ai aucune idée de vos traits, de la couleur de vos yeux ou de votre allure générale, vous avez quelque chose de familier et d'étrange. Pourquoi, en seulement deux lettres, ai-je la sensation de vous connaître ? Un peu comme si vos messages empruntaient un chemin secret et tortueux jusqu'à moi. Le vrai moi.

Qu'avez-vous lu dernièrement ? Je suis une dévoreuse de livres. Dites-moi ce que vous avez aimé dans vos dernières lectures. Je ne serais pas étonnée que nos goûts soient identiques, bien que nos sensibilités — vous êtes un homme — soient différentes.

La rage et la peine s'estompent. C'est ainsi et c'est inexorable. Je vous l'avais dit et je suis heureuse que vous vous sentiez mieux. J'ose espérer que les nuages se dispersent peu à peu. Je suis presque déçue que vous habitiez si loin... Presque, parce que je doute d'avoir le courage de vous dire où et quand venir regarder la neige. Je ne suis pas quelqu'un de courageux. C'est l'un de mes pires défauts.

Je comprends votre ressenti sur le temps qui va trop vite, les années qui s'écoulent trop rapidement. Je vis dans une ville surpeuplée, perpétuellement en mouvement, active à toute heure de la nuit et du jour, et pourtant, parfois, j'ai la sensation étrange d'être un personnage immobile au milieu de la foule. Comme si je m'étais arrêtée alors que tout le monde bougeait. Je suis hors du monde finalement. Et j'ai choisi ma vie en conséquence. Que faites-vous de votre côté ?

En haut de ma liste… En haut de ma liste… J'ai peur de ne pas être originale et dire que je veux être heureuse, moi aussi. Tout le monde veut être heureux. Donc, oui, « être heureuse ». Aimer. Rire. Acheter une bibliothèque et un nouvel appartement pour l'y installer. M'endormir auprès de quelqu'un que je chérirais plus que tout. Plus que ma propre vie. Je travaille ce dernier point.

Donnez-moi votre liste. Pas le haut de la liste, car ce n'est pas ce qui m'intéresse. Ce que je veux savoir, ce sont vos souhaits ridicules et inavouables. Sauf à moi. Parce qu'on ne se connaît pas et que votre route ne croisera pas la mienne avant une éternité.

La neige ne tombe plus. Je crois que nous devons remettre notre rencontre à plus tard.

Je vous embrasse.

Marie. »

Je pliai ma lettre avec précaution et la glissai dans l'enveloppe pour l'inconnu. Je mis le tout dans mon sac, me promettant de l'envoyer dès le lendemain.

Mes dernières heures de présence furent calmes. Je rangeai quelques dossiers et éclusai les « exigences clients ».

A 7 heures, Maria apparut dans le hall, vêtue d'un simple jean et d'un pull en laine noir, trois fois trop grand.

— Bonjour, Kat.

— Maria, m'exclamai-je en me penchant pour l'embrasser.

— Je crois que Lynne a laissé un planning des réceptions de février pour moi quelque part.

Je soulevai quelques dossiers et ouvris le planning, mais ne trouvai rien. A court d'idées, je décidai de pénétrer dans le bureau de Lynne, à la recherche du précieux document. Alors que j'ouvrais les tiroirs un à un, Maria s'installa dans un des fauteuils et m'observa patiemment.

— Blake a dépensé une fortune chez moi, lâcha-t-elle avec un petit sourire.

— Ah oui ? fis-je en continuant de fouiller. La réception...

— Non. Pas la réception. Toi.

— Les roses viennent de chez toi ? m'étonnai-je.

— Les trente, oui.

— Oh ! génial... Je féliciterai son assistante à l'occasion...

— Il les a choisies lui-même, me coupa-t-elle.

Cette précision créa un court silence, me laissant assimiler l'information. Andrew Blake, l'un des hommes les plus influents du pays, avait choisi mes roses. Mes roses. Un large sourire éclaira le visage de Maria pendant que je retenais le mien avec discrétion. Mon cœur s'emballa en imaginant Blake cherchant les fleurs idéales, juste pour moi, dans la petite boutique de Maria. Je levai les yeux vers elle, stupéfaite, avant de me reprendre :

— Maria, si tu veux savoir si j'ai couché avec Blake, la réponse est...

— Non... Je sais.

Je cessai mes recherches et m'affalai dans le fauteuil près d'elle, reconnaissante de trouver enfin quelqu'un qui me croyait.

— Les rumeurs sont terribles. J'ai décidé de ne plus y prêter attention, mais... tout le monde en parle.

— Tu n'empêcheras personne de médire sur lui et sur toi.

— Oui... Je suis « rafraîchissante », ironisai-je avec sarcasme.

Je me levai du fauteuil et ouvris un placard sur ma gauche. Triomphante, je brandis le planning des réceptions de février pour le tendre à Maria. Elle le saisit et le détailla rapidement.

— Kat, j'ai vu beaucoup d'hommes passer dans ma boutique. Des hommes bien et d'autres moins, mais je t'assure que j'ai rarement vu un homme aussi décidé que lui.

— Je sais, soupirai-je, un trait de caractère vraiment agaçant.

— Agaçant, mais exemplaire. Il a fait plus pour toi en trente minutes que ce que font la plupart des hommes dans toute une vie.

— Maria, il a juste commandé un bouquet de roses... Certes, peut-être extravagant et inattendu, mais...

— Il tenait à te les amener lui-même, m'interrompit-elle. Il y tenait vraiment !

— Une bonne chose que tu sois parvenue à le faire changer d'avis, répondis-je. Je t'ai dit qu'il pouvait se montrer agaçant.

Au loin, je vis les grooms s'activer pour fleurir le hall et les quelques chambres occupées. Je pris le planning de Blake, en fis une copie et le donnai à Maria.

— Il a fait retarder son vol d'une heure, sourit Maria en ignorant le document.

— Grand bien lui fasse ! assénai-je, de plus en plus agacée.

Je rangeai des dossiers, m'activant inutilement derrière mon pupitre. Je ne voulais pas en savoir plus. Apprendre qu'il avait lui-même choisi les roses me tourmentait suffisamment.

— Kat, souffla Maria en m'empoignant le bras, comprends-tu ce que je suis en train de te dire ?

— Je n'ai aucune envie d'en savoir plus, répondis-je sèchement.

— Il a retardé son vol, il m'a fait ouvrir la boutique

à 6 heures du matin. Quel genre d'homme fait ça? s'écria-t-elle.

— Je...

— Non, demande-toi plutôt pour quel genre de femme un homme fait tout ça, corrigea-t-elle, fière de sa démonstration.

— Blake nourrit son propre mythe. Il aime créer sa légende.

— Kat, les roses étaient prêtes, sa voiture l'attendait pour le conduire chez toi.

— Et il ne l'a pas fait, fis-je remarquer.

— Parce qu'il a eu un coup de fil, se rembrunit-elle.

Etonnamment, je compris que je voulais connaître l'explication. J'aurais été ravie — stupéfaite, voire incrédule, mais ravie aussi sans aucun doute — de voir Andrew Blake débarquer de nouveau chez moi. Peut-être parce que là-bas je n'avais plus cette angoisse alliée à cette nervosité qui me paralysaient à l'hôtel.

— Quel genre de coup de fil? demandai-je en retenant mon souffle.

— Je ne sais pas, répondit Maria en haussant les épaules. Il a parlé d'une urgence familiale, et donc il m'a chargée de te faire parvenir les fleurs.

Elle me libéra et je vidai tout l'air contenu dans mes poumons.

Une urgence familiale.

Je pris conscience, seulement à cet instant, que je ne savais pas si Andrew Blake avait des enfants. Après son mariage, il aurait été légitime que sa femme et lui décident de fonder une famille. Maria me fixa alors que j'étais perdue dans mes pensées. Tout s'entrechoquait : sa femme, la réception, l'hôtel... Un léger sourire se dessina sur les lèvres de notre fleuriste et elle sembla satisfaite de m'avoir fait perdre pied.

— C'est un homme bien, Kat. Il était tellement déçu de ne pas t'amener les fleurs.

Je souris malgré moi. Cet homme avait tout ce qu'il

désirait. Il avait l'argent, le pouvoir, la renommée et même le respect de ses concurrents...

— Andrew Blake ne fait pas ce genre de chose ! assénai-je dans une vaine tentative pour convaincre Maria qu'elle avait tort.

— Il faut croire que tu es l'exception.

Je me figeai. L'« exception »... Ses propres mots, et il me semblait encore les entendre, entendre sa voix chuchoter près de mon oreille. Je frissonnai légèrement, ce simple souvenir me chamboulait totalement.

Après la révélation de Maria, j'eus la sensation d'être engourdie, prise dans un brouillard épais sans pouvoir distinguer quoi que ce soit. Dans un état quasi second, je partis retrouver Dan.

Après une sieste chez lui, installée confortablement dans le creux de ses bras, cette sensation de malaise se dissipa. Dan me fit rire, me racontant comment son père lui avait appris à faire du vélo sous une pluie battante, tout en le suppliant de ne pas tacher son pantalon avec de la boue.

— Maman était tellement patiente avec nous, conclut-il avec nostalgie.

— De quoi... Enfin...

— Elle était malade. Je veux dire... cyclothymique. Elle a eu un jour sans et a décidé d'en finir.

— Je suis désolée, Dan.

— C'est du passé. Je préfère oublier tout ça.

Pendant une seconde, j'avais espéré que Dan s'ouvre à moi. Je ne connaissais rien de son passé et j'avais envie d'en savoir plus. La mort de sa mère était quelque chose que j'avais facilement deviné, mais j'aurais aussi aimé connaître les événements heureux de sa vie.

Je l'embrassai doucement avant de décider de quitter son appartement. Il me retint, prolongeant notre étreinte. J'étouffai un gémissement en le sentant me serrer fortement contre lui. Je suffoquai presque. Il se recula finalement et souda son front au mien.

— Sais-tu à quel point tu comptes pour moi ? demanda-t-il dans un murmure.

Je hochai imperceptiblement la tête, à bout de souffle.

— Bien. Je voulais juste m'en assurer.

— Tu comptes beaucoup pour moi aussi, affirmai-je en plantant mes yeux dans son regard sombre.

— On se voit demain ?

— Demain... et les autres jours aussi.

Devant le Peninsula, je m'arrêtai au kiosque pour acheter mon exemplaire du *New Yorker*. Alors que mes yeux naviguaient sur les présentoirs débordant de revues et de journaux, je remarquai un magazine avec la photo d'Andrew Blake. Après une seconde d'hésitation, je l'achetai, alléchée par l'accroche : « Andrew Blake, mythes et légendes ».

Je n'eus pas le temps de lire l'article, la nuit fut incroyablement agitée. Je dus m'atteler à une panne de l'éclairage dans une des salles de réception, puis à un dysfonctionnement d'un des ascenseurs.

Profitant d'un moment d'accalmie, je partis inspecter les chambres. J'eus alors la désagréable surprise de trouver Kim, piaillant dans son téléphone portable, assise sur un lit d'une des suites « senior ». En me voyant, elle blêmit et rangea précipitamment son appareil.

— Filez à votre vestiaire ! grondai-je.

— Mais je viens de commencer ma journée...

— Et d'achever votre brillante carrière ici. Dégagez ! assénai-je sèchement.

Elle me toisa méchamment et me dépassa pour sortir de la suite. Je refermai la pièce et m'apprêtai à prévenir la gouvernante pour faire remplacer Kim au plus vite, quand cette dernière se tourna vers moi, un air furieux sur le visage :

— Je n'arrive pas à croire que Blake couche avec une pétasse pareille.

— Kim, je vous conseille de vous taire.

— Un homme comme lui avec un si mauvais goût..., ajouta-t-elle.

— Eh bien, dans la mesure où il a demandé à ne plus vous croiser, je ne peux qu'aller dans son sens. Maintenant, quittez cet hôtel.

— Sinon quoi ? Vous allez me faire évacuer de force ?

J'approchai d'elle, collant mon visage à quelques centimètres du sien :

— Je n'aurais aucun scrupule à le faire, assurai-je entre mes dents.

Je l'entendis déglutir bruyamment, puis elle recula et fila jusqu'à l'escalier de service. Avec un soupir, je contactai la gouvernante et lui expliquai la situation.

Je regagnai mon poste à l'instant où Sam s'installait. Je lui racontai l'épisode Kim, qui le fit beaucoup rire.

— Estime-toi heureuse, tu aurais pu la trouver dans une situation plus compromettante.

— Non... Evite de me mettre ce genre d'images dans le crâne. Cette fois, je la vire pour de bon !

— Tu devrais filer, je crois qu'on t'attend.

Je levai les yeux vers l'entrée de l'hôtel, trouvant le regard insondable de Daniel. Je lui fis un sourire heureux — enfin une bonne nouvelle — auquel il répondit à peine. Il semblait perdu dans ses pensées.

— Tout va bien ? demandai-je après l'avoir embrassé furtivement.

— Juste de la fatigue. Et j'avais envie de te voir, ajouta-t-il en enroulant un bras possessif autour de mes épaules.

C'est ainsi qu'une douce et rassurante routine s'installa entre Dan et moi. A l'occasion, il venait me chercher directement à l'hôtel, même si, la plupart du temps, c'était moi qui rejoignais son appartement au petit matin. Nous parlions de tout et sortions, dès que mes jours de repos nous le permettaient, au cinéma et au théâtre. Dan avait même réussi à me traîner au stade pour un match de base-ball. Le résultat fut plutôt décevant : je fus clouée au lit par la grippe.

Janvier s'égrena rapidement. Les rumeurs au sujet de ma pseudo-liaison avec Blake s'éteignirent progressivement et je cessai d'être l'objet des commérages. J'aidai Lynne à la préparation de son mariage, principalement pour son plan de table. De son côté, Philip avait entamé, à ma demande, un début de prospection pour me trouver un nouvel appartement.

Je craignais l'arrivée du mois de février. Blake allait revenir et je redoutais de repartir dans ce cercle vicieux alternant rumeurs et démentis.

J'entamais ma dernière nuit avant un repos salvateur précédant le retour de Blake. Il me faudrait des forces et toute mon énergie pour survivre à une éventuelle confrontation.

Alors que j'examinais son planning, notant quelques modifications mineures sur son organisation, Gregory m'interrompit en chantonnant mon prénom :

— Kat, Kat, Kat...

— Tu sais que tu es assez flippant quand tu fais ça?

— Ne sois pas désagréable avec l'homme qui t'apporte ton courrier.

Il agita une lettre devant moi et mon cœur bondit dans ma poitrine.

L'inconnu.

Je tendis la main pour l'attraper, mais Gregory l'écarta.

— J'ai entendu dire que Blake avait requis ta présence pour les prochains jours? s'amusa-t-il.

— J'ai entendu dire que Lynne était une sacrée commère.

— Donc c'est vrai?

Il baissa sa garde et la lettre fut de nouveau à ma portée. D'un geste vif, je tentai de la prendre mais, encore une fois, Gregory esquiva. Il me lança un regard entendu, attendant ma réponse.

— Oui, soupirai-je. Je suis là pour ses cinq nuits à l'hôtel.

— Tu veux dire, là, ici, ou là, là-haut ? demanda-t-il en désignant le plafond.

— Très fin, Greg. Il me semble que tu es de service toi aussi, ajoutai-je en secouant la feuille, reprenant le planning d'Andrew Blake, et je n'en déduis pas que ton adorable fessier lui plaît.

— Tu trouves mon fessier adorable ?

— C'était juste une manière de parler ! râlai-je en fixant mon enveloppe entre ses doigts.

Je commençais à m'impatienter sérieusement. Gregory jouait avec ma lettre et avec mes nerfs.

— Si j'arrive à te dégoter le numéro de la blonde, tu me donneras cette lettre ?

— Du chantage... Ce truc est donc vraiment important, insista-t-il en triturant l'enveloppe.

— S'il te plaît, Gregory !

Il posa la lettre sur mon pupitre, la poussa en ma direction, tout en me fixant avec une lueur d'amusement. Je posai ma main sur l'autre extrémité de la lettre, la tirant légèrement vers moi.

— Son numéro, hein ? répéta-t-il.

— Je lui dirai à quel point ton fessier est adorable, souris-je.

— Inutile... Je le lui montrerai personnellement !

Il s'éloigna, et j'arrachai presque l'enveloppe pour récupérer ma lettre. Mon cœur battait à tout rompre dans ma poitrine et je retins une seconde ma respiration avant de la déplier.

Mes doigts tremblaient un peu, peut-être d'excitation ou de peur. Ou peut-être que j'étais juste stupide. Il ne m'avait pas écrit pendant presque trois semaines, et je prenais conscience seulement maintenant que cela m'avait manqué.

« Chère Marie,

Avant toute chose, toutes mes excuses pour mon silence des dernières semaines. J'espère ne pas vous avoir blessée. J'ai parfois du mal à trouver du temps pour moi. Ce qui est assez terrible quand on songe que je suis seul la plupart du temps. Si ma solitude a longtemps été un choix, car je ne supportais plus le monde dans lequel je vivais, elle est désormais ma compagne exclusive. Une compagne dont j'aimerais me débarrasser.

Je ne sais comment vous pouvez m'imaginer. Et non... je ne vous donnerai pas mon prénom. Je ne dis pas que jamais je ne le ferai, mais pas tout de suite. J'aurais peur de rendre notre « relation » trop réelle ou trop normale. Alors que je sais qu'elle ne l'est pas. Je n'ai parlé de vous à personne et j'aime l'idée que ce que nous faisons reste entre nous. C'est précieux et rare, pas vraiment partageable.

Dernièrement, j'ai relu du Shakespeare. Là encore, ce n'était pas un choix, mais sûrement un des rares livres que j'ai gardés de ma scolarité. Il traînait dans ma chambre d'enfance. Je présume que ma mère le gardait comme une relique. J'aimerais que vous me conseilliez une de vos lectures.

Je suis curieux... Quel genre de vie avez-vous choisi ? Je ne pense pas que vous soyez recluse, ou seule, ou même triste. Non, pas triste. Vos lettres ne reflètent pas la tristesse. Vous êtes l'espérance, la joie, le rire. J'aimerais entendre votre rire, mais je constate que vous retardez notre rencontre. Que cachez-vous ? Malgré tous mes efforts, je n'arrive pas à vous imaginer. Je ne vois rien... Du moins, rien qui vous ressemblerait un peu.

Au milieu de ma liste... Franchement, je ne sais pas. Peut-être que je voudrais avoir le temps d'être auprès des gens que j'aime. Mon neveu s'amuse à se déguiser en Spider-Man et sa mère devient dingue. Donc je crois que c'est ça que je voudrais faire : regarder Spider-Man et rire avec lui.

Je vous embrasse aussi.

Votre inconnu.

P.-S. : On s'embrasse alors ?

P.P.-S. : Vous faites aussi partie de ma liste... J'ai vraiment envie de vous rencontrer. »

Un sourire immense s'étira sur mes lèvres. Je relus la lettre une seconde fois et la serrai contre moi, extatique et ravie, avant de la ranger avec précaution dans son enveloppe.

Sa dernière phrase flotta dans ma tête quelques instants. Il voulait me rencontrer. Mais si lui ne voulait pas donner son prénom pour ne pas briser notre précieuse complicité, moi, je ne voulais pas rencontrer l'homme qui se cachait derrière ces lettres. Je m'étais créé un personnage imaginaire et parfait, et je voulais que cela reste ainsi : un moment de partage entre deux inconnus. Malgré toute l'adoration que j'avais pour nos échanges, je savais aussi que cela ne durerait pas. La réalité finirait par nous rattraper. Il se lasserait, c'était évident. Je me promis de lui répondre dès que je serais chez moi.

Au petit matin, je gagnai directement mon appartement. Dan était parti rendre visite à un vieil ami, et je me retrouvais seule pour le week-end. Après des jours de relation de couple normale avec lui, mon appartement et ma vie me semblèrent affreusement vides. Il me manquait. Sa chaleur, son sourire, sa façon de vouloir me protéger de tout...

Je passai ma soirée calée dans mon canapé, enroulée

dans une couverture chaude. Ce n'est que le jour d'après, au matin, que je me décidai à répondre à l'inconnu.

« *Cher inconnu,*

Merci de votre lettre. Ne vous inquiétez pas du délai de réponse, parfois il semble que le temps passe plus vite que nous le pensons. Dans le pire des cas, j'aurais sûrement mis une annonce dans le New Yorker pour vous retrouver. Quelque chose qui dirait : "Hé, vous savez, je suis la fille de New York qui passe son temps à vous raconter sa vie ennuyeuse."

Je n'ai pas non plus parlé de notre "relation" à mes proches. Je ne sais pas vraiment pourquoi. Peut-être que je ne veux pas qu'on me juge. Une de mes amies pense que je perds mon temps en lisant ces annonces. Vous, en seulement quelques phrases, venez de me prouver l'inverse. Je ne perds pas mon temps. Je vis ce dont j'ai envie. Une fois encore, j'ai tenté de vous imaginer. J'ai encore cette sensation étrange de vous connaître sans vous connaître.

Vos lettres parviennent à me toucher, à m'émouvoir si facilement que j'ai la sensation d'être à nu. Cela pourrait être presque effrayant, voire angoissant. Mais j'aime ça. J'aime ouvrir vos lettres en me demandant ce que je vais y trouver. J'aime ouvrir vos lettres et découvrir votre écriture fine et régulière. J'aime me dire que je touche le papier que vous avez touché.

Ma vie est plutôt routinière. Pas triste, non, mais la surprise ne fait pas partie de mon monde. Tout est toujours attendu, normal, prévisible. Serait-ce ingrat de dire que j'aimerais plus ? Je voudrais me lever un matin dans un endroit et finir ma journée ailleurs. Sans prévision, sans plans prédéfinis. Mais le destin m'a oubliée. Il m'a posée sur une route toute droite, sans aucune autre alternative que de la suivre encore et toujours.

J'ai l'impression que votre route à vous est plus sinueuse et surprenante. Je vous envie.

Je vous envie d'autant plus que vous avez une famille qui vous entoure. Je n'ai pas cette opportunité, tout le monde est un peu disséminé dans le pays et ne se préoccupe pas vraiment de ce que font les autres. Et quelle chance d'être l'oncle de Spider-Man... Une célébrité en plus!

Pour la lecture, je vais réfléchir... Je lis tellement de choses différentes. J'aimerais vraiment vous faire partager quelque chose de fort. Je vous propose un échange... Je vous conseille un livre, et vous me faites profiter d'une de vos passions. Peu importe laquelle... Offrez-moi un peu de surprise dans ma vie si linéaire. Et, par pitié, rassurez-moi et dites-moi que vous ne dormez plus dans la chambre de votre enfance. Aux dernières nouvelles, la mienne a été transformée en immense placard fourre-tout et est quasiment inaccessible.

Je vous embrasse (oui, vraiment!).

Marie. »

En relisant ma lettre, je pris conscience que j'avais esquivé cette histoire de liste. J'étais sur la sienne et je devais avouer qu'il était aussi dans la mienne. Je n'arrivais pas encore à déterminer l'importance qu'il avait dans ma vie, mais j'étais sûre d'une chose : j'avais besoin de ses lettres. J'avais besoin de lui parler, de lui dire ce que je gardais habituellement pour moi seule.

***

Après avoir erré dans mon appartement, attendant patiemment un appel de Dan, je me décidai à sortir. Naturellement, mes pas m'amenèrent à ma librairie habituelle, une minuscule boutique où s'amoncelait une quantité astronomique d'ouvrages, essentiellement d'occasion. J'aimais cet endroit, je pouvais y flâner pendant des heures sans forcément acheter quelque chose.

Et c'est ce qui se passa. J'y restai près d'une heure, arpentant les allées en feuilletant quelques bouquins. Alors que j'allais ressortir, farfouillant dans mon sac à la recherche d'un mouchoir, je vis ma lettre pour l'inconnu. Un livre...

Je retournai dans la boutique, cherchant un ouvrage à la hauteur. Après en avoir ouvert une dizaine, je désespérais vraiment de trouver la perle rare. Désemparée, je sortis ma lettre et la relus. Soudain, j'eus une illumination. Je revins à la section sur la littérature russe que je venais de dépasser et trouvai mon bonheur. *Les Pauvres Gens* de Dostoïevski serait parfait. Que pouvais-je choisir d'autre qu'un roman épistolaire entre un homme et une femme ?

Satisfaite de mon achat, je rentrai chez moi pour emballer le livre avant d'aller le poster. Devant la boîte aux lettres, j'eus un instant d'hésitation. Le souvenir de l'envoi de ma première lettre mêlé aux émotions que j'avais ressenties en ouvrant la dernière me revinrent en tête. Pendant une seconde, j'envisageai même de reprendre mon courrier pour le lui dire. Mais je revins à la raison, j'étais avec Daniel, j'avais une vie, des amis, un métier. Je me sermonnai et postai ma lettre ainsi que le livre en me mordant les lèvres. Mon cœur avait encore tressauté de cette façon désormais familière. Je l'ignorai, rentrant chez moi en supportant la vague de tristesse mâtinée d'amertume qui pesait à présent sur mes épaules.

Ma dernière soirée libre fut pénible. J'étais agacée par tout et n'importe quoi, pestais sur moi-même et ma maladresse. Je n'arrivais à me concentrer sur rien, même pas sur un livre ou un mauvais téléfilm. Malgré plusieurs tentatives, je ne parvins pas à trouver le sommeil, angoissée par la perspective du retour de Blake au Peninsula. Daniel m'appela, mais même avec lui je fus glaciale et pas franchement prolixe. La communication ne dura pas et je prétextai la fatigue pour écourter notre conversation.

Au milieu de la nuit, j'abandonnai et me levai. Mes yeux tombèrent sur l'exemplaire de *Powerfull* que j'avais dû décortiquer pour Blake. Je récupérai mon portable et résolus de reprendre mes recherches. Blake avait eu le bras assez long pour connaître mon passé — et je ne savais pas encore à quel point ma vie était à nu —, je décidai donc de m'armer pour parer à ses nouvelles attaques.

Je découvrais qu'il avait limité ses apparitions depuis le décès de sa femme. Il se contentait d'assister aux réunions de travail de son groupe. Sa vie était décortiquée sur internet à coups d'enquêtes et de contre-enquêtes. Mais, très vite, je compris que personne ne connaissait la vérité sur lui. Je cherchai des informations sur l'enquête faisant suite à la mort de son épouse, mais ne trouvai rien. Les quelques liens qui prétendaient rediriger vers des articles ne fonctionnaient pas ou disaient simplement que l'article n'existait plus.

Alors que le jour se levait sur New York, je refermai mon ordinateur, déçue par le résultat de mes recherches. Rien ne filtrait sur lui, il me faudrait donc improviser.

Chapitre 11

Pour la première fois depuis mon embauche au Peninsula, j'avais les mains moites à l'idée de reprendre mon service. En temps normal, je serais allée me rassurer dans les bras de mon petit ami, mais en son absence, je devrais prendre sur moi.

Je saluai Sam en entrant et me dirigeai à vive allure vers mon vestiaire. Comme si me changer plus vite allait accélérer mon temps de présence ici ! Je retrouvai mon poste et écoutai d'une oreille peu attentive les transmissions de Sam :

— Blake arrive dans deux heures, j'ai envoyé un chauffeur à l'aéroport.

A la mention de son nom, mon corps sortit de son engourdissement et tous mes sens s'éveillèrent. Il allait revenir.

Je tentai immédiatement de me concentrer sur ma tâche. Mais rien n'y faisait, j'étais ailleurs. Le cœur battant, je scrutais la porte tambour. Au moindre de ses mouvements, je sentais une boule de nervosité se caler douloureusement dans le creux de mon estomac.

Pour me changer les idées, je montai inspecter la suite d'Andrew Blake. Evidemment, je constatai qu'il manquait des serviettes, mais aussi le nécessaire à thé et à café. Je passai un coup de fil en cuisine et décidai d'aller en chercher moi-même à la laverie. A mon retour dans le hall gigantesque de l'hôtel, je devinai la silhouette de Meghan Stanton, en pleine discussion animée au téléphone.

Il était là. Devant mon pupitre, discutant avec une brune au sourire éblouissant. Ma respiration s'arrêta pendant que je détaillais sa tenue. Son pantalon noir tombait impeccablement et sa chemise, légèrement cintrée, mettait en valeur ses muscles dorsaux et sa silhouette harmonieuse. Je passai derrière mon bureau, le feu aux joues. Je pris une profonde inspiration et me lançai :

— Bonsoir, monsieur Blake, ravie de vous revoir au Peninsula.

— Kathleen, me salua-t-il avec un demi-sourire. Je dois avouer que le plaisir est hautement partagé. Vous avez l'air en forme.

Je baissai les yeux, fuyant son regard inquisiteur. Je lui présentai son passe et lui souhaitai un bon séjour à l'hôtel.

— La piscine est réservée pour 22 heures, ajoutai-je.

— Bien... Lauren, auriez-vous un bloc-notes ? demanda-t-il en se tournant vers la femme près de lui.

La jeune femme brune chercha dans son sac, mais secoua la tête. Elle récolta au passage un regard furieux de Blake, suivi d'un soupir désapprobateur.

— Kathleen, auriez-vous de quoi faire mon bonheur ? demanda-t-il en effleurant le bout de mes doigts.

— Je... euh...

— Un bloc-notes, Kathleen. Un simple bloc-notes.

Il eut de nouveau ce sourire amusé sur les lèvres et je me mis à fouiller frénétiquement autour de moi. J'ouvrais les tiroirs, soulevais les dossiers et maudissais ma gêne. Juste un bloc-notes... Je finis par ouvrir ma bannette personnelle, retrouvant le magazine que j'avais acheté en voyant en une un article sur Blake.

Je la refermai vivement, faisant presque trembler les installations autour, avant de dénicher un bloc-notes juste devant mes yeux. Je le tendis à Andrew, qui y gribouilla quelques chiffres.

— Lauren, appelez ce numéro et faites les vérifications d'usage.

— Bien, monsieur.

Elle s'écarta et, armée de son petit papier, composa le numéro sur son portable.

— Et ne vous attardez pas! râla Blake tandis que la pauvre jeune fille rougissait brusquement.

Je me retrouvai seule avec lui. Mon cœur cognait violemment dans ma poitrine et j'avais la sensation que tout mon corps me démangeait. Je plaçai mes mains dans mon dos, espérant ainsi limiter ma nervosité. Mon client me fixa avec intensité pendant que je tremblais sur mes jambes. Son regard étincelant et plein d'énergie se radoucit et il se pencha vers moi, un air sérieux sur le visage :

— Avez-vous reçu mes fleurs? s'inquiéta-t-il.

— Je... euh... Oui, merci, marmonnai-je en me morigénant pour ne pas avoir songé à le remercier plus tôt. Elles étaient superbes.

— Pas autant que vous, j'en suis certain. Accepteriez-vous de m'accorder l'une de vos soirées pendant mon séjour ici?

— Je crains que non, monsieur.

Il se recula, une pointe de déception dans le regard, et me fixa. Je pris une profonde inspiration et me décidai à poursuivre :

— J'ai apprécié votre invitation, mais j'aimerais désormais que notre relation demeure strictement professionnelle...

— Je vous laisse trois semaines et l'ensemble de mes efforts est réduit à néant. Je n'aurais pas dû partir, ajouta-t-il avec un léger sourire.

— Monsieur Blake, je peux vous assurer que...

— Faites-moi plaisir et abandonnez le « monsieur Blake », proposa-t-il.

— Je suis en service, monsieur Blake.

Il soupira et secoua la tête. Quand il leva les yeux vers moi, il sembla amusé par la situation. Je me tordis les doigts, m'encourageant à résister. Il n'était qu'un client. Juste un client.

— Votre entêtement est louable, mais inutile, railla-t-il en se penchant vers moi.

— Je vous souhaite une bonne soirée, monsieur Blake.

— Aurais-je le plaisir de partager un moment avec vous ? En privé, ajouta-t-il alors que je prenais une teinte coquelicot.

— Je reste à votre disposition, lâchai-je automatiquement avant de réaliser la portée de mes mots.

— Je suis heureux de l'apprendre.

Son assistante revint vers nous et il se recula, comme si nous n'avions jamais eu cette conversation étrange et gênante.

— J'ai contacté FedEx. Ils livreront demain matin, avant 7 heures.

— Parfait. Kathleen, ayez l'obligeance de signer le bon de livraison et de me l'amener avec mon petit déjeuner.

— Bien, monsieur.

— J'ai réservé une chambre pour mon assistante, ajouta-t-il. Lauren, vous retournerez à San Francisco demain.

Elle acquiesça mais, même moi qui ne la connaissais pas, je pus lire la déception sur son visage. Blake ne s'embarrassait pas des humeurs de ses proches. Il imposait ce qu'il voulait, hermétique à ce que les autres pouvaient ressentir.

— Bonne nuit, Kathleen.

— Bonne nuit, monsieur Blake.

Son assistante fit un bref mouvement de tête et le suivit à distance. Quelques minutes plus tard, Meghan Stanton se présenta à mon pupitre, un sourire victorieux sur les lèvres :

— Etes-vous bien concierge ce soir ou dois-je faire demander quelqu'un ? maugréa-t-elle.

— Que désirez-vous, mademoiselle Stanton ?

— Mon arrivée ce soir n'était pas prévue. Je doute que Lauren ait eu le temps de me réserver une chambre.

— Nous avons encore des suites disponibles.

Je lui réservai une chambre de catégorie supérieure et elle s'éclipsa à son tour en direction des ascenseurs. Environ une heure plus tard, Andrew Blake réapparut et se dirigea vers la piscine. Le souvenir des serviettes manquantes me revint à la mémoire et je fonçai jusqu'à la laverie pour en monter à sa chambre.

Des costumes étaient déjà suspendus, en attente de nettoyage. Je les pris et les confiai à une femme de chambre en lui indiquant que c'était prioritaire sur tout le reste. Finalement, presque à contrecœur, j'allai à la piscine déposer des serviettes-éponges épaisses et moelleuses.

Il nageait un crawl énergique et élégant. Une fois encore, je m'attardai à le regarder pendant que son corps luttait contre la résistance de l'eau. Il jetait ses bras en avant avec force tandis que les muscles de son dos s'étiraient sous sa peau. Je posai les serviettes mais, malheureusement, heurtai un des bains de soleil en teck qui entouraient la piscine.

Arrivé à l'autre extrémité du bassin, Andrew Blake se redressa et me lança un regard glacial. Je m'excusai dans un murmure et il reprit sa nage. Je détournai les yeux et, avec un pincement au cœur, m'en éloignai.

Je regagnai mon poste, encore bouleversée par le regard froid et dénué de toute émotion d'Andrew Blake. Malgré ma volonté de placer une certaine distance entre lui et moi — il était un client et j'avais Dan —, son indifférence me blessait. Je secouai la tête. J'avais voulu cette situation. Je voulais une relation professionnelle, je ne pouvais pas le blâmer d'être si distant. Comme tous les autres clients.

Près de deux heures plus tard, Andrew Blake regagna sa chambre, passant dans le hall sans me regarder.

Mon cœur se serra de nouveau et j'eus la sensation que toute ma cage thoracique se comprimait douloureusement. Je chassai ce ressenti désagréable en m'occupant des réservations à valider et du placement des invités d'un congrès médical. Vers 2 heures du matin, j'allai au bar discuter avec Angela :

— Il est là, soufflai-je avec gêne.

— Je sais, répondit-elle avec un sourire entendu.

Elle me prépara mon thé habituel et se planta devant moi, attendant que je parle.

— Je lui ai dit que je voulais une relation professionnelle.

— Oh... Et quelle a été sa réaction ?

— Aucune idée... Ça l'amuse, mais j'ai l'impression qu'il m'ignore maintenant.

Angela me tourna le dos et se concentra sur le rangement des verres. Je soupirai lourdement, ressentant de nouveau ce picotement désagréable dans ma poitrine.

— C'est une bonne chose, non ? C'était bien ce que tu voulais ? demanda mon amie en redirigeant son attention sur moi.

Je levai les yeux de ma tasse, réfléchissant à ce que je voulais vraiment. La douleur gagna mon ventre et je retins un gémissement.

— Kat ? C'était bien ce que tu voulais, non ?

— Je... Je ne sais pas. Il... Je... C'est compliqué, conclus-je finalement.

— Compliqué ? Kat, laisse-moi résumer la situation : tu as embrassé Andrew Blake...

— Il m'a embrassée, rectifiai-je.

— OK... Il t'a embrassée. Tu lui demandes une relation strictement professionnelle et il t'ignore. Je ne vois pas la complication. Il agit comme tu le lui demandes.

Je soupirai de nouveau avant de m'apercevoir que c'était exactement ce qui me gênait. Il agissait en fonction de ce que je lui disais, et ce comportement était exceptionnel, au sens premier du terme, pour un type comme lui.

— Je ne sais plus où est la ligne jaune, murmurai-je.

— Cette ligne n'existe pas, Kat. Et si elle existe, tu ne peux pas la franchir comme bon te semble. Soit il se passe effectivement quelque chose avec Andrew Blake, soit tu restes la concierge du Peninsula. Tu ne peux pas jouer sur les deux tableaux.

— Angela, je sors avec Dan. Il n'est pas question qu'il se passe quelque chose avec Blake.

— Bien. Dans ce cas, tu sais ce que tu dois faire.

Dans un état second, je rejoignis mon pupitre. Angela, mon amie pleine de bon sens, avait raison. Je savais où j'en étais. J'avais Dan... Et dans mon autre monde, j'avais Blake.

Peu après 7 heures, le livreur de FedEx se présenta et me fit signer un bordereau de livraison. Je récupérai une grande enveloppe épaisse et lourde. Je filai aux cuisines, déposai sur une desserte l'enveloppe et le petit déjeuner de Blake, et grimpai au dix-neuvième étage.

Je toquai à la porte et, avant que je n'aie le temps de glisser mon passe-partout, Andrew Blake m'ouvrit, un téléphone vissé à l'oreille et une cravate dénouée autour du col de sa chemise. D'un mouvement de tête, il me désigna le salon et mit fin à son entretien.

— Bonjour, monsieur Blake.

— Bonjour, Kathleen. Toujours aussi professionnelle, sourit-il en me voyant lui servir une tasse de café fumant.

— Je vous en prie.

Il noua sa cravate dans un geste expert et avala son café d'un trait. Je reculai un peu, ne sachant pas si je devais vraiment rester ou partir.

— Je ne vous retiens pas ! lança-t-il en saisissant un dossier devant lui.

— Bonne journée, monsieur, murmurai-je au comble de la gêne.

Je quittai la pièce, mais me figeai en l'entendant me suivre. Je décidai de l'ignorer et d'agir en concierge discrète et détachée.

— Kathleen, si vous avez trouvé mon attitude inconvenante le soir de la réception...

— Non, le coupai-je vivement. Ce n'était pas... inconvenant.

— J'ai passé un bon moment moi aussi, avoua-t-il en souriant largement.

Je lui souris à mon tour, baissant légèrement le regard. Un silence gêné s'installa et Andrew Blake se racla la gorge pour le briser :

— Aurai-je donc la chance de passer une soirée avec vous ?

— Non, répondis-je en rosissant.

— Je reformule : aurai-je la chance de passer une soirée avec la concierge de cet hôtel ?

— Je...

— Notez que je reste dans un cadre strictement professionnel. Déontologiquement parlant, vous ne pouvez pas refuser.

Je ris doucement, heureuse de retrouver l'homme de pouvoir que je connaissais maintenant.

— Je vous souhaite une bonne journée, monsieur Blake, éludai-je en sortant de sa suite.

— Vous aussi, Kathleen. Oh ! Kathleen ? m'interpella-t-il alors que je refermais la porte.

— Oui ?

— M. Perkins m'a autorisé à vous réquisitionner ce soir. Je vous attends dans ma suite à 20 heures.

Je me pétrifiai sur place. Il retourna dans le salon et je l'entendis rire.

— Cette relation professionnelle me plaît déjà ! lança-t-il.

Le soir même, après avoir passé la journée à me ronger les sangs, je gagnai le Peninsula avec une boule au ventre. Je me sentais nauséeuse, nerveuse et sans aucun contrôle. Je ne pris même pas la peine de rejoindre Sam, Lynne était chargée de prendre le relais en mon absence.

En tremblant, j'enfilai ma veste, réajustai inutilement mon badge et finis par abandonner tout espoir de rassembler mes cheveux. Je les laissai retomber sur mes épaules, me fustigeant d'être aussi faible. Je ne savais même pas ce qu'il me voulait, et j'étais en train d'angoisser comme une idiote.

Il avait encore gagné. Je me cachais derrière ma relation professionnelle et lui s'en servait pour me contrer.

Je traversai le hall en ignorant sciemment le regard de Lynne sur moi. Je grimpai dans la cabine d'ascenseur et appuyai sur le bouton du dix-neuvième étage.

Les mains moites et le cœur battant, je toquai doucement à la porte de la suite d'Andrew Blake. Comme ce matin, il m'ouvrit, raccrochant sèchement son téléphone alors que je franchissais le seuil d'entrée.

— Monsieur Blake, le saluai-je poliment.

— Kathleen. Vous êtes en avance, constata-t-il en regardant sa montre.

— Je... Toutes mes excuses, je ne voulais pas être en retard, marmonnai-je.

— Avancez, je vous en prie, m'intima-t-il en me désignant un des fauteuils du salon.

Je m'assis, prenant soin de ne pas m'installer confortablement. Je voulais rester alerte face à lui, et me détendre n'allait pas m'aider à me préserver. Je restai donc au bord du siège, crispée et scrutant le moindre mouvement d'Andrew Blake. Il se dirigea vers le bar et nous servit deux verres. Il m'en tendit un que je regardai avec suspicion.

— Du jus de pomme. Je crois me souvenir que vous aimez ça.

— Merci, murmurai-je en prenant le verre.

Il but une gorgée, son regard rivé au mien, avant d'ôter sa veste et de défaire sa cravate. Il ouvrit les deux premiers boutons de sa chemise, et la boule de nervosité que je ressentais depuis son annonce du matin doubla instantanément de volume. Il jeta veste et cravate sur le canapé face à lui et s'installa près de moi. Je frissonnai légèrement avant de cacher mon trouble dans mon verre de jus de fruits.

— J'ai besoin de vos services pour faire un choix.

— Quel genre de choix ? l'interrogeai-je.

— Un choix... féminin. Un cadeau pour tout vous dire.

Je me figeai, serrant mes doigts autour de mon verre. Le souffle court, je fixai ses prunelles étincelantes. Mon cœur s'emballa anormalement pendant que je réfléchissais à toute allure.

— Bien. Comment puis-je vous aider ? articulai-je péniblement. Je peux vous conseiller certaines boutiques et...

— La boutique vient à nous ce soir. Mais j'avais besoin d'un modèle et je sais déjà que vous serez à la hauteur, sourit-il.

— Oh... Très bien, acquiesçai-je, perdue.

— Ceci dit, après notre dernière soirée ensemble, je ne pensais pas devoir négocier votre présence.

— Je vous l'ai dit. Je souhaite m'en tenir à une relation strictement...

— Professionnelle... Oui, j'ai compris. De toute évidence, j'ai été trop... présomptueux, dit-il en accentuant le dernier mot.

Le souvenir de son mot accompagnant les roses me revint en tête. Etre son « exception » de nouveau, sans condition cette fois. Je me cachai de nouveau dans mon verre, m'autorisant une seconde de réflexion.

— J'ai apprécié votre geste, murmurai-je.

— J'ai apprécié votre compagnie. J'aimerais juste... renouveler l'expérience.

— Pourquoi faites-vous ça ? Je... Je ne fais pas partie de votre monde...

— Mon monde était triste, Kathleen. Et puis, il y a eu vous.

Il me fit un faible sourire, presque contrit, et j'y répondis aussi doucement que possible. Ma nervosité s'estompa un peu, laissant place à autre chose. Peut-être une forme de compassion ou de tendresse. Je m'enfonçai un peu dans le fauteuil sans toutefois me laisser complètement aller.

— Vous êtes si... différente. Vous n'agissez pas comme je m'y attends.

— Parce que je vous demande une relation professionnelle ?

— Peut-être. C'est juste que... j'ai la sensation de vous connaître.

— Je... euh... Monsieur...

Il me jeta un regard froid, m'interrompant aussitôt.

— Andrew, repris-je plus doucement, je suis flattée, mais...

— J'aime quand vous m'appelez par mon prénom. Le « monsieur Blake » est tellement... impersonnel, sourit-il.

— Je n'ai pas changé d'avis, soulignai-je.

— Je sais. Vous êtes tellement têtue, s'amusa-t-il. Mais j'aime que vous campiez sur vos positions.

— Pourquoi ?

— Parce que je vais devoir tout faire pour vous rallier à ma cause.

— Votre cause ? répétai-je en contenant un rire tandis qu'il se levait.

— Une bonne cause, ajouta-t-il en se plaçant derrière mon fauteuil. Moi, précisa-t-il en se penchant pour chuchoter à mon oreille.

Je me tournai pour tenter de lui répondre mais il avait déjà disparu dans sa chambre. Un coup fut donné contre la porte et Andrew Blake retraversa le salon pour aller ouvrir. Je finis mon verre d'un trait, encore sous le choc de ma conversation avec lui.

Sa cause... Son mot... Son sourire. Il me semblait que tout tourbillonnait, m'entraînant sur le chemin que je ne voulais pas prendre. Je devais tenir. Pour Dan, pour l'hôtel et surtout pour moi-même. Il n'y avait rien entre Blake et moi. Encore une fois, il prenait plaisir à se jouer de ma personne. Les forces me revenaient progressivement et je secouai la tête. Je devais me reprendre.

Je me levai du fauteuil, lissai ma veste et redressai la tête. Andrew Blake revint dans la pièce et me fit un léger sourire. J'y répondis avec encore une trace de gêne avant de sentir mon ventre se tordre. Soudain, il y eut cette sensation inédite. Je me coupai du monde, perdue dans son étincelant regard. Mon corps se liquéfia, mes jambes se mirent à trembler et mon cœur s'affola.

Je fermai furtivement les yeux, tentant de refouler ce malaise, en vain. Quand Blake posa sa main sur le bas de mon dos pour me guider dans la pièce principale de la suite, le brouillard se dissipa légèrement et mon corps reprit vie.

Je marchais sans vraiment m'en rendre compte. L'intégralité de mes connexions nerveuses convergeait vers l'endroit où la main de Blake traînait.

— Dois-je vous présenter Kathleen ? lança-t-il à l'homme face à lui.

— Kat et moi nous connaissons déjà.

Toujours prise dans mon marasme, je levai les yeux vers la voix profonde et rauque de l'homme. En le reconnaissant, je me figeai totalement et la sensation douce-amère d'être dans une brume cotonneuse reflua dans l'instant pour laisser place à la panique.

— Bonsoir, Kat, me salua Nelson en tendant sa main.

Je le saluai poliment, regardant alternativement le visage de Blake — plutôt satisfait de sa mise en scène — puis celui de Nelson, qui tentait de réprimer un sourire.

Au sein de l'hôtel, nous appelions Nelson « l'homme qui valait trois milliards ». Il avait un accès plutôt libre au Peninsula, allant et venant au gré des demandes des clients. Demandes qui, généralement, se révélaient onéreuses et extravagantes.

Nelson était le représentant de la maison Cartier, s'occupant exclusivement des clients VIP.

— Je vous en prie, installez-vous, proposa Blake en lui désignant un fauteuil près du piano.

Nelson s'exécuta, son sourire moqueur ne quittant pas ses lèvres. Mes mains étaient moites et j'avais envie de fuir cet endroit. J'avais déjà refusé un cadeau de la part de Blake, et il n'avait franchement pas apprécié. Puis j'avais accepté sa robe et craignais d'avoir ouvert la boîte de Pandore. Maintenant, il ne connaissait plus aucune limite.

Le vendeur ouvrit sa petite valise noire, révélant un échantillon de la dernière collection. Un ensemble de colliers, bracelets et boucles d'oreilles trônaient sur un tissu rouge vif. Avec délicatesse, il les écarta et, juste après avoir déballé un miroir ovale et un tapis de velours noir, nous les présenta.

Blake me guida vers le deuxième fauteuil, qui faisait face au premier. Après avoir jeté un œil aux bijoux, il s'installa nonchalamment sur l'accoudoir de mon siège, conservant une stressante proximité. Je me frottai les mains sur ma jupe, cherchant une solution.

— Voyez-vous quelque chose qui vous plaît ? me demanda-t-il doucement.

— Je... euh... Tout est... superbe, bégayai-je en rougissant.

— Je trouve aussi.

— Il faut les essayer, proposa Nelson avec un sourire. Cela vous donnera un point de vue plus intéressant.

La nervosité me gagna totalement et je croisai les bras sur ma poitrine dans une vaine stratégie de défense. Blake se saisit de l'un des bracelets, magnifique et brillant, pendant que Nelson commentait : « Diamants et or blanc. » J'inspirai profondément, pendant que les doigts de Blake saisissaient doucement mon poignet, me forçant à déplier mes bras.

— N'oubliez pas que vous devez me donner votre avis.

— Pour qui est-ce? demandai-je naïvement.

— A votre avis? A qui puis-je offrir ce genre de cadeau? sourit-il tout en glissant le bracelet autour de mon bras.

Ses doigts effleurèrent ma peau, bougeant doucement le cercle de diamants autour de mon poignet. Objectivement, je ne pouvais nier qu'il était superbe, mais mon attention était focalisée sur le mouvement précis et caressant des doigts d'Andrew Blake. Je frissonnai légèrement.

— Il vous va très bien, murmura Blake en levant les yeux sur moi.

— Il irait à n'importe qui, déclarai-je.

— Je ne pense pas. L'élégance ne s'improvise pas, et je sais que vous êtes élégante dans tout ce que vous faites.

Il retira le bracelet de mon bras et le reposa sur la table. Ma peau me picota un peu et je frottai mon poignet dans un excès de stress. Toujours assis près de moi, Blake tendit la main et attrapa une paire de boucles d'oreilles.

— Notre nouvelle collection : les orchidées. La partie supérieure en onyx, la partie inférieure en diamant, indiqua Nelson.

— Elles sont très discrètes, renchérit Blake en fronçant les sourcils.

— Vouliez-vous quelque chose de plus imposant ?

— Je ne sais pas... Qu'en pensez-vous, Kathleen ?

— Je pense que le bijou doit refléter la personnalité de la femme à qui vous l'offrez, murmurai-je la gorge nouée.

Un sourire se dessina sur les lèvres de Blake. Il observa les boucles nichées dans sa paume avant d'étouffer un rire.

— Discrète, en effet. Et élégante, ajouta-t-il en plantant ses yeux dans les miens. Toujours très élégante.

Je rougis violemment, quittant ses yeux pour ne pas perdre pied. La façon dont Andrew Blake me regardait n'était ni dérangeante ni désagréable. Juste perturbante et étrangement familière. Il bougea légèrement et je m'ajustai à sa position. Tourné vers moi, il prit une des boucles et repoussa mes cheveux dans mon dos.

Il passa le bijou et mit le fermoir avant de placer sa main sur ma nuque, maintenant mes cheveux écartés.

— Très joli, murmura-t-il.

Sa main se serra autour de mon cou. Il remonta lentement vers ma chevelure, perdant l'extrémité de ses doigts dans mes racines. Ma respiration s'accéléra et je haletai presque quand il se pencha à hauteur de mon cou. Son souffle caressa ma peau, me tirant un nouveau frisson. Sa main glissa, longeant l'encolure de ma veste. Son pouce effleura le lobe de mon oreille avant de se placer juste devant, tenant mon visage fermement.

— Qu'en pensez-vous ? me demanda-t-il en saisissant le miroir.

Je le pris doucement, l'ajustant à hauteur du bijou. Mais je ne le regardais pas. Je me doutais que cette boucle d'oreille devait être magnifique, que le mélange de diamant et d'onyx devait la rendre unique, mais tout ce que je voyais, c'était la main de Blake sur moi.

— Alors?

— C'est... très... joli, soufflai-je, le cœur battant.

— Je suis d'accord. Je trouve ça assez prometteur, ajouta-t-il pendant que la pulpe de son pouce caressait ma peau.

— En effet, murmurai-je, écarlate.

— De toute évidence, vous êtes faite pour porter des bijoux. Et le noir ressort superbement sur votre peau.

— Nous avons le collier assorti, si vous le souhaitez, lança Nelson.

Au son de sa voix, je sursautai, me souvenant de sa présence. Depuis qu'Andrew s'était installé près de moi, j'étais presque hermétique au reste. Je n'existais que dans l'espace restreint de ce fauteuil, connectée à lui. Les bijoux étaient étalés devant moi, scintillants sous la lumière vive, et pourtant, la seule chose qui attirait mon regard, c'était lui.

— J'aime le contraste entre le diamant et l'onyx, apprécia Blake. L'alliance de quelque chose de pur avec quelque chose de sombre.

— C'est vrai que cela peut sembler hasardeux, reprit Nelson, mais...

— Trouvez-vous ça hasardeux, Kathleen? m'interrogea-t-il en ignorant Nelson.

— Non... Je trouve ça... original.

Je regardai la boucle dans le miroir. C'était beau. Vraiment beau. Andrew Blake retira sa main et mes cheveux retombèrent, cachant le bijou. Je l'ôtai rapidement, le reposant sur la table, parmi les autres.

— Original... Non, je ne crois pas que cela convienne.

— Votre amie fait dans le conformisme? demandai-je, piquée de curiosité.

— Non. Elle est vraiment... unique, murmura-t-il en prenant ma main.

Il me fit lever. Je constatai que mon corps obéissait au doigt et à l'œil à cet homme. Il me relâcha et passa derrière moi. Je le suivis du regard, inquiète de ce qui allait encore se passer. Plus la soirée avançait, plus je craignais la fin de cette rencontre. Je jetai un regard à Nelson, qui rangeait les boucles dans leur écrin.

Je sentis les mains fraîches de Blake sur ma nuque et il empoigna ma veste. De nouveau, mon corps fut extrêmement docile. Pendant que je me demandais ce qui lui prenait, le tissu glissait sur mes bras, me laissant en chemisier réglementaire.

— Andrew, murmurai-je, tétanisée.

— Pour les colliers, expliqua-t-il. Vous serez plus à l'aise.

Quelques secondes plus tard, je sentis le contact froid d'un bijou autour de mon cou. Le pendentif, succession de boucles de diamants et d'or rose, tomba devant moi. Je penchai la tête, admirant le collier. Les doigts d'Andrew Blake travaillèrent derrière moi, caressant ma peau. Il se pencha au-dessus de mon épaule, évitant cette fois tout contact, et me demanda de me tourner :

— Vous permettez ?

Je hochai la tête, l'esprit complètement embrumé. Ses mains se posèrent sur mon chemisier et il en défit le premier bouton.

— Nous sommes toujours dans le cadre d'un entretien strictement professionnel, Kathleen, me rappela-t-il avec un petit sourire.

— C'est évident... Sinon, je ne vous aurais pas laissé faire.

— Le « sans condition » était vraiment trop présomptueux. Comment ai-je pu croire que des fleurs vous suffiraient ?

— Elles étaient superbes.

— Mais pas aussi belles que ce collier, n'est-ce pas ?

Il défit un second bouton et écarta doucement les pans de mon chemisier. Le pendentif tomba sur ma peau, se nichant à la naissance de mon décolleté.

— N'est-il pas magnifique ? nous interpella Nelson.

— Le modèle est en effet superbe, répondit Blake en me fixant. Votre teint est parfait.

Son index longea la chaîne à petits maillons, traçant un chemin brûlant sur ma peau, avant d'atteindre le pendentif. Il le suivit à son tour, entraînant mon cœur dans une cadence infernale. Je me mordis les joues, espérant calmer la chaleur qui s'emparait de mon ventre. Haletante, je fermai les yeux, priant pour survivre. Mais il ne s'arrêta pas.

Après le pendentif, il suivit le creux de mes seins et le caressa furtivement. Je me sentais faible, molle, soudainement fatiguée d'avoir tant lutté pour lui résister et faire bonne figure. Je serrai les poings, me maintenant à une corde invisible.

Brutalement, la caresse cessa. Il retira son doigt et je rouvris les yeux.

Il était toujours devant moi.

Les joues rouges, le souffle court et la bouche sèche, je titubai légèrement avant de me retenir au fauteuil.

— Je crois que j'ai fait mon choix, murmura-t-il. Elégance, discrétion...

— ... unique, ajoutai-je en m'humectant les lèvres.

— Evidemment. Que choisiriez-vous pour vous-même ?

— Je... Je n'ai pas les moyens, marmonnai-je en essayant de reprendre mes esprits.

— C'est un cadeau. Dites-moi... Qu'est-ce qui vous ferait plaisir ? Je ne voudrais pas commettre d'impair avec cette femme.

De l'index, je désignai les boucles d'oreilles devant moi.

— Choix judicieux, déclara Nelson dans un sourire en prenant les boucles pour les emballer.

— Oui. Ceci dit, je crois que je vais plutôt prendre le bracelet.

— Oh... Comme vous désirez.

Il reposa les boucles et prit le bracelet pour le glisser dans un écrin en velours noir, rehaussé du nom de la marque.

— Mais..., murmurai-je, presque hagarde.

— Merci d'avoir fait le modèle. Ma mère sera ravie de savoir que vous avez œuvré à son cadeau d'anniversaire.

— Son... cadeau ? Votre... mère ? bégayai-je, stupéfaite.

— Ma mère, oui. Qu'aviez-vous imaginé ?

Je fronçai les sourcils et tentai de me composer un masque de parfaite indifférence. J'avais la sensation d'avoir été propulsée du haut d'une montagne russe et me trouvais maintenant en pleine perdition, oscillant entre la détestation et l'envie de le féliciter pour son jeu d'acteur.

Machinalement, je posai mes doigts sur le collier, toujours autour de mon cou. Je me sentais incroyablement ridicule. Comment avais-je pu me laisser embarquer dans cette histoire ? Il agissait en homme prévenant et, la seconde suivante, il était juste l'homme puissant et arrogant. Je passai la main sur ma nuque, tentant de trouver le fermoir.

— Laissez-moi faire, proposa-t-il.

Sans me laisser le temps de répondre, il se pencha sur moi et ses mains entourèrent mon cou. Son visage était à quelques centimètres du mien. Mon cœur reprit son rythme effréné pendant que ma respiration devenait laborieuse. De nouveau, je titubai et, instinctivement, posai mes mains sur son torse pour éviter de tomber.

Je sentis ses muscles se tendre puis, tout de suite après, il étouffa un rire. J'enchaînais visiblement les gaffes ce soir. Je baissai la tête, fixant mes doigts crispés sur sa chemise.

— Voilà qui n'est pas très professionnel, Kathleen, murmura-t-il tout en effleurant mon cou.

— Retirez-moi ce collier, grondai-je.

— Un peu de patience, murmura-t-il. Je veux faire les choses correctement.

Il se recula et reposa le bijou sur la table. Du coin de l'œil, je vis Nelson ranger son matériel. Blake se dirigea vers lui et confirma son choix du bracelet. Je me réinstallai dans le fauteuil, attendant la fin de cette soirée. Je jetai un regard à ma montre avant de soupirer.

— Nous avons encore un peu de temps, si cela vous inquiète, se moqua Blake.

— De toute évidence, même si les deux heures étaient écoulées, ça ne serait pas un problème pour vous !

— Certes. Mais je suis un peu déçu de constater une telle impatience. La soirée me semblait plutôt agréable.

Il raccompagna Nelson à la porte, le remerciant de son déplacement. Il glissa l'écrin du bracelet dans sa poche avant de revenir à ma hauteur. Je fixai son visage et, effectivement, notai une pointe de tristesse dans ses yeux.

— Je suis certaine que le bracelet lui plaira, lançai-je pour détendre l'atmosphère en me relevant.

— Je pense aussi. Je dîne avec elle demain soir.

Le dîner pour deux... Avec sa mère. Le soulagement me parcourut, mais une pointe d'amertume me piqua l'estomac.

J'étais déçue.

Il y eut un silence pendant lequel il me fixa avec intensité. Je rougis légèrement, me tordant les mains dans un ultime supplice.

— Je vais retourner à mon poste, monsieur.

— Andrew, rectifia-t-il d'une voix sèche.

— Andrew, répétai-je dans un murmure.

Soudain, je sentis sa main se poser sur ma joue, et il me fit lever le visage vers le sien.

— De toutes les fois où vous avez prononcé mon prénom, je crois que c'est celle-ci que je préfère.

Je souris, mi-surprise mi-heureuse. Il avait retrouvé cet éclat de joie dans le regard. Il me sourit à son tour et, après avoir effleuré ma joue de son pouce, me libéra.

— Merci pour cette soirée, dit-il doucement. Je vous raccompagne.

De nouveau, comme si tout était normal et réglé entre lui et moi, il posa sa main dans mon dos et me guida jusqu'à la sortie.

— Je vous souhaite une bonne nuit, murmura-t-il en prenant ma main pour la porter à ses lèvres.

— Je... Merci..., balbutiai-je en fixant sa bouche juste au-dessus de ma peau. Bonne nuit à vous aussi, Andrew, ajoutai-je en passant le seuil.

Il referma la porte derrière moi et je marchai difficilement en direction des ascenseurs. Je rejoignis mon poste, encore dans le coton, et retrouvai Lynne.

— Dieu du ciel, tu aurais pu au moins te rhabiller après ta séance réglementaire de sexe avec lui !

Je baissai les yeux sur ma tenue, constatant que mon chemisier était toujours ouvert et que j'avais laissé ma veste dans la suite. Je pestai contre mon oubli et fis demi-tour, sous le regard pétillant de ma collègue.

Devant sa porte, je soupirai un grand coup avant de toquer. Andrew Blake vint m'ouvrir et ma respiration s'arrêta instantanément. Si j'avais pu survivre à Andrew Blake en chemise et pantalon de travail, la vision d'Andrew Blake en T-shirt et maillot de bain risquait de me hanter longtemps.

De nouveau, il avait son téléphone à l'oreille, et ses sourcils se soulevèrent en me voyant revenir.

— Je... J'ai... Ma veste, expliquai-je, rouge coquelicot, tout en me dirigeant vers le fauteuil où elle reposait.

— Parfait, Janet... Tiens-moi au courant.

Je sentis le regard de Blake sur moi, un demi-sourire accroché à ses lèvres, pendant que je renfilais maladroitement ma veste.

— Votre col, murmura-t-il en désignant mon chemisier tout en décalant son téléphone.

Les doigts tremblants, je fermai les deux boutons qu'il avait ouverts et me ruai dehors.

— Je t'embrasse aussi. Embrasse David pour moi, reprit-il, les yeux toujours rivés sur moi.

— Toutes mes excuses, marmottai-je.

— Je dois te laisser. Une urgence... professionnelle, sourit-il avant de raccrocher.

Je l'entendis poser son téléphone alors que je sortais de la suite. Je courus pratiquement jusqu'à l'ascenseur, espérant m'y cacher. J'appuyai frénétiquement sur le bouton d'appel, priant tous les dieux que je connaissais pour qu'il arrive au plus vite. Maudissant la machine de ne pas être à l'étage, je tapai nerveusement du pied.

Derrière moi, j'entendis la porte de la suite se refermer, puis des pas étouffés par la moquette épaisse venir vers moi.

— Cela vous dérange-t-il si nous partageons l'ascenseur ? demanda Blake en se postant près de moi.

— Euh... non.

J'appuyai de nouveau comme une folle sur le bouton d'appel, cherchant à canaliser ma nervosité. Malgré tous mes efforts pour résister, mon regard était appelé par l'homme près de moi. Je louchai discrètement vers lui, constatant qu'il avait revêtu un bas de jogging et qu'il fixait les portes de l'ascenseur. Quand enfin le « ding » résonna, je me précipitai à l'intérieur, oubliant toute forme de politesse envers mon client.

— Etes-vous si pressée de retrouver votre poste ? s'amusa-t-il en me regardant.

— Oui. J'ai... du travail, mentis-je.

Je tapai de nouveau du pied, levant les yeux vers le décompte des étages. Cet ascenseur n'avait jamais été aussi lent.

— Comment va votre petit ami ? demanda-t-il brutalement.

— Bien. Il est... en visite... chez un ami.

— Oh... Vous êtes donc, comment dire, libre ?

— Il revient après-demain, intervins-je. Nous allons au théâtre.

— Y a-t-il un moyen de vous en empêcher ?

— Nos places sont réservées, soufflai-je, atterrée par sa demande.

— Je ne parlais pas du théâtre.

Je me tournai vers lui, scrutant son visage. Il était sérieux. Vraiment sérieux. Le souffle coupé, je secouai la tête, ne sachant pas quoi répondre.

— Alors ? demanda-t-il de nouveau. Est-ce possible de vous en empêcher ?

— Il y a des façons plus courtoises de demander à une femme de sortir avec vous !

— Kathleen, ne me faites pas croire que vous accepteriez de sortir avec moi si je vous le demandais.

— Donc vous préférez l'idée que j'écarte Dan pour... vous.

— Ça serait tellement flatteur.

J'éclatai de rire, de plus en plus stupéfaite par sa façon d'agir. Il pencha la tête, visiblement surpris lui aussi par ma réaction. Nous arrivions au rez-de-chaussée et j'en étais soulagée. Les portes s'ouvrirent et je sortis de la cabine, toujours amusée par son point de vue. Il me suivit et agrippa ma main pour me retenir.

— Vous n'avez pas répondu, sourit-il en me fixant.

— Et je ne le ferai pas. C'était incroyablement déplacé et mal venu. Même pour vous.

— C'est un non alors ?

— Complètement, ris-je de nouveau. Vous devriez revoir vos méthodes pour inviter une femme à sortir.

Il me relâcha et ses yeux s'assombrirent. Je reculai légèrement, me rappelant soudain qu'il était aussi un client de l'hôtel.

— Je vais y réfléchir, murmura-t-il. Par quoi devrais-je commencer selon vous ? me questionna-t-il sérieusement.

— Par éviter les moyens détournés.

— Oh... Donc vous le demander directement pourrait fonctionner ?

— J'ose espérer qu'il ne s'agit que d'une question rhétorique, m'étonnai-je.

— Pas vraiment. Répondez-moi.

— Je sors avec quelqu'un.

— Et ça vous empêche de répondre à ma question ? Quel genre de relation entretenez-vous avec lui au juste ?

De nouveau, il pencha la tête, se parant d'un sourire ironique.

Je n'aimais pas sa manière d'agir, sa façon de juger le moindre de mes agissements, de parasiter ma vie et d'en faire un enfer permanent dès qu'il venait ici.

— Oui, ça peut fonctionner ! assénai-je en ignorant

volontairement sa dernière remarque. Et pas qu'avec moi, ajoutai-je en espérant être claire.

— Pour l'instant, vous seule m'intéressez.

Et sur un dernier sourire, il me contourna et partit sur la gauche pour se rendre à la piscine. Estomaquée, je restai figée dans le hall, fixant stupidement le mur blanc face à moi.

Après quelques secondes, je retrouvai Lynne, passablement agacée d'être encore au travail à cette heure.

— Je suis trop épuisée pour te soumettre à un interrogatoire, mais il faudra que tu me rendes des comptes un jour.

— Franchement, il n'y a rien à dire.

— Kat, je suis peut-être fiancée, mais je ne suis pas aveugle. Andrew Blake est l'homme le plus sexy de la ville, peut-être même de l'Etat, et il ne sourit qu'à toi !

— Beaucoup de mes clients me sourient, Lynne.

— Et combien te convoquent dans leur chambre ?

— C'est juste de l'arrogance. Il a du mal à caser son ego dans cette monstrueuse suite.

— Il se passe un truc, Kat. Tu peux le nier tant que tu veux, j'ai raison !

— Parfait ! Je l'admettrai quand tu admettras que j'ai raison au sujet de Philip.

Prête à riposter, elle plissa les yeux.

— C'est un coup bas !

— Je sais... Mais je sors de deux heures de lutte avec Blake, et il faut croire qu'il déteint sur moi !

— C'est une manière détournée de me dire que vous vous êtes frottés l'un à l'autre ?

— Rentre chez toi, Lynne ! lui ordonnai-je en lui calant son sac contre sa poitrine.

— Tu ne veux pas répondre ?

— Tu sais quoi ? Tu t'entendrais à merveille avec Blake ! Vous êtes aussi tordus l'un que l'autre !

Elle rit doucement et m'embrassa sur la joue avant de quitter l'hôtel. Malgré mes efforts, j'eus toutes les difficultés du monde à me concentrer sur mon travail. Aussi, quand Angela m'apporta un thé, je lui fus reconnaissante qu'elle ne me pose pas de questions. D'une part, je me sentais épuisée par toute cette soirée, et d'autre part, je n'aurais sûrement aucune réponse à lui offrir.

Chapitre 12

A 6 h 30 tapantes, j'entrai dans la suite de Blake avec son café matinal. Je fus surprise qu'il ne m'ouvre pas mais, en entendant le bruit de la douche, je compris pourquoi. J'en profitai pour déposer le plateau sur la table en vitesse, mais trébuchai et tombai dans ma précipitation. Alors que je détestais les objets de s'être ligués contre moi, je me redressai péniblement sur mes mains.

— Etes-vous blessée ? s'inquiéta une voix près de moi.

— Juste dans ma fierté, grommelai-je.

Il me prit le coude et m'aida à me relever. Calée contre son corps, encore humide de sa douche, je soupirai doucement.

— Tout va bien ? Vous êtes sûre ? demanda-t-il de nouveau en scrutant mon visage.

— Oui... Je... J'ai juste... trébuché bêtement.

Il me relâcha et je m'écartai de lui. Son corps chaud me manqua presque instantanément et je baissai les yeux pour ne pas me laisser distraire.

— Je vous souhaite...

— Kathleen, je voulais m'excuser d'avoir été si grossier hier soir. Ma remarque était déplacée et...

— Je vous en prie, balayai-je rapidement. Ce n'était rien.

— Non, ce n'était pas rien, me coupa-t-il doucement pendant qu'il relevait mon menton du bout de son index. Je vous l'ai déjà dit, je ne cherche pas à vous manipuler.

Il y eut un court silence pendant lequel il me fixa avec une intensité nouvelle. Lentement, je vis son visage se rapprocher du mien. Ma conscience m'ordonnait de fuir cet endroit, de m'écarter au plus vite, mais mon corps était attiré par le sien, aimanté par du désir et de la rage.

Je retrouvai son regard brillant. Avec émotion, je m'aperçus que le masque d'arrogance avait disparu. Il était sincère, vrai et juste devant moi.

— Je... Je dois... partir, balbutiai-je en me reculant pour fuir vers la porte.

— Kathleen, attendez, je dois vous...

— Bonne journée, monsieur Blake! lançai-je automatiquement.

Je retournai à mon poste, une boule d'angoisse nichée au creux de l'estomac. Je ne savais plus quoi faire, quoi dire, ni comment réagir. Hier soir, je le détestais. Et voilà que maintenant... je n'y arrivais plus. Je secouai la tête et commandai un expresso serré pour me remettre les idées en place.

A 7 heures du matin, Dan me surprit en entrant dans l'hôtel. Mais mon sourire s'effaça très vite. Ses yeux sombres et son visage fermé annonçaient qu'il était dans un mauvais jour. Il avança vers moi à grandes enjambées et, à peine arrivé à ma hauteur, lança un journal sur mon bureau.

— C'est quoi ça? me demanda-t-il fermement.

Je pris le quotidien, découvrant l'exemplaire du *New York Times* où je figurais. J'avais cru échapper à sa colère en lui cachant la vérité, mais maintenant elle semblait décuplée.

— Dan, ce n'est pas ce que tu crois, débitai-je avec le peu de calme qui me restait.

— Vraiment? Je trouve une photo de ma petite amie dans le journal, je lis qu'elle est « une amie d'Andrew Blake », mais ce n'est pas ce que je crois!

— Je suis allée à cette réception, mais...

Je me mordis la langue. Est-ce que je pouvais encore lui mentir et lui dire qu'il ne s'était rien passé ? Au-delà du baiser chaste que j'avais échangé avec Blake, il s'était visiblement passé quelque chose ce soir-là. Une sensation indéfinissable, un lien presque invisible qui me connectait désormais à lui.

— C'était pour le travail, dis-je, honteuse.

— Kat, s'il se passe quelque chose avec lui, je veux savoir. Je veux...

— Rien... Blake n'est rien pour moi. Je t'en prie, il faut que tu me croies. C'est juste un client, ajoutai-je en contournant le bureau pour le rejoindre.

Ses mâchoires se décrispèrent légèrement, mais je n'arrivais pas à capter son regard.

— Dan, s'il te plaît.

Je pris ses mains dans les miennes, m'approchant autant que possible de lui. La colère semblait irradier de son corps et je ne savais pas si j'arriverais à l'apaiser cette fois. Je me calai dans ses bras, espérant que mon étreinte suffirait à le convaincre totalement.

— Je... Je t'aime beaucoup, Kat, murmura-t-il en m'entourant de ses bras musclés.

— Moi aussi. Mais il faut que tu aies confiance.

— C'est en lui que je n'ai aucune confiance ! riposta-t-il aussitôt.

— Il sera parti dans quelques jours. D'ici là, laisse-moi agir au mieux. Et tu te rappelles notre week-end ? le questionnai-je avec joie.

— Je ne veux pas être un second choix, Kat.

— Tu n'as aucune raison de t'inquiéter. Alors, ce week-end ?

— Cette histoire de peau de bête et de cheminée ?

— Exactement. Cette peau de bête me séduit finalement, soulignai-je avec un sourire.

Je posai mes lèvres sur les siennes dans un baiser furtif et il me serra contre lui. Le hall de l'hôtel n'était pas l'endroit idéal pour des effusions. Je m'écartai donc, indiquant à Dan que mon service finissait dans une heure et que j'allais le rejoindre chez lui.

— Je vais plutôt t'attendre... et te faire la conversation ! plaisanta-t-il en s'installant devant moi.

— Comme tu veux. Ton père est arrivé ?

— Je le récupère à l'aéroport vers midi et ensuite je le jette au Yankee Stadium.

— Y a un match ce soir ?

— Demain.

Alors que j'allais demander plus de détails, Andrew Blake, un sourire parfait mais forcé sur les lèvres, apparut devant mon pupitre. Dan recula légèrement, se perdant dans la lecture du *New York Times* dans lequel j'apparaissais.

— Monsieur Blake, que puis-je pour vous ?

— Tout un tas de choses, j'en suis certain, sourit-il en me fixant droit dans les yeux.

Je réprimai un gémissement et mes muscles se tendirent. Je n'étais pas encore remise de ma visite dans sa suite, et encore moins de ma conversation avec Dan.

— Mais pour le moment, je vais me contenter de choses abordables. Un taxi, je vous prie, demanda-t-il en appuyant ses avant-bras sur mon pupitre.

Je fis un geste rapide en direction du groom pour qu'il fasse arrêter un taxi. Blake dégaina son téléphone portable devant moi et il me sembla qu'il consultait son planning.

— Ma mère arrive ce soir. Mais je pense que vous aurez déjà pris votre service. Pourriez-vous l'accompagner à la table que j'ai réservée ?

— Sans problème, monsieur.

— J'espère que son cadeau lui plaira, ajouta-t-il en me faisant un clin d'œil.

Je coulai un regard vers Dan. Ce dernier avait lâché son journal et observait Blake avec une lueur de colère dans les yeux. Je priai pour qu'il se tienne et évite un scandale. Il serra les mâchoires et donna un coup violent sur mon pupitre.

— Il faut que j'y aille ! asséna mon petit ami.

— Mais je croyais que...

— Je vais te laisser finir ton service, me coupa-t-il sèchement. On se retrouve au même endroit que d'habitude?

— Je... euh... Oui, balbutiai-je. Mais tu vas au stade avec ton père ensuite?

— Je ne sais pas. Les places vont être chères... A tout point de vue, ajouta-t-il en riant. Mais mon père est un homme plein d'espoir, persuadé qu'il peut nous dégoter des places.

— Comment ça « nous »? m'étonnai-je. Mais enfin, Dan, nous devions aller au théâtre, râlai-je, pas heureuse de passer après les Yankees.

— Et nous irons, me rassura-t-il. Franchement, il n'y a aucune chance que mon père nous trouve des tickets. Garde notre réservation, et après la pièce je t'amène au restaurant.

J'opinai, rassurée par son sourire éblouissant. Il recula, puis quitta l'hôtel sans un mot de plus. Mal à l'aise, je retournai mon attention sur Blake. Je n'avais jamais apprécié de me donner en spectacle, et devant un client — ce client — c'était encore pire.

— Il a raison, gardez vos places pour le théâtre, celles pour les Yankees vont s'arracher à prix d'or, lança-t-il tout en pianotant sur son téléphone.

— Même s'il avait des places, je sais que Dan viendrait avec moi au théâtre, dis-je, confiante.

— J'ai comme la sensation que vos centres d'intérêt sont légèrement divergents, ironisa-t-il.

— Absolument pas. Puis-je faire autre chose pour vous?

— Sortir avec moi est toujours exclu? s'enquit-il très sérieusement.

— Plus que jamais!

— Dans ce cas, non. Vous ne pouvez plus rien.

Le groom me signala l'arrivée du taxi et je donnai l'information à Blake.

— Parfait. A ce soir, Kathleen.

— A ce soir, monsieur Blake.

Il composa un numéro sur son portable et entama une

vive conversation. Je devinai tout de même qu'il appelait son collaborateur le plus proche, Nathan, se moquant éperdument qu'il soit victime du décalage horaire.

Il se dirigea doucement vers la porte tambour.

— Il faut que tu m'aides, lâcha-t-il dans un rire. Oui, maintenant. Et non, cela ne peut décemment pas attendre ! ajouta-t-il en se tournant vers moi.

Près d'une heure après mon arrivée, Annah Blake se présenta devant moi, splendide dans une robe noire lui arrivant juste en dessous du genou.

— Kathleen, je suis ravie de faire enfin votre connaissance ! se réjouit-elle.

Interdite, je la fixai tandis qu'elle tendait vers moi une main aux ongles parfaitement manucurés. Décidément, j'avais pris pour habitude de snober les Blake.

— Madame Blake, la saluai-je poliment en saisissant finalement sa main.

— J'ai vu votre photo dans le *New York Times*, expliqua-t-elle.

— Oh ! Cette photo ! dis-je avec un sourire.

— Cette photo, oui. Enfin une femme qui soutire un vrai sourire à mon fils. Je suis très impressionnée. Par ailleurs, Andrew ne tarit pas d'éloges à votre sujet.

— Il doit très certainement exagérer, soufflai-je, mortifiée.

— Faites-moi plaisir et laissez-le faire. Cela fait des mois que je n'ai pas vu mon fils aussi... heureux. Avez-vous des enfants ?

— Non, madame.

— C'est généralement le vœu des mères : que leur enfant soit heureux. Je suis ravie que vous partagiez sa vie.

Son regard pétillant et sa liberté de ton me figèrent. Elle pensait réellement que j'entretenais une relation avec son fils.

— Madame Blake, je crains qu'il y ait un malentendu.

J'accompagnais votre fils à cette réception, mais n'y voyez rien de personnel. Il reste avant tout un client.

Il y eut un court silence pendant lequel elle me fixa, incrédule. Je n'aurais su dire si elle se sentait plus gênée que stupéfaite. Visiblement, il y avait vraiment un malentendu.

— Je pensais que... Enfin, sur cette photo, vous alliez si bien ensemble!

— Non, madame. Je vous accompagne à votre table? ajoutai-je pour disperser le moment de malaise entre nous.

— Kathleen...

— Kat, la coupai-je rapidement en contournant mon pupitre.

— Je ne voulais pas vous mettre mal à l'aise.

— Ne vous inquiétez pas. C'est plutôt la spécialité de votre fils.

Elle rit doucement et secoua la tête, sûrement au rappel d'un vieux souvenir. Puis, soudain, elle me fixa et me sourit avec satisfaction.

— Kat, je ne veux pas vous effrayer, mais je crains qu'il ne s'agisse que d'un comportement habituel pour mon fils. Il aime tourmenter les gens.

— Oh... Je l'ai compris, rassurez-vous. Je fais désormais de mon mieux pour contrer ses attaques.

— Ne faites pas ça! s'amusa-t-elle.

— Et pourquoi?

— J'ai l'impression que vous lui plaisez beaucoup. Kat, la seule chose à craindre d'Andrew, c'est son indifférence. Plus vous le provoquerez, plus vous susciterez son attention.

— Je ne le provoque pas, me défendis-je.

— Vous lui plaisez et vous le considérez comme un simple client. Dans le monde d'Andrew, c'est de la provocation. Mon fils s'entoure de peu de personnes, sa confiance est... difficile à gagner. Il est particulièrement buté et il sait ce qu'il veut.

Elle orienta son regard vers moi, me faisant instantanément rougir.

— Si vous espérez vous débarrasser de mon fils en « contrant ses attaques », vous vous trompez lourdement. Bientôt, il refusera de quitter votre vie.

Elle me fit un sourire compatissant, presque coupable, et nous gagnâmes le restaurant dans le silence le plus complet. Un de nos serveurs la conduisit à sa table et, après un dernier sourire, je regagnai mon poste dans le hall.

J'eus à peine le temps de valider les réservations à venir que Blake apparut devant moi, un sac Cartier à la main. Le souvenir de la soirée d'essayage me revint en tête et je souris malgré moi. Je m'étais vraiment fait avoir comme une idiote.

— J'ai accueilli votre mère et l'ai fait installer, il y a environ vingt minutes, annonçai-je.

— Vingt minutes ? Dites-moi qu'elle était en avance ! Je déteste quand elle me sermonne sur mon impolitesse.

— Elle était en avance, en effet, le rassurai-je.

— Bien. Comment suis-je ? me demanda-t-il en relevant la tête pour que je puisse voir son col.

— Parfait. Comme d'habitude, ajoutai-je avant de m'apercevoir que j'avais parlé plus vite que mon cerveau ne me l'ordonnait.

— Méfiez-vous, je prends rapidement goût aux compliments.

— C'est en effet ce que votre mère m'a dit.

Il fronça les sourcils et un silence complice s'installa entre nous.

— Dois-je m'inquiéter d'autres confidences de ma mère ?

— Non. Ici, c'est un peu comme chez le médecin, le secret professionnel prime.

— Oh... Donc ce qui se passe au Peninsula reste au Peninsula ? s'enquit-il en penchant la tête avec amusement.

— En effet, soufflai-je dans un nouveau rougissement.

— Je crois que je suis définitivement sous le charme... de cet hôtel, compléta-t-il alors que je pâlissais à une vitesse hallucinante. Bonne soirée, Kathleen ! lança-t-il en s'éloignant en direction de l'ascenseur.

Sous le choc, je fixai sa silhouette. Sa mère avait raison.

Plus j'entrais dans son jeu, plus il entrait dans ma vie. Mais c'était ma dernière nuit de travail. Mes plans pour le lendemain tenaient en un mot : Dan.

Dan et moi devions nous retrouver au Peninsula environ une heure avant la pièce. Pour l'occasion, j'avais revêtu une petite robe noire, maintenue autour de mon cou par un nœud de satin. La moitié de mon dos était donc nue. Par expérience, je savais que Dan aimait cette robe, que je trouvais à la fois sexy et habillée. Je voulais que cette soirée n'appartienne qu'à nous. J'avais besoin de sa chaleur et de sa prévenance.

Je m'installai au bar, discutant avec Angela. Je scrutais la porte d'entrée, assez nerveuse, espérant ne pas tomber nez à nez avec Blake. Son planning indiquait un dîner à l'hôtel et je craignais de le voir débarquer.

Après dix minutes d'attente, je m'impatientai sérieusement. Dan avait précisé qu'il serait à l'heure, quittant son service suffisamment tôt pour notre rendez-vous. Je tirai mon téléphone de mon sac à main mais constatai avec tristesse qu'il n'avait pas appelé.

— Kathleen! Quelle bonne surprise de vous trouver ici! Ne m'aviez-vous pas dit que vous alliez au théâtre ce soir?

— En effet, marmonnai-je, déjà agacée.

Je regardai de nouveau mon téléphone, puis tournai la tête vers la porte. Il fallait qu'il arrive maintenant.

— Un verre de cabernet, je vous prie, commanda Blake près de moi.

— Tout de suite, monsieur.

— Puis-je m'installer près de vous?

J'opinai, de plus en plus nerveuse et agacée par la situation qui se profilait. Si Dan me trouvait en pleine conversation avec Blake, la soirée serait ruinée.

— Qu'allez-vous voir? demanda-t-il pendant qu'Angela lui ramenait son verre.

— Une pièce de Wilde sur Broadway.

— Vous allez finir par être en retard, dit-il en jetant un œil à sa montre.

— Nous prendrons un taxi, éludai-je rapidement. N'aviez-vous pas un dîner de prévu ?

— Si... Dans vingt minutes. Mais mes plans sont ajustables.

— Voilà qui n'est pas très sympathique pour votre invité.

— Je suis ponctuel. C'est ma meilleure arme.

— Il va arriver, marmonnai-je en me tournant de nouveau vers la porte.

— Peut-être a-t-il eu un empêchement ? proposa Blake en sirotant son verre.

Je pris une gorgée du vin blanc que m'avait servi Angela. Cette dernière avait eu la discrétion de nous laisser seuls.

— Vous êtes très élégante, murmura Blake en se penchant vers moi.

— Je... euh... Merci.

Je vérifiai mon téléphone, espérant y voir un message rassurant de la part de mon petit ami. J'envisageai un bref instant d'aller directement au théâtre et lui demander de m'y rejoindre.

— Ma mère a beaucoup aimé son cadeau.

— Ah... Je... Je suis ravie pour elle. Le bracelet était superbe en effet.

— Et il aurait été encore plus beau sur vous, chuchota-t-il en posant sa main sur la mienne.

Je plantai mes yeux vibrants de colère contenue dans les siens, espérant qu'il comprendrait que ce n'était pas le moment. La nervosité fit place à la panique et mon cœur partit dans son désormais habituel marathon. Andrew Blake me fit un demi-sourire et, les yeux rivés sur les miens, porta ma main à ses lèvres et l'embrassa doucement.

— Nettement plus beau, déclara-t-il en la reposant doucement sur le bar.

— Dan ne va pas tarder, soufflai-je sans vraiment y croire.

— Laissez-moi profiter de cet instant avec vous. Qui sait quand un tel moment se reproduira ?

— Vous n'avez pas planifié votre prochain séjour ?

— Pas encore. J'attends d'avoir plus d'éléments en main pour m'organiser. Je ne voudrais pas faire un aller-retour pour... rien, ajouta-t-il en quittant mon regard.

Mon ventre se tordit douloureusement. J'avais pris l'habitude de sa présence ici. Et même s'il m'horripilait, même s'il était d'une arrogance sans nom, j'aimais le savoir ici. J'aimais être à son service. J'aimais lui apporter son café le matin, juste pour apprécier son sourire.

— Le Peninsula sera ravi de vous accueillir de nouveau, tentai-je.

— Le Peninsula, je sais. Mais vous ?

— Je travaille ici, donc...

— C'est à vous que je le demande, pas à la concierge.

Je baissai les yeux sur mes mains qui entouraient mon verre à pied. Le retard de Daniel passa au second plan. Ce qui m'importait pour le moment, c'était de savoir s'il allait revenir.

— J'en serais ravie aussi, Andrew, avouai-je en rougissant.

— Sans condition ? s'enquit-il avec un sourire heureux.

Je lui fis un faible sourire, hésitante sur la réponse à lui donner. J'avais vraiment envie de lui donner raison. Mais d'une part, je n'approuvais pas ses méthodes à mi-chemin entre le mensonge et la manipulation, et d'autre part, j'avais Dan.

— Je vais prendre ça pour un oui. Vous aurez ma réservation ferme demain matin pour dans quinze jours.

— Vous n'avez jamais envisagé d'aller ailleurs, n'est-ce pas ?

— Où pourrais-je aller quand vous êtes là ? D'autant plus quand vous êtes là, sans condition.

— Vais-je encore recevoir des fleurs ? plaisantai-je.

— Je vous offre la boutique si vous le désirez.

— Y a-t-il, en ce bas monde, quelque chose qui vous arrête ?

— A ma connaissance, rien... Mais j'attends une dernière confirmation pour être vraiment confiant.

Je fronçai les sourcils, cherchant à comprendre. Blake reprit de son vin et je sursautai presque quand mon téléphone sonna enfin.

— C'est Dan, dis-je à Blake en prenant l'appel.

— Le retardataire, ironisa-t-il.

Je levai les yeux au ciel et posai mon index sur mes lèvres pour lui intimer de se taire. Blake se concentra sur son verre pendant que je lui tournais le dos pour répondre à Dan :

— Où es-tu ? lui demandai-je, de nouveau énervée.

— Kat, mon père a eu des places pour le match.

— Quel match ? m'agaçai-je.

— Celui des Yankees. Je t'en ai parlé hier.

— Mais je croyais qu'il avait attendu pour rien ! criai-je.

— Moi aussi... Mais il a participé à un concours à la billetterie et il a gagné ! m'annonça-t-il, très enthousiaste.

— Et donc tu me plantes pour aller au stade ? râlai-je.

— Kat !

— Dan, je suis à l'hôtel, je t'attends depuis presque vingt minutes et tu viens de m'apprendre que tu vas voir un match avec ton père !

— Kat, il s'agit juste du hasard... Papa a eu de la chance, ça serait dommage de ne pas en profiter.

Derrière moi, j'entendis Blake nous commander un second verre. Je pivotai sur mon siège et le regardai. Il semblait perdu dans ses pensées, fixant son verre, presque statufié sur son tabouret.

— Je suis désolé, ma beauté... Mais c'est promis, je serai à toi tout le week-end.

— Dan, soupirai-je. Je... Je suis déçue, c'est tout.

— Tu ne m'en veux pas ? demanda-t-il avec une trace de remords dans la voix.

— Non... Va voir ton match. Tu passes demain matin ?

— Sans faute.

Je raccrochai après l'avoir embrassé. J'étais déçue, mais je comprenais qu'il voulait passer du temps avec son père. Nous nous rattraperions pendant notre week-end en amoureux.

Je pris une gorgée de mon verre de vin, tentant d'oublier ma déception.

— Plantée pour un match ? On peut dire que votre petit ami est d'une rare élégance ! railla-t-il.

— Ce n'est rien. Nous passons le week-end ensemble de toute façon.

— A sa place, je n'oserais pas vous laisser non accompagnée. D'autant plus dans cette tenue, ajouta-t-il en jetant un œil sur ma robe.

— Je sais me défendre seule. Et ce n'était pas franchement prévu... Son père a eu de la chance et a gagné des places.

— Je vois, souffla-t-il pendant qu'un sourire se dessinait sur ses lèvres.

Je l'observai un instant. Quelque chose avait changé. Il s'était redressé et m'examinait, le regard pétillant.

— Décidément, cet homme a beaucoup de chance, lâcha-t-il dans un sourire.

— Son père, corrigeai-je. Et ça ne m'empêchera pas d'aller au théâtre.

— Oh... Je vais donc profiter de cette... soirée de chance. Puis-je vous accompagner ?

— Andrew, je ne crois pas que...

Son petit sourire en coin m'interrompit instantanément. Ce n'était pas la chance, c'était lui... Les billets, l'absence de Dan... Il avait encore joué de son pouvoir.

— Vous avez osé ? m'écriai-je avec rage.

— Je vous demande pardon ?

— Vous saviez que je tenais à cette soirée, vous étiez là quand Dan a parlé de ce match.

— Kathleen, je ne vois pas du tout de quoi vous parlez ! sourit-il.

— Ravalez votre sourire, Blake. Je n'arrive pas à croire que vous ayez gâché cette soirée !

Ivre de rage, je descendis de mon tabouret et filai en direction du hall. Derrière moi, j'entendis ses pas rapides tandis qu'il m'interpellait, criant mon prénom pour que je m'arrête. Il finit par me rattraper, me saisissant par le poignet, et m'entraîna dans un recoin. Acculée contre le mur, mue par la rage, le souffle court, je plantai mon regard dans le sien alors qu'il appuyait ses mains contre le mur, de part et d'autre de mon visage.

— Pourquoi faites-vous ça ? grondai-je.

— Parce que vous ne me laissez pas le choix !

— Il y a quantité de femmes, rien que dans cette ville, qui seraient prêtes à embrasser le sol que vous foulez... Fichez-moi la paix !

— Sortez avec moi.

— Hors de question !

— Sortez avec moi, répéta-t-il, sûr de lui. Sortez avec moi et je promets de vous laisser tranquille si vous ne souhaitez plus me revoir ensuite.

J'éclatai de rire. J'étais dans une colère noire et cet homme me proposait enfin une solution pour me débarrasser de lui. Ses yeux vert jade me fixaient avec intensité. Son souffle était court et, malgré moi, je notai la chaleur et la pression de son corps contre le mien.

— Je ne peux pas croire que vous me fassiez une proposition honnête ! lâchai-je dans un rictus.

— Mes propositions ont toujours été honnêtes. Mais vous êtes sûrement la fille la plus têtue que je...

— D'accord, murmurai-je.

— D'accord ? répéta-t-il, abasourdi.

— D'accord. Une soirée et ensuite vous me laissez tranquille.

— Si vous êtes déçue, me prévint-il.

— Vous ne doutez jamais de vous ? demandai-je pendant qu'il reculait et me libérait de son emprise.

— Ça serait mal me connaître, sourit-il.

La tension de son corps sembla se dissiper peu à peu. Ses épaules se détendirent et les traits de son visage se relâchèrent dans un sourire heureux.

— Où exactement a lieu la représentation ?

— Je n'ai jamais dit que cette soirée aurait lieu ce soir ! rétorquai-je.

Il planta son regard dans le mien et je me décidai à ne pas lâcher la première. Il avait gagné une manche, mais je ne lui donnerais pas le plaisir de savourer sa récompense immédiatement. Je réajustai le petit gilet qui couvrait mes bras, ignorant l'étincelle d'amusement dans ses yeux.

— Vous êtes une fine négociatrice.

— Je ne fais qu'exploiter les failles de votre accord.

— Bien. Je vous l'accorde. Je vous souhaite donc une bonne soirée.

Il hocha la tête, me saluant rapidement, et se dirigea vers les ascenseurs. Surprise, j'observai sa longue silhouette s'éloigner. J'avais gagné... contre lui ! Je me retins de lever les poings au ciel et attendis de voir les portes de l'ascenseur se refermer sur lui. Je récupérai mon étole au bar, saluai Angela et filai au théâtre.

L'absence de Daniel me revint à la mémoire en voyant le siège vide sur ma gauche. Ma colère contre Blake avait tout surpassé, même ma déception qui reprenait maintenant le dessus. Je regardai mon portable, y trouvant un message de Dan disant qu'il était désolé et qu'il me réservait une surprise pour le week-end. Mon sourire revint à l'instant où le rideau se leva. Après quelques minutes, une ouvreuse vint me demander si la place à côté de moi était libre. Je répondis positivement et retournai à la pièce.

A la fin de la troisième scène, je perçus du mouvement près de moi. Je regardai sur ma gauche, pestant contre le retardataire, avant de me figer. Même au milieu de l'obscurité, même au milieu de la foule, je reconnaissais son regard vert étincelant. Son parfum boisé flottait autour de moi et il cala ses longues jambes sous le siège devant lui.

— Kathleen, quelle bonne surprise !

— Mais... Mais qu'est-ce que vous fichez ici ? m'écriai-je à voix basse.

— Mais la même chose que vous, je viens profiter d'une pièce de théâtre.

Il reporta son attention sur la scène, arborant un sourire satisfait. Furieuse, je ruminai dans ma barbe, hésitante sur la conduite à tenir. J'aurais pu quitter la salle, mais la fuite n'était pas la solution. Je croisai les bras sur ma poitrine et me concentrai sur la scène. Je ne le laisserais pas me gâcher encore plus cette soirée.

Aussi refusai-je de bouger, entraînant une légère crispation douloureuse dans ma nuque. J'observais les acteurs, riais mécaniquement en entendant la foule rire et applaudissais mollement à la fin des actes.

— Allez-vous m'ignorer toute la soirée ? m'interrogea Blake au milieu du troisième acte.

— Je le crains, murmurai-je sans prendre la peine de bouger.

— Je ne voulais pas vous laisser sortir seule.

— J'y suis habituée, rétorquai-je en haussant les épaules.

— La jolie femme que vous êtes mérite d'être escortée. Dieu seul sait quel genre d'homme détraqué vous pourriez rencontrer !

— Votre genre peut-être ? sifflai-je en me tournant finalement vers lui, au bord de la rupture. Je vous avais pourtant dit « pas ce soir ».

Une femme devant nous se tourna et nous lança un regard mauvais. Je m'aperçus que j'avais haussé la voix.

— J'avais bien compris. Ce moment délicieux que je passe avec vous n'est en aucun cas le reflet de la soirée que je vous réserve.

— Vous êtes impossible, conclus-je avec lassitude. Quand je pense que vous avez fait en sorte que Dan aille au match !

— Kathleen, dites-moi si je me trompe, mais il avait le choix, non ?

— Je...

— Le match ou vous, me coupa-t-il. J'avoue que j'ai du mal à croire qu'il ait préféré une soirée avec son père à une soirée avec vous. Personnellement, je ne me serais pas posé la question, ajouta-t-il vivement en prenant ma main dans la sienne.

Interdite, je le laissai faire, perdue dans le brouhaha des applaudissements autour de moi. Dans l'obscurité ambiante, je ne vis que son regard brillant tandis qu'il portait ma main à ses lèvres.

— Ce serait vous, sans hésitation, chuchota-t-il sur ma peau.

Il m'embrassa doucement, presque à hauteur du poignet, et me jeta un regard. La même sensation de paralysie qui m'avait saisie dans sa chambre me parcourut. Je ne sentais plus mes muscles et mon cœur se mit à battre la chamade, prêt à exploser dans ma poitrine. Devant mon absence de réaction, il poursuivit sa caresse, laissant ses lèvres chaudes traîner sur ma peau jusqu'à la naissance de mes doigts. De nouveau, il leva les yeux vers moi, attendant une réaction de rejet. Mais rien... Ma main me picotait, mais ce que je ressentais dans le creux de l'estomac était mille fois meilleur. Je serrai les lèvres, étouffant un gémissement indécent, et Andrew Blake embrassa mon index, sa bouche restant sur ma peau plus longtemps que le nécessitait un baiser.

Je fermai les yeux, me coupant du monde extérieur, et il embrassa mon majeur. La douce sensation dans mon estomac se propagea vers ma poitrine et une chaleur intense me gagna. Les joues en feu, je bougeai sur mon fauteuil. J'aimais ça. J'aimais le sentir sur moi, j'aimais le contact de ses lèvres.

Au troisième effleurement, je tremblai un peu. Je rouvris les yeux, trouvant le regard sombre d'Andrew. Il m'observait avec envie et désir tandis que mon corps, qui ne m'appartenait plus vraiment, se liquéfiait. Je compris brutalement que cela m'avait manqué. Depuis notre baiser, mon corps n'avait plus ressenti une telle violence. Même quand Dan me touchait, ce n'était rien face au raz-de-marée que je subissais.

Je poussai ma main contre sa bouche, faisant durer un peu plus longtemps ce contact. Ses lèvres ne quittèrent pas ma peau et rejoignirent mon petit doigt. Le souvenir de son index glissant sur mon décolleté, de sa main sur ma nuque, de son souffle sur ma peau, me percuta et je m'affaissai dans mon fauteuil, ravagée et à bout de forces.

— Vous, sans aucun doute, souffla-t-il avant d'éloigner ma main de ses lèvres.

Complètement ramollie par sa caresse, je ne luttais plus. Le bourdonnement autour de moi s'estompa et je regardai de nouveau la scène. La foule rit brutalement — sûrement à une bonne réplique que je n'avais pas entendue — et les acclamations résonnèrent.

Anesthésiée, je n'applaudissais pas. J'avais trop besoin de sentir sa main dans la mienne et je ne voulais pas prendre le risque de la lâcher pour ne pas la retrouver.

La fin de la représentation se déroula dans un brouillard complet. Mon corps ressemblait à de la guimauve. Je me sentais désarmée et presque dépossédée. Mon cerveau avait cessé de fonctionner à l'instant où ses doigts avaient touché ma peau, et ma bouche était complètement desséchée. Alors que le rideau tombait devant moi, je jetai un œil à nos deux mains liées.

Je fronçai les sourcils, cherchant à comprendre comment je pouvais me laisser faire. Très vite, je sus qu'il ne s'agissait nullement de ma volonté, mais que ce comportement était dicté par mon corps. Cette rage que j'entretenais contre ses mensonges, ses abus de pouvoir à répétition, tout disparaissait dès qu'il me touchait.

— Allons-y, murmura-t-il en me libérant.

Il se leva de son fauteuil et, d'un geste du bras, m'intima de le devancer. Avec un sourire, j'avançai maladroitement, heurtant mon genou contre le fauteuil, et m'engageai dans l'allée. Blake me fixait avec intensité et, alors que je passais près de lui, il posa sa main dans le creux, désormais familier, de mon dos.

Nous gagnâmes la sortie et, en moins d'une minute, une berline noire se gara juste devant nous. Toujours perdue dans le coton, je grimpai à l'arrière du véhicule, oublieuse de toutes mes résolutions. Blake y monta à son tour et, après m'avoir jeté un bref coup d'œil, indiqua au chauffeur de nous conduire au Peninsula.

— A moins que vous ne préfériez que je vous raccompagne chez vous ? proposa-t-il en effleurant doucement ma main.

Brutalement, je sortis de ma transe. Je retirai vivement ma main et me reculai le plus loin possible de lui. Calée contre la portière, je vis son sourire s'effacer pendant que la voiture zigzaguait à travers la circulation.

— Kathleen, dit-il avec lassitude.

— A l'hôtel, ça sera parfait, lâchai-je en songeant que nous arriverions plus vite là-bas que chez moi.

— Pourquoi êtes-vous si en colère contre moi ?

— Parce que vous passez votre temps à manipuler les gens !

— Vous m'en voulez encore pour cette histoire de billet pour le match ? s'amusa-t-il.

— Non. Pour votre femme.

Un silence de plomb s'abattit dans la berline et je me sentis soudain en position de force face à lui. Je tentai un regard en biais, mais il avait la tête tournée vers la vitre, observant sans les voir les voitures en sens inverse. Son visage était éclairé de manière aléatoire par les phares des autres véhicules et les lumières de la ville.

— Pourquoi ne m'avez-vous rien dit ? demandai-je, au bord de l'implosion.

— Parce que c'est sans importance.

— Sans importance ? Vous ne m'avez jamais détrompée quand je vous parlais d'elle. Vous saviez que je vous pensais marié.

— Votre passé de journaliste vous dessert. Vous sautez aux conclusions.

— Vous portez votre alliance, vous m'avez dit que vous l'aimez... Je ne saute pas aux conclusions, m'énervai-je, je ne fais que penser ce que vous voulez que je pense.

— Kathleen, la mort de ma femme n'est plus vraiment un secret. Je ne veux juste pas en parler. Voir les regards emplis de pitié de tout le monde m'est insupportable.

Penser à elle m'est insupportable. Parler d'elle m'est insupportable, avoua-t-il alors que la fureur le gagnait.

— Alors pourquoi n'avoir rien dit ?

— Parce que parler avec vous sans avoir à gérer ça était, « est », rectifia-t-il automatiquement en tournant son visage vers moi, vraiment agréable.

Sa voix se radoucit et je me détendis. Je repris ma position initiale, quittant le creux de la vitre pour m'adosser complètement à la banquette. Je tentai de reprendre une respiration normale, mais la lourdeur de l'atmosphère et la fureur contenue de Blake m'en empêchaient.

— Vous auriez dû m'en parler, murmurai-je dans une tentative d'apaisement.

— Au nom de quoi ? asséna-t-il avec méchanceté.

— Par honnêteté.

Il ricana doucement et passa une main nerveuse dans sa chevelure sauvage. Puis il desserra sa cravate et défit le premier bouton de sa chemise.

— J'oubliais votre attrait pour les valeurs éculées.

— Elles vous plaisent aussi, il me semble.

— Je ne veux pas parler d'elle.

— Parce qu'elle vous manque ? tentai-je.

— Parce que je veux l'oublier. Et parce que nos moments ensemble sont trop... précieux pour être gâchés par tout ça. Elle a déjà causé assez de dégâts dans ma vie, je ne voulais pas qu'elle détruise une des rares choses qui comptent aujourd'hui pour moi.

Il planta ses yeux dans les miens et la franchise que j'y lus me stupéfia. Toute la colère que j'avais contre lui s'effaça pour laisser place à de la mélancolie mâtinée de tendresse. Il voulait me protéger et protéger notre... relation.

— J'ai longtemps vécu dans le regret, Kathleen. Le regret de ma femme, de notre mariage et de ma vie d'avant.

— C'était juste un accident, murmurai-je avec douceur.

— Vous avez fait vos recherches, constata-t-il avec un sourire triste.

— Elles n'ont pas été très... fructueuses, soulignai-je en songeant au peu d'informations que j'avais récolté.

— Un simple accident. Ça fait deux ans que je vis avec ça.

— Andrew, vous ne devriez pas culpabiliser ainsi.

— Peut-être... Mais dernièrement, on m'a dit de profiter de la vie. Un jour, je suis rentré au Peninsula, triste et sombre. Coupable toujours.

— Je...

— Kathleen, ce que je veux vous dire, c'est que vous comptez pour moi. Vous êtes rare, précieuse et unique, ajouta-t-il dans un sourire heureux. Quand j'ai compris que vous ne connaissiez rien de ma vie, je n'ai pas voulu briser ça.

Il désigna l'espace vide entre lui et moi. Ça. Nous. Notre relation. Ses manipulations diverses et mes vaines tentatives pour y échapper.

— Mais... pourquoi ? Pourquoi ne m'avoir rien dit... Je... Je ne comprends pas.

— Kathleen, pour la première fois en deux ans, je n'ai pas vu de la pitié dans un regard. Je n'étais plus Andrew Blake, millionnaire éploré, juste Andrew Blake tentant d'attirer l'attention d'une femme.

— Personne n'est au courant, assurai-je en posant ma main sur la sienne.

— Même pas Mlle Hoffman ? s'étonna-t-il.

— Non. Votre effort pour limiter les fuites a formidablement fonctionné ! le félicitai-je avec chaleur.

Il tourna de nouveau le visage vers la vitre et ses mâchoires se crispèrent. Le silence refit son apparition, apaisant à la fois sa colère et la mienne. Je comprenais ce besoin d'être un autre. La fuite, la solitude, l'envie de hurler faisaient partie de mon quotidien depuis trois longues années. Et j'avais réussi. J'étais la concierge de ce grand hôtel, travaillant de nuit, aspirant à suivre une forme de destin, faisant tout pour mettre de côté son passé.

Ma main toujours sur la sienne, je me risquai à la presser un peu, y accrochant mes doigts. Il regarda de nouveau mon visage, puis ma main, et la pressa en retour.

Je le fixai avec un petit sourire, espérant qu'il n'y verrait pas la fameuse pitié qu'il ne supportait plus.

Quand il me sourit en retour, je me sentis fondre. Mon cœur fit un bond dans ma poitrine et un frisson agréable me parcourut, longeant ma colonne vertébrale.

— Puis-je vous demander une faveur ? m'interrogea-t-il.

— Je vous en prie.

— Cela va vous paraître inconvenant, mais j'aimerais vous inviter dans ma suite.

— Ce n'est pas inconvenant... Juste présomptueux, ris-je en secouant la tête.

— Je sais que vous avez un petit ami. Et même si j'ai du mal à croire qu'il ait préféré un match à une soirée avec vous, j'ai compris qu'il comptait pour vous. J'ai juste envie de discuter.

J'acceptai sa proposition après une petite seconde d'hésitation. Je hochai la tête et il pressa de nouveau ma main. Son visage se barra d'un sourire heureux et soulagé. Je souris aussi, constatant à quel point être heureux le rendait encore plus beau.

Nous arrivâmes enfin à l'hôtel et un des voituriers ouvrit ma portière. Andrew se précipita à l'extérieur du véhicule et me rejoignit, m'offrant sa main pour sortir et marcher jusqu'à la porte. Nous passâmes devant la réception, et prîmes l'ascenseur.

— J'ai moi aussi une faveur à vous demander, lâchai-je.

— Tout ce que vous voulez !

— Laissez-moi organiser notre soirée. J'ai déjà une idée sur...

— Non.

— Non ?

— Vous ne vouliez pas de cette soirée et maintenant vous voulez avoir la mainmise dessus ?

— Andrew, vous devriez apprendre à avoir confiance.

— Et si c'est... indécent ? sourit-il.

Je lui jetai un regard noir et il étouffa un rire.

— Ah oui... Le petit ami annule de fait cette possibilité. A moins que vous ne jouiez sur les deux tableaux ?

— Les valeurs éculées, vous vous souvenez ? râlai-je pour la forme.

— Ah oui. Parfait. Faveur accordée. Je vous écoute.

— Pardon ?

— Dites-moi ce qui est prévu !

— Pour une fois, je pense qu'un peu de surprise ne vous fera pas de mal. L'imprévu manque dans votre vie, me moquai-je alors que nous atteignions le dix-neuvième étage.

— Je ne peux qu'être d'accord avec vous ! acquiesça-t-il à ma grande stupéfaction.

Je sortis de l'ascenseur, Blake juste derrière moi.

— Vraiment ?

Je sentis son souffle chaud dans mon cou et sa main entoura ma taille.

— Vous êtes mon dernier imprévu et, de toute évidence, vous manquiez à ma vie, chuchota-t-il.

Je tournai mon regard vers lui, notant le sourire quasiment invisible qui ornait ses lèvres. Il glissa son passe dans la serrure de la suite et y entra, m'invitant à le suivre. Je gagnai le salon, pas certaine de pouvoir gérer une conversation seule avec lui. Qui plus est, une vraie conversation, sans prétexte fallacieux pour m'attirer ici.

Perdue dans mes pensées, j'avançai vers l'immense baie vitrée qui donnait sur la ville. Les lumières scintillaient devant moi. J'eus une pensée furtive pour Dan. S'il apprenait que j'avais passé la soirée avec Andrew Blake, dans sa suite, jamais il ne me le pardonnerait. La culpabilité me tirailla l'estomac et eut gain de cause. Il fallait que je rentre chez moi.

Je me tournai et mon regard fut happé par la silhouette d'Andrew raccrochant le téléphone de la suite. Nos yeux se croisèrent, et il comprit.

— S'il vous plaît, Kathleen...

— Je ne devrais pas être là. Ce n'est pas... honnête. Si Dan l'apprend...

— Comment l'apprendrait-il ?

— Peu importe. Je ne veux pas avoir à lui cacher ça.

... *Encore*, ajoutai-je pour moi. Un nouveau mensonge, même par omission, serait de trop. Je n'arrivais plus à jongler entre lui, Blake et moi. J'avançai vers la porte, mais il se plaça devant moi, me barrant l'accès.

— Andrew...

— Vous n'avez rien à craindre, murmura-t-il. Et je viens de commander du champagne.

Je soupirai, tentant d'oublier à quel point il m'attirait. Il avait raison, je n'avais rien à craindre de lui. Ce que je redoutais, c'étaient les réactions imprévisibles et violentes de mon corps. J'avais eu besoin de garder sa main au théâtre, maintenant que nous étions seuls, je redoutais d'en vouloir plus.

— Je ne vous demande pas deux heures, sourit-il... Juste un peu de temps.

Il s'approcha de moi et je sentis mon cœur s'emballer frénétiquement. L'odeur de son parfum flottait autour de nous, m'étourdissant légèrement. Mon ventre se tordit avant de se calmer, tandis qu'une douce chaleur remontait dans mon dos. Je fixai son regard brillant, couleur émeraude. Toujours figée, j'opinai sans argumenter. Puis je détachai mon regard du sien, me concentrant sur le triangle de peau que révélait l'ouverture de sa chemise.

Mes yeux naviguèrent légèrement et, quand il bougea de nouveau pour me contourner, je le suivis du regard, devinant sous sa chemise immaculée le mouvement de ses muscles dorsaux. Des années de natation lui avaient sûrement permis de dessiner parfaitement son corps. C'était beau, harmonieux, et très agréable à regarder.

Il posa ses doigts sur le haut de mon gilet et le tira doucement pour m'en débarrasser. Le tissu glissa le long de mes bras et il jeta mon vêtement sur le siège près de lui. Ses mains retrouvèrent mes épaules nues et il caressa ma peau avec lenteur, passant le bout de ses doigts sur mes bras. Je frissonnai, mais ne fuis pas. Il atteignit mes avant-bras, mes poignets, puis mes mains. Nos doigts s'entremêlèrent et je fermai les yeux, ravagée par la culpabilité et le désir.

Je reculai d'un pas, heurtant son torse ferme. Il s'adapta à ma position, le tissu frais de sa chemise frottant contre mon dos nu. Après quelques secondes d'oubli, il se détacha de moi et m'attira de nouveau dans le salon.

— Ne bougez pas, murmura-t-il avant de retourner à la porte pour réceptionner sa commande du *room service.*

Il ne prit pas la peine de laisser entrer le groom et poussa lui-même la desserte devant la cheminée. Dans un silence angoissant, il nous servit du champagne et m'en tendit une coupe.

— A cette soirée, souffla-t-il en faisant tinter son verre contre le mien.

La respiration courte et le corps en feu, je pris une gorgée. Pendant que je buvais, ses yeux me fixèrent et je manquai de m'étouffer. C'était trop. Je ne contrôlais plus rien : ni mon corps ni mes pensées, et surtout pas lui. Chaque fois que j'osais le regarder, j'étais hypnotisée, ramollie et presque agonisante.

— A cette soirée, répétai-je.

Ma voix n'était plus qu'un chuintement. Mon cœur frappait dans ma poitrine comme si j'étais en plein marathon. La chaleur dans mon dos se propagea jusqu'à ma nuque, puis à mon décolleté. Je risquai un pas vers lui et il posa sa main fraîche sur ma joue brûlante. Je m'accrochai au tissu de sa chemise, m'y agrippant de toutes mes forces. J'étais certaine de tomber si je ne me retenais pas à lui.

Je levai les yeux. Il luttait. Je lui faisais face, je me collais à lui, je tremblais contre lui, mais son corps était tendu. Il résistait à ses envies alors que, moi-même, j'étais anéantie. J'imitai son geste et posai ma main sur sa joue, le rassurant d'une caresse. Il baissa les yeux vers moi, perdu dans sa lutte. Ses sourcils se froncèrent et j'attirai ses lèvres sur moi.

Je pris la coupe de champagne d'entre ses mains et la posai sur la table. Je lui jetai un regard et, toujours pantelante, réitérai mon baiser. Je pressai ma bouche contre la sienne pendant que je maintenais toujours son visage.

Quand je reculai de nouveau, son regard avait changé. Ma main retomba et je sentis son corps se détendre. Un sourire enjoué se dessina sur ses lèvres et son visage se voila d'incrédulité.

— Pourquoi ? demanda-t-il dans un souffle.

— Renouveler l'expérience, répondis-je en rougissant.

L'incrédulité s'effaça et une joie pure et intense s'empara de ses traits. Ses yeux brillaient et je me mis à sourire. Soudain, je sentis ses mains prendre mon visage en coupe et nos lèvres s'approcher. Nos deux sourires se perdirent dans la bouche de l'un l'autre et je posai mes mains sur sa taille. Ses lèvres chaudes bougèrent lentement, puis je sentis sa langue longer ma lèvre inférieure. Je gémis contre lui et me laissai emporter par la vague de désir qui s'abattait sur moi. Ma lèvre se retrouva prisonnière et, la seconde suivante, il investit ma bouche avec prudence. Il se retenait encore, prenant doucement ses marques.

Notre baiser était tendre, mais intense. J'entendis un petit grognement se coincer dans sa gorge alors que mes mains bougeaient dans le bas de son dos. Je calai mon corps contre le sien, me hissant sur la pointe des pieds pour multiplier les zones de contact. Ses mains quittèrent mon visage pour retrouver mes hanches. Sa langue s'enhardit légèrement, prenant un rythme plus soutenu, jouant contre la mienne, possédant ma bouche. Je le laissai faire, appréciant qu'il se laisse aller avec moi.

Trop vite, il rompit notre étreinte et souda son front au mien.

— Je... Je n'ai pas fait ça... depuis elle, chuchota-t-il contre ma bouche. Je veux dire... embrasser quelqu'un, précisa-t-il alors que les rouages de mon cerveau se remettaient à fonctionner.

Je fermai les yeux, rejetant la honte et la culpabilité. Je l'avais embrassé. J'avais embrassé Andrew Blake, un client. Un autre homme que mon petit ami. Mais ce n'était pas le plus effrayant. Le plus effrayant, c'est que j'avais aimé ça.

Je me détachai de lui et lui tournai le dos, faisant

face au panorama de la ville. Alors que je reprenais une respiration normale, je sentis le souffle d'Andrew Blake sur ma nuque. Toutes mes barrières volèrent quand son corps se pressa contre moi. Il embrassa doucement le creux de mon épaule, me tenant contre lui en plaquant ses mains sur mes hanches. Mon corps s'embrasa lentement et je basculai la tête en arrière pour le sentir au plus près. Il m'embrassa de nouveau au même endroit avant de laisser sa bouche parcourir la peau de mon épaule.

J'oubliai l'endroit où j'étais et l'environnement autour de moi. Rien n'existait plus que le silence et le picotement de ma peau à l'endroit où il m'embrassait. Il remonta le long de mon cou. Je gémis lourdement, enroulant finalement mon bras autour de sa nuque dans un accès de possessivité.

— Andrew, murmurai-je en sentant mon cœur tressaillir.

Je me tournai vers lui, retrouvant ses lèvres dans un baiser dévastateur. Il m'attira au plus près de lui, me serrant dans ses bras à m'en faire presque mal. Il m'embrassa à son tour avec la même passion. Quand il s'éloigna de moi pour reprendre son souffle, ses yeux étaient d'un vert profond, presque noir. Il repoussa mes cheveux derrière mon épaule, mais toujours avide de le sentir, j'attrapai sa main et embrassai sa paume.

Après un dernier regard, où il guetta mon accord pendant que j'attendais le sien, je retirai mes chaussures à talons, les jetant loin derrière moi. Andrew me sourit largement et attrapa ma main pour m'entraîner vers le canapé. Mes genoux heurtèrent le meuble et je m'effondrai dans le moelleux des coussins dans un éclat de rire. Andrew s'installa près de moi et passa son pouce sur mes lèvres.

— J'aime ça, murmura-t-il. Ton rire, précisa-t-il.

Je ris de nouveau, de nervosité et d'angoisse. Mais très vite, Andrew me fit taire, reposant ses lèvres sur les miennes. Sa langue pénétra aussitôt ma bouche et il grogna d'une façon que je trouvais incroyablement sexy. Et je me félicitai d'être celle qui lui faisait cet effet. Mes mains s'enfouirent dans ses cheveux pendant que je m'allongeais. Il suivit mon mouvement et, son corps appuyé contre le mien, embrassa mon cou et le haut de mon décolleté.

Le corps en feu, je relâchai sa chevelure, parcourant son dos. Ses muscles se tendaient au contact de mes mains, mais le tissu m'empêchait de le sentir complètement. A hauteur de sa taille, je tirai doucement sur sa chemise pour sentir sa peau contre la mienne. Sa tête nichée dans le creux de mon épaule, il me mordilla légèrement et je ravalai un couinement presque indécent.

Mais je n'abandonnai pas ma tâche et parvins à sortir sa chemise de son pantalon. Il souleva les hanches, m'aidant un peu, et je plaquai mes paumes contre ses reins. Au même moment, ses mains longèrent mes flancs, me tirant un frisson monumental, et atteignirent le creux de mon genou. Dans un geste vif, il cala ma jambe autour de sa taille et son bassin se retrouva au plus près du mien. Sa main resta sur ma cuisse, à une distance respectable de mon intimité, et il m'embrassa de nouveau.

— Reste ce soir, murmura-t-il.

Sa voix était si faible et si haletante que je me demandais si je n'avais pas rêvé.

— S'il te plaît, ajouta-t-il en redressant son visage pour me faire face.

Mes mains toujours dans son dos, je les pressai un peu plus en risquant un sourire complice. J'ajoutai un petit mouvement de tête et son visage se détendit enfin complètement. Mon cœur explosa dans ma poitrine, dispersant des ondes de joie dans tout mon corps. Je posai mes mains sur le col de sa chemise et attaiquai le premier bouton. Il baissa les yeux sur mes doigts, semblant méditer le bien-fondé de la chose. J'ignorai son regard et dégagai les deux boutons suivants avant de passer mes mains sur le haut de son torse.

Brutalement, il s'écarta de moi et se rassit sur le canapé. Je me redressai sur mes coudes, les joues en feu et ma robe remontée quasiment jusqu'en haut de mes cuisses.

— Qu'... est-ce que... ?

— Je ne veux pas... faire ça.

— Oh.

Je m'installai convenablement sur le canapé, remettant en place mes cheveux dans un geste nerveux. Ma respiration devint difficile, affolée.

— Mais tu viens de...

— Je veux que tu restes, m'assura-t-il. Mais je ne veux pas... plus.

— Pourquoi? soufflai-je, presque désespérée.

— Je te l'ai déjà dit : tu es ma seule exception.

— J'aime ça, murmurai-je en reprenant ses propres mots.

— Je ne veux pas que tu aies des regrets demain matin. Et je veux que tu me connaisses, ajouta-t-il en se penchant vers moi, un air sérieux sur le visage.

Il y eut un petit silence, ni tendu ni angoissant. Il attendait juste mon accord. Mais ce qu'il me demandait dépassait le cadre de cette nuit au Peninsula. Il voulait plus, il voulait cette nuit, les autres et surtout les miennes.

— Est-ce que ça te semble acceptable? m'interrogea-t-il avec un voile d'inquiétude dans la voix.

— Très, assurai-je.

Il sourit largement, heureux de ma réponse. Mon cœur repartit de plus belle, tressautant dans ma cage thoracique, si fort qu'il me semblait l'entendre. Puis, sans que je m'y attende, il me tira brutalement sur ses genoux. Je criai de surprise, plaquant mes mains sur ses épaules carrées pendant que je calais mes jambes autour des siennes.

— Pas de négociation? s'enquit-il avec humour.

— Non. Cela me va.

Il posa ses mains sur mes cuisses, les remontant lentement pour repousser ma robe.

— On peut reprendre alors.

Il captura mes lèvres et je repris ma tâche, défaisant consciencieusement les boutons de sa chemise. Il s'écarta vite, regardant mes doigts courir sur le tissu, puis caresser sa peau. Dès que sa chemise fut complètement ouverte, je la lui retirai et la repoussai sur le canapé. Je me mis sur mes genoux et, alors que je m'apprêtais à l'embrasser de nouveau, il m'attrapa par les cuisses et se leva. Automatiquement, je crochetai mes chevilles dans son dos et m'accrochai à ses épaules.

Nos bouches reprirent possession l'une de l'autre et nous gagnâmes la chambre. Avec précaution, il me posa sur le lit et avança sur moi, me surplombant avec un regard de prédateur. Quand il s'allongea complètement sur mon corps, je repris ma position fétiche, une jambe enroulée autour de lui. Il remonta ma robe jusqu'à la taille et agrippa le collant noir qui faisait barrière entre sa peau et la mienne. Je hoquetai en le sentant tirer sur le Nylon de toutes ses forces. Le sous-vêtement craqua dans sa main et il s'en débarrassa très vite.

Sa tête s'enfonça dans mon cou, suçotant ma peau pendant que je soupirais, prise dans mon plaisir. Je bougeai les hanches, me frottant à lui pour obtenir l'illusion d'un soulagement quelconque. Il grogna un peu et, d'une voix rauque, prononça mon prénom. Je m'arquai contre lui, réitérant mon mouvement de bassin tout en malmenant ses épaules.

— Est-ce que... je peux ? demanda-t-il dans un murmure en désignant le nœud de ma robe.

— Tu demandes ma permission maintenant ?

— Kathleen, je ne veux pas te forcer à faire...

Je posai mon index sur ses lèvres pour le faire taire. Il fronça les sourcils et, dans un sourire, je défis moi-même le nœud autour de mon cou. Andrew fixait le mouvement de mes mains, mais malgré mon geste, le tissu me couvrait toujours. De toute évidence, il hésitait.

— Fais-le ! le suppliai-je presque.

Lentement, il dévoila ma poitrine, fit glisser la robe le long de mes hanches, puis de mes jambes.

Il s'écarta, juste le temps de me découvrir totalement, créant un vide intense et frais. Il passa son doigt entre mes seins, remontant vers ma gorge, à l'endroit où pulsait ma carotide. Aussi, quand il me recouvrit de nouveau de son corps, frottant sa peau contre la mienne, je perdis le peu de conscience qui me restait. Mon corps n'était que dans le ressenti de ses lèvres sur les miennes, de ses mains sur ma peau, de son souffle dans mon cou.

— Tu es superbe, chuchota-t-il.

Ses mains s'égarèrent sur mes seins, les caressant avec douceur, tout en évitant de toucher la partie la plus sensible.

— As-tu simplement idée de ce que tu provoques ? demanda-t-il.

— Alors pourquoi attendre ?

— Pour que tout soit parfait. Et quand nous le ferons, il ne s'agira pas de sexe.

— Je sais, admis-je avec lucidité.

Il se figea et me fixa. Il semblait à la fois heureux et stupéfait par mon aveu. Ses mains remontèrent vers mon visage qu'il encadra.

— As-tu conscience de ce qui se passe ?

— Oui, soufflai-je.

— As-tu conscience de qui je suis ? poursuivit-il alors que ses mains quittaient mon visage pour mes flancs.

— Oui. Andrew, je me fiche de...

— Pas moi. Un jour, je te retirerai ce dernier morceau de tissu, promit-il en passant sa main sur mon sous-vêtement. Et ce jour-là, tu comprendras pourquoi je veux attendre.

— Pourquoi ? couinai-je, au supplice.

— Pour toi... Pour te faire oublier qui je suis, et même l'endroit où tu es. Je veux... Tu es précieuse pour moi et je ne veux pas gâcher ça.

Après plusieurs minutes, et alors que nous étions tous les deux quasiment nus l'un sur l'autre, il s'écarta et repoussa les draps. Je me glissai dans l'immense lit *king size* et il s'installa à côté de moi. Il me contempla quelques minutes tandis que je fixais le dessin de ses pectoraux et son ventre musclé. Sous son boxer, je devinais son sexe, dur, tendu, prêt à me posséder dans l'instant. Mais je savais qu'il n'en ferait rien. Andrew Blake, l'un des hommes les plus puissants et les plus riches du pays, était excité par moi.

Et j'avais envie de lui. Envie de le sentir en moi, sur moi. Envie de le sentir me posséder comme si ma vie en dépendait. Je le voulais et, pour la première fois depuis notre rencontre, je ne luttai plus contre lui. Il était beau, mais son assurance — voire son arrogance — le rendait encore plus irrésistible. J'approchai doucement, me recroquevillant presque contre lui. Mes paumes, toujours avides et en manque de lui, naviguèrent sur sa peau avant d'atteindre son boxer.

Sans que je puisse agir, il me fit tourner, et je me retrouvai dos à lui. Il m'entoura de ses bras.

— Pas ce soir, murmura-t-il avant d'embrasser ma tempe.

Je remuai des fesses, sentant son désir évident contre moi.

— Bonne nuit, Kathleen, ajouta-t-il en m'immobilisant complètement.

Je me tortillai pour parvenir à tourner la tête vers lui. Je devinais son sourire, mais décidai d'avoir le dernier mot. Comme je l'avais fait un peu plus tôt dans la soirée, j'enroulai mon bras autour de sa nuque et l'attirai contre moi pour un dernier baiser. L'ensemble de mon organisme s'apaisa dans l'instant. J'étais rassurée par son étreinte et ne me souvenais pas m'être sentie aussi bien, aussi en sécurité, aussi... moi depuis une éternité.

— Bonne nuit, chuchotai-je sur ses lèvres.

Son regard pétillant m'éblouit et, dans un dernier soupir, je me calai dans le creux de ses bras pour finir la nuit avec lui.

Chapitre 13

Je clignai les yeux et mis une seconde à resituer l'endroit où je me trouvais : la Peninsula Suite. Je bougeai doucement en me frottant les yeux. Le jour n'était pas levé, et je n'avais aucune idée de l'heure qu'il pouvait être. Je me tournai vers Andrew, mais ne trouvai que le vide. Je me redressai, le cherchant au milieu de la semi-obscurité.

— Andrew ? tentai-je à voix basse.

Sans réponse, je me levai et, après avoir enroulé le drap autour de ma poitrine, me dirigeai vers le salon. Sa silhouette se dessinait devant la baie vitrée. Je distinguai la partie gauche de son visage, illuminée par l'éclairage de la ville. La tête baissée, il fixait un point qui m'était invisible. Je m'approchai doucement de lui, presque gênée de le déranger.

— Andrew ?

Il se tourna vers moi et son visage passa en une seconde de la tristesse la plus profonde à la joie la plus évidente. Je risquai un petit sourire, pas certaine de savoir quoi faire.

— Est-ce que tout va bien ? demandai-je.

— Je réfléchissais.

Il leva la main et effleura ma joue. Je tremblai légèrement et mon cœur prit un rythme frénétique. Je m'approchai encore, me tenant à quelques centimètres de son corps. Il avait pris la peine d'enfiler un T-shirt et je regrettai de ne pas pouvoir toucher sa peau.

— Pas de regrets ? m'interrogea-t-il avec sérieux.

— Non... Enfin, je ne crois pas. Et toi ?

— Je repars pour San Francisco dans quelques heures, répondit-il doucement. Et je n'aime pas l'idée de te laisser ici.

Ma respiration s'arrêta et il prit ma main. Comme au théâtre, il la porta à ses lèvres et l'embrassa doucement. J'en profitai pour me coller à lui. Il me prit dans ses bras et déposa un baiser sur le haut de ma tête.

— Vous me devez toujours une soirée, Kathleen, sourit-il.

— Je sais, monsieur Blake.

— Tu vas me manquer, ajouta-t-il dans un murmure.

— Je n'ai passé qu'une nuit avec toi, plaisantai-je. J'espère que tes réunions de travail sont moins... affectives, me moquai-je dans un sourire.

— Il faudrait demander à Nathan ou à Meghan, riposta-t-il. Mais je les aime bien et parfois, je dois l'avouer, leur petite guéguerre me manque.

Je retrouvai son sourire et il me serra de nouveau contre lui. Il y eut un silence apaisant pendant lequel il me berçait. Ma bonne humeur ne me quittait plus. J'étais bien. Au calme, protégée du reste du monde. J'étais moi, et j'avais la sensation de ne pas l'avoir été depuis des semaines.

— Je crois que Nathan a un faible pour Lynne, déclarai-je en repensant à leur rencontre.

— Mlle Hoffman ? Oh... Je comprends mieux maintenant pourquoi il a fait l'impossible pour être avec moi, ici, à mon prochain séjour.

— Elle est sur le point de se marier.

— Nathan n'a jamais aimé les relations simples. Il faut toujours qu'il s'amourache de femmes totalement inaccessibles.

— Techniquement, j'ai toujours un petit ami, m'amusai-je pour lui faire noter l'ironie de sa remarque.

— Je ne m'embarrasse pas de la technique, je suis plutôt dans le pragmatisme.

L'instant suivant, ses lèvres étaient sur les miennes.

Son baiser, au départ doux et léger, se transforma très vite. Il était ferme, invasif, presque possessif. Ses mains plaquées sur mon dos, il me pressa contre lui. J'étouffai un gémissement dans sa bouche, puis il me relâcha doucement.

— Je pense qu'on peut retourner au lit, murmura-t-il.

— A quelle heure est ton vol ?

— Vers midi. Mais je veux encore dormir.

Il me poussa vers la chambre et je repris ma place. Il retira son T-shirt, gardant son boxer noir. Il se glissa près de moi et me prit dans ses bras.

— Tu as le corps encore chaud, constata-t-il alors que le sien était gelé.

— Aurais-tu besoin d'une bouillotte ? pouffai-je en m'installant contre lui, ma tête sur son torse.

— Non. Juste de toi.

Ma main navigua sur son ventre, évitant soigneusement de m'aventurer au niveau de son boxer. Sa respiration s'alourdit et sa prise dans mon dos se raffermit. J'osai un baiser sur son torse, puis un deuxième, et levai les yeux vers lui. Il avait les yeux clos, le visage apaisé.

— Kathleen, siffla-t-il quand ma cuisse se frotta contre son entrejambe.

— Je ne franchirai pas la limite, promis-je.

Il ne voulait pas passer à l'acte pour le moment, et je respectais ses choix. Même si mon corps me brûlait, même si j'avais envie de le sentir contre moi, je comprenais. Tout cela était arrivé très vite et précipiter encore plus les choses ne nous amènerait qu'à les regretter.

Après plusieurs caresses sur son torse, je reposai ma tête contre sa poitrine et y plaquai un dernier baiser. La respiration d'Andrew était calme depuis plusieurs minutes. Il s'était rendormi. Trois heures plus tard, je me levai sans avoir retrouvé le sommeil. J'avais passé une bonne partie de mon temps à réfléchir à ce que je devais faire. La priorité, c'était ma relation avec Daniel.

Je laissai Andrew à son sommeil, souriant en l'entendant grogner tout en s'installant sur le ventre. Je trottinai jusqu'à la salle de bains, ma robe sous le bras. En observant mon reflet dans le miroir, je ne pus m'empêcher de sourire en voyant mes cheveux emmêlés et mes joues rouges. Je me rinçai le visage à l'eau fraîche et me brossai les dents avec le matériel fourni par l'hôtel. Les affaires de toilette d'Andrew étaient parsemées dans la pièce.

Je renfilai ma robe, espérant ne pas mourir de froid dès que j'aurais mis un pied dehors, les jambes dénudées. La montre d'Andrew reposait sur le lavabo. Je jetai un œil à l'heure et poussai un cri de surprise en sentant deux bras puissants m'enserrer la taille. Andrew m'embrassa l'épaule et m'observa, les yeux encore ensommeillés, à travers le miroir.

— B'jour, murmura-t-il d'une voix rauque.

— Bonjour, dis-je en passant une main sur sa joue râpeuse.

— Ma mère m'a offert cette montre, indiqua-t-il en la prenant d'entre mes mains. Un peu avant que j'entre à l'université.

— Mon père m'a offert une voiture, dis-je en me souvenant de l'antiquité qui m'avait permis de gagner en autonomie.

Il reposa la montre et s'écarta de moi. Il retourna dans la chambre, puis revint quelques secondes plus tard, le téléphone de la suite à son oreille.

— Petit déjeuner ? demanda-t-il en posant sa main sur le micro.

— Seulement un café.

Un sourire flotta sur ses lèvres et il commanda deux cafés. Il posa le téléphone sur le meuble près de lui et revint derrière moi. Il saisit les deux morceaux du ruban maintenant ma robe autour de ma nuque et le noua.

— Merci d'être restée, dit-il avant de poser son menton sur mon épaule.

— Merci d'avoir demandé, répondis-je en souriant. Quand reviens-tu exactement ?

— Pressée de me voir ?

— Oh non... Je veux juste savoir quelle date je dois bloquer dans mon agenda.

Il éclata de rire et je l'accompagnai, plutôt fière de moi. Après s'être calmé, il secoua la tête et me fit tourner pour que je sois face à lui.

— Tu veux dire que je ne vais pas devoir trouver un nouveau prétexte pour t'attirer dans mes filets?

— Normalement, non. A ce sujet...

Il posa son index sur mes lèvres et rapprocha son corps du mien.

— Si j'entends sortir de cette bouche les mots « relation professionnelle », je jure de céder aux avances de ta collègue dévergondée.

— Quelle collègue? demandai-je en écartant sa main.

— Blonde, sourire artificiel... Elle m'amenait le café avant que je reprenne la situation en main et t'impose... te demande, corrigea-t-il dans un sourire, de venir.

— Oh... Kim. Elle a été virée. Elle t'a fait des avances?

— Je considère que oui. Elle a tenté de me faire croire qu'elle savait masser. Démonstration à l'appui, ajouta-t-il alors que mes yeux s'arrondissaient.

— Petite garce, sifflai-je, mauvaise et jalouse. Peu importe, ce n'est pas ce dont je voulais parler.

Je baissai les yeux, cherchant le meilleur angle pour attaquer cette conversation. Je me doutais déjà de son point de vue sur le sujet, mais j'avais besoin d'être certaine d'agir dans le bon sens.

— Qu'y a-t-il? s'enquit Andrew après un trop long silence.

— Nous... Enfin, je veux dire... moi. Tu... Ta vie privée est...

— Privée... Et elle le restera, affirma-t-il. Je refuse qu'un bataillon de photographes te harcèle.

— Bien. Je... Je comprends, murmurai-je, presque déçue.

— Je ne tiens pas à afficher notre histoire, Kathleen. D'une part, parce que c'est ma vie privée et que je ne permets à personne d'y entrer ; d'autre part, parce que ma vie, de manière générale, est compliquée et je ne veux pas t'entraîner là-dedans.

— Tu as peur que je prenne la fuite? demandai-je, presque abasourdie.

— Crois-moi, je ne pourrais même pas t'en vouloir si tu le faisais. En attendant, tu restes ma douce et rare Kathleen.

Il prit mon visage entre ses mains et posa ses lèvres sur les miennes. Il m'embrassa avec tendresse et cela me rassura sur sa volonté de garder notre relation privée. Ses doigts glissèrent sur ma peau, caressant mon cou et mes épaules avant de trouver mes mains. Un soupir s'échappa de mes lèvres et l'air se raréfia dans ma poitrine. Mais Andrew continuait de m'embrasser, me coinçant entre le lavabo et son corps musclé.

Mes jambes commençaient à vaciller quand Andrew s'écarta. Le souffle court, les yeux brillants, il plaqua ses lèvres sur mon front dans un dernier baiser.

— Ma précieuse Kathleen, murmura-t-il sur ma peau. Je vais aller prendre une douche, annonça-t-il en se reculant.

— D'accord.

Je retournai dans la chambre, cherchant mon gilet et mes chaussures. J'entendis l'eau couler dans la salle de bains et le parfum de son gel douche me parvint. Je retrouvai mes affaires et les enfilai prestement. Je gagnai le salon, puis le coin bureau. Une multitude de feuilles étaient étalées près de son ordinateur. Son téléphone vibra et le nom de Nathan y apparut.

Sur ma gauche, sa sacoche ouverte attira mon attention. Deux livres traînaient, ainsi qu'un lecteur MP3 et un agenda d'où glissait une photo. Je tirai doucement dessus, curieuse d'en savoir plus. Je découvris le visage d'un petit garçon brun, parsemé de taches de rousseur et au sourire édenté. Je repoussai la photo, me morigénant pour mon indiscrétion.

C'était étrange. J'aurais aimé en savoir plus sur lui, voir où il vivait pour apprendre à le connaître, mais l'anonymat de cette suite ne m'aidait pas. Ici, il était juste un client de passage, sans histoire, sans attaches. Son téléphone vibra de nouveau. Encore Nathan.

— Tu visites? m'interrompit Andrew alors que je tenais dans mes mains un stylo de toute évidence personnalisé.

— Pardon... Je ne voulais pas être indiscrète, m'excusai-je en reposant le stylo.

— Cadeau de Janet pour Noël.

— Oh...

— Janet est ma belle-sœur. C'est la sœur de ma femme, nous sommes restés proches malgré... l'accident.

Son regard s'assombrit et je regrettai d'avoir été si curieuse. Il semblait triste, sûrement à cause du souvenir de sa femme. J'avançai vers lui et posai ma main sur son bras dans un geste apaisant.

— Ton téléphone a vibré. Nathan, je crois.

Andrew le saisit et le consulta. Un sourire se dessina sur son visage. Il prit quelques notes rapidement sur un coin de feuille avant de reposer l'appareil. Le *room service* se manifesta et je me crispai automatiquement. Je n'avais pas songé qu'il fallait que j'affronte mes collègues en sortant de cet endroit. Si la veille au soir nous étions parvenus là sans croiser personne, hormis le concierge, ce matin je doutais que nous puissions réitérer cet exploit.

— Ne bouge pas, je m'en occupe.

A tâtons, je regagnai le salon, m'installant sur un des fauteuils, pendant que j'entendais la voix d'Andrew derrière moi remercier la personne qui assurait le service. Il réapparut quelques secondes plus tard, me tendant ma tasse de café avec un sourire.

Nous bûmes en silence. Je le fixais, presque amusée d'être face à lui à cet instant de la journée.

— Il faut que j'y aille, lâchai-je finalement en reposant ma tasse. Je vais tenter d'être discrète, ajoutai-je, dubitative.

— Prends un taxi. Je réglerai.

— Andrew! pestai-je. Je prendrai le métro, comme toujours.

Il soupira lourdement, mais ne lutta pas. Andrew était riche, très riche même, mais je refusais de profiter de son argent. J'avais ma vie, mon travail, mes amis, et je ne voulais pas que cela change. Même pour lui.

— Prends au moins ça, m'ordonna-t-il en me tendant sa carte de visite.

— J'ai déjà ton numéro, me moquai-je. Je vais te donner le mien.

Je retournai au bureau et annotai mon numéro au dos de la carte de visite avant de la lui rendre.

— J'ai déjà ton numéro, s'esclaffa-t-il.

— Ne peux-tu pas faire comme si tu étais un homme normal ? Juste pour me faire plaisir ?

— Ça m'arrive parfois. Surtout avec toi, murmura-t-il en prenant ma carte pour la glisser dans sa poche.

Il me prit dans ses bras et je calai ma tête sous son menton. Après cette dernière étreinte, il me relâcha, me prit la main et, comme à son habitude, l'embrassa avec tendresse. Je le regardai faire, heureuse comme je l'avais rarement été. Il m'ouvrit la porte de la suite et, après s'être assuré qu'aucun membre du personnel n'était à l'étage, fit un geste du menton m'intimant de sortir.

Je courus jusqu'à l'ascenseur. Par chance, il arriva dans l'instant et descendit à l'étage des cuisines. J'espérais passer inaperçue en utilisant la sortie de service des vestiaires.

Alors que je franchissais la porte menant à l'extérieur, je me heurtai à Gregory qui, lui, entrait.

— Kat ? s'étonna-t-il en détaillant ma tenue.

— Salut, Gregory, soufflai-je en rougissant violemment.

— Qu'est-ce que tu fais ici ?

— Je... euh... Je... En fait... j'allais rentrer chez moi.

— Tu as dormi ici ?

— Non, m'écriai-je trop vivement. J'ai... J'ai oublié un truc dans mon vestiaire et je suis passée le reprendre.

— En escarpins ? Je ne te connaissais pas si... sexy, s'amusa-t-il en louchant vers mon décolleté.

— Gregory ! râlai-je en croisant les bras sur ma poitrine. Ecoute, je suis pressée, est-ce que tu pourrais...

— Et je présume que cette petite marque rouge dans ton cou est l'œuvre d'un vilain moustique qui a miraculeusement survécu à l'hiver new-yorkais.

Je plaquai une main sur mon cou, maudissant Andrew de m'avoir marquée. Si cela avait été plus qu'agréable sur le coup, c'était maintenant vraiment gênant.

— C'est tellement facile avec toi, Kat !

— Tu n'as rien de mieux à faire ? sifflai-je, vexée de m'être fait avoir.

— Pour l'instant, je joue mon rôle. Une personne, toi en l'occurrence, cherche à quitter l'hôtel en toute discrétion.

— Je travaille dans cet hôtel, Greg !

— Tu n'étais pas de service, riposta-t-il en croisant ses bras puissants sur sa poitrine.

— Greg, je ne dirai rien.

— Donc, il y a quelque chose ! triompha-t-il.

— Fiche-moi la paix ! Je dois rentrer chez moi.

Je tentai de l'esquiver, mais il fut plus rapide et me barra l'accès. Un sourire géant éclairait son visage et je compris que je n'aurais pas gain de cause. Je soupirai, agacée par son obstination.

— S'il te plaît, Greg.

— Tu ne veux rien me dire ?

— Non ! criai-je presque. C'est... privé, articulai-je péniblement en fuyant son regard inquisiteur.

Comme il ne répondit pas, je levai les yeux. La lueur d'amusement dans son regard avait disparu et son front se plissait de réflexion. Son sourire s'effaça en un instant et il décroisa les bras.

— C'est Blake ? demanda-t-il avec une voix ferme.

— Gregory !

— Réponds ! Est-ce que c'est Blake ?

— Je t'ai dit que c'était privé !

— Kat, je me fous de savoir combien de positions du Kama-sutra tu as testées cette nuit. Je veux juste savoir si c'était avec lui ! gronda-t-il.

Le ton de sa voix était loin de la taquinerie. Depuis que je connaissais Gregory, je n'avais eu que très peu de conversations sérieuses avec lui. En dehors des réunions des employés, nous discutions surtout en prenant un café, et cela tournait invariablement autour de sa capacité à me rendre chèvre avec son humour de bas étage.

— Kat ? Dis-moi !

— Greg, ce n'est pas ce que tu crois, murmurai-je d'une toute petite voix.

— Putain, Kat, mais qu'est-ce qui te prend ? s'énerva-t-il.

Je baissai les yeux, surprise d'être la cible de sa colère. Je n'arrivais juste pas à comprendre pourquoi il explosait ainsi. Gregory était plutôt serein et calme, même dans les situations les plus ardues. Sa respiration était presque sifflante et il passa une main sur son visage, soudain las. Ma stupéfaction ne fit que croître quand il posa ses mains géantes sur le haut de mes bras et abaissa son visage à hauteur du mien :

— Promets-moi de faire attention à toi, Kat.

— Gregory, soupirai-je, fatiguée de toute cette tension.

— Promets-moi, répéta-t-il. Kat, tu ne sais rien de cet homme.

— Qu'est-ce que tu sais ? ripostai-je en me débattant. Qu'est-ce que tu sais de lui ?

— L'hôtel a reçu des menaces. Assez violentes, ajouta-t-il. Et tu ignores tout de son passé.

— Parce que tu t'es renseigné ? m'étonnai-je.

— J'ai encore quelques amis dans la police. Les collègues m'ont donné des infos.

— Greg, j'apprécie ta sollicitude, mais je suis une grande fille. Je sais me protéger.

— Même de lui ?

— Je serai prudente. Ne t'inquiète pas.

Je l'esquivai de nouveau, mais cette fois il ne chercha pas à me bloquer le passage. Quand je retrouvai l'air frais à l'extérieur, je m'aperçus que j'avais retenu mon souffle pendant toute notre conversation. Dans le métro qui me ramenait chez moi, je ressassai les informations de Gregory et celles que j'avais récoltées pendant mes précédentes recherches.

Une seule conclusion me vint à l'esprit : j'avais loupé quelque chose. Quelque chose d'assez énorme pour que, deux ans après, Andrew soit toujours dans la tourmente et menacé. Les quelques minutes de marche jusqu'à chez moi furent une torture. J'étais transie de froid et c'est en tremblant que j'entrai dans le hall de mon immeuble. Je cavalai jusqu'à l'ascenseur, me frottant les bras pour me donner une illusion de chaleur.

Je trouvai mes clés au fond de mon sac et ouvris la porte, constatant avec surprise que j'avais visiblement oublié de la verrouiller en partant la veille au soir. Je la refermai derrière moi et, alors que je posais mon sac sur le guéridon, découvris une silhouette assise sur le canapé, dans la pénombre. Je poussai un cri de terreur avant que la lumière inonde la pièce.

Dan était chez moi.

LIVRE 2

Chapitre 14

— J'avais tablé sur un retour un peu moins tardif.

— Bon sang, Dan, tu m'as fait une peur bleue ! Qu'est-ce que tu fiches ici ? hurlai-je en avançant vers lui.

— Je t'attendais.

Son calme m'effrayait et je reculai doucement jusqu'à la porte. Du coin de l'œil, je vis un sac de voyage bleu. Je pris conscience que ma soirée puis ma nuit avec Andrew Blake m'avaient fait oublier un certain nombre de choses, notamment mon projet de week-end dans le New Jersey avec mon petit ami officiel.

— Tu es entré chez moi en mon absence ?

— Ton gardien me trouve sympathique. Où étais-tu ? demanda-t-il sèchement.

— A l'hôtel, répondis-je avec sincérité.

— Avec lui, je présume.

Il se leva et avança vers moi. Je fixai son visage impassible, trop calme, trop lisse. Ses yeux étaient noirs, ses poings serrés à s'en faire sûrement mal. A la vue des cernes sous ses yeux, je compris qu'il n'avait pas dormi de la nuit.

— Comment était la pièce ? s'enquit-il.

— Dan, il faut qu'on parle.

— Je t'ai vue avec lui. J'étais là, avec mon père, je t'attendais à la sortie et tu étais avec lui. Il avait la main sur toi. Juste là, précisa-t-il avant d'enrouler prestement son bras autour de moi pour appuyer sur le bas de mon dos.

Je m'écartai vivement et m'éloignai de lui. Je n'aimais pas ce que je ressentais. Peut-être était-ce la conversation avec Gregory qui me troublait toujours, mais Dan m'effrayait.

— Dan, je crois que toi et moi devrions faire... une pause, articulai-je difficilement.

— Une pause ?

— Une longue pause, précisai-je en agrippant la chaise derrière moi.

— Tu me quittes pour lui ? s'esclaffa-t-il.

— Non. C'est juste que je ne supporte plus... ta... jalousie, ta colère contre lui et contre moi. J'ai l'impression de passer mon temps à apaiser tes craintes.

Son visage se radoucit aussitôt et je décrispai mes mains pour les mettre devant moi.

— Je craignais de te perdre. En quoi cela fait-il de moi un mauvais petit ami ?

— Tu n'as pas confiance en moi.

— Tu as passé la nuit dehors, dans les bras d'un autre homme ! ironisa-t-il avec un sourire mauvais.

Je baissai le regard et me triturai les mains. Certes, Daniel n'avait jamais eu une grande confiance en ma capacité à résister à Blake, mais j'étais celle qui avait cédé. Je l'avais embrassé, j'avais accepté de passer la nuit avec lui, j'avais oublié Daniel et lui avais donné raison. Je ne méritais pas sa confiance.

— Tu ne prends même pas la peine de nier ! souligna-t-il.

— Pour quoi faire ? Je suis certaine que tu as eu tout le temps de t'inventer une histoire à ce sujet et que tu n'en démordras pas.

— Il te voulait depuis le départ.

— C'est faux. C'est juste... un concours de circonstances.

— J'ai cru que tu étais différente. J'ai cru que son argent, son pouvoir, ses relations ne t'atteindraient pas.

— Je me fiche de tout ça ! hurlai-je, détestant qu'il me considère comme une femme vénale et matérialiste.

— Voyons, Kat ! J'ai déjà connu ça, murmura-t-il.

— Dan, tu es un type formidable, tu es gentil et prévenant, mais...

— ... je ne suis pas lui. Je connais la chanson, merci. Il va te faire du mal, lança-t-il après un court silence. Il te manipule, il se sert de toi, de ta naïveté, pour mieux te laisser tomber ensuite.

— Ma naïveté ? Mon Dieu, Dan, mais tu ne me connais vraiment pas !

— Je le connais, lui, et les types dans son genre ! cracha-t-il, plein de hargne. « Andrew Blake, roi tout-puissant des médias... » Comment peux-tu croire qu'il puisse s'enticher d'une fille comme toi ?

— Sors de chez moi ! lui ordonnai-je en retenant mes larmes.

Son visage changea de nouveau, et il sembla prendre conscience de la portée de ses mots. Il s'approcha de moi et posa sa main sur ma joue. Je fermai les yeux, pas certaine de pouvoir supporter la suite de cette conversation. Mon ventre se tordit douloureusement quand je compris à quel point je m'étais trompée sur lui.

— Kat, ce n'est pas ce que j'ai voulu dire.

— Sors de chez moi, répétai-je.

— Il va te piétiner. Il va faire de toi une femme sans âme. Petit à petit, tu ne seras plus toi-même. Ou alors, dans le meilleur des cas, il se désintéressera de toi du jour au lendemain.

Mon cœur se serra dans une douleur atroce. Non seulement Dan me considérait comme faible et fade, mais il jugeait Andrew sans le connaître. La main de Dan quitta ma joue. Il attrapa sa veste posée près de moi.

— Les types comme lui ne s'embarrassent pas des états d'âme, dit-il en récupérant le sac de voyage.

— De toute évidence, tu ne t'embarrasses pas des miens, lâchai-je alors que je me sentais vaciller sur mes jambes.

— Tu n'es qu'un pion dans son univers. Il t'écrasera, sans même que tu t'en rendes compte. Et quand il aura réussi à te couper du monde, à te vider totalement, alors tu comprendras que j'avais raison.

Il enfila sa veste et, après un dernier regard, quitta mon appartement. A bout de souffle, le cœur en miettes et le corps pétri de douleur, je m'écroulai contre le mur jusqu'à heurter le sol. Je m'octroyai de profondes inspirations et expirations pour tenter de chasser mon mal-être. Après plusieurs minutes, je me relevai et allai dans ma chambre me changer. J'enfilai un pull épais et un bas de jogging, espérant limiter le froid qui s'insinuait en moi.

Je passai la matinée dans le coton. Après l'euphorie de ma nuit avec Andrew, l'atterrissage fut douloureux. Les mots de Dan flottaient dans mon crâne, provoquant même une légère crise de paranoïa. Et s'il avait raison... Si j'avais cédé trop facilement... L'univers d'Andrew et le mien n'avaient rien en commun... Pourquoi m'avait-il choisie ?

La journée passa lentement, très lentement. Malgré toute ma volonté à m'occuper et à m'activer dans l'appartement, je me sentais presque nauséeuse. Je n'avais aucun regret concernant ma nuit avec Andrew, mais j'avais l'impression d'en payer les conséquences de manière disproportionnée.

Finalement, c'est avec un certain soulagement que je regagnai le Peninsula. J'y retrouvai Sam avec une pointe d'anxiété. S'il me parlait de Blake, c'était que tout l'hôtel était au courant. Mais les transmissions se passèrent sans encombre. Ou presque.

— Blake a laissé un mot pour toi, l'enveloppe est dans ta bannette.

— Oh... merci, murmurai-je en rougissant.

— Il t'aime bien, on dirait, plaisanta Sam.

— On dirait, oui...

Je me perdis dans le souvenir de ses lèvres sur ma main. Quand Sam me ramena à la réalité en claquant des doigts, je m'aperçus que je caressais ma paume en souriant.

— T'es avec moi, là ? s'amusa mon collègue.

— Humm... oui. Juste un peu de fatigue.

— La nuit a été courte ?

Un sourire entendu s'installa sur ses lèvres et, pendant une seconde, je me demandai s'il savait. Ou peut-être qu'il ne savait pas, et que, à l'instar de Gregory, il prêchait le faux pour obtenir le vrai.

— Oui. Je suis rentrée tard, mentis-je.

— Je vais y aller, ma femme m'attend pour qu'on fête son anniversaire.

— OK... Bonne soirée alors, dis-je distraitement.

— Tu es sûre que tout va bien ?

— Oui, oui. Pars tranquille. Je dormirai demain toute la journée.

L'esprit encore embrumé, j'occultai volontairement la lettre de Blake. J'avais déjà beaucoup de difficultés à trouver la motivation pour faire mon travail, il fallait que je la conserve au moins pour exécuter les tâches courantes.

Mais ce que je pensais être un choix raisonnable fut une torture. Mes mains agissaient, mais mes yeux fixaient la bannette où reposait l'enveloppe. Mon cerveau était en veille et c'est en mode automatique que j'expédiais la validation des réservations.

Je repoussai le dossier et arrachai le tiroir contenant le courrier d'Andrew. Son écriture était à peine lisible. Et en voyant que son mot avait été écrit sur un des papiers à en-tête de l'hôtel, je devinais qu'il l'avait rédigé juste avant son départ, de façon un peu précipitée :

« Il y a tellement de choses que je veux te dire, et tellement de choses auxquelles je pense. Et toujours trop peu de temps pour les partager avec toi. Mais j'ai pris une décision.

Ma seule exception, c'est toi.

Je t'embrasse,

Andrew.

P.-S. : Garde-moi ta soirée du 15. »

Je fronçai les sourcils à la vue de son P.-S. Le 15... Il

m'avait dit « quinze jours », et maintenant il m'annonçait son retour dans plus de trois semaines! Mais ma déception se dissipa très vite. Je relus son mot :

« Ma seule exception, c'est toi. »

Un sourire discret, mais heureux, s'étala sur mon visage. Son « exception ». Ce seul mot signifiait tellement de choses maintenant. Je repliai la note et la glissai dans l'enveloppe adressée à mon prénom. Ce n'est qu'à cet instant que je sentis un poids presque imperceptible. Je retirai le mot et retournai l'enveloppe.

L'alliance d'Andrew Blake atterrit dans le creux de ma main. Eberluée, je pris la bague. C'était bien la sienne. Toujours aussi brillante, avec une simple phrase gravée à l'intérieur : « Je ne veux pour flambeaux que tes yeux. » Sous le choc, je m'assis dans le fauteuil et fixai le bijou sans vraiment le voir.

Il avait retiré son alliance. Pour moi. Pour son unique exception.

« Mais j'ai pris une décision », m'avait-il écrit.

C'était cela : se défaire de son passé et me choisir. Décider de garder dans un coin de sa tête l'amour qu'il porte à sa femme, pour moi. Les larmes affluèrent à mes yeux et je les sentis rouler le long de mes joues, incontrôlables. Après plusieurs secondes de consternation, je me redressai et les essuyai. J'étais de service, je devais me reprendre.

Avec précaution, je remis l'anneau dans son enveloppe. J'étais flattée. Plus que flattée même. Andrew me confiait son alliance, mais je savais que ces quelques lignes allaient au-delà de ce simple bijou.

Je devais lui parler. Maintenant.

Prise dans l'urgence, je cavalai jusqu'à mon vestiaire et récupérai mon téléphone portable. Je trouvai le numéro de son bureau sur son dossier « client » et, après avoir vérifié l'heure, le composai. Le connaissant, il avait dû y aller en sortant de l'avion.

— Blake Medias, Lauren à votre écoute, fit une voix nasillarde.

— Euh... Bonjour. J'aimerais parler à Andrew Blake, soufflai-je, surprise d'entendre son assistante me répondre.

— M. Blake est en réunion. Puis-je prendre un message? débita-t-elle rapidement.

— Oh... Dites-lui que Kathleen Dillon a appelé.

— Un numéro où il peut vous joindre? demanda-t-elle avec une pointe d'énervement.

— M. Blake a mon numéro. Bonne soirée, dis-je d'une voix ferme.

Je raccrochai sans laisser le temps à cette pimbêche de me saluer. Je pensai furtivement à l'appeler sur son portable mais, s'il était en réunion, il n'apprécierait pas d'être dérangé. Je me décidai finalement pour un message :

« Heureuse de ta décision. Mes soirées sont à toi. Toutes. Sans conditions. K. »

Je reposai mon portable dans un coin et, ragaillardie par cette bulle de bonheur que venait de m'offrir Andrew, je repris mes occupations.

Mon téléphone sonna trois minutes plus tard. En voyant le numéro d'Andrew s'afficher, je ris doucement.

— Bonsoir, soufflai-je.

— Je voulais entendre ta voix. Pourquoi n'as-tu pas appelé?

— Ton assistante m'a dit que tu étais en réunion. Je ne voulais pas te déranger.

Je l'entendis soupirer lourdement, puis il appela Lauren. Intérieurement, je ressentais une forme de jubilation. Le ton qu'avait employé Andrew était sec et mâtiné de colère. De toute évidence, qu'elle fasse barrage ne lui plaisait pas.

— Lauren, quand Kathleen Dillon cherche à me joindre, vous me la passez, fit la voix étouffée d'Andrew.

— Mais...

— Peu importe. Ne jouez pas avec moi, Lauren, vous êtes à deux doigts de perdre votre job.

— Bien, monsieur Blake, murmura-t-elle.

J'entendis un nouveau soupir, puis un bruit de frottement. Andrew devait sûrement avoir retiré sa main du micro.

— Préviens-moi si cela se reproduit.

— Ce n'était rien, Andrew, soufflai-je, soudainement prise de remords. Tu es occupé, c'est normal qu'elle filtre.

— Elle ne te filtre pas, toi ! Je ne tolérerai pas que tu sois mise de côté.

— D'accord, chuchotai-je avec douceur. Merci pour... ton mot, lançai-je maladroitement. Et pour le reste aussi.

— Il était temps que je le fasse. Elle... Elle appartient au passé et je ne peux plus vivre dans son souvenir.

— Andrew, jamais je ne te demanderai d'oublier ta femme. Tu l'as aimée. Et de toute évidence, une partie de toi l'aime toujours.

— Peut-être. Comment s'est passée ta journée ? éluda-t-il rapidement.

— Bien. Je... J'ai vu Dan.

— Oh... As-tu pu lui parler ?

— Je n'ai pas eu le choix à vrai dire, il m'attendait chez moi.

— Chez toi ? s'écria-t-il. Comment est-il entré chez toi ?

— Le gardien, expliquai-je. Mais j'ai mis les choses au point avec lui.

Il y eut un court silence, et je me demandai si je devais vraiment tout lui raconter. Vu la colère qu'il avait manifestée auprès de Lauren, je n'osais imaginer sa rage si je lui racontais ma conversation avec Dan, ou à quel point cela m'avait secouée.

— Et ta journée ? demandai-je finalement.

— Longue... Chargée... Et loin de toi. J'ai dû décaler mon déplacement.

— J'ai vu. Le 15. C'est loin, avouai-je en m'apercevant à quel point je m'étais attachée à lui et à sa présence.

— Vas-tu enfin reconnaître que tu es pressée de me voir ?

— Jamais de la vie ! Ton ego est déjà tellement monstrueux !

— Pas autant que ton entêtement ! Ceci dit, j'apprécie que tu aies appelé.

— Oh ! et pourquoi ? l'interrogeai-je en souriant.

— Parce que, d'une part, ça prouve que tu tiens un tout petit peu à moi et, d'autre part, ça limite la casse.

— Ça limite la casse ? répétai-je sans comprendre.

— Tu comprendras demain.

— Andrew ! râlai-je. Tu sais que je déteste quand tu me caches des choses.

— Je ne te les cache que pour ton propre bien.

Je grommelai, plus pour la forme que par volonté de vraiment savoir ce qu'il dissimulait. Connaissant Andrew, il avait encore fait dans l'extrême.

— Je dois te laisser, murmura-t-il.

— OK. Passe une bonne soirée.

— Je t'embrasse. A plus tard.

L'instant suivant il raccrochait, sans même me laisser l'occasion de répondre. Un peu surprise, je regardai mon téléphone avant de le poser près de moi. Le reste de la nuit fut plutôt calme et je pris plus de temps que nécessaire pour traiter le dossier de Blake Medias et faire les réservations. Et ces mêmes réservations me firent réfléchir au genre de soirée qu'Andrew voudrait passer.

Cet homme avait tout : l'argent, le pouvoir, la volonté. Mais je ne connaissais aucune de ses passions. Peut-être le piano, songeai-je en repensant au fait qu'il avait demandé de faire accorder celui de l'hôtel. Un concert... Je secouai la tête. Il venait dans quasiment un mois, et j'étais déjà en train de me ronger les sangs.

Le lendemain matin, Gregory arriva tout sourires à mon pupitre, m'apportant un café au lait. Ce simple fait était suspect. Et quand son sourire s'élargit à mesure que mes yeux se plissaient de suspicion, je paniquai presque.

— Gregory, tu me fais peur, dis-je alors qu'il s'appuyait sur mon comptoir, aussi silencieux que souriant. Qu'est-ce que tu caches ?

— Moi ? Rien !

— Gregory ! grognai-je.

— Je viens de m'apercevoir d'un truc... Si tu couches avec Blake...

— Je ne couche pas avec lui, le coupai-je vivement en rougissant.

— Oh... Bon, disons que si tu « entretiens une relation avec lui », reprit-il en mimant les guillemets avec une grimace exagérée, c'est qu'il n'entretient pas de relation avec la blonde.

— Je pensais que tu le savais déjà !

— Je le savais, mais maintenant ça veut dire qu'il est définitivement hors course et que ce joli petit lot est à moi.

Une forme de fierté et d'excitation anticipée brilla dans ses yeux. Je le regardai, me retenant d'exploser de rire.

— Gregory, je ne voudrais pas ruiner tous tes espoirs, mais j'ai l'impression qu'elle ne côtoie pas le monde des humains.

— Tu as réussi à attirer Blake...

— Je...

— Ne dis pas le contraire ! me coupa-t-il vivement. Donc, si tu as eu Blake, je peux avoir la blonde.

— Meghan, corrigeai-je. Meghan Stanton. Ton fantasme a un nom, sifflai-je.

— En effet, et toi, tu as une mission pour moi.

— Quel genre de mission ? demandai-je, soupçonneuse.

— M'aider. Je veux que cette femme tombe à mes pieds, si possible nue, et me demande de l'honorer jusqu'à la fin des temps, déclama-t-il.

Je pouffai de rire en voyant Gregory bomber le torse, convaincu par ce qu'il disait. Je repensai à Meghan, froide, distante, presque mesquine. Elle allait écraser Gregory comme on écrase un moucheron gênant.

— Greg, arrête de regarder les péplums... Le gladiateur qui réussit à séduire la femme de l'empereur, ça reste du cinéma !

— Ne sois pas défaitiste. Je compte sur toi ! Et tu as séduit l'empereur !

— Comment suis-je censée t'aider?

— Tu as obtenu son numéro?

— Euh... non.

— Tant pis. Il faut que tu me dises ce qu'elle aime. Je suis certain que tu as des infos, ajouta-t-il en désignant l'ordinateur devant moi.

— Je ne ferai pas ça, Gregory.

— Oh non, Kat... Pitié, ne me fais pas le coup de la fille ultraprofessionnelle!

— Je vais me gêner! Si tu veux lui parler, vas-y. Et amuse-toi bien surtout. Elle reviendra sûrement avec And... avec M. Blake, corrigeai-je en rougissant.

— Ta ligne de défense est mauvaise, Dillon. Tu couches... ah non, pardon, tu « entretiens une relation privilégiée » avec un client. Et franchement, si tu refuses de m'aider spontanément, je vais devoir avoir recours à des méthodes honteuses et inavouables...

— Comme? demandai-je, soudain anxieuse.

— Le chantage.

Je me crispai, songeant à tout ce que Gregory savait. Le pire, évidemment, était ce qu'il ne savait pas, mais que son esprit tordu imaginait.

— Gregory, tu ne ferais pas ça? murmurai-je avec inquiétude. Si Perkins apprend que...

— Perkins? Mais enfin, Kat, tu me prends pour qui?

— J'ai cru que...

— Kat, ce qui se passe entre Blake et toi ne regarde que Blake et toi... Et moi aussi, accessoirement, mais ce n'est qu'un détail. J'ai mieux pour te faire chanter...

— Vraiment?

Un sourire géant et effrayant s'étira sur ses lèvres. La phase de soulagement, que je venais de ressentir en apprenant que Gregory ne dirait rien à Perkins, s'effaça aussitôt. Gregory avait été flic dans une ancienne vie, il savait comment faire pression efficacement. Il retira une enveloppe de sa poche et la posa devant moi, laissant fermement son index dessus.

L'inconnu.

Chapitre 15

— La lettre contre ton aide.

— Ce n'est pas fair-play, Greg !

— Je t'écoute, triompha-t-il alors que je pianotais sur mon clavier, défaite.

Je soupirai, à la recherche d'informations sur Meghan Stanton. Sincèrement, je ne croyais pas une seconde qu'elle respirerait ne serait-ce que le même air que Gregory. Mais il avait une lettre pour moi et, malgré les derniers événements, je m'étais attachée à l'homme qui m'écrivait.

— Elle a réservé une séance de massage lors de son dernier séjour. Tu devrais peut-être commencer par là, suggérai-je.

— Parfait...

Il relâcha la lettre et je l'attrapai vivement avant de la fourrer dans ma bannette. Gregory, heureux comme un pape, s'éloigna.

— Gregory ?

— Oui ?

— Fais dans le classique avec elle : fleurs, dîner... flatteries, ajoutai-je avec une pointe d'ironie.

— J'y penserai ! lança-t-il avant de regagner son bureau.

Sam arriva pour assurer la relève quelques instants plus tard.

Ce n'est qu'une fois assise dans le métro, bercée par le

ronron de la rame, que je ressortis la lettre de l'inconnu. A l'intérieur, je trouvai la photo d'une ville, baignée par la nuit et seulement éclairée par quelques lumières isolées. Je la regardai un long moment, la retournai même, avant de la glisser derrière la lettre.

« Chère Marie,

Merci. A l'exclusion de ma famille, il est rare que je reçoive des cadeaux aussi... personnels. Je suis vraiment touché. Un livre... C'est plus qu'un livre. Je me souviens que dans votre première lettre, vous me conseilliez de lire. J'ai suivi cette recommandation et je suis heureux que ce roman fasse partie de mes lectures à venir.

Je ne peux pas croire que votre vie soit si calme. Vous enviez la mienne, quand j'envie la vôtre. Vous avez du temps. Vous pouvez faire des choses, moi... je cours. Constamment. Après le temps qui file, après mon travail, après les gens que j'aime. Je n'ai pas assez d'heures pour faire les choses correctement. Néanmoins, j'essaye...

Le destin ne vous a pas oubliée. Sinon, je ne serais pas en train de vous écrire cette lettre. Vivez votre vie, Marie. Ne vous enlisez pas dans ce que vous n'aimez pas... N'était-ce pas les bons conseils que vous me donniez il n'y a pas si longtemps ?

Vous voulez être rassurée ? J'ouvre vos lettres dans le silence le plus complet. J'attends d'être seul, je coupe la musique, je ferme les fenêtres, j'éteins mon téléphone et je découvre votre courrier. Le bruit du papier me rend heureux. Ouvrir vos lettres, c'est... excitant. C'est comme si, lettre après lettre, je vous découvrais un peu plus. Et j'aime en savoir plus sur vous.

Ma grande passion n'est pas partageable par écrit. Je joue du piano. Mal la plupart du temps. Mais ma famille tente de me faire croire l'inverse. Dieu merci, je ne dors plus dans ma chambre d'enfant. J'ai un lit d'adulte maintenant !

Vous souvenez-vous de votre premier message ? Il parlait du destin et d'une main tendue. Je crois l'avoir trouvée. Elle est... incroyable. J'ai la sensation d'être moi quand je suis auprès d'elle et, quelque part, je sais que c'est grâce à vous. Vous m'avez poussé à ouvrir les yeux, à mettre de côté ma solitude. Pour vous d'abord, et maintenant pour elle.

Vous n'avez pas idée à quel point vous écrire m'a sauvé. De bien des façons. J'ose seulement espérer que mes lettres vous apportent quelque chose d'aussi fort. Je me sens presque redevable et honteux de vous devoir autant.

À défaut de vous jouer du piano, j'ai quand même un cadeau pour vous. C'est ce que je vois quand je vous écris. C'est ce qui m'inspire quand je vous écris. Sauf pour cette lettre... Mais c'est toujours la nuit que je vous écris. Peut-être devrais-je chercher une explication rationnelle à ça ?

Je vous embrasse... Et si je pouvais, je vous enlacerais. Je ne sais pas si on peut dire ce genre de choses dans une lettre, mais vous êtes importante pour moi.

Votre inconnu. »

Je relus la lettre plusieurs fois, et manquai de louper mon arrêt. Je sortis du métro en courant pour gagner mon appartement. J'ôtai mon manteau et mon bonnet, et me précipitai dans mon lit. La fatigue me gagna dès que je posai la tête sur l'oreiller.

*
* *

A mon réveil, en milieu d'après-midi, j'étais encore comateuse. Je me fis un thé et consultai mon téléphone portable. J'avais un message d'Andrew :

> La plupart des gens comptent les jours... Personnellement, je compte les nuits qui me séparent de toi. Prends soin de toi. A.

Cette fois, je ne retins pas mon sourire. Mon mug à la main, je fixai la vue brumeuse devant moi. Je pensai de nouveau à notre nuit ensemble, à sa bouche, à ses mots, au fait qu'il voulait que j'oublie qui il était. J'avais déjà oublié. A mes yeux, Andrew Blake n'était plus un millionnaire excentrique et arrogant, il était juste l'homme avec qui j'avais dormi, l'homme pour qui j'étais l'exception, l'homme pour qui je comptais les jours avant son retour.

L'homme à qui je devais une soirée.

Voilà sur quoi j'allais devoir œuvrer. Furtivement, je songeai que je ne savais que très peu de choses sur lui, et même pas la nourriture qu'il aimait. Je fronçai les sourcils, à la recherche d'une idée à la fois originale et à ma portée. Si lui pouvait se permettre d'être excentrique, moi, je devais plutôt agir dans la mesure.

Perdue dans mes pensées, je finis mon thé et consultai encore une fois mon portable. J'étais tentée de lui envoyer un message pour avoir son avis. Mais je savais que ce serait peine perdue. Il prendrait un malin plaisir à ne pas me répondre et, par ailleurs, je voulais le surprendre. C'est la sonnerie de mon Interphone qui me tira de mes songes.

— C'est Maria, chanta la voix de la fleuriste de l'hôtel.

Je la laissai accéder à l'immeuble et, quelques secondes plus tard, elle sonna à ma porte. Quand je lui ouvris, elle était toute joyeuse.

— Livraison à domicile, expliqua-t-elle en entrant dans le salon.

Andrew... Qu'avait-il encore manigancé? Je refermai

la porte derrière elle et lui fis face. De derrière son dos, elle exhiba une longue et superbe rose blanche.

— C'est son assistante qui a appelé mais, crois-moi, rien qu'à la commande, je savais que c'était lui, expliqua-t-elle en me tendant la fleur.

Je pris la rose d'entre ses mains et souris en la portant à mon nez. Son parfum était légèrement capiteux, mais j'aimais ça. Je savais désormais qu'il me serait impossible de ne pas associer Andrew à ces roses.

— J'ai préféré venir te l'apporter moi-même, dit doucement Maria en me tirant de mes pensées.

— Merci d'avoir fait le déplacement. Ce n'était pas nécessaire pour si peu.

— Kat, je vois ton sourire, je sais que ce n'est pas « si peu ».

— Ce n'est pas ce que je voulais dire. Andrew m'a habituée...

— Andrew ? Oh ! Donc ce n'est plus « Monsieur Blake » ? fit-elle avec un air faussement étonné.

— Les choses ont un peu... évolué.

— Oh...

— Mais c'est encore tôt. Et je suis ravie qu'il ait fini par se contenir et par faire dans la mesure, soulignai-je en désignant ma rose solitaire.

— Oh ! Kat, tu es tellement naïve ! rit Maria soudainement.

Je fronçai les sourcils, cherchant une explication à son hilarité. Je reportai la fleur sous mon nez, m'enivrant de son parfum. Le rire de Maria s'éteignit et elle me fixa un long moment.

— Je ne venais pas que pour ça, à vrai dire, avoua-t-elle dans un murmure.

— Vraiment ?

— Vraiment. J'aurais très bien pu te faire livrer cette rose, mais Andrew Blake est du genre têtu et persuasif.

Elle se dandina sur ses pieds et sembla soudainement mal à l'aise. Je l'invitai à s'asseoir et m'installai près d'elle.

— Qu'est-ce qu'il t'a demandé de faire? soupirai-je en songeant à ses multiples abus de pouvoir.

— Eh bien... Il y a la rose... et il y a ça, hésita-t-elle en posant un écrin sur la table.

Je fixai le petit cube de velours devant mes yeux. J'aurais reconnu la marque entre mille : Cartier. Les bijoux. Le souvenir de sa petite mascarade pour me faire essayer le cadeau de sa mère me revint en tête. Près de moi, j'entendis Maria soupirer lourdement avant de se frotter les mains sur son pantalon.

— Oh! fis-je, tétanisée.

— J'ai dû aller le récupérer à la boutique.

— C'est... impossible, murmurai-je.

Rapidement, j'analysai la taille de la petite boîte et confrontai mes observations au souvenir de ma soirée dans sa suite. De toute évidence, il ne s'agissait ni d'un collier ni d'un bracelet. Je déglutis violemment, prise dans une forme de tourbillon de joie et de peur. Tout allait trop vite avec lui. Tout était dans l'excès, dans la violence, dans la puissance. Je détestais la façon dont il imposait son point de vue.

Je souris à cette pensée. C'était aussi son arrogance qui m'avait séduite. Son abnégation à me vouloir, sa manière de me chambouler, rien qu'avec son regard étincelant... Ses baisemains m'avaient conquise. Et maintenant, dans le silence le plus complet, auprès de Maria, je me demandais si je devais ouvrir cette boîte ou faire comme si elle n'existait pas.

— Tu devrais l'ouvrir, lâcha Maria près de moi.

— Tu crois?

— Eh bien, je pense qu'ainsi tu arrêteras de regarder cette boîte comme si elle allait exploser dans la minute.

— Il faut que je lui dise de cesser ça, soupirai-je en prenant finalement l'objet entre mes mains.

— « Ça » quoi?

— Les excès en tout genre, précisai-je en ouvrant l'écrin.

Un peu tremblante, je découvris une sublime paire de boucles d'oreilles. J'entendis Maria gémir d'aise. Je lui lançai un regard et, d'un même mouvement, nous nous affaissâmes toutes les deux sur le canapé.

— Je comprends mieux pourquoi il n'avait pas le budget pour les fleurs, rit Maria près de moi.

— Il est dingue… Quel genre d'homme fait ce style de cadeau à une femme qu'il connaît à peine ?

— Le genre qui a les moyens. Et je dois avouer qu'il a plutôt bon goût.

— Je ne sais pas si je dois accepter.

— Oh que si, tu acceptes. Tu le remercies et tu bénis le ciel que cet homme veuille te couvrir de bijoux.

— Maria, c'est un client de l'hôtel !

— Demande-lui de changer d'hôtel.

— Maria ! râlai-je.

— Kat, tu ne devrais pas te faire autant de soucis. Tu peux gérer ça.

— Les cadeaux hors de prix ?

— Lui. Il te veut, constata-t-elle en se levant de mon canapé.

— Il me veut et donc je dois juste être d'accord ? l'interrogeai-je, stupéfaite par son raisonnement.

— Tu sais que ce n'est pas ce que je veux dire. Il ne te veut pas comme la plupart des hommes veulent une femme. Il n'est pas… vulgaire ou… pressé. Kat, ce type est sûrement prêt à tout pour toi. Tu trouves que ces boucles sont excessives ? Sincèrement, je parierais ma boutique qu'il ne trouvera jamais rien de suffisamment excessif pour toi.

— Je ne remets pas en cause Andrew ou ce qu'il pense ressentir pour moi, expliquai-je en me levant à mon tour. Je dis juste que toute cette situation est étourdissante. J'aimerais prendre le temps de le connaître… Tiens, je ne sais même pas quel genre de cuisine il aime, marmonnai-je en repensant à l'organisation de notre soirée.

— Je dois y aller, mais promets-moi de ne pas être trop dure avec lui. Savoure ce qu'il t'offre.

— Mais il t'a mise dans sa poche, on dirait ! m'écriai-je en riant.

— Je t'ai dit qu'il a été persuasif! Pour tout te dire, je ne lui ai même pas facturé cette livraison! soupira-t-elle, comme presque déçue d'être aussi faible avec lui.

J'éclatai de rire et l'embrassai furtivement sur la joue. Elle se dirigea vers la porte et s'éclipsa en direction des ascenseurs. Je l'observai de loin, heureuse d'avoir une femme comme elle à mes côtés. Je refermai la porte doucement et récupérai mon téléphone portable.

A nous deux, Andrew.

— Blake Medias, Lauren à votre écoute.

— Bonjour, Kathleen Dillon pour Andrew Blake, je vous prie.

— Ne quittez pas, m'intima-t-elle sèchement.

Il y eut un petit silence puis, après un déclic, la voix d'Andrew me parvint :

— Ce que j'aime chez cette fleuriste, c'est qu'elle tient toujours parfaitement les horaires de livraison, rit-il.

— Tu n'aurais pas dû! le grondai-je gentiment.

— Je savais que la rose était de trop. Toujours s'en tenir à l'idée de base!

— Andrew! râlai-je. Ces boucles sont magnifiques, vraiment, ce n'était pas nécessaire.

— En effet... Mais j'ai toujours cru qu'un cadeau ne devait pas être nécessaire. Donc, je te rejoins sur ce point.

— Que suis-je censée faire maintenant? interrogeai-je.

— Est-ce que pleurer en m'attendant serait trop te demander?

— « Trop me demander »? Depuis quand t'inquiètes-tu de « trop m'en demander »? plaisantai-je.

— Je ne veux pas te faire fuir, répondit-il avec sérieux.

Le silence s'imposa entre nous. Le ton léger de notre conversation était en train de laisser place à autre chose. Je sentis une boule se former dans ma gorge et, brutalement, je n'eus plus la force de le contredire. De toute façon, je ne voulais pas lui mentir : la fuite faisait partie de moi.

— Elles te plaisent? s'inquiéta-t-il finalement.

— Elles sont superbes.

— Je me targue d'avoir un goût certain pour les choses... précieuses, dit-il avec une voix chaude.

Je retins un rire nerveux. Andrew avait le chic pour me mettre mal à l'aise en une simple phrase.

— Tu travailles cette nuit ?

— Oui. Et la nuit prochaine.

— J'espère que tes clients sont sages avec toi.

— Oh... la routine, certains m'offrent des fleurs, d'autres des bijoux... Parfois, j'ai droit à un billet de cinq dollars, ajoutai-je en riant.

— Ton rire m'avait manqué.

Encore un silence. J'entendis sa respiration dans le combiné et, pendant une courte seconde, j'imaginai qu'il était près de moi, sa main calée dans mon dos. Maria avait raison : je devais savourer ces instants-là.

— Je dois admettre que tu me manques aussi un peu.

— Pourquoi fais-tu ce genre d'aveux quand je suis à des kilomètres de toi ?

— Je présume qu'être au téléphone simplifie les choses.

— Oh... Donc, je ne devrais pas te dire que cette ligne renvoie sur mon portable, et que je suis peut-être à New York.

— Vraiment ? m'écriai-je en sautillant de joie.

— Non, fit-il en riant. Mais j'aurais aimé voir ta tête !

— Tu es méchant !

— Je ne veux que ton bien. Je t'assure, uniquement ton bien, ajouta-t-il. Je ne ferai jamais rien pour t'embarrasser.

— Oh... Donc mon bonheur passe avant tout le reste, j'imagine, plaisantai-je en espérant détendre l'atmosphère.

— Kathleen, j'ai perdu la femme que j'aimais, je n'ai pas vu... ce que j'aurais dû voir. Je ne tiens pas à revivre ça encore une fois.

Sa voix était lourde et sérieuse. Je me mordis les lèvres, me retenant de lui demander des détails. Sa femme était morte dans un accident, il la regrettait, mais quelque chose dans sa conduite me laissait penser que je ne savais pas tout.

— Est-ce que... Est-ce qu'un jour tu me parleras d'elle? l'interrogeai-je prudemment.

— Je ne crois pas, répondit-il sèchement. Ce n'est pas contre toi, reprit-il plus doucement, c'est juste que je ne veux pas me replonger dans tout ça.

— D'accord, murmurai-je, un peu déçue. Il faut que je te laisse, je dois me préparer.

— Tu me forces à t'imaginer nue ou presque, et c'est moi le méchant? sourit-il.

— Andrew..., gémis-je doucement, imagine-moi dans ma tenue du Peninsula, je suis certaine que tes fantasmes vont vite s'éteindre.

— Ne crois pas ça... Tu n'as pas idée du nombre de fois où j'ai rêvé de t'enlever ce truc immonde. Tu n'es pas faite pour ça!

— « Ça » quoi? Le polyester?

— Exactement.

— Alors pour quoi suis-je faite? Le satin et la soie?

— Même pas... Juste nue.

J'éclatai de rire, m'imaginant en train de déambuler nue devant lui. L'image n'avait finalement rien de choquant, mais je doutais de pouvoir le faire un jour. Non seulement ce n'était pas trop mon style mais, en plus, je n'étais pas spécialement à l'aise avec mon corps.

— Je dois vraiment te laisser, dis-je entre deux rires.

— Juste quand la conversation devenait enfin intéressante!

— Je ne crois pas que poursuivre cette discussion soit vraiment utile, m'esclaffai-je.

— En effet. Je préférerais l'avoir face à face. Peut-être même que je trouverais un moyen agréable de te faire taire!

— Voilà qui est bien présomptueux, monsieur Blake. Et comment feriez-vous ça?

— Je croyais que tu ne voulais pas poursuivre cette conversation? se moqua-t-il.

— J'aimerais juste savoir jusqu'où vont tes capacités de persuasion.

— Plus loin que tu ne l'imagines. Peut-être même plus

loin que je ne l'imagine moi-même. Il faut croire que je suis prêt à faire l'impossible pour toi.

Je sentis mes joues se colorer vivement. Cette voix, cette façon de faire des promesses aussi profondes sans en avoir l'air me chamboulaient totalement. Le monde cloisonné que je m'étais créé était en pleine explosion. A cause de lui. Pour lui.

— Tu redeviens présomptueux, plaisantai-je.

— Je suis très sérieux, Kathleen, murmura-t-il. Vraiment sérieux. Crois-moi, j'aimerais être près de toi. Etre présomptueux au téléphone est nettement moins drôle. Je préférerais te voir, t'entendre, te toucher...

— Et remettre en cause notre relation professionnelle ?

— Kathleen ! râla-t-il.

— Pardon... Bientôt, soufflai-je. Bientôt tu pourras faire toutes ces choses. Me faire toutes ces choses, précisai-je en me mordant les joues d'anticipation.

— Pas assez vite, approuva-t-il d'une voix profonde.

— Bonne soirée... Et... encore merci pour les boucles, hésitai-je.

— Mon plaisir, mademoiselle Dillon. Et puis le son de ta voix est le meilleur des remerciements.

Je rougis de nouveau et fus heureuse qu'il soit de l'autre côté du pays. Il n'avait pas besoin de voir l'adolescente qu'il faisait resurgir en moi. Il en aurait été trop heureux et m'aurait rendue folle. Après un silence succinct, il reprit la parole :

— Serait-ce présomptueux de t'embrasser avant que tu ne détales pour exaucer les vœux de tes clients millionnaires ?

— Non, répondis-je, j'adorerais ça. Tu peux compter sur ma discrétion professionnelle.

— Et voilà qu'elle retrouve la raison, lâcha-t-il comme un grand soulagement. Je t'embrasse, Kathleen, dit-il dans un murmure.

Je frissonnai et serrai le téléphone avec force. J'étais à deux doigts de perdre le contrôle. Aurait-il dit un mot que j'aurais rappliqué immédiatement à ses côtés, laissant ma vie derrière moi.

— Andrew ? l'interpellai-je avant qu'il ne raccroche.

— Oui ?

— Concernant cette relation professionnelle...

— Oui, grommela-t-il, apparemment peu ravi que je revienne sur ce sujet.

— Tu es ma seule exception, soufflai-je.

Je devinai son sourire et l'imaginai enfin détendu. Je n'avais pas vraiment eu l'occasion de le côtoyer sans être en lutte contre lui. Mais l'entendre rire, voir son visage calme et serein, me plonger dans son regard étincelant feraient définitivement partie de mes priorités lorsqu'il serait de retour.

— Tu n'imagines pas... combien je suis... heureux de l'apprendre. Plus qu'heureux même.

— Je voulais juste que tu le saches. Je t'embrasse.

Je raccrochai, le sourire aux lèvres et une joie débordante envahit mon corps.

En milieu d'après-midi, Lynne m'appela pour passer un moment avec Philip et elle, et discuter de l'organisation de la cérémonie. Le mariage de mon amie était assez loin sur ma liste des priorités. Andrew Blake avait littéralement tout balayé sur son passage. Soudain, je compris à quel point ma vie me semblait terne, triste et vide. Le même sentiment de solitude et de routine qu'avait généré l'annonce de l'inconnu me saisit.

Il fallait que je le remercie dans ma prochaine lettre. Sans lui, je n'aurais sûrement jamais osé franchir le pas. Avec un sourire, je fourrai l'enveloppe dans mon sac, envisageant de lui répondre pendant la nuit. Je quittai l'appartement et m'engouffrai rapidement dans le métro. L'hiver avait repris ses droits et le froid me pénétrait jusqu'aux os.

Je rejoignis Philip et Lynne dans un petit café qui se

voulait être une réplique améliorée du Caffè Greco. Les futurs mariés discutaient, deux tasses fumantes devant eux.

— Bonsoir ! dis-je joyeusement.

— Oh... Te voilà. Cappuccino ? proposa Lynne.

— Cappuccino, c'est parfait. Bonsoir, Philip.

— Kat, me salua-t-il froidement alors que Lynne s'éclipsait pour passer commande. Comment vas-tu ?

— Bien, je te remercie. Comment vont les préparatifs ?

— Ça avance. Lynne est très organisée. Elle gère parfaitement la situation.

— En effet. La cérémonie sera superbe, je n'en doute pas.

Philip me lança un sourire glacial. Ses yeux étaient sombres, inexpressifs, provoquant, comme toujours lorsque j'étais en sa présence, ce sentiment de malaise. Mais je présumais que, comme pour de nombreux hommes sur le point de se marier, les préparatifs ne l'intéressaient pas. Lynne revint avec mon cappuccino et je la remerciai.

— J'ai un service à te demander, hésita-t-elle avec une voix douce.

— Je t'écoute, dis-je en portant la tasse à mes lèvres.

— J'aimerais que ton père me conduise à l'autel.

— Quoi ? m'écriai-je. Mais... Mais mon père te connaît à peine !

Si mes souvenirs étaient bons, ils s'étaient croisés deux fois, au cours de l'unique voyage de mon père à New York. Je savais qu'il avait tout de suite apprécié Lynne et sa bonne humeur permanente, mais je ne pensais pas qu'ils étaient si proches.

— Kat, tu sais... pour mes parents, reprit doucement Lynne. Je ne veux pas remonter l'allée seule.

— Je... Enfin... Lynne, je ne peux pas me prononcer pour lui. Appelle-le.

— C'est vrai ? Tu es certaine que cela ne te dérange pas ?

Je lançai un regard en biais vers Philip. Je me demandais pourquoi ce n'était pas son père à lui qui accompagnerait Lynne. Mais il aurait été malvenu d'engager la conversation sur ce sujet.

— Certaine, assurai-je à mon amie. Appelle-le. Au moins, ça lui fera une excuse pour venir me voir !

— Super ! Merci, Kat.

Lynne retrouva instantanément son sourire et son visage radieux. Elle n'avait jamais eu la chance de connaître ses parents et avait été ballottée de foyer en foyer avant d'intégrer l'université. Je ne pouvais pas lui reprocher de vouloir un mariage digne de ce nom, avec non seulement la robe et la réception, mais aussi quelqu'un pour l'accompagner jusqu'à l'autel. J'avais de la chance d'avoir mon père, j'allais le partager.

— Seras-tu accompagnée ? me demanda brutalement Philip.

— Je... Euh..., balbutiai-je. Je... Je ne sais pas.

— Tu ne veux pas demander à Dan ? proposa Lynne.

— Dan et moi avons rompu il y a deux jours.

— Oh... Il me semblait pourtant que cela fonctionnait entre vous deux.

— Parfois, on fait de mauvais choix. L'amour n'est pas qu'une question de logistique.

Le sourire de Lynne s'effaça et ses traits se durcirent. Evidemment, ma remarque valait avant tout pour son mariage précipité. J'aurais tellement aimé qu'elle le comprenne enfin et s'aperçoive qu'elle courait à sa perte.

— Donc, tu seras seule ? s'inquiéta Philip.

— Je ne sais pas. Peut-être.

— Peut-être ? Tu sors avec quelqu'un d'autre ?

Je baissai la tête, fixant la tasse à moitié vide entre mes mains. Je ne savais pas vraiment comment qualifier ma relation avec Andrew. Et de son propre souhait, il voulait préserver sa vie privée. Même si Lynne était mon amie, même si je brûlais de lui faire partager mon expérience, je ne pouvais pas vraiment en parler.

— Pas vraiment. C'est un peu... compliqué, expliquai-je.

— Compliqué ? répéta Philip, dubitatif. Tu sors avec un homme marié ? rit-il.

Mes yeux s'agrandirent et mon regard navigua entre Philip, hilare, et Lynne, passablement consternée. Elle savait. Je baissai les yeux de nouveau, ne supportant pas le rire gras de Philip. Non seulement cela me mettait mal à l'aise mais, en plus, il me donnait l'impression que ma relation avec Andrew était choquante.

— Un homme marié ? répéta Lynne.

— Je ne veux pas en parler. A vrai dire, ça ne regarde personne.

— Je croyais que la situation était sous contrôle ? lâcha-t-elle sèchement.

— Certaines choses ne se contrôlent pas, Lynne ! Peut-être devrais-tu, toi aussi, t'en rendre compte !

— Je sais où je vais, merci. Mais comment peux-tu croire qu'il... ?

— Qu'il quoi ? Qu'il s'intéresse à moi ?

— Qui est-ce ? demanda Philip. Tu le connais, chérie ?

Elle se tourna vers lui et, avant que je ne puisse l'en empêcher, la bombe explosa.

— Andrew Blake ? s'étonna-t-il alors que son sourire s'effaçait.

— C'est un client de l'hôtel, précisa Lynne.

— Evidemment que c'est un client, il a des parts dans la chaîne ! s'exclama Philip. Ce type cherche à s'implanter à New York depuis au moins cinq ans !

— Vraiment ? m'étonnai-je. Tu le savais, Lynne ?

— Non... Non, bien sûr que non. Je me suis toujours appliquée à le servir comme un client. Tu le connais ? demanda-t-elle à son fiancé.

— Pas vraiment... Le monde des affaires est un petit monde. Mais ce type est très puissant. Ce n'est pas un secret : il détient un véritable empire avec ses journaux, mais je sais qu'il veut aussi investir dans la construction, ici. Je ne serais pas étonné qu'il ait un projet en cours.

Il y eut un petit silence, presque gênant. Lynne était toujours sous le choc après avoir appris qu'Andrew possédait en partie l'hôtel. Quant à moi, j'étais abasourdie.

Chaque fois que je pensais enfin voir le véritable Andrew Blake, je découvrais une nouvelle facette de sa personnalité. Philip finit son café rapidement et me lança un coup d'œil discret :

— Je présume qu'il s'est remis de la mort de sa femme? lâcha-t-il avec ironie.

— Sa femme est morte? s'exclama Lynne. Mais quand allais-tu enfin te décider à m'en parler? m'interrogea-t-elle, vexée d'avoir été mise à l'écart.

— Andrew veut rester discret. Personne n'a besoin de savoir ça... ni le reste. S'il te plaît, Lynne.

— Est-ce que c'est sérieux entre lui et toi?

— Ça peut le devenir, murmurai-je. Je ne sais pas trop.

— La mort de sa femme a été terrible pour lui. Pendant un moment, on a même cru qu'il allait se retirer complètement des affaires. Mais c'est un coriace, les sentiments n'ont pas de prise sur lui.

— Philip! m'exclamai-je, voulant prendre la défense d'Andrew.

— Oh! Kat, Philip a sûrement raison, renchérit Lynne en posant une main compatissante sur la mienne. Tu ne devrais pas trop... t'emballer. Reste sur tes gardes. Tu es sûre pour Dan? demanda-t-elle finalement.

Je retirai vivement ma main, me faisant presque mal. Je toisai Lynne, lui lançant mon regard le plus mauvais. Comment osait-elle? C'était mesquin.

— Lynne, tu n'es pas la mieux placée pour les conseils relationnels. Ne devions-nous pas parler de cet incroyable mariage que tu prépares?

Elle se redressa légèrement, piquée au vif, et sortit des feuilles de son agenda. Je devinais des larmes au bord de ses yeux, mais me refusais à la réconforter. J'aimais Lynne, elle était incroyable et pleine d'énergie, mais son mariage était une véritable erreur.

— Et ça fait longtemps avec Blake? m'interrogea Philip, hermétique à mon combat avec mon amie.

— Je ne crois pas que cela te regarde! ripostai-je.

Il sembla étonné par ma colère et leva les bras devant lui en signe de défense. Il s'enfonça dans la banquette et enroula son bras autour de Lynne. Si de prime abord cela semblait tendre et bienvenu entre deux personnes qui allaient se marier, je constatais sur le visage de Philip une absence totale d'émotion. Il agissait mécaniquement, avec distance malgré leur apparente proximité, son regard vide se baladant autour de nous, ne s'attardant jamais sur sa future femme.

Mon téléphone vibra dans ma poche et je découvris un message d'Andrew :

Ne pourrai passer qu'une nuit à New York. Garde-la-moi. A.

La déception me gagna. Il était loin, et je doutais d'être suffisamment rassasiée de lui en seulement une nuit.

— C'est lui ? me demanda Philip.

— Oui... Il... Son planning est compliqué.

— Il ne vient plus la semaine du 15 mars ? demanda Lynne, repassant ainsi en mode professionnel.

— Seulement une nuit, soupirai-je avec tristesse.

Je secouai la tête, chassant cette déconvenue. Lynne m'observa, son planning ultraprécis entre les mains, un sourire compatissant sur les lèvres.

— Bien. Si nous parlions de l'organisation de ce mariage ? proposai-je pour changer de sujet.

— Parmi tes nombreuses missions, tu devras préparer un discours.

— Un discours ? Un discours sur les joies du mariage ?

— Les joies du nôtre en l'occurrence, rectifia-t-elle dans un sourire.

Je lui souris à mon tour, lui signifiant que ma colère brutale avait finalement disparu, heureusement dissipée par l'irruption inattendue d'Andrew.

Je relus son message encore et encore. J'aurais pu lui répondre que j'étais déçue, mais je ne voulais pas l'accabler. J'espérais juste qu'il gérait au mieux ses priorités, mais une part de moi souhaitait naïvement être « sa » priorité.

— Hé ! souffla Lynne, me sortant soudain de ma torpeur. Ne t'en fais pas, je suis certaine que tout va bien se passer.

— Je... Je suis juste déçue, avouai-je.

— Que dirais-tu de faire en sorte que cette soirée soit inoubliable ?

— Que... Quoi ?

— Demain, shopping... Ça tombe bien, il me faut aussi certaines choses... pour la nuit de noces, ajouta-t-elle en jetant un coup d'œil vers Philip.

Mais le sourire de Lynne s'effondra aussitôt en voyant que son fiancé pianotait sur son téléphone portable. Un voile de tristesse passa dans son regard, mais elle le masqua quand il se tourna enfin vers elle :

— Désolé, chérie. Une urgence au travail, s'excusa-t-il. Tu disais ?

— Rien... rien. Tu dois retourner au bureau ? demanda-t-elle.

— En effet. Je suis navré, mon ange. On peut reparler de tout ça ce soir ? s'enquit-il en désignant les feuilles entre Lynne et moi.

— Bien sûr.

Philip l'embrassa furtivement sur les lèvres. Malgré tous les efforts de Lynne pour paraître détendue et heureuse, son air restait sombre. Elle eut un soupir à peine perceptible et se força à sourire.

— Est-ce que tout va bien ? l'interrogeai-je.

— Je... Oui... J'aurais aimé qu'il reste, c'est tout.

— Lynne, quand vas-tu enfin ouvrir les yeux ?

— Il a un poste à responsabilité, l'excusa-t-elle.

— Plus important que votre mariage ? Plus important que toi ? Voyons, Lynne, tu... tu te trompes ! lâchai-je, lassée de son entêtement. Tu te trompes sur ta relation avec lui.

— Je l'aime, marmotta-t-elle.

— Tu cherches à te convaincre de ton amour pour lui. Philip ne t'aime pas, Lynne, il se sert de toi. Tu es juste... jolie, tu lui donnes l'image qu'il cherche à obtenir.

— Philip n'est pas comme ça. Nous avons une relation posée et sincère.

— Et tu te complais dans cette situation ?

— Tout le monde n'a pas la chance de s'envoyer en l'air avec un millionnaire ! lâcha-t-elle en fuyant mon regard.

Estomaquée, je la toisai, me retenant presque de la gifler. Comment pouvait-elle juger notre relation ? Comment pouvait-elle me juger, « moi » ? L'argent d'Andrew ne m'avait jamais intéressée, elle le savait.

— La seule chose qui me retient de te gifler, c'est l'amitié que je te porte. Je t'adore, Lynne, mais explique-moi d'où sort cette agressivité ? Qu'est-ce qui te pose problème ? Que je couche potentiellement avec Blake ou que je vive quelque chose que tu ne connaîtras jamais ?

— Comment peux-tu croire que c'est sérieux ?

— Arrête ! Tu ne sais rien. Tu n'as aucune raison d'être jalouse... Sauf si, bien sûr, ta relation idyllique avec Philip n'est finalement qu'un mensonge.

— Philip, lui, est réel. Toi, tu vis dans une espèce de conte de fées surnaturel.

— A ta place, je ne m'inquiéterais pas de mon monde, mais plutôt de l'existence qui t'attend. Tu es avec un homme obsédé par son compte en banque. A ses yeux, tu es un objet de décoration, au mieux. Alors je vis sûrement dans un conte de fées, ce que je fais te semble sûrement complètement fou, mais je vis, Lynne. Je vis ce dont j'ai envie. Je suis moi-même avec lui...

— ... Et son argent, finit-elle froidement.

— J'ose croire qu'il préfère être obsédé par moi plutôt que par son argent. Tu peux dire ce que tu veux, rien ne me fera changer d'avis sur Andrew. Et il s'agit de toi. Tu vas dans le mur. Tu vas être malheureuse, tu... Bon sang, tu n'es pas cette fille triste et terne !

— Kat, après quelques années de relation, tu verras que tout tourne ainsi. Au début, c'est l'extase et, ensuite, il te reste juste à survivre au quotidien. Si Andrew tient un tantinet à toi, tu n'échapperas pas à ça, c'est inéluctable.

— Arrête de comparer ma vie à la tienne. Je sais ce que je veux, et je sais que je ne veux pas ce que tu partages avec Philip. D'ailleurs, que partages-tu exactement avec lui ?

Ses yeux s'emplirent de larmes et je culpabilisai presque d'avoir été si rude. Notre amitié était forte. Elle avait résisté à nos multiples prises de bec au sujet de son mariage avec Philip mais, si jamais je devais faire un choix, je le ferais sans hésitation. Je ne voulais pas cautionner ce mariage et mon rôle était de la faire réagir. Elle était comateuse, triste, renfermée. Sauf en présence de...

— J'en étais certaine ! soufflai-je devant son éloquent silence. Lynne, la dernière fois que je t'ai entendue rire, ce n'était pas avec Philip ! lançai-je en espérant lui faire comprendre ce qu'elle refusait obstinément de voir.

Elle fronça les sourcils et chercha dans ses souvenirs. En vain. Elle secoua la tête et finit par reprendre les feuilles de papier entre nous pour les rassembler.

— Nathan Evans, soufflai-je. Voilà le dernier homme qui t'a fait rire.

— Le collaborateur de Blake ?

— Lui-même. Et ne me fais pas croire que tu es surprise !

— Je le suis ! mentit-elle effrontément.

— Passe-moi ton téléphone ! lui ordonnai-je en tendant la main.

— Quoi ?

— Passe-moi ton fichu téléphone !

— Pour quoi faire ? demanda-t-elle, suspicieuse. Je... Il n'a plus de batterie, mentit-elle de nouveau.

— Oh... Je présume que l'afflux de messages a fini par l'achever, plaisantai-je pour détendre l'atmosphère.

— Ce n'est pas ce que tu crois, se défendit-elle. Ce type croit que... Enfin, il tente de me draguer. Je lui ai dit que j'étais fiancée, mais...

Elle secoua la tête et je compris qu'elle était perdue. Quelque part, elle cherchait la solution. Elle avait cette vie toute tracée avec Philip : son mariage, des enfants, des réceptions. Un monde sans saveur dans lequel elle ne devrait qu'acquiescer doucement. Et il y avait l'autre vie, celle où elle riait, celle où elle discutait dans un coin sombre.

— Lynne, je vous ai vus le soir de la réception d'Andrew. Tu te cachais. Il te parlait, et tu te cachais! m'exclamai-je, victorieuse. Et tu continues de te cacher avec ton téléphone!

— C'est faux! s'écria-t-elle mollement.

— Pitié, Lynne, ce type te fait te sentir bien et, pour une raison foireuse, tu refuses de l'admettre.

— C'est... Ce n'est pas... Je..., hésita-t-elle en se passant une main sur le visage.

— Mais il sait que le destin t'a mise sur sa route pour une bonne raison, finis-je en riant.

— Le destin? Pitié, Kat... Ne me ressors pas tes salades sur les âmes sœurs!

Elle soupira lourdement, évitant mon regard. Je savais que j'avais réussi à la faire vaciller sur ce qu'elle croyait juste et acquis. Elle ne pouvait pas épouser Philip. Son téléphone sonna et je levai un sourcil moqueur.

— Plus de batterie, hein?

— La ferme! sourit-elle, alors qu'enfin, soulagée, je m'aperçus qu'elle avait compris.

Elle prit son portable et lut le message. Je me tordais le cou, espérant découvrir ce que Nathan pouvait bien lui raconter. Elle croisa mon regard et rabattit l'appareil contre elle en souriant.

— Ce type est fait pour toi! assénai-je, confiante.

— Définitivement, répliqua-t-elle en riant.

Elle me tendit son téléphone et je découvris un message d'excuse de Philip, suivi d'une invitation à dîner pour le soir même dans un restaurant chic. Je réprimai un grognement et acceptai ma défaite provisoire. Je m'enfonçai dans la banquette pendant que Lynne lui répondait, un large sourire irradiant son visage.

— Donc, ce discours, reprit-elle, plus détendue.

Je poussai un profond soupir, abandonnant finalement

toute idée de lui démontrer son erreur. A regret, je prêtai une oreille attentive à ses préparatifs.

Je l'écoutai religieusement, faisant fi des doutes sérieux que j'avais sur son mariage.

Chapitre 16

En sortant du café, je rejoignis immédiatement l'hôtel, permettant ainsi à Sam de gagner trente minutes sur son service. Il m'en remercia chaleureusement avant d'enchaîner sur les passations. Le nom d'Andrew sur la liste des appels retint mon attention.

— Andrew Blake a appelé?

— Juste avant que tu arrives. Apparemment, son planning est plutôt compliqué.

— C'est-à-dire?

— Tu devrais normalement recevoir un fax de son assistante, mais il est possible qu'il débarque la semaine prochaine.

— La semaine prochaine! m'exclamai-je vivement.

— Cela te pose un problème? demanda Sam, un peu surpris par ma réaction violente.

— Je... Euh... Non... C'est juste que... Enfin, ce n'était pas prévu, bégayai-je en rougissant.

Sam fronça les sourcils, renonçant à comprendre mon excitation manifeste. J'avais un sourire jusqu'aux oreilles, et me retenais presque de danser pour faire partager ma joie. Il venait la semaine prochaine!

Après le départ de mon collègue, je scrutai nerveusement le fax, vérifiant qu'il avait bien du papier et qu'il était convenablement branché. Quand, enfin, il émit un petit son strident, je sursautai sur ma chaise et arrachai quasiment la feuille de l'appareil. Il avait confirmé : une nuit, la semaine prochaine ! Je lâchai un petit cri extatique avant de soupirer comme une adolescente devant la photo de son idole. Cet homme était en train de faire de moi une pile hormonale !

Je ne résistai pas à composer son numéro au bureau, espérant entendre le son de sa voix. Mais, de nouveau, ce fut Lauren et sa voix détestable qui m'accueillit.

— Andrew Blake pour Kathleen Dillon, dis-je par automatisme.

— M. Blake est en déplacement actuellement. Je lui ferai savoir que vous avez appelé.

— Merci, pourriez-vous...

— Bonne fin de journée, me coupa-t-elle froidement.

Garce ! Pour une raison obscure, cette femme ne m'appréciait pas. Un peu refroidie par cet appel, la joie que j'avais ressentie s'évapora petit à petit. J'envoyai tout de même un SMS sur le portable d'Andrew, lui demandant de me rappeler.

Ma nuit fut calme jusqu'à l'arrivée de Lynne, à l'aube. Il était à peine 7 heures quand elle franchit la porte tambour. Elle me lança un regard triste et désemparé et s'arrêta à mon pupitre.

— Aurais-tu un peu de temps à la fin de ton service ?

— Bien sûr. Est-ce que tout va bien ? l'interrogeai-je. Tu as l'air...

— Je n'ai pas fermé l'œil de la nuit, avoua-t-elle. Sûrement le stress du mariage.

— Sûrement, approuvai-je avec un sourire compatissant.

Dès que Sam réapparut pour prendre le relais, je fonçai dans le bureau de Lynne. Je la trouvai devant la seule source de lumière de son bureau : son écran d'ordinateur. Sans dire un mot, elle m'invita à m'asseoir et me tendit un dossier.

— Séjour de Blake la semaine prochaine, lâcha-t-elle en guise d'explication. C'est son planning détaillé.

— Oh... J'ai reçu le fax hier soir.

J'ouvris le dossier, découvrant qu'Andrew ne restait

effectivement qu'une seule nuit, mais qu'il venait avec Meghan et Nathan. J'étais presque déçue. Il y avait de fortes chances qu'il ne puisse pas me consacrer de temps. Egoïstement, j'aurais voulu qu'il vienne pour moi. Maintenant, je savais que ce n'était pas le cas.

— De quoi voulais-tu me parler ? m'enquis-je.

— Philip te propose une visite d'appartements ce week-end. Il veut t'accompagner.

— Philip ? Lynne, je n'ai pas besoin qu'il soit là. Je pensais juste qu'il allait me mettre en relation avec des agents immobiliers...

— Il y a trois appartements qu'il veut te faire visiter, et ils sont tous proches de chez nous. Peut-être pourras-tu te joindre à nous pour le dîner ?

— Oui... OK... Bien sûr. Est-ce que tout va bien, Lynne ? Vraiment, tu m'inquiètes.

— Philip est rentré tard, et je me suis couchée tard... Trop tard sûrement, impossible de trouver le sommeil. Du coup, j'ai pensé que venir travailler serait tout aussi bien.

Elle porta son mug de café à ses lèvres, fuyant mon regard. Je devinai les cernes sous ses yeux, mais l'expression de son visage n'était pas de la fatigue. Elle s'inquiétait. Quelque chose la tourmentait.

— Lynne, si tu veux me parler, tu sais que tu peux.

— Je connais déjà ton avis sur le sujet.

Soudain, son téléphone vibra et elle le chercha du regard quelques secondes, avant de le trouver enfoui sous des papiers et des factures. Elle eut un bref sourire, puis le remit en veille.

— Concernant Blake...

— Lynne, je ne veux plus aborder le sujet avec toi...

— Juste... Fais attention à toi, Kat. Pour l'instant, tout te paraît beau et facile, mais je ne voudrais pas qu'il te fasse du mal.

— Andrew n'est pas comme ça.

— J'espère, murmura-t-elle. On se voit ce week-end alors ? enchaîna-t-elle rapidement.

— Sans faute. Remercie Philip pour son temps, c'est vraiment gentil à lui.

— Je le ferai, assura-t-elle.

Ce n'est qu'en regagnant mon appartement que je m'aperçus que j'avais oublié de répondre à l'inconnu. Je me fustigeai d'être aussi tête en l'air, et ce, juste parce qu'Andrew venait passer une nuit à New York.

« Cher inconnu,

Merci pour votre photo. Ce paysage est superbe et majestueux. Et tourmenté. Tout à fait à votre image donc. Le reflet d'une partie de votre âme, que vous m'ouvrez si volontairement. Pour une raison idiote, je pense que vous entendre jouer du piano ne doit pas être si terrible. Et pour une raison encore plus idiote, je sais que si cette photo m'ouvre une partie de votre âme, le piano en ouvre une autre. Une partie plus secrète, que vous cachez. Sûrement pour une bonne raison. La même raison qui fait que vous m'écrivez la nuit. Seriez-vous insomniaque ?

Depuis que je suis enfant, je crois au destin, aux rencontres, aux petits signes invisibles et pourtant importants que la vie nous fait. La plupart du temps je suis seule à y croire, parce que, quand on devient adulte, il semblerait que cette part de magie disparaisse. Le destin ou la raison, voilà les choix que nous sommes amenés à faire encore et toujours.

Je ne doutais pas que le destin finirait par vous faire un signe. Je suis tellement heureuse que vous ayez trouvé cette main tendue et qu'elle vous fasse vous sentir bien. J'aimerais vraiment que vous me parliez d'elle. Est-ce la belle âme dont parlait votre annonce ? Est-ce différent ? Je sais que nous n'avons encore jamais abordé le sujet, mais souhaitez-vous me parler de votre ancien amour ? Ce n'est pas de la curiosité malsaine, c'est juste que je ne crois pas avoir jamais connu dans mon entourage une personne capable d'aimer autant. Cela m'intrigue.

Je ne sais qui de vous ou moi apporte le plus à l'autre. Toujours est-il que vos lettres sont toujours un moment de joie dans mes journées. Comme vous me le faisiez si pertinemment remarquer, j'ai suivi mes propres conseils. Je vis. J'ai, moi aussi, rencontré quelqu'un. Quelqu'un de radicalement différent, et qui me pousse, à chacune de nos rencontres, à être une autre. Je ne dirais pas que je suis une autre, c'est juste qu'il révèle une facette de ma personnalité que je ne connaissais pas. Il est... comment dites-vous ?... incroyable. C'est ça. Au sens premier.

A vrai dire, si je pouvais, je vous laisserais m'enlacer. Pas juste pour vous faire plaisir, mais aussi pour vous remercier de vos lettres, de la joie qu'elles m'apportent, de la force qu'elles me donnent.

Je ne sais pas non plus si cela se dit dans une lettre, mais vous êtes aussi important pour moi, cher inconnu. Accepteriez-vous maintenant de me donner votre prénom ? On devient intimes, vous et moi...

Je vous embrasse,

Marie. »

Je mis l'enveloppe sous pli et, l'instant d'après, gagnai mon lit pour un sommeil réparateur.

J'enchaînai les deux nuits suivantes sur le même rythme, mais l'absence de nouvelles d'Andrew commençait à m'inquiéter.

Le vendredi soir, alors que je profitais de mon début de week-end, mon téléphone sonna enfin et je me ruai dessus.

— Kathleen ? fit la voix d'Andrew.

— Bonsoir, dis-je dans un souffle.

A vrai dire, j'avais cavalé dans tout l'appartement pour être certaine de ne pas louper cet appel.

— Nouveau numéro ? l'interrogeai-je en voyant un numéro inconnu s'afficher sur mon écran.

— Excuse-moi de ne pas avoir appelé plus tôt. On m'a volé mon téléphone portable et mes papiers.

— Quoi ? m'exclamai-je.

— J'étais en déplacement à Sacramento et je me suis aperçu hier soir que je n'avais plus rien. Je ne sais même pas où j'ai pu me faire dépouiller... Enfin, ce n'est pas grave, rassure-toi.

— D'accord. Euh... Ce numéro est-il définitif ?

— Tu envisages de me rappeler ? plaisanta-t-il.

— Ma seule exception, monsieur Blake... Il me semblait que vous le saviez dorénavant.

— Mais c'est tellement bon de te l'entendre dire de nouveau. Eh oui, c'est mon numéro définitif. Juste pour toi.

— Juste pour moi ? J'ai droit à une ligne privée avec toi ?

— Tu as droit à bien plus que ça. Mais oui, tu peux m'appeler quand tu veux, directement sur cette ligne.

— Bien. Merci de cette délicieuse attention. J'apprécie.

Il ne répondit pas et je m'inquiétai de nouveau. J'avais un pressentiment étrange et désagréable. Même s'il se montrait drôle et prévenant, il y avait une forme de malaise.

— Aurais-je le plaisir de te voir mardi soir ? demanda-t-il d'une voix profonde.

— Ça dépend. Veux-tu me voir au travail ou... en dehors du travail ?

— Oh... Attends, je réfléchis... Kathleen en polyester ou Kathleen nue... Humm...

— Te voilà redevenu cet homme présomptueux et arrogant.

— Nue, définitivement, m'ignora-t-il.

Je ris doucement, resongeant à la proposition de Lynne.

J'avais vraiment besoin de refaire quelques achats. Andrew me voulait nue, mais je me doutais qu'il apprécierait quelques éléments... décoratifs.

— Pouvons-nous dîner ensemble ? demanda-t-il.

— Euh... A vrai dire, j'ai vu que tu venais avec tes collaborateurs, donc...

— Certes, mais j'ai fait le nécessaire pour avoir ma soirée de libre.

— Tu ne recules devant aucun sacrifice.

— Aucun pour toi. Tu dois le savoir. Tu es... importante pour moi, avoua-t-il après avoir cherché le mot adéquat. Vraiment importante, compléta-t-il.

— Je sais, admis-je. Parfait pour le dîner, je demanderai à Lynne de modifier mon planning.

— Excellent. Italien, n'est-ce pas ?

— En effet. Quelle excellente mémoire ! le félicitai-je.

— Il n'y a pas un détail que j'ai oublié te concernant. Aucun. Je sais que ta couleur préférée est le vert, et que tu sais faire un nœud de cravate. Tu aimes Keats et tu es attachée aux valeurs éculées. Tu ne te laisses pas faire, jamais. Tu ne sais pas danser, mais ce n'est qu'un adorable détail chez toi. Tu ne sais pas non plus mentir...

— Je...

— Je sais aussi que tu as couru pour prendre cet appel, parce que j'ai entendu ta respiration hachée. Je sais aussi que ton corps est chaud sous les draps et, sincèrement, il me tarde de renouveler cette expérience et de sentir ta peau sur la mienne.

— Andrew, soufflai-je, le rouge aux joues.

— Dis-moi seulement si je me trompe, murmura-t-il.

— Non, avouai-je.

— Je n'oublie rien te concernant, parce que tu es importante.

— Tu es... dingue, m'esclaffai-je. Vraiment dingue.

— Seulement par ta faute. J'ai hâte de te voir mardi.

— Moi aussi. Vraiment hâte. Tu... Je... Je t'embrasse, bégayai-je.

— A mardi.

J'entendis un petit déclic et compris qu'il avait raccroché. Je restai plusieurs minutes interdite, regardant sans le voir mon écran de téléphone. Il avait raison : il me connaissait, mais moi je ne savais encore rien de lui. Du moins, pas suffisamment pour lui tenir le même genre de discours.

Je me promis de creuser davantage le sujet dès mardi soir. Quand je me glissai dans mon lit, la dernière pensée qui me hanta fut la perspective de sentir sa peau sur la mienne.

Le lendemain, je me préparai activement dans l'attente de Philip. Ce dernier devait venir me chercher pour me guider dans la visite de trois appartements. Avec dix minutes d'avance, il sonna à ma porte.

— Désolé, je suis un peu en avance, la circulation a été plus fluide que ce que je croyais.

— Pas de problème. Entre, je t'en prie.

Il me fit une bise rapide sur la joue et pénétra dans mon salon. Son métier de promoteur immobilier reprit le dessus et je le vis regarder rapidement autour de lui.

— Je sais, je sais... C'est loin d'être le plus bel appartement du coin mais, quand j'ai aménagé, je n'avais pas vraiment les moyens.

— J'imagine, murmura-t-il.

— Je finis de me préparer, j'en ai pour deux minutes.

Je m'éclipsai en direction de la salle de bains, retenant mes cheveux dans une queue-de-cheval. J'enfilai un gilet et rassemblai mes affaires dans mon sac à main. Quelques minutes plus tard, je retrouvai Philip suspendu à son téléphone, parlant visiblement affaires.

— Parfait. Oui, j'ai fait le nécessaire. Le contrat est de toute façon conforme à ce que nous avions prévu.

Philip me jeta un coup d'œil et, d'un mouvement de tête, m'informa qu'il avait quasiment terminé sa conversation.

— Le délai ? Comme toujours, le plus vite sera le mieux... Je sais, sourit-il. Pourquoi pas ? Je vais sûrement avoir un créneau dans la semaine.

Il éclata de rire et s'éloigna de moi. Je l'observai de loin, finissant mon mug de café presque froid. Je n'avais jamais été réellement proche de Philip. Je savais qu'il était promoteur, mais je pris conscience que je ne connaissais pas vraiment la taille de son empire.

— Je dois te laisser, dit-il après un nouveau rire. Toujours un plaisir de bosser avec toi. Comme la dernière fois, crois-moi, j'en garde un souvenir impérissable. Si seulement...

Brutalement, il se tourna vers moi et, presque surpris, sembla se souvenir qu'il n'était pas seul. Il mit fin à la conversation et raccrocha.

— Une relation de travail sur la côte Ouest, expliqua-t-il rapidement.

— Oh... Tu bosses sur la côte Ouest aussi ?

— Depuis peu... Je prospecte. Les opportunités se présentent à moi et je n'ai pas l'intention de les laisser filer, expliqua-t-il.

— Je comprends.

— Tu es prête ? On peut y aller ? demanda-t-il.

— Parfaitement.

Nous rejoignîmes le véhicule de Philip, une voiture noire surpuissante qui, à elle seule, en disait suffisamment sur l'homme orgueilleux qu'il devait être. Il m'ouvrit la portière avec une étonnante galanterie et je m'installai.

La conduite de Philip était vive et brutale. Je fus presque ravie de la fluidité de la circulation, tant je souhaitais sortir au plus vite de cette voiture.

— Lynne m'a dit que tu cherchais un deux-pièces. Je ne connaissais pas ton budget, alors j'ai tapé dans la moyenne.

— C'est tout à fait ça. Ce sont des logements neufs ? l'interrogeai-je.

— Neufs, oui. Trois programmes différents, mais si tu es vraiment intéressée par un de ces appartements, je ferai en sorte que tu ne payes pas le vrai prix.

— Une ristourne ? m'étonnai-je.

— Exactement ! C'est bien le moins que je puisse faire. Et Lynne va me tuer si je ne fais rien pour t'aider.

Il sortit de la voiture et, de nouveau, fit preuve de galanterie en m'aidant à m'extirper du véhicule. Je compris à cet instant comment Lynne était tombée dans le panneau. Philip donnait le change. Il était, de prime abord, drôle, gentleman et prévenant. Mais quelque chose clochait dans toute cette liste. Parfois même, la façon dont il regardait Lynne était suffisamment parlante. Il ne la voyait pas vraiment, se contentant d'en faire un accessoire dans sa quête de réussite et de pouvoir.

Le premier appartement était lumineux et situé à un étage élevé. Comme de nombreux logements neufs, il était avant tout fonctionnel et le moindre mètre carré avait été optimisé. J'en fis le tour rapidement pendant que Philip, en retrait, attendait.

Le deuxième ressemblait en tout point au premier, hormis le bruit permanent de la circulation.

Et le troisième fit mon bonheur, il n'avait rien de ces lieux modernes et froids. La résidence en elle-même avait gardé l'ancienne façade en pierre et en brique, lui conférant un peu de chaleur. L'appartement était simple, avec une chambre assez petite mais baignée de lumière. J'observai la vue sur New York à travers la baie vitrée. J'étais conquise.

— C'est celui-ci, affirmai-je avec force à Philip.

— Vraiment ? Tu es certaine ?

— Certaine. J'aime cet endroit. Je m'y vois déjà.

— Oh... OK, balbutia-t-il. Il sera disponible début avril, certains travaux de plomberie doivent être en cours de finition. Je t'envoie un contrat dès demain.

— Avec la ristourne ?

— Avec la ristourne, assura-t-il. Je suis content qu'il t'ait plu. Je te propose qu'on aille fêter ça.

— Lynne doit nous attendre, murmurai-je en constatant qu'il était 18 h 30 passées.

— Sûrement.

Et de nouveau, je dus subir sa conduite sportive dans les rues de New York.

Nous arrivâmes rapidement à leur domicile et Lynne sortit le champagne quand je lui appris que j'avais trouvé l'appartement de mes rêves.

Si mon après-midi s'était passé sans accroc, la soirée me déplut rapidement. Après avoir avalé d'un trait sa flûte de champagne, Philip s'exila dans son bureau pour y travailler.

— Parlons de toi... Alors, le retour de Blake ?

— Mardi, normalement. Et il ne vient pas seul.

— Oh ! fit Lynne en s'affaissant sur sa chaise. Est-ce que...

— Oui, son collaborateur sera là.

Elle rougit violemment avant de baisser les yeux vers son assiette. Je souris largement, secouant la tête tellement la situation était irrésistiblement drôle.

— Mais je présume que tu étais déjà au courant ? m'enquis-je pour la tester.

— Je... Oui. Enfin, tu sais, le planning que son assistante nous envoie est toujours complet... donc...

— Oui. Le planning, dis-je en levant les yeux au ciel.

Brutalement, une idée me vint. Evidemment, cela n'allait pas plaire à Andrew, mais quelque chose me disait que je devais tenter.

— Andrew et moi prévoyons de dîner ensemble mardi soir. Que dirais-tu de te joindre à nous ?

— Pour tenir la chandelle ?

— J'étais prête à proposer à Nathan de nous rejoindre. Il est de bonne compagnie, tu sais. Plutôt sympa même.

Elle leva les yeux sur moi, me regardant avec suspicion... ou jalousie peut-être. En tout cas, quelque chose ne lui convenait pas.

— Sympa ? répéta-t-elle sans comprendre.

— J'ai déjà eu l'occasion de dîner avec lui. Il m'a raconté un truc hilarant sur un bœuf qui l'a...

— ... piétiné à quinze ans, finit-elle dans un sourire. Il fait du rodéo.

Je levai un sourcil, attendant une explication. Lynne remuait toujours sa nourriture et se rendit compte de ce qu'elle venait de dire en croisant mon regard.

— Enfin... C'est ce qu'il dit sur sa page Facebook, balbutia-t-elle, gênée. Je... Je suis tombée dessus par hasard. Je cherchais des infos... sur Blake, se justifia-t-elle piteusement.

— Andrew n'a pas de page Facebook... Et je ne crois pas que Nathan en ait une.

— Ah?

— Lynne, j'ai été journaliste dans une ancienne vie. J'ai déjà fait mes recherches sur Andrew, et il n'a pas de page... Maintenant, je veux bien la vraie explication.

— Je... On parle, un peu, lui et moi.

— Vous parlez?

— Il m'envoie des SMS et parfois... je réponds.

— Parfois?

— Souvent, avoua-t-elle.

Je souris largement et me calai la tête dans le creux de ma main. Lynne commençait enfin à s'ouvrir et la voir ainsi, à la fois perdue, heureuse et coupable, était jouissif.

— Donc... Enfin, arrête-moi si je me trompe, la seule chose qui t'empêche de dîner avec nous, c'est Philip? Tu peux lui dire que c'est un dîner d'affaires, soufflai-je en haussant les épaules. Je doute qu'il vérifie...

— Kat! s'écria-t-elle. Je ne vais pas lui mentir!

— Donc il sait au sujet de tes « discussions » avec Nathan?

— Non! Bien sûr que non! Il imaginerait le pire! De toute façon, nous avons prévu de dîner ensemble, Philip et moi. Mardi, c'est l'anniversaire de notre rencontre.

— D'accord, Lynne, dis-je avec un sourire. Je comprends, mentis-je.

Nous finîmes notre repas en silence, mais les rares fois où je levai les yeux sur Lynne, c'était son téléphone qu'elle regardait.

Avant de quitter son appartement, je lui demandai

mon changement de planning pour mardi. Elle accepta sans rien ajouter.

Ce fut là ma dernière soirée de répit.

Le lendemain matin, je compris pourquoi Andrew voulait tellement préserver sa vie privée. Le choc fut rude et, même si je ne le perçus pas sur l'instant, ma vie allait changer.

— Allô ? fis-je en répondant à ma ligne fixe.

— Kathleen Dillon ? me demanda une voix masculine.

— C'est moi, oui.

— Bonjour, je suis journaliste au *Post*, nous aimerions vous parler de votre relation avec Andrew Blake.

— Comment avez-vous eu mon numéro ? m'enquis-je, le cœur battant.

— Donc, vous la confirmez ?

Je raccrochai aussitôt puis, deux heures plus tard, après huit appels identiques, je débranchai mon téléphone et me décidai à prévenir Andrew :

La presse vient de m'appeler à notre sujet. K.

Je sais. Ne dis rien. Tout va bien ? A.

Tout va bien. J'ai coupé ma ligne. K.

Parfait. Je t'appelle dès que possible. A.

Après plusieurs jours d'hésitation, je rebranchai mon téléphone. Je savais qu'il me faudrait changer de numéro. Dans la semi-obscurité de l'appartement, je me sentis brutalement seule. Je restai devant la baie vitrée, réfléchissant aux dernières semaines, à Andrew, à moi, à ma vie d'avant et à celle que je menais maintenant.

C'est de nouveau la sonnerie du téléphone qui me sortit de ma torpeur dans un sursaut. Le numéro d'Andrew s'afficha sur mon portable : l'ancien numéro. Je décrochai et, après un faible « allô », n'entendis qu'une respiration sifflante.

— Qui êtes-vous ? criai-je, le cœur battant.

Mais très vite, la communication fut coupée. Quand je tentais de rappeler, une voix métallique m'annonça que la ligne n'était plus attribuée. La panique me gagna totalement quand, quelques secondes plus tard, le numéro d'Andrew, le nouveau cette fois, apparut sur mon écran.

— Allô ? fis-je d'une voix tremblante.

— Kathleen ? Mon Dieu, est-ce que tout va bien ?

— Je... Oui... Quelqu'un vient d'appeler. Sur ton ancienne ligne.

— Mon ancienne ligne ? s'étonna-t-il. Je l'ai pourtant fait désactiver. Je vais me renseigner. J'ai fait le nécessaire pour que tu ne sois plus importunée. Nathan a rédigé un communiqué de presse qui paraîtra demain. J'ose espérer que ces vautours cesseront de te tourner autour. Tout va s'arranger, assura-t-il.

Avant que je ne comprenne pourquoi, je sentis les larmes couler sur mes joues. Quelque chose avait cédé en moi. Ces coups de fil de la presse, puis cet appel étrange... Le simple fait d'entendre la voix d'Andrew m'assurer que tout irait bien était la goutte d'eau. Parce que j'avais déjà entendu ce discours et que c'était la plus fausse des assertions.

— Kathleen ? S'il te plaît... S'il te plaît, ne pleure pas. Je te promets de faire l'impossible pour toi. Tu le sais, n'est-ce pas ?

— C'est... C'est juste que... Tu n'es pas là, avouai-je d'une voix étranglée. Et... Et même si je te crois, je sais aussi que... ils n'arrêteront pas. On ne cessera de me dire et de me répéter que j'ai eu une relation avec toi, articulai-je entre deux sanglots.

— Que tu as eu ? répéta-t-il d'une voix blanche. Kathleen, je ne veux pas... te perdre. Ni maintenant ni jamais. Tu ne peux pas faire ça ! s'écria-t-il soudain.

— Moi, non, mais toi, oui.

— Tu... Tu crois que je vais te quitter ? Tu crois que...

Kathleen, n'as-tu donc rien compris ? N'as-tu donc aucune confiance en moi ?

Je reniflai lourdement et essuyai mes joues d'un revers de main. Ma petite crise de nerfs était en train de prendre des proportions désastreuses.

— Ils vont se calmer, assura-t-il. Parce qu'ils tiennent sûrement plus à leur argent qu'à écrire un article croustillant.

— OK, soufflai-je en me calmant.

— Kathleen, j'ai conscience que notre... relation n'est pas simple. Elle te met dans une position ambiguë et je refuse que tu sois une victime de plus. J'ai déjà vécu ça. La mort d'Eleanor a été la pire chose de ma vie. La pire. Mais je sais aussi que tu es, toi, la meilleure chose qui me soit arrivée depuis... longtemps. Je t'ai déjà dit que je ferais tout pour te préserver, et je le ferai, sans aucune restriction.

— D'accord. Je... Excuse-moi, c'est juste que... les choses prennent une proportion monumentale, alors que...

— J'ai lutté pour toi, et je continuerai. Ne me laisse pas, ajouta-t-il dans un murmure.

— Je ne suis pas une fille qui abandonne facilement, dis-je en espérant alléger l'atmosphère.

Il soupira, évacuant ainsi la tension de cette conversation, et je devinai l'esquisse d'un sourire.

— Ça me va... Le communiqué paraîtra demain. Y a-t-il autre chose que je puisse faire ?

— Non... Tu en as déjà fait beaucoup, il me semble. Fais juste en sorte d'être là mardi.

— Je ne manquerais ça pour rien au monde... Surtout que..., commença-t-il avant de s'arrêter.

— Surtout que quoi ?

— Comment dire ? Je crois savoir que tu as fait des... préparatifs en vue de ma visite.

— Lynne... et Nathan, conclus-je, presque mortifiée.

J'entendis le rire d'Andrew, heureux et léger. Je me mordis fortement la lèvre, réprimant la honte et le rouge qui gagnait mes joues.

— Génial ! maintenant je me sens ridicule, marmonnai-je.

— Tu n'as aucune raison de te sentir ridicule. A vrai dire, j'apprécie ton geste. Mais la prochaine fois, j'espère... pouvoir t'accompagner.

— Oh... Vraiment ? Je pensais que tu étais plutôt du genre à faire venir la boutique à toi.

De nouveau son rire résonna, mais il s'arrêta très vite. Je tendis l'oreille et compris que notre conversation avait été interrompue. Je devinai la voix de Lauren, et fus surprise de constater qu'elle travaillait un dimanche.

— Lauren est avec toi ? m'inquiétai-je.

— Je l'ai fait revenir pour diffuser le communiqué de presse. Ne t'inquiète pas pour elle, elle est grassement rémunérée en contrepartie.

— A vrai dire, je m'inquiétais plutôt pour sa vie familiale. On est dimanche, Andrew ! N'as-tu donc aucune pitié ? m'exclamai-je.

— Elle était libre de refuser. Je n'impose à personne quoi que ce soit... Sauf peut-être à toi. Je dois couper, éluda-t-il. Je prends un vol demain pour Sacramento, et ensuite un autre mardi matin pour New York. On se rejoint au Peninsula vers 20 heures puis je t'emmène dîner.

— Cette organisation me convient tout à fait.

— Très bien. A mardi alors... Il me tarde, ajouta-t-il dans un murmure à peine audible.

— Moi aussi. A mardi.

Je raccrochai et passai une main sur mon visage ravagé par les larmes. Parler avec lui avait apaisé certaines de mes craintes, mais pas toutes. Quoi qu'il fasse, quoi qu'il dise, il y aurait toujours un risque qu'un journaliste un peu trop zélé affronte Andrew et son armée d'avocats. Après m'être assurée que mon appartement était bien verrouillllé, je me couchai et m'enroulai dans ma couette.

A mon réveil, vers 10 heures, tout me sembla plus... calme. New York était bien réveillée, si j'en jugeais par le bruit de la circulation et la hargne des automobilistes envers leur Klaxon. Je pris le temps de me faire un thé avant de m'apercevoir que je devais aller faire des courses.

Cette normalité aurait dû m'inquiéter. Au supermarché, au moment de régler mes achats, la caissière me fixa avec intensité, scrutant mon visage. Je baissai le regard, gênée par cet examen un peu trop minutieux.

— Vous êtes la fille du journal? s'enquit-elle alors qu'elle vérifiait mon nom sur la carte de crédit.

— Je vous demande pardon?

— Le journal d'aujourd'hui. Z'êtes dedans! expliqua-t-elle en saisissant un exemplaire du rayon pour me montrer la photo qui avait été prise lors de la réception d'Andrew.

J'arrachai le journal de ses mains et mes yeux parcoururent la page devant moi. Il y avait un article sur Andrew, une photo de moi et, juste après, le communiqué de presse. Incrédule, je repliai le journal et le glissai dans mon sac.

— Faut payer, madame! cria la jeune femme outrageusement maquillée.

— Oui... Oui, bien sûr.

Elle me rendit ma carte, et je lui tendis un billet de cinq dollars pour régler le journal.

— Alors, c'est bien vous, non?

— Ma monnaie, je vous prie, lui demandai-je un peu sèchement.

Elle me la posa brutalement sur le comptoir et haussa les épaules. Je ramassai aussi vite que possible les pièces éparpillées devant moi et, armée de mes deux sacs de courses, je courus presque jusque chez moi. Je rangeai rapidement mes achats avant de me concentrer sur l'article consacré à Andrew. De toute évidence, le journaliste ne s'était pas foulé, reprenant juste des informations biographiques puis ma présence à ses côtés.

Ensuite, il y avait le communiqué de presse :

Mesdames, Messieurs,

Nous avons été avisés d'agissements déplorables envers Kathleen Dillon, en raison de ses liens avec Andrew Blake, président de Blake Medias.

Andrew Blake se refuse à commenter toutes assertions ou rumeurs s'agissant d'une potentielle relation amoureuse avec Mlle Dillon. Sa présence à la réception donnée lors du lancement du magazine Powerfull *ne doit donner lieu à aucune interprétation autre que son amitié avec Andrew Blake.*

Comme depuis de nombreuses années, nous vous saurions gré de respecter la vie privée d'Andrew Blake, de sa famille ainsi que celle de Kathleen Dillon.

Les méthodes de harcèlements, d'enquêtes et de filatures récemment constatées doivent cesser immédiatement sous peine de poursuites devant les tribunaux compétents.

De la même façon, toute photo non officielle d'Andrew Blake ou de Kathleen Dillon publiée dans la presse donnera lieu à une demande de confiscation de tous les exemplaires parus.

Ce communiqué vaut avertissement. Des plaintes seront déposées en cas de non-respect de ces demandes.

Je repliai le journal. Curieusement, je n'étais ni heureuse ni triste, juste estomaquée. J'avais la sensation de perdre le contrôle de ma vie, de n'être qu'un pantin dans des mains mal avisées. Je voulais juste être avec Andrew, devais-je vraiment subir tout ça? La presse, les communiqués, les regards en biais au supermarché... Sous prétexte de vouloir à tout prix garder notre relation cachée, nous étions en train de nous exposer aux yeux de tous. Même si je comprenais le choix d'Andrew, je ne savais pas si j'étais capable de survivre à la lame de fond Blake.

Je finis par me décider à débrancher définitivement ma ligne fixe. Je passai la journée entière cloîtrée chez moi, œuvrant à me changer les idées. Même si le temps me parut long, ce ne fut rien en comparaison du mardi.

Je regardais l'heure toutes les dix minutes, espérant arriver à 20 heures, comme par magie. Je n'arrivais pas à définir si j'étais anxieuse, ou simplement nerveuse. Je sentais juste cette boule désagréable dans le creux de mon ventre, qui grossissait au fur et à mesure que la journée avançait.

Au milieu de l'après-midi, alors que je sirotais un thé en tentant d'oublier Andrew Blake et ce que sa seule présence dans la même ville que moi provoquait, la sonnette de ma porte retentit. Je sursautai avant de vérifier l'identité de mon visiteur à travers le judas. Maintenant que les journalistes connaissaient mon numéro de téléphone, il y avait fort à parier qu'ils avaient aussi mon adresse.

Mais très vite un sourire remplaça le masque d'anxiété et mon visage se détendit totalement. J'ouvris au livreur attitré de Maria — un jeune homme un peu lunaire, mais sympathique. Je le remerciai rapidement avant de porter la dizaine de roses blanches à mon nez. Divines.

« En attendant ce soir, avec toute mon affection (et mon empressement...). Andrew. »

« P.-S. : Une voiture viendra te chercher à 19 h 30. Rends-toi directement dans ma suite. »

A 18 heures, je m'enfonçai dans un bain moussant... Ma baignoire était ridiculement petite et me forçait à garder les jambes légèrement repliées, mais j'avais besoin de me détendre. Evidemment, cela ne fonctionna pas.

A 19 heures, j'enfilai une robe bleue et des escarpins noirs, réprimant les tremblements intempestifs de mes mains. Assise dans mon canapé, j'attendis que le temps passe... Je patientai dans le hall, guettant l'arrivée d'une des voitures de l'hôtel devant la porte. Et enfin, un peu avant l'horaire convenu, un de nos chauffeurs se présenta. Je fronçai les sourcils alors qu'il m'ouvrait la portière. Andrew Blake savait-il faire dans la simplicité? Cette berline sombre, aux vitres teintées, était sûrement une des plus luxueuses du parc à la disposition des clients.

Soudain, un élément me revint à l'esprit : Andrew Blake n'était pas qu'un client. Il était aussi en partie propriétaire de la chaîne gérant le Peninsula... Forcément, cela lui octroyait certains privilèges. Je m'installai sur la banquette recouverte de cuir, cherchant un moyen efficace de me détendre. L'habitacle était silencieux et, très vite, je me perdis dans la contemplation de la ville, des rues grouillantes et des lumières multicolores.

Ce n'est qu'en longeant le Peninsula que je m'aperçus que nous ne prenions pas l'accès habituel mais gagnions directement le parking au sous-sol. Après s'être garé, le chauffeur vint m'ouvrir la portière et m'escorta jusqu'à l'ascenseur. Mes talons claquaient bruyamment sur le béton peint et, même si j'étais dans un endroit connu, éclairé et sûrement ultrasécurisé, je ne pouvais m'empêcher de ressentir une pointe d'angoisse.

Je remerciai poliment le chauffeur et appuyai sur le bouton menant au dix-neuvième étage.

Tout en regardant les chiffres défiler, je triturai ma pochette, la maltraitant presque entre mes mains. Je réajustai mon gilet, espérant que le redoux de la météo, entamé cette semaine, ne me fasse pas défaut. En arrivant à l'étage de la suite, alors que mes escarpins s'enfonçaient dans le moelleux de la moquette, je compris que cet hôtel avait définitivement quelque chose de magique, et la soirée à venir ne faisait que renforcer cette intime conviction.

Chapitre 17

Après avoir pris une profonde inspiration, je toquai à la porte de la suite. Celle-ci s'ouvrit dans un petit déclic, et un sourire se dessina automatiquement sur mes lèvres quand je croisai le regard gris métallique de Nathan.

— Bonsoir, Kathleen, dit-il en s'effaçant pour me laisser entrer.

— Juste Kat, corrigeai-je.

— Laissez-moi vous aider, proposa-t-il en m'aidant à retirer mon gilet.

Il m'indiqua le chemin du salon et je le suivis, cherchant une trace de la présence d'Andrew dans la suite. Il m'invita à m'asseoir sur le canapé, faisant dos à la chambre, avant de s'installer face à moi dans un des fauteuils.

— Andrew ne devrait pas tarder, il avait une *conf call* avec San Francisco.

— Oh... Pas de soucis. Je suis un peu en avance de toute façon.

— Il m'a chargé de vous accueillir et, pour être honnête, c'est la première fois que j'apprécie qu'il me refile son travail.

— J'imagine qu'il doit être exigeant.

— Il l'est. Mais il est incroyablement loyal, ça compense.

— Vous êtes aussi chargé de sa communication ? m'enquis-je.

— Je lui avais dit que vous le remarqueriez tout de suite ! Je ne suis pas doué pour... la subtilité.

— Oh...

— Donc vous m'excuserez d'avance, mais je me dois de vous dire que vous êtes absolument sublime !

— C'est très gentil. Allez-vous me forcer à vous retourner le compliment ? plaisantai-je.

— Non... Pour deux bonnes raisons : la première, c'est que le décalage horaire va sûrement finir par me tuer.

— Ça ou la nourriture de l'avion ? le taquinai-je. Oh non... Ça ou les hôtesses de l'air ? corrigeai-je.

— Kat, je suis... blessé ! s'écria-t-il, la main sur le cœur.

Je levai un sourcil, me retenant de rire.

— Vraiment ? demandai-je, dubitative.

— Non... En fait, je suis flatté que ma réputation soit venue jusqu'à vous et que vous ayez retenu toutes ces informations sur ma trépidante vie privée. Mais officiellement, vu qu'on se connaît depuis peu, je me dois d'être blessé !

— Et la seconde raison ? repris-je.

— La seconde raison paye mon salaire et déboule droit sur nous. S'il vous pose des questions, dites que j'ai été un vrai gentleman, chuchota-t-il rapidement avant de diriger son attention derrière moi.

Même si j'avais deviné qu'Andrew arrivait, il me sembla que tout mon corps avait senti sa présence. Mes muscles tendus se dénouèrent brutalement, son parfum frappa mes narines et la boule désagréable au fond de mon estomac se désagrégea dans la seconde. Andrew passa à mes côtés et saisit ma main droite qui reposait sur l'accoudoir.

Nos regards se croisèrent et je l'observai porter ma main à ses lèvres et l'embrasser furtivement. Mon bras retomba mollement, mon corps liquéfié par cet extraordinaire regard. Il me fit un bref sourire avant de se pencher vers moi et de déposer un chaste baiser sur ma joue.

— Tu es absolument divine, murmura-t-il sur ma peau.

Il s'assit près de moi, son corps aussi proche que possible du mien. Je rougis violemment et fermai les yeux pour limiter le bourdonnement de ma tête. De nouveau, il reprit ma main et noua ses doigts autour. Je le regardais faire, presque incrédule.

— Comment vas-tu ? s'enquit-il.

— Je... Bien... Je vais bien, marmonnai-je.

— Je te prie de m'excuser pour le retard, mais je devais impérativement finir avant de pouvoir te consacrer le reste de ma soirée. J'espère que Nathan a été à la hauteur.

— Il a été très prévenant.

Nathan m'adressa un sourire heureux, puis un clin d'œil. Andrew se tourna vers moi, ignorant presque la présence de Nathan en lui faisant dos.

— J'ai pris soin d'elle, ajouta-t-il avec joie.

— Je croyais que ce genre de prérogative m'était réservé, souffla-t-il en me fixant avec intensité.

— Prendre soin de moi ?

— J'envisage de prendre soin de toi ce soir... Ce soir et les autres soirs que tu m'accorderas, dit-il avec une désarmante assurance.

Mon cœur tressauta dans ma poitrine tandis que je me calais au fond du canapé. Andrew reprit une position neutre et enroula son bras autour de mes épaules. Je fixai son visage, le dessin de sa barbe naissante, ses mèches de cheveux un peu trop longues qui lui retombaient sur le front, ses mâchoires saillantes... Toutes ces petites touches de lui qui m'avaient manqué.

— Ce déplacement à New York n'était pas prévu ? l'interrogeai-je soudain.

— En effet. Mais il semblerait que cette ville ait un étrange pouvoir addictif sur moi, répondit-il tandis que ses yeux me parcouraient.

— Oh... Beaucoup de travail alors ?

— Enormément. Mais je refuse que nous passions la soirée à parler travail. J'ai un programme nettement plus alléchant et divertissant pour ce soir.

Je baissai les yeux sur mes genoux, chassant le tremblement de mes jambes. Je savais que le revoir me chamboulerait, mais je n'avais pas prévu qu'il soit si... démonstratif.

— Tu m'as manqué, murmura-t-il à mon oreille.

Je tournai la tête, retrouvant ses yeux brillants. De nouveau, j'eus la sensation que mon corps se liquéfiait dans un océan de désir chaud et brûlant. Je le voulais. Physiquement et maintenant. Son bras toujours enroulé autour de moi, je sentis la pulpe de ses doigts m'effleurer la peau et un frisson me traversa. À son regard, je compris qu'il l'avait senti.

— Froid ? demanda-t-il avec un sourire arrogant.

— Un peu, mentis-je sciemment.

Il réitéra son geste, appuyant un peu sur le haut de mes bras, pendant que son genou touchait presque le mien. Je hoquetai en silence, mais ne pus empêcher ma gorge de se parer de rouge.

— Ne me mens pas, ordonna-t-il avec un regard sévère. Jamais, ajouta-t-il d'une voix affreusement basse.

— Tu m'as manqué aussi... Toi et ton arrogance perpétuelle, murmurai-je.

— Je ne vois aucune arrogance dans tout ça !

Et, une fois de plus, ses doigts me caressèrent le bras, allant et venant avec délicatesse sur ma peau. Je frissonnai de nouveau, lui jetant un regard mi-amusé, mi-perplexe. Son sourire s'élargit, satisfait de son effet sur moi.

— Ton sourire est arrogant, expliquai-je avec douceur.

— Aucune arrogance... Ce n'est pas comme si je convoitais le bien d'autrui, murmura-t-il. N'est-ce pas, Nathan ? ajouta-t-il d'une voix forte en se tournant vers ce dernier.

Je sursautai légèrement, m'apercevant que j'avais oublié Nathan pendant notre échange et que ce dernier, muet comme une tombe, consultait son téléphone portable. Andrew s'écarta un peu, laissant tout de même son bras possessif autour de moi, et fixa son collaborateur.

— Quelles sont les nouvelles ? l'interrogea-t-il très sérieusement.

— Toujours rien. Je vais relancer Jim. Qu'est-ce qu'on fait pour Lauren ?

Andrew me jeta un regard en biais tandis que j'observais l'échange entre eux. Il se passa une main sur le visage et marmonna dans sa barbe.

— Lauren ? lui demandai-je avec hésitation.

— Les fuites à ton sujet, expliqua-t-il simplement. Tu la vires ! grommela Andrew.

— Andrew..., souffla Nathan, à la fois déconcerté et surpris par sa décision.

— Et je ne reviendrai pas là-dessus ! Elle est incapable de tenir sa langue !

— Andrew, je suis certaine qu'elle ne voulait pas...

— Kathleen, je tiens à ma vie privée. Et tu es ma vie privée. Si Lauren avait su se taire, plutôt que de donner des informations à mon sujet, je n'aurais pas été obligé de te faire escorter jusqu'ici ! lâcha-t-il avec colère.

Je me détachai légèrement de lui, surprise par son changement de ton. Je l'observai un moment et, alors qu'il me jetait un dernier regard, je compris que quelque chose le contrariait.

— Vire-la, répéta-t-il à Nathan. Fais-lui un chèque assez important pour qu'elle se taise. Et rappelle-lui la clause de confidentialité de son contrat.

— Comme tu veux, acquiesça Nathan.

— Que se passe-t-il ? demandai-je.

— Ils savent, dit Andrew d'une voix basse. Pour toi et moi. Ils savent que tu n'es pas qu'une amie, précisa-t-il.

Il se tourna vers moi et je remarquai le changement dans son regard. Ses yeux d'un vert brillant s'étaient assombris. Il était inquiet. Je risquai un sourire rassurant avant de serrer sa main toujours posée sur mon bras. Ses lèvres s'étirèrent doucement et il sembla rassuré par ma réaction.

— Je te promets de tout arranger, murmura-t-il à mon intention.

— Tout ira bien, soufflai-je en réponse. Si tu me

parlais plutôt du fameux programme alléchant de ce soir ? l'interrogeai-je avec joie.

— Eh bien, je vais commencer par t'inviter au restaurant.

Je me levai du canapé et récupérai mon gilet. Andrew me le prit des mains et m'aida à l'enfiler. Mais tout ce que mon corps enregistrait, c'était la petite sensation électrisante de ses doigts sur ma peau. Il cala le tissu sur mes épaules avant de soulever la masse de cheveux retenue par le gilet. De nouveau, je sentis le revers de sa main passer sur ma nuque, et il rabattit ma chevelure dans mon dos.

Je me tournai vers lui, les joues légèrement rosies.

— Tu as mis les boucles, remarqua-t-il, appréciateur.

— Je ne pouvais pas manquer une telle occasion de les mettre. A ce sujet, merci encore.

— Elles sont à l'image de la femme qui les porte : précieuse et sublime.

Il eut encore ce petit sourire irrésistible et arrogant. Derrière moi, j'entendis Nathan demander la mise à disposition d'une voiture au garage.

— Je vais prendre mon manteau, m'indiqua Andrew en s'éclipsant dans la chambre.

— Ça t'ennuie si j'emprunte la même voiture que vous ? demanda Nathan à travers la chambre.

— Donne-moi une bonne raison d'accepter ! cria Andrew.

— Je vais prendre un truc à emporter, et travailler sur le gros chèque de Lauren.

— Fais comme tout le monde, utilise le *room service* !

— S'il te plaît, Andrew !

— *Room service* ! répéta Andrew en sortant de la chambre.

Il avait enfilé une veste noire et son caban bleu marine, et je devais avouer qu'il était superbe ainsi. Il s'approcha de moi, ajustant son col en faisant non de la tête à Nathan. Instinctivement, je l'aidai à s'habiller. Ses mains retombèrent, me laissant resserrer sa cravate et lisser son col.

— Tu commandes au *room service* et, si tu veux, je

te paye même un de ces massages qui te faisaient tant envie la dernière fois!

— Tu cherches à me corrompre? s'offusqua Nathan avec une petite voix aiguë.

— Tu cherches à t'incruster!

— Laisse-le venir, plaidai-je. Il veut juste partager la voiture.

Andrew baissa les yeux vers moi alors que j'apportais la dernière touche au col très large de son caban.

— Tu crois ça... Mais une fois sur place, il dira qu'il ne veut pas manger seul, et il s'incrustera au dîner. Je ne le laisserai pas faire ça! *Room service*! répéta Andrew en pointant son index sur Nathan.

— Ce n'est pas très sympa, bouda Nathan.

— C'est vrai, Andrew, approuvai-je en attrapant ma pochette sur le canapé.

— Allons-y, éluda-t-il rapidement.

Il posa une main dans le bas de mon dos, réveillant cette zone nouvellement érogène chez moi, et nous dirigea vers la sortie de la suite. Je lançai un regard d'excuse à Nathan, réellement désolée. Il haussa les épaules avant de récupérer un dossier sur le bureau derrière lui.

— Ce n'est « vraiment » pas sympa, chuchotai-je.

— Je ne suis pas un type sympa, Kathleen. Je suis... arrogant, c'est ça?

— C'est ton collaborateur le plus proche... Je me demande même s'il n'est pas ton meilleur ami!

Andrew secoua la tête et ouvrit la porte devant nous.

— Je n'ai pas d'ami dans le travail... Juste des gens qui bossent pour moi et sont payés en conséquence.

— Oh... Uniquement des relations professionnelles alors? demandai-je en m'arrêtant net devant la porte.

— Kathleen, soupira-t-il.

— Laisse-le venir avec nous! On a toute la soirée pour nous ensuite... alors qu'il va rester là, à bosser pour toi!

Il soupira de nouveau, partagé entre l'agacement et l'envie de me faire plaisir. Je murmurai un « s'il te plaît » et il leva les yeux au ciel.

— Allez, Nat, cria-t-il. Viens, on t'emmène !

Un sourire géant s'étira sur mon visage et Nathan déboula comme un fou furieux derrière nous.

— Merci, Kat, dit-il, tout heureux.

— Et moi, non ? protesta Andrew.

— Je sais qu'elle est définitivement meilleure que toi ! Tu n'es qu'un cœur de pierre, avide de travail !

— A ce sujet, j'attends un retour sur Jim, demain à midi, dernier délai.

— Allons dîner, proposai-je en franchissant la porte. Et, comme tu le disais, parlons d'autre chose que de travail.

Dans la voiture, le même chauffeur que celui qui m'avait conduite ici nous attendait. Il nous ouvrit la portière et Nathan, juste devant moi, esquissa un mouvement pour s'asseoir sur la banquette.

— Nathan, tu vas devant... Et ne compte pas sur moi pour t'ouvrir la portière, gronda Andrew.

Nathan se figea et, après un bref regard, contourna le véhicule pour se placer à l'avant. Je m'assis sur la banquette, suivie par Andrew. La voiture sortit du garage et, dès que nous fûmes sur la Cinquième Avenue, Andrew prit ma main dans la sienne et la porta à ses lèvres.

— Continue à agir de la sorte et je ne serai plus jamais crédible en redoutable homme d'affaires.

Je me figeai, et ce n'est qu'en voyant un sourire s'afficher sur son visage que je compris qu'il ne m'en voulait pas.

— Quel genre de pouvoir as-tu sur moi, Kathleen ? m'interrogea-t-il.

Il embrassa de nouveau ma main, gardant ses yeux plongés dans les miens. Je sentis mon cœur bondir dans ma poitrine pendant que ma respiration se saccadait.

Et à cet instant précis, au milieu de la Cinquième Avenue, je sus que j'étais en train de tomber éperdument amoureuse de lui. Mon corps était engourdi, presque crispé, focalisé uniquement sur lui.

La soudaineté et la violence de cette découverte me

firent presque vaciller. Je clignai les yeux plusieurs fois avant d'affronter de nouveau le visage d'Andrew. Il fronça les sourcils et un soupçon d'inquiétude vint assombrir son beau regard. Les lumières de la ville éclairaient à peine son visage, les ombres alternant avec les lueurs vives.

— Est-ce que tout va bien? me demanda-t-il.

— Je... Oui. Je...

Je rougis violemment, le sang en ébullition dans mes veines. Je savais qu'il n'y avait aucune chance que je rende à cet homme ce qu'il m'offrait actuellement. Je sentis ce picotement agréable dans mon ventre, et levai les yeux sur lui. C'était lui... L'âme sœur à laquelle j'avais envie de croire, l'homme qui me comprendrait en un seul regard, le destin auquel j'étais sûrement liée. Lentement, j'approchai mon visage du sien et me redressai pour arriver à la hauteur de ses lèvres.

Il combla l'espace entre nous et, doucement, posa sa bouche sur la mienne. Ce contact doux et ferme acheva le processus.

Je passai, en une seconde, de Kat Dillon, amie proche d'Andrew Blake, à Kat Dillon, amoureuse de l'homme le plus arrogant qu'elle connaisse.

A notre arrivée au restaurant, je constatai qu'une fois de plus Andrew n'avait pas fait dans la simplicité. Le restaurant italien qu'il avait choisi — le Vesuvio — était l'un des plus chics de la ville. Nathan nous devançait nettement. Il était simplement content d'avoir pu profiter de la voiture et semblait avoir compris qu'Andrew n'en supporterait pas davantage.

Au nom de « Blake », l'hôtesse détailla Andrew avec un large sourire et l'invita à la suivre. Je saluai rapidement Nathan pendant qu'il parcourait la carte. Je contenais un rire. Je n'étais même pas certaine que ce restaurant offrait du « à emporter », mais avec le nom d'Andrew Blake, il semblait que les choses impossibles pour l'humain ordinaire devenaient tout à fait normales.

Perdue dans mes pensées, je constatai que nous passions devant la salle principale sans nous y arrêter. Puis nous grimpâmes un escalier et nous retrouvâmes devant la seconde salle de réception, plus petite et... vide.

— Mon Dieu, tu as réservé l'étage entier ? m'écriai-je, stupéfaite.

— Je refuse qu'un homme, autre que moi, pose les yeux sur toi.

— N'est-ce pas un peu... excessif ? Je veux dire...

— Ma seule exception, Kathleen, me coupa-t-il.

— Tu ne pourras pas te servir de cet argument pour justifier tous tes excès ! le menaçai-je gentiment.

— Je ne m'en sers que pour justifier mes excès avec toi ! contra-t-il tout sourires, tout en me guidant vers l'unique table.

— Tu devrais tout de même garder cet argument pour les choses vraiment essentielles... Pas pour... un restaurant, précisai-je, presque dépitée.

— Quand vas-tu comprendre que tout ce qui touche à ta personne est vraiment essentiel ?

Je me figeai et me tournai vers lui.

— Tu n'as sûrement pas idée de ce que tu provoques... mais réserver une salle de restaurant juste pour être seul avec toi... Comment te faire comprendre ? me demanda-t-il en soupirant.

— Mais...

— Kathleen, murmura Andrew en mettant son visage à la hauteur du mien, réserver cette salle, ce n'est rien pour moi. Même ces boucles, ajouta-t-il en dégageant mon oreille droite, même ces boucles ne sont rien. Tout cela, ce n'est que de l'argent...

— Je ne crois pas que je m'y habituerai un jour, avouai-je.

— Je ne te demande pas de t'y habituer. Surtout pas. Je ne veux pas que tout cela te semble normal et... dû. Je veux que tu restes toi, que tu te plaignes de mes excès, que tu râles quand je suis un être sans cœur. Si... Le jour où tu t'habitueras à ça... Non, je préfère ne pas l'envisager. Allons dîner maintenant, me proposa-t-il en me poussant doucement en direction de notre table.

Je le suivis avec plaisir, mais secouée par ce qu'il venait de me dire. J'avais l'esprit encore trop embrumé, mais j'espérais, une fois revenue au calme routinier de ma vie, pouvoir réfléchir avec apaisement à tout ça.

Nous étions arrivés près de notre table. Le souriant maître d'hôtel tira le fauteuil où je devais m'installer.

— Laissez-nous, lui intima Andrew d'un ton qui ne souffrait aucune réponse.

Le pauvre homme sursauta et s'écarta. Andrew prit sa place et, après m'avoir aidée à retirer mon gilet, m'installa à notre table. Il ôta son caban puis sa veste et, d'un signe de tête, fit revenir le maître d'hôtel.

— Votre meilleur champagne, je vous prie.

— Andrew ! râlai-je.

— Je sais, mais t'entendre râler n'a vraiment pas de prix. Que désires-tu manger ?

Je consultai la carte rapidement, arrêtant mon choix sur un risotto aux truffes. Andrew avait déjà posé son menu quand je refermai le mien.

— Risotto aux truffes. Qu'as-tu choisi ?

— Je crois que je vais me laisser tenter par des lasagnes.

Mon téléphone vibra dans ma pochette, et je me détestai de n'avoir pas songé à le couper. Andrew fronça les sourcils tandis que je déchiffrais le nom de Lynne sur l'écran.

— Excuse-moi, dis-je pendant qu'il se levait poliment de sa chaise.

— Tu vas revenir ? s'inquiéta-t-il.

— Où veux-tu que j'aille ? souris-je, attendrie.

— Dîner avec un autre ? suggéra-t-il.

— Essayes-tu de me faire croire que tu me laisserais faire si c'était le cas ?

Un sourire s'étira sur ses lèvres et ses yeux s'illuminèrent.

— Reviens vite, murmura-t-il avec douceur en me pressant la main.

Je descendis lentement l'escalier pour trouver un endroit

à l'abri des oreilles indiscrètes. Nathan était toujours à la réception, passant sa commande en souriant à la jeune femme qui nous avait accueillis. Un voile d'inquiétude inonda son visage, mais je le rassurai d'un sourire. Il était définitivement plus qu'un simple collaborateur pour Andrew...

— Que se passe-t-il, Lynne ? lui demandai-je, recluse dans un coin du couloir.

— Désolée de te déranger... Philip vient de m'appeler pour me dire qu'il ne rentrerait que demain. Son vol a eu du retard... Bref, je suis chez le traiteur chinois et j'ai pensé qu'on pourrait peut-être...

— Lynne, la coupai-je vivement, je dîne avec Andrew !

— Oh... Merde ! Désolée... Où êtes-vous ? m'interrogea-t-elle, extrêmement curieuse.

— Au Vesuvio, et...

— Le Vesuvio ? hurla-t-elle. Mais il faut réserver des mois à l'avance ! Philip n'a jamais réussi à...

— Lynne ! grondai-je.

Je sentis une main se poser sur mon épaule, et je sursautai. Je me tournai vers l'importun, et trouvai Nathan.

— Est-ce que tout va bien ? demanda-t-il alors que je devais sûrement avoir crié comme une folle furieuse.

— Je... Oui... tout va bien, murmurai-je.

Il opina et retourna à la réception avant de reprendre sa conversation avec l'hôtesse.

— Je dois te laisser, Lynne.

— On se voit demain ?

— Je... Oui... sûrement.

— Parfait ! Débriefing demain ! Mon dîner est prêt, je vais manger en solitaire, mais je doute que tu t'en préoccupes, gémit-elle.

Soudain, mon cerveau se remit en marche. Je réfléchis à toute vitesse et me tournai de nouveau vers la réception. Il était toujours là, souriant.

— Lynne ? Où es-tu exactement ? l'interrogeai-je.

— Sur la Cinquante-Septième. Pourquoi ?

— Humm, écoute, je ne suis pas à l'aise avec l'idée

que tu sois seule ce soir. Que dirais-tu de te joindre à Andrew et moi ?

Elle éclata de rire et, derrière elle, j'entendis la voix aiguë et à fort accent du traiteur chinois.

— Kat, je ne vais pas tenir la chandelle ! En plus, tu es vraiment une mauvaise menteuse.

— Bien sûr que non... Nathan est ici. Je suis certaine qu'il sera ravi de dîner avec toi.

Son rire s'éteignit, et il y eut un long et pénible silence. Intérieurement, je priai pour qu'elle accepte. Ce dîner était la chance de Nathan. Quelque chose me disait que je ne me trompais pas et que Lynne comprendrait enfin que sa relation avec Philip était vouée à l'échec.

De toute façon, je n'avais jamais vu Philip regarder Lynne comme Nathan l'avait fait.

— Kat, murmura-t-elle. Je ne veux pas faire ça... Si Philip l'apprend...

— Comment l'apprendrait-il ? Philip est à l'autre bout du pays et tu es seule ce soir. Juste un dîner, Lynne.

Je l'entendis souffler lourdement, tiraillée entre son envie et son devoir de femme bientôt mariée.

— D'accord, abdiqua-t-elle sans joie aucune.

— Super ! m'exclamai-je. Il est à la réception du restaurant, je me charge de le prévenir. Oublie le chinois, ce soir c'est Vesuvio pour toi.

Je l'entendis rire et je raccrochai avant de me précipiter vers Nathan. Son regard s'illumina quand je lui parlai de Lynne et, très vite, il ignora la superbe brune à peau mate avec qui il discutait. Je lui fis part de mon « plan », et il recula d'un pas puis secoua la tête.

— Hors de question ! lança-t-il. Hors de question, Kat ! Il va me tuer si...

— Bien sûr que non !

— Bien sûr que si ! s'exclama-t-il. Jamais il n'acceptera. Et même s'il accepte, il me virera dès demain parce que j'aurai gâché votre dîner.

— Nathan, nous avons tout l'étage. Il suffit de vous installer à une autre table !

— Parce que vous croyez vraiment qu'Andrew vous laissera faire ? Vous croyez qu'il va encaisser ça avec le sourire ?

— Qu'est-ce que je suis censé laisser faire ? gronda la voix d'Andrew derrière nous.

Je me pétrifiai, fixant le regard perdu de Nathan. Il navigua alternativement d'Andrew à moi, tandis que la panique se peignait sur son visage. Je secouai la tête, incrédule. Il avait vraiment peur de son patron.

— Nathan, je sais qu'habituellement ce sont les femmes déjà prises qui te plaisent, mais j'aimerais autant que ta zone de chasse ne s'étende pas jusqu'à ce qui m'appartient, railla-t-il.

— Andrew... Comment peux-tu croire ? bégaya Nathan.

— Kathleen, monte ! ordonna-t-il.

A cet instant précis, Lynne, tout sourires, franchit la porte du restaurant. Comme l'avait fait Nathan un peu plus tôt, ses yeux passèrent sur chacun de nous. Je me postai près d'Andrew, espérant pouvoir le convaincre.

— Kathleen ? murmura-t-il sèchement.

— Je... Lynne était seule... et...

— Et nous étions seuls aussi, normalement, me coupa-t-il. Que dois-je faire au juste pour m'assurer que rien ni personne ne nous parasitera ? D'abord le chien de garde, ensuite la future mariée...

— Kat n'y est pour rien, me défendit doucement Nathan.

— C'est moi qui l'ai appelée, je cherchais de la compagnie, s'interposa Lynne.

— Votre charmant futur époux vous aurait-il fait faux bond ? claqua Andrew avec un brin d'ironie dans la voix.

Je levai les yeux vers lui, constatant qu'il était effectivement en colère. Lynne baissa les yeux et recula vers la porte. Je fis un pas vers elle, mais Andrew plaça son bras devant moi pour m'en empêcher.

— Ta soirée est à moi ! siffla-t-il.

— Et c'est ma meilleure amie ! ripostai-je avant de me débattre pour rejoindre Lynne.

— Nathan, occupe-toi d'elle ! ordonna Andrew.

Je tournai le regard vers lui, estomaquée par cette méchanceté gratuite. Il ne connaissait même pas Lynne et se permettait d'être odieux. Nathan me rejoignit et, d'un geste de la tête, m'intima de retrouver Andrew. J'opinai doucement, espérant que sa petite scène n'avait pas ruiné tout ce que j'espérais. Lorsque je revins vers l'escalier, Andrew avait déjà disparu.

Furieuse, je montai à mon tour, prête à en découdre avec lui. Il était à table, tout sourires, la tête reposant sur ses mains croisées sous son menton.

— Enfin ! J'ai failli attendre ! plaisanta-t-il.

— Tu as été odieux ! Vraiment odieux avec elle !

— Je n'ai pas été odieux. J'ai fait valoir ma priorité. Je t'ai demandé ta soirée et tu devais me la garder.

— Tu n'avais pas à être si désagréable avec elle ! Je l'ai fait venir ici et si tu veux t'en prendre à quelqu'un, sois odieux avec moi, pas avec elle !

— Crois-moi, elle a l'habitude de gérer les types odieux. La seule différence, c'est que j'assume pleinement. Maintenant, pouvons-nous reprendre notre soirée ? demanda-t-il en souriant largement.

Les poings serrés, je le regardai nous servir du champagne. Il leva les yeux vers moi, puis quitta sa chaise et se plaça derrière la mienne pour la tirer.

— Sinon quoi ? Vas-tu être odieux avec moi ?

— Si tu ne le fais pas pour moi, fais-le au moins pour ton risotto qui va arriver d'ici quelques minutes. Viens t'asseoir !

— Et tu reprochais à Meghan ses écarts de langage avec moi ! sifflai-je, à bout de nerfs. Si tu veux que nous ayons ce genre de relation, je crois que je devrais me cantonner à mon rôle de concierge !

Il me lança un regard et je le soutins. J'étais déterminée à ne pas le laisser marcher sur les autres, ou sur moi.

— Tu as raison, admit-il doucement tout en se redressant.

Je haussai un sourcil, fière de moi, mais espérant mieux de sa part.

— S'il te plaît, Kathleen, veux-tu revenir t'installer à cette table?

Je restai silencieuse, croisant les bras sur ma poitrine. Des excuses, rien de moins, voilà ce que j'attendais. Il secoua la tête, réprimant un rire — me fâchant donc encore plus — avant de s'approcher de moi. Sans rien dire, les yeux fixés sur les miens, il me fit décroiser les bras et m'attrapa la main pour la porter à ses lèvres, il en embrassa le dos avec une lenteur exagérée, et je lâchai un soupir, vaincue.

— S'il te plaît, répéta-t-il. Je sais que j'ai été un incroyable goujat, mais je ne supporte pas qu'on empiète sur mon temps, surtout quand je le passe avec toi. J'ai attendu cette soirée toute la semaine.

— Et tu...

— Et je suis en train de la gâcher... Mais si tu veux m'octroyer une petite chance, je promets de nous faire passer un excellent moment.

Il embrassa de nouveau le dos de ma main, et ce fut ma perte. Je me décidai à l'écouter, non sans continuer à lui montrer mon agacement. Il m'aida à m'installer, poussant doucement ma chaise vers la table.

— Je ne cherche pas à être odieux, dit-il en s'asseyant à son tour. Je suis juste... possessif, je crois.

— C'était Lynne! Sûrement ce qui se rapproche le plus du concept de « meilleure amie ». Je vais être sa demoiselle d'honneur...

— Tu vas au mariage? me coupa brutalement Andrew.

— Oui.

— Je t'escorte, affirma-t-il avec véhémence.

— Mais...

— Quand est-ce?

— Le 25 avril, débitai-je en le fixant pendant qu'il notait la date dans son téléphone. Andrew, tu n'es pas obligé de venir. Je veux dire, c'est encore récent et...

— Et quoi? Crois-tu que je vais te laisser aller seule à ce mariage? sourit-il, soudain plus détendu.

Je secouai la tête, cherchant comment ma colère contre

lui s'était dissipée. Sa façon de changer de conversation, de passer de l'autorité la plus forte à un sourire irrésistible, me désarmait complètement. Il défiait toutes mes stratégies de défense et d'attaque, mettant à mal la moindre de mes remarques, et les retournait contre moi.

— Je ne pensais pas que ce genre d'événements t'intéressait.

— Honnêtement, je trouve ça sans intérêt. La plupart du temps, Meghan me représente et se charge de féliciter les heureux époux pour moi.

— Ce sont les mariages qui te rebutent ou l'idée d'apparaître en public ? demandai-je en portant la coupe de champagne à mes lèvres.

— Les deux sûrement. Dans le cas de Mlle Hoffman, c'est la perspective de te savoir seule là-bas qui me motive, dit-il en continuant à pianoter sur son téléphone.

— Oh ! Ce n'est donc pas le plaisir de m'y accompagner, raillai-je.

— Il est hors de question que je te laisse seule entre les mains de la famille Kingston.

— Tu connais la famille de Philip ? m'enquis-je, stupéfaite.

— Leur réputation les précède. Et elle n'est vraiment pas en leur faveur, ajouta-t-il en levant son regard vers moi.

— Mon père sera là... Et il est flic, je te rappelle, souris-je.

— Ce n'est pas ça qui les arrête, conclut Andrew en buvant son champagne. Et ce n'est pas ça qui m'arrête non plus, poursuivit-il avec un léger sourire.

Le serveur apporta nos plats et remplit nos verres en silence. Il s'écarta doucement, restant à une distance respectable de notre table. Je lui jetai un coup d'œil avant de me concentrer sur mon assiette. Le risotto était divin, comme je m'y attendais. Je ris presque en songeant que c'était sûrement un nouvel abus de pouvoir d'Andrew qui me permettait de le déguster.

— Qu'y a-t-il de si drôle ? s'enquit-il en me voyant sourire.

— Rien. Je me demandais juste quel genre de soirée j'allais pouvoir te faire passer après ça...

— Tu peux toujours me laisser l'organiser.

— Hors de question ! Tes abus de pouvoir ont assez duré !

— Mes abus de pouvoir ? s'étonna-t-il. Est-ce mal de vouloir faire en sorte que cette soirée soit aussi inoubliable pour toi que pour moi ?

— Tu n'as pas besoin de faire tout ça... Elle l'est déjà, crois-moi ! m'esclaffai-je en repensant aux événements du début de soirée. Et tu viens de t'inviter au mariage de Lynne... Franchement, je ne vois pas comment je pourrais oublier cette soirée !

— Je ne vois pas comment non plus, murmura-t-il en me fixant avec intensité.

Je baissai les yeux, cachant un nouveau rougissement. Quand je les relevai, je fixai ses mains, soigneusement liées autour de son verre de champagne. Un souvenir précis me revint en tête et les mots sortirent naturellement de ma bouche :

— Parle-moi d'elle.

— Non, gronda-t-il.

— Andrew...

— Non. Je ne veux pas. Pas avec toi.

— Andrew, tu ne peux pas... Tu dis que je ne te connais pas, mais tu passes ton temps à éluder le sujet.

Il sembla réfléchir intensément, pesant le pour et le contre. Je voulais qu'il s'ouvre, je voulais connaître sa version — une version sûrement plus juste — de l'histoire. C'était sa femme, une partie de sa vie... Je voulais savoir.

— Tu... Tu m'as confié ton alliance dernièrement. Tu la portais encore après tout ce temps et tu ne démentais pas être marié. Je veux que tu me racontes ta version, plaidai-je.

— Ma version ? Oh... Je comprends, tu as eu la version officielle. Pourquoi veux-tu que nous parlions d'elle... ? Surtout ce soir ? Je ne suis peut-être pas ta priorité de la soirée, mais tu es la mienne ! railla-t-il.

— S'il te plaît. Je ne peux pas faire comme si... elle n'avait jamais existé.

— Elle n'existe plus. Et je me demande même si ce que j'ai ressenti pour elle a réellement existé.

Il y eut un long silence, mais je gardais mes yeux rivés aux siens. Je voulais savoir. Je trouvais même qu'il me « devait » une explication à son sujet. Son visage s'affaissa, et je compris qu'il abdiquait.

— Tu n'abandonnes pas ? soupira-t-il.

— Pas avec toi !

— Tu n'as pas ma ténacité... Dois-je te rappeler cette histoire de relation strictement professionnelle entre toi et moi ?

— Ne tente pas de dévier le sujet ! ripostai-je. Ma relation professionnelle avec toi était le seul bouclier que j'avais pour me défendre.

— Je sais, avoua-t-il. C'était assez drôle de te voir te débattre ! Même si j'en connaissais l'issue. Rien ne peut m'empêcher d'être avec toi ! asséna-t-il avec une confiance absolue.

— Voilà qui est bien présomptueux, monsieur Blake.

— Peut-être, mais c'est la réalité.

— Parle-moi d'elle, répétai-je avec douceur.

Il soupira de nouveau, me lança un regard résigné et se lança :

— J'ai rencontré Eleanor à l'université, en cours d'économie. Elle venait de l'Oregon. Nous sommes très vite sortis ensemble. C'était... évident en fait, expliqua-t-il en jouant avec sa coupe de champagne.

— Et ensuite ? Après l'université ?

— J'ai racheté un premier journal. C'était... une sorte de défi, se confia-t-il, perdu dans ses souvenirs. Eleanor était là, participait aux réunions de bouclage, travaillait jour et nuit. Curieusement, même après tout ce temps, après tout ce travail, je crois que c'est à cette époque que je suis vraiment tombé amoureux d'elle.

— Parce qu'elle te comprenait ? le coupai-je.

— Parce qu'elle était là. Tout le temps. Je posais une

question, elle avait la réponse. Tout était fluide, facile. On se rendait ensemble au journal, on rentrait le soir, on bossait tout le temps, je l'aimais. Le journal a marché et j'ai épousé Eleanor. Peu de temps après, j'ai racheté un deuxième journal et j'ai fondé Blake Medias.

Il fronça les sourcils et sembla faire le tri dans ses souvenirs. Peut-être que je ne pouvais pas vraiment tout entendre de son passé.

— Blake Medias est une vraie réussite, l'encourageai-je.

— En effet, murmura-t-il. J'ai proposé à Eleanor d'être responsable de la communication. De toute façon, je ne me voyais pas bosser sans elle. Et nous avons repris un rythme infernal. J'aimais mon travail, mais j'aimais Eleanor profondément. Elle était ma force dans tout ce projet.

— Que s'est-il passé, Andrew?

— J'ai voulu m'implanter à New York. Elle n'a pas compris mes motivations. Enfin, ça, je ne m'en suis aperçu qu'après. Nous ne travaillions plus sur les mêmes sujets, elle restait active sur San Francisco quand, moi, je prospectais ici. Je présume que, fatalement, nous nous sommes éloignés, professionnellement parlant.

— Mais...

— Oui, c'était il y a longtemps. M'implanter ici n'a pas été simple. Je n'avais pas les bons contacts, pas les bonnes relations. On m'a mis des bâtons dans les roues, on a tenté de me dissuader. J'ai tenu bon, mais Eleanor a fini par me convaincre. Je passais mon temps ici quand elle se démenait à San Francisco.

— Elle t'a convaincu d'abandonner?

— Pas vraiment... Je ne sais pas comment les choses se sont enchaînées mais, un soir, Eleanor a décidé de ne plus partager notre chambre et, effectivement, j'ai mis de côté New York, pour elle. Pour qu'elle me revienne. Parce qu'elle était plus importante que tout le reste.

Il eut un bref sourire, illuminant son visage concentré, puis ancra son regard au mien.

— A l'époque, je ne me voyais pas faire sans elle,

nous étions liés. Nous avions vécu un tas de choses. Des choses importantes, et des choses moins importantes. Nous étions heureux. Après l'épisode de New York, nous sommes partis en voyage, loin de toute cette pression. C'est un peu avant notre départ que j'ai embauché Nathan.

— Et Meghan ?

— Meghan était avec moi à l'université, elle était brillante, niveau finances. Elle a tout de suite adhéré à Blake Medias. Sans Meghan, je n'aurais jamais réussi à tenir cette entreprise. Elle est d'une incroyable force.

— Donc... le voyage ? le coupai-je pour revenir au sujet qui m'intéressait.

— Le voyage... Parfait. Idyllique. J'ai retrouvé la femme que j'aimais. Et je lui ai demandé de me faire un enfant, parce que... je ne sais pas, c'était parfaitement évident pour moi qu'elle devait être la mère de mes enfants. Et elle a dit oui, sans surprise. C'était... comme un nouveau projet à deux.

Encore un sourire heureux. Pourtant, ses yeux se voilèrent et je sentis que la version idyllique qu'il partageait avec moi n'était pas si parfaite.

— Nous sommes rentrés un peu avant juillet. J'ai repris le rythme avec Nathan. J'ai encore acheté un journal. Les semaines ont passé, les mois aussi...

— Pas de bébé ?

— Pas de bébé. Eleanor gardait le moral et je la rassurais. Nous étions jeunes, rien ne pouvait réellement nous arriver, n'est-ce pas ? Un peu après Thanksgiving, j'ai eu des informations sur New York : un magazine qui périclitait. Je n'étais pas certain de vouloir ça.

— A cause d'Eleanor ?

— A cause du magazine en question. Mon mariage était solide mais, après enquête, j'ai su que ce journal ne valait rien.

— Comment ça « rien » ?

— Nous n'avions aucune idée du nom des propriétaires ni des investisseurs, le siège social était basé à la Barbade...

— ... dans un paradis fiscal, finis-je.

Il me fit un sourire entendu. Il opina tandis que mon cerveau repassait en mode « investigation ».

— Malgré toutes nos recherches, cette histoire n'a pas abouti. Nous n'avions aucun nom, mais Meghan estimait que cela pouvait être rentable. J'ai fait une offre.

— Et ?

— L'affaire était en cours. Nous avions signé un préaccord. J'ai fait plusieurs allers-retours, rencontré les équipes, monté un projet éditorial. Meghan avait budgétisé pour paraître en mars, Nathan avait des bureaux. Je me souviens que nous avons fêté ça à la maison, c'était énorme... Eleanor était heureuse, j'étais heureux.

— Etait-elle enceinte ?

— Oui. De peu. Le jour où elle m'a montré le test de grossesse restera à jamais gravé dans ma mémoire. Je me souviens que, le lendemain, nous avons écumé les boutiques.

Il éclata de rire, pris dans ses pensées. Il secoua la tête, et finalement son visage se referma.

— L'accident a eu lieu deux semaines après. En une seconde, mon monde s'est écroulé. J'avais tout... et à sa mort, c'est comme si je n'avais plus rien. L'accident m'a... court-circuité d'un coup et a coupé mon monde en deux : il y avait eu le bonheur... et après, le néant.

Je tentai d'imaginer Andrew, heureux avec sa femme et ce bébé à venir. Il avait tout : la réussite, l'amour, la famille. Il devait se sentir invincible.

Machinalement, et sûrement pour évacuer sa nervosité, il tritura ses mains, frottant le cercle de peau où était encore incrustée la trace de son alliance.

— Et puis il y a eu toi, souffla-t-il presque timidement. Après tous ces mois de solitude, il a fallu refaire surface, revenir au vrai monde. Et, comme le dit une amie à moi, le destin t'a mise sur ma route.

— Ton amie est... pertinente. Je partage cet état d'esprit. Qui sait où certains chemins nous mènent... Enfin, tu avais l'air de très bien t'en sortir. Que s'est-il passé pendant... ton absence ?

— Après les funérailles, tout a été plus difficile. Je n'avais plus envie de New York, je voulais vendre l'entreprise. Je suis resté cloîtré chez moi pendant des semaines entières, refusant même l'idée de sortir prendre simplement l'air. Tout me rappelait... elle. Notre vie devait être parfaite.

— Je ne comprends pas... Quand tu as fait allusion à elle, tu semblais tellement loin... de cet état d'esprit.

— Eleanor m'aimait. Et je l'aimais profondément. Je l'ai perdue, ça a été l'épreuve la plus terrible de ma vie, mais découvrir, après son décès, qu'elle me mentait, a été pire que tout.

— A quel sujet te mentait-elle ?

— Nous. Notre mariage. J'ai cherché à comprendre pendant des mois, je l'ai haïe autant qu'aimée. Mais elle voyait un autre homme.

Ses yeux se plantèrent dans les miens et je sentis la colère vibrer en lui. Ses propos sur le mensonge et sur les qualités de sa femme me revinrent.

— Un autre homme ? Que tu connaissais ? demandai-je.

— Non. C'est plutôt une bonne chose pour lui. Je n'ai jamais su qui il était. Une âme charitable m'a envoyé des photos floues. J'ai nié en bloc qu'elle pouvait avoir fait ça, mais il a fallu me rendre à l'évidence, je n'étais pas le seul. Je n'étais plus... sa priorité, murmura-t-il en me fixant.

Je déglutis lourdement, encaissant le flot d'informations. Maintenant, je connaissais enfin toute l'histoire. Machinalement, je posai ma main sur la sienne et la pressai doucement. Les épaules d'Andrew se relâchèrent, comme s'il se libérait enfin d'un lourd fardeau.

— Je suis désolée, soufflai-je en cherchant à capter son regard.

— C'est de l'histoire ancienne.

— Non, pour tout à l'heure. Je n'avais pas compris à quel point cette soirée était importante pour toi.

— Ce n'est pas cette soirée qui est importante, c'est d'être avec toi. Je ne veux pas... passer après Lynne ou... ton père.

— Tu veux être prioritaire sur l'unique homme de ma vie ? plaisantai-je.

— Non. Je veux « être » l'unique homme de ta vie.

Il sourit doucement et je sentis mon corps fondre et crépiter à la fois. Ce sourire, ce regard, sa voix profonde, ses aveux... Pour la première fois depuis que je le connaissais, je me sentais en confiance.

— Tu vas encore trouver ça présomptueux ? fit-il.

— Non... Je trouve ça... plutôt agréable à entendre. C'est moi ou tu cherches à me séduire ?

— Kathleen, je pense qu'il n'y a pas un instant où je n'ai pas cherché à te séduire... Et je crains que cela reste prioritaire sur le reste.

Je me mordis l'intérieur des joues, à la fois heureuse et gênée par sa déclaration. Nous reprîmes notre repas, discutant essentiellement de son métier.

Alors que le serveur nous amenait nos desserts, et que j'étais pleinement détendue grâce à la quantité importante de champagne dans mon organisme, Andrew me prit à mon propre piège.

— Tu connais mes secrets, vas-tu enfin me dévoiler les tiens ?

— Que veux-tu savoir ? m'enquis-je, incertaine.

— Je ne sais pas... Que peux-tu vraiment me confier ? J'ai parlé de ma vie privée. Parle-moi de la tienne.

— Je crains de ne pas tenir la comparaison avec toi.

— Pas de mariage donc ? s'amusa-t-il.

— Pas de mariage. Pas d'enfants non plus, complétai-je. Le seul homme dont je sois vraiment tombée amoureuse s'est révélé être... Disons que c'était une imposture manifeste.

— Il t'a menti ?

— Il m'a trahie. Ce qui est pire... si on en juge par les conséquences sur ma vie actuelle.

— C'est pour ça que tu as changé de métier ?

Mes muscles se tendirent tous dans la même seconde et un picotement désagréable s'empara de ma nuque.

— Ce n'est pas important.

— Ça l'est pour moi.

— Ça... Ça n'a vraiment aucun intérêt et ça fait partie de mon passé.

— Tu connais mon passé, j'aimerais connaître le tien.

— Andrew, tu connais mon passé! m'écriai-je en me souvenant de nos premières et déroutantes conversations.

— Certes, mais je n'ai pas réussi à élucider certains mystères. Celui-ci, en particulier, m'intrigue beaucoup.

Je soupirai lourdement. Je n'avais pas envie de ressasser mon passé et mes idéaux malmenés. Les derniers événements — les coups de fil de la presse, la pression, les regards extérieurs — avaient suffi à réveiller ces douloureux souvenirs.

— J'ai toujours voulu être journaliste, commençai-je. J'aime... les recherches et recouper les informations.

— As-tu fait des recherches sur moi?

— Oui. Mais je dois admettre que tu as été meilleur que moi. Difficile de trouver des sources crédibles et des informations avérées sur toi.

— Pourquoi avoir arrêté de faire ce métier alors?

— J'y ai été contrainte.

— Par cet homme? m'interrogea-t-il, les mâchoires crispées.

— Si on veut. Je n'étais pas très... futée, je pense. Je n'ai pas vu les choses venir. Un jour, j'ai été convoquée dans le bureau de mon rédacteur, et les choses que je pensais acquises, les valeurs auxquelles je croyais se sont écroulées. Je n'ai pas eu le choix. Je devais partir.

— Quel genre de patron a pu te virer? Certains n'ont vraiment...

— J'ai démissionné. Parfois, il faut savoir admettre qu'on a eu tort. Et je crois que je me suis trompée de métier. J'étais sûrement trop naïve, mais la réalité a été plus violente que ce que j'imaginais.

— Kathleen, murmura-t-il avec douceur en croisant ses doigts avec les miens, tu n'es pas naïve...

— Alors, disons que je suis idéaliste. Le résultat est

le même... Ce que je voulais faire ne coïncidait pas avec ce que voulait mon patron.

— Et cet homme ?

— Il a disparu en même temps que la plupart de mes relations dans le métier. Je ne le regrette pas, certaines choses paraissent belles de loin, et se révèlent finalement assez laides. Je n'envisage pas de revenir sur ma décision. Le journalisme est derrière moi.

Je vis les sourcils d'Andrew se soulever à une hauteur hallucinante, atteignant quasiment la racine de ses cheveux.

— Tu devrais retenter ta chance. Le *DC Daily* est... particulier, conclut Andrew après avoir cherché le qualificatif adéquat.

— Comment sais-tu que j'ai bossé pour le *DC*... ?

— Je connais ton passé. Mais j'ai du mal à croire que tu aies bossé pour ce repaire de technocrates ! C'est même une planque tout court ! Le seul but de ce... truc est de faire du lobbying auprès du Sénat. C'est purement politique, et si j'osais, je dirais même que c'est le bras armé médiatique des républicains à Washington.

— Je sais, avouai-je. Mais je n'ai pas eu le choix.

— Tu l'as maintenant. Mon offre tient toujours. Tu peux bosser pour moi.

— Et coucher avec mon patron ? lâchai-je avant de prendre conscience de l'énormité de ma riposte.

Mes joues se colorèrent immédiatement. Je baissai les yeux sur mon assiette, triturant mon dessert.

— Tu as des projets ? sourit Andrew alors que je rougissais encore plus.

— Ce n'est pas ce que je voulais dire ! me défendis-je.

— « J'ai » des projets, dit-il en ignorant ma remarque.

Je virai pivoine et fis tout mon possible pour éviter de le regarder. Je trouvai un intérêt soudain à mon dessert, raclant le fond de mon assiette à la recherche des dernières traces d'un tiramisu déjà quasiment disparu. Soudain, Andrew se leva et contourna la table pour se placer derrière moi.

— Tu as le choix, murmura-t-il à mon oreille. Tu l'auras toujours.

— Entre quoi et quoi ? soufflai-je, haletante.

— Entre le patron ou moi. Mais en effet... je ne couche pas avec mes employées.

— Donc, conclus-je en exhalant un soupir bruyant, je n'ai pas vraiment le choix.

— Si... Réfléchis bien.

Je me tournai vers lui, complètement perdue. De quoi était-il en train de me parler ? Soudain, il tira ma chaise et me fit me lever.

— La voiture nous attend. Mais réfléchis à tout ce que je viens de te dire.

— Je ne comprends pas, Andrew, avouai-je, un peu chancelante.

— Le champagne, sûrement. Tu feras le lien plus tard.

Il pressa ses lèvres sur mon front, dans un geste tendre, puis m'aida à remettre mon gilet. Il enfila son caban, et prit sa veste pour la poser sur mes épaules.

— Allons-y.

Sans prononcer un mot de plus, il nous guida à la voiture et nous retournâmes au Peninsula. Durant le trajet, il posa doucement sa main sur la mienne, et ce n'est qu'à l'arrivée dans le parking souterrain de l'hôtel qu'il osa poser la question qui me hantait :

— Veux-tu rentrer chez toi ?

Chapitre 18

Je secouai la tête et un bref sourire s'étira sur ses lèvres. Il sortit du véhicule et m'ouvrit la porte. Toujours en silence, nous gagnâmes la Peninsula Suite. En entendant la porte se refermer derrière moi, je relâchai la veste d'Andrew et la posai sur une des patères dans l'entrée. Andrew retira son caban et je le suivis jusque dans le salon.

Le cœur battant, je détaillai ses gestes : il défaisait le haut de sa chemise, révélant le bas de sa gorge, puis déboutonnait ses manches et les remontait doucement sur ses avant-bras. L'anticipation, l'anxiété et le désir brûlaient dans mes veines, me rendant hermétique à ce qui nous entourait. Il se tourna vers moi, et le souvenir de notre première nuit ensemble, ici, bourdonna dans ma tête. Le souffle court, je vis ses lèvres bouger, mais ne compris pas un mot de ce qu'il me demandait.

— Je... Euh... Pardon? fis-je, l'esprit embrumé.

— Serais-tu tentée par un bain? proposa-t-il avec hésitation.

Je restai immobile quelques secondes, scrutant son visage. Il semblait si fragile et si peu confiant. Je pensais avoir découvert le véritable Andrew pendant notre dîner, le Andrew sans masque mais, en fait, il était là, maintenant, devant moi, incertain et hésitant.

— Je... Un bain? répétai-je, toujours dans les limbes.

— Tu ne connais donc pas mes habitudes?

— Oh… La piscine ! m'écriai-je soudain.

— Si tu veux, l'hôtel a prévu des maillots…, débita-t-il en désignant la salle de bains derrière lui. Enfin, je présume que tu es au courant.

Je souris largement, hochant la tête avant d'avancer vers lui.

— C'est une bonne idée, approuvai-je. Le maillot est-il de soie ou en satin ? plaisantai-je pour cacher mon anxiété.

— Tu connais mon avis sur le sujet, non ?

— En effet, avouai-je.

— Prends ton temps, et rejoins-moi quand tu seras prête.

Une lueur d'amusement éclaira son regard et, dans la seconde qui suivit, il défit un autre bouton de sa chemise. Je fixai ses mains, ses doigts, les pans de sa chemise à peine écartés et qui, pourtant, révélaient suffisamment de lui pour que tout mon corps s'embrase. Sans voix et le souffle court, je passai près de lui, le frôlant à dessein, avant de refermer la porte de la salle de bains derrière moi.

Je connaissais suffisamment cette suite pour savoir où se trouvaient les maillots de bain et les peignoirs. Je retirai mes vêtements à la hâte et enfilai les petits morceaux de tissu noir. La nervosité ne m'avait pas quittée et, avant de me montrer, je me regardai rapidement dans le miroir pour évaluer les dégâts. Je frottai les paumes moites de mes mains sur le tissu-éponge de mon peignoir et sortis de la pièce.

Après avoir emprunté l'ascenseur, je me faufilai rapidement par l'escalier et rejoignis la piscine par l'accès de secours. A mon arrivée, Andrew nageait déjà, étirant son corps musclé sous l'eau dans des mouvements fluides. Il me surprit en s'arrêtant net, avant d'appuyer ses avant-bras sur le rebord.

— Tu as tes habitudes aussi, constata-t-il avec un sourire satisfait.

— Je… Euh… Probablement, balbutiai-je alors que son sourire s'élargissait.

— Vas-tu finir par venir me rejoindre ou rester à m'observer ?

Il recula doucement, bougeant lentement ses bras dans l'eau pour reculer vers le milieu de la piscine. Son regard ne me quitta pas, et je retirai mon peignoir en tremblant presque. Malgré ma quasi-nudité, Andrew ne cilla pas, restant concentré sur mon visage tandis que je me dirigeais vers les quatre marches d'accès.

Mon corps s'immergeait progressivement. Le contact de l'eau apaisa ma peau brûlante et le picotement d'envie qui me parcourait depuis notre arrivée à l'hôtel. J'avançai lentement vers lui, presque avec prudence, jaugeant comme je le pouvais ses imprévisibles réactions. Il avait cessé de bouger. L'eau arrivait à la hauteur de sa taille et il m'attendait.

Quand enfin je l'atteignis, il leva la main et repoussa mes cheveux, dont les pointes étaient humides, derrière mon épaule. Brutalement, les lumières autour de nous s'éteignirent. Je sursautai, surprise par le bruit sec de l'interrupteur. Seules les lampes sous l'eau restèrent allumées, formant autour de nous un halo bleuté apaisant.

Mais très vite j'oubliai l'endroit, j'oubliai l'eau, j'oubliai même mon propre nom. La main d'Andrew remonta sur ma nuque et il m'attira contre ses lèvres tout en reculant dans l'eau. Je trébuchai doucement, et posai mes mains sur son torse pour me maintenir. Mon corps glissa dans l'eau pendant que les lèvres d'Andrew travaillaient sur les miennes.

Il reculait toujours, nous entraînant vers la zone la plus profonde de la piscine. Mes mouvements n'étaient plus coordonnés, sûrement parce que mon cerveau ne savait plus comment donner les ordres adéquats. Je me perdis totalement quand la langue d'Andrew quémanda l'accès à ma bouche. J'enroulai mes bras autour de sa nuque, me redressant pour pouvoir profiter de son baiser.

Il me relâcha, avant d'enfoncer ses doigts dans mes hanches pour me maintenir contre lui. Je me collai contre son corps, répondant ardemment à son baiser. Quand la profondeur du bassin me fit perdre pied, je relâchai ses lèvres et sa nuque pour me maintenir hors de l'eau.

— Je te tiens, murmura-t-il en m'enlaçant brutalement contre lui.

Sa tête s'enfonça dans mon cou et, instinctivement, mes jambes s'enroulèrent autour de sa taille. Je croisai mes chevilles dans son dos et l'entendis gémir contre ma peau. Je posai mes mains sur ses épaules, me stabilisant pendant qu'il reculait toujours.

En sentant sa bouche contre ma peau, je compris qu'il était en train de me marquer. Mais c'était sans importance. J'étais heureuse d'être à lui, d'être avec lui. Je remuai doucement mon bassin, lui indiquant que j'appréciais ce qu'il me faisait, et il grogna en retour.

Il releva la tête et, de nouveau, dégagea mes cheveux égarés autour de mon visage. Ses doigts se posèrent sur ma joue et je remarquai sa respiration rapide.

— J'ai attendu toute la soirée pour faire ça, murmura-t-il avant de m'embrasser encore e t encore, comme si sa vie en dépendait.

L'eau clapotait autour de nous, brisant le silence de cathédrale qui régnait dans la pièce. Mais tout ce que je sentais, c'étaient ses lèvres douces et magiques sur les miennes. Je remontai mes mains dans sa chevelure trempée, m'enfonçant entre les mèches pour caresser son cuir chevelu. Il grogna contre ma bouche et se détacha de mes lèvres avant de souder son front au mien.

La respiration hachée, les yeux clos, il gémit doucement avant de bouger la tête pour que j'amplifie mon geste. J'esquissai un sourire, ravie de voir que mes caresses avaient autant d'effet sur lui que ses baisers sur moi. Ses mains remontèrent de mes genoux à mes cuisses, puis mes fesses. Il les pressa, me faisant bouger contre lui.

— Comment fais-tu ça ? demanda-t-il en embrassant le haut de ma poitrine.

— « Ça » quoi ?

— Me faire ressentir toutes ces choses... Je ne pensais pas revivre ça avec quelqu'un.

Je me sentis frissonner malgré l'eau chaude et la température ambiante. Il y avait un tel soulagement dans sa voix, un tel besoin de se sentir « normal » que j'en étais vraiment émue. D'autant plus que j'en étais l'origine.

— Je ne sais pas, bégayai-je. Je fais seulement... ce qui me semble... juste.

— Reste ainsi alors, sourit-il.

De nouveau il pressa mes fesses, mais cette fois pour me coller un peu plus contre lui, avant de revenir torturer mes lèvres. Un gémissement m'échappa alors que je me soulevais légèrement, le dépassant un peu. Sa bouche glissa de mes lèvres, longea mon menton, la ligne de ma mâchoire, avant de descendre dans le creux de mon cou.

Soudain, je sentis du mouvement et compris qu'Andrew s'était mis à bouger afin de nous emmener à l'autre extrémité de la piscine. Mon corps glissa le long du sien, et mon emprise autour de lui se rompit pour me permettre de retrouver le sol du bassin sous mes pieds.

— Ne t'avise pas de fuir à toutes jambes, me prévint-il en me repoussant vers les marches.

— Pourquoi ferais-je ça ? l'interrogeai-je avec sérieux.

Il avançait toujours, me forçant à reculer un peu plus vite. Son regard pénétrant me fixa avec une intensité rare et il pencha la tête sur le côté.

— Tu ne t'en rends pas vraiment compte, n'est-ce pas ?

Je heurtai les marches et tombai à la deuxième, me retrouvant assise devant lui. Il s'approcha de moi et, mue par un automatisme étrange, je l'accueillis entre mes jambes. Il plaqua ses mains sur le carrelage de part et d'autre de mes hanches et plaça son visage à quelques centimètres du mien.

— Kathleen... Tu es... Tu es la première, depuis... Eleanor, avoua-t-il d'une voix rauque.

— Oh...

— Après ce soir, je ne crois plus pouvoir te laisser de nouveau livrée à toi-même.

— Ça ne me pose pas de problème, dis-je en soutenant son regard.

— Ça ne m'en pose pas non plus. Au contraire. Crois-tu pouvoir te contenter d'une relation compliquée avec un homme comme moi ?

— Andrew, je me contenterai de n'importe quel genre de relation avec toi...

— Même quand je suis présomptueux ?

— Je n'abandonne pas. Jamais.

Il eut un sourire qui valait, à mes yeux, tout l'or du monde, puis il se pencha vers moi et m'embrassa encore. Cette fois, la passion dévorante des instants précédents laissa place à plus de douceur. Je m'allongeai comme je pouvais, le haut de mon dos heurtant douloureusement l'arête de la marche supérieure.

Andrew s'agenouilla, rampant au-dessus de mon corps avant de le recouvrir. Ses mains longèrent mes côtes et il remonta une de mes jambes autour de lui. Cette position familière me fit sourire, et je sentis, contre mes lèvres, que lui aussi il sourit.

Nos corps collés l'un à l'autre, il frotta involontairement son bassin contre le mien afin de se réajuster. Le désir qu'il ressentait pour moi ne fit alors plus aucun doute. Je remuai à mon tour, tout à fait volontairement, espérant qu'il comprenne que son envie était hautement partagée. Il grogna contre moi, laissant ses lèvres traîner sur ma peau. Je réitérai mon geste plusieurs fois, obtenant toujours le même résultat : il s'éloignait de moi dans un premier temps, avant de revenir contre mon corps, le souffle court.

Mes mains se perdirent de nouveau dans ses cheveux alors que les siennes caressaient mes cuisses. Je tentai de capter son regard, mais Andrew m'évitait, préférant naviguer sur mon cou, mes épaules dénudées et le haut de ma poitrine.

Soudain, il remonta ses mains sur mes côtes avant de les placer de part et d'autre de ma poitrine, et un gémissement lourd sortit de mes lèvres. En réaction, Andrew pressa durement ses mains contre moi et les remonta sur mes seins avec une lenteur horrible.

Je me cambrai, oubliant le contact désagréable de la

marche derrière moi. Il me massa doucement les seins tandis que sa bouche continuait de faire des merveilles sur ma peau, réveillant chacune de mes terminaisons nerveuses et provoquant un incendie ravageur dans le bas de mon ventre. Je fermai les yeux, savourant la douceur et la prévenance de ces gestes. Finalement, il prit mes seins en coupe et passa son pouce sur les pointes douloureusement érigées.

— S'il te plaît, gémis-je, pantelante et avide de plus.

— Kathleen, murmura-t-il d'une voix rauque avant de presser son bassin contre le mien.

— S'il te plaît, répétai-je... S'il te plaît, touche-moi, implorai-je.

Il se releva légèrement et sonda mon regard. Je hochai doucement la tête, le feu aux joues. Il pouvait le faire. Son regard sombre m'indiqua que j'avais raison sur ses intentions. Il me voulait. Ses yeux quittèrent mon visage et parcoururent mon corps jusqu'à ma poitrine. Ses mains glissèrent du tissu noir et se posèrent juste en dessous, avant de le repousser.

Je hoquetai en voyant son regard s'enflammer. Il fixait ma poitrine dénudée avec adoration, alors que ma tenue était plutôt décadente. Ses pouces repassèrent sur mes tétons, et il me sembla qu'il prenait un plaisir sadique à me torturer. Mon cœur frappait à une vitesse folle contre ma cage thoracique et je gémissais de façon indécente.

Sans jamais quitter mes seins des yeux, il pencha enfin la tête et prit un de mes tétons entre ses lèvres. Je refermai violemment les jambes autour de lui, sifflant le désir fulgurant qui me traversait de part en part. Il malmena mon sein encore et encore, ne se laissant aucunement perturber par les mouvements saccadés et frénétiques de mon corps. Il prodigua le même traitement à mon autre sein pendant que je m'autorisais à le garder contre moi, plaquant mes mains contre sa tête.

Après une éternité, il leva les yeux vers moi et fronça les sourcils.

— Montons.

— Que... Quoi? balbutiai-je, toujours prise dans le moment.

— Montons dans la suite. Je te veux, mais pas ici. La suite me semble nettement plus appropriée.

Nous rejoignîmes nos peignoirs, et Andrew se posta derrière moi. Alors que je me rhabillais en tremblant, je sentis ses doigts caresser ma nuque, puis les bretelles de mon maillot de bain tombèrent.

— Retire-le, murmura-t-il.

Je m'exécutai et, aussitôt, il s'en empara pour le fourrer dans sa poche.

— Je te retirerai le reste là-haut, promit-il.

— Et toi, tu n'as encore rien retiré, répliquai-je, presque boudeuse.

— Veux-tu le faire maintenant?

Je me tournai pour lui faire face. Son peignoir ouvert laissait voir une partie de son torse. Mes yeux descendirent plus bas, suivant la ligne parfaite de sa musculature. Je me mordis la lèvre, prenant conscience d'à quel point il était superbe. Et à moi. Je levai un sourcil amusé en voyant la bosse déformer son boxer noir.

— Mais si tu préfères patienter, me taquina-t-il en refermant les pans de son peignoir.

— Non... non... Attends! lui ordonnai-je en m'approchant de lui.

Je plantai mes yeux dans les siens et, déterminée, passai mes pouces dans la ceinture de son maillot. Je le glissai le long de ses jambes, me baissant au même rythme pendant la manœuvre. Il leva les pieds pour s'en débarrasser et je le mis dans un des paniers prévus par l'hôtel. Quand je me retournai vers lui, il n'avait pas refermé son peignoir et son érection s'offrit à mes yeux.

Je lâchai un soupir avant de coller mon corps contre le sien pour l'embrasser. Il posa sa main sur ma nuque, m'attirant durement contre ses lèvres pendant qu'il défaisait le nœud de mon peignoir. Le contact de ma poitrine nue contre son torse chaud nous fit gémir dans la même seconde et une de mes mains se fraya un chemin entre nos corps pour le caresser.

A peine mes doigts l'avaient-ils effleuré que je sentis son sexe tressauter dans ma paume. Il relâcha mes lèvres et baissa les yeux sur son entrejambe. Je m'arrêtai, pas certaine d'agir au mieux. Mais très vite, il récupéra ma main et la reposa sur lui.

— Continue, m'intima-t-il.

— Je croyais que... Enfin... Si on allait dans la suite? proposai-je.

Il cligna les yeux, s'apercevant que nous n'avions pas bougé de la piscine. Il repoussa ma main et referma son peignoir, avant de me pousser vers l'escalier de secours. Nous gagnâmes l'ascenseur et, dès que les portes furent refermées, Andrew me plaqua contre la paroi, m'embrassant comme un fou furieux.

— Tu n'as pas idée de ce que tu me fais, Kathleen, murmura-t-il en s'écartant de moi.

Brutalement, il rouvrit mon peignoir embrassant et pétrissant mes seins. Mais ce ne fut qu'une étape. Ses lèvres glissèrent sur mon estomac et, très vite, arrivèrent à la hauteur de mon entrejambe. Il leva les yeux vers moi, quémandant mon assentiment, avant de retirer le morceau de tissu. Ses mains caressèrent mes jambes et, comme pour le haut, il plaça ma culotte dans une de ses poches.

Agenouillé devant moi, il fit le chemin inverse, embrassant l'intérieur de mes genoux, puis mes cuisses. Des tremblements terribles me parcoururent pendant que ses mains remontaient sur mes fesses. Il posa ses lèvres furtivement sur mon entrejambe, grognant un peu quand j'écartai les cuisses, avant de remonter sur mon ventre, puis de déposer un baiser sur le sillon de peau entre mes seins.

Le « ding » de l'ascenseur retentit et Andrew me couvrit rapidement. Il me prit la main et nous gagnâmes sa suite. Une fois la porte refermée, il y eut un instant étrange, où je me demandais si ce que j'étais en train de vivre était bien réel. Andrew était devant moi, m'observant avec une étincelle de désir.

— Allons dans la chambre, ordonna-t-il en prenant ma main.

Il m'entraîna, sans que je n'offre une quelconque résistance, et me fit asseoir sur le *king size*. Je me sentais encore plus petite, encore plus faible sur cet immense lit, pendant qu'Andrew allumait les spots au-dessus de la tête de lit. Alors que je pensais le voir revenir devant moi, je perçus le mouvement du matelas qui s'enfonça, puis le bout de ses doigts effleura ma nuque. Il repoussa mes cheveux humides sur la gauche, embrassant la courbe menant de mon cou à mon épaule.

Je basculai la tête en arrière, m'adossant presque complètement à lui. Continuant à m'embrasser et à explorer ma peau de ses lèvres, il passa ses mains autour de ma taille, dénouant mon peignoir avant de l'écarter doucement. La seconde suivante, il en agrippa le col et le fit glisser de mes épaules. Maintenant nue contre lui, je tournai la tête pour trouver sa bouche.

Je remuai et le repoussai gentiment avant de m'installer à genoux entre ses cuisses. A mon tour, j'entrepris de lui retirer son peignoir, bataillant avec le nœud fermement noué autour de ses hanches. Je râlai un peu, peu fière d'être mise en échec par ma nervosité.

— Laisse-moi faire, murmura Andrew en posant ses mains sur les miennes.

D'un geste rapide, il ouvrit son peignoir, et je pris un plaisir non dissimulé à coller mon corps nu contre le sien. J'enroulai mes bras autour de sa nuque, l'embrassant à perdre haleine pendant que mes mains passaient sur ses épaules pour lui enlever complètement son peignoir.

Quand, enfin, il fut totalement nu, il m'attira contre lui et nous basculâmes sur le lit. Je caressai son torse, appréciant les petits grognements qui lui échappaient. Très vite, ma main glissa le long de son ventre et retrouva son sexe érigé. Le corps en feu, je le caressai avec lenteur.

— Tellement bon, murmura-t-il en fermant les yeux. Continue.

Je poursuivis mon geste, observant son visage se crisper à chaque va-et-vient de ma paume contre lui. Il luttait, il bataillait même. Je tentai de l'apaiser, picorant son torse, son cou, ses lèvres et même son visage, mais il gémissait de plus en plus fort, amplifiant d'autant mon envie. Je m'allongeai sur lui, mon entrejambe frottant contre sa cuisse.

Brutalement, il attrapa mes mains et me retourna sur le lit. Il flotta au-dessus de moi quelques secondes, sa virilité caressant la peau de mon ventre. Je l'encourageai avec un sourire que j'espérais sexy, et il se décala pour s'allonger près de moi. J'amorçai un mouvement de hanche pour le retrouver, mais il me repoussa.

— Laisse-moi te regarder.

Je m'étendis de nouveau sur le dos, immobile, tandis que le désir brûlant et dévastateur menaçait de me faire exploser. Ses yeux balayèrent mon corps de bas en haut, ne s'attardant nulle part en particulier, mais semblant tout de même enregistrer le moindre détail. Quand il retrouva mon regard, je perçus de nouveau cette étincelle presque démoniaque dans ses deux émeraudes. Il porta ses doigts à mes lèvres, les caressant doucement. Je parvins à prendre son pouce dans ma bouche, le suçant fort afin d'atténuer les flammes qui me ravageaient. Andrew m'observa faire, ses mâchoires se crispant au rythme de mes lèvres.

— Des projets, mademoiselle Dillon ? sourit-il en retirant son pouce de ma bouche.

— Les mêmes que les vôtres, monsieur Blake.

Il réprima un rire, heureux et satisfait, et abaissa sa main pour la poser sur le haut de ma poitrine. J'exhalai un soupir d'anticipation. Et, avec une lenteur insupportable, il caressa mon corps. La pulpe de ses longs doigts traîna sur ma peau, passant entre mes seins, sur mon estomac, puis sur mes hanches avant de finir sur une de mes cuisses. Avoir ses mains sur moi était, sans aucun doute possible, la meilleure des sensations.

— Définitivement nue, affirma-t-il avec conviction.

— S'il te plaît, geignis-je.

Cette fois, je n'eus pas à renouveler ma requête. Il posa sa main sur mon sexe chaud et humide et le caressa doucement. Je criai de plaisir et me cambrai pour prolonger ce léger contact. Je murmurai son nom et, très vite, sa bouche étouffa mes gémissements. Du bout des doigts, il écarta mes plis et se fraya un chemin dans mes chairs humides.

Je me cambrai de nouveau, sentant des tremblements prendre possession de mes jambes. Je savais ce qu'annonçait ce signe : un orgasme fulgurant allait me ravager à la minute où il serait en moi. Andrew se serra contre moi, nichant sa tête dans mon cou.

— Tu es tellement belle, murmura-t-il.

— Andrew..., râlai-je, ne pouvant plus attendre.

Et dans l'instant, il inséra un doigt en moi, me faisant ainsi perdre tout contrôle. Mon corps se tendit soudainement, avant de se ramollir tout aussi vite. Je grognai de plaisir, mais Andrew entreprit un va-et-vient en moi, faisant fi de mon orgasme.

— Encore, murmura-t-il en insérant un second doigt.

A peine remise de mes émotions, la boule de chaleur était déjà en train de se reformer dans le creux de mon ventre. Il allait et venait avec frénésie, haletant dans mon cou. Je relevai les jambes, lui offrant un meilleur accès, l'encourageant par mes gémissements à poursuivre son agréable torture.

— Viens en moi, lui intimai-je, à bout de souffle.

— Je suis en toi, sourit-il en levant le visage vers moi.

— Non... Ça, expliquai-je en passant ma main sur son sexe tendu.

Il retira doucement ses doigts et la seule sensation de vide me contraria.

— Préservatif? demanda-t-il.

— Non, balayai-je rapidement. Je... Enfin, je prends... ce qu'il faut, bégayai-je.

Un sourire s'étira sur ses lèvres et il m'embrassa tout en s'installant entre mes jambes. J'étais déjà pantelante, et ce fut encore pire quand son sexe effleura le mien.

— Tu es tellement... chaude, dit-il sur mes lèvres.

— A cause de toi!

— A cause?

— Grâce, corrigeai-je. Grâce à...

Mes mots moururent dans sa bouche et il s'enfonça au plus profond de moi. De nouveau, mes jambes tremblèrent et je me sentis partir loin, emportée par une vague géante de plaisir. Andrew plaça ses mains de part et d'autre de mon corps et se souleva, atteignant le point le plus sensible de mon anatomie. Je me sentais... bien, vraiment bien, baignant dans un coton douillet, chaud, imprégné du parfum d'Andrew. Ses cheveux humides retombaient sur son front, voilant un peu son regard. Mais c'était la seule sensation de lui, complètement et parfaitement en moi, qui canalisait toute mon attention.

— Andrew! criai-je en saisissant les draps dans mes poings.

— Encore, murmura-t-il en refaisant le même mouvement.

J'entourai ses hanches de mes jambes, cherchant à le retenir. Mais il était plus fort et, quand il répéta « encore », un nouvel orgasme s'abattit sur moi, me coupant le souffle. Je murmurai son nom une nouvelle fois, encore et encore et, après s'être immobilisé en moi, il commença à bouger lentement.

— J'aime quand tu m'appelles Andrew... surtout comme ça, dit-il dans un murmure rauque.

— Andrew, répétai-je sur le même ton.

— Bon sang! gronda-t-il en accélérant le mouvement.

Je prononçai de nouveau son nom et, pour toute réaction, il se lova contre moi, serrant son corps au plus près du mien. Ses mouvements se firent plus amples et, de nouveau, je me mis à trembler. Je fermai les yeux, je n'avais jamais ressenti ça avant. Mon cœur s'emballa, battant à un rythme chaotique, pendant qu'Andrew bougeait en moi.

— Redis-le ! m'ordonna-t-il.

— Andrew, haletai-je.

— Tellement... bon, Kathleen. Jamais été aussi... fort.

Son rythme s'accéléra de plus en plus, cadencé par nos gémissements mutuels. Alors que j'étais sur le point de tomber une nouvelle fois dans le vide, il colla son front contre mon front et plongea son regard dans le mien. Il porta sa main à ma joue, effleurant à peine mes lèvres.

— Kathleen, murmura-t-il comme une prière.

Et tout son corps se tendit. Je me resserrai autour de lui, explosant à mon tour dans un cri de joie sans fin. Je tremblai dans ses bras et il me serra aussi fort que possible, les yeux clos, le sourire aux lèvres.

Quand il se retira de moi et se plaça à mes côtés pour me prendre dans ses bras, je compris que j'avais franchi plusieurs limites : la limite entre ma carrière et ma vie privée, la limite entre son passé et son présent, et une autre, moins évidente mais qui, maintenant, alors que ma tête reposait sur son torse, me sautait aux yeux, j'étais tombée amoureuse de lui.

Je frissonnai un peu et Andrew écarta les draps pour pouvoir nous installer dans le lit. Machinalement, je regardai l'heure : 1 heure du matin. Je n'avais aucune envie de rentrer, encore moins quand mon amant embrassa mon front avec tendresse.

— Tu restes ? demanda-t-il, incertain, en caressant mon dos.

— Tu me chasses ? plaisantai-je en me redressant.

— Non. Au contraire, je veux que tu restes. Je me sens... bien quand tu es là. Vraiment bien.

— Moi aussi, avouai-je.

— Et... enfin, pour être totalement honnête et présomptueux, j'envisage vraiment de renouveler cette expérience.

Je le fixai longuement avant de poser mes lèvres sur les siennes.

— J'ai quelque chose pour toi, dit-il en sortant du lit.

Je le suivis des yeux alors qu'il quittait la chambre, admirant le résultat de ses séances de natation : le dessin parfait de ses épaules, la musculature fine de son dos, ses superbes fesses. Il était... sublime. Je récupérai la chemise qu'il portait en début de soirée et l'enfilai pour le rejoindre. Je le retrouvai dans le salon. Toujours nu, il se tourna vers moi et un sourire se dessina sur son visage en voyant son habit sur moi.

— Je ne pensais pas que mes vêtements te plaisaient à ce point ! railla-t-il.

— Ça te dérange ? demandai-je, inquiète.

— Aucunement.

J'avançai vers lui, cherchant à contrôler mes yeux qui ne cessaient d'aller et venir sur son corps, surtout sur la partie la plus... intéressante.

— Voilà pour toi, murmura Andrew en me tendant une enveloppe. J'ose espérer que cette fois tu accepteras.

Je la lui pris des mains et, pendant qu'il se plaçait derrière moi pour me serrer contre lui, je l'ouvris.

Le bon pour les livres, le cadeau de Noël que j'avais refusé.

— Tu n'as aucune raison de le refuser maintenant, me souffla-t-il en embrassant mon cou.

— C'est vrai. Mais je n'aime pas la sensation d'être toujours celle qui reçoit les cadeaux.

— J'ai autre chose à te demander. Ça devrait... rétablir la balance « cadeaux ».

— Ah oui ? fis-je, heureuse de pouvoir lui rendre un peu de ce qu'il m'offrait.

— J'ai une réception, dans un mois, à San Francisco.

Je me figeai dans ses bras et posai l'enveloppe sur une table près de moi.

— Je veux que tu viennes, finit-il.

— Et la presse ? murmurai-je, hésitante. Je ne veux pas... Je ne veux pas que ma présence provoque...

— Rien d'officiel, assura-t-il. J'ai envie que tu sois là, mais si tu te sens mal à l'aise, ne te force pas. Je ne veux pas… Je veux que tu viennes parce que tu en as envie, pas pour me faire plaisir.

— D'accord, murmurai-je. Je viendrai.

— Vraiment ? s'étonna-t-il.

— Vraiment. J'ai envie d'être avec toi, et si cette réception m'offre cette opportunité, alors je la saisis.

Il me fit pivoter entre ses bras et posa sa bouche fermement contre la mienne. Ses lèvres attaquèrent les miennes avec avidité, et le souffle me manqua très vite. Je me reculai et croisai son regard sombre.

— Il y a un truc que j'aime quand tu portes mes vêtements, lança-t-il en saisissant le bas de la chemise pour me la passer par-dessus la tête.

— Ah oui ? exhalai-je.

— Je sais que tu es à moi.

Il enroula vivement un bras autour de ma taille et m'attira contre lui. Nous heurtâmes le canapé et je me retrouvai au-dessus de lui, une jambe de chaque côté de ses cuisses.

— A moi, répéta-t-il en embrassant ma poitrine.

— Andrew, murmurai-je avec cette intonation qu'il appréciait tant.

Il m'attira un peu plus contre lui, et se souleva pour prendre un de mes seins dans sa bouche. Je m'entendis gémir lourdement, mon corps se réveillant de son court engourdissement. Le désir galopant reprit possession de moi, et je me retrouvai en train d'onduler au-dessus d'Andrew. Mes mains agrippèrent le haut du canapé derrière lui, le serrant à m'en faire mal, quand Andrew enfonça un premier doigt en moi.

— Parfaite, murmura-t-il.

— A toi, soufflai-je sur ses lèvres.

— En toi, grogna-t-il en retirant sa main pour m'attirer sur son sexe.

La sensation m'arracha un cri de plaisir. Je restai immobile quelques secondes avant de sentir ses mains sur mes hanches. Je bougeai doucement, allant et venant sur sa longueur. Il bascula la tête en arrière, gémissant mon prénom.

Je remuai sur lui, en avant, en arrière, alternant un rythme rapide et un rythme plus doux. Je me concentrais sur le visage d'Andrew, admirant la crispation de ses mâchoires alliée au quasi-abandon de son corps.

C'était pour lui, uniquement pour lui que je bougeais. Mon plaisir n'avait aucune importance, seuls comptaient ses gémissements et ses doigts qui s'enfonçaient un peu en moi pour m'indiquer la cadence à suivre.

Brutalement, il se redressa, me serrant contre lui. Sa bouche retrouva ma poitrine et remonta très vite, il mordilla ma lèvre inférieure et, soudain, tout ce que je retenais lâcha. Mon cœur frappa dans ma poitrine à une vitesse hallucinante et mon bas-ventre se contracta dans un orgasme fulgurant. Je m'effondrai dans ses bras avant de le sentir se crisper sous moi et se laisser emporter à son tour.

Après quelques minutes où seules nos respirations haletantes se faisaient entendre, je me sentis soulevée. J'enroulai mes jambes autour de lui, les paupières closes, bercée par ses bras puissants.

Ce fut l'étrange et brutale clarté qui me fit ouvrir les yeux. Je les clignai plusieurs fois, cherchant à repérer où nous étions.

La salle de bains.

— Qu'est-ce que...

— Une douche.

Et sans me lâcher, il nous fit entrer dans la gigantesque cabine de douche. L'eau, déjà tiède, commença à couler sur nous, et je glissai lentement le long de son corps. Il dégagea les mèches qui collaient à mon visage et me fit tourner. Après un instant, ses doigts se posèrent sur ma tête et il me lava doucement les cheveux. Après les avoir longuement rincés, il entreprit de me savonner, passant ses mains blanches de mousse sur chacune des parties de mon corps.

La sensation était à la fois grisante et relaxante. Andrew

était doux, délicat, ses paumes épousaient parfaitement chacune de mes courbes, ne laissant aucun endroit inexploré. Quand ses mains remontèrent de mon ventre vers ma poitrine, je m'appuyai largement sur lui, mes fesses frottant contre son bas-ventre.

Il passa sur mes seins comme sur le reste de mon corps, m'arrachant un gémissement de frustration. Je devinais son sourire et ses mains se posèrent sur mes épaules, me massant longuement en revenant se placer sur ma nuque.

— Je vais t'offrir un de ces massages dont Meghan raffole, murmura-t-il en pétrissant mes épaules.

— Pourquoi dépenser de l'argent quand tu le fais si bien et gratuitement ?

— Pour te faire plaisir...

— Oh... Prenons le problème autrement : l'équipe de masseurs est exclusivement masculine, soufflai-je.

Ses mains se figèrent sur moi et je me pinçai les lèvres pour contenir mon rire.

— Je comprends pourquoi Meghan aime tant ça finalement ! plaisanta-t-il.

— Il faudrait être difficile !

— Te concernant, je vais m'octroyer ce privilège.

— La règle de l'exception, je présume.

— Mon exception, confirma-t-il en me tournant face à lui pour m'embrasser.

A mon tour, je pris le gel douche de l'hôtel et le fis mousser entre mes mains. Je les posai sur son torse, le savonnant doucement. La respiration d'Andrew s'accélérait à mesure que je descendais vers son entrejambe. Mais comme il l'avait fait avec moi, je passai sur son sexe sans m'y appesantir et descendis sur ses cuisses.

— Tourne-toi, lui dis-je doucement.

Il s'exécuta, et je repris le chemin inverse, remontant le long de ses jambes, caressant ses fesses avant de retrouver son dos finement musclé.

— Depuis quand nages-tu ? demandai-je en longeant sa colonne vertébrale.

— L'université. Ça me permet d'évacuer les tensions accumulées.

Je le rinçai rapidement et nous sortîmes de la cabine de douche. Andrew m'enroula dans une serviette immense et moelleuse avant de se frictionner rapidement. De retour dans le grand lit, alors qu'Andrew, dans mon dos, me serrait contre lui, j'en profitai pour aborder de nouveau le sujet « Eleanor » :

— Andrew ?

— Humm ? fit-il derrière moi.

— Est-ce que... Enfin, tout à l'heure tu as dit que j'étais la première depuis Eleanor. Est-ce que... Est-ce qu'elle et moi nous nous ressemblons ?

— Je ne sais pas... Vous êtes différentes, mais vous êtes aussi déterminées l'une que l'autre. Eleanor était... plus agitée, toujours dans l'action. Elle prenait ses décisions en fonction de son ressenti, sans parfois se préoccuper de ce que pensaient les autres. Elle suivait son instinct.

— Tu me trouves plus réfléchie ?

— Plus posée. Tu es apaisante, sereine.

Je me tournai vers lui, plaquant mes mains sur son torse. Je me perdis dans le regard d'Andrew et constatai, en effet, que son visage était détendu, que ses gestes étaient doux, tendres, faciles.

— Ne cherche pas à être comme elle, murmura-t-il.

— Ce n'est pas... ce que je veux. Je crois... C'est bizarre, mais j'aurais aimé la connaître.

— Eleanor... Comment dire... Imagine une tornade débarquer un jour devant toi, s'installer sur ton pupitre et te dire qu'elle a une idée formidable. J'aimais ça chez elle. Cette capacité à s'enthousiasmer de tout et de rien.

— Tu lui en veux toujours ? demandai-je doucement.

— Parfois. Mais peut-on vraiment en vouloir à quelqu'un qu'on a aimé si profondément ? Meghan a été plus... vindicative. Elle refuse de parler d'Eleanor, elle s'est sentie trahie.

— Ce qui explique qu'elle veuille te protéger de moi ?

— En partie, sûrement. Elle veut aussi te protéger.

L'accident de voiture a tué Eleanor, mais sa liaison durait depuis quelques mois. Quelque part, notre couple devait certainement être déjà mort à ses yeux. Meghan pense d'ailleurs que cette aventure était liée à notre mode de vie, que l'argent a pris le pas sur notre histoire. Possible, mais je ne lui en veux pas d'avoir eu une liaison.

— Vraiment ? m'étonnai-je.

— Vraiment. Parce que je pense qu'elle m'aimait. J'ai envie de croire qu'elle avait juste envie d'autre chose, de quelque chose de différent de moi et de notre vie de couple. Je lui en veux de m'avoir menti. J'aurais préféré qu'elle me quitte, qu'elle assume être passée à autre chose.

— Comment aurait-elle pu ? Comment aurait-elle pu quitter l'homme à qui elle avait donné tant de sa vie ?

— Je ne sais pas... Mais je préfère l'honnêteté. Toujours.

Il posa légèrement sa bouche sur la mienne et m'embrassa. Ce n'est qu'à ce moment que notre conversation au restaurant me revint à la mémoire. Je me détachai de ses lèvres, espérant démêler le sujet.

— Ce que tu as dit... ce soir.

— J'ai dit pas mal de choses.

— Au sujet de toi et moi... Enfin, sur le fait que tu sois mon patron.

— Oh... Ça... Le champagne aurait-il finalement cessé d'agir sur ton cerveau ? Tu es d'habitude si... perspicace !

— Mais... tu as dit que tu ne couchais pas avec tes employées.

— En effet. Je n'ai jamais considéré Eleanor comme une employée.

— Elle était...

— ... Ma femme, oui.

La panique me gagnait et mon cœur, battant à un rythme bien trop rapide, menaçait de lâcher dans la seconde. Je sentis la main d'Andrew effleurer ma joue.

— Tu n'es pas en train de...

— Kathleen, si j'avais voulu te demander en mariage ce soir, j'aurais très certainement mis un genou à terre et glissé un diamant aussi gros que mon poing à ton doigt.

— Mais...

— Et j'aurais appelé ton père avant, évidemment, ajouta-t-il, un sourire aux lèvres.

— On se connaît à peine, contrai-je.

— C'est vrai. Je veux juste que tu te fasses à l'idée... Tu as parfois tellement de mal à accepter l'évidence.

— En tout cas, j'accepte très bien ton côté... excessif et présomptueux ! ironisai-je en me calant dans ses bras.

— C'est un début.

La conversation était finie, et même si j'avais eu des réponses à certaines de mes questions, de nouvelles fleurissaient dans ma tête.

Au matin, à mon réveil, Andrew me refit l'amour. Cette étreinte-là ne ressemblait pas à celles de la nuit passée. Lui comme moi voulions nous rassasier l'un de l'autre. Il repartait dans la journée pour San Francisco et, moi, j'allais reprendre mon rôle de Pénélope attendant le retour de son aimé.

Alors que nous partagions le petit déjeuner copieux qu'Andrew avait commandé pour nous deux, nous réglions l'un et l'autre nos impératifs d'agenda.

— Quand seras-tu de retour ? demandai-je tandis qu'il consultait son téléphone.

— Je reviens le 20. Juste pour une nuit. La réception est le 10 avril à San Francisco, je t'enverrai un billet d'avion.

— Andrew, je peux m'offrir mon...

— Je demanderai à Nathan de t'escorter à la sortie de l'aéroport, compléta-t-il en ignorant ma remarque. Ensuite, je viendrai pour le mariage de Lynne, le 25. Je resterai sûrement quelques jours.

Je notai précieusement les dates sur un morceau de papier, me promettant de boucler mon planning à venir avec Lynne en fonction de la présence d'Andrew.

— Euh... Dois-je prévoir un hôtel à San Francisco ? demandai-je avant de porter mon cappuccino à mes lèvres.

— La réception a lieu au *Sheraton*. On a quasiment réservé tout l'hôtel.

— Oh...

— Tu dormiras dans ma suite.

— Oh... Et où dormiras-tu?

— J'espérais, à vrai dire, partager cette suite avec toi, murmura-t-il avant de passer son pouce au-dessus de ma bouche, retirant ainsi le surplus de crème, et de le fourrer dans la sienne.

— Sans me demander mon avis? risquai-je, le souffle court.

— Je ne me préoccupe généralement pas vraiment de l'avis des gens... Toutefois, te concernant, l'exception est et sera toujours de mise. Donc, Kathleen, accepteriez-vous de partager ma suite à San Francisco?

— Je prends le lit, tu prends le canapé! déclarai-je, hilare.

Il eut un sourire heureux, presque soulagé, qui me surprit. Il me regarda rire avec cette attention particulière et soutenue.

— J'aime ton rire.

Je rougis violemment. Andrew savait complimenter, mais ce genre de phrase, lâché au hasard et incroyablement intime, me mettait toujours mal à l'aise. J'avais la sensation de voler le bien d'une autre, en l'occurrence, Eleanor. Et l'amour qu'Andrew lui portait occupait toujours mon esprit.

— A quelle heure est ton vol? demandai-je pour changer très vite de conversation.

— Vers midi. D'ailleurs, je vais devoir y aller, ajouta-t-il en regardant sa montre. Prends ton temps, je vais me changer et préparer mes affaires.

Trente minutes plus tard, Andrew et moi étions habillés et échangions un dernier baiser.

— Tu rejoins le parking, une voiture te ramène chez toi.

— D'accord, murmurai-je.

— Si tu as le moindre problème, ou si ces vautours appellent encore chez toi, tu me le dis et je ferai le nécessaire.

— Andrew, je vais me débrouiller.

— Kathleen, promets-moi d'appeler. Je ne veux pas

que cette histoire... te déstabilise, et je ne veux pas que cela nous déstabilise. Te perdre maintenant, après cette nuit, serait terrible pour moi.

— Pour moi aussi, avouai-je.

— Bien. Maintenant, rentre chez toi, je t'appelle dans la soirée. Et sois prudente, ajouta-t-il en me fixant avec intensité.

Il embrassa doucement mes lèvres et ouvrit la porte. M'assurant que personne ne rôdait à l'étage, je quittai la suite et gagnai l'ascenseur.

Chapitre 19

A peine avais-je franchi la porte de mon appartement que je me sentis vide. A vrai dire, ma soirée puis ma nuit avec Andrew m'avaient psychiquement épuisée. Il était à peine midi, et je ne devais revoir Andrew que dans quinze longues journées. Et autant de nuits. Je soupirai, déjà lasse que nos vies soient si compliquées, lui là-bas et moi ici.

Le retour à la normale fut expéditif. J'avais quelques courses à faire, quelques factures à payer, et devais me mettre en contact avec ma banque pour acter la signature de mon nouvel appartement. Quand tout fut enfin terminé, je m'effondrai dans mon canapé et il était quasiment 17 heures. Fort heureusement, je n'étais pas de service cette nuit, mais seulement la suivante. Je devais me remettre dans le rythme, et devais encore tenir un peu pour ne pas être lessivée le lendemain.

Et je savais déjà à quoi j'allais mettre à profit ma soirée : Eleanor Blake.

Pour une raison étrange, les aveux d'Andrew sur son amour pour elle, sur son caractère et sur sa liaison clandestine avec un autre homme m'avaient bouleversée. Je ne comprenais pas comment une femme qui avait tout pouvait en vouloir encore plus. Elle avait l'argent, la réussite, l'amour... Pourquoi aller chercher ailleurs ? Pourquoi vouloir mieux ?

Mon ordinateur sur les genoux, je me décidai à lancer mes recherches sur elle. Mes premières investigations sur Andrew n'avaient pas été couronnées de succès, mais j'espérais qu'il restait encore une trace d'Eleanor quelque part.

Sans surprise, je découvris qu'Eleanor était essentiellement présentée comme étant « la femme de ». Cela me surprenait d'autant plus que, d'après Andrew, elle était une femme de caractère, et je doutais qu'elle accepte de se réduire à ce seul rôle. Finalement, un article qui lui était dédié dans un magazine féminin attira mon attention.

Avant d'être Eleanor Blake, elle était Eleanor Cummings, débarquant de l'Oregon, des étoiles dans les yeux et des rêves plein la tête. Si la plupart des gens l'assimilent à son mari, Andrew Blake, stratège des médias, elle ne se contente pas de l'affichage et revendique son rôle d'amante, de femme, d'amie et de directrice de communication.

La journaliste, Anna Klein, avait alors débuté son interview sur l'adolescence d'Eleanor, sur ses rêves de réussite. Aînée de la famille, elle avait débarqué à San Francisco sans beaucoup d'argent, mais avec l'envie de réussir.

Je cliquai sur le lien me renvoyant vers l'article, espérant compléter ce qu'Andrew m'avait esquissé.

AK : Andrew Blake, votre époux, parle toujours de vous comme d'une évidence dans sa vie. Pouvez-vous nous donner votre version ?

EC : J'ai rencontré Andrew à la faculté. Je crains de ne pas être originale. Nous sommes d'abord devenus amis, je crois que je suis tombée amoureuse de lui au moment de ce projet, en économie. Je l'écoutais parler, décrire cette entreprise fictive que nous devions monter… C'était incroyable (sourire). Andrew a cette volonté féroce de vouloir faire participer les gens. Il a dit un truc du genre « Eleanor, peux-tu compléter le point marketing ? » et, je ne sais pas, peut-être que c'est à ce moment que l'évidence s'est produite. Et puis un soir, nous nous sommes embrassés. Il est difficile de ne pas tomber amoureuse d'un homme comme Andrew.

Je souris largement. Je devais l'admettre : lui résister avait été compliqué et épuisant. Apparemment, Eleanor ne s'était pas battue contre ce qu'Andrew éveillait en elle. Il parlait d'« évidence », j'aurais presque préféré le terme « facilité » tant leur relation semblait avoir été simple à gérer.

AK : Beaucoup vous cantonnent à un rôle d'accessoire, est-ce que cela vous blesse ?

EC : J'avoue que je me sens à l'étroit dans le rôle de la jolie fille qui sourit. Je ne sais pas d'où vient cette image un peu réductrice. Le monde de l'entreprise, de la très grande entreprise, je veux dire, est assez masculin. Andrew est le P-DG de la société, mais jamais il n'a répondu à cette image. Au contraire… Il a toujours été d'une prévenance sans faille. C'est un homme loyal.

Je songeai furtivement à la réception à laquelle Andrew m'avait demandé de participer. Avec le recul, je doutais d'avoir eu un regard, ou un sourire franc. Je représentais la distraction pour Abby, la mauvaise presse pour Matt et presque une intruse aux yeux de Meghan. Eleanor faisait partie intégrante de l'entreprise et subissait déjà ce genre de quolibets et de commérages… Je savais à présent que ce que j'allais affronter allait être encore plus violent. J'étais concierge de nuit, journaliste ratée, pas franchement une femme d'affaires accomplie pouvant rivaliser avec Andrew.

AK : Pouvez-vous nous dire comment se déroulent vos journées ?

EC : Nous avons une vie plutôt normale. Andrew fait pas mal de déplacements, sur la côte Est, à New York, pour finaliser l'acquisition d'un nouveau journal. C'est un projet auquel il tient et je lui apporte tout mon soutien.

AK : Ses absences doivent être douloureuses, non ?

EC : J'y suis habituée. Même si, parfois, j'aimerais avoir un homme qui rentre à une heure décente à la maison, j'aime mon époux... Nous nous attachons à communiquer chaque jour. Evidemment, ça ne remplace pas sa présence, mais il faut savoir faire des compromis. J'ai des amis, un métier... tout cela m'aide à compenser ses absences. Je n'ai pas pour habitude de me laisser abattre.

AK : Et donc, quand est-il là ?

EC : La plupart du temps, nous nous croisons le matin, avant le début de ses réunions. Nous déjeunons ensemble assez souvent. Le soir, il rentre tard, mais nous tenons à garder un moment pour nous. Je vous l'ai dit, nous avons une vie assez normale. Le plus difficile est de faire coïncider nos emplois du temps. Mais nous recevons des amis à dîner le week-end, nous avons passé nos dernières vacances au soleil...

Je recoupai les informations de l'article avec ce que m'avait dit Andrew. Les vacances au soleil pour sauver son couple à la dérive, l'acquisition du journal à New York. Je cherchai la date en bas de l'article : 18 novembre, quelques semaines avant sa mort.

Elle avait appris à gérer la solitude, l'absence, les déplacements. Et pourtant, malgré tous ces compromis, malgré les vacances, malgré le bébé, elle avait une liaison. J'imaginais sa double vie, presque schizophrène : elle croisait parfois son époux, travaillait pour lui, l'aimait, et trouvait le temps pour rejoindre un autre homme. Je comprenais alors qu'effectivement faire coïncider les emplois du temps avait dû être plutôt ardu.

AK : Votre mari fait partie de la fameuse liste des hommes les plus sexy... Pouvez-vous briser le mythe ?

EC : Que pourrais-je vous dire ? Andrew ne cuisine pas, et il peut se révéler vraiment... bordélique. Il a perdu son passeport dernièrement, et même les clés de sa voiture. C'est un mystère pour moi : cet homme retient une tonne d'informations, mais oublie les choses les plus basiques. Il n'offre que rarement des fleurs et oublie les dates d'anniversaire. Ça, c'est difficile. J'aimerais qu'il soit plus jaloux. Nous nous connaissons parfaitement et, même quand il refuse de l'admettre, je sais quand il n'aime pas quelque chose. Mais, sincèrement, je comprends qu'Andrew soit un homme convoité.

Je souris en voyant ce descriptif peu flatteur d'Andrew. Je me demandais même si elle parlait bien de l'homme qui m'offrait des roses, qui retenait chacun des minuscules détails de ma vie et qui avait fait montre d'une possessivité assez démonstrative depuis que nous nous connaissions. De toute évidence, il avait changé.

Ou alors, était-ce leur relation ? Elle s'échinait à décrire un bonheur sans faille, à nous faire croire à la perfection de sa vie, mais il y avait une forme de résignation dans ses mots. Ce sentiment curieux perdura quand je découvris la première photo qui habillait l'article. Eleanor apparaissait souriante, dynamique, assise dans un fauteuil en cuir noir. Ses cheveux ramenés en arrière lui donnaient un air sérieux, presque exagérément autoritaire. Elle ne voulait plus être l'épouse, juste une femme.

AK : Et vous ? Etes-vous convoitée ?

EC : Parfois... Au départ, j'avais la sensation que les hommes n'osaient même pas me regarder parce que j'étais la femme de... Maintenant, c'est différent. Il y a de la curiosité à mon sujet. Les gens découvrent que je travaille, que j'ai des envies, des goûts, que je ne suis pas que la femme de... A vrai dire, c'est flatteur.

AK : Avez-vous, avec votre mari, le projet d'avoir des enfants ?

EC : Qui n'a pas ce projet ? Maintenant, il faut parfois savoir attendre et être patiente, comme pour tous les sujets d'importance. C'est une envie plutôt récente.

Peut-être était-elle déjà enceinte à ce moment-là. Paradoxalement, alors qu'elle parlait maternité et enfant, une chose me frappa : elle était seule. Elle ne parlait pas d'envie commune, ni d'Andrew en tant que père. Le simple fait de rappeler que les choses changeaient à une vitesse effrayante résumait la situation : même si elle était enceinte, même si elle était prête, elle avait exclu l'homme dont elle voulait des enfants.

AK : Si j'en crois les rumeurs, vos collaborateurs font part de votre envie permanente d'agir. Seriez-vous boulimique de travail ?

EC : Non. Le travail n'est pas toute ma vie. Je suis une passionnée, je vis les choses. On me reproche mon enthousiasme ? Peu importe... On me reproche de vivre un peu brutalement ? Peu importe... Je ne m'attache pas à ce genre de commentaires. Je n'aime pas... la routine, ou ce qui commence à s'y apparenter. Parfois, une idée vous vient et il faut la suivre. La vie est tellement courte, je ne vois pas pourquoi je me refrénerais. Rien n'est écrit. Gamine, oui, je voulais réussir... Mais si on m'avait dit que j'en serais là... je n'y aurais jamais cru. Tout est question d'opportunité.

Pour la première fois depuis le début de ma lecture, je retrouvai la femme dont Andrew m'avait parlé. Elle était impulsive et instinctive. Elle avait cet enthousiasme débordant pour la vie et ce qu'elle nous apporte. J'imaginais furtivement Eleanor et Andrew ensemble, l'alliance du feu et de la glace. Peut-être avait-elle considéré Andrew comme une opportunité ?

AK : Vous ne vous inquiétez pas des impératifs ?

EC : Je ne connais pas ce mot (rires). C'est d'ailleurs un terme que je tente de faire oublier à mon mari qui a toujours des « impératifs ». Ceci étant dit, même si la plupart des gens me prennent pour une exubérante, j'ai certaines valeurs auxquelles je tiens : être honnête avec soi-même, être heureux, oublier les rumeurs.

AK : Les journaux spécialisés disent que l'empire de votre mari pourrait s'écrouler à cause de la chute des ventes.

EC : Blake Medias se porte bien. Et si ce n'était pas le cas, Andrew ne serait pas à New York en train de négocier un contrat.

AK : Des photos récentes vous montrent avec un autre homme. Avez-vous des commentaires à faire à ce sujet ?

EC : (Rires) J'aime mon époux. Eperdument. Chaque jour, je savoure la chance que j'ai d'être avec un homme comme lui. Je vous l'ai dit, je ne m'intéresse pas aux rumeurs.

Je trouvai une seconde photo, sur laquelle Eleanor apparaissait plus droite, plus figée. Les mains croisées, elle fixait avec obstination l'objectif. Il n'y avait pas le sourire lumineux du premier cliché, juste l'allure de la femme d'affaires, déterminée à réussir.

Encore une fois, je relus ses mots. Elle disait l'aimer. Sans doute ne mentait-elle pas, sans doute l'aimait-elle, mais je doutais de la force de ses sentiments pour lui. Elle le disait elle-même : la solitude lui pesait, mais elle compensait. Elle parlait des petits défauts d'Andrew, sans jamais s'en attendrir.

AK : Et votre époux, qu'en pense-t-il ?

EC : Je ne suis même pas certaine qu'il ait vu ces photos (rires). Quand je vous parlais de la jalousie tout à l'heure... Peut-être devrais-je les lui montrer finalement, histoire de flatter mon ego et me faire offrir un bijou magnifique qui me fera oublier son agenda surchargé.

AK : Dernière question : vous semblez toujours sûre de vous, confiante en la vie et en l'avenir, y a-t-il une chose qui pourrait vous manquer ?

EC : Je ne sais pas. C'est une question difficile. Je veux dire, j'ai plein de choses : mon travail, mon mari, des projets... Mais peut-être me manque-t-il quelque chose que j'ignore ? Ou peut-être que j'ai tout ça, mais que je pourrais en avoir plus encore... Alors, oui, il manque sûrement quelque chose à ma vie, reste à déterminer quoi.

A peine avais-je terminé ma lecture que je retournai sur ma page de recherches et récupérai la fameuse photo floue. A la lumière des mots d'Eleanor et de la description d'Andrew, je compris maintenant que l'homme à côté d'elle devait être son amant. Je rapprochai la photo plus près de moi, mais on ne distinguait vraiment rien. Le photographe devait sûrement être trop loin pour espérer un vrai scandale.

Je retrouvai d'autres clichés, encore plus flous. De prime abord, Eleanor et cet homme semblaient se tenir la main mais, en examinant de plus près, il aurait pu tout simplement s'agir de deux amis marchant l'un près de l'autre. Enfin, sur la dernière photo, un microscopique entrefilet donnait une interprétation :

Eleanor Blake, femme d'Andrew Blake et directrice de la communication de Blake Medias, *sortant d'un restaurant en compagnie d'un homme. D'après les témoins, les deux amants étaient à l'écart de la foule et se sont tenus la main pendant tout le dîner.*

Malgré les démentis d'Eleanor Blake sur les photos avec ce même homme, il y a dix jours, il semblerait que l'idylle se confirme. D'après nos informations, l'homme, dont l'identité est toujours inconnue, a été vu, dernièrement et à plusieurs reprises, sortant et entrant du domicile des Blake.

Je regardai longuement la photo. Je me posais encore et toujours la même question : pourquoi ? Pourquoi avait-elle tourné le dos à Andrew ? Pourquoi cette femme qui disait aimer son mari lui mentait-elle ?

Je sursautai à la vibration bruyante de mon portable sur la table basse.

Andrew.

— Bonsoir, murmurai-je en m'installant confortablement sur le canapé.

— J'espère que je ne te réveille pas au moins.

— Je... Euh... Non... Il est si tard que ça ? demandai-je en jetant un œil sur l'horloge.

— Presque 2 heures du matin chez toi.

— Je n'ai pas vu l'heure tourner, admis-je. Je... lisais.

— Livre ?

— Presse.

— Dois-je comprendre que tu réfléchis enfin sérieusement à mon offre ?

— Non. J'ai déjà un métier, Andrew ! Comment s'est passé ton vol ? demandai-je pour changer de sujet au plus vite.

— Triste, long et ennuyeux. Et je crois que tu me manques.

— Tu devrais t'occuper l'esprit, pour limiter... ça.

— Peut-être mais, à vrai dire, j'aime assez quand mon

esprit est occupé par toi. Tu es... presque aussi apaisante que la natation.

— Presque ?

— Tu sais ce que je veux dire. Tu veux que je te dise ce qui est le plus ironique ?

— Dis-moi, soufflai-je.

— Pendant des mois, je ne voulais pas sortir de cette maison, pour ne pas affronter la réalité... Maintenant... depuis toi, murmura-t-il, je n'ai même plus envie d'y mettre les pieds.

— Andrew, cette maison... tu y tiens, tu y as des souvenirs.

— Alors, comment expliquer que je sois plus attaché à ma suite au Peninsula ? Je préfère les souvenirs qui sont là-bas. Et toi, ajouta-t-il un ton plus bas.

Je changeai mon téléphone d'oreille, à la fois gênée et heureuse. Andrew savait comment trouver les mots pour me chambouler. Si le quitter ce matin avait été difficile, le laisser de nouveau cette nuit serait encore plus dur.

— Tu me manques aussi, avouai-je. Moi aussi je compte les nuits.

— Enfin ! se réjouit-il dans un rire. Enfin, tu l'admets !

— Je ne pensais pas que ton ego avait besoin d'être glorifié.

— Kathleen, je ne me suis jamais senti aussi démuni, aussi impuissant que devant toi. Alors, oui, mon ego a besoin d'être glorifié !

— Tu me manques, répétai-je. Tu me manques beaucoup, assurai-je. Et j'ai vraiment envie que nous partagions une nouvelle soirée.

— Tu ne veux toujours rien me dire ?

— N'as-tu jamais rien fait de réellement imprévisible dans ta vie ?

— Tu veux dire à part t'avoir rencontrée, être tombé sous ton charme maléfique et avoir failli te faire l'amour au milieu d'une piscine ? Non, rien !

— Je suis maléfique ? dis-je en faisant semblant de m'offusquer.

— Dans le bon sens du terme ! C'est un compliment, précisa-t-il.

— Merci de me rassurer. Mais malgré tout, je garde la surprise.

Je l'entendis soupirer de lassitude. Ce que j'interprétai naïvement comme un signe d'abandon de toute lutte était en fait... autre chose.

— Kathleen, il faudra que tu m'en parles, que tu le veuilles ou non, dit-il avec une froideur effrayante.

— Pourquoi ?

— Je ne peux pas... faire ce que je veux. Pas à New York. Et même si je veux bien prendre les risques les plus fous pour être avec toi, je ne veux pas que tu sois... un dommage collatéral.

— Andrew, qu'est-ce qui se passe ? La presse, encore ?

— Pas que la presse... Nathan et Meghan ont reçu des coups de fil étranges. Mon emploi du temps est connu partout dans San Francisco.

— Lauren ?

— Je ne sais pas. Mais il est hors de question que tu sois mêlée à ça. On peut me pourrir la vie, mais je ne veux pas que la tienne change.

— Elle a déjà changé, murmurai-je. Je suis avec toi maintenant. Je suis mêlée à ça, que tu le veuilles ou non.

— Kathleen... Tu...

— Andrew... s'il te plaît. Je peux gérer ça ! Je te dirai ce qu'on fait, mais je veux que tu sois honnête avec moi sur le sujet.

De nouveau, il soupira, vaincu.

— Quand je disais que tu étais maléfique ! riposta-t-il avec une esquisse de rire.

— Je sais que tu veux me protéger, mais il ne m'arrivera rien. Et à vrai dire, la seule façon que tu aurais de me protéger efficacement serait sûrement de me quitter, plaisantai-je.

— Inenvisageable, rétorqua-t-il aussitôt. Vraiment, inenvisageable. Dieu seul sait dans quelles mains tu tomberais...

— Je sais... Si j'en crois mon père, mes choix concernant les hommes ont toujours été douteux.

— Il est flic, il s'y connaît, approuva Andrew. J'aimerais connaître son avis sur moi. Surtout quand il saura que je t'empêche d'aller dormir la nuit !

— Que... Quoi ?

— Je parle de ce coup de fil, Kathleen... Quel genre d'idées avais-tu encore dans la tête ? Sûrement des choses impures et peu chastes.

— Toi, soufflai-je. Des choses impures et toi.

— Me voilà rassuré. Nous avons exactement le même genre d'idées. Maintenant, file au lit.

— Cela ne m'aidera pas à limiter les pensées impures, plaisantai-je.

— Un jour, nous serons tous les deux dans ce lit, et tu me diras exactement le genre de pensées qui te hantent.

— Toutes ?

— Une à une... Encore et encore, ajouta-t-il.

J'étouffai un gémissement à la mention de son « encore », me rappelant précisément du son de sa voix et de son regard sombre lorsqu'il l'avait prononcé pour la dernière fois. Je déglutis avec difficulté, sentant mon corps s'embraser doucement.

— Passe une bonne nuit, maléfique Kathleen, murmura-t-il.

— Jamais sans toi, avouai-je.

— Jamais sans toi non plus. Je t'embrasse.

Je raccrochai la seconde suivante et la fatigue prit finalement le pas sur mon organisme. Après deux bâillements, je décidai de suivre le conseil d'Andrew et d'aller me coucher. Avant de rejoindre ma chambre, je plaquai un Post-it sur l'écran de mon ordinateur pour me souvenir de ma première mission à effectuer le lendemain : appeler mon père.

A mon réveil, en fin de matinée, j'avais la sensation d'avoir dormi des jours entiers. Rarement mon sommeil avait été aussi apaisant et reposant. Comme un automate, je me glissai sous la douche et, quelques minutes plus tard, j'étais dans ma petite cuisine à me verser une tasse de thé brûlant.

Vers midi, alors que je m'apprêtais à appeler mon père, la sonnette de ma porte retentit. Je collai mon œil au judas avant d'étouffer un rire qui tenait plus du gloussement.

— Kathleen Dillon ? fit le jeune livreur devant moi.

— C'est moi, acquiesçai-je en récupérant les roses blanches.

Je signai le bon de livraison comme je le pouvais, avant de refermer la porte. Je plongeai les fleurs dans un vase puis composai le numéro d'Andrew.

— Blake Medias, bonjour, dit une voix douce.

— Bonjour, Kathleen Dillon pour Andrew Blake, je vous prie.

— Mademoiselle Dillon, M. Blake est en déplacement aujourd'hui. Son vol doit atterrir à Sacramento dans environ vingt minutes.

— Oh...

J'étais légèrement surprise d'entendre une voix si chaleureuse, en comparaison de celle de Lauren, cette dernière ayant passé le plus clair de son temps à me filtrer.

— Bien. Je l'appellerai directement dans ce cas. Merci de votre aide.

— Je vous en prie, mademoiselle Dillon.

J'allais raccrocher quand la voix de l'assistante cria mon nom dans le combiné :

— Mademoiselle Dillon ? fit-elle une troisième fois. M. Evans souhaiterait s'entretenir avec vous.

— Aucun souci.

— Je vous mets en relation. Bonne fin de journée.

Il y eut un petit déclic et, tout de suite après, l'accent texan de Nathan résonna dans le téléphone :

— Kat ! se réjouit-il. Techniquement, je suis censé vous détester pour m'avoir mis à dos l'homme qui signe mon chèque à la fin du mois... Mais, je suis prêt à faire preuve de mansuétude !

— Il a vraiment été si terrible ? demandai-je, inquiète.

— Non... d'où ma mansuétude. Ceci étant dit, j'ai une vague idée de ce qui a pu lui faire oublier toute sa rage. Je tenais donc à vous remercier.

— Je ne sais pas si je dois être... choquée ou flattée.

— Flattée... Je tenais à vous remercier à plusieurs titres... Hormis le fait de m'avoir sauvé du licenciement et d'une mort certainement douloureuse, je tenais à vous dire que vous avez vraiment un effet bénéfique sur Andrew.

Je réprimai un rire en jetant un œil au bouquet de fleurs sur la table. Quel était le mot qu'Andrew avait employé... Ah oui... « Maléfique ».

— Je... J'en suis ravie, balbutiai-je finalement.

Il y eut un petit silence, et j'eus soudain une idée. Andrew craignait visiblement pour sa vie privée et ma sécurité. Et moi, je tenais à ce que notre soirée soit une vraie surprise.

— Nathan, pouvez-vous me rendre un service ?

— Kat, mes services ne sont jamais gratuits.

— Je pensais pourtant que vous aviez passé une bonne soirée avec mon amie Lynne, soulignai-je.

— Je... Euh... Oui. En effet. Que puis-je pour vous ?

— Andrew revient à New York d'ici quelques jours. Je lui « dois » une soirée en fait.

— Règle numéro 1, Kat : ne jamais rien devoir à cet homme... C'est l'histoire de toute ma vie ! plaisanta-t-il.

— J'imagine ! Je tiens à garder la surprise, mais Andrew semble très inquiet. Si je vous explique ce que j'ai prévu, pourrez-vous prévoir le nécessaire ?

— Si je résume bien : vous me demandez de cacher un secret à Andrew ? s'enquit-il, très sérieux. Je veux dire Andrew, l'homme qui peut tuer rien qu'avec la force de son esprit retors ?

— Je suis certaine que Lynne appréciera ce geste... courageux !

— Dites-moi tout !

Je lui expliquai dans les grandes lignes mon plan. De toute façon, la logistique était assez limitée. Je n'avais pas prévu que nous soyons au contact du public. Cette soirée n'était qu'à nous, et je ne voulais pas la partager. Nathan m'interrompit une ou deux fois, de façon extrêmement professionnelle, et, à la fin de mon explication, résuma ce qu'il devait prévoir.

— Pas de soucis, Kat. Je m'occupe de ça. Mais si Andrew soupçonne quelque chose, je nierai en bloc !

— Je comprends. Serez-vous aussi du déplacement ?

— Je ne sais pas. J'aime beaucoup New York, mais...

— C'est Lynne ?

— Andrew m'avait dit que vous étiez perspicace.

— Je ne le suis pas tant que ça, ripostai-je en repensant au fait que je le croyais marié. Mais j'ai vu quelque chose entre vous lors de la réception.

— Elle va se marier.

— Depuis quand cela vous arrête-t-il ?

— Ce n'est pas tant le mariage que le futur marié. Philip Kingston est redoutable en affaires. Je doute qu'il apprécierait d'apprendre que j'ai dîné avec sa future épouse.

— Nathan, vous voulez vraiment mon avis sur le sujet ?

— Ça dépend... Est-ce que ça risque de ruiner le peu d'espoir qu'il me reste ?

— Je crois que Lynne fait une erreur avec ce mariage.

— Vraiment ? s'étonna-t-il.

— Philip n'est pas... désagréable. C'est juste qu'il ne la regarde pas comme il devrait le faire. Il ne la regarde pas comme vous, vous le faites.

Il y eut un silence pendant lequel je devinai que Nathan réfléchissait intensément. J'avais dans l'idée de l'encourager, mais je ne voulais pas aller contre Lynne. Il me fallait être plus subtile dans ma façon d'agir. Je marchai en long et en large dans mon salon, cherchant la meilleure des attaques.

— Kat, je sais qu'Andrew a dû... attendre avant que

vous le considériez comme il le souhaitait. Je ne crains pas le refus de Lynne. Je... Comment vous dire? Nous nous sommes rentrés dedans et j'ai su que c'était elle que je voulais. Et tout était parfait et, après, j'ai appris qui elle était.

— La fiancée de Philip, finis-je pour lui.

— Sa fiancée, oui. J'ai mis cela sur le compte d'une erreur de jugement personnel. Vous trouvez que Philip n'est pas désagréable? A mes yeux, c'est sûrement le type le plus déloyal que je connaisse. Il est redoutable et travaille à une possible carrière en politique.

— Lynne n'est pas comme lui! m'exclamai-je, presque choquée.

— Je le sais maintenant. Mais nous venons enfin de percer à New York, tout roule... Je ne tiens pas à faire scandale en m'affichant avec la fiancée d'un type qui sera certainement sénateur dans cinq ans!

— Alors vous baissez les bras? soufflai-je, triste et désemparée de laisser Lynne avec Philip.

— Je ne peux rien faire d'autre.

— Malgré vos conversations?

— Nos conversations sont ce qui me maintient la tête hors de l'eau. Mais je n'ai aucun doute sur l'issue de notre... relation. Elle se mariera avec Philip.

— Laissez-moi lui parler. Je suis certaine... que tout n'est pas réellement écrit.

— Je suis certain de l'inverse, Kat. Je dois filer en réunion, merci encore pour... Andrew.

— Merci à vous de garder le secret.

— A bientôt, Kat.

Je raccrochai avec la sensation que tous mes idéaux avaient été sauvagement piétinés. Pendant un instant, j'avais cru que Lynne verrait ce que j'avais vu, j'avais imaginé qu'elle comprendrait qu'elle faisait fausse route... Et j'avais naïvement cru que Nathan m'aiderait. Mais au lieu de ça, il abandonnait. Il la laissait.

Un peu malmenée par cette discussion, je me décidai à appeler mon père. Vu l'heure, il devait déjà être au commissariat. Assise sur le canapé, je fixai les fleurs devant moi. Avec un peu de chance, je réussirais à parler à Andrew dès que son avion aurait atterri. Je lançai mon ordinateur, espérant me replonger au plus vite dans mes recherches sur Eleanor.

— Bailey ! cria une voix forte, éraillée par le tabac.

— Bailey, bonjour. C'est Kat... Kat Dillon...

— Kat ! Sacré nom d'un chien ! se réjouit-il. Comment vas-tu ?

— Bien... Je vais bien. Est-ce que papa rôde dans le coin ?

— En tournée pour la matinée. Je lui dirai que tu as appelé.

— OK... J'espère que ta fille va bien.

J'eus un sourire en songeant au nombre incalculable de fois où mon père m'avait confiée à Carrie, la femme de Bailey, pendant qu'il partait pour une urgence. Annie était devenue comme une sœur.

— Annie va bien. Elle va se marier d'ici quelques mois.

— Oh... Génial ! m'enthousiasmai-je. Je suis heureuse pour elle. Je vais sûrement venir voir mon père d'ici quelques semaines, j'irai l'embrasser et la féliciter personnellement. Comment va Carrie ? m'enquis-je.

— Une jambe dans le plâtre depuis deux jours. Elle a bêtement glissé sur du verglas.

— Zut ! Dis-lui que je pense à elle et que je compatis.

La conversation que j'avais eue avec mon père quelques semaines avant me revint en tête.

— Bailey ? Je... Je fais un article... sur Blake Medias, mentis-je effrontément.

— Je croyais que tu n'étais plus un de ces charognards de journaliste ?

— C'est juste... un article. En free-lance, précisai-je. Papa m'a dit que tu avais été en charge de l'enquête sur la mort de sa femme.

— L'accident ? fit-il avec étonnement. La voiture a glissé sur du verglas et a fini dans un arbre. Triste mais fréquent. Ce pauvre homme, Blake, il était... presque mort.

— Il était là ?

— Il a déboulé peu après mon arrivée. Je lui ai demandé d'identifier le corps. Il a simplement hoché la tête avant d'aller vomir un peu plus loin. Ensuite... Il est resté avec une autre femme à nous regarder travailler. Il n'avait pas l'air de s'en rendre compte. Je lui ai posé des questions, mais il n'a pas répondu.

— Et ensuite ? Qu'a donné l'enquête ?

— Rien de plus. Les conditions météo étaient vraiment désastreuses... Blake n'avait aucune idée de ce qu'elle faisait sur cette route, il répétait sans cesse qu'elle n'aurait pas dû être là. J'ai bouclé l'affaire. Il n'y avait rien de plus à savoir.

— C'est tout ? fis-je, stupéfaite.

— C'est tout... Si tu veux, je t'envoie mon rapport. Tu verras, rien de croustillant. Un accident parmi tant d'autres.

— Je veux bien, s'il te plaît.

Mon cerveau fonctionnait à toute vapeur. J'avais ce curieux pressentiment, cette sensation indéfinissable de louper quelque chose. J'entendais Bailey s'activer sur son ordinateur, maudissant au passage la lenteur de l'appareil. Il me demanda mon adresse mail et, quelques instants plus tard, son nom apparut dans ma boîte de réception. J'ouvris rapidement le dossier avant de réagir sur le détail qui me chiffonnait :

— Bailey ?

— Oui ?

— C'était le 25 décembre, c'est ça ?

— La nuit du 25 au 26... Généralement, c'est plutôt calme à cette période, les gens restent chez eux.

— Blake a-t-il dit pourquoi elle était sur la route en pleine nuit ? Allait-elle chercher quelqu'un ?

— Blake a juste dit qu'il arrivait de l'aéroport. Il n'avait pas vu sa femme depuis dix jours.

— OK... Merci, Bailey. Embrasse bien Carrie et Annie pour moi.

— Sans faute. Je dirai à ton père de te rappeler. Et... pour le rapport...

— Ça reste entre toi et moi, Bailey.

Je raccrochai la seconde suivante et me jetai littéralement sur la lecture du rapport de police. Il était conforme à ce que Bailey m'avait raconté. Aucune autopsie n'avait été menée. La cause du décès était évidente. Je me fis un thé, réfléchissant à ce que je venais d'apprendre.

L'image d'Andrew, dévasté sur le bord de cette route, sûrement avec Meghan, me vint en tête. En lieu et place de l'appel que j'avais d'abord envisagé, je préférai un message :

Vas-tu m'offrir des fleurs chaque fois que nous nous voyons ? Merci, elles sont magnifiques. K.

J'arpentai mon salon en réfléchissant, relisant le rapport, relisant l'interview d'Eleanor. Je tentai d'imaginer les événements, de trouver un enchaînement cohérent, mais rien ne me vint. Mon portable resta muet durant une partie de l'après-midi, et je n'eus la réponse d'Andrew qu'à mon départ pour le Peninsula :

Tu es magnifique. Je t'offrirais la boutique, si ça pouvait te permettre de rester près de moi. A.

Toujours les mots pour me faire fondre, songeai-je avec un sourire.

Je rassemblai mes notes sur Eleanor ainsi que l'impression du rapport de police pour les emporter avec moi à l'hôtel. J'arrivai au Peninsula un peu plus tôt qu'habituellement et toquai à la porte de Lynne.

— Entrez ! cria-t-elle, en colère.

— Lynne ? soufflai-je en passant la tête par l'entrebâillement.

— Oh ! c'est toi ! Entre... Désolée, s'excusa-t-elle rapidement, je viens de me disputer avec Philip !

— Rien de grave, j'espère ?

— Il est encore absent ce week-end. Son père le réquisitionne pour une réunion je ne sais où.

— Désolée, Lynne.

Je m'installai dans un des fauteuils face à son bureau et, en un instant, sa colère se dissipa pour laisser place à un large sourire.

— Dis-moi tout, souffla-t-elle, conspiratrice.

— A quel sujet ?

— Andrew Blake !

— On a dîné ensemble, avouai-je en rougissant.

— Bon sang ! Nathan avait raison, tu as couché avec lui ! s'écria-t-elle, incrédule. Kat ! C'est un client !

— Je sais, Lynne... Je sais que je n'aurais pas dû. Mais ce n'est pas comme si je pouvais... fuir.

— Tu peux te faire virer pour ça !

— C'est ma démission que tu veux ? la questionnai-je durement.

Elle s'appuya lourdement contre le dossier de son fauteuil et sembla me jauger. Elle me fixa avec intensité pendant que je me crispais.

— Tu veux partir ? demanda-t-elle sérieusement.

— Non. J'aime cet endroit. Me crois-tu incapable de faire mon métier parce que je suis avec lui ?

— Je ne sais pas, Kat... J'ai peur pour toi, peur de ce qui pourrait arriver s'il changeait d'avis. Tu as l'air... tellement éprise. Je ne veux pas que tu souffres.

— Tu comprends enfin ce que je ressens au sujet de ton mariage avec Philip, ripostai-je, agacée.

— Je connais Philip depuis plus de deux ans ! Tu connais Blake depuis deux mois !

— Tu as raison, Lynne, admis-je en me levant du fauteuil. Tu as raison, je ne le connais pas depuis longtemps. Mais, curieusement, si ma vie en dépendait, je préférerais mille fois la placer entre les mains d'Andrew qu'entre celles de Philip.

Elle se figea, stupéfaite. Je me dirigeai vers la porte et, juste avant de la claquer derrière moi, je décidai d'enfoncer le clou, histoire de mettre un terme définitif à cette conversation :

— Nathan t'aime. Et je sais qu'une part de toi l'aime aussi... Sinon, tu ne serais pas constamment en train de surveiller ton téléphone.

— Je...

— Dis-moi que j'ai tort ! lui ordonnai-je. Dis-moi que j'ai tort de sortir avec un homme que je connais à peine quand, toi, tu es amoureuse d'un homme avec qui tu as une relation téléphonique.

Elle baissa le regard, fautive et honteuse, et je claquai la porte derrière moi. Malgré tous mes efforts pour rester calme, Lynne m'horripilait de plus en plus. Elle faisait comme tous les autres : elle jugeait Andrew sans prendre le temps de le connaître.

Passablement énervée, je gagnai mon poste en écoutant à peine les transmissions de Sam. J'avais la sensation désagréable que Lynne avait percé ma bulle de bonheur et, pour ça, je la détestais. Gregory arriva devant mon pupitre peu après.

— Ton courrier, dit-il simplement en me tendant une lettre.

— Merci, murmurai-je avant de prendre l'enveloppe.

Gregory fronça les sourcils et je m'étonnai de son calme inhabituel.

— Un problème, Greg ?

— Je réfléchis.

— Oh... Vas-y doucement.

— On m'a fait une proposition, lâcha-t-il soudain.

— Tu veux partir ? m'étonnai-je.

— Je ne sais pas... Peut-être. Il faut que je pèse le pour et le contre. Je dois filer. Passe une bonne nuit !

— Merci, toi aussi, répondis-je, un peu perturbée à l'idée que Gregory ne travaille plus au Peninsula.

J'élaguai aussi vite que possible les tâches courantes, y compris la validation de la réservation d'Andrew pour sa prochaine visite. Je m'apprêtais à ouvrir l'enveloppe de l'inconnu quand mon téléphone vibra.

Je t'appelle demain dans l'après-midi. Passe une bonne nuit. A.

Je t'embrasse… Encore et encore. K.

Après avoir attendu une hypothétique réponse, je reposai mon téléphone et me mis à lire.

« Chère Marie,

Je ne suis pas insomniaque. Il semblerait juste que l'inspiration me vienne plus facilement la nuit, quand mon esprit se vide de toutes obligations professionnelles.

Toutefois, cette nuit est différente des autres. Comment pourrais-je vous expliquer ce que moi-même j'ai tant de mal à comprendre ? Pendant longtemps, j'ai aimé une femme. Elle était, sans nul doute, mon âme sœur, ma force, ma vie tout entière même. Et un jour, tout cela est tombé en morceaux, comme un château de cartes, la chute des premières entraînant celle des autres. Un à un, les pans de ma vie que je croyais si parfaite, si réussie, se sont effondrés.

Ma vie n'était plus parfaite, juste vide et incomplète.

Mais cette nuit, j'ai compris à quel point j'avais eu tort. J'ai aimé cette femme de toutes mes forces, de toute mon âme, mais ce n'est rien par rapport à ce que je ressens maintenant pour elle. Elle dort actuellement, aussi paisible qu'un lac, et pourtant, en elle réside une telle volonté, une telle rage... C'est comme si elle m'avait sorti d'un sommeil profond. C'est incomparable et stupéfiant.

Est-ce différent ? Je dirais... bouleversant. Au sens noble du terme, elle a chamboulé mon monde.

Elle fait de moi un autre homme. Différent et meilleur. En paix avec moi-même.

Elle est ma perfection dans ma vie imparfaite. Elle est mon océan de calme dans mon monde en mouvement. Elle est... incroyablement réelle. Ma nouvelle réalité.

J'ose espérer que l'homme que vous avez rencontré vous apporte autant qu'elle m'a apporté. Je me demande ce qu'elle penserait de notre relation. A vrai dire, je ne crois pas que je pourrais la lui expliquer. Comment dit-on à quelqu'un qu'on se confie à une parfaite inconnue ? Comment dit-on à quelqu'un que cette relation est importante ?

Vous êtes importante. Sans vous, elle ne serait pas en train de dormir.

Je vais devoir vous laisser pour la rejoindre, mais j'avais besoin de vous dire merci pour tout.

Je vous embrasse,

Votre inconnu.

P.-S. : Connaître mon prénom est-il si important ? »

Je repliai la lettre après l'avoir relue trois fois. Mon cœur frappait dans ma poitrine à un rythme hallucinant. Comment faisait-il ? Malgré ce qu'il disait, j'avais la sensation de ressentir chacune de ses émotions. Il aimait cette femme, il l'adorait même. De nouveau, cette silhouette masculine et virile se dessina dans ma tête. Je l'imaginais en train d'écrire, admirant la femme endormie dans son lit.

Cette lettre eut le mérite de chasser mes démons... J'oubliai ma rage contre Lynne et ma stupéfaction envers Gregory. La seule chose qui me hantait, c'était le manque d'Andrew. Sûrement parce que je me retrouvais dans les mots de l'inconnu. Andrew m'avait tirée d'un sommeil profond, et il avait, de façon plus qu'évidente, chamboulé mon monde.

Je récupérai une feuille blanche et entrepris de lui répondre :

« *Cher inconnu,*

Ma théorie s'effondre. Vous n'êtes ni tourmenté, ni secret, ni... sombre. Et vous avez réussi votre défi : vous avez posé des mots sur vos sentiments pour elle. Je pense que vous l'aimez. Même si vous ne le dites pas franchement, la façon dont vous parlez d'elle, votre admiration pour elle prouvent que vous l'aimez.

Je suis heureuse pour vous. Cependant, je doute d'y être vraiment pour quelque chose. Cette femme se serait peut-être présentée à vous sans mes lettres. J'espère qu'elle prendra soin de vous et de la partie de votre âme que vous lui confierez. Dites-lui d'y faire attention, j'y tiens particulièrement.

Concernant l'homme que j'ai rencontré... je ne crois pas pouvoir faire comme vous et mettre des mots sur mes sentiments pour lui. C'est violent et incontrôlable. Là où vous semblez maîtriser vos émotions, j'avoue que je suis plutôt dans la situation inverse. Les limites que je m'imposais depuis si longtemps ont explosé, comme s'il m'ouvrait les yeux sur un monde nouveau dont j'ignorais tout.

Pour être honnête, ce nouveau monde me pose un problème : je m'inquiète de ce que je pourrais y découvrir. Et je m'inquiète encore plus des conséquences possibles de sa disparition. Curieusement, même si je tiens à lui plus que je ne le pensais possible, j'ai ce sentiment horrible et surpuissant que je vais le perdre.

Je ne sais pas si je suis assez forte, si je suis assez "magnétique" pour le garder avec moi.

C'est au-delà de tout ce que je pouvais imaginer... Je n'arrive même pas à croire qu'une fille comme moi ait pu l'intéresser.

Est-ce différent ? C'est totalement différent de ce que j'ai déjà vécu. Il m'attire et me fascine à la fois. J'ai envie de lui poser mille questions, mais les réponses qu'il me donne entraînent de nouvelles interrogations.

Si elle est votre perfection dans votre univers imparfait, je ne saurais quoi dire de lui...

J'aime l'homme qu'il est... J'aime qu'il soit confiant, têtu, prévenant et horripilant. J'aime ses défauts, peut-être plus que ses qualités, parce qu'ils en disent tellement plus sur lui.

Je crois que j'ai trouvé ce qui résume le mieux ma relation avec lui : il est ma force d'attraction, imprévisible et continue.

Je n'ai pas la chance de pouvoir le rejoindre, ni de pouvoir dormir dans son lit et, rien que pour ça, je vous envie.

Je vous embrasse,

Marie.

P.-S. : Cacher votre prénom est-il si important ? »

Une fois ma lettre achevée, j'eus le sentiment d'avoir avancé, d'avoir mis un nom sur ma relation avec Andrew.

Même si je m'en réjouissais, j'avais ce pincement lancinant dans le creux de mon ventre. Tout était parfait... Mais, d'une certaine façon, je redoutais ce que l'avenir nous réservait.

Chapitre 20

A mon retour chez moi, je décidai de remiser le dossier Eleanor Blake. Après réflexion, j'en avais finalement conclu que c'était le mystère autour de sa personnalité qui me dérangeait dans ma relation avec Andrew. Je lui avais explicitement demandé de ne pas s'appesantir sur le passé, je ne pouvais donc vraiment pas me permettre de mener une contre-enquête... Surtout sur un accident de la route.

La semaine se passa rapidement, rythmée par les coups de fil quotidiens d'Andrew. Il avait employé les grands moyens — livraison d'une trentaine de roses, suppliques, menaces et promesse du collier assorti à mes boucles d'oreilles —, mais je refusai de lui avouer quoi que ce soit.

La semaine suivante, je signai, en compagnie de Philip, l'achat de mon appartement. Malgré ma récente querelle avec Lynne, nous passâmes la soirée ensemble à discuter essentiellement des derniers préparatifs du mariage. J'en profitai pour la prévenir qu'Andrew souhaitait m'y accompagner. Elle accepta aussitôt, se refusant à tout commentaire hasardeux.

Mon aménagement devait avoir lieu le week-end précédant la réception à San Francisco. Aussi, je commençais à empaqueter mes affaires. Alors que j'attaquais un second carton de livres, Andrew m'appela. Je m'assis à même le sol, calant mon dos contre un des murs de ma chambre.

— Bonsoir, Kathleen, murmura-t-il.
— Bonsoir, comment vas-tu ?
— Je compte les jours. Je dirais même que je compte les heures.
— Moi aussi. Que fais-tu ? l'interrogeai-je en entendant du mouvement dans le combiné.
— Ma valise. Un déplacement à Sacramento pour finaliser une transaction.
— Ne t'arrêtes-tu donc jamais ? m'exaspérai-je.
— Oh... Voilà une conversation intéressante. L'impact de mon métier sur ma vie quotidienne...
— Ce n'est pas ce que je voulais dire !
— Que voulais-tu dire alors ?
— Je... Rien... Que tu travailles trop... C'est tout. Ça doit être... épuisant, bégayai-je.
— C'est mon métier et je l'aime profondément. Mais si je devais choisir entre mon métier et toi, ça serait toi, Kathleen.
— Andrew..., murmurai-je, ce n'est pas ce que je voulais dire.

Même à moi, ma voix me parut incertaine. Evidemment, le sujet des déplacements d'Andrew m'avait plusieurs fois effleuré l'esprit. A vrai dire, je m'étais même réellement interrogée sur le rythme de sa vie professionnelle après avoir lu et relu l'interview d'Eleanor. J'avais des doutes sur ma capacité à faire face à ses absences répétées.

— Si je me permets autant de déplacements, c'est parce que je n'ai personne qui m'attend, avoua-t-il finalement. Mais quand tu te décideras à venir vivre ici, je changerai sûrement mes habitudes.
— Quand « je me déciderai » ? répétai-je, stupéfaite.
— L'homme de ta vie apprécierait sûrement que tu quittes New York pour être à ses côtés !
— « L'homme de ma vie » ?

Cette conversation me semblait de plus en plus surréaliste — vivre avec Andrew Blake me semblait encore irréel — et j'avais besoin de savoir où je mettais les pieds.

— Andrew, tu n'es pas sans savoir que ce poste a

été assez convoité dernièrement. Malheureusement, je ne vois pas qui pourrait décemment arriver à la cheville de mon père !

— Hum... Est-ce un défi, Kathleen ?

— Juste une constatation. Mon père est un homme juste, droit et fidèle à ses principes. Je doute qu'il me laisse fréquenter un homme dont les intentions sont douteuses.

— Douteuses ? Mes intentions sont tout ce qu'il y a de plus sincère ! s'offusqua-t-il.

— Je ne crois pas.

— Je ne veux que ton bonheur. Et si je peux œuvrer à ça, alors je serais le plus heureux des hommes. Mais... toute plaisanterie mise à part, j'aimerais que tu envisages l'idée d'être à mes côtés. Constamment, je veux dire, et pas seulement quand je viens à New York.

— Andrew... C'est un peu...

— Prématuré... Je sais, je sais. Cette conversation l'est aussi à vrai dire.

— Ce n'est pas moi qui ai lancé le sujet, me défendis-je.

— C'est vrai. Et peut-être que tout cela te semble vraiment précipité... Mais je veux juste que tu comprennes que mes intentions ne sont pas... douteuses.

Je devinai l'esquisse d'un sourire dans sa dernière phrase et souris à mon tour. Je devais admettre qu'il avait su amener le sujet. Notre relation se construisait à distance, pour le moment, mais je savais que j'en voudrais plus.

— Je vais y réfléchir, soufflai-je.

— D'accord.

La pointe de déception dans sa voix ne m'échappa pas. Mais prendre des décisions si importantes pour lui, comme pour moi, ne s'improvisait pas.

— Je t'aurai... à l'usure, comme d'habitude, ajouta-t-il après un court silence.

— Toujours aussi présomptueux, monsieur Blake.

— Je gagne toujours, Kathleen.

Et rien qu'avec cette phrase, je me sentis fondre. Il avait raison, il gagnait toujours, surtout avec moi. Il y eut un petit silence gêné et je me décidai à reprendre la parole pour chasser cette conversation :

— Tu vas à Sacramento, donc ?

— Trois jours à Sacramento, puis retour ici, et ensuite New York.

— Mon Dieu, mais tu passes ton temps à faire et à défaire ton sac ?

— Pas vraiment... J'ai toujours une valise de prête. Et Lucinda fait en sorte que je ne manque de rien.

— Lucinda ?

— Ma... Mon employée de maison. Dit comme ça, ça fait vraiment snob ! plaisanta-t-il.

— Parce que ça l'est. Et donc, cette femme fait tes valises ?

— Et mes dîners, ainsi que la lessive et l'intendance de manière générale. C'est un peu... la femme de ma vie, finalement.

— Oh... Serait-ce un défi ?

— Tu es intéressée ? se réjouit-il.

— Je réfléchis... Te faire la cuisine, repasser tes chemises, préparer tes dîners... Je ne sais pas, pourrais-je être à la hauteur de cette Lucinda ?

— Ta seule présence ici suffirait. Tu pourrais rester ici, avachie sur le canapé, que cela me ferait le plus grand des plaisirs.

— Je préfère lire...

— Aucun souci. Je te ferai construire une bibliothèque, riposta-t-il aussitôt.

Je jetai un œil à mon carton de livres en retenant un rire. Cet homme ne connaissait aucune limite.

— Pourrons-nous avoir la suite de cette conversation dans une semaine ? demanda-t-il avec sérieux.

— La conversation sur la bibliothèque ?

— Non... La conversation te concernant avachie sur mon canapé, possiblement nue, évidemment, compléta-t-il.

— Evidemment. Bien sûr, parlons-en pendant la soirée que je te dois.

— Parfait !

— Et n'oublie pas que si cette soirée n'est pas satisfaisante nous cesserons toute relation.

— Crois-moi, je vais mettre tout mon cœur à faire en sorte que cette soirée soit inoubliable. Elle te hantera jusqu'à la fin de tes jours.

Je hoquetai en entendant sa voix rauque et chaude. Cette seule promesse suffisait : il y aurait d'autres soirées.

— Je dois finir mon sac, je t'embrasse.

— Je t'embrasse aussi. Prends soin de toi.

— Je compte sur toi pour ça. Et je ne parle pas que d'intendance, murmura-t-il d'une voix chaude et profonde.

— Oh... Vraiment ? Je pense que tu en attends beaucoup de moi, Andrew.

— Pour le moment, tu ne m'as jamais déçu. Tu demeures l'exception dans ma vie.

Je ne pus m'empêcher de sourire, conquise par cet homme. Toutes mes maigres tentatives pour paraître hermétique à ces marques d'attention disparaissaient en une seule phrase.

— Nous reprendrons cette conversation en tête à tête. Je dois vraiment te laisser maintenant.

— Bon voyage à Sacramento.

Je raccrochai, secouant la tête d'incrédulité. Aucune limite, c'était absolument certain. Ou alors, il prenait un malin plaisir à les effacer une à une et à m'entraîner avec lui sur un chemin que je ne maîtrisais pas.

Je repris mon carton et l'imaginai seul dans sa chambre en train de faire son sac. Un sourire s'étira sur mon visage. La perspective d'être près de lui, dans ces moments-là, paraissait agréable. Nous aurions pu parler, plaisanter, partager un moment ensemble.

Faire son dîner.

M'avachir dans son canapé.

Dormir dans son lit.

Rien de tout ça ne me semblait ni impossible ni dangereux. Au contraire, ces images provoquaient cette sourde et pétillante excitation. Mon ventre se tordit et j'empilai mes livres en souriant encore plus. Il avait encore raison sur un point : il gagnait toujours.

Ce n'est qu'en fermant le carton que cela me frappa. Je retournai dans le salon, l'esprit encore un peu embrumé par ma conversation avec Andrew, et ressortis le rapport de police sur l'accident d'Eleanor. J'avais cherché une explication rationnelle pendant des heures, retourné le problème dans tous les sens, avant d'abandonner. Seulement, je n'avais pas vu l'évidence.

Je retrouvai la liste des effets découverts dans la voiture d'Eleanor.

Les mots de Bailey me revinrent : Andrew arrivait de l'aéroport après dix jours d'absence.

Mon cœur manqua un battement, et, enfin, je me résolus à formuler tout haut ce que j'avais compris.

— Elle venait de le quitter, murmurai-je, stupéfaite.

Les pièces du puzzle trouvaient enfin leur place. Je repensais à son interview où elle disait à mots couverts que la solitude au sein même de son mariage lui pesait. Andrew était parti depuis dix jours, mais quel genre d'emploi du temps avait-il eu avant ? Eleanor avait dû se sentir mise à l'écart et seule.

J'épluchai le rapport de police de nouveau, cherchant un indice sur les causes de sa fuite. L'avait-elle quitté pour un autre homme ? Pour un homme qui aurait été plus présent ? Andrew l'avait dit lui-même : il ne comprenait pas ce qu'elle faisait là.

Je fixai de nouveau les clichés flous. Rien à faire, on ne distinguait rien de cet homme. Aucun nom n'avait filtré et, pourtant, il semblait avoir ses habitudes dans l'entourage des Blake. Un proche, donc. Ma tête commençait à bourdonner. J'étalai les différents papiers au sol et m'assis, les examinant un à un et relisant les comptes rendus.

Après une heure d'analyse, je secouai la tête et dépliai mes membres engourdis. Je devais me préparer pour aller travailler, et j'espérais que cela m'aiderait à chasser Eleanor Blake de mon esprit.

*
* *

A ma prise de service, je compris que la nuit ne serait pas des plus agitées. L'hôtel était réservé quasiment en totalité pour une conférence de cardiologie, et tous ces médecins, généralement, ne faisaient guère d'esclandre. Alors que je rangeais mon pupitre, je trouvai une nouvelle lettre de l'inconnu dans ma bannette, accompagnée d'un mot :

« Le monde moderne existe, Kat... Les e-mails aussi ! Greg. »

Je souris largement, non seulement à cause de la lettre de l'inconnu, mais aussi pour la remarque de Gregory. C'était justement la présence du papier entre mes mains, le dessin de ses lettres, l'odeur du papier qui rendaient cette relation si tangible et exceptionnelle. La rendre immatérielle aurait gâché toute la force de notre lien.

Je classai mes deux dossiers et m'installai confortablement pour lire mon courrier :

« Chère Marie,

Je suis heureux pour vous, heureux que vous ayez trouvé un homme qui vous mérite. Comment pouvez-vous croire que personne ne puisse s'intéresser à vous ? Depuis le début, je cherche à vous rencontrer... Vous refusez, je le comprends... Mais si je tiens tellement à vous, alors que je ne vous ai jamais vue, je peux tout à fait imaginer qu'un homme soit attiré par vous.

Vous avez sûrement raison au sujet de ce que j'éprouve pour cette femme. Je l'aime sûrement plus que je ne le devrais. Elle me stupéfie un peu plus à chacune de nos conversations, elle affronte les événements sans jamais se laisser abattre. Comme vous le disiez dans une lettre précédente :

elle est incroyable... Et mes sentiments pour elle sont d'une telle force! Vous croyez que je contrôle la situation alors que c'est absolument faux. Elle me contrôle. Elle est celle qui m'indique où je dois aller, ce que je dois faire.

Mes mots peuvent laisser penser que tout est idéalement parfait avec elle. J'aimerais que cela le soit... Mais j'ai la sensation que ce n'est pas suffisant. La perdre serait me perdre, moi.

Je crois tout faire pour qu'elle comprenne mon attachement... Pourtant j'ai l'horrible pressentiment que l'aimer ne suffira pas à la garder près de moi.

Vous rappelez-vous quand vous m'avez parlé du destin, avoir mentionné ces "signes invisibles"? Croyez-moi, ils ne sont pas si invisibles et ils surpassent n'importe quel sentiment.

Mais je l'aime, comme jamais je ne crois avoir aimé quelqu'un. Pas uniquement parce qu'elle me fait me sentir bien, mais surtout parce qu'elle m'accepte sans jugement, sans préjugé. Et malgré ce que vous pensez, je suis tourmenté... Tourmenté par toutes ces choses que je ne contrôle pas et qui m'échappent... Tourmenté par son absence, par sa voix, par la légèreté qu'elle apporte à ma vie.

Il me tarde d'avoir votre réponse... Vous comprendrez, sûrement mieux que quiconque, mes doutes.

Je vous embrasse,

Votre inconnu. »

Je reposai la lettre avec un sentiment mitigé. L'homme à qui j'écrivais depuis maintenant plusieurs semaines me demandait conseil. Et je n'avais aucune idée de comment le rassurer. Je n'étais franchement pas la plus aguerrie en termes de relations amoureuses.

Toutefois, au petit matin, alors que je rentrais chez moi, je m'installai sur mon lit pour lui répondre :

« Cher inconnu,

Votre lettre me surprend. Vous me demandez conseil alors que nous ne nous connaissons que par lettres interposées. Par ailleurs, je ne suis pas certaine de la pertinence de mon jugement.

Vous l'aimez ?

Vous avez donc résolu la plupart des doutes qui vous assaillent.

Rien n'est plus important — plus fort que ce sentiment. Vous ne devriez pas croire en ces signes néfastes... Ce sont ces propres signes qui vous ont mis sur sa route, ces mêmes signes qui vous ont permis d'oublier votre peine.

De quoi avez-vous peur ? Craignez-vous de la perdre, parce qu'elle ne vous aimerait pas en retour ? Craignez-vous qu'elle change d'avis et vous tourne le dos ? Craignez-vous qu'un autre homme ne passe avant vous ?

Vous l'aimez... Vos décisions seront bonnes, parce qu'elles seront juste guidées par vos sentiments envers elle.

Le seul moyen d'apaiser vos craintes n'est pas de me parler, mais de lui parler à elle. Lui avez-vous dit ce que vous ressentez ? Qu'importe ce que vous affrontez, vous n'êtes pas seul. Vous dites qu'elle ne vous juge pas, je suis donc certaine qu'elle appréciera que vous vous ouvriez à elle.

Tout va bien pour moi. Les choses avancent. Du moins, j'en ai l'impression. Je ne l'ai pas vu depuis quelques jours, et il me manque bien plus que je ne lui avouerai jamais. Je n'ai pas encore de mot pour dire ce que je ressens pour lui. Mais il a cette incroyable confiance en nous, cette assurance en notre avenir, et cela m'aide à me projeter.

Je crois que vous aussi… vous devriez vous projeter. Parlez-lui.

Marie. »

Le lendemain, quand je postai ma lettre après avoir longuement hésité, j'avais une sensation étrange et horrible. Je m'aperçus que je n'avais pas été spécialement amicale, ni rassurante dans ma réponse, alors que c'était sûrement du soutien qu'il cherchait.

Peu importe… Il devait lui dire. Et quelque part, ce n'était pas à moi de le rassurer, mais à celle qu'il aimait de le faire. Notre relation épistolaire venait de trouver sa première vraie limite : parfois, vous ne pouvez pas faire des choses à la place des autres.

Le reste de la semaine fut calme, animé seulement par les messages d'Andrew et nos conversations surréalistes. Je passai une partie de mes journées à emballer ma vie dans des cartons, ne gardant que le strict nécessaire pour mes derniers jours dans cet appartement. Le jour de l'arrivée d'Andrew, je pris le temps de tout nettoyer de fond en comble et de faire des courses.

D'après Eleanor, Andrew ne savait pas cuisiner… J'avais donc décidé de lui apprendre et de savourer une des rares occasions d'observer Andrew dans un domaine qu'il ne maîtrisait pas. Je jubilais d'avance. Pourtant, un coup de fil de Nathan me sortit de mes pensées heureuses. Après les banalités d'usage, je détectai un changement de ton dans sa voix.

— Kat, avez-vous parlé de cette soirée à quelqu'un ? Même de manière évasive ?

— Nathan, tout est sous contrôle, me moquai-je face à son quasi-affolement. Que se passe-t-il ? Est-ce qu'Andrew va bien ?

— Il est dans l'avion. Promettez-moi de ne pas lui dire que j'ai appelé !

— Nathan ! râlai-je pour la forme.

— Promettez-moi, Kat, répéta-t-il avec hargne.

— Nathan, ou vous me dites ce qui se passe, ou effectivement je risque de faire part de cet appel à Andrew.

Je l'entendis soupirer et devinai que la situation n'était pas si légère que je le supposais. Je m'installai dans mon canapé et encourageai Nathan à me parler.

— Kat... C'est assez compliqué à vrai dire.

— Je pense pouvoir suivre, sifflai-je, mécontente.

— Quelqu'un sait pour Andrew... Enfin pour vous deux.

— Je croyais que Lauren était à l'origine des fuites !

Mentalement, j'entamai une liste de toutes les personnes au courant de ma relation avec Andrew : Lynne, Gregory, Maria, Daniel, Philip... Certaines personnes de l'hôtel devaient aussi le savoir, sans compter Angela bien sûr, Perkins qui devait avoir des doutes...

— Mais je croyais que le communiqué de presse avait calmé les journalistes ? m'exclamai-je.

— En effet... Ce ne sont pas les journalistes qui nous inquiètent. Kat... il faut que vous compreniez qu'Andrew n'est pas... M. Tout-le-monde. Sa réussite ne plaît pas, son ambition attise les jalousies et...

— Il a été menacé ? demandai-je avec une voix terne.

— Oui. Et vous aussi. Ce qui nous inquiète réellement. Les menaces sont vraiment violentes et, malgré tous nos efforts, impossible de localiser le type derrière tout ça.

— Violentes à quel point ? soufflai-je, la peur me saisissant lentement.

— Très violentes. Cela arrive parfois, mais cette fois c'est vraiment différent. Quelqu'un sait... beaucoup de choses, des détails presque intimes.

— Comme ?

— Comme le fait que vous ameniez le café à Andrew dans sa suite, comme votre soirée au théâtre...

Autant l'idée que quelqu'un sache que j'apportais son café à Andrew ne me dérangeait pas vraiment, autant le fait que cette même personne soit au courant des soirées impromptues m'inquiétait réellement. Cela relevait de notre relation, de notre histoire intime, secrète et cachée. Toucher à ça, salir ça, c'était écœurant.

— Comment va Andrew ? m'enquis-je avec inquiétude.

— Il a peur pour vous mais pas pour lui, il est habitué, en fait il craint surtout votre réaction.

— Je présume que c'est pour ça qu'il ne m'en a pas parlé ! conclus-je avec amertume.

— Possible... Mais je crois qu'il voulait surtout vous protéger de tout ça... Et nous cherchons l'origine de ces menaces.

— Je parlerai à Andrew, assurai-je.

— N'en faites rien ! Il est vraiment inquiet pour vous. Il fait tout ce qu'il peut pour vous préserver ainsi que votre relation. Si vous le confrontez sur le sujet, il niera.

— Je ne lui laisserai pas le choix.

— S'il vous plaît, Kat... Il a déjà envisagé beaucoup de solutions à votre sujet, j'ai réussi à les écarter, ne ruinez pas mon travail ! Andrew prétend que tout va pour le mieux. Il le fait pour vous et parce que vous le rendez heureux. Je comprends que vous vous en fichiez de ruiner mon travail, mais ne ruinez pas ça... Pour Andrew.

Le silence se fit et je pris conscience que Nathan avait raison. Je n'avais aucune envie de saccager ma relation avec Andrew.

— Je fais de mon mieux, Kat, pour identifier ce type... Je suis certain que nous nous affolons pour rien. Je vous demande juste d'être là pour Andrew.

— D'accord, soupirai-je, soudainement lasse. D'accord, je vais jouer le jeu. Mais promettez-moi de me tenir au courant s'il se passe la moindre chose.

— Je le ferai, Kat. En attendant, je vous conseille

d'en dire le moins possible à Andrew, et aux gens autour de vous.

— Même à Lynne ? tentai-je pour sonder la véracité de ses dires.

— Y compris à Lynne. Personne. Andrew arrive à New York vers 18 heures et prendra un taxi jusqu'au Peninsula. Je ne vous retiens pas plus. Je devine que vous avez mieux à faire.

Je ris doucement, maintenant plus détendue. Curieusement, même si, de prime abord, apprendre qu'Andrew et moi étions menacés m'avait effrayée, j'étais maintenant soulagée de le savoir. Au moins, je savais contre quoi me battre.

— Comment va Lynne ? demandai-je.

— Aux dernières nouvelles, plutôt bien... Ses préparatifs avancent, dit-il d'une voix terne.

— Elle vous parle des préparatifs de son mariage ?

— Oui... Je suis... compréhensif. Et vous pouvez me traiter d'idiot si vous le voulez !

— Comment faites-vous pour supporter ça ?

— Vous savez ce qu'on dit... Le purgatoire avec elle est préférable au paradis sans elle...

— Woah... C'est de vous ? m'étonnai-je.

— Non... J'ai dû lire ça sur une boîte de céréalest. Peu importe, même si je dois rester éternellement son ami, c'est déjà...

— Elle est amoureuse de vous ! le coupai-je vivement. Bon sang, Nathan, n'avez-vous aucune force de caractère ? C'est bien pour votre détermination qu'Andrew vous a embauché, non ? Je veux dire, vous savez négocier, décrocher des contrats, obtenir ce que vous voulez de vos clients... Et là, vous restez à att...

— Lynne n'est pas un contrat. Je me fiche de perdre un contrat, mais perdre Lynne serait... dramatique. Si elle est vraiment amoureuse de moi, et je ne vous cache pas que j'aime vraiment cette prometteuse idée, alors elle viendra.

— Nat...

— Fin de cette conversation. Vous devriez vous

concentrer sur l'arrivée d'Andrew. Je sais qu'il avait vraiment hâte de vous retrouver.

— D'accord, soufflai-je, vaincue.

— Bonne soirée, Kat. Soyez prudente, surtout.

— Bonne soirée.

Je raccrochai et secouai la tête pour chasser mes pensées sombres. Nathan avait raison : je devais me concentrer sur Andrew. Je jetai un regard à ma montre. Si Andrew atterrissait à 18 heures, il serait à l'hôtel vers 19 heures. Cela me laissait encore deux heures pour me préparer.

Après avoir pris un bain et m'être littéralement lustrée de la tête aux pieds, j'enfilai une robe noire courte me moulant de façon avantageuse. Pour l'occasion, j'avais décidé de me mettre en valeur. Même si Andrew semblait se satisfaire de mon uniforme en polyester, et que son envie de me voir nue était récurrente, j'avais envie d'être féminine.

Je remontai mon second bas et vérifiai mon maquillage. Je plaçai les boucles d'oreilles qu'il m'avait offertes. Puis je fis un tour rapide de l'appartement, tamisant les lumières avant de mettre un peu de musique. Dans la cuisine, je sortis les quelques bougies chauffe-plats que j'avais, avant de les poser sur la table basse de mon minuscule salon.

Soudain, je me demandai si tout cela était une bonne idée. Andrew était déjà venu à mon appartement, mais je le trouvais maintenant trop étroit, trop étriqué pour lui. La suite du Peninsula allait certainement lui manquer. La vibration de mon portable me sortit de mes pensées.

Suis en direction de chez toi… A.

Mon cœur s'emballa bêtement dans ma poitrine et je vérifiai une dernière fois que tout était en ordre. J'ajustai ma robe, me pinçai les lèvres pour les colorer un peu plus et replaçai mes cheveux sur mes épaules.

Près de trente minutes plus tard, alors que je frottais mes mains moites l'une sur l'autre, la sonnerie me fit bondir du canapé. Par habitude, je collai mon œil au judas et découvris Andrew. Un sourire immense s'étira sur mes lèvres et, le cœur battant, j'ouvris la porte.

A son tour, le visage d'Andrew s'illumina et il dégaina une rose parfaite et immaculée de derrière son dos.

— Depuis le temps que je voulais t'en apporter une moi-même !

Je m'effaçai pour le laisser entrer, observant sa silhouette longiligne habillée d'un jean brut et d'une chemise bleue à peine cachée par son habituel caban. Je refermai la porte et il se tourna vers moi.

— Merci, murmurai-je en prenant la fleur de ses mains.

— Mais de rien, sourit-il pendant que son regard naviguait sur moi. Tu es magnifique.

Il fit un pas vers moi, alors que je restais statufiée. Il plongea son regard dans le mien et, très vite, je me retrouvai coincée entre son corps et la porte.

— Tu m'as manqué, murmura-t-il avant de m'embrasser doucement.

J'enroulai mes bras autour de sa nuque et approfondis le baiser, caressant ses lèvres de ma langue. Andrew me plaqua contre la porte, étouffant un grognement contre ma bouche, avant d'agripper fermement mes hanches. Je lâchai la rose pour me perdre dans sa chevelure, gémissant en sentant ses mains descendre sur mes fesses. Il rompit le baiser trop vite à mon goût et souda son front au mien.

— Bonsoir, dit-il à bout de souffle.

— Bonsoir.

Il retrouva mes lèvres dans un nouveau baiser passionné et brûlant. Mes gémissements devinrent incontrôlables. Pantelante, je m'écartai de lui et il posa ses lèvres dans mon cou, embrassant toutes les parties découvertes de ma peau. Une de ses mains remonta le long de mes flancs et je me perdis de nouveau, noyée dans l'envie de son corps contre le mien. Je basculai la tête en arrière, me faisant presque mal, pendant que la bouche d'Andrew caressait le haut de ma poitrine.

— Andrew, murmurai-je, les jambes flageolantes.

Ses lèvres firent le chemin inverse, embrassant mon cou, puis mon menton avant d'effleurer mes lèvres.

— Répète-le, m'ordonna-t-il en pressant mes fesses dans ses mains.

— Andrew, soufflai-je de nouveau en soutenant son regard.

Il ferma les yeux brièvement et, quand il les rouvrit, j'y trouvai la lueur sombre du désir. Il me voulait. Ses mains remontèrent dans mon dos et il se recula un peu, créant un vide minuscule mais pourtant insoutenable.

— Tu m'as manqué aussi, avouai-je dans un sourire.

Je posai une main sur son torse avant d'y caler ma tête pour quémander une étreinte. Il me serra dans ses bras avec une force incroyable avant de poser un chaste baiser sur mon front.

— Distrais-moi, avant que je ne déchire cette robe pour te sauter dessus.

— Et si je ne suis pas d'accord ? soufflai-je, un sourire coquin sur les lèvres.

— Kathleen, même si je sais que tu as programmé cette soirée, j'ai pris la liberté moi aussi de programmer certaines choses.

— Oh... Comme ?

— Comme faire en sorte que cette nuit soit inoubliable.

Je rougis violemment, avant de passer devant lui pour me diriger vers la cuisine. Il me suivit en silence dans la petite pièce. Je me plaçai devant le plan de travail, prête à lui expliquer ce que j'attendais de lui. Mais, soudain, il se glissa derrière moi et attira mes fesses contre son entrejambe. Son souffle chaud caressa ma nuque et une boule de chaleur intense explosa dans mon ventre quand je devinai ses lèvres à proximité de mon cou.

— Je veux que tout New York sache que tu es à moi, murmura-t-il en appuyant chacun de ses mots par un frottement explicite.

— Garder le silence est donc exclu ? m'affolai-je, le souffle court.

— Je ne veux entendre que toi... Et cette façon si

particulière que tu as de prononcer mon prénom. Mais avant... je me plie à ton programme, annonça-t-il en me relâchant pour se placer à mes côtés.

Les joues en feu, je réprimai le tremblement de mes mains et inspirai fortement.

— J'ai appris que tu n'étais pas un grand cuisinier, commençai-je.

— Qui t'a donné ce genre d'information? demanda-t-il avec sérieux.

— J'ai mes sources.

Inutile de lui préciser que j'avais lu l'interview d'Eleanor. Cette soirée ne devait être que pour nous, et je ne comptais pas rouvrir de dossiers sensibles avant un long moment.

— Donc, j'ai pensé qu'on pourrait préparer le dîner ensemble.

— Tu cherches à me mettre mal à l'aise?

— Non... Juste à partager un moment avec toi.

— En cuisine? s'étonna-t-il.

— En cuisine, approuvai-je. J'ai envie de t'apprendre certaines choses et de trouver la faille chez mon petit ami parfait.

Il sourit, incrédule, avant de secouer la tête. Quand il releva les yeux sur moi, sérieux et concentré, je sentis ma poitrine se comprimer douloureusement.

— Kathleen, c'est toi ma faille. Tu me rends faible. La seule chose qui est parfaite chez moi, c'est toi... Rien d'autre.

Il posa ses lèvres sur les miennes, comme s'il voulait sceller cette promesse. Hagarde, je m'écartai de lui et me dirigeai vers le réfrigérateur.

— Que dois-je faire? demanda-t-il en déboutonnant les manches de sa chemise pour les replier.

— Je... Euh... j'ai prévu des linguines au citron.

J'observai ses avant-bras tandis qu'il pliait méticuleusement sa chemise. Il défit sa montre et la posa sur la petite table derrière lui. Je sortis de ma stupeur et tendis trois citrons à Andrew, lui demandant de les zester, de les presser et d'en filtrer le jus. Il suivit mes instructions à la lettre et je m'étonnai de son obéissance. J'avais espéré le mettre en position de faiblesse ce soir, mais en fait j'étais plutôt admirative.

— Tu veux goûter ? proposai-je en remuant la sauce au citron.

— Avec plaisir.

Je lui tendis la cuillère avec précaution et vis un sourire moqueur s'étirer sur ses lèvres.

— Pas comme ça.

Il me prit la cuillère des mains et me fit ouvrir la bouche. La sauce coula sur ma langue, douce et onctueuse, et Andrew posa ses lèvres sur les miennes. Sa langue s'insinua dans ma bouche et je trébuchai sur mes propres pieds, face à la violence de l'assaut.

— Parfait, assura-t-il en se reculant tout aussi brutalement.

Il se lécha les lèvres avec gourmandise et me toisa.

— Absolument parfait.

Je dressai rapidement deux assiettes et demandai à Andrew de prendre le vin qui attendait au réfrigérateur. Il me suivit dans le salon, armé de la bouteille de vin blanc que j'avais réservée. J'étalai quelques coussins au sol avant de m'asseoir devant la petite table. Andrew remplit nos verres et déposa la bouteille dans un seau à glaçons avant de s'installer à mes côtés.

— Je sais que ça ne vaut pas le Vesuvio, m'excusai-je pendant qu'il s'installait au sol.

— C'est très bien, Kathleen. Vas-tu me dire ce que sont tous ces cartons ? me demanda-t-il après sa première bouchée.

— Je déménage. J'ai acheté un appartement.

— Oh ! vraiment ? Celui-ci ne te plaisait plus ?

— J'avais besoin de plus d'espace et je voulais tourner la page sur un certain nombre de choses.

— Je ne suis donc pas le seul à vouloir fuir mon passé ?

— Je ne fuis pas. Je veux juste oublier cette vie-là.

Il sembla méditer sur ce que je venais de dire. Je devinais qu'il se posait des questions et, quelque part, j'étais reconnaissante qu'il ne m'interroge pas plus.

— As-tu pris ton billet pour dans quinze jours ?

— Je... oui. J'ai transmis à ton assistante mon heure d'arrivée.

— Une voiture t'attendra à l'aéroport. J'aimerais t'assurer que je serai là, mais les choses sont compliquées.

Je repensai à ma conversation avec Nathan, et décidai de tenter une approche espérant qu'il s'ouvre à moi.

— Compliquées à quel point ? La presse fait encore des siennes ?

— Elle est calmée. La plupart des journalistes craignent pour leur carte de presse. Ils ne veulent pas se mettre à dos un type qui pourrait potentiellement devenir leur patron.

— Tu comptes racheter des titres ? demandai-je, curieuse.

— J'attends de voir si *Powerfull* fonctionne bien ici. J'en ai besoin pour être crédible sur la côte Est, expliqua-t-il avant d'avaler un peu de ses pâtes.

— Donc, si ce n'est pas la presse..., commençai-je en laissant délibérément ma phrase en suspens.

— Tu ne devrais pas t'inquiéter. Je m'occupe de tout.

— Je veux savoir, Andrew. Dois-je craindre quelque chose ?

Il reposa sa fourchette et fronça les sourcils. Je me retenais de lâcher le flot d'informations que Nathan m'avait transmis. Andrew me prit la main et la porta à ses lèvres pour l'embrasser.

— Kathleen, souffla-t-il en entremêlant nos doigts, tu es... tu es... à ce jour l'élément le plus important de ma vie. Et ma seule crainte, c'est qu'il t'arrive quelque chose.

— Je sais que tu cherches à me protéger.

Je relâchai sa main et m'approchai de lui pour m'installer sur ses jambes. Du bout de ses doigts, il repoussa les cheveux qui cachaient une partie de mon visage, avant de soupirer.

— Je ne veux pas... te propulser dans ce monde. Tu es tellement... loin de tout ça. Je refuse de te jeter en pâture à ces... vautours, de faire de toi une cible dans ce monde de fous furieux.

— Mais...

Il agrippa une de mes jambes et m'installa face à lui. Il prit mon visage entre ses mains et ses yeux plongèrent dans les miens avec une rare intensité.

— Je n'ai pas changé d'avis sur nous, assura-t-il. Je... Je refuse de te savoir harcelée. Tu es... rare et précieuse, et je fais ça pour nous.

— Pour nous ? murmurai-je sans comprendre.

— Pour toi, pour te protéger... Et pour moi... Si je te perds, je me perds aussi.

Je me figeai et sentis mon cœur tressauter dans ma poitrine. Andrew me fixait toujours, incroyablement sincère.

— Fais-moi confiance, m'implora-t-il. J'ai déjà fait le nécessaire pour... limiter les impacts sur ta vie.

Nichant ma tête dans son cou, je sentis ses mains entourer ma taille et me serrer contre lui. Il respira mon parfum. Je me perdis volontiers dans son étreinte, m'apercevant que je lui vouais une confiance totale. Je n'avais pas envie de replonger dans un monde de violence, d'appels anonymes et de menaces explicites. Dans ses bras, je me sentais à l'abri de tout, dans une bulle chaude et parfaite...

Je m'écartai un peu et posai ma bouche sur la sienne. Surpris, il enfonça ses doigts dans ma taille et m'entraîna avec lui sur le sol de mon salon. Il me fit allonger sur le dos, son corps recouvrant le mien tandis que ses lèvres bougeaient lentement contre les miennes.

De nouveau, la chaleur se propagea dans mon corps, excitant toutes mes terminaisons nerveuses. Je tentai de prendre le contrôle de notre étreinte, mes mains passant de son dos à ses épaules, avant de finir sur l'encolure de sa chemise. Mais Andrew les captura et les coinça au-dessus de ma tête avant de se détacher de mes lèvres.

— Finissons cet excellent dîner d'abord, murmura-t-il près de mon oreille.

Il se redressa, me laissant au sol, à bout de souffle et

le cœur trépidant. Je me relevai péniblement, lui jetant un regard noir. Il prit son verre, et tout en me regardant me réajuster, le porta à ses lèvres. Après quelques minutes de silence, il reprit les hostilités :

— Où devons-nous finir la soirée?

— Ici.

— Oh... Me feras-tu visiter ta chambre?

— Afin de concrétiser tes fameux projets? pouffai-je en nous resservant du vin.

— Toutes ces pensées peu chastes et impures que tu as suggérées dernièrement.

— Je n'ai rien suggéré, il s'agit plutôt de tes propres conclusions.

Il éclata de rire, un rire joyeux et clair qui résonna dans tout l'appartement. Il reprit des pâtes, me fixant avec une lueur d'amusement tout en se léchant les lèvres.

— J'ai une question, lâcha-t-il soudainement.

— Oui?

— Tout le monde t'appelle Kat... Y compris ma mère, souligna-t-il. Est-ce juste réservé à un cercle d'amis proches?

— J'aime que tu m'appelles Kathleen, répondis-je en rougissant. Ça sonne... différent dans ta bouche. Je pense que c'est équivalent à ce que tu ressens quand je t'appelle Andrew. J'ai l'impression d'être importante.

— Tu l'es, Kathleen, confirma-t-il en insistant volontairement sur mon prénom.

Nous finîmes notre plat en discutant essentiellement de la réception de San Francisco. J'occultai les détails purement logistiques, me doutant qu'Andrew ne tenait pas vraiment à en parler.

Je composai le dessert en cuisine, un tiramisu aux fruits rouges, quand Andrew m'y rejoignit.

— A quelle heure arriveras-tu? me demanda-t-il.

— Aux environs de 15 heures, heure de San Francisco. Dois-je prévoir une robe? Enfin quelque chose d'habillé, précisai-je en voyant un sourire coquin naître sur ses lèvres.

— Je serai en smoking, je demanderai à Meghan de faire le nécessaire.

— Mais...

— Elle privatisera une boutique, ou le *Sheraton* mettra à disposition ce qu'il te faut. Ne t'en fais pas pour ça...

Je soupirai, sachant que râler ne changerait rien à sa décision. Je déposai la crème dans les verrines, me concentrant sur ma tâche. Je réfléchissais à toute vitesse aux implications de ma présence à cette soirée. Après ça, nous ne pourrions plus vraiment nier notre relation. Surtout que je n'envisageais pas d'agir comme une amie, ni d'être effacée. Andrew avait déjà fait montre, en public, de son attirance pour moi.

— A quoi penses-tu? dit-il.

Je sursautai, mon cœur bondissant de surprise dans ma poitrine. Il enroula son bras gauche autour de moi et posa ses lèvres dans mon cou.

— A la réception, dis-je en reprenant mon souffle.

— Humm... Et à quoi en particulier? demanda-t-il d'une voix chaude.

— A ça, murmurai-je en posant ma main par-dessus la sienne, à hauteur de mon ventre. A... à notre comportement, balbutiai-je en sentant Andrew suçoter la peau de mon cou.

— J'essayerai de me retenir, promit-il. A une condition toutefois.

Il quitta mon cou et cala son corps contre le mien. Sa main s'appuya sur mon ventre, m'empêchant une quelconque fuite.

— Je veux être là pour les essayages de ta robe.

— Et Meghan?

— Oublie Meghan. Juste toi et moi... Notre dernière séance d'essayage était plutôt réussie, non?

— Tu n'as pas le temps de m'accueillir à l'aéroport, mais tu as le temps de me voir en plein essayage? raillai-je.

— La vie est une question de priorité... Et de sécurité. Je n'ai pas le contrôle sur l'aéroport et sur la sécurité là-bas, alors qu'à l'hôtel... C'est différent, conclut-il.

Je posai mes mains sur le rebord du plan de travail. Mon corps avait cessé de m'obéir à l'instant où Andrew avait posé son bras possessif autour de moi. Mon cerveau était aux abonnés absents, et il me fallut une concentration monstre pour lui répondre.

— C'est vrai, admis-je en pensant à l'effet de ses mains sur ma peau lors de l'essayage des bijoux dans sa suite.

— Et je veux pouvoir contrôler ce que tu portes.

— N'aimes-tu pas mon choix de ce soir ? soufflai-je.

— Si... Mais je tuerai quiconque te verrait vêtue de la sorte. Ce qui est à moi est à moi. Je ne partage pas.

Derrière moi, j'entendis un bruit étrange presque métallique. Je laissai échapper un cri en sentant un frisson me parcourir. Andrew me maintint contre lui, accentuant sa pression autour de moi, pendant qu'il faisait courir un glaçon sur le haut de mon bras nu. Sur ma peau en feu, il fondit presque instantanément.

— Cette robe est sublime, mais dévoile beaucoup, beaucoup trop de peau.

Je hoquetai, me laissant aller dans ses bras. La sensation de froid ne me calmait pas. Au contraire, il me semblait que j'avais encore plus chaud, plus envie de lui même.

— Je refuse qu'un autre homme pose les yeux sur toi... Ne vois-tu pas ce que tu provoques ?

Le glaçon glissa le long de mon bras, finissant sur le dos de ma main, toujours crispée sur le plan de travail.

— Andrew, murmurai-je, le souffle court.

— Pour tous, lors de cette soirée, tu seras Mlle Dillon... Ton prénom et ton corps me sont réservés, gronda-t-il en se débarrassant du glaçon quasiment fondu.

De nouveau, je devinai le bruit des glaçons dans le seau à glace, puis la sensation de froid envahit mes épaules. L'eau glacée coula le long de ma colonne, passant sous ma robe. Je gémis doucement, avant de sentir la bouche chaude d'Andrew suivre le même chemin.

— Satin et soie, murmura-t-il sur ma peau. Satin, soie et moi... voilà les seules choses que j'autoriserai sur toi.

Je gémis de nouveau, plus lourdement, ma tête pesant

maintenant une tonne. Sa bouche remonta le long de mon dos, traînant paresseusement sur ma peau. Sa prise autour de ma taille faiblit légèrement et j'en profitai pour me tourner vers lui et l'embrasser à en perdre haleine.

— Satin et soie, acquiesçai-je finalement.

— Et moi, ajouta-t-il en plantant son regard carnassier dans le mien.

— Et toi. Toujours toi...

Son glaçon toujours en main, il le passa sur mon décolleté, m'arrachant un cri de surprise. Ses lèvres se soulevèrent dans un petit sourire satisfait, puis il suivit du regard une goutte qui disparaissait entre mes seins. Sans un mot, il posa ses lèvres à la naissance de ma poitrine et lécha la trace glacée. Je me cambrai, savourant sa caresse, bloquée contre le plan de travail. Lentement, il se redressa et tritura les bretelles de ma robe.

— C'est une bonne chose que tu aies prévu cette soirée chez toi.

— Ah oui ? balbutiai-je.

Je sentais son souffle court et chaud dans mon cou, et lui lançai un regard.

— Oui. Je n'ai pas spécialement envie de me comporter en gentleman maintenant.

Au même instant, les bretelles glissèrent sur mes avant-bras, et il fit glisser le Zip — la seule chose maintenant le tissu sur moi. La robe tomba à mes pieds dans un bruissement et j'entendis Andrew grogner en me voyant quasiment nue devant lui.

— Portais-tu des bas sous ton uniforme ? demanda-t-il d'une voix rauque.

— Je... Non...

— Tu le feras maintenant... Juste pour moi.

— D'accord, monsieur Blake, soufflai-je, prête à me soumettre au moindre de ses caprices.

De nouveau, ce petit sourire heureux apparut sur ses lèvres.

— J'ai tellement lutté pour que tu m'appelles Andrew...

Maintenant, je rêve de t'entendre m'appeler « monsieur Blake ».

Je souris à mon tour, satisfaite de voir son regard sombre naviguer sur mon corps. En son absence, je me demandais souvent ce qu'Andrew me trouvait mais, là, je me sentais idolâtrée. Un bruit venant du seau à glace me sortit de ma torpeur. Andrew me fixait droit dans les yeux pendant que le glaçon approchait de ma peau brûlante. De l'espace entre mes clavicules, il descendit vers ma poitrine. J'étouffai un gémissement, me pinçant les lèvres pour retenir un cri.

Quand le glaçon atteignit mon sein et son téton déjà érigé, je bougeai légèrement et soufflai bruyamment. Andrew me tortura ainsi de longues secondes, laissant le glaçon fondre sur moi. Quand il releva les yeux vers moi, je n'y voyais plus la lueur d'amusement, juste le désir et l'envie. Puis il fronça les sourcils, visiblement agacé par quelque chose. Mon cerveau mit quelques instants à réagir avant de détecter la sonnerie de son téléphone.

Il reposa le glaçon près de moi et arracha son portable de sa poche. Il y jeta un œil furtif avant de le couper et de le remettre dans sa poche.

— C'était... C'était peut-être urgent, balbutiai-je en me couvrant la poitrine de mon bras.

— Rien n'est plus urgent que toi ce soir.

D'un geste vif, il repoussa mon bras et pressa son corps contre moi. Son bassin se frotta contre le mien, et je devinai aisément son excitation.

— Puis-je retirer le reste de tes vêtements ?

— Je... Oui..., soufflai-je, presque soulagée de savoir qu'il ne faisait pas que s'amuser avec moi.

Dans une lenteur extrême, il s'agenouilla devant moi et fit glisser mon string noir le long de mes jambes. Il m'en débarrassa rapidement, me faisant lever un pied, puis le second. Je fis glisser le haut de mon premier bas, mais Andrew chassa mes mains et le remit en place.

— Interdiction de les retirer sans mon accord.

— OK..., murmurai-je, décontenancée par son ton sévère.

Il passa sa main près de mon intimité, me faisant me tendre au maximum dans l'instant. Il captura un nouveau glaçon, me faisant gémir d'anticipation et, comme il l'avait fait avec mon premier sein, tortura le second. La respiration hachée, je ne savais plus si je devais lui demander d'arrêter ou de continuer. L'adrénaline cavalait dans mon corps, éveillant tous mes muscles, toutes mes terminaisons nerveuses, et quémandant Andrew contre moi.

Il m'embrassa avec ferveur, insinuant sa langue puissante dans ma bouche. Je l'entendis grogner, tandis que l'eau glacée parcourait mon ventre. Une boule de chaleur énorme se formait dans le creux de mon estomac, et je me sentais déjà au bord de l'implosion. Andrew quitta mes lèvres et sa bouche glissa sur moi pour trouver mon sein froid et humide.

La sensation de chaud intense juste après ce froid glacial fut saisissante et je poussai un cri de surprise. Perdue dans mon plaisir, accrochée au plan de travail, je ne pris conscience qu'après plusieurs secondes qu'Andrew me parlait.

— Donne-moi ton portable, m'ordonna-t-il.

— Qu... Quoi ? marmonnai-je en me retenant de demander sa bouche.

— Ton téléphone. Donne-le-moi !

Maladroitement, je récupérai mon téléphone derrière moi et le lui tendis. De nouveau, il grimaça en voyant l'appareil vibrer entre ses mains.

— Quelqu'un cherche vraiment à nous interrompre, râla-t-il.

— Qui est-ce ? m'enquis-je.

— Personne.

Et pour s'assurer que je n'irais pas vérifier, il jeta mon portable dans le seau à glaçons derrière lui, noyant ainsi mon malheureux correspondant.

— Andrew ! m'offusquai-je. C'est peut-être important.

— Tu es la seule chose qui m'importe ce soir... Il me semblait avoir été clair sur ce point, répondit-il en s'agenouillant devant moi.

Il me lança un regard sombre, presque sévère. Je rougissais violemment en sentant ses yeux brûler ma peau et s'attarder sur mon entrejambe. Il fronça les sourcils et se lécha les lèvres.

— Mais... Mais c'est peut-être un problème... un problème grave, enchéris-je.

Ma voix s'éteignit en sentant ses mains parcourir ma peau. Il caressa mes cuisses et s'approcha un peu plus de moi. Il glissa son genou de manière autoritaire entre mes jambes pour les écarter. Son regard s'attarda sur mes cuisses, puis remonta lentement vers mon intimité. Il leva la tête vers moi et je sentis mon excitation s'intensifier.

— Demain, tu pars avec moi, affirma-t-il avec autorité, tout en enroulant ses bras autour de mes cuisses.

— Andrew, murmurai-je, je ne peux pas. J'ai... Enfin... Ça va... poser... problème, bégayai-je alors que ses cheveux caressaient mon bas-ventre.

— Problème ? De toute façon, il n'y a que peu de problèmes qu'un orgasme ne peut résoudre, lança-t-il avant de récupérer un glaçon et de le mettre dans sa bouche.

— Qu... Quoi ? balbutiai-je avant de laisser échapper un gémissement.

Mes yeux fixèrent l'espace d'un instant la tête d'Andrew nichée entre mes cuisses, puis je basculai la mienne en arrière en haletant. Sa langue passa sur mon sexe et j'écartai un peu plus les jambes. La sensation de froid sur mon intimité brûlante m'arracha un cri et je lâchai le plan de travail pour m'agripper à ses cheveux.

Andrew raffermit sa prise autour de mes cuisses et, dans un grognement, me lécha de nouveau, s'insinuant jusqu'à mon clitoris. Il y appliqua le glaçon, et une vague de plaisir s'abattit sur moi dans une violence indescriptible.

Ses mains bougeaient sur moi, ne me laissant aucune possibilité de lui échapper. Je murmurai son nom, comme une supplique, espérant qu'il m'entende. Mais à l'inverse, sa langue redoublait d'intensité et me faisait l'amour. Je relevai la jambe, cherchant un équilibre précaire avant de me repositionner. Andrew, sans me lâcher, profita de ce mouvement pour plaquer un peu plus sa bouche et approfondir notre étreinte.

Je l'entendis grogner, puis il s'écarta. Je gémis de frustration. J'étais si près de l'orgasme que j'aurais protesté si j'en avais eu la force. Mais je n'eus pas le temps d'y réfléchir. Mes mains toujours perdues dans ses cheveux, je plaquai Andrew contre moi, tandis que ses longs doigts entraient dans mon intimité.

Ils glissaient en moi dans une lenteur extrême, caressant mon point G à un rythme régulier.

— Plus... vite, quémandai-je, en sentant mon cœur battre à tout rompre dans ma poitrine.

Et il s'exécuta, enfonçant ses doigts en saccade, caressant du bout de sa langue mon clitoris gonflé. Je pressai sa tête contre moi, l'orgasme empêchant toute pensée cohérente. Il accéléra encore, allant et venant en moi. Andrew dut sentir mes jambes trembler car il resserra sa main gauche autour de moi, me maintenant contre lui. Il grogna fortement, faisant vibrer tout mon corps. L'orgasme déferla en moi alors qu'il s'attardait sur la partie la plus sensible de ma chair.

A bout de souffle, je criai son nom. Mes jambes lâchèrent et je glissai au sol. Andrew me récupéra, pantelante.

— Allons dans ta chambre, murmura-t-il.

Il me souleva et j'enroulai mes bras autour de sa nuque. Une fois allongée sur mon lit, je rouvris les yeux et le vis, à mes côtés, me couvant du regard tandis que je me lovais dans ses bras.

Brutalement, sa requête me revint à la mémoire.

— Tu veux que je parte avec toi? demandai-je pour m'assurer que j'avais bien compris.

— Oui. Ton dîner m'a convaincu...

— Tu me veux juste pour mes talents de cuisinière? me moquai-je en triturant les boutons de sa chemise.

— Je te veux pour toutes ces choses qu'on peut faire dans une cuisine.

Son sourire s'effaça quand je relevai les yeux vers lui. Malgré cette soirée, je savais qu'il ne me disait pas tout.

— Je ne peux pas quitter New York comme ça, soufflai-je. J'ai mon travail, j'ai... des amis.

— Kathleen, râla-t-il, je n'aime pas l'idée d'être constamment loin de toi... de compter les jours.

Je défis le premier bouton de sa chemise, puis le deuxième, passant ma main sous le tissu pour sentir sa peau. Je le sentis frémir, puis il saisit mon poignet pour me faire cesser.

— Tu cherches à éviter cette conversation ? demanda-t-il avec un sourire.

— Non.

Il desserra sa prise et j'eus le loisir d'ouvrir complètement sa chemise. Il se redressa et la retira. Je caressai son torse, appréciant de le sentir réagir contre ma paume, avant de gagner la boucle de son jean.

— Tu sembles... tendu, murmurai-je en embrassant son ventre.

— Je suis rarement calme en ta présence.

Je défis les boutons de son jean et passai ma main sous son boxer. Son sexe était gonflé, dur, et diablement tentant. Je le caressai doucement, sentant Andrew se contracter un peu plus contre moi.

— Moi qui pensais avoir rencontré l'un des hommes les plus puissants du pays...

— Tu l'as dit... je ne suis qu'un homme, Kathleen, marmonna-t-il alors que je le caressais plus fermement.

Je le libérai et me levai pour lui retirer son jean, son boxer et ses chaussures. Je me réinstallai près de lui, me calant dans ses bras. Son sexe toujours tendu me tentait, mais j'avais dans l'idée de le torturer un peu. Il soupira lourdement et ferma les yeux en me serrant contre lui.

— A quoi penses-tu ? demandai-je dans un murmure.

— A la dernière fois où j'ai failli baisser les bras, quand tu m'as parlé d'une relation strictement professionnelle. J'ai cru te perdre et cette simple idée est révoltante.

Il me bascula sur le dos et m'embrassa tendrement. Lentement, il glissa le long de mon corps et s'attela à retirer mes bas, avant de les jeter au sol.

— Je ne veux plus... jamais ressentir ça de nouveau. J'étais en colère parce que tu refusais de voir la vérité en face.

— La vérité ? chuchotai-je.

— Toi et moi.

Il embrassa le haut de ma poitrine et caressa mes côtes de ses mains. Je sentis son sexe effleurer mon intimité, mais je refusai de bouger. Je repensais à cette soirée, à son regard glacial quand j'avais déposé des serviettes à la piscine.

— Viens avec moi, m'intima-t-il d'une voix douce.

Et la seconde suivante, en une seule poussée, il entrait en moi, me faisant crier de plaisir.

— Je vais prendre ça pour un « oui ».

Il bougea son bassin, me pénétrant une nouvelle fois avec force. Quand je croisai son regard, je sentis mon cœur bondir dans ma poitrine. Cette même sincérité que lors de notre dîner, cette incroyable intensité qui me donnait la sensation d'être exceptionnelle.

— J'ai déjà un travail pour toi, continua-t-il.

— Andrew ! gémis-je sous l'assaut d'un nouveau coup de reins.

— Je vais aussi prendre ça pour un « oui ».

Je me cambrai, mon dos s'arquant presque douloureusement. Son regard sombre me scrutait et je me forçai à garder les yeux ouverts. Je plantai mes doigts dans ses épaules, ses muscles bougeant en rythme avec chacune de ses poussées.

— Je veux t'entendre murmurer mon prénom chaque soir.

— Andrew, soufflai-je, au bord d'un nouvel orgasme.

— Et chaque matin..., ajouta-t-il d'une voix rauque.

Je me tendis autour de lui, sentant son bassin bouger contre le mien de plus en plus rapidement. Il enfouit sa tête dans mon cou, le souffle de plus en plus saccadé à mesure que le plaisir nous gagnait.

— Je gagne toujours, Kathleen, gronda-t-il contre ma

peau en appuyant chacun de ses mots par une nouvelle poussée.

Puis il se redressa et planta ses yeux dans les miens. Haletants tous les deux, nous nous sourîmes, heureux et seuls au monde.

— Demain ? articulai-je péniblement.

Il poussa un peu plus fort en moi et l'orgasme me foudroya. Il posa ses lèvres sur les miennes, se tendant au-dessus de moi, sans bouger. Dans un dernier coup de reins, il jouit avec force et s'effondra contre ma poitrine.

Je caressai ses cheveux avec tendresse et il me serra contre lui.

— Je vais prendre ça pour un « oui », murmurai-je.

Chapitre 21

Andrew se décala sur son flanc avant de me prendre dans ses bras. Je glissai mes doigts sur les siens, réfléchissant à ce qu'il venait de me demander. Si l'idée m'avait paru effrayante au départ, je l'envisageais maintenant différemment. Ses lèvres butinaient mon cou et sa chaleur irradiait mon corps.

— Tu réfléchis trop, murmura Andrew derrière moi.

— Non... Je... Je me projetais, à vrai dire.

Je me tournai vers lui et remontai le drap sur nous. Il repoussa les quelques mèches de cheveux masquant mon visage et posa ses lèvres sur les miennes.

— Dis-moi ce qui te tourmente, souffla-t-il.

— Rien... Vraiment rien, promis-je avant de me caler dans ses bras.

L'instant suivant, alors qu'Andrew caressait mes cheveux de façon apaisante, je sombrai dans le sommeil.

Je me réveillai en sursaut pendant la nuit, hantée par le visage sanguinolent d'Eleanor. Dans mon cauchemar, elle me poursuivait en hurlant un flot inintelligible d'insultes et de vociférations. Haletante et le cœur battant, je cherchai Andrew. Mais mon lit était vide. Mon réveil affichait 4 heures du matin, et après m'être frotté le visage pour chasser ce mauvais rêve, je tâtonnai à la recherche d'un T-shirt.

Les habits d'Andrew ne traînaient plus au pied du lit, l'angoisse me gagna et je rejoignis le salon en espérant l'y retrouver.

— Je ne voulais pas te réveiller, dit-il en me voyant.

— Juste un mauvais rêve, expliquai-je avant de constater qu'il était habillé. Tu pars?

— Oui, répondit-il laconiquement.

J'approchai de lui, mais il recula aussitôt. Son visage, partiellement éclairé par un lampadaire, m'effraya. Ses mâchoires étaient serrées et il était d'une pâleur extrême.

— Que se passe-t-il? demandai-je, de plus en plus inquiète.

— Meghan a été agressée hier soir, répondit-il avec une étonnante franchise.

— Agressée? Et comment va-t-elle? m'inquiétai-je.

— Bien... Si on peut dire.

Il enfila son caban et s'attacha à ne pas croiser mon regard.

— Je dois partir. Je rentre à San Francisco.

— Tu veux dire maintenant? m'étonnai-je.

— Maintenant, oui.

J'approchai de nouveau de lui, espérant qu'il ne me fuirait pas cette fois. Il ne bougea pas, mais son visage se referma un peu plus, témoignant du profond combat qui devait l'habiter. Je soupirai, prise d'un profond et mauvais pressentiment.

— Je vais faire un sac, affirmai-je en me dirigeant vers ma chambre.

— Inutile. Tu ne viens pas.

Je me figeai et sentis mon corps se glacer dans la foulée. J'allumai la lampe près de moi et découvris Andrew, blanc comme un linge et crispé.

— Je pars. Tu restes ici.

— Qu... Quoi? m'écriai-je.

— J'ai pris ma décision, ajouta-t-il en boutonnant sa veste.

— Tu as pris ta décision ? répétai-je, abasourdie. Et je présume que je n'ai pas mon mot à dire ? sifflai-je.

— En effet.

Il souffla profondément et son visage passa de l'angoisse à la colère la plus vive en une seconde. Il diminua la distance entre lui et moi, alors que je parvenais à peine à contrôler les larmes de rage qui pointaient à mes yeux. Je posai une main sur son torse pour le repousser. Je le fixai, cherchant la faille dans le masque d'homme d'affaires . En vain.

— Je vais disparaître de ta vie, expliqua-t-il. Tout redeviendra comme avant.

— Comme avant ? hurlai-je. Avant quoi au juste ? Avant que tu débarques au Peninsula ? Avant que tu me séduises ? Avant que je tombe amoureuse de toi ?

Il recula légèrement et sembla surpris par ma réaction. Ses mâchoires se serrèrent encore plus et son corps se raidit.

— Tu ne sais pas ce que tu dis, riposta-t-il. Tu te trompes sur moi.

— En effet, je me suis lourdement trompée. Ai-je au moins le droit à une explication ?

— Je ne pensais pas t'en devoir une, siffla-t-il entre ses dents.

— Tu ne pensais pas ? Alors quoi ? J'étais juste un amusement de passage ? C'est... agréable de foutre en l'air la vie de quelqu'un ?

— Kathleen, ne rends pas les choses plus... compliquées.

— Tu croyais pouvoir partir de chez moi et disparaître sans aucune explication ? Je n'ai donc vraiment aucune valeur à tes yeux ?

— En tout cas, pas aussi importante que ce que je croyais.

Je me tus et sentis mon cœur partir en lambeaux. Il arborait toujours ce masque impénétrable, dénué d'émotions, hormis le pouvoir. Il voulait gagner.

— Je te l'ai dit, je n'abandonne pas facilement, ripostai-je.

— Vraiment ? Devons-nous aborder ta brillante carrière dans le journalisme ?

Ma main partit brutalement et claqua contre sa joue dans un bruit sec en y laissant une trace rouge. Andrew ne cilla pas, risquant même un petit sourire satisfait.

— Tu ne sais rien, marmonnai-je en prenant conscience que je ne regrettais pas ma gifle.

— Cette petite scène m'en a appris suffisamment. De toute évidence, tu n'es pas la seule à t'être trompée.

Il passa à mes côtés, froid et distant. Mon cœur frappait dans ma poitrine. Mon cerveau m'intimait de lui dire de rester, de me fournir une véritable explication. Le dos tourné à lui, je fermai mes poings et soufflai.

— Couches-tu avec Meghan ? demandai-je dans un dernier accès de rage.

— Je ne vois vraiment pas en quoi ça te regarde, répondit-il froidement.

— Je vais prendre ça pour un « oui », assénai-je.

J'entendis un déclic et je compris qu'il était en train d'ouvrir la porte de mon appartement. Je n'aurais donc droit à aucune explication. Je me ruai sur le guéridon et en extirpai sa note et son alliance. Il m'observa étrangement, presque inquiet de ce que j'allais faire.

— Reprends-la, lui intimai-je.

De nouveau, il me fixa et, après une brève hésitation, il prit l'alliance. Nos doigts se frôlèrent et je perçus clairement ce léger tressautement de mon cœur, ce mouvement qui me disait qu'il ne pouvait pas me quitter. Mais la colère reprit instantanément le dessus.

— Je n'étais donc qu'un amusement... Comment disait Abby déjà ? « Une rafraîchissante distraction » ?

— Kathleen...

— Non, le coupai-je. Plus de « Kathleen » !

Il observa son alliance, nichée au creux de sa main, puis porta son attention sur moi. Le souffle court, j'attendais une réaction de sa part, un geste, un mot, un tremblement même, n'importe quoi qui aurait pu le trahir.

Contre toute attente, il se figea un peu plus et un sourire sans âme s'afficha sur son visage.

Il remit son alliance à son annulaire et les larmes que

j'avais eu tant de mal à retenir coulèrent finalement. Je les chassai d'un revers de main et Andrew sortit de mon appartement.

— Au revoir, Kathleen, murmura-t-il avant de rejoindre l'ascenseur.

Je fermai la porte derrière lui et laissai les larmes rouler le long de mes joues. Machinalement, je regardai l'horloge : 4 h 20... En vingt minutes, il venait de ruiner ma vie.

Curieusement, c'est la rage qui s'exprima d'abord. Il m'avait manipulée, il avait fait en sorte que je tombe sous son charme pour finir par me quitter, sans aucune explication. Je filai vers la cuisine, cherchant mon téléphone, avant de me souvenir qu'il flottait au milieu des glaçons fondus.

Encore plus en colère, je récupérai ma puce et jetai le téléphone dans le vide-ordures. Brutalement, j'eus un déclic. Je débarrassai la cuisine, effaçant les traces de notre soirée, puis nettoyai le salon. Au bout de trente minutes, j'avais réussi à éradiquer tout ce qui aurait pu me rappeler Andrew Blake.

Dans ma chambre, je retirai les draps, son odeur ne devait pas rester ici. J'avais commis l'erreur de faire de nouveau confiance à un homme... Et j'avais à présent la sensation d'avoir été percutée par un trente-huit tonnes mais d'être pourtant toujours en vie, souffrant le martyre, et attendant la délivrance de la mort.

Des souvenirs de la veille au soir me revinrent, violents et m'anéantissant peu à peu. La colère laissa place à l'incompréhension. Pourquoi déployer tant d'efforts, pourquoi trouver les prétextes les plus fallacieux pour passer du temps avec moi, pour, au bout du compte, me quitter en pleine nuit ?

Je parvins à gagner ma cabine de douche, la vue brouillée par les larmes. Sous le jet brûlant, je m'autorisai à réellement pleurer. Les larmes coulaient sur mes joues dans un flot ininterrompu. Je ne savais pas ce qui était le plus dur finalement : son départ, son ton glacial ou juste l'impression de chute vertigineuse et tourbillonnante.

Après notre première nuit, Andrew avait abandonné le masque d'arrogance et de froideur qu'il portait habituellement. Il m'avait laissé l'accès à une autre facette de sa personnalité, la facette qu'il ne révélait qu'aux proches.

Mais ce matin le masque froid était réapparu, plus solide que jamais, infranchissable et déroutant. Il n'avait rien dit, il n'avait pas fourni d'explications, il n'avait même pas essayé de me parler : son air dur et sévère, ajouté au retour de l'alliance à son doigt m'avaient ravagée.

Le visage rougi par les larmes, je m'habillai et retrouvai le salon. Malgré tous mes efforts, il me semblait encore sentir sa présence. Il hantait les lieux et me hantait encore plus. Complètement abrutie par ce mélange étrange de colère et de peine, je fixai la table basse, les coussins, le carré de moquette où nous nous étions embrassés.

Je revoyais son sourire heureux et l'intensité de son éblouissant regard. Comment avait-il pu faire ça? Comment avait-il pu me faire croire que j'étais importante, que j'existais à ses yeux, pour finir par partir?

Ecœurée et passablement déprimée, je retournai à ma chambre. Je retrouvai la robe beige de la réception et la replaçai dans sa housse. De la même façon, je retirai les boucles toujours fixées à mes oreilles et les replaçai dans leur boîte. Je refermai l'écrin brutalement, le faisant claquer entre mes doigts.

Je réfléchis rapidement au mot qui accompagnerait mon « colis », avant de songer à ce qu'Andrew m'avait dit ce matin.

« Monsieur Blake, je vous prie de trouver ci-joint les éléments indispensables à toute distraction digne de ce nom. Le tout est en excellent état — ayant très peu servi — et je ne doute pas que vous trouverez d'ici peu une nouvelle "exception" pour utiliser ces délicieux accessoires. Kathleen Dillon. »

Je repliai ma note et l'accrochai au cintre, m'assurant qu'elle tiendrait jusqu'au Peninsula. Vers 6 heures du matin, lasse de tourner en rond et de chercher une explication rationnelle au changement de comportement d'Andrew, je gagnai l'hôtel, avec la housse, dans l'espoir de pouvoir parler à Lynne. J'étais convaincue qu'elle me remonterait les bretelles, m'anéantissant un peu plus en m'assénant un « je t'avais prévenue », mais j'avais besoin d'y voir clair.

— Bonjour, Sam, lançai-je en tentant d'être enjouée.

— Kat ? s'étonna-t-il.

Il me fixa brièvement, mais je compris à son regard que j'avais échoué. Mes yeux brûlaient encore des larmes que j'avais versées et je devais sûrement avoir l'air encore plus pâle que d'ordinaire.

— Sais-tu si Blake a libéré sa suite ? demandai-je en me tordant pour déchiffrer le cahier de transmissions.

— Pas encore.

— Parfait. Peux-tu lui faire monter ça ? le priai-je en déposant les cadeaux d'Andrew sur le pupitre.

De nouveau, Sam me fixa, puis regarda la housse, avant de revenir sur moi. J'osai un sourire et il prit la housse entre ses mains pour la placer derrière lui.

— Ça lui appartient, expliquai-je sobrement. Je pense que ça lui fera plaisir de retrouver ses effets personnels.

S'il le perçut, Sam ne releva pas le sarcasme dans ma voix. Quelques minutes plus tard, il fit appeler un des valets de chambre et lui confia la housse. La peine que je ressentais s'estompa l'espace d'une délicieuse seconde, remplacée par une intense jubilation. Il avait récupéré son alliance, il devait donc récupérer le reste.

Je me décidai à gagner notre salle de pause. Boire un café, même mauvais, ne pouvait pas me faire de mal. J'eus un sursaut de surprise en voyant Gregory, la tête appuyée contre la machine, pendant qu'elle ronronnait et crachotait un liquide brunâtre.

— Greg ?

— Kat ?

Il se tourna vers moi, les yeux ronds, avant de se propulser dans ma direction et de me serrer dans ses bras musclés. Quand il me relâcha, la surprise avait fait place à l'angoisse. Il scrutait mon visage, sûrement encore marqué par la déception et l'amertume.

— Est-ce que tout va bien ? me demanda-t-il avec urgence. Tu es venue attendre Blake ?

— Je... Euh... Oui, ça va... Et non, je ne l'attends pas, marmonnai-je. J'ai eu une nuit... courte. Que fais-tu à l'hôtel à cette heure-ci ? demandai-je soudain.

— Je ne désespère pas de rentrer chez moi. Je reviens de l'hôpital. La petite blonde de Blake a été rouée de coups par un fou furieux... Je l'ai retrouvée, recroquevillée et inconsciente. Blake ne t'en a pas parlé ? m'interrogea-t-il. On a finalement réussi à le joindre, tôt ce matin.

Je repensai furtivement au visage torturé d'Andrew à mon réveil. Je chassai la vague de commisération qui était en train de me gagner. Il m'avait quittée, plutôt lâchement. Je n'aurais pas de peine pour cet homme, je devais avant tout gérer la mienne.

— Seulement très brièvement. Il est parti tôt ce matin. Quand a-t-elle été agressée ? demandai-je pour changer de sujet rapidement.

— On a aussi tenté de t'appeler pour le contacter, répondit Gregory en ignorant ma question.

— On... On avait coupé nos téléphones.

Brutalement, je sentis mes jambes flageoler et je reculai en direction d'une des chaises en plastique mises à notre disposition. Je m'assis prudemment, observant mes mains trembler de manière incontrôlable. La fatigue et le raz-de-marée émotionnel prirent le pas sur ma raison et sur ma volonté.

— Il... Il ne voulait pas être dérangé, dis-je d'une voix terne.

— Sauf urgence... C'était une urgence hier soir ! J'ai quitté l'hôpital quand je l'ai vu entrer dans la chambre de Meghan.

— Comment va-t-elle ?

— Quelques contusions et deux côtes cassées... Une entorse au poignet.

Je tremblais de plus en plus et Gregory posa sa main gigantesque sur les miennes pour me calmer.

— Tout va bien, Kat. Elle va s'en remettre.

— Est-ce... Est-ce qu'on sait qui a fait ça?

— Non. La seule chose qui m'inquiète, c'est qu'elle a été agressée dans l'ascenseur. Je l'ai trouvée dans le parking. Je dois ramener les images de la télésurveillance pour l'enquête. Mais je doute qu'on trouve quoi que ce soit.

Je me relevai de ma chaise, toujours mal assurée. Gregory me suivit des yeux, s'assurant que je n'allais pas tomber dans la seconde. Je me fis couler un café, plus pour me donner une contenance que par réelle envie, et fixai le gobelet en train de se remplir.

— Kat, je suis inquiet pour toi, lâcha Gregory avec sérieux.

— Je suis juste... chamboulée.

— Ce n'est pas ce que je voulais dire. Ta relation avec Blake...

— Actualise tes informations alors, ripostai-je avec colère. Je n'ai plus de relation avec Blake, il a rompu ce matin, avant d'aller rejoindre sa chère Meghan...

Gregory me dévisagea étrangement et je me rendis compte de la méchanceté gratuite dans ma voix. Andrew connaissait Meghan depuis des années, je ne pouvais pas lui reprocher d'être inquiet pour elle.

— C'est sûrement mieux ainsi, commenta Gregory. Mieux que tu ne sois plus avec lui.

— Mieux pour qui? grinçai-je.

— Pour toi. Kat, ça aurait pu être toi.

— Bien sûr que non, soufflai-je, exaspérée.

Gregory s'approcha de moi et posa ses mains sur mes épaules, comme pour s'assurer que j'allais bien l'écouter.

— Elle s'est fait attaquer ici. Ce n'était pas un hasard. Nous recevons des menaces depuis que Blake a débarqué ici, et si j'en crois Evans, les choses sont encore pires à San Francisco.

Gregory me relâcha, visiblement soulagé de voir que son discours avait fait son petit effet. Mon cœur battait la chamade. Je me rassis, toujours bouleversée : j'en voulais à Andrew, je lui en voulais d'avoir agi en goujat et en hypocrite avec moi, mais savoir que Meghan avait été agressée ici me mit mal à l'aise.

— Combien de temps doit passer Meghan à l'hôpital ? demandai-je soudain.

— Elle sort dans l'après-midi.

— Bien. J'irai la voir.

— Aucune chance. Consignes de sécurité ultrastrictes. Personne n'entre dans sa chambre, sauf Blake.

— Merde ! pestai-je.

Je repensai au regard glacial d'Andrew, à son masque d'arrogance, presque haineux... D'après ce que j'avais pu constater, il était intraitable lorsqu'on attaquait son territoire ou son cercle de proches. Lauren en avait fait les frais, et j'en faisais maintenant, moi aussi, l'amère expérience. Peu importait que j'aie été présente dans sa vie, je savais qu'il m'expulserait *manu militari* si j'osais le défier.

Et pourtant, il y avait quelque chose, dans sa manière de fuir mon regard, dans sa façon de m'ignorer, qui ne lui ressemblait pas.

Je voulais le haïr, mais cette simple pensée me rebutait. Je n'avais pas sa capacité à être froide et hermétique aux sentiments humains.

— Je dois lui parler, soufflai-je à Gregory.

— Impossible, Kat... Moi aussi j'ai des consignes !

— Mais il n'est même pas à l'hôtel ! m'exaspérai-je. Que tu appliques ses instructions quand il est là, je veux bien, mais...

— Mais maintenant je dois *aussi* appliquer ses instructions ailleurs ! me coupa-t-il avec sévérité.

— Tu bosses pour lui ? m'étonnai-je. Je n'arrive pas à y croire !

— Pour être tout à fait précis, ajouta-t-il avant de boire un peu de son café, techniquement, je dépends d'Evans !

— Explique-moi comment tu en es arrivé à bosser pour un homme qui ne t'inspirait encore aucune confiance il y a quelques semaines... Dois-je te rappeler tes tirades à base de « Tu ne sais rien de son passé » ? m'enquis-je avec colère.

— J'ai mis les choses au clair... Je n'apprécie toujours pas Blake, mais il n'est pas si... mauvais que je le pensais.

— Alors laisse-moi aller la voir. S'il te plaît, Gregory, suppliai-je.

— J'ai des instructions. Désolé, s'excusa-t-il.

Je jetai le reste de mon café, prête à mener une mission commando au sein de l'hôpital. Gregory m'adressa un regard, plutôt inquiet de me voir reprendre aussi vite des forces. Je ne voulais pas abdiquer. J'avais déjà fait pire... avant. Passer les barrières de sécurité de l'hôpital n'était pas grand-chose par rapport à crocheter le bureau de mon supérieur pour obtenir des informations pour un article. Idée qui s'était révélée... bonne, mais dont je n'avais pas mesuré les conséquences à long terme.

— Allez, venez, je vous offre notre meilleur café, s'éleva la voix de Lynne alors qu'elle poussait la porte.

— Lynne, tu ne devrais pas leur mentir... Ce café provoque des ulcères, plaisanta une voix que j'identifiais comme étant celle d'Angela.

Quelques secondes plus tard, elles entrèrent dans la petite salle accompagnées de Maria et de Philip. Lynne marqua un temps d'arrêt en me voyant, avant de froncer les sourcils.

— J'avais oublié un truc, mentis-je pour expliquer ma présence matinale. Dans mon vestiaire... Et Gregory m'a proposé d'aller boire un café.

A son tour, Gregory me fixa étrangement, puis se décida à aller dans mon sens. Il devait sûrement se rendre compte qu'il ne m'avait pas demandé une véritable explication à ma présence ici.

— Comment va Meghan ? s'enquit tout de suite Angela avec inquiétude.

— Elle va mieux. Désolé pour hier soir, s'excusa Gregory en regardant Lynne.

— Non... Tu as bien fait de m'appeler. Perkins l'aurait fait de toute façon.

— Et nous préparions le plan de table du mariage, donc tu as très bien fait de nous interrompre, sourit Philip en enroulant son bras autour de la taille de Lynne.

Maria sirotait son infâme boisson sans rien dire, nous observant tour à tour. De toute évidence, elle n'était pas au courant de l'agression de Meghan.

— Ça fera sûrement la une des journaux de fin de journée, observa pensivement Gregory. J'ai l'impression que la moitié de la ville est au courant.

— Tu as fini ton service ? demandai-je à Angela.

— Dans une petite heure... Mais Lynne a proposé d'offrir cet alléchant café, je n'ai pas pu refuser... Dan me remplace.

— Dan ? m'écriai-je.

— Embauché hier... Il m'aide en salle pour le moment, mais il assurera surtout les services de jour. Ne t'inquiète pas.

— Voilà pourquoi on ne mélange pas le boulot et le reste, railla Lynne.

— La ferme, grondai-je.

— N'étais-tu pas avec Blake hier soir ? demanda Angela.

Je ne répondis pas, toisant tous les regards braqués sur moi. Andrew voulait de la discrétion, j'étais servie !

— Je vais y aller, dis-je à Gregory en sachant qu'il relèverait le double sens de ma phrase.

— Je pars avec toi, annonça Maria, visiblement mal à l'aise parmi nous.

— J'ai glissé un truc pour toi dans ton vestiaire, m'informa Gregory alors que je quittais la pièce.

— OK, murmurai-je.

Je passai par les vestiaires et me hâtai d'ouvrir mon casier. J'avais un doute sur le « truc » que Gregory y avait glissé. La lettre de l'inconnu virevolta dans les airs avant de s'écraser à mes pieds. Je la fourrai dans une de mes poches et retrouvai Maria dans le hall.

Cette dernière réajustait des fleurs au pied des escaliers

avec concentration. Soudain, j'eus cet espoir stupide et incroyablement surréaliste. Andrew n'avait pas rendu sa suite, peut-être que tout n'était pas perdu. Je la rejoignis et soupirai lourdement, avant de me lancer.

— Maria, as-tu eu une commande... pour moi ? demandai-je timidement.

Elle se tourna vers moi, délaissant les fleurs, et me fit un faible sourire, avant de secouer la tête.

— Rien pour toi. La commande a été annulée ce matin.

Je baissai les yeux sur le marbre de l'entrée. Une nouvelle fois, je venais d'être percutée par le fameux trente-huit tonnes. Ma conversation avec Gregory avait distrait mes pensées d'Andrew, mais apprendre maintenant qu'il avait prévu des fleurs pour ensuite les annuler était... horrible.

— Je suis désolée, murmura Maria en posant sa main sur mon épaule.

— Ce n'est rien.

— Kat, j'aimerais aller dans ton sens, mais je ne te dirai pas que ce n'est rien. J'ai vu cet homme et je sais qu'il t'aime.

— Je ne crois pas, Maria. Il est parti ce matin, je me suis réveillée à cause d'un cauchemar et j'en vis maintenant un autre.

Je sentis les larmes affluer, mais ravalai la boule dans ma gorge. Je ne devais pas me laisser aller, pas pour lui.

— Je m'en remettrai, assurai-je en relevant fièrement la tête.

— Je ne crois pas que ce soit la solution... Tu devrais plutôt te confronter à lui, non?

— J'ai essayé.

— Où est passée la Kat qui n'abandonne jamais?

Elle me fit un sourire encourageant et je repensai brièvement à l'inconnu. Je l'avais encouragé à parler à cette femme qui l'aimait. Je me sentais maintenant hypocrite de ne pas suivre mes propres conseils. Maria se dirigea vers la sortie et je la suivis, incertaine.

— Maria, tout me semble tellement compliqué, soupirai-je.

— Personne n'a dit que ça serait simple. Mais je refuse de te voir te réfugier dans tes annonces, alors que ce que tu cherches est devant tes yeux...

— Mais...

— Il t'aime, répéta-t-elle. C'est évident. Tu ne devrais pas te soucier des roses.

— Non, je devrais juste me soucier de l'*annulation* des roses, corrigeai-je avec ironie.

— Je dis juste que les roses sont là pour pallier son absence ! Et que, pour l'instant, il est toujours à New York.

— Au chevet d'une autre...

— ... qui n'était pas avec lui hier soir...

— Tu m'agaces, râlai-je en voyant où elle voulait en venir.

— Je sais. Je t'agace parce que j'ai raison. Va le voir !

— Tu as tort. Parce qu'à part arriver sur un brancard en simulant une mort imminente jamais je ne pourrai entrer dans ce foutu hôpital.

Maria grimpa dans sa camionnette d'un autre âge et me fit un signe de tête m'invitant à l'accompagner. Je fronçai les sourcils sans comprendre.

— J'ai des fleurs à faire livrer, expliqua-t-elle.

— Et ?

— Des fleurs pour Meghan Stanton et je crois que je vais avoir besoin d'un livreur vraiment motivé !

Près de trente minutes plus tard et après un détour à sa boutique, Maria se gara devant le Lennox Hill Hospital. J'étais de plus en plus nerveuse et surtout peu convaincue par l'efficacité de ma démarche. Andrew avait été clair : il n'interviendrait plus dans ma vie. Je doutais qu'il revienne sur sa position.

Maria me glissa le bouquet de fleurs dans la main et se pencha pour ouvrir la portière.

— Et si on me demande de qui viennent les fleurs? tentai-je en cherchant un moyen d'esquiver.

— Tu dis qu'il y a une carte!

— Elle est vierge!

— Tu dis que tu es juste la livreuse.

— Meghan me connaît!

— Meghan, oui, mais pas la sécurité. Ne cherche pas à faire marche arrière!

Je ramenai mes cheveux sur mon crâne et vissai une casquette sur la tête. Maria m'aida à l'ajuster et je quittai la camionnette. Mon amie démarra juste après, ne me laissant pas le temps de changer d'avis.

Entrer dans l'hôpital fut relativement simple et m'encouragea pour la suite. Ce n'est qu'en tombant nez à nez avec le panneau référençant l'ensemble des services de l'hôpital qu'une forme de découragement prit le dessus. Je n'avais aucune idée de l'endroit précis où pouvait se trouver Meghan. Je gagnai l'accueil, décidée à mener à bien ma mission.

— Excusez-moi, j'ai des fleurs à livrer pour Mlle Meghan Stanton.

Elle fronça les sourcils — le nom de Meghan devait sûrement éveiller quelque chose chez elle — avant de consulter son écran. Sa chevelure rousse débordait sur ses épaules. Quand elle releva ses yeux clairs sur moi, je compris qu'elle ne m'aiderait pas.

— Désolée, aucune visite autorisée, répondit-elle, laconique.

— Oh... Mais c'est vraiment important, je dois m'assurer que ces fleurs lui soient livrées.

— Dans ce cas, laissez-les-moi et je les lui amènerai directement.

Je me sentais coincée maintenant. Si je refusais, je passerais pour une folle à lier et elle appellerait sûrement la sécurité.

— L'expéditeur tenait vraiment à ce que Mlle Stanton les reçoive en mains propres, tentai-je de nouveau.

— J'ai des instructions. Donnez-moi les fleurs, répéta-t-elle en se levant de sa chaise.

Je reculai, la panique me gagnant tout à fait. J'aurais tout aussi bien pu prendre l'escalier, mais je ne me voyais pas en train d'arpenter tout l'hôpital avec mes satanées fleurs. Elle contourna son pupitre, visiblement perturbée par ma réaction, tandis que je reculais jusqu'à ce que mon dos percute quelqu'un.

Je me tournai vivement, à la fois gênée et au bord de la crise cardiaque.

— Mademoiselle ? entendis-je dire la jeune femme derrière moi.

— Nathan ? soufflai-je en croisant ce regard gris familier.

— Kat ?

Son regard navigua de moi aux fleurs, puis à la jeune fille derrière moi. Je rougis violemment, songeant que je n'allais sûrement pas avoir d'explications valables pour justifier ma présence ici. Mais j'étais presque soulagée de le voir, il allait sûrement être ma solution.

— Je... Je voulais amener des fleurs à Meghan, murmurai-je en baissant la tête.

— Depuis quand êtes-vous fleuriste ? demanda-t-il en pointant ma casquette de son index.

— Je vais vous expliquer, parvins-je à dire en me découvrant la tête. Pouvez-vous m'amener à la chambre de Meghan ?

Il me fixa étrangement, à la limite de l'incrédulité, et la jeune femme de l'accueil finit par nous rejoindre. De nouveau, elle demanda d'une voix forte et sévère à ce que je lui confie les fleurs. Je lançai un regard suppliant à Nathan, éloignant le bouquet de la rousse.

— Je vais accompagner mademoiselle pour les fleurs, répondit-il à la jeune femme de l'accueil.

— Puis-je avoir votre nom ? demanda-t-elle.

— Je vous demande pardon ? fit Nathan en la fusillant du regard.

— Votre nom, je vous prie. J'ai une liste et je ne peux pas laisser n'importe qui entrer.

— Evans. Ne prenez même pas la peine de vérifier, je suis sur cette fichue liste.

La jeune femme baissa les yeux, apparemment heurtée par le regard glacial de Nathan. La seconde suivante, Nathan agrippa mon coude et me tira en direction des ascenseurs, me faisant trébucher sur mes propres pieds. La cabine sur la gauche s'ouvrit dans un « ding » et Nathan m'y poussa violemment. Les portes se refermèrent et il se tourna vers moi, en colère et perdu.

— C'est quoi cette histoire ? cria-t-il, m'effrayant un peu plus. Des fleurs pour Meghan ? s'étonna-t-il.

— J'ai besoin de voir Andrew !

— Andrew ?

Son visage s'apaisa aussi brutalement qu'il s'était crispé et un silence s'installa entre nous. Je relevai les yeux vers lui.

— Il est parti ce matin, murmurai-je.

— Comment ça « parti » ?

— Parti. Il... Il ne veut plus me voir, il a dit qu'il avait fait une erreur et que...

Ma voix s'éteignit et je sentis les larmes couler sur mes joues. Je les chassai d'un geste nerveux de la main, me fustigeant de me laisser aller devant Nathan. Je baissai la tête, fixant mes pieds tout en tentant de me recomposer un visage digne.

Je serrai le bouquet dans ma main, me faisant presque mal. Nathan me fit relever la tête, tirant mon menton vers lui du bout de son index. Il plongea ses yeux dans les miens et je compris qu'il voyait que je luttais pour ne pas craquer. L'ascenseur s'arrêta dans une secousse et il m'entraîna dans les couloirs verdâtres de l'hôpital.

— Allons en salle d'attente, proposa-t-il en bifurquant sur la gauche.

— D'accord, acquiesçai-je.

Ce n'est qu'en le suivant dans le dédale de couloirs que je remarquais la petite valise trolley qu'il traînait derrière lui. Nathan était à San Francisco hier soir, il venait sûrement d'arriver à New York. Je m'assis sur une des chaises rembourrées et Nathan s'installa face à moi, penché en avant, ses avant-bras sur ses cuisses.

— Vous vous sentez mieux ? s'inquiéta-t-il.

— Je... Oui... Désolée. C'était... un moment de faiblesse, dis-je.

— Ça arrive à tout le monde. Même à moi !

— Je n'y crois pas une seconde ! ripostai-je, incrédule. Vous êtes une espèce de roc... Un roc avec beaucoup d'humour, mais un roc tout de même !

— Je vous assure, derrière cette fabuleuse apparence, plastronna-t-il en se désignant, il y a un cœur qui bat.

— Au moins vous êtes digne, marmonnai-je, honteuse.

— Pas vraiment... J'ai juste une bonne crème de jour, un truc revitalisant, avec concentrés actifs et caféine intégrés. Franchement, ça rendrait digne Ramsès II, même au fin fond de sa pyramide.

J'éclatai de rire devant son aveu et il sourit à son tour, heureux d'avoir pu améliorer un peu mon humeur.

— Je préfère ça. Maintenant, racontez-moi, m'encouragea-t-il d'un signe de main.

— Nous avons passé la soirée ensemble et... ce matin, il m'a annoncé que c'était fini.

— Fini ? répéta-t-il avec étonnement.

— Fini.

— Il a développé ?

— Aucune explication, répondis-je en me tordant les mains. Tout allait bien et... Meghan a été agressée et...

Nathan soupira, me coupant dans mon explication. Il se redressa et dégaina son téléphone pour l'éteindre. Quelques secondes plus tard, il se dirigea vers la porte de la salle d'attente pour s'assurer qu'elle était bien fermée, nous isolant ainsi totalement.

— Donc, vous tentiez de trouver la chambre de Meghan pour le voir ? demanda-t-il en se réinstallant dans sa position initiale.

J'opinai, prenant conscience de la faiblesse de mon stratagème. Même si j'avais réussi à trouver cette chambre, Andrew m'aurait sûrement mise dehors sans prendre de gants.

— Cette obstination est... déconcertante.

— Nathan, je ne remets pas en cause notre... rupture, articulai-je avec difficulté. J'aimerais juste avoir une explication raisonnable et...

— « Raisonnable » ? s'esclaffa-t-il. Vous voulez une explication « raisonnable » de la part d'un homme qui n'a aucune idée de ce que ce mot veut dire ?

— Je suis heureuse de vous faire rire ! raillai-je en croisant les bras sur ma poitrine.

— Désolé, Kat... Mais ce que vous alliez faire était de toute évidence une mission suicide !

Il tenta de camoufler son sourire, mais je vis les coins de sa bouche se tordre malgré ses efforts.

— Et la casquette ne vous va vraiment pas ! ajouta-t-il en la désignant, repliée entre mes doigts.

— J'ai besoin d'une explication, Nathan ! Je... Il m'a demandé de venir avec lui à San Francisco, et quelques heures plus tard, il m'annonce que je ne suis qu'une charmante erreur !

— Andrew a dit « charmante erreur » ?

— Non... Mais il a remis son alliance.

Le sourire de Nathan s'effaça instantanément et il reprit son sérieux.

— Je ne peux croire qu'il ait fait ça, murmura-t-il avec stupéfaction.

— Je dois le voir, répétai-je de nouveau.

— Kat... Andrew est mon patron, c'est vrai. Mais c'est aussi un ami proche, je le connais et il n'est pas le genre d'homme à prendre une décision à la légère.

Je m'enfonçai dans ma chaise, sentant l'amertume me gagner de plus en plus. Même Nathan n'était pas un allié sur lequel je pouvais compter. J'étais en train de perdre ma meilleure carte.

— Et je sais aussi qu'il agit plus souvent dans l'intérêt des autres que dans le sien.

Nathan me fixa avec intensité, joignant ses mains devant lui en signe de réflexion.

— En tout cas, dans sa vie personnelle, précisa Nathan.

Quelque chose m'échappait. J'entendis des rires dans le couloir, puis une sonnerie de téléphone.

Sa sonnerie. Il était là.

Et soudain, je compris. D'une manière ou d'une autre, l'information sur la présence d'Andrew à New York avait filtré.

— Quelqu'un sait, murmurai-je. Quelqu'un a su qu'il était à New York.

— Kat...

— Mais c'est évident. Pourquoi attaquer Meghan? Ça n'a pas de sens!

— Il y a des détraqués partout! tenta-t-il.

— Au Peninsula? m'écriai-je. C'est impossible. Gregory m'a dit qu'elle avait été agressée dans l'ascenseur et que...

Ma voix s'éteignit et je n'osai même pas formuler la suite de ma réflexion. Je n'aimais pas cette implacable logique.

— Il a peur pour moi? exhalai-je, incertaine. Il m'a quittée pour ça? Juste pour... me protéger de ça?

Nathan passa une main sur son visage et la fatigue du voyage sembla finalement s'abattre sur lui. Les traits tirés et le regard terne, il frotta nerveusement ses mains l'une contre l'autre.

— C'est l'une des nombreuses choses que j'étais parvenu à chasser de son esprit...

— Mais... Mais... Ce n'est pas..., balbutiai-je en sentant la panique me gagner.

— Kat, calmez-vous, me rassura Nathan en prenant une de mes mains dans la sienne. Il veut juste votre bien.

— Mon bien? Andrew pense que je suis une enfant fragile qui doit être préservée? Je peux...

— Il a déjà perdu sa femme. Je ne crois pas qu'il survivrait à un nouveau drame.

— Alors quoi? Il veut se préserver à tout prix?

— Kat, vous ne comprenez pas. Andrew était... en

deuil depuis des mois, nous avons tout fait pour qu'il s'en sorte. Mais, il faut être honnête, c'est vous qui avez été le déclencheur. Lorsqu'il m'a dit qu'il vous avait confié son alliance, ça a été la meilleure des nouvelles depuis des semaines !

— Sincèrement, je ne comprends pas. Tout était parfait...

— Exactement, Kat.

Il serra un peu plus fort ma main dans la sienne et, brutalement, la porte s'ouvrit. Je bondis sur ma chaise et retirai ma main de celle de Nathan, avant de me lever précipitamment.

— Andrew ! soufflai-je, atterrée qu'il me trouve là.

Nathan se leva à son tour. Le regard d'Andrew navigua sur nous deux et mon cœur se serra. Il me toisait de cette même façon, abjecte et méprisante, que la plupart des clients de l'hôtel. Dans cette minuscule pièce, j'étais de nouveau transparente.

Chapitre 22

— As-tu fait ce que je t'ai demandé ? lança Andrew à Nathan.

Ce dernier ouvrit sa valise et lui tendit un téléphone portable. Andrew le récupéra et, d'un même geste, en sortit un autre de sa poche qu'il rendit à Nathan.

— Nouveau numéro ? s'enquit Andrew en m'ignorant toujours.

— Oui, il s'agit de ta ligne professionnelle. Ta nouvelle ligne personnelle sera activée dans la matinée.

— Parfait. Demande à Emily de commander de nouvelles cartes de visite avec ce numéro. Et rappelle-lui les règles de confidentialité.

— Ça sera fait.

Il y eut un silence et je m'aperçus que je fixais le téléphone entre les mains de Nathan. J'osai espérer qu'il ne s'agissait pas de la ligne qui me servait à joindre Andrew. Nathan me jeta un coup d'œil et soupira avant de poser la question qui me brûlait les lèvres :

— Qu'est-ce que je fais de cette ligne ?

— Annule-la. Elle est inutile désormais, ajouta-t-il en évitant soigneusement de croiser mon regard.

Sans ajouter un mot, Nathan rangea le petit appareil dans sa valise et Andrew en profita pour composer un numéro sur son portable.

— S'il te plaît, plaidai-je pour attirer son attention.

Il repoussa le téléphone de son oreille et se tourna vers Nathan.

— Laisse-nous, lui intima-t-il.

Son collaborateur sortit de la pièce et Andrew referma la porte derrière lui. Je me rassis, la peur tourmentant mon ventre. Je le dévisageai. Il n'avait rien à voir avec l'Andrew de la veille. Son visage était cendreux, ses traits tirés et son regard d'une dureté sans nom. Je me recroquevillai sur la chaise en plastique, effrayée par le mélange de colère et de rage qu'il dégageait.

— Je pensais que nous nous étions tout dit, asséna-t-il en s'installant face à moi.

Il se voûta légèrement et releva les yeux vers mon visage. Figée dans mon siège, je tentai de canaliser les mille pensées qui se bousculaient dans ma tête. Il recala le téléphone sur son oreille et m'ignora de nouveau.

— Dans cinq minutes, au Lennox, dit-il sèchement à la personne au téléphone.

Il raccrocha et se leva. Je fixai son visage fatigué, espérant trouver la faille. Andrew avait rarement été aussi glacial avec moi et je ne savais pas comment contourner son attitude froide.

— Une voiture t'attendra dehors dans cinq minutes, annonça-t-il.

— Je ne partirai pas d'ici sans une explication.

Il eut un sourire manifestement ironique, puis il secoua la tête.

— Ce n'était pas une proposition. Tu rentres chez toi.

— Je veux juste te parler, tentai-je avec désespoir.

— Comme beaucoup de gens, tu en attends trop de moi, répondit-il, glacial.

— Pour l'instant, j'aimerais juste que tu me regardes ! ripostai-je en le voyant se diriger vers la porte.

Il s'immobilisa et, sous sa chemise, je devinai le dessin de ses épaules. Ses muscles se tendirent et il se tourna vers moi.

— Je sais pourquoi tu as fait ça, assénai-je avec violence.

Son silence m'encouragea à poursuivre. J'avais enfin réussi à capter son attention. Il ne pouvait plus m'ignorer.

— Je suis désolée pour Meghan et pour ce que j'ai dit à son sujet ce matin, continuai-je.

— Bien.

— C'était stupide de ma part. Meghan est ton amie et...

— J'ai déjà couché avec elle, me coupa-t-il alors que ses lèvres se soulevèrent dans un agaçant rictus.

Cette méchanceté gratuite me coupa le souffle. Mais je me repris : il était évident qu'il voulait m'éloigner de lui à tout prix.

— Et j'ai couché avec d'autres hommes avant toi. Sommes-nous quittes sur le sujet? sifflai-je.

Ses mâchoires se serrèrent un peu plus et je l'entendis déglutir bruyamment. Je risquai un sourire, satisfaite de ne pas être tombée dans son piège.

— Je sais ce que tu cherches à faire. Tu veux m'éloigner de toi pour assurer ma sécurité, mais je ne me laisserai pas faire, Andrew.

— Il te reste deux minutes, me coupa-t-il en jetant un coup d'œil à sa montre.

Je sentis mon cœur tambouriner furieusement dans ma poitrine. J'avais la sensation de m'écraser de plein fouet contre un roc indéboulonnable. Malgré mes assauts, malgré notre apparente proximité, Andrew me fuyait toujours et m'ignorait.

— Je comprends que tu aies peur pour moi. Ce qui est arrivé à Meghan est... horrible, mais je ne veux pas... Je ne veux pas être loin de toi.

Avec prudence, je m'approchai de nouveau de lui. Nous n'étions plus séparés que de quelques centimètres et je ressentais toute l'énergie qu'il dépensait à se contenir.

— Je... Tu... Ma vie n'est plus la même maintenant et je refuse que tu prennes les décisions pour moi.

— Je prends les décisions, Kathleen. Fin de l'histoire.

— Fin de l'histoire? Nous sommes un couple...

— Etions, me corrigea-t-il.

— Alors tu t'es donné tant de mal pour me séduire,

tant de mal pour que je tombe dans tes bras pour... rien. Pour m'écarter dès que quelque chose ne rentre pas dans tes plans ?

Il rit doucement, un peu désabusé.

— Tu ne comprends toujours pas qui je suis, contra-t-il. Tout... y compris toi, tout rentre toujours dans mes plans. Je t'ai voulue...

— Et tu m'as eue. Où est l'homme qui, hier soir, m'a dit « si je te perds, je me perds » ?

— J'applique ce principe, Kathleen.

— Mais tu te trompes. Tu te trompes ! Ce n'est pas en m'écartant de ta vie que tu vas écarter... les... problèmes, finis-je en bégayant.

Nous nous toisâmes de longues minutes, lui presque tétanisé par ce que j'osais lui dire, et moi à bout de souffle.

— As-tu terminé ? demanda-t-il en regardant de nouveau sa montre.

— Ton temps est-il si précieux que tu ne peux même pas m'accorder deux minutes supplémentaires ?

— Je gère les priorités. Et Meghan est la priorité.

— Pendant quelque temps, j'ai bêtement cru que c'était moi. J'ai bêtement cru que tu n'étais pas juste Andrew Blake, l'homme aux excès hallucinants. Je t'ai défendu, Andrew, j'ai défendu notre relation. J'ai géré les priorités, moi aussi. Tu as été ma fichue exception ! criai-je.

Son regard se voila et je soupirai lourdement pour contenir ma colère. Je voulais tellement un signe, ou juste un mot de sa part me signifiant que j'avais eu raison d'y croire.

— Je suis flatté, lâcha-t-il avec un petit sourire.

— Evidemment... Voilà donc comment tu traites toutes tes relations finalement : elles te servent un temps et quand tu le décides, tu t'en sépares.

— Kathleen...

— Tu sais quoi ? Je comprends qu'Eleanor ait choisi d'aller voir ailleurs... As-tu agi avec elle comme tu agis avec moi maintenant ?

— Cela ne te ressemble pas d'être à ce point cynique, riposta-t-il.

Son regard se mit à briller de rage. Je connaissais l'homme jusqu'au-boutiste, l'homme arrogant, l'homme extravagant, mais je n'avais jamais eu l'occasion de me confronter à la partie la plus sombre de sa personnalité.

— Tu n'as rien à voir avec elle, tu es... tellement différente.

— Je n'ai pas besoin d'être protégée, assurai-je avec toute ma conviction.

— Tout le monde a besoin d'être protégé.

— Je ne suis pas fragile !

— Tu ne comprends pas ! me coupa-t-il vivement. Ce n'est pas toi que je veux sauver ou préserver... Je ne t'ai jamais considérée comme une femme fragile ou sous influence !

— Mais...

Brutalement, son regard vira. S'il avait vacillé pendant que je lui parlais d'Eleanor, il était maintenant quasiment impénétrable.

— Je ne veux pas que tu m'éloignes de toi, dis-je une fois de plus.

— Tu n'as pas le choix... Bon sang, tu es si... têtue ! râla-t-il. Je vais rentrer à San Francisco et tu resteras ici.

— Andrew, ce n'est pas...

— C'est ma décision. Et même si cela t'horripile, il va falloir que tu l'acceptes. Nous nous limiterons à ce que tu voulais dès le départ : une relation strictement professionnelle.

— Ce n'est plus ce que je veux ! m'écriai-je.

— Je me fiche de ce que tu veux ! me coupa-t-il.

— Crois-tu que je vais acquiescer sans rien dire ? Que je vais oublier... tout ce qui s'est passé ? La robe ? Les boucles d'oreilles ? Ton alliance ? Tu voulais que je vienne avec toi à San Francisco...

— Tu n'es pas une femme fragile, si j'en crois tes propres mots. Tu oublieras... Et je crois savoir que tu as toi-même fait le tri, ajouta-t-il avec sarcasme.

Sa remarque me désarçonna, et je repensai brièvement à la robe et aux boucles que je lui avais rendues. Pendant une seconde, je me demandais si mon geste l'avait, d'une manière ou d'une autre, touché.

— Ta voiture t'attend.

Mon cœur s'effondra au fin fond de mon estomac. Mes mains se mirent à trembler et j'utilisai le peu de force qui me restait dans la canalisation de ces secousses. Andrew s'éloigna et, tandis que chacune des fonctions de mon corps semblait s'éteindre au fur et à mesure, j'entendis la porte de la salle grincer.

— Je vais rentrer à pied, soufflai-je.

— Kathleen, menaça-t-il, je veux que tu rentres chez toi en voiture. C'est non négociable.

Il se tourna vers moi et je me relevai péniblement de ma chaise, encore étourdie par la conversation.

— Je crois que cela serait en désaccord avec les termes de notre relation strictement professionnelle, conclus-je.

— Kathleen, ce n'était aucunement un souhait. Tu rentres en voiture, m'intima-t-il en accentuant chacun des mots.

— Je me fiche de ce que tu veux, murmurai-je en le toisant.

Avec déception et amertume, je constatai que le regard d'Andrew était terne et vide. De nouveau, il me fixait avec cette ignorance méprisante des gens qui ont l'argent et le pouvoir. Non seulement je n'avais pas réussi à faire tomber le masque, mais j'avais la sensation qu'il s'en était construit un autre, plus robuste et infaillible.

— Je vais demander à Nathan de t'escorter, lâcha-t-il en faisant fi de ma dernière remarque.

— A votre convenance, monsieur Blake, raillai-je.

— Au revoir, Kathleen, murmura-t-il avant de décrocher son téléphone.

Il referma la porte derrière lui et le bruit de ses pas, s'éloignant de moi, s'atténua peu à peu. Nathan réapparut. Sans un mot, je le suivis jusqu'aux ascenseurs. Je sondai son regard, mais il était aussi vide et désemparé que le mien.

En silence, il m'ouvrit la portière de la voiture qu'avait commandée Andrew. Je m'installai sur la banquette en cuir, laminée par mon entretien avec lui.

— Nathan, il faut que vous lui parliez, tentai-je.

— Laissez-lui un peu de temps. Il est encore bouleversé par ce qui est arrivé à Meghan.

J'acquiesçai. Harceler Andrew n'était de toute évidence pas une bonne idée. Nathan claqua la portière, mais je fis descendre la vitre et penchai la tête. Soudain, alors que je songeais à Meghan, une question me vint à l'esprit.

— A-t-on trouvé l'agresseur ? m'enquis-je auprès de Nathan.

Nathan soupira et sembla douter de la pertinence de ma question.

— La police s'en occupe.

J'attendais plus de détails, mais alors que Nathan était sur le point de parler, il se ravisa et se pencha à ma hauteur.

— Kat, faites attention à vous. Même à l'hôtel, ajouta-t-il après une nouvelle pause.

— Andrew s'en va... Je ne pense pas que...

— Soyez prudente. Kathleen, je sais que vous êtes intelligente et je sais aussi que vous avez du flair, mais je vous implore d'être plus prudente que jamais.

— Nat...

— Je refuse d'annoncer une mauvaise nouvelle à Andrew, lâcha-t-il avec sérieux.

Je hochai la tête et Nathan ordonna au chauffeur de démarrer, ne me laissant pas le temps de creuser le sujet. Je tournai la tête vers le pare-brise arrière. La silhouette de Nathan disparut progressivement, et je me demandai si j'allais le revoir un jour.

C'est seulement quand le chauffeur descendit de la voiture que je pris conscience que j'étais arrivée. Je gagnai mon appartement, toujours empli de cartons, en tentant de remettre en place les pièces du puzzle, mais mon esprit était trop embrouillé.

Il était à peine midi et je prenais mon service ce soir. Je devais impérativement dormir pour tenir le choc. Curieusement, mon organisme ne lutta pas. A peine m'étais-je allongée dans mon lit aux draps frais que le sommeil me gagna. Je dormis dans le calme, parvenant, je ne sais trop comment, à chasser les souvenirs heureux avec Andrew et les sentiments mitigés qu'il m'inspirait désormais.

A mon réveil, je grignotai un morceau et me préparai, sans motivation aucune, à rejoindre le Peninsula. Si être dans mon appartement était difficile, passer mon temps là-bas allait forcément l'être encore plus. A mon arrivée à l'hôtel, j'étais heureuse de constater qu'il n'y avait plus personne, hormis Sam.

Il me fit les passations rapidement, soulignant qu'Andrew Blake avait laissé un mot pour moi.

— Il veut sûrement te remercier pour le séjour, suggéra Sam avec un sourire entendu.

— Sûrement... Bonne soirée, lançai-je pour le congédier au plus vite.

Je plongeai dans mes tâches habituelles. Lire le mot d'Andrew n'était pas ma priorité. Il m'avait demandé de poursuivre ma vie, et j'avais besoin de ce travail, non seulement pour me changer les idées, mais aussi pour garder un but.

Ce n'est qu'en lisant un mail de Gregory sur les consignes de sécurité au sein de l'hôtel qu'Andrew resurgit dans mes pensées. A cette heure, il devait être à San Francisco. Mécaniquement, je cherchai mon portable, avant de me souvenir qu'il avait été sacrifié, lui aussi.

La fin de cette relation avait empiété sur tout le reste. Je n'avais aucune notion de l'avancement du mariage de Lynne, je n'avais pas appelé mon père depuis des lustres, j'avais ignoré Angela et nos confidences nocturnes habituelles.

Et la lettre de l'inconnu !

Je râlai, me fustigeant de ma légèreté. Ces lettres m'avaient apporté tellement de réconfort, l'inconnu m'avait tellement influencée dans mes choix que je m'en voulais de l'ignorer. Par ailleurs, ma dernière lettre n'avait pas été des plus chaleureuses. Je fonçai jusqu'à mon vestiaire et extirpai l'enveloppe de la poche de ma veste. Je devais reprendre ma vie, celle d'avant Andrew.

De retour à mon pupitre, je déchirai précautionneusement l'enveloppe et sortis le courrier avec fébrilité :

« Chère Marie,

Merci pour votre lettre… Derrière ces mots, je devine une force de caractère et une incroyable détermination. J'aime ça, chez vous. Ce mélange étrange de douceur et de force.

Que puis-je répondre à votre question, à part vous dire que oui, je l'aime. Profondément… C'est même une expérience nouvelle pour moi. Pendant longtemps, j'ai cru que jamais plus je ne ressentirais cette énergie. Et pourtant, dès que je la vois, dès que je la touche, j'ai la sensation d'être une sorte de superhéros que mon neveu ne renierait pas…

Je ne vole pas, mais c'est tout comme…

Elle est une sorte de concentré de vie, ultrapuissant, résistant à presque tout et vraiment addictif. Je suis tombé amoureux d'elle à l'instant où je l'ai vue. Je ne sais pas si elle se souvient de notre rencontre, mais je m'en souviens parfaitement… de ses yeux, de ses hésitations, de sa coiffure, de son allure même. Elle rayonnait.

Voilà pourquoi je crains pour nous et encore plus pour elle. Je crois qu'elle me voit comme une sorte... de super-héros. Ce qu'elle ne sait pas, c'est que je fais juste illusion. J'ai de l'argent, cela me permet de vivre convenablement, d'exagérer parfois comme elle le dit souvent... Mais je me fiche de l'argent. Je me fiche du pouvoir que cela me donne, ce qui m'importe, c'est elle. Toujours elle.

Alors, oui j'aimerais lui parler, j'aimerais lui dire que j'ai peur de la perdre, peur qu'on nous sépare... Je ne crains pas un autre homme — elle est trop loyale pour ça. Je ne crains pas qu'elle ne m'aime plus — parce que là encore, elle ne sait pas mentir. Mais je ne contrôle pas tout. Je l'arrache d'un monde paisible, calme, pour l'attirer dans un monde imprévisible. Peut-être ne mérite-t-elle pas d'affronter tout ça.

Mais je l'aime. C'est indéniable. Et je veux la garder près de moi. Croyez-moi, j'ai déjà un nombre incalculable de propositions, relativement indécentes, à lui faire !

Qu'en est-il de l'homme qui partage votre vie ? J'ose espérer qu'il savoure cette incroyable chance. Vous ne devriez pas craindre de lui dire qu'il vous manque. Je ne connais pas un homme qui résiste à ce genre d'arguments.

Marie, après toutes ces lettres, je me demande si je ne devrais pas vous donner mon prénom... Ceci dit, j'ai une condition : le printemps se profile, peut-être pouvons-nous profiter du retour du soleil pour nous rencontrer ?

Offrez-moi cette chance — j'achèterai du chocolat, vous m'apporterez des livres.

Je vous donnerai mon prénom, donnez-moi un peu de votre temps... réellement.

Je vous embrasse,

Votre inconnu. »

Je repliai la lettre après l'avoir lue plusieurs fois. J'étais partagée entre le bonheur de le savoir heureux et la jalousie. Il vivait une relation merveilleuse, quand moi j'étais en plein marasme. Andrew me manquait, sa folie, son exubérance, sa façon horripilante de toujours vouloir avoir raison me manquaient. Je trouvai soudainement ma vie vide et presque pitoyable.

Néanmoins, je me décidai à lui répondre, espérant faire parler le côté le plus joyeux de ma personne :

« *Cher inconnu,*

Croyez-moi si vous voulez, mais votre prénom ne me semble plus aussi important qu'avant. Je ne crois pas que le connaître enrichirait notre relation déjà très... forte. Vous allez sans doute penser que je veux esquiver une rencontre éventuelle, et vous aurez raison. Pour être honnête, même si votre lettre a été le seul aspect positif de ma journée, je vous avoue que je suis loin de partager votre état d'esprit.

Cet homme qui partageait ma vie a décidé brutalement que nous devions nous séparer. Et je n'en connais même pas les raisons précises... Il est resté assez évasif et plutôt définitif sur notre rupture. Le pire, c'est que je ne suis pas certaine d'être malheureuse. Pour l'instant, je suis juste sous le choc, incapable de mesurer l'ampleur du désastre.

Comment vous dire ? Je suis éteinte... Triste, évidemment... Mais pas autant que je l'imaginais. Vide, aussi, comme si une lame de fond m'avait emportée et avait tout ravagé. Je suis quasiment à bout de forces. Peut-être parce que j'ai trop lutté au départ de cette relation, et sûrement aussi parce que j'ai trop lutté pour la sauver. Je ne sais plus si j'ai fait les bons choix.

Il me manque. Mais j'ai déjà subi ça... J'ai déjà été seule, j'ai cru ne jamais m'en relever et, finalement, j'y suis parvenue.

Mais je ne tiens pas à vous miner avec ma vie. Je suis tellement, tellement heureuse pour vous ! Votre lettre respire la joie de vivre. Et je crois que j'envie votre bonheur, j'envie cette femme qui semble être tellement importante pour vous. Je suis ravie que vous vous soyez battu pour elle, parce que rien qu'en lisant votre description je sais qu'elle vous convient. Quel genre d'homme se souvient d'une coiffure ? Sincèrement ?

Nous devrions parler ensemble de ces propositions... A quel point sont-elles indécentes ? Dois-je vous prévenir qu'une femme sous pression ne fait jamais ce que vous espérez ? Comme vous le disiez dans votre lettre, j'espère moi aussi qu'elle savoure la chance qu'elle a d'être avec un homme comme vous.

Je commence à m'apercevoir que vous ressemblez à l'homme idéal... Et je ne peux pas croire que vous en soyez vraiment un. Les superhéros ont leur talon d'Achille... Donc, histoire de me remonter le moral, je vais vous imaginer bourré d'improbables défauts. Vous avez forcément une addiction honteuse, une habitude affreuse... ou peut-être même que vous ne savez pas être à l'heure ni tenir vos promesses...

Vous savez, je me sens nettement mieux. Grâce à vous, en partie...

Pas de rencontre pour le moment. Bien qu'elle ne soit pas encore là, la dévastation va finir par prendre possession de mon corps et ruinera tous les effets positifs de notre correspondance...

Je vous embrasse,

Marie. »

Je repliai ma lettre avec précaution et la mis sous pli, comptant la poster à la fin de mon service au Peninsula.

La nuit s'écoula tranquillement, et la sourde douleur que je ressentais dans tout mon corps ne me quitta pas. Malgré toute l'énergie que je déployais à m'occuper l'esprit, l'image d'Andrew, et notamment notre dernier entretien, me hantait. Je n'avais désormais plus aucun moyen de le joindre.

Machinalement, je vérifiai les prochaines réservations pour Blake Medias. Mais rien. Il allait sûrement changer d'hôtel maintenant pour éviter un scandale. En revenant sur son dossier, je vis qu'il avait quitté la suite dans l'après-midi. Je soupirai lourdement, fixant d'un œil hagard l'enveloppe qui contenait son mot. Je n'avais pas la force de le lire pour le moment.

A 7 heures du matin, je fus surprise par l'arrivée conjointe de Lynne et de Gregory. Ils riaient de bon cœur, se dirigeant vers le bureau de Lynne sans vraiment regarder dans ma direction. Je devinai le prénom de Meghan dans leur conversation et souris en voyant Gregory fanfaronner. Il avait dû décrocher la timbale ! Je les interpellai et ils se tournèrent vers moi, leurs rires mourant progressivement. Je n'aimais pas ce qui se passait. Ils allaient faire en sorte de me ménager, alors que je voulais justement ne plus penser à ça.

— Kat ! Désolé, ma grande, mais Lynne m'inculquait un peu de sa science de la mode.

— Vraiment ? Tu vas à une soirée déguisée ?

— Très drôle ! Je vais à San Francisco à la fin de la semaine, protéger de mes bras musclés la plantureuse Meghan Stanton.

Mes yeux s'agrandirent et ma respiration devint haletante. San Francisco. La réception. Gregory balbutia des excuses presque aussitôt et Lynne me lança un regard gêné. Tout le monde semblait au courant maintenant.

— Non... C'est... C'est très bien, assurai-je. Une sorte de protection rapprochée ?

— C'est ça...

— Ouais... Juste que ce n'est pas vraiment du « rapproché », corrigea Lynne avec une moue moqueuse. Il va faire ce qu'il fait ici... Se planter dans un coin, faire comme s'il faisait partie du décor et regarder les invités manger des petits-fours...

— Je vais surtout regarder la belle Meghan manger des petits-fours avec ses divines lèvres et...

— Pervers ! le coupa Lynne.

— Je suis contente pour toi, dis-je à Gregory. Est-elle déjà tombée à tes pieds en te vénérant ?

— C'est la phase B du plan, répondit-il, très confiant. J'assure sa protection et ensuite... badaboum !

— Badaboum ? répétâmes-nous, Lynne et moi, en écho.

— Ouais... Un truc du style. Cette femme me doit au moins une soirée... Je lui ai sauvé la vie !

— Gregory, tu l'as dit toi-même, juste un poignet cassé ! ripostai-je.

— Ouais, mais Blake m'a à la bonne maintenant !

Je me figeai à la mention du nom d'Andrew. Constater qu'il avait toujours des liens avec les personnes de l'équipe me faisait mal. J'avais été évincée et, bizarrement, j'étais convaincue qu'il allait écarter de la même façon toutes les personnes lui rappelant notre relation. Je m'étais trompée : Andrew n'était pas un sentimental. Il avait besoin de Gregory, il lui faisait confiance. J'imaginais que la plupart des choses fonctionnaient ainsi dans son monde.

— Pourras-tu saluer Andrew pour moi ? risquai-je.

— Je le ferai, Kat, assura-t-il.

— Je dois aller bosser… Ces fichus médecins adorent les conférences médicales et me demandent tout et n'importe quoi ! Kat, que dirais-tu d'un dîner ce soir ?

— Je suis de service ce soir !

— Remercie ta meilleure amie en charge des plannings… Sam te remplacera, je pense que tu as besoin de faire une pause.

Elle me laissa seule avec Gregory. Je la regardai s'éloigner en songeant à quel point elle avait raison. J'avais besoin de voir du monde, de penser à autre chose qu'à Andrew. Je retournai mon attention sur Gregory.

— Je ne cautionne pas ce qu'il a fait, Kat.

— Ce n'est rien… OK ? C'est Andrew Blake, à quoi pouvais-je m'attendre ?

— C'est peut-être Andrew Blake, mais c'est un enfoiré de première ! Crois-moi ! Il a été… Franchement, tu vaux mieux que ce type, Kat.

— Merci, Gregory. Tu me raconteras ta soirée à San Francisco ?

— Sur des gens qui mangent des petits-fours ? plaisanta-t-il.

— Ouais… Pas palpitant, hein ? tentai-je en espérant faire illusion. Dis-lui que je suis en forme et que je sors tous les soirs avec un homme différent ! plastronnai-je.

— Je doute qu'il y croie. Mais tu sais quoi ? Dans le fond, je ne pense pas qu'il soit vraiment heureux de sa décision.

Le téléphone de Gregory vibra et il lut rapidement le message qui s'affichait sur son écran. Je rangeai rapidement les papiers et mes yeux tombèrent sur le dossier client d'Andrew. Il était très épais maintenant et je le posai au-dessus des autres pour le laisser en évidence. Il fallait que je trouve de la place pour l'archiver. Gregory posa son téléphone sur mon pupitre et notre conversation reprit.

— Des nouvelles de la police ? demandai-je.

— Rien de plus. Je doute qu'on trouve la personne qui ait fait ça.

— Vraiment ? Pourquoi ?

— Il s'agit sûrement d'un truc commandité, quelqu'un qui fait faire le sale travail à un autre type... Meghan n'a pas pu donner de description, elle a été attaquée en sortant de sa suite et on l'a traînée jusqu'aux ascenseurs.

— Et les caméras n'ont rien donné? m'étonnai-je.

— Rien d'exploitable. Je dois garder un œil sur elle, en espérant que les choses se tassent. En attendant, sois prudente.

— Je ne suis plus avec Andrew... C'était le but de la manœuvre, non?

— Tu restes liée à lui. Et comme je te le disais, je ne crois pas qu'il soit... d'accord avec sa propre décision.

Un des agents de sécurité de l'équipe vint saluer Gregory et, très vite, il s'excusa pour se diriger vers son bureau et le centre de surveillance. Je finis mon rangement, récupérant la lettre de l'inconnu, ma lettre et le mot d'Andrew. Je plaçai le tout dans un coin, priant pour que Sam arrive au plus vite. La fatigue me gagnait déjà et je voulais juste rentrer chez moi pour dormir.

Je m'aperçus que Gregory avait oublié son téléphone. Je le rangeai vivement sous le pupitre tout en signant un bon de livraison pour Lynne. Le coursier partit aussi vite qu'il était venu. Alors que je mettais de côté le colis pour Lynne, mes yeux retombèrent sur le téléphone.

Gregory avait le numéro d'Andrew. Et si j'avais ce numéro, je pourrais peut-être tenter de nouveau de lui parler. Ou peut-être que je pourrais au moins lui envoyer un message, pour prendre des nouvelles de Meghan... Ou peut-être que passer par Nathan serait plus honnête... Ou même lui envoyer un mail...

Dans l'instant qui suivit, je me surpris à éplucher le répertoire de Gregory. Il n'y avait rien à Blake, ni à Andrew. J'abandonnai le répertoire et consultai les derniers appels composés. Le même numéro revenait quatre fois depuis hier midi et les appels semblaient être assez longs. Je notai aussi vite que possible le numéro, me promettant de tenter ma chance.

— Je crois que j'ai laissé mon téléphone, lança Gregory

en revenant vers mon pupitre, me faisant bondir sur mes pieds.

— Je... euh... oui, bégayai-je en triturant l'appareil entre mes mains.

Il me fit un sourire et je compris alors : son oubli était totalement prémédité.

— Andrew Blake est juste un homme, Kat.

— Et ? fis-je en craignant presque la réponse de Gregory.

— Et même si je devrais t'en vouloir parce qu'il m'a sacrément botté les fesses après t'avoir vue à l'hôpital, même si je devrais te maudire parce que tu as failli me faire louper le rencard de ma vie...

— Gregory, tu vas faire de la protection rapprochée, ça n'a RIEN d'un rencard !

— Et même si tu remets en cause ma relation avec Meghan, enchaîna-t-il en ignorant ma remarque et mon sourire moqueur, je crois que tu devrais... le mettre devant le fait accompli !

— J'ai peur de ne pas comprendre.

— Généralement, être nue aide !

— Lynne a raison, tu n'es qu'un pervers ! m'esclaffai-je.

— Peut-être, mais ça te fait rire... Et je crois que c'est aussi dans la liste interminable des fonctions que Blake m'a confiée !

— Passer pour un charlatan dépravé ? demandai-je, dubitative.

— Te faire rire, riposta-t-il avec sérieux. Il m'a dit : « Assurez-vous qu'elle rie de nouveau. »

Mon rire franc s'éteignit dans la seconde et je sentis Gregory prendre ma main pour la serrer dans la sienne. Le peu de force qui me restait s'évapora et je ravalai la boule de chagrin qui se formait dans ma gorge.

— Il a dit ça ? soufflai-je.

Gregory opina doucement, son visage d'ours géant s'ornant d'un sourire compréhensif.

— Et il y tenait vraiment... A ça et à ta sécurité. Mais je présume que tu le sais déjà ! ajouta-t-il sur le ton de la plaisanterie.

Je serrai la main de Gregory un peu plus fort. Ce que je craignais était en train d'arriver. La dévastation, la peine, le chagrin, la douleur étaient en train de me consumer maintenant. Savoir que, malgré notre rupture, Andrew tenait à moi était encore plus douloureux que notre séparation.

— Tu devrais rentrer chez toi, proposa Gregory. Je vais dire à Lynne que tu ne te sens pas bien.

— Lynne va râler, protestai-je en repensant à toutes ces mises en garde.

— Ne t'en fais pas pour elle. Elle peut râler autant qu'elle veut... Tu couches avec l'empereur !

— Gregory ! Ce n'est plus vrai de toute façon ! Et vas-tu cesser avec cette image d'empereur ?

— J'ai revu *Gladiator* hier soir... Eh bien, je t'assure que ce fichu empereur n'avait rien de sympa. Blake à côté passe pour un vrai boute-en-train.

— Andrew est drôle, le défendis-je en essuyant une larme qui coulait sur ma joue.

— C'est ça ! Et moi je suis Spartacus ?

— Tu as sauvé Meghan !

— Mouais... Allez, sauve-toi... Je vais aller faire mon rapport à l'empereur, sourit-il.

Je rassemblais mes affaires, reconnaissante envers Gregory et sa faculté à me changer les idées. Parler d'Andrew de manière légère était assez relaxant.

— Donc, je vais pouvoir lui dire que tu as ri à 7 h 23, et que tu as quitté le travail sur tes deux jambes à 7 h 28, déclara-t-il en regardant sa montre.

— Je doute que ce soit vraiment le rapport qu'il attende, rétorquai-je alors que Gregory m'accompagnait aux vestiaires.

— La plupart de nos conversations commencent par « Comment va-t-elle ? » En toute honnêteté, je doute qu'il me parle de l'état de la couche d'ozone !

Je lui souris, étrangement rassurée par l'idée qu'Andrew veille toujours sur moi. Gregory m'ouvrit la porte des vestiaires du personnel.

— Merci, Greg, soufflai-je avec gratitude.

— De rien... Je ne dis pas qu'il va t'ouvrir les bras... Il est sacrément têtu sur le sujet, et même passablement borné. Il risque aussi sans doute de me virer et de m'expédier sur Pluton, mais te voir triste à cause de lui est vraiment insupportable.

— Peut-être que je devrais respecter sa décision...

— Et depuis quand fais-tu ce genre de choses ? Je t'ai connue plus vindicative !

— Et je me suis cassé les dents ! Sans toi j'aurais sûrement...

— Sans moi tu aurais été une teigne de journaliste, un de ces trucs qui s'accrochent jusqu'à ce que mort s'ensuive... Tu devrais envisager Andrew Blake comme un sujet... d'investigation.

— Parce que tu crois que je ne l'ai pas déjà fait ?

Il éclata d'un rire gras et me salua.

Je me changeai rapidement et sortis de l'hôtel en m'assurant qu'il y avait quelqu'un pour accueillir les clients. Je me promis d'appeler Lynne pour m'excuser de fuir en catimini. Nous devions dîner ensemble ce soir et je savais qu'elle allait me cuisiner sur Andrew. Je postai ma lettre à l'inconnu avant de me diriger vers la bouche de métro.

Perdue dans mes sombres pensées, je fixai mes pieds, luttant contre les fortes bourrasques de vent. Ce n'est qu'en sentant un choc au niveau de l'épaule que je relevai le nez.

— Pardon, marmonnai-je sans vraiment fixer le regard devant moi.

— Kat ? s'exclama la jeune femme brune.

Je mis quelques secondes à la resituer avant d'esquisser un faible sourire, à peine poli. La meilleure amie de Daniel...

— Jodie, murmurai-je. Désolée, je ne t'avais pas vue.

— Est-ce que tout va bien ? s'enquit-elle en penchant le visage pour tenter d'intercepter mon regard.

— Juste fatiguée... et frigorifiée.

— Daniel m'a dit... pour vous deux. Je suis désolée que cela n'ait pas fonctionné.

— C'est un type bien, je suis certaine qu'il retrouvera quelqu'un très vite.

— Les relations amoureuses ne sont jamais simples, lâcha-t-elle.

Je lui lançai un regard, cherchant la véritable signification de sa dernière phrase.

— Moi-même, j'avoue que j'ai renoncé, plaisanta-t-elle.

Elle m'arracha finalement un sourire et me proposa d'aller boire un café. Je déclinai poliment, trop fatiguée pour rester plus longtemps hors de mon lit.

— Je vais rentrer chez moi, ce temps est atroce, tu allais au Peninsula ? demandai-je en désignant l'hôtel derrière moi.

— Oh non... Moins sexy : j'allais faire une lessive !

Elle désigna un sac de voyage, monstrueux et visiblement lourd, qu'elle portait de la main droite.

— Daniel est une vraie plaie avec les tâches ménagères. Heureusement, je rentre bientôt à la maison.

— D'accord, acquiesçai-je en regardant ma montre.

— Rentre chez toi, tu as besoin de dormir.

Elle me frappa amicalement l'épaule, comme l'aurait fait une vieille connaissance. Je souriais franchement cette fois, songeant que j'aurais aimé avoir une amie comme elle à mes côtés, en ce moment. Lynne était sûrement concentrée sur son mariage, et elle n'avait jamais accepté ma relation avec Andrew. Jodie s'éloigna, me saluant d'un mouvement de bras.

— Kat ? cria-t-elle, me faisant pivoter pour lui faire face.

— Oui ?

— J'espère qu'on aura l'occasion d'aller boire ce café un jour...

— Quand tu veux !

Elle me lança un dernier franc sourire, et ce simple signe d'intérêt me réchauffa le cœur.

Je rentrai chez moi, exténuée par ma nuit et par ma conversation avec Gregory, mais moins minée. Je me déshabillai dans mon salon et me mis au lit dans la foulée. Mon sommeil, contrairement à la veille, fut plutôt agité.

*
* *

Je me réveillai difficilement, avec la sensation d'être encore plus fatiguée qu'avant. Je me fis un thé et trébuchai sur un de mes cartons en ressortant de la cuisine. Le dossier que j'avais établi sur Eleanor s'éparpilla au sol et je pestai contre ma maladresse. Je rangeai le tout rapidement, entassant les papiers sur le canapé avant de m'y asseoir. Le mot d'Andrew me narguait. Gregory avait tenté de me rassurer, mais je redoutais vraiment de lire ce qu'il m'avait écrit.

Je posai mon mug sur la table et ouvris l'enveloppe. L'écriture nette d'Andrew m'agressa presque. Il ne s'agissait en rien d'un mot griffonné à la va-vite. Andrew avait quitté la suite dans l'après-midi, je présumais qu'il avait écrit ces quelques mots avant de quitter New York :

« Kathleen, merci d'avoir partagé un moment de ma vie. Tu y as apporté plus en quelques semaines que certains en plusieurs années. Je ne devrais pas m'en étonner. Dans ce domaine aussi, tu es une exception. Andrew. »

Mes mains tremblaient quand je relâchai la petite note de papier. En trois lignes, il était parvenu à décupler l'état de manque. Je fermai les yeux, espérant trouver des ressources encore inexploitées pour retenir mes larmes et mon amertume.

Je décidai de passer outre et finis mon thé aussi rapidement que possible. J'avais besoin de prendre l'air. Et surtout, j'avais besoin de me racheter un téléphone. Je passai au supermarché pour une opération ravitaillement et rentrai chez moi en fin d'après-midi.

Dîner avec Lynne m'effrayait : je craignais ses remarques sur la fin de mon histoire avec Andrew et je craignais encore plus les réactions que cela allait provoquer chez moi. Plus d'une fois, j'avais été dure avec elle concernant sa relation avec Philip, je me doutais qu'à la première remarque sur Andrew j'allais exploser. Afin de m'assurer que tout se passerait bien, j'invitais Angela qui, heureusement pour moi, et pour mon amitié avec Lynne, était libre.

Je soupirai de soulagement et me décidai à m'activer pour préparer un dîner agréable. Mon déménagement devait avoir lieu avant la fin de la semaine. Je vidai donc les tiroirs non essentiels, retrouvant ainsi à mon chevet la totalité des lettres de l'inconnu.

Les six enveloppes étaient classées par ordre chronologique. J'avais la sensation de lui écrire depuis des années alors que cela ne faisait que quelques semaines. Je souris en songeant à sa dernière lettre. Il était heureux, vraiment heureux.

Je retournai dans le salon, posant mes lettres sur la table basse, avant de monter un nouveau carton. J'y glissai les vestiges de mon ancienne vie de journaliste, vestiges qui tenaient dans un dossier épais que je n'avais pas rouvert depuis des lustres. J'ajoutai quelques photos familiales. Je me promis, au passage, d'appeler mon père, avant qu'il ne lance la moitié de la police de ce pays à ma recherche.

Je récupérai le dossier d'Eleanor et le glissai dans le carton. Mon téléphone vibra, me sortant de mes dangereuses pensées.

Papa.

— Kat ! se réjouit-il en entendant mon timide « Allô ». Où diable étais-tu encore passée ?

— Désolée, papa. Mes journées ont été un peu mouvementées dernièrement. Comment vas-tu ?

— Bien... Mais je me sens seul. Ma fille me manque !

— Ne me fais pas passer pour la fille indigne. J'ai appelé ton bureau il n'y a pas si longtemps et tu ne m'as pas rappelée !

— Certes... Bailey m'a prévenu... Mais mes journées ont été un peu mouvementées dernièrement, sourit-il, un peu moqueur.

— As-tu juste appelé pour me faire culpabiliser? raillai-je en retournant en cuisine avec mon mug.

— Non. A vrai dire, je voulais m'assurer que tout allait bien.

Le ton de sa voix passa d'un extrême à l'autre. Mon père avait toujours eu une nette tendance à l'exagération, me protégeant outrageusement de tout et de n'importe quoi. Le pire avait été l'annonce de mon départ pour New York. Il avait encaissé la nouvelle avec une dignité et un calme presque suspects. Quelques semaines plus tard, en retournant à la maison pour Noël, j'avais retrouvé un rapport de police contenant une enquête de voisinage assez poussée. Papa avait nié... avant d'admettre son inquiétude au sujet d'un résident du premier étage, arrêté à l'âge de seize ans pour détention de marijuana.

— Sur qui as-tu enquêté cette fois? demandai-je, exaspérée, appuyée sur le plan de travail.

— Personne! Je t'assure!

— Tu n'as tout de même pas enquêté sur Andrew Blake? m'écriai-je, stupéfaite.

— Pas récemment non.

— Comment ça « pas récemment »?

— Pas depuis la mort de sa femme.

— Papa, soufflai-je en sentant le sermon paternel arriver. Je ne veux pas parler de ça.

— Kat, sais-tu qu'il a été suspecté?

— Le rapport dit qu'il s'agit d'un accident!

— Parce que tu as lu le rapport? s'enquit-il.

— Les chiens ne font pas des chats, papa! Oui, j'ai lu le rapport. Juste un accident! Andrew... je veux dire... Blake aimait sa femme. Comment as-tu pu le suspecter? Ça n'a pas de sens! Papa, tu t'en fais pour rien. Andrew et moi... Disons que ça n'a pas marché!

— Oh...

Je sentis une pointe de soulagement dans la voix de mon père et cela me serra le cœur. J'avais la sensation étrange qu'il ne me faisait aucune confiance au sujet de mes relations.

— Fais juste attention à toi, chérie, murmura-t-il. Je n'ai aucune confiance en ce type.

— C'était un simple accident !

— Je sais... Du moins j'espère.

— Que veux-tu que ce soit d'autre ? Il y avait du verglas, elle a juste manqué d'attention...

— Même avec la meilleure attention du monde, je ne vois pas comment elle aurait pu finir son trajet avec des pneus lisses !

— Des pneus lisses ?

— Parfaitement lisses.

Un souvenir net de mon adolescence me revint. A mon départ pour l'université, mon père m'avait offert cette hideuse Ford, bleu décoloré. Il avait fait changer les pneus en prévision de l'hiver. Chez nous, personne ne pouvait réellement se permettre de ne pas s'équiper dignement.

— C'est... dingue, soufflai-je, estomaquée.

— Ces gens sont bourrés d'argent, mais n'ont aucune conscience des équipements vraiment nécessaires.

Dans le combiné, j'entendis le crachotement typique de la radio de la voiture de mon père. Il avait dû profiter d'une pause dans sa journée pour m'appeler. Je remis ma bouilloire à chauffer et retournai dans le salon. Machinalement, je glissai les lettres de l'inconnu dans mon carton.

— Kat, la vieille Granger fait encore des siennes, je dois te laisser.

— Encore des gamins qui la rendent folle...

— C'est elle la folle, railla mon père. Je t'embrasse, chérie. Sois bien prudente. Je te vois au mariage de Lynne ?

— Bien sûr ! Je te garderai une danse, ironisai-je en songeant que mon père n'avait aucun sens du rythme.

— Ne te moque pas de ton vieux père qui t'aime et qui...

— ... me protège trop, finis-je pour lui.

— Prends soin de toi, chérie.

Je raccrochai dans la foulée, jetant négligemment mon téléphone à mes côtés. Pendant un instant, j'envisageai de ressortir le dossier d'Eleanor, mais renonçai aussitôt : je connaissais cette histoire par cœur... Savoir qu'elle roulait avec des pneus lisses expliquait l'accident.

J'eus une seconde d'hésitation quand mes yeux retombèrent sur le mot d'Andrew : devais-je garder une trace de notre relation ? Peut-être qu'une réponse aurait été de bon ton. Je ne savais plus où était la limite dans notre relation. Il ne voulait plus me revoir, il voulait mettre de la distance entre nous, mais me laissait ce mot... Et moi, j'avais juste envie d'entendre sa voix, avec ce timbre si particulier quand il prononçait mon prénom.

Je fuis ces pensées douloureuses. Reprendre contact avec Andrew signerait ma perte. Je n'étais pas certaine de pouvoir encaisser une nouvelle confrontation.

Ravalant ma peine, je décidai de conserver son message et l'ajoutai dans le carton. J'en fermai le premier bord avant de m'immobiliser net.

Je secouai la tête, me fustigeant d'être aussi idiote. Mon imagination, que je croyais pourtant avoir canalisée depuis plusieurs années, me jouait de nouveau des tours. Je sursautai en entendant ma bouilloire siffler et retournai en cuisine pour me verser une nouvelle tasse de thé.

Portant le mug à mes lèvres, je revins dans le salon et fixai mon attention sur mon carton à moitié fermé. Je posai mon mug, incertaine, avant de me saisir d'une des premières lettres de l'inconnu. De nouveau, je sentis ce tressautement particulier dans ma poitrine, celui qui accompagnait l'arrivée de ses lettres et le départ des miennes.

Et, brutalement, cela me sauta aux yeux.

Chapitre 23

La finesse de l'écriture.

L'élancement des majuscules.

La façon dont se formait la barre des « t ».

La boucle des « a ».

L'espacement entre les lignes.

Je repris le mot d'Andrew et comparai les écritures. Mes yeux naviguaient de la lettre de l'inconnu au dernier message d'Andrew, relevant un peu plus de similitudes.

L'épaisseur du trait.

La couleur de l'encre.

C'était tout simplement impossible... Impossible. L'inconnu ne pouvait pas être Andrew. Ils étaient trop différents.

Je ressortis les lettres et les plaçai, parfaitement alignées, au sol. Accroupie, je les comparais avec la note d'Andrew. Il ne pouvait s'agir que d'une coïncidence... Une effroyable coïncidence. Mon cœur frappait tellement fort dans ma poitrine que j'étais à peu près certaine que tout l'immeuble devait l'entendre. Ma respiration devint lourde, pénible, mes mains étaient moites, un creux étrange se formait dans mon estomac...

Je déglutis lourdement et secouai la tête pour reprendre mes esprits. Je devais être rationnelle.

Finalement, je me redressai et courus jusqu'au tiroir où restaient encore certaines traces du passage d'Andrew dans ma vie : la carte de visite qui accompagnait inutilement la robe de la réception et le carton du premier bouquet de roses. A genoux par terre, je parcourus les lettres, les examinant une à une, l'incrédulité me saisissant de plus en plus...

Andrew.

— Impossible... impossible, murmurai-je en effleurant les lettres du bout des doigts.

Il y avait forcément une explication, une faille. Ça ne pouvait pas être lui. Parce qu'il y avait des milliers d'hommes dans cette ville, des millions dans ce pays... Parce que personne n'avait décemment cette chance ou cette... malchance. Je ne savais plus. Comment avais-je pu me retrouver dans cette situation ? Comment avais-je pu écrire à un homme, parler à un autre... et maintenant comprendre qu'ils ne formaient que les deux facettes d'une seule et même personne ?

Je songeai à ma dernière lettre. Je m'étais épanchée sur ma rupture avec lui. J'avais dévoilé tellement de moi-même dans cette correspondance ! Je ne pouvais pas croire que le destin que je chérissais tant s'était finalement retourné contre moi.

Je repris la première de ses lettres.

J'ai mangé du chocolat.

Mes souvenirs me transportèrent à ma première véritable rencontre avec Andrew. L'assiette de chocolat entre nous deux alors que je finissais de faire ma critique sur *Powerfull.*

Je vis sur la côte Ouest.

San Francisco. Je repoussai la première lettre et me jetai comme une affamée sur la deuxième. Il y parlait de sa solitude, du rythme parfois trépidant de sa vie. Mon incrédulité commença à s'estomper en tombant sur une phrase en particulier :

C'est précieux et rare, pas vraiment partageable.

« Précieuse et rare » : voilà ce que j'avais longtemps été aux yeux d'Andrew. C'était ainsi qu'il me décrivait, c'était ces mots qui déclenchaient d'incroyables secousses dans tout mon corps. Mes mains tremblaient légèrement, mais, étrangement, mon cœur se calma, comme si, finalement, la chose était naturelle et évidente. Tellement évidente. Comment n'avais-je pas pu le voir ?

Je frottais mes mains contre mon jean et me saisis de la troisième lettre. Celle qui parlait de sa passion pour le piano. Celle qui parlait de cette femme qu'il avait rencontrée. C'est à partir de cette lettre que nos échanges avaient été plus personnels. Les échanges de banalités s'étaient raréfiés, au profit de confessions plus sérieuses et personnelles.

La quatrième lettre ne parlait plus que de cette femme. La femme qui lui avait fait progressivement oublier son âme sœur. En la relisant, je sentis mes lèvres s'étirer dans un sourire. C'était sûrement une lettre qu'il avait écrite lors de notre nuit à l'hôtel. Il n'y avait plus aucun doute. J'étais cette femme sereine, paisible comme un lac... en comparaison de l'intrépide et enthousiaste Eleanor.

L'avant-dernière lettre effaça mon sourire.

La perdre serait me perdre moi.

Exactement ce qu'Andrew m'avait dit avant notre rupture. Exactement les mots que je lui avais répétés à l'hôpital. Mon cœur se comprima dans ma poitrine, me faisant presque suffoquer. Si j'avais su voir dès le début, si j'avais compris bien avant... nous n'en serions pas là. Je n'en serais pas là : à revivre dans mes souvenirs et à travers ses lettres notre relation.

Je relis la dernière lettre. Celle à laquelle j'avais répondu cette nuit. Il se souvenait parfaitement de notre rencontre... Moi, je me rappelais juste l'avoir snobé après l'avoir dévoré du regard pendant sa conférence de presse.

Je l'avais trouvé beau, mais je n'avais aucun souvenir de la couleur de son costume.

Seule la présence de son alliance m'avait douloureusement sauté aux yeux.

Je reposai la lettre mais de nouveau mon regard glissa sur notre correspondance. J'aurais aimé en rire, voire en sourire, mais j'étais juste estomaquée et épuisée. Maintenant, chacun de ses mots, chacune de ses déclarations d'amour me sautaient aux yeux.

Il disait qu'il m'aimait, qu'il m'aimait bien au-delà de ce qu'il avait ressenti pour Eleanor.

Il parlait du destin, des éléments incontrôlables de sa vie, de l'impasse dans laquelle il se trouvait.

Je rangeai les lettres et les notes, sentant mes yeux picoter fortement. Je ne pouvais pas y croire : j'avais manqué l'immanquable. Hagarde, je me redressai et récupérai le numéro du *New Yorker* contenant l'annonce.

J'avais les larmes au bord des yeux. Tout me sembla subitement clair. C'était Eleanor dont il parlait. Je reposai le magazine et épluchai une nouvelle fois les lettres.

C'était Andrew. L'homme auquel j'écrivais depuis des semaines, l'homme à qui je me confiais, l'homme que j'encourageais, c'était lui. Le côté pile et le côté face... Un seul homme. Il ne m'avait jamais révélé ce qu'il avouait volontiers dans ses lettres. Il était tellement vulnérable et aimant, bien plus sensible que l'homme de pouvoir et de médias que j'avais côtoyé.

Je m'effondrai finalement sur mon canapé, toujours stupéfaite. Ce n'était pas tant la surprise de découvrir qu'Andrew était l'inconnu, c'était plutôt la stupéfaction de n'avoir rien vu plus tôt qui dominait. Tous ces indices, toutes ces ressemblances... Mais j'avais inconsciemment refusé de voir la vérité en face.

Soudain, je me demandai si Andrew savait. Il connaissait mon écriture. Il avait gardé mes notes sur *Powerfull*, il avait largement de quoi comparer. J'envisageai pendant un moment de l'appeler mais, une fois de plus, je renonçai.

Nous n'étions plus ensemble, et même si je mourais

d'envie de lui dire que je l'aimais encore plus maintenant, je devais me résoudre à garder cette relation secrète. Andrew ne voulait plus de moi, mais l'inconnu m'écrivait. Je ne pouvais pas briser le seul lien tangible qui existait entre nous deux. Je ne pouvais pas perdre les deux...

J'étais en train de relire la première lettre pour la énième fois quand Angela annonça son arrivée. Je regardai ma montre, constatant que j'avais passé un temps incroyable sur ma correspondance avec Andrew, au détriment du dîner. J'examinai furtivement dans le miroir près de la porte avant de lui ouvrir.

— Bonsoir, Angie! dis-je avec joie.

— Salut, toi! J'ai rapporté du vin! s'exclama-t-elle en brandissant la bouteille devant elle.

— Lynne n'est pas avec toi?

— Elle ne devrait pas tarder... Mais d'après son dernier message, elle souhaitait une mort imminente à tous ces fichus médecins.

Je laissai Angela entrer dans l'appartement, m'excusant pour le désordre et l'empilement de cartons. Elle balaya mes excuses d'un geste de la main, indiquant que les cartons de Steven traînaient encore, alors qu'il avait emménagé avec elle depuis presque six mois. Je posai la bouteille dans la cuisine et sortis deux verres.

— Tu fais ton courrier? cria Angie du salon.

— Non... non..., dis-je en sortant précipitamment de la cuisine pour me ruer sur la table basse.

Je rassemblai les différentes lettres et les mots d'Andrew rapidement puis les fourrai dans le carton. Angela me lança un regard étrange, ne comprenant visiblement pas cet accès de frénésie.

— Ce sont de vieilles lettres, mentis-je pour expliquer mon geste.

— Tu as l'air d'y tenir.

— Je... Euh... oui. Un vieil ami.

— Sympa l'idée de s'écrire, dit-elle en s'installant sur le canapé. Les seuls mots que Steven me laisse sont... la liste des courses!

Sa remarque me fit sourire. Je repensai à Andrew, à son goût pour les valeurs éculées. Je n'aurais pas dû être étonnée de ces lettres manuscrites et presque ritualisées dans leur écriture.

— Oui, c'est... chaleureux, soulignai-je.

Angela sembla méditer sur mon assertion, puis fronça les sourcils.

— Ce n'est pas un truc genre *Les Liaisons dangereuses* au moins ? s'inquiéta-t-elle dans un demi-sourire.

— Non... Non, pas du tout ! m'esclaffai-je. Rien que des choses très... banales. On se parle de nos vies, essentiellement.

— Oh... Tu lui as parlé d'Andrew ? s'enquit-elle.

— Plus ou moins. Veux-tu un verre de vin ? proposai-je pour éluder la question.

Je n'attendis pas sa réponse et allai en cuisine pour nous servir deux verres. Je revins dans le salon, non sans avoir jeté un coup d'œil à mon téléphone, scrutant l'arrivée de Lynne.

— Tout l'hôtel est au courant, tu sais, reprit Angela avec un sourire compatissant.

— Je me doute.

Je soupirai de nouveau. Etre l'objet des commérages, une fois encore, ne me réjouissait pas.

— Veux-tu en parler ? m'interrogea-t-elle.

— Je ne sais pas... Je ne crois pas... Ce n'est pas utile, dis-je finalement. Il est parti maintenant et moi... je dois reprendre ma vie.

La sonnette retentit quelques secondes plus tard et j'ouvris à Lynne. Les traits tirés et le teint un peu pâle, elle me fit un faible sourire avant de s'effondrer sur le canapé.

— Je hais les cardiologues ! grommela-t-elle tandis que je lui servais un verre de vin.

— Le séminaire est terminé ?

— Dieu soit loué, oui ! Merci, Kat, sourit-elle finalement en prenant son verre. Ils ont failli me tuer avec leurs exigences infernales !

Elle but son vin, visiblement soulagée de ne plus être à l'hôtel, et prit son sac à main pour fouiller à l'intérieur.

— C'est pour toi ! annonça-t-elle en posant un cube rouge que je ne connaissais que trop.

Il y eut un silence étrange, comme si aucune de nous trois n'était vraiment prête à formuler ce qu'elle voyait. Je savais exactement ce qu'il y avait dans cet écrin. Angela me lança un regard encourageant pendant que Lynne fixait la petite boîte, un air sévère sur le visage.

— Tu ne veux pas l'ouvrir ? dit timidement Angela.

— Je sais ce qu'il y a dedans. Quand te les a-t-il données ? interrogeai-je Lynne.

— C'est Nathan qui me les a rendues. Comment as-tu pu faire ça, Kat ?

— Faire quoi ? râlai-je.

— Lui rendre ses cadeaux ! Vraiment ? C'était ça ta petite vengeance personnelle ?

Je posai mon verre, pris la boîte et la jetai négligemment dans le carton qui contenait mes souvenirs d'Andrew.

— Fin de l'histoire, dis-je avec tristesse.

— Kat, tu as tort, souffla Angela derrière moi.

— Non, elle a parfaitement raison, la coupa Lynne. Toute cette histoire était vouée à l'échec. Je t'avais prévenue ! Je t'avais dit que c'était une mauvaise idée !

— Lynne, tu ne connais rien de mon histoire avec Andrew, m'exaspérai-je. Tu... Tu ne le connais même pas, lui. Tu as décidé, pour je ne sais quelle raison, qu'il n'était pas pour moi.

— Parce que, de toute évidence, c'était le cas ! se moqua-t-elle. Regarde-toi ! Sortir avec lui était une mauvaise idée, et sortir avec lui alors que c'est un client était une idée encore plus mauvaise !

Je lançai un regard haineux à Lynne. Angela se leva et tenta de s'interposer. Je sentais la colère me gagner de plus en plus. J'aimais Lynne... J'aimais son côté drôle et ultra-organisé, sa créativité, son enthousiasme, mais je ne comprenais pas pourquoi elle faisait ça.

— Parfait, Lynne ! J'admets ! J'admets que sortir

avec un client était une mauvaise idée! dis-je avec un calme effrayant.

— Il s'agit d'Andrew Blake, pas d'un... cardiologue du fin fond de l'Ohio qui vient s'encanailler ici.

— Lynne, je crois qu'elle a compris! la coupa Angela sèchement. Inutile d'en rajouter.

Elle se tut, s'apercevant que tirer sur une ambulance ne servait à rien. J'aurais évidemment préféré un soutien compatissant de sa part, voire juste un silence glacial, mais entendre critiquer ma relation avec Andrew était horrible. Je fixai stupidement les lettres, me demandant si je devais avouer la vérité sur ce « vieil ami ». Mais une fois encore, je savais que Lynne ne comprendrait pas.

— Je suis amoureuse de lui, lâchai-je brutalement.

J'entendis Lynne soupirer et décidai de reprendre le contrôle.

— Je n'y peux rien, Lynne!

— Tu n'y peux rien? Tu veux que je te donne combien de bonnes raisons?

— Lynne! la morigéna Angela.

— C'est un client! C'est Andrew Blake, magnat de la presse! Tu n'as été qu'un jouet pour lui! Ça n'a pas de sens de te morfondre pour lui. Ce n'est pas comme si... comme si tout cela était réel.

— C'était réel, Lynne.

Je récupérai les boucles d'oreilles dans le carton et les montrai à Lynne. La colère faisait place à une forme de rage ultra-énergisante. Défendre ma relation avec Andrew devenait primordial.

— C'était réel, répétai-je. Je t'interdis de remettre ça en cause!

— S'il tenait à toi, il serait resté... Mais non, il est parti avec sa collaboratrice.

— Il connaît Meghan depuis des lustres, explosai-je.

Je toisai Lynne, ne sachant plus si je devais la convaincre de la réalité de ma relation avec Andrew ou juste encaisser ce qu'elle me disait. Soudain, son portable sonna, brisant le silence nous entourant.

— Tu ne réponds pas ? lui demandai-je après quelques secondes.

— Rien d'important.

— Rien d'important comme « Philip qui te demande de ramener son journal » ou rien d'important comme « Nathan qui tente de te sauver de ton mariage » ?

Elle se figea et la sonnerie de son téléphone s'arrêta, avant de reprendre dans les cinq secondes. Je souris à Lynne, incrédule de la voir si peu courageuse. Elle regardait son sac comme s'il était sur le point d'exploser mais avec pourtant l'envie folle de se ruer dessus.

— Et tu me fais la morale ? sifflai-je.

— Ne mélange pas tout ! m'ordonna-t-elle. Ce n'est pas moi qui semble sur le point de m'effondrer dès que le nom de Blake est prononcé.

Un peu surprise, je coulai un regard vers Angela pour me rassurer. J'étais forte, quoi qu'en dise Lynne. Elle me fit un sourire compréhensif et je compris que mon corps trahissait plus que je ne le pensais mes émotions.

— Je rêve ou tu tentes de changer de conversation ? ironisai-je.

— Je ne change pas de conversation ! On en était à Blake et toi...

— Et c'est terminé, tu l'as dit toi-même ! Maintenant, vu que tu sembles si bien informée sur les relations humaines, peut-être peux-tu m'éclairer sur le genre de relations que tu entretiens avec Nathan ?

— Je ne crois pas que cela te regarde !

— Peut-être que ça intéresserait Philip de savoir que sa future femme entretient une relation clandestine avec...

— Ce n'est pas une relation ! hurla-t-elle.

— Alors c'est quoi ? Une distraction ? Ah non, pardon, ça c'était moi... Le fameux jouet !

Lynne me jeta un regard et il me sembla que son visage parfaitement stoïque se voila légèrement. Je m'installai près d'elle, effarée par son aveuglément et par la lutte que je devinais en elle. La culpabilité la rongeait de toute évidence, et même si j'avais envie de la gifler pour qu'elle se réveille, je savais qu'affronter Lynne de cette façon ne mènerait à rien.

— Comment oses-tu juger ma relation avec Andrew quand tu n'as même pas le courage de reconnaître que tu vas dans le mur ?

— Tu n'as plus de relation avec Andrew, corrigea-t-elle.

— Ça, c'est mon problème ! Tu fais croire à Nathan que quelque chose est possible... Et je trouve ça... assez horrible !

— Je n'entretiens rien... Il passe son temps à m'appeler.

— Chose qu'il ne ferait pas s'il savait à quoi s'en tenir !

Elle trembla légèrement et son regard se troubla. Je ne savais plus pour qui j'avais le plus de peine : Lynne, aveuglée, ou Nathan, complètement amoureux d'elle. Son téléphone sonna de nouveau et ses yeux s'embuèrent.

— Je crois que nous devrions changer de sujet, suggéra Angela, mal à l'aise, faisant mine d'ignorer la sonnerie.

— Réponds, Lynne... Je t'en prie, réponds-lui.

Le téléphone se tut et un silence lourd et pénible s'installa. Je fixai Lynne, cherchant à comprendre. Il y avait une forme de détresse dans son regard que je n'arrivais pas à analyser.

— On s'est embrassés, avoua-t-elle dans un chuchotement à peine audible.

Les épaules de Lynne s'affaissèrent et elle sembla enfin soulagée de s'être libérée de son secret. Elle me fixa et je la vis, au bord des larmes, incapable de savoir quoi faire.

— Je suis amoureuse de Philip, bégaya-t-elle. Et... j'ai embrassé un autre homme. Je ne peux pas faire ça. Je ne peux pas tout plaquer pour...

Sa voix s'éteignit, nous laissant comprendre qu'elle l'avait envisagé. Peut-être seulement brièvement, mais elle l'avait envisagé.

— Nathan t'aime beaucoup, la rassurai-je.

— Je sais. Mais il y a Philip...

— Lynne, tu ne peux pas rester comme ça !

— J'aime Philip, répéta-t-elle.

— Alors, dans ce cas, il faut que tu parles à Nathan.

Elle me fixa, incrédule et hésitante. Lynne me regardait comme si je lui avais annoncé mon départ pour Mars. Je décidai de lui laisser un peu de répit.

— Bien. Si nous commandions à dîner, proposai-je, pas très chaud à l'idée de cuisiner.

— Super ! s'enthousiasma Angela en se levant du canapé. Je meurs de faim !

Elle se dirigea vers la cuisine et j'en profitai pour laisser l'atmosphère se détendre un peu entre Lynne et moi.

— Tu crois vraiment que je dois l'appeler ? demanda-t-elle.

— Lynne, toute cette histoire... c'est juste... de l'honnêteté. Et pas seulement envers Nathan.

— Promets-moi de ne rien dire à Philip.

— Promets-moi de réfléchir à tout ça.

Je lui fis un sourire et son visage rayonna un peu. Je me fichais de garder son secret, la seule chose qui me plaisait, c'était de voir qu'elle tenait assez à sa relation avec Nathan pour prendre son téléphone et lui envoyer un message. Curieusement, mes pensées vagabondèrent jusqu'au premier baiser que j'avais échangé avec Andrew. A cet instant précis, j'avais deviné qu'il se passait quelque chose, que ce baiser n'était pas « juste » un baiser.

Angela appela le restaurant chinois en bas de ma rue et se dévoua pour aller récupérer nos commandes. Pendant ce temps, je laissai Lynne s'isoler dans ma chambre. Elle eut un bref regard empli de culpabilité alors qu'elle composait le numéro de Nathan. Je tentai de la rassurer d'un sourire.

Le dîner fut calme et apaisant. Nous parlâmes furtivement du mariage de Lynne et je ne fus pas vraiment surprise qu'elle-même élude le sujet. Je m'autorisai un épanchement sur ma rupture avec Andrew, expliquant à mes amies la cause principale de notre éloignement.

— Et au travail ? demanda finalement Lynne en terminant ses crevettes. Tu vas pouvoir... gérer ?

— Je ne sais pas. Me retrouver devant lui... Ou pire, lui parler et faire comme s'il ne s'était rien passé.

— Je sais que tu peux le faire, assura Angela.

— Ma dernière nuit a été difficile, moralement. Là, je vais devoir faire mon maximum pour éviter Daniel.

— Dan est un type bien, souffla Lynne.

— Notre rupture n'a pas été... amicale. Il pensait qu'Andrew me piétinerait, et c'est quasiment le cas, maintenant que j'y pense.

— Techniquement, il est parti pour te rendre service, argua Angela.

— Le résultat est le même : je suis lessivée, comme s'il avait emporté une partie de moi. Je ne suis plus moi-même. Et même si je l'admets volontiers, je ne crois pas pouvoir entendre Daniel me dire qu'il avait raison depuis le départ.

— Je comprends, murmura Lynne. Veux-tu que je le briefe à ce sujet ?

Je fronçai les sourcils, ne comprenant pas où elle voulait en venir.

— Kat, tu vas devoir gérer Andrew Blake d'ici peu et jongler avec Daniel... Si je peux t'aider...

— Nathan a une influence tellement énorme sur toi.

Elle haussa les épaules en rougissant légèrement. Lynne ne m'avait pas habituée à ce genre d'élans généreux et désintéressés.

— Merci, Lynne, soufflai-je, pleine de gratitude. Peux-tu me mettre en congés pour la semaine ? Ça me permettra de gérer le déménagement.

— Sans problème... Tu reprendras lundi, affirma-t-elle en me désignant avec sa fourchette.

Je la remerciai d'un nouveau sourire et nous finîmes notre dîner tranquillement. Mes amies quittèrent l'appartement à près de minuit et j'étreignis Lynne avec force. Même si notre dispute avait été violente, je savais que le résultat en valait la peine.

— Embrasse Nathan pour moi, murmurai-je en la serrant contre moi.

— Je lui ai dit de botter les fesses d'Andrew ! rit-elle doucement.

— N'en fais pas un dommage collatéral ! Et réfléchis à ce que je t'ai dit.

Elle s'écarta de moi et acquiesça. Je remerciai Angela pour son soutien. Elle m'assura que ce n'était rien et me promit de parler à Dan pour qu'il ne m'importune pas.

— De toute façon, je ne crois pas qu'il soit remis de votre rupture, ajouta-t-elle.

— Ah bon ? m'étonnai-je.

— Il est très renfermé et ne parle que très peu. Comme s'il ne voulait pas faire de vagues...

Après le départ de mes collègues, le silence étouffant de l'appartement refit son apparition. La paire de boucles d'oreilles reposait dans le carton. Je récupérai l'écrin et le posai sur la table. Andrew me manquait encore plus maintenant. Je repris les lettres de l'inconnu, désormais démasqué, et me replongeai dedans pendant une partie de la nuit.

Le surlendemain, je bouclai mon dernier carton, attendant le camion de déménagement. Toutes mes affaires étaient soigneusement empaquetées. Les boucles d'oreilles étaient dans mon sac à main. J'avais été incapable de les remettre dans un carton et de le refermer ensuite. Je m'attachais aux traces de ma relation avec Andrew : ses lettres et ses bijoux. Mais les jours passant, je commençais à me faire une raison : il ne reviendrait pas.

Ce fut avec enthousiasme que j'aménageai mon nouveau chez-moi. Nouvel appartement sans aucun souvenir avec Andrew. Les lettres, empilées, trouvèrent leur place dans un tiroir. Je disposai les boucles sur mon chevet et passai ensuite la soirée à déballer mes affaires.

Cet appartement, plus grand que le précédent, me paraissait un peu vide. Mon canapé occupait une partie de la place, mais le reste de la décoration était franchement minimaliste. Mes photos prirent place sur un des murs. Malgré tous mes efforts pour m'occuper l'esprit, il fallait admettre qu'Andrew me manquait toujours. Mes soirées étaient dédiées à la relecture des lettres. Je les connaissais par cœur désormais.

Les deux dernières m'étaient presque insoutenables. Parce qu'il parlait de moi, de ses sentiments, et que je me demandais maintenant si tout cela avait vraiment existé.

Le vendredi après-midi, je passai à l'hôtel, assurant à Lynne que je pourrais reprendre mon service lundi soir.

— Tu es sûre ?

— Certaine. J'ai besoin de travailler... Histoire de penser à autre chose.

— Et tu pourras penser à autre chose en bossant ici ?

— J'y arriverai, Lynne... Je me sens déjà mieux d'avoir déménagé. Tu l'as dit toi-même, je n'ai pas eu une relation très longue avec Andrew.

Mais, même à mon oreille, ma voix me sembla terne et peu convaincante. Notre relation avait été forte, violente, et je m'y étais jetée tête la première, persuadée que rien ne pourrait nous arriver.

— Comme tu veux, avait alors abdiqué Lynne.

En sortant de son bureau, je croisai Gregory. Ce dernier, après s'être assuré que tout allait bien, me questionna sur mon déménagement.

— Il a demandé de tes nouvelles, tu sais.

— Tout va bien, Greg, le rassurai-je automatiquement.

— Et il m'a demandé ta nouvelle adresse.

— Tu la lui as donnée ?

— Je ne l'avais pas !

— Ne la lui donne pas.

— Kat, c'est juste ton adresse.

— Non. Il a voulu qu'on s'éloigne. Qu'il en assume les conséquences.

Je tentai de prendre le ton le plus glacial possible. La vérité, c'était qu'en lui donnant mon adresse j'allais de nouveau croire qu'il pouvait débarquer chez moi ou qu'il pouvait me faire livrer des fleurs. Je n'avais pas besoin de ça.

— Kat..., avait-il soufflé, un peu dépité.

— Greg, je ne changerai pas d'avis. Il a peut-être l'habitude de voir les gens acquiescer en tremblant à toutes ses exigences, mais pas moi.

Il me fixa et sembla réfléchir à ce que je venais de lui dire. J'étais sûre de ma décision et je ne voulais pas jouer au yoyo et croire qu'Andrew allait revenir dans ma vie, quand, de toute évidence, il avait tout fait pour me rayer de la sienne.

— Je t'ai déjà dit que je ne cautionnais pas et qu'il n'était pas heureux de sa décision.

— Eh bien, qu'il vienne me le dire, lâchai-je, un peu exaspérée. S'il a changé d'avis sur... moi et sur nous, je suis prête à en discuter. Mais, pour le moment, je ne fais qu'appliquer ce qu'il souhaite.

— Je comprends, approuva Gregory. Puis-je quand même lui dire que tu vas bien?

— Comment ai-je l'air d'aller? ripostai-je.

Mon collègue soupira avant d'opiner, vaincu. Je me doutais que Gregory allait se faire hurler dessus, mais c'était le prix à payer.

— Kat? cria Gregory alors que je quittais l'hôtel.

Je me retournai, le voyant avancer vers moi à grandes enjambées. Il tenait une lettre à la main et mon cœur fit un petit bond dans ma poitrine. Voilà une des rares choses que je ne voulais pas abandonner. Mon dernier contact avec Andrew, mon seul lien désormais avec lui.

— C'est pour toi, dit-il inutilement en me tendant l'enveloppe.

— Merci, Greg. A lundi!

— A lundi, Kat... Enfin, si je suis toujours en vie!

Je lui souris, presque compatissante, avant de quitter l'hôtel pour de bon. Une fois dans la rue, mon corps se détendit subitement. La fatigue prit très vite le dessus et je somnolai dans le métro, épuisée d'avoir tant lutté contre mes souvenirs au Peninsula. En rentrant chez moi, je me demandai si ma vie allait désormais être rythmée de cette façon et si j'allais un jour être autre chose qu'une survivante du tsunami Andrew Blake dans ce grand hôtel. J'avais toujours pris mon parti de mon invisibilité notoire, des clients infects, de l'argent-roi. Mais maintenant que j'avais franchi la ligne, tout était différent.

Andrew avait laissé cette trace dans ma vie, une cicatrice profonde et douloureuse, qui se rouvrait à chaque instant passé dans l'hôtel. Je me morigénai en songeant que c'était encore la partie la plus simple à gérer. Quand Andrew serait effectivement à l'hôtel, il me faudrait déployer d'autant plus de forces.

La porte de mon appartement franchie, je posai la lettre sur la table basse. J'avais laissé entendre à Gregory que je ne voulais plus qu'Andrew intervienne dans ma vie, que je ne pouvais plus avoir confiance en lui. Et pourtant cette lettre me tentait. Parce que j'étais certaine de ne pas trouver l'Andrew que je connaissais, mais un autre Andrew, plus secret et plus enclin à se confier. J'admettais l'aspect presque malsain et sadique de cette curiosité, mais quelque chose, une forme d'espoir infime, me forçait à maintenir un contact. Le seul contact qu'il m'autorisait, à vrai dire.

Je craignais ce que j'allais découvrir et de lire ses états d'âme. En dépliant la lettre, j'eus un sentiment de malêtre assez perturbant : je me faisais la sensation étrange d'espionner sa vie privée, d'être là, dans l'ombre, à me régaler de ses confidences. Mais je n'avais plus que ça.

Une relation épistolaire, sans ancrage dans le monde réel, et vouée à se terminer un jour... J'y mettrais un terme, quand le temps serait venu.

« Chère Marie,

Comment est-ce possible ? Comment un homme peut-il vous laisser partir, sans même réagir ? Vous me dites qu'il a ses raisons, et je vais donc devoir vous croire sur parole. J'ose juste espérer que vous allez bien et que la peine n'a pas eu raison de votre force de caractère.

Je ne peux pas croire que le destin ait été si mauvais avec vous. Et je peux encore moins croire que vous le laissiez faire ! Marie, grâce à vos conseils, j'ai remonté la pente, j'ai retrouvé goût à la vie, j'ai rencontré cette femme formidable... Sans vous, je serais encore ce fantôme désespéré. Vous m'avez appris à me battre, à croire à toutes ces choses invisibles et importantes que la vie nous réservait. A mon tour, je vous conjure d'y croire, de vous battre...

Vos mots me hantent encore : vous l'aimez ? Parlez-lui... Dites-lui ce que vous ressentez, faites-lui regretter sa décision...

Je soupirai lourdement. Si les choses étaient aussi simples... Malheureusement, tomber amoureuse d'Andrew avait presque ruiné toutes mes capacités de résistance et aliéné ma raison.

Ma vie est compliquée. Elle l'a toujours été et si j'ai cru, pendant un temps, trouver une forme d'équilibre, j'ai dû y renoncer. J'ai perdu la femme que j'aimais. Par ma faute, évidemment. Parce que je n'ai pas été assez fort pour lui dire que je l'aimais, parce que je n'ai pas été assez fort pour faire front et assumer mes actes, parce que je n'ai pas été assez fort pour l'écouter et lui avouer qu'elle avait mille fois plus raison que moi.

Maintenant, je suis seul. Encore plus seul que je ne l'étais avant elle, avant qu'elle ne vienne illuminer ma vie. Une partie de moi sait que c'est ainsi, que je ne peux pas lutter... Mais une autre partie désespère de la revoir et de la serrer contre moi. Parce que la sentir à mes côtés me faisait sentir vivant, heureux et fort.

Je relevai mes yeux embués de larmes vers l'écran de

la télévision. J'étais sonnée, hébétée même. Comment pouvait-il s'ouvrir ainsi à une inconnue et me cacher à moi ce qu'il ressentait ?

C'est à la fois la pire et la meilleure décision que j'ai prise. La meilleure car je l'ai fait pour son bien ; la pire parce que je lui ai fait du mal et que je ne peux pas la consoler. Si j'avais seulement l'occasion de le faire, de la voir, de la serrer dans mes bras. Si j'avais su, j'aurais fait les choses différemment.

J'ai senti dans votre dernière lettre que vous étiez triste. Très triste. Pour tout vous dire, j'ai maudit cet homme de vous avoir fait perdre le sourire. Mais je sais que vous ne faites pas partie des femmes qu'on oublie facilement. Et je sais que vous êtes forte, courageuse et impétueuse. Je ne vous autorise pas à vous laisser abattre. Ce droit m'est exclusivement réservé pour le moment.

Avez-vous seulement remarqué l'ironie du destin ? Vous à New York, moi sur la côte Ouest… Finalement, nous sommes aussi seuls l'un que l'autre. Nos destins sont similaires. La seule différence que je constate, c'est le choix. J'ai choisi d'être seul, pas vous… Ne suivez pas mon exemple. Faites les choses différemment… J'ose croire que, là encore, nous nous ressemblons.

Je vous embrasse,

Votre inconnu. »

Je reposai la lettre, incertaine de mon état. J'étais à la fois dévastée et en même temps rassurée. Avec ironie, je constatai que le savoir mal me faisait presque du bien.

Je n'étais pas la seule à souffrir du manque.

*
* *

Le lendemain, après une nuit de sommeil agité et une séance intense de rangement, je m'installai devant la télévision, prête à m'abrutir un peu plus. La lettre d'Andrew était pliée sur la table et je me décidai à la relire pour une énième fois, relevant à quel point il se sentait dépassé par la situation. Andrew, pourquoi avoir fait ça ? Pourquoi avoir voulu affronter ça seul ? Ce n'était pas ainsi que les choses auraient dû se passer. Je me perdis dans mes souvenirs avec lui, et particulièrement dans ceux que je voulais refouler.

Son sourire satisfait et presque suffisant...

Sa façon de me serrer contre lui à mon réveil...

Ses baisers dévastateurs...

Le contact de ses lèvres douces contre le dos de ma main...

Je soupirai et dépliai mes jambes calées sous mes fesses pour récupérer la télécommande de la télévision afin d'entamer le rituel effrayant du zapping, avant de m'arrêter sur un film sans intérêt. Je dus m'endormir car, quand je rouvris les yeux, la nuit était tombée, noire d'encre, sur la ville.

Les informations de 23 heures touchaient quasiment à leur fin. J'allais éteindre quand une image reprenant le logo de Blake Medias attira mon attention. J'augmentai le son avant de comprendre de quoi il s'agissait. La réception à San Francisco était en fait un gala de charité.

Une jeune femme blonde, outrageusement maquillée, était sur place et se chargeait de faire un commentaire détaillé sur l'événement mondain de la soirée.

— Andrew Blake est attendu d'ici peu de temps pour le dîner dédié aux généreux donateurs de l'hôpital pour enfants de San Francisco. Ce dernier devrait inaugurer la soirée par un discours avant de partager le dîner. Les places pour cette soirée se sont arrachées à prix d'or et c'est tout le gratin de San Francisco et des environs qui est attendu. Je vous rappelle que l'hôpital est en cours de restauration suite à un incendie qui a ravagé les services de chirurgie. On sait Andrew Blake particulièrement concerné par le sujet, et il n'a pas hésité à faire un don important pour lancer les premiers travaux au plus vite. Depuis le décès de sa femme, ses apparitions sont très rares. Son intervention ici est donc un événement. Les spéculations sur sa vie privée vont bon train depuis quelques semaines mais, selon nos informations, Andrew Blake ne serait pas accompagné.

Je secouai la tête. Une fois de plus, les journalistes se préoccupaient de sa vie privée. Les yeux rivés sur l'écran, je scrutai les images de la foule dense qui entourait l'entrée de l'hôtel *Sheraton*.

— Toutefois, le mystère plane toujours sur la jeune femme qui l'accompagnait récemment à New York lors du lancement de son magazine, *Powerfull*, sur la côte Est. Andrew Blake a refusé de commenter quoi que ce soit, indiquant que ses nombreux déplacements à New York étaient avant tout professionnels.

Brutalement, la journaliste disparut de l'écran et la caméra fit un plan sur un véhicule noir, se postant près de l'entrée. Je retins mon souffle, espérant voir Andrew, même furtivement. J'étais totalement hypnotisée par l'écran, les doigts crochetés sur la télécommande.

Finalement, il sortit de la voiture. J'approchai de l'écran, distinguant sa silhouette longiligne, mise en valeur par un élégant smoking noir. Le parterre de journalistes se pressa un peu plus vers l'entrée, pendant qu'Andrew contournait la voiture pour ouvrir l'autre portière.

— Non, non... Tu étais censé être seul, gémis-je avec désespoir.

Si Andrew se montrait avec une autre femme, cela sonnerait ma perte. Ce n'était pas que ma jalousie qui parlait, c'était surtout ma colère contre lui. S'il ne pouvait pas gérer notre relation, comment pouvait-il en gérer une autre ?

Il tendit la main et Meghan, éblouissante dans une robe de cocktail vert émeraude, apparut. Elle cala sa main dans celle d'Andrew et un trou monumental se creusa dans mon ventre. Meghan était superbe, souriante. Et Andrew lui souriait aussi, alors qu'ils se dirigeaient vers les journalistes.

Derrière eux, j'aperçus furtivement la silhouette imposante de Gregory, les suivant à distance. Andrew se tourna vers lui et lui adressa un geste presque imperceptible de la tête. Gregory les rejoignit et se plaça derrière eux. La caméra abandonna le plan large, et une autre prit la relève. Le visage d'Andrew, souriant et beau comme jamais, illumina l'écran.

— Monsieur Blake, qu'attendez-vous de cette soirée ? hurla un journaliste en tendant un micro.

— Soulever beaucoup de fonds... Reconstruire l'hôpital est primordial, et j'espère que tous les invités sauront se montrer généreux.

— Avez-vous décidé de refaire des apparitions publiques ? enchaîna un autre homme.

— Uniquement pour les événements d'importance.

— Pour un homme de médias, vous avez été plutôt absent de la scène publique depuis le décès de votre femme.

— En effet, avoua-t-il.

Son sourire se défit un peu et son regard se durcit. Meghan se pencha vers lui et son sourire réapparut, franc et heureux. Cette fois, j'étais jalouse.

J'étais l'exception, j'étais la femme qui aurait dû lui tenir la main !

— La rumeur dit que vous allez vous installer à New York de manière définitive, est-ce en rapport avec la jeune femme...

— La rumeur est infondée, riposta immédiatement Andrew, les mâchoires serrées. Il n'a jamais été question que je quitte San Francisco.

— Même pour cette femme ?

— C'est une amie, rien de plus. Dans le cas contraire, elle serait là avec moi.

La caméra fit un plan sur Meghan, littéralement béate d'admiration envers Andrew. Le souvenir de son aveu — il avait couché avec elle — me revint en tête. J'avais cru qu'il s'agissait d'un passé lointain, mais, de toute évidence, ils vivaient un retour de flamme.

— Mademoiselle Stanton ? Etes-vous heureuse d'être ici ?

— Très heureuse, et ravie de pouvoir accompagner Andrew. C'est un cavalier très attentionné.

— Seulement un cavalier ? risqua une jeune femme au dernier rang.

— L'avenir nous le dira ! lança Meghan avant de rediriger son attention vers Andrew.

Il lui sourit avec joie et ils s'écartèrent des journalistes afin de prendre la pose pour quelques photos. Je reculai de l'écran, me concentrant non pas sur le visage d'Andrew mais sur ses mains, il tenait maintenant Meghan par la taille. Ils ne laissèrent rien transparaître sur la nature de leur liaison et ce simple doute me tortura un peu plus. Le voir rire avec elle, même en sachant qu'il la connaissait depuis des années, et que leur relation était avant tout professionnelle, était vraiment douloureux. Quelques secondes plus tard, ils entrèrent dans l'hôtel et j'éteignis la télévision, écœurée.

Je me réinstallai sur le canapé, toisant la lettre d'Andrew devant moi. Je ne savais plus à qui j'avais affaire, quel Andrew je devais croire : celui de la télévision, paradant avec Meghan ; celui des lettres, émouvant et blessé ; celui que j'avais intimement connu, arrogant et présomptueux.

Vous l'aimez ? Parlez-lui... Allez lui dire ce que vous ressentez, allez lui faire regretter sa décision...

Si seulement, songeai-je, si seulement les choses étaient aussi simples. Mais affronter Andrew était au-delà de tout. J'étais dans un état lamentable, effondrée sur mon canapé, hagarde, tremblante et avec cette douleur lancinante dans tout mon corps. Andrew, par simple écran interposé et sans même le savoir, m'avait anéantie. Son sourire, son allure, sa prévenance... Tout. Lui.

Je soupirai lourdement, essuyai mes larmes et me

décidai à prendre enfin une décision raisonnable. La seule décision qui me permettrait de survivre à Andrew Blake.

Ma démission du Peninsula.

Je me couchai au milieu de la nuit après avoir envoyé un mail à Lynne lui dévoilant mes intentions. J'envisageai de poser le courrier demain à l'hôtel et de vider mon vestiaire dans la foulée. Je me demandais encore comment j'avais pu croire un seul instant y arriver. Je n'avais pas cette force, lui faire face, satisfaire ses demandes, l'écouter me parler, respirer son parfum. Trop difficile pour moi. J'abandonnais.

A mon réveil, ma décision me sembla encore plus naturelle et juste. Comme prévu, je laissai ma lettre de démission en évidence sur le bureau de Lynne avant de récupérer les quelques affaires qui traînaient dans mon vestiaire. En passant devant le kiosque à journaux, je tombai sur une photo d'Andrew avec Meghan, posant comme un couple heureux. Pour un homme qui ne couchait pas avec ses employées, il tombait allègrement dans la récidive : Eleanor, Meghan... et même moi, si on considérait qu'il était partiellement propriétaire de l'hôtel et donc partiellement mon patron.

Le lundi matin, encore groggy par les images d'Andrew et ma démission, j'ouvris les yeux en me demandant ce que je devais faire maintenant. Cette ville était immense, je pouvais certainement trouver un autre travail, vivre une nouvelle fuite. Ou bien je pourrais en profiter pour aller voir mon père, me vider l'esprit.

Lynne me sortit finalement de mon engourdissement.

— Tu démissionnes ? Dis-moi que c'est une plaisanterie ! hurla-t-elle dans le téléphone.

— Ce n'est pas une plaisanterie.

— Alors tu déménages, et ensuite tu démissionnes...

C'est quoi la prochaine étape, tu vas disparaître de la surface de la planète?

— Lynne, j'ai besoin de faire le vide, la coupai-je rapidement.

— A cause de lui?

— Pour moi, avant tout.

— Kat, je n'aime pas ça. Mon avis sur Andrew Blake n'est pas franchement positif en ce moment!

— Il n'est pas si mauvais. Les circonstances n'étaient pas avec nous, c'est tout!

— Bien... Je ne vais pas te faire la morale. On est lundi, j'ai encore un de ces foutus séminaires de médecins et je suis loin d'avoir assez de caféine dans le sang. Veux-tu de mon aide?

— Pour quoi? demandai-je, hésitante.

— Pour trouver du boulot! Je ne te laisserai pas partir à la dérive. Je t'ai connue avec plus de force que ça!

— C'est juste... passager.

— Peu importe, te savoir inactive est pire que tout. Je peux admettre que tu ne restes pas à l'hôtel... Mais demander une mutation, même au fin fond de la Chine, aurait été moins drastique! Laisse-moi au moins voir si on peut te trouver un point de chute.

— OK, abandonnai-je finalement.

Et les jours passèrent, lents et tristes, bercés par la même routine. Lynne me fit parvenir plusieurs propositions de poste, mais je posai à peine les yeux dessus. Je filtrai les appels de Nathan et de Gregory. Je savais qu'ils en rendraient compte à Andrew. Je ne voulais plus le laisser pénétrer dans ma vie. Curieusement, je n'avais pas l'impression d'être faible ou misérable. Certes, je n'étais pas en forme, mais mon état se rapprochait plus de la stupeur permanente que de la réelle tristesse.

Le jeudi soir, affalée dans mon canapé, je fixai mon attention sur l'écran de télévision. Les informations de 23 heures, une fois de plus, défilaient devant moi sans que je les regarde vraiment. Mais comme le week-end dernier, le visage d'Andrew apparut et, bien malgré moi, je me surpris à monter le son.

— Blake Medias vient d'acquérir un nouveau journal à New York. Le *W*, magazine branché et culturel, est désormais la propriété du groupe de presse. Andrew Blake entend ainsi asseoir sa présence sur la côte Est. A l'annonce de ce rachat, l'action a grimpé en flèche et les premières critiques se sont fait entendre. La concurrence reproche à Andrew Blake d'étouffer le marché et de fausser les règles, en prenant de plus en plus de participations dans différents titres. Par ailleurs, l'empire Blake entend s'attaquer à l'immobilier en répondant à des appels d'offres lucratifs sur la construction de logements sociaux.

Les images montraient Andrew serrant la main d'un député.

— Andrew Blake est attendu prochainement à Washington pour répondre à un premier marché. Après cinq ans d'absence totale sur ce secteur, ce dernier semble déterminé à refaire parler de lui.

Le reportage s'acheva dans un dernier plan sur Andrew devant un bâtiment totalement délabré. A ce rythme, la moitié du pays lui appartiendrait d'ici à dix ans.

L'esprit un peu embrumé, je gagnai ma chambre. Je me tournai et me retournai plusieurs fois dans mon lit, avant d'abandonner ma lutte. Je me relevai près d'une heure plus tard pour me préparer un thé, tourmentée et agacée de ne pas déterminer les causes de mon insomnie.

Je pensais à lui. Encore et toujours.

Et quand je ne le faisais pas, je lisais ses lettres, résistant à l'envie de dévoiler la vérité.

Dernièrement, j'avais dû gérer un interrogatoire de Lynne sur la présence d'Andrew ou non à son mariage. Elle m'avait suppliée de venir avec quelqu'un... Non pas pour moi, mais pour garantir l'équilibre de la table. Parfait !

La tentation était trop forte et je retombai dans ma nouvelle addiction : relire ses lettres. Je m'y accrochais et, généralement, elles me donnaient assez d'énergie et assez de forces pour surmonter ce que je ressentais. Mais cette nuit, pour une raison que j'ignorais, j'avais besoin de plus. Cette relation secrète ne me suffisait plus, penser à Andrew ne me suffisait plus, le voir à la télévision était au-dessus de mes forces... Et le sentir dans le même état que moi me rendait dingue.

Vous l'aimez ? Parlez-lui... Allez lui dire ce que vous ressentez, allez lui faire regretter sa décision...

Voilà ce que je devais faire : le revoir, le sentir, lui dire qu'il avait tort... Lui dire que j'étais Marie et que je savais ce qu'il ressentait. Rien ne me retenait vraiment à New York, ni mon travail ni mes amis... Lynne avait raison : fuir et me renfermer ne servaient à rien.

Je récupérai mon ordinateur et réservai un billet pour San Francisco. Ce simple achat anéantit le peu d'économies qui me restait. J'avais un vol à 6 heures. Je fonçai dans ma chambre, remplis un sac de voyage de quelques affaires, réunis mon essentiel de toilette et rassemblai les lettres. Mon sac fait, je devais réfléchir à une façon d'escalader le mont Blake.

A vrai dire, j'aurais dû, avant tout, vérifier sa présence à San Francisco. Je me décidai alors à reprendre contact avec la seule personne qui m'avait toujours apporté son aide concernant ma relation avec Andrew.

— Nathan, murmurai-je, il faut que vous m'aidiez.

Chapitre 24

Le combiné contre mon oreille, j'entendis Nathan grogner :

— Kat ? Mais bon sang ! Quelle heure est-il à New York ?

— Pas loin de 3 heures du matin.

— Quand je disais dans mes messages « Rappelez-moi quand vous voulez », j'aurais peut-être dû préciser : « A une heure décente ! »

— Désolée, m'excusai-je rapidement. C'était urgent.

— J'espère que votre urgence est un malencontreux accident... ou une amnésie temporaire ! Ça fait des jours que je tente de vous joindre.

— Je sais, avouai-je. J'ai besoin de voir Andrew.

— Je ne crois pas...

— Ce n'était pas une suggestion. Je *dois* le voir.

Il y eut un silence un peu tendu et j'entendis du mouvement derrière Nathan. Je compris qu'il devait être en train de sortir de son lit.

— Kat, la situation n'a pas changé.

— Je me fiche de la situation. J'ai un vol qui arrivera à San Francisco demain à 9 heures.

— Je présume qu'il s'agissait là encore d'une simple information ?

— Nathan, je n'arriverai pas à entrer sans vous. Si

j'arrive à passer le premier contrôle de sécurité, j'aurai déjà de la chance.

— Vous vous rendez compte de ce que vous êtes en train de me demander ? s'écria brutalement Nathan.

— Je sais. Mais...

— Peu importe. De toute façon, il n'est pas à son bureau demain.

Je pestai contre mon impulsivité, espérant que mes billets étaient au moins remboursables.

— En déplacement ? tentai-je.

— Chez lui.

— C'est encore pire, gémis-je. Jamais il ne me laissera entrer.

— 9 heures, c'est ça ? s'enquit Nathan.

— 9 heures.

— Bien. Je vais me débrouiller... Et souscrire une assurance-vie, plaisanta-t-il.

— Merci. Merci beaucoup, Nathan.

Je raccrochai dans l'instant et filai sous la douche. Dormir était dorénavant totalement exclu. Avec un vol à 6 heures, j'avais le temps de me rendre tranquillement à l'aéroport.

Le vol, évidemment, fut interminable. J'étais anxieuse et enthousiaste à la fois. J'avais les lettres, et j'envisageais de m'en servir comme argument. Andrew ne pourrait plus nier ce qui nous liait. Il serait de nouveau à mes côtés. Me battre pour lui, voilà à quoi se résumait ce voyage.

Nathan m'accueillit à l'aéroport, un immense sourire barrant son visage.

— Ne me dites pas que je suis radieuse, soufflai-je en arrivant vers lui.

— Je ne suis pas un adepte du mensonge, dit-il en prenant mon sac. Vous restez combien de temps ?

— Aucune idée... Vous voulez l'option optimiste ou non ?

— Vous savez que c'est du suicide, n'est-ce pas ? Il

n'a pas changé d'avis à l'hôpital, pourquoi voulez-vous qu'il le fasse maintenant ?

— Parce que je me bats, murmurai-je.

— Ça ne marche pas toujours.

— Il suffit d'avoir les bonnes armes, ripostai-je en comprenant son allusion.

Il me fit un sourire triste, comme s'il prenait conscience que je savais ce qui le liait à Lynne. Il me guida jusqu'à sa voiture, un somptueux 4×4 noir, rutilant.

— J'ai dit à Andrew que je venais le voir pour un dossier urgent à 10 heures.

— Merci, Nathan. J'apprécie votre aide. Au fait, avez-vous pris cette fameuse assurance-vie ?

— Non... Apparemment, le meurtre est une exclusion de garantie.

Je souris de sa plaisanterie, avant d'avoir une idée.

— J'ai encore un service à vous demander.

— Dieu du ciel... Je comprends qu'Andrew vous trouve à son goût, vous êtes aussi têtus et exigeants l'un que l'autre !

— Ne râlez pas ! J'ai besoin d'une escorte. La semaine prochaine, à New York.

— Une soirée ?

— Le mariage de Lynne.

Son visage se referma et ses poings se crispèrent sur le volant. Je le fixai, cherchant à sonder son visage. Je n'aurais su dire s'il était en colère, ou simplement triste.

— La torture est un autre de vos points communs, railla-t-il.

— Nathan ! suppliai-je presque. Je sais qu'elle est... attachée à vous.

— « Attachée » ? ricana-t-il. On s'attache à un chien, Kat.

— Vous n'êtes pas prêt à vous battre pour elle ? m'enquis-je.

— Vous pensez être forte, n'est-ce pas ? riposta-t-il, un peu nerveux. Vous pensez pouvoir le faire flancher... Ce que vous croyez être de la force, de l'envie ou de la rage, personnellement j'appelle ça « l'énergie du désespoir ». Je suis déjà passé par là avec Lynne.

— Ça va marcher, affirmai-je plus pour m'en convaincre que pour Nathan.

— Je ne supporterai pas de la voir se marier avec un autre. Je vous ai raconté l'histoire de ce taureau qui m'a piétiné ?

— Oui.

— Eh bien, ce n'était rien en comparaison de Lynne. Rien du tout ! Et vous savez ce qu'il y a de pire dans tout ça ? C'est que je ne lui en veux même pas. Kingston est un sacré veinard de l'avoir !

J'acquiesçai, prenant conscience que l'histoire entre Lynne et Nathan semblait vraiment compromise. Elle avait sûrement réagi trop tard. J'espérais que ma relation avec Andrew n'était pas si... moribonde.

Nathan s'annonça et le portail électrique coulissa pour nous laisser entrer. La maison d'Andrew apparut derrière quelques arbres. Je penchai la tête pour l'admirer un peu plus. Comment pouvait-il vivre seul là-dedans ?

— Quel est le plan ? demandai-je alors que Nathan coupait le contact.

— On entre ensemble. Lucinda, la femme de ménage, ne vous laissera pas y pénétrer seule. Elle va sûrement annoncer ma visite à Andrew, et ensuite vous prendrez la main.

— Et vous ?

— J'attendrai un peu... Et si je vois que vous ne ressortez pas dans les cinq minutes, j'estimerai que vos armes sont vraiment meilleures que les miennes.

Je descendis de la voiture et le suivis jusqu'à l'entrée imposante de la maison. Je camouflai mes mains tremblantes dans les poches arrière de mon jean et ravalai l'angoisse qui me rongeait. Soudain, cette idée me semblait vraiment mauvaise. J'étais à peu près certaine qu'Andrew allait me mettre dehors aussitôt.

— Bonjour, Lucinda, lança Nathan avec un sourire. Je dois voir Andrew pour un dossier urgent, il est au courant.

— Je vais prévenir M. Blake, répondit la jeune femme avec un fort accent hispanique.

Elle s'effaça et j'entrai dans le hall. La maison était lumineuse et les murs d'un blanc immaculé. Nathan surprit mon regard ébahi et étouffa un rire.

— Ça fait ça à tout le monde! plaisanta-t-il.

— Cette maison est superbe!

— Ce n'est pas une maison... C'est une espèce de refuge, doublé d'un blockhaus, qu'Andrew refuse de vendre!

— Pourquoi vendrait-il? m'enquis-je.

— Pourquoi à votre avis?

Mon cœur se serra avant de comprendre. C'était la maison qu'il avait achetée avec Eleanor. Lucinda interrompit mes pensées en se raclant la gorge. Elle nous invita à la suivre, nous faisant traverser un long couloir.

— Ça ira, Lucinda, la congédia Nathan avec douceur.

Elle nous laissa et, brutalement, mon ventre se tordit dans une douleur fulgurante. Nathan me fixa, devinant aisément que j'étais en train de paniquer. Je sortis les mains de mes poches, les frottant nerveusement l'une contre l'autre.

— Vous devriez entrer, suggéra Nathan en désignant la porte sur ma gauche.

— Il ne va pas être heureux de me voir, n'est-ce pas?

— Je pense que si... Il ne vit pas très bien la situation. Ce qui risque de le contrarier, c'est que vous avez été plus futée que lui.

— A quel sujet?

— Eh bien, vous avez son adresse, et je crois savoir qu'il n'a toujours pas la vôtre!

Un sourire s'imposa sur mes lèvres et Nathan m'encouragea de nouveau à entrer. Je soupirai lourdement, me motivant à tenir le coup et à me montrer forte. J'étais décidée à ne pas sortir de cet endroit tant que je n'arriverais pas à mes fins avec Andrew. Je poussai la porte doucement et me faufilai dans le bureau avant de la refermer derrière moi.

Andrew me tournait le dos, les yeux rivés sur un écran

d'ordinateur. Ses mains pianotaient doucement sur le clavier et il semblait concentré.

— Laisse-moi deux secondes, Nate, je finis ça! lâcha-t-il sans prendre la peine de se retourner.

— J'ai tout mon temps, répondis-je d'une voix forte.

Andrew se raidit automatiquement et cessa d'écrire, avant de pivoter lentement sur son fauteuil. Un bureau de bois sombre se dressait devant lui. Il était impeccablement rangé, et seul trônait, près d'un stylo, un mug de café fumant. Son regard pénétrant me fixa avec intensité et ses mâchoires se crispèrent. Je reculai d'un pas, pas certaine de sa réaction.

— Que fais-tu ici? demanda-t-il en se levant de son fauteuil.

— Je... Je suis venue te parler.

— Charmante intention. La plupart des gens s'annoncent... ou appellent mon assistante pour fixer un rendez-vous.

— J'ai toujours cru que tu ne me considérais pas comme la plupart des gens.

Il osa un petit sourire et contourna le bureau pour s'y appuyer. Les bras croisés sur sa poitrine, il patienta, en silence, avant de m'inviter à poursuivre.

— Maintenant que tu es là, je t'écoute.

— J'ai démissionné, avouai-je brutalement.

— Je suis au courant, répondit-il tranquillement.

J'avançai vers lui, espérant qu'il ne me rejette pas. De nouveau, il me fixa, son masque d'indifférence parfaitement vissé sur son visage. Mon cœur frappait à une cadence hallucinante, mais je ne savais plus si c'était à cause d'Andrew ou juste à cause de la peur qui me rongeait de l'intérieur.

— Je t'ai vu au journal... Le week-end dernier. Tu étais avec Meghan, ajoutai-je alors qu'il ne cillait pas.

— En effet. Meghan a été une délicieuse cavalière... Ça m'a rappelé de vieux souvenirs, précisa-t-il en me lançant un regard sans équivoque.

— Comment était-ce? demandai-je sans relever l'allusion.

— Plutôt bien. Sans grande originalité, mais la soirée a tenu toutes ses promesses.

— Finalement... je vais le prendre comme un compliment, ironisai-je.

Andrew fronça les sourcils et décroisa les bras. Apparemment, il ne comprenait pas mon raisonnement. Il semblait légèrement stupéfait et s'approcha finalement de moi.

— De toute évidence, risquer la vie de Meghan signifie qu'elle est certainement moins précieuse que la mienne, expliquai-je.

— Es-tu venue ici pour... te défouler?

— Je suis venue ici pour toi. Pour te dire que tu te trompes sur nous.

— Nous avons déjà eu cette conversation, soupira-t-il. Tu dois t'éloigner de moi, affirma-t-il.

— Non.

— « Non »?

— Non. Quoi que tu dises, ça sera non. Je refuse de faire ça.

— Il n'est pas question de choix, ici.

— Si. Je devais être à cette soirée!

Il passa une main sur son visage et je l'entendis souffler d'exaspération. Au moins, j'éveillais quelque chose chez lui.

— C'est quoi au juste? Une scène de jalousie? Que veux-tu savoir? Si j'ai couché avec elle?

— Je veux savoir pourquoi tu fais ça! Pourquoi tu m'as repoussée sans me demander mon avis?

— Tu sais pourquoi, éluda-t-il, et il se réinstalla dans son fauteuil.

— Pour ma sécurité?

Il me lança un regard, acquiesçant en silence. Je sentis mon cœur se serrer. Comment faisait-il pour sembler si indifférent à mes arguments, quand je savais qu'il souffrait probablement autant que moi.

— Je me fiche de ma sécurité, si je ne suis pas avec toi.

— Et moi je sais que ta sécurité est la chose la plus importante qui soit.

— Plus importante que quoi ? m'écriai-je. Plus importante que nous ?

— Kathleen, tu ne comprends pas...

— Je ne comprends pas quoi ? Que je suis devenue une espèce de fantôme sans toi ? Que je suis... désespérée... Que je prétends aller bien alors que je n'ai jamais autant eu la trouille de toute ma vie ?

Il releva les yeux vers moi et ses mâchoires se serrèrent un peu plus. Je sentis les larmes me piquer, mais je refusai de me laisser aller. Le masque d'Andrew commençait à se relâcher. Imperceptiblement, ses traits s'affaissaient un peu.

— Je ne veux pas qu'il t'arrive quoi que ce soit.

— Que pourrait-il m'arriver de pire que d'être sans toi ? le provoquai-je.

— Je sais ce qui pourrait t'arriver, et c'est une expérience que je ne tiens pas à renouveler avec toi.

— Mais avec Meghan, si ?

— Meghan n'a rien à voir avec toi ! Tu as raison, il fallait le prendre comme un compliment. Comment peux-tu croire un seul instant que j'accepterais de risquer ta vie ?

— Je risque ma vie chaque jour, Andrew... Ce raisonnement est stupide.

— C'est non !

Je songeai furtivement à ses lettres. Elles étaient dans mon sac, dans le coffre de la voiture de Nathan. Je pouvais toujours m'en servir. Elles seraient ma dernière arme.

— Je sais que tu ne le penses pas, affirmai-je avec un regain d'énergie. Je sais que tu vas aussi mal que moi...

— Je vais très bien, mentit-il en dirigeant son attention sur un dossier.

— Tu es seul... Et triste... Comme moi. Sauf que... je ne veux pas finir ainsi. Je ne veux pas être rongée par l'amertume ou les regrets parce que je n'aurai pas essayé.

— Tu crois que c'est simple pour moi ? demanda-t-il finalement.

— Non. Je sais que ça ne l'est pas... Mais tu... nous sommes ensemble... Et je ne me suis jamais sentie aussi forte que dans ces moments-là.

— Voilà ce qui nous différencie alors.

Il se releva de son fauteuil et reprit sa position arrogante, assis sur le bord de son bureau. Il me toisa, cherchant sûrement à me faire flancher. Je le fixai en retour, épuisée de constater qu'il me repoussait encore une fois.

— On peut le faire, l'attaquai-je.

— Non.

— Andrew, je ne partirai pas d'ici, répétai-je avec calme.

— C'est hors de question ! répondit-il avec rage. Il y a un type, là, dehors, qui a juré ma perte, argua-t-il en criant… Et ma perte… Ma perte, c'est toi ! Je ne suis pas fort avec toi, je suis le type le plus faible du monde. Dis-moi ce que je ferais s'il t'arrivait quelque chose ?

— Dis-moi ce que je fais sans toi ? hurlai-je à mon tour.

— Tu vis.

— Je survis. Et pas très bien, à vrai dire.

De nouveau, le masque imperturbable se fendilla. Son regard trahissait son envie et son besoin de moi. Il baissa les yeux et se pinça l'arête du nez, perdu en pleine réflexion.

— Je ne sais plus qui je dois croire, murmurai-je en m'approchant de lui. Tu m'as suppliée de ne pas te laisser quand j'ai eu ces coups de téléphone étranges, tu m'as dit que tu ferais tout pour moi… Et maintenant, tu choisis de m'abandonner ?

— Kathleen, s'il t'arrivait la moindre chose, si un fou furieux avait simplement l'audace de vouloir te toucher… je ne sais pas ce que je deviendrais.

— Mais tu donnes raison à ce type ! Tu donnes raison à la personne qui nous harcèle !

J'approchai de nouveau et Andrew releva les yeux vers moi, me fixant avec cette intensité désarmante que je connaissais par cœur.

— Ce n'est pas une bonne idée, murmura-t-il comme pour s'en convaincre.

— Il ne m'arrivera rien, promis-je. Je serai avec toi… Quel meilleur garde du corps pourrais-je espérer ? tentai-je de plaisanter.

Il risqua un sourire, mais je compris qu'il n'était toujours pas convaincu par mon plaidoyer. Je soupirai doucement, à bout de forces, et à court d'idées pour le faire flancher. Il semblait en pleine réflexion, luttant entre ce qu'il devait faire et ce qu'il avait envie de faire.

— Tu me demandes l'impossible, dit-il finalement, alors que je fixais mes pieds. C'est trop dangereux, trop risqué...

— Je prends le risque.

— Kathleen, râla-t-il contre mon entêtement.

— Je prends le risque, répétai-je. Parce que ça peut fonctionner et que ce risque n'est rien du tout comparé à nous.

— Risquer ta vie n'est pas rien.

— Je t'en prie, Andrew, suppliai-je. Laisse-moi juge de ce que je peux faire ou non ! Laisse-moi prendre le risque, parce que dernièrement, sans toi, je me suis sentie plus morte que vivante.

Ses yeux se voilèrent et je décidai de jouer la franchise. Mes arguments, mes promesses, mes suppliques ne l'avaient fait que frémir, je me devais d'essayer, encore et encore.

— J'ai tout fait pour te sortir de ma vie. Tout ! J'ai rendu la robe, les boucles, j'ai déménagé, j'ai démissionné, je me suis... coupée du monde. Mais malgré tout ça, tu es toujours... quelque part. Tu es dans mes pensées le matin au réveil, parce que je regrette de ne pas pouvoir t'amener le café, et tu es dans mes pensées le soir, parce que j'aimerais te refaire faire la cuisine. Tout le temps, Andrew.

Je lui laissai le temps de digérer, et repris mon souffle. Il serra les poings et secoua la tête.

— Je sais que tu es parti pour ma sécurité, pour me protéger. Je comprends pourquoi tu as fait ça ! Et je le comprends d'autant plus que je t'aime et que j'aurais sans aucun doute fait la même chose pour toi.

J'entendis sa respiration s'accélérer et me félicitai presque d'avoir enfin obtenu un signe de faiblesse de sa part.

— Je t'aime... Et je trouve que c'est suffisant pour me faire prendre tous les risques du monde. Comment peux-tu dire que tu n'aimes pas le mensonge et vouloir me faire croire que je n'ai rien été pour toi ? soufflai-je.

— Je t'interdis de penser ça. Je voulais que tu t'éloignes, que tu prennes tes précautions, contra-t-il, les mâchoires serrées.

— Et tu as cru que cela fonctionnerait ? Tu as cru que je me laisserais faire ?

— Bon sang, tu es tellement... têtue !

— Je ne suis pas têtue, Andrew. C'est toi qui persistes à vouloir avoir raison. Quand je pense que tu t'es pavané avec Meghan ! râlai-je.

Il me fixa, incrédule. Les muscles tendus, je soutins son regard, avant de me décider à lui démontrer que je n'étais pas idiote au point de me faire manipuler.

— Meghan a été parfaite.

— Est-ce que tu cherchais à me rendre jalouse ?

— Je n'ai donc pas le droit de sortir avec Meghan ? Elle est plutôt jolie, et intelligente...

— Et sans emploi je présume ? raillai-je tandis que la surprise se peignait sur son visage. Parce que je me souviens parfaitement de ce que tu m'as dit, Andrew : tu ne couches jamais avec tes employées.

— En effet.

Son visage s'affaissa doucement mais, très vite, le masque réapparut. Il se racla la gorge, avant qu'un sourire amusé ne se dessine sur ses lèvres.

— Kathleen, tu es... stupéfiante.

— J'ai été à bonne école, ripostai-je.

Ses yeux se voilèrent, et je reculai d'un pas, incertaine de pouvoir gérer sa colère. Il avança vers moi et je continuai de reculer, me retrouvant acculée contre une table derrière moi.

— Et tu es incroyablement culottée... D'abord tu me résistes pendant des semaines, et tu finis par débarquer ici.

— Tu ne m'as pas laissé le choix.

— Je ne laisse jamais le choix, Kathleen. Mais je crois que tu es une des rares personnes à avoir cette capacité à me sidérer chaque fois.

Séparés de quelques pas, nous nous toisâmes pendant de longues secondes. Mon cerveau semblait s'être déconnecté et seuls mes yeux agissaient, dévorant son visage parfait.

— Jusqu'où es-tu capable d'aller au juste ? demanda-t-il.

— C'est toi qui me pousses à prendre des mesures extrêmes.

— Je n'ai pas pour habitude qu'on me dicte ma conduite, Kathleen. Et c'est ce qui est troublant.

— Vraiment ?

— Vraiment. Je mène le jeu, je prends les décisions. La seule chose que j'attends des autres, c'est qu'ils opinent du chef.

Je déglutis lourdement, comprenant que j'avais certainement été trop loin. Malgré tout, je le fixai et tentai de contenir ma peine.

— Tes abus de pouvoir ne fonctionnent pas avec moi.

— Et cela me désespère, souffla-t-il en réduisant l'espace entre nous.

— Je serai prudente, murmurai-je.

— Ça ne suffira pas. Tu n'es pas assez raisonnable pour respecter les règles. Surtout les miennes.

Sa main se posa sur ma joue et je sentis mon corps se raidir violemment. Il repoussa mes cheveux sur mon épaule et promena son pouce sur ma bouche. Je résistai à l'envie de le capturer entre mes lèvres, l'appel de la luxure étant pourtant définitivement plus tentant que n'importe quelle conversation.

— Andrew, murmurai-je, essoufflée.

Ses yeux plongèrent dans les miens. Ses iris verts brillaient de cette lueur de désir.

— Suivras-tu mes instructions ? m'interrogea-t-il avec sérieux.

— Pas si elles sont déraisonnables et qu'elles vont à notre encontre.

— Pourquoi étais-je certain d'avoir cette réponse ? sourit-il.

— Parce que je te connais ! Et parce que tes règles sont idiotes, répondis-je.

Il réprima un rire, appréciant sûrement ma réponse avec bonne humeur. Il approcha encore, soudant son front contre le mien. Ce nouveau contact me tira un gémissement, et le corps d'Andrew épousa le mien. Je me cramponnai à la table derrière moi, pas certaine d'être en droit de le toucher.

— Tu as raison, avoua-t-il, les yeux clos. Tu n'es pas la « plupart des gens ».

Je souris, ravie d'entendre cet aveu de faiblesse de sa part. Je m'étais mise à nu devant lui, je lui avais dit que je l'aimais — avec désespoir, certes —, et une partie de moi voulait qu'il en fasse autant, qu'il se livre un peu.

— Tu restes définitivement ma seule exception, murmura-t-il avec un sourire heureux.

— Et tu restes la mienne, répondis-je en retour en posant mes mains sur ses hanches.

Il remua un peu, les yeux toujours clos et, quelques secondes plus tard, ses lèvres étaient sur les miennes. Encore tendue par notre affrontement, j'hésitai à me laisser aller. Andrew avait cette capacité incroyable à souffler le chaud et le froid en une demi-seconde.

Je reculai légèrement, remontant mes paumes sur son torse. Sa poitrine se soulevait à un rythme effréné. Il se pressa un peu plus contre moi, ses mains enserrant ma taille avec fermeté.

— Tu dois me promettre que tu vas suivre mes instructions.

— D'accord, murmurai-je. Mais tu vas devoir apprendre à m'entendre dire « non ».

Il me souleva et je me retrouvai assise sur la table derrière moi. J'étouffai un cri de surprise et sentis le corps d'Andrew s'installer entre mes jambes.

— Soit, il va donc falloir que je trouve un moyen de te faire taire, répondit-il en plongeant son regard dans le mien.

Ses mains glissèrent sur mes cuisses, puis remontèrent lentement par l'intérieur. Le souffle court, je tentai de garder le contact avec son regard brûlant.

— Je parviendrai à faire en sorte que tu te plies à mes ordres.

— Ici ? murmurai-je en espérant qu'il accepte.

— Ici. Et maintenant.

Il retrouva mes lèvres et, cette fois, je cédai à son baiser. Mon corps était en manque de lui depuis des jours, et le retrouver maintenant, après toute cette tension, était ma délivrance. J'enroulai mes bras autour de sa nuque, le gardant au plus près de moi. Son baiser fut dévastateur. Sa langue dansait langoureusement contre la mienne, me faisant gémir et m'embraser. Ses mains remontèrent sur mes hanches et glissèrent sous mon haut.

— Tellement chaude, murmura-t-il en enfouissant sa tête dans mon cou.

Il mordilla ma peau et je basculai la tête pour lui laisser libre accès. Les muscles de son torse se tendirent sous mes paumes et j'entrepris de déboutonner sa chemise. Mais Andrew fut plus rapide que moi et repoussa mes mains pour l'ôter lui-même.

J'admirai son torse quelques instants, sentant mon sang bouillir dans mes veines. Mon cœur palpitait à une cadence folle dans ma poitrine. J'attendis, en vain, qu'il retire aussi son pantalon mais, à la place, il agrippa le bord de mon haut et me le fit passer par-dessus la tête. Son regard navigua sur moi et il reprit sa position entre mes jambes, capturant ma bouche pour un baiser violent.

Ses mains remontèrent jusqu'à ma poitrine, caressant mes seins gonflés de désir.

— Andrew, murmurai-je, haletante.

— Encore, m'intima-t-il en passant ses deux pouces simultanément sur les pointes érigées de mes seins.

— Andrew ! criai-je.

— Chut..., souffla-t-il en posant son index sur mes lèvres. Tu ne voudrais tout de même pas que Lucinda s'inquiète.

Le corps en feu, je lui lançai un regard noir. Ce n'était pas le moment de me demander d'être calme. Je pris son index dans ma bouche et le suçai durement sans le lâcher des yeux. Andrew fronça les sourcils et grimaça, masquant son plaisir évident.

— Tellement têtue, chuchota-t-il en retirant son doigt.

Il fit traîner son index le long de ma bouche, puis dans mon cou, avant de gagner le sillon de peau entre mes seins. Je plaçai mes mains derrière moi pour gagner en appui. Légèrement cambrée et la poitrine bombée, Andrew finit son voyage sur mon nombril, avant de passer sur mon jean et de caresser mon entrejambe.

Sa bouche suivit le même chemin, mordillant mes lèvres, avant de cavaler sur mon cou, mes seins, mon ventre, et de finir par poser un baiser furtif sur mon intimité. Quand il releva les yeux vers moi, alors que son visage était à quelques centimètres de mon sexe, je compris qu'il ressentait la même chose que moi. Le manque, l'envie, la colère, la crainte... Tout se mêlait.

Il se redressa et, d'un geste rapide, repoussa les bretelles de mon soutien-gorge et fit glisser le sous-vêtement autour de ma taille.

— Tu m'as manqué, chuchota-t-il à mon oreille.

— Toi aussi, haletai-je en sentant ses mains attaquer le bouton de mon jean.

— Je ferai tout pour te protéger, promit-il.

— Je veux juste rester près de toi. Tu dois me faire confiance.

Il m'embrassa de nouveau, son torse appuyé contre ma poitrine dénudée. Il tira mon jean et parvint à m'en débarrasser. Je posai mes mains sur sa ceinture et Andrew reprit possession de mon corps, embrassant le haut de ma poitrine, avant de titiller un de mes mamelons.

Je gémis, mais restai concentrée sur sa boucle. Elle céda finalement et je défis assez vite le bouton et le Zip.

— A croire que tu as fait ça toute ta vie, constata Andrew en se débarrassant du reste de ses vêtements.

— Tu n'es pas le premier homme que je déshabille, ironisai-je.

— J'aurais aimé l'être... Ça m'aurait facilité la tâche pour te dompter.

Il reprit sa position, nu contre moi. Instinctivement, ma main se posa sur son sexe érigé et je le caressai. Il grogna contre ma peau, tirant mon bassin un peu plus contre le sien. J'entourai ses hanches de mes jambes, gémissant de plaisir. Je le voulais.

— Maintenant, soufflai-je en amplifiant mes caresses autour de son membre.

Andrew me lança un regard sombre, et fondit sur mes lèvres. Ses doigts passèrent sous ma culotte et il caressa mes plis avec rudesse. Je criai sous l'assaut, mon excitation prenant le pas sur tout le reste de mon corps.

— Redis-le, m'ordonna-t-il.

— Andrew, soufflai-je d'une voix affaiblie par les prémices de l'orgasme.

Il enfonça un doigt en moi, et sa respiration lourde et hachée me parvint. Je le libérai, jetant mes mains en arrière pour me maintenir. Je rouvris difficilement les paupières, cherchant son regard. Je voulais le voir, je voulais que le masque tombe définitivement. Mais ses yeux étaient dirigés vers le bas, admirant sûrement le travail de sape qu'il menait sur mon corps. Je me redressai et me serrai contre lui, plantant mes ongles dans son dos musclé.

Contre toute attente, Andrew détacha mes mains et se recula. Son regard brillait toujours de cette lueur d'excitation.

— Tourne-toi, ordonna-t-il.

Je le considérai sans comprendre, avant de descendre du bureau et de lui tourner le dos. Andrew se pressa contre mon dos et son sexe dur et gonflé se frotta contre mes fesses.

— C'est tellement bon quand tu m'obéis.

— Je peux respecter certains de tes ordres, soufflai-je alors qu'il me plaquait contre la table.

J'étouffai un cri de surprise, mon corps brûlant n'appréciant que très moyennement le contact glacé de la table. La main d'Andrew parcourut mon dos, longeant lentement ma colonne vertébrale. Il se débarrassa définitivement de mon soutien-gorge et une de ses mains me caressa les fesses.

— Nous aurons cette discussion plus tard... Là, j'ai d'autres idées en tête.

— Comme ? me moquai-je en sentant son sexe me frôler dangereusement.

— T'offrir tout un tas de lingerie ! Le noir sera parfait sur ta peau.

De nouveau, sa main effleura mon dos, me faisant frissonner. Je frottai mes jambes l'une contre l'autre. L'orgasme qu'il m'avait fait entrevoir était en train de s'éloigner, et mon corps ne supportait plus la privation. Cette fois, il passa sur mes fesses et finit sur mon intimité. J'écartai les jambes, lui laissant un accès privilégié.

Je me redressai, luttant contre son poids. Andrew grogna un peu mais, très vite, il me serra contre lui, une main sur mon sexe, pendant que l'autre malaxait un de mes seins. Il taquina mon clitoris gonflé, me faisant gémir lourdement.

— Comme ça ? demanda-t-il dans mon cou.

— Continue, soufflai-je.

Ma main rejoignit la sienne et j'imposai le rythme. Il fallait que j'évacue cette tension dans tout mon corps, que je lui appartienne pour de bon.

— Un jour, je t'attacherai, promit-il en dégageant sa main. Tu es bien trop transgressive.

Je gémis de frustration. J'étais sur le point de jouir sur sa main, de soulager toute cette nervosité, et il se moquait de moi.

— Transgressive et têtue. Couche-toi.

De nouveau, je me penchai sur la table. Et enfin, je sentis Andrew en moi, écartant légèrement mes jambes avec son pied.

— Mais c'est ainsi que je t'aime, murmura-t-il en s'enfonçant lentement.

Mon cœur frappa dans ma poitrine et ma respiration se coupa. Il m'aimait. Rien qu'avec cette simple déclaration, j'aurais pu jouir dans la seconde. Mais Andrew s'immobilisa, avant de bouger lentement. Il posa ses mains près de moi, se calant lui aussi contre la table. Je criai son prénom et il me rappela que je devais rester silencieuse.

Je bougeai les fesses, espérant qu'il comprenne que je n'en pouvais plus. L'orgasme qu'il m'avait refusé par deux fois était en train de me consumer et je savais qu'il serait dévastateur. Alors il reprit, bougeant en moi lentement, allant et venant, comme une douce torture.

— Andrew, murmurai-je, la voix rauque de désir. Je... Je... Je ne vais pas... tenir, articulai-je péniblement.

Il redoubla d'efforts et mon cœur manqua un battement. La respiration coupée, je criai lourdement. L'orgasme déferla en moi et me fit oublier en un instant toute la fatigue accumulée. Andrew grogna sous la sensation et buta au fond de mon ventre en murmurant mon prénom.

A son tour, je le sentis jouir. Mes jambes tremblèrent, et je remerciai le ciel que la table me maintienne debout. Andrew s'effondra sur moi, soutenant tout de même le poids de son corps à la force de ses avant-bras. Il embrassa le creux entre mes épaules, me faisant de nouveau frémir, se retira de moi avec douceur avant de me faire me retourner.

Ses lèvres exigeantes reprirent possession des miennes et le désir resurgit, violent et diffus.

— Dis-moi que tu restes, demanda-t-il en me prenant dans ses bras.

— Seulement quelques jours.

— Ça me laisse du temps pour te dompter.

Je relevai les yeux vers lui, pas ravie de le voir si sûr de lui. Il rit doucement et embrassa mon front.

— Viens, je te fais visiter.

Nous nous rhabillâmes rapidement et Andrew prit ma main pour sortir de son bureau. Je restai pieds nus, comme Andrew, et pris mes chaussures à la main. Nous croisâmes Lucinda dans le couloir et je baissai les yeux, presque gênée. La chemise d'Andrew était à peine boutonnée et mon haut était froissé, ne laissant ainsi que peu de doutes sur nos dernières activités.

— Le sac de mademoiselle est dans le hall, monsieur, dit-elle avec une pointe d'agressivité dans la voix.

— Tu as pris un sac ? m'interrogea Andrew.

— Je t'ai dit que je n'allais pas partir d'ici.

Ses lèvres s'étirèrent dans un sourire stupéfait, puis il embrassa mes cheveux en inspirant fortement.

— Tu deviens présomptueuse, murmura-t-il.

— Je ne crois pas. Si je l'étais vraiment, j'aurais suivi le conseil de Gregory et je me serais contentée d'apparaître nue devant toi.

Je risquai un sourire arrogant et me perdis dans son regard sombre.

— Lucinda, dit-il sans quitter mes yeux, prenez le sac de Mlle Dillon et installez ses affaires dans ma chambre.

— Votre chambre, monsieur ? s'étonna-t-elle.

— La mienne, oui.

L'instant suivant, Andrew serra un peu plus fort ma main dans la sienne et nous montâmes les escaliers vers le premier étage de la maison.

— La bibliothèque, dit-il en ouvrant la première porte à gauche.

— Tu as une bibliothèque ? m'exclamai-je.

— Eleanor y tenait. Je n'y vais que très rarement... Mais si tu veux te servir, fais comme chez toi, proposa-t-il en allumant la lumière.

Je jetai un œil à la pièce. Un grand canapé Chesterfield en velours avait été installé et une lampe trônait derrière. Les rayonnages étaient parfaitement rangés. Un épais tapis blanc chatouilla mes pieds lorsque j'entrai. Les fenêtres étaient obstruées par de lourds rideaux, isolant la pièce de la lumière du jour.

— Je peux ? l'interrogeai-je en désignant les rideaux.

— Je t'en prie.

Je repoussai le lourd tissu, laissant le faible soleil pénétrer dans la pièce. Je dégageai ainsi les deux fenêtres, donnant sur la cour où Nathan s'était garé, et mon regard navigua sur les livres.

— Je ne viens pas souvent ici, s'excusa Andrew. C'était plutôt son lieu à elle.

— Oh... On poursuit la visite? demandai-je, finalement désireuse de sortir de cet endroit.

Je quittai la bibliothèque, découvrant Andrew sur le seuil d'une autre pièce.

— La chambre d'amis.

Il ouvrit une porte et j'eus le temps de distinguer une pièce, immense, dans des tons bleus. Il la referma et se dirigea vers la prochaine étape de notre exploration.

— Le salon.

— A l'étage? m'étonnai-je.

— Le rez-de-chaussée est plutôt réservé à mon travail. Il y a aussi un salon, mais pour les réceptions professionnelles.

— D'accord, soufflai-je, épatée par la taille de cette maison.

La pièce était tout à fait à l'image d'Andrew : un mélange de cuir usé et de bois. Mon regard fixa un fauteuil club, posté près de la fenêtre. Il semblait vraiment dater et je passai mes mains sur la matière striée par endroits.

— Ton fauteuil? demandai-je à Andrew.

— En effet, sourit-il alors que je m'y asseyais, laissant mes mains traîner sur les accoudoirs.

Je caressai le cuir, pendant qu'Andrew me fixait, avec de nouveau cette étrange lueur dans le regard. M'asseoir dans son fauteuil était sûrement une nouvelle transgression dans son monde. Il passa derrière moi et posa ses mains sur mes épaules. Je me tendis un peu, mais, très vite, ses doigts décrivirent de petits cercles sur ma peau et je me relaxai.

— A quoi penses-tu? l'interrogeai-je pour rompre le silence.

— A la sous-utilisation de ce fauteuil.

J'étouffai un rire, tandis que les mains d'Andrew glissaient lentement mais sûrement vers le haut de ma poitrine.

— J'aime ton rire, dit-il d'une voix chaude.

— Et j'aime tes sous-entendus ! m'esclaffai-je.

Soudain, je sentis le souffle d'Andrew dans mon cou et il sembla que la pièce rapetissait sur moi.

— Un sous-entendu ? murmura-t-il contre mon cou.

Je tentai de me redresser pour lui faire face, mais il me plaqua contre le fauteuil et embrassa ma peau. Je posai mes mains sur les accoudoirs, enfonçant mes doigts dans le cuir.

— J'envisage de t'attacher sur ce fauteuil. Je ne sais pas encore comment mais, crois-moi, je trouverai.

— Toujours plein de ressources, monsieur Blake, dis-je en sentant ses lèvres effleurer la courbe de mon épaule.

— Toujours avec toi.

Andrew embrassa de nouveau ma peau, rallumant aussitôt le désir et l'envie que je tentais de dissimuler. Je basculai la tête en arrière et mon amant dégagea les cheveux de mon cou pour le picorer. Son parfum m'enivra et je perdis totalement le contrôle en sentant ses mains passer sous mon haut et caresser mes seins.

Je geignis lourdement, le corps en feu. Mais Andrew se redressa et me libéra.

— Plus tard, promit-il. Je n'ai rien pour t'attacher ici.

Je grognai de frustration, réajustant mes vêtements, tandis que je pestais contre l'incroyable capacité de résistance d'Andrew.

— On continue ? proposa-t-il en me tendant la main.

Je me redressai avant d'arpenter la pièce en silence. Deux canapés se faisaient face — toujours des Chesterfield et toujours dans ce vieux cuir tanné et usé — entourant une petite table basse. La décoration était assez minimaliste mais, très vite, je tombai sur une photo d'Eleanor. Une photo de leur mariage.

Je passai dessus rapidement, me dirigeant vers l'espace où se trouvaient la télévision et un équipement dernier cri multimédia. Juste après, il y avait le piano, noir, magnifique. Je m'installai devant les touches, effleurant l'instrument. Andrew me fixait, silencieux. Je relevai les yeux vers lui et lui souris.

De nouveau, il vint vers moi et me tendit sa main pour m'encourager à ne pas m'attarder. Nous sortîmes du salon et il me désigna la cuisine, petite et fonctionnelle. Nous traversâmes un nouveau couloir et arrivâmes devant une nouvelle porte.

— Fin de la visite, annonça Andrew, ma chambre.

— Et cette porte ? demandai-je en désignant une pièce plus lointaine.

— Mon ancienne chambre. Je n'y mets plus les pieds depuis Eleanor.

J'imaginais que la pièce n'avait certainement pas changé depuis la mort de sa femme.

La chambre actuelle d'Andrew était dans les tons blancs et écrus. Il referma la porte derrière nous et, de nouveau, me laissa déambuler pour que je découvre l'endroit.

Son smoking était suspendu derrière la porte, fraîchement revenu du nettoyage, si j'en croyais l'odeur. Je passai la main dessus, repensant à ce que j'avais vu de la soirée de gala.

— Meghan était là pour faire distraction, lâcha Andrew dans un souffle. Je voulais te protéger.

— Je sais. Mais ce que tu as dit...

— Kathleen, ce que j'ai dit, c'était pour ta sécurité. Rien d'autre. Je voulais te préserver. Tu n'as aucun doute à avoir sur Meghan et moi. Elle voulait montrer qu'elle allait bien.

— Elle ne m'aime pas, dis-je un peu triste.

— Elle est juste sur la défensive, elle s'inquiète. Laisse-lui un peu de temps.

J'acquiesçai et approchai de la fenêtre, admirant la vue sur l'océan. Je reconnus la photo que l'inconnu m'avait fait parvenir et cela me fit sourire.

— Qu'y a-t-il de si drôle ? demanda Andrew.

— Rien... C'est juste étrange d'être ici, mentis-je.

— Je suis heureux que tu sois venue. La salle de bains est juste là, si tu as besoin, dit-il en faisant coulisser une porte, quasiment invisible à l'œil nu.

— Pas de piscine ? l'interrogeai-je en riant.

— Au sous-sol. Tu veux aller te baigner ?

— Non... Non, je me demandais juste si tout était conforme.

Je posai mes chaussures au sol et me dirigeai vers le lit. Sur la table de chevet, trois livres étaient empilés les uns sur les autres, dans un équilibre précaire. Je m'assis, le matelas s'enfonçant doucement sous mon poids. En silence, Andrew s'installa à mes côtés et porta ma main à sa bouche pour l'embrasser.

— Combien de temps restes-tu ? m'interrogea-t-il.

— Deux ou trois jours... Ensuite, je dois aider Lynne pour son mariage.

Andrew se figea et fronça les sourcils.

— A ce sujet, je ne vais pas pouvoir t'accompagner... Je dois être à Washington pour négocier un contrat.

— Tant pis... Je trouverai bien un autre cavalier !

— A ma hauteur ?

— Les prérequis sont simples : savoir danser, m'offrir son bras, me retenir si je glisse sur mes talons... Le pauvre homme devra aussi m'aider à remonter le Zip de ma robe !

— Je vais décommander Washington. Je me débrouillerai pour être là.

— Tu es tellement prévisible, ris-je en m'étalant sur le lit.

Très vite, le corps d'Andrew recouvrit le mien et sa bouche trouva la mienne. Il m'offrit un de ses baisers dévastateurs, me laissant pantelante.

— Ce n'est pas remonter le Zip qui m'intéresse...

— Oh..., murmurai-je en sentant les mains d'Andrew sur le bouton de mon jean.

— Je te veux. Maintenant.

— Maintenant, acquiesçai-je sur ses lèvres.

A mon réveil, le soleil n'était plus aussi haut et la pièce s'était assombrie. J'étais seule dans le lit d'Andrew, le corps encore endolori par nos retrouvailles. Je me redressai, enroulant le drap autour de ma poitrine. La maison était silencieuse et avoir tant d'espace avec si peu de vie était presque angoissant.

Brutalement, les lettres me revinrent à la mémoire. Si Lucinda avait vidé mon sac, elle les avait sûrement rangées dans un des placards. Je me précipitai vers le dressing, essentiellement rempli des costumes d'Andrew. Je retrouvai mes jeans et mes deux pulls remisés dans un coin. Mon sac était suspendu et, par miracle, les lettres étaient toujours à leur place, dans la poche avant. Mon affolement se calma peu à peu. Je n'avais pas encore trouvé le moyen de dire à Andrew que j'étais Marie. Et, après les récents événements, je craignais qu'il doute de mon honnêteté s'il l'apprenait.

Mes affaires d'aujourd'hui avaient disparu et je pris donc un jean, des sous-vêtements et un des T-shirts d'Andrew avant de faire couler l'eau. Son contact me fit un bien fou, mais révéla un peu plus les marques qu'avait laissées mon amant. Mon cou était rougi et le haut de ma poitrine portait quelques traces de succion.

Après ma douche, je déposai quelques gouttes du parfum d'Andrew dans mon cou et je quittai la chambre. Après m'être assurée qu'il n'était pas dans le salon, je descendis à son bureau. Je toquai doucement à la porte, avant de passer la tête par l'entrebâillement.

Chapitre 25

Andrew, le téléphone vissé à l'oreille, me fit signe d'entrer et reprit sa conversation. Je parcourus la pièce, admirant les reproductions suspendues au mur.

— Non... Non... Décalez mes rendez-vous de lundi. Tous. Pour samedi, vous me prenez un vol pour DC. Je veux une voiture de location à mon arrivée, je passerai le week-end à New York.

Andrew se tourna vers moi et m'adressa un sourire satisfait.

— Nathan sera avec moi. Il vous donnera les consignes de sécurité. Avez-vous des nouvelles au sujet de mon ancienne ligne ? Bien, parfait.

Il raccrocha et me rejoignit, alors que j'étais en pleine contemplation d'un Matisse.

— Je serai au mariage avec toi.

— Donc je décommande Nathan ? plaisantai-je.

— Tu as demandé à Nathan de t'accompagner ? s'étonna-t-il.

— Je voulais... optimiser ses chances avec Lynne. Et j'ai pensé joindre l'utile à l'agréable.

— Nathan et les femmes hors de portée...

— Techniquement, j'étais célibataire, corrigeai-je.

— Je veux bien l'admettre. Mais tu étais tout de même hors de sa portée. Je viendrai au mariage avec toi, assura-t-il.

— Andrew, râlai-je, je peux y aller seule...

— Kathleen, tu as promis de suivre mes instructions. Je viendrai... Que cela te plaise ou non.

Il effleura ma bouche de son index avant de descendre sur mon menton et de finir sur l'espace entre mes clavicules. Je frémis légèrement, sentant le brasier reprendre dans mon ventre.

— Et ne tente pas de me faire croire que cela ne te plairait pas, ajouta-t-il, narquois.

— Ton ego est tellement... imposant ! Parfait, viens au mariage ! abdiquai-je.

Je ris doucement, avant de m'installer dans ses bras, la tête calée contre sa poitrine. Il passa sa main dans mes cheveux et embrassa mon front.

— Est-ce qu'on peut discuter ? demanda-t-il.

— Bien sûr. De quoi veux-tu parler ?

— Est-ce que quelqu'un sait que tu es ici ? Lynne peut-être ?

— Non. Il n'y a que Nathan qui soit au courant. Ça a été une décision... impulsive.

— Pour l'instant, je veux que tu gardes le silence là-dessus. La meilleure façon de préserver ta sécurité est de cacher notre relation.

Mon sourire s'effaça. L'idée de rester cachée ici ne me réjouissait pas. Et l'idée de jouer les femmes éplorées et dévastées à New York me plaisait encore moins. Je baissai les yeux, cherchant à comprendre son raisonnement.

— Mais tu vas tout de même m'accompagner au mariage de Lynne et Philip ?

— Comme tu le disais ce matin, je suis sûrement le meilleur garde du corps que tu puisses trouver. Il ne t'arrivera rien avec moi, assura-t-il.

— Ça ne résout pas le problème des rumeurs et des journalistes.

— C'est vrai. Alors, je crois que la meilleure façon de les faire taire, c'est de leur donner ce qu'ils veulent.

— Je te demande pardon ? m'exclamai-je, incertaine.

— J'autoriserai une photo officielle. Juste toi et moi. Pas de commentaires sur nous.

— Andrew, ça revient à leur donner ta bénédiction!

— Peut-être. Mais j'ai repensé à ce que tu m'as dit ce matin : je ne veux pas donner raison au type qui nous menace. Et faire face est encore le meilleur moyen de lutter.

Soudain, un détail me revint. Son alliance. Je me reculai et pris la main d'Andrew dans la mienne.

— Je ne l'ai pas gardée, avoua-t-il.

— Et où est-elle?

— Quelque part dans l'océan, je présume.

Je passai mon index sur la petite marque sur son doigt. Sa peau était lisse et douce, travaillée par le frottement du métal. Il ferma les yeux, visiblement remué, et j'interrompis mon geste.

— Quel est le programme? l'interrogeai-je pour changer de sujet.

— Veux-tu dîner?

Mon ventre répondit pour moi, grognant légèrement.

— Allons-y. Ensuite, j'ai envisagé plusieurs options, sourit-il d'un air entendu.

— Vraiment? Tu sais que je ne suis plus employée au Peninsula, répliquai-je alors que ses doigts dessinaient des cercles dans le creux de ma main. Techniquement, je n'ai plus à exécuter tes ordres!

— J'aime les défis, Kathleen. Tes « non » ne sont jamais que de la transgression... Ta bouche dit « non », ton corps dit « oui ».

Ma respiration devint difficile et Andrew relâcha ma main pour agripper ma nuque. J'étouffai un gémissement, sentant son pouce passer sur ma gorge. Ses yeux plongèrent dans les miens, noirs de désir et d'envie. Toujours pantelante, je fermai mes paupières, espérant qu'il mette fin à sa délicieuse torture.

— J'avais oublié à quel point ton corps était réceptif, dit-il.

Il relâcha sa prise sur moi et me poussa contre le mur, m'embrassant à en perdre haleine. Je sentis son envie frotter contre mon intimité, mais je décidai de le repousser doucement.

Je pouvais mener le jeu si je le voulais.

— Toujours aussi présomptueux, lançai-je, fière de ma retenue.

— Quel stratagème vais-je devoir trouver pour te soumettre ? Mes moyens de pression sont désormais limités... Ton uniforme en polyester avait au moins cet avantage.

— Est-ce qu'il vous manque, monsieur Blake ? demandai-je d'une voix chaude.

— Je vais regretter notre relation professionnelle : tu étais à mon service, prête à tout. Désormais... il faut que je trouve un autre moyen de profiter de toi.

— Pourquoi ne pas simplement demander ?

— Trop simple... Et tu ne craqueras pas contre un cadeau hors de prix, de toute évidence. Je pourrais te faire attendre, mais tu m'as prouvé aujourd'hui que tu étais du genre têtu.

— Déterminé, corrigeai-je.

— Têtu !

Nous nous toisâmes, une étrange lueur amusée brillant dans ses yeux. Il se rapprocha de moi et m'embrassa furtivement sur les lèvres. J'étais étonnée qu'Andrew n'aille pas plus loin. Il ne m'avait pas habituée à être raisonnable. Je lui lançai un regard et il leva les mains devant lui en signe de défense.

— Qu'est-ce que tu me caches ? demandai-je, soupçonneuse.

— Rien. Je ne veux que ton bien, sourit-il avec cet air agaçant et pénible que je ne connaissais que trop. Allons dîner !

— Je ne te cache pas que je n'attendais pas vraiment de la visite, déclara-t-il alors que j'ouvrais le réfrigérateur.

— Depuis quand n'as-tu pas fait de courses ?

— C'est Lucinda qui s'en occupe. Elle cuisine pour moi en semaine, et généralement les week-ends, je me débrouille, répondit-il en haussant les épaules.

Andrew ouvrit une bouteille de vin pour nous servir deux verres. Puis il prit son téléphone et commanda à dîner. Italien, évidemment.

— C'est ce que tu appelles « te débrouiller » ? raillai-je.

— J'attends que tu tiennes tes engagements ! riposta-t-il aussitôt.

Je secouai la tête sans comprendre.

— Me faire à dîner le soir... J'avoue que cet argument, à lui seul, a eu raison de toutes mes résistances.

— Les valeurs éculées...

— Exactement. Et connaissant déjà tout le talent qu'ont ces divines mains, je n'ai aucun doute sur ta cuisine.

— Donc, si je résume... je cuisine pendant que tu travailles ?

Il opina, ravi du développement de notre conversation. Je réfléchis rapidement, cherchant un moyen de contourner son raisonnement.

— Et si je veux travailler ?

— C'est comme tu veux. Je peux t'embaucher pour un de mes titres. Mais tu seras alors en contradiction avec ton retentissant couplet sur « je ne couche pas avec mon patron ».

— J'ai donc le choix : soit je trouve un travail, soit je cuisine pour toi ?

— Tu trouves un travail — et je serais ravi de t'en fournir un — et, dans ce cas, j'embauche une nouvelle cuisinière.

— Aurai-je mon mot à dire sur la cuisinière ?

— Non. Puisque tu travailles. Je ferai en sorte qu'elle soit douée, elle aussi, de ses mains, me provoqua-t-il en portant son verre de vin à ses lèvres.

De nouveau, son fantastique sourire arrogant apparut. Il était en train de me piéger, titillant ma jalousie, et il jubilait de me voir coincée. Il passa derrière moi et enroula ses bras autour de ma taille, nichant sa tête dans mon cou.

— Je gagne toujours, Kathleen, murmura-t-il.

— Je... Je n'ai pas encore... choisi, haletai-je en sentant ses mains passer sous le T-shirt et caresser mon ventre.

— Quand comprendras-tu que c'est moi qui décide ?

— Les cuisines t'inspirent, visiblement, murmurai-je au souvenir de notre dernière soirée chez moi.

— *Tu* m'inspires, corrigea-t-il en empaumant mes seins.

Il frotta son érection contre mes fesses et je me laissai aller dans ses bras, alanguie et emplie de désir. Andrew m'anesthésiait, et ses mains pourtant semblaient réveiller mon corps endormi, œuvrant à embraser ma peau et à me soumettre à sa merci.

Il me caressa longuement, embrassant tour à tour mon cou, le haut de mes épaules et la ligne de mes mâchoires. Puis, brutalement, il se recula, me laissant dans un état d'excitation innommable. Le corps en feu, il me lança un regard fier, tandis que je me liquéfiais.

— Notre dîner est arrivé, annonça-t-il.

Je n'avais même pas entendu la sonnette ! Définitivement, cet homme serait ma perte. Il prit son portefeuille et en sortit quelques billets.

— Songe seulement à tout ce que nous pourrions faire si tu cuisinais pour moi, murmura-t-il.

— Je... Que...

— Pas d'interruption intempestive, pas de cuisinière intrusive... Juste toi et moi.

Il passa une main sur mes fesses et disparut pour récupérer notre livraison. Sa courte absence me permit de reprendre mes esprits. Je bus mon verre d'un trait, chassant mes idées peu chastes et me morigénai. A son retour, Andrew posa les deux sacs de nourriture sur l'îlot.

— Où veux-tu dîner ? demanda finalement Andrew.

— Le salon ?

— Le salon alors.

Assis dans un des canapés Chesterfield, nous dînâmes en discutant essentiellement de l'organisation de la semaine à venir. Si j'étais d'accord pour taire notre relation, nous devions tout de même nous mettre d'accord sur un fonctionnement. Soudain, Andrew posa la question que je redoutais :

— Et après le mariage ?

— Eh bien, je présume qu'ils auront beaucoup d'enfants, plaisantai-je.

— Kathleen... Tu sais ce que je veux dire. Que feras-tu après le mariage ?

— Tout dépend.

Je lui fis un petit clin d'œil amusé et il soupira, avant de reposer sa *panna cotta* sur la table basse.

— Viens là, m'intima-t-il en ouvrant ses bras.

A mon tour, je posai mon dessert et m'installai contre son torse, ses mains se mêlant aux miennes. Il cala sa tête sur mon épaule et je sentis mon cœur frapper lourdement dans ma poitrine. Si Andrew m'avait vraiment mise dans tous mes états aujourd'hui, je compris que cette conversation n'avait rien à voir avec le sexe.

— Tout dépend de quoi ? demanda-t-il.

— De toi.

— De moi ? Kathleen, tout a toujours dépendu de toi. Aucune raison que ça change.

Je me tournai vers lui, lui lançant un regard dubitatif. Andrew fronça les sourcils, puis soupira.

— Que veux-tu de moi ? s'enquit-il, incertain, alors que je me réinstallais contre lui.

— Je ne sais pas... Peut-être que j'aime New York.

— Plus que moi ? s'étonna-t-il.

— Peut-être, répétai-je.

Je me mordis la langue, cherchant à retenir le sourire qui se dessinait sur mes lèvres. Andrew jouait avec mes doigts, cherchant visiblement un stratagème pour me faire flancher. Mais cette fois, j'étais déterminée à rester forte. Il ne m'aurait pas avec un de ses pièges tordus.

— Si tu es prêt à faire des allers-retours, je peux m'en accommoder.

— Tu peux ? s'étonna-t-il de nouveau. Je croyais que nous avions déjà eu cette conversation d'ailleurs.

— Tu appelles ça une conversation ? C'était un abus de pouvoir, Andrew !

— J'exploite tes points faibles, nuance !

— Me demander de vivre avec toi pendant que nous faisons l'amour n'est pas... comment dire... fair-play.

— Kathleen, je n'ai jamais été fair-play avec toi. Ça ne fonctionne pas, et je doute que... Oh... Attends, j'ai compris : tu me testes ? me questionna-t-il.

— Pas vraiment, m'amusai-je.

Il se racla la gorge, mi-hilare, mi-sérieux, et planta son regard éblouissant dans le mien.

— Kathleen, veux-tu venir vivre ici après le mariage de Lynne ?

— Avec plaisir, Andrew, soufflai-je en déposant un léger baiser sur sa bouche.

Je me reculai, mais il agrippa mon visage entre ses mains et m'attira de nouveau contre ses lèvres. Sa langue envahit ma bouche et, très vite, j'oubliai l'idée de finir mon dessert, pour me concentrer sur... lui. Le meilleur dessert du monde. Je l'entendis gémir contre mes lèvres, alors que je bougeais sur lui, me positionnant à califourchon sur ses cuisses.

Il se détacha de moi, à bout de souffle, et j'en profitais pour retirer mon T-shirt, me retrouvant à moitié nue devant lui.

— Nue, c'est bien ça ta préférence ? m'enquis-je en défaisant les premiers boutons de sa chemise.

— Toi, nue... Définitivement.

J'embrassai son torse, remarquant sa respiration chaotique et lourde.

— Je t'aime, soufflai-je en remontant vers ses lèvres entrouvertes.

Il agrippa mes fesses et, par surprise, me fit basculer pour m'allonger sur le canapé. J'éclatai de rire, sentant sa bouche caresser la peau de mon cou. Il se redressa, me fit un sourire heureux et libéré.

— Je t'aime aussi, murmura-t-il.

Je fermai les yeux, sentant mon cœur faire des bonds étranges dans ma poitrine. L'instant suivant, j'étais perdue quelque part, dans un royaume où n'existaient qu'Andrew et ses mains naviguant sur moi.

Le lendemain matin, je me réveillai seule dans la chambre, une fois encore. Je m'étirai longuement, écoutant le silence perturbant et omniprésent de cette immense maison.

Je me souvenais vaguement qu'Andrew et moi étions parvenus, entre deux baisers fiévreux, à retrouver son lit.

Je me rappelai son visage extatique et parfaitement détendu, alors que je m'appliquais à lui faire comprendre les vertus de la soumission et de la réciprocité, glaçons inclus.

Je me rappelai aussi ses mots magiques sur ma peau, son torse collé à mon dos, ses promesses farfelues et son souffle erratique quand je prononçais son prénom.

Je me redressai et souris en voyant l'état de la chambre : la majeure partie de nos vêtements était éparpillée au sol, deux oreillers avaient été expédiés à l'autre bout de la pièce et la couette avait glissé, me laissant avec le seul drap pour me couvrir. Sur le chevet, je repérai un mot écrit de la main d'Andrew et, de nouveau, je me surpris à sourire. L'écriture parfaite de l'inconnu...

« Pour une fois, fais ce que je te demande, et ne sors pas de ce lit avant mon retour. Andrew. »

Je remontai la couette, heureuse de lui obéir, et enfonçai la tête dans son oreiller. A moins que cela ne fût le mien... Nos deux parfums étaient mêlés sur le tissu. Je fermai les yeux, me laissant emporter par le sommeil.

— Bonjour, Kathleen, murmura Andrew à mon oreille.

Je sentis sa main caresser mon dos, repoussant du

même coup la couette qui me gardait au chaud. Je râlai un peu, la sensation de fraîcheur me faisant frissonner. Mais très vite, ses lèvres remplacèrent sa main, embrassant ma nuque en murmurant mon prénom.

— Petit déjeuner, ajouta-t-il alors que je me cachais dans l'oreiller.

— Maintenant, c'est toi qui me l'amènes ? souris-je en tournant finalement mon visage vers lui.

— J'ai très clairement retenu ton laïus sur la réciprocité.

— Je pensais pourtant avoir limité ta concentration à ce moment-là.

Je fis semblant de bouder tout en me mettant sur le dos.

— Au contraire, tu avais toute mon attention !

Il m'embrassa doucement. Je m'assis dans le lit et il s'installa, avec le plateau, près de moi.

— Tu as eu le temps d'aller faire des courses ? m'enquis-je en voyant le plateau extrêmement bien garni par rapport à l'état de son réfrigérateur.

— Nathan peut être très efficace au réveil.

— Tu exagères, le grondai-je.

Je pris un croissant et le fourrai dans ma bouche. Andrew but son habituelle tasse de café en m'observant avec plaisir alors que je dévorais ce qu'il m'avait préparé.

— Je dois travailler ce matin, mais je passerai ensuite la journée avec toi, dit-il après quelques instants.

— Tu travailles un dimanche ! m'exclamai-je.

— Je n'avais rien de mieux à faire... avant ton arrivée. Mais je suis certain que tu trouveras de quoi t'occuper. J'ai pris la liberté de faire changer ton vol pour lundi, reprit-il en me tendant un billet.

— En classe « affaires » ? m'étonnai-je en portant mon café à mes lèvres.

— Mon assistante a fait la réservation. Je lui ai juste demandé de prendre le dernier vol direct pour New York. J'ose espérer que je n'aurai pas à lui redemander un billet pour toi à ton prochain passage ici.

— Andrew, je t'ai dit que j'étais d'accord. Au cas où tu l'aurais oublié, je ne suis pas du genre à changer d'avis !

Il y eut un silence et je bus une nouvelle gorgée de café. Andrew me regardait toujours, et il repoussa les cheveux qui masquaient partiellement mon visage. Je songeai à ce qu'il venait de dire. Je me demandais si j'arriverais à chasser le souvenir tenace d'Eleanor, et si j'arriverais à me contenter d'être la « femme de ».

— Je suis content que tu sois venue, murmura-t-il.

— Tu n'avais pas l'air si ravi que ça pourtant en me voyant arriver, répliquai-je.

— Je suis un homme d'affaires, Kathleen, j'apprends à gérer mes émotions. Et te concernant, c'est vraiment, vraiment compliqué.

— Je crois que c'est toi qui n'es pas habitué à rencontrer une forme de résistance.

— Possible. Il y a tout de même un mystère que je n'ai pas réussi à percer, répliqua-t-il avec amusement.

— Oh... Ça, ça doit vraiment t'agacer, plaisantai-je.

— Assez, oui. Je pense donc que je vais, une fois n'est pas coutume, suivre ton mode de fonctionnement.

Je posai mon café, retenant un nouveau sourire, et me tournai vers lui. Il prit ma main dans la sienne et la porta à ses lèvres pour l'embrasser. Ce simple geste me fit frissonner et je me perdis dans la contemplation de ses yeux, avant de me reprendre.

— Puisque tu m'as amené le petit déjeuner, je pense que je suis prête à sacrifier un de mes petits secrets ! Que veux-tu savoir de moi ? Ma nouvelle adresse ? Comment s'appelait mon premier petit ami ? Si je ressemble plutôt à mon père ou ma mère ?

Un sourire éclaira son visage et il resserra sa prise sur ma main.

— Pour l'instant, j'aimerais juste savoir comment tu as atterri au Peninsula.

Je libérai ma main et sentis le sang quitter mon visage. Mon cœur s'emballa. Je ne voulais pas replonger là-dedans. Et surtout, je ne voulais pas qu'Andrew me voie ainsi, fragile et désarmée. Pourtant, il prit le plateau de notre petit déjeuner et le posa au sol, avant de reprendre ma main dans la sienne.

— Tu connais tout de moi, souffla-t-il. J'ai envie de savoir comment une fille brillante comme toi a pu finir concierge dans cet hôtel.

— Ça n'a rien de dégradant, me défendis-je vivement.

— Ça n'est pas ce que je dis. Kathleen, tu as un œil pour être journaliste. Je l'ai vu quand tu as analysé *Powerfull*. Tu es déterminée et intelligente. Et j'ai beau chercher une explication valable, je n'en trouve aucune.

— Je n'ai pas eu le choix, murmurai-je.

— Kathleen, toi, plus que quiconque, sais que c'est faux. Tu m'as dit qu'on t'avait poussée à partir, mais pourquoi ne pas avoir cherché ailleurs ? New York regorge de titres...

— Je ne pouvais pas, le coupai-je. Je ne pouvais plus.

Hormis Gregory, personne ne connaissait vraiment ma vie avant le Peninsula. Mais Andrew méritait de savoir.

— Quand le *Daily* m'a offert un poste, je n'ai pas vraiment cherché à négocier. Je sortais de la fac et c'était... inespéré.

— Alors quoi ?

— Alors, j'ai peut-être eu trop d'ambition. Contrairement à ce que tu penses, les femmes doivent bien en faire deux fois plus. J'avais des doutes sur certains marchés publics et je voulais faire mes preuves.

— Des marchés publics à New York ?

— Et à Washington. Certains chantiers étaient accordés vraiment rapidement, parfois le lendemain de la clôture des appels. Alors j'ai commencé à faire des recherches.

Je me tournai vers Andrew, il m'encouragea silencieusement à continuer.

— Mon enquête a duré des semaines, j'ai trouvé des informateurs, et j'ai mis le doigt sur des transactions étranges. Des membres du Congrès partaient en vacances gratuitement, leurs femmes portaient des bijoux hors de prix. Ça n'avait pas de sens.

— Ce sont des gens puissants, observa Andrew.

— J'ai cru que ça ne changerait rien. Au contraire, j'ai œuvré à démonter leur mode de fonctionnement. Le problème, c'est que je n'avais aucun nom. Finalement, j'ai réussi à trouver qui était derrière ces entreprises, celles qui gagnaient les appels d'offres, une sorte de holding les administrait. C'est là que les choses ont vraiment changé.

— Pour toi ?

— Pour mon boulot et pour moi aussi. J'ai rédigé mon enquête et je l'ai soumise à mon patron. J'ai gardé les preuves pour moi, en attendant son retour. J'ai été convoquée le lendemain et mon article a été refusé. Pendant la nuit, mon bureau a été fouillé, le disque dur de mon ordinateur a été arraché.

Je sentais les larmes monter à mes yeux, mais de nouveau Andrew m'encouragea en silence à poursuivre mon récit.

— Et cet homme dont tu m'as parlé ?

— Bradley... On travaillait ensemble. Enfin, il était rédacteur en chef adjoint. On a vite sympathisé et cette relation est vite devenue... autre chose.

— Ton amant ?

— Oui, avouai-je en me fustigeant d'avoir été aussi bête. J'ai d'abord cru qu'il allait me soutenir.

Ma voix se mit à trembler légèrement et, une fois de plus, je me tournai vers Andrew pour trouver la force de poursuivre :

— Après le premier refus de mon patron, j'ai soumis mon projet à Bradley. J'espérais des explications... et j'ai cru qu'il forcerait les choses. Mais il n'a rien fait. Quand je lui ai demandé son avis, il m'a juste dit que la politique n'était pas un domaine pour moi. En clair, je devais me taire et laisser faire.

— Ton article allait sûrement faire des ravages, déclara Andrew.

— Probablement. Quelques semaines après, j'ai découvert que j'étais suivie. Bradley m'a dit que je devenais complètement paranoïaque, limite folle furieuse.

Une boule atroce se formait dans ma gorge. Même si

j'avais fait une croix sur mon métier, réapprendre à faire confiance à un homme avait été difficile après Bradley. Ses remises en cause perpétuelles m'avaient fait plus de mal encore que l'indifférence de mon rédacteur en chef.

— Et puis, mon appartement a été saccagé. Bradley m'a quittée. Mon patron m'a de nouveau demandé d'abandonner, disant que tout avait été trop loin, trop vite... J'ai refusé.

— Evidemment, sourit Andrew.

— J'ai expédié une partie des preuves chez mon père, espérant une accalmie. J'ai été bien trop naïve... Je croyais que la justice ou la morale étaient importantes. Je me suis trompée.

— C'est important ! C'est juste que tu n'as pas choisi le meilleur entourage, corrigea Andrew.

— Mon appartement a été ravagé une fois de plus.

— Quelqu'un devait chercher les preuves !

— J'ai dû appeler la police, et c'est comme ça que j'ai rencontré Gregory. Il a soupçonné Bradley. L'histoire devait être plus juteuse que ce que je croyais ! A part des transactions étranges sur son compte bancaire, Gregory n'a rien trouvé.

Je soupirai lourdement, songeant avec émotion à toutes les répercussions de cette affaire sur ma vie. Les larmes menaçaient toujours, mais je refoulai mes angoisses et ma peine pour finir.

— Bradley a nié, mais il connaissait toute l'histoire. Il avait lu l'article, consulté les preuves.

— Il est devenu une sorte de taupe ?

— Je n'en suis pas certaine. Mais j'ai poursuivi mon enquête sur le holding, parce que je savais que c'était la clé de l'histoire. Mais je me suis heurtée à un mur. Il n'y avait aucune info. Cette boîte n'existait nulle part... Juste un écran de fumée. Et les menaces ont commencé le jour où j'ai rencontré un nouvel informateur.

— Quel genre de menaces ?

— Des lettres, des coups de fil... J'ai cru que ça ne s'arrêterait jamais. Mon patron m'a donné d'autres sujets.

Gregory a voulu m'aider mais, s'agissant d'une affaire à Washington, il a été bloqué par sa juridiction. Plusieurs fois j'ai changé de ligne, mais ça n'a jamais cessé.

Cette fois, mes larmes coulaient. Replonger dans ces douloureux souvenirs que je tentais de refouler depuis si longtemps, c'était insupportable.

— C'est pour ça que j'ai craqué... Au téléphone, expliquai-je, quand j'ai eu ces coups de fil pour nous.

— Je comprends. Tu as fini par démissionner ?

— Je n'ai pas eu le choix... Mon patron a fini par débarquer chez moi, un soir, et m'a sommée d'arrêter mes recherches et de lui remettre mon dossier. J'ai refusé, et pendant la nuit, je me suis introduite dans les bureaux du *Daily*.

— Tu soupçonnais ton patron ? s'étonna Andrew.

— Bradley était impliqué et n'avait pas réussi à trouver ce qu'il cherchait. J'ai pensé qu'il avait visé plus haut. S'il m'avait poussée à cesser mes investigations, ce n'était sûrement pas par pur altruisme. Il subissait certainement des pressions. Mais je n'ai rien trouvé... La police a débarqué et j'ai été arrêtée pour violation de propriété.

— Et donc...

— J'ai démissionné. Les charges ont été abandonnées dans la foulée, mais ma réputation a été faite dans tout le métier.

— Et tu as fini au Peninsula ?

— Après quelques mois sans travail, j'ai dû me rendre à l'évidence : ma carrière dans le journalisme était finie. Gregory m'a parlé de ce boulot, il venait de prendre en charge la sécurité.

— Il a démissionné lui aussi ?

— Oui. La police des polices ne lui a pas fait de cadeaux. J'ai passé l'entretien au Peninsula et j'ai été prise. Le harcèlement a fini par cesser. Bradley a été retrouvé, pendu dans son appartement.

— Un suicide ?

— Je n'y ai jamais cru. Il était bien trop fier de lui pour s'avouer vaincu. L'enquête a été bouclée en trois heures.

Je soupirai de nouveau et me tournai vers Andrew. Il prit mon visage en coupe et essuya mes larmes avec ses pouces, avant de m'embrasser doucement sur les lèvres.

— Je suis désolé, murmura-t-il. Je ne voulais pas...

— Non. Au contraire, je suis contente que tu sois au courant.

— Et où en est cette affaire maintenant ? s'enquit-il en me libérant.

— Je présume qu'elle prend la poussière dans un des placards de mon ancienne chambre. Avoir un père flic peut avoir des avantages, conclus-je avec amertume.

— J'espère qu'il se rend compte de la chance qu'il a d'avoir une fille comme toi.

Andrew enroula son bras autour de mes épaules et m'attira contre lui. Ce n'est qu'à ce moment que je m'autorisai de nouvelles larmes. Ce n'était plus vraiment de la peine, plutôt du soulagement : je n'étais plus seule à porter mon passé. Nous restâmes de longues minutes plongés dans le silence. Je finis par essuyer mes joues et me redressai.

— Es-tu content d'avoir résolu le mystère ? demandai-je à Andrew, les yeux encore humides.

— Oui... En partie. L'autre partie de moi voudrait exterminer ces gens qui t'ont fait du mal. Peut-être vaudrait-il mieux que nous oubliions nos passés respectifs, murmura-t-il.

— Sans le Peninsula, je ne t'aurais pas rencontré. Et je me sens libérée de te l'avoir dit.

Andrew m'accueillit dans ses bras et, pendant de longues secondes, je restai ainsi, heureuse d'être protégée par cet homme.

— Es-tu sûre de devoir rentrer à New York ? demanda-t-il doucement.

— Il le faut... pour le mariage de Lynne.

— J'aurais préféré te garder ici, avec moi. Je n'aime pas l'idée de te savoir seule là-bas.

— Je ne risque rien, Andrew, assurai-je. Hormis mourir engloutie par la soie et le taffetas, plaisantai-je en m'écartant de lui.

— Je peux te fournir une protection rapprochée. Kathleen, je ne veux pas...

— Chut, soufflai-je en posant ma main sur sa bouche. Andrew, je te promets que je suis en sécurité. Mon passé est derrière moi, et je veux me consacrer à un sujet d'étude, nettement plus intéressant.

Je remplaçai ma main par mes lèvres. Andrew m'entoura de ses bras et nous fit basculer sur le lit. Je lui fis prestement retirer ses vêtements et son corps vint parfaitement épouser le mien.

— Je pense que je vais avoir du mal à me passer de la fantastique bouillotte que tu es, sourit-il en caressant mes flancs.

Je me cambrai et il glissa sa main dans mon dos pour me serrer contre lui.

— Toujours aussi réceptive, murmura-t-il avant d'embrasser mon sein droit. Que vais-je faire de toi ?

— Comme si tu n'avais aucune idée, ironisai-je avant de sentir Andrew pincer mon autre sein.

— Oh si, j'ai une idée... Des tas d'idées, promit-il.

Et en quelques minutes, Andrew me porta aux prémices de l'orgasme. Nos corps pressés l'un contre l'autre étaient avides de caresses et de promesses. Très vite, mon bas-ventre se crispa et explosa en milliers de confettis de plaisir.

Comme prévu, il rejoignit son bureau une heure plus tard. Je profitai de sa salle de bains et de son incroyable baignoire, repensant à cette facilité avec laquelle j'avais parlé à Andrew de mon passé. J'avais toujours volontairement éludé le sujet — même avec mon père — mais j'étais heureuse qu'il sache et qu'il ne me juge pas.

Après m'être habillée, je décidai de nous préparer un déjeuner léger. Le temps était magnifique et je voulais jouir de l'air marin avec Andrew. J'étais en pleine séance de pain perdu, quand Andrew me surprit.

— Kathleen ?

Je me tournai vers lui, le cœur battant, avant de diriger mon attention sur la jeune femme blonde à ses côtés.

— Je te présente Janet, ma belle-sœur. Janet, voici Kathleen.

Il n'avait nullement besoin de préciser qui j'étais pour qu'elle comprenne. J'approchai et lui tendis la main.

— Andrew m'a beaucoup parlé de vous, dit-elle avec chaleur.

Elle me prit la main, un sourire ravi sur les lèvres. Sa paume était chaude et elle me relâcha rapidement avant de se tourner vers Andrew.

— Je ne savais pas que tu avais de la visite. Tu as des secrets pour moi maintenant ? plaisanta-t-elle.

— Kathleen est... spontanée et pleine de surprises.

— Oh... Vous avez mis Andrew devant le fait accompli ? Très astucieux de votre part !

— Il ne m'a pas laissé le choix. Il est tellement borné !

— Pleine de surprises et honnête ! remarqua-t-elle avec malice.

Andrew leva les yeux au ciel. Il n'appréciait sûrement pas d'être le centre de notre conversation.

— Voulez-vous rester pour déjeuner avec nous ? proposai-je.

— Oh non... Non, je pense que... vous serez mieux seuls.

— Ne dis pas de bêtises. David est chez son père, tu es libre.

— Mais...

— J'ai fait du pain perdu, précisai-je en espérant vraiment qu'elle accepte.

Avec ses parents, Janet semblait être la seule famille d'Andrew. Ce qui était d'autant plus étrange qu'elle était la sœur de sa femme disparue. Par sa présence, j'espérais pouvoir en savoir plus sur l'homme qui partageait ma vie. Je retournai vers le piano de cuisson et entendis Janet capituler, avant de jurer de nous laisser seuls pour l'après-midi. Andrew installa la table et, alors que je finalisais mon déjeuner improvisé, je sentis ses bras entourer ma taille.

— Merci de lui avoir proposé, murmura-t-il.

— Cette maison manque de vie. Et j'ose espérer qu'elle me dévoilera l'un de tes honteux secrets.

Il glissa un baiser dans mon cou et se détacha de moi pour que je dresse la table.

Le déjeuner fut calme et Janet nous parla essentiellement de son fils, légèrement turbulent.

— Et comment va sa cheville? demanda Andrew.

— Toujours en rééducation, soupira-t-elle.

— Sa cheville? répétai-je.

— David s'est cassé la cheville, il y a quelques semaines. J'ai dû l'amener en catastrophe à l'hôpital.

Andrew fronça les sourcils et son visage se voila d'inquiétude.

— As-tu finalement pu avoir l'assurance pour les frais?

— Non. J'ai dû tout régler... Mais c'est sans importance.

— Je te ferai un chèque. As-tu besoin de quoi que ce soit?

Janet me jeta un regard et je la vis rougir. Mal à l'aise, elle remua sur sa chaise, avant d'acquiescer. J'empilai les assiettes, tentant de faire comme si je n'avais rien remarqué, avant de proposer une salade de fruits.

— Je vais chercher mon chéquier, indiqua Andrew avant de se lever de table.

Je servis le dessert, un silence pesant s'installant entre Janet et moi.

— C'est vraiment gênant, dit-elle finalement. Vous devez croire que je profite de la situation.

— Non. Andrew est généreux... autant qu'il est excessif, je pense. S'il vous le propose, c'est que ça ne lui pose pas de problème.

— Je suis contente qu'il vous ait rencontrée. Il ne tarit pas d'éloges à votre sujet.

— Comme je le disais, il est excessif! Désirez-vous un café?

— S'il vous plaît.

Il y eut un court silence puis elle continua :

— Il vous aime.

Je me figeai et me décidai à préparer ce café. Je n'étais pas certaine de vouloir cette conversation finalement. Je savais qu'Andrew m'aimait... Mais l'entendre de la bouche de quelqu'un d'autre donnait un aspect surréaliste à la situation. Je lançai la machine à expresso, et me réinstallai à table.

— Ça se voit... Il vous regarde comme s'il craignait de vous voir disparaître dans la seconde.

— Je présume que c'est lié à son passé, murmurai-je en triturant mes doigts.

— Eleanor vous voulez dire ?

J'opinai doucement, espérant le retour d'Andrew au plus vite.

— Ce n'est pas Andrew le fautif, expliqua-t-elle. Eleanor n'a pas su... agir convenablement.

— Vous étiez au courant ? l'interrogeai-je.

— Pour son amant ? Evidemment ! Je ne cautionnais pas, parce qu'Andrew est un type bien, mais je pense sincèrement qu'elle était malheureuse avec lui.

— Vraiment ? m'étonnai-je. Mais...

— Elle ne le montrait pas. Andrew et elle s'aimaient, bien sûr, mais lorsqu'elle voyait cet homme, elle revenait chaque fois... différente. Alors, non, je ne cautionnais pas, mais je ne lui faisais pas de reproches non plus.

— Elle ne l'aimait plus, assénai-je avec colère.

— Peut-être pas comme elle aurait dû aimer son mari. Tout n'est pas blanc ou noir. Eleanor était juste insatisfaite de sa vie, persuadée d'avoir loupé quelque chose. Sa mort a été terrible pour Andrew.

— Même quand il a appris la vérité ? demandai-je.

— Surtout quand il a appris la vérité... Eleanor n'était plus là pour se disculper. Parfois, ne rien comprendre, c'est pire que tout.

— C'est vrai, admis-je. J'aime Andrew, soufflai-je.

— Je sais. Je le vois.

Elle me fit un sourire et je compris alors qu'elle m'offrait sa bénédiction. Elle approuvait ma relation avec lui. Et même si je n'en avais pas besoin, savoir que la sœur d'Eleanor voyait d'un bon œil ma relation avec Andrew me rassurait. Je n'avais pas franchement envie de me mettre la famille à dos.

— Vous êtes bien pour lui. Je vous demande juste de prendre soin de lui.

— C'est plutôt lui qui a tendance à prendre soin des autres, non ?

— C'est vrai, s'esclaffa-t-elle.

— Je tente de le rendre... raisonnable.

— C'est peine perdue. Ça fait des années que j'essaye ! Et avec David, c'est encore pire... Vous verrez, quand vous aurez des enfants !

De nouveau, je m'immobilisai. Evidemment, les enfants... Eleanor et lui en voulaient ; logiquement, le sujet allait finir par surgir entre nous.

— Je... Euh... Ce... Disons que nous n'avons pas encore... parlé de ça.

— C'est un peu tôt dans votre relation, non ?

— Qu'est-ce qui est un peu tôt ? demanda Andrew en revenant vers nous.

— Envisager ta descendance, plaisanta Janet, tandis que je me liquéfiais.

Andrew me jeta un regard et alors que je sentais mon cœur s'emballer, pris dans une panique incroyable, il s'avança vers moi et m'embrassa le haut de la tête.

— Pour le moment, je veux juste profiter de Kathleen, souffla-t-il.

Je lui souris, pleine de gratitude de m'avoir sortie de ce guêpier avec élégance. Je croisai le regard bienveillant de Janet et, très vite, elle détourna les yeux vers sa salade de fruits.

— Je ne ferai rien que tu ne veuilles faire, murmura-t-il à voix basse.

— Je n'ai pas dit que je n'en voulais pas, contrai-je.

— Tu es... sidérante, sourit-il. Peut-être aurons-nous cette conversation un peu plus tard.

Il me libéra et se rassit près de moi.

Il remplit un chèque et le tendit à Janet, en lui assurant que ce n'était rien pour lui. Elle rougit de nouveau, avant de le plier et de le glisser dans son sac à main. Une vingtaine de minutes plus tard, Janet quitta la maison et je proposai à Andrew de sortir pour une balade. Il accepta et, juste avant de quitter la maison pour rejoindre le chemin privatif qui menait au bord de mer, il posa un lourd gilet en laine sur mes épaules.

— Couvre-toi, dit-il d'une voix chaude.

Nos doigts se mêlèrent et, en silence, nous gagnâmes la plage. Andrew semblait réfléchir. De toute évidence, il voulait aborder un sujet avec moi et ne savait pas comment s'y prendre.

— Qu'y a-t-il ? Tu as l'air perdu dans tes pensées.

— As-tu trouvé ça bizarre ? Je veux dire... Janet, précisa-t-il en voyant que je ne comprenais pas de quoi il parlait.

— Tu veux dire, ton amitié avec elle ?

— Meghan dit que c'est presque malsain.

— Je ne vois pas en quoi. Tu as le droit d'avoir des amis... Même s'il s'agit de la sœur de ta femme !

De nouveau, il y eut un silence. Je concentrai mon attention sur le sable sous mes pieds et appréciai l'air vivifiant de l'océan. Je jetai un coup d'œil à Andrew, avant de comprendre.

— Avez-vous été plus que des amis ? l'interrogeai-je en m'arrêtant de marcher.

— Non ! s'écria-t-il. Pas vraiment.

— C'est « non », ou c'est « pas vraiment » ?

— C'était après la mort d'Eleanor, j'étais... triste et désespéré. Elle m'a repoussé.

— C'est une fille bien ! lançai-je, moqueuse, en reprenant ma marche.

Je tentai de réprimer le sourire qui ornait mes lèvres,

mais c'était trop tentant. J'étais satisfaite, heureuse qu'elle l'ait repoussé.

— J'espère que vous vous entendrez bien.

— J'en suis certaine. Elle et moi avons le même objectif!

— Pourquoi je sens que cela a un rapport avec moi?

— Parce que tu penses être le centre de l'univers! ripostai-je.

— Kathleen, je suis le centre de *ton* univers. Et crois-moi, ce n'est pas près de changer.

Il me libéra la main et enroula son bras autour de ma taille. Il pressa mon corps contre le sien, et nous reprîmes notre marche.

— Alors, cet objectif?

— Te rendre heureux, murmurai-je.

— Je suis heureux, acquiesça-t-il.

— Même avec ces menaces autour de nous?

— Je gère tout ça, Kathleen. Ne t'inquiète pas. J'assure ta sécurité.

— C'est la tienne qui m'importe.

Il nous fit arrêter de marcher et se mit face à moi. Son regard incandescent se planta dans le mien, et j'aurais pu jurer que même le bruit des vagues s'était amoindri.

— Je te promets que je fais tout ce qu'il faut pour attraper ce malade. Je te le promets, répéta-t-il en me prenant le visage entre ses mains.

Il posa un chaste baiser sur mes lèvres et tenta un sourire rassurant. Je souris faiblement à mon tour, pas franchement tranquillisée par sa promesse. J'aimais être avec lui, mais je n'étais jamais totalement libérée. Mon passé me rendait encore plus méfiante. Je craignais les inconnus, mais je craignais encore plus les gens que je côtoyais.

— Si nous parlions d'autre chose? proposa-t-il pour me distraire de mes pensées sombres.

J'opinai faiblement. Andrew prit rapidement le dessus, me proposant en vrac de lister les pays que j'aimerais visiter, puis d'énumérer toutes les choses improbables que je voulais faire. Dans la plupart des cas, il approuva.

A la tombée du jour, nous fîmes le trajet inverse. Dans un silence presque absolu, il me promit de visiter tous ces pays et de m'emmener faire du ski dans les Rocheuses.

Une fois à la maison, il retourna à son bureau, me demandant de lui accorder une vingtaine de minutes.

— Ça te dérange si je vais dans la bibliothèque? demandai-je.

— Bien sûr que non. Fais comme chez toi.

En franchissant le seuil, j'eus de nouveau cette sensation oppressante. J'allumai la lumière, espérant estomper cette impression désagréable. Je retirai mes chaussures, pleines de sable, et me plantai devant la première étagère. Les goûts d'Eleanor semblaient hétéroclites, passant facilement des polars à des histoires plus légères. Les absences d'Andrew, qu'elle avait si souvent regrettées, l'avaient sûrement aidée à parfaire cette collection.

Je parcourus les rayons, ne sachant pas vraiment ce que je cherchais. Je n'avais pas particulièrement envie de lire, mais cette pièce, depuis qu'Andrew me l'avait montrée, me hantait. Elle était une sorte de reflet de la personnalité d'Eleanor. De celle qui voulait toujours plus, toujours mieux, sans comprendre qu'elle avait déjà tout.

Je pris un premier livre et fis jouer les pages entre mes doigts. L'odeur de l'encre et du vieux papier me frappa les narines. Il s'agissait d'une vieille édition d'un roman d'Hemingway. Je le reposai, avant de faire la même chose avec un deuxième, puis un troisième livre. J'allai jusqu'à une petite vitrine, ma nature curieuse de journaliste reprenant le dessus. Mais il n'y avait rien de vraiment remarquable.

Finalement, un dernier livre retint mon attention. Il aurait largement pu passer inaperçu, noyé au milieu des autres, mais le simple fait qu'il n'était pas positionné normalement sur sa tranche — les pages me faisant face — me poussa à le prendre pour le retourner.

De nouveau, je fis défiler les pages entre mes mains, avant qu'un papier ne virevolte jusqu'au sol. Je le ramassai et, à l'épaisseur du papier entre mes mains, je compris qu'il s'agissait d'une photo. Je la tournai, avant de me figer et d'étouffer un cri.

— C'est impossible, murmurai-je pour moi-même. Impossible.

Je m'effondrai sur le canapé en velours, fixant, sans vraiment la voir, la photo entre mes mains tremblantes.

— Impossible, répétai-je.

LIVRE 3

Chapitre 26

Les mains encore tremblantes, je risquai de nouveau un œil vers la photo. Eleanor, rayonnante, heureuse, hilare... L'archétype parfait de la femme épanouie et libre et, près d'elle, cet homme que je connaissais. Le regard sombre, le sourire qu'on devinait éclatant, ses lèvres plaquées sur la peau de porcelaine d'Eleanor.

Daniel.

C'était lui, son amant, l'homme qui la rendait heureuse et différente. Je retournai la photo, cherchant une date, y trouvant l'écriture d'Eleanor : *Dan, novembre 2009.* Un mois avant sa mort. Je recherchai dans ma mémoire la photo floue et volée d'Eleanor avec son amant. Cette silhouette trapue et ces cheveux sombres correspondaient parfaitement à Dan.

Hagarde, je repoussai le cliché et me frottai le visage. Si Andrew apprenait qu'il avait été l'amant de sa femme, il le pulvériserait.

Dan avait-il compris la relation étrange entre Andrew et moi ? Etait-il sorti avec moi, en sachant que je plaisais à Andrew ?

Espérait-il une forme de vengeance ? Ou peut-être juste une riposte, dont lui seul savourait les effets ? Se doutait-il que j'allais tomber amoureuse d'Andrew ?

Les mots glacés et emplis de colère de Dan me revinrent

à l'esprit, grossissant le flot de questions. Les images du Peninsula, d'Andrew, de ma relation courte et pourtant marquante avec Daniel s'entrechoquèrent. J'avais cru que sa rage était dirigée contre moi mais, avec le recul, je pris conscience qu'il en voulait à Andrew... Et pas que pour moi, surtout pour Eleanor.

Il va faire de toi une femme sans âme. Petit à petit, tu ne seras plus toi-même. Ou alors, dans le meilleur des cas, il se désintéressera de toi, du jour au lendemain.

Pendant tout ce temps, il ne s'agissait pas de moi, mais d'elle... Dan l'avait aimée, et l'avait perdue. Tout comme Andrew. La seule différence, c'est qu'Andrew était, aux yeux de tous, le seul homme dans la vie d'Eleanor, le seul autorisé à pleurer sa mort.

Je me demandais si Dan avait raison : est-ce qu'Andrew s'était désintéressé d'elle ? Je ne pouvais pas me résoudre à y croire. Andrew l'aimait, il n'avait seulement pas vu Eleanor s'éloigner de lui.

Toujours à la recherche de mieux, de plus — d'elle-même aussi sûrement —, elle avait rencontré Dan. Et il lui avait rendu la tendresse, la présence, les attentions qu'Andrew ne lui offrait plus.

Tu n'es qu'un pion dans son univers. Il t'écrasera, sans même que tu t'en rendes compte. Et quand il aura réussi à te couper du monde, à te vider totalement, alors tu comprendras que j'avais raison.

Et évidemment, il parlait toujours d'Eleanor. Pas de moi. D'Eleanor, seule dans cette grande maison, occupée à mener une carrière qu'elle n'avait même pas choisie.

Elle avait dû s'épancher, dire à Dan que son mari la délaissait. Ou peut-être l'avait-il lui-même constaté ?

Une nouvelle vague de questions surgit, encore plus forte que les autres. Je me levai précipitamment du canapé, presque effrayée par l'image obscène qui me traversait l'esprit. Dan et Eleanor dans cette bibliothèque... Ou peut-être même dans leur lit conjugal. Je grimaçai, écœurée, comprenant finalement le sentiment ambivalent d'Andrew au sujet de sa femme. Il l'aimait et, pourtant, une partie de lui devait la détester. La veille, lors de la visite de la maison, j'avais cru naïvement que c'était le souvenir d'Eleanor qui l'avait poussé à déserter leur chambre. Je me doutais maintenant que c'étaient le dégoût et l'amertume.

Je regardai la photo. Elle paraissait si heureuse. Janet disait qu'elle avait l'air différente... Et elle l'était. Simplement radieuse, alors que Daniel semblait la regarder comme si elle était la chose la plus précieuse au monde. J'avais toujours eu une idée assez négative de ces hommes et femmes entretenant une liaison clandestine. Mais en les observant, si heureux, si joyeux, une réalité autre me frappa : il l'aimait et elle l'aimait.

Cette pensée apaisa ma colère envers Eleanor. Personne ne peut décemment décider de refuser de tomber amoureux de quelqu'un d'autre. Andrew avait surgi dans ma vie sans crier gare, provoquant une envie, un désir et un manque que je n'avais jamais connus avant lui. J'espérais qu'Eleanor avait eu la même excuse.

Jodie m'avait parlé à demi-mot de cette relation difficile avant de me rencontrer. Eleanor était morte depuis trois ans, je ne pouvais pas croire que Dan n'avait vu personne entre-temps. Comme Andrew... Je parcourais mes souvenirs, à la recherche d'un élément du passé de Dan.

Comment Eleanor et lui avaient-ils pu se rencontrer ? Ils ne fréquentaient absolument pas le même monde.

Je le connais, lui, et les types dans son genre.

J'arpentai la pièce, agitant la photo entre mes mains, perturbée par la découverte de l'identité de l'amant d'Eleanor. Même si au départ j'avais mené mes recherches, j'avais toujours envisagé un visage anonyme, un homme sans charme qui m'aurait permis de cataloguer Eleanor comme peste ou ingrate. Comme disait Janet, tout n'était pas blanc ou noir...

Et le seul élément qui me revenait sans cesse, c'était le silence de Daniel. Pourquoi avoir entretenu le mystère sur ce passé ? Pourquoi ne pas m'avoir dit qu'il avait côtoyé Andrew, même de façon indirecte ? Cette rage, cette jalousie : personne ne cache son passé sans avoir une bonne raison.

L'idée qu'il s'était rapproché de moi dans un but désintéressé était improbable. Je secouai la tête, cherchant à chasser les pensées farfelues qui fleurissaient dans mon esprit. Andrew... Andrew devait passer avant mes réflexes de journaliste.

Je replaçai la photo dans le livre, espérant que le secret resterait intact pour lui. Le rendre heureux, c'était aussi le préserver.

La porte s'ouvrit alors que je remettais le livre sur son étagère. Andrew passa la tête par l'entrebâillement et me proposa d'aller dîner. Je décidai de ranger ce que je venais d'apprendre dans un coin de ma tête et de le garder pour moi. Je plaquai un sourire sincère sur mes lèvres et pris la main qu'il me tendit.

Le lendemain matin, c'est le bruit de la douche qui me sortit du sommeil. Il était à peine 7 heures et Andrew apparut quelques instants plus tard, cheveux humides et sourire rayonnant, vêtu d'un simple boxer.

— Tu peux rester au lit, lança-t-il en s'asseyant dessus.

— Non... Je crois plutôt que je vais aller courir sur la plage.

— Pas seule, Kathleen !

— Veux-tu te joindre à moi ?

— Ce n'est pas l'envie qui me manque. Mais j'ai une réunion avec une de mes équipes éditoriales dans vingt minutes.

— Donc, ça sera seule ! conclus-je.

— Hors de question !

— Andrew, je ne vais pas rester cloîtrée ici en attendant de pouvoir te voir avant mon départ.

Il fronça les sourcils et soudain la panique me submergea. Je me redressai et calai le drap contre ma poitrine.

— Je vais bien te voir aujourd'hui ? l'interrogeai-je, incertaine.

— Dans l'après-midi. Je t'accompagnerai à l'aéroport. Je ne veux pas que tu te sentes « cloîtrée » ici.

— Ce n'est pas ce que j'ai voulu dire... Une fois encore, tu es excessif !

— C'est de la prudence, Kathleen. Uniquement de la prudence.

Il m'embrassa sur les lèvres, alors que je boudais. Je n'aimais pas la tournure que prenait notre relation. D'autant plus qu'à moins de trouver un travail j'allais passer le plus clair de mes journées ici.

— Une voiture viendra te récupérer ici vers 11 heures. On déjeune, on passe l'après-midi ensemble et je t'amène à l'aéroport, annonça-t-il en consultant son téléphone.

— Et en attendant ?

— En attendant, je te trouve un compagnon de footing !

Il rangea son téléphone portable et composa un numéro sur le poste fixe installé près de nous. Je le regardai, craignant de nouveau qu'il prenne des mesures extrêmes pour me préserver.

— Oui, Andrew ? résonna la voix lointaine de Nathan.

— Où es-tu ?

— Sur l'autoroute. Un problème ?

— Pas vraiment. Ton dernier footing remonte à quand ?

— Euh... Environ quatre ans.

— Ça ira, sourit Andrew en me jetant un regard.

Je m'effondrai sur le lit, râlant contre lui et ses continuels abus de pouvoir.

— Passe à la maison. J'ai une mission pour toi, lui ordonna-t-il avant de raccrocher.

— Andrew, tu exagères vraiment ! Je n'ai pas besoin... d'un garde du corps.

— Je suis ton garde du corps, me corrigea-t-il immédiatement en revenant vers moi.

— Alors quoi ? Nathan est une sorte de... baby-sitter ?

— C'est Nathan... Ou je t'enferme dans mon coffre-fort. A moins que tu ne préfères que je t'attache au lit ? proposa-t-il en s'allongeant sur moi. Parce que j'avoue que cette idée est vraiment tentante.

Il enfouit son visage dans mon cou et en attaqua la peau avec ses lèvres. Je gémis, luttant pour lui résister, mais je savais déjà qu'il avait eu raison de ma volonté. Dégageant le drap couvrant mon corps, il passa sa main sur mes côtes. Je gémis de nouveau, avant d'enrouler mes bras autour de sa nuque.

Nos bouches se retrouvèrent et, très vite, Andrew se cala entre mes jambes, se frottant contre moi. Je passai mes mains sous son boxer et l'en dégageai. Quand enfin nos corps s'unirent, je criai son prénom, mon corps répondant instinctivement au sien.

Il accéléra, me laissant à bout de souffle. Nos bassins bougeaient en rythme, allant à la rencontre de l'autre. Et finalement, un orgasme violent et puissant me traversa. Je m'effondrai sur le lit, le corps d'Andrew tendu au-dessus du mien, son visage extatique et parfait à portée de mes lèvres.

— Tu vas me manquer, murmura-t-il en se dégageant de moi pour me prendre dans ses bras.

— Toi aussi, dis-je avec une émotion non dissimulée.

— Aurai-je droit à des larmes au moment de nos adieux ? plaisanta-t-il.

— Je n'ai pas le droit d'être triste ? demandai-je en me soulevant pour lui faire face.

— Si, si, évidemment. Je dois vraiment y aller maintenant, souffla-t-il.

Il se leva et j'eus tout le loisir de voir son délicieux fessier se dandiner devant moi, pendant qu'il récupérait son boxer.

— Que pourrais-je faire pour te faire rester ? tentai-je.

— Pour me faire rester, il faut que tu restes aussi, riposta-t-il dans un sourire satisfait.

Ma volonté à le faire céder aux sirènes de la luxure retomba aussitôt. Je n'avais aucun argument pour contrer le sien. Je ne pouvais décemment pas manquer le mariage de Lynne.

— Je gagne toujours, Kathleen ! railla-t-il en voyant mon visage défait.

Je me levai, entièrement nue, et me pavanai devant lui. Il se contenta de me regarder, appréciant visiblement le spectacle, tandis que je me dirigeais vers son dressing.

— Qu'est-ce que tu fais ?

— J'ai des baskets, mais pas de short pour aller courir. Ça t'ennuie ?

— Sers-toi, dit-il avant de me rejoindre pour prendre une chemise. De toute façon, j'envisage de résoudre ce problème de prêt-à-porter dans l'après-midi.

Je le fixai, espérant obtenir une explication. En vain. Andrew prit un pantalon gris, l'enfila, et attrapa une cravate avant de la nouer autour de son cou.

— Comment ça « résoudre ce problème de prêt-à-porter » ? m'agaçai-je.

— Oh... Pendant deux délicieuses minutes, j'ai cru que tu n'allais pas râler.

— Je ne râle pas, je m'informe ! ripostai-je.

— Laisse-moi prendre soin de toi, murmura-t-il.

Son regard pénétrant eut raison de mon léger agacement, et j'abandonnai. Au-delà du fait que je n'aimais pas ses excès, je craignais aussi de les perdre, et de le perdre, lui. Subir son absence une seconde fois était impossible à imaginer. Je lui souris et l'aidai à nouer sa cravate.

Environ dix minutes plus tard, j'accueillis Nathan. Ce dernier m'embrassa avec chaleur. Il m'observa quelques secondes, alors que j'étais vêtue d'un short trop grand et d'un débardeur habilement noué pour ne pas tomber.

— Je comprends maintenant en quoi vos armes sont meilleures que les miennes ! ironisa-t-il alors que nous nous dirigions vers le bureau d'Andrew.

— N'avez-vous pas votre ancienne tenue de cow-boy dans un de vos placards ?

— Je ne l'ai plus... Peut-être devrais-je investir !

— Lynne finira par céder, Nathan, le rassurai-je.

— A moins d'une semaine du mariage du siècle ? Vous délirez, Kat !

— Je trouve pourtant que débouler au mariage de Lynne, au moment où le prêtre demande si personne ne s'oppose à l'union, aurait quelque chose de...

— ... suicidaire, finit-il pour moi.

Je ris doucement, mais le sourire de Nathan s'estompa aussi vite qu'il était venu. Je toquai à la porte d'Andrew et entendis sa voix forte qui nous ordonna d'entrer.

— Nathan, tes clés ! lui intima Andrew sans lever le nez de son écran d'ordinateur.

— Mais... Andrew !

— Tes clés ! Ma voiture est au garage et... je suis déjà en retard, ajouta-t-il en se tournant vers moi avec une lueur d'amusement dans le regard.

— Et ton histoire de footing ?

— Pas moi ! Kathleen veut faire du footing, tu es prié de veiller sur elle comme si elle était la prunelle de tes yeux.

— Elle l'est ! railla-t-il. Si je perds cette fameuse prunelle, je perds mon salaire...

— Et votre tenue de cow-boy, ajoutai-je dans un rire.

— Aussi !

Le regard d'Andrew navigua entre Nathan et moi, totalement perdu. Il secoua la tête, renonçant à comprendre et se leva pour nous rejoindre. Il tendit la main et Nathan lui donna les clés de sa voiture. Il m'embrassa sur la joue, me recommandant d'être prudente.

— Tu es vraiment sexy avec mes vêtements, ajouta-t-il dans un murmure à peine audible.

— Pas seulement quand je suis nue alors ?

Il s'écarta de moi, le regard brûlant, et me fit un sourire entendu. Pendant un bref instant, j'oubliai même la présence de Nathan, espérant qu'Andrew me repousserait de nouveau sur la table de réunion.

— Nathan, prends soin d'elle. Kathleen, fais-lui regretter d'avoir repris la cigarette.

— J'ai arrêté, contra Nathan, presque vexé.

— Je sais que tu fumes en cachette !

— Parce que tu m'exploites outrageusement !

— Vu ton salaire, on se demande qui exploite l'autre ! riposta Andrew.

Nathan râla, plus pour la forme que par réelle colère, et Andrew quitta la pièce quelques minutes plus tard en me faisant un clin d'œil.

— Je crois qu'Andrew a une paire de baskets là-haut !

— Y a-t-il seulement une chance que j'arrive à vous faire changer d'avis ?

— Aucune. Allez vous changer ! lui intimai-je gentiment en sortant du bureau.

Après quarante minutes, il me semblait que Nathan était au bord de l'apoplexie. Les mains sur les genoux et le souffle court, il me supplia de m'arrêter. J'acceptai, prise de pitié.

— Vous... Vous... Vous voulez... me tuer ? exhala-t-il péniblement.

— La cigarette, hein ?

— C'est pour aller avec la tenue de cow-boy ! grommela-t-il.

J'éclatai de rire avant de lui proposer de rentrer. De toute évidence, il n'était plus capable de courir. Je profitai de la marche jusqu'à la maison pour discuter de Lynne, l'encourageant à poursuivre. Mais Nathan semblait résolu à ne plus rien tenter.

— Vous vous rendez compte que vous êtes coincé avec moi ici ? lui fis-je remarquer.

— Je sais. Je vais appeler le garage pour voir si on peut récupérer la voiture.

— Une prise d'initiative à l'encontre des instructions de M. Blake ! me moquai-je.

— Andrew a un bolide... Un truc monstrueux, décapotable, et qui fait gémir les femmes rien qu'avec le klaxon.

Après une douche, je rassemblai mes affaires dans mon sac et enfilai un jean avec une des chemises d'Andrew.

Comme disait Nathan, tout est une question d'armes. Je récupérai mon téléphone sur le chevet, faisant tomber au passage les livres d'Andrew. Je les ramassai, remarquant avec un sourire qu'il y avait le livre que j'avais offert à l'inconnu. Andrew avait corné certaines pages et cette simple marque d'attention me fit sourire de nouveau. Il était temps de lui avouer la vérité et de lui dire que j'étais derrière les lettres de Marie.

J'appréhendais l'annonce mais, d'un autre côté, je savais que notre relation n'en serait que plus forte et plus intense. Quelque part, je crois même que je ressentais une forme de jubilation : pour la première fois depuis qu'Andrew était entré dans ma vie, j'avais un coup d'avance sur lui. Je me promis de tout lui dire après le mariage de Lynne.

En repassant devant la bibliothèque, j'eus un pincement au cœur. Après une courte hésitation, je rentrai dans la petite pièce et récupérai la photo d'Eleanor pour la mettre dans mon sac.

Je rejoignis Nathan dans le salon. Après sa douche, il semblait en meilleur état, mais il avait ces marques rouges sur les joues qui trahissaient un effort physique trop important.

— J'ai appelé le garage puis Andrew, et on va récupérer la voiture.

— Si seulement vous aviez cette tenue de cow-boy, j'aurais été à deux doigts de craquer pour vous !

— Ce qui aurait sûrement scellé mon sort. Andrew n'aime pas qu'on convoite ce qui lui appartient.

— Je ne suis pas sa voiture, rétorquai-je.

— Je sais... Et croyez-moi, il le sait aussi ! Vous l'avez... transformé !

Je haussai les épaules, éludant volontairement le sujet. Je n'avais pas changé Andrew, je l'avais juste sorti de la torpeur dans laquelle il était plongé depuis la mort d'Eleanor. Nathan prit sa sacoche et me désigna l'entrée.

— Le taxi est là, déclara Nathan en ouvrant la porte de la maison.

— Et galant avec ça, raillai-je.

— Vous devriez le rappeler à Lynne.

— Je lui dirai, comptez sur moi ! Par contre, je tairai vos performances sportives !

— Vous filez un mauvais coton, Kathleen ! Vous parlez comme Andrew ! Allons récupérer la voiture du maître.

— Elle était en panne ? demandai-je pour faire la conversation.

— Cette voiture ne peut pas tomber en panne ! Elle est entretenue quasiment tous les mois !

Nathan monta dans le taxi et je le suivis, m'installant près de lui sur la banquette. Il donna l'adresse au chauffeur et passa une main sur son visage fatigué. De toute évidence, Nathan avait besoin de vacances.

— Il est dur avec vous, constatai-je.

— S'il l'était vraiment, j'aurais démissionné. Andrew n'est pas si terrible, il est juste très exigeant.

— Je vais lui demander de vous donner des congés.

— Impossible pour le moment... Une grosse transaction nous attend à New York et avec toutes ces...

— Les menaces, terminai-je. Andrew m'a dit que tout était sous contrôle.

— Vraiment ? s'étonna-t-il. Il vous a dit ça ?

— Il m'a menti ?

— Oh... Non... Ce n'est pas ce que j'ai voulu dire, reprit Nathan avec un sourire d'excuse. Andrew fait tout pour assurer votre protection, mais il est inquiet, évidemment.

— Evidemment, répétai-je en fixant le paysage qui défilait sur ma gauche.

Andrew assurait ma protection, mais qui assurait la sienne ? Nathan avait raison sur un point : rien ne pourrait se faire sereinement tant que la personne qui nous voulait du mal était toujours en liberté. Notre bulle de bonheur n'était pas assez hermétique, pas assez solide pour supporter un nouveau drame.

— Donc cette voiture, repris-je après un court silence, tous les mois ? m'étonnai-je.

— Andrew... est très... maniaque au sujet de sa voiture.

Il avait payé une fortune pour s'offrir la même que celle de James Bond, lança Nathan, avant que sa voix ne s'éteigne.

— Avait ? répétai-je pour l'encourager.

— Eleanor... Eleanor avait pris sa voiture.

Après cette nouvelle incursion dans la vie de l'ex-femme d'Andrew, le trajet en taxi fut calme. Nathan et moi échangeâmes surtout sur des sujets pratiques, cherchant à faire coïncider l'emploi du temps d'Andrew avec le décalage horaire de New York. Je réprimai plusieurs bâillements, que Nathan ne manqua pas de remarquer.

— Il y a un café en face du garage. Vous devriez y aller pendant que je récupère la voiture.

Je sortis du taxi et traversai l'avenue pour trouver mon salut : la caféine. Je m'installai à une petite table donnant sur la route, observant au loin la silhouette de Nathan s'engouffrer dans le garage. Le cappuccino était brûlant, et je le fis tourner entre mes mains, en pensant à Eleanor et à Daniel.

La chose me semblait toujours aussi surréaliste. Surtout, je ne comprenais toujours pas pourquoi Dan ne m'avait rien dit. Effectivement, il m'avait mise en garde à notre rupture, mais... pourquoi avoir attendu ? Pourquoi avoir tu le mystère ? Ça n'avait aucun sens. S'il voulait me protéger d'Andrew, il n'avait qu'à me prévenir.

Je portai la tasse fumante à mes lèvres, reportant mon attention sur le garage. Je devinais, masqué par quelques arbres, le corps massif du garagiste précédant Nathan sur le parking. Ils se dirigeaient vers une voiture noire, décapotable. Je souris en repensant à la description de Nathan.

Je l'observai écouter attentivement le garagiste. Ce dernier, de dos, agitait ses mains, se plongeant sûrement dans des explications techniques. Contournant la voiture avec Nathan, le garagiste souleva le capot et ils examinèrent ensemble le moteur.

Puis, à l'instant où le capot claqua sur la voiture, le visage du garagiste m'apparut enfin nettement. Je recrachai mon café et mon sourire s'effondra.

Ma tasse vacilla entre mes mains et, tandis que Jim et Nathan se serraient la main, les pièces du puzzle, les morceaux de la vie d'Eleanor s'assemblèrent sous mes yeux : le garagiste était le père de Daniel. La voiture était le seul lien qui expliquait le choc du monde d'Eleanor contre celui de Daniel.

Nathan s'installa au volant de la voiture et manœuvra pour se garer devant le café. Après m'être assurée que Jim n'était plus à l'extérieur, j'en sortis, titubante, stupéfaite et presque anesthésiée par ma découverte, et rejoignis le siège passager. L'esprit encore perturbé, j'entendis à peine Nathan me demander si je voulais de la musique. J'opinai, absente, me demandant étrangement comment Andrew aurait réagi en apprenant qu'il confiait sa voiture au père de l'amant de sa femme... Peut-être même que Daniel avait travaillé ici.

— Nathan ? l'interpellai-je au bout de plusieurs minutes de silence.

— Oui ?

— J'aimerais que vous me parliez d'Eleanor, lâchai-je.

Nathan se tourna vers moi, presque horrifié, et la voiture dévia légèrement de sa trajectoire. Il reprit le contrôle d'un habile coup de volant et se racla la gorge.

— Je la connaissais à peine. Pour moi, elle était juste la femme d'Andrew. Une fille sympa, sans plus.

— Et l'accident ? tentai-je.

— Je me souviens que Meghan m'a appelé en pleine nuit. J'étais à Houston, chez mes parents. Je suis rentré, Andrew était effondré. J'ai cru qu'il n'allait jamais s'en remettre.

— Et ensuite ? Je veux dire... l'enquête.

— Il n'y avait pas besoin d'enquête. Il y avait du verglas. Eleanor n'était pas une fille spécialement prudente. Elle a déboulé trop vite dans un virage. La voiture était dans un sale état, ce n'était pas étonnant qu'elle ne s'en soit pas sortie.

— Je comprends, marmonnai-je. C'est une jolie voiture, ajoutai-je pour changer de sujet.

— N'est-ce pas ? Et Andrew est hyperméticuleux avec sa voiture... Croyez-moi, si vous lui cherchez un point faible, vous l'avez trouvé.

Nathan contourna le building de Blake Medias et nous gara au sous-sol, à la place réservée d'Andrew. En sortant du véhicule, mes yeux tombèrent sur une autre plaque de parking. Celle d'Eleanor. Comme si Andrew espérait son retour. Nathan me rejoignit et comprit immédiatement où mes yeux s'étaient posés.

— Ça fait des semaines qu'Andrew demande à l'enlever.

— Oh ! fis-je, un peu perdue.

— Il a revendu la voiture d'Eleanor, après l'accident, mais il a mis des mois à se décider à enlever cette plaque. Venez, il nous attend.

Le bureau d'Andrew était au huitième étage. L'ascenseur, extrêmement silencieux et ultramoderne, s'ouvrit sur un couloir en parquet. Nous passâmes devant plusieurs bureaux, dont celui de Nathan, puis de Meghan, avant d'entrer dans un espace entièrement vitré. Une petite femme brune leva la tête vers nous et un sourire franc apparut sur son visage.

— Bonjour, monsieur Evans.

— Emily. Je vous présente Kathleen Dillon... Kathleen est...

— Je sais qui elle est, le coupa-t-elle en m'adressant un sourire chaleureux. Je suis ravie de vous rencontrer.

— Le patron est dans son bureau ou occupé à besogner en salle de réunion ?

— Le patron est derrière toi ! Et *tu* devrais besogner en salle de réunion ! lança la voix d'Andrew derrière nous.

Je me tournai vers lui tandis qu'il avançait. Meghan était à ses côtés. Elle m'adressa un bonjour lointain, accompagné d'un sourire forcé. Je la saluai à mon tour, un peu plus chaleureusement. Très chastement Andrew m'embrassa sur la joue.

— Très jolie chemise. Surtout sur toi.

— Merci, murmurai-je en rougissant.

— Merci, Nathan, dit Andrew en me fixant droit dans les yeux. Visiblement, il a pris soin de toi.

— Je crains surtout d'avoir réduit l'espérance de vie de ton collaborateur.

— La cigarette, pesta Meghan.

— J'ai cru qu'il allait cracher un poumon sur la plage ! plaisantai-je.

— As-tu ramené la voiture ? demanda Andrew.

— Ta précieuse est au garage, parfaitement entretenue, lustrée, et elle ronronne comme un chaton, commenta Nathan en lui tendant les clés.

— Il a été très prudent, assurai-je à Andrew.

— Pour une fois qu'il ne se laisse pas distraire ! se moqua Meghan.

— Hey ! Je n'y étais pour rien.

J'interrogeai Andrew du regard. Il souriait largement, jouant avec son trousseau de clés.

— Nathan a embouti sa dernière voiture.

— Il était au téléphone, précisa Meghan en riant. Je dois vous laisser, j'ai une web-conférence avec New York, expliqua-t-elle en regardant sa montre.

— Sécurité ? demanda Andrew.

Elle hocha la tête et j'entendis Nathan glousser près de moi. Meghan se tourna vers lui, dégainant du même coup son gloss et retouchant son maquillage.

— Un commentaire, Nate ?

— Aucun ! se défendit-il en levant les mains devant lui.

Meghan se pinça les lèvres et replaça une mèche de cheveux. Elle parla à Andrew pendant un bref instant de repousser une date de signature, mais il refusa catégoriquement, ajoutant qu'il signerait la semaine prochaine, comme prévu.

— Le pauvre homme n'a aucune chance, me souffla Nathan à voix basse tout en fixant Meghan.

— Qui ? chuchotai-je.

— Le bougre qui est à New York et qui va devoir regarder Meghan dans les yeux pendant une heure.

— Qu'est-ce que vous complotez tous les deux ? nous coupa Andrew pendant que Meghan s'éloignait.

— Meghan, dit simplement Nathan en la désignant du menton.

Je fixai la silhouette de la collaboratrice d'Andrew. Meghan était superbe, gainée dans une jupe courte noire et rehaussée de talons aiguilles. Nathan avait raison, le pauvre homme n'avait aucune chance de réussir.

— Peut-être devrais-tu prévenir Gregory, me conseilla Andrew.

— Elle a rendez-vous avec Gregory ? m'exclamai-je.

— Dommage, c'était un mec sympa, se lamenta Nathan.

Andrew étouffa un rire, avant de me proposer d'aller déjeuner. Seuls évidemment. Nous nous éclipsâmes pendant que Nathan prenait ses messages auprès d'Emily. Au loin, j'entendis le prénom de Lynne et je savais déjà qu'elle serait la première à être rappelée.

Andrew et moi déjeunâmes dans un bistrot, discutant de l'avenir. Il avait réservé la salle privative pour nous deux, nous cachant ainsi des regards curieux. New York était toujours sa priorité. Le sujet que j'avais vu au journal un peu plus tôt dans la semaine me revint à la mémoire, et il s'étonna même que j'aie retenu autant d'informations sur ses projets immobiliers. Mais très vite, les sujets professionnels firent place à d'autres plus personnels, et je le taquinai même sur sa voiture.

— Nathan exagère... Je ne suis pas obsédé par ma voiture.

— Non ?

— Il n'y a que toi qui m'obsèdes... Et crois-moi, c'est vraiment... vraiment de l'obsession.

— Vas-tu survivre sans moi pendant quelques jours ?

— Uniquement en me disant que je pourrai ensuite

profiter de toi. Je vais tâcher de mettre ce temps libre à profit pour trouver un moyen de t'attacher à mon fauteuil.

Il m'embrassa furtivement et me prit la main.

— Je vais devoir revendre mon appartement à New York, soufflai-je.

— Tu devrais le garder... Ça nous ferait un pied-à-terre.

— Je croyais que le Peninsula était ton pied-à-terre ? raillai-je.

— Cet hôtel a récemment perdu une employée de valeur, et je n'ai pas très envie d'être accueilli par quelqu'un qui ne sera pas aussi... docile que toi.

— C'est vraiment ce que tu veux ? Que je sois docile ?

— Au moins cet après-midi. Viens, on y va.

Malgré mes suppliques, mon chantage au sexe et mon manque évident de motivation, Andrew refusa de changer ses plans. Mais évidemment il était difficile de lui en vouloir. Passer son après-midi à essayer des tenues luxueuses, à se pavaner devant lui, et à sentir son regard brûlant sur moi n'était pas si terrible.

Ce qui était assez terrible, c'était le regard en biais de la vendeuse, lorgnant ostensiblement sur Andrew. La jalousie me gangrenait. Andrew le savait, il avait remarqué mes attentions plus que chaleureuses envers lui, et apprécié, sans nul doute, de me voir essayer une tenue vraiment sexy, juste pour le plaisir que je lui demande de m'aider à la retirer.

Je ne sus combien Andrew avait dépensé pour moi ce jour-là. Sûrement une somme astronomique. A l'aéroport, je lui fis part de mon sentiment ambivalent sur le sujet.

— Il va falloir que tu t'y habitues. L'argent rend les choses plus faciles.

— Je ne suis pas certaine de vouloir vivre comme ça. J'ai l'impression d'être... entretenue.

— Oh... Mais comme je le disais, tu peux toujours bosser pour moi !

Un sourire satisfait s'étira sur ses lèvres et je croisai les bras sur ma poitrine.

— Je me souviens de ton projet sur la cuisinière, râlai-je.

— Ah ! Moi, je me souviens d'autre chose... Tu sais... Le patron, ou l'époux.

— Tu n'es pas à genoux ! ironisai-je en tentant de cacher ma panique grandissante.

— Tu n'es pas prête. J'entends d'ici ton pouls qui frappe plus fort.

Son sourire s'éteignit et je m'en voulais presque de lui faire autant de mal. J'étais certaine du bien-fondé de notre relation, mais me marier avec lui... C'était trop tôt, trop irréfléchi. J'approchai de lui et entourai sa taille de mes bras.

— Je t'aime, murmurai-je.

— Moi aussi. Ton avion va décoller.

Il s'écarta de moi et posa ses lèvres sur les miennes. De nouveau, il m'offrit un de ses baisers dévastateurs et pleins de promesses. M'aurait-il demandé de l'épouser dans la foulée que je l'aurais accepté, tellement j'étais étourdie par le mouvement de sa langue. Il pressa son corps contre moi et, à bout de souffle, finit par rompre le baiser.

— Je te rejoins pour le mariage. Et je promets de tout faire pour que tu attrapes ce satané bouquet.

— Je vais m'entraîner, plaisantai-je.

— Entraîne-toi à dire « oui, je le veux ». Parce que ce sont les prochains mots que je veux entendre sortir de ta bouche à New York.

— J'attends de voir le fameux diamant !

— Ne me tente pas, Kathleen !

— N'es-tu pas un homme de défi ?

— Si... Mais je promets que, la prochaine fois que nous en reparlerons, je ne te lâcherai pas tant que tu n'auras pas dit oui.

Il m'embrassa de nouveau, plus tendrement, avant de poser son front contre le mien. J'entendis le dernier appel pour l'embarquement de mon vol retentir. Andrew m'accompagna jusqu'aux portiques de sécurité, me recommandant d'être prudente. Je retins mes larmes, comme promis, mais je sentis mon cœur tressauter de cette façon si habituelle maintenant. C'était presque douloureux. Je laissais Andrew à San Francisco, et j'avais le sentiment, en m'éloignant dans le couloir d'accès, que la semaine allait être vraiment longue sans lui et ses abus de pouvoir.

L'avion décolla peu de temps après. Le nez collé contre le hublot, je regardai San Francisco s'éloigner, maudissant presque Lynne de maintenir ce mariage de pacotille.

Je pensai à tout ce que j'avais appris pendant mon séjour là-bas : Andrew était de nouveau avec moi, Nathan et son manque de souffle, la maniaquerie de mon amant au sujet de sa voiture, son écoute attentive pendant que je lui racontais mon passé, Janet et sa bénédiction.

J'étais heureuse et nous serions heureux. Je songeai furtivement à Eleanor, à son absence si palpable, aux dernières traces de sa présence dans la vie d'Andrew, à la façon dont il avait préservé sa mémoire, lui pardonnant même d'avoir eu un amant.

Eleanor et Daniel, et le lien étrange entre Andrew et le père de Daniel... Est-ce que Jim savait que son fils avait été l'amant d'Eleanor ?

Ils étaient amoureux, c'était d'une évidence absolue, et elle avait fini par quitter Andrew. Et elle en était morte. Je me demandai si elle avait hésité avant de passer à l'acte. Et combien de temps avait duré cette liaison ? Andrew m'avait avoué qu'Eleanor avait fait chambre à part avant juillet... Presque six mois. Six mois où Andrew avait tenté de recoller les morceaux. Six mois où Andrew lui avait fait un enfant.

Je soupirai lourdement, espérant un jour ne plus être hantée par cette femme. Je doutais d'y arriver. Cette seule maison représentait leur mariage. A l'image d'Andrew qui aurait aimé me dompter, j'aurais presque préféré qu'Eleanor n'ait pas existé. Tout aurait été tellement plus simple.

Je consultai mon agenda, tout en grignotant la collation que l'hôtesse avait posée devant moi. Lynne avait besoin de moi pour les essayages, et je devais accueillir mon père à l'aéroport le samedi après-midi, juste avant le dîner de répétition. La semaine allait être chargée. Ce n'est qu'en fermant mon agenda, en pleines turbulences aériennes, qu'un déclic se fit.

Le lien entre Daniel et Eleanor. C'était la voiture d'Andrew.

Le souvenir de la conversation avec mon père resurgit vivement. Et soudain, j'eus la nausée. Le cœur au bord des lèvres, et la respiration hachée, je m'agrippai au siège. L'hôtesse, surprenant mon regard perdu, vint me rassurer sur la courte durée des turbulences. Mais ce n'était pas ça qui me rendait malade...

Maintenant, tout était cohérent : le silence de Daniel sur sa relation avec Eleanor, l'accident de cette dernière, la maniaquerie d'Andrew... De nouveau, la nausée me prit et mon corps se mit à trembler fortement. La voix de mon père résonnait encore dans ma tête : les pneus étaient lisses.

Comment un homme aussi précautionneux au sujet de sa voiture aurait-il pu laisser sa femme rouler avec une voiture aux pneus lisses ?

Brutalement, la conversation avortée avec Nathan me revint, fulgurante et nauséabonde.

La voiture en miettes était...

A Andrew. *Sa* voiture...

Et le seul mot qui me vint à l'esprit fut le prénom de Daniel. Ses silences, ses mystères, sa rage. Il détestait Andrew. J'avais mal interprété notre dernière conversation : il revivait sa relation avortée avec Eleanor et Andrew était de nouveau sur son chemin.

Je récupérai un sac en papier et vomis mon dîner. Les larmes vinrent dans la foulée, brûlantes et amères. Daniel avait accès à la voiture... Et il avait Eleanor. En avait-il eu assez d'attendre qu'elle vienne à lui ? Si leur liaison avait duré six mois, il avait dû se montrer impatient. Elle l'avait fait attendre, donnant une ultime chance à son mariage.

De nouveau, la nausée. Cette fois, je sentis la bile remonter dans ma gorge : ce n'était pas un accident.

Daniel avait craqué et, las d'attendre un geste d'Eleanor, il avait fini par trafiquer la voiture d'Andrew. Ce dernier était absent avant Noël. Peut-être avait-il confié sa voiture à Daniel dans l'espoir de la retrouver parfaitement entretenue à son retour ? Daniel avait alors saisi sa chance, espérant que la météo l'aide dans son entreprise.

Eleanor n'aurait pas dû prendre cette voiture, elle n'aurait pas dû rouler aussi vite, fuir aussi brutalement. Et c'était certainement la seule chose que n'avait pas prévue Daniel dans son plan d'élimination : Eleanor était l'accident.

Le corps encore secoué par les tremblements, je demandai à l'hôtesse de quoi écrire. Evacuer ces idées horribles, me libérer de l'angoisse et du dégoût qu'elles provoquaient en moi. L'hôtesse revint quelques instants plus tard, me tendant un bloc-notes et un stylo de la compagnie aérienne. J'y jetai mes idées, traçant des flèches pour relier les éléments.

Je bus un peu d'eau, espérant estomper le goût de la bile qui tapissait mon palais. Je pris un instant pour fermer les yeux et réfléchir calmement à la situation. Andrew... Daniel... Eleanor. Je sentis mon souffle s'accélérer, mais mes pensées me menèrent au même et unique raisonnement.

Daniel avait voulu éliminer Andrew. Eleanor était morte, et je n'avais aucune idée de ce que Daniel ressentait. La peine, la haine, la colère, la jalousie devaient se mêler en lui, provoquant les réactions débordantes dont j'avais été témoin.

Je passai le reste du vol dans un état second, cherchant le sommeil sans le trouver. Je passai d'un extrême à l'autre, me fustigeant pour mon imagination trop débordante, avant de revenir à ma logique initiale et d'entourer le prénom de Daniel, une fois encore, sur mon calepin.

Quand l'hôtesse annonça les manœuvres d'approche sur New York, j'en étais presque soulagée. Etre dans cet espace restreint accentuait mon angoisse. Toujours un peu comateuse, je descendis de l'avion sans réellement faire attention aux gens autour de moi. Quand j'atteignis enfin la sortie, je tombai nez à nez sur Gregory.

Je soupirai. Andrew et ses excès.

— Ne dis rien, lui ordonnai-je en passant près de lui.

— Je dois te raccompagner chez toi, expliqua-t-il en me suivant.

Puis il attrapa mon sac que j'avais calé sur l'épaule et le porta. Gregory me désigna une des portes accédant aux parkings souterrains et je le précédai.

— As-tu fait un bon vol ? m'interrogea-t-il en ouvrant ma portière.

— Pas vraiment, marmonnai-je.

Gregory jeta mon sac sur la banquette arrière et s'installa derrière le volant. J'étais au bord de l'implosion. Entre Daniel qui venait de révéler une facette peu avenante de sa personnalité, et Andrew qui ne jurait que par ma sécurité, j'étais à bout de nerfs. Je calai ma tête contre la vitre et soupirai de nouveau.

— Blake tenait à ce que je t'escorte, Kat.

— Je sais. J'ai promis à Andrew d'agir dans son sens.

— Andrew, hein ? me lança Gregory avec un sourire entendu.

— Greg, je sais que tu sais ! Ne compte pas sur moi pour te raconter ce que lui et moi cherchons à tout prix à préserver.

— Je sais ce que je dois savoir. La bombe atomique m'a fait un briefing... Une chance qu'elle soit mignonne pour que j'accepte une réunion à 6 heures du matin !

— Outch... J'avais oublié le décalage horaire, fis-je, vraiment désolée pour lui.

— Pas grave !

— Alors... tu comptes toujours la faire tomber à tes pieds ? plaisantai-je en espérant me changer les idées.

Gregory secoua la tête, claquant sa langue contre son palais. Son sourire s'estompa légèrement, sans toutefois disparaître.

— Cette fille... Disons qu'on ne joue pas dans la même

catégorie. Elle est du genre glacial, option grosse tête et hermétique aux compliments.

— C'est vrai que Meghan est du genre... 5 étoiles !

— Exactement. Et je n'ai même pas réussi à la faire rire ! pesta Gregory.

— Ignore-la.

— Quoi ?

— Ignore-la ! répétai-je. Cette fille aime être le centre du monde. Elle aime décider de qui elle veut, et de qui elle ne veut pas.

— Tu es en train de dire que c'est perdu d'avance ?

— Je suis en train de dire qu'elle a l'habitude de prendre les décisions. Laisse-la venir vers toi.

— Et je fais ça comment ?

— Nu, ça aide ! raillai-je en rappelant à Gregory sa propre théorie.

— Kat, si j'enlève mes vêtements devant toi, tu vas quitter Blake dans la seconde. Et je n'aurais plus la délicieuse tâche de suivre ton appétissant derrière pendant des heures.

— Appétissant ? rigolai-je.

— Ensuite, ton « Andrew », reprit-il en mimant les guillemets, voudra me botter les fesses jusqu'à ce que j'atterrisse dans la prochaine galaxie. Evidemment, tu pleureras ma disparition et la belle Meghan érigera sûrement une espèce de statue en bronze, afin de me vénérer un culte infini tout en te maudissant d'avoir provoqué ma perte.

J'éclatai de rire, tandis que Gregory me lançait un clin d'œil.

— Ça ressemble à... l'apocalypse, articulai-je entre deux éclats de rire.

— Je vais prendre ça pour un compliment, plastronna-t-il.

J'étais de nouveau hilare, essuyant les larmes qui bordaient mes yeux. Gregory avait toujours eu cette capacité à me faire rire en deux phrases. C'était le cas au moment de notre rencontre, et maintenant c'était devenu un mode de fonctionnement entre nous deux.

Mais, très vite, mes pensées se braquèrent de nouveau sur Andrew. Gregory se gara devant chez moi et, à l'instant où je posai ma main sur la poignée pour sortir, sa forte poigne agrippa mon avant-bras.

— Attends, souffla-t-il, l'air sérieux.

— Quoi ? Tu veux m'accompagner jusqu'à la porte ? plaisantai-je.

— Non, non... Ecoute-moi deux minutes, s'il te plaît. L'hôtel a encore reçu des menaces, qui te concernent essentiellement.

Je relâchai la poignée et m'enfonçai dans le siège passager, fixant le tableau de bord devant moi. La peur panique était devenue une compagne familière. Mais cette fois, c'était pire. Avant, je n'avais jamais eu peur que pour moi, maintenant, le nombre de gens impliqués et susceptibles d'être pris pour cible m'effrayait. Je sentis mon cœur frapper lourdement dans ma poitrine, m'avertissant de la proximité du danger.

— Sois prudente, d'accord ? On ne sait pas ce que veut ce type, mais...

— Mais quoi ? dis-je, un peu agacée.

— Il est très bien informé. Tout ce que tu fais, il est au courant. Et j'ai vraiment peur pour toi.

Je me tournai vivement vers lui, croisant son regard sombre et professionnel. Je n'aimais pas le ton ni le visage inquiet de Gregory. Ce n'était pas dans son habitude, et l'angoisse que j'avais réussi à canaliser revint presque immédiatement.

— C'est bien Andrew qui t'a envoyé à l'aéroport ? lui demandai-je.

— Oui. Mais crois-moi que je serais venu sans qu'il ait besoin de me le demander. Ce type sait tout, il a frappé Meghan et avait donc accès à l'hôtel. Il sait que tu as démissionné. Il connaît ton ancienne adresse. Il sait pour les roses que Blake t'envoie, me coupa-t-il avec vigueur.

Je le fixai étrangement. Il hocha la tête, comme pour appuyer son dernier argument. De nouveau, mon cœur s'emballa, et des tremblements s'emparèrent de mon corps. Encore cette peur panique de tout perdre. Perdre Andrew, perdre tout ce que nous tentions de construire.

— Il sait, répéta Gregory d'une voix plus douce.

— Je ne suis pas visée, mentis-je pour le rassurer.

— Evidemment que non. C'est Blake la cible, mais s'il t'arrivait la moindre chose...

La voix de Gregory s'éteignit et, rien qu'en une phrase, je me rendis compte que ce que j'avais découvert dans l'avion n'était que la partie émergée de l'iceberg. Je m'enfonçai un peu plus dans le siège, canalisant mes tremblements, gardant mes mains calées sous mes cuisses, tout en m'assurant d'une respiration convenable. Mais l'angoisse, irrationnelle et galopante, était plus forte que ma volonté.

Le souffle court, j'observais la route. J'étais de nouveau hagarde, perdue dans mes réflexions, tentant de refouler la logique horrible qui se déroulait devant moi.

L'accès au Peninsula, ma démission.

Je plaquai une main contre ma bouche, retenant un cri d'effroi. Mes larmes coulèrent. La panique, l'hystérie avaient gagné. Mon regard papillonna sur les voitures garées, les gens qui discutaient sur le trottoir et même un voisin, à sa fenêtre, fumant une cigarette. Tout me semblait si étrange et tourbillonnant.

Ma vie décortiquée...

Les fleurs...

Les images se succédaient, la sensation de panique s'estompa pour faire place à l'incompréhension. Pourtant tout coulait de source, logique, implacable. Je cherchais une explication rationnelle, un contre-argument, un indice m'indiquant que je faisais fausse route. Mais malgré tout... Peut-être parce qu'Eleanor me hantait, ou sûrement parce que Daniel envahissait de manière désagréable mes pensées, j'eus un effroyable déclic.

Daniel.

Le souvenir de notre relation m'étreignit et je sentis cette vague douleur au creux de l'estomac. Je retrouvais le goût amer et infect de la trahison. Il m'avait touchée, nous avions fait l'amour, mais seule l'impression tenace de malaise perdurait.

Il savait tout parce qu'il était dans ma vie. Et le pire, c'est que je l'avais moi-même introduit dans ma vie. Je lui avais ouvert l'accès à mon appartement, je m'étais confiée à lui.

— Kat, est-ce que tout va bien ? fit la voix inquiète de Gregory près de moi.

Il posa une main sur ma jambe, lui faisant arrêter son mouvement frénétique. Mes larmes redoublèrent, violentes et incontrôlables. La nausée qui m'avait surprise dans l'avion réapparut. Même si j'avais correctement assimilé son rôle dans l'accident d'Eleanor, comprendre maintenant qu'il était sûrement à l'origine de toutes ces menaces était horrible. L'atmosphère dans l'habitacle de la voiture était soudainement étouffante, aussi j'ouvris la portière et sortis précipitamment.

Gregory sortit à son tour, et contourna le véhicule pour s'approcher de moi. L'air frais nocturne me fit du bien et je sentis mon visage se colorer de nouveau. Gregory me fit relever les yeux vers lui. Les tremblements de mon corps ne cessaient pas et je vis mon ami froncer les sourcils.

— Kat, je vais veiller sur toi, je t'assure que...

— C'est Daniel, le coupai-je dans un murmure.

Gregory me relâcha et me fixa avec une intensité rare.

— C'est Daniel, répétai-je. Les menaces... La femme d'Andrew... C'est lui.

Chapitre 27

Les larmes me gagnèrent l'instant suivant et mes jambes flageolantes cédèrent. Les bras de Gregory m'entourèrent et il ouvrit prestement la portière de la voiture pour m'y faire asseoir. Après quelques instants, et après avoir attendu que je me reprenne, Gregory s'agenouilla près de moi et me regarda.

— Daniel ? Le type avec qui tu es sortie ?

— Il connaît Andrew depuis longtemps.

Je me lançai alors dans une explication courte et précise de ce que j'avais appris pendant mon voyage à San Francisco. Gregory m'écouta attentivement, me coupant seulement pour clarifier quelques aspects de l'histoire.

— Et tu crois qu'il est à l'origine des menaces ? me demanda-t-il.

— Il a accès au Peninsula, il sait tout de ma vie, il sait pour les fleurs... Et il déteste Andrew ! Il le hait.

— Kat, je crois que tu vas un peu trop vite... Rien ne dit que...

— Il a gardé le silence sur son passé, il ne m'a jamais rien dit pour Eleanor. Pourquoi m'aurait-il caché cette relation si ce n'était pas pour se servir de moi ? J'étais son accès vers Andrew !

Gregory replongea dans le silence et se redressa. Je n'avais pas la sensation de l'avoir convaincu, mais j'avais, moi, cette profonde conviction que Daniel était derrière tout ça.

— Rentre tes jambes ! m'ordonna-t-il.

Je m'exécutai dans la minute et mon ami claqua la portière avant de se réinstaller au volant. Je descendis la vitre, savourant l'air glacé et vivifiant. M'être confiée à Gregory m'avait soulagée. Porter ce secret seule était impossible.

— Qu'est-ce que tu fais ? lui demandai-je alors qu'il faisait redémarrer le moteur.

— Tu vas dormir chez moi. Et tu ne râles pas. On va appeler Andrew et...

— Non, surtout pas ! m'écriai-je vivement. Il va... Il va être fou furieux ! bégayai-je. Il va... il va vouloir le tuer...

— Et il aura raison. Kat, tu viens de me dire que ce type avait probablement tué sa femme !

— Mais c'était un accident ! gémis-je.

— Tu ne vas quand même pas prendre sa défense ? s'écria-t-il avec consternation.

Il accéléra, et je me retrouvai plaquée contre le siège, m'agrippant comme je le pouvais. Gregory maugréait dans sa barbe.

— On va appeler Blake, répéta-t-il.

— Je t'en supplie, ne dis rien à Andrew... J'ai encore des doutes, et aucune preuve. S'il te plaît, Greg. S'il te plaît... Laisse-moi quelques jours. Tu as été flic, tu sais que personne ne te suivra sur une simple intuition.

La voiture s'arrêta à un feu, et il me regarda, effrayé et inquiet. Je ravalai ma salive, espérant l'avoir convaincu de ne rien dire à Andrew. Il le fallait, au moins pour lui éviter un choc trop brutal.

— S'il te plaît, gémis-je de nouveau.

— Tu n'es quand même pas en train de me suggérer de te laisser faire ta propre enquête ?

— Gregory, je sais que je peux le faire...

— C'est ce que tu m'as dit pour le *Daily* ! s'énerva-t-il en frappant sur le volant. Kat, je te préviens, je ne te laisserai pas faire.

— Tu n'as pas le choix ! Montre-moi le début d'une preuve au sujet de Daniel !

— Je vais le faire parler ! assura-t-il.

— Comment ? Gregory, tu ne sais même pas de quoi il est capable... Il a trafiqué les pneus, il a agressé Meghan...

— Justement, je ne veux pas te faire courir de risques.

— Je ne crains rien ! Il ne sait pas qu'on le soupçonne... Je veux juste le faire parler.

Je lui jetai un regard en biais. Gregory soupira, avant d'écarquiller les yeux. Je n'aimais pas franchement mon idée, mais je savais que c'était la seule exploitable.

— C'est hors de question, Kat !

— Je peux le faire, Greg.

— Coucher avec lui signifie que je dois te laisser seule avec lui, et ça, c'est impossible !

— Je ne vais pas coucher avec lui... Juste... lui faire croire que j'en ai envie !

— Jamais il ne te croira !

— Dans ce cas, tu vas devoir m'aider.

Gregory redémarra brutalement et fonça dans les rues quasi désertes de la ville. J'observai sa poitrine se soulever trop rapidement. Si j'avais eu des doutes sur ma capacité à le convaincre de mon histoire farfelue avec Daniel, je n'en avais plus aucun maintenant. Il me croyait et était décidé à me protéger encore plus qu'Andrew.

— Je te laisse jusqu'à la fin de la semaine, abdiqua-t-il finalement.

— Et tu ne dis rien à Andrew ? l'interrogeai-je.

— Je ne lui dirai rien... Mais s'il t'arrive la moindre chose, s'il touche à un de tes cheveux, je jure que je fais débarquer Blake lui-même ici pour qu'il te botte les fesses. Je suis clair ?

J'opinai, souriant largement à la menace de Gregory. J'étais à peu près certaine que, même si Andrew voulait me botter les fesses, il ne le laisserait pas faire.

— Tu me couvres ? demandai-je à Gregory.

— Toujours, ma belle. Toujours, toi et ton appétissant derrière ! répondit-il avec un clin d'œil.

— Je vais devoir... m'éloigner d'Andrew.

— Il ne va pas aimer.

— Je sais. Mais je n'ai pas le choix.

Je regardai les rues défiler à travers la vitre. Pour confondre Daniel, je devais redevenir proche de lui. Et pour redevenir proche de lui, je devais couper les ponts avec Andrew. Etre seule, sans lui... Faire croire à une rupture définitive.

Une fois chez Gregory, je me sentis mieux. Plus légère, parce que je ne portais plus cette histoire toute seule. Mon ami me servit un verre d'eau et me prépara la chambre des invités. Assise sur le canapé, je fixai mon téléphone, m'interrogeant sur ma capacité à cacher la vérité à Andrew.

— Veux-tu que je le prévienne ? demanda Gregory en s'installant près de moi.

— Dis-lui que je suis chez moi... Pour le moment, je dois éviter de lui parler.

— Tu es sûre de toi ?

— Oui, mentis-je.

Gregory s'éclipsa dans la pièce à côté et j'entendis vaguement des bribes de leur conversation. Il assurait à Andrew que j'allais bien et qu'il veillait sur moi. Techniquement, ce n'était pas un vrai mensonge, mais j'étais certaine que d'ici à quelques heures Andrew chercherait une explication à mon silence.

Quand Gregory réapparut, il me tendit une enveloppe. Je la fixai, sans comprendre.

— La boîte du Peninsula, expliqua-t-il.

L'inconnu... Enfin, Andrew. Encore une chose à laquelle je devrais renoncer. Je ne pouvais pas imaginer m'écarter d'Andrew, tout en demeurant en contact avec lui, par ces lettres. Ma schizophrénie avait ses limites. Mettre de la distance entre Andrew et moi passait aussi par l'arrêt de ces lettres.

Je me rendis compte alors que je plongeais dans une des

rares choses qu'Andrew ne pardonnait pas : le mensonge. Même en songeant que je faisais ça pour son bien et pour nous assurer un avenir exempt de nouvelles menaces, je doutais qu'il comprenne mes motivations.

Au mieux, il me pardonnerait et, très probablement, me reprocherait mon imprudence et mon entêtement.

Au pire, il m'en voudrait et je ruinerais notre relation.

Mais c'était un risque à prendre. Je mis l'enveloppe dans mon sac et me couchai dans un état nauséeux et le cœur en miettes. Je regrettais presque de ne pas être restée à San Francisco. Etre dans ses bras aurait certainement été apaisant.

A mon réveil, le premier message d'Andrew arriva :

Ta voix m'a manqué hier soir... Et pas que ta voix. Appelle-moi. A.

Il s'inquiétait déjà. J'effaçai le message, ainsi que tous les autres qu'Andrew m'avait envoyés. Ma couverture avec Daniel devait être irréprochable. Le convaincre de mon potentiel retour de flamme n'allait pas être évident et, connaissant maintenant sa rage contre Andrew, je devais m'assurer d'être une petite amie exemplaire.

Après avoir pris une douche, je me changeai. Il me faudrait faire un passage chez moi pour garnir ma garde-robe... Pour l'instant, je n'avais que le sac que j'avais fait pour San Francisco. En sortant mon jean, la lettre d'Andrew tomba. Je la fixai de longues secondes, avant de me décider à l'ouvrir.

Prendre du recul, mettre de la distance... Le protéger.

« Chère Marie,

Plus d'une semaine sans nouvelles de votre part. Je m'inquiète. Vous qui, habituellement, me répondez si rapidement... J'ai relu votre dernière lettre, et je sais que cet homme vous a fait du mal. Mais je sais que vous êtes forte et d'une incroyable détermination. J'ai envie de croire que si vous ne m'écrivez pas, c'est justement parce que vous êtes avec lui…

Et rien que pour ça, je vous envie. Ma vie a retrouvé de sa sérénité. Parce qu'elle est là, quelque part chez moi, à me préparer le dîner pendant que je vous écris. Encore une fois, vous aviez raison, lui parler était la seule chose raisonnable à faire. Nous l'avons fait, j'ai écouté ses arguments, elle a compris les miens. Maintenant, nous tentons de faire fonctionner tout ça…

N'est-ce pas ce qui est le plus difficile finalement ? Les relations humaines sont à la fois fortes et fragiles. Une source de confiance et, en même temps, un tourbillon de doutes. Je ne sais pas si je réussirai un jour à lui rendre ce qu'elle me donne. Et je ne sais pas si je réussirai un jour à vous rendre tout ce que vous me donnez.

Je vous ai déjà dit que vous étiez importante pour moi… Je crois que je suis loin du compte. Cet homme ne mesure pas la chance qu'il a de vous avoir dans sa vie. Mais, j'aimerais, malgré tout, que notre relation ne s'éteigne pas. Egoïstement, je dois dire que j'ai besoin de vous dans ma vie… comme j'ai besoin d'elle.

Et vous lire me manque. Ne me forcez pas à lancer des recherches dans tout New York, à vous supplier de me répondre. Parce que je peux le faire… J'ai une nette tendance au harcèlement, figurez-vous.

A moins que vous ne soyez en train de me fuir… Notre relation dépasse même le terme de « relation ». Nous sommes amis, je présume ?

Proches du moins. Et plus je vous écris, plus j'ai la sensation étrange que le hasard ne vous a pas mise sur ma route pour rien. Il y a une forme de connexion inexplicable et magique qui se crée quelque part entre vous et moi chaque fois que je lis une de vos lettres.

J'espère que vous la ressentez vous aussi.

Répondez-moi.

Je vous embrasse

Votre inconnu. »

Je tremblais en relisant ses mots. Je me rassis sur le lit, épluchant les possibilités qui m'étaient offertes. La tête entre mes mains, je pris conscience à quel point ces lettres avaient été trop loin. Trop fortes, trop puissantes. J'avais, moi aussi, eu besoin de l'inconnu pour reprendre pied. Mais maintenant que je savais qui il était, je sentais mon cœur se serrer encore plus fort. Ce tressautement si particulier que j'avais ressenti à chacune des lettres, ce même tressautement avec Andrew.

J'étais amoureuse d'Andrew. De ses excès, de son arrogance, de sa façon de me faire rire.

Et j'étais amoureuse de l'inconnu. De sa fragilité, de son manque de confiance, de sa façon de parler de la femme qu'il aimait.

— Tu peux encore changer d'avis, fit la grosse voix de Gregory devant moi.

Je relevai les yeux vers lui. Il était adossé au chambranle de la porte, les bras croisés sur ses pectoraux. Il y avait de l'urgence et de l'inquiétude dans son regard. Je repliai la lettre, me promettant de faire une réponse dans la matinée.

— Non. Ça ira, assurai-je. Je dois voir Lynne dans l'après-midi, j'en profiterai pour tenter de parler à Daniel.

— Comment comptes-tu aborder la chose ?

— Je ne sais pas trop... Il était inquiet de ma relation avec Andrew. Je vais sûrement commencer par ça.

— Très bien. Je resterai dans le coin pour te surveiller.

— Me surveiller ou me protéger ? ironisai-je avec un léger sourire.

— Te surveiller ! Je te connais, Kat, quand tu as une idée dans le crâne...

Il me sourit largement et je me sentis mieux. Gregory me protégerait. Je risquai un sourire confiant et il hocha la tête avant de décoller son corps du mur.

— Je vais au Peninsula. Fais comme chez toi.

J'entendis Gregory me souhaiter une bonne journée, puis la porte claqua. Je pris ma lettre et me dirigeai vers le salon. Après quelques minutes de fouille, je trouvai une feuille blanche. Je m'installai, fixant le papier vierge devant moi. J'avais écrit toutes ces lettres avec une incroyable facilité, et là, assise dans le salon, j'hésitai.

Ignorer Andrew, ses appels, ses messages... Tout cela était simple. Il me suffisait de couper mon portable, de vivre chez Gregory.

Ignorer Andrew et ses lettres superbes que je n'avais aucun moyen d'éviter réellement allait être plus compliqué. En rompant cette correspondance, la sensation de trahison n'était que plus forte. J'allais briser sa confiance, briser notre lien...

« Cher inconnu,

Pardonnez mon silence. J'avais juste besoin de faire le point sur ma vie et sur cet homme.

Je suis heureuse pour vous. Heureuse de voir que votre vie semble enfin complète. Votre lettre respire le bonheur et, croyez-moi, je vous envie pour ça. Je suis, pour l'instant, dans une sorte d'équilibre précaire.

Je ne sais plus trop où j'en suis, ou même qui je dois croire. Nos passés respectifs, à cet homme et à moi, sont encore trop présents dans nos vies. Peut-être avons-nous été trop vite, peut-être avons-nous tenté de croire que tout irait pour le mieux. Pour le moment, j'ai l'impression de vivre dans une illusion un peu trop parfaite, et cela me met mal à l'aise.

Et puis il y a vous... Toutes vos lettres, toutes mes confessions, tous vos tourments. J'avoue que vous avez sûrement pris une place plus grande que je ne l'imaginais. J'aime notre relation... J'aime vous connaître si intimement et qu'en retour vous vous inquiétiez pour moi. Mais les lignes sont brouillées.

J'ai toujours cru que notre échange serait... facile, évident et sans conséquences. Aujourd'hui, vous me parlez de connexion, de magie, et je m'aperçois que les choses sont allées trop loin. Je voulais simplement vous aider. Je crains que vous ne me donniez un rôle trop important. Je n'ai fait que vous dire quoi faire ou quoi dire. Et même sans moi, je sais que vous y seriez parvenu.

Votre annonce parlait d'une belle âme. Vous en êtes une, mais je doute d'être à la hauteur de vos prétentions.

Pour le moment, j'ai besoin de recul, besoin de mettre de la distance, besoin de faire le tri.

Vous pouvez interpréter tout cela comme une fuite. Ça l'est sûrement et cela me fait du mal... Une preuve de plus que mon attachement pour vous est bien trop fort.

Vivez votre vie, je vivrai la mienne... Il n'y a pas de magie dans tout ça, pas de connexion, pas de chimie. Rien de tout cela n'existe. Il y a juste une New-Yorkaise qui a écrit à un inconnu. Aussi je crois qu'il est temps pour nous deux de passer à autre chose, de classer avec bonheur et nostalgie cette correspondance.

Je vous souhaite le meilleur et vous embrasse chaleureusement.

Marie. »

Je relus ma lettre rapidement, ravalant la boule d'émotion qui se formait dans ma gorge. Je devais être forte et tenir mes résolutions. Je la repliai, avant de fouiller dans le bureau de Gregory, à la recherche d'une enveloppe. Quand enfin je la trouvai, j'y mis la lettre et la glissai dans mon sac.

La fin de la matinée s'écoula lentement, et je reçus de nouveau un message d'Andrew :

Je commence à m'inquiéter. Rappelle-moi. A.

Je l'effaçai, comme pour le premier, et décidai de quitter l'appartement. Je postai ma lettre devant le Peninsula, avant de rejoindre Lynne dans son bureau. Le téléphone vissé à l'oreille, elle fit un geste pour m'inviter à m'asseoir. Elle calait les dernières informations pour un groupe de touristes fortunés. Quand, finalement, elle raccrocha, je me forçai à arborer le visage le plus ravagé possible. Ce qui, finalement, ne fut pas très compliqué, il me suffisait de repenser à ma séparation courte mais douloureuse avec Andrew, et à ce que j'étais en train de provoquer.

— Comment vas-tu ? me demanda Lynne.

— Je pense que c'est plutôt à moi de te poser la question... Le mariage approche et...

— Tu sais ce que je veux dire, Kat. J'ai cherché à te joindre tout le week-end.

— Oh... J'avais besoin de faire le vide, mentis-je avec une étonnante facilité.

— Andrew encore ?

— Encore, oui.

Je soupirai lourdement, espérant que Lynne ne détecterait rien de ma mise en scène. J'aurais préféré la mettre dans la confidence, mais garder le secret, même envers elle, était la chose la plus sûre à faire. Je ne tenais pas à me perdre, en jonglant avec mes mensonges et mes semi-vérités. Mentir à tout le monde était le seul moyen de ne pas me trahir.

Lynne me fixa, puis contourna le bureau pour s'asseoir près de moi. Elle prit ma main, dans un geste affectueux, presque maternel, et la serra dans la sienne.

— Je suis désolée, Kat, murmura-t-elle. Je sais à quel point tu étais éprise de lui.

— Je le suis toujours, Lynne. Rien n'a changé.

— Rien, sauf lui, contra-t-elle. J'aurais préféré me tromper sur ses intentions.

— J'aurais préféré aussi. Désormais, le mal est fait. Tu avais raison, ce n'était pas... une histoire saine, hésitai-je. Mais j'ai décidé d'aller de l'avant. Et, pour ça, je vais avoir besoin d'une lettre de recommandation, si cela ne te dérange pas.

— Aucun problème. Je suis contente que tu envisages les choses ainsi.

Elle me libéra et reprit sa place derrière son bureau. Sous un amas de feuilles, son téléphone se mit à vibrer et elle me jeta un bref coup d'œil avant de prendre l'appareil. Je me sentis bouillonner, partagée entre le ressentiment et l'incrédulité. J'avais toujours cru que Lynne me soutiendrait, quoi qu'il advienne avec Andrew.

— Ne t'en fais pas pour ça, la rassurai-je. Ce n'est pas parce que ça n'a pas fonctionné avec Andrew que tu dois... cesser de parler avec Nathan.

— C'est un ami, se défendit-elle.

Elle lut le message et un sourire franc s'étira sur ses lèvres. Elle répondit rapidement, ses doigts tapotant sur son clavier avec une rapidité extrême. Je soufflai doucement, songeant que Lynne était vraiment aveugle. Elle me réconfortait pour un chagrin d'amour imaginaire, alors qu'elle se perdait dans ses propres sentiments.

— C'est toi qui avais raison, lâchai-je alors qu'elle notait ma requête sur son bloc-notes.

— A quel sujet ?

— Les relations amoureuses... Philip, Nathan, Andrew...

— La sécurité, Kat. Une relation longue, réfléchie et sérieuse avec un homme que tu apprends à connaître, il n'y a pas de secret.

Je souris intérieurement. Au « longue, réfléchie et sérieuse », je préférais, de loin, le brin de folie et la passion qui m'animaient quand j'étais avec Andrew. Mon ventre se tordit un peu et je me sentis blêmir : il ne fallait surtout pas que je pense à lui alors que j'étais en train de trahir notre relation. Le sentiment de colère reprit aussitôt le dessus. Je serrai les accoudoirs à m'en faire mal, cherchant à reprendre le contrôle de mes émotions.

— C'est certain, soufflai-je avec crispation. La prochaine fois, je m'attaquerai à un homme à ma portée.

— Tout à fait ! Andrew Blake t'a fait suffisamment de mal. Tu as raison de ne pas te morfondre pour lui.

— Je l'aime toujours, Lynne, ripostai-je, sur la défensive.

— Vois quelqu'un d'autre. Il faut que tu sortes, que tu l'oublies. Tu sais ce qu'on dit : un de perdu...

— Pitié, Lynne, gémis-je en attrapant un magazine professionnel sur la table.

Cachée derrière ma revue dont je tournais un peu trop rapidement les pages, je tentai surtout de camoufler ma nervosité et mes mensonges.

— Allez, tu es jolie comme tout, et en plus, loin d'être stupide... Tu veux que j'organise un dîner ?

— Lynne, je ne suis pas à la recherche d'un homme, grognai-je.

— Qui parle d'un homme ? Je parle d'un cavalier pour le mariage !

— Lynne, s'il te plaît... C'est trop tôt.

— Kat, j'ai vu dans quel état il te mettait. Toute cette excitation... Il t'a même changée, tu n'étais plus la même.

Un peu surprise par son aveu, je relâchai le magazine, le calant sur mes genoux, et croisai les bras sur ma poitrine.

De toute évidence, une pointe d'amertume persistante flottait entre elle et moi. Elle m'en voulait, mais je ne savais pas si c'était à cause de ma relation avec Andrew, ou à cause de sa non-relation avec Nathan.

— Est-ce que tu m'en veux ? demandai-je finalement en ravalant ma rage.

— Tu as été... difficile dernièrement. On ne pouvait même plus te parler sans que...

— Sans que quoi, Lynne ?

— Sans que tu t'énerves comme tu es en train de le faire actuellement, me coupa-t-elle avec une sombre énergie.

J'étouffai un rire sarcastique, avant de la toiser. En temps normal, je l'aurais envoyée balader, elle et sa bonne conscience de future mariée.

— Crois-moi, c'est une bonne chose que ta relation avec Andrew n'ait pas évolué.

— Quelle incroyable sincérité, sifflai-je de plus en plus touchée par ses remarques.

— Kat, ce que je veux dire, c'est qu'il t'attirait dans son monde. Tu devenais comme lui, arrogante et... sèche. Ce n'est pas la Kat que je connais.

— La Lynne que je connais n'aurait jamais jugé ma relation avec un homme, rétorquai-je, glaciale.

Elle recentra son attention sur l'écran de son ordinateur, laissant un silence pénible et lourd s'installer entre nous. Le corps tendu, je me retins d'exploser. A ses yeux, je devais être la victime d'Andrew.

— Tu as sans doute raison, acquiesçai-je finalement dans un nouveau mensonge.

Elle me fit un sourire, alors que je sentais les larmes sur le point de déborder de mes yeux. Comment osait-elle ? Je devais être là, à écouter ses inepties, à l'entendre dénigrer ma relation avec Andrew, sans rien dire... J'étais devant une des conséquences imprévues et douloureuses de mon mensonge : la franchise désarmante et brutale de Lynne.

Mais j'encaissais, parce que je savais qu'elle n'était pas elle-même. Philip, petit à petit, avait mené son œuvre à bien, transformant Lynne en jeune femme sans cœur.

— Trouve-toi un homme de confiance et dont l'humeur ne fluctue pas en fonction des cours de la Bourse !

— Bonne idée ! Se contenter de ce qui est abordable, soulignai-je.

Lynne pivota vers moi, mais ne nota pas le sarcasme dans ma voix. Je lui fis un sourire et, soudain, ses yeux s'illuminèrent.

— Je pense que tu devrais inviter Daniel pour le mariage, proposa-t-elle avec une logique foudroyante.

— Daniel ? m'étonnai-je.

— Ce type se pâme d'amour pour toi, alors effectivement, il n'est peut-être pas en mesure de t'offrir une robe de créateur, mais bon...

— ... C'est mieux que rien, finis-je pour elle.

— Mieux que rien et, en plus, il ne te tournera pas le dos comme Blake l'a fait.

De nouveau, l'esprit ultrapragmatique de Lynne m'effraya. Tout n'était que logique mathématique et calculée chez elle. Il me fallait un cavalier, elle pensait à Daniel. Il me fallait un homme sûr, elle pensait à Daniel. J'avais la sensation désagréable d'être son pâle reflet, elle me poussait à reproduire ses erreurs.

Mais je ne pouvais m'empêcher de penser qu'inviter Daniel au mariage était, après tout, une bonne idée, une bonne façon de renouer le lien avec lui. Evidemment, il me faudrait éviter tout contact un peu trop chaleureux : ce qu'il avait tenté de faire à Andrew était trop horrible pour que je lui laisse la possibilité de me toucher.

— Le dîner de répétition sera donné vendredi soir, peut-être peux-tu lui en parler ? L'essayage de la robe n'est pas prévu avant une bonne heure, tu as le temps.

— Lynne, je ne sais pas trop... Ça semble... Enfin, il risque de prendre tout ça comme...

— ... une roue de secours ? tenta-t-elle.

— C'est un peu ça, oui.

— Kat, j'ai été une roue de secours avec Philip. Et regarde où j'en suis ? Tu devrais tenter ta chance avec

Daniel. Au pire, il te dira non, mais quelque chose me dit qu'il ferait n'importe quoi pour te récupérer.

Comme tuer le mari de la femme qu'il aimait ?

Comme changer les pneus de sa voiture pour faire croire à un accident ?

Comme sortir avec moi dans le but, sans doute, de se venger de lui ?

Je secouai la tête et repris mon rôle avec autant de conviction que possible.

— Je vais aller lui parler, promis-je en me relevant de ma chaise.

— Parfait. Je te rejoins dans trente minutes et on ira à la boutique.

Je sortis du bureau de Lynne, laminée. Quand elle pensait qu'Andrew avait eu une mauvaise influence sur moi, moi je pensais plutôt que c'était le caractère de Philip — ultra-déterminé et manipulateur — qui transpirait d'elle. En très peu de temps, elle avait réussi à me faire douter de ma relation avec Andrew — doutes vite effacés, mais tout de même — puis à me faire inviter un autre homme, Daniel.

Je me retrouvai dans le hall, m'interrogeant sur le bien-fondé de mon action. Je frissonnai en songeant à ses mains qu'il avait posées sur moi, et à cet aspect dominateur et revanchard qui le caractérisait. Sam, à son pupitre, discutait avec Gregory. Ce dernier me suivit du regard, et, quand il comprit que je me dirigeais vers le bar, s'excusa auprès de Sam et m'emboîta le pas.

— Je vais aller lui parler, confiai-je à Gregory.

— Très bien. Je vais m'installer derrière. Au moindre geste de travers, je débarque.

— Tout ira bien, assurai-je.

Gregory prit un journal mis à disposition et le feuilleta. Je fus un peu rassurée par sa présence et, légèrement tremblante, je m'installai au bar. Daniel servait un client, lui souriant largement. Quand finalement ses yeux se dirigèrent vers moi, son sourire s'effaça et son visage s'assombrit.

Il faisait visiblement un effort pour venir à ma rencontre.

— Bonjour, lançai-je, un peu timide.

— Kat, me salua-t-il. Veux-tu boire quelque chose ?

— Je veux bien une eau pétillante, avec un peu de citron, s'il te plaît.

Il me servit rapidement, et je plaçai mes mains autour de mon verre. Daniel se désintéressa de moi aussitôt et se mit à essuyer quelques verres, et à les ranger méticuleusement.

— Vas-tu m'ignorer jusqu'à la fin des temps ? tentai-je alors qu'il s'éloignait de moi.

— Je ne t'ignore pas, je travaille.

Et comme pour asseoir ses propos, il sortit une bouteille de vin et la déboucha devant moi. J'essayai de capter son regard, mais Daniel m'évitait complètement. Je décidai alors de jouer le jeu, et d'aller dans son sens.

— Tu avais raison pour Blake, murmurai-je avec une tristesse feinte.

Il releva les yeux vers moi, me fixa, puis je détectai l'ombre d'un sourire.

— Ecoute, Dan... Je sais que notre histoire n'a pas été simple...

— Elle était simple. Tu as choisi de la rendre compliquée, lâcha-t-il, amer. Enfin, disons qu'*il* a choisi... Peu de gens résistent à l'argent facile.

J'ouvris la bouche, prête à riposter, avant de me souvenir de mon objectif. Braquer Daniel maintenant était synonyme d'échec. Il me lança un regard, évaluant un potentiel rejet ou une nouvelle rebuffade de ma part.

— J'ai dû me laisser... éblouir, acquiesçai-je, le cœur au bord des lèvres.

— Tu sais maintenant l'effet que ça fait d'être piétinée.

Je soupirai lourdement. Les attaques de Lynne, froides et pernicieuses, avaient rongé une partie de ma résistance. Je savais que celles de Daniel ne feraient que la ruiner complètement. De nouveau, je décidai de jouer profil bas, et me levai de mon tabouret pour m'installer face à lui. Je sentis le regard de Gregory derrière moi, et cette protection invisible me rassura.

— Daniel, j'admets avoir fait une erreur avec lui. Est-ce que ma relation avec lui signifie que nous ne devons plus être amis ?

— Ta relation ou ton ancienne relation ? demanda-t-il, soupçonneux.

— Ancienne relation... Ne joue pas sur les mots !

— Avouer que tu as eu tort ne changera pas grand-chose.

— J'espérais que tu me laisserais une chance de me racheter.

De nouveau, il me fixa, le regard sombre et visiblement perdu. Assise devant lui, j'avais la sensation de nager à contre-courant, de me battre pour rien, si ce n'est pour être entraînée encore plus dans les profondeurs. Mais très vite, Daniel reprit sa tâche, lustrant le bar déjà propre.

— Je ne crois pas que ce soit une bonne idée, murmura-t-il, les mâchoires serrées.

— Pourquoi ? gémis-je.

— Dès qu'il va revenir, le cirque reprendra.

— Je veux juste...

— ... Etre mon amie, j'ai compris, Kat.

Je me mordis la lèvre, cherchant à gagner sa confiance. Je fouillai dans ma mémoire, tentant de retrouver des bribes de souvenirs heureux avec Daniel. Mais il me semblait qu'Andrew, flamboyant et ultraconfiant, avait tout effacé sur son passage. Comme si ma vie, avant lui, n'avait pas existé.

— Je sais que je t'ai blessé, repris-je après un court silence.

— Quel heureux euphémisme, railla-t-il.

— Daniel, s'il te plaît... On a partagé des instants sympas, lançai-je en priant pour qu'il ne me demande pas d'exemples précis.

— Avant qu'il apparaisse, oui.

— Je comprends que tu sois fâché contre moi, mais pourquoi contre lui ?

— Parce qu'il t'a eue, rétorqua-t-il presque immédiatement avec une rage renouvelée.

Je frissonnai, pensant furtivement à la photo d'Eleanor et lui. Il avait toujours cette colère folle et froide en lui. Je soutins son regard, avant d'intercepter sa main et d'effleurer ses doigts.

— Et il ne m'a plus, soufflai-je. Je voudrais juste... une chance, Dan.

— Pour être amis ? Non, merci, Kat.

— On peut être... amis pour commencer.

Il retira sa main, et son regard changea. De la colère, il passa à la stupéfaction. De nouveau, le visage d'Eleanor se dessina dans mon esprit. Daniel avait un tempérament protecteur. Si je menais ma barque correctement, si je parvenais à jouer le rôle de la victime d'Andrew, peut-être parviendrais-je à le toucher.

— Que cherches-tu à faire, Kat ?

— Juste à recoller les morceaux. Je me suis trompée au sujet de Blake, et, quelque part, tu avais raison.

— A quel sujet ?

— Je n'étais pas si heureuse, mentis-je.

— Est-ce censé me surprendre ? railla-t-il. Ce type se sert des gens autour de lui.

— Bien, j'admets... Peut-être que j'ai juste été un amusement pour lui. Ça ne fait pas de moi une garce, me défendis-je, un peu agacée. J'ai juste été... faible.

— Comment aurais-tu pu résister de toute façon ?

Il étouffa de nouveau un rire et secoua la tête. L'amertume et la colère depuis la mort d'Eleanor ne devaient pas l'avoir quitté une seule seconde.

— Tout le monde fait des erreurs, repris-je.

— Andrew Blake est plus qu'une erreur, renchérit Daniel avec fiel.

Je sentis mon corps se crisper. Je savais que j'étais en train d'atteindre mes limites, que ce que j'encaissais depuis tout à l'heure au sujet de ma relation avec Andrew était trop violent. Les jugements, les critiques, les interprétations à son sujet montraient à quel point les gens se fiaient à l'image médiatique et lointaine qu'il affichait. Andrew n'était pas comme ça. Sa prévenance extrême avait même failli sonner le glas de notre histoire.

— Il est... particulier, approuvai-je dans un nouveau mensonge. Du genre... maniaque.

— On l'excuse parce qu'il a du pouvoir, rétorqua Daniel, mauvais.

— Pas moi. Je n'apprécie pas qu'on me marche sur les pieds.

— Libre et indépendante ? Il n'a pas dû apprécier !

— C'est le moins qu'on puisse dire !

Cette fois, le rire de Daniel fut normal, presque joyeux. Il riait de cette bonne blague frauduleuse. Je riais aussi, songeant que je ne m'étais jamais sentie aussi libre qu'avec Andrew à mes côtés. Daniel me fixa, toujours une pointe de soupçon dans le regard.

— Et tu t'en es aperçue... comme ça ? me demanda-t-il. Parce que la dernière fois que nous avons discuté, c'était quasiment ton dieu personnel.

Et il l'est toujours, pensai-je. Le seul homme que je cherche à protéger plus que moi-même.

— La période d'euphorie est vite retombée.

— Aussi vite gagnée, aussi vite abandonnée ?

— Je suis une femme, Dan... Peut-être que j'ai vraiment besoin qu'on se soucie de moi.

— Oh... tu ne veux donc pas être un simple accessoire et qu'on t'exhibe.

— Dan, s'il te plaît, gémis-je. Je n'attends pas de toi que tu remues le couteau dans la plaie.

— Effectivement... Qu'attends-tu alors de moi, Kat ?

Je me tortillai sur mon tabouret, cherchant les arguments clés qui le feraient flancher. La victimisation n'avait pas si bien fonctionné, et Daniel, déjà échaudé par sa relation avec Eleanor, n'allait sûrement pas accepter de jouer le rôle de second choix.

— Peut-être pouvons-nous êtres amis, et voir où les choses nous mènent.

— Kat, je ne veux pas être ton ami. Je n'ai jamais

voulu l'être. Je ne veux pas être l'épaule sur laquelle tu viens pleurer quand ça t'arrange.

— Ce n'est pas comme ça que je voyais les choses.

Je reposai ma main sur la sienne, la pressant pour gagner un peu de sa confiance. Cette fois, il ne la retira pas. Encouragée par cette première minuscule victoire, je lui offris un sourire heureux, tentant de décontracter mon corps crispé.

Derrière moi, j'entendis Gregory tousser doucement. Je retirai alors ma main, tandis que Daniel, ignorant mon garde du corps improvisé, me fixait.

— Alors ? murmurai-je. Qu'est-ce que tu en penses ?

— Je ne sais pas, Kat. Les choses ne sont pas si simples.

— Je sais... Je sais que tu as déjà vécu ça, ajoutai-je avant de me rendre compte de la portée de mes mots.

Devant moi, Daniel se tendit et je cherchai un moyen de me reprendre. Son regard s'assombrit et il me tourna le dos pour s'intéresser aux verres devant lui.

— C'est ce que Jodie m'a dit, précisai-je précipitamment.

— Jodie devrait la fermer, grogna-t-il. Elle t'a dit quoi au juste ?

— Juste ça... Que tu sortais d'une histoire difficile.

— Ça a été plutôt compliqué, admit-il en se tournant de nouveau vers moi.

— Est-ce que tu veux en parler ? proposai-je pleine d'espoir.

— Non. Tu ne comprendrais pas.

— Tu ne me fais plus confiance alors ?

— Pas ici.

Il désigna le décor autour de lui, et le souvenir de ma première soirée, dans ce même bar, avec Andrew, me revint. Ce soir-là, Daniel avait été le spectateur impuissant du début de notre relation. Et même si à l'époque je tentais de faire croire à tout le monde qu'Andrew Blake ne m'attirait pas, j'étais déjà conquise.

— Dans ce cas, que dirais-tu d'aller dîner quelque part ? Je voudrais juste faire en sorte de mériter un peu de ta confiance. Andrew et moi, c'est terminé, je t'assure !

— J'ai du mal à y croire.

— Ce type, c'est juste un mythe. Il n'a rien de réel.

Daniel me fixa étrangement, comme si je venais d'avouer un crime atroce. Je soutins son regard, espérant qu'il ne détecterait toujours pas la tension dans mes membres.

— J'avais peur qu'il te détruise, lâcha-t-il finalement. Il ne se préoccupe pas des sentiments des autres.

— Je l'ai constaté, dis-je en me forçant à penser à ma rupture nocturne avec Andrew.

Cette effroyable facilité qu'il avait eue à me quitter, même si je savais maintenant que ce n'était que factice, m'avait terrifiée. Il était tellement sûr de lui, tellement Andrew Blake magnat de la presse et homme de pouvoir...

— Et maintenant, si tu le croises ici, il va t'ignorer, continua Daniel.

— Je ne travaille plus ici.

Sa résistance semblait se fendiller devant mes yeux. Ses premiers sourires, rares et furtifs, laissaient maintenant place à des sourires plus larges et francs.

— Un dîner alors ? s'enquit-il.

— Un dîner.

— Chez toi ?

— Un restaurant plutôt ? Je viens de déménager, et mon appartement est dans un état apocalyptique !

— D'accord.

Je soufflai lourdement, sentant mes muscles se détendre progressivement. Il avait avalé sans sourciller mon excuse pour dîner à l'extérieur. Hormis le fait que je ne voulais pas qu'il mette le pied chez moi, je souhaitais aussi et avant tout être en public pour éviter tout débordement.

— Tu me rejoins ici ?

— Plutôt au restaurant. 20 heures, ça te va ? m'assurai-je en descendant de mon tabouret. Je t'enverrai l'adresse dans l'après-midi.

Il acquiesça. Mon corps engourdi et crispé depuis vingt minutes se rappela à moi, et je grimaçai en sentant une crampe désagréable se propager dans ma jambe.

— Tu es prête ? fit la voix de Lynne derrière moi.

— Oui, j'arrive.

Mon téléphone vibra dans ma poche et je le sortis précipitamment. Du coin de l'œil, je vis Daniel froncer les sourcils. A l'apparition du prénom d'Andrew, je coupai la sonnerie et déviai l'appel vers ma messagerie.

— C'est mon père, m'excusai-je, faussement exaspérée. Il stresse pour le mariage, ajoutai-je pour Lynne qui m'observait bizarrement elle aussi.

— Il a juste à marcher, dit-elle.

— Je sais... Mais lui, son truc, c'est plutôt de pourchasser les méchants !

— Eh bien, ça lui fera des vacances, sourit-elle. Il faut qu'on y aille, reprit-elle en regardant sa montre.

— A tout à l'heure, Dan !

— A plus tard, Kat.

Lynne et moi sortîmes du bar, et mon amie me donna un violent coup de coude dans les côtes avec un air entendu.

— Je t'avais dit qu'il était toujours mordu.

Mon portable vibra de nouveau. Cette fois, je l'ignorai complètement, tandis que mon cœur tambourinait dans ma poitrine.

Chapitre 28

Les essayages de la robe de Lynne ressemblaient plus à une corvée qu'à un moment de plaisir partagé entre filles. J'aurais aimé croire que Lynne était heureuse, mais je doutais même du fait qu'elle était amoureuse. La façon même dont Philip l'avait demandée en mariage — un soir, comme un autre, juste après être rentré du travail — était assez révélatrice de l'importance qu'il donnait à leur relation. Toutefois, dans l'intérêt de Lynne, j'optai pour une conversation diplomate :

— Comment va Philip ? demandai-je pendant que Lynne se tenait immobile sur l'estrade devant moi.

— Bien.

— Seulement bien ? répétai-je, un peu surprise.

— Comment veux-tu qu'il aille ?

— Je ne sais pas. D'habitude, tu es plus prolixe !

Elle me jeta un regard et souffla lourdement. Son regard me sembla moins heureux brutalement, presque perdu.

— Qu'y a-t-il, Lynne ?

— Tu n'as jamais eu cette impression... comment dire... de ne pas faire pour le mieux ? Je veux faire pour le mieux, tu sais. Je voudrais que tout soit parfait et que les invités se disent : « C'était vraiment un superbe mariage. »

— Lynne, je suis certaine que ton mariage sera parfait.

Elle leva les yeux au ciel, visiblement irritée. Je réprimai un sourire, songeant que le travail de sape de Nathan avait peut-être enfin porté ses fruits. Elle doutait. Au-delà du fait que je considérais Lynne et Nathan comme une sorte de couple idéal, je voulais surtout qu'elle comprenne que Philip n'était pas pour elle.

— En quoi ne serait-il pas parfait ? m'enquis-je.

— Je ne devrais pas t'en parler, répondit-elle finalement.

Elle jeta un regard en direction de son sac, et finalement je compris. Elle attendait un signe, un appel, ou un message. Elle sembla reprendre ses esprits, répondant tranquillement à la couturière qui ajustait sa robe.

— Pourquoi tu ne veux pas m'en parler ?

— D'une part parce que tu risques une fois de plus de me dire des choses horribles...

— ... Horribles, mais nécessaires, Lynne !

— Et d'autre part, parce que... Andrew et toi...

— O.K... J'admets, je ne suis pas une professionnelle de la relation amoureuse. Mais je peux être à l'écoute.

De nouveau, elle me lança un regard, comme si elle jaugeait ma capacité réelle à pouvoir l'écouter. J'avais la sensation étrange de garder les secrets de tout le monde, et cela devenait étouffant. Mais Lynne était mon amie, et je ne pouvais pas lui tourner le dos maintenant. Elle resta silencieuse, et sembla réfléchir sur le bien-fondé de cette conversation. Plusieurs fois, elle ouvrit la bouche, mais son hésitation prit le pas sur le reste, elle se mura dans le silence. Je haussai les épaules, refusant de me lancer dans un nouveau débat stérile. C'était à Lynne d'aborder le sujet.

Après un long silence, ayant compris qu'elle n'en dirait pas plus, je me plongeai dans la lecture d'un magazine spécialisé dans le mariage. Soudain, le téléphone de Lynne sonna, et je la vis descendre de son pupitre et manquer de se briser la cheville pour se ruer sur son sac. J'abaissai mon magazine, l'observant se débattre avec le contenu de son sac, avant d'en sortir son téléphone.

Elle fixa l'écran, un éclat de rire s'échappant de sa gorge. Elle secoua la tête, répondant au message, avant de ranger le petit appareil. Je lui lançai un regard, tandis qu'elle regagnait sa place, levant légèrement les bras pour qu'on ajuste la robe sur elle. Je fermai le magazine, attendant une explication de sa part.

— Je continue de lui parler, murmura-t-elle.

— Je vois ça !

— C'est... je ne sais pas, je n'arrive pas à m'en empêcher. Chaque soir, je me promets de cesser, mais... Je n'y arrive pas, Kat.

— Il faut être deux pour ce genre de décisions, confirmai-je.

— C'est ce que je me suis dit. Donc, je lui ai demandé d'arrêter.

Un peu surprise, j'attendais la fin de l'explication de Lynne.

— Et il l'a fait. Sauf que je n'ai pas tenu.

— Tu es... droguée ? plaisantai-je.

Mais Lynne ne répondit pas à mon sourire et, à la place, je vis les larmes perler à ses yeux.

— Je veux me marier, Kat... Je t'assure que j'aime Philip, mais... on ne peut pas aimer deux personnes en même temps.

Je fixai Lynne, son corps frêle perdu dans une robe de mariée hors de prix d'une taille monstrueuse. A l'image de ce mariage, cette robe, pourtant sublime, était en train de l'engloutir. Elle s'y perdait et, bientôt, notre amitié disparaîtrait à son tour.

— Lynne, n'attends pas de moi de te dire quoi faire. Tu connais mon avis sur le sujet.

— Je sais, je sais.

— Vous ne vous êtes pas revus depuis... le baiser ? murmurai-je.

— Non. Mais depuis ça, c'est comme si tout avait changé. Il m'a envoyé des fleurs, Kat. Sais-tu depuis combien de temps Philip ne m'a pas envoyé de fleurs ?

La jeune couturière s'excusa et Lynne en profita pour descendre de son estrade. Elle s'assit près de moi et, maintenant que j'avais son visage si près du mien, je voyais à quel point elle était tourmentée. Je pris sa main dans la mienne et l'encourageai à me parler. Je ne savais pas si Lynne aurait le courage d'aller au bout de sa réflexion. Nathan avait tellement attendu.

— Nathan connaît mon livre préféré, et peut-être même ce que j'aime manger le soir devant la télévision.

Elle étouffa un sanglot, mais les larmes coulèrent tout de même sur son visage.

— Que vas-tu faire alors ?

— Je ne sais pas.

Je libérai sa main, lasse de la voir se débattre. Alors que je me battais pour préserver ma relation avec Andrew — au risque de le perdre un peu plus à chaque minute qui passait —, Lynne saccageait la chance de bonheur qui lui était offerte.

— Tu m'en veux ? demanda-t-elle d'une petite voix.

— Pourquoi je t'en voudrais ?

— Eh bien, tu viens de rompre avec Andrew, et moi... je t'étale ma relation bizarre avec Nathan.

— Je ne t'en veux pas, Lynne, la rassurai-je en sortant mon portable de ma poche.

Trois nouveaux messages et deux fois plus d'appels en absence. Andrew, chaque fois. Je les effaçai rapidement, avant de couper définitivement mon portable. Près de vingt-quatre heures sans lui parler, et j'étais déjà dans un état de manque violent. La sensation toujours plus tenace que j'étais en train de détruire notre relation me taraudait.

— Tu penses que je devrais arrêter ?

— Je pense que tu ne peux pas jouer sur les deux tableaux éternellement. Je veux dire que... la franchise, l'honnêteté, dans un couple, c'est... la base, non ? Si tu constates que Nathan a pris plus d'importance que Philip, il faut que tu en parles. Avec les deux !

Avec ironie, je songeai à quel point mon discours était hypocrite. J'aurais dû parler à Andrew. Pour lui, pour moi, et pour notre histoire, il devait savoir.

Eleanor l'avait quitté, et rien que pour cette simple

raison, il devait cesser de lui pardonner ses écarts. Il comprendrait, me répétai-je. Il comprendrait pourquoi je ne lui avais rien dit à San Francisco. Parce qu'à son image, parce qu'il avait déteint sur moi, je voulais le protéger du monde et conserver la bulle hermétique qui nous entourait quand nous étions ensemble.

Après cette conversation, Lynne reprit sa place sur le podium, mais je ne vis plus aucun sourire s'afficher sur ses lèvres. Je savais qu'elle réfléchissait tout en tripotant nerveusement le tissu de sa robe.

Je passai le reste de l'après-midi à regarder ma montre, redoutant chacune des minutes qui s'égnenaient.

Pourtant, la présence de Gregory à mes côtés me rassurait. Evidemment, il avait râlé à propos de ma tenue. J'avais récupéré quelques affaires sur le chemin du retour à son appartement, notamment la robe que je portais lors de ma soirée au théâtre.

Une part de moi était ainsi avec Andrew, hantée par les souvenirs de notre première nuit ensemble.

En me maquillant dans la salle de bains de Gregory, je réfléchissais à ce que je devais faire. Faire parler Daniel n'allait pas être simple. Il était fermé et tellement secret sur son passé. Gregory était de plus en plus inquiet de mon comportement. Lui aussi avait dû mentir à Andrew, l'informant que j'avais perdu mon téléphone portable.

— Cette excuse ne fonctionnera pas longtemps, me prévint Gregory tout en m'aidant à enfiler ma veste.

— Je sais, soupirai-je.

— Je doute que ton plan fonctionne. Si ce que tu crois est vrai, il n'y a aucune raison qu'il craque maintenant.

— Je veux juste le mettre au pied du mur.

— Il niera, m'avertit Gregory.

— Je ne cherche pas à obtenir d'aveux... Je veux juste qu'il comprenne que son secret n'en est plus un.

— Aussi efficace que te coller une cible sur le front !

Je ne répondis pas, perdue dans mes souvenirs : Daniel,

lors de nos étreintes, s'était montré brutal et dominateur. Je redoutais ce qu'il pouvait faire, acculé et au désespoir. Il avait voulu tuer Andrew, et rien que pour ça, rien que pour y avoir pensé, il méritait d'être puni.

Gregory avait besoin de passer au Peninsula pour son rapport de sécurité habituel. Je décidai de l'attendre dans la voiture, verrouillée, dans le parking. Quand il réapparut, vingt bonnes minutes plus tard, son visage était livide et son front luisant. Je lui ouvris la portière de l'intérieur, inquiète de le voir si mal.

— C'est pour toi, lâcha-t-il en me lançant une petite boîte.

— C'est ouvert, constatai-je.

— Mesures de sécurité de l'hôtel. La plupart des colis sont ouverts.

En soupirant, je soulevai le carton. J'y trouvai un téléphone portable flambant neuf, ainsi qu'une note manuscrite d'Andrew :

« Tu sembles en avoir besoin. Appelle-moi, quand tu veux. Tu me manques. A. »

— Je t'avais dit que cette excuse ne fonctionnerait pas longtemps, lâcha Gregory, mécontent.

J'allumai le téléphone avec le code fourni par Andrew. Il l'avait judicieusement choisi pour sa symbolique : la date de notre première nuit ensemble.

A peine allumé, le téléphone carillonna entre mes mains. Je changeai les paramètres, optant pour le silence et la discrétion. Un message d'Andrew apparut aussitôt sur l'écran :

Ta voix me manque. Tu me manques. Je ne supporte plus ce silence, appelle-moi. A.

Prise de remords, j'envisageai une courte seconde de le rassurer, de lui dire que tout allait bien. Mais j'avais l'impression de m'enfoncer encore plus dans un mensonge. Je n'allais pas bien, et comment aurais-je pu le rassurer quand j'étais au bord de la panique à l'idée de dîner avec un homme qui avait comploté pour le tuer ?

— Kat, il est vraiment à bout de nerfs. Je ne sais pas si j'ai bien fait de te suivre là-dedans, dit Gregory en nous conduisant vers le restaurant.

— Je ne sais pas non plus.

Je rangeai le téléphone d'Andrew dans mon sac à main, tout proche de celui qui avait prétendument disparu. Sur la route du restaurant, je m'efforçai d'oublier mes sentiments pour Andrew. Je faisais tout ça pour lui.

Daniel et moi devions dîner dans un restaurant fréquenté. Notre table donnait sur l'extérieur, et Greg devait rester à nous observer dans sa voiture. Il n'en était pas ravi, rappelant que les « planques » nocturnes étaient ce qui lui manquait le moins de sa carrière dans la police — les planques et les donuts trop gras.

J'arrivai dans le restaurant avec un peu d'avance. En regardant vers la rue, je distinguai la voiture sombre de Gregory garée juste en face. Je commandai un verre de vin, uniquement dans le but de me détendre, tandis que je tordais ma serviette entre mes mains.

Quand Daniel arriva finalement, je me crispai, totalement figée sur ma chaise.

— Bonsoir, Kat. Tu es très jolie, lança-t-il avant de m'embrasser sur la joue.

— Merci... Tu es très élégant, toi aussi, murmurai-je, hésitante.

— C'est pour toi.

Il me tendit une rose blanche, et en l'acceptant, je compris qu'il était en train de me tester. Je sentis la bile remonter dans ma gorge et la fulgurante envie de le gifler me saisit. La voix de Gregory, forte et inquiète, me revint à la mémoire : il sait pour les fleurs. Daniel me fixa, jaugeant certainement les effets de sa provocation. Je me savais pâle, car brusquement la tête me tourna.

— Mer... merci, balbutiai-je en me rasseyant, un peu titubante.

Hagarde et tremblante, je posai la fleur sur la table, là où je savais que Gregory la verrait.

— Est-ce que tout va bien ? s'inquiéta Daniel en s'asseyant face à moi.

— Je... Euh... oui. Disons que...

— Tu n'aimes pas les roses ?

— Si, si, approuvai-je précipitamment.

Le ton du dîner était donné. Daniel ne me laisserait aucune échappatoire, et si j'avais cru avoir un quelconque avantage sur lui, cela se révélait maintenant être une monumentale erreur.

Nous bûmes nos apéritifs respectifs, perdus dans la contemplation l'un de l'autre. Du moins, c'est ce que je tentais de lui faire croire. Je devais le faire parler, le faire exploser même, et je savais que le détonateur serait Andrew et notre relation. Par un heureux coup du sort, Daniel lança lui-même le sujet :

— Il t'offrait des roses, n'est-ce pas ? s'enquit-il en lorgnant sur la fleur posée sur la table.

— Je... Oui, avouai-je. C'était une forme de rituel. Tu ne pouvais pas savoir !

— Non. C'est vrai, admit-il. C'est juste pénible d'arriver après lui.

— Tu étais là *avant* lui, le corrigeai-je.

Daniel releva les yeux vers moi, semblant méditer sur ce que je venais de dire. Comme un signe du destin, je sentis mon portable vibrer. Je me jetai sur mon sac, me fustigeant de ne pas avoir songé à le couper.

Andrew. Encore.

Je déviai l'appel vers mon répondeur. A chaque nouvel appel, à chacun de ses messages que j'ignorais, je me sentais de plus en plus mal. Daniel suivait mes gestes des yeux et, rapidement, je balayai le sujet :

— Juste mon père, dis-je de la manière la plus détachée qui soit.

— Il s'inquiète pour toi.

— Toujours. Surtout quand il s'agit de ma vie sentimentale. Il a tendance à croire qu'aucun homme ne lui arrive à la cheville.

— Pas Blake en tout cas ! Je n'arrive pas à croire qu'il ait rompu avec toi...

— Daniel, lui et moi, nous ne sommes pas vraiment du même monde. Il y avait peu de chances que cela fonctionne.

— Ce que je veux dire, c'est que c'est étrange de sa part... Avoir tout fait pour t'avoir, pour ensuite...

— ... me larguer, finis-je pour lui sur un ton acide. Crois-moi, il n'y a pas été de main morte !

Je portai mon verre à mes lèvres, heureuse de baisser mon visage. Je doutais de parvenir à mentir toute la soirée. Toutefois, le souvenir du départ nocturne d'Andrew après l'agression de Meghan me saisit et je frissonnai en songeant à la peine que j'avais ressentie. Je n'avais pas voulu le perdre ce soir-là, et je le voulais encore moins maintenant.

Je glissai mon téléphone dans mon sac, de façon à pouvoir le voir sans que Daniel ne le remarque. L'écran de mon portable s'illumina, comme à chaque nouvel appel d'Andrew que je rejetais. Un message sûrement.

— Ça ne m'étonne pas de lui, reprit Daniel.

— Tu en parles comme si tu le connaissais.

— Je parlais de manière générale, tu sais... Les hommes de pouvoir. Ce type se pavane comme si le monde entier devait se prosterner à ses pieds.

— C'est un peu réducteur comme image.

— Réducteur, mais vrai...

— Dan, si j'ai choisi d'être avec lui, pendant un temps, c'est qu'il ne devait pas être si horrible. Quand tu le mets en cause, lui, tu me mets en cause, moi. C'est... déroutant.

— Excuse-moi, ce n'était pas mon intention. Je persiste juste à croire qu'il n'a aucune morale.

— Tu confonds le mépris et l'immoralité, suggérai-je.

Daniel me fixa étrangement et, pendant une courte

seconde, je crus qu'il lisait en moi. Je paniquai un peu, espérant pouvoir me sortir de ce guêpier.

— Quoi ? fis-je, tandis que mes yeux regardaient partout, sauf Daniel.

— Tu as raison. Je le méprise, parce qu'il est immoral.

Nos plats arrivèrent enfin, et c'est presque avec soulagement que je plantai ma fourchette dans mon saumon. Qu'est-ce qui m'avait pris de foncer dans cette histoire ?

J'étais partagée entre incrédulité et envie de hurler. Mais je m'attelai à ma tâche, espérant tout retenir pour faire un compte rendu détaillé à Gregory.

Daniel dégusta sa viande silencieusement. Après qu'il m'eut fixée de longs instants, je crus qu'il allait parler, mais il me laissa mener la conversation. Je n'aimais pas ça. Plus Daniel se renfermait sur lui-même, plus le secret serait difficile à dévoiler.

— Je ne comprends pas que tu le défendes toujours, lâcha-t-il finalement.

— Et je n'ai jamais compris ton mépris envers lui. Andrew a peut-être des quantités de défauts, mais tu ne peux pas lui reprocher d'avoir aimé sa femme.

Le couteau de Daniel dérapa dans son assiette, et je vis sa pomme d'Adam tressauter dans sa gorge. Il pâlissait à vue d'œil mais, très vite, ses émotions s'effacèrent pour laisser place à un sourire factice.

— Alors c'est ça ? Le mythe du veuf éploré ? plaisanta-t-il en s'essuyant la bouche avec sa serviette.

— Tu le savais alors ? demandai-je, stupéfaite.

— Bien sûr que je le savais... Je ne comprends même pas comment tu as pu croire qu'il était toujours marié. Cette histoire de femme qu'il est censé regretter ne sert que son image !

— Tu n'y crois pas alors ? Tu ne crois pas qu'il a aimé sa femme ?

— Je crois que les choses changent ! Les couples que l'on croit parfaits ne le sont pas vraiment finalement !

— Parle-t-on toujours d'Andrew ou de toi ? lui assénai-je, dépassée par mon agacement.

Daniel posa ses couverts et me fixa avec cette intensité étrange et effrayante qui lui était propre. La tête calée sur ses mains jointes, il prit une profonde inspiration et se lança :

— On parle de tout le monde, Kat. Tu idéalises un couple, alors que tu ne connais qu'Andrew. Et encore, à peine !

— Donc c'est elle qui était... coupable ? proposai-je faute de trouver des mots plus adéquats.

— Non, déclara-t-il fermement. Je crois plutôt que c'est lui. Il passe son temps aux quatre coins du pays, comment pouvait-elle être heureuse ? Ce n'est pas comme ça que la vie de couple se conçoit, Kat.

— Tu as raison, admis-je finalement pour calmer le jeu. J'imagine qu'effectivement ça ne doit pas être simple d'attendre toujours quelqu'un.

Daniel reprit ses couverts, ignorant ma dernière remarque. Je grimaçai légèrement, déçue qu'il ne fonce pas tête baissée dans le panneau. Je dégustai un peu de poisson, avant de tenter une dernière pirouette :

— La rumeur dit qu'elle avait un amant, lançai-je avec légèreté.

— Peux-tu juste me dire pourquoi nous passons notre dîner à parler de Blake ?

— Daniel, on ne va pas faire comme s'il n'avait jamais existé.

— J'aimerais autant !

— Tu me reproches d'avoir été avec lui, quand je cherche seulement à aller de l'avant. J'aimerais juste crever l'abcès.

Daniel soupira et tout son corps s'affaissa brutalement. Il était en train d'abdiquer.

— Soit... Crevons l'abcès, répéta-t-il en levant les yeux au ciel. Tu disais ?

— Je disais que tu avais raison sur les couples imparfaits... la rumeur dit que sa femme avait un amant.

— Elle a sûrement trouvé ailleurs ce qu'il ne lui offrait pas.

Son regard s'assombrit et il se concentra de nouveau sur sa viande, mastiquant rapidement pour éviter de parler. En silence, je finis mon poisson.

Après que la serveuse eut débarrassé nos plats, je m'éclipsai vers les toilettes pour reprendre des forces. Seule devant le miroir, je m'encourageai à poursuivre, alors que tout me poussait à fuir par l'étroite fenêtre qui donnait dans une ruelle.

Mon téléphone vibra de nouveau. Le rythme des appels d'Andrew s'était accéléré, chacun de ses appels était désormais espacé de trente minutes. L'envie d'entendre sa voix — de m'expliquer aussi — était forte. Aussi, je me claquemurai dans une des cabines, et composai le numéro de mon répondeur.

14 nouveaux messages.

J'allai directement au dernier, espérant qu'il ne saborderait pas le peu d'énergie qu'il me restait.

— *Kathleen, je ne sais pas ce qui se passe, mais je jure que je suis en train de devenir fou furieux ici. Tu refuses mes appels, ne réponds pas à mes messages. Gregory m'a dit que tu avais perdu ton portable, mais dans ce cas, pourquoi sonne-t-il toujours ? Tu sais à quel point je suis attaché à la loyauté dans notre relation, si tu as quelque chose à me dire, j'aimerais autant que tu joues la franchise.*

Je plaquai une main sur ma bouche, retenant l'effroyable sanglot qui avait menacé de s'en échapper. Mes épaules tressautaient, mais je réussis finalement à retenir mes larmes, alors que le souffle erratique d'Andrew me parvenait dans le combiné.

— *Tu as toujours été mon exception, Kathleen. Je dois admettre que sur ce point ça ne change pas. Rarement quelqu'un ne m'avait autant déçu que toi.*

Je coupai une nouvelle fois mon téléphone, ravalant mon chagrin : je devais tenir, au moins jusqu'à la fin du dîner.

Je m'autorisai à lire ses messages. Trois depuis que Daniel était arrivé avec cette rose.

> Je suis inquiet, et ne pas savoir ce qui se passe me rend dingue. Appelle-moi. A.
> Je jure de prendre le premier vol demain, si tu ne réponds pas immédiatement. A.
> N'écoute pas mon dernier message, j'étais en colère. Je jure de remuer ciel et terre pour te retrouver. Où que tu sois. A.

Je fixai l'écran de longues minutes, tentant désespérément de contenir toutes les émotions étranges et contradictoires qui se saisissaient de moi. Détachant mon regard du téléphone, j'observai la petite fenêtre, plus tentante que jamais. Mais une jeune fille pénétra alors dans la pièce, et, prise au piège, je n'eus d'autre choix que de retourner à table.

Nos desserts avaient été servis et Daniel était, lui aussi, en train de consulter son téléphone. En me voyant, il le reposa et m'offrit un sourire heureux.

— C'était mon père. A croire qu'ils se sont passé le mot !

— Comment va-t-il ? lui demandai-je en dégustant ma crème brûlée.

— Bien. Même si son médecin lui a demandé de ralentir. Il a des problèmes cardiaques !

— Oh... Il travaille toujours ?

— Oui. Il aime son métier, il a du mal à freiner. Peut-être que toi tu pourrais le convaincre ?

— Je ne crois pas avoir ce genre d'influence sur lui. Cautionne-t-il au moins notre relation ?

— Je n'ai jamais attendu l'avis de mon père sur ce sujet.

— Quelque chose me dit que l'avis de Jodie est plus important, non ?

Le premier vrai sourire de Daniel apparut à cet instant. Ses yeux brillèrent de joie et il secoua la tête.

— Jodie est...

— ... comme ta sœur ? tentai-je.

— Oh non ! Je ne l'ai jamais considérée comme ma sœur.

Il rit largement, me lançant un regard suggestif. Je manquai de m'étouffer avec mon dessert, songeant qu'effectivement Jodie, avant d'être son amie, était aussi une jolie femme.

— Oh... Je ne savais pas que vous aviez eu... une histoire.

— Pas vraiment une histoire. A vrai dire, il s'agissait plus d'un malentendu.

— Etait-ce un « malentendu »... qui a duré ?

— Tu veux savoir si on a couché ensemble ?

— J'ai comme un doute sur la réponse, ironisai-je. Mais je ne te savais pas aussi... séducteur.

Revenir sur Eleanor, sur son passé avec les femmes, était peut-être le seul moyen de trouver une faille en lui.

— Je ne tiens pas de décompte, me dit-il dans un sourire.

— Et cette femme... Je veux dire, celle avant moi ?

— Kat, grogna-t-il. Je ne veux pas en parler...

— Je t'ai parlé d'Andrew, j'aimerais vraiment que tu me parles de ton passé.

— En quoi est-ce important ?

— C'est juste... pour mieux te connaître, balbutiai-je. Je veux dire, cette fille devait vraiment être importante, sinon tu en parlerais plus ouvertement.

— Donc Andrew était important pour toi ?

— Ce n'est pas la même chose, tu connais Andrew, argumentai-je avant de me morigéner d'en avoir peut-être trop dit.

— Connaître est un bien grand mot !

— Parle-moi d'elle, soufflai-je.

Daniel soupira et j'eus la sensation fulgurante que l'air se raréfiait. J'étais en train d'utiliser les mêmes mots qu'avec Andrew. Les mêmes mots, pour la même femme. La nausée avait refait son apparition et je pris de profondes inspirations pour me ressaisir. Le mélange de nervosité et de panique ne m'aidait pas à tenir mon rôle. Mais mon vis-à-vis sembla l'ignorer, perdu dans ses propres pensées.

— C'était une fille bien, lâcha-t-il finalement. Exubérante, jolie... Rieuse.

— Et ?

— Et nous n'avions pas toutes les chances de notre côté. Elle était mariée.

— Oh..., fis-je, faussement étonnée.

Je m'enfonçai dans ma chaise, un peu choquée malgré tout d'entendre Daniel parler d'Eleanor de cette façon. Ma phase de fascination à son sujet avait maintenant pris fin. Et je ne savais plus si je l'appréciais ou non. Elle semblait parfaite aux yeux d'Andrew et de Daniel et, pourtant, sa trahison me hantait toujours.

— Ça te semble horrible, c'est ça ? L'idée que j'étais l'amant d'une femme mariée ?

— Pour être honnête, ça m'étonne de ta part... Surtout après ton couplet sur le mépris et l'immoralité !

— Elle était malheureuse. Son mari n'était pas... vraiment attentionné.

— Mais peut-être que...

— Kat, ne la juge pas. Elle était bien meilleure que Blake !

Je tressaillis et j'eus la sensation de suffoquer. Il l'avait dit. Enfin... Daniel ne s'était pas immédiatement rendu compte de la portée de ses mots, et ce n'est qu'en relevant les yeux vers mon visage ravagé qu'il se reprit.

— Je veux dire... puisqu'on parle de lui et de sa femme.

— On ne parlait pas de lui, ripostai-je rapidement. On parlait de toi et de cette femme.

— Je savais que je n'aurais pas dû t'en parler.

— Daniel, je cherche juste à te comprendre.

— Elle était mariée à un sale type qui n'avait aucune conscience de la fille qu'elle était. Voilà la vérité, débita-t-il les mâchoires serrées. El... Cette fille était incroyable, elle me rendait heureux. Maintenant, c'est fini, et j'aimerais passer à autre chose !

Brutalement, sa main s'abattit sur la table, me faisant sursauter. Les autres clients nous toisèrent, et il me sembla voir la carotide de Dan palpiter dans son cou.

— Elle t'a quitté ? murmurai-je.

— En effet.

Une serveuse passa alors près de nous, et Daniel lui demanda l'addition.

Le dîner était terminé, et j'étais épuisée d'avoir joué ce rôle. Je n'avais pas atteint mon but, mais Daniel s'était laissé aller en ma présence. C'était un début. Il régla la note en liquide, m'adressant à peine un regard.

— Le sujet est-il clos ou ma vie te fascine-t-elle encore ?

— Ce n'est pas ce que je voulais. Je voulais juste... partir sur de bonnes bases.

Un dernier sourire crispé, et Daniel se détendit enfin. Dans la foulée, je lui promis de ne plus aborder le sujet, espérant regagner la confiance que j'avais perdue quelques instants auparavant. Il posa sa main sur la mienne et se leva de table.

— Sortons d'ici, m'intima-t-il.

Dehors, j'avais une sensation de trop-plein : trop d'informations, trop de colère, trop de détails en apparence insignifiants mais qui me rendaient hystérique.

J'étais sonnée, assommée par l'ampleur de la tâche. Comme si brutalement la vague était bien trop haute et bien trop puissante. L'air frais me frappa le visage, je tentai de dégager ma main, mais Daniel resserra sa prise.

— Merci pour le dîner, marmottai-je en espérant fuir au plus vite.

— Merci à toi. J'ai peut-être été un peu trop... dur cet après-midi avec toi.

— Non, non, l'excusai-je. J'ai sûrement... mérité ça, articulai-je. J'ai été idiote !

— Tu n'es pas idiote. C'est juste lui qui est trop stupide pour ne pas avoir saisi la chance qu'il a eue avec toi.

— Je dois te laisser. Je suis un peu fatiguée, mentis-je en jetant un coup d'œil furtif vers le véhicule de Gregory.

— Pouvons-nous nous revoir demain ?

— Demain ? Euh... non... J'ai une quantité de choses à faire. Je vois Lynne, notamment, pour le mariage. Que dirais-tu d'un déjeuner jeudi ? proposai-je avec mon plus beau sourire.

Daniel fronça les sourcils, préférant sûrement envisager un dîner romantique à un banal déjeuner.

— Oh... D'accord. Jeudi alors !

Il y eut un silence pesant. Daniel m'attira contre lui et m'emprisonna dans une étouffante étreinte. Je m'agrippai à sa veste, priant pour que Gregory ne fasse pas un coup d'éclat. Quand finalement il me relâcha, j'étais toujours dans un état second.

— Qui t'accompagne au mariage ? me demanda-t-il finalement.

— Personne.

— Je t'accompagnerai alors, promit-il.

Pétrifiée sur le trottoir, je sentis ma respiration se couper. J'étais en train de perdre tout contrôle sur mon corps et ses réactions. Si l'idée d'inviter Daniel au mariage m'avait paru séduisante de prime abord, je la trouvais maintenant absolument repoussante.

Ce dîner m'avait prouvé que j'avais tort. Je ne pouvais pas agir seule dans cette histoire. C'était une décision irréfléchie et totalement irrationnelle... Et surtout, j'étais en train de perdre Andrew. C'était la dernière chose que je voulais.

— Je vais y réfléchir, éludai-je.

— Je présume qu'il y a un dîner de répétition vendredi ?

La lueur perverse qui brillait dans son regard ne m'échappa pas. Je savais ce qu'il espérait de notre relation.

— Je t'en reparle jeudi, approuvai-je en regardant ma montre. Il faut vraiment que je parte !

— Bien. Je te raccompagne ?

— Ça ira, je vais marcher.
— Comme tu veux.

Il me fixa intensément, attendant sûrement un geste attentionné de ma part. Mais c'était trop me demander maintenant. Mon corps était tellement tendu que j'étais incapable de bouger. Alors, Daniel fit ce qu'il avait fait toute la soirée : il prit les devants et m'embrassa sur la joue. Je me sentis pâlir, alors que ses lèvres traînaient trop longtemps sur ma peau.

La sensation de brûlure n'avait rien à voir avec ce que je ressentais quand Andrew faisait la même chose. Là, il n'y avait ni frustration ni envie... Juste le sentiment désagréable de dégoût et de haine. Je refusais qu'il me touche de nouveau.

— Rentre bien, Kat, murmura-t-il à quelques centimètres de ma gorge.

— M... Merci, balbutiai-je en déglutissant.

Je lui tournai alors le dos, l'un de mes premiers mouvements depuis que nous étions dehors, et marchai en direction de la station de métro. Je jetai plusieurs coups d'œil derrière moi, Daniel me suivait du regard, s'assurant que je rentrais effectivement chez moi. Finalement, au bout de quelques minutes, il tourna les talons et prit sur la gauche, bifurquant vers une autre station.

Ce n'est qu'en voyant la voiture de Gregory me dépasser pour se garer devant moi que ma respiration sembla reprendre un rythme normal. Sans rien dire, il descendit de la voiture et m'agrippa le coude pour m'installer sur le siège passager. Toujours hagarde, je me laissai faire, heureuse de ne plus avoir vraiment conscience de mes actes et de mes mouvements.

Gregory redémarra et, dans un silence de plomb, nous rentrâmes à son appartement.

A peine avais-je franchi la porte de la chambre que j'occupais que le parfum des roses me frappa. J'allumai la lumière, tombant devant un nouveau magnifique bouquet. J'étais tétanisée, ne sachant si je devais vraiment ouvrir le carton.

— C'est d'Andrew, déclara finalement Gregory derrière moi. C'est arrivé à l'hôtel, j'ai demandé à Lee de les amener ici. Il a la clé de chez moi, ajouta-t-il alors que je me tournais vers lui, de plus en plus stupéfaite.

— Andrew sait pourtant que je ne travaille plus à l'hôtel.

— C'est le seul moyen qu'il a pour te contacter.

Je regardai les fleurs, sublimes, immaculées et tellement symboliques. Délicatement, je pris la carte qui accompagnait le bouquet et, les mains tremblantes, je l'ouvris.

« Je t'aime. Andrew. »

C'est à cet instant précis que je sentis mon corps me lâcher. La petite carte vola au sol, tandis que je m'effondrais sur le lit. Le visage caché dans mes mains, je tentai de refouler les larmes brûlantes qui menaçaient de m'engloutir. J'avais la sensation horrible de tomber dans un gouffre sans fond, attirée par l'obscurité de Daniel, alors qu'Andrew me tendait la main.

Je sentis le lit s'affaisser, puis le bras de Gregory m'entoura les épaules. Il me serra contre lui, comme il l'avait déjà fait par le passé. Son corps chaud et musclé me rassura, et je me forçai à retrouver le contrôle. Je devais encore lui raconter mon dîner avec Daniel et, si je flanchais maintenant, je n'aurais plus ni la force ni les souvenirs précis pour le faire.

— Dis-moi seulement que tu n'as pas monté ce stratagème pour rien, lâcha-t-il avec sérieux.

— Je ne sais pas, avouai-je. As-tu vu la fleur qu'il m'a offerte ?

— J'ai vu, Kat. Je t'avais prévenue qu'il savait tout de ta vie.

Je me levai, frottant nerveusement mon visage d'une main. J'arpentai la pièce, cherchant par où commencer.

— Nous avons parlé d'Andrew, commençai-je. J'ai tenté de le provoquer, pour voir sa fureur.

Pendant quinze minutes, Gregory écouta religieusement le récit de mon dîner avec Dan. Il m'interrompit pour quelques éclaircissements et m'encouragea quand mes émotions faisaient trembler ma voix.

— Il déteste Andrew, murmurai-je en guise de conclusion.

— Evidemment, mais je ne pense pas qu'Andrew n'ait qu'un seul ennemi en ce bas monde.

— Je sais. C'est pour ça que j'ai décidé de creuser un peu.

Je me rassis près de Gregory. Il fronça les sourcils et je lui expliquai mon plan.

— Il fallait que Daniel s'ouvre à moi... Alors, j'ai prêché le faux.

— Kat, dis-moi que tu n'as pas fait ça ! s'exclama Gregory en écarquillant les yeux.

Je lui résumai le moment du dîner durant lequel Dan avait perdu le contrôle, où, pendant un court instant, il avait parlé d'Eleanor.

— Ça ne prouve rien, objecta Gregory.

— Greg, j'ai vu son regard. Et je ne cherche même pas à prouver qu'il était son amant, je le *sais* !

— Et tu t'attendais à quoi ? Qu'il te déballe tout comme ça ?

Je fixai Gregory pendant un long moment, avant de comprendre qu'il n'était plus de mon côté. Quelque part, au cours de cette soirée, il avait changé de camp.

— Tu as parlé avec Andrew ? demandai-je en connaissant déjà la réponse.

— Il se soucie de ta sécurité, et toi... tu... tu provoques ce type !

— Je veux juste avoir le fin mot de l'histoire.

— Au point d'ignorer Blake ? Kat, il est à deux doigts de débarquer ici !

Je reposai les yeux sur les fleurs, songeant au carton qui les accompagnait. Bien avant que Gregory ne m'en parle, je savais que j'étais en train de perdre Andrew. Je savais qu'il s'inquiétait, qu'il imaginait sûrement le pire.

— Je vais lui parler, murmurai-je.

— Tu aurais dû le faire dès le départ, me sermonna Gregory.

— C'est vrai. J'ai cru que j'y arriverais, je voulais juste... le protéger.

— Tu n'es pas seule dans cette histoire, Kat. Ce n'est pas un boulot de journaliste, Andrew est impliqué... Et même moi, je ne suis pas certain de vouloir assumer ça !

— Veux-tu au moins entendre la fin de l'histoire ?

Gregory opina et je me forçai à reprendre mon récit. Les derniers instants de mon dîner avec Daniel avaient été les plus pénibles mais celui-ci s'était finalement ouvert à moi et j'avais terriblement besoin d'un avis extérieur sur ses révélations.

Je fixai Gregory, attendant anxieusement son verdict. Il releva les yeux vers moi et je discernai les premiers signes de fatigue sur son visage. Les poings serrés, il se leva du lit et posa ses grosses mains sur mes épaules.

— OK... Admettons que tu aies raison...

— J'ai raison, corrigeai-je.

— Il faut prévenir Andrew. Daniel a accès au Peninsula, il te connaît... Il a toutes les cartes en main pour commettre le pire. Je ne prendrai aucun risque. Kat, s'il venait à être blessé ou pire encore, je ne veux pas être celui qui te l'annoncerait. Il faut lui dire. Il a les moyens de s'entourer, de se protéger, et sûrement de mener sa propre enquête.

Je soupirai lourdement. Gregory avait raison, mille fois raison. Mais je craignais la réaction d'Andrew. J'avais passé les dernières vingt-quatre heures à l'ignorer, et maintenant, je devais en plus lui dire que je connaissais l'amant de sa femme, et que cet amant avait aussi voulu le tuer.

— J'ai encore quelques amis dans la police, je vais leur demander de mettre Daniel sous surveillance.

— Daniel et son père, précisai-je.

— Tu devrais dormir.

— Et Andrew ? m'enquis-je comme si Gregory allait me donner la solution.

— Repose-toi d'abord. Demain, je te dépose chez toi le temps d'aller parler aux collègues. Tu l'appelleras en m'attendant.

— D'accord, murmurai-je.

Soudain, Gregory me serra contre lui, m'étreignant avec une force presque surhumaine. Je le serrai à mon tour, heureuse qu'il soit là pour me guider.

Le lendemain, après une nuit chaotique entre mes cauchemars au sujet de Daniel et ma crainte de la réaction d'Andrew, Gregory me déposa chez moi. Il m'assura en avoir pour l'après-midi et j'acquiesçai, sans rien dire.

— Je serai de retour en fin de journée, d'ici là, arrange les choses avec Blake.

— OK, Greg.

Je sortis de la voiture, incertaine et groggy. La fatigue associée à mes nerfs en train de lâcher un à un me rendait amorphe. Les jambes en coton, je titubai jusqu'au trottoir, avant que la voix de Gregory ne retentisse derrière moi.

— N'ouvre à personne ! Et je compte sur toi pour rester tranquille, pas de nouvelles embrouilles !

Je hochai la tête, assurant à Gregory que je n'allais pas faire d'autres folies.

Je franchis la porte de l'immeuble et appelai l'ascenseur. J'allumai mon portable, m'attendant à un flot de messages d'Andrew. Mais rien n'arriva. Mon téléphone resta silencieux et cela m'effraya d'autant plus.

Arrivée à mon étage, je sortis de l'ascenseur et me dirigeai vers mon appartement, prenant conscience que je ne l'avais que rarement habité dernièrement. Je fouillai dans mon sac à la recherche de mon trousseau de clés avant de relever les yeux vers la porte.

Je frissonnai en constatant qu'elle était déjà ouverte. Je la repoussai doucement, le cœur frappant avec violence dans ma poitrine. Mon appartement avait été ravagé, mis littéralement en pièces. Le canapé, renversé, avait été repoussé au milieu du salon. Mes quelques cadres photo gisaient au sol, brisés.

Je tentai de joindre Gregory mais tombai aussitôt sur sa messagerie. Merde !

J'entrai prudemment dans l'appartement, et inspectai chacune des pièces. Mon lit avait été renversé, le matelas découpé au couteau et mes oreillers crevés.

De retour dans mon salon, je décidai de me calfeutrer et calai une chaise sous la poignée de la porte. Je repoussai mes affaires au sol du bout du pied, maudissant mon entêtement à vouloir tout gérer. Une fois de plus, je regrettai de ne pas être restée à San Francisco. Par pure précaution, je décidai de ne toucher à rien. Il y avait peu de chances que des empreintes ou des indices soient trouvés, mais je ne voulais pas saccager le peu d'espoir qui existait.

Je fouillai dans mon sac, récupérant les lettres pour les cacher dans un des recoins de mon meuble de bureau. Je regardai ma montre, pestant contre les idées de Gregory. Rester ici n'était pas une bonne idée. J'arpentai la pièce, toujours angoissée par l'idée de savoir que quelqu'un s'était introduit là. Quelqu'un qui avait mon adresse et qui, visiblement, avait pris tout son temps pour réduire mon appartement en miettes.

Des coups violents frappés à la porte me sortirent de ma torpeur. Je me pétrifiai, le souffle court. La panique se propagea dans tout mon corps, et je sentis mes jambes trembler.

Les coups retentirent de nouveau, forts, lourds, enragés. Je marchai sur la pointe des pieds vers la cuisine, et pris un couteau. Il y avait peu de chances que je m'en serve réellement pour me protéger, mais cela me donnait du courage.

— Kat ! Ouvre ! cria cette voix familière.

Chapitre 29

Je soupirai de soulagement, et les coups reprirent, frappés à intervalles réguliers. Je reposai mon couteau et dégageai la chaise qui bloquait la porte.

— Ouvre, bon sang ! Gregory m'a dit que tu étais ici ! râla-t-il.

J'ouvris la porte, découvrant Andrew, les traits tirés et le teint pâle, devant moi. Ses poings étaient appuyés sur le chambranle, son regard sombre me fixait et une nouvelle forme de panique, de crainte irrationnelle, me gagna.

— Je crois que tu me dois une sérieuse explication, gronda-t-il en franchissant le seuil.

Très vite, il s'arrêta, constatant les dégâts dans mon appartement. Puis, toujours aussi en colère, il me saisit la main et me traîna vers l'extérieur. Je trébuchai, le suivant avec difficulté alors qu'il se dirigeait vers l'ascenseur.

— Andrew ! criai-je en tentant de me dégager de sa poigne. Andrew, s'il te plaît !

— Tu me parles maintenant ?

— Ce n'est pas ce que tu crois...

— Très bien, tu vas avoir tout le loisir de t'expliquer à l'hôtel.

Il me poussa dans l'ascenseur et, dans un silence pesant, nous gagnâmes le rez-de-chaussée.

Dans le hall, Andrew me prit la main. Il nous dirigea vers une des voitures de l'hôtel et m'ouvrit la portière. Je le remerciai dans un murmure avant de m'installer sur la banquette. Le trajet se fit dans un silence tendu et angoissant. Nos mains étaient proches l'une de l'autre, mais l'idée de le toucher me faisait peur.

Devant son visage tourné vers la vitre, je résistai à l'envie de me confondre en excuses et en explications. Ce n'était pas le lieu, et nous avions besoin d'être seuls. Il était déjà dans une colère noire, je redoutais d'autant plus le flot d'informations qu'il devrait encaisser.

Aussi, quand la porte de la suite claqua derrière nous, je restai silencieuse, tête baissée, regrettant comme jamais d'avoir choisi de lui mentir.

— Trente-six heures ! hurla-t-il. Trente-six heures ! Sais-tu à quel point je me suis inquiété ?

— Andrew...

— Non ! Je veux que tu me dises ce qui se passe... Parce que j'ai encore le souvenir de ta superbe tirade à San Francisco. Celle où tu disais que tu m'aimais et que tu n'abandonnais pas !

Contrite, je m'installai sur le canapé. De nouveau, je baissai la tête, triturant nerveusement mes mains.

— As-tu au moins reçu mes fleurs ? demanda-t-il, toujours en rage.

— Oui. Merci, murmurai-je.

— « Merci » ? Tout ce que tu trouves à me dire, c'est « merci » ? En même temps, peut-être que je ne devrais pas en être étonné !

D'un pas vif, il se dirigea vers sa chambre et réapparut quelques secondes plus tard, des papiers entre les mains. Il les jeta près de moi et reprit sa position initiale, loin, mais toujours en face de moi. Surprise, je posai les mains sur les documents, avant de comprendre qu'il s'agissait de photos.

Daniel et moi au restaurant, et Daniel et moi à la sortie du restaurant, à l'instant où il m'étreignait. Je sentis les larmes border mes yeux et me levai précipitamment du canapé.

— Une âme charitable a cru bon de m'informer de tes soirées !

— Andrew... ce n'est pas... vraiment pas...

— Ce n'est pas ce que je crois ? Très originale comme réplique ! De ta part, je m'attendais à mieux !

— Il faut que tu me croies ! Jamais, jamais je ne te ferais ça !

— Alors dis-moi ce que tu faisais avec lui pendant que je cherchais à te parler juste quelques minutes ! cria-t-il avec une violence que je ne lui connaissais pas.

Mon téléphone vibra dans ma poche. Je le sortis, les mains tremblantes. Quand Andrew constata qu'il ne s'agissait pas du portable qu'il m'avait envoyé, son regard se fit encore plus dur.

Il venait de découvrir mon premier mensonge, sûrement le plus petit, et son visage était effrayant.

— Tu m'as menti ? exhala-t-il, stupéfait.

— Ce n'est pas ce que tu crois, murmurai-je de nouveau en éteignant mon téléphone.

— Tu te répètes, remarqua-t-il avec sarcasme. A vrai dire, je ne sais plus ce que je dois croire !

— Je vais t'expliquer. Mais, s'il te plaît, calme-toi. Tu me fais peur.

— Je te fais peur ? Kathleen, ce que tu ressens actuellement est sûrement à des années-lumière de ce que j'ai ressenti hier et cette nuit !

— Je ne te trompe pas ! criai-je à mon tour.

— Alors dis-moi ! Dis-moi pourquoi tu as rejeté tous mes appels ! Dis-moi pourquoi tu n'as répondu à aucun de mes messages !

Je restai muette, cherchant à organiser mes pensées. Andrew en profita pour revenir vers moi et se saisir de l'une des photos accusatrices.

— Et dis-moi aussi ce que tu faisais avec ce type ! Parce que je ne sais pas ce qui est pire, apprendre que tu sors avec un autre, ou imaginer le pire à ton sujet ! s'époumona-t-il.

— Ce n'est pas ce que je voulais, je cherchais juste à te protéger.

— Me protéger de quoi ? De toutes les idées morbides que j'ai eues ? J'ai imaginé le pire à ton sujet ! Je t'ai crue morte ! hurla-t-il de nouveau. As-tu seulement idée de ce que j'ai pu ressentir ?

— Je suis désolée, murmurai-je.

— Et ce matin, j'ai reçu ça ! Alors, oui, je dois admettre qu'une partie de moi était soulagée... L'autre était juste... déçue.

Le souvenir de son message d'hier, me faisant part de sa déception, me revint en tête. A vouloir protéger Andrew, je n'avais fait que l'inquiéter, provoquant une vague de fureur qui m'effrayait mais que je comprenais. Je me levai et me postai face à lui, arrêtant ses allées et venues. Son regard, perdu et triste, se noya dans le mien.

— Je ne voulais pas te décevoir, murmurai-je.

— Alors pourquoi me mentir ? Tu m'as menti au sujet de ton téléphone... Et maintenant, je te retrouve avec un autre homme.

Il semblait dévasté, ravagé rien qu'à l'idée que j'aie pu le trahir. N'avait-il pas compris qu'il était le seul dans ma vie ? Je posai ma main sur sa joue, le forçant à me regarder. Je soupirai lourdement.

— Je vais tout t'expliquer, mais il faut que tu me croies.

— Je ne veux plus jamais ressentir ça, Kathleen. Plus jamais.

— Je suis désolée, chuchotai-je en appuyant mon front contre son torse.

Son cœur frappait et je posai ma main à sa hauteur. Doucement, le rythme ralentit et je m'autorisai à respirer son parfum.

— Je t'aime, murmurai-je, soulagée de ne pas être rejetée.

Andrew ne me touchait pas, et je savais qu'il ne le ferait pas tant que la colère le dominerait. Je me détachai de lui et il fronça les sourcils, pas satisfait de me sentir loin de lui.

— Je voulais te protéger. Je ne voulais pas te mêler à ça.

— Me mêler à quoi ?

— Allons nous asseoir.

Sans attendre son avis, je pris sa main et l'attirai avec moi, sur le canapé. Il me fixa intensément, une lueur de colère persistante dans son regard.

— Quand je suis allée dans ta bibliothèque, le week-end dernier, j'ai ouvert quelques livres et, par hasard, je suis tombée sur une photo d'Eleanor.

Le visage d'Andrew se liquéfia sous mes yeux. Je savais que tout lui dire allait être compliqué, mais devoir faire face à ses réactions était encore plus dur. Il passa une main sur son visage, soupirant lourdement.

— En quoi est-ce que cela explique ton comportement ?

— Sur cette photo, elle était accompagnée de son amant, complétai-je.

Il se leva du canapé et reprit sa place initiale, loin de moi.

— Je sais... Je sais que cette histoire est douloureuse pour toi, mais c'était le hasard. J'ai voulu t'en parler, mais je ne voulais pas te faire de mal.

— Tu ne voulais pas ? Donc tu t'es dit que tu allais disparaître en emportant le plus loin possible ton secret ?

— C'était Daniel, murmurai-je. L'amant d'Eleanor, c'était... Daniel.

Je relevai les yeux vers lui, découvrant Andrew plus stupéfait que jamais. Le souffle coupé, il semblait assimiler lentement l'information. Je l'observai, espérant obtenir une réaction plus vive, mais seul le silence régnait dans la pièce.

— J'imagine à quel point tu dois être surpris.

— « Surpris » ? Tu es vraiment loin du compte ! Je n'arrive pas à croire que c'était ce petit enfoiré. Et c'est pour parler de ma femme que tu as dîné avec lui ?

— Non ! Bien sûr que non ! Pourquoi dis-tu ça ?

— Kathleen, tu n'as pas cessé de me parler d'elle !

J'encaissai de nouveau pendant qu'Andrew me fixait comme si j'étais une parfaite inconnue, comme si plus rien ne nous liait l'un à l'autre.

— C'est vrai, admis-je. J'ai été curieuse. Je voulais savoir... Je ne comprenais pas pourquoi elle t'avait trompé.

— Je me fiche de savoir pourquoi. J'avais tiré un trait sur cette histoire, grâce à toi en partie ! Pourquoi avoir dîné avec lui ? Bon sang, il t'a touchée ! cria-t-il en désignant les photos d'un mouvement de bras.

— Andrew...

— Non ! Ecoute-moi. Je t'avais prévenue que je n'appréciais pas le mensonge. Je pensais que tu étais différente, et différente d'elle surtout. Non seulement tu me mens, mais en plus... tu sors avec lui ?

— Je ne sors pas avec lui ! m'écriai-je.

— Alors quoi ? Il te saute dès que j'ai le dos tourné ?

Sa dernière remarque me tordit l'estomac. Non seulement j'avais ruiné ma relation avec Andrew, mais j'avais aussi, visiblement, perdu sa confiance.

— Je ne suis pas elle ! assénai-je.

— Tu en prends le chemin.

Son regard glacé me brisa le cœur, aussi je décidai d'aller directement à la conclusion, espérant ainsi attirer son attention :

— Je pense qu'il a voulu te tuer, soufflai-je avec un certain soulagement.

— Me tuer ? s'exclama-t-il. Me tuer ? Kathleen, je crois que tu...

— Non ! criai-je à mon tour. Je ne suis ni folle ni en train de te mentir, bégayai-je, légèrement hystérique.

Andrew me fixa étrangement, presque effrayé de ma réaction extrême, puis vint s'asseoir près de moi.

L'adrénaline et la panique se disputaient en moi, et j'avais les nerfs à vif.

— Je crois que Daniel est à l'origine des menaces que tu reçois. Je pense que c'est lui qui a agressé Meghan.

Andrew secoua la tête et, au moment où j'allais poursuivre mon explication, son téléphone sonna. Il fixa l'écran et me regarda ensuite avant de répondre :

— Elle est avec moi, Nathan. OK... Signature vendredi soir, bien noté.

De nouveau, il me jeta un regard, et ses mâchoires se serrèrent.

— Dis à Emily que je ne suis pas disponible jusqu'à la fin de la semaine. Oui, qu'elle annule tous mes rendez-vous sur San Francisco. Je vais rester ici, finit-il avant de raccrocher.

Il coupa son téléphone et le posa sur la table basse. Il y eut un silence tendu, durant lequel il se pinça l'arête du nez, semblant réfléchir calmement à ce que je venais de lui dire.

— Donc Daniel a agressé Meghan ?

— Il avait accès à l'hôtel, accès à tes « informations clients ». Personne ne savait où tu étais, mais les plannings transmis par ton assistante sont dans ton dossier, à la conciergerie.

Andrew se releva et recommença à arpenter la pièce. Je devinais les muscles tendus sous sa chemise, et compris que le flot de révélations était en train de le submerger.

— L'amant de ma femme ? répéta-t-il. L'amant de ma femme cherche à me tuer ? murmura-t-il pour lui.

— Je crois. En fait, je pense aussi que l'accident d'Eleanor n'était pas vraiment un accident.

Andrew se tourna vivement vers moi, partagé entre colère et ahurissement. Il me fixait comme si j'étais en train de me transformer en monstre sous ses yeux, et je me sentis soudainement mal à l'aise. Je regrettais de plus en plus ma décision de lui avoir caché la vérité.

— Eleanor a eu un accident, affirma-t-il avec force. C'est... Ça ne peut pas être autre chose.

— Andrew...

— Non ! Eleanor est morte parce qu'elle roulait trop vite !

— Parce qu'elle te quittait, finis-je pour lui.

Son regard s'assombrit, et il se contenta d'acquiescer :

— Je l'ai compris en rentrant chez nous... Elle avait pris certaines de ses affaires. Mais je ne vois pas pourquoi tu penses qu'il s'agit d'autre chose que d'un simple accident... Il y avait du verglas et...

— Les pneus de la voiture étaient lisses. Les pneus de « ta » voiture, précisai-je.

— C'est impossible, me coupa-t-il avec colère. La voiture sortait du garage !

— Ton garage habituel ? demandai-je pour vérifier ma théorie.

— Oui, pourquoi ?

— Le père de Daniel gère ce garage. Je l'ai vu quand je suis allée récupérer ta voiture avec Nathan.

— Tu te trompes !

— Non, murmurai-je, étonnée de sa réaction si définitive.

— Si. J'ai moi-même récupéré la voiture, elle était en parfait état. Tu te trompes, répéta-t-il.

Nous restâmes silencieux. Andrew replongeait dans les vieux démons qu'il avait cherché à fuir. Il secouait la tête, rassemblant et recoupant les bribes d'informations que je lui donnais avec ses propres souvenirs.

— Et pourquoi Daniel ?

— Il te déteste, il te hait même. C'est presque... maladif chez lui.

— Au point de vouloir ma mort ? Voyons, Kathleen, soupira-t-il en se dirigeant vers la fenêtre.

— Andrew...

— Ça n'a pas de sens ! cria-t-il en me faisant face pendant que je me levais à mon tour.

— Tu crois que je n'ai pas envisagé toutes les possibilités ? m'écriai-je. Tu penses que j'aurais décidé de t'éloigner de moi pour une simple idée en l'air !

— Tu t'es éloignée de moi pour aller dîner avec ce type ! hurla-t-il.

— Pour le faire parler ! corrigeai-je avec rage. Parce que je ne voulais plus qu'il te fasse du mal !

— Au risque de ta vie ?

Séparés seulement de quelques pas, essoufflés et en

colère, nous nous toisâmes longuement. Andrew avait visiblement du mal à le croire. Je ne savais plus ce qui le mettait vraiment en colère : moi, Eleanor, ou la folie furieuse de Daniel peut-être.

— Pourquoi refuses-tu de me croire ? demandai-je plus calmement.

— Parce que c'est impossible, Kathleen ! Les pneus étaient neufs... D'ailleurs, comment sais-tu qu'ils étaient lisses ?

— Par un ami de mon père. Il a vu la voiture. Andrew, je suis désolée, mais plus j'y pense, moins je vois d'autres explications.

Andrew se servit un verre de scotch pendant que, crispée, je le fixais en attendant une réaction de sa part. J'espérais que répéter encore et encore ce que je savais finirait par me servir. De toutes les situations que j'avais imaginées, je n'avais jamais songé qu'Andrew refuserait de me croire. La colère, la rage, la déception... ça, oui. Mais qu'il refuse d'admettre ma théorie me rendait folle.

— Tu te rends compte que tu as risqué ta vie ? dit-il d'une voix affreusement calme.

— Nous étions dans un lieu public. Gregory était là, me défendis-je doucement.

Il se tourna vers moi et je vis la souffrance et la peine se peindre sur son visage.

— Tous les appels que j'ai passés, tous mes messages... J'ai cru que je t'avais perdue, Kathleen. As-tu seulement pensé à ce que je ressentais pendant que tu voulais vérifier ta théorie fumeuse ?

— Je ne pensais pas que ça serait si difficile, avouai-je. Je voulais juste te préserver mais, là-bas, j'ai écouté ton message, et ensuite j'ai reçu tes fleurs, j'ai su que je n'y arriverais pas. Je devais t'appeler aujourd'hui pour tout te dire...

— Charmante intention ! siffla-t-il.

— Je sais que c'est lui, affirmai-je. C'est Daniel. Il a perdu Eleanor et il est en colère contre toi. Ce qui, au départ, était juste une stratégie d'élimination est en train de devenir une vendetta.

— Il aurait pu te faire du mal.

Il souffla, sa colère noire irradiant toute la pièce. Je restais silencieuse. Son visage pâle et défait m'inquiétait. Lentement, je posai une de mes mains sur sa joue, espérant qu'avec ce simple geste sa douleur et sa colère seraient un peu moins visibles.

— Donc pour Eleanor, selon toi, c'est juste... le hasard ? tenta-t-il avec un voile d'amertume dans la voix.

— Je crois qu'elle n'aurait pas dû prendre ta voiture.

— « Ma » voiture, répéta-t-il comme si soudain il comprenait. Ça n'explique pas les pneus ! contra-t-il.

— En effet, admis-je.

De nouveau, il se servit un verre. Ma main retomba et une nouvelle distance se créa entre lui et moi.

— Est-ce en lien avec l'état de ton appartement ?

— Je ne sais pas. J'ai vécu chez Gregory depuis mon retour et je venais de rentrer quand tu es arrivé.

— A l'occasion, je discuterai avec lui de sa notion de « professionnalisme » et de « confiance ».

— Il n'était pas d'accord. Il trouvait ça... dangereux.

— Tu ne m'écoutes pas, moi, comment pourrait-il te faire entendre raison ? ironisa-t-il en sirotant son verre.

Je risquai un faible sourire à sa remarque, mais son visage demeura impassible.

— Je suis désolée, murmurai-je avec franchise.

— Tu es tellement... tellement butée ! gronda-t-il. Tu as mis ta vie en danger inutilement. Tu as risqué notre relation, tu as menti, tu m'as fui, afin de vérifier une théorie hasardeuse sur la mort de ma femme.

— Je pensais bien faire, je t'assure.

Pour la première fois depuis notre arrivée, Andrew fit un pas vers moi. Il plongea son regard, sincère et brûlant, dans le mien. Je remarquai alors les signes de fatigue autour de ses yeux.

— Dorénavant, je t'interdis d'approcher ce type. Sous aucun prétexte, ajouta-t-il alors que j'allais parler.

— Mais... Il n'a encore rien...

— Et je t'interdis de disparaître de nouveau, me coupa-t-il sans ménagement. S'il le faut, je collerai un garde du corps à tes basques nuit et jour.

J'opinai en tremblant. Il fronça les sourcils et secoua la tête.

— Je ne sais même pas si je dois être en colère... ou... reconnaissant. Une fois encore, tu me stupéfies réellement.

— Dois-je être flattée ou inquiète ? demandai-je en craignant le pire.

— Aucune idée, avoua-t-il. Tes multiples manquements aux règles de base que j'avais imposées à notre relation me rendent... dingue. Te faire confiance est la chose la plus... difficile que j'aie eu à faire de toute ma vie. Mais la plus évidente aussi. Laisse-moi digérer tout ça. J'ai... J'ai besoin de calme.

— Bien. Dans ce cas, je vais te laisser, proposai-je en reculant.

— De calme et de toi, ajouta-t-il dans un murmure.

Je lui offris un maigre sourire en puisant péniblement dans le peu de force qui me restait. Je m'approchai de lui, calant ma tête contre son torse en espérant une rassurante étreinte.

— Je vais prévenir Gregory pour ton appartement. En attendant, que dirais-tu de prendre un bain ? Je ne supporte pas l'idée que ce type ait pu te toucher.

Je me détachai de lui, triste de ne pas avoir obtenu un geste de sa part. Il m'en voulait, c'était évident maintenant. La déception avait été trop forte, et les révélations trop brutales. Je me dirigeai vers la salle de bains et ouvris le robinet. Au loin, j'entendis la voix d'Andrew donnant des instructions pour faire changer les serrures et retirer les meubles. Je m'installai sur le rebord de la baignoire, attendant qu'il me rejoigne.

Quelques minutes plus tard, il apparut, un petit sourire éclairant son visage. La baignoire se remplissait doucement et il testa la température de l'eau du bout des doigts.

— Je pensais que tu serais nue, dit-il en me regardant.

— Je... Euh... J'attendais... la baignoire, bégayai-je en la désignant d'un mouvement de bras.

— Viens par là.

Je m'approchai de lui prudemment, restant à une distance raisonnable. Andrew réduisit l'espace entre nous et attrapa l'ourlet de mon haut noir. Il le passa par-dessus ma tête, le jetant derrière lui comme un vulgaire chiffon, puis il défit les boutons de mon jean et le fit glisser sur mes jambes. Je le repoussai du bout du pied et, presque immédiatement après, Andrew fit suivre le même chemin à mon shorty.

Finalement, il colla son torse contre ma poitrine et dégrafa mon soutien-gorge. Le bout de tissu atterrit au sol et Andrew prit ma main pour m'aider à m'asseoir dans l'immense baignoire. Il se déshabilla à son tour avant de s'installer derrière moi, collant mon dos contre son torse, et aussitôt mes craintes s'envolèrent.

— Avant qu'on ne parle définitivement d'autre chose, on voit Gregory et Nathan demain pour le déjeuner.

Je me soulevai et me tournai vers lui, presque horrifiée.

— Non négociable, Kathleen.

— Non... C'est juste que... je dois déjeuner avec Daniel demain midi.

— Eh bien, tu annules. Je t'ai dit que je ne voulais plus que tu approches ce type. Maintenant, c'est la police qu'il faut mettre sur le coup.

— Mais...

— Fin de cette conversation : juste du calme et toi.

Je m'appuyai de nouveau contre lui, renonçant à argumenter. Le préserver, le rendre heureux... C'était ce qui comptait à mes yeux. Après de longues minutes sans esquisser un mouvement, Andrew se décida finalement à poser ses mains sur mon ventre. Je soupirai de soulagement, en entremêlant nos doigts. J'hésitai à relancer une conversation.

— Dis-moi, murmura-t-il.

— Non, rien, soufflai-je en chassant l'idée qui germait dans ma tête.

— Kathleen, je crois que tu m'as caché suffisamment de choses dernièrement, riposta-t-il sèchement.

— Je t'ai entendu parler de mon appartement, avouai-je.

— Il sera vidé demain, et les serrures changées.

— Peut-être devrais-je m'en séparer, suggérai-je en me tournant vers lui.

— Je croyais qu'il était destiné à devenir notre pied-à-terre new-yorkais ? s'étonna-t-il. Je pense que tu devrais le garder, proposa-t-il avec sérieux.

— Cet appartement n'a rien à voir avec nous... Je...

— Kathleen, garde-le, me coupa-t-il. Au moins pour me faire plaisir.

J'écarquillai les yeux, comprenant finalement où tout cela nous menait.

— Aurais-tu fait preuve d'un nouvel excès ? demandai-je avec un sourire.

— Ça dépend. Définis « excès ».

— As-tu racheté mon appartement ?

— Serait-ce un « excès » pour toi ?

— Définitivement ! assurai-je en riant.

— Un « excès » que tu cautionnerais ?

— Andrew, personne ne cautionnerait ça.

Je me réinstallai dans ses bras, étouffant le rire nerveux qui menaçait de s'échapper de ma gorge. Il avait racheté mon appartement !

— De toute façon, depuis quand « cautionner » tes excès fait-il partie de mes attributions ? plaisantai-je.

— Tu considères que c'est excessif alors ? me demanda-t-il dans un murmure.

— Ce qui serait vraiment excessif serait de trouver une voiture hors de prix sur ma place de parking, ou mon appartement remeublé... pendant que tu trouverais encore le moyen de m'offrir un bijou de valeur... Et te connaissant, tu es capable de le faire !

Il y eut un silence et je sentis la main d'Andrew se crisper sur la mienne. De toute évidence, ma plaisanterie était tombée à plat. Je me tournai de nouveau vers lui, croisant son regard sombre.

— Andrew, c'était une plaisanterie. Qu'es-tu en train d'imaginer ?

— Rien... Juste... Je ne pensais pas que l'argent était si... important pour toi.

— Je me fiche de ton argent, affirmai-je avec force.

— Kathleen ! râla-t-il, agacé.

— Mais c'est vrai... Je me fiche de ton argent, ce n'est pas ton argent que j'aime, c'est... toi.

— Moi et mes excès donc, murmura-t-il.

— Toi et tes excès, approuvai-je avant de poser un baiser furtif sur ses lèvres.

Brutalement, Andrew entoura ma nuque et m'attira plus fermement contre sa bouche. Sa langue s'insinua entre mes lèvres et il m'embrassa durement, évacuant de son corps les dernières traces de rage. Je glissai dans l'eau et tentai de me maintenir, enroulant mes bras autour de son cou pour me noyer dans cette étreinte. Quand il se détacha de moi, la colère et la déception n'étaient plus là.

— Qu'y a-t-il ? demandai-je, inquiète.

— J'ai oublié de commander la voiture, sourit-il largement. J'ai bien pensé aux meubles, et même au bijou, mais j'avoue que la voiture...

— Tu es... Tu as osé me... Mais...

— Tout sera prêt demain dans la journée, continua-t-il en ignorant mes remarques.

— Andrew Blake, tu es l'être le plus... diabolique que je connaisse, râlai-je en me réinstallant contre son torse.

Il m'entoura de nouveau de ses bras, me serrant un peu plus fermement contre lui. Aucune limite... J'allais devoir lui apprendre à être plus raisonné, voire raisonnable. Mais comme l'avait si bien expliqué Nathan, je doutais qu'Andrew comprenne réellement le sens de ce mot.

— Et pendant que j'y pense, dès demain, tu auras ton garde du corps particulier.

— Andrew, c'est non ! répliquai-je violemment.

— Kathleen, c'est absolument non négociable !

— Tu ne peux pas m'imposer ça ! m'écriai-je en me redressant de nouveau.

— Après les dernières trente-six heures que je viens de passer, tu n'es clairement pas en position de discuter quoi que ce soit. Tu auras un garde du corps. Parce que c'est nécessaire à ta sécurité, et que tu as promis de suivre mes directives.

— Uniquement si tes directives sont raisonnables, contrai-je dans un dernier espoir de le faire flancher.

— Celle-ci est tout à fait raisonnable.

Je fronçai les sourcils, cherchant une échappatoire, mais rien ne me vint. Andrew affichait un sourire arrogant et vainqueur.

— Je gagne toujours, Kathleen.

J'acquiesçai, sans m'avouer vaincue pour autant, avant de me réinstaller contre lui, me frottant volontairement à son bassin. Andrew ne cilla pas, me laissant le taquiner, mais sa respiration lourde le trahit.

— Donc, un garde du corps ? repris-je en affûtant mon dernier argument.

— En effet. Et ne t'avise pas de jouer les filles de l'air ! Je ne changerai pas d'avis, Kathleen.

— Bien. J'espère qu'il sera joli garçon alors. Parce que, quitte à passer du temps avec quelqu'un, autant que ce soit... agréable.

— Essayes-tu de me rendre jaloux ? demanda Andrew avec une pointe d'humour.

— Tu as des craintes ?

— Kathleen, quelle que soit ma réponse, tu me donneras le mauvais rôle : ou j'agis comme un type présomptueux, ou comme un type jaloux.

— Veux-tu me faire croire que tu n'es ni l'un ni l'autre ?

— En tout cas, je ne te laisserai pas sans garde du corps pour te donner raison sur le sujet.

Je soupirai lourdement. Il m'agaçait quand il avait réponse à tout.

— Andrew, vraiment, je trouve ça excessif. Ça n'a pas de sens. Tu prends des mesures extrêmes alors que la situation est sous contrôle.

— La situation, oui. Toi, non.

— Donc ce n'est pas vraiment pour ma sécurité ?

— Si... Pour ça, et pour ma tranquillité d'esprit. Gregory n'a pas fait le boulot que je lui demandais !

— Tu sais que ce n'est pas sa faute.

— Je sais. Mais je peux le punir, lui, sans risquer d'affronter les conséquences. Te punir, toi, bien que l'idée soit vraiment tentante, est exclu.

— Donc tu vas virer Gregory ?

— Je le crains.

— Ce n'est pas juste ! boudai-je. Il n'a rien fait !

— C'est bien ce que je lui reproche. Je prends les décisions, Kathleen. Gregory m'a beaucoup déçu.

— C'est un chic type ! Tu vas ruiner sa réputation juste pour affirmer ton ego ?

— En effet... Et je trouve que nous avons bien fait d'avoir cette discussion. Maintenant que je sais que tu comptes lorgner sur ton garde du corps, je n'ai vraiment aucune raison de garder Gregory.

Je me soulevai vivement, de l'eau éclaboussant le sol de la salle de bains. Andrew arborait encore ce sourire idiot et victorieux que je rêvais de lui faire ravaler. Aurais-je jamais assez d'influence pour le faire changer d'avis ?

— Gregory ? répétai-je en comprenant. « Gregory » va être mon garde du corps ?

— « Aurait pu » être, corrigea-t-il. Mais je ne peux décemment pas prendre le risque que tu lorgnes sur ses attributs...

— Les attributs de Gregory ? grimaçai-je.

— Pas ton style peut-être ? Voilà ce que je propose, Kathleen : ou il devient ton garde du corps, ou je le vire.

— Tu me fais du chantage ? m'écriai-je.

— Je voyais plutôt ça comme une alternative.

Je râlai une dernière fois, sachant que montrer plus de résistance ne ferait que le rendre plus heureux d'avoir gain de cause. Les bras croisés sur ma poitrine, je me réinstallai contre son torse, me plongeant dans le silence.

— Je gagne toujours, Kathleen, murmura-t-il.

— Tu ne devrais pas en être fier, sifflai-je, mauvaise perdante.

— Mes victoires contre toi sont, de loin, celles dont je suis le plus fier.

Il embrassa mon épaule plusieurs fois, me forçant à me détendre. Lentement, il prit mes poignets et me fit décroiser les bras pour les replonger dans l'eau. Puis ses lèvres attaquèrent la peau de mon cou, la suçotant en alternant des gestes tendres et d'autres plus passionnés. Je savais ce qu'il faisait et je savais que mon corps ne résisterait pas longtemps à ce genre d'assauts. Ses mains se mêlèrent aux miennes et, trop vite, je m'entendis gémir d'aise, heureuse de le retrouver.

— J'ai une mission pour toi, murmura-t-il sur ma peau tandis qu'une de ses mains, toujours nouée à la mienne, glissait vers mon bas-ventre.

Il posa ma main sur mon intimité, et je sentis ses doigts me pousser à me caresser. Je retirai ma main, mais Andrew la retint et la replaça sur moi, accentuant son geste. Je basculai la tête en arrière pendant que mes doigts, sous son contrôle total, me touchaient.

— La... laquelle ? bégayai-je.

— Nous trouver une nouvelle maison. Un endroit où je n'aurai que des souvenirs de toi.

— Andrew, murmurai-je. Je... ne peux pas faire ça...

De nouveau, il pressa ses doigts contre les miens et me caressa avec lenteur.

— Je sais que tu peux, chuchota-t-il en libérant ma main pour enfoncer un premier doigt en moi.

Un cri m'échappa et je m'accrochai au rebord de la baignoire. La main gauche d'Andrew remonta sur mon sein, le malmenant durement.

— Andrew... Je... C'est... trop..., bégayai-je.

— Et cette fois, je n'oublierai pas de t'offrir la voiture... S'il te plaît, ajouta-t-il en faisant aller et venir son doigt dans mon intimité.

Je criai de nouveau, sentant la vague de désir grossir beaucoup plus vite que prévu. Andrew connaissait mon corps et savait l'utiliser pour parvenir à ses fins. Le mouvement de l'eau autour de moi ne faisait qu'amplifier le phénomène, la chaleur du bain rendant ma peau encore plus sensible à ses caresses.

Brusquement, il se retira, pour revenir quelques secondes plus tard. Cette fois, je lâchai prise, plongeant avec délice dans le plaisir qu'il m'offrait. Je fermai les yeux, me laissant complètement aller contre lui pendant que mon cœur frappait frénétiquement dans ma poitrine. Après quelques secondes, l'apaisement me gagna et Andrew se releva.

— Commandons à dîner, proposa-t-il en me tendant une serviette de bain moelleuse.

Après le dîner, Andrew m'entraîna vers le lit. Ses gestes, cette nuit-là, furent radicalement différents de nos autres étreintes. Je le surpris plusieurs fois à me fixer avec cette étonnante ferveur pendant que ses mains parcouraient mon corps avec tendresse. Je compris alors qu'il était toujours inquiet, que ma disparition l'avait affecté bien plus que je ne l'avais imaginé.

Cette nuit-là, le masque était définitivement tombé. Je n'affrontais plus Andrew Blake, l'homme de pouvoir, le magnat de la presse, l'homme d'excès, présomptueux et sans aucune limite : il était juste Andrew, l'homme discret à qui j'écrivais et qui savait me toucher en une seule phrase.

Au milieu de la nuit, et après une nouvelle étreinte, Andrew me fit face, son regard émeraude soutenant le mien. Du revers de la main, il caressa ma joue, et je me sentis rougir violemment.

— J'ai eu tellement peur, murmura-t-il. Je ne crois pas pouvoir te dire ce que j'ai vraiment ressenti. Je ne veux pas te perdre. Je ne veux pas replonger dans ce que j'ai déjà vécu avec Eleanor.

— Comment était-ce ? demandai-je en espérant le faire un peu parler.

— Cauchemardesque. Infernal même. Mais ce n'était

rien à côté de ce que j'ai ressenti hier. Tu fais partie de mon monde maintenant, et si tu n'es pas là... Je me fiche du reste si tu n'es pas là, avec moi.

— Je voulais juste... aider. Faire en sorte que tu échappes à ça, à cette histoire. C'est tellement sordide et injuste. Mais je suis là et il n'est pas question que je te laisse.

Il risqua un sourire heureux, comme s'il était soulagé de l'entendre.

— Tu le sais, n'est-ce pas ? demandai-je, inquiète.

— Kathleen, je te l'ai déjà dit, je n'ai jamais été aussi faible qu'avec toi. Tu as remis en cause des années de confiance en moi.

— C'est parce que tu es bien trop présomptueux. Tu as cru que j'allais te tomber dans les bras aussi facilement ?

— J'y ai cru, oui. Mais tu es d'une telle résistance !

— Des années et des années d'entraînement, monsieur Blake.

Son regard s'assombrit, mais un sourire amusé flotta tout de même sur ses lèvres.

— D'autres clients ? demanda-t-il.

— Non. J'étais transparente, jusqu'à ce que tu débarques ici.

— Tu es loin d'être transparente. Au contraire. D'autres hommes alors ?

— Des quantités astronomiques ! Je croulais sous les propositions galantes, raillai-je.

— Comment est-ce possible ? Comment ont-ils pu passer près de toi sans voir ce que j'ai vu ?

— Je ne sais pas. Peut-être étais-je vouée à vous, monsieur Blake ?

— J'aime cette idée.

— Mais j'ai cru que tu... jouais avec moi. Tu brouillais les pistes : ton alliance, tes subterfuges, tes remarques. L'hôtel et ma vie sont deux choses radicalement opposées. J'ai appris à être spectatrice du rêve, pas à le vivre.

— Dans ce cas, explique-moi. A quel moment...

— Quand tu m'as raccompagnée après la soirée de gala. Il y avait cette chose indéfinissable dans l'air. Comme si j'avais franchi le miroir. Tout à l'heure, tu as dit que me faire confiance était à la fois la chose la plus difficile et la plus évidente que tu avais dû faire dans ta vie. Je crois que c'est ça...

Il posa ses lèvres sur les miennes dans un baiser chaste, presque pur.

— Tu étais vouée à moi, dit-il en reprenant mes mots.

Il m'embrassa de nouveau et m'attira dans une nouvelle étreinte.

Le lendemain matin, après son café habituel, Andrew m'entraîna avec lui dans le renouvellement de ma garde-robe. Après vérification, il était apparu que la plupart de mes vêtements avaient été soit découpés, soit recouverts de détergent. En deux heures, il dépensa plus pour moi que ce que je gagnais en trois mois.

Nous rejoignîmes l'équipe d'Andrew et un homme, que je supposai être de la police, dans un restaurant chic, à quelques rues du Peninsula. Notre arrivée ne passa pas inaperçue, la main d'Andrew dans la mienne. Je saluai tout le monde un peu timidement, offrant tout de même un sourire à Nathan et Gregory, tandis qu'Andrew tirait ma chaise pour que je m'installe.

Nathan commanda une bouteille de vin auprès de la serveuse et, très vite, Gregory aborda le sujet dont nous devions débattre :

— Je vous présente Grant, un ancien collègue à moi, qui va s'occuper de notre affaire.

Andrew opina de la tête et, très vite, je m'aperçus qu'il était repassé en mode professionnel. Je saluai Grant à mon tour.

— Je crois que Kathleen devrait nous raconter ce qu'elle sait, proposa Andrew poliment.

— D'accord.

Je me lançai alors dans un récit fleuve, reprenant ma découverte de la photo, mes déductions sur l'accident d'Eleanor et l'entretien de la voiture d'Andrew. Grant prenait des notes, m'interrompant uniquement pour éclaircir un détail ou m'encourager à poursuivre. J'entamais le compte rendu du dîner quand je sentis la main d'Andrew serrer la mienne.

— Vous avez dîné avec lui ? s'étonna Grant en relevant le nez de ses notes.

— Je... Oui. J'admets que ce n'était pas l'idée du siècle.

— En effet, approuva Andrew.

— Je voulais juste le faire parler. Et obtenir des preuves, car pour l'instant...

— ... ce ne sont que des suppositions, finit Nathan pour moi. Par ailleurs, nous avons reçu de nouvelles menaces.

Je me crispai tandis qu'il donnait une lettre à Andrew. Il la parcourut rapidement avant de la passer à Grant.

— Langage fleuri, commenta celui-ci. Je présume que la « pétasse de journaliste », c'est vous ? ajouta-t-il en me désignant.

— Je... euh... Oui, je présume, bégayai-je en rougissant. C'est moi.

— Et donc, vous dites que ce type, Daniel Cooper, a accès à l'hôtel ?

— Il y travaille, expliqua Gregory. Au bar. Plutôt discret d'ailleurs.

— On le serait à moins, siffla Meghan en portant son verre à ses lèvres.

— Avez-vous déjà été menacée avant ? me demanda Grant.

— Oui. Il y a longtemps, quand j'étais journaliste justement.

— Et ça dure depuis combien de temps ? demanda-t-il à Nathan.

— Environ mi-décembre.

Il y eut un silence et Grant sembla réfléchir intensément. Son front se plissa et il reprit des notes, soulignant le nom de Daniel. Andrew libéra ma main, se servant un verre de vin.

— Vous êtes sûre de vous ? me demanda Grant. Parce que les accusations que vous lancez sont graves.

— Kathleen a un jugement très sûr, me défendit Andrew.

— Et ce dîner ? demanda Nathan avec curiosité.

— Il n'a pas avoué grand-chose. J'ai juste eu la confirmation qu'il détestait Andrew.

— Comme, sûrement, de nombreuses personnes dans ce pays.

— A ma connaissance, ma femme n'a eu qu'un seul amant ! riposta sèchement Andrew.

— Monsieur Blake, je ne cherche pas à vous nuire, contra Grant d'une voix froide. Je ne doute pas que Mlle Dillon soit très intelligente, mais vous avouerez que ses présomptions sont plutôt légères.

— Je suis sûre de moi, intervins-je pour couper court à cet échange désagréable. Je suis certaine que Daniel est derrière tout ça.

Grant me fixa et je soutins son regard. Je refusais de flancher, surtout maintenant. Andrew me soutenait, je devais donc moi aussi m'investir.

— Avez-vous prévu une arrestation prochainement ? demanda Meghan avec un calme glaçant.

— Nous avons besoin de preuves pour ça.

— Mais enfin, ce type se paye notre tête depuis des semaines ! s'écria Nathan.

— Il faut le faire parler, dit Gregory.

— Effectivement, ce n'est pas le genre de mec qui va avouer une fois les menottes aux poignets.

— Faites ce qu'il faut, mais qu'il cesse de nous nuire, gronda Andrew.

J'observais ses mâchoires serrées et le regard perçant qu'il lançait à Grant. Il était sur la défensive, incertain sûrement quant aux décisions à prendre. Il porta son verre de vin à ses lèvres, mais le plissement de son front ne disparut pas.

— Nous ferons ce qu'il faut, monsieur Blake, assura Grant.

Andrew se redressa et, après avoir reposé son verre, cala ses coudes sur la table, penchant son buste vers Grant.

— Je n'ai pas pour habitude qu'on me déçoive, j'attends donc de vous un professionnalisme sans faille.

— Je n'ai pas pour habitude qu'on remette en cause mon professionnalisme, monsieur Blake. Je vais donc mettre votre réaction sur le compte de la nervosité.

Andrew esquissa un sourire et se détendit légèrement.

— Arrêtez ce type dès que possible. Je ne tolérerai pas qu'un de mes proches soit encore pris pour cible.

Furtivement, il dirigea son attention sur Meghan, qui se frottait nerveusement le poignet encore maintenu par une attelle. Elle grimaça brièvement, et Grant reprit :

— Dès que nous aurons toutes les preuves nécessaires, nous l'arrêterons. Gregory m'a remis les bandes enregistrées de l'agression.

— Il n'y a rien dessus, râla Andrew.

— Tu les as vues ? m'étonnai-je.

Andrew se contenta d'opiner, tournant à peine la tête vers moi. De nouveau, je sentis la colère reprendre le dessus. Je devinais maintenant que son agacement portait plus sur le fait de n'avoir obtenu aucune information que sur la culpabilité de Daniel.

— Je verrai ce que je peux en tirer, lança Grant.

— Alors ? Que fait-on ? demanda Meghan en regardant alternativement Gregory et Grant.

— Nous n'avons que peu d'options. On peut soit le prendre sur le fait...

— Ça me semble difficile, commenta Nathan.

— ... Soit on le fait parler.

Le regard gris clair de Grant se riva au mien, et je sentis une bouffée de panique me submerger. Je tournai les yeux vers Andrew qui, redressé sur sa chaise, prenait conscience de ce qui se passait.

— Hors de question ! hurla-t-il en abattant son poing sur la table.

Nous tressaillîmes de concert et seul Grant resta stoïque, nullement perturbé par cet accès de colère. Le silence autour de nous se fit, et je sentis les regards des autres personnes présentes dans le restaurant peser sur notre table.

— C'est notre meilleure option, monsieur Blake...

— Jamais de la vie ! reprit-il avec une assurance glacée. Inutile d'envisager que Kathleen joue un quelconque rôle dans cette affaire, ajouta-t-il fermement. Son appartement a été saccagé, elle est trop impliquée.

— Calme-toi, Andrew. Je suis certaine qu'il y a une solution, dit Meghan avec un calme désarmant.

— Je crains que non, mademoiselle.

— C'est beaucoup trop dangereux, contra Nathan.

— Elle sera protégée, assura Grant. Nous l'équiperons d'un micro et elle sera couverte par mon équipe. Qu'en pensez-vous ? m'interrogea-t-il.

— Je ne veux pas que tu fasses ça, Kathleen. C'est trop risqué, murmura Andrew en serrant ma main.

Mon regard navigua de Grant à Andrew, puis vers Gregory. Je trouvais la situation absurde. Après avoir fait tout et n'importe quoi pour confondre Daniel avant de comprendre que je ne pourrais pas agir seule, voilà maintenant que j'étais propulsée en première ligne pour avoir ses aveux.

— Il n'y a pas d'autres possibilités ? demandai-je à Grant tout en gardant mon regard rivé à celui d'Andrew.

— A court terme, non. Je peux mener une enquête, mais ça prendra des mois avant d'aboutir.

— On peut attendre, proposa Andrew.

— Non, on ne peut pas attendre, Andrew, contra Nathan. Les mesures de sécurité sont drastiques, et nous devons signer ce contrat vendredi. On ne peut plus vivre ainsi.

— Je me fiche de ce que vous pensez. Je ne mettrai pas Kathleen dans ce guêpier.

— Andrew, elle sera protégée. Je suis certaine que Gregory veillera sur elle, proposa Meghan en risquant un sourire vers moi.

— Je la protégerai, assura Gregory avec sérieux.

— Comme vous l'avez fait dernièrement ? En l'encourageant à dîner avec ce type ?

Gregory ne répondit pas, et je lui en fus reconnaissante. Il était inutile d'envenimer la conversation. Grant me fixait toujours, attendant ma réponse. Je tournai le visage vers Andrew, partagé entre colère et inquiétude. Je lui avais promis mais, d'un autre côté, je voulais que cette situation cesse.

— Vous pensez que ça peut fonctionner ? demandai-je timidement.

— Kathleen, non !

— Andrew, s'il te plaît. Nathan a raison, on ne va pas vivre éternellement comme ça.

Andrew me jeta un regard sombre et désapprobateur avant de repousser sa chaise. Il s'essuya rapidement la bouche avec un coin de sa serviette et se leva de table.

— Je vous prie de nous excuser un instant, Kathleen et moi devons discuter.

Je levai les yeux vers lui avant de soupirer.

— Seul à seule, compléta-t-il en tendant sa main vers moi.

Avec réticence, je calai ma main dans la sienne et le suivis en slalomant entre les tables du restaurant. Nous débouchâmes dans un petit couloir sombre menant à une salle privative. Andrew me plaqua contre un mur et, pour éviter une fuite de ma part, appuya sa main près de ma tête pour faire barrage.

— Je ne veux pas que tu fasses ça, affirma-t-il avec colère.

— Andrew, soufflai-je, nous n'avons pas le choix.

— C'est trop dangereux. Personne ne sait vraiment jusqu'où Cooper peut aller !

Il approcha ses lèvres de mon cou, et je sentis tous mes membres trembler. Une fois encore, Andrew cherchait à me déstabiliser et à me faire flancher.

— S'il t'arrivait la moindre chose, murmura-t-il avant d'embrasser la ligne de ma mâchoire.

— Je... Je serais... protégée, balbutiai-je.

Soudain, ses lèvres se posèrent sur les miennes dans

un baiser violent et dévastateur. La partie raisonnée de mon cerveau était en train de se liquéfier.

— Je refuse de te perdre, souffla-t-il sur ma bouche malmenée.

— Et je refuse de me cacher éternellement.

— C'est non, Kathleen. Jamais !

Il s'écarta de moi, me laissant pantelante et incertaine. Je posai mes mains contre le mur, me retenant à ce que je pouvais. Andrew se passa une main nerveuse dans les cheveux, soupirant lourdement.

— Tu ne te rends pas compte, murmura-t-il.

— Je me rends compte que pour l'instant on ne vit pas normalement.

— C'est une question de temps, riposta-t-il.

— Combien de temps ? m'exclamai-je. Pendant combien de temps allons-nous vivre comme ça ?

— Je te protégerai, il ne t'arrivera rien.

— Il ne m'arrivera rien, jusqu'à ce qu'il décide de s'en prendre à Nathan ou à Janet ! Et ce jour, tu feras ce que tu as déjà fait, tu me quitteras pour me « préserver » !

— Je t'interdis de penser ça ! grinça-t-il, les poings serrés.

— J'y pense tous les jours, figure-toi, ripostai-je.

Sa bouche fondit sur moi, avide et désespérée. Il prit mon visage entre ses mains et m'embrassa durement, prenant l'initiative de glisser sa langue entre mes lèvres. Son bassin se frotta contre le mien et un gémissement s'échappa de ma poitrine. A bout de souffle, il finit par s'écarter, soudant son front au mien.

— Je t'interdis de penser ça, répéta-t-il, haletant.

— Alors laisse-moi faire, plaidai-je. Laisse-moi m'occuper de Daniel.

— Je n'aime pas ce type. Je ne peux pas m'empêcher de penser qu'il t'a touchée. Ça me rend dingue, dit-il en s'écartant finalement de moi.

— Si ça peut te rassurer, il n'a pas non plus aimé l'idée que tu m'aies touchée, tentai-je de plaisanter.

Le visage d'Andrew s'affaissa, et ma blague tomba à plat. Je caressai sa joue et relevai son regard vers le mien.

— Tu veux vraiment faire ça ?

— Oui. Et tu ne me feras pas changer d'avis ! assurai-je avec un sourire fier. Cette fois, tu ne gagneras pas.

Son regard brillant se perdit dans le mien. Il secoua la tête, partagé entre dépit et hilarité. Il posa sa main sur ma joue, la caressant à peine, cherchant sûrement un moyen de me faire plier.

— Comment ai-je fait pour tomber sur la seule femme au monde plus têtue que moi ?

— L'exception, murmurai-je en rougissant.

— L'exception, approuva-t-il en soudant de nouveau son front au mien. Promets-moi d'être prudente.

— Je promets, tant que tu restes raisonnable.

Je bougeai doucement et prudemment. Je pris son visage entre mes mains et plongeai mon regard dans le sien, espérant lui insuffler toute ma volonté d'en finir avec nos vieux démons.

— Tout ira bien, assurai-je. On devrait retourner à table avant qu'ils ne s'inquiètent tous.

Andrew m'embrassa une dernière fois, embrasant de nouveau mon corps, avant de me prendre la main pour nous réinstaller à table.

Chapitre 30

Nathan, Meghan, Gregory et Grant discutaient, mais se turent à notre approche. Comme précédemment, Andrew tira ma chaise pour que je m'asseye, et garda sa main dans la mienne. Le temps semblait suspendu, et tout le monde attendait que je brise ce silence gênant.

— Je vais le faire, lâchai-je avec une assurance feinte.

— Parfait.

Soudain, comme par enchantement, tout se remit en marche : Nathan servit du vin, Gregory sortit son téléphone et Meghan s'intéressa au plan que Grant avait griffonné sur son bloc-notes.

— Vous devez m'assurer de sa sécurité, dit Andrew en rivant son regard à celui de Grant.

— Monsieur Blake, je vous assure que nous ferons tout notre possible pour protéger votre fiancée.

— Nous ne sommes pas fiancés.

— Pas encore, compléta Meghan en m'adressant un vrai sourire pour la première fois depuis notre rencontre.

Je rougis légèrement, à l'instant même où Andrew portait ma main à ses lèvres pour l'embrasser. Je me tournai vers lui, un peu abrutie par la fatigue cumulée, ses gestes d'attention et les regards perçants des voisins. Il me fixa avec intensité avant de relâcher ma main et placer son bras sur le dos de ma chaise, dans un élan protecteur.

Finalement, il se tourna vers Grant, brisant ainsi notre bulle personnelle.

— Je vous écoute, et votre plan a intérêt à être sacrément bon ! lança Andrew.

— Je crois qu'il faut jouer sur la confiance qu'il a envers vous. L'idée du dîner était intéressante, je pense qu'il faut repartir là-dessus.

— Quand ? le coupa Andrew.

— Ce week-end peut-être ? proposa Grant.

— Impossible, c'est le mariage de Lynne.

Instinctivement, je lançai un regard vers Nathan, qui n'eut aucune réaction. De toute évidence, il s'était fait une raison, à mon grand désarroi.

— Nous avons prévu de rentrer à San Francisco après le mariage, contra Andrew.

— Oui... mais Daniel ne sait pas que... enfin... Tout le monde croit que nous sommes séparés en fait, expliquai-je à l'enquêteur.

— Parfait. Dans ce cas, invitez-le à ce mariage.

— Je ne peux pas faire ça, gémis-je en me ratatinant sur ma chaise.

— Vous allez l'expédier à un mariage de la haute bourgeoisie new-yorkaise alors qu'elle est désormais connue des journalistes, elle risque de se faire harceler ! protesta Nathan.

— Bien. Dans ce cas, il faut opter pour...

— ... le dîner de répétition, murmurai-je.

Grant me fixa, attendant que je développe mon idée. Je me redressai et Andrew se tourna vers moi, m'offrant toute son attention.

— Lynne donne un dîner de répétition dans un restaurant.

— Oui... Je n'ai plus le nom en tête, mais je peux lui proposer de faire ça.

— Et ensuite, tu l'inviteras aussi au mariage ? grogna Andrew.

— Bien sûr que non... Si j'arrive à le faire parler au dîner, je pense que la police pourra l'arrêter ensuite, non ?

— Nous ferons le nécessaire dès que possible, monsieur Blake, assura l'enquêteur.

— Je vais t'épouser avant, me menaça gentiment Andrew. Je jure que je ne vais pas laisser ce type te toucher !

— Et je ne vais pas le laisser faire... Est-ce que cela ira, Grant ? demandai-je.

— De toute façon, on ne peut pas vraiment faire mieux. En attendant, je vais mettre ses lignes sur écoute.

Grant sortit une carte de visite de sa poche et la tendit à Andrew. Ce dernier fronça les sourcils, et s'en saisit après un ultime soupir.

— Appelez-moi vendredi matin pour que nous mettions tout en place.

— D'accord, approuva Andrew, avant de lui tendre la main pour le saluer.

Après une courte hésitation, Grant la lui serra et se leva de table. Il salua tout le monde et quitta le restaurant. Son départ provoqua un moment de flottement. Andrew avait posé la carte de visite près de son verre, et je la fixai, m'interrogeant sur la situation.

Peut-être avais-je tort au sujet de Daniel ? Peut-être avais-je voulu justifier la mort d'Eleanor ? Peut-être mon ancien métier me taraudait-il un peu trop... C'est la main d'Andrew sur ma joue qui me fit sortir de mes pensées.

— Tu n'es pas obligée de faire ça, murmura-t-il pour me rassurer.

— Si... Je veux le faire. Et ensuite, je veux qu'on passe à autre chose.

— Kat, je ne sais pas si je dois être admiratif ou jaloux, plaisanta Nathan en me tendant le menu du restaurant.

— A quel sujet ?

— Est-ce que vous savez combien de réunions, de déjeuners, de sourires et de flatteries j'ai dû déployer pour avoir ne serait-ce qu'une fenêtre à mon bureau ?

— Tu veux dire ton cagibi ? s'esclaffa Meghan.

— C'est un bureau, s'agaça Nathan. Petit mais chaleureux... Je le préfère largement au tien.

— Mon bureau est parfait !

— Ça oui, une parfaite réplique de Tchernobyl aujourd'hui : désert et radioactif !

J'étouffai un rire pendant qu'Andrew soupirait. Il esquissa un sourire, me lançant un regard en biais. Posant ses coudes sur la table, il y cala son visage. Je penchai la tête vers lui, dans un geste à la fois affectueux et de soutien. De nouveau, il m'offrit un sourire, et j'entendis vaguement Meghan et Nathan poursuivre leurs échanges.

— Nathan, quel est le rapport entre votre bureau et moi ? repris-je.

— Crois-moi, tu ne veux pas savoir, souffla Andrew en levant les yeux au ciel.

— Eh bien, j'ai lutté pour cette fenêtre pendant des semaines...

— Des mois ! corrigea Andrew.

— Longtemps donc... Et vous, en cinq minutes et un aparté, vous réussissez à lui faire prendre une décision raisonnable !

— Je ne suis pas certaine que ce soit vraiment raisonnable, rectifiai-je pour défendre Andrew.

— Merci de l'admettre ! se moqua-t-il. Et je peux encore changer d'avis, me prévint-il avec sérieux.

— Nathan, de toute évidence, Kat n'a pas les mêmes armes que toi, intervint Gregory, hilare.

— Oh ! et de quel genre d'armes je dispose ? demandai-je.

— Eh bien, déjà, tu es jolie... Et... enfin... tu... as... des... enfin...

— Ne finissez pas cette phrase, Gregory, lui conseilla Andrew d'une voix glaciale.

Il le fusilla des yeux et Gregory se contenta de détourner les siens. Je me tournai vers Andrew, lui lançant un regard lourd de reproches. Avait-il besoin de ruiner les efforts de Nathan qui tentait désespérément de détendre l'atmosphère ?

— Ce n'était pas utile, murmurai-je sèchement.

— Je recadre les choses, se justifia Andrew.

— Tu as raison, recadrons-les. Au fait, Gregory,

l'interpellai-je vivement, rappelle-moi, ta préférence va bien aux blondes ?

Gregory releva le visage vers moi, toute trace de contrariété disparaissant dans la seconde. Une lueur d'amusement illumina son regard et il dirigea son attention vers Meghan.

— En effet, j'ai un faible pour les blondes, dit-il en louchant vers le décolleté de Meghan.

— Mes yeux sont là, riposta cette dernière en lui relevant violemment le menton.

— Ils sont jolis aussi, approuva Gregory.

Meghan esquissa un sourire, puis approcha son visage tout près de celui de Gregory, laissant un espace trop réduit vu l'intimité de leur relation.

— Tu sais quoi ? C'est une bonne chose que tu aimes les blondes, susurra Meghan en longeant la mâchoire de Gregory avec son index.

— Ah oui ? s'étonna mon ami.

— Oui... Nathan est célibataire !

Et brutalement, elle repoussa le visage de Gregory, le dirigeant vers celui déconfit de Nathan. Andrew éclata de rire et but un peu de son vin pour reprendre contenance.

— Ne m'en veuillez pas, Gregory, dit doucement Nathan, mais personnellement j'ai une préférence pour les brunes.

— Non, tu as une préférence pour celles qui sont déjà prises, corrigea Andrew dans un sourire.

Je levai les yeux au ciel pendant que le rire cristallin de Meghan me parvenait.

— Je ne le fais pas exprès, se défendit Nathan en riant. Franchement, je préférerais qu'elles soient seules.

— Vous devriez parler à Lynne, conseillai-je à Nathan.

— Lynne ? s'étonna Gregory en relevant le nez de son menu.

— Oui, Lynne. Nathan a... enfin, il l'aime bien, résumai-je rapidement.

— Je ne crois pas que cela changerait quoi que ce soit. Je devrais passer à autre chose, soupira-t-il, las.

— Envisage-la comme un contrat, lui conseilla Andrew, très sérieux.

— Tu te lances dans le conseil matrimonial ? plaisantai-je.

— Je crois que vous avez vraiment une bonne influence sur lui, constata Meghan.

— J'essaye.

— Lynne n'est pas une sorte d'appel d'offres concurrentiel. Très clairement, je n'ai rien de mieux à lui offrir que ce que lui propose déjà Kingston.

— Philip ne l'épouse que pour l'apparat, Nathan. Il a besoin d'une femme qui fera bien sur les photos de famille, contrai-je sèchement.

Le silence se fit, et j'entendis Andrew étouffer un rire à mes côtés. Nathan écarquilla les yeux avant de nous désigner du doigt, Andrew et moi.

— Il a définitivement déteint sur vous. Croyez-moi, ce n'est une bonne nouvelle pour personne ! s'exclama Nathan.

— Je suis encore ton patron ! feignit de protester Andrew.

— Vous me trouvez trop dure ? demandai-je à Nathan.

— Je vous trouve terrifiante !

— Dans le bon sens du terme, compléta Meghan. Et je crois que vous avez raison, Kat. Je peux vous appeler Kat ? m'interrogea-t-elle poliment.

Je hochai la tête, et Meghan leva son verre de vin dans ma direction. De toute évidence, j'avais réussi une sorte d'examen de passage. Savoir que Meghan m'acceptait enfin ne changeait pas grand-chose mais, quelque part, je savais qu'Andrew devait en être soulagé.

— Je connais les types dans son genre... Ils vous vendent un monde merveilleux, se servent de vous pour la succession familiale et, dix ans plus tard, vous les trouvez au lit avec une minette de vingt ans...

— Je suis d'accord avec Meghan, approuvai-je.

Nathan et Andrew se lancèrent un regard presque effaré.

— Voilà qui est vraiment terrifiant, commenta Andrew. Deux femmes en accord complet sur un sujet.

— Ne sois pas goujat ! m'exclamai-je.

Nathan soupira et la serveuse vint prendre nos commandes.

— En gros, vous êtes en train de me dire que je ne dois rien lui promettre.

— Je pense qu'elle a passé l'âge de croire au prince charmant, sourit Meghan.

— Oh... Donc les bijoux, les robes, les fleurs... Tout ça, ça ne sert à rien ? s'enquit Andrew soudainement très intéressé par la conversation.

— Tu vois que tu es trop excessif, dis-je avant de lui sourire.

— Même les fleurs ? demanda Gregory presque timidement.

— Tu ne sais même pas quelles sont mes fleurs préférées ! s'exclama Meghan.

— Les orties ! siffla Nathan.

Meghan lui lança un regard mauvais, aussitôt suivi d'un sourire heureux.

— Que me conseillez-vous alors, Kat ? demanda-t-il plus sérieusement.

— Je ne sais pas... Lynne est amoureuse de vous, il suffit juste qu'elle s'en rende compte.

— Ça peut prendre du temps, remarqua Andrew en me lançant un regard, et elle se marie dans deux jours ! Epouse-la demain à Vegas ! lança-t-il sans que je puisse distinguer s'il s'agissait d'une plaisanterie ou non.

— Vegas ? Andrew, je ne vais pas faire ça... Et je ne vais pas non plus la traîner par les cheveux derrière moi en bombant le torse dans une peau de bête.

— J'ai toujours des places réservées à l'année sur certains vols, si tu en as besoin, je les mets à ton nom.

— Tu es sérieux ? l'interrogeai-je, incrédule.

Andrew me regarda étrangement, comme si j'avais remis en cause le fait que la terre était bien ronde.

— Nathan n'a pas le droit d'être excessif lui non plus ?

— Euh... si... Enfin... non. Disons que... Je pense que le kidnapping est un crime fédéral, non ?

— Sincèrement, Kathleen, tu préfères la savoir kidnappée par Nathan ou mariée à Philip ? m'interrogea Andrew.

— Serais-tu en train de me faire passer du côté obscur ?

— Possible.

— Et tu veux me faire admettre que le kidnapping est une solution ?

— Offre-moi une meilleure idée !

— Je... Euh...

Je lançai un regard vers Meghan, cherchant de l'aide, mais celle-ci leva les épaules, impuissante. Soudain, je sentis le souffle d'Andrew dans mon cou et me figeai. Je savais ce qui allait suivre.

— Je gagne toujours, Kathleen.

Je secouai la tête et capitulai. Je devais l'admettre : se faire enlever par Nathan était une bien meilleure option pour Lynne que ce mariage avec Philip.

Nos plats furent servis quelques instants plus tard, et le reste du repas se déroula dans une ambiance détendue, loin de la tension de notre conversation précédente avec Grant.

A la fin du déjeuner, accompagnés par Gregory, à l'avant du véhicule, Andrew et moi rentrâmes directement au Peninsula. Afin d'éviter toute rencontre gênante avec Daniel, nous passâmes par le parking et l'accès direct aux ascenseurs.

Escorté par un des gardes de sécurité, Andrew monta le premier dans la suite, m'embrassant furtivement sur les lèvres avant de quitter la voiture. Quelques minutes plus tard, Gregory reçut un message sur son téléphone et, à son tour, m'accompagna jusqu'à la suite.

— Si quelqu'un te croise ici, tu lui dis que tu viens me chercher, souffla-t-il alors que les portes de l'ascenseur se refermaient sur nous.

— D'accord.

Nous arrivâmes au dix-neuvième étage, et sentant sûrement que notre conversation avec Grant me hantait toujours, Gregory me rassura :

— Tout ira bien, Kat, promit-il avant de toquer à la porte de la suite.

Andrew ouvrit et, d'un simple sourire, il réussit à éloigner mes pensées sombres.

— J'ai un peu de travail, lâcha-t-il en nous dirigeant vers le salon.

— Pas de problème, fais ce que tu as à faire. De toute façon, il faut que je m'occupe de ma nouvelle garde-robe, plaisantai-je en désignant l'amas de sacs qui avait été amené là durant notre déjeuner.

Andrew esquissa un sourire devant mon air presque dépité, avant de me prendre dans ses bras.

— J'avais pensé à une autre forme d'occupation, murmura-t-il sur la peau de mon cou.

— Je croyais que tu avais du travail.

— En effet. Mais je comptais te faire participer.

— Andrew, il me semble avoir été claire sur le sujet. Le journalisme, c'est terminé pour moi, dis-je presque sèchement.

— Ça ne concerne pas le journalisme, assura-t-il d'une voix douce.

— Oh... d'accord. Depuis quand baisses-tu les bras aussi facilement ? m'étonnai-je.

— Kat, tu as déjà cette incroyable capacité à te mettre dans les ennuis en étant concierge dans cet hôtel. Pour ma santé, je préfère te savoir tranquillement à la maison.

— Pour ta santé ou pour ma cuisine ?

— Ça va de pair... D'où ton rôle de cet après-midi.

Il se détacha de moi, partit en direction de la chambre et revint quelques instants plus tard avec son ordinateur portable. Je fronçai les sourcils sans comprendre.

— Pendant que je m'attellerai à finaliser le contrat que je dois signer à Washington vendredi, je propose que tu te mettes en quête d'une maison.

— Toute seule ? m'exclamai-je.

— Tu as un goût très sûr. L'homme avec qui tu sors me l'a encore dit, il y a deux minutes.

— L'homme avec qui je sors ? Ce retour à l'adolescence est... curieux, m'amusai-je.

— Tu n'es pas encore ma fiancée.

— Te voilà de nouveau présomptueux, ripostai-je en souriant.

— J'ai la bague, contra-t-il, me désarmant complètement.

— Tu n'as pas un genou à terre, dis-je, fière d'avoir trouvé la ressource pour une repartie.

— Ne me défie pas, Kathleen, murmura-t-il d'une voix rauque.

Il leva la main vers mon visage et effleura doucement ma joue, pendant qu'un sourire se dessinait sur ses lèvres. Je sentis ma respiration s'accélérer et, quand il plongea son regard profond dans le mien, mon ventre se tordit dans une chaude douleur.

— Ce n'est pas ce que je veux, expliqua-t-il. Je ne veux pas te demander en mariage sur un malentendu. C'est une des rares choses pour lesquelles j'espère ne pas avoir à lutter.

Sa caresse, qui avait cessé, reprit doucement sur ma peau. Il s'approcha de moi, laissant un espace restreint mais pénible entre lui et moi.

— Tu n'as pas peur de louper ta chance ? exhalai-je en espérant le provoquer de nouveau.

— Tu es ma chance. Tant que tu es avec moi, que puis-je vraiment craindre ?

Il y eut un silence calme et presque reposant pendant lequel Andrew effleura la peau de mon visage et de mon cou. Cette caresse, à peine appuyée, me fit frissonner mais, brutalement, il s'arrêta.

— Je dois aller travailler, dit-il en désignant la pièce à côté.

— Mais..., protestai-je vivement avant qu'il ne plaque le bout de ses doigts sur mes lèvres.

— Cherche une maison... La nôtre. Fais une sélection,

et je verrai avec Emily pour libérer mon agenda et venir les visiter avec toi.

Ses doigts quittèrent mes lèvres et il me tendit l'ordinateur dernier cri qu'il tenait dans ses mains. Un peu tremblante, et avec la sensation déroutante d'avoir une épée de Damoclès au-dessus de la tête, je le pris et m'installai dans le fauteuil.

— As-tu une préférence ? demandai-je, incertaine.

— Tu connais mes critères.

— Piscine ? m'enquis-je avec un sourire.

— Piscine, approuva-t-il.

J'ouvris l'ordinateur et, pendant qu'Andrew s'installait à son bureau, je m'attelai à la tâche. Le silence de la suite ne fut perturbé que par la sonnerie du téléphone.

Après deux heures de recherches, et surtout après avoir fait une sélection méticuleuse et courte de maisons à visiter, je repoussai l'ordinateur. Andrew travaillait toujours, sa tête penchée sur la lecture d'un dossier. Il avait cet air concentré et sérieux que je ne lui connaissais pas vraiment. Le Andrew que je fréquentais était parfois autoritaire, souvent incisif, et trop rarement décontracté. J'imaginais que son travail ainsi que les responsabilités du groupe devaient avoir pris le pas sur tout le reste de sa vie.

Comme je l'avais souvent fait avec mon père quand il lisait son journal, j'étudiai les ombres de son visage. Je m'emparai alors d'un stylo et griffonnai le visage d'Andrew sur un des blocs-notes mis à la disposition des clients. Je m'appliquai à reproduire aussi fidèlement que possible le parfait dessin de ses mâchoires et le plissement léger de ses paupières. J'esquissai ses lèvres, les connaissant suffisamment pour ne pas avoir à relever le nez sur mon modèle.

— Tu es très douée, dit doucement la voix d'Andrew dans mon dos, me faisant sursauter dans mon fauteuil.

Je cachai le dessin contre ma poitrine, presque honteuse de m'être fait surprendre.

— Ce n'était pas de l'ironie, se reprit-il en tirant la feuille vers lui.

— Non... C'est... Je ne voulais pas que tu me voies, expliquai-je.

— Tu avais l'air concentrée sur le sujet. Tu dessines depuis longtemps ?

— Aucune idée... Depuis que je suis petite, j'imagine.

— Est-ce que je peux le récupérer ?

— Andrew, c'est juste un dessin...

— Kathleen, s'il te plaît, plaida-t-il.

Je le lui tendis, mais il refusa.

— Signe-le tout de même.

— C'est ridicule ! râlai-je.

— Il aura sa place près du Matisse. Signe ! m'ordonna-t-il dans un sourire.

Je gribouillai ma signature, le rouge aux joues. Andrew récupéra la feuille et la glissa dans un de ses dossiers. Quand il revint vers moi, j'avais rouvert l'ordinateur pour lui montrer le fruit de mes recherches. Il s'installa sur le canapé et me tendit la main pour me faire venir près de lui. Je m'assis à ses côtés, son bras droit s'enroulant autour de mes épaules.

— Celle-ci donne sur l'océan, commentai-je en faisant défiler les photos.

— Tu veux vivre sur une plage ? s'étonna Andrew.

— Ça ne te plaît pas ?

— Si... C'est juste que j'ai déjà une maison sur la plage !

— J'aime l'idée de la plage. Mais je n'aime pas ta maison...

Je pris une profonde inspiration avant de me jeter à l'eau. Cette idée me trottait dans le crâne depuis le début de la journée, et je devais trouver un moyen d'aborder le sujet :

— Et je pense que cette maison doit être « notre » maison.

— Que veux-tu dire ? s'enquit-il, un peu surpris.

— Eh bien… Un bureau pour que tu puisses travailler, mais pas de réceptions professionnelles et pas de réunions.

— Tu poses tes conditions ? plaisanta-t-il.

— Je ne veux pas passer au second plan, dis-je avec force.

Je sentis son corps se tendre et, lentement, il retira son bras de mes épaules. Je bougeai légèrement et l'observai se passer une main sur le visage. Brutalement, sa fatigue me sauta aux yeux. Le travail, l'avion, moi… En souriant, je décidai qu'Emily aurait sûrement plus d'une journée à libérer de son emploi du temps.

— Tu ne passeras pas au second plan, murmura-t-il.

— Tu ne comprends pas… Eleanor travaillait avec toi, et pourtant j'ai la sensation qu'elle était seule.

— Ne te compare pas à elle, s'il te plaît. Tu n'as rien à voir avec elle, et… ce que nous vivons n'a rien à voir avec ce que j'ai vécu avec elle.

Sa voix s'était radoucie, pourtant les traits de son visage étaient toujours durs et tendus. Je risquai une main sur sa cuisse, espérant le rassurer sur mes intentions. Il ferma les yeux une courte seconde et je posai l'ordinateur sur la table basse pour reprendre la situation en main avant qu'elle ne m'échappe.

D'un mouvement rapide, je repoussai Andrew contre le canapé et m'installai à califourchon sur ses cuisses. Ses yeux s'ouvrirent subitement et, alors qu'il allait parler, je le fis taire en l'embrassant doucement.

— Ce n'est pas ce que je voulais dire, soufflai-je sur ses lèvres.

— Kathleen…

— Tu es fatigué, constatai-je en longeant de mon index les cernes sous ses yeux.

Je traçai le dessin de ses mâchoires crispées, avant de remonter le long de ses tempes et jusqu'à son front.

— Tu travailles trop, chuchotai-je près de son oreille. Et je pense que tu as besoin de vacances.

— C'est impossible pour le moment.

— Pourquoi ?

— Parce que... j'ai du travail, des responsabilités...

— Nathan sera ravi de prendre la main sur le groupe. Nathan ou Meghan.

Je l'embrassai de nouveau sur les lèvres, sentant son corps se détendre lentement sous le mien. Ses mains se posèrent sur mes hanches, effleurant le morceau de peau que mon haut blanc dévoilait. Je bougeai un peu, appuyant ma poitrine contre son torse, mes mains sur ses épaules. Il me fixait avec une lueur étrange dans le regard, entre la surprise et l'inquiétude.

— Est-ce que tu es en train de me forcer la main ? s'enquit-il avec amusement.

— S'il le faut, je le ferai. Mais je te prie de noter que je me plie à tes règles.

— Ce qui est définitivement nouveau pour toi ! ironisa-t-il.

— Si mes souvenirs sont bons, tu m'as demandé d'assurer l'intendance.

— En effet, acquiesça-t-il en souriant.

— Et je ne cuisine pas pour les fous furieux de travail ou pour... les excessifs.

Il étouffa un rire, et je sentis son corps parcouru de soubresauts d'hilarité. Ses mains remontèrent sur ma peau, me faisant frissonner.

— Donc... tu ne veux pas que je travaille à la maison ? Et tu veux que je confie mon entreprise à Nathan ou Meghan ?

— Je veux que tu prennes du recul, soufflai-je sur ses lèvres avec douceur.

De nouveau, son regard s'illumina. Les traces de fatigue que j'avais décelées sur son visage disparurent progressivement, laissant place à un sourire franc et à des traits détendus.

— D'accord, murmura-t-il.

Il m'attira contre ses lèvres dans un baiser doux et sensuel. Ses doigts chatouillèrent mon dos et, très vite, je me retrouvai allongée sur lui. Haletante, je m'écartai à regret de sa bouche, mais Andrew agrippa ma nuque et ne me laissa pas l'opportunité de m'éloigner de lui.

— Andrew... les... maisons, balbutiai-je en le repoussant doucement.

— Plus tard...

— Mais... Tu... Enfin... tu es certain de vouloir vivre dans cette maison ?

— Tant que tu y seras, ça m'ira. Je me plie à tes conditions, me rappela-t-il en repoussant des cheveux de mon visage.

Je replongeai sur ses lèvres, souriant largement. Depuis mon adolescence, je n'avais jamais embrassé quelqu'un aussi longtemps. Andrew me caressa, réveillant toutes mes terminaisons nerveuses et m'arrachant quelques gémissements indécents, mais jamais il n'alla plus loin. Je n'en étais pas déçue, parce qu'au-delà du sexe, c'était surtout être avec lui qui m'importait.

— Dîner dans la suite ? proposa-t-il près d'une heure plus tard.

— Ça me va.

Il passa commande et j'en profitai pour retirer mes chaussures. Pieds nus sur la moquette épaisse du Peninsula, je me dirigeai vers la fenêtre.

Demain, il me faudrait encore affronter Daniel, et rien que l'idée me rendait nauséeuse. Le matin, je devais aussi accompagner Lynne pour un ultime essayage. Andrew et son idée de kidnapping me firent sourire.

— A quoi penses-tu ? demanda-t-il en enroulant ses bras autour de moi.

— A demain, avouai-je, sincère. Je dois voir Lynne demain matin, et je ne supporte pas l'idée qu'elle épouse Philip.

— Tu ne peux pas toujours obtenir gain de cause, murmura Andrew en embrassant mon cou.

— Je sais. Mais c'est un tel gâchis... Et quand je pense à Nathan...

— Nathan est un grand garçon, il fera ce qu'il a à faire.

Mon regard se perdit sur la vue de New York au

crépuscule. Le ciel légèrement rose assurait une belle journée ensoleillée pour le lendemain.

— Promets-moi que tu seras prudente, dit doucement Andrew, me sortant ainsi de mes pensées.

— Je le serai. Ne t'inquiète pas. Je reviendrai ici aussi rapidement que possible.

— Je doute d'être de retour avant le milieu de la nuit.

Je me tournai vers lui sans comprendre.

— Je vais à Washington pour la signature d'un gros contrat, je prendrai un vol après le déjeuner.

— Tu devrais passer la nuit sur place, proposai-je. Ça te permettrait de te reposer.

— Nathan ne voulait pas que j'annule cette signature et je ne veux pas être loin de toi. Surtout après ça. Je serai avec toi la nuit prochaine, n'en doute pas. Et nous irons ensemble au mariage de Lynne. Sauf si Nathan se décide, compléta-t-il en souriant.

— Se décide ? Tu es au courant de quelque chose ?

— Nathan est un impulsif qui réfléchit.

— Ce n'est pas un peu... contradictoire ?

— Si ! C'est pour ça que je l'ai embauché.

— A quelle heure pars-tu pour Washington ?

— J'ai un vol vers midi.

Je soupirai avant de caler ma tête sur son torse. Andrew enroula sa main sur ma nuque, me maintenant contre lui. Sa chaleur m'apaisa et, de nouveau, sa simple présence suffit à chasser mes pensées sombres. Nous restâmes enlacés de longues minutes, et il me sembla même qu'il me berçait.

Quelques instants plus tard, alors que je rangeais ma monstrueuse garde-robe dans les placards, je l'entendis rire à gorge déployée. J'abandonnai ma tâche, triturant un vêtement entre mes mains, et me dirigeai vers son bureau. Je n'avais que très peu entendu Andrew rire ainsi, mais son visage était lumineux quand il le faisait. Il était au téléphone, hilare, assis dans le fauteuil du salon. En me voyant, il me fit signe et m'attira sur ses genoux.

Quand il raccrocha, les larmes au bord des yeux, je crus qu'il n'allait jamais pouvoir reprendre sa respiration.

— Qu'y a-t-il ? demandai-je, curieuse.

— Nathan.

— Quoi Nathan ?

— Il s'est décidé...

— Oh... Et il se décide demain ? espérai-je en songeant au dîner de répétition avec Daniel.

— Il est déjà à Washington, son avion vient de se poser.

Andrew se lança alors dans une longue explication, parsemée d'éclats de rire. Sa main joua avec mes cheveux pendant toute cette conversation, et quand enfin je compris comment Nathan allait tenter sa chance, j'éclatai de rire à mon tour.

— C'est un fou furieux ! m'esclaffai-je. Et il t'a appelé juste pour ça ?

— Apparemment, je suis devenu une sorte de baromètre de l'excès, répondit Andrew en levant un sourcil entendu.

— Oh... Aurais-je écorné ton image de marque ?

— Je le crains !

Nous échangeâmes un sourire, et je me laissai tomber plus librement dans ses bras.

— Tu n'as pas idée de tout ce que tu as provoqué dans ma vie, avoua-t-il doucement.

— Andrew, commençai-je avant que les mots ne s'étranglent dans ma gorge en croisant son regard flamboyant.

— Bien plus que tu ne l'imagines, ajouta-t-il. Et de toutes les façons possibles...

— Je n'ai pas fait ça, murmurai-je doucement.

— Bien sûr que si... Un jour, je te raconterai, promit-il en nous faisant redresser.

— Raconter quoi ? m'enquis-je sans comprendre.

— Comment tu es devenue mon incroyable et fabuleuse exception.

Je rougis violemment, subissant l'assaut de son regard intense. Je sentis mon cœur tressauter dans ma poitrine, et ce n'est qu'en devinant les doigts d'Andrew sur mes mains que je sortis de ma douce torpeur.

— J'aurais dû ajouter « sexy » ! plaisanta-t-il en tirant le vêtement que j'avais gardé dans les mains.

Il se saisit du morceau de tissu, dévoilant une nuisette noire, transparente et très courte. Je rougis de nouveau avant de lui arracher le vêtement. Le *room service* s'annonça, et j'en profitai pour fuir vers la chambre.

— Ne la range pas, Kathleen ! cria Andrew dans un nouveau rire.

Je l'entendis installer notre dîner et remercier le garçon d'étage. Je finis de ranger rapidement mes affaires et le rejoignis dans la salle à manger. Il nous servait du vin et m'offrit un sourire quand j'apparus devant lui.

— Je pensais que tu allais étrenner cette ravissante petite chose noire.

— Pas tout de suite.

Andrew finissait sa salade de fruits quand son téléphone vibra. A son froncement de sourcils, je devinai qu'il ne s'agissait pas d'une bonne nouvelle.

— Blake, fit-il en se dirigeant vers le salon.

Je repoussai mon dessert et tentai d'écouter les bribes lointaines de sa conversation téléphonique.

— Est-ce que vous allez bien ? s'inquiéta-t-il après de longues minutes d'écoute.

Je me levai de table et allai le rejoindre. Je le fixai, cherchant à obtenir une explication. Mais il secoua la tête en continuant de parler :

— Bien. Appelez l'informatique et demandez-leur de vérifier tous les mots de passe. Et profitez-en pour réclamer une liste nominative des personnes ayant accès au bâtiment.

— Un problème ? murmurai-je, anxieuse, pendant qu'il allait et venait dans la pièce.

— Et envoyez-moi cette liste dès que vous l'avez. Bonne soirée, Emily.

Andrew raccrocha et tout son corps sembla s'affaisser brutalement. Je m'approchai de lui, espérant pouvoir le rassurer par ma présence. Je posai une main sur son dos, qui se contracta à ce simple contact. Quand nos yeux se croisèrent enfin, je perçus une lueur de colère dans son regard.

— La voiture d'Emily a été forcée. Son sac et son ordinateur portable ont été volés, gronda-t-il.

— Elle va bien ? m'inquiétai-je.

— Oui. Sa voiture était au garage. Elle avait oublié un dossier à son bureau et, le temps de faire l'aller-retour, son ordinateur avait disparu.

Brusquement, Andrew me prit dans ses bras et me serra contre lui. Il soupira lourdement. Une forme de lassitude devait le gagner. Dès que nous avancions sur un sujet, dès que les choses semblaient enfin sous contrôle, un autre pan de nos vies s'effritait. Je m'accrochai à lui, le serrant à mon tour contre moi.

— J'ai hâte que cette histoire soit terminée, murmura Andrew.

— Elle se terminera, je t'assure.

Je me détachai de lui et risquai un sourire. Il me sourit à son tour, plus faiblement que je ne l'espérais, et déposa un baiser sur mon front. Il s'écarta et se dirigea vers l'un des tiroirs du meuble de bureau.

— J'ai quelque chose pour toi, et j'aimerais vraiment que tu le portes demain.

— Encore un cadeau ? plaisantai-je.

— Est-ce un problème ?

— Potentiellement. Je présume que je vais devoir te faire un cadeau à mon tour.

— Tu viens avec moi à San Francisco, jamais je ne pourrais rivaliser ! s'esclaffa Andrew. Tourne-toi, s'il te plaît.

Je lui tournai le dos et, quelques instants plus tard, je sentis les doigts d'Andrew me caresser la nuque, puis repousser la masse de mes cheveux sur mes épaules. Il embrassa la peau de mon cou, et même sans le voir, je savais qu'il souriait.

— Un air de déjà-vu, murmura-t-il.

Le contact froid du bijou me fit frémir. Le collier aux fins maillons glissa sur ma peau, entraîné par un pendentif scintillant. Je passai le bout de mes doigts dessus pendant qu'Andrew l'attachait autour de mon cou. Je pivotai de nouveau, faisant face à mon amant tout en observant le bijou.

— Merci, murmurai-je.

— J'aime te faire essayer des bijoux.

— Est-il vraiment pour moi ? m'enquis-je.

Je souris au souvenir de notre séance d'essayage. Andrew repoussa mes cheveux en arrière cette fois, et comme il l'avait fait ce soir-là, il longea la chaîne du bout de son index. Je frissonnai légèrement, sentant la chair de poule couvrir mon décolleté.

— Pour qui d'autre pourrait-il être ?

— Je t'ai trouvé tellement agaçant ce soir-là.

— Je sais, murmura-t-il. Tu étais tellement touchante à lutter de toutes tes forces contre moi.

— Et j'ai résisté, mentis-je. Je le porterai demain, assurai-je.

— J'aimerais qu'on reparle de cela, lança Andrew.

— De demain ?

Il me fixa avec cette étrange et déconcertante intensité. Pourtant, ses traits étaient durs, secs, et il semblait distant. Je pris le bijou entre mes doigts, l'agitant nerveusement.

— Ce que tu vas faire avec Daniel... Je ne sais pas... Je n'aime pas l'idée qu'il te touche... La simple pensée qu'il puisse se pavaner avec toi me répugne, avoua-t-il.

— Andrew, c'est juste... du théâtre, une façon de le faire craquer, je te promets que ce n'est rien de plus, assurai-je en posant mes mains sur son torse.

— Peut-être, mais... Kathleen, jamais personne n'a empiété ainsi sur ma vie. Et j'ai la sensation qu'il va encore saccager quelque chose. Toi en l'occurrence.

Le visage d'Andrew se crispa et je soupirai lourdement.

Je ne savais pas ce qu'il voulait... Une assurance de ma part ? Me prévenir de toutes ces choses que je devrais faire croire ? Ou juste me faire part de ses inquiétudes ?

— Je sais à qui j'appartiens, dis-je avant de l'embrasser doucement. Il n'y a que toi.

Un sourire flotta sur son visage et son regard s'illumina.

— Je vais gérer ça. Je vais le faire parler, assurai-je. Et il sera arrêté samedi matin, promis-je, confiante.

— Toujours aussi stupéfiante, murmura-t-il en me caressant la joue.

— Tu es si confiant habituellement, sûr de toi... Comment peux-tu croire que je vais céder à cet homme ?

Soudain, un sourire carnassier s'étira sur ses lèvres. Son regard inquiet vira dans la seconde et il m'attira contre lui pour une étreinte.

— Ne va pas trop loin avec lui.

— Juste de la comédie ! Rien à voir avec ce que je ressens avec toi, ajoutai-je en m'écartant légèrement de lui.

Un sourire se dessina sur ses lèvres, et la chape de plomb qui s'était abattue sur nous au moment de l'appel d'Emily sembla se dissiper. Je l'embrassai de nouveau, me perdant dans le contact de ses lèvres. Il n'avait aucune raison de s'inquiéter. J'étais à lui, sans aucun doute. Je portai mes mains en haut de sa chemise et entrepris d'en défaire les boutons. Sa respiration s'accéléra et il réduisit l'espace déjà restreint entre lui et moi. Dans ma cage thoracique, je sentis mon cœur bondir et fondre l'instant suivant.

Je repoussai sa chemise et la lui retirai, caressant son torse musclé. Andrew ôta mon haut et me guida jusqu'à la chambre. Je trébuchai, l'embrassant avec le peu de souffle qui me restait. Quand mes genoux heurtèrent le lit, je m'effondrai sur les draps frais, le corps d'Andrew couvrant le mien. La pièce était à peine éclairée, la lampe de chevet diffusant une douce lumière.

Je relevai les jambes, le bassin de mon amant se frottant de façon indécente contre le mien. Je gémis fortement, plongeant mes doigts dans ses cheveux. Une de ses mains déboutonna mon jean et, très vite, se posa sur mon intimité. De nouveau, je gémis, me cambrant. Il nous fit rouler sur le lit, et je me retrouvai au-dessus de lui.

— Prends les commandes, m'intima-t-il.

Je souris largement avant de me diriger vers la fermeture de son pantalon. Je l'en débarrassai, puis lui retirai son boxer. Son sexe tendu apparut devant moi, et j'en profitai pour l'embrasser furtivement. Andrew geignit et murmura mon nom. Je remontai le long de son ventre et de son torse, parsemant sa peau de baisers. Quand je fus à la hauteur de sa bouche, Andrew défit mon soutien-gorge et ses lèvres se posèrent sur la pointe durcie d'un de mes seins. Je le repoussai doucement.

— Je croyais que je devais prendre les commandes ? soufflai-je avant de suçoter la peau de son cou.

Ses yeux croisèrent les miens et cela me désorienta totalement. La chaleur de son corps et la flamboyance de son regard eurent raison de moi et je haletai légèrement.

— Vas-tu rester habillée ? me demanda Andrew avec une pointe d'amusement dans la voix.

Je me défis de mon jean et de mon sous-vêtement, et me glissai de nouveau sur Andrew. Cette fois, je devins plus entreprenante, et sentir son corps se détendre sous les caresses simultanées de ma bouche et de mes mains me donnait une puissance phénoménale. J'embrassai ses flancs, tout en caressant son ventre parfaitement plat. Je sentais son sexe bouger sous moi et ce simple contact m'électrisait.

Ses mains se perdirent dans ma chevelure, et il gémit lourdement en sentant mes baisers se diriger de plus en plus bas.

— Kathleen, murmura-t-il.

— Andrew, soufflai-je avec cette intonation particulière qu'il aimait.

Sa tête retomba lourdement sur l'oreiller et je me plaçai entre ses jambes, embrassant son sexe tendu. Ses doigts bougèrent sur ma tête, m'encourageant de façon muette à aller plus loin. Aussi, quand je pris Andrew entre mes lèvres, son grognement ne m'étonna pas vraiment.

A part son souffle lourd, je n'entendais rien. Je me concentrais sur lui, sur ma capacité à lui donner du plaisir. Il gémissait à un rythme régulier, surtout quand ma langue passait sur la partie la plus sensible de son sexe. Ma bouche coulissait sur lui, en alternant les cadences rapides et plus lentes.

— Encore, quémanda-t-il alors que j'avais abandonné son sexe pour le caresser simplement avec ma main.

Docile, j'y reposai ma bouche, et il se cambra violemment en sentant que je l'aspirais entre mes joues. De nouveau, à bout de souffle, il grogna mon nom et ses mains m'imposèrent un rythme soutenu. Je creusai de nouveau les joues, accentuant ma pression sur son sexe, puis passai ma langue lentement sur son extrémité.

Andrew jura et cela me donna une satisfaction énorme. J'avais le pouvoir sur lui. Mon excitation redoubla, et je m'entendis gémir. Je frottai mes cuisses l'une contre l'autre, cherchant un soulagement, en vain.

— Laisse-moi te toucher, supplia Andrew.

Je le libérai et claquai ma langue contre mon palais pour lui rappeler sa propre instruction. Je menais le jeu. Je remontai le long de son corps, ma peau brûlante se frottant à la sienne. J'embrassai ses lèvres, plongeant dans son regard incandescent.

— Dis-moi ce que tu veux, murmurai-je, frottant mon intimité humide contre son sexe.

— Toi, souffla-t-il.

— Comment ?

— De toutes les façons possibles.

Soudain, il me sembla que le temps se mettait à ralentir. Les battements de mon cœur prirent un rythme fou et le regard d'Andrew se voila. Immobile au-dessus de lui, je compris que j'avais été prise à mon propre jeu et que je ne menais pas vraiment la danse.

— Andrew, murmurai-je, pantelante.

— Promets-moi, supplia-t-il. Promets-moi d'être à moi un jour.

— Je te le promets, assurai-je, la voix étranglée.

Et le temps se remit en route. Andrew me bascula sur le dos et, après m'avoir embrassée avec dévotion, s'enfonça en moi. Nous gémissions à l'unisson, tandis que le mouvement de ses hanches rencontrait parfaitement celui de mon bassin. Il nicha sa tête dans mon cou, répétant mon prénom dans un murmure sans fin.

Je me cambrai contre lui, cherchant à obtenir la délivrance. Le chaud, le froid, puis de nouveau le chaud me consumaient. Je jetai la tête en arrière, attendant qu'il m'offre le plaisir que j'attendais.

— Andrew...

— Encore, grogna-t-il en intensifiant ses mouvements.

Mon ventre se tordit un peu et il caressa l'endroit le plus sensible de mon anatomie. Je criai son nom, m'accrochant à son dos, griffant ses épaules. J'en voulais plus, maintenant, tout de suite. Ses mains s'accrochèrent à mes cuisses et il les remonta un peu plus sur lui, accentuant la profondeur de son mouvement.

En sueur, je me sentis partir vers un orgasme dévastateur. Le sexe avait toujours été incroyable avec Andrew, mais ce soir, c'était différent. Comme si tout convergeait : mon corps, le sien, mon cœur, le sien, ma promesse d'être à lui et notre vie à venir.

Il se tendit au-dessus de moi et grogna, m'entraînant dans une jouissance nouvelle. Je criai son nom, heureuse et en parfaite osmose. Il s'effondra sur moi et roula sur le côté avant de m'attirer dans ses bras.

— Je t'aime, soufflai-je, pantelante.

— Je t'aime aussi. Ne l'oublie jamais.

Après quelques minutes, ma respiration se calma. J'écoutai le cœur d'Andrew reprendre lui aussi un rythme normal, caressant de ma main le haut de son torse.

— On devrait dormir, murmurai-je.

— On devrait, oui.

Il repoussa doucement les draps et me fit tourner pour

caler mon dos contre son torse. Ses lèvres embrassèrent la peau de ma nuque et ses mains, sagement posées sur mon estomac, descendirent lentement entre mes cuisses.

— Je n'ai pas vraiment envie de dormir, souffla-t-il.

Sa main se logea entre mes cuisses et il me caressa longuement, m'amenant à un troisième et fulgurant orgasme. Epuisée par ma journée et par les attentions d'Andrew, c'est bercée par le rythme de sa respiration que je finis par m'endormir dans ses bras.

Chapitre 31

Le lendemain matin, Andrew me réveilla en couvrant mon épaule de tendres baisers. Je m'étirai en gémissant, ravie d'avoir eu une nuit de sommeil décente. Il me semblait que je n'en avais pas eu depuis des semaines.

— Bonjour, murmurai-je.

— Bonjour, belle endormie. Le petit déjeuner est servi.

— Génial... Tu es parfait pour l'intendance, le taquinai-je en caressant sa joue.

— Encore une bonne raison de m'épouser, riposta-t-il.

— Ai-je dit que je ne le ferais pas ? m'enquis-je en me tournant vers lui.

— Je tente de mettre toutes les chances de mon côté... T'ai-je dit à quel point tu étais resplendissante au réveil ?

— Tu en fais trop, Andrew ! m'esclaffai-je en me dégageant de son étreinte.

Je me levai et filai vers la salle de bains. Derrière moi, je sentis son regard me dévorer. Je lançai le jet de la douche, espérant qu'il me suive pour une ultime étreinte avant son départ pour Washington.

L'eau chaude acheva de me réveiller. Comme je l'avais espéré, Andrew se joignit à moi, mais notre douche fut, au départ, très chaste. Il se contenta de me masser les épaules et de m'embrasser épisodiquement alors que je voulais tellement plus de sa part. J'entrepris alors de le savonner à mon tour, m'aventurant lentement mais sûrement vers ma zone d'intérêt. Je le caressai doucement, son sexe grossissant dans ma main.

Andrew retrouva mes lèvres, m'embrassant presque sauvagement, sans me laisser le temps de reprendre mon souffle.

— Continue, m'intima-t-il en prenant ma main pour la reposer sur lui.

Je repris alors ma caresse, Andrew gémissant lourdement quand j'accentuais la pression sous mes doigts. Brutalement, il me fit pivoter et me colla à la paroi de la douche. Les seins écrasés contre le verre, Andrew me fit l'amour avec une frénésie particulière. Sa voix rauque me parvint, articulant mon nom pendant que je criais le sien.

Ma tête tourna et je tentai de me maintenir alors que mes jambes tremblaient. L'eau s'abattait sur mon dos et Andrew bougea encore plus vite, allant et venant en moi comme si sa vie en dépendait. L'orgasme me saisit avec une soudaineté folle, me tétanisant sur place. Andrew jouit quelques instants plus tard, avant de murmurer qu'il m'aimait dans le creux de mon oreille.

Comblés, nous sortîmes de la douche et je tentai de trouver une tenue adéquate pour mon entrevue avec Lynne. J'optai pour une robe longue et légère, choix qu'Andrew approuva d'un sourire heureux. Je m'installais à la table du petit déjeuner quand le *room service* s'annonça à la porte. Instantanément, mon corps se raidit.

— C'est la voix de Daniel, murmurai-je à Andrew.

— Je vais voir ce qu'il veut.

Je courus jusqu'à la chambre et fermai la porte, laissant un espace restreint pour entendre leur conversation. Andrew ouvrit la porte et, d'où j'étais, je ne distinguais que sa silhouette longiligne et les muscles tendus de son dos sous sa chemise.

— Un envoi en express pour vous, monsieur.

— Je ne savais pas que vous gériez aussi le *room service*, lança Andrew un peu sèchement.

— Le concierge de jour était occupé, monsieur.

Andrew bougea et je compris qu'il refermait la porte.

J'entendis Daniel lancer un « bonne journée » pendant qu'Andrew ouvrait une enveloppe volumineuse. Je sortis de ma cachette et retournai à table.

— Ce type est tout de même d'une arrogance incroyable, râla-t-il. Il ose se pointer à la porte de ma suite !

— Il venait sûrement vérifier si tu étais seul ou non.

— Il peut compter sur moi... Je lui enverrai un carton d'invitation pour notre mariage !

Je risquai un sourire, espérant détendre l'ambiance. Il fallait vite changer de conversation. Je ne voulais pas qu'Andrew parte à Washington avec des idées sombres et tortueuses dans le crâne.

— Qu'est-ce que c'est ? l'interrogeai-je.

— La dernière version du contrat que je dois signer ce soir. Ça concerne un appel d'offres à Washington. On va réhabiliter un bâtiment pour en faire des logements. Ce contrat est le premier que nous gagnons en cinq ans.

— Je vais commander du champagne pour ce soir ! m'exclamai-je.

— Nathan s'en est déjà chargé.

— Es-tu en train de dire que tu préfères sa compagnie à la mienne ?

Andrew étouffa un rire avant de se servir du café. Je me versai du jus de fruits et beurrai un toast. J'étais affamée. Il releva les yeux vers moi, m'observant.

— Je devrais me méfier. Maintenant que tu es... prise, il risque de lorgner sur toi. Il aime sauver les femmes en détresse.

— Je ne suis pas en détresse avec toi ! contrai-je. Dois-je m'inquiéter de Meghan ? Si mes souvenirs sont bons, tu as toi aussi « lorgné » sur elle.

— C'était différent. Je n'étais pas marié.

— Je ne le suis pas.

— C'est tout comme.

— Devons-nous toujours en revenir au mariage ? J'ai l'impression de me faire... endoctriner !

— Est-ce que ça marche ?

— Non... Mais je sais que ça ne t'arrêtera pas. Donc, Meghan ?

— On avait bu. Sans intérêt, pour elle comme pour moi. Et sincèrement, je crois que Gregory est bien mieux pour elle !

Je m'étouffai presque avec mon toast. De toute évidence, j'avais loupé un épisode de la relation particulière entre Gregory et Meghan. Les yeux d'Andrew pétillaient devant moi et, très galamment, il m'offrit une serviette pour m'essuyer.

— Je ne comprends pas, avouai-je après avoir bu une gorgée de mon jus de fruits.

— Elle le veut.

— Et tu sais ça parce que ?

— Parce que Meghan s'est mise au sport alors que je doute qu'elle ait jamais couru de toute sa vie. Même après un taxi !

Je ris à mon tour, me promettant d'appeler Gregory pour lui faire part de cet alléchant secret. Il allait être ravi de pouvoir se frotter à la femme de l'« Empereur ».

— Tu es très... potin finalement, fis-je remarquer à Andrew.

— Je tiens à eux. Ils m'ont aidé... après Eleanor. Sans Meghan, je serais... je ne sais pas... peut-être mort noyé dans l'alcool. Et Nathan... ce qu'il a fait est au-delà de l'amitié. Je lui suis redevable.

— Je pense que je dois garder cette information pour moi ?

— Evidemment. J'arrive toujours à lui faire peur, pour le moment. Merci de ne pas briser mon « aura ».

— Tu ne m'impressionnes plus, avouai-je dans un rire.

— Encore un défi ?

— Tu ne pourras pas relever celui-là. J'en suis certaine. Je suis habituée à tes excès, à tes manœuvres pour me mettre en échec... Je ne crains plus rien de toi.

— Tu m'en vois désolé, dit-il, pas du tout contrit. Mais je pense que tu as tort.

— Pourquoi es-tu si sûr de toi ? m'enquis-je en voyant son regard s'illuminer.

— Parce que je gagne toujours, Kathleen. Toujours.

La sonnerie de son téléphone retentit et il grimaça. Nous avions réussi à instaurer une ambiance un peu légère et, en une seconde, tout s'effondrait. L'appel fut bref, et pendant toute la conversation, Andrew ne me quitta pas des yeux.

— Finis ton café, on doit retrouver Grant dans cinq minutes.

— Où ? demandai-je alors qu'il se levait de table.

— Au garage. Le briefing sera fait dans la voiture, et on te dépose ensuite chez Lynne.

J'avalai le reste de mon café d'un trait et retournai à la salle de bains pour me brosser les dents. Dans la pièce d'à côté, Andrew préparait un sac pour son voyage à Washington. Quand je regagnai la chambre pour prendre ma veste, sa valise était bouclée et il consultait son agenda pour la semaine suivante.

Je récupérai mon sac, y glissant mon téléphone et une paire de lunettes de soleil. A peine l'avais-je fermé que des coups furent frappés à la porte. De nouveau, je retournai me cacher dans la chambre pendant qu'Andrew allait ouvrir. Un des agents de sécurité de l'équipe de Gregory apparut et Andrew lui demanda d'attendre quelques instants.

— Je descends le premier, Gregory vient te chercher dans trois minutes, m'annonça-t-il.

— D'accord.

Il posa un baiser furtif sur mes lèvres et, après un dernier sourire, retrouva l'agent de sécurité. La porte de la suite claqua derrière lui et Gregory s'annonça quelques instants plus tard. Comme la veille, il m'escorta dans l'ascenseur et jusqu'à la voiture, où je retrouvai Andrew. Je saluai Grant, assis à l'avant sur le siège passager, pendant que Gregory s'installait derrière le volant.

Nous sortîmes du garage pour nous engouffrer sur la Cinquième Avenue, grouillante de monde. Les vitres teintées nous cachaient de la foule, et alors que je fixais sans vraiment les voir, il me sembla reconnaître un regard familier. Je fouillai rapidement dans ma mémoire, en vain. Andrew posa sa main sur la mienne, me sortant de mes pensées.

— Est-ce que tout va bien ?

— Oui... J'ai... Je ne sais pas, il m'a semblé reconnaître quelqu'un. Mais j'ai dû rêver.

— Je vous donne les instructions de ce soir, lança Grant en dégainant un bloc-notes de sa poche.

Andrew me prit la main et la serra fermement. Je lui offris un faible sourire, incapable de donner plus le change.

— Gregory m'a confirmé le lieu du dîner. Ça commencera à 20 heures, je viendrai vous équiper à l'hôtel à 18 h 30.

— Daniel va sûrement vouloir venir me chercher chez moi, intervins-je, un peu paniquée.

— Il faudra refuser, lui dire que vous irez directement au restaurant. Toutes mes équipes sont mobilisées là-bas, je ne veux pas prendre de risques.

— C'est parfait, approuva Andrew. C'est une bonne chose que ce type ne débarque pas chez toi.

— Et ensuite ? demandai-je.

— Vous le faites parler. Gregory sera dans la salle pour vous protéger en cas de problème. Et il sera armé.

Je déglutis lourdement et Andrew m'adressa un regard inquiet. Je me sentis blêmir et me raccrochai à sa main pour tenir le coup.

— Il faut qu'on convienne d'un signe, Kat. Au cas où.

Je ne pris même pas la peine de demander « au cas où quoi ? » à Gregory. Je savais de quoi il parlait. Curieusement, ce n'était pas tant l'anxiété d'être avec Daniel qui me rongeait, c'était la possibilité de ruiner la soirée de Lynne. Je craignais de paniquer, d'agir maladroitement, de provoquer un tsunami sans aucune raison.

— Je toucherai mon collier, murmurai-je en portant ma main dessus.

Je lançai un regard vers Andrew, et il acquiesça.

— Le dîner doit finir vers 23 heures, au plus tard minuit, reprit Grant.

— Gregory vous raccompagnera à la suite. Monsieur Blake, serez-vous là ?

— Non. Je suis à Washington pour la journée. Gregory, je veux que vous gardiez un œil sur Kathleen tant que je ne suis pas rentré.

— Sans problème, opina-t-il.

— Vous avez des questions ? demanda Grant.

— Je ne sais pas si... Enfin, je ne suis pas sûre de le faire... parler.

— Kathleen, fais ce que tu peux, me rassura Andrew. Et surtout, ne prends pas de risque inutile. S'il te plaît, ajouta Andrew dans un murmure à peine audible.

— Faites ce que vous pouvez... Le seul mystère que nous devons résoudre, c'est l'histoire des pneus, expliqua Grant. Mademoiselle Dillon, faites de votre mieux. De toute façon, l'enquête est en cours, nous finirons par trouver quelque chose.

Le silence se fit dans la voiture, et Gregory s'engagea sur une rue moins fréquentée. L'angoisse que je tentais de canaliser depuis ce matin refit son apparition. Andrew libéra ma main et enroula son bras autour de mes épaules pour m'attirer contre lui. Je me laissai volontiers faire, respirant son parfum pendant que je réfléchissais à comment faire parler Daniel.

— Je vais rester en bas de chez Lynne et si vous bougez, je vous suivrai, m'indiqua Gregory.

— Nous irons sûrement à la boutique pour les robes.

— Aucun souci.

— Et je dois en plus lui faire croire que je suis malheureuse comme les pierres, marmonnai-je.

— Tu ne l'es pas ? me demanda Andrew avec la trace d'un sourire dans la voix.

— Non. Vraiment pas... Je suis... anxieuse et stressée, et pressée d'en finir. Pas malheureuse... Je ne sais pas comment je vais pouvoir lui faire croire ça...

— Elle doit être obnubilée par son mariage. Evite de parler de toi, ça devrait suffire.

— J'oubliais à quel point tu étais fin stratège, pouffai-je en me redressant pour lui faire face.

Je posai mes lèvres sur les siennes, profitant d'une dernière étreinte. Je sentis la voiture ralentir, puis s'arrêter. Andrew agrippa ma nuque, me retenant contre lui. J'oubliai la présence de Grant et de Gregory, et laissai faire la langue experte d'Andrew contre la mienne. Ce n'est qu'à court d'oxygène qu'il se détacha de moi, rivant son regard étincelant au mien.

— Sois prudente. Je rentre cette nuit, dit-il doucement avant de se pencher contre mon oreille. Et je te veux dans cette délicieuse et indécente petite chose noire, chuchota-t-il.

Il parvint à m'arracher un sourire, même si mon cœur frappait frénétiquement et lourdement dans ma poitrine. Je me sentais mal, angoissée, faible, et pourtant j'avais envie d'en finir avec cette histoire.

— Je t'aime, murmurai-je à Andrew.

— Je t'aime aussi, répondit-il en plaquant un baiser sur mon front. Tu devrais y aller, tu vas être en retard.

Je m'écartai de lui à regret, pris mon sac et sortis de la voiture pour me précipiter dans le hall de Lynne. La voiture de Gregory bifurqua dans la première rue et, quelques instants plus tard, je vis son imposante silhouette s'installer dans un bar face à l'entrée de l'immeuble. Après un dernier signe de la main, je m'engouffrai dans l'ascenseur.

Lynne était resplendissante quand j'arrivai chez elle. Le teint frais, le sourire aux lèvres, elle m'accueillit en me proposant de boire un café. Oubliant ma nuit avec Andrew et concentrée sur le fait que je devais paraître abattue, j'esquissai à peine un rictus tout en acceptant son offre. Elle revint de sa cuisine avec, dans un plateau, nos deux cafés et quelques biscuits.

Je m'installai sur le canapé et elle s'assit près de moi.

— Avant tout, il faut que je te donne ça ! se réjouit-elle en brandissant un dossier cartonné devant moi.

Je lui lançai un regard soupçonneux. Lynne était une femme enthousiaste, pétillante, mais ces derniers temps, nos disputes avaient pris le pas sur notre amitié, la fragilisant toujours un peu plus. Aussi, qu'elle se montre si extravertie en ma présence m'étonna.

— Qu'est-ce que c'est ?

— Des propositions d'embauche.

Je fronçai les sourcils et ouvris fébrilement la chemise cartonnée. La situation aurait pu être presque drôle. Je ravalai le rire jaune qui menaçait de sortir de ma gorge et plaquai un sourire crispé sur mes lèvres.

— Merci, Lynne, dis-je avec une reconnaissance feinte.

— Je sais que... Disons que dernièrement nos discussions ont été plutôt heurtées. Je n'ai pas été d'un grand soutien après... Andrew, souffla-t-elle en se tordant les mains. Je pense que je te dois des excuses, lança-t-elle soudainement.

Je relevai les yeux vers elle. Elle semblait sincère. Elle me fixait intensément, attendant sûrement que j'acquiesce. Je lui souris de nouveau, devant les cinq propositions d'emploi qu'elle venait de me transmettre.

— Et c'est pour ça que tu veux m'envoyer en Indonésie ? plaisantai-je.

— J'ai pensé que tu n'aurais rien contre, répondit-elle en haussant les épaules. En plus, le salaire est fabuleux, signala-t-elle en pointant la somme.

— En effet !

— Mais il y a aussi une offre à Sydney. Notamment pour la partie événementielle. Ça n'a rien de différent de ce que tu fais habituellement. Je suis certaine que tu en es capable.

Je refermai le dossier et le posai sur la table devant moi. Je me tournai finalement vers Lynne et la pris dans mes bras. Je l'étreignis fortement, la remerciant d'être là pour moi. Malgré toutes nos disputes, j'appréciais qu'elle se soucie de mon avenir.

— Je suis désolée. J'aurais dû être plus... ouverte au sujet de ta relation avec Blake. Au moins pour t'amener une bouteille de vin et le maudire jusqu'à la fin des temps !

— Je n'ai pas fait ça, Lynne ! déclarai-je devant son air décidé.

— Pourtant il le mérite !

Je bus une gorgée de mon café, stupéfiée par mon amie. Lynne avait toujours été tellement sûre d'elle dans sa façon de remettre en cause ma relation avec Andrew. Ce retournement de situation était incroyable.

— Comment te sens-tu ? me demanda-t-elle.

— J'ai survécu à l'apocalypse, mentis-je avec aplomb.

— Blake ne mérite sûrement pas que tu te lamentes pour lui, plaisanta-t-elle en reprenant une gorgée de son café.

— Je présume que la chute est plus dure quand on est monté très haut, murmurai-je en repensant à la dévastation que j'avais ressentie après le départ d'Andrew.

Il y eut un petit silence et, curieusement, j'attendais que Lynne fasse ce qu'elle avait toujours fait avec moi : me remettre en place. Je lui lançai un regard et vis qu'elle me comprenait.

— Tu t'en remettras, j'en suis certaine. Il est le seul à avoir perdu quelque chose de valable dans votre histoire.

— N'en rajoute pas, Lynne. J'ai déjà accepté tes excuses.

— Je n'en rajoute pas ! Andrew Blake est un idiot s'il n'a pas vu à quel point tu étais parfaite pour lui.

— « Parfaite » ? Tu le penses vraiment ? m'étonnai-je.

— L'aurais-tu défendu si vivement si ce n'était pas le cas ? Votre histoire semblait sérieuse, j'ai bien cru qu'il allait t'embarquer avec lui à San Francisco sans que tu me demandes mon avis !

— Lynne, je n'ai pas besoin de ton autorisation pour faire ça ! m'écriai-je.

— Tu serais partie sans me demander mon avis ? s'étonna-t-elle en riant.

Je ris à mon tour, avant de poser ma tasse.

— Toi ou Andrew Blake ? plaisantai-je en mimant une balance avec mes bras. Sincèrement ?

— Je veux bien admettre que nous n'avons pas les mêmes... comment dire... moyens de te faire céder ! Mais tout de même !

Elle rit de nouveau et l'ambiance s'allégea progressivement. Nous finîmes nos cafés rapidement et Lynne, regardant sa montre, m'informa que nous étions attendues dans une heure à la boutique pour les robes.

— Au fait... J'ai quelque chose pour toi, lança-t-elle subitement en me tendant une enveloppe.

Je me figeai en prenant conscience de ce que c'était. Une nouvelle lettre d'Andrew. Je la récupérai avant de la tourner entre mes mains, me remémorant la dernière que je lui avais envoyée. Je lui avais demandé du temps, du recul... Et maintenant, je comprenais à quel point cela avait dû lui faire du mal.

— Comment l'as-tu eue ? demandai-je, incertaine.

— Greg l'a posée sur mon bureau hier, il savait qu'on devait se voir aujourd'hui. Tu ne l'ouvres pas ? s'étonna-t-elle en me voyant l'ajouter au dossier cartonné.

— Pas tout de suite.

Je fixai l'enveloppe, partagée entre l'envie de lire la lettre et la conviction profonde que je m'effondrerais dans l'instant en le faisant. Mon visage dut me trahir, car Lynne sembla inquiète.

— Tu sais que tu peux tout me dire, m'encouragea-t-elle.

— C'est... compliqué, Lynne. Et je suis à peu près certaine que tu ne cautionnerais pas, de toute façon.

— Depuis quand mon avis compte-t-il autant ? s'amusa-t-elle.

— Il compte quand tu as raison.

Elle écarquilla les yeux, stupéfiée par ma révélation. Il y eut un bref silence, puis Lynne soupira.

— Tu devrais l'ouvrir. Tu meurs d'envie de le faire !

— Je crains de le faire, corrigeai-je, amère.

— Ce n'est qu'une lettre... Ce n'est pas comme si ton monde allait basculer dans la seconde, plaisanta-t-elle.

Je me tournai vers elle et, immédiatement, son rire cessa. J'aurais aimé qu'elle ait raison maintenant, mais quelque part, je devais l'admettre, j'aurais dû suivre le conseil de Lynne dès le départ. Me laisser embarquer par cette annonce et écrire à l'inconnu avait été une mauvaise idée. Poursuivre ma correspondance avec lui — avec Andrew — avait été pire encore.

Au début, tout était sous contrôle, je devais me contenter d'être la simple concierge... Maintenant, je ne savais plus où j'en étais. Annoncer à Andrew que j'étais Marie allait être compliqué. Je redoutais qu'il m'en veuille de lui avoir caché la vérité.

— J'ai parlé à Nathan, lança soudainement Lynne. Tu avais raison, je lui ai laissé trop de place dans ma vie.

— Tu sais ce que j'en pense, murmurai-je.

— Je sais. Mais j'ai analysé la situation. J'aime Philip, j'aime la relation que j'ai avec lui. Je suis certaine que tout se passera bien. J'ai dit à Nathan hier soir qu'il ne devait pas espérer mieux de ma part qu'une simple amitié.

Hier soir... Nathan s'était sûrement décidé juste après. Il avait attendu que Lynne lui montre de l'intérêt, et maintenant qu'elle s'éloignait, il avait enfin pris les choses en main. Je réprimai un sourire en songeant à son plan. Je savais déjà à quel point cela ferait parler au sein du Peninsula.

— C'est bien que tu aies parlé à Nathan, approuvai-je. Au moins, maintenant, il sait à quoi s'en tenir.

— Tu... tu es d'accord ? Je m'attendais à... je ne sais pas, un discours sur les vertus de l'amour fou ou des choix du destin, plaisanta-t-elle.

— Je n'adhère pas à ton mariage, c'est un fait, mais c'est ton choix. Je ne voulais pas que Nathan soit une sorte de dommage collatéral.

Je finis mon café, sentant le regard insistant de Lynne sur moi. Quand je me tournai vers elle, je m'aperçus qu'elle avait pâli. Elle cacha ses mains tremblantes en les joignant l'une contre l'autre avant de baisser les yeux. Elle luttait de nouveau.

— Comment a-t-il réagi ? l'interrogeai-je.

— Bien... si on peut dire. Il m'a dit qu'il s'agissait de mes choix, et qu'il ne pouvait pas m'empêcher de les faire. Mais ce matin, en y repensant, je ne sais pas...

— Tu peux toujours repousser le mariage, Lynne.

— Non... Non, je ne veux pas. J'aime Philip.

— Et tu aimes Nathan, finis-je pour elle.

— Je ne peux pas faire ça, Kat. Je ne connais même pas Nathan, je suis certaine qu'il...

— Il n'est pas utile de connaître quelqu'un pour... ça, Lynne.

Je reconnus qu'effectivement je n'avais pas eu besoin de connaître l'identité de l'inconnu pour l'aimer. Je n'avais aucun souvenir de quand tout cela était arrivé, du moment auquel j'avais senti qu'au travers de nos lettres autre chose se passait. Mais c'était là, imperceptible, léger, flottant... Indéniable.

— On devrait y aller, proposa-t-elle en se levant.

Le silence se fit et Lynne reprit pied progressivement. Le doute qui habitait ses yeux disparut et son corps cessa de trembler. Elle me lança un regard triste, si éloigné d'elle, que j'envisageai presque d'annuler moi-même ce mariage. Je reportai mon attention sur le dossier cartonné devant moi. La lettre d'Andrew m'attendait.

Discrètement, Lynne se tapota les yeux. Une fois de plus, elle venait de repousser Nathan et ce qu'elle ressentait pour lui. Je m'emparai de mon dossier et le mis dans mon sac.

Malgré les essayages des robes, la sensation de malaise persistait. Je décidai d'inviter Lynne à déjeuner.

— As-tu choisi ce que tu vas faire ? me demanda-t-elle après que la serveuse eut pris nos commandes.

— Que veux-tu dire ?

— Eh bien, tu vas rester à New York ou partir pour l'Indonésie ?

— Je ne sais pas, éludai-je. Je ne sais pas ce que je veux faire, mentis-je.

— Est-ce que tu es toujours amoureuse de lui ?

— Ça ne s'estompe pas en une nuit.

— J'imagine, murmura-t-elle. Mais tu y croyais tellement... Tu t'es lancée là-dedans sans le connaître.

— Je le connais mieux qu'il ne le croit, lâchai-je. Mieux que n'importe qui.

Lynne me fixa étrangement et je compris que j'en avais trop dit. Mais je savais aussi qu'elle s'inquiétait pour ses propres sentiments pour Nathan. Lui allait déployer les grands moyens dès demain. Je préférais ne pas y penser. Les conséquences de ce qu'il s'apprêtait à faire étaient bien trop... grandioses pour y songer. Je ravalai le sourire qui s'affichait sur mes lèvres et tentai ma chance :

— Tu te souviens des annonces du *New Yorker* ?

— Ces trucs que tu lis tous les jeudis ?

— Oui. En fait... j'ai répondu à une annonce.

— Tu as fait quoi ? s'exclama-t-elle vivement.

— J'ai répondu. Ne me demande pas pourquoi, j'avais juste envie de le faire.

— Tu t'es reconnue ?

— Non... Pas vraiment. Je... Il cherchait de l'aide et j'avais juste envie de me dire que je pouvais lui donner un peu d'espoir.

Je levai les yeux au ciel. Si Andrew m'avait entendue à cet instant, je doute qu'il aurait pris cette information aussi sereinement. Lynne m'écoutait attentivement, délaissant le verre de vin qu'elle était en train de tourner nerveusement.

— Nous avons correspondu... longtemps. On ne se connaissait pas et pourtant... Je sais qu'il s'est passé quelque chose, Lynne.

— Est-ce pour ça qu'Andrew et toi avez rompu ? Parce que tu avais... une autre relation ? me demanda-t-elle.

— Andrew a rompu, corrigeai-je. Il n'est pas au courant de tout ça, murmurai-je en rougissant.

— Et tu continues à lui écrire ? C'est lui la lettre ? C'est ce type ?

— Oui, oui et oui !

— Et tu es amoureuse de lui ? Je veux dire, tu es amoureuse d'un type que tu ne connais pas ? s'écria-t-elle.

— Je ne sais pas si c'est... aussi fort que ça. Mais je sais qu'il se passe quelque chose, une sorte de... connexion ? Je peux me confier à lui, je peux lui dire ce que je ne dirais pas à... Andrew.

— Alors c'est comme... un meilleur ami par procuration ?

— C'est plus que ça, Lynne. C'est fort et inattendu.

— Dans ce cas, pourquoi ne pas avoir ouvert sa lettre ?

— Parce que je lui ai demandé du recul, et que je prends maintenant conscience que je regrette de l'avoir fait.

La serveuse nous apporta nos plats, mais je n'avais aucunement faim. Mes pensées me menèrent à Andrew, sûrement dans son avion maintenant. Lynne me regardait comme si j'étais une sorte de monstre.

— Vous êtes-vous reconnus ?

— Oui, avouai-je en sentant que la bombe allait exploser.

— Et est-ce que c'était... pareil ?

— C'était incroyable, Lynne. Incroyable. C'était différent et à la fois tellement familier. Il m'a dit tant de choses dans ses lettres, il s'est ouvert...

Je me tus en repensant aux mots d'Andrew, à la façon dont il parlait de moi, de nous. Cette simple pensée m'ébranla plus que de raison. Soudain, je me demandai si tout cela en valait la peine, si Andrew n'avait pas raison en tentant de m'empêcher de dîner de nouveau avec Daniel.

— Tu parles de lui comme si tu l'aimais vraiment alors que tu viens de me dire que tu aimais...

Ses yeux s'écarquillèrent et je sus à cet instant qu'elle avait compris. Aussi brutalement qu'elle avait fait le lien, elle s'esclaffa. Son rire clair et cristallin résonna dans le restaurant et les regards se tournèrent vers nous.

— Tu as écrit à Andrew ? demanda-t-elle, hilare.

— Je ne pensais pas que cela te ferait rire, grinçai-je.

— Ce qui me fait rire, c'est d'imaginer sa tête quand tu le lui as dit !

— Je ne lui ai rien dit !

Son rire s'éteignit aussitôt et elle repoussa son assiette pour caler ses coudes sur la table. Le visage entre les mains, elle me regarda tout en secouant légèrement la tête d'incrédulité.

— Comment est-ce possible ? m'interrogea-t-elle.

— Je ne sais pas. En tout cas, il ne sait pas que je suis celle qui lui écrit.

— Je n'arrive pas à y croire, souffla-t-elle. Ce type est tout-puissant, et tu as réussi à le duper ?

— Ce n'était pas le but... Je ne savais pas que c'était lui au départ, ma découverte est récente.

Je picorai un peu de mon assiette pendant que Lynne assimilait lentement l'information. L'incrédulité, la stupéfaction et peut-être l'envie se disputaient son visage. A son tour, elle s'intéressa à son plat.

— Je sais pourquoi tu me dis ça, dit-elle doucement.

— Je n'ai jamais été une fille très subtile, abdiquai-je.

— De toute évidence, si... Tu écris à Andrew Blake !

— C'est l'exception qui confirme la règle.

J'étouffai le rire dans ma gorge. L'exception... Le destin peut être si joueur parfois !

— Je ne vais pas rappeler Nathan, annonça-t-elle calmement.

— Vraiment ? m'étonnai-je.

— Kat, je ne veux pas être... désagréable, mais ta relation avec Andrew est avortée, tu remontes doucement la pente, tu as démissionné à cause de lui. Je sais ce que tu penses, je t'assure que je le sais. Mais tu es bien plus forte que moi, bien plus courageuse. Je t'admire d'avoir vécu ça avec Andrew, mais je suis trop trouillarde pour en faire autant. Ma relation avec Philip me satisfait pleinement.

— Te « satisfait » ? répétai-je. Tu préfères du « confortable ».

— Je préfère le « confortable », parce que je ne sais pas gérer le...

— Périlleux ? tentai-je.

Elle acquiesça simplement pendant que je souriais.

— A ton mariage, lançai-je. Je te souhaite d'être heureuse, Lynne.

— Je te le souhaite aussi... Même si j'ai franchement envie d'arracher les yeux à Blake.

— Lynne ! la morigénai-je, incapable de me retenir davantage.

— Kat, tu as la preuve que ce type est un crétin : non seulement il t'a quittée pour filer avec sa collègue faussement blonde, mais en plus il ne voit même pas que tu es toujours dans sa vie...

J'éclatai de rire. Lynne avait la capacité de relativiser toutes les situations.

— D'une part, Meghan est une vraie blonde, corrigeai-je, et d'autre part, arrête-moi si je me trompe, mais il semble que tu m'avais encouragée à sortir avec d'autres hommes. Je vais lui dire, assurai-je. Je vais lui dire qu'on s'écrit !

— Surtout pas ! s'exclama-t-elle. Sincèrement, je pense même que tu devrais cesser de lui écrire. Tu n'as rien à y gagner !

— Mais... j'aime ça, soufflai-je.

— Peut-être, mais tu n'arriveras jamais à t'enlever Andrew du crâne si tu persistes à garder ce... lien. Il faut que tu sortes la tête de l'eau, au lieu de t'enfoncer un peu plus. Par ailleurs, je doute qu'il prenne bien la chose, ajouta-t-elle sérieusement.

— Tu penses ?

— Andrew Blake est... un homme de pouvoir. Non seulement il risque de ne pas accepter d'avoir raté l'immanquable, mais en plus il va t'en vouloir.

Je repris un peu de mon poisson, songeant que Lynne avait raison sur ce dernier point. J'étais à la fois enthousiaste à l'idée de révéler mon secret à Andrew et inquiète de sa réaction.

— Tu as peut-être raison, cédai-je.

— C'est un homme, Kat, et un homme puissant qui plus est... Je ne veux pas qu'il te lamine encore plus, il ne va pas vouloir perdre la face devant toi, et je ne suis pas sûre que tu sois prête à entendre des choses horribles.

Elle reprit de son assiette, me recommandant de continuer à manger moi aussi. Pour la première fois depuis longtemps, j'étais d'accord avec l'analyse de Lynne. Soudain, je repensai aux recommandations d'Andrew : Ne pas parler de moi, laisser Lynne s'engourdir dans son mariage, paraître triste...

Andrew aurait été fier de voir à quel point je n'avais pas suivi ses conseils !

La fin de notre repas fut plus festive et tournée vers la lune de miel idyllique qui attendait Lynne, quelque part, sur une île au milieu du Pacifique.

Je raccompagnai mon amie chez elle en début d'après-midi et, à peine sortie de sa résidence, retrouvai Gregory. Je m'installai sur le siège passager et aussitôt il me tendit son téléphone.

— Message d'Andrew pour toi.

— Oh...

Je collai l'appareil à mon oreille, la voix mécanique du répondeur bientôt remplacée par celle profonde d'Andrew : il m'appelait uniquement pour me dire qu'il venait d'atterrir et que je lui manquais. J'effaçai le message quasiment aussitôt et rendis l'appareil à Gregory.

— Je te ramène au Peninsula.

— D'accord. Mon père doit arriver vers 17 heures à l'aéroport pour le mariage. Je pense que Lynne a dû lui réserver une chambre à l'hôtel.

— Je vérifierai. En attendant, je veux que tu restes dans la suite.

— Il faut que j'appelle Daniel pour le prévenir qu'on se rejoint directement au restaurant.

Je pris mon téléphone et composai le numéro de Daniel, les mains moites de nervosité. Gregory me jeta un coup d'œil et je me décidai à fixer la route devant moi pour ne pas flancher. Pourtant, quand le déclic du téléphone résonna à mon oreille, mon cœur s'emballa. J'avais réussi à jouer le jeu au début de la semaine, mais il me semblait que tout avait changé maintenant. Je n'étais plus seule et l'idée de mettre en danger les personnes à qui je tenais me retournait l'estomac.

— Daniel ? Bonsoir, c'est Kat.

— Bonjour, Kat, c'est Jodie. Daniel a oublié son téléphone à l'appartement.

— Salut, Jodie... Je pensais que tu étais rentrée chez toi ! m'étonnai-je.

— C'est le cas, mais je devais rencontrer un fournisseur, donc j'en ai profité pour venir voir Daniel.

Je croisai de nouveau le regard de Gregory qui, sourcils froncés et mains crispées sur le volant, semblait s'énerver lui aussi. Les choses étaient pourtant déjà bien compliquées, il fallait qu'en plus Daniel en rajoute.

— Il s'agit du dîner de ce soir, expliquai-je à Jodie.

— Ah oui, le dîner. Il m'en a parlé. Il est d'ailleurs ravi de t'y accompagner. Pour l'occasion, il a même fait nettoyer son costume ! plaisanta-t-elle.

Je ris à mon tour, mais mon rire ressemblait plus à un ricanement mâtiné d'énervement qu'à une vraie expression de joie.

— Bien. Quand il repassera ce soir, pourras-tu lui dire qu'on se rejoint directement sur place ? Mon père est invité au mariage, donc il m'escortera jusqu'au restaurant.

— D'accord ! Je vais lui transmettre.

— Merci, Jodie, j'apprécie ton aide.

— Je t'en prie. A plus tard !

Je raccrochai, le cœur battant et épuisée par cette conversation. Mentir au téléphone s'avérait plus difficile que je ne le croyais. J'avais bataillé pour maintenir une voix égale et sans émotion.

— C'est réglé, annonçai-je à Gregory pendant qu'il se garait dans le sous-sol de l'hôtel.

— Bien. Je vais envoyer une voiture pour aller récupérer ton père. Moi, je vais monter la garde devant ta porte.

— Il va falloir que j'explique à mon père ce que je fiche ici, marmonnai-je, pas heureuse de devoir de nouveau mentir.

— Inutile. Je vais l'installer dans sa chambre, et je propose que tu le rejoignes quand Grant t'aura équipée. Il pensera que tu viens de chez toi.

— D'accord, murmurai-je.

Mon premier réflexe en entrant dans la suite fut de me déchausser. Tous ces mensonges, toute cette mise en scène m'épuisaient. Par-dessus tout, j'avais la sensation désagréable que la panique me gagnait peu à peu. Je traversai le salon afin de rejoindre la chambre. Un puissant parfum de fleurs me parvint et, très vite, mes yeux tombèrent sur un de ces merveilleux bouquets de roses blanches dont Andrew était coutumier. Je tirai sur la petite enveloppe, sentant un large sourire s'étirer sur mes lèvres.

« Il n'y a pas si longtemps, tu m'as demandé si je te considérais comme une femme fragile... Tu es la femme la plus forte et la plus courageuse que je connaisse. Et par miracle, je suis ton exception. Andrew. »

Je reconnus son écriture fine et secouai la tête. En quelques mots, il avait réussi à me redonner confiance. Pour une fois, j'avais envie de lui donner raison. Je pouvais faire ça, je pouvais survivre à cette soirée.

Quelques instants plus tard, et après avoir tenté en vain de me concentrer sur la lecture des actualités du jour, je finis par m'endormir. Mon corps était bien plus malmené que je ne le pensais par ces luttes continuelles.

*
* *

C'est un bruit sec contre la porte qui me tira de mon sommeil. Titubante, je m'y dirigeai, et Grant s'annonça avec à la main une valise noire. Mon équipement sans nul doute.

— Est-ce que vous allez bien ? s'enquit-il en me fixant.

— Bien. J'ai dormi.

— Parfait. Avez-vous déjà une tenue pour ce soir ?

J'acquiesçai avant de lui montrer la robe que je comptais porter. Il l'observa brièvement, s'assurant qu'elle était compatible avec son matériel.

— J'ai le temps de prendre une douche ? demandai-je.

— Rapidement.

Aussitôt, je courus à la salle de bains et me défis de mes vêtements. La douche brûlante acheva mon réveil et regonfla ma motivation. En sortant de la cabine, j'enfilai des sous-vêtements et me glissai dans un peignoir. Grant avait déballé l'équipement électronique sur la table du salon.

Ce soir serait le dernier soir où sévirait Daniel Cooper.

— Je vais vous installer le micro, annonça Grant en s'approchant de moi.

Il nicha le minuscule micro entre mes seins, le calant sur le tissu de mon soutien-gorge. Il ajouta du ruban adhésif pour le maintenir avant de faire courir le fil sur ma hanche.

— Voilà l'enregistreur, il se déclenche dès que vous parlez.

Il me montra un tout petit appareil rouge et noir, pas plus grand qu'une clé USB, auquel il relia le fil du micro. Je sentis mon cœur frapper violemment dans ma poitrine et sursautai en sentant les doigts glacés de Grant effleurer ma peau. Il s'excusa rapidement.

— Le restaurant va être bruyant, remarquai-je.

— Aucun souci. De toute façon, il peut enregistrer toute la soirée, il a suffisamment d'autonomie.

Il fixa le petit appareil à la ceinture de ma culotte, le scotchant méticuleusement. De nouveau, ses doigts froids remontèrent sur mon corps, longeant le fil du micro. Il plaça un morceau de ruban adhésif à la hauteur de mon nombril avant de vérifier une dernière fois la fixation du micro.

— Parlez ! m'ordonna-t-il en vérifiant l'enclenchement de l'enregistreur.

— Euh... Bonjour ? chevrotai-je.

— Parfait. Ça ira. Rappelez-moi le signe dont vous avez convenu avec Gregory ?

Je touchai rapidement mon pendentif, avant de le faire glisser le long de la chaîne. De nouveau, Grant acquiesça, puis se tourna vers la table du salon.

— Je présume que je peux oublier le gilet pare-balles, commenta-t-il en le rangeant dans la valise.

J'ignorai sa remarque et remis mon peignoir sur mes épaules. Si la sieste m'avait fait du bien, cette préparation technique en avait ruiné les effets. La panique et l'angoisse que j'avais repoussées revenaient à la charge, plus virulentes que jamais. Je frémis sous son regard insistant, avant de reprendre le contrôle de mes émotions.

— Est-ce que votre enquête a avancé ? demandai-je.

— Voulez-vous une copie du rapport que j'ai transmis à M. Blake il y a environ vingt minutes ?

Il esquissa un sourire, et cela suffit à me calmer. Je secouai la tête et nouai fermement mon peignoir autour de ma taille.

— Nous cherchons encore à trouver une explication aux pneus. M. Blake nous a assuré que la voiture était en parfait état à son départ.

— Le père de Daniel tient un garage.

— Nous le savons. Mais apparemment ce type n'a jamais foutu les pieds dans le garage de son père. Nous étudions donc la piste d'un complice. Par ailleurs, nous avons retrouvé une autorisation de port d'arme dans son dossier. Un fusil de chasse, plutôt courant.

— D'accord.

— Mademoiselle Dillon, je ne vous cache pas que je suis plutôt dubitatif sur votre théorie.

— Pourtant tout colle, assurai-je.

— Tout sauf les pneus. Mais je suis certain que cette soirée va nous éclairer.

Il y eut un court silence. Grant attendait visiblement que je pose encore des questions, mais j'en savais suffisamment.

— Je vais aller m'habiller, dis-je.

— Bien. Rappelez-vous que Gregory sera là pour vous aider, et j'ai deux équipes à l'extérieur. Vous n'avez rien à craindre.

— J'espère, murmurai-je.

Il quitta la suite rapidement, me laissant avec un doute affreux et une nouvelle vague de panique à gérer. Je fermai la porte à clé, envisageant même d'appeler Andrew, rien que pour entendre le son rassurant de sa voix. Mais très vite, je chassai l'idée. Andrew était à Washington, et je ne voulais pas l'inquiéter à distance. Le connaissant, il envisagerait le pire et serait inutilement anxieux.

Toujours tremblante, j'enfilai ma robe de soirée, m'assurant que mon attirail resterait invisible à l'œil nu. Je devrais de toute façon limiter les gestes attentionnés de Daniel pour éviter qu'il ne découvre le subterfuge. Après m'être coiffée et maquillée, je préparai mon sac. Je laissai le dossier de Lynne dans la suite, mais gardai la lettre d'Andrew. Je ne tenais pas franchement à ce qu'il tombe dessus et découvre la vérité ainsi. Je vérifiai une dernière fois ma tenue. Le micro avait légèrement bougé, et je le réajustai rapidement.

— Tu es superbe, me complimenta Gregory en m'escortant jusqu'à la porte de la chambre de mon père.

— Merci. Vas-tu mettre un smoking, toi aussi ?

— Oui, James Bond m'a prêté le sien, plaisanta-t-il. Tu ferais une James Bond girl acceptable, tu sais ?

— Tu sais que cette conversation est enregistrée, n'est-ce pas ?

— Je le sais, répondit-il fièrement.

Je toquai à la porte, sous l'œil vigilant de Gregory. Ce dernier resta à l'écart, voulant éviter de fournir une explication fumeuse à mon flic de père, quant à sa présence perpétuelle à mes côtés. Il ouvrit la porte, et je me jetai dans ses bras pour une étreinte réconfortante.

— Eh bien, tu sembles heureuse de me voir ! remarqua mon père en riant.

— Je suis toujours heureuse de te voir ! m'écriai-je en m'écartant de lui. Joli costume, commentai-je en le désignant.

— Je bataille avec ce truc ! râla mon père en montrant sa cravate dénouée.

Le voir et discuter avec lui me firent un bien fou. Je l'aidai à nouer sa cravate, pendant qu'il déblatérait contre Lynne et sa lubie du mariage.

— Ne t'avise pas de te marier avant un long, très long moment ! me menaça-t-il gentiment.

— Ce n'est pas prévu, papa. Ma vie amoureuse est un peu compliquée.

— Le père que je suis va tenter d'ignorer que tu as une vie amoureuse...

— Mais...

— Mais le flic que je suis veut savoir sur qui je dois enquêter !

— Je te l'ai dit, c'est compliqué.

— Qui t'accompagne ? s'enquit-il en glissant deux doigts dans son col de chemise pour le détendre légèrement.

— Daniel Cooper.

— Donc, ton histoire avec Blake... ?

— Papa ! S'il te plaît... Je t'expliquerai quand j'aurai le temps. Pour l'instant, ta priorité doit être d'amener Lynne à l'autel demain matin !

— D'accord, d'accord, abdiqua-t-il. Mais demain, j'attends une sérieuse explication, jeune fille !

— Ne m'appelle pas jeune fille, protestai-je.

— Laisse croire ton vieux père que tu es encore une jeune fille !

Je rougis face à lui et détournai mon visage pour

masquer ma gêne. Si mon père savait ce que j'avais fait, quelques étages plus haut avec Andrew, il ne reconnaîtrait pas sa fille.

— Cet hôtel est très chic... Même le minibar était rempli ! se réjouit-il.

— Tu es impossible ! m'agaçai-je en riant.

— Allons ! On devrait aller à ce fichu dîner ! J'ai pris l'avion pour ça !

— Très courageux, me moquai-je. Comment s'est passé ton vol ? l'interrogeai-je en me dirigeant vers la porte.

— Pas trop mal... Presque pas de turbulences et une nourriture infecte ! J'ose espérer que le dîner de ce soir rattrapera ce désastre.

J'approuvai d'un mouvement de tête et mon père m'offrit son bras pour m'escorter. Nous sortîmes de la suite, et la panique me ressaisit en voyant que Gregory avait déserté son poste. J'appelai l'ascenseur, et il apparut derrière nous, essoufflé. Effectivement, il avait tout juste eu le temps d'enfiler un smoking. Comme je l'avais fait avec mon père, je l'aidai à faire le nœud autour de son cou.

Je proposai à Gregory de partager notre voiture, excusant ainsi sa présence entre mon père et moi. Ce dernier sembla surpris, mais je lui offris un sourire qui suffit à estomper sa stupéfaction. En quittant l'hôtel, j'envoyai un message à Andrew, lui assurant que tout allait bien et que je l'aimais.

Les rues défilaient devant moi et je pensais à la mission que je devais mener. Confondre Daniel... Tout ça avec mon père et Lynne à gérer. Plus j'y réfléchissais, et plus ce plan me semblait tordu et bancal. J'avais de plus en plus de doutes quant à ma capacité à garder mon calme si jamais Daniel se décidait à me parler.

— Est-ce que tout va bien, Kat ? me demanda mon père alors que j'étais restée plongée dans le silence.

— Tout va bien, assurai-je. Je réfléchissais.

— Au mariage ? s'enquit Gregory avec un sourire heureux.

— Non.

Gregory fronça les sourcils, et pour toute réponse, je me contentai de faire glisser mon pendentif le long de la chaîne du collier. Le sourire de Gregory s'estompa et il soupira lourdement. Il avait compris. Je savais qu'après cette soirée je devrais des explications à de nombreuses personnes. Lynne, mon père... Andrew. Je n'avais pas l'esprit clair et cela m'inquiétait pour la suite. J'avais besoin de sang-froid et de calme, et plus le temps passait, plus je redoutais ce qui allait se passer.

Chapitre 32

La voiture se gara près du restaurant et le chauffeur vint m'ouvrir la portière. Mon père sortit du véhicule à son tour et agrippa mon bras pour me conduire à l'intérieur. Gregory nous suivit à distance, et mon père sembla remarquer l'incongruité de la situation. Il se retourna plusieurs fois, son front se plissant de réflexion.

— Papa, s'il te plaît, murmurai-je pour qu'il se concentre sur notre arrivée.

A l'accueil, je donnai nos deux noms à l'hôtesse pour qu'elle nous autorise à entrer. Je lui indiquai le nom de Daniel, vérifiant ainsi que Lynne l'avait bien mis sur la liste.

— M. Cooper est déjà arrivé, mademoiselle, annonça doucement la jeune femme.

— Oh... Parfait ! m'enthousiasmai-je faussement.

— Allons voir de quel bois est fait cet homme, gloussa mon père.

— Papa, sois gentil, s'il te plaît, le priai-je en montant l'escalier qui menait à la salle de réception.

Intérieurement, je priais pour qu'il se tienne bien. Daniel avait ce tempérament électrique et fonceur, il n'était pas utile d'allumer trop tôt la mèche. A la moindre étincelle, je savais que sa hargne et sa haine envers Andrew resurgiraient. A peine étions-nous entrés dans la salle que Lynne sauta au cou de mon père et l'entraîna à sa suite, en direction du bar. Ce dernier s'excusa rapidement auprès de moi et j'entendis son rire résonner pendant que Lynne babillait.

— Je reste juste là, Kat, souffla Gregory en désignant un emplacement près de la sortie.

— D'accord, opinai-je en ravalant un nouvel accès de nervosité.

Il se recula et je balayai des yeux la salle. La foule n'était pas encore dense, et de petits groupes étaient formés ici et là. La plupart des invités avaient déjà un verre à la main, pendant qu'un peu de musique se jouait en sourdine. Je cherchai Daniel du regard, mais il me semblait que ma vue était floue et brouillée.

Encore ma nervosité, me fustigeai-je, avant de m'ordonner de me reprendre.

— Bonsoir, Kat, murmura la voix de Daniel derrière moi.

Sa main se posa sur ma hanche et je sentis son souffle chaud balayer mon cou. Mon cœur tressauta anormalement et ma voix resta coincée dans ma gorge. Je me tournai vers lui, hagarde et paniquée.

— Est-ce que tout va bien ? s'enquit-il avec un sourire.

— Je... hum... oui. Et toi, comment vas-tu ?

— Je suis... heureux, commenta-t-il. Tu es superbe, me complimenta-t-il.

— Merci, murmurai-je.

— Veux-tu boire quelque chose ?

Il ne me laissa pas le temps de répondre et enroula son bras autour de ma taille pour m'amener en direction du bar. Je penchai légèrement la tête, croisant le regard imperturbable de Gregory pendant qu'il grignotait un petit-four. D'un simple signe, il m'encouragea à poursuivre.

Daniel me tendit une coupe de champagne et en prit une autre pour lui.

— A un nouveau départ, proposa-t-il en levant son verre.

— A un nouveau départ, bégayai-je en sentant mon ventre se tordre douloureusement. Comment va Jodie ? demandai-je subitement.

— Jodie ? Eh bien, elle va bien, répondit-il un peu surpris.

Je me réfugiai dans mon verre, cherchant une posture à tenir. Je déglutis nerveusement, et manquai de m'étouffer avec le champagne. De nouveau, Daniel n'attendit pas un mouvement de ma part, et il m'entraîna à l'écart du bar, dans une zone à peine éclairée.

— Je dois admettre que je craignais que tu annules.

— Vraiment ? m'étonnai-je. Pourquoi aurais-je fait ça ?

— Andrew Blake était pourtant sur la liste des invités.

— Tu as vu la liste ? m'exclamai-je, sous le choc.

— Aperçue seulement.

Son sourire s'effaça progressivement. Effectivement, Andrew avait été sur la liste, il aurait dû être ici. J'aurais dû le présenter à mon père, j'aurais dû me sentir fière d'être avec lui. Au lieu de ça, je faisais face à Daniel, nauséeuse et percluse de douleurs dans tout le corps.

— C'était avant qu'il ne parte... Ça n'a plus d'importance maintenant. C'est du passé, Daniel.

— Parfois le passé est important.

— As-tu des révélations à me faire ? m'enquis-je avec provocation.

Ses lèvres se soulevèrent dans un demi-sourire. Il jubilait. Parce que je l'avais laissé entrer ici, et laissé revenir dans ma vie, il avait gagné contre Andrew. Cela me dégoûtait encore plus de lui. Aussi, quand il tenta de prendre ma main, je me décalai vivement et fuis son contact dérangeant. Dan se contenta de froncer les sourcils.

Je retournai en direction du bar, prenant de profondes inspirations pour calmer le rythme effrayant de mon cœur. Je me ruai sur le plateau de petits-fours pour justifier mon comportement fuyant.

— Je vais te présenter mon père, proposai-je en le cherchant du regard.

Quand finalement je le trouvai, il discutait avec le père de Philip, une coupe de champagne à la main.

— Excusez-moi, les interrompis-je.

— Oh ! Kat ! Tu pourras assurer à Lynne que ces

petites choses à grignoter sont nettement meilleures que la nourriture de l'avion.

— Je le lui dirai. Papa, je te présente Daniel Cooper. Daniel, voici mon père, Walt.

Le visage de mon père se ferma et il se contenta de hocher la tête, alors que Daniel tendait la main vers lui.

— Ravi, grogna mon père.

— Moi de même, répondit Daniel, avant de passer sa main dans mon dos.

Je tressaillis et m'immobilisai. Papa croisa mon regard et, à cet instant, je sus qu'il se doutait que quelque chose ne tournait pas rond. Bien que faisant la conversation avec Daniel, il me jetait de petits coups d'œil inquiets, pendant que je contenais le hurlement que je voulais pousser.

— Et que faites-vous dans la vie, Daniel ? demanda mon père poliment.

— Je suis barman. Au Peninsula, précisa-t-il en me serrant un peu plus contre lui.

— Décidément, ma fille fait toujours des rencontres incroyables dans cet hôtel ! plaisanta mon père.

— En effet. Mais j'ose espérer que, maintenant qu'elle a démissionné, toutes ces rencontres s'arrêteront, asséna Daniel.

Les yeux de mon père s'écarquillèrent et il éloigna la coupe de champagne qu'il allait porter à ses lèvres.

— Tu as démissionné ? s'exclama-t-il.

— Ce n'est rien, papa... A vrai dire, j'ai juste demandé ma mutation, mentis-je.

— Une mutation ? s'étonna Daniel. Où ?

— Peut-être Sydney. Mais rien n'est certain. J'envisage aussi un retour aux sources.

Je souris à l'attention de mon père, et ses traits se détendirent peu à peu. Papa tenait à ce que je reprenne mon métier de journaliste. Lui faire entendre que j'allais enfin l'écouter suffirait à l'inciter à oublier l'information de ma démission. Brutalement, je sentis les lèvres de Daniel se poser sur ma joue.

— Je te soutiendrai, Kat. En fonction de tes choix, on avisera.

— Je ne savais pas votre relation si sérieuse, commenta mon père, agacé.

— Nous travaillons sur le sujet.

Il y eut un silence et, de nouveau, mon père me lança un regard inquiet. Je le rassurai comme je le pouvais, lui souriant faiblement, tout en priant pour qu'il ne fasse pas d'esclandre maintenant.

— Je vais retourner à ces petits-fours, je présume que je vous reverrai plus tard.

Il s'éclipsa, me laissant seule avec Daniel. La sensation de malaise reprit, cent fois plus forte, maintenant que mon père n'était plus là. De nouveau, je trouvai l'idée de cette mascarade farfelue. Je n'aurais pas la force de tenir.

— Tu comptais m'en parler ? s'enquit finalement Dan.

— Daniel, on vient tout juste de...

— Quel est le problème, Kat ? hurla-t-il.

Je sentis mon corps se tendre, et fixai son regard sombre et plein de colère. Autour de nous, la foule s'était tue et je devinai que nous étions au centre de l'attention des invités.

— Ce n'est ni l'endroit ni le moment, sifflai-je.

— En effet. Allons en discuter ailleurs !

Aussitôt, il agrippa mon coude et me tira en direction du couloir menant aux cuisines. Je me débattais pour qu'il me lâche, mais sa poigne mêlée à sa rage étaient trop puissantes. Quand finalement il me libéra, rivant son regard haineux au mien, je frottai mon bras, en espérant qu'aucune trace visible ne subsisterait.

— Est-ce que c'est lui ? demanda Daniel, furieux.

— De quoi parles-tu ?

— D'Andrew Blake ! Est-ce que c'est lui ? Pourquoi es-tu ici avec moi, Kat ?

— Parce que j'avais besoin d'une escorte. Je ne suis plus avec Andrew ! criai-je, les larmes aux bords des yeux.

— Mais tu espères qu'il revienne, non ?

— Pourquoi le détestes-tu autant ? demandai-je finalement.

— Parce qu'il a ruiné ma vie, et qu'il est encore en train de le faire.

Les larmes que je retenais coulèrent sur mes joues. Toute ma nervosité, toute ma colère contre lui, mon envie de hurler surgissaient maintenant. J'essuyai mes larmes rapidement et relevai mon visage.

— Regarde dans quel état il te met, murmura Daniel en passant son pouce sur ma joue.

— Laisse-moi, grognai-je en écartant vivement sa main.

— Je ne suis pas lui, Kat. Je ne le laisserai pas te détruire, comme il l'a fait avec d'autres.

— Comme avec Eleanor ? le provoquai-je.

Le visage de Daniel se durcit et la vague de colère froide revint à la surface. Il tentait de préserver les apparences, espérant que je tombe dans son piège, mais j'en savais trop pour être dupe. Derrière lui, je vis Gregory croiser les bras, restant dans l'ombre, surveillant ses gestes. Il amorça un mouvement vers moi, mais je lui lançai un regard rassurant. Il ne devait pas intervenir maintenant, Daniel n'avait encore rien dit.

— Comment sais-tu ? m'interrogea-t-il, glacial.

— Aucune importance. Je le sais.

— Je l'aimais.

— Ce n'est en rien la faute d'Andrew si elle est morte.

— Bien sûr que si ! cria-t-il avant d'enfoncer son poing dans le mur derrière moi, juste à hauteur de ma tête.

Le craquement du plâtre m'effraya. Mais ce ne fut rien en comparaison de l'attitude stoïque de Daniel. Son visage n'avait même pas tremblé, et aucune douleur ne semblait le parcourir. Gregory fit un pas vers moi, mais je lui lançai un regard pour qu'il reste à distance. Daniel devait aller au bout de ses révélations.

— Elle n'était pas heureuse. Il la gardait prisonnière d'un monde qu'elle détestait.

— Elle avait le choix de partir.

— Elle avait peur de lui, corrigea Daniel. Tu ne sais

pas de quoi il est capable. Je voulais la protéger. J'aurais fait tout et n'importe quoi pour elle.

La tristesse prit le pas sur sa colère. Même si la photo avait été claire sur le sujet, je comprenais maintenant à quel point il avait aimé Eleanor. Je me redressai légèrement, cherchant à me décaler, mais Daniel me retint, faisant barrage de ses bras puissants.

— Elle était tout pour moi, murmura-t-il. Et j'ai cru qu'avec toi... J'ai cru que j'allais reprendre pied.

— Dan, soufflai-je en posant ma main sur sa poitrine. Je ne peux pas être... elle.

— Tu n'as même pas essayé, rugit-il. Tu n'as même pas essayé d'être avec moi. Dès que Blake est apparu, tu es tombée dans ses bras.

— Tu racontes n'importe quoi. Tu es en colère...

— C'est sa faute ! hurla-t-il de nouveau en saisissant mon poignet avec violence.

Il le pressa entre ses doigts, et je serrai les dents pour m'empêcher de crier de douleur. Daniel me fixait, une lueur folle dans le regard, les yeux exorbités, le teint crayeux. Puis, brutalement, il me relâcha et posa sa main sur ma joue, avant de descendre le long de ma gorge. Je me sentis haleter et la panique me submergea quand son pouce s'enfonça entre mes clavicules.

— Dan... Lâche-moi, articulai-je, le souffle court.

— Tu vas devoir l'oublier, murmura-t-il à mon oreille. Andrew Blake ne sera bientôt qu'un lointain souvenir.

Sa main se crispa un peu plus sur ma gorge, m'étranglant douloureusement. Je plaquai mes mains sur ses avant-bras, le repoussant légèrement. Je retrouvai un peu d'air, et sentis le sang affluer de nouveau sur mon visage.

— Combien de fois as-tu voulu le tuer ? demandai-je.

Daniel ricana, ses épaules tressautant dans un rire étrange et moqueur. Je ne me démontai pas, et refusai d'éluder le sujet. Au loin, je vis Gregory approcher, et cette fois je ne fis rien pour le retenir. Je craignais que la folie de Daniel ne finisse par l'emporter sur tout le reste.

— Eleanor est morte parce qu'elle a pris sa voiture, repris-je. Ça n'a rien à voir avec Andrew !

— Bien sûr que si. S'il avait été là, elle serait toujours en vie !

— Tu cherches un coupable à tes propres méfaits ? ironisai-je, amère.

Daniel me fixa et pressa son corps musculeux contre le mien. Une de ses mains quitta le mur et ses yeux, noirs comme l'ébène, ne laissèrent aucun doute sur ses intentions. Il y avait une telle violence en lui qu'elle semblait irradier de son corps. Il cala sa main sous ma gorge et, cette fois, je compris qu'il ne me lâcherait plus.

Gregory dégaina son arme et, sans un bruit, il s'approcha de nous. Le visage de Daniel se crispa et ses doigts se serrèrent autour de mon cou. Je portai ma main à mon collier, dans un ultime réflexe de survie, tandis que je suffoquais. Je fermai les yeux, la respiration coupée, avant de sentir mes jambes se dérober sous moi.

La vue brouillée, j'entendis la voix de Gregory hurler mon prénom. Puis, il y eut des bruits. Une porte qui claquait rythmiquement, des respirations haletantes, des cliquetis métalliques. Tout se passait près de moi, mais j'étais comme prisonnière de mon propre corps. Après quelques minutes, je me sentis soulevée et rouvris péniblement les yeux.

— Alors, ma belle... On a voulu jouer les superhéroïnes ? plaisanta Gregory en risquant un sourire forcé.

— James Bond girl, articulai-je, la voix enrouée.

Je clignai les yeux rapidement, la lumière blanche m'aveuglant. Je cherchai à me resituer, puis à me redresser, mais Gregory m'intima de me calmer.

— Je t'amène à l'écart, ensuite je te ramène au Peninsula.

— Non... Non, je ne veux pas... Lynne...

— Lynne comprendra.

— Je ne veux pas, répétai-je en me débattant.

Gregory poussa une porte avec son dos et nous entrâmes dans une petite salle de réception déserte. Avec de la concentration, me parvenait encore le bruit de la musique du dîner de Lynne. Il me mit sur mes pieds et défit le nœud papillon autour de son cou.

— Où est-il ? demandai-je, encore paniquée.

— L'équipe de Grant l'a emmené au poste. Il va être interrogé.

— J'ai la sensation d'avoir échoué, me lamentai-je.

— Kat, tu as été parfaite. Vraiment parfaite. Tout ira bien maintenant.

Je passai ma main sur ma gorge, les doigts tremblants. Si Gregory n'avait pas été là, il m'aurait sûrement tuée. Je vacillai sur mes jambes et il me retint avant de tirer une chaise. Mon cœur frappait dans ma poitrine, et j'avais la curieuse sensation d'être à bout de souffle, sans avoir fait un quelconque effort physique.

— Calme-toi, Kat.

Encore chamboulée par ce que je venais de faire, j'observai mon poignet meurtri, puis le haut de mon bras. Des traces bleutées étaient en train d'apparaître. Je soupirai lourdement, avant de relever les yeux vers Gregory.

— Tu auras des marques sur la gorge, commenta-t-il en se penchant vers moi.

— Andrew va être furieux, dis-je. Il craignait tellement cette soirée.

— Andrew va être superfier de toi. Il l'est déjà, tu sais.

— C'est un fiasco, Gregory !

Il s'accroupit devant moi et me força à lever le visage vers lui. L'air sérieux et déterminé, cela me rappela le jour où je l'avais rencontré. Gregory avait cette incroyable capacité à rassurer le monde entier... et à le faire rire une demi-seconde plus tard.

— Ce n'est pas un fiasco, assura-t-il. Tu as réussi à le faire parler, à lui faire dire qu'il avait une relation avec Eleanor.

— Mais rien ne nous dit que...

— Laisse les enquêteurs agir. Les perquisitions donneront des éléments, j'en suis certain.

— Je suis déçue, je crois, murmurai-je.

— Kat, sans toi, on n'aurait jamais mis la main sur ce type. Je t'assure que tu as fait le plus gros du travail.

J'acquiesçai, pas franchement convaincue, mais rassurée par les paroles de Gregory. Il avait raison : la police devait maintenant trouver les preuves qui accableraient Daniel. Mon ami se redressa et, sans rien dire, se versa un verre de ce que je devinais être du cognac.

— Ça ne te fera pas de mal, proposa-t-il en m'offrant son verre.

— Non, merci. J'ai l'esprit suffisamment embrouillé comme ça.

— Comme tu veux, répondit-il en buvant son verre cul sec.

Je me relevai de ma chaise, en prenant une profonde inspiration. J'espérai juste que le dîner de Lynne n'était pas gâché.

— Est-ce que les invités… ?

— Ça a été très discret. Daniel nous a facilité la tâche en se cachant dans ce couloir. Rien n'a filtré.

— D'accord. Je crois que je devrais y retourner… Mon père va se poser des questions.

— Tu es certaine ?

— Oui, je dois le faire pour Lynne. Elle a besoin de moi. Et j'ai besoin de me vider la tête. Pourras-tu être mon escorte ? m'enquis-je avec un sourire.

— Sûrement pas ! Le patron risque de me botter les fesses !

Je réprimai un rire, chassant les dernières tensions dans mes muscles. Je n'avais aucun doute sur le fait que je serais très certainement courbatue le lendemain matin. J'étais restée crispée toute la journée, appréhendant, à juste titre, cette soirée.

— Peux-tu au moins m'aider à me déséquiper ? demandai-je à Gregory. Je jure de ne rien dire à Meghan ! promis-je une main sur le cœur.

— Tu peux lui dire ce que tu veux, je crois que je suis transparent à ses yeux.

— Tu te trompes. Andrew m'a assurée du contraire.

— Vraiment ? s'étonna-t-il en me faisant pivoter sur mes pieds.

Je me retrouvai dos à Gregory, fixant le mur face à moi. Cette conversation presque normale me fit de nouveau sourire.

— Offre-lui des fleurs. Et fais-lui à dîner, je ne connais pas une femme qui résiste à ce genre d'attention.

Gregory resta silencieux et je me demandai si je ne l'avais pas vexé. Même si nous en plaisantions, il semblait vraiment accroché à Meghan, tandis qu'elle le snobait continuellement. Je frissonnai légèrement, le froid de la pièce me saisissant.

— Des fleurs et un dîner ? s'étonna une voix derrière moi.

Je me figeai et, soudain, mes mains se mirent à trembler et ma gorge se serra. Il entoura ma taille de son bras et nicha sa tête dans mon cou. Mon cœur sursauta, s'emballa, s'arrêta même pendant une petite seconde, avant de redémarrer. Je me tournai vers l'homme qui me serrait contre lui, cachant mon visage contre son torse.

Andrew était là et, pendant de longues minutes, il me garda contre lui, me berçant dans un silence apaisant. Je respirai son parfum et m'agrippai au tissu de sa chemise. Soudain, mon corps se détendit brutalement, comme si tout reprenait enfin sens. L'adrénaline, la tension, l'angoisse, toutes ces émotions désagréables qui me hantaient depuis le début de la journée se désagrégeaient à son contact.

— Que fais-tu ici ? demandai-je en m'écartant légèrement de lui.

— Je me suis organisé pour finaliser la signature plus tôt, et j'ai repris un vol dans la foulée.

— Est-ce que Gregory t'a raconté ? demandai-je.

— J'ai appelé Grant de l'aéroport. Je ne voulais pas rester à l'hôtel pendant que tu étais ici, alors j'ai rejoint une de ses équipes à l'extérieur. Quand j'ai vu Cooper sortir avec les menottes...

Je sentis ma gorge se serrer et, nerveusement, je passai

une main sur mon cou, à l'endroit où il me semblait encore sentir les doigts de Daniel s'enfoncer dans ma peau. Doucement, Andrew repoussa ma main, fronçant les sourcils en voyant ma gorge endolorie. Il passa la pulpe de ses doigts sur mes marques, son visage se durcissant de colère.

— Il t'a touchée, constata Andrew, les dents serrées.

— Je vais bien.

Sa main remonta le long de mon cou et se posa sur ma joue. J'appuyai mon visage contre sa paume, fermant les yeux. Je m'autorisai une larme qu'Andrew effaça rapidement.

— Je n'ai jamais eu aussi peur, avoua Andrew pendant que ses doigts massaient ma nuque.

— C'est terminé maintenant, soufflai-je pour le rassurer. Demain, on fêtera le mariage de Lynne et ensuite on partira.

Son regard croisa le mien et, pour la première fois depuis que je le connaissais, j'y devinai l'angoisse et la crainte. Je posai ma main sur la sienne, réprimant le grimacement de douleur de mon poignet.

— Tu te souviens, nous avons parlé de vacances, repris-je pour le forcer à penser à autre chose. Où veux-tu aller ?

— Où tu seras. Juste... Je veux être seul avec toi.

— D'accord.

J'écartai sa main et posai un baiser dans sa paume. Le regard d'Andrew se voila. De toute évidence, il était en train d'assimiler les récents événements. Je laissai le silence nous envelopper et, de nouveau, je me glissai dans ses bras, me pressant contre son corps. L'adrénaline qui m'avait permis de tenir le choc toute la soirée était en train de se dissoudre, me laissant épuisée.

Aussi, quand les lèvres d'Andrew trouvèrent les miennes, je répondis à peine à son baiser, un peu étourdie par mes émotions. Ce n'est qu'en l'entendant murmurer mon prénom que je pris conscience de ce qu'il faisait. Il me poussa en arrière, mes fesses percutant une des tables du restaurant. J'enroulai mes bras autour de sa nuque, attaquant violemment sa bouche. Andrew grogna et me souleva pour me déposer sur la table. Dans un geste empli d'autorité, il repoussa le tissu de ma robe sur mes cuisses et se cala entre mes jambes.

Son baiser dévastateur me tira un gémissement bruyant, et les mains d'Andrew quittèrent mes hanches pour saisir l'arrière de mes genoux. Il me tira contre son corps. L'envie et le besoin de le sentir contre moi remplacèrent la peur et la douleur physique. Il finit par quitter mes lèvres, sa bouche se dirigeant vers ma gorge.

— Andrew, murmurai-je en perdant le peu de contrôle qui me restait.

Il embrassa ma gorge, se concentrant sur les marques persistantes de mon face-à-face avec Daniel. Je grimaçai légèrement, mais la douleur s'estompait grâce au mouvement de ses lèvres sur ma peau. Je remuai un peu, frustrée de ne pas le sentir plus. Je me redressai légèrement et posai mes mains sur le nœud de sa cravate. En comprenant ce que je m'apprêtais à faire, Andrew retira ses mains de mes jambes et s'écarta de moi.

— Pas ici, murmura-t-il.

— Pourquoi ? gémis-je, presque désespérée.

— Tu as un micro.

Je râlai un peu, l'observant réajuster sa cravate. Il me fit un petit sourire satisfait, presque fier de m'avoir repoussée. Je descendis de la table et remis ma robe convenablement.

— Je vais t'aider à te déséquiper, proposa Andrew. Tourne-toi.

Lentement, il fit descendre le Zip de ma robe, avant d'effleurer ma peau pour en écarter les pans. Je la retins d'une main sur ma poitrine, pendant que de l'autre je décrochais le micro niché entre mes seins. Il débrancha le fil reliant à l'enregistreur et, du bout des doigts, remonta doucement en direction de mon estomac.

Je me sentis frémir au contact de ses doigts chauds, mais Andrew, concentré sur sa tâche, ne cilla pas. Il récupéra le micro, le posa sur la table et s'attela à retirer l'enregistreur. De nouveau, il effleura ma hanche, caressant subtilement ma peau, avant de retirer la bande d'adhésif qui retenait l'appareil.

Quand il le posa sur la table, je remis ma robe sur mes épaules et Andrew plaqua un baiser sur le haut de mon dos dénudé, avant de remonter le Zip. Il me fit tourner face à lui et embrassa chastement mes lèvres, attisant de nouveau cette délicieuse tension dans mon bas-ventre.

Il récupéra l'enregistreur et le mit dans sa poche. Puis il me tendit la main, m'invitant à le suivre.

— Il faut que tu me présentes ton père, dit-il.

— Deux hommes différents en une soirée, il va être ravi ! plaisantai-je.

— Je suis certain que tu pourras lui fournir une bonne explication.

Il ouvrit la porte et nous remontâmes le fameux couloir où Daniel avait été arrêté. Je frissonnai légèrement, et Andrew entoura ma taille pour me serrer contre lui.

— On devrait discuter de ces vacances, murmura-t-il pour chasser mes idées noires.

Je lui souris faiblement, espérant que la pénombre du couloir parviendrait à dissimuler l'étrange sensation de malaise qui persistait en moi. Quand nous retrouvâmes la salle de réception, je constatai que la musique avait cessé et que les invités s'installaient autour de la grande table du dîner. Gregory nous accosta avec un large sourire.

— J'ai réussi à dégoter ça ! lança-t-il en me tendant un foulard de soie.

— Dois-je demander d'où ça vient ? l'interrogeai-je, soupçonneuse.

— Ce n'est pas à Meghan ? s'étonna brutalement Andrew pendant que je glissais le foulard sur mon cou.

Gregory vira pâle comme un linge, avant que le bout de ses oreilles ne rougisse fortement.

— OK, je ne veux rien savoir, rit Andrew.

— Je croyais que tu étais transparent à ses yeux ? tentai-je.

— Je le suis en ce moment, grinça-t-il.

Andrew sourit de nouveau et lui remit l'enregistreur de Grant. Après avoir vérifié que le foulard cachait mes hématomes, il me prit la main et nous dirigea vers la table. Du regard, je cherchai mon père, avant de le voir en pleine discussion avec Lynne.

Cette dernière, face à moi, écarquilla les yeux, avant de pousser doucement mon père pour s'assurer qu'elle ne rêvait pas. Ses yeux naviguèrent de moi à Andrew, puis d'Andrew à nos mains jointes.

— Je t'expliquerai, dis-je rapidement.

— Je crois que cela ne sera pas nécessaire.

Son sourire me rassura. La moustache de mon père frémit, et il fronça les sourcils, pas heureux de la situation. Lynne passa près de moi et me lança un clin d'œil.

— J'aurais besoin de te parler dans cinq minutes, murmura-t-elle.

— Pas de souci.

Elle s'éclipsa et alla saluer d'autres invités. Je la suivis du regard, espérant que Nathan arriverait à ses fins. Son plan était risqué, et si Lynne n'adhérait pas, il allait s'en mordre les doigts. Mon père toisait Andrew, dubitatif.

— Papa, je te présente...

— Andrew Blake, coupa mon père. Kat, combien d'hommes comptes-tu me présenter ce soir ?

— J'espère être le dernier, monsieur, s'amusa Andrew en tendant sa main. Et pas que de la soirée...

— J'espère aussi, ronchonna mon père.

— Andrew, voici mon père, Walt, bégayai-je pour conclure.

Il y eut un moment de flottement, où mon père et Andrew se fixèrent, pendant que je priais pour que le sol s'ouvre sous mes pieds. Je pressai ma main contre celle d'Andrew, lançai un regard implorant à mon père, et finalement il se décida à prendre la main d'Andrew.

— Ravi, dit-il dans un rictus.

— Kathleen m'a beaucoup parlé de vous.

— Vraiment ? s'étonna mon père. Et où est donc le jeune homme de tout à l'heure ?

— Il a eu... une urgence, mentis-je. Et ce n'était qu'un ami.

— Alors, monsieur Blake... vous avez délaissé San Francisco ? demanda mon père.

— Les attraits de New York sont multiples, répondit Andrew, la mine épanouie. Mais j'espère ramener un souvenir de New York avec moi.

Je cachai mon rougissement en baissant la tête vers le sol, brutalement intéressée par le parquet. Cette façon dont il parlait de moi avec mon père me gênait terriblement.

— Oui... Un souvenir, murmura mon père en prenant une gorgée de sa coupe de champagne. Avec le nombre de voyages que vous effectuez, vous devez avoir beaucoup de... souvenirs.

— Je ne garde que les bons souvenirs, monsieur. Ceux-là sont rares et précieux.

Je rougissais de nouveau, pendant qu'Andrew lâchait ma main pour entourer ma taille, sûr de lui.

— Je prendrai soin de votre fille... Si vous m'en donnez l'autorisation.

De nouveau, je vis la moustache de mon père trembler. J'entendais d'ici les rouages de son cerveau se mettre en place. Il soupira lourdement, essayant de capturer mon regard. Je sentis mon corps se crisper, mais Andrew pressa sa main contre ma hanche, me calmant immédiatement.

— Vous savez qu'elle est la fille de son père ?

— Je sais qu'elle est têtue, s'esclaffa Andrew. Mais ce trait de caractère est particulièrement bienvenu chez elle.

Mon père manqua s'étouffer avec son restant de champagne. Je lui jetai un regard noir, pendant qu'Andrew, de toute évidence amusé par cette situation embarrassante, jubilait.

— A part vous souhaiter bon courage... et vous encourager à consulter rapidement, je ne sais pas quoi vous dire ! plaisanta mon père.

— Très drôle, papa !

Lynne passa dans mon champ de vision, et s'arrêta un peu plus loin, attendant que notre conversation se termine.

— Papa, Andrew, allez vous installer à table, Lynne veut me parler.

— Ne tarde pas, souffla Andrew avant de porter le dos de ma main contre ses lèvres.

De nouveau, un rougissement fleurit sur mes joues et j'évitai soigneusement le regard de mon père, témoin de la scène. Je m'écartai d'Andrew et me dirigeai vers Lynne. Derrière moi, j'entendis la voix de mon père indiquer à Andrew que j'étais à la recherche d'un nouvel emploi.

— Elle ne veut pas travailler pour moi, se lamentait Andrew avec exagération.

— Quand je vous disais qu'elle était têtue !

Je souriais en les entendant rire ensemble. Je rejoignis mon amie, qui, sublime, se tordait les doigts.

— Tu voulais me parler ? dis-je en jetant un coup d'œil vers Andrew.

— Est-ce que ça t'ennuie si je dors chez toi ?

J'eus un geste de recul instinctif, avant de rougir violemment. Je cherchai à fournir une explication, mais rien ne vint.

— Ecoute, je sais que tu veux sûrement profiter de tes retrouvailles avec Andrew, mais j'avais prévu de dormir seule à l'hôtel, pourtant je trouve ça... je ne sais...

— Impersonnel ? tentai-je.

— Oui, c'est ça ! acquiesça-t-elle avec soulagement.

— C'est trop impersonnel ou tu as peur de croiser Nathan ?

Elle baissa les yeux vers le sol et soupira lourdement. J'esquissai un sourire.

— OK, Lynne. Chez moi. Mais je doute d'avoir grand-chose à grignoter, la prévins-je.

— C'est ma dernière nuit de célibataire, je n'avais pas très envie d'être seule.

— Tu n'as pas besoin de me fournir d'explication, murmurai-je, avant de glisser mon bras sous le sien. J'ai confiance. Tout se passera comme prévu demain.

Elle répondit faiblement à mon sourire, mais je devinai ses doutes et la tension persistante dans son corps. Je l'entraînai vers la table, et, après avoir salué Philip, m'installai auprès d'Andrew.

— Ton père est incroyable, lâcha-t-il en me servant du vin.

— Je tiens beaucoup de lui, admis-je.

— Evite simplement la moustache, s'esclaffa Andrew. Et promets de ne jamais m'inviter à pêcher, ajouta-t-il après une courte réflexion.

— Mon père t'a invité à pêcher ?

— Je crois qu'il m'aime bien... Et j'ai eu une conversation palpitante avec lui.

— Dois-je vraiment savoir de quoi vous avez parlé derrière mon dos ?

— Rien que tu ne saches déjà, Kathleen.

L'entrée nous fut servie, et le brouhaha des conversations s'intensifia progressivement. Il y avait une telle foule ici, alors qu'il s'agissait simplement d'un dîner de répétition. Mais après avoir observé en détail les invités, je m'aperçus qu'il s'agissait sûrement des relations de Philip.

Après le plat, l'orchestre reprit, et quelques couples se décidèrent à danser. Je les regardais, virevoltant plus ou moins gracieusement, pendant qu'Andrew causait en aparté avec Gregory. Brutalement, ma conversation avec Lynne me revint.

— Andrew, soufflai-je doucement, pour l'interrompre.

— Oui ?

— Je dors à mon appartement ce soir.

— Oh. Une raison particulière ? m'interrogea-t-il, inquiet.

— Lynne ne veut pas rester seule. C'est sa dernière nuit de célibat !

— C'est ce qu'elle croit, s'amusa Andrew. Je pense que le nouveau jeu de clés est dans mon attaché-case.

— Bien. Je ferai un détour par le Peninsula pour les récupérer.

Andrew grimaça et s'approcha de moi, sa bouche à quelques centimètres de mon cou.

— Tu sais que je vais passer la soirée à tenter de te faire changer d'avis, n'est-ce pas ?

— J'ai dit « oui » à Lynne. Et pour l'instant, elle a plus besoin de moi, que toi !

— Je ne pense pas que ce soit possible.

Je frémis en sentant les vibrations de sa voix contre ma peau. D'une main, il écarta un peu ma chevelure et caressa ma joue. J'oubliai la foule autour de nous, me concentrant sur ce contact ténu entre lui et moi.

— Seras-tu un jour tout à moi ? m'interrogea-t-il doucement.

Je me tournai vers lui, sans comprendre, mais Andrew se contenta de me sourire. Furtivement, je songeai à notre correspondance. Je lui souris à mon tour, me promettant de tout lui avouer en rentrant à San Francisco.

Mon attention fut captée par Lynne, qui discutait à voix basse avec Philip. Ce dernier lui souriait, pendant qu'elle semblait s'agacer de quelque chose. Je me demandais comment elle avait pu être séduite par lui. Je ne me souvenais plus du début de leur relation, à part que Philip était l'invité d'un événement mondain, et qu'il l'avait accostée.

Et maintenant, nous y étions. Le mariage.

Mais le mystère perdurait. Comment Lynne pouvait-elle faire ça ? Lynne doutait... Il y avait Nathan, elle l'avait embrassé, elle lui parlait. Je n'arrivais pas à comprendre comment Lynne avait réussi à se convaincre de la pertinence de son mariage. Ne voyait-elle pas ce qui était pourtant évident pour tous les autres ? La façon même dont elle avait rencontré Nathan aurait dû lui mettre la puce à l'oreille. Mais la violence du choc de l'ascenseur ne l'avait pas sortie de sa torpeur.

— Partagerais-tu tes pensées avec moi ? proposa Andrew en me servant un verre de vin.

— Est-ce que tu crois aux âmes sœurs ?

— J'ose croire que nous en sommes un parfait exemple. Je suis tombé amoureux de toi dès l'instant où tu es entrée dans ma vie.

Nous restâmes un long moment les yeux dans les yeux, savourant ce nouveau moment d'intimité au milieu de cette foule dense. Je me remémorais avec émotion notre rencontre à l'hôtel. Andrew était parfait. Et il était à moi. Tout à moi. Il s'inquiétait de savoir si je lui appartiendrais un jour.

Un jour peut-être, je lui raconterais comment j'avais été à lui.

Comment j'avais su...

Comment mon cœur tressautait stupidement quand il me touchait...

A quel point il était plus important que tout.

— Et je bénis chaque jour le ciel que tu sois dans la mienne, chuchotai-je avant de placer un baiser dans son cou.

Je retournai mon attention sur Lynne, les yeux brillants, rayonnante. Elle parlait maintenant avec la famille de son futur époux, souriant à chacun. Je soupirai. Un nouveau changement d'humeur, une nouvelle décision, une nouvelle promesse de Philip...

— Lynne a dû rêver de ce mariage depuis toute petite.

— Comme toutes les petites filles, non ? Ton tour viendra, chuchota-t-il doucement. Sois patiente.

Il me fit un sourire discret avant de se pencher sur mon épaule pour l'embrasser. Mon cœur frappa frénétiquement dans ma poitrine. Andrew trouvait toujours le moyen de revenir sur ce sujet. Mais, quelque part, je craignais de devenir une nouvelle Eleanor.

Je chassai ces idées sombres rapidement. Mon père dansait — du moins essayait de danser — avec une femme élégante. Sa maladresse m'attendrit. Mon cœur se serra en songeant à ces discussions gênantes que nous avions eues : le sexe, la contraception, l'achat du premier soutien-gorge. Mais papa avait été le meilleur des pères. Attentif, aimant, drôle, borné, tendre et protecteur... Je jetai un œil à Andrew. Je m'abstiendrais de leur dire à quel point ils se ressemblaient.

Lynne dansait maintenant avec Philip. Elle donnait

déjà le change, le masque de la femme éprise parfaitement calé sur son visage.

Je repensais au jour où nous avions choisi son gâteau de mariage. Ce même jour où ma vie avait pris un autre tournant. C'est à ce moment précis que les lettres avaient commencé. Tout avait commencé ce jour-là.

— Tu veux danser ?

— Euh, oui. Bien sûr.

Après avoir reculé ma chaise, Andrew me tendit la main et me conduisit vers la piste. Il me serra contre lui et, instinctivement, je posai ma tête contre son torse. J'appréciai ces moments de douceur avec lui. Sûrement parce que cela m'offrait des moments d'oubli et de paix. Quand j'étais dans ses bras, tout allait bien. J'étais protégée du monde extérieur.

— Je suis heureux d'être là, avec toi, murmura-t-il.

— Moi aussi.

— Tu es certaine de vouloir rester avec Lynne cette nuit ? me demanda-t-il en descendant sa main dans le creux de mes reins.

— Aurais-tu des idées... inavouables ? rétorquai-je.

— Tu n'as pas idée... Dès que je te vois, ça fleurit dans mon cerveau détraqué.

Je ris doucement avant de me mettre sur la pointe des pieds pour l'embrasser. Je me doutais qu'il n'allait pas abandonner si facilement.

— Il te faudra attendre la nuit prochaine... J'ai fait une promesse à Lynne.

— Je suis certain que son promis aimerait l'avoir contre lui, cette nuit ! contra-t-il.

Je tournai la tête vers Lynne et son cavalier. Ils dansaient, collés l'un à l'autre. Elle, les yeux clos, reposait sur lui pendant qu'il la berçait. Ils auraient pu faire un joli couple... Et pourtant, je n'arrivais pas à me défaire de l'idée que tout semblait trop parfait et bien huilé.

— C'est la tradition, ripostai-je. Je croyais que tu étais attaché aux valeurs éculées ?

— Quand elles vont dans mon sens !

— Et tu ne trouves pas que ça rend la chose plus belle ? Attendre, découvrir la mariée le lendemain, et ensuite avoir une nuit de rêve...

Andrew me fixa étrangement, à la fois stupéfait et ravi.

— Laisse-moi juste le temps de demander ta main à ton père, et je promets de t'épouser demain.

— Andrew, tu te rends compte qu'un jour tu te feras prendre à ton propre piège ?

— Mais je n'attends que ça ! s'esclaffa-t-il. Te découvrir en mariée le lendemain, et ensuite avoir une nuit de rêve, me plagia-t-il.

— Tu n'es pas censé reprendre mes arguments ! boudai-je faussement.

— Tes arguments sont toujours meilleurs que les miens ! Toujours, Kathleen, ajouta-t-il plus sérieusement et un ton plus bas.

Il m'embrassa furtivement, dissipant ainsi les dernières traces de tension et d'interrogation qui me tourmentaient toujours.

J'aimais Andrew. Mon incroyable, parfait et exceptionnel inconnu.

Quand le dîner toucha à sa fin, je proposai à Lynne de partager la voiture qui nous ramenait, lui et moi, au Peninsula. Elle accepta et alla saluer son futur époux, un large sourire aux lèvres. En l'attendant, je rejoignis Andrew, qui était en pleine conversation téléphonique, Gregory face à lui.

— Bien... Pas de souci, Grant, je passerai.

Il jeta un coup d'œil à sa montre, et couvrit le micro de son téléphone avant de se pencher vers moi.

— Tu es certaine de dormir chez toi ? m'interrogea-t-il.

— Certaine. Lynne est partie saluer Philip, et elle arrive.

Andrew ne sembla pas ravi de ma réponse, et soupira.

— Disons dans trente minutes, proposa-t-il, tandis que Gregory acquiesçait. Je prendrai une voiture au Peninsula et vous rejoindrai directement au commissariat.

Il raccrocha, et aussitôt enroula son bras libre autour de moi pour m'embrasser. Un peu surprise, je ne réagis pas tout de suite, avant d'entendre siffler derrière moi. Andrew grogna, puis s'écarta, fusillant du regard le malotru.

— J'aurais dû m'en douter, marmonna-t-il, le visage fermé.

— Eh bien, Kat, je ne savais pas que tu nous ramènerais une célébrité nationale ! s'exclama Philip, visiblement un peu éméché.

— On va y aller, proposa Lynne, horriblement gênée.

Elle se détacha de lui, mais il la retint et plaqua ses lèvres contre les siennes. Les mains contre son torse, Lynne le repoussa, la colère flamboyant dans son regard.

— Tu avais promis, murmura-t-elle.

— La seule promesse qui tienne est celle de demain, sourit-il avec fierté.

Elle le toisa un court instant, secouant la tête de honte et de rage contenues. Son regard papillonna vers les spectateurs de cette scène affligeante, avant de se fixer sur moi.

— Allons-y, proposa-t-elle avec un sourire factice.

J'opinai, et Andrew, son bras toujours autour de moi, m'entraîna en direction de la sortie. Gregory nous suivit, mais, dans la rue, emprunta une voiture différente. Je présumai qu'Andrew l'avait libéré de sa mission pour la soirée. Lynne s'installa à l'avant de la voiture, pendant qu'Andrew m'ouvrait la portière arrière. Il me rejoignit sur la banquette quelques instants plus tard, et, automatiquement, prit ma main dans la sienne.

La voiture démarra, et ce n'est qu'après de longs instants de silence que Lynne se décida à prendre la parole.

— Je suis désolée. Je lui avais demandé de ne pas faire de remarque sur... vous deux, lança-t-elle en se tournant vers nous.

— Ce n'est rien, Lynne, murmurai-je. Ne t'inquiète pas.

— C'était déplacé ! Je ne voulais pas vous mettre mal à l'aise, et je pense qu'il a un peu abusé du cognac de fin de soirée.

— Aucun souci, reprit Andrew d'un ton plus ferme.

De toute façon, nous allons devoir apprendre à gérer ce genre de remarque.

Son visage se détendit, et elle sembla vraiment apaisée par notre diplomatie. Je me tournai vers Andrew, m'apercevant que ses traits tirés et tendus dénonçaient non seulement la fatigue, mais aussi une forme de colère. Je détachai ma main de la sienne, pour la poser sur sa cuisse, la pressant afin d'attirer son attention.

Son regard brillant plongea dans le mien, et je lui fis un faible sourire. Il y répondit à peine, tourmenté, de toute évidence. Je fronçai les sourcils, penchant légèrement la tête pour l'encourager à se livrer. Il me reprit la main et la porta à ses lèvres, sans jamais quitter mon regard. Les traces de colère disparaissaient au profit de l'envie et du désir. Sa bouche traîna longuement, trop longuement, sur le dos de ma main, provoquant des frissons incontrôlables dans tout mon corps.

Je me décalai vers lui, pressant mon corps contre le sien. Il me libéra finalement la main et entoura mes épaules de son bras. Son parfum me parvint, et très vite, je sentis ses lèvres caresser ma joue.

— Tu es certaine de ne pas vouloir rester ? murmura-t-il.

— Je ne peux pas, chuchotai-je, en sentant l'air crépiter autour de nous.

Il glissa sa bouche sur ma joue, atteignant la ligne de ma mâchoire. Je sursautai en le sentant poser une de ses mains sur ma cuisse, passant sous le tissu de ma robe. Mon cœur s'accéléra et, même si je voulais vraiment l'arrêter, mon corps tout entier était conquis. Son souffle chaud embrasa ma nuque et je fermai les yeux, anesthésiée par les sensations violentes qu'il provoquait.

— Bien. Dans ce cas, nous ferons vite, dit-il doucement en s'écartant de moi.

Je restai figée sur la banquette. Andrew avait abandonné ma cuisse, se contentant de garder son bras autour de mes épaules. Je lui jetai un regard, entre surprise et frustration. Il se contenta d'esquisser un sourire satisfait et empli de promesses.

Chapitre 33

Le reste du trajet se fit en silence, et très vite, nous nous retrouvâmes dans le garage de l'hôtel. Andrew laissa des instructions au chauffeur pour nous conduire chez moi, et me proposa de le suivre dans la suite pour que je récupère mes clés.

— Je vais attendre ici, dit Lynne.

— Ça me semble évident, contra-t-il avec ironie.

Je réprimai un sourire, retrouvant le Andrew présomptueux que je connaissais. Je sortis de la voiture, et il nous dirigea vers l'ascenseur de l'hôtel. Sans un mot, nous gagnâmes la suite; et dès que la porte fut fermée, il me plaqua contre elle, puis me souleva. Sa bouche retrouva la mienne, avide, exigeante, quémandant l'accès total. Haletante, et dans un équilibre précaire, j'enfonçai mes mains sur ses épaules en gémissant.

— Andrew, murmurai-je en le repoussant faiblement.

Il me cala contre la porte avec violence, ses mains soutenant mes cuisses. De nouveau, mon dos frappa le bois de la porte et je hoquetai, sous le choc, avant qu'il ne repousse brutalement les bretelles de ma robe. Son bassin frotta contre le mien, embrasant la dernière partie de mon organisme encore inerte. Je descendis mes mains le long de son torse, tirant sur sa cravate, puis sur les pans de sa chemise. La plupart des boutons sautèrent, révélant son torse musclé.

Andrew m'avait déjà donné un avant-goût de ce qu'il souhaitait avant le dîner, mais je compris que l'attente, et ma nuit hors de sa suite, étaient en train d'exacerber son désir. Je m'attaquai à la ceinture de son pantalon, glissant ma main dans son boxer.

Il relâcha mes lèvres, gémissant lourdement dans mon cou.

— Maintenant, grogna-t-il. Je te veux, maintenant.

Il tira sur ma robe, la releva un peu plus sur mes hanches, avant d'agripper ma culotte et de l'écarter. Je geignis en sentant ses doigts aller et venir en moi. Je renversai la tête en arrière, me heurtant douloureusement à la porte. J'étouffai le cri de douleur dans ma gorge, et me concentrai sur le plaisir intense que me donnait Andrew. Resserrant mes chevilles dans son dos, je me débrouillai pour libérer son sexe de son boxer.

Je le caressai au même rythme que ses allées et venues. Il colla son front au mien, nos deux regards soudés. Nous avions vécu tellement de choses, mais rien n'avait été aussi fort, aussi puissant et aussi incontrôlable que ce soir. Même faire l'amour dans son bureau ne m'avait pas autant bouleversée.

Il accéléra, me faisant gémir et haleter de plus en plus fort. Mon bas-ventre se tordit dans une chaleur fulgurante et très vite, les yeux clos, je me sentis partir. Mon corps se détendit dans la seconde et Andrew me maintint coincée entre lui et la porte, agrippant mes cuisses.

— Est-ce que ça va ? murmura-t-il hors d'haleine.

— Je... Oui... ça va, acquiesçai-je dans un souffle.

Je retrouvai son regard sombre et brûlant, et avant que mon cœur ne puisse reprendre un rythme normal, je sentis son sexe contre le mien. Il me taquina longuement, cherchant à attiser un peu plus le désir déjà monstrueux que je ressentais. Ma peau me brûlait, mon corps réclamait délivrance et mon cœur frappait si fort qu'il menaçait de cesser de battre. J'ondulai sur lui, malgré tout, espérant lui rendre un peu du plaisir qu'il m'offrait.

Mais très vite, il me souleva de nouveau, et s'enfonça en

moi. Nos cris de soulagement se mêlèrent et résonnèrent dans la pièce. Je soupirai d'aise, savourant la présence d'Andrew en moi. Toute l'angoisse que j'avais ressentie se transformait maintenant en envie chaude et brûlante. J'en voulais plus. Plus de lui, plus de violence, plus de tout...

De nouveau, je sentis les prémices de l'orgasme me menacer. J'allai à la rencontre de ses mouvements, accentuant ma cambrure pour profiter un maximum de lui. Il appuya son front contre le mien et, pantelant, m'adressa un sourire heureux, allant et venant en moi avec une énergie folle. Je plaçai mes mains sur son visage, l'attirant contre mes lèvres. J'étais proche de l'orgasme, et je savais qu'il en était de même pour lui.

Je l'embrassai doucement, à contre-courant des mouvements synchrones et saccadés de nos deux corps. Je caressai sa langue, prenant le dessus sur lui. Andrew émit un gémissement étouffé par nos bouches, ses dernières résistances tombant finalement, et, dans un dernier à-coup, il m'emporta avec lui dans un nouvel orgasme.

Je quittai ses lèvres, mon dos s'arc-boutant contre la porte, pendant qu'Andrew reprenait son souffle, nichant sa tête dans mon cou.

Après quelques secondes, il me relâcha, et je titubai, à moitié déshabillée, jusque dans le salon. Les joues rouges et, couverte de sueur, je réajustai ma robe.

— Tu es vraiment certaine de ne pas vouloir rester ? demanda-t-il derrière moi.

— Donc c'était simplement pour ça ? Une façon de me convaincre ? ripostai-je en me tournant vers lui.

— Non... J'en avais envie. Et je l'aurais fait dans la voiture si Lynne n'avait pas été là.

— Avec le chauffeur ? m'exclamai-je.

— Je peux être discret, assura-t-il.

Il reboucla la ceinture de son pantalon et retira sa chemise, partiellement détruite.

— J'ai aimé, avouai-je, tandis qu'il fouillait dans son attaché-case.

— Juste aimé ? s'étonna-t-il.

— Beaucoup aimé. N'en fais pas une habitude, cependant. Tes chemises n'y survivraient pas ! plaisantai-je.

— Comme si cela te posait problème ! Voilà tes clés.

Il posa un trousseau dans le creux de ma main et en profita pour m'attirer contre lui dans une dernière étreinte.

— Je dois aller voir Grant pour l'affaire. Il attend ma déposition.

— Je te retrouve ici demain matin ?

— Tu comptes m'apporter le café ?

— Peut-être... Je dois y aller, Lynne va finir par se poser des questions !

Je l'embrassai rapidement, et après quelques secondes de lutte, il se décida à me relâcher. Je quittai la suite en courant presque, déjà honteuse de ce qu'allait penser Lynne de ma longue absence. Je rejoignis la voiture, et elle se contenta de me sourire d'un air entendu. Je fuis son regard, me recoiffant à la va-vite, pendant que le chauffeur nous conduisait chez moi.

En entrant dans mon appartement, j'avais presque la sensation de ne pas être chez moi. La dévastation, les débris, mes affaires éparpillées au sol avaient disparu pour faire place à un salon immaculé, dans les tons gris et blanc.

— C'est joli, constata Lynne. Je ne savais pas que tu étais une pro de la décoration !

— Je me suis fait aider, répondis-je rapidement. Je vais me changer, prépare-nous un thé en attendant.

Je cavalai jusqu'à ma chambre, enfilant un jean et un sweat-shirt. J'éclatai de rire en voyant une rose blanche déposée sur mon lit. Cet homme... Il fallait que je lui apprenne les limites... Entrer chez moi pour faire ça... Je cherchai mon téléphone dans mon sac, sans succès. Je l'avais sûrement oublié à l'hôtel. Je me coiffai rapidement et me démaquillai avant de retrouver Lynne dans le salon. Lui tournant le dos, je glissai le dernier courrier d'Andrew, avec les autres lettres, dans un tiroir. Apparemment, la personne qui avait décidé de ruiner mon appartement n'avait pas poussé la fouille jusque-là. J'en étais heureuse, car ces lettres représentaient plus pour moi que ce lieu.

Lynne nous servit le thé et nous nous installâmes sur le nouveau canapé, en tout point conforme au précédent.

Nous discutâmes pendant un long moment, essentiellement de son voyage de noces. Je lui parlai de notre projet de vacances à Andrew et à moi. Elle me conseilla une île déserte, à l'abri des regards indiscrets.

— Il veut que nous officialisions, dis-je finalement.

— Tu as fait le plus dur en lui présentant ton père, plaisanta-t-elle.

— C'est vrai. Disons que se retrouver du jour au lendemain dans les journaux...

— Tu aurais préféré garder tout ça secret ? demanda-t-elle avec sérieux.

— Peut-être... En tout cas, j'aurais préféré un peu de protection. Là, j'ai la sensation d'être une sorte de gibier...

— Andrew ne laissera pas faire. Il sait que cacher la vérité aux journalistes ne fera qu'attiser leur curiosité.

— Je sais comment ils raisonnent, raillai-je.

Lynne se contenta de sourire et je pris conscience qu'Andrew avait raison : donner aux journalistes ce qu'ils voulaient pourrait sûrement nous garantir un peu de calme et de respect. Par ailleurs, je savais qu'il ferait son possible pour nous préserver.

Il m'avait parlé de la possibilité de faire une photo officielle. Très sincèrement, je ne me voyais pas poser pour les photographes, façon héritière de la couronne. Si j'avais le choix, je préférerais encore apparaître à son bras dans une soirée. Autant faire en sorte que la chose soit naturelle et pas montée de toutes pièces.

— Et vas-tu m'expliquer la présence de Daniel au dîner ce soir ? demanda-t-elle finalement.

— C'est une longue histoire, soufflai-je.

— Nous avons tout notre temps !

— Daniel était à l'origine des menaces contre Andrew, résumai-je rapidement.

— Vraiment ? s'écria-t-elle.

— C'était l'amant de sa femme...

Les yeux de Lynne s'écarquillèrent. Je repris un peu de mon thé, me rendant compte que je ne savais pas par où commencer. Lynne n'était même pas au courant de mon expédition à San Francisco.

— J'aimerais oublier tout ça. Par ailleurs, c'est « ta » soirée !

Lynne se contenta de sourire et commença à babiller au sujet de son mariage, et immédiatement je repensai à Nathan. J'espérais que son plan fonctionne... J'espérais que Lynne se laisserait aller. J'espérais sûrement un peu trop.

— Hey ? Tu m'écoutes ?

— Euh... Oh ! pardon.

— Tu rêvais ! J'imagine très bien de qui, mais si tu pouvais te concentrer sur ce que je te raconte.

— Pardonne-moi... En plus, je pensais justement à toi.

J'attrapai l'assiette de cookies devant moi et la posai sur mes cuisses. La télévision, en sourdine, éclairait la pièce. Lynne ramena ses jambes sous elle et porta son mug fumant à ses lèvres. Mon regard fut attiré par sa bague de fiançailles.

— Tu es stressée ? demandai-je en prenant un biscuit.

— Non... Je devrais, tu crois ?

— Disons que ça semblerait normal. Tu t'apprêtes à te marier... À passer le reste de ta vie avec le même homme. Personnellement, ça me stresserait !

Elle pencha la tête vers moi et me sourit avec tendresse. Je retrouvais la Lynne que j'avais appris à connaître. Cette fille simple, drôle, piquante... Tout avait tellement changé, et si vite.

Je tournai le visage vers l'écran de télévision, et soudain mon cœur s'affola. L'assiette de cookies m'échappa et s'écrasa au sol. Je me relevai précipitamment, fixant l'écran, stupéfaite.

— Où est la télécommande ? demandai-je.

— Je ne sais pas... Attends...

Je sentis Lynne remuer et soulever les coussins. Je fixai l'écran, les yeux écarquillés. C'était impossible. Il devait se tromper... Forcément se tromper.

— Où est cette putain de télécommande ? grondai-je en m'agitant vainement à ses côtés.

— Tiens... Tiens... La voilà..., s'exclama-t-elle en me la tendant. Kat, qu'est-ce qui se passe ?

Je montai le son de la télévision et m'effondrai à genoux à quelques centimètres de l'écran. Alors que les larmes gagnaient mes yeux, je sentis la main de Lynne se poser sur mon épaule et se resserrer.

— Mon Dieu, Kat...

Je ne rêvais pas. Si Lynne l'avait vu, alors c'était réel. Je fixai le bandeau d'information en bas de l'écran. Le nom d'Andrew apparaissait.

La voix désincarnée de la présentatrice blonde me parvint à peine. Tout ce que je voyais, c'était l'amas de ferraille et le verre brisé au sol. La voiture de l'hôtel, lui, son rendez-vous avec Grant...

— Est-ce qu'il est mort ? A-t-elle dit qu'il était mort ? paniquai-je brutalement.

— Je crois que non, Kat.

— Non quoi ? Non elle n'a rien dit, ou non il n'est pas mort ? hurlai-je sans pouvoir me contrôler.

Il était là. Il était dans cette voiture, j'en étais certaine. Je le sentais. Mon corps entier souffrait et pourtant je continuais de regarder les images, happée par leur contenu.

— Andrew Blake a été victime cette nuit d'un accident de la route. Ce dernier a été percuté par une autre voiture à un carrefour. Le chauffeur de l'autre véhicule a pris la fuite, mais des témoins assurent qu'il a vraisemblablement grillé le feu rouge. Les ambulances ont évacué Andrew Blake dans l'hôpital le plus proche. Nous n'avons pas d'informations sur son état de santé.

Je m'affaissai un peu plus au sol, les larmes roulant sur mes joues. J'avais la sensation de me liquéfier, comme si toute énergie vitale me quittait. Comme si « lui » me quittait. Je me relevai doucement, songeant à tout ce qui s'était passé en presque quatre mois. Du coin de l'œil, je vis Lynne tapoter à une vitesse hallucinante sur son portable.

Nathan.

La seule source d'informations que nous avions en commun.

J'ouvris le tiroir en essuyant mes larmes. Je dégageai la première enveloppe... Sa dernière lettre. La seule que je n'avais pas ouverte. J'aurais dû lui dire. J'aurais dû lui avouer qui j'étais. Andrew ne pouvait pas... Il n'avait pas le droit de mourir sans le savoir.

— Kat, ne fais pas ça, me conseilla doucement Lynne derrière moi.

Les larmes se remirent à couler. Pas de chagrin cette fois, mais de colère contre moi et contre Lynne. Pourquoi l'avais-je écoutée quand elle m'avait conseillé de me taire ? Pourquoi avais-je écouté la fille qui s'apprêtait à épouser un homme qu'elle n'était même pas certaine d'aimer ?

Oui, Andrew m'en aurait voulu d'avoir joué à ce jeu avec lui. Oui, il aurait hurlé. Oui, il se serait senti trahi... Mais il aurait compris.

Je décachetai l'enveloppe en tremblant, ignorant sciemment le bruit de la télévision. Je ne voulais pas savoir. Je fermai les yeux. Je « devrais » savoir. Mort, vivant... je devrais le sentir. Mon cœur accéléra de nouveau, mais mon estomac se tordit dans une atroce douleur. Je dépliai la lettre, constatant que c'était certainement une des plus courtes qu'il m'avait envoyées.

« Tu ne m'écris plus. Où es-tu ? Quelque part dans New York ?

Que suis-je censé faire maintenant ? Comment peux-tu me demander de faire comme si rien ne s'était passé ?

Ça s'est passé. Je l'ai senti. Dans tes lettres, dans tes mots, j'ai senti.

Tu me manques... Ecris-moi. »

— Que dit-il ? me demanda Lynne.

— Rien d'important, répondis-je en reniflant. Alors ? demandai-je en tremblant.

Pour toute réponse, elle me serra dans ses bras en caressant mes cheveux. J'explosai en sanglots, m'accrochant à elle.

— Lynne... S'il était vraiment mort, je le sentirais... Je te jure que je le sentirais.

— Calme-toi, calme-toi...

Je m'écartai d'elle et fermai les yeux, tentant de me concentrer sur le lien fragile et ténu que nous avions construit lui et moi. Il y avait notre histoire... Et dans notre histoire, il y avait ces lettres.

Mais je ne voyais rien... ne sentais rien... Juste le néant, le vide... le noir complet.

Elle m'entraîna sur le canapé, et subitement, j'eus la sensation d'étouffer. Ma poitrine se comprima et je haletai. Lynne me fixait, incapable de savoir quoi faire pour me calmer. Je posai ma main sur ma poitrine, suffoquant de panique et d'angoisse.

— Kat, s'il te plaît, calme-toi, m'implora-t-elle.

— Appelle Nathan, articulai-je dans un murmure.

— Il ne répond pas, dit-elle en raccrochant vivement son téléphone.

— Appelle l'hôtel alors. Quelqu'un doit savoir où il est.

— Kat...

— Appelle l'hôtel, hurlai-je.

Elle finit par composer le numéro du Peninsula et, après une courte conversation avec Sam, elle parvint à lui soutirer l'information.

— Meghan a demandé une voiture pour le Lennox.

— On y va.

— Kat... Je suis certaine que...

— On y va, la coupai-je. Du moins, moi j'y vais. Fais ce que tu veux, mais je ne vais pas attendre ici qu'on m'annonce sa mort !

Elle soupira, avant de se rallier à mon argument. J'enfilai une paire de baskets et claquai la porte de l'appartement derrière moi. Après dix minutes d'attente insoutenable, je parvins à héler un taxi. Je hurlai presque pour qu'il aille plus vite. La circulation était fluide à cette heure, et je savais que nous y serions en peu de temps. Les rues défilèrent, et pourtant il me semblait que nous nous traînions.

Lynne, à mes côtés, passait son temps sur son portable, les traits de son visage tirés. Le teint encore plus pâle qu'habituellement, éclairé par l'écran de son téléphone, elle pestait. Pourtant, malgré toute la nervosité qui émanait d'elle et de ses gestes brutaux, elle paraissait calme en comparaison de la tempête intérieure qui me ravageait.

Andrew. J'espérai seulement qu'il était encore en vie. Peu importait l'état de ses blessures, je le voulais en vie, au moins pour lui avouer la vérité.

— As-tu rappelé Nathan ? demandai-je finalement, totalement paniquée, à Lynne.

— Il ne répond pas, s'énerva-t-elle.

— Il n'est pas mort, murmurai-je, sûre de moi. Je le sais.

Je tapai mes doigts nerveusement contre ma cuisse, réfléchissant à toute allure. Comme si nous n'avions pas eu suffisamment de choses à subir... Cet accident était la goutte d'eau. Mon état de nervosité était en train de m'achever. Mes membres étaient engourdis et mon ventre jouait au Yo-Yo, imaginant soit le pire, soit... le pire. Mais la seule chose que j'entendais, c'était la petite voix de ma conscience.

Si Andrew était mort, je l'aurais senti. A chaque feu rouge que nous subissions, j'avais la sensation de me ratatiner un peu plus. Comme si on m'assommait, rendant l'attente et l'ignorance encore plus insupportables. Mon corps était douloureux, tendu, crispé, et chacun de mes mouvements m'arrachait des grimaces.

La voiture s'immobilisa, et je m'agaçai de subir un nouveau feu de signalisation.

— Je ne peux pas aller plus loin, annonça brutalement le chauffeur.

— Quoi ? dis-je avant de me tordre le cou et de comprendre.

— La rue est barrée...

— Bordel de merde, pestai-je avant d'ouvrir la portière.

Je me mis à courir en direction de l'hôpital, entendant au loin le chauffeur de taxi hurler pour qu'on lui règle sa course. Je refusai de perdre plus de temps, et espérai que Lynne serait en mesure de le faire.

Au bout de la rue, je distinguai des lumières vives et des flashs crépitants. Les journalistes étaient là, se préparant à transmettre le moindre scoop. L'entrée de l'hôpital était inaccessible et bondée de monde. Haletante, et les mains sur les genoux, je cherchai une solution. Donner mon nom ne suffirait sûrement pas... et dire que je venais voir Andrew Blake était l'argument clé pour me faire embarquer par la police.

— Viens par là, murmura la voix étouffée de Lynne derrière moi.

Elle me prit par le coude, sans me laisser le temps de répondre et manquant de me faire trébucher, pour m'entraîner sur le trottoir d'en face.

— Qu'est-ce que tu fais ? m'agaçai-je en redirigeant mon attention sur l'entrée principale de l'hôpital.

— J'ai eu Nathan, il vient nous chercher, répondit-elle, essoufflée.

— Est-ce qu'il a dit quelque chose pour Andrew ? Dis-moi ! la pressai-je, avec une énergie retrouvée.

— Il va bien, m'assura-t-elle. Viens, il faut qu'on contourne le bâtiment.

Je soupirai de soulagement et sentis mon corps reprendre vie instantanément. Il allait bien. Je me surpris à sourire, avant de comprendre que je voulais le voir et l'entendre. Je repris ma folle course, longeant l'hôpital. Lynne me suivit, prenant le même rythme. Elle m'indiqua l'entrée des livreurs et nous nous engouffrâmes dans un des sous-sols. Un des gardes de l'hôpital fit barrage, nous empêchant d'aller plus loin.

— On est avec Nathan Evans ! expliqua Lynne hors d'haleine.

— Personne n'entre, ordre de la direction.

— Je suis la petite amie d'Andrew Blake ! criai-je, à bout de nerfs.

— C'est ça ! Et moi je suis le Christ ! ironisa le garde en riant.

Je râlai, prête à foncer sur lui, mais Lynne me retint. Et finalement, derrière lui, le visage terne et cendreux de Nathan apparut. Je hurlai son prénom en courant comme une folle furieuse vers lui.

J'esquivai le garde, un peu trop corpulent pour être bon à la course, et me dirigeai vers Nathan. Je fonçai dans ses bras, où il m'accueillit en amortissant le choc.

— Woah... Kat... Respirez ! m'intima-t-il en souriant. Elle est avec moi, cria-t-il au garde, qui, rouge vif, me poursuivait toujours.

— Comment va-t-il ?

— Bien... si on peut dire. Montons.

— Bonsoir, Nathan, murmura Lynne derrière moi.

Il la regarda étrangement, entre sidération et fascination, et hocha la tête. Elle baissa les yeux, le rouge aux joues. Quand finalement nous gagnâmes l'ascenseur, je trépignai dans l'espace étroit, observant les étages défiler à un rythme bien trop lent. Nathan me jeta plusieurs fois un regard, mais ne parla pas. Il avait cette étrange capacité à contrôler ses émotions. Je ne l'avais jamais vu énervé ou agacé. Quelque part, ce calme souverain, dans un espace si restreint, m'horripilait. Travailler aux côtés d'Andrew lui avait sûrement appris à se maîtriser. Quand les portes s'ouvrirent, je me précipitai dans le couloir.

— La dernière chambre, m'indiqua Nathan.

Je marchai rapidement jusqu'au bout du couloir, me retenant de courir pour ne pas attirer plus l'attention. Je passai devant la salle d'attente, où se tenaient Meghan et Gregory, en plein conciliabule. Devant sa porte, je me mis bêtement à prier pour qu'il n'ait rien de grave, même si le sourire de Lynne, en pleine rue, m'avait rassurée. Je toquai doucement à la porte et entrai.

Andrew était couché, les yeux clos. De l'oxygène lui parvenait par le nez et sa respiration semblait calme. J'approchai doucement, fixant son visage blanc, inerte, et un sanglot s'étrangla dans ma gorge. Je posai ma main sur la sienne, la pressant un peu, mais il ne bougea pas. Je regardai le moniteur cardiaque. Le rythme était régulier, et cela me rassura.

Je contournai le lit, évitant de faire du bruit tout en espérant en faire suffisamment pour qu'il ouvre un œil. Avec précaution, je m'assis sur le bord du lit et passai une main sur son front pour dégager ses cheveux.

— Andrew ? murmurai-je.

De nouveau, il resta immobile. Je renouvelai mon geste, passant sur sa joue un peu râpeuse, avant de caresser furtivement sa bouche.

— Andrew ? répétai-je avec un peu plus d'espoir.

Ses lèvres sèches et presque gercées s'entrouvrirent, et mon cœur s'emballa subitement. Il était là. Je me penchai sur lui et embrassai sa bouche légèrement abîmée par une entaille suturée. Il geignit faiblement, et je me redressai pour laisser ma main caresser son front. Il était tellement pâle.

Il cilla un peu, ses paupières papillonnant sans jamais s'ouvrir réellement. Je repassai ma main sur son front, puis descendis sur sa joue, suivant la ligne de sa mâchoire, espérant provoquer un quelconque mouvement. Il bougea légèrement, en gémissant, puis s'immobilisa.

Je me relevai du lit et pris une chaise pour m'asseoir près de lui. Je calai sa main fraîche entre les miennes, détectant un nouveau mouvement de sa part. Il secoua la tête, et murmura mon prénom dans un souffle à peine audible.

— Je suis là, Andrew, répondis-je en tremblant.

Ses paupières s'ouvrirent difficilement, et il cligna

les yeux plusieurs fois. Je posai ma main sur son front, soulagée et heureuse. Il grogna un peu et étouffa un cri de douleur en tentant de se redresser.

— Calme-toi. Tu es à l'hôpital, expliquai-je.

Il s'apaisa presque instantanément, et tourna son visage abîmé vers moi. Je risquai un sourire, plus pour en provoquer un chez lui, que par réelle envie. Il lécha ses lèvres desséchées et soupira lourdement.

— Je leur avais dit de ne pas me donner de calmants, murmura-t-il, agacé.

— C'était sûrement pour t'éviter de souffrir, soulignai-je.

Il ouvrit les yeux, avant de les refermer aussitôt. Son visage se crispa et il tenta de bouger légèrement son corps. Lentement, il se redressa sur ses coudes, avant de s'effondrer sur les oreillers en râlant.

— Tu ne devrais pas trop bouger, suggérai-je.

De nouveau, il lâcha un long soupir, à la fois agacé et contraint de se soumettre à ce que son corps lui dictait. Ses traits se durcirent, et je compris à quel point cette situation lui était insupportable.

— Comment te sens-tu ? demandai-je.

— Frais comme un gardon, dit-il d'une voix rauque.

Je souris malgré moi. J'en aurais presque pleuré de rire, si la situation avait été plus normale. Je me penchai sur lui, faisant attention à ne pas prendre appui d'une quelconque façon sur son corps, et l'embrassai.

Il pressa doucement ses lèvres contre les miennes et repoussa le drap qui couvrait sa poitrine au niveau de son ventre. Je remarquai alors le bandage autour de ses côtes. Il grimaça et parvint après de longues minutes à se mettre quasiment assis.

— Andrew, tu devrais...

— Je veux sortir d'ici, me coupa-t-il.

Il me jeta un regard et, soudain, mon corps relâcha toute la pression de ma cavalcade. Mes nerfs lâchèrent si brutalement que je fus surprise de sentir les larmes couler sur mes joues. J'étais incapable de prononcer le moindre mot, tétanisée… La panique me déserta, laissant place au soulagement et à une forme d'épuisement.

— Tout va bien, Kathleen. Ce ne sont que des égratignures, m'expliqua-t-il avec douceur.

— J'ai… je… J'ai… tellement peur…, articulai-je en me maudissant de pleurer devant lui.

Je m'assis près de lui, gardant ma main dans la sienne. Il leva prudemment l'autre main et caressa ma joue, essuyant les larmes.

— Tout va bien, je t'assure. Je vais rentrer à l'hôtel.

— Tu n'es pas en état de rentrer, ripostai-je.

Il étouffa un rire dans sa gorge et grimaça en pivotant vers moi. Je le toisai, arquant un sourcil, heureuse de voir que son corps ne lui donnait pas raison.

— Dès qu'il s'agit de me contredire, tu retrouves la parole, se réjouit-il.

— J'ai vu la voiture, soufflai-je.

— Ça semble pire que ce que c'était réellement. Les airbags ont été efficaces.

— J'ai imaginé le pire, avouai-je.

— Moi aussi, murmura-t-il. Mais je t'assure que je vais bien.

— Donc ce bandage ? C'est quoi ? De la coquetterie ?

— Juste une côte de cassée. J'avais l'épaule déboîtée, mais c'est arrangé. Et j'ai quelques coupures…

Je levai ma main vers son visage et, du bout de mon index, suivis le dessin d'une des microcoupures. Je soupirai lourdement. Il parlait de tout ça avec une telle légèreté. Comme si c'était sans importance. Son visage et les traces de son accident disaient pourtant l'inverse.

— Je veux rentrer à l'hôtel et passer la nuit avec toi, souffla-t-il dans mon cou.

— Ce n'est pas raisonnable, dis-je en libérant sa main, dans un geste de protestation.

— Passer mes nuits avec toi est sûrement la chose la plus raisonnable que je n'aie jamais faite.

— Les médecins ne te laisseront pas faire, contrai-je en croisant les bras sur ma poitrine.

— L'hôpital n'a qu'une hâte : se débarrasser de moi et des foutus journalistes qui attendent ma nécrologie !

— Pourquoi cherches-tu à jouer au héros ? m'agaçai-je en sentant ma volonté flancher petit à petit.

— Parce que je préfère être avec toi... Je savais que tu paniquerais.

Je lui lançai un regard. Je devais admettre qu'il avait raison sur ce point. De toute ma vie, je n'avais jamais eu aussi peur de perdre quelqu'un.

— Kathleen, je t'assure que je vais bien. Tu sais, ces vacances, dont nous avons parlé...

— Je sais... Tu ne lâcheras rien, n'est-ce pas ?

— Je suis aussi têtu que toi.

— De toute façon, que je le veuille ou non, je sais que tu quitteras cet hôpital, soupirai-je en me relevant du lit.

— C'est vrai. Mais pour une fois, je préférerais que tu sois d'accord. Les calmants m'ont totalement anesthésié, et je dois reconnaître que je ne suis pas en état d'argumenter contre toi.

Je ris de sa franchise, tandis qu'il me souriait aussi. Son visage reprenait un peu de couleur, mais les petites coupures dans son cou trahissaient les derniers événements. Subitement, il se figea et porta une de ses mains à ses côtes. Je fronçai les sourcils. Andrew avait vraiment besoin de rester au moins cette nuit à l'hôpital.

— Je vais aller chercher un médecin. Mais tu dois me promettre que tu seras raisonnable.

— C'est ta nouvelle lubie, que je sois raisonnable ?

— Ma nouvelle lubie, c'est toi ! râlai-je pour qu'il comprenne que je faisais ça pour son bien.

— Dis aux journalistes que je ne suis pas mort, ajouta-t-il alors que je m'apprêtais à sortir de la pièce.

— A part une météorite, je ne vois pas ce qui pourrait te tuer ! plaisantai-je. Je vais dire aux autres que tu vas bien, ajoutai-je avant de fermer la porte derrière moi.

Je retournai en direction de la salle d'attente, y retrouvant Meghan, dont la tête reposait sur celle d'un Gregory quasiment endormi, et Nathan, en un face-à-face silencieux avec Lynne. Quand cette dernière me vit, elle bondit vers moi, s'enquérant de l'état d'Andrew.

— Il va bien. Il veut sortir, m'agaçai-je, tandis que les trois autres se tournaient vers moi.

— Vous n'avez quand même pas cru qu'il allait rester ici sans rien faire ? se moqua Nathan.

— Il est tellement borné, soupira Meghan.

— Vous devriez rentrer dormir, suggérai-je. Surtout toi, Lynne. Tu es censée être fraîche et pimpante d'ici quelques heures !

Elle haussa les épaules, comme si la journée de demain était sans importance pour elle, avant d'acquiescer.

— Travailler avec lui finira par me tuer, dit péniblement Meghan en bâillant.

Elle se pencha et ramassa ses talons aiguilles, avant d'enrouler sa veste autour de son avant-bras.

— Mais, il me paie bien... Et je présume que si je menaçais de démissionner il me paierait encore plus !

— C'est donc ça ton secret ? Menacer de partir ?

— Comment crois-tu que j'ai eu un bureau avec fenêtre ?

Nathan leva les yeux au ciel, pendant que Meghan pouffait de rire. Lynne se pinçait les lèvres, se retenant sûrement d'en faire autant elle aussi. J'avais presque envie de l'encourager à le faire. Après la frayeur que nous avions eue, rire ne pouvait nous faire que du bien.

— Rentrons au Peninsula, proposa Meghan en enroulant son bras autour de celui de Gregory.

Je lançai un regard surpris à ce dernier, et il se contenta de sourire. Pourtant, quand elle esquissa un premier pas pour partir, il ne bougea pas, statufié au milieu de la pièce.

— Tu ne viens pas ? demanda Meghan, étonnée.

— Je n'ai pas franchement les moyens de m'offrir une suite, même la plus minable, au Peninsula, argua Gregory.

— On s'en fiche, on mettra ça sur le compte d'Andrew ! éluda rapidement Meghan.

— Il appréciera, ironisa Nathan.

— Je gère les finances, tu gères le commercial... Enfin tu essayes ! plaisanta-t-elle. Allez, Greg, viens avec nous.

Greg ?

— Passez devant, je dois parler avec Kat quelques instants.

— Comme tu veux ! soupira Meghan en entourant finalement le bras de Nathan.

Ils quittèrent la pièce, suivis par Lynne, juste derrière eux. Elle allait sûrement devoir assister à leurs petites joutes verbales. A moins que Nathan ne mette son plan à exécution un peu plus tôt que prévu...

Alors que je les regardais s'éloigner dans le long couloir éclairé de néons, Gregory se posta à mes côtés.

— Si elle se retourne, c'est que j'ai gagné, murmura-t-il, conspirateur.

— Stratégie de l'ignorance ?

— Exactement. On a un peu discuté pendant que tu étais avec Andrew. Elle n'est pas du genre à...

— ... à tomber à tes pieds en te suppliant de lui faire l'amour ? finis-je pour lui.

— Ça si... C'est les relations qu'elle ne gère pas. D'autant plus que nous avons le même patron !

J'entendis le rire de Meghan résonner, et celui de Nathan retentit quasiment en même temps. Lynne s'était approchée et se tenait près de Nathan. Ce dernier se tourna vers elle et lui offrit ce qui devait sûrement être son premier vrai sourire de la soirée.

— Tu vas continuer à travailler pour Andrew ? demandai-je en espérant une réponse positive.

— Tu crois vraiment que je vais te laisser batifoler avec l'« Empereur » en toute quiétude ?

— Ça veut dire que je vais t'avoir sur le dos tout le temps ? grimaçai-je en pensant au fait qu'Andrew voudrait sûrement continuer à œuvrer à ma protection.

— Sauf si Meghan tourne la tête et que je trouve une autre femme que toi à agacer.

Lynne appela l'ascenseur, sa bonne mine et sa bonne humeur retrouvées. J'attendais que Meghan se retourne, et je redoutais de plus en plus qu'elle ne le fasse pas. Près de moi, je n'entendais plus la respiration de Gregory, comme s'il retenait son souffle.

— Je ne savais pas que tu avais passé la nuit avec elle, lui dis-je doucement.

— Je lui ai offert un massage, sourit Gregory.

— Tu suis mes conseils ?

— Tu as séduit l'« Empereur »... T'es une sorte de référence dans le milieu, désormais !

Je lui tapai l'avant-bras en riant. L'ascenseur s'ouvrit dans un petit ding, et finalement Meghan se retourna légèrement, nous saluant de la main.

— J'ai gagné, murmura-t-il tout sourires en levant la main vers elle.

Il opina et, brutalement, enroula son bras autour de mes épaules pour me serrer contre lui.

— Tu devrais aller la rejoindre... La stratégie de l'ignorance a ses limites.

— Tu crois ?

— Eh bien, tu penses avoir gagné parce qu'elle s'est retournée... Elle, elle pense qu'elle va gagner parce qu'elle va rentrer seule. Du coup, si j'étais toi...

Je n'eus pas le temps de finir que je vis Gregory foncer en direction de l'ascenseur, son pas lourd résonnant dans tout l'étage.

— Attendez-moi, criait-il au mépris des règles de silence imposées par l'hôpital.

Au loin, Meghan fronça les sourcils. Nathan jeta son bras en avant pour retenir les portes et Gregory s'y engouffra. Je n'eus même pas le droit à un dernier salut. Mais en les voyant tous les quatre dans le petit espace, Meghan riant avec Gregory, pendant que Nathan et Lynne semblaient se dévorer du regard, je me souvins des mots d'Andrew alors que lui et moi nous connaissions à peine.

Il y avait définitivement quelque chose avec les employés de cet hôtel.

***

Je priai pour que le Dr Hamilton soit à la fois indulgent et doté d'une forme d'esprit de conservation. J'étais certaine qu'Andrew refuserait d'obéir à un quelconque ordre médical, s'il n'allait pas dans son sens.

— Cette jeune femme m'a dit que vous vouliez déjà nous quitter, plaisanta le médecin en parcourant son dossier médical.

— En effet. J'ai un peu de mal avec la décoration de cet endroit, railla-t-il.

— Le choc a été rude.

Le médecin se tourna vers moi, tout sourires.

— Il est toujours aussi têtu ? m'interrogea-t-il.

— Il est très exigeant.

— Et il sait s'entourer.

Je rougissais furieusement, tandis que le médecin m'examinait minutieusement. De toute évidence, l'esprit de conservation ne l'étouffait pas. Andrew le fusilla du regard, et, les poings serrés, il agrippa les draps, prêt à en découdre.

— Merci, balbutiai-je, hagarde.

— Peut-on en revenir au motif de votre présence ici ? gronda Andrew.

— Monsieur Blake, votre dossier indique une nuit d'observation. Vous avez eu un accident violent et nous devons vérifier si tout va bien.

— Tout va bien, assura-t-il.

— C'est à nous de décider, le contra le médecin.

Puis, subitement, il referma son dossier médical et le cala sous son bras. Je risquai un œil vers Andrew qui semblait bouillir et prêt à exploser dans la seconde. Il serra les poings, malmenant le drap amidonné de l'hôpital, et fixa le médecin, comme s'il allait le tuer.

— Mademoiselle, si vous le souhaitez, nous avons des chambres disponibles.

— Non, je préfère rester ici, le coupai-je.

— C'est juste à l'étage en dessous, précisa le médecin, c'est très calme et je peux vous y accompagner.

Je contournai le lit et m'assis tout près d'Andrew. Ce

dernier posa une main possessive sur ma jambe, la serrant un peu trop fort, avant de toiser le médecin.

— Elle a dit qu'elle préférait rester ici, gronda Andrew. Dois-je appeler un médecin pour faire vérifier votre audition, ou juste un psychiatre pour vos tendances suicidaires ?

— Si vous avez besoin de quoi que ce soit, proposa le médecin en ignorant ostensiblement cette dernière remarque, ses yeux toujours rivés aux miens.

J'en étais stupéfaite. Non seulement il me draguait ouvertement — ce qui était déjà assez exceptionnel dans ma vie —, mais en plus devant Andrew. Etait-il idiot ou simplement culotté ? Andrew attrapa finalement ma main et entremêla nos doigts.

— Merci de votre diligence, docteur Hamilton, dit-il d'un ton glacial. Pouvez-vous veiller à ce que mes effets personnels soient rassemblés pour mon départ demain matin ?

— Je vais voir, aviez-vous des possessions de valeur ?

— J'en ai une, approuva-t-il en portant le dos de ma main à ses lèvres.

Je frissonnai légèrement, tandis qu'Andrew mitraillait des yeux le pauvre homme. Un silence tendu s'installa, et le jeune médecin tenta de se composer une posture, en mettant ses mains dans les poches de sa blouse.

— Je vais donc faire le nécessaire, monsieur Blake, assura-t-il en se dirigeant vers la porte.

Je réprimai un sourire, constatant la pâleur du visage du médecin. Son culot s'était évaporé et sa pomme d'Adam tressautait nerveusement dans sa gorge. Andrew reposa doucement ma main, la gardant toutefois fermement dans la sienne.

— Bonne nuit, monsieur Blake. Mademoiselle, me salua-t-il en fuyant mon regard.

Il quitta la chambre et, pendant que je riais doucement, Andrew marmonna dans sa barbe.

— Quel incroyable crétin, siffla-t-il.

— Je crois qu'il a compris le message. Tu n'as pas été très subtil.

— Je ne suis pas subtil avec les idiots de son genre. Ce type était en train de te draguer sous mes yeux !

Je retirai mes chaussures avec le bout de mes pieds et enlevai mes chaussettes. Je soulevai le drap, riant toujours pendant qu'Andrew jurait de supplicier le pauvre homme dès qu'il serait en pleine possession de ses moyens.

— Tu vas passer la nuit ici ? s'étonna-t-il.

— Ça semble évident, murmurai-je en retirant mon sweat-shirt.

Ses yeux s'illuminèrent et il me laissa un peu de place.

— De toute façon, chaque fois que j'ai le malheur de te laisser à ton propre sort, il t'arrive des ennuis, plaisantai-je.

— Ne me laisse pas, alors. Jamais, murmura-t-il en m'accueillant à ses côtés.

Je levai les yeux vers lui, toutes traces d'amusement sur son visage maintenant disparues. Le changement d'ambiance avait été imperceptible, et pourtant, nous nous engagions dans une de ces conversations qui, je le savais désormais, marqueraient notre histoire.

— Jamais, promis-je pendant que nous nous allongions tous deux dans les bras l'un de l'autre.

— J'ai eu peur, avoua-t-il. Peur de ne plus te revoir.

— J'ai eu peur aussi. Je ne sais pas ce que j'aurais fait, s'il t'était arrivé quelque chose de grave.

Il me pressa comme il put contre lui, m'étreignant amoureusement. Je posai une de mes mains sur son torse bandé, le caressant prudemment. Son corps se détendit presque immédiatement. Nous restâmes silencieux de longues secondes, et je me rendis compte que le moment était venu de lui dire pour les lettres.

Après ce soir, après avoir eu tellement peur pour lui, je ne craignais plus sa réaction. Je mis quelques secondes à former la première phrase qui me lancerait dans mon long récit.

— Andrew ? murmurai-je. Il faut que je t'avoue quelque chose... quelque chose sur moi, ajoutai-je avec hésitation, tout en me redressant.

— Un secret honteux ? m'interrogea-t-il, les yeux clos.

L'instant suivant, il bâilla et resserra sa prise sur mes épaules. Je soupirai, prenant conscience de son extrême fatigue. Je l'embrassai furtivement sur les lèvres, avant de constater qu'il venait de sombrer dans un profond sommeil.

Le lendemain matin, Andrew eut l'autorisation de sortir. Avec un sourire arrogant, il avait récupéré ses effets personnels que le médecin avait rassemblés. Gregory avait prévu une voiture pour nous ramener au Peninsula, ainsi que des vêtements propres pour Andrew.

Alors que Gregory garait la voiture, je jetai un œil à ma montre. Il était quasiment 10 heures. Lynne devait être plongée dans les derniers détails pour son mariage, prévu en fin de journée.

— Voulez-vous vous joindre à nous pour un brunch ? proposa Gregory.

— Nous ? l'interrogea Andrew.

— Nathan, Lynne et... Meghan. Nous avons pris la liberté de réserver une table dans l'un des restaurants de l'hôtel.

— Vous prenez des libertés ? s'étonna Andrew.

— Andrew, c'est samedi ! précisai-je.

— Tu veux faire ce brunch avec eux ? demanda-t-il, presque vexé.

— J'en serais ravie. Et à vrai dire, je ne veux pas manquer une miette du spectacle.

Andrew leva les yeux au ciel, pendant que Gregory, ne comprenant pas, semblait réfléchir à toute allure. Il sortit de la voiture et la contourna pour m'ouvrir la portière.

— Tu es parfois si... fleur bleue, chuchota Andrew.

— Dit l'homme qui m'a offert des fleurs, des boucles d'oreilles, une robe...

— J'aurais préféré que tu penses d'abord à mon cœur, ironisa-t-il. Je comprends maintenant que je n'aurais jamais eu ma chance avec toi si j'avais été pauvre.

— Tu ne serais jamais entré dans cet hôtel si tu avais été pauvre, contrai-je.

— Oh... Donc, c'est l'hôtel la clé de notre histoire ? s'enquit-il, pensif. Je n'avais pas envisagé les choses ainsi.

Il sortit de la voiture et, enroulant son bras autour de ma taille, il m'entraîna vers l'ascenseur. Gregory, silencieux, nous suivit à distance avant de nous rejoindre dans la petite cabine.

— Et tu envisageais les choses comment ? l'interrogeai-je.

— Je ne sais pas... Puisque tu penses que nous sommes des âmes sœurs, j'aime à croire que nous nous serions rencontrés sans cet hôtel.

Je pensais furtivement aux lettres, mais le moment était mal choisi pour lui annoncer la vérité. Par ailleurs, je ne voulais pas faire ça devant témoin.

— Enfin, je présume que ce qui compte, c'est le résultat, conclut Andrew. Et je suis à peu près certain que Gregory ne va pas me contredire sur le sujet !

Ce dernier sortit de sa torpeur, hagard et stupéfait, avant de nous fixer alternativement.

— Meghan est parfois glaciale, mais...

— Elle n'est pas glaciale, riposta-t-il. Juste... prudente.

— Je vous préviens, si...

— Elle m'a déjà prévenu, le coupa Gregory. Elle est très... persuasive.

— Et elle connaît des tueurs à gages ! ajouta Andrew.

— J'ai été flic, j'en connais plus qu'elle.

— Il va rendre Meghan complètement chèvre ! murmura-t-il, conspirateur.

— Je crois que c'est le but.

A notre arrivée dans le restaurant, je repérai immédiatement notre table. Meghan et Nathan se chamaillaient, pendant que Lynne, les traits tirés par un évident manque de sommeil, tentait de trouver des forces dans une tasse de café. Andrew m'avança une chaise et s'installa à mes côtés, pendant que Gregory fonçait près de Meghan. Ils se sourirent largement, et elle lui servit du jus d'orange.

— Andrew, je dois dire que cette fois tu as fait fort ! lâcha Nathan.

— A-t-on retrouvé le chauffard ? demandai-je.

— Rien pour le moment. Les recherches se poursuivent.

— Est-ce que ça va, Lynne ? l'interrogeai-je alors qu'elle était pâle comme la mort.

— Fatiguée, avoua-t-elle.

Je jetai un coup d'œil à Nathan, visiblement inquiet lui aussi de sa petite mine. Je penchai la tête, l'encourageant à se lancer. Mais il secoua la sienne et plongea le nez vers son assiette.

— Veux-tu des œufs ? me proposa Andrew.

— Juste du saumon, et des bagels.

— Je vais retourner me reposer, murmura Lynne en fixant ses pieds.

— Je t'accompagne, proposa Nathan en se levant de table.

— Ça ira.

— Lynne..., murmura-t-il, contrarié.

— S'il te plaît. Ne rends pas les choses plus difficiles.

Docile, il se rassit à sa place, pendant que Lynne nous saluait. Elle se dirigea vers la sortie et je me surpris à supplier Nathan d'aller lui parler. Mais de nouveau, il refusa.

— Quand elle aura franchi cette porte, ça sera terminé ! déclarai-je avec force.

— C'est déjà terminé, murmura-t-il avec tristesse.

— Je te vire dans la seconde si tu ne lèves pas ton cul de cette chaise, grogna Andrew, sans quitter des yeux le menu qu'il lisait avec assiduité.

Nathan nous questionna du regard, mais Andrew l'ignora superbement tandis que, silencieusement, je l'encourageais à foncer.

Chapitre 34

— Lynne ! hurla Nathan en se levant brutalement de table.

— Obligé de le menacer pour y arriver, râla Andrew toujours le nez dans son menu.

Devant moi, je vis mon amie se retourner vers Nathan. Elle était livide et semblait même à bout de forces, tenant péniblement debout sur ses jambes. Elle fixa son attention sur ses pieds, en attendant que Nathan la rejoigne.

— Tu crois qu'il va suivre le plan ? demandai-je à Andrew.

— Son plan est foireux, répondit-il. Il y a donc des chances que ça fonctionne.

— Taisez-vous, je veux entendre, s'agaça Meghan près de nous.

Nathan prit la main de Lynne et l'amena à l'écart. Ils s'étaient rapprochés de nous, mais les regards curieux ne se portaient plus sur eux. Debout devant elle, Nathan la fixa et relâcha sa main. Elle tanguait sur ses pieds, hésitante. Et quand elle releva finalement le visage, je vis ses larmes.

— S'il te plaît, laisse-moi, dit-elle doucement.

— Je refuse.

— Je vais me marier, contra-t-elle dans un gémissement.

— Je sais. Et je suis certain que ça va être... spectaculaire.

— Qu... quoi ? fit-elle sans comprendre.

— Tu vas promettre à un homme de l'aimer, d'être avec lui toute la vie... Eh oui, je sais que tu seras spectaculaire en mariée. Tu l'es déjà maintenant !

Elle se mordit la lèvre et essuya ses larmes. Nathan fit encore un pas, s'approchant un peu plus d'elle.

— Et tu vas faire une fête énorme, te soûler au champagne, pleurer et te sentir ridicule en écoutant les discours des uns et des autres... Mais là encore, tu seras spectaculaire. Et ensuite, cet homme aura la chance de t'avoir près de lui. Jour et nuit... Et il sera un sacré veinard d'avoir une femme comme toi dans sa vie. Parce que tu es... tu as toujours été et tu seras tout le temps... spectaculaire, à mes yeux.

— Va-t-il répéter ce mot encore cinq fois ? s'enquit Andrew dans un murmure.

— Combien de fois m'as-tu dit que j'étais ton exception ? contrai-je.

— Tu avoueras que c'est nettement mieux trouvé que « spectaculaire » !

— Chut ! nous intima Gregory en se tordant le cou pour admirer le spectacle.

Andrew lui lança un regard menaçant, mais très vite se radoucit dans un sourire. Quoi qu'il en dise, je savais qu'une partie de lui admirait ce que faisait Nathan. Lynne avait juste besoin de comprendre qu'elle faisait fausse route.

— Et je veux que ma vie soit spectaculaire, Lynne.

— Nathan, ce n'est pas...

— S'il te plaît, laisse-moi finir. Je sais que j'arrive sûrement trop tard, mais tu ne me laisses plus le choix.

Soudain, il posa un genou à terre et se saisit de sa main.

— Lynne, veux-tu m'épouser ?

— Quoi ? hurlèrent Meghan et Lynne à l'unisson.

Gregory posa une main sur l'épaule de Meghan, la forçant à se rasseoir. Andrew secouait la tête, tentant de réprimer un sourire sans y parvenir. Je portai mon attention sur mon amie, qui, comme nous tous, semblait retenir son souffle.

— Ça, c'est la méthode douce, expliqua Nathan. Tu dis oui et tu reviens à table avec nous.

Lynne trembla, et un sourire flotta sur ses lèvres. Les larmes réapparurent et Nathan se redressa, sans avoir la réponse qu'il espérait.

— La méthode forte consiste à continuer à te faire croire que je suis sain d'esprit, alors que j'envisage réellement de t'enlever dans la minute, de te faire prendre un avion pour Las Vegas et de t'épouser là-bas de la façon la plus ringarde possible.

— Il est complètement cinglé, commenta Gregory, défaitiste.

Brutalement, Lynne agrippa la chemise de Nathan et l'attira contre ses lèvres. Il y eut un moment de flottement, où tous, à table, nous les fixions, stupéfaits. Finalement, Nathan entoura Lynne de ses bras et leur baiser devint passionné.

A mes côtés, Meghan se mit à siffler et à applaudir, et Gregory se leva pour en faire autant. Andrew sortit son téléphone et donna des ordres pour des réservations immédiates dans un hôtel de luxe dans le Nevada.

Au bout de quelques instants, Lynne, essoufflée et le rouge aux joues, s'écarta de Nathan. Elle avait ce regard pétillant et fou que je lui connaissais. Une telle joie irradiait de son visage et semblait contaminer le public autour d'eux, souriant largement.

— Alors, quelle méthode préfères-tu ? l'interrogea-t-il en passant ses pouces sur ses joues pour effacer ses larmes.

— J'ai toujours rêvé d'aller à Vegas, avoua-t-elle en rougissant encore plus.

— Alors Vegas, ça sera. Attends-moi ici.

Elle hocha la tête et Nathan revint vers nous, uniquement pour reprendre sa veste. Il lança un regard à Andrew.

— Tu as une semaine de congés. Pas un jour de plus.

— Une semaine ? s'étonna-t-il. Kat, je vais vous offrir la lune si vous parvenez à l'attendrir encore un peu.

Andrew leva les yeux au ciel et je lui souris largement.

— J'y travaille, plaisantai-je en fixant Andrew. Amusez-vous bien !

— Nous avons un vol dans... quatre heures, expliqua-t-il tout en jetant un œil aux billets d'avion sortis de la poche de sa veste.

— Juste le temps de faire un sac et d'annuler son mariage d'aujourd'hui, railla Meghan.

— Toi, tu es fâchée parce que tu n'es pas invitée ! riposta Nathan.

— Je suis fâchée parce que tu as osé faire ta demande sans bague ! s'exclama-t-elle. C'est... c'est... illégal ! bégaya Meghan.

— Je vais arranger ça, promit-il.

— Tu n'arrangeras rien du tout si tu restes à bavasser ici avec nous, plutôt que de la rejoindre, dit doucement Andrew.

Nathan se tourna vers Lynne, qui, immobile, attendait le retour de son nouveau futur mari.

La minute suivante, il la retrouva et, heureux, il cala la main dans la sienne, avant de l'embrasser chastement sur les lèvres.

— J'ai failli attendre, dit-elle en plantant son regard éclatant dans le sien.

— Je promets de ne plus jamais te faire attendre, répondit Nathan.

Main dans la main, ils se dirigèrent vers la sortie du restaurant. Quelques secondes plus tard, les conversations reprirent, des sourires fleurissant sur la plupart des visages.

— J'espère que Philip ne va pas être trop... en colère, soufflai-je à Andrew.

— Nathan le connaît. Il ne prendra pas le risque de laisser Lynne seule avec lui.

— Tu crains qu'il soit violent ? m'enquis-je.

— Non... juste manipulateur. C'est un homme d'affaires, il va tout faire pour arriver à ses fins.

Meghan et Gregory s'éclipsèrent les premiers. Seule à table avec Andrew, je finissais mon café, pendant qu'il consultait son téléphone. Il fronça les sourcils plusieurs fois, avant de se tourner vers moi.

— Il y a un avion ce soir pour San Francisco, annonça-t-il doucement.

— Je croyais qu'on devait partir demain ? m'étonnai-je en reposant ma tasse.

— J'ai ma déposition à boucler dans le courant de l'après-midi. Et le mariage de Lynne n'est, de toute évidence, plus d'actualité. Plus rien ne nous retient ici !

— Je dois vérifier quand rentre mon père, balbutiai-je. Il doit sûrement prendre un vol demain et je...

— Kathleen, si tu veux passer du temps avec ton père, je n'y vois aucun inconvénient.

Il me regarda avec un mélange curieux de tendresse et de quasi-dévotion. Il plaça sa main sur ma joue et m'attira contre ses lèvres. Son baiser était doux, léger, presque hésitant. Je m'écartai légèrement et il passa son pouce sur ma bouche en souriant.

— Demain, alors. Demain, tu seras enfin toute à moi.

Je rougis violemment, songeant que je tenais peut-être enfin l'occasion de tout avouer à Andrew. Les lettres, Marie, notre histoire. Je sentis une boule d'angoisse désagréable se former dans mon ventre, et soudainement tout appétit me déserta. Je me forçai à sourire et pris une profonde inspiration.

— Andrew, j'ai besoin de te parler de quelque chose.

— Voilà le genre de phrase qu'un homme n'aime pas entendre de la part d'une femme.

Il me fixait avec curiosité. Il prit une gorgée de son jus de fruits, son regard ne quittant pas le mien. Je gigotai sur ma chaise, comme si tenir une autre position allait m'aider.

— Est-ce vraiment important ? m'interrogea-t-il.

— Oui, murmurai-je. Plus que ça même, ajoutai-je en baissant les yeux.

— Ne fais pas ça, m'intima-t-il doucement. Ne baisse pas les yeux devant moi.

Avec douceur, il me fit remonter le visage et ancra son regard dans le mien. J'hésitai encore plus. J'aurais pu garder le secret, faire comme si... Mais quelque part, je savais que la fuite n'était pas une bonne idée. Si Andrew venait à apprendre que je lui avais caché la vérité, une partie de sa confiance serait brisée.

— Quand tu baisses les yeux, j'ai l'impression que tu me crains. Penses-tu que ce que tu vas à me dire changera quelque chose entre nous ?

— Je croyais que tu aimais l'honnêteté ?

— C'est vrai. Mais je crois que nous avons eu notre lot de péripéties. J'aspire à une période de... calme, maintenant. Et quoi que tu en penses, rien ne me fera changer d'avis sur toi.

Sur ces paroles, mon corps reprit un fonctionnement normal. Ma respiration lourde et erratique s'apaisa. L'angoisse était toujours là, mais cette confiance absolue qu'il avait en nous me rassura. Il avait raison sur un point : nous avions besoin de repos, d'être au calme, d'avoir l'esprit libre pour nous concentrer sur nous.

Après le déjeuner, Andrew gagna sa chambre pour passer quelques coups de fil à San Francisco. Il ironisa même sur les vacances de Nathan, jurant que ce dernier lui devait une vie entière de gratitude.

Je rejoignis donc la petite suite de mon père pour l'aviser de l'annulation du mariage de Lynne. Cette dernière avait sûrement parlé à Philip, mais je doutais de la loyauté de la famille de son ex-futur époux. Les invités de Lynne se comptaient sur les doigts de la main, ceux de Philip représentaient la moitié de New York. Ses parents voudraient sauver les apparences à tout prix.

Mon père montra un étonnement poli, triturant pensivement sa moustache, avant de conclure que de toute façon Philip ne lui avait pas inspiré confiance.

— C'est Lynne qui a annulé le mariage, le corrigeai-je.

— Oh... d'habitude, c'est le mari qui panique !

— Elle n'était pas amoureuse de lui, pas comme elle le devait en tout cas.

— Pas comme tu aimes Andrew Blake ?

— Papa ! m'exclamai-je, gênée qu'il aborde le sujet.

— En tout cas, tu n'as pas choisi le plus mauvais des partis.

— Je me fiche de son argent, murmurai-je.

— Je sais. Je vous ai vus hier soir pendant que vous dansiez.

Je baissai le regard, rougissant en repensant à ma conversation de la veille avec Andrew. Le mariage semblait important pour lui. Et moi, je prenais doucement conscience que je n'avais rien contre l'idée de lui appartenir non seulement légalement, mais aussi aux yeux des autres.

— Que veux-tu savoir ? Je sais que tu as déjà enquêté sur lui.

— Hier soir, j'ai vu comment tu le regardais, et j'ai vu qu'il te regardait avec... je ne sais pas...

— Amour ? tentai-je presque amusée devant la mine désabusée de mon père.

— J'allais dire « prédation »... Je suis ton père, techniquement, personne ne sera assez bien pour toi. Mais je dois admettre qu'Andrew Blake n'est pas le pire des hommes que tu aurais pu choisir.

— Je le lui dirais, ça lui fera plaisir, me moquai-je.

Mon père se redressa et, de nouveau, se mit à jouer avec sa moustache. Ce geste, dans le monde de Walt Dillon, n'était jamais anodin. Il se dirigea vers la fenêtre et admira la vue s'étalant devant lui.

— Et tu as vraiment démissionné, n'est-ce pas ?

— Oui, avouai-je. Je vais aller vivre à San Francisco, avec Andrew, continuai-je en espérant que cette information m'excuse plus rapidement.

— Oh.

L'étonnement de mon père était réel. Me tournant toujours le dos, il soupira lourdement, comme s'il acceptait une forme de défaite. Je me levai et passai une main dans son dos avant de caler ma tête contre son épaule. J'étreignis mon père fortement, entourant sa taille de mes bras.

— Tu as raison, techniquement, il ne sera jamais aussi bien que toi.

— Il a séduit ma fille, il ne peut pas être si mauvais, bougonna-t-il. Votre histoire semble sérieuse.

Il se tourna finalement vers moi et me fixa pour jauger ma réaction.

— Elle l'est, dis-je avec franchise.

— Ça me rassure.

— Papa, n'as-tu donc aucune confiance en mon jugement ?

— Oh si... c'est juste que j'ai payé ce smoking une petite fortune, j'espère donc le rentabiliser, expliqua-t-il en désignant le costume suspendu derrière la porte.

Il me sourit, heureux de sa plaisanterie, pendant que je l'imaginais me confiant à Andrew devant l'autel. Je réprimai un rire et mon père me serra dans ses bras. Sa chaleur, sa confiance en moi m'avaient manqué. Je sentis les larmes me piquer les yeux. Tout était parfait maintenant, et je regrettais presque d'avoir refusé de partir plus tôt pour San Francisco.

— Je te propose que nous dînions ensemble, dis-je à mon père avant de le quitter. Comme ça, tu pourras apprendre à connaître Andrew.

— Je le connais assez. Exigeant et voleur de fille, râla-t-il.

— Vous vous ressemblez.

Mon père bougonna quelque chose d'inintelligible et je souris. Il râla encore plus.

— Je te récupère dans ta suite vers 20 heures.

Je quittai la chambre de mon père pour rejoindre la

Peninsula Suite. J'annonçai à Andrew mon projet pour notre dîner, qu'il accepta avec plaisir.

En fin d'après-midi, il dut retourner au commissariat pour finir et signer sa déposition.

— Je reviens vite.

— Sois à l'heure pour le dîner, le prévins-je.

— Je ne manquerais ça pour rien au monde, assura-t-il en m'embrassant furtivement. Je dois filer, Nathan me conduit.

— Il ne devait pas prendre l'avion pour Vegas ? m'enquis-je en vérifiant l'heure.

— Il prend un vol cette nuit. Lynne ne voulait pas partir sans récupérer quelques affaires. Et Grant a aussi besoin de sa déposition.

— Où est Lynne maintenant ?

— Probablement dans la suite de Nathan.

Andrew enfila son caban et, aussitôt, j'approchai de lui pour ajuster son col. Il sourit largement en me voyant faire, s'amusant de mon enthousiasme.

— Quel genre de chance ai-je de t'avoir ? murmura-t-il.

— Une chance insolente ? plaisantai-je en relevant les yeux vers lui.

— Sûrement. Ma vie était tellement planifiée... et tu as débarqué.

— « Tu » as débarqué dans mon monde ! Je menais une vie tranquille avant que tu choisisses le Peninsula !

— N'est-elle pas plus excitante maintenant ?

Son regard s'assombrit et son corps approcha du mien. Mon père avait raison, l'amour et la prédation chez Andrew étaient des notions assez proches. Je sentis mon cœur tressauter et mon corps se tendit.

— Plus intense, même ? reprit-il.

— Bien plus, avouai-je. Je doute d'en avoir fait autant...

— Je te l'ai déjà dit... Avant toi, ma vie était triste. Les mois, les semaines, les jours... tout cela se suivait sans jamais m'apporter autre chose que ce que je connaissais déjà. Tu m'as sorti de ma torpeur, tu m'as sauvé du vide dans lequel je végétais.

Il me fixait avec cette intensité étrange. Il voulait me rassurer, mais ses mots me rendaient encore plus fébrile. Il me croyait forte, et j'osai croire que je l'étais, mais à cet instant, perdue dans son regard brillant, je me sentais fragile et encore plus amoureuse de lui.

— Andrew, murmurai-je pour l'interrompre.

— Et cette façon dont tu prononces mon nom, reprit-il en caressant ma lèvre de la pulpe du pouce. Rien que ça rend ma vie bien plus belle qu'avant. Parce que, quand tu m'appelles ainsi, je ne suis plus Andrew Blake, l'homme médiatique, juste... moi. Tu me connais mieux que quiconque et avec toi, je suis un homme normal...

— L'homme que j'aime, finis-je pour lui.

Je me dressai sur la pointe des pieds pour l'embrasser et il entoura ma taille de ses bras. Ce baiser ne ressemblait pas aux autres. Bien sûr Andrew m'avait déjà dit qu'il m'aimait et me l'avait prouvé de nombreuses fois, mais cette fois, c'était différent. C'était chaud, tendre, vrai et sensuel.

— Mon exception, chuchota-t-il en s'écartant légèrement de moi.

— La tienne, définitivement, acquiesçai-je, bouleversée par l'effet du souffle de sa voix sur ma peau.

— Nathan va m'attendre, dit-il en me libérant totalement.

— Je vais aller voir Lynne... et je ferai les sacs ensuite.

— Ne remballe pas cette délicieuse petite chose noire, me conseilla-t-il.

— Obsédé ! raillai-je.

— Seulement par toi.

Il se contenta de sourire et se dirigea vers la porte de la suite. Je retournai vers la chambre, prête à contacter Lynne pour discuter avec elle avant son départ pour Vegas.

Soudain, un bras entoura ma taille, et j'éclatai de rire en devinant le parfum d'Andrew derrière moi. Il embrassa mon cou et m'attira contre son torse.

— Et j'ai vraiment hâte de te voir dans notre cuisine

avec cette délicieuse petite chose noire, murmura-t-il avec une trace de sourire dans la voix.

— Les cuisines, me moquai-je.

— Toi. Toujours toi. Sois sage, m'intima-t-il en plaquant un dernier baiser dans mon cou.

Il partit tellement vite que j'eus à peine le temps de me retourner pour voir sa silhouette disparaître. Je ris doucement, repensant à cette maison sur la plage.

Il fallait que je vérifie l'équipement de la cuisine, songeai-je en m'emparant de mon téléphone.

Après m'être assurée qu'elle était bien dans la suite de Nathan, au quatrième étage de l'hôtel, j'y retrouvai Lynne. Elle était... époustouflante de vie. Ses yeux brillaient d'une lueur que je ne lui connaissais pas. Elle était heureuse, libre et soulagée aussi. Nous nous assîmes dans le petit salon, et elle me proposa de boire un verre, tout en me racontant les derniers développements de sa nouvelle relation.

— Comment l'a pris Philip ? m'inquiétai-je.

— Pas très bien. Je l'ai appelé, et il a tenté de me faire changer d'avis. Comment ai-je pu être aussi aveugle sur son mode de fonctionnement ? soupira-t-elle, honteuse.

— L'argent ? tentai-je.

— L'argent, les apparences... Il était plus inquiet de l'avis de sa famille que de notre vie ensemble. Peu importe, je pars ce soir, se réjouit-elle brutalement. Tu avais raison, souffla-t-elle, le rouge aux joues. Ça vaut le coup de prendre des risques.

— Et tu vas vraiment l'épouser ? lui demandai-je, un peu inquiète de cette soudaine précipitation.

— Oui. Je connais Nathan... Du moins nos conversations m'ont appris à le connaître, je ne vois pas ce que je pourrais apprendre de plus sur lui.

J'acquiesçai en souriant. Je savais que, moi aussi, à l'instant même où il poserait un genou à terre, j'accepterais sa demande. Ce qui, jusqu'ici, était une sorte de jeu entre nous s'avérait être beaucoup plus sérieux.

Nos échanges de lettres m'avaient permis de découvrir la facette cachée et protégée de sa personnalité. Même si, au départ, mon attirance avait été avant tout physique — une attirance certes mâtinée d'un agacement certain envers son arrogance —, nos écrits avaient sûrement été un déclic.

— Et il faut que je trouve un nouveau travail, soupira Lynne.

— Nathan a des relations, ne t'en fais pas pour ça.

— Non. Pour une fois, je veux faire les choses à ma façon. Je ne veux pas d'un homme qui me protège et se serve de moi.

— Peut-être que tu devrais songer à devenir hôtesse de l'air ! plaisantai-je en repensant à cette habitude déconcertante chez Nathan.

— Hôtesse de l'air ? Et pourquoi ? s'étonna-t-elle sans comprendre.

— Oh... disons que Nathan... enfin, il prend souvent l'avion, éludai-je en m'apercevant qu'elle ne connaissait pas tout de la vie de son futur mari.

— Eh bien, voilà un sujet que je vais devoir éclaircir.

Nous discutâmes ainsi pendant une bonne heure. Lynne m'expliqua comment elle avait dû berner le garde de son immeuble pour récupérer ses affaires. Après l'avoir semé dans les couloirs, elle avait foncé jusqu'à son appartement pour prendre quelques vêtements et ses papiers.

— J'ai vu ma robe suspendue dans la salle de bains. Comment as-tu pu me laisser embarquer dans cette horreur ? me réprimanda-t-elle gentiment.

— Ne jamais offusquer la mariée, répliquai-je. Je suis juste déçue de louper ton mariage avec Nathan, je suis certaine qu'il sera parfait !

Je jetai un coup d'œil à ma montre, prenant conscience de l'heure tardive. Andrew n'allait pas tarder à revenir du commissariat, et j'avais promis de faire les sacs.

— Je dois retourner à la suite. Je dîne avec mon père et Andrew ce soir.

— Comment ça se passe entre eux ? demanda-t-elle alors que je me relevais du fauteuil.

— Plutôt bien. Papa a été déçu de ne pas étrenner son smoking pour ton mariage.

— J'irai le voir pour m'excuser de vive voix.

Je me dirigeai vers la porte, quand mon amie m'arrêta avec empressement.

— Peux-tu me rendre un service et faire envoyer ce colis ? demanda-t-elle en me tendant une petite boîte.

Je la fixai sans comprendre, pendant qu'elle jouait avec le petit carton, un peu gênée.

— C'est... ma bague de fiançailles. Et la plupart des bijoux que m'a offerts Philip.

— Oh...

— Je ne me voyais pas les garder, et dans ma course folle à l'appartement, j'ai oublié de les lui laisser. Sam est au courant, il faut juste le lui déposer à son pupitre.

— Tu commences à agir comme ces clients fortunés... Tu refiles l'administratif à ces pauvres employés !

— Excuse-moi, mais est-ce que tu n'entretiens pas une sorte de relation quasi clandestine avec un client ? ironisa-t-elle.

— J'ai démissionné ! lui rappelai-je.

— ... Et tu n'as jamais passé autant de temps ici ! se moqua-t-elle.

— Je suis très attachée à mes clients, j'ai du mal à quitter cet endroit !

Elle éclata de rire et me tendit la petite boîte minutieusement scotchée. Je levai les yeux au ciel, hilare.

— Merci, murmura-t-elle avec sincérité.

— De rien, Lynne.

Elle referma la porte derrière moi, son « merci » résonnant encore dans mes oreilles. Je savais qu'il ne s'agissait pas de simplement lui rendre service pour cette histoire de bijoux. Lynne et moi, nous nous étions beaucoup disputées dernièrement, mais je savais que cette colère n'était pas dirigée contre moi.

Je descendis pour déposer le colis de Lynne sur le pupitre de Sam. Expédier ses bijoux au bureau de Philip en disait long sur l'état de leur relation. Lui et son travail... même Lynne, sa fiancée, n'avait pas été assez persuasive pour devenir prioritaire.

— Livraison à *Astoria* ? me demanda Sam pour confirmation.

— Lynne a dû mettre l'adresse sur le colis.

— Sur Steinway, commenta-t-il en notant l'adresse sur le bordereau. Je le fais partir dans la journée.

Je le remerciai et après une conversation brève avec mon ancien collègue, rapidement happé par d'autres clients, je m'éclipsai en direction des ascenseurs. Je me sentais mal brutalement, ressentant un mélange de malaise et d'angoisse. Je cherchai à mettre le doigt sur ce qui me tourmentait, en vain.

Ce n'est qu'en entendant le bruit caractéristique des portes de l'ascenseur se refermant sur moi que cela me saisit.

L'adresse de Philip.

Je connaissais cette adresse. Mon cœur se mit à palpiter à un rythme fou et ma gorge se serra. Mes poumons, comprimés dans ma cage thoracique, semblaient ne plus fonctionner. La panique, violente, soudaine et irrationnelle, était en train de m'asphyxier. Je tentai de me reprendre, prenant conscience peu à peu de l'ampleur de ma découverte.

Je me redressai et appuyai frénétiquement sur les boutons de l'ascenseur pour le faire arrêter. Je devais sortir de cet endroit et fuir la claustrophobie qu'il suscitait en moi. Dans un petit sursaut, la cabine s'arrêta au quatrième étage. Celui de Lynne. Parvenir à gagner sa suite suffirait sûrement à me calmer.

En titubant, je sortis de l'ascenseur. La sensation d'étouffement commençait à s'estomper, mais j'étais étourdie. Cette adresse...

C'était un des rares éléments dont je me souvenais parfaitement. Lors de mon enquête au *Daily*, c'était cette adresse que j'avais retrouvée, suivie de mes initiales, notées à la va-vite sur un bloc-notes sur le bureau de mon patron. J'avais chargé Gregory de la vérifier et il m'avait confirmé que cet immeuble de bureau ne révélait rien. Après mon arrestation, et lasse de toutes ces menaces, j'avais remisé cette affaire mêlant politique et financement douteux au placard.

Ça ne pouvait pas être ça... Forcément, il y avait une explication raisonnable. Je pris le dernier couloir me menant à la suite de Lynne, soulagée d'y trouver refuge. Je respirai bruyamment, réfléchissant à toute vitesse à ce que je pouvais faire. Mes dossiers étaient chez mon père, j'avais encore une chance de le confondre.

Mon téléphone vibra dans ma poche, et distraite par le nom d'Andrew sur l'écran, je baissai les yeux. Je m'apprêtais à décrocher quand je sentis une main se plaquer violemment sur ma bouche. Je lâchai mon téléphone, la respiration courte et le sentiment de peur intense resurgissant de manière désagréable.

— Bonjour, Kat, murmura une voix féminine derrière moi.

Je m'immobilisai, avant de me débattre encore plus, tentant de repousser la main qui me bâillonnait avec force. Je battis des pieds, remuai violemment, mais la main de Jodie se resserra plus fermement contre ma bouche, m'étouffant davantage, pendant que je devinais un objet froid contre ma hanche.

— A ta place, je cesserais de me débattre, menaça-t-elle en appuyant le canon de son arme contre mes reins.

Je me calmai quasi instantanément, mais continuai de hurler. En vain. Mes sons, étouffés par sa main, ne portaient pas, et elle m'entraîna en arrière, mes pieds traînant sur la moquette épaisse. Je me retrouvai de nouveau dans l'ascenseur et il se remit en branle, montant les étages. Jodie me relâcha et me repoussa violemment contre le mur. Mon épaule se fracassa contre l'un des miroirs et je retins un cri de douleur.

— Jodie... mais..., bégayai-je.

— La ferme ! cria-t-elle.

Brutalement, cela me revint. Le visage dans la foule... Ce regard qui semblait me fixer, même au travers des vitres teintées. Elle avança vers moi et me frappa au visage avec une violence inouïe. Le goût métallique et amer du sang tapissa ma bouche et je passai le bout des doigts sur mes lèvres.

— Un souvenir, pour ton amant, railla-t-elle.

Je la fixai, sans comprendre. Pourquoi faisait-elle ça ? Elle me toisait d'un œil mauvais, sombre et colérique.

— C'est Philip qui t'envoie ? demandai-je.

— La blonde était nettement moins intelligente, siffla-t-elle.

— C'est toi qui as agressé Meghan ?

— C'était une mise en garde pour toi et Blake. L'un comme l'autre, vous ne savez pas rester à vos places. Combien vais-je devoir en éliminer ? marmonna-t-elle.

L'ascenseur s'arrêta au dixième étage, et je me remis sur les pieds, prête à cavaler aussi vite que je le pouvais. Mais dès que les portes s'ouvrirent, je compris que mon sort était scellé. Philip apparut devant moi, un sourire narquois aux lèvres. Je reculai jusqu'au fond de la cabine, tétanisée par son regard froid et dénué de tout sentiment.

— On descend, ordonna-t-il à Jodie en frappant le bouton menant au sous-sol.

— Il faut la clé, sifflai-je, pour aller au parking.

Aussitôt, Jodie en sortit une de sa poche et l'inséra dans la serrure sécurisée. Je bougeai légèrement, espérant atteindre l'arrêt d'urgence.

— Bon boulot, mon ange, complimenta Philip en regardant Jodie.

— A ton service. Daniel laisse toujours ses clés traîner partout. Que fait-on à celle-là ?

— L'Hudson sera parfait pour elle.

— Pourquoi ? gémis-je en me décalant sur ma gauche. Pourquoi, Philip ?

— Pourquoi ? Pour l'argent, s'esclaffa-t-il. J'avais réussi à t'écarter une première fois avec ton enquête...

— C'était toi ! soufflai-je stupéfaite, les menaces, les lettres...

— Moi et ton attendrissant petit ami de l'époque. Bradley a été un homme de main remarquable.

— Quel dommage qu'il soit mort, se moqua Jodie dans un rire affreux.

— Vous l'avez tué ?

Soudain, le peu de force qui me restait semblait se dissoudre dans l'air ambiant. Rien ne les arrêterait. Je fixai Jodie, qui semblait hypnotisée par Philip, vraisemblablement amoureuse et dévouée corps et âme à lui et à ses sombres desseins.

— Tous ces gens qui meurent... C'est incroyable, non... Un suicide, un accident, une agression.

— J'ai tenté d'être créative, se félicita Jodie. Et j'ai même redécoré ton appartement.

— Quel dommage qu'il faille encore prévoir une période de deuil pour ce cher Andrew, se lamenta faussement Philip.

— « Encore » ? répétai-je.

— C'était un terrible accident de voiture, se moqua-t-il. Ça l'a écarté pendant quelque temps, mais il est revenu. Et je vais désormais pouvoir l'écarter définitivement. Il ne peut pas acheter ce qu'il veut à Washington.

Les yeux écarquillés, mon regard passait de Jodie à Philip, sans vraiment comprendre. De toute évidence, Jodie était la plus violente des deux. Philip était malhonnête et pratiquait la fraude sans frémir, et Jodie était chargée de liquider les obstacles sur sa route.

— C'est toi qui as changé les pneus de la voiture ? demandai-je à Jodie.

— Un jeu d'enfant... Et Daniel qui se pâmait d'amour pour elle. C'était pitoyable ! J'ai profité d'une de ses visites nocturnes chez sa maîtresse.

— Daniel, murmurai-je en prenant conscience de ma monstrueuse erreur.

— Ce brave Daniel. Toujours à s'amouracher des femmes d'Andrew Blake, plaisanta Philip avec un rire gras.

— Il te fait confiance, assénai-je avec rage. Daniel te considère comme... une sœur, hésitai-je, faute de trouver mieux.

— Daniel n'est qu'un crétin. Eleanor n'aurait jamais quitté son monde pour lui. Elle aimait bien trop l'argent et la vie facile.

— Il l'aimait, le défendis-je, en espérant distraire suffisamment son attention. Tu t'es servi de lui !

— Il a cru que tu l'aimais, siffla-t-elle. Je n'ai pas compris au départ pourquoi il t'accompagnait au dîner. Et puis, je t'ai vue avec ce cher Blake. La mise en scène était astucieuse. Et hier soir... Daniel m'a appelée du commissariat.

Philip lança un regard à Jodie, et je comprenais maintenant que leur relation datait. Elle œuvrait pour lui à San Francisco, pendant qu'il faisait prospérer ses affaires à New York.

Je bougeai de nouveau, me rapprochant des touches de contrôle de l'ascenseur. Au-delà de l'arrêt d'urgence, qui ne ferait que prolonger cette désagréable entrevue, j'espérais surtout activer l'alarme. En attendant, les faire parler, les distraire semblaient être ma meilleure option.

— Ce que je n'avais pas prévu, c'est que vous finiriez par fricoter, lança Philip avec une grimace. La journaliste fouineuse et Andrew Blake... Quand Lynne m'en a parlé, je n'ai pas voulu y croire.

— Lynne, murmurai-je, tétanisée à l'idée qu'il lui ait fait du mal.

— Cette brave Lynne, elle sait tenir ses dossiers et ses plannings.

— Si vous me tuez, Andrew finira par apprendre la vérité, les menaçai-je.

— Si je te tue, il cessera de venir lorgner sur mon territoire. Je protège mon espace réservé.

— Tu veux dire tes affaires fumeuses ? le provoquai-je. Celles pour lesquelles tu as dû graisser la patte des sénateurs ?

— Tu ne me donnes pas le choix. La seule façon de préserver tout ce que j'ai construit, c'est d'éliminer les gêneurs. On va commencer par toi.

— Puis Andrew, j'imagine.

Philip se contenta de sourire, acquiesçant ainsi silencieusement à mes suppositions. Après toutes ces années, j'avais enfin face à moi la personne que je cherchais à confondre. C'était lui, qui, caché derrière cette holding, tirait les ficelles des marchés publics. Lui, qui payait des sénateurs en échange de leur silence et de leur aide. Lui, qui m'avait menacée et avait fait capoter mon enquête.

Mais comprendre aujourd'hui qu'il était encore plus virulent maintenant que trois ans auparavant m'effrayait. Combien de personnes avait-il tuées ? Bradley, sans aucun doute. Eleanor. Jodie avait avoué à demi-mot être l'auteur de l'agression de Meghan...

— Andrew, murmurai-je en songeant à son accident de la veille.

— Il est plus coriace que prévu... Je dois dire qu'il m'a causé plus de dégâts...

Il remua sa nuque en tout sens, chassant sûrement une douleur persistante. Je fis encore un pas sur la gauche et sentis, derrière moi, le panneau de contrôle de l'ascenseur. Je me surpris à sourire, fière de moi.

— Mais, une fois que j'aurais éliminé la chose la plus précieuse au monde pour lui, je doute qu'il s'en remette.

Philip me lança un regard glacial et je jetai un œil à l'indicateur d'étage. Nous arrivions au rez-de-chaussée. A ma grande surprise, la cabine s'immobilisa. Philip et Jodie se jetèrent un regard, pendant que, pétrifiée et stupéfaite, je priais pour que les portes s'ouvrent. Curieusement, la panique avait changé de camp. J'avais peur, mais Jodie et Philip étaient désemparés.

Jodie arma son revolver, pendant que Philip se plaçait près de moi, une main saisissant mon poignet. Je me débattis avec une force nouvelle, et dès que les portes s'écartèrent, je bondis à l'extérieur, me jetant en avant.

Derrière moi, j'entendis un coup de feu et un cri horrible, presque insupportable. La voix d'Andrew me parvint, et il me souleva pour m'écarter. Il me cala contre un mur, son corps contre le mien faisant obstacle au reste du monde.

— Est-ce que ça va ? demanda-t-il en scrutant mon visage.

— Je... oui... je...

— Tu es blessée ? Est-ce qu'il t'a fait du mal ?

— Tout... tout va bien, bégayai-je, le souffle court.

Il me serra contre lui, me laissant tout juste respirer, pendant que mon cœur reprenait un rythme normal. Je m'agrippai à sa chemise, la peur et l'adrénaline s'estompant au profit des larmes. Je cachai mes pleurs en me calant contre lui, étouffant un sanglot en pensant à tout ce que Philip et Jodie venaient de m'avouer.

— J'ai eu tellement peur, murmura-t-il en encadrant mon visage de ses mains. Tellement peur...

Je distinguai son visage blême et inquiet au travers de mes larmes. De ses pouces, il les essuya, pendant que je tentais de me reprendre et de respirer normalement.

— J'ai essayé de te joindre, mais...

— Jodie m'a bâillonnée quand le téléphone a sonné, expliquai-je, toujours tremblante. Comment as-tu su ?

— Je reviens du commissariat. Grant a poussé ses recherches et la voiture d'hier a été retrouvée. Elle appartient à l'une des sociétés de Philip.

Andrew s'écarta de moi, et je me sentis défaillir. Mes jambes menaçaient de me lâcher, aussi, Andrew, instantanément, plaça-t-il un bras autour de moi et m'invita à m'asseoir sur un canapé dans le hall. Derrière moi, j'entendis Philip clamer qu'il n'avait rien fait, pendant que Grant lui lisait ses droits.

— Ils ont tué Eleanor, murmurai-je. Je pensais que c'était Daniel... mais...

— Calme-toi, m'intima Andrew en s'agenouillant

à ma hauteur. Daniel sera libéré dans la journée et tu n'avais aucune raison de soupçonner Jodie et Philip.

Je m'en voulais maintenant d'avoir refoulé le sentiment diffus de culpabilité et de doute qui m'avait saisie pendant le dîner de répétition. J'avais fait arrêter Daniel, qui avait pour seul tort d'être malheureux et d'être une autre victime collatérale du duo Jodie-Philip.

— Il faut aller voir Lynne, m'écriai-je soudainement. Jodie était à son étage, et...

Andrew écarquilla les yeux, et ses traits s'affaissèrent brutalement. Il se redressa vivement et du regard chercha Nathan.

— Nathan, va voir Lynne ! hurla-t-il.

A l'image d'Andrew, le visage de Nathan se décomposa et il fonça en direction des escaliers. Les larmes réapparurent, et je priai pour que rien ne soit arrivé à mon amie. Elle ne méritait pas ça. Et de toute façon, elle n'était, elle aussi, qu'un pion dans la stratégie de Philip.

— Comment... comment as-tu su pour l'ascenseur ? bégayai-je.

— Quand tu n'as pas pris mon appel, j'ai contacté Gregory pour qu'il te cherche. Nathan a roulé comme un fou furieux jusqu'ici et quand, enfin, nous sommes arrivés... Kathleen, j'ai eu... je crois que je n'ai jamais eu autant peur de te perdre, murmura-t-il d'une voix cassée.

— Je vais bien, le rassurai-je péniblement.

— J'ai demandé l'arrêt de l'ascenseur. Grant voulait vous cueillir au sous-sol, mais j'ai pensé que l'effet de surprise...

Sa voix s'éteignit, alors qu'il replongeait dans des souvenirs désagréables. Comme moi, Andrew avait sûrement imaginé le pire. Je saisis son visage entre les mains et l'embrassai doucement, espérant ainsi effacer cet épisode sombre de sa tête.

— Tu as très bien fait, le confortai-je. De toute façon, je ne me serais pas laissé faire.

Je risquai un sourire pour détendre l'atmosphère. Philip et Jodie, tous deux menottés et agités, passèrent devant nous, maintenus par des agents de police. J'avais toujours le souffle court à force d'imaginer ce qui aurait pu m'arriver sans l'arrêt inopiné de la cabine au rez-de-chaussée. Andrew se releva vivement et esquissa un pas vers eux, une lueur glaciale et effrayante dans les yeux.

— Andrew, murmurai-je en posant la main sur son bras.

— Je vais pulvériser ce type… Pour tout ce qu'il m'a fait, et pour avoir osé s'en prendre à toi.

Il bougea et d'un mouvement de bras me fit relâcher ma prise. Il fonça sur Philip et, derrière lui, je le suppliai de ne pas faire ça. Les deux hommes se fixaient. Andrew, de toute évidence, dominé par la colère, tandis que Philip arborait une attitude fière, presque arrogante.

— Monsieur Blake, lui intima Grant en l'écartant doucement. C'est terminé maintenant.

— Allons, Andrew, restons entre personnes civilisées, siffla Philip en relevant le menton.

Ils se toisèrent de longues secondes. La silhouette longiligne d'Andrew surplombant légèrement celle de Philip. Prudemment, je calai la main sur le dos d'Andrew, espérant un apaisement quelconque.

— Retourne donc dans les bras de ta fouineuse de petite amie… Et fais en sorte de la garder en vie, celle-là, le provoqua Philip.

— Tu es une ordure, murmura Andrew d'une voix glaciale.

— Je suis de la même espèce que toi ! riposta Philip.

— Embarquez-les, ordonna Grant à ses équipes.

Jodie et Philip furent poussés en avant par trois policiers et évacués de l'hôtel.

Sans lui demander son avis, je m'installai entre les bras d'Andrew, faisant reposer ma tête sur son torse. Il m'entoura de ses bras, et je sentis son corps se détendre.

— Je m'en veux de t'avoir entraînée là-dedans, dit-il avec tristesse.

— Andrew, ce n'est pas toi… Ça remonte à mon

enquête au *Daily*. C'est Philip qui était derrière les transactions. Toi et moi... c'est juste le hasard !

Il me fixa étrangement, comme si je venais d'annoncer la plus grande absurdité de l'année. Puis il me sourit, et ce fut ce qui m'embrasa.

— Tu as toujours l'art de te mettre dans le pétrin dès que je te laisse seule !

— J'ai tendance à croire que c'est quand tu es avec moi que je suis dans les ennuis.

— Je ne veux que ton bien, plaisanta Andrew.

J'aurais voulu rire, mais l'apparition de Grant devant moi ruina l'ambiance légère que nous tentions d'installer.

— Je vais avoir besoin de votre déposition.

— Vous l'aurez demain, répondit Andrew à ma place.

J'opinai, peu encline à replonger tout de suite dans les révélations de Philip et de Jodie. J'avais envie de passer à autre chose, d'être au calme, sans craindre de nouvelles menaces. Un peu de répit en somme.

— Comment vous sentez-vous ? me demanda poliment Grant.

— Aussi bien que possible.

Grant nous salua et Andrew lui assura que nous passerions le lendemain pour la déposition d'usage. Andrew et moi, nous nous dirigeâmes vers Nathan qui, penché au-dessus du pupitre de Sam, semblait en pleine discussion.

— Comment va Lynne ? l'interrompis-je.

— Elle va bien. Elle était un peu sonnée, mais apparemment, Jodie te cherchait, toi, et ça a permis de limiter les dégâts.

— Tant mieux, dis-je.

— Donc, je dois encore changer mes billets, pour aller déposer demain au commissariat.

— Le destin ne veut pas que tu épouses Lynne, se moqua Andrew.

— C'est un fait ! Vegas viendra à nous avant que nous allions là-bas, se désespéra-t-il.

— A quelle heure devons-nous dîner avec ton père ? s'enquit Andrew.

— 20 heures.

Je jetai un œil à l'horloge derrière moi. Nous avions encore un peu de temps. J'étais presque heureuse que mon père n'ait pas assisté à ça. Très sincèrement, je pensais que Philip aurait été salement amoché s'il avait eu le malheur de croiser mon père dans le hall.

— Montons et allons prendre un bain, proposa Andrew dans un murmure.

J'acceptai en souriant, ravie de retrouver un semblant de normalité dans notre relation. J'hésitai un instant devant les ascenseurs, les souvenirs de mon entrevue avec Philip resurgissant violemment.

— Je suis ton garde du corps, m'encouragea Andrew en me prenant la main.

Nous parvînmes rapidement au dix-neuvième étage, et dès que la porte de la suite fut franchie, Andrew commença à déboutonner sa chemise, pendant que je restais immobile, hagarde, incapable.

— T'a-t-il touchée ? s'inquiéta-t-il.

— Non. Il m'a juste tenu le poignet, précisai-je en frottant nerveusement l'endroit en question.

Doucement, Andrew me prit la main, faisant ainsi cesser mon appréhension. Du bout des doigts, il me caressa la peau, déclenchant une salve de frissons nettement plus agréables que ceux que Philip m'avait fait ressentir. Il porta mon poignet à ses lèvres, l'embrassant doucement, comme s'il touchait un objet fragile.

Ma respiration s'accéléra et Andrew me lança un regard pour s'assurer que tout allait bien. Je lui offris le meilleur sourire que je pouvais, mes derniers relents de stress disparaissant difficilement.

— Plus personne ne te touchera, murmura-t-il dans une promesse sincère. Juste moi.

— Je sais, avouai-je dans un souffle.

— Parce que tu seras bientôt ma femme.

— Toujours pas de genou à terre, monsieur Blake ? ironisai-je.

— Pas encore. Il nous reste des choses à nous dire.

Son visage s'illumina et il libéra ma main pour se concentrer sur mon haut. Il en agrippa l'ourlet et me le fit passer par-dessus la tête. Ses doigts passèrent sur mon cou, effleurant les marques maintenant bleutées de mon tête-à-tête avec Daniel. Il caressa ma peau, passant au-dessus de mon soutien-gorge, avant de descendre le long de mon estomac pour finir sur mon nombril. De nouveau, un frémissement me parcourut.

— Passons à la salle de bains, m'ordonna-t-il en prenant ma main fermement dans la sienne.

Je trébuchai, suivant presque en courant les grandes enjambées d'Andrew.

Il commença à remplir la baignoire, avant de retirer sa chemise. Je me défis du reste de mes vêtements, me glissant dans l'eau chaude et parfumée. Andrew s'installa derrière moi, me faisant reposer sur son torse.

— A quelle heure est le vol demain ? demandai-je.

— En début d'après-midi.

Mon amant posa les mains sur mes épaules et commença à les masser doucement. La tension nerveuse accumulée dans mon corps se dissipait lentement. L'eau, la chaleur et sa présence me rassuraient. Enfin nous sortions de notre cauchemar. Enfin, nous pouvions passer à autre chose.

— On devrait prévoir un dîner avec Janet et David, proposai-je.

— Tu te lances dans les mondanités ?

— Si on veut... J'ai juste hâte de rencontrer la seule personne qui semble t'attendrir.

— David est un chouette gamin. Juste un peu turbulent.

— Et j'inviterai Nathan et Lynne, continuai-je.

— On sort le grand jeu ?

— Oh non... j'ai l'intention d'évaluer tes capacités. Tu comprends que je ne peux pas m'engager avec un homme sans avoir un minimum d'informations.

Je parvins à pivoter et m'installai face à lui. Son

magnifique visage respirait la joie de vivre, et il me semblait que cela faisait une éternité que je ne l'avais pas vu aussi détendu.

— Que veux-tu savoir ? demanda-t-il, suspicieux.

— J'aimerais savoir ce que tu sais faire de tes mains.

Il leva un sourcil arrogant, pendant que je rougissais à l'idée de ses mains sur moi.

— Pas comme ça, protestai-je en l'éclaboussant. Je propose... un barbecue.

— Un quoi ? s'écria-t-il avant d'éclater de rire.

— Les femmes gèrent l'intendance, les hommes gèrent le barbecue. Je pense que ça a un rapport avec la maîtrise du feu et la testostérone.

— Alors hamburger ? C'est ça ton idée de la détente ?

— Mon idée de la détente, c'est d'être avec toi... Mais nous ne pouvons pas vivre repliés ainsi sur nous-mêmes.

— D'accord, approuva-t-il. Mais en échange, je te veux à une soirée de gala, avec photo officielle. Je veux que tout le monde sache quel homme heureux je suis, maintenant que tu es à moi.

— J'ai toujours été à toi, admis-je en me triturant les mains. Je le sentais... entre toi et moi.

Andrew pencha la tête sur le côté, visiblement interloqué par mon raisonnement. Je tenais enfin le bon moment pour tout lui dire. Il fallait que je le fasse, avant que la bombe finisse par m'exploser au visage.

— Je savais qu'il y avait une forme de lien entre toi et moi. Mon corps le savait, quand je te voyais, il se passait ce tressautement particulier, là, expliquai-je en posant la main sur ma poitrine.

— Kathleen, murmura-t-il pour m'arrêter.

— Non... laisse-moi finir, l'interrompis-je. La plupart des gens savent à quel moment ils tombent amoureux l'un de l'autre. Personnellement, je ne crois pas le savoir. C'est comme si, dès le départ, cela avait été une évidence.

— Le soir de la conférence ? demanda-t-il, surpris.

— J'ai vu ton alliance... et ensuite Meghan.

— Aurais-tu agi différemment si tu l'avais su dès le départ, pour Eleanor ?

— Sans doute pas, mais ça m'aurait aidée à te comprendre. Tu es... tellement... secret parfois.

— Je n'ai pas de secret pour toi, Kathleen. Je n'en ai jamais eu. Mon passé est là, je ne peux pas faire comme si je n'avais pas aimé autant que détesté Eleanor. Mais je te l'ai déjà dit, une partie de moi l'aimera toujours.

Le souffle court, j'hésitai de nouveau à me lancer dans le récit de nos lettres respectives.

— Pas autant que toi, évidemment, ajouta-t-il en posant ses lèvres sur les miennes. Tu as su éveiller cette chose éteinte que j'étais.

— Dès la conférence ? demandai-je, curieuse.

— Dès la conférence. Tu avais ce magnétisme indéfinissable. Et ensuite, quand tu as lu et critiqué *Powerfull*... autant te l'avouer, j'ai demandé tes notes, uniquement parce que je n'ai pas écouté un traître mot de ce que tu disais. J'étais... hypnotisé.

Je souris largement. En une phrase, il venait d'effacer tous les souvenirs étranges que je gardais de cette entrevue.

— On devrait y aller, je ne veux pas faire mauvaise impression devant ton père, lança Andrew, mettant ainsi fin à notre conversation.

Une quinzaine de minutes plus tard, il se postait derrière moi et, en se servant du miroir devant nous, m'aidait à mettre le splendide collier qu'il m'avait offert.

— Nelson va être désolé de te perdre comme client, commentai-je.

— La dernière fois qu'il m'a vu, il avait plutôt l'air ravi. Et je lui ai envoyé Nathan.

— Nathan ? m'écriai-je en riant. Mais cet homme est donc un excellent parti ! raillai-je.

— Certes, mais je le bats au barbecue !

Il sourit largement, comme si je venais de le récompenser pour une bonne action, avant d'embrasser mon épaule. Je laissai mes cheveux détachés et, comme à mon habitude, aidai Andrew à réajuster son col de chemise.

— Cravate ou pas ? demanda-t-il pendant qu'il en plaçait une à hauteur de son encolure.

— Papa pourrait t'étrangler avec, m'amusai-je.

— Ton père m'adore, Kathleen.

— Il te trouve exigeant.

— Je sors avec sa fille, je suis même à deux doigts de poser un genou à terre devant lui pour lui demander ta main... Qu'il me trouve exigeant est un compliment, finalement.

— Tu ne vas pas faire ça ? m'écriai-je, effrayée.

Il jeta la cravate sur le lit, abandonnant du même coup l'idée, et entoura ma taille de ses bras. Son regard plongea dans le mien, et je me sentais brutalement faible face à lui, cherchant un argument valable à lui opposer.

— Personne ne me dicte ce que je dois faire, Kathleen. Si je veux demander à ton père...

— Andrew, s'il te plaît, pas ce soir, implorai-je. On se connaît à peine, ça serait trop...

— Prématuré ? tenta-t-il d'une voix assurée.

— Oui. Prématuré, répétai-je en songeant aux lettres.

— Le barbecue ? risqua-t-il dans un sourire. C'est un peu l'épreuve ultime, c'est ça ?

— C'est ça, soufflai-je, toujours hésitante.

Il plaqua un baiser sur mon front, et quelques instants plus tard, nous rejoignîmes mon père.

A notre arrivée, mon père ne manqua pas de remarquer mon collier hors de prix, masquant tout juste les bleus sur mon cou. Andrew se contenta de sourire, resserrant sa prise autour de ma taille. Au cours du repas, contrairement à ce que j'avais imaginé, je me sentais de trop. Andrew semblait avoir une science débordante, non seulement pour la pêche, mais aussi pour la région où habitait mon père. Ce dernier était de toute évidence impressionné : aucun frémissement de moustache, ni de grognements intempestifs. J'eus à peine leur attention quand je m'éclipsai pour répondre à mon téléphone.

A notre retour à l'hôtel, je me sentais littéralement vidée, épuisée par cette interminable journée. Aussi, quand Andrew me proposa d'aller au lit et me serra dans ses bras, je m'endormis presque immédiatement.

Mon réveil auprès d'Andrew fut des plus agréables. Son visage serein et reposé était enfoncé dans l'oreiller. J'embrassai son épaule, murmurant son prénom.

— *Wake-up call*, chuchotai-je, amusée.

— Je déteste le matin, marmonna-t-il, les yeux toujours clos.

— Je vais commander le petit déjeuner.

Je me redressai, mais il fut plus rapide que moi, me retenant contre lui.

— Pourquoi n'ai-je pas eu ce genre de *wake-up call* avant ? demanda-t-il, ensommeillé.

— Parce que je n'avais pas pour habitude de m'attacher aussi... étroitement à mes clients.

— Ils ne savent pas ce qu'ils perdent.

Il me libéra et je sautillai à l'extérieur du lit. Je commandai un petit déjeuner copieux. Mon ventre gargouillait. Si Andrew détestait le matin, je devais avouer que c'était un de mes moments préférés. New York était encore calme, endormie, et les gratte-ciel étaient ornés de cette lumière diffuse que j'aimais tant... Tout cela allait me manquer.

Le *room service* se manifesta et Andrew, encore au lit, sirota son café en lisant son journal matinal. Je souris en me rendant compte que tout cela allait être ma vie maintenant. Voir Andrew, dormir avec lui, manger avec lui. Vivre avec lui.

— Pourquoi souris-tu ? me demanda-t-il sans lever les yeux.

— Pour rien... Je crois que certaines choses vont me manquer !

Il posa son journal et sortit du lit en rampant, se traînant jusqu'au fauteuil près de moi. Sans rien dire, il me fit reposer mon verre de jus d'orange et m'attira sur ses genoux, avant de fondre sur mes lèvres.

— Certaines choses vont me manquer aussi, admit-il, le souffle court.

— Mon uniforme ?

— Non. Toi dans cette suite. J'ai une quantité de bons souvenirs ici. D'excellents, même, précisa-t-il en frottant son bassin contre le mien.

— Il faut que tu vendes ta maison, chuchotai-je.

— C'est en cours. J'attends une offre.

— J'ai l'impression de te forcer la main, grimaçai-je.

— Ce n'est pas du tout le cas, Kathleen. Je devais vendre cette maison. Personne n'y est plus mal à l'aise que moi. Ça fait des mois que Nathan tente de me faire aller de l'avant.

— Il pourra se vanter d'avoir réussi ! plaisantai-je.

— C'est vrai... Sans lui, les choses auraient été différentes. Investir dans cet hôtel est son idée, il m'a motivé à revenir ici.

Il m'embrassa de nouveau, me laissant pantelante. Très vite, il s'écarta cependant et, du bout des doigts, caressa mes lèvres. Une fois encore, je sentis ce tressautement particulier, cette légère oppression dans mes poumons qui me faisait perdre une partie de mon contrôle.

— On devrait finir de faire nos valises, proposai-je en passant ma main dans ses cheveux.

— Oui. Un avion nous attend.

Quelques heures plus tard, assise près d'Andrew en classe affaires, j'observai son profil, tandis qu'il se concentrait sur un dossier. Je ne savais pas vraiment de quoi allait être faite ma vie, mais il était là. J'étais presque nostalgique. Mon existence avait changé de façon tellement brutale. J'avais passé les dernières années à fuir.

Andrew m'avait soutenue pendant ma déposition au commissariat. Mais c'était de croiser le regard de Daniel, tout juste libéré, qui m'avait fait le plus de mal. J'avais envisagé d'aller m'excuser, mais je doutais que cela suffise. Même s'il n'était qu'une victime dans cette histoire, je savais que sa colère contre Andrew ne faiblirait pas de sitôt.

En silence, nous avions ensuite gagné l'aéroport, assurant à Grant que nous l'aiderions de notre mieux pour boucler son enquête. Je promis, notamment, de lui faire parvenir mon dossier d'investigation, qui croupissait chez mon père.

Le soir même, de retour dans cette grande et froide maison, Andrew m'annonça qu'il avait accepté une offre et que nous avions deux mois pour quitter les lieux.

— J'appellerai quelques agences, promis-je, alors que je m'affairais à nous préparer un dîner.

— Tu n'avais pas repéré une maison ? s'étonna-t-il.

— Si... mais je vais étendre mes recherches.

— Prévois une terrasse... ou un jardin, pour le barbecue, plaisanta-t-il.

— Monsieur Blake, il me tarde de vous voir avec un tablier !

Il m'adressa un sourire heureux, avant d'enrouler ses bras autour de moi et de caler son torse contre mon dos.

— Toujours ce truc avec les cuisines ? murmurai-je pendant que ses lèvres butinaient mon cou.

— Avec « toi », je te l'ai déjà dit.

Je bougeai légèrement, me frottant contre son érection. Il grogna dans mon cou et, très vite, défit les boutons de mon jean, pour y glisser sa main. Je criai son prénom, m'agrippant au plan de travail devant moi. Il me caressa avec une lenteur affolante, réveillant toutes les terminaisons nerveuses de mon corps, tandis que mon sang bouillonnait sous ma peau. Quand il quitta mon intimité, une profonde frustration me fit gémir. Je ne voulais pas que cela s'arrête.

— S'il te plaît, le priai-je.

— Je veux être en toi, murmura-t-il d'une voix chaude.

Et l'instant suivant, il était effectivement en moi. Malgré notre position et mon envie toujours plus présente, il prit son temps, allant et venant en moi, avec une lenteur exaspérante. Dès qu'il me sentait au bord de l'explosion, il cessait de bouger, faisant durer notre plaisir.

— Andrew ! râlai-je en sentant mon bas-ventre se contracter.

— Encore, m'intima-t-il.

Je répétai une nouvelle fois son prénom, son rythme devenant haché et plus soutenu que précédemment. Ses mains s'enfoncèrent dans mes hanches m'arrachant un cri où se mêlaient plaisir et infime douleur. Il accéléra de nouveau, à un rythme proche de la frénésie et, cette fois, je lâchai prise. Andrew me soutint, mes jambes flanchant et menaçant de craquer, avant de jouir en moi en chuchotant qu'il m'aimait.

— Je t'aime aussi, soufflai-je, toujours perdue dans les brumes de mon orgasme.

Il nicha sa tête dans mon cou et, après une ultime étreinte, il se rhabilla pendant que je réajustais mon jean.

La nuit qui suivit fut à l'image de l'épisode de la cuisine : chaude, tendre et libératrice. Nous avions enfin mis notre passé derrière nous, et plus rien ne pouvait gâcher ce que nous vivions. Comme si tout, finalement, rentrait dans l'ordre.

Le lendemain matin, Andrew s'éclipsa tôt pour rejoindre son bureau. Il devait effectuer un déplacement à Sacramento en fin de semaine et, en l'absence de Nathan, son planning se compliquait. Dans la matinée, alors que j'étais en plongée en pleine recherche d'une maison — celle sur la plage que j'avais repérée ayant été vendue —, deux événements me sortirent de ma mission.

Le premier fut un message de Lynne m'annonçant que Nathan et elle étaient finalement bien mariés, et officiellement en lune de miel.

Je souris largement en les imaginant tous les deux à Vegas. Ça n'était sûrement pas le genre de mariage que Lynne avait imaginé. Pourtant, il me semblait nettement plus prometteur que celui qu'elle avait envisagé avec Philip. Lynne avait été plutôt choquée d'apprendre que celui-ci était derrière les menaces que nous avions subies. Néanmoins, elle s'était proposée pour témoigner lors du procès.

Le second événement fut plus inattendu et me bouleversa.

« Kat, une nouvelle lettre pour toi. Il va te falloir trouver une autre planque que le Peninsula ! Greg. »

De nouveau, un sourire s'étira sur mes lèvres en imaginant la tête de Gregory. Si seulement il savait ! Il avait été d'une aide plus que précieuse depuis que j'étais arrivée au Peninsula. Sans lui, je n'aurais pas parcouru un tel chemin.

La lettre me brûlait les doigts. Je n'avais pas répondu au dernier courrier d'Andrew — officiellement toujours l'inconnu — et ses mots résonnaient encore dans ma tête. Sa tristesse, sa volonté de poursuivre cette relation si particulière.

Vu l'épaisseur de l'enveloppe, cette lettre était longue. Je me décidai à l'ouvrir, le cœur battant, jurant solennellement de dire la vérité à Andrew. Ou du moins d'essayer de le faire. Je me sentais lâche et vile de lui cacher quelque chose d'aussi important.

« Marie,

Vous n'avez pas répondu à ma dernière lettre. J'imagine que vous êtes plutôt occupée et que vous prenez le recul que vous m'avez demandé. Je ne sais pas si je dois être vexé par cet espace que vous mettez entre vous et moi, ou juste être stupéfait de votre entêtement. J'imagine que vous faites partie de ces femmes qui s'en tiennent à leur décision.

La vérité, c'est que je fais partie de ces hommes qui font tout pour que des femmes comme vous changent d'avis.

Votre dernière lettre parlait de vos sentiments envers moi, de votre inquiétude, des lignes brouillées dans lesquelles vous vous débattiez. Dois-je vous rassurer ? Dois-je vous dire que moi aussi, je me débats dans ces mêmes lignes ?

Je crois profondément en la franchise et en l'honnêteté. Si vous ne voulez plus de cette relation étrange et unique entre vous et moi, dites-le-moi sincèrement, et je cesserai de vous importuner. Ou plutôt, j'essayerai. Parce que j'ai l'habitude de me battre pour ce que je veux, et que vous êtes désormais tout en haut de ma liste. Je crains donc ne pas pouvoir vous laisser partir. Si vous décidez, à la fin de cette lettre, que vous voulez me rencontrer, alors vous trouverez mon adresse en bas de ce courrier.

Evidemment, je préférerais la seconde option…

Mais nous avons promis d'être honnêtes l'un envers l'autre… Alors il me semble juste de replonger dans certains souvenirs.

A vrai dire, je ne sais pas par où commencer… Peut-être par le commencement…

Je vous ai laissé des indices, j'ai voulu vous faire comprendre, j'ai cherché à vous faire ouvrir les yeux sur la relation que nous avons. En vain…

J'aime penser que notre relation est incroyable et, contre toute attente, plutôt une réussite. J'ai aimé chacun de vos mots, chacune de vos phrases, toutes vos attentions charmantes et désintéressées… Votre première lettre était miraculeuse pour moi.

Et le miracle ne s'est pas arrêté là… Kathleen.

Mes doigts se crispèrent sur la lettre et je me penchai en avant pour être certaine de ne pas avoir rêvé.

Il savait, murmurai-je, stupéfaite. Il « savait ».

Dernièrement, je t'ai promis de te raconter l'histoire, de te raconter comment j'étais tombé sous le charme de la femme incroyable et stupéfiante que tu es.

Je dois l'admettre : pour la première fois depuis que je l'ai embauché, Nathan a eu une meilleure idée que moi. C'est lui qui a mis cette annonce dans le New Yorker. *Les mots étaient bien de moi, d'une période lointaine où je pleurais Eleanor sans savoir qu'elle voyait quelqu'un d'autre. Je l'ai aimée de toutes mes forces, mais ce n'était pas suffisant. Et, de toute évidence, je m'étais lourdement trompé, non seulement sur elle, mais aussi sur nous. Parce que ce que je ressens pour toi est à mille lieues de ce que j'ai jamais ressenti pour elle.*

Quand j'ai lu ta lettre... Je ne sais même pas comment le décrire. Sais-tu seulement que tu es sûrement la seule femme de ce pays à écrire tes lettres à la main ? Rien que ce détail en disait long sur toi. Il y a une forme d'honnêteté dans les lettres manuscrites, parce qu'il n'y a pas de corrections possibles, pas de retour en arrière, pas de doutes qu'on puisse effacer...

Sincèrement, je ne pensais pas que notre relation irait aussi loin, aussi vite. Mais tu avais raison sur les livres, sur le chocolat et sur toutes ces choses qu'il faut vivre à tout prix. J'avais oublié ces bonheurs légers et faciles et, grâce à toi, je les ai retrouvés.

J'ai cru, au départ, que tu accepterais qu'on se rencontre. Je voulais mettre un terme au plus vite à cette "double vie". Je trouvais ça dangereux et déloyal. Mais tu as refusé. Et maintenant, je t'en suis reconnaissant. En y repensant, je comprends que je te faisais peur. L'une des premières fois où je t'ai parlé, à ton pupitre, tu étais tétanisée, rien qu'en me regardant. Alors que je voulais juste apprendre à te connaître. Parce que tu me plaisais, et que tu étais une des rares femmes à provoquer cela chez moi.

Eh oui, je me souviens de notre première rencontre. De ton sourire crispé, de ma main que tu n'as pas saisie, de tes bégaiements... Et surtout, je me souviens de ton regard quand Meghan est venue me parler. Tu avais l'air tellement en colère.

Ça m'a stupéfié... Je te regardais, je te parlais, et c'était comme si tout reprenait sens. Comme si mon corps se réveillait d'un sommeil profond, comme si je sortais d'une forme d'engourdissement. Et ça, rien qu'avec ton regard.

J'ai cru que c'était passager. Mais je t'ai vue, plusieurs fois, et cette sensation étrange se reproduisait, s'amplifiait, me rendait incroyablement heureux... Mais tu semblais si hermétique, paniquée, perdue.

Et puis j'ai compris : tout ce que tu pensais de moi était faux. Mon alliance, mon mariage, ma vie, ma personnalité. Tu me voyais arrogant, sans cœur, peut-être même abusif. Les lettres ont été ma seule échappatoire, ma seule façon de te faire voir une autre partie de moi. Une partie plus privée et moins présomptueuse. Et j'ose croire que cette partie t'a plu.

Mais les lettres ne suffisaient pas. Je voulais être proche de toi. Alors, j'ai tout fait pour t'attirer auprès de moi. Avec Powerfull *d'abord, avec la soirée de gala, avec les bijoux, avec mon café matinal. Je te voulais. Et, lettre après lettre, je te voulais encore plus. Mais tu as résisté, et j'ai failli renoncer. Plusieurs fois. J'ai cru pouvoir m'éloigner, sortir de ta vie. Mais je dois admettre que je ne suis pas aussi résistant que toi. Meghan et Nathan ont perçu les changements que tu provoquais. Ils m'ont fait remarquer que j'arborais ce sourire ridicule... Pourtant, ils n'ont pas su tout de suite que c'était à toi que j'écrivais.*

Mais il y a eu cette soirée. Ce soir-là, où j'ai fait ce que je rêvais de faire depuis des semaines : regarder la neige tomber en ta compagnie. C'était tellement imprévu, tellement loin de ce que j'imaginais, tellement incroyable. Tu étais là devant moi dans cette robe, et j'ai failli te le dire à cet instant. J'ai failli te dire que je savais qui tu étais. Mais Lynne est arrivée pour annoncer notre départ, et le courage m'a manqué.

Ce soir-là, je t'ai embrassée. Ce n'était pas réfléchi ni calculé, mais je me souviens de ce que j'ai ressenti en te voyant dans cette robe. Je voulais t'embrasser. Là, devant toute cette salle. J'étais de nouveau stupéfait et heureux, et j'étais fier de te présenter à tout le monde. J'ai été admiratif de ton comportement, malgré Matt, malgré Abby. Malgré mes pieds que tu as écrasés, j'ai compris que je ne pourrais plus être loin de toi.

A l'instant où j'ai quitté tes lèvres, j'ai su que je voulais renouveler l'expérience. Je l'aurais renouvelée dans l'instant si j'avais pu, mais tu semblais tellement surprise. Je ne voulais pas ruiner le moment. Tu m'avais laissé entrer dans ta vie et je craignais que tu me repousses.

Je ne savais pas ce que tu pensais, j'avais tellement de mal à te comprendre et à comprendre ce que tu provoquais en moi... Ça a été mon alibi pour continuer notre correspondance. D'ailleurs, tu dois probablement te demander depuis quand je suis au courant.

Te souviens-tu de ce carton que tu as signé dans ma suite ? Ce carton qui signale que l'équipe de l'hôtel est à notre service. C'est une des premières choses que j'ai vues en entrant. Peut-être est-ce, là encore, une forme de destin. Il y avait ton prénom dessus. Je ne dirais pas que je n'ai eu aucun doute. Mais je sais qu'il n'a pas duré longtemps.

J'ai eu de quoi comparer ensuite. Tes notes sur Powerfull *ont été vraiment utiles ! Et je t'ai vue lire les annonces du* New Yorker. *Tout concordait si parfaitement. Je t'ai même fait écrire sur mon dossier devant moi... Mais depuis le départ, dès la première lettre, je savais que tu étais Marie.*

Peut-être m'en voudras-tu d'avoir gardé le secret ? Mais une fois encore, je ne l'ai fait que pour nous. Sans ces lettres, tu n'aurais jamais eu l'occasion de me connaître. Et tu ne m'aurais pas offert une chance. Nos mondes étaient trop différents.

Quand je suis revenu après le gala, j'ai cru t'avoir perdue. Tu étais avec Daniel, tu semblais indécise, tu jouais avec moi. Tu m'as parlé de cette fameuse relation professionnelle que tu privilégiais... Je me suis sincèrement retenu de ne pas te faire virer dans la minute, parce que je savais que ça aurait été pire. Je n'aurais alors plus eu d'excuses pour te voir, pour te parler ou pour t'attirer dans mes filets.

J'admets que j'ai été excessif avec cette histoire de billets pour le match. Mais je te voulais tellement, et j'étais certain que ce type ne te méritait pas. Après le théâtre, quand tu as accepté de passer la nuit avec moi, j'étais décidé à ne plus te laisser. Sincèrement, je ne me souviens pas d'avoir été aussi heureux. Te sentir contre moi, t'entendre rire, c'était parfait.

Et j'étais décidé à tout t'avouer. Mais nous venions tout juste de commencer quelque chose, et je craignais que cela ne ruine le peu de confiance que tu avais en moi. Peut-être ai-je eu tort... Je me suis toujours accroché à l'idée que tu trouverais la solution, et que je n'aurais pas à tout te dire.

Mais, pour être franc, je ne voulais pas que ces lettres cessent. C'était le seul moyen pour moi de savoir ce que tu ressentais. Tu m'as dit une fois que j'étais secret. Je ne l'ai jamais été aussi peu qu'avec toi. Mes lettres ne parlaient que de toi, de ce que je ressentais pour toi. Je n'ai pas su trouver les mots justes et à la hauteur de mes sentiments pour toi. Comment aurais-je pu ? C'était tellement inédit et fort.

Te quitter, cette nuit-là, la nuit où Nathan m'a appelé pour annoncer que Meghan avait été agressée, a été, de toute ma vie, la chose la plus difficile à faire. Affronter ton regard, te dire des choses horribles, remettre mon alliance... Je l'ai regretté à l'instant même où j'ai franchi ta porte. Mais je tenais à ta sécurité, je ne voulais pas qu'il t'arrive quoi que ce soit. Pas à toi, pas à la femme que j'aimais.

A l'hôpital, j'ai tenu bon. C'était un sentiment curieux : j'étais heureux de te voir, la simple vision de ton visage me rend toujours heureux mais j'étais tellement en colère. Je voulais te faire échapper au côté sombre de ma vie, et tu venais me défier. Tu étais stupéfiante, et quand tu es partie, j'ai sincèrement cru que je ne te reverrais plus.

Ce sentiment s'est renforcé quand j'ai appris ta démission et ton déménagement. Malgré tous mes efforts, je n'ai pas pu obtenir ta nouvelle adresse. Gregory est d'une loyauté sans faille envers toi. J'ai encaissé le coup. J'ai travaillé plus, je t'ai écrit en espérant garder ce lien entre toi et moi parce que c'était tout ce qui me restait désormais. Là encore, j'étais heureux que ce secret n'ait pas été éventé.

Ces quelques jours sans toi ont été difficiles. Plus que ça même : j'étais totalement anesthésié, incapable de vivre normalement. Tout me ramenait tout le temps à toi, à nous. Pourtant, je savais que c'était dangereux et c'était inconcevable pour moi de mettre ta vie en péril. Et pour être franc, personne n'a jamais mis sa vie en jeu pour moi. Aussi, quand tu es apparue dans mon bureau, j'ai tenté de faire illusion.

Mais tu m'as eu dès le départ... A l'instant même où tu m'as mis le nez dans mes mensonges — que ce soit ma soirée avec Meghan ou ma vie sans toi —, j'étais de toute façon perdu. J'ai dit aux journalistes que tu n'étais qu'une amie... C'était la dernière chose que je voulais de toi. Ton amitié n'aurait jamais pu me suffire. Tu as promis d'accepter mes recommandations. Et je sais — n'essaye pas de me contredire — que cette promesse est vaine. Mais c'est ce que j'aime chez toi. Ton esprit libertaire, avec ses valeurs éculées que nous chérissons l'un et l'autre, ta loyauté envers tes vieux amis — Gregory et Lynne — comme envers les plus récents — Nathan et Janet —, ta façon de prononcer mon prénom quand je te fais l'amour, tes joues qui rougissent au moindre compliment, tes hésitations, tes décisions intuitives, ton sens de l'ironie.

J'aime tout ça chez toi... Parce que toutes ces petites choses font que tu es toi, mon exception.

Et surtout, j'aime ton rire. J'aime la façon dont tes yeux pétillent, tes traits relâchés, les tressautements de ta gorge. Et j'aime encore plus être celui qui te fait rire. Parce que dans ces instants-là je suis à la fois le type le plus heureux du monde et le plus puissant. Tu sembles tellement libérée... J'aime vraiment ça. Te savoir heureuse, te rendre heureuse.

Je ne sais pas à quel moment tu as découvert que j'étais derrière les lettres, mais j'ai compris à ta venue à San Francisco, à l'instant où tu as regardé par la fenêtre, que tu le savais. Là encore, j'ai espéré que tu me le dises. Tout était réuni pour tout s'avouer : le livre que tu m'avais offert sur le chevet, la vue sur le Pacifique, notre histoire qui reprenait. Tout allait être simple.

Mais une fois de plus, il y a eu ce silence entre nous. Je n'étais pourtant pas inquiet. Par la force des choses, tout serait finalement rentré dans l'ordre.

Pourtant, il y a eu cette histoire avec Philip et avec Daniel. Ne pas entendre le son de ta voix, ne pas savoir que tu allais bien m'ont rendu fou furieux. D'ailleurs, à ta place, je ne rentrerais pas dans la bibliothèque tout de suite... Je crains que les dégâts ne soient trop importants. Je ne sais pas ce qui a été le plus dur à gérer : ton absence, le sentiment de trahison ou la sensation que plus rien ne comptait vraiment. Je ne veux pas te perdre. Parce que je deviendrais cinglé sans toi.

Gregory n'a rien voulu me dire et quand j'ai avoué à Nathan que tu étais derrière les lettres, il a eu ce réflexe qui m'insupporte toujours... Il a pris ton parti. Il m'a dit que j'aurais dû tout te dire, tout t'avouer... Alors j'ai pris un vol pour New York, ne sachant pas vraiment ce que j'allais trouver là-bas. Entre-temps, j'ai eu ta lettre, disant que tu voulais couper les ponts, et c'était insupportable. Je ne voulais pas que nos deux histoires s'arrêtent... Aucune, ni l'une ni l'autre. J'ai cru te perdre. Et rien que cette idée me rendait dingue.

Je te voulais... Et tu étais à moi. Comment as-tu pu croire que j'allais te laisser partir sans rien faire ? Comment as-tu pu croire que j'allais acquiescer sans rien dire ? J'étais fou furieux, dans une colère sans nom... Mais pas contre toi : contre moi-même. Parce que c'était encore une forme d'échec pour moi. D'abord Eleanor, puis toi et enfin Marie. Ma dernière lettre n'était qu'un appel au secours.

Tu le savais, et moi aussi... Pourtant on se faisait encore du mal. Tu tentais de me faire croire que tu ne ressentais rien, alors que tu avais débarqué chez moi sans prévenir. Et je tentais de te faire croire que notre relation était normale, alors qu'elle était stupéfiante — à ton image — et exaltante — encore à ton image.

J'ai rarement ressenti la peur ou la panique. J'ai l'habitude de prendre les décisions et de maîtriser tous les aspects de ma vie. Pourtant, dernièrement, j'ai ressenti cette peur irrationnelle de te perdre. Quand j'ai compris que tu étais dans cet ascenseur, quand j'ai pris conscience que Philip pouvait te faire du mal, je me suis juré de toujours tout faire pour te préserver. Je me suis promis de t'aimer chaque jour un peu plus, d'être à tes côtés, de te faire des enfants, de profiter de la vraie vie.

J'avais la sensation d'étouffer, et ce n'est qu'en te sentant dans mes bras, qu'en entendant ta voix, que mon monde a recommencé à tourner rond. Tu m'offres une forme d'équilibre et tu m'empêches de tomber dans la folie furieuse... Tu es addictive.

Et maintenant... c'est étrange, mais, curieusement, une partie de moi veut garder les lettres, veut en garder l'aspect personnel, presque secret. Mais une autre partie souhaite que tu apprennes à me connaître. Combien de fois ai-je rêvé de pouvoir voir ton visage pendant que tu me lisais ?

Je ne peux te répéter que ce que je t'ai déjà dit : je ne connais rien qui pourrait changer l'amour que je te porte. Te souviens-tu de la première fois où je t'ai considérée comme mon exception ? C'était lors de la soirée de gala. Mais bien avant ça, tu l'étais déjà.

La seule femme à faire des lettres manuscrites,

La seule à m'avoir tenu tête... Plusieurs fois.

La seule à avoir risqué sa vie pour me préserver.

La seule à éveiller ces choses incroyables en moi.

La seule à m'avoir défié de maîtriser un barbecue.

Tu avais raison au sujet du destin et des choses inattendues qui peuvent nous arriver. Tu as été et tu resteras sans aucun doute la plus belle des surprises que le destin m'ait réservée.

Maintenant, tu sais tout ou presque... Il y a sûrement tout un tas de choses que tu veux savoir, mais avoir ton visage face à moi, entendre le son de ta voix, embrasser tes lèvres, te sentir trembler contre moi et profiter de ton rire, sont désormais tout ce qui compte pour moi. Et ça, les lettres ne peuvent pas encore me l'offrir.

A la femme que j'aime, ma rare, précieuse et exceptionnelle Kathleen.

Mon adresse

Century Drive, 2
Strawberry, CA.
Ton... Andrew. »

Je reposai la lettre sur mes genoux, hagarde et abasourdie. Depuis tout ce temps, il savait. Je pensais mener la danse, alors qu'il m'entraînait sur le chemin qu'il voulait que je prenne. Il avait raison, il m'avait laissé des tas d'indices... le livre, la vue sur San Francisco, ses expressions. Je me sentais presque stupide. « Presque » parce que mon cœur frappait dans ma poitrine encore plus fort qu'habituellement, surpassant toute autre sensation. Cette lettre serait la dernière.

Et le sentiment de nostalgie réapparut soudainement.

Je la pliai délicatement et la glissai dans ma poche avant de me précipiter au rez-de-chaussée pour prendre mes chaussures. Andrew m'attendait à cette adresse, et je voulais juste le voir sourire en même temps que moi. Je commandai un taxi tout en enfilant une veste, pestant d'attendre cinq minutes qu'un chauffeur arrive.

Je tentai de me concentrer de nouveau sur la lettre, mais l'excitation et la frénésie avaient pris le pas sur la sérénité nécessaire à une relecture. Quand finalement le taxi arriva, je bondis et fonçai vers lui. Je lui indiquai l'adresse, lui promettant un alléchant pourboire s'il décidait de ne pas suivre à la lettre le code de la route.

Après trente minutes pendant lesquelles j'étais au bord de l'apoplexie, le taxi s'arrêta finalement. J'éclatai de rire en découvrant l'endroit où Andrew m'attendait.

Il l'avait fait… lui et son excessivité. Je réglai le taxi et en sortis pour me diriger vers la terrasse de la fameuse maison que j'avais repérée quelques jours auparavant.

La maison sur la plage… où Andrew m'attendait, sourire aux lèvres. J'avançai vers lui, partagée entre hilarité et éblouissement. Il était sublime, parfait et à moi.

— Tu le savais, soufflai-je, toujours stupéfiée par sa lettre.

— Je le savais, oui. C'est pour toi, dit-il en me tendant une magnifique rose blanche.

— L'inconnu tente de me charmer ? m'amusai-je en portant la rose à mon nez.

— Je croyais que c'était déjà fait, plastronna-t-il.

— En effet, je suis très, vraiment, très impressionnée, avouai-je avec une certaine émotion.

J'étais presque gênée par la situation. C'était stupide, mais me retrouver nez à nez avec Andrew maintenant que nous savions tous les deux pour les lettres avait quelque chose d'improbable.

— Et c'est toi qui as acheté la maison ? demandai-je.

— Cette nuit. Pendant que tu dormais. Je fais beaucoup de choses pendant que tu dors.

— Ecrire par exemple ?

— Te regarder surtout. Tu es tellement apaisée quand tu dors. Et oui, j'écris. J'écris sur toi, essentiellement.

— J'ai cru que tu m'en voudrais au départ… Que tu penserais que je t'avais manipulé, d'une manière ou d'une autre.

Andrew posa la main sur ma joue et me caressa la peau avec ce petit sourire heureux sur les lèvres. Derrière nous, j'entendis le bruit rythmé des vagues. L'air était un peu frais et je sentis la chair de poule gagner ma nuque.

— Quel genre de chance ai-je de t'avoir ? demanda-t-il avec une lueur d'amusement dans le regard.

— Une chance insolente, répondis-je automatiquement.

— Bien, je vais donc pousser ma chance.

Andrew me libéra la joue et posa doucement un genou à terre. Je sentis mon cœur repartir à une vitesse folle, tandis qu'il sortait un écrin de sa poche. Mes mains se mirent à trembler et, une fois encore, je constatai qu'Andrew péchait par excès. Jamais il ne ferait les choses comme tout le monde…

Mon exception.

BONUS 1

Les carnets d'Andrew Blake

Je ressentais toujours ce déchirement étrange quand j'étais ici. Le vent sifflait dans mes oreilles, le froid engourdissait mes mains. Mais je venais quand même. Chaque vendredi, je retrouvais la tombe de ma femme, pleurant à la fois le souvenir de ses yeux bleu azur et les cendres de notre mariage.

Après avoir posé les fleurs devant la pierre tombale, je fixais le petit carré de pelouse, espérant que le cauchemar cesserait enfin. Mais curieusement, mon corps se tétanisait un peu plus. Les souvenirs de sa dépouille inerte, de son visage tuméfié, du sang gelé dans ses cheveux me revenaient systématiquement. Ces flashs douloureux et répétitifs déclenchaient en moi une vague de froid paralysante. La mort d'Eleanor m'avait vidé de mon énergie, me rendant hermétique au monde, aux gens, aux sentiments.

Elle me manquait. Elle et ses yeux pétillants, elle et ses baisers furtifs au réveil, elle et son parfum entêtant qu'il m'arrivait encore de sentir. Je n'arrivais pas à me décider à jeter le flacon. Il trônait dans ma salle de bains, seul vestige visible de notre vie de couple.

Elle.

— Jusqu'à ce que la mort nous sépare, murmurai-je, en ravalant la boule de chagrin qui menaçait d'exploser dans ma gorge. Je ne pensais pas que la mort viendrait si vite.

Je détachai mon regard de son prénom gravé dans la

pierre et fixai l'horizon. L'automne avait fait son œuvre et le vent, qui était particulièrement violent en ce moment, avait balayé les feuilles mordorées au loin. Je soupirai et enfonçai mes mains dans mes poches. Le froid semblait habiter tout mon corps, me tuant peu à peu. Et lutter contre le froid de l'automne était plus simple et plus facile que de batailler contre l'autre.

— Tu me manques, Eleanor, soufflai-je en sentant une larme couler sur ma joue.

Une de plus. Quand je venais ici, quand j'affrontais le silence de ma vie, les larmes étaient brûlantes. Brûlantes mais vraies.

Elles ne ressemblaient pas à celles que je versais le soir, amères et violentes, en regardant l'océan.

Elles ne ressemblaient pas à celles que je versais le matin, chaudes et silencieuses, quand mon alliance s'entrechoquait avec mon mug de café.

Ces larmes, les larmes du cimetière étaient celles du chagrin, celui qui persistait au milieu des regrets qui m'envahissaient chaque jour un peu plus.

Je soupirai de nouveau. Je n'avais plus rien à lui dire maintenant. Les fleurs avaient été livrées ce matin même et, machinalement, je les réajustai, m'agenouillant devant la tombe. Elles faneraient dès le lendemain, sans avoir survécu au vent glacial et nocturne.

— Je ne serai pas là vendredi prochain.

Et pour toute réponse, encore ce vent affreux qui sifflait. Je réalisai à cet instant que le souvenir de sa voix était en train de s'effacer peu à peu. Le froid à l'intérieur de moi était en train de gagner du terrain, il me rongeait, comme la rouille détruit le fer — lentement et inexorablement. Bientôt, je disparaîtrai moi aussi, englouti dans mes souvenirs heureux. Englouti dans les souvenirs que je cherche à préserver, d'elle et de nous.

— Souhaite-moi bonne chance, chuchotai-je, les yeux rivés au sol.

Je me redressai et, après avoir pris sur moi, je regagnai ma voiture. Je lançai le chauffage dans l'habitacle et, mécaniquement, conduisis jusqu'à mon bureau. La route était sèche et un peu sinueuse. J'appuyai sur l'accélérateur. Le destin avait voulu que, chaque semaine, je passe à ce même endroit. Je revoyais la voiture d'Eleanor encastrée dans la glissière, les gyrophares de l'ambulance. Le reste était flou, brouillé par le froid, par la détestation — fragment de notre ultime dispute sur le même sujet : mes absences répétées — et par le questionnement.

Je garai ma voiture à ma place dédiée, rivant les yeux au sol pour ne pas voir, même furtivement, la plaque au nom d'Eleanor, un nouveau souvenir. Un jour ou l'autre, je devrais demander le retrait de cette plaque. Mais pas tout de suite. Elle reste ma femme. Malgré sa trahison, malgré sa mort, elle *est* ma femme.

— Tu étais au courant? avais-je demandé à Janet le lendemain de ma découverte.

Depuis le regard contrit de Janet, depuis la découverte du placard vide, je ne sais plus vraiment qui je suis. Pire, je ne sais plus ce que je dois être. Chaque jour, chaque nuit, chaque instant, le souvenir d'Eleanor resurgit. Chez moi, au bureau, dans la rue... Peu importe, puisqu'elle est une partie de moi-même. Et cette partie, je l'aime et je la hais tout à la fois. J'aime la femme pétillante, douce, heureuse et provocante, et je hais la femme vile, menteuse et fuyante.

— Elle l'aimait?

— Je crois, avait chuchoté Janet.

L'ouverture des portes de l'ascenseur me sortit de ma rêverie habituelle. Chaque fois que je revenais du cimetière, ces mêmes images, ces mêmes mots me revenaient en tête. Comme si, ce jour-là, tout s'était figé pour me torturer et me rappeler mes erreurs.

L'avais-je moins aimée?

Avais-je été moins présent?

Je n'ai rien vu, rien senti. Même ce bébé si longtemps désiré, même ce petit être n'a pas su nous maintenir à flot. Parfois, je me pose la question et, très vite, je secoue la tête. Je ne peux pas imaginer qu'Eleanor ait pu me trahir à ce point. Et rien que pour cet enfant, je l'aimerai toujours.

— Bonjour, Lauren, lançai-je en passant devant son bureau.

— Monsieur Blake, me salua-t-elle. M. Evans et Mlle Stanton souhaiteraient vous voir.

— Maintenant ?

— Votre prochaine réunion est dans trente minutes, ils m'ont assuré que ce ne serait pas long.

— Bien. Pouvez-vous me préparer le dossier pour New York ?

— Tout de suite, monsieur.

Après avoir vérifié les messages sur mon téléphone, je me dirigeai vers le bureau de Nathan. Je toquai à la porte et, sans attendre de réponse, j'entrai. Meghan et Nathan étaient là. Quand ils me virent, ils se jetèrent un regard, avant de me fixer. Ils savaient d'où je venais et je vis un sourire compatissant s'étirer sur les lèvres de Meghan.

Je détestais ce sourire, parce qu'il me rappelait toujours ce que j'avais perdu. Comme si Meghan appuyait sur une plaie douloureuse en espérant la faire disparaître. Mais l'effet était contraire.

— Les chiffres des ventes de la semaine dernière, indiqua Meghan en me tendant une feuille.

— Pas si mal, commentai-je.

— Et le numéro zéro de *Powerfull*. Tu veux toujours qu'on le passe en comité de lecture ? m'interrogea Nathan pendant que je feuilletai les premières pages du magazine.

— Ça ne peut pas faire de mal. Mais je veux la composition détaillée du comité. Et il faudra le passer en seconde lecture à New York.

— J'ai quelques contacts sur place et...

— Appelle-les et monte ça pour la semaine prochaine, intimai-je à Nathan.

— La semaine prochaine ? Mais enfin, Andrew, jamais je...

— La semaine prochaine. La conférence est dans une semaine, nous aurons besoin d'un retour rapide sur le sujet.

— Je serai à Chicago, Andrew ! intervint Nathan.

— Peu importe, s'il le faut, j'y assisterai.

Nathan et Meghan se jetèrent de nouveau un regard. Cette dernière réunit ses quelques dossiers et se releva pour me rejoindre.

— Il y a autre chose dont nous aimerions te parler, dit-elle en calant ses documents contre sa poitrine.

Nathan se leva à son tour. Il croisa les bras contre son torse et prit une profonde inspiration.

— Une mauvaise nouvelle ? tentai-je, mon regard passant alternativement de l'un à l'autre.

— Euh... non, hésita Nathan. A vrai dire, il s'agit d'un sujet... euh...

— ... personnel, finit Meghan pour lui.

De nouveau ce sourire atroce. Le froid, qui avait fini par quitter mon corps, revint immédiatement. Nerveusement, je me mis à jouer avec mon alliance, la triturant de mon pouce gauche.

— Je ne veux pas en parler, les coupai-je.

— On ne te demande pas d'en parler, Andrew. On... disons qu'on s'inquiète pour toi.

— Meghan, tu connais mon goût modéré pour le mensonge. Dis plutôt que tu t'inquiètes des retombées médiatiques.

— Andrew, tu ne peux pas espérer que ton retour sur le devant de la scène passe inaperçu.

— Mais je ne veux pas que cela passe inaperçu. Je veux New York et je sais ce que je dois faire.

— Tu as toujours ton alliance, indiqua Nathan en désignant ma main du menton.

— Elle est toujours ma femme !

— Elle est morte, Andrew..., soupira Meghan.

— Et elle est toujours ma femme ! répétai-je en accentuant chaque mot. Ma femme !

Le regard de Meghan changea, se durcissant aussitôt. Je savais ce qu'elle pensait d'Eleanor. Nathan posa sa main sur le bras de Meghan, l'invitant à se tempérer. Il savait pertinemment que je prendrais la défense de ma femme, quoi qu'elle dise.

— Andrew, ce que Meghan veut dire, c'est que... qu'il est peut-être temps de passer à autre chose...

— Passer à autre chose? répétai-je, en réprimant un rire amer. Est-ce que tu es en train de me dire que je devrais me pavaner avec la première venue?

— Ce n'est pas ce qu'on dit, Andrew. Mais... c'est vrai, la mort d'Eleanor a été terrible et...

— Dis-le! grognai-je. Elle me trompait, je le sais. Mais ça ne change en rien ce que je ressens pour elle.

— Ce que tu ressens pour elle s'appelle du masochisme, Andrew! cria Meghan. Tu vis toujours dans cette maison, sa place de parking est toujours là, tu portes ton alliance! Tu... tu... tu es quasiment psychotique dès qu'on parle d'elle. Tu n'es pas objectif à son sujet. Tu es...

— ... comme mort avec elle, finit Nathan dans un souffle à peine audible.

Je me figeai et cessai de jouer avec mon alliance. Le regard gris de Nathan me fixait, transperçant le froid qui m'avait gagné. Furtivement, je repensais aux derniers mois écoulés, avant de réaliser, avec inquiétude, que je n'en avais quasiment aucun souvenir.

Ma vie, c'était la succession de réunions dans mon agenda.

Et eux. Nathan et Meghan.

Meghan s'approcha de moi et posa la main sur mon avant-bras, avant de le presser légèrement.

— Le Andrew de la fac me manque. Celui qui m'a embarquée dans ce truc, dit-elle en désignant l'espace autour d'elle, celui qui m'a dit que je ne trouverai jamais un meilleur boss que toi... Cet Andrew-là me manque.

— Eleanor...

— Non, me coupa-t-elle doucement. Cet Andrew-là était là bien avant elle. J'aimerais que... Juste ouvre les yeux sur ce qui t'entoure. Personne ne te jugera.

Sans me laisser le temps de répondre, elle déposa un baiser sur ma joue et quitta la pièce. Je soupirai lourdement, réalisant que j'avais retenu mon souffle à l'instant même où Meghan m'avait touché. Je déglutis péniblement. Meghan était la seule femme à me toucher depuis la mort d'Eleanor.

Elle m'avait étreint le jour de sa mort, elle m'avait tenu la main le jour de l'enterrement et, finalement, elle était la seule à qui j'autorisai ce genre de contact.

— C'est tout ? demandai-je finalement à Nathan.

Il se contenta de hocher la tête et je quittai son bureau à mon tour. Hagard et frigorifié, je regagnai le mien. Lauren y avait déposé le dossier pour New York. Je jetai un coup d'œil à la photo d'Eleanor qui trônait près de mon téléphone. Je secouai la tête, chassant les bribes de ma conversation avec Meghan, étouffant de mon mieux ma raison qui hurlait qu'elle disait vrai, ravivant ainsi le souvenir du sourire d'Eleanor.

J'ouvris le dossier pour New York, compulsant les détails logistiques de la conférence de presse. C'est à cet instant que cela me percuta.

J'avais oublié le rire de ma femme. Et le froid, pernicieux et surpuissant, me gagna tout à fait.

Quelques jours plus tard, j'embarquai avec Meghan et Nathan dans un avion pour New York. Depuis toutes ces années où je gérai Blake Medias, j'en avais presque oublié le stress et la nervosité. Reprendre un magazine, en lancer un... Tout ça était devenu presque routinier.

Après avoir déposé ma valise sur mon lit, je me précipitai sous la douche. Meghan et Nathan n'avaient plus abordé le sujet sur ma vie privée. J'admettais facilement qu'ils ne comprennent pas mon comportement. Quel genre d'homme regrette sa femme volage ? Quel genre d'homme accepte qu'on piétine sa fierté, aux yeux de tous, sans rien dire ?

Même moi, je ne me comprenais pas. Nathan frappa à ma porte alors que je relisais les *slides* de présentation.

— Le compte rendu du comité de lecture.

Je grimaçai en le parcourant.

— Un ramassis d'idioties, râlai-je.

— Il est très bon, contra Nathan.

— Justement ! Aucune remarque négative ? Ce truc ne vaut rien ! dis-je en roulant la feuille en boule avant de la jeter dans la poubelle. A quelle heure est la conférence ?

— Dans trente minutes.

Je retrouvai le récapitulatif de la soirée. Un parterre de journalistes avait été convié et j'espérais que mon speech les persuaderait plus que le champagne et les petits-fours.

— Ton vol pour Chicago ? m'enquis-je.

— En fin de soirée. Je vais encore louper le meilleur ! râla-t-il.

— Demande à Meghan de te garder une bouteille ! ironisai-je.

— Très drôle ! Allons-y ! Andrew Blake est attendu par ses détracteurs.

— Pars devant, j'arrive.

Il me quitta et j'en profitai pour me concentrer sur ce qui m'attendait. Ma dernière apparition publique datait de plusieurs mois. Même si la plupart des journalistes respectaient mon silence et mon isolement, je savais aussi qu'ils attendaient mon retour. Mais je n'avais plus le choix désormais. Pour avoir New York, je devais sortir de ma bulle, sortir de ce monde sombre, froid et sourd que je m'étais créé.

Je regagnai ma chambre et nouai une cravate autour de mon cou. Ce simple geste me rappela Eleanor et la façon adorable avec laquelle elle ajustait mes tenues. Je passai ma main sur ma joue un peu râpeuse, me souvenant de ses doigts frais au même endroit. Elle me caressait systématiquement ici, en longeant ma mâchoire.

Je chassai aussi vite que possible ces images et enfilai ma veste de costume. Réunissant mes quelques notes, je quittai ma suite et rejoignis la salle de conférence, embrassant furtivement mon alliance dans l'ascenseur.

Restant à l'écart de la scène principale, j'observai le ballet des invités. Leurs badges autour du cou, ils arpentaient les allées de sièges, à la recherche de leur place. Le personnel de l'hôtel était présent, facilement identifiable à leur tenue. Nathan me proposa un verre, mais je refusai, préférant rester concentré sur mon intervention.

A 18 heures, je m'installai sur l'estrade, encadré par Nathan et Meghan, et commençai mon exposé.

Convaincre. Voilà tout ce que je devais faire. Je ne devais même pas être pertinent dans mes remarques, ou concis dans mes réponses. Je savais, de toute façon, que ce n'était pas ce que les journalistes retiendraient. Ils mémoriseraient les sourires — forcés pour moi, naturels pour eux —, les mimiques, l'attention que je leur porterais. Un vrai cirque. Un mensonge tellement énorme que personne ne le verrait.

Après quarante-cinq minutes de présentation, je lançai la séance de questions-réponses. Nathan et Meghan quittèrent l'estrade.

— Quel est le cœur de cible visée ?

— Il s'agira d'un magazine masculin, tourné en priorité vers la tranche 30-40 ans. Nous y aborderons la vie new-yorkaise, ainsi que des sujets d'actualité sous forme de reportages d'investigation.

— Pourquoi ne pas avoir racheté un titre ?

— Parce que je ne fais jamais dans la facilité. Le défi me plaît.

— Etes-vous décidé à revenir sur le devant de la scène ?

— Uniquement au profit de Blake Medias.

J'annonçai finalement la clôture de la conférence de presse, les remerciant pour leur présence. Les flashs crépitèrent, je pris la pose quelques minutes pour les contenter. Au loin, je vis les équipes de serveurs s'affairer à verser le champagne dans les coupes. Je portai mon regard, quasiment au fond de la salle, devinant une silhouette féminine et seule.

— Merci à tous, je vous laisse profiter du champagne et des petits-fours.

Je quittai l'estrade rapidement, rejoignant Meghan un peu plus loin, qui discutait avec une journaliste. Je la saluai avec un sourire, observant un rougissement furtif envahir ses joues.

— Peux-tu me rappeler le nom de la gestionnaire événementiel ?

— Hoffman, m'indiqua ma collaborarice. Belle prestation, au fait !

— Tu en doutais ? plaisantai-je en arquant un sourcil.

— Je suis admirative ! Même moi, j'ai eu envie d'acheter ce magazine pour hommes !

Sa remarque m'arracha le premier sourire spontané de la soirée. J'enroulai mon bras autour de sa taille, remarquant les yeux écarquillés de la journaliste face à nous, avant de poser mes lèvres sur sa joue.

— Merci, murmurai-je à voix basse. Bonne soirée, mesdames, les saluai-je, avant de me diriger vers l'organisatrice de la soirée pour la remercier.

Toujours au fond de la salle, son regard balayant les invités, elle ne bougeait pas, vérifiant que tout se déroulait normalement. La tenue de l'hôtel ne la mettait pas vraiment en valeur, mais j'étais surtout intrigué par sa peau, presque translucide. Peut-être était-ce un effet de l'éclairage ambiant, ou peut-être était-ce simplement dû à sa posture lointaine.

Les mains derrière le dos, les cheveux tirés, les pieds serrés l'un contre l'autre, elle aurait pu être... invisible. Parce que immobile. Et pourtant...

— Mademoiselle Hoffman, je présume ? demandai-je en tendant la main pour la saluer.

Ses joues se colorèrent immédiatement et son regard, qui fixait un point derrière moi, papillonna partout, sauf sur moi. Quand finalement ses yeux accrochèrent les miens, il me sembla qu'elle se reprit.

— Monsieur Blake... je... euh... non... Mlle Hoffman s'est absentée pour finaliser certains détails de votre... séjour, bégaya-t-elle.

Je laissai ma main retomber, l'observant intensément. La plupart des hommes sont facilement... bernables. Un sourire, un regard, un rire, et ils tombent sous le charme d'une femme quelconque. L'illusion ne dure généralement pas.

Mais elle. Ce n'était en rien son magnifique regard apeuré qui me fascinait, ni son sourire hésitant. C'était la façon dont sa peau si pâle se colorait. Ses pommettes un peu rosées trahissaient sa gêne. Elle baissa le regard, constatant qu'elle ne m'avait pas salué. Mais, très vite, elle se reprit, secoua légèrement la tête, et cette délicieuse couleur rosée disparut.

— Souhaitez-vous que je transmette un message à Mlle Hoffman ?

Meghan apparut à mes côtés et m'offrit une coupe de champagne.

— Merci, soufflai-je.

— J'ai besoin de toi pour une interview avec le *Times*, murmura-t-elle à mon oreille.

— Laisse-moi un instant, j'arrive.

— Comme tu veux, dit-elle en souriant et en s'écartant de moi.

Je reportai mon attention sur la jeune femme devant moi. Son air avait changé, un peu plus dur, presque agressif. Pendant une courte seconde, elle suivit Meghan du regard, avant d'explorer la salle.

— Excusez-moi, vous disiez ? dis-je en espérant capter son attention.

— Un message pour Mlle Hoffman ? répéta-t-elle dans un élan d'automatisme.

De nouveau, ses yeux papillonnèrent, se posant à la fois partout et pourtant nulle part. Elle se triturait les mains et, brutalement, les cala dans son dos. Je pris une gorgée de ma coupe de champagne. Il était très certainement délicieux, mais j'étais tellement obnubilé par ses réactions incontrôlables que plus rien n'avait vraiment d'importance.

Curieusement, elle se pétrifia devant moi. Son corps se tendit et elle se lécha les lèvres nerveusement. Son regard accrocha mes mains, avant qu'elle ne se fasse violence pour le planter dans le mien.

— Dites-lui qu'elle a fait un très bon travail, dis-je finalement pour rompre cet étrange silence.

— Je le lui transmettrai, monsieur.

Elle hocha la tête et je me demandai si elle me congédiait ou s'il s'agissait simplement d'un tic nerveux. Je reculai, stupéfait, puis me dirigeai vers Meghan. Quand je parvins au petit groupe qui m'attendait, et alors que Meghan me présentait les deux journalistes devant moi, je risquai un coup d'œil vers l'emplacement qu'avait occupé la jeune femme aux joues rouges. Mais elle avait disparu.

Troublé, je chassai son image de mes pensées et répondis avec concentration aux questions qu'on me posait. La soirée toucha rapidement à sa fin, je raccompagnai tout ce monde dans le hall du Peninsula. Je consultai ma montre, réalisant que je n'avais pas eu le temps d'appeler mon fleuriste habituel pour la tombe d'Eleanor. La culpabilité refit instantanément surface et je me décidai à réparer mon oubli.

— Je dois régler un détail, soufflai-je à Meghan en la relâchant.

Je me dirigeai vers le pupitre du concierge de nuit, reconnaissant ma belle inconnue installée derrière. Elle semblait agitée, mais dès qu'elle me vit, elle se figea et se planta, droite comme un *i*, derrière son comptoir. Ses lèvres s'étirèrent dans un sourire mécanique, presque affreux tant il était crispé.

— Oh... bonsoir, fis-je, en risquant un vrai sourire.

— Monsieur Blake. Que puis-je pour vous ?

— Je vais aller nager. Pouvez-vous faire en sorte qu'un dîner me soit servi... disons dans une heure, dans ma suite ?

— Sans problème, monsieur, acquiesça-t-elle.

— Et une bouteille de vin ! Du blanc.

— Bien, monsieur.

Je souris en devinant un léger tremblement dans sa voix. Soudainement, je me demandai si elle aimait le vin blanc. C'est à cet instant que je le sentis. Elle exerçait sur moi une forme d'attraction étrange. Je la fixai, et même si elle semblait embarrassée, je devinais que c'était mon comportement qui la troublait.

Je pris mon téléphone et lus le message de Janet, me

félicitant de mon sourire sur les photos officielles de la conférence.

— Je dois faire livrer des fleurs à San Francisco, dis-je en repensant à mon oubli.

— Je peux vous recommander notre fleuriste habituelle.

— Je ne veux pas d'un bouquet standard, claquai-je sèchement. C'est une occasion particulière.

— Pour quand vous faut-il ces fleurs ? reprit-elle, très professionnelle.

— Demain midi, à San Francisco. Et je veux une discrétion absolue, précisai-je, prenant conscience que ce rituel secret entre Eleanor et moi allait être partagé.

— Nous travaillons toujours dans la confidentialité la plus totale, monsieur Blake. Je suis certaine que Maria saura répondre à votre demande, assura-t-elle en me tendant une carte de visite.

Je lus la carte. Les fleurs n'étaient pas si importantes. Mais ne pas aller la voir, ne pas parler à Eleanor... Je me sentais tellement coupable de la laisser. Et la culpabilité se fit plus forte quand je détaillai la concierge devant moi. Une mèche de cheveux glissa sur sa joue et, rougissant de nouveau, elle la plaça derrière son oreille.

Pourquoi culpabilisai-je maintenant ?

Et pourquoi mon regard était-il happé par elle ? Par ses joues, par la peau de son cou... Comment était-ce simplement possible ?

— Vous travaillez toujours de nuit ? demandai-je pour briser le silence.

— Euh... oui.

— Depuis longtemps ?

— Trois... ans.

Elle rougit violemment. Elle chercha à réprimer cette marque d'émotion en se pinçant les lèvres, mais échoua et provoqua l'effet inverse. Un sourire apparut sur mes lèvres. Il y avait tellement d'embarras en elle. Et ça la rendait adorable et vraie.

— Ça faisait longtemps..., raillai-je. Ne soyez pas si nerveuse, lui intimai-je en posant ma main sur la sienne.

Stupéfait, je fixai ma main. Observer sa peau était fascinant, la toucher était... Je n'avais même pas de mot. Douce, chaude, lisse. Parfaite. Je sentis ses muscles se tendre. Mais cette tension n'était plus de la gêne. C'était de la retenue et, moi-même, en franchissant cette limite, je m'impressionnai. Son regard n'était plus fuyant, elle me regardait.

Je finis par la libérer et, très vite, elle cacha sa main.

— Je vous souhaite une bonne nuit, murmurai-je.

— Merci, vous aussi.

Surpris par sa réponse, je me dirigeai vers l'ascenseur, tentant d'analyser ce que cette femme provoquait. Je gagnai la piscine dans un état presque second. Comment faisait-elle ça ? En une seconde, elle avait réussi à me faire oublier la conférence, les obligations... et même Eleanor.

Eleanor.

Je commandai les fleurs avant d'entrer dans la piscine, m'assurant d'une livraison rapide le lendemain matin. Je coupai mon téléphone juste après et plongeai, laissant l'eau engloutir les tensions de la journée. Je fis deux longueurs, assez énergiques, me forçant à tout oublier, à me vider l'esprit.

Alors que je m'apprêtais à me lancer dans une troisième longueur, une silhouette attira mon attention. Je m'arrêtai et fixai la jeune fille aux joues rouges suspendre un peignoir propre. De nouveau, je sentis cette réaction étrange de mon corps. Comme si le froid qui m'engourdissait habituellement luttait contre quelque chose de plus puissant.

Elle.

— Merci ! dis-je, la surprenant.

— Je vous en prie, monsieur, murmura-t-elle.

Cette peau si réactive.

— Vous aviez raison pour votre fleuriste.

— Oh...

— Donc je dois aussi vous remercier pour ça ! Je tenais beaucoup à ce que ce soit fait, dis-je en m'approchant du bord.

— Ravie d'avoir pu vous aider, monsieur.

— Vous ne faites jamais ça, n'est-ce pas? m'inquiétai-je en la voyant baisser les yeux vers le sol.

— Je vous demande pardon?

— Parler aux clients. Exister à leurs yeux, je veux dire. Votre embarras est palpable.

— Je vous prie de m'excuser, dit-elle en faisant quelques pas vers la sortie.

Pour la première fois depuis des mois, je m'entendis rire. Pas à cause d'elle, mais grâce à elle. Elle était si hésitante, touchante... vraie. C'était la seule chose qui revenait depuis que je l'avais vue dans cette grande salle. Elle était vraie.

— Quel est votre nom? demandai-je avec curiosité.

— Dillon... Kathleen Dillon, répondit-elle, tremblante.

— Enchanté, Kathleen.

— Je vous souhaite une bonne soirée, monsieur Blake.

Elle disparut dans l'instant, se précipitant vers la sortie. Je restai quelques secondes, immobile, à fixer le chemin qu'elle avait emprunté.

— Réellement enchanté, dis-je en souriant.

Je nageai pendant une bonne heure, perdu dans mes pensées pour Kathleen Dillon, la rougissante. Je ne comprenais toujours pas ce qui se passait et mis ça sur le compte du décalage horaire.

A mon retour dans la suite, je repérai le carton de remerciement du personnel.

— Kathleen, murmurai-je en prenant le carton entre mes mains.

Je le glissai dans mon agenda, heureux d'avoir une trace d'elle.

Le lendemain matin, je partageai mon petit déjeuner avec Meghan. Nous échangeâmes sur la conférence de la veille.

— Est-ce que tu te sens bien? me demanda Meghan alors que je consultai mon agenda.

— Ai-je l'air d'aller mal?

— Nous sommes vendredi, Andrew.

— J'avais oublié, avouai-je, après un silence. Le décalage horaire, soufflai-je comme explication. J'ai fait envoyer des fleurs sur sa tombe.

— Tu n'as pas à faire ça, Andrew. Je t'assure.

Je lui lançai un regard noir et elle comprit que la conversation était terminée. Quelques instants plus tard, je sortis de l'ascenseur, toujours avec Meghan, pour une série de rendez-vous à l'extérieur.

Mais elle était là, à son pupitre, assurant sûrement la fin de son service. Je bifurquai aussitôt dans sa direction, mon corps évacuant les dernières traces de sommeil.

Kathleen. Rien que de penser à son prénom suffisait à me faire sourire.

— Bonjour, Kathleen, la saluai-je.

— Monsieur Blake.

— Cela vous dérange-t-il que je vous appelle par votre prénom ? lui demandai-je en espérant qu'elle accepte. Vous préférez peut-être « mademoiselle Dillon » ?

— Comme vous souhaitez, monsieur Blake.

— Comment vous appellent vos clients généralement ?

— Mademoiselle.

Encore cette réaction instantanée et cette délicieuse couleur.

— Parfait. Donc, pour moi, ça sera Kathleen. Nous allons nous revoir régulièrement, autant éviter un formalisme inutile.

Kathleen. Pour moi. Pas pour les autres. Et même si, pour ça, je devais me cacher sous le déguisement du client exigeant.

Kathleen et sa peau réactive.

Kathleen et son étrange force d'attraction, qui me faisait même oublier la présence de Meghan à mes côtés.

Je la saluai d'un mouvement de tête et m'éloignai en direction de la grande porte tambour. Mais je ne résistai pas à l'envie de la regarder une dernière fois.

— Et encore merci pour les fleurs, j'ai apprécié votre dévouement, Kathleen.

Meghan passa devant moi, exhalant un long soupir désapprobateur.

En rentrant à San Francisco, plus tard dans la journée, je ne ressentais plus rien. Rien de remarquable en tout cas. Je parvins difficilement à me concentrer sur un compte rendu détaillé de Meghan. Le souvenir de Kathleen persistait, surgissant parfois à l'improviste et il me fallut une nuit blanche pour reprendre le cours de ma vie. Une nuit blanche passée à triturer mon alliance, à jouer avec, à la retirer avant de la remettre en m'excusant.

Le surlendemain, je me précipitais dans le bureau de Meghan. Je n'avais jamais été en colère contre elle. Nous avions eu des différends, mais jamais je n'avais ressenti la rage qui m'habitait en cet instant.

— C'est quoi ça? hurlai-je en jetant sur sa table une trentaine de lettres.

— Merde, pesta-t-elle. Andrew, ce n'est pas...

— Qu'est-ce que c'est? criai-je de plus belle en la voyant se redresser de son fauteuil.

Elle appuya sur une touche de son téléphone et demanda à Nathan de venir la rejoindre. Quand il arriva, son regard se posa instinctivement sur les lettres et son sourire s'effondra.

— Merde... Je n'ai pas eu le temps de lui en parler, dit-il à Meghan.

— Me parler de quoi?

— Je... Nathan et moi, corrigea Meghan, on... on s'inquiétait pour toi.

— J'ai mis une annonce, avoua dans un souffle Nathan.

— Une annonce? m'écriai-je. Genre quoi? Jeune célibataire recherche compagne de Scrabble?

— Non, ricana Nathan. J'ai... j'ai repris une lettre que tu avais écrite à Eleanor.

Un silence de plomb s'abattit dans la petite pièce. Je reculai, m'adossant au mur pour ne pas finir au sol.

— Tu... tu as lu cette lettre? murmurai-je, en colère.

— Juste les derniers mots et c'était un pur hasard, Andrew. Elle était dans ton bureau, je cherchai un dossier.

— Depuis combien de temps ? le coupai-je.

— C'est paru cette semaine, dit Meghan sur ma gauche. Dans le *New Yorker*. On voulait... on voulait t'aider.

— Je devais t'en parler, mais avec Chicago, j'ai oublié.

Meghan et Nathan se lancèrent un regard inquiet. Ce dernier haussa les épaules, s'excusant presque auprès de Meghan. Je me décollai finalement du mur et me plaçai juste en face de Nathan.

— Je vous interdis de vous mêler de ma vie.

— Andrew...

— Je vous l'interdis, répétai-je froidement.

L'instant suivant, je récupérai les clés de ma voiture et fonçai sur l'autoroute. Peu importait ma direction, peu importait l'état de la route, la vitesse... Je voulais oublier tout ça. Comment osaient-ils ?

Je n'avais aucune idée du nombre de kilomètres que j'avais parcourus. Et je n'avais aucune idée du nombre de fois où j'avais tapé mon alliance contre le volant. Je m'étais arrêté devant le cimetière, mais Eleanor ne pouvait plus m'aider. Alors que la nuit était tombée, je regagnai notre maison, trouvant Nathan m'attendant dans sa voiture.

Je garai la mienne, ignorant ostensiblement mon collaborateur.

— Andrew ! cria-t-il en me suivant.

— Ce n'est pas le moment !

— Ne sois pas stupide !

— Non, toi, ne sois pas stupide ! Une annonce ? Vraiment ? Tu as cru quoi ? Que j'allais te remercier ?

Il me suivit à l'intérieur de la maison, grimpant les marches qui menaient à mon salon privé. Je jetai les clés de la voiture sur le guéridon avant de me débarrasser de ma veste.

— Lis-les au moins ! riposta Nathan en posant les lettres sur la table.

— Pourquoi ? Lire des messages pathétiques ?

— L'annonce n'est pas pathétique ! Je suis certain que tu te trompes.

— Vraiment ? Et quand Meghan me regarde avec

ce sourire affreux et horripilant chaque vendredi... j'ai tort aussi ?

— Ça n'a rien à voir. Meghan... et moi... on s'inquiète vraiment. Tu te prives d'être heureux et...

— Et donc vous avez décidé de faire votre truc dans votre coin et de me mettre devant le fait accompli ?

Nathan soupira et abattit les bras le long de son corps. J'avais gagné. Il abdiquait.

— Tu veux la vérité ? me demanda-t-il.

— Je sais ce que tu penses.

— Non, c'est faux. Tout le monde te craint au bureau. Tu es une ombre, tu n'es pas là. Tu es effrayant de vide. Tu te caches derrière la mort d'Eleanor. Tu l'idéalises, tu fais d'elle ta femme. Tu gardes ton alliance pour faire croire que votre mariage était heureux. La vérité, Andrew, c'est que tu te planques. Elle te trompait.

— Je sais, murmurai-je.

— Cesse de... cesse de faire d'elle un modèle d'exemplarité. Je comprends que tu sois blessé, que tu ne veuilles pas souffrir de nouveau, mais... ce n'est plus possible, Andrew. Maintenant, tu as le choix.

— Le choix ? m'étonnai-je.

— Soit tu reviens avec nous, tu reprends ta vie..., soit tu restes avec elle dans ce foutu cimetière.

Je fixai Nathan, m'étonnant de sa liberté de ton avec moi. Nathan ne me craignait pas, mais qu'il m'attaque sur ma vie privée me surprenait réellement. Nerveusement, il fouilla dans la poche de sa veste et en sortit une nouvelle lettre.

— Mais si tu restes avec elle, alors je quitterai Blake Medias.

Il me tendit ce que je supposai être sa lettre de démission et, après m'avoir salué, quitta la pièce. Je m'effondrai dans mon fauteuil, fixant, un peu abruti, la porte de mon salon. Mué par un sursaut d'automatisme, je me servis un bourbon, puis un autre, avant de retrouver mon fauteuil. Je fixai le paquet de lettres, m'interrogeant sur l'intérêt de tout ça.

Sincèrement, ma vie ne me convenait pas. Etre en colère, être triste, être... veuf. Tout cela me pesait.

Désabusé, j'ouvris la première lettre... Puis une deuxième.

Fades, sans saveur. Tristes. Pathétiques. Compatissantes. C'étaient celles-ci les pires.

Après avoir ouvert une dizaine d'enveloppes, j'avais la sensation d'être encore plus minable et abattu. Un cocktail nauséabond qui m'entraîna vers un nouveau bourbon.

Le regard dans le vague, je repris ma lecture. Les vapeurs d'alcool m'embrumaient, mes mains tremblaient. Tout était flou. Pourtant, alors que j'atteignais la fin de la pile, une lettre me sortit de mon ivresse.

C'est ainsi que la vie fonctionne. Tout bouge, tout évolue, les choses les plus difficiles le sont moins au bout d'un moment. La solitude que vous ressentez, au détour d'une rencontre, d'un café ou d'un simple regard, vous semblera finalement moins pesante.

Regardez autour de vous, écoutez les gens rire, savourez la douceur d'un morceau de chocolat, sentez l'odeur de la neige fraîche, effleurez les pages d'un livre... Revenir à la vie, c'est aussi ça. Qui sait si le destin ne mettra pas alors quelqu'un sur votre chemin ? Ce quelqu'un, qui, j'en suis certaine, vous attend déjà en vous tendant la main.

Cette lettre...

Elle avait tort. Cette lettre ne ressemblait à aucune autre. Elle était manuscrite. Quel genre de femmes écrit encore ses lettres à la main ?

Et surtout, il y avait cet espoir, cette envie.

Le quatrième bourbon n'avait pas le goût amer des trois premiers. Il était même réconfortant, presque doux dans la gorge.

Je ne sais combien de fois j'ai relu cette lettre. Dix

fois ? Vingt fois ? Sûrement plus. Chaque mot, chaque phrase me réconfortait, me ramenait à la vie. Le froid s'évanouissait.

Ma conscience aussi. Au cinquième bourbon, je m'endormis dans mon fauteuil, la lettre manuscrite calée contre ma poitrine. A mon réveil, le lendemain matin, la migraine ne me surprit pas. J'étais vaseux, mon organisme encaissant dans la douleur ma succession de verres. Je relus de nouveau la lettre, prenant maintenant conscience que l'euphorie était retombée, que je n'avais aucun moyen de joindre la femme qui m'avait écrit.

La voix pâteuse, j'appelai Nathan.

— Andrew ? s'étonna-t-il.

— Il faut que je passe une annonce dans le *New Yorker*. En urgence.

— Tu as lu les lettres ? s'écria-t-il.

— Tu as de quoi noter ?

Je réfléchissais à toute vitesse à ce que je voulais lui dire. Sa lettre était tellement unique, tellement... incroyable que je devais lui dire qu'elle n'avait rien de banal.

Je récitai le texte de mon annonce à Nathan, le faisant répéter trois fois pour m'assurer que tout était conforme.

— Je ne suis pas sûr qu'elle passe pour la semaine prochaine, ils m'ont déjà fait une fleur la semaine dernière.

— Débrouille-toi, avant que je ne transmette ta lettre de démission aux ressources humaines.

Je raccrochai aussitôt et filai sous la douche, en espérant me débarrasser de ma gueule de bois. Après m'être habillé, je me fis couler un café et récupérai mon agenda dans le salon. Mon voyage à New York était prévu après-demain, mais j'avais encore des choses à boucler ici.

Je relus encore une fois la lettre.

Je manquai de renverser mon mug sur la table et repoussai vivement mon agenda, le faisant tomber au sol pour limiter les dégâts. Pestant contre moi-même, j'essuyai les quelques gouttes de café écrasées sur la table et ramassai mon agenda. Les cartes de visite que j'y entassais étaient étalées au sol. Je râlai de nouveau, tombant sur la carte du Peninsula.

Je la rangeai avec les autres, chassant le souvenir de Kathleen et ce qu'elle avait provoqué en moi. Mon téléphone vibra et Nathan m'informa que l'annonce serait au prochain numéro. Je souris largement, relisant une nouvelle fois la lettre.

Et là, l'esprit clair, la colère dissipée et enfin concentré, je vis ce que je n'avais pas vu la veille. Il y avait de nouveau cette sensation étrange, ce fourmillement au bout de mes doigts qui touchaient le papier. Cette attraction inédite, le sentiment que mon corps sortait de sa paralysie, que le froid n'était plus si piquant.

Le souffle court et stupéfait, je ressortis la carte du Peninsula. La dernière fois que j'avais ressenti ça, c'était avec elle. Je comparai rapidement les deux écritures. C'était elle. Son écriture, son énergie.

La fille aux joues rouges.

Kathleen.

Je souris en repensant à nos dernières conversations, à ses hésitations, aux mouvements intempestifs de ses mains. C'était elle. Ce que j'avais ressenti en la voyant, je le ressentais de nouveau maintenant.

— Kathleen, murmurai-je.

Je repris mon téléphone et rappelai Nathan.

— Décidément... Tu as mangé du lion ce matin ? s'amusa-t-il.

— On part pour New York demain !

Le lendemain, nous volions en direction de New York. J'avais cette étrange et inexplicable appréhension. Aussi, quand je la découvris derrière son pupitre, chantonnant l'air de *Jingle Bells* tout en rangeant son coin-bureau, je ne fus pas surpris de sentir de nouveau cette attraction étrange. Pas vraiment du trac, plutôt de l'anticipation. De celles qui vous picotent agréablement l'estomac et vous rendent instantanément plus heureux.

— Vous assurez l'ambiance musicale ? demandai-je en ne retenant pas mon sourire.

— Bonsoir, monsieur Blake, dit-elle en reprenant son attitude professionnelle.

— Kathleen.

— Voici le passe de votre suite, annonça-t-elle en me le tendant.

Nos doigts se touchèrent subrepticement et je m'aperçus que le froid m'avait quitté. Kathleen esquissa un sourire timide et retira sa main.

Je la fixai ardemment, me retenant de la remercier d'être là, devant moi. Elle avait réussi à repousser le froid. Je me contentai de lui sourire, me promettant aussitôt de la garder dans ma vie.

Hormis le silence, rien ne filtra pendant que son regard se perdait dans le mien.

Rien sauf la coloration de ses joues.

BONUS 2

Les secrets d'Andrew Blake

Andrew Blake nous reçoit dans son bureau de directeur général de Blake Medias. Son teint est légèrement hâlé, son sourire discret, et il nous propose de partager son café matinal. « Je reviens tout juste de Los Angeles, et je n'ai pas eu le temps de prendre un petit déjeuner digne de ce nom », nous explique-t-il avant d'appeler son assistante pour parer à ce désagrément.

Dans cette atmosphère presque amicale — nous entendons des rires dans le couloir —, il est difficile de croire que cet homme est en train de devenir une des personnes les plus puissantes des Etats-Unis. Tout en buvant son café, il fait appeler ses deux adjoints, s'inquiétant du moral des troupes.

« Allons-y », propose-t-il en prévenant son assistante de ne pas le déranger. « Sauf urgence », souligne-t-il. Le sourire est fugace, mais à son regard et au ton de sa voix, nous devinons facilement le caractère de l'urgence.

Vous avez un teint superbe! Vous êtes revenu de vacances?

En effet. Je suis rentré le week-end dernier, j'avais besoin de repos. Ça faisait une éternité que je n'étais pas parti, j'avais presque oublié à quel point cela pouvait être salvateur.

Après plusieurs années, le mystère sur la mort de votre femme Eleanor a enfin été résolu. Vous sentez-vous soulagé ?

Je suis mitigé, à vrai dire. La mort d'Eleanor a été terriblement difficile à admettre. Perdre quelqu'un que vous aimez, si brutalement et si injustement, n'est pas quelque chose à quoi vous pouvez vous préparer. Je suis satisfait que nous ayons pu trouver l'homme qui était derrière tout ça. La justice fera maintenant le nécessaire.

Des motivations financières et crapuleuses seraient à l'origine de cette affaire. Etes-vous conscient de susciter l'envie ?

Je ne connais personne qui puisse gérer sereinement ce sentiment. L'envie, la jalousie, la possession sont des instincts primaires et violents. Je n'excuse évidemment pas ce genre de comportement extrême, ni les conséquences qui en découlent, mais j'ai conscience que ma réussite puisse paraître insolente aux yeux de certains.

Et vous pensez vraiment qu'il s'agit d'une réussite « insolente » ?

Difficile de dire où se situent la part de chance, la part de travail et la part d'opportunité. Blake Medias n'est pas mon œuvre, c'est un travail d'équipe. Meghan Stanton et Nathan Evans sont bien plus que des collaborateurs à mes yeux. Ils font partie intégrante de l'entreprise.

Certes, mais votre entreprise s'appelle bien Blake Medias ?

C'est vrai (rires). J'aime que ce qui m'appartient porte mon nom. C'est sûrement une façon de marquer mon territoire. Ça nécessiterait une thérapie, non ?

— Mon amour, je suis absolument désolé, m'excusai-je en franchissant la porte de notre appartement.

Lynne releva les yeux vers moi et me fit un de ces sourires heureux et bienveillants. Je posai ma veste et mon ordinateur sur la table et me dirigeai vers elle tandis qu'elle marquait la page du magazine qu'elle était en train de lire. Je me penchai vers elle, l'embrassant doucement, plusieurs fois. Lynne avait ce pouvoir incroyable sur moi : elle m'apaisait. Elle posa ses mains sur mon visage, m'attirant un peu plus contre elle, sa langue passant la barrière de mes lèvres.

Je basculai sur elle et la sentis sourire contre ma bouche. Je souris à mon tour, délaissant son visage pour retrouver la peau fine de son cou. Elle rit doucement, caressant mes cheveux dans un geste tendre. Je retirai sa main et, tout en me redressant, la portai à ma bouche, embrassant l'anneau qui ornait son doigt.

— Andrew a encore fait des siennes ? demanda-t-elle alors que je m'asseyais sur le canapé.

— Non. J'ai été coincé dans les embouteillages. Andrew semble être redevenu humain pendant ses vacances ! ironisai-je.

— Je sais. J'étais justement en train de lire son interview. Il parle de toi.

Elle s'installa contre moi, sa tête reposant contre mon torse, et me désigna la double page qu'elle avait marquée. Les photos d'Andrew étaient plutôt réussies.

— Je vais lui demander de renommer l'entreprise Blake-Evans-Stanton Medias ! plaisantai-je.

— Meghan en dernier ? Tu prends des risques !

— Elle est inoffensive depuis quelque temps. Je pense que son côté garce avait à voir avec sa libido comateuse.

Lynne éclata de rire, promettant d'en toucher un mot à Gregory. Malgré leur incroyable discrétion, je savais que

Gregory et Meghan étaient bien plus qu'amis. Et même si Meghan déclinait désormais la plupart des invitations aux soirées, elle refusait d'admettre qu'elle était passée du côté obscur.

Je fronçai les sourcils en lisant quelques bribes de l'entretien avec la journaliste. Je savais qu'elle avait eu des difficultés à caler son agenda avec celui d'Andrew, et j'étais presque admiratif de sa ténacité.

Vous avez longtemps été très discret, presque renfermé. J'ai moi-même essuyé plusieurs refus pour vous interviewer...

Je ne suis pas quelqu'un d'ouvertement sociable. Quand je me mets en avant, c'est rarement à mon compte, mais plutôt pour participer à un projet ou pour le lancement d'un de mes magazines. C'est une attitude que je pensais saine, mais avec les derniers événements, je comprends que cela entretienne une image assez fausse de moi.

En termes d'image justement, on vous imagine plutôt comme une personne froide, autoritaire, presque difficile...

Peut-être. Je ne crois pas être tout cela. Je suis exigeant, je l'ai toujours été. Et la loyauté est une valeur à laquelle je tiens profondément. J'ai besoin de travailler en confiance, d'être certain que tout se déroulera comme je l'ai prévu.

Ça ne laisse que peu de place au hasard et à l'improvisation.

C'est vrai. Mais quand cela arrive, quand un événement imprévu surgit, c'est généralement une bonne surprise. Cela enrichit le quotidien. La routine a longtemps dirigé ma vie. Cela semble confortable, mais ça ne l'est pas. C'est effrayant et encombrant. Je crois que mes équipes travaillent dans ce sens : la grosse machine tourne, mais on ne se ferme aucune porte. Une idée qui semble saugrenue au départ est souvent bien meilleure que toutes celles découlant des brain-stormings.

— Andrew et le hasard, murmurai-je en riant.

— Ne te moque pas... Sans lui, je ne serais pas là, le défendit Lynne.

— J'aimerais qu'on m'explique pourquoi toutes les femmes prennent parti pour cet homme ! Meghan, Kat, toi ! Même son assistante !

— Andrew a toujours été très agréable avec moi. Même au Peninsula. Il était exigeant, c'est vrai, mais à cette époque, je ne connaissais pas un client qui ne l'était pas.

— Soit, acquiesçai-je. Je ne dis plus rien, sinon les amazones vont me tomber dessus !

Lynne me frappa gentiment le torse avant de se redresser. Je reposai le magazine sur le canapé près de moi et jetai un coup d'œil à ma montre.

— On devrait se préparer, proposai-je en me levant. Je ne veux pas être en retard.

— J'espère que vous ne parlerez pas trop travail, souffla Lynne alors que nous nous dirigions vers notre chambre.

— Je te promets que non, répondis-je en embrassant doucement ses lèvres. Il ne s'agit pas d'une soirée de travail.

Je retirai ma chemise et mon pantalon de costume pour sauter dans un jean et une chemise bleue. Devant moi, Lynne enfila la robe rouge que j'aimais tant, celle qui me ferait sans aucun doute fantasmer toute la soirée.

— Laisse-moi t'aider, proposai-je en me plaçant derrière elle pour remonter le zip.

Je repoussai ses cheveux, qu'elle laissait pousser depuis notre mariage quelques mois auparavant, et embrassai son cou avant de la serrer contre moi.

— Tu es spectaculaire, murmurai-je. Et je t'aime.

— Je t'aime aussi, avoua-t-elle doucement.

Je souris dans son cou, me remémorant nos vœux échangés à Vegas. Lynne aurait sûrement mérité un mariage magnifique, une robe superbe, des fleurs et tout le tralala habituel, mais quand je l'avais vue devant moi, dans une robe blanche qu'elle avait achetée à l'aéroport, j'avais trouvé le moment parfait.

Tout le reste me paraissait tellement loin : nos coups de fil, nos messages, ma tristesse de la savoir liée à un autre. Tout cela n'avait plus aucune importance dès que Lynne avait murmuré un oui à peine audible. Un oui qui n'avait été dit que pour la forme, ses yeux exprimaient tellement plus.

Ensuite, il y avait eu ce moment de flottement. Le moment où le juge de paix nous avait déclarés mari et femme. Le moment où Lynne m'avait souri si largement que son visage en avait été transformé.

— Je veux te rendre heureuse. Maintenant. Pour toujours, soufflai-je en répétant mes vœux improvisés.

Lynne baissa le regard, tout aussi gênée d'être avec moi. Comme si être ma femme était quelque chose d'incroyablement absurde. Après tout ce que nous avions traversé, me choisir moi semblait absurde.

Mais jamais une telle absurdité ne m'avait semblé aussi juste.

Je la fis pivoter face à moi et relevai doucement son visage. Elle planta son regard dans le mien, comme pour s'assurer qu'elle ne rêvait pas. Elle n'avait pas conscience que j'étais le chanceux de l'histoire. Philip n'avait pas su faire d'elle une femme heureuse, et cela me dépassait qu'il n'ait pas su savourer la chance de l'avoir à ses côtés.

Nous n'avions pas reparlé de cette affaire. Ni de Philip. Ce n'était pas nécessaire. Comme si tout cela appartenait à une autre vie, une vie où nous n'étions pas ensemble.

— On devrait y aller, Andrew et Kat vont nous attendre.

— Je t'ai attendue pendant des mois, ils peuvent attendre dix minutes, contrai-je en me penchant vers ses lèvres.

Elle plaça ses doigts sur ma bouche, me repoussant doucement. Son visage s'illumina pendant que je râlais pour la forme :

— Je déteste quand tu me prives, bougonnai-je.

— Je tente d'être pragmatique. Ton patron nous attend !

— Ce soir, c'est plutôt un ami qu'un patron. Et je t'assure, cette fois, je vais enfin pouvoir prendre le pas sur Andrew Blake !

— Vraiment ? s'étonna Lynne en enfilant un gilet noir sur ses bras nus.

— Vraiment. Et à moi la tribu d'amazones !

Lynne étouffa un rire et secoua la tête. Elle posa un chaste baiser sur mes lèvres et quitta la pièce pour rejoindre le salon.

— Tu es très mignon d'y croire, s'amusa-t-elle. Mais on parle d'Andrew !

— Et on parle de barbecue. Et crois-moi, je suis un pro du barbecue !

Juste pour la faire rire un peu plus fort, je pris une pose ridicule, faisant gonfler mes biceps avec un sourire victorieux. Ma femme leva les yeux au ciel, visiblement peu impressionnée, et me jeta ma veste au visage.

— Il faut vraiment qu'on y aille, dit-elle.

J'enfilai le vêtement en bougonnant faussement, tout en jetant un coup d'œil sur l'interview d'Andrew. Je souris largement en observant la photo de gauche, illustrant la seconde partie de l'interview.

— Nathan ! cria Lynne en agitant les clés de ma voiture.

— A vos ordres, madame ! répondis-je en me dirigeant vers elle.

Je pris les clés d'entre ses mains et, quelques minutes plus tard, nous nous dirigions enfin vers la maison de Kat et Andrew.

— Tu es sûre de vouloir faire ça ? demandai-je à Meghan.

— Certaine ! affirma-t-elle. On ne va tout de même pas passer notre temps à nous cacher !

— Je t'ai dit la même chose il y a deux mois, et tu m'as affirmé qu'il s'agissait simplement de discrétion, ripostai-je.

Elle me prenait totalement au dépourvu. C'est ce qu'elle faisait toujours de toute façon. De manière systématique.

Je travaillais pour Blake Medias depuis six mois maintenant. Et depuis six mois, Meghan débarquait, une nuit sur deux, chez moi. En pleine nuit. Au départ, elle avait argué de la discrétion, de la difficulté d'entretenir une relation avec quelqu'un avec qui elle travaillait. Personnellement, je pensais surtout qu'elle n'assumait pas. Ni ce qu'elle ressentait, ni ce que nous vivions. Et cela avait le don de m'agacer au plus haut point. Et maintenant, voilà qu'elle voulait me traîner chez Andrew et Kat pour...

— « Officialiser » ? Tu es certaine de vouloir ça ?

— Gregory, ton manque de confiance en moi commence à être vraiment pénible, s'agaça-t-elle.

— Pas autant que tes sautes d'humeur manifestes !

Elle se leva de derrière son bureau, passa à mes côtés, et alla s'assurer que la porte était convenablement fermée. Je soupirai lourdement. Elle ne changerait jamais. J'avais pourtant fait des efforts, j'avais accepté toutes ses conditions, j'étais resté discret. J'avais tout fait pour elle, et pour la mettre à l'aise dans notre relation.

— Gregory, je sais que je suis... versatile. Mais comprends-moi, je cherche la moins pire des solutions.

— La « moins pire » ? Parce que moi je cherche la meilleure. Et uniquement pour toi !

— Pourquoi le prends-tu aussi mal ? Je te propose qu'on aille ensemble chez Andrew ce soir ! Ce n'était pas ce que tu voulais ?

— Meg, tu me le proposes parce que tu es coincée. Andrew m'a invité, et tu te sens obligée de me demander de venir.

Une sourde colère bourdonnait dans mes oreilles tandis qu'elle me fixait intensément. Pourquoi n'était-ce jamais simple avec elle ? Kat m'avait conseillé de ne pas la bousculer, me confiant que la vie de Meghan, avant moi, avait été plutôt compliquée. Je me fichais de sa vie d'avant, c'était elle *maintenant* que je voulais.

— On se rejoint là-bas alors ? la provoquai-je.

— Ne sois pas stupide ! On peut y aller ensemble !

— Pour que tu me déposes au coin de la rue ?

— De toute évidence, tu ne veux pas que cette chose entre nous fonctionne !

— Cette « chose » ? Je t'aime, Meghan, ce n'est pas... une « chose » !

Cette fois, elle évita mon regard et se réinstalla derrière son bureau, se concentrant sur son écran. La conversation était visiblement terminée. Soudainement, je n'avais plus envie de vivre ainsi. J'attendis un instant qu'elle m'adresse de nouveau la parole, mais elle se mura dans le silence, et je quittai la pièce quelques minutes plus tard.

Sur le trajet, je bousculai l'assistante d'Andrew. Son dossier tomba au sol et je me baissai pour l'aider.

— Désolé, je ne faisais pas attention, m'excusai-je.

— Ce n'est rien. Tenez, prenez-le, ça m'évitera d'aller le déposer sur votre bureau.

Elle me tendit un magazine dont la une était une photo d'Andrew, souriant, assis dans le fauteuil de son bureau. Ah, l'interview pour laquelle il m'avait demandé de faire des recherches sur la journaliste... Hormis deux excès de vitesse, je n'avais rien trouvé.

Vous partagez vos activités entre la côte Ouest et la côte Est, vous parvenez à trouver un équilibre ?

C'est toujours difficile. Mais, comme je vous le disais, j'ai une équipe autour de moi. Je compte sur eux pour me soutenir, mais aussi pour me dire si j'en fais trop. J'ai passé un cap, dernièrement, le travail n'est plus ma priorité absolue.

Pourtant votre entreprise est florissante, et je crois savoir que votre incursion dans l'immobilier porte ses fruits.

Vous êtes bien informée. Blake Medias fonctionne très bien, et j'en suis heureux. Concernant le contrat de Washington, nous sommes toujours au stade de la réhabilitation de l'immeuble. Nous espérons une inauguration au prochain semestre. Tout cela demande beaucoup de travail et j'espère que nous y arriverons.

Je gardai l'exemplaire avec moi, me promettant de le lire avant ce soir.

Comme à son habitude, Meghan m'ignora jusqu'à la fin de la journée. Bon sang, ce qu'elle pouvait m'agacer. Surtout que notre « secret » n'en était plus un. La plupart des regards qu'on nous lançait quand nous discutions étaient souvent suivis d'un éclat de rire. Tout cela était ridicule. Je décidai de rentrer chez moi, partagé entre colère et tristesse.

Pourtant, quand elle sonna à ma porte vers 20 heures, je ne fus pas surpris. Elle se tritura les mains longuement, cherchant certainement par où commencer.

— C'est difficile pour moi, commença-t-elle, je veux dire... de faire confiance à un homme.

Sciemment, je ne la fis pas entrer dans mon appartement. Pour une fois, j'espérais être plus fort qu'elle. Elle leva les yeux vers moi, attendant que je m'efface pour la laisser passer. En vain.

— J'ai... J'ai déjà été mariée, avoua-t-elle. Et je n'ai pas une image parfaite du mariage. Ni de la vie de couple.

— Tu me parles... logistique? m'étonnai-je.

— Gregory, ce que je veux dire, c'est que je ne suis pas certaine d'être prête pour faire tout ça.

— Tout ça quoi?

— Tout ce que tu me demandes. Tout ce que tu veux de moi.

— Meghan, cite-moi une chose, ne serait-ce qu'une seule chose que j'ai exigée de toi.

Elle resta silencieuse, fixant un point invisible entre ses pieds. De nouveau, j'étais agacé. Comment cette femme professionnellement épanouie, indépendante et incroyablement belle pouvait-elle avoir si peu confiance en elle et en moi ?

— Entre, proposai-je, vaincu par ma propre stratégie.

Elle s'installa au bar séparant la cuisine du salon et se tordit les mains de nouveau en soupirant.

— Tu veux boire quelque chose ?

— Non... Ça... Ça ira, bégaya-t-elle, gênée.

Je me servis une bière, portant le goulot à mes lèvres tout en la fixant. Cette fois encore, j'attendis qu'elle parle.

— Je ne veux pas me marier, déclara-t-elle subitement.

— Ça tombe bien, je ne t'ai pas demandée en mariage, sifflai-je.

— Mais tu le feras un jour !

— Probablement, si je trouve une femme assez épatante pour que l'envie de me passer la corde au cou me vienne !

Meghan blêmit devant moi et il me sembla que sa respiration s'accélérait. Je décidai de l'aider un peu. Je tenais à elle. Plus que ça même, j'étais tombé amoureux de cette fille, et je ne voulais pas la laisser partir.

— Tu devrais être au barbecue, lâchai-je en vérifiant l'heure.

— Toi aussi !

— J'ai décommandé auprès de Kat. Je n'avais pas très envie de les voir.

— Ils ont l'air heureux, commenta Meghan. Je veux dire... Nathan et Lynne, Andrew et Kat...

— Et toi et moi ? tentai-je.

Elle acquiesça et, pendant une seconde, il me sembla voir ses yeux briller un peu trop, comme si elle retenait des larmes.

— Meg... Je sais que c'est étrange. Je peux l'admettre. Toi, moi. Disons que tout cela n'était pas censé se produire.

C'est juste le fruit du hasard, et que tu tentes de contrôler ça, ça me dépasse totalement.

— C'est juste que... je ne sais pas faire ça. La vie de couple, les repas entre amis. Depuis que je suis sortie de l'université, je ne vis que pour Blake Medias.

— Mais tu as trouvé le temps de te marier ! m'étonnai-je.

— C'était un truc idiot, ça n'a pas duré six mois.

— Tu devrais lire ce que dit ton patron au sujet du travail ! Et en particulier de ton travail !

D'un geste rapide, je lui tendis le magazine, l'ouvrant sur l'interview d'Andrew.

Vous avez dit tout à l'heure que vous considériez vos collaborateurs comme étant bien plus que de simples associés, pouvez-vous nous en dire plus ?

Ma directrice financière, Meghan Stanton, est incroyable. Elle a su faire de sa féminité un réel atout pour l'entreprise. Elle en joue et elle s'en sert. D'un point de vue plus personnel, je l'apprécie beaucoup. Elle a été là pour moi dans les moments difficiles. Elle est terriblement organisée et a une excellente mémoire. Sincèrement, si elle décidait de partir pour un autre groupe, ce serait un drame pour moi.

Nathan Evans est plus axé sur le développement commercial. Il a un bagout ahurissant et un culot monstre. Peut-être ne devrais-je pas trop en dire, ils vont finir par prendre la grosse tête et me demander une augmentation.

A vous entendre, on sent que vous êtes très proches...

Je vous l'ai dit, ils ont été présents dans un moment difficile de ma vie. Ils sont là, toujours. Ça va bien au-delà d'une simple connivence professionnelle, bien au-delà de la loyauté. Nathan a fait tellement de choses pour moi, d'un point de vue personnel. Croyez-moi, sans lui, vous ne seriez pas devant moi à faire cette interview.

— Tu devrais demander cette augmentation, dis-je tout sourires en m'approchant de Meghan.

— Je ne sais pas... A part lui, je ne crois pas que quelqu'un m'aurait donné ma chance. Ça serait sûrement à moi de le remercier. Pour tout, ajouta-t-elle.

Elle posa la main sur mon torse et agrippa ma chemise, m'empêchant de m'éloigner. Comme chaque soir, quand elle débarquait sans prévenir, je me sentis pris au piège. Et je ne voulais pas en sortir. Au contraire.

— Meghan, je peux faire les choses à ton rythme, mais j'ai besoin que tu m'aides là-dessus.

— Gregory, je ne sais pas...

— Tu n'as pas besoin de savoir. Et je ne te demande pas de te pavaner en me tenant la main dans les couloirs de Blake Medias.

— On devrait commencer par ce barbecue, proposa-t-elle.

— Tu veux vraiment faire ça ?

— Ce n'est pas comme si personne ne le savait... Tout cela est ridicule, soupira-t-elle. Ce n'est pas censé être compliqué !

J'étouffai un rire pendant qu'elle s'énervait toute seule dans son coin. Ses hésitations perpétuelles étaient touchantes. Je posai la main sur sa joue, repoussant une mèche de cheveux errante.

— On ira à ton rythme. Préviens-moi si je dois préparer un smoking pour une soirée de gala quelconque.

— Je te parle de barbecue et tu parles de soirée de gala ? s'exclama-t-elle en relâchant ma chemise.

— Ils l'ont bien fait, eux ! contrai-je en montrant le magazine toujours ouvert devant nous.

— Je ne ruinerai pas mon image de femme d'affaires

froide et incorruptible pour apparaître à ton bras avec une espèce de bulle rose bonbon autour de nous!

Je louchai sur l'article, observant la photo d'Andrew et de Kat. La fameuse photo officielle. L'aura rose bonbon n'apparaissait pas, mais il y avait quelque chose qui transpirait de cette photo, une forme de bonheur indélébile et indéniable.

***Vous êtes apparu au bras d'une jeune femme pour la soirée annuelle de votre entreprise ; sauf erreur, il me semble qu'il s'agit bien de la jeune femme que vous escortiez pour le lancement de* Powerfull.**

C'est bien elle. J'ai rencontré Kathleen à New York. Du moins, elle était à New York, et moi à San Francisco. C'est un peu compliqué (sourire nostalgique). Je ne crois pas que cela s'explique. Mais pour notre tranquillité, nous avons choisi d'afficher notre relation. Nous espérons que les journalistes, vous la première, nous laisseront vivre en paix.

C'est étrange de votre part... Parler de votre vie privée alors que vous en aviez fait une zone interdite ?

Ce n'est pas comme ça que je l'envisageais. Quand vous êtes heureux, ça se voit. Et pire encore, vous voulez que tout le monde le sache. Kathleen ne fait pas partie de ce monde et je cherche avant tout à la préserver. Nous avons autorisé cette photo pour mettre un terme aux rumeurs et pour vivre notre relation sereinement. Maintenant, notre histoire n'appartient qu'à nous, et je n'estime pas nécessaire d'en dire plus.

— Ils ont l'air heureux, admit Meghan. Je suis contente pour Andrew, Kat est une fille bien.

Curieusement, il y avait une forme de tristesse dans

son regard. Meghan fixait la photo de Kat dans les bras d'Andrew, puis elle releva les yeux vers moi.

— Alors, on fait quoi ? demanda-t-elle.

— Je crois qu'on devrait aller à ce barbecue. Je ferai en sorte qu'aucune photo ne soit prise, promis-je dans un sourire.

— Tu veilles à mon image de marque ?

— Je veille sur toi. Depuis un bout de temps d'ailleurs.

Elle grimaça un peu et se frotta nerveusement le poignet. C'était un geste que je surprenais souvent chez elle. Le souvenir de son corps recroquevillé dans l'ascenseur me fit frissonner. Je ne voulais plus revivre ça.

— De toute façon, tu peux faire ce que tu veux, je ne te laisserai pas filer sans rien dire, soufflai-je sur ses lèvres avant de l'embrasser.

J'agrippai sa nuque, la maintenant contre moi. J'avais la femme de l'Empereur. Celle que tout le monde convoitait. Je la relâchai, souriant au souvenir des idées que j'avais pu me faire à son sujet.

— Pourquoi ris-tu ? demanda-t-elle, perplexe.

— La première fois que je t'ai vue, j'ai cru que tu étais la femme d'Andrew.

— Vraiment ? s'esclaffa-t-elle.

— Vraiment. Et crois-moi, ça me désolait, parce que je ne trouvais pas un argument plausible pour t'arracher à lui.

Elle rit de nouveau et posa ses mains sur mes hanches, avant de caler sa tête contre mon torse. Dans un silence quasi complet, je la gardai serrée dans mes bras, respirant le parfum fruité de son shampooing, et elle se lova contre moi. C'était la première fois que Meghan m'offrait un signe de tendresse.

A son rythme, songeai-je. *Tant qu'elle est avec moi.*

— Enfin j'ai fini par trouver un argument ! plastronnai-je.

— Ah oui ? fit-elle en relevant les yeux vers moi.

— Je suis drôlement plus costaud que lui ! Donc, dans le pire des cas, j'aurais pu lui casser le nez et tous les membres, et je t'aurais kidnappée.

— Le kidnapping est plutôt la spécialité de Nathan, dit-elle en souriant.

— Lui et moi, on est devenus très amis!

— Et ce n'est vraiment pas une bonne nouvelle! Tu es censé être avec moi, pas contre moi!

— Meghan, crois-moi, je suis *avec* toi. Plus que tu ne l'imagines.

Elle m'offrit un sourire gêné. Elle avait du mal à accepter ce genre de compliment. Pourtant, les plus basiques — la complimenter sur sa tenue, son allure ou son intelligence supérieure à la normale — fonctionnaient bien : elle hochait la tête et me remerciait. En revanche, les compliments intimes, détournés ou inattendus provoquaient toujours cette réaction étrange. Une pointe d'angoisse s'allumait dans son regard, comme si elle cherchait l'erreur.

— Si on y allait? lançai-je finalement. Parce que, là encore, je pense qu'en matière de barbecue je suis plus fort que lui!

— Gregory, on parle d'Andrew! Il a sûrement acheté une espèce de gril de l'espace pour éviter de se salir les mains!

Elle descendit de son tabouret et chercha les clés de sa voiture dans le fond de sa poche. J'enfilai ma veste, observant une dernière fois l'interview d'Andrew.

Cette année, vous avez eu deux distinctions. La première concerne votre influence sur le monde, la seconde votre... allure.

(Rires) Je crois que le second prix a été décerné par un jury de femmes, c'est ça?

Oui, et vous êtes arrivé en tête haut la main!

Je suis ravi... Vraiment. Et ma future femme encore plus! Elle est très fière.

Votre future femme?

Vous avez bien entendu : ma future femme... Elle a dit oui.

— Gregory ? m'interrompit Meghan.

— Je crois que je vais finalement devoir sortir mon smoking, plaisantai-je en désignant l'article.

Meghan hocha la tête et me tourna le dos.

— Tiens, tu conduis, m'intima-t-elle en me lançant ses clés.

— Ta voiture ? m'écriai-je, heureux comme un gosse.

— Ma voiture, oui.

J'enroulai mon bras autour de sa taille et l'embrassai sur la joue tandis qu'elle faisait semblant de se débattre.

— Meghan Stanton, je pense que je pourrais vraiment tomber amoureux de toi, murmurai-je à son oreille.

Je la sentis se tendre dans mes bras, puis elle se tourna vers moi, son regard incandescent plongeant dans le mien.

— Je pense que je pourrais vraiment tomber amoureuse de toi, souffla-t-elle, hésitante.

Mon sourire s'élargit. Gagner le cœur de Meghan Stanton, la femme de l'Empereur, c'était encore mieux que gagner au loto. C'était incroyable, fort, puissant, violent et juste... génial.

— Enfin, si tu arrives à battre Andrew au barbecue ! ajouta-t-elle, amusée.

— Un jour, il faudra vraiment qu'on m'explique ce que toutes ces femmes ont avec Andrew Blake ! râlai-je en fermant la porte de mon appartement derrière nous.

Quelques minutes plus tard, je m'installai au volant de la voiture de Meghan. Sa main se posa sur ma cuisse et, à cet instant, je sus combien j'étais déjà amoureux d'elle.

Je présume donc que les félicitations sont de rigueur ?

En effet. Je suis ravi qu'elle ait accepté.

Vous redoutiez qu'elle refuse ?

Kathleen est la femme la plus stupéfiante que je connaisse. Elle aurait pu dire non. Mais j'aurais trouvé un moyen de la faire céder. Je trouve toujours un moyen de la faire céder.

Je souris largement en découvrant le mot qu'avait laissé Kathleen sur mon bureau. Elle avait toujours cette capacité à me surprendre, à me faire rire et à me rendre incroyablement heureux. Comme si, à son contact, une forme d'équilibre absolu s'était installée dans ma vie.

Cher inconnu,

Ou peut-être devrais-je vous appeler par votre prénom ? J'avoue que nos échanges me manquent. Je m'étais habituée à vous découvrir, à vous aimer, et à vous laisser entrer dans ma vie.

Je dois vous dire que mon cœur et mon âme vous sont définitivement acquis, voués totalement à vous et à faire votre bonheur.

J'attends toutefois l'épreuve du « feu » — et ce à tout point de vue — avant de sceller mon destin au vôtre. Mais j'ai confiance, et je viens d'annuler le traiteur, alias le plan B de notre soirée.

Je vous aime. Je t'aime.

Kathleen.

P-S : Tant que j'y pense, mon corps aussi t'est voué.

Son rendez-vous avec son éditeur devait se terminer d'ici peu. Et même si je savais que l'alibi de cette soirée était sa fête d'anniversaire, j'espérais avoir un peu de temps avec elle, seuls, pour lui donner mon cadeau. Je jetai un coup d'œil à ma montre et, rapidement, pris une feuille de papier pour répondre à mon inconnue new-yorkaise.

Chère Kathleen,

Je dois admettre que vos lettres me manquent aussi. Mais pas autant que vous en ce moment même.

Pas autant que votre rire.

Pas autant que votre cœur, entièrement et définitivement mien, votre âme, pleinement et enfin mienne…

Pas autant que ton corps, mien… Encore et pour toujours.

J'apprécie votre confiance et je tenterai d'en être digne. Je ne crains rien, tant que tu es avec moi.

Et je t'aime. Encore et pour toujours.

Ton Andrew.

Je repliai la lettre et la posai sur la table basse de notre salon. Je vérifiai le vin et ce que nous devions manger ce soir. Le barbecue était prêt à être allumé, et j'esquissai un sourire en songeant au défi de Kathleen.

Parlons d'avenir, monsieur Blake. Hormis l'immobilier et la presse, comptez-vous étendre vos activités ?

Je ne sais pas. Pour l'instant, la presse reste mon domaine de prédilection. L'immobilier, c'est encore le commencement. Je n'aime pas forcément m'éparpiller. Je veux mettre mon énergie dans ce que je crois juste et financièrement viable. Et comme je vous le disais tout à l'heure, le travail n'est plus ma priorité. J'apprends à déléguer et à vivre presque normalement.

Pensez-vous qu'un jour, vous perdrez l'image

un peu froide, voire hautaine, qui vous colle à la peau?

Franchement, je ne crois pas être hautain. Du moins, je l'espère. Je pense que le pouvoir donne une image forcément un peu lointaine, un peu à l'écart du monde réel. Dans mon cas, ce phénomène a été amplifié par certains de mes choix. Et ensuite, il y a une sorte de cercle vicieux. Les rumeurs les plus folles ont couru sur moi...

Et sur la mort de votre femme...

Et sur Eleanor. Cela m'a poussé à prendre encore plus d'espace, à mettre une distance entre moi et les autres. J'admets ne pas avoir été présent. Mais mon absence médiatique ne signifie pas que je suis hermétique au monde. J'aime la vie que j'ai actuellement. La bulle que j'avais créée pour me protéger ne m'aidait pas. Au contraire... Et je suis heureux d'être maintenant autre chose qu'un homme de pouvoir.

J'ouvris une bouteille de vin blanc, un des préférés de ma future femme, et après avoir vérifié l'heure, je me décidai à allumer le fameux barbecue. Je pris mon verre avec moi et descendis sur la terrasse donnant directement sur la plage. L'air était encore chaud malgré la saison, et le bruit des vagues était apaisant.

— Andrew? entendis-je crier Kathleen depuis l'intérieur de la maison.

— Sur la terrasse!

Sa silhouette fine, mise en valeur par une robe relativement courte, apparut dans l'encadrement de la fenêtre. Un sourire s'afficha sur ses lèvres pendant que, triomphant, je désignais le barbecue et les braises rougeoyantes. Elle avança vers moi et posa un baiser furtif sur mes lèvres.

— Tu as du courrier sur la table basse, dis-je avec un large sourire.

— Vraiment ? s'étonna-t-elle faussement. J'espère que c'est un courrier agréable.

Elle regagna la maison et quand elle réapparut, elle tenait le morceau de papier entre les mains, un sourire géant sur son visage encore un peu doré par le soleil de nos dernières vacances. Elle revint vers moi lentement.

— Je t'ai manqué ? demanda-t-elle.

— Tu n'as pas idée. Mais tu vois, j'ai pu me débrouiller avec l'épreuve du « feu », plaisantai-je.

— Je suis très fière de toi. Je n'ai donc plus aucune excuse pour ne pas t'épouser.

— Tu en cherchais ?

— Même tes excès ne pourraient pas me faire changer d'avis, s'amusa-t-elle.

— Bien.

Je réprimai un sourire, mais Kathleen me fixa étrangement, et je sus immédiatement qu'elle lisait en moi.

— Qu'est-ce que tu me caches ? m'interrogea-t-elle, soupçonneuse.

— Rien du tout ! Veux-tu du vin ? proposai-je.

Elle hocha la tête. D'une main, je récupérai mon verre, et de l'autre, je pris la sienne pour l'attirer avec moi à l'intérieur de la maison. Je lui servis son verre et l'entrechoquai contre le mien.

— A ton anniversaire, murmurai-je.

— Merci.

Elle but une gorgée de son vin et je la fixai, fasciné par son visage détendu et heureux. Elle ferma les yeux un bref instant, savourant ce que je lui avais servi, avant de planter son regard dans le mien.

— Monsieur Blake, vous savez définitivement comment séduire une femme !

— Vraiment ? m'étonnai-je.

— Mon vin préféré, une soirée d'anniversaire avec quelques amis, un barbecue... Et toi... Tout est parfait, commenta-t-elle.

— Il manque encore une chose, dis-je en souriant.

Je passai près d'elle et gagnai notre chambre pour

récupérer son cadeau et le glisser dans la poche de mon pantalon. De retour dans la cuisine, elle me tournait le dos, mais, même quand je ne voyais pas son visage, je savais quand elle souriait. Et c'était le cas. J'étais fier d'être l'homme qui faisait sourire cette femme.

J'enroulai mon bras autour de sa taille et enfouis mon visage dans son cou. Aussitôt, une de ses mains se cala sur ma nuque et nous restâmes ainsi, de longues minutes, enlacés l'un contre l'autre.

— Quel genre de chance ai-je de t'avoir ? demanda-t-elle, amusée.

— Une chance insolente, répondis-je.

— J'ai lu ton interview ce matin.

— Oh...

— Et je dois dire que je suis d'accord avec toi, dit-elle en se tournant pour me faire face.

Je posai les mains sur ses hanches, la gardant au plus près de moi.

— En une journée, j'ai réussi à faire en sorte que tu sois d'accord avec moi, et en plus à gérer le barbecue, me félicitai-je avec ironie.

Elle rit doucement et appuya son front contre mon torse. Je respirai son parfum et remontai une de mes mains dans son dos.

— L'idée d'avoir ton nom sur ce qui t'appartient, murmura-t-elle, les yeux brillants.

— Tu es pressée ? l'interrogeai-je. Je croyais pourtant qu'il ne s'agissait que d'une formalité administrative à tes yeux.

Le souvenir de notre conversation, la semaine précédente, me revint à la mémoire. Kathleen avait dit oui, mais elle m'avait assuré qu'être avec moi, mariée ou non, n'allait pas changer grand-chose dans sa vie.

Sauf son nom, avais-je contré.

— Te concernant, il ne s'agit pas que de ça.

— Je sais. C'est juste que je n'avais pas envisagé les choses ainsi. Devrons-nous faire encore une sorte d'annonce officielle ? grimaça-t-elle.

— Non. Nathan se chargera de faire un communiqué de presse, Kathleen Blake.

Elle sourit, et je me décidai à lui offrir son cadeau. En voyant l'écrin, elle rougit violemment et secoua la tête.

— N'as-tu donc aucune limite? souffla-t-elle en le prenant entre ses mains.

— Mon amour pour toi n'en a aucune.

— Peut-être que j'aurais dû laisser cette relation rester uniquement épistolaire. Ça m'aurait évité de subir tes excès.

— Joyeux anniversaire, chantonnai-je doucement.

Elle ouvrit l'écrin et ses yeux s'agrandirent. Elle en retira une bague en or blanc, et il me sembla voir ses mains trembler en devinant l'inscription gravée à l'intérieur.

— Même tes excès sont adorables.

— Je suis un homme adorable, contrai-je.

— Tu es présomptueux. Mais... franchement, elle est superbe, merci. Vas-tu passer ta vie à me couvrir de bijoux?

— Je veux passer ma vie à faire ce dont tu as envie. A te rendre heureuse... A te rendre fière de moi.

— S'il te plaît, dit-elle en me tendant la bague pour que je la passe à son doigt.

Je la glissai à son majeur et embrassai l'anneau dans la foulée.

— Il y a une chose que j'aimerais savoir, chuchota-t-elle doucement en serrant son corps contre le mien.

— Tout ce que tu veux.

— Dans l'interview tu dis que tu aurais trouvé un moyen de me faire dire oui si j'avais refusé ta demande...

J'éclatai de rire et la repoussai légèrement, juste pour pouvoir regarder ses yeux.

— Tu veux vraiment savoir?

— Je veux savoir ce que j'ai manqué, riposta-t-elle.

— Bien. Alors, évidemment, j'ai pensé au kidnapping.

— Vegas? s'amusa-t-elle.

— Vegas, oui.

— Ensuite, j'ai envisagé d'en parler à ton père. Je sais qu'il a un pouvoir de persuasion supérieur au mien te concernant.

— Mon père ? Et comment comptais-tu le soudoyer ? Avec une canne à pêche ?

— Eventuellement... Mais je suis heureux que tu aies dit oui.

— Et je suis heureuse. Je vais aller me changer avant que les autres arrivent.

Je la suivis du regard alors qu'elle se dirigeait vers la chambre. Elle observait sa bague, souriant doucement, comme si elle gardait un secret précieux. Je retournai dans la cuisine, préparant le nécessaire pour le repas de ce soir.

Kathleen réapparut à mes côtés, sortant de quoi préparer une salade. Elle m'interrogea sur ma journée et m'informa qu'elle avait passé une partie de la sienne avec Lynne.

— Elle s'inquiète pour le procès de Philip. C'est difficile pour elle.

— Elle n'est pas forcée de témoigner. Les avocats et le procureur disent qu'ils ont suffisamment de preuves.

— Je le lui ai dit. Mais je crois qu'elle culpabilise un peu de n'avoir rien vu.

— J'en parlerai à Nathan, mais on peut faire sans elle.

Kathleen se contenta de sourire et une fois la salade terminée, elle la remisa au réfrigérateur. Je retournai à l'extérieur, m'assurant que mon barbecue tenait la route. Kathleen me rejoignit, enroulant ses bras autour de ma taille.

— Tu viens vérifier que tout est sous contrôle ?

— Tout est toujours sous contrôle avec toi, sourit-elle.

— Sauf toi.

— Même moi. Surtout moi. Dès que tu es venu me parler.

— Serais-tu nostalgique ? demandai-je.

— Peut-être. Je dois avouer que j'ai aimé... ta capacité à me surprendre. Encore et encore.

— Es-tu en train de dire que je ne te surprends plus ? Il est vrai qu'après l'achat de la maison et ma dernière lettre, la barre est un peu haute, soulignai-je.

Elle se détacha de moi et se posta à mes côtés. Je

retournai la viande, repoussant légèrement Kathleen pour éviter qu'elle ne se brûle. Mais très vite elle revint près de moi, reposant sa tête contre mon bras.

— Andrew, tu as cette capacité incroyable à me surprendre. Mais je dois admettre que depuis que je vis avec toi, tu sembles avoir limité certains de tes excès. Enfin, mis à part le cadeau de ce soir.

— Serais-tu déçue ?

— Non... Pas du tout. J'ai tout ce qu'il me faut. Ma vie est parfaite.

— Tu *es* parfaite, corrigeai-je. Et tu es à moi.

— Je ne porte toujours pas ton nom, fit-elle remarquer.

— Juste une question de temps, affirmai-je, sûr de moi.

— Voilà donc la seule chose qui te résiste... Le temps. Je n'y avais jamais pensé. Ce n'est pas trop dur pour toi, de savoir que tu n'es pas tout-puissant ?

— Je *suis* tout-puissant, assurai-je avec un sourire.

Elle se tourna vers moi, amusée. Peut-être qu'elle se doutait de quelque chose, peut-être qu'elle savait. Mais elle m'offrit un de ces sourires éblouissants qu'elle me réservait exclusivement. Ce sourire qui disait qu'elle était aussi heureuse que moi.

Peu importait si elle avait découvert ma surprise. Je savais qu'elle râlerait, qu'elle dirait que je suis encore et toujours excessif. Mais tant qu'elle était là, souriante et adorable, cela me convenait.

— Encore des excès ? demanda-t-elle, loin d'être dupe.

J'opinai avant de l'embrasser doucement, engloutissant son sourire dans le mien.

Il faut croire que le temps a fait son œuvre. Vous semblez heureux.

Je le suis. Je ne sais pas s'il s'agit de temps. Je dirais plutôt que le hasard, ou le destin, est enfin de mon côté. J'ai appris à gérer les choses différemment.

Ma fiancée m'apporte tellement... C'est incroyable, comme si elle avait retiré l'épais brouillard dans lequel je survivais. Je suis plus ouvert, plus... normal. Je n'ai pas de meilleurs mots ! Elle m'a poussé à être quelqu'un d'autre, à me dévoiler, à être moi peut-être.

Et vous êtes ainsi avec tout le monde ?

Seulement avec les exceptions.

Y a-t-il vraiment quelque chose qui vous résiste ?

Pendant longtemps, je l'ai cru, oui. Et finalement, je ne crois pas. J'aime surprendre. J'aime faire en sorte que les éléments soient avec moi. Quelque part, je crois que je gagne toujours.

Un dernier sourire s'étire sur les lèvres d'Andrew Blake. Il nous raccompagne à la porte de son bureau, nous remerciant chaleureusement. Son assistante le prévient qu'il a un appel en attente. Il la remercie et, après nous avoir salués, retourne s'asseoir à son bureau. La porte est entrouverte.

Nous quittons Blake Medias avec un sentiment étrange, le bonheur se mélangeant à une forme de légèreté. Andrew Blake est un homme heureux, cela se voit et cela s'entend. Derrière nous, nous percevons son rire, puis un prénom qui en dit plus sur lui que toutes les interviews du monde : « Kathleen ? »

BONUS 3

Un jour d'exception

C'était mon moment préféré de la journée, l'instant parfait où, enveloppé dans le silence, j'ouvrais les yeux sur elle. Invariablement, la découvrir allongée près de moi, ses cheveux retenus dans un chignon de fortune à moitié défait, me faisait sourire. Elle était là, et la routine que craignaient la plupart des couples me rendait stupidement heureux.

Ce chignon qu'elle avait dû faire avant d'aller dormir, ses bras autour de l'oreiller, la couette contre laquelle elle se battait — une jambe en dessous, une jambe au-dessus —, le creux tentateur du bas de son dos, tous ces minuscules détails ne se révélaient qu'à moi. Peut-être était-ce cela qui me rendait encore plus stupidement heureux.

Je remontai doucement la couette sur son dos frais, avant de me rallonger à ses côtés, mon visage au plus près du sien. A la faveur de l'été et, je présumai, de ses footings le long de la plage, son visage avait bronzé, laissant apparaître des taches de rousseur. Repoussant ses cheveux, ma main trouva le creux de son cou avant de glisser sur son dos. Un frémissement la parcourut, puis elle remua, s'approchant instinctivement de moi.

Sa main trouva mon torse et, immédiatement, un sourire flotta sur ses lèvres.

— Andrew, souffla-t-elle.

Mon prénom dans sa bouche avait toujours cet effet

dévastateur sur moi. Les yeux encore clos, elle bougea, son corps chaud se moulant au mien.

— Bonjour, chuchotai-je dans son cou.

Ma main atteignit le creux de ses reins, la serrant contre moi. Elle poussa un gémissement d'aise, qui vibra contre mon torse. Je souris contre sa peau avant d'y déposer un baiser. A son tour, elle enfouit son visage dans mon cou, ses mains parcourant mes côtes. Mes lèvres suivirent la ligne de son épaule, mordillant légèrement sa peau.

Kathleen se cambra contre moi, ses mains caressant mon dos. Je devinai épisodiquement le frottement de sa bague de fiançailles, puis elle s'écarta de moi, ses yeux à peine ouverts plongeant dans les miens.

— Que fais-tu ici ? marmonna-t-elle d'une voix éraillée.

— Mademoiselle Dillon, votre sens de l'accueil est, comme toujours, impeccable, me moquai-je.

Elle étouffa un rire contre moi, ses doigts s'enfonçant dans mes cheveux, puis remonta sa jambe le long de la mienne, l'accrochant finalement à la hauteur de mes hanches. Ma main trouva l'arrière de sa cuisse, continuant jusqu'au tissu de son sous-vêtement tandis qu'elle s'approchait de mes lèvres pour un baiser furtif, suivi d'un deuxième. Quand sa bouche se posa une troisième fois, j'abandonnai sa jambe pour entourer sa nuque et glisser ma langue entre ses lèvres.

De nouveau, un gémissement lui échappa, son bassin bougeant en rythme contre le mien. J'inclinai un peu plus son visage, approfondissant ainsi notre baiser. Après presque une semaine d'absence, sentir son corps quasiment nu contre le mien était incroyable. Mon pouce effleura l'arrière de son oreille et je fus immédiatement récompensé. Kathleen enfonça ses ongles dans mon cuir chevelu et s'écarta de moi.

Allongée sur le flanc, elle cala son visage sur sa main et m'observa avec ce sourire qui n'appartenait qu'à moi. Mes doigts caressèrent le creux de sa hanche, effleurant de nouveau le bord de son sous-vêtement.

— Monsieur Blake, que me vaut donc l'honneur de votre présence ce matin ?

— Je dois me marier, grimaçai-je.

— Ça n'a pas l'air d'être une très bonne nouvelle, souligna-t-elle en passant son index sur ma ride du lion.

— Ça le sera quand je t'aurai convaincue de passer la nuit prochaine avec moi.

— Pour un homme si attaché aux valeurs éculées, je vous trouve un peu transgressif, monsieur Blake. Il est de coutume de...

Je posai mon index sur sa bouche pour la faire taire. Elle m'embrassa doucement, son regard plongeant avec provocation dans le mien.

— Tu m'as manqué, avouai-je.

— Toi aussi, murmura-t-elle.

Elle réduisit l'espace entre nous et, tout en soudant son front contre le mien, glissa sa main dans mes cheveux. La mienne remonta dans son dos, puis longea la courbe de son sein. Elle ferma les yeux, sa respiration s'accélérant pendant que mes doigts pianotaient sur ses côtes.

— Monsieur Blake, murmura-t-elle d'une voix étranglée.

— Je me fiche de cette coutume. Je veux être avec toi ce soir.

Mon pouce s'égara sur la pointe de son sein que je taquinais doucement. Sa main se resserra dans mes cheveux, et au soupir qui lui échappa, je devinai qu'elle était en train de rendre les armes. Après presque un an de vie commune, je savais reconnaître les signes de reddition chez Kathleen.

— Ce... n'est pas...

Je l'interrompis en prenant son téton entre mes lèvres, le cajolant avec tendresse du bout de la langue. Son corps s'arqua contre le mien, ma main prenant en coupe son autre sein. Elle murmura mon prénom plusieurs fois, sa voix rauque trahissant son désir. Ses mains descendirent sur mes épaules et, dans un mouvement vif, elle me fit basculer sur le dos.

Installée sur mes hanches, son intimité chaude ondula

contre mon sexe érigé. Je me redressai légèrement, retirant l'élastique qui maintenait ses cheveux. J'y passai mes doigts pour les démêler, elle bascula volontiers la tête pour accentuer le contact. Je croisai son regard pétillant pendant que mes mains retrouvaient la courbe de ses seins, puis le plat de son estomac et enfin l'élastique de sa culotte. Tirant dessus, je récoltai une tape sur la main.

— Monsieur Blake, je sais ce que vous êtes en train de faire.

— Je sais que tu sais. Je n'ai jamais prétendu être discret.

Elle s'allongea sur moi, frottant son nez contre le mien. Ses lèvres caressèrent les miennes sans jamais s'y poser, pendant qu'elle capturait mes poignets pour les maintenir loin de son corps.

— Tu as avancé ton vol, fit-elle remarquer.

— J'avais dans l'idée de te faire l'amour au moins une fois avant midi, me justifiai-je.

Elle haussa un sourcil perplexe, reprenant le mouvement léger de ses lèvres contre les miennes. Elle me provoquait, son regard fixant le mien.

— Je sais ce que tu es en train de faire.

— Je sais que tu sais. Je tente de dépasser le maître.

Elle resserra sa prise sur mes poignets, son bassin ondulant contre le mien. J'étouffai un gémissement, les lèvres de Kathleen suçotant la peau de mon cou. Elle prit le lobe de mon oreille entre les dents, tira légèrement dessus, avant de le libérer pour longer ma mâchoire jusqu'à ma bouche.

— Laisse-toi faire, m'intima-t-elle.

Elle déposa un baiser furtif sur mes lèvres avant de glisser le long de mon corps. Sa bouche traîna sur mon torse, se perdit sur mes flancs, avant de s'arrêter sur mon nombril. Elle releva les yeux vers moi et eut un sourire satisfait en constatant que je la dévorais du regard. Elle libéra mes poignets et, l'instant suivant, agrippa mon boxer pour me le retirer.

Son index courut sur mon sexe, qui se gonfla encore

plus. Je grognai, insatisfait, espérant qu'elle comprenne ma frustration.

— Andrew ? murmura-t-elle sur ma peau.

— Mmh...

Elle déposa un baiser sur mon sexe, puis son corps remonta contre le mien. Je plaquai mes mains sur ses fesses, mon désir, presque douloureux maintenant, se frottant contre sa chaleur.

— Je t'aime, souffla-t-elle sur mes lèvres.

— Je t'aime aussi.

— Et je ne vais pas changer d'avis.

L'instant suivant, elle n'était plus sur moi, et mon corps frissonna à la sensation de fraîcheur. Je rouvris un œil, découvrant Kathleen dans sa position initiale, son visage calé dans le creux de sa main. Elle me souriait, satisfaite de son petit effet. J'imitai sa position, mêlant mes jambes aux siennes.

— Qui êtes-vous et qu'avez-vous fait de ma fiancée, douce et docile qui dormait il y a encore quinze minutes ?

— Andrew, tu as déjà utilisé de nombreuses fois cette technique, mais je me suis juré que tu ne gagnerais pas cette fois.

— Serment tout à fait louable, mais inutile, Kathleen, assurai-je en me redressant. Cette coutume est absolument superflue.

Je dégageai de nouveau les cheveux qui barraient son visage, cherchant l'argument imparable qui la ferait flancher.

— Andrew, juste une fois dans ta vie, peux-tu faire les choses... comme il faut ?

— Kathleen, je t'ai courtisée, je t'ai charmée, j'ai demandé ta main à ton père, je t'ai écrit des lettres. Je suis à peu près certain d'avoir fait les choses comme il faut !

— C'est la tradition ! J'y tiens beaucoup. Je ne veux pas... Je ne veux pas que notre mariage...

— Tu as peur que cela nous porte malheur ? m'étonnai-je.

Ses joues se colorèrent instantanément, comme si elle était honteuse d'avoir été percée à jour. Je m'approchai d'elle, lui effleurant la joue du bout des doigts. Elle poussa un soupir avant de relever les yeux vers moi.

— Tu trouves ça idiot ? m'interrogea-t-elle, incertaine.

— Non, non. Pas du tout. Mais de ta part, je trouve ça... surprenant.

— Parce que je t'ai dit que le mariage ne changerait rien ?

— Notamment. Je sais que tu n'y vois qu'une formalité administrative. En fait, en y réfléchissant, je devrais être celui qui s'attache à cette tradition.

— Tu n'es pas superstitieux ?

— Absolument pas. Mais je suis ravi que tu aies changé d'avis sur la symbolique du mariage ! As-tu aussi changé d'avis sur le vœu d'obéissance ?

— Tu sais que je suis incapable de tenir cet engagement !

— Laisse-moi rêver encore un peu. Kathleen, passer la nuit ensemble la veille de notre mariage ne changera absolument rien. Je t'aime, je veux t'épouser. Et je ne connais encore rien ni personne qui m'empêcherait de finir ma vie avec toi. S'il te plaît, plaidai-je.

— « S'il te plaît » ? Qui êtes-vous et qu'avez-vous fait de mon fiancé présomptueux et pénible ?

— Je crois que c'est le type qui cherche à te faire changer d'avis.

Elle secoua la tête, son rire s'éteignant progressivement. Un curieux silence s'installa entre nous : je la regardais, heureux d'avoir du temps avec elle, mais j'avais la sensation qu'elle ne m'avait pas tout dit.

— Que me caches-tu ? demandai-je finalement après avoir capté son regard.

— Rien... Je... Rien. Et tu vas trouver ça encore plus stupide !

— Dis-moi, lui intimai-je doucement. Ça me permettra peut-être de comprendre pourquoi c'est si important pour toi.

— Tu n'auras pas le regard qu'il faut, murmura-t-elle après une courte pause. Tu sais, quand je remonterai l'allée...

Elle se tut, avant de s'allonger complètement sur le lit, camouflant son visage de ses mains.

— Oublie ce que je viens de dire, c'est encore plus idiot que mon histoire de superstition, marmonna-t-elle, défaite.

Je repoussai son bras et, de l'index, la forçai à me regarder. Je comprenais enfin sa réticence, et surtout pourquoi nous ne parvenions pas à nous mettre d'accord : je pensais qu'il s'agissait juste d'une tradition vieillotte et inutile alors que Kathleen y voyait l'anticipation et le désir.

— Tu parles du regard qui dit : « Je suis le type le plus chanceux du monde depuis qu'une femme aussi merveilleuse que Kathleen Dillon a accepté de m'épouser » ?

Elle leva les yeux au ciel avant de se tourner pour se mettre à plat ventre, le visage enfoncé dans l'oreiller. Je posai ma main sur son dos, mon majeur serpentant le long de sa colonne vertébrale. Quand finalement elle tourna son visage vers moi, je plaquai un baiser sur son épaule.

— Kathleen, je suis à peu près certain d'avoir ce regard chaque fois que je me réveille à tes côtés. Et je l'aurai pour toujours, précisai-je en la serrant contre moi. Je n'ai pas besoin d'une nuit sans toi pour m'en rendre compte. Je n'ai pas besoin que tu me manques. A l'instant où je te verrai sur cette plage, il n'existera plus rien d'autre que toi.

— Ce n'est pas déjà le cas ? s'enquit-elle.

— Tu n'as pas idée.

Je nichai ma tête dans son cou, m'offrant une nouvelle étreinte. Elle bougea, attirant mes lèvres contre les siennes pour un tendre baiser. Je passai la barrière de sa bouche, pressant ma future femme contre moi. Mes mains glissèrent sur ses côtes, sur ses hanches, puis sur le galbe de ses fesses.

Elle me repoussa doucement, ses mains posées sur mes joues, son regard brûlant planté dans le mien.

— S'il te plaît, souffla-t-elle. C'est important pour moi.

Sa sincérité eut raison de mon entêtement. J'abdiquai

devant son sourire hésitant alors qu'elle jouait son meilleur atout : murmurer mon prénom avec cette voix chaude, comme en une prière. Cette voix qui m'empêchait de réfléchir rationnellement et qui me faisait céder.

— D'accord. Mais la prochaine fois que tu refuses de passer la nuit avec moi, je le prendrai comme un affront personnel.

— Tu promets ?

— Je promets, assurai-je. Kathleen, tu peux me demander n'importe quoi, tout ce qui m'intéresse c'est que tu sois heureuse. Si accepter cette tradition te rend heureuse, alors soit, je m'incline.

— Merci, Andrew.

Elle m'embrassa de nouveau, avant de me libérer et de se rallonger. Un sourire magnifique ornait ses lèvres et elle affichait un visage apaisé, doux et heureux.

— Tu me forces à revoir mes plans, lançai-je en passant ma main sous mon oreiller.

— Tu avais des plans ? s'esclaffa-t-elle.

— Avec toi, toujours.

Je sortis l'écrin de sa cachette et, pendant qu'elle écarquillait les yeux de surprise, l'ouvris prudemment.

— Puisque tu es si attachée aux traditions, je me suis dit que tu n'aurais rien contre quelque chose de vieux.

— Andrew, tu... tu n'aurais pas dû, me réprimanda-t-elle en saisissant le bracelet entre ses mains.

— Je l'ai trouvé à New York, chez un antiquaire. Et c'est un... clin d'œil, expliquai-je, aux traditions et à l'essayage de bijoux de l'an dernier.

Je pris délicatement le bracelet d'entre ses mains et le glissai à son poignet. Kathleen le remua, jouant avec la faible lumière qui perçait dans la chambre. Son ravissement était ma meilleure récompense.

— Merci, Andrew, mais ça n'est pas une tentative pour me soudoyer j'espère ? s'enquit-elle avec suspicion.

— Aucunement. Je peux moi aussi respecter les traditions. A ce sujet, peut-on rediscuter du vœu d'obéissance ? tentai-je.

— Evidemment. Tu n'avais pas parlé de me faire l'amour avant midi ?

— J'ai dit : « au moins une fois », rectifiai-je en m'approchant d'elle. Te voilà redevenue docile !

— Docile et à toi.

Cela faisait presque un mois que je n'étais pas venu ici. Un mois que j'évitais sciemment de prendre cette route un peu sinueuse, un mois que je redoutais de suivre mes habitudes, un mois que je refusais de replonger dans mon passé et de me remémorer mon mariage raté avec Eleanor.

Je garai ma voiture sur le parking, mes yeux refusant d'affronter l'image du cimetière et des stèles rigoureusement alignées. Pourtant, à la veille de mon mariage avec Kathleen, j'avais ressenti l'inexplicable besoin de venir ici, de parler à celle que j'avais aimée pendant de longues années.

Jetant un regard sur le cimetière en contrebas, je me décidai finalement à sortir de mon véhicule et à affronter Eleanor. Peu à peu, j'avais choisi d'espacer mes visites sur sa tombe. J'avais doucement pris conscience que c'était une culpabilité mordante qui m'amenait ici : je lui avais promis le bonheur, en vain. Notre éloignement, que j'avais toujours refusé de voir, m'avait finalement sauté aux yeux lors du procès de Philip.

Quand Dan était venu témoigner, quand il avait parlé d'Eleanor et de leur relation, j'avais compris qu'il lui avait offert ce dont elle rêvait : la présence inconditionnelle d'un homme et son affection. Pour la première fois depuis son décès, j'avais vu un homme plus malheureux que moi de l'avoir perdue. Après son témoignage, après qu'il eut partagé les quelques souvenirs heureux de sa relation avec elle, je m'étais senti vide. Avant de savoir la vérité, et par réflexe de survie, je m'étais attaché à mes propres souvenirs à ses côtés, j'en avais même enjolivé certains, si j'en croyais Meghan. Maintenant, je l'avais non seulement perdue, elle, mais aussi ce que j'avais jalousement préservé.

A la fin de cette troisième journée de débat au tribunal, Kathleen avait simplement serré ma main dans la sienne, mais j'étais dévasté, détruit par l'image d'Eleanor heureuse avec un autre. Ce n'est qu'après plusieurs jours que j'avais refait surface.

Les poings dans les poches de mon jean, je descendis la grande allée principale avant de bifurquer sur la gauche. La tombe d'Eleanor était au milieu de l'allée, la stèle blanche tranchant sur le vert du gazon.

« A ma femme bien-aimée » trônait juste au-dessus de son prénom. Je m'accroupis et, la gorge serrée, passai mon index sur les lettres gravées. Après toutes ces années, après Kathleen, après le procès, j'avais toujours ce sentiment étrange. Je l'aimais toujours, avec cette nostalgie persistante du premier amour à qui on pardonne tout. Même l'impardonnable.

— Bonjour, Eleanor, murmurai-je d'une voix étranglée.

Un frisson me parcourut pendant que je parvenais tant bien que mal à canaliser mes larmes. *Peut-être n'aurais-je pas dû m'arrêter*, songeai-je. *Peut-être n'aurais-je pas dû replonger dans cette mélancolie détestable et familière qui me gagne chaque fois que je viens ici. Peut-être que j'aurais dû me contenter d'être heureux avec ma future femme...*

— Ça fait longtemps que je ne suis pas venu. Je... Tu me manques. Surtout aujourd'hui.

Nerveusement, je passai mon pouce et mon index autour de mon annulaire gauche. Mon alliance, qui gisait maintenant au fond de l'océan, y avait laissé une marque.

Je me redressai, réprimant un nouveau frisson désagréable. Je ne savais plus vraiment ce que j'étais venu chercher ici. La culpabilité s'était estompée, la colère ne me dominait plus.

— New York fonctionne. Tu verrais ça, c'est... incroyable. David grandit, il m'apprend à faire du surf sur la plage, dis-je dans un éclat de rire.

Kathleen n'avait jamais rien dit, n'avait jamais jugé mes visites ici, ni commenté les photos d'Eleanor dans notre ancienne maison. Je savais pourtant que ce n'était pas de l'indifférence, c'était simplement une façon de me donner du temps. Mon regard se porta au loin, au-delà du mur qui ceinturait le cimetière. Bientôt, je le savais, je ne viendrai plus ici.

— Je l'aime, tu sais. Je l'aime comme... comme si rien d'autre n'existait à part elle. Elle est tellement lumineuse avec ce sourire qui me rend fort et puissant. Elle est mon univers maintenant et, curieusement, je suis à peu près certain que tu l'aurais adorée. Elle me tient tête, dis-je en souriant au souvenir de notre conversation du matin. Elle est sereine, elle m'a apaisé de toi, je crois.

Philip avait été condamné lourdement, assez lourdement pour qu'il végète jusqu'à la fin de sa vie dans une cellule miteuse. La voix du juge m'avait semblé lointaine, j'avais à peine compris ce qui se passait. Quand la foule s'était mise en mouvement, j'avais simplement senti la main de Kathleen dans la mienne.

Puis elle avait dit ce qui avait marqué la fin d'une partie de ma vie : « C'est terminé, maintenant. Rentrons. »

— Je ne sais pas si je reviendrai. C'est... difficile pour moi. Encore plus qu'avant. Avant, je n'avais que toi, que... ça. Je voulais juste que tu saches que tout va bien. Tout va bien, répétai-je avec difficulté.

— Tu es venu lui dire adieu?

Je me tournai vivement pour trouver Meghan, un léger sourire flottant sur ses lèvres. Les mains glissées dans les poches arrière de son jean, elle s'approcha de moi et m'embrassa sur la joue.

— Que fais-tu ici? m'enquis-je sans comprendre.

— Très certainement la même chose que toi : je tourne la page.

Son regard froid se porta sur la stèle. Depuis les funérailles, Meghan avait refusé d'évoquer Eleanor et n'avait jamais voulu venir ici. Elle lui en voulait d'avoir ruiné ce que nous avions, d'avoir menti, d'avoir choisi de partir lâchement.

— Je ne crois pas que je lui pardonnerai un jour ce qu'elle t'a fait endurer, tu sais, commenta Meghan, les yeux toujours rivés sur la tombe.

— Vous étiez pourtant amies.

— Nous sommes devenues amies le jour où elle a compris que je n'avais aucun intérêt... romantique te concernant. Elle a toujours cru que tu succomberais à mon incroyable sex-appeal, plaisanta mon amie en se tournant vers moi. N'est-ce pas ironique ?

— J'ai tendance à croire qu'elle n'était pas la seule fautive. Je l'avais délaissée, j'avais choisi d'autres priorités.

— Peut-être. J'ai... Aujourd'hui, je suis tombée sur de vieux trucs de la fac. Tu sais, à cause du déménagement, j'ai retrouvé cette photo de nous trois, juste après la remise des diplômes et... bon sang, ce que nous étions jeunes !

Sa remarque me tira un sourire. Elle avait raison, nous avions vieilli d'une vie depuis notre départ de l'université. Elle lissa sa blouse, révélant ainsi son début de grossesse. Elle posa une main sur son ventre et de l'autre écrasa furtivement une larme dans le coin de son œil.

— Je lui en veux vraiment d'avoir gâché tout ça. Ce que nous étions, ce que nous vivions. Mais il ne s'agit plus d'elle maintenant, alors j'ai pensé que je devais venir. Au moins une fois. Est-ce que tu comprends ?

J'opinai simplement, me rendant compte que Meghan avait toujours été là pour moi : à l'endroit de l'accident, à la reconnaissance du corps, à l'enterrement. Elle avait été un pilier solide et sans faille, une des rares personnes qui avaient vu le pire de moi.

— Je ne sais pas vraiment pourquoi je suis venu ici aujourd'hui, murmurai-je. Peut-être juste pour... en finir avec notre histoire.

— Tu as raison, tu sais. Je suis certaine qu'elle aurait adoré Kathleen. Mais elle t'aurait certainement empêché de la voir, continua-t-elle. Toute cette... tension entre vous deux serait difficilement passée inaperçue !

J'étouffai un rire pendant que Meghan esquissait un sourire entendu.

— Ce que je ressens pour Kathleen n'a rien à voir avec ce que j'éprouvais pour Eleanor. Je suis tombé amoureux d'Eleanor progressivement, doucement. J'aimais... son énergie, son humour et même son mauvais café, grimaçai-je.

— Son café était horrible, Andrew ! Horrible ! me rappela Meghan, consternée.

Il y eut un court silence pendant lequel Meghan et moi nous regardâmes. Elle contenait ses larmes, mais c'était la première fois depuis la mort d'Eleanor qu'elle n'arborait pas ce visage glacé et dur dès qu'il s'agissait de ma femme.

— Tu n'as pas à te justifier, Andrew. Je sais à quel point tu aimes Kathleen. Même mon côté garce frigide le voit !

— « Garce frigide » ? répétai-je, surpris.

— Tu joues très mal la comédie. Je sais que tu parles de moi dans mon dos !

— Ça a dû arriver une ou deux fois, en effet, m'esclaffai-je. Je l'aime, oui, admis-je. A la différence d'Eleanor, il m'a suffi de lire ses mots et je l'ai su.

— Tu te souviens du jour de la réception au Peninsula ?

— Parfaitement, oui, répondis-je en songeant au premier baiser que j'avais échangé avec Kathleen.

— Eh bien, ce soir-là, tu m'as hurlé dessus. Je t'ai maudit sur plusieurs générations, j'ai écrit ma lettre de démission et j'avais très envie d'en coller une à Nathan, comme ça, juste pour le plaisir. Et ensuite, je vous ai vus ensemble, tu étais... radieux. On peut dire « radieux » en parlant d'un homme ? s'inquiéta-t-elle soudainement. Peu importe, en une seconde, je n'étais plus en colère et j'ai su que plus jamais je ne te récupérerai ivre mort dans ton bureau !

Nous contemplâmes tous les deux la stèle, dans un silence parfait. Meghan glissa sa main dans la mienne, pendant que les larmes roulaient sur ses joues. Je serrai un peu plus ses doigts entre les miens.

Nous tournions définitivement la page.

— Saletés d'hormones! pesta-t-elle dans un sourire.

— Tu es radieuse. Et, oui, on dit « radieuse » pour une femme enceinte.

Libérant sa main, j'entourai ses épaules de mon bras et l'attirai contre moi. Après un dernier instant de silence, Meghan sortit une pierre de sa poche et la posa sur le bord de la stèle.

— Chez nous, ça veut dire que je pense toujours à elle, expliqua-t-elle. Je crois que je t'ai assez dérangé, je vais vous laisser.

Elle remonta l'allée, ses cheveux voletant légèrement autour d'elle.

Je fixai le prénom d'Eleanor gravé dans la pierre, m'autorisant une dernière pensée nostalgique pour elle. Les yeux clos, je revécus furtivement le jour de notre mariage, son adorable sourire, son regard pétillant. Je m'accroupis et passai mon doigt sur les lettres.

— Tout va bien, maintenant. Tout va bien.

Je me redressai et me décidai finalement à quitter cet endroit, à abandonner le froid, à oublier la tristesse qui me ravageait dès que mes yeux se posaient sur cette stèle. A grandes enjambées, je parvins à rejoindre Meghan, calant mon bras autour de sa taille, reprenant les mots de ma future femme :

— C'est terminé, maintenant. Rentrons, proposai-je.

En franchissant le seuil de la maison, je reconnus instantanément le parfum subtil du café de Kathleen, associé à l'odeur sucrée de mon dessert favori.

— Tu as faim? demandai-je à Meghan.

— J'ai tout le temps faim en ce moment, grogna-t-elle en se frottant le ventre. Il a hérité de l'appétit de son père!

— Après toi, l'invitai-je.

Me précédant, Meghan gagna la cuisine, où je découvris ma mère et Kathleen discutant autour d'un café. J'eus un sourire en songeant à ma conversation avec mon amie : aucun doute, le café de Kathleen surpassait aisément celui d'Eleanor.

J'embrassai ma mère avant de m'asseoir près de ma future femme et de lui voler une gorgée de son café. Elle me laissa faire, m'observant avec un sourire pendant que Meghan louchait sur les cookies au chocolat de ma mère.

— Prends-en, lui proposa celle-ci avec indulgence.

— Ce bébé fait de moi un ventre sur pattes, s'excusa-t-elle en se servant.

— Tu es radieuse, la complimenta Kathleen.

— Qu'est-ce que je te disais ? lançai-je, amusé. « Radieuse » !

— Comment vous êtes-vous retrouvés ensemble ? s'enquit Kathleen en nous regardant.

— Eleanor, résumai-je. Et Meghan avait envie de boire un bon café. J'ai envoyé Nathan accueillir ton père.

— Comme s'il ne fréquentait pas assez les aéroports ! soupira Kathleen en riant.

— J'exploite ses points forts, il connaît le terminal d'arrivée comme sa poche ! me défendis-je.

Meghan prit un deuxième cookie, avec un air coupable et gourmand à la fois. Je l'encourageai d'un sourire tandis qu'elle me fusillait du regard.

— Ne contrarie pas une femme enceinte, suggéra ma mère.

— Encore moins quand c'est Meghan, renchérit Kathleen. De toute façon, tu dois aller enfiler ton smoking, et ça, personne ne peut le faire à ta place.

— C'est un sujet sur lequel on peut débattre, la provoquai-je.

— C'est vrai, on pourrait. Mais nous sommes attendus pour notre dîner de répétition et je n'ai pas le temps de valoriser ton monstrueux ego en cédant à l'un de tes subterfuges tordus ! Donc, monsieur Blake, j'aimerais vraiment que vous enfiliez le fabuleux smoking qui est suspendu dans notre chambre !

— J'aime beaucoup quand elle te donne des ordres, s'esclaffa Meghan. Ces cookies sont délicieux, Annah! Le bébé les adore!

— Je n'utilise aucun subterfuge! C'est juste que...

— Tu gagnes toujours! finit Meghan pour moi. Nous sommes au courant, Andrew.

— Le retour de la garce frigide! rétorquai-je en attrapant l'assiette de cookies.

Elle plissa les yeux, fixant tour à tour mes mains sur l'assiette, puis son contenu. J'abdiquai dans la seconde, libérant mes otages avec un clin d'œil. Meghan murmura un « merci » avant de prendre un nouveau biscuit et de gémir de plaisir.

— C'est le bébé! mentit-elle immédiatement. Va mettre ton smoking, enchaîna-t-elle pour détourner l'attention.

— Ton père ne devrait plus tarder, lança ma mère en jetant un coup d'œil à sa montre. Quand je suis partie de la maison, il préparait son discours pour ce soir.

— Je lui ai dit que c'était inutile, râlai-je.

— Ton père est un homme de tradition, un exemple que tu devrais suivre, suggéra Kathleen avec un sourire amusé sur les lèvres.

— J'en prends bonne note, mademoiselle Dillon.

— Cette tension sexuelle entre vous est sacrément étouffante, constata Meghan avec une moue.

— Ça doit être tes hormones. Prends un autre cookie!

Meghan se servit, m'accordant un nouveau regard faussement furieux. Kathleen se redressa et, du bout des doigts, effleura ma nuque. Elle m'offrit un éblouissant sourire, de ceux qui n'appartenaient qu'à moi, avant de poser un baiser affectueux sur ma tempe.

— Je te rejoins dans trois minutes, je dois parler avec ma mère au sujet des traditions dont tu raffoles en ce moment!

Le regard de Kathleen passa de ma mère à moi, sans comprendre. Je suivis des yeux sa silhouette emprisonnée dans un jean et une de mes chemises. Un sourire s'étira sur mes lèvres, de ces sourires heureux, crétins et impossibles à contenir.

— Ne sois pas trop long, lança-t-elle avant de quitter la pièce.

Meghan se leva à son tour, avec une inélégance que je ne lui connaissais pas. Nathan allait regretter d'avoir manqué ça ! De nouveau, ma collaboratrice et amie me lança un regard sans équivoque.

— Pas de commentaire, Blake !

— Je n'oserais pas. Et si je ne te l'ai pas déjà dit, tu es absolument radieuse ! précisai-je très sérieusement.

Son visage se détendit et elle eut un sourire magnifique et rayonnant. Elle posa une main sur son ventre, un peu plus rebondi après les cookies. Quoi qu'elle en dise, elle était vraiment radieuse. Si j'avais déjà eu l'occasion de la voir rire et sourire, je me rendis compte que c'était sûrement une des rares fois où je la voyais... heureuse.

— Je n'arrive même plus à être une garce frigide, marmonna-t-elle. Saletés d'hormones ! Je vais rentrer et tenter d'enfiler cette robe hideuse qui a été faite sur mesure dans un ancien parachute !

Je réprimai un rire, prenant conscience qu'une femme enceinte pouvait avoir des réactions extrêmes et déroutantes. Dans le cas de Meghan, une femme enceinte pouvait aussi avoir une ceinture marron en karaté et vous mettre au sol sans même se casser un ongle.

— A tout à l'heure ! lança-t-elle, quittant la pièce en prenant les cookies avec elle.

— L'assiette sera vide avant qu'elle arrive chez elle, s'esclaffa ma mère.

— Je le crains.

Dès que nous fûmes seuls, ma mère attrapa ma main et planta son regard dans le mien. Je savais ce qu'elle cherchait : l'ombre d'un doute, d'un regret, ou la tristesse persistante d'avoir perdu Eleanor. Mais en quittant le cimetière, en assurant à Eleanor que tout allait bien, j'avais abandonné ma culpabilité.

— Je l'avais pourtant prévenue, soupira finalement ma mère en riant.

— Prévenue qui et de quoi ?

— Kat. Quand je l'ai rencontrée au Peninsula, je l'ai avertie que te provoquer, contrer perpétuellement tes attaques ne servaient à rien, sinon qu'à t'attirer un peu plus vers elle. Elle n'a toujours pas compris la leçon !

— J'espère qu'elle ne la comprendra jamais ! ripostai-je.

— Elle t'aime, Andrew, et elle te laisse croire que tu mènes le jeu ! Je fais ça avec ton père tout le temps !

Soudain, elle sortit une boîte rectangulaire de son sac à main et la posa sur la table, devant moi.

— Tu l'as retrouvée ? fis-je, très étonné.

— Non sans mal. Une journée entière dans le grenier. Je l'ai envoyée chez un bijoutier pour un nettoyage, précisa-t-elle alors que j'ouvrais la boîte.

— Merci ! soufflai-je. Je... Tu dois te demander pourquoi..., hésitai-je, soudainement mal à l'aise devant ma propre mère.

— Pourquoi tu ne l'as pas demandée pour Eleanor ? termina-t-elle dans un sourire rassurant.

J'opinai, incertain de pouvoir trouver une réponse convenable. Si je taquinai Kathleen au sujet des traditions, je devais admettre que j'aimais l'idée de lui remettre cet ancien bijou de famille. Eleanor et moi nous étions mariés dans le jardin de mes parents, sans y mettre réellement les formes. Maintenant que j'avais une seconde chance, je voulais marquer l'événement.

— Andrew, je dois avouer que je me suis posé beaucoup de questions quand tu as épousé Eleanor. Est-ce qu'elle était assez bien pour toi ? Est-ce qu'elle te rendrait heureux ? Le genre de questions qu'une mère se pose quand elle voit son fils lier sa vie à une femme. Je n'ai jamais eu de doute sur tes sentiments pour elle, ni pour ses sentiments pour toi, mais quand je te vois avec Kat, quand je te vois sourire, je ne me pose pas de questions.

— Elle me rend heureux, assurai-je. Un peu fou aussi, je dois l'admettre, m'esclaffai-je.

Elle serra ma main dans la sienne et se leva pour déposer un baiser sur ma joue.

— Va mettre ton smoking, m'intima-t-elle.

Un sourire barra mon visage à l'instant où j'entrai dans notre chambre. Kathleen avait mis de la musique — cette vieille compilation des années 1960 qu'elle avait dégotée lors de notre aménagement — et je l'entendais chantonner dans la salle de bains. Je retirai ma chemise et la rejoignis. Debout devant le miroir, enroulée dans une serviette épaisse, elle frictionnait sa chevelure humide.

J'entourai sa taille de mes bras, attirant son dos contre mon torse. Elle cessa de frotter ses cheveux et nos regards se croisèrent dans le miroir.

— Il n'y a pas si longtemps, tu m'aurais demandé d'enfiler un peignoir, s'amusa-t-elle.

— A l'époque, je voulais garder les idées claires, me justifiai-je.

Je nichai mon visage dans son cou, m'enivrant du parfum vanillé de sa peau. Elle bascula la tête en arrière, m'autorisant un meilleur accès.

— J'ai hâte que tu deviennes ma femme, murmurai-je. J'ai hâte de te voir demain dans ta robe. Et j'aimerais beaucoup que tu portes ceci, lors de la cérémonie, ajoutai-je en sortant la boîte que m'avait confiée ma mère.

Je relevai les yeux sur notre reflet, rencontrant le regard surpris de Kathleen. Elle hésita une courte seconde, fixant mes mains, avant de se saisir de l'écrin. Elle fronça les sourcils puis me dévisagea.

— Tu ne l'ouvres pas? demandai-je, la sensation de déjà-vu me provoquant un sourire.

— Si... bien sûr.

Avec précaution, elle ouvrit l'étui et hoqueta de surprise. J'embrassai la courbe de son épaule, devinant le martèlement saccadé de son cœur. Sa respiration s'accéléra et, dans un soupir de satisfaction, elle passa son index sur la broche en forme de cœur.

— Andrew, c'est... C'est magnifique.

— Quelque chose d'emprunté, expliquai-je. C'était à la grand-mère de mon père.

— Tu prends finalement goût aux traditions, s'amusa-t-elle en sortant le bijou de sa boîte.

Elle pivota pour me faire face, calant sa tête sous mon menton pour une tendre étreinte. Je l'enveloppai dans mes bras, un sourire s'étirant sur mes lèvres en entendant cette vieille chanson.

— Merci. Je la porterai demain.

— Danse avec moi, lui intimai-je.

— Maintenant ? s'étonna-t-elle en relevant les yeux vers moi.

— J'ai envie d'une dernière danse avec ma délicieuse fiancée.

Prenant sa main, je l'entraînai vers notre chambre. Au passage, j'augmentai le son de la hi-fi pendant que Kathleen déposait la broche sur son chevet. Je posai ma main dans le bas de son dos et la maintins contre moi. Ma bouche retrouva la peau de son cou tandis qu'elle s'agrippait à mes épaules. Je la berçai, nous offrant une dernière bulle d'intimité avant le dîner et avant notre nuit l'un sans l'autre. Un frisson la parcourut et ses mains descendirent sur mon torse.

— Quel genre de chance ai-je de t'avoir ? demanda-t-elle.

— Une chance insolente, chuchotai-je tout contre ses lèvres avant de l'embrasser avec douceur.

— Donc, à la question « Etes-vous fier de la réussite de votre fils ? » j'ai pris l'habitude de faire cette réponse standard : « Oui, énormément. » Mais je ne suis pas certain que ce soit la réponse adéquate. A vrai dire, j'ai toujours été fier de lui, de toutes ses réussites : quand il a appris à marcher dans notre salon, quand il a voulu jouer au foot... Andrew ne m'en voudra pas de dévoiler ce secret, mais les sports collectifs n'ont jamais été son fort ! s'esclaffa mon père.

Kathleen écoutait avec attention son discours. Elle souriait largement, me pressant la main. Je lui resservis un verre de vin pendant que mon père poursuivait :

— J'ai été fier de sa réussite universitaire, fier de le voir monter son entreprise, même si je lui ai dit à l'époque que c'était de la folie de se lancer dans la presse écrite. Et ce soir, je suis fier de le voir heureux avec Kathleen, la seule femme au monde qui a réussi non seulement à séduire mon fils, mais aussi à lui faire la tête pendant une journée.

— Pas la meilleure journée de ma vie, chuchotai-je à l'intention de ma fiancée alors que nos invités riaient.

— Kat, il faudra me donner ton secret, lança Nathan, assis face à nous.

— Kathleen, je vous souhaite d'être heureuse avec mon fils. De lui tenir tête, de le faire sourire, d'être présente, d'être fière de lui, de lui apprendre à faire la cuisine autrement qu'en commandant des plats à emporter ; Andrew, je te souhaite d'être heureux, d'apprécier les disputes conjugales et de tenir les promesses que tu feras demain à cette femme.

— Et celles que tu as déjà faites, murmura Kathleen avec un sourire.

— Tu céderas la première, assurai-je.

— Le présomptueux « Monsieur Blake » est de retour.

— Il n'est jamais très loin !

— A Andrew et Kathleen, finit mon père en levant son verre. Je vous souhaite d'être aussi heureux que possible.

Nos invités firent de même à l'unisson, nous félicitant de notre mariage à venir. Seuls quelques amis et notre famille proche avaient été invités pour ce dîner de répétition. Le père de Kathleen était assis près d'elle et il en avait profité pour discuter avec sa fille. Maintenant que le dîner touchait à sa fin, j'espérais pouvoir retrouver l'attention exclusive de ma future femme.

Après avoir salué les invités, nous quittâmes la salle de réception. Des chambres avaient été réservées au sein de l'hôtel où avait lieu le dîner, aussi nous gagnâmes l'ascenseur main dans la main.

— Quel est ton numéro de chambre? demandai-je avec innocence.

— Ne me fais pas croire que tu l'ignores! railla-t-elle.

Les portes de l'ascenseur s'ouvrirent et nous nous engouffrâmes à l'intérieur. Kathleen me jeta un regard et appuya sur le bouton indiquant son étage : le 18e. Les portes se refermèrent et j'en profitai pour la pousser contre l'une des parois.

— Ne me fais pas croire que tu te tiens vraiment à cette tradition, Kathleen, murmurai-je.

Elle haleta légèrement, son regard se fichant dans le mien. Elle posa ses mains contre la paroi derrière elle et humecta ses lèvres. Elle risqua un sourire provocant pendant que je m'appuyais contre elle, l'empêchant de m'échapper.

— Je me demandais à quel moment tu allais attaquer, sourit-elle.

J'ignorai sa remarque, mon index longeant le tissu de sa robe, juste au-dessus de sa poitrine. Kathleen frémit à mon contact et sa respiration se modifia légèrement. Elle se crispa et ferma les yeux.

— Tu... Tu as promis..., bégaya-t-elle.

— J'ai simplement promis de ne pas passer la nuit avec toi et il est à peine 23 heures.

— Tu triches, souffla-t-elle.

— Pas du tout, je ne fais qu'exploiter les failles de ton accord, chuchotai-je à son oreille.

La peau de son cou rosit instantanément et un gémissement s'échappa de ses lèvres. Je pris ses poignets entre mes mains et les remontai au-dessus de sa tête. Elle hoqueta de surprise, mais je vis très distinctement un sourire empli de désir barrer son visage. Je caressai sa bouche avec mes lèvres, ne m'y attardant pas, avant de longer sa mâchoire, puis son épaule.

Elle se cambra légèrement, son corps se frottant volontairement au mien.

— Je partirai avant le lever du soleil, assurai-je.

Du bout des doigts, je repoussai la bretelle de sa robe, dénudant son épaule, puis son sein gauche. A travers le tissu de son soutien-gorge, je capturai son téton dans ma bouche, récoltant un long gémissement dont l'écho vibra dans tout mon corps. Libérant son sein, mes lèvres remontèrent lentement sur son décolleté, dans le creux de sa gorge, sur son menton que je raclai de mes dents avec douceur, avant de retrouver ses lèvres. Elle me sourit lascivement et je sus à cet instant qu'elle rendait les armes.

— Tu peux encore refuser, proposai-je en remontant sa bretelle.

Je libérai ses mains, les miennes s'accrochant à ses joues pour l'embrasser de nouveau. Ses lèvres bougèrent lentement contre les miennes, m'offrant la réponse silencieuse que j'attendais.

— Non, en fait, tu ne peux pas, corrigeai-je en faisant courir ma main sur les courbes de son corps.

— Tu es un être diabolique, murmura-t-elle.

— Que tu vas épouser. Demain, tu seras officiellement à moi, Kathleen. Jour et nuit, sans restrictions.

Je lui volai un nouveau baiser, plus violent et passionné que ceux que nous avions déjà échangés. Elle se laissait aller à son désir, ses mains plongeant dans ma chevelure pendant que son corps épousait le mien. Dans notre bulle, il n'y avait plus que le désir incontrôlable et l'envie : l'envie de la sentir contre moi, de l'entendre gémir, de la voir se perdre dans le plaisir.

L'ascenseur s'arrêta dans une secousse, nous rappelant à la réalité. A bout de souffle, nous nous écartâmes. Kathleen avait les joues rouges, les lèvres gonflées, et sa poitrine se soulevait à un rythme trop rapide.

— Dans ta chambre, proposai-je en prenant sa main pour qu'elle me suive. Où est ton passe ?

— Dans ma pochette.

Nous remontâmes le long corridor qui menait à la suite de Kathleen. Derrière moi, je l'entendis sortir sa clé électronique. Arrivés devant sa porte, je la lui pris des mains et ouvris. Je m'effaçai pour la laisser entrer.

Je refermai la porte et m'y appuyai, admirant ma fiancée, dans la pénombre de la pièce.

— Tu es superbe, la complimentai-je.

— Je savais que la robe te plairait.

— Je ne parlais pas de la robe. Tu es superbe, répétai-je. Je suis... sous le charme.

— C'était le but, avoua-t-elle en allumant une lampe de chevet. Je savais que tu allais... prendre la main. Du champagne et du chocolat ont été amenés il y a dix minutes.

J'éclatai de rire, songeant à ce que m'avait dit ma mère. Elle avait raison : Kathleen me faisait croire que je menais la danse alors qu'elle venait de me prendre à mon propre piège. Elle s'approcha de moi, un sourire carnassier sur les lèvres, et entreprit de défaire mon nœud papillon.

— Je gagne... pour une fois, s'amusa-t-elle.

— Une très belle victoire, mademoiselle Dillon.

Elle repoussa ma veste sur mes épaules et la posa dans un fauteuil, avant de revenir à mon col pour ouvrir les premiers boutons de ma chemise. Elle en écarta les pans, une lueur de triomphe persistant dans son regard. Elle embrassa furtivement mes lèvres avant d'ouvrir la ceinture de mon pantalon et m'attirer avec elle vers le salon.

— Laisse-moi faire, murmurai-je en me plaçant derrière elle.

Je retirai la pince maintenant ses cheveux, les laissant tomber dans son dos. Repoussant sa chevelure sur une épaule, j'en embrassai la courbe, entourant sa taille de mes bras.

— J'aime quand tu gagnes, avouai-je.

— Tu aimes perdre ? s'étonna-t-elle dans un rire.

— Il y a des défaites agréables. Comme toi dans cette robe, précisai-je en remontant mes mains le long de son estomac, puis vers sa poitrine.

Je la libérai finalement, me dirigeant vers la desserte et le seau à champagne. Elle eut une seconde de perdition où, sans aucune réaction, elle resta pantelante au milieu du salon.

— Du chocolat fondu, mademoiselle Dillon ?

— C'est aphrodisiaque et ça stimule l'imagination !

— D'abord la robe, puis cette mise en scène... Ne me défiez pas, mademoiselle Dillon, ce genre de comportement ne vous réussit que peu, la menaçai-je dans un chuchotis.

Son corps se tendit alors que sa respiration à peine apaisée reprenait un rythme infernal. Je trempai mon pouce dans le chocolat encore tiède et le portai à ses lèvres. Elle ouvrit docilement la bouche, ses yeux plantés dans les miens, et suçota mon doigt avec gourmandise. Mon regard se balada finalement sur son corps, parfaitement moulé dans cette robe.

— Cette robe ne demande qu'à être retirée. Je regrette de plus en plus ta tenue réglementaire, avouai-je en dégageant mon doigt de sa bouche.

— Peut-être que j'ai mis cette robe justement pour que tu me la retires.

— On prémédite ses mauvaises actions, maintenant ?

Je levai un sourcil appréciateur avant de sentir Kathleen attaquer les boutons de ma chemise. Elle releva les yeux vers moi, quémandant mon accord. Je n'avais eu que rarement l'occasion de la voir ainsi : joueuse et entreprenante.

— J'utilise les mêmes arguments que toi, murmura-t-elle en déposant un baiser sur mon torse.

— Ton corps est définitivement un argument auquel je me suis rangé, abdiquai-je avec plaisir.

Elle écarta les pans de ma chemise et posa un nouveau baiser sur mon torse. Comme chaque fois que Kathleen me touchait, mon cœur entreprit une course trépidante et une salve d'adrénaline parcourut mon corps. Elle dut le sentir car, de nouveau, elle releva les yeux vers moi, et un délicieux sourire orna ses lèvres. Elle était fière de son succès.

Ma main gauche agrippa sa nuque, mon pouce se calant sous sa mâchoire, et je l'embrassai avec ferveur. Le désir se décupla, cavalant dans mes veines, bouillonnant dans tout mon corps et explosant de manière spectaculaire au contact de ses paumes chaudes quand elle repoussa ma chemise sur mes épaules.

— As-tu idée de ce que tu provoques chez moi ? As-tu réellement cru que j'allais te laisser te pavaner devant moi dans cette robe indécente sans rien dire ?

— « Indécente » ? Tu n'as pas encore vu la lingerie que j'ai achetée, chuchota-t-elle, conspiratrice.

— De la lingerie ? Kathleen, tu es au-delà de mes rêves les plus fous.

— « Tu » es au-delà de mes rêves les plus fous, corrigea-t-elle. Bien au-delà.

Je l'embrassai de nouveau, plus tendrement cette fois, remerciant l'incroyable destin qui avait mis cette femme sur mon chemin.

— J'ai aussi commandé des fruits... pour aller avec le chocolat, expliqua-t-elle en rougissant légèrement.

— Manger n'est pas réellement ma priorité.

— Quelle est ta priorité alors ? s'enquit-elle avec humour.

— Te mettre nue, te faire l'amour, entendre mon prénom dans ta bouche. Peut-être te faire tout un tas de choses inavouables. Pas nécessairement dans cet ordre, ajoutai-je avant d'être récompensé d'un nouveau rougissement. Et quand j'aurai fait tout ça, nous reparlerons de cette histoire de lingerie.

— Vous avez toujours plein de projets, monsieur Blake, ironisa-t-elle en saisissant mon poignet pour en défaire le bouton de manchette.

Je la laissai faire, observant son regard concentré et son visage partiellement éclairé par la lampe. Elle réitéra son geste avec mon bras gauche et, après avoir déposé un baiser sur mon torse, me fit retirer ma chemise. Elle passa ses paumes sur mes pectoraux, puis mon estomac.

Elle me débarrassa de mon vêtement et, après m'avoir servi une coupe de champagne, me fit asseoir sur le lit.

Quand Kathleen s'écarta de moi, je devinai un sourire sur ses lèvres. Puis, dans le silence de la pièce, je reconnus le bruit caractéristique de la fermeture de sa robe. Je reposai ma coupe, étudiant attentivement les gestes de ma future femme. D'hésitante, au moment de notre rencontre, elle était devenue confiante et entreprenante. Elle repoussa les bretelles de sa robe, découvrant sa poitrine. Le désir reprit possession de mon corps, picotant mes terminaisons nerveuses et me rendant impatient.

La robe tomba à ses chevilles, me faisant découvrir une lingerie fine noire, tranchant avec la pâleur de sa peau. Ma gorge s'assécha tandis que mon regard dévorait ses courbes : son soutien-gorge, que j'avais aperçu dans l'ascenseur, mettait en valeur sa poitrine, son shorty dissimulait à peine son intimité, le bord du bas en dentelle ceinturait délicatement sa cuisse.

— Tu es... parfaite, murmurai-je alors qu'elle se dégageait définitivement de sa robe.

Elle se contenta de sourire, marchant gracieusement vers moi. Elle sortit de l'obscurité et je vis distinctement son corps et la dentelle qui en soulignait la beauté. Kathleen prit un fruit, le trempa dans le chocolat et me l'offrit. J'ouvris la bouche docilement, savourant son regard fiévreux. Elle dégusta un morceau de fruit à son tour et se pencha pour m'embrasser doucement. Je posai ma main sur sa cuisse, glissant sur le Nylon jusqu'à l'arrière de son genou. Sa respiration s'accéléra et elle ferma les yeux une courte seconde.

— C'est superbe, la complimentai-je, ma main glissant sur son autre cuisse.

Ma paume passa sur ses fesses, longeant la fragile dentelle, avant de remonter sur sa hanche. Je l'attirai un peu plus à moi, écartant les jambes pour caler son corps debout devant moi. Ma main repartit à son assaut, effleurant son estomac, remontant vers sa poitrine gonflée qui se soulevait un peu trop vite. Je caressai furtivement le tissu, ses seins dardant aussitôt, avant de redescendre sur ses côtes, puis de nouveau sur ses fesses.

— Reste maintenant à définir ce par quoi je vais commencer.

— La liste est longue, souffla Kathleen en baissant les yeux vers moi.

— La liste est infinie, en fait.

J'embrassai son estomac, ses mains agrippant automatiquement ma nuque pour s'enfoncer dans ma chevelure. Mes paumes se posèrent sur ses hanches et, très lentement, je laissai mes lèvres traîner sur sa peau, à la lisière de son shorty. Elle gémit mon prénom, le simple son de sa voix démultipliant le désir que je ressentais. Mais il n'était pas question d'aller vite cette nuit. Je voulais profiter d'elle avant de rejoindre ma suite. Parvenu à sa hanche, je descendis doucement ma bouche sur sa cuisse, toujours au contact du tissu. Kathleen bougea légèrement, écartant les jambes pour m'offrir un meilleur accès, pendant que ses mains se crispaient sur mon crâne.

— Reste sage, murmurai-je contre sa peau.

— Tu n'aimes pas quand je suis sage. Tu aimes quand je suis moi.

— Je ne peux pas le nier, j'aime quand tu es toi.

Je m'écartai d'elle, abandonnant ainsi ma première idée, et me redressai. Je l'entendis râler, ses mains retombant lourdement le long de son corps. Ses yeux papillonnèrent, puis un large sourire s'étira sur ses lèvres quand elle me vit lui proposer un morceau de fruit avec du chocolat. Elle en profita pour capturer mon index dans sa bouche et le suçoter durement, son regard planté dans le mien.

J'étouffai un grognement de désir, la laissant faire pendant de longues secondes. Sa langue claqua contre mon doigt, l'humidité et la chaleur de sa bouche me donnant envie de la coucher à même le sol.

— Vous dépassez vos prérogatives, mademoiselle Dillon, murmurai-je en retirant mon index.

Elle fronça les sourcils de désapprobation et me libéra, mon prénom s'étranglant dans sa gorge. Je posai mes mains sur ses épaules nues, mes pouces massant doucement sa nuque. Son corps se détendit et elle bascula la tête en avant. Elle était totalement à ma merci.

— Ne bouge pas, bébé, chuchotai-je contre son épaule quand elle releva la tête.

Mes mains glissèrent sur ses bras, un voile de chair de poule recouvrant instantanément sa peau. Je nouai mes doigts aux siens avant de nicher ma tête dans son cou.

— Descends tes bretelles, lui dis-je tout en détachant son soutien-gorge.

Elle s'exécuta, le vêtement tombant à ses pieds. Mes mains trouvèrent ses seins et elle bomba la poitrine, épousant un peu plus mes paumes, avant de gémir lourdement. Je jouai avec ses mamelons tendus, son décolleté se parant progressivement de rouge, trahissant son excitation.

— Ne bouge pas, répétai-je.

Je mordillai la peau de son cou, avant de suivre le creux de sa colonne vertébrale. Je la sentis frémir, sa respiration de plus en plus courte. Mes mains suivaient le rythme de mes lèvres, effleurant sa peau, réveillant son corps, attisant un peu plus son désir. Quand j'atteignis le creux de ses reins, et la courbe tentatrice de ses hanches, je me saisis de son shorty et le fis descendre le long de ses jambes, avant de le jeter derrière moi.

Je me rassis sur le lit, retrouvant ma position initiale, alors que Kathleen était presque totalement nue face à moi. Elle leva un sourcil, maîtrisant finalement mieux la situation que je ne l'imaginais.

— Satisfait ? s'enquit-elle debout devant moi.

— Ça ne saurait tarder. Approche.

Ses yeux s'écarquillèrent de surprise et elle avança docilement, effaçant le petit espace entre elle et moi. Je relevai les yeux vers son visage, notant au passage son souffle court. Son regard, au départ empli de défi, avait viré. Elle était dans l'attente insoutenable, dans le désir brut, sa provocation s'était finalement retournée contre elle.

— Lève ta jambe.

Elle s'exécuta et posa son pied sur le lit. Ma main se posa sur sa cheville, remontant sur son mollet, pendant que je déposais des baisers furtifs sur sa peau. Un frisson parcourut son corps et elle se tendit subitement, comme si elle retenait son désir. Je tirai un peu sur ses hanches, la faisant avancer, avant d'embrasser son nombril. Juste en dessous, son intimité brûlante s'offrait à moi et je l'embrassai.

Un petit cri me parvint tandis que mes mains caressaient ses fesses. Elle murmura mon nom, presque suppliante, et je descendis lentement vers son entrejambe. Même si j'étais moi-même au bord de l'explosion, je voulais lui donner un orgasme tellement puissant qu'elle s'effondrerait au sol.

Je posai ma bouche sur son intimité. Je la sentis se cambrer, s'offrant un peu plus à moi. J'entourai ses cuisses de mes mains, la maintenant dans cette position, pendant que mes lèvres caressaient son sexe. Elle gémit lourdement, sa peau chaude brûlant encore un peu plus à mon contact. Du bout de la langue, j'écartai ses plis et l'explorai.

Délicieuse... A moi.

Je me concentrai sur ses lèvres intimes, ouvertes pour moi, goûtant son plaisir avec une joie inégalable. Elle gémissait pour moi, se cambrait pour moi, s'abandonnait à cette caresse des plus intimes. Elle hoqueta de plaisir, sa respiration erratique faisant écho dans la suite.

Quand je trouvai son clitoris, gonflé et prêt à subir mon assaut, j'y passai la langue rapidement. Je fus récompensé d'un léger cri d'extase pendant que le corps de ma future femme passait de l'abandon à la tension des plus vives. Mon érection s'accrut, et je regrettai presque de ne pas être nu. Je la taquinai longuement, alternant des coups de langue vifs et des caresses plus lentes. Kathleen haletait au-dessus de moi, soupirant mon prénom quand le plaisir prenait le pas sur tout le reste. Elle était proche de l'orgasme, je le sentais à la façon dont ses muscles se tendaient sous mes paumes et aux soupirs qu'elle exhalait.

— Andrew, s'il te plaît, s'il te plaît, geignit-elle de nouveau.

Je redoublai mes efforts, la menant aux portes de l'orgasme avant de ralentir brutalement le rythme, voulant retarder le moment où elle succomberait au plaisir grâce à moi. Ma langue lapa son plaisir pendant de longues secondes, puis je me contentai de l'embrasser furtivement. Elle grogna, sentant les prémices de son orgasme s'éloigner.

— Pas tout de suite, bébé. Allonge-toi sur le ventre.

Elle bouda un court instant, frustrée et surprise par mon changement de cap. Son regard était toujours aussi sombre, brûlant de désir inassouvi. Elle s'exécuta cependant, s'allongeant docilement sur le lit avant de tourner son visage vers moi.

— Et maintenant, monsieur Blake ?

— Maintenant, tu fermes les yeux et tu ne penses plus à rien. D'ailleurs, je vais t'aider.

J'ouvris le tiroir du chevet pour en sortir un masque de sommeil. Je le lui glissai sur le visage, récoltant un sourire coquin et un nouveau rougissement. Je m'installai au-dessus de Kathleen, prenant soin de ne pas faire peser mon poids sur elle. De l'index, je parcourus de nouveau le creux de sa colonne vertébrale, la sentant se tendre au fur et à mesure de ma descente. Je m'arrêtai juste avant d'atteindre ses fesses et plaquai un baiser sur sa nuque.

Saisissant une cuillère sur la desserte, je la couvris de chocolat.

— Ouvre la bouche, lui intimai-je avant de la lui faire goûter.

Elle gémit de plaisir, se léchant les lèvres de gourmandise. Je réitérai mon geste, plongeant la cuillère dans le chocolat, pour ensuite la faire glisser le long de son dos. Kathleen se cambra instantanément, la température du chocolat contrastant avec la fraîcheur de la pièce.

— Ne bouge pas, murmurai-je, avant de me pencher sur son dos pour laper le chocolat.

De nouveau, elle gémit, plongeant la tête dans les oreillers, ses mains agrippant le drap sous elle. Elle se faisait violence pour ne pas reprendre le contrôle de la situation et je voulais tester sa capacité de résistance. Tour à tour, j'appliquai une goutte de chocolat sur son épaule, puis dans le creux de ses reins, sur sa fesse gauche, avant de revenir à la hauteur de sa nuque. Aveugle et incapable d'anticiper, elle tendait son corps, puis se relaxait au fur et à mesure.

— S'il te plaît, Andrew, murmura-t-elle.

Elle avait les joues rouges et était pantelante. Elle remua les fesses, m'indiquant clairement ce qu'elle attendait de moi.

— Tourne-toi et retire le masque.

Elle s'exécuta rapidement et aussitôt se redressa, captura mon visage entre ses mains et m'embrassa à en perdre haleine. Ses doigts se baladèrent sur mon corps, agiles et avides, avant de s'arrêter sur mon boxer pour le retirer. J'esquissai un sourire devant son enthousiasme. Elle me repoussa sur le lit et s'installa à califourchon sur mes cuisses.

— J'ai de plus en plus hâte que tu deviennes ma femme, soufflai-je en posant mes mains sur ses hanches.

— J'ai hâte aussi, murmura-t-elle.

Elle se souleva légèrement, son intimité caressant sensuellement la mienne. J'observai son corps onduler au-dessus de moi : le galbe de ses seins, sa bouche légèrement entrouverte, la lueur intense du plaisir dans son regard, ses cheveux cascadant dans son dos. Le désir la rendait irrésistible.

Elle rouvrit les yeux, se cambra et, très lentement, je pris possession d'elle. Dans un parfait synchronisme, nos respirations se coupèrent à l'instant où nos corps se joignirent. Je restai immobile un court instant, puis Kathleen bougea. Soudain, je n'avais plus le pouvoir sur elle. Elle menait la danse dans un rythme soutenu, glissant sur mon sexe tendu. Ses gémissements changèrent : de la frustration, ils passèrent au soulagement, au plaisir de me sentir en elle.

— Oh ! Bébé, pas si vite, murmurai-je.

J'agrippai sa taille, la forçant à ralentir. Un grognement de frustration s'échappa de ses lèvres et je repris doucement notre danse sensuelle. Lentement, elle allait et venait sur moi, se laissant guider par ses sensations.

— Andrew, s'il te plaît, râla-t-elle.

Elle était au bord de la rupture, tout comme moi. Le visage luisant de sueur, ses mains trouvèrent les miennes pour accentuer le rythme.

— Plus vite ? demandai-je.

— Oui, souffla-t-elle, désespérée.

D'un mouvement vif, je la fis basculer sur le lit, mon corps épousant le sien. J'accélérai le mouvement, nos bassins bougeant dans une frénésie familière. Entre de longs soupirs, elle scanda mon prénom.

De nouveau, j'accrus le rythme, oubliant toute tendresse dans notre étreinte. Son corps frissonna, puis ses jambes tremblèrent. Elle se cambra, offrant sa poitrine à ma bouche.

— Si chaude, murmurai-je d'une voix rauque.

Dans un spasme qui tendit tout son corps, elle se crispa autour de moi. Dans l'instant, son orgasme puissant et long me fit jouir à mon tour. Je m'effondrai sur elle, toute tension, toute force, ayant subitement disparu.

Haletant, je me dégageai et l'attirai contre mon torse. Elle ouvrit les yeux et trouva mon regard. Ma main s'égara sur son dos, dans une caresse tendre et presque automatique.

— Tu as l'air fatigué, constata-t-elle.

— Mademoiselle Dillon, je dois admettre que vous me demandez beaucoup d'énergie.

— Est-ce que maintenant tu veux manger ? s'enquit-elle.

— Avec plaisir. Et garde tes bas, suggérai-je.

En sirotant notre champagne, en dégustant le chocolat et les fruits, nous discutâmes une partie de la nuit, de nous, du mariage, de nos amis, de Meghan et de son appétit démesuré...

A 5 heures du matin, après m'être régalé de la voir endormie à mes côtés, je me décidai à quitter sa suite. J'avais promis de partir, de la laisser seule jusqu'au moment de la cérémonie. Après m'être rhabillé, je récupérai le sac déposé par le personnel de l'hôtel devant la porte. J'en vidai le contenu à côté de ma future femme, l'embrassai chastement sur la joue.

— Quelque chose de neuf... et quelque chose de bleu, madame Blake, murmurai-je.

Jamais une journée ne m'a paru aussi longue et pénible. Les minutes s'étaient égrenées lentement, trop lentement, contrastant vivement avec l'énergie bourdonnante qui avait régné dans la maison. Kathleen avait passé l'après-midi dans notre chambre, entourée de ma mère et de Lynne. Episodiquement, j'avais deviné son rire, puis celui de ma mère. J'avais été tenté plusieurs fois d'y aller, avant de me raviser.

Une heure avant la cérémonie, j'avais essayé de négocier, en vain, de profiter de ma chambre. Ma mère et son redoutable tempérament m'avaient empêché de le faire. Elle s'était contentée d'entrebâiller la porte pour me tendre mon costume.

— Tu ne gagneras pas cette fois, avait-elle commenté en soutenant mon air furibond.

Et de nouveau, il y avait eu ce rire léger et cristallin de ma future femme. Un des rares sons au monde qui me rendaient instantanément heureux et serein.

Après m'être habillé, Lynne m'avait accompagné dehors, me faisant ainsi découvrir le décor de la cérémonie. Depuis notre aménagement ici, Kathleen avait décidé de se marier sur cette plage. De faire les choses simplement, en famille, dans la légèreté. Je devais admettre qu'elle avait gagné son pari : des lampions longeaient l'allée centrale tandis que d'autres, suspendus, permettaient d'accentuer la luminosité du soleil couchant ; des fleurs avaient été disposées à l'endroit où nous devions faire nos vœux et des tentures légères en voile blanc délimitaient l'espace. Le décor était aérien et dégageait un calme bienvenu.

— J'espère que ça te plaît, murmura Lynne, hésitante.

— Est-ce que Kathleen l'a vu ? m'enquis-je.

— Pas encore.

— Merci, Lynne. C'est... superbe. C'est exactement ce qu'elle voulait, assurai-je.

Nous restâmes ainsi quelques minutes à contempler la scène jusqu'à ce que la voix de Nathan vienne nous troubler.

— Prêt ? demanda-t-il.

Et finalement, le bourdonnement cessa. L'énergie de cette journée d'attente, son absence, tout s'effaça à l'instant où nos invités se levèrent pour lui faire honneur. A mes yeux, il n'y avait plus qu'elle. Au bras de son père, elle avança lentement, me fixant avec cette intensité incroyable. Kathleen avait opté pour une robe simple, ivoire, qui, heureusement, ne l'engloutissait pas. Elle était là, le regard pétillant, sa main entourant fermement son bouquet, déterminée à me rejoindre.

Elle m'offrit un sourire hésitant, presque anxieux, me rappelant curieusement la première fois où je l'avais vue.

Il y avait encore et toujours la délicieuse coloration de ses joues et cette spontanéité vivifiante. Elle était heureuse, et d'ici quelques mètres nos deux destins seraient enfin liés.

Walt me la confia, calant la main de Kathleen dans la mienne avant de l'embrasser avec affection sur la joue.

Quand finalement elle fut juste devant moi, elle m'adressa un large sourire, illuminant son visage et me rappelant à quel point je l'aimais.

— Tu es magnifique, la complimentai-je.

Elle se pinça les lèvres, les larmes au bord des yeux, et murmura un « Merci » à peine audible. Le vent souffla doucement et, du bout des doigts, je repoussai une de ses mèches. Sa chevelure cascadait sur ses épaules, à peine maintenue par une pince. A l'instant où je l'effleurai, sa respiration s'accéléra.

— Nous allons commencer, proposa le pasteur, brisant notre bulle. Andrew, Kathleen, veuillez vous avancer.

Ensuite, comme par magie, le temps, qui m'avait paru si long jusqu'alors, s'accéléra. Je prononçai mes vœux, répétant religieusement ce que le pasteur me dictait. Je fixai Kathleen pendant toute la cérémonie, hermétique au reste du monde.

— Les alliances ? commanda le pasteur.

Derrière moi, Nathan me tendit la bague que j'avais choisie pour Kathleen. J'embrassai furtivement la bague, puis pris la main de ma femme.

— A ma brillante étoile, murmurai-je pour elle.

Elle retint un rire heureux pendant que je glissai l'anneau à son doigt. Le bijou était surmonté d'une étoile et j'avais immédiatement pensé à elle et à son adoration pour Keats. J'embrassai la paume de sa main avant de la libérer.

A son tour, Kathleen passa mon alliance, l'embrassant dès qu'elle fut à mon doigt.

— Et vivre ainsi toujours, murmura-t-elle dans un sourire.

Et soudainement, le bourdonnement reprit : des salves d'applaudissements retentirent, des « Bravo! » fusèrent et Nathan m'offrit une accolade fraternelle. Je pris Kathleen par la taille, embrassant tendrement sa tempe.

— Madame Blake, dis-je avec fierté.

— Monsieur Blake, répondit-elle sur le même ton. Merci pour le « quelque chose de neuf » !

— Crois-moi, tout le plaisir a été et sera uniquement pour moi.

Je posai un baiser furtif sur ses lèvres. La foule se dispersa, gagnant un buffet garni de hors-d'œuvre et de flûtes à champagne.

— Je n'en avais pas réellement besoin, ajouta-t-elle avec malice.

— N'est-ce pas toi qui voulais respecter les traditions ?

— Si. Mais ce n'était pas utile!

Je la fixai sans comprendre. Elle éclata d'un rire joyeux, avant de prendre ma main et de la placer sur son ventre.

— Quelque chose de neuf, souffla-t-elle.

BONUS 4

Ils vécurent heureux...

La nuit est tombée depuis longtemps et Kathleen dort d'un sommeil profond. Sa chevelure est étalée sur l'oreiller, sa robe de mariée gît au pied du lit. Sur ses lèvres, un sourire heureux flotte, éclairé par la lune qui perce à travers les rideaux.

Pour affronter la chaleur, nous dormons la fenêtre ouverte, bercés par le bruit apaisant des vagues et la brise iodée.

Regarder ma femme dormir est fascinant. Son ventre est encore parfaitement plat et je ne résiste pas à l'envie de passer ma paume dessus. Elle a protégé son secret pendant un mois, attendant le jour de notre mariage pour me l'annoncer. Comme à son habitude, elle n'a de cesse de me stupéfier. Elle me rend heureux, joyeux. Encore plus amoureux d'elle chaque jour.

Et bientôt, elle fera de moi un père. Elle frissonne à mon contact et se tourne pour se réfugier dans mes bras. Elle souffle mon prénom dans un murmure enjôleur et glisse une de ses jambes nues entre les miennes. Sa respiration reprend un rythme calme, elle se rendort. Je pose un baiser sur sa tempe, remonte le drap sur son corps et me lève.

Pendant longtemps, Marie — Kat — a été ma plus proche confidente et la détentrice de mes secrets. Nos lettres me manquent parfois, parce que l'écrit permet de suspendre le temps qui passe trop vite. L'écrit fige le moment et permet de le revivre à l'infini lorsqu'une photo ne parvient qu'à le capturer.

J'enfile un caleçon, sors de la chambre et rejoins la cuisine. Ici aussi, la fenêtre est ouverte. Les rideaux se gonflent en cadence. Je m'assois devant une feuille blanche, un stylo à la main.

23 juillet

Quelque chose de neuf.

Voilà comment ta maman m'a présenté à toi. Elle dort profondément et sourit dans son sommeil, comme quelqu'un qui détient un fantastique secret. Ta mère me rend heureux, incroyablement heureux. Mais aujourd'hui, je dois admettre qu'elle m'a pris par surprise — je déteste quand elle a un temps d'avance sur moi. Désormais, Kat n'est plus la seule à me rendre heureux. La seule perspective d'être père, d'être ton père, suffit à me rendre éternellement heureux.

Les cours de la Bourse, les journaux, et même les blagues douteuses de Gregory... Tout cela n'a plus autant d'importance. J'ai commis des erreurs dans le passé et, quelque part, tu es la seconde chance que le destin m'offre. Ma seconde chance.

Ce midi, j'ai fait le serment à ta mère de la chérir, de l'aimer et de prendre soin d'elle.

Cette nuit, je fais le serment de te chérir, de t'aimer et de prendre soin de toi.

Et si tu ne dois retenir qu'une seule chose de cette lettre, c'est ce que ta mère m'a dit un jour. Elle a dit que ma vie manquait d'imprévu. Depuis que je la connais, ma vie est une succession d'imprévus et tu es certainement le plus beau d'entre eux.

— Tu ne dors pas ? demande mon épouse d'une voix ensommeillée.

Je lève les yeux vers elle. Enroulée dans le drap, éclairée par la lune, elle est divine. Ses lèvres se retroussent en un petit sourire coquin et, de l'index, elle me fait signe de la suivre.

— Insatiable, comme toujours, dis-je en souriant.

— Enceinte, rectifie-t-elle en se débarrassant du drap. C'est notre nuit de noces, viens.

Je range ma lettre dans la sacoche de mon ordinateur portable. Quand j'entre dans la chambre, Kathleen est allongée sur le dos, une main sur son ventre. Elle sourit béatement, heureuse.

— Alors, madame Blake, que puis-je faire pour vous satisfaire ? Fraise ? Chocolat ? Crustacés ?

— Tu aurais été parfait au Peninsula.

— Tu as été parfaite au Peninsula. Et ici.

Je prends sa main, la pose sur mon cœur qui bat la chamade et murmure :

— Et là.

Elle pose ses lèvres sur les miennes. Elle ne veut plus dormir et moi, je veux juste la rendre heureuse.

L'avion a pris deux heures de retard et je bouillonne de rage et d'excitation dans le taxi. Kat me manque. Je suis parti presque une semaine et j'ai l'impression qu'une éternité s'est écoulée. Avant de vivre avec elle, je voyageais, j'enchaînais les réunions, je signais des contrats mirobolants, je pouvais être à New York le matin et à Londres le soir. C'était ma façon d'oublier mon passé, de le fuir aussi vite que possible.

Maintenant, je rejoins mon avenir aussi vite que possible.

Quand le taxi me dépose, la maison est plongée dans le noir. Ce n'est qu'en franchissant le seuil que je découvre

Kat, endormie dans le rocking-chair, un plaid en laine de couleur blanche tiré sur elle. La lampe du bureau est allumée et un livre a glissé au sol. Je l'embrasse chastement sur les lèvres et elle ouvre les paupières. Elle m'adresse un sourire chaleureux et noue ses mains autour de ma nuque.

— Tu es en retard.

— Je sais. Tu as dîné, j'espère.

— Comme quatre. Je ressemblerai bientôt à une baleine échouée sur ce rocking-chair.

— J'ai hâte de voir ça.

Je glisse un bras sous ses genoux et je la soulève. Elle pousse un cri de surprise et éclate de rire en battant des jambes. Elle porte un de mes T-shirts, qui couvre à peine le haut de ses cuisses.

— Je peux marcher toute seule, glousse-t-elle.

— Je sais que tu peux. Mais je suis parti une semaine et je suis en retard, je dois me racheter.

— Quoi ? Pas de cadeau hors de prix ? s'offusque-t-elle pendant que j'ouvre la porte de notre chambre d'un coup de pied.

— Si. Dans la poche de mon pantalon.

— Andrew !

— J'aime quand tu ronchonnes.

— Le bébé ronchonnera beaucoup, me prévient-elle.

— Mais si le bébé te ressemble, cela me va.

— Charmeur !

— Mauvaise perdante.

Je l'allonge sur le lit et sors de ma poche le cadeau que je lui ai acheté à New York. Je sais que la Grosse Pomme lui manque, même si elle refuse de me le dire. Elle est intriguée par la boîte, la secoue, puis l'ouvre, découvrant un échantillon de gel douche du Peninsula.

Elle écarquille les yeux et comprend finalement. Sa bouche fond sur la mienne et ma main passe sous mon T-shirt. En une seconde, nos deux corps se retrouvent et nous oublions le reste du monde.

*
**

Je me relève au petit matin. J'ai un rendez-vous avec Nathan pour faire le point sur nos prochains lancements. Je me prépare un café, profite du silence de la plage et m'installe sur la terrasse. L'air est doux.

4 septembre

Tu n'es plus quelque chose de neuf. Tu es quelque chose qui gigote dans un écran. Je t'ai vu et tu ne cesses de bouger. Je t'ai vu et cela ne fait que stimuler mon imagination. Auras-tu le regard pénétrant de ta mère ? Ou son sens de la repartie ? Peut-être auras-tu cette peau diaphane qui rougit au moindre compliment.

En tout cas, tu épuises déjà ta maman, qui passe beaucoup de temps à dormir, sa main droite posée à l'endroit où tu te niches. Elle est tout de même parvenue à vider le bureau et à coller tout un tas de frises sur le mur pour trouver celle qui ira le mieux. Je pourrais payer des peintres et des décorateurs, mais ta mère a réussi à me convaincre que nous devions le faire nous-mêmes.

Cet après-midi, donc, je vais repeindre les murs et vernir le rocking-chair que ta grand-mère m'a donné. Elle m'a bercé dans ce même fauteuil quand j'étais bébé, et ta maman s'y est endormie encore hier soir.

Mon téléphone vibre sur la table. Nathan décale notre réunion de trente minutes. Je m'étire et finis mon café. Je replie la lettre, l'ajoute à la première. J'ai donc le temps de nager, un rituel auquel j'essaye de ne pas déroger.

Quand j'émerge de l'eau après une vingtaine de longueurs, Kat est debout et me regarde, assise au bord de la piscine. Sur la table près d'elle, je repère une assiette de crêpes. Elle m'adresse un sourire éblouissant.

— Monsieur Blake, votre petit déjeuner est servi : café noir sans sucre.

— Et avec toi.

Je sors de l'eau et Kat recule. Elle sait que j'adore la taquiner et je sais qu'elle fait semblant de détester ça.

— Non, Andrew, dit-elle d'une voix menaçante.

Avec un grand sourire, je la prends dans mes bras. Mon corps mouillé épouse le sien. Elle est en peignoir et laisse échapper un cri quand les gouttes froides l'atteignent. Si elle se débat toujours au départ, elle finit par abdiquer et me serre à son tour contre elle.

— Comment ai-je fait pour tomber amoureuse de toi ? soupire-t-elle avec consternation.

— Je t'aime aussi, dis-je dans un murmure sur ses lèvres.

— Et tu as monté ce lit, tout seul ? me demande Nathan.

— Oui. Cela te surprend ?

— Dans la mesure où tu voues une guerre sans merci à la photocopieuse du bureau, je dois admettre que, oui, je suis surpris.

Il me tend une bière et nous nous installons sur la moquette, dos contre le mur, admirant le lit pour bébé couleur ivoire et l'armoire assortie. Mes mains sont en compote mais j'ai un sourire béat sur les lèvres. Kat est partie voir son père et ne sera de retour que demain. Je compte lui faire la surprise.

— Et tu as pris des congés ?

— Ma femme est enceinte et nous venons d'apprendre le sexe du bébé. Ça me semble assez important pour prendre des congés.

— Certes. Et Tokyo ?

— Je n'irai pas à Tokyo. Je veux profiter de Kat et du bébé. D'ailleurs, puisque tu en parles, j'ai un document à te remettre.

Nous retournons dans le salon et je fouille dans ma sacoche. J'ai demandé à Emily de taper ce courrier hier, et j'attendais le moment idéal pour le donner à Nathan. Il le parcourt rapidement et son regard s'écarquille au fur et à mesure de sa lecture.

— Tu veux que je gère la branche asiatique ?

— Si tu es d'accord.

— Tu me demandes si je suis d'accord pour visiter davantage d'aéroports ?

— Assure-toi que ta femme accepte de subir tes déplacements intempestifs.

— Tu en es certain ?

— J'y pense depuis plusieurs semaines. Tu connais le dossier Tokyo mieux que personne. Tu mérites d'être sur cette zone.

— Là, je me retiens de te serrer dans mes bras.

— Retiens-toi, oui. Et rentre chez toi, je pense que ta femme t'attend.

— Et le parquet que tu voulais qu'on pose ?

— Je me débrouillerai.

Nathan quitte la maison avec le sourire aux lèvres. Cela fait longtemps que l'idée me tente. Je veux avoir plus de temps pour Kat et pour la future famille que nous allons former. J'ai eu la chance d'avoir des parents très présents, je veux être là pour mon enfant.

Je jette un coup d'œil à ma montre, puis fixe d'un air absent les lames empilées de parquet que je devais fixer. Pourquoi ai-je accepté de faire ces travaux ? Je me souviens de cette histoire de barbecue. Tenir tête à Kat est déjà compliqué en temps normal ; avec la tempête hormonale qui l'habite maintenant, c'est devenu suicidaire. Je décide de finir ma bière et d'écrire une nouvelle lettre.

25 octobre

Tu n'es plus quelque chose de neuf. Tu gigotes toujours, oui. Et surtout, tu es ma merveilleuse petite fille. Le médecin a repéré quelques cheveux sur ton crâne et tu as passé la majorité de ton temps à te cacher derrière tes mains. Mais nous avons obtenu l'information primordiale que nous attendions : nous savons que tu es une fille. Ta maman est inquiète : pourrai-je gérer deux femmes dans ma vie ? J'espère simplement que tu n'es pas aussi butée qu'elle, sinon je finirai chauve avant l'heure.

Je viens de finir de monter ton lit. Ta mère me fait faire n'importe quoi et je lui obéis avec le sourire. Son ventre est désormais bien rond et elle rayonne de bonheur. La fatigue des derniers mois a fait place à une énergie nouvelle. Je te parle régulièrement mais le meilleur moment de ma journée, c'est quand je passe ma main sur son ventre et que tu réagis. Tu me reconnais, et tu frappes si fort que cela est bouleversant. Je parviens maintenant à sentir, à travers la peau, ta main qui pousse contre la mienne, parfois ton pied et même tes fesses.

Il me tarde de te rencontrer maintenant, de sentir ton poing serrer mon index, de te regarder dormir et sourire aux anges. Oui, j'ai hâte.

Je pose mon stylo et retourne à la chambre. Nous n'avons pas encore parlé du prénom de notre enfant. C'est la prochaine étape.

Kat est épuisée. Notre séjour à New York, bien que féerique sous la neige, l'a éreintée. Elle somnole dans le salon, pendant que je réchauffe un plat que ma mère nous a laissé. Parfois, Kat gémit dans son sommeil ; le bébé bouge beaucoup et donne l'impression d'être à l'étroit. J'apporte nos assiettes sur la table, installe le couvert, puis m'assieds près de ma femme. Je lui caresse la joue et récolte un grognement.

— Le dîner est prêt, murmuré-je à son oreille.

— Parce que tu penses vraiment que je peux me lever de ce canapé ?

— Tu peux et tu dois.

Je passe ma main sur son ventre rond. Le bébé s'agite sous ma paume et je fronce les sourcils en voyant Kat grimacer.

— Des contractions ?

— Trois fois rien. La fatigue du vol provoque des tiraillements. Il faut qu'on lui trouve un prénom.

— Tu as refusé toutes mes propositions !

— Mildred, Pearl et Milicent ? Tu appelles ça des propositions ?

— Ma grand-mère s'appelait Mildred !

— Et le caniche de la mienne s'appelait Pearl. C'est non, Andrew.

Le bébé donne un violent coup de pied au même moment. Cela me surprend et je retire ma main immédiatement. Kat lève un sourcil victorieux et passe sa main sur son ventre avec fierté.

— Et ta fille est d'accord.

— Je ne suis pas certain d'aimer l'idée que vous vous liguiez toutes les deux contre moi.

Kat s'aide de l'accoudoir du canapé et de ma main pour se redresser. Elle me lance un sourire qui n'atteint pas ses yeux. Elle a mal, je le vois. Mais elle est têtue et refusera d'aller à l'hôpital si je le lui propose. Elle s'installe à table et gémit de gourmandise. J'en oublie Mildred et Pearl. Je ne vois que son visage radieux, ses lèvres douces, sa poitrine gonflée. Qu'elle attende notre enfant n'a en rien entamé le désir que je ressens pour elle, bien au contraire. Elle n'est que volupté.

Et elle porte notre enfant, elle n'a jamais été aussi séduisante.

Et elle n'a jamais été aussi têtue.

Après notre dîner, je fais couler un bain à Kat, dans le secret espoir que cela la soulagera. Je vide nos valises et ajoute, dans le lit du bébé, la peluche des Yankees que j'ai achetée à l'aéroport. La chambre est prête. Kat a consciencieusement rempli l'armoire de vêtements et de couches. Après avoir argumenté avec moi pendant deux heures : elle refusait de prendre ma carte bancaire. Je profite du rocking-chair pour écrire une nouvelle lettre à ma fille.

13 février

Tu es certainement une Pearl. Ou une Mildred. Je le sais. Je le sens. Ta mère peut penser que tu te rebelles, je sais qu'il s'agit plutôt d'un signe de ralliement à ton père.

Mais finalement... Peu importe. A mes yeux, tu es ma fille. Ta maman est mon exception, toi tu es mon joyau. Tu es le cadeau inestimable que le destin me fait. Je suis dans ta chambre, assis sur le rocking-chair qui servira à te bercer.

Je sais que je ne suis pas le seul à t'attendre avec impatience. Pourtant, je sais que je vais regretter de voir ta maman si belle et si radieuse. Oui, elle râle sur son ventre proéminent, oui, elle râle sur son manque de sommeil. Mais quand elle se croit seule au monde, je la vois toucher son ventre avec fascination. Et, dans ces moments-là, je retombe amoureux d'elle.

Peut-être es-tu une Sarah? Une Louise? Oh! j'ai trouvé...

Kat apparaît dans l'embrasure de la porte. Elle me sourit avec tendresse et lisse son T-shirt sur son ventre. Elle s'approche de moi et je soulève son haut pour embrasser son ventre tendu.

— Tu devrais dormir, murmuré-je contre sa peau.

— Et tu devrais me conduire à l'hôpital.

Je relève les yeux vers elle. Elle caresse mes cheveux et hoche la tête. Je pose ma lettre, prends Kat par la main et saisis le sac qu'elle a préparé la semaine dernière. Soudain, sa main se contracte, et elle grogne.

— Ça va?

— Il faut lui trouver un prénom.

Je suis torse nu, assis sur le canapé, les yeux mi-clos. Grace est allongée sur moi, ses petits poings refermés sous son visage; elle ne porte que sa couche. Kat me l'a confiée et nous a tous les deux de son plaid fétiche avant d'aller prendre une douche. Depuis trois mois, le peau contre peau est mon moment préféré de la journée. Je sens le parfum de ma fille, j'écoute sa respiration apaisée, je caresse son dos, épaté par la douceur de sa peau.

Elle a hérité du charme de sa mère. Dans son sommeil, elle sourit et plisse le nez. Elle est parfaite.

Kat réapparaît et s'installe contre moi. J'enroule mon bras libre autour de ses épaules et embrasse le haut de sa tête.

— Merci, je chuchote.

— Pour Grace?

— Entre autres. Pour avoir répondu à l'annonce, pour avoir répondu à mes lettres, pour avoir accepté de m'épouser.

— C'est avec grand plaisir, monsieur Blake. On devrait la mettre dans son lit.

— Tu veux me gâcher mon moment préféré?

— Absolument pas.

Ses yeux pétillent. Elle me fixe avec intensité et retire

le bras que j'ai mis autour d'elle. Elle prend ma main et la pose contre son ventre.

— Quelque chose de neuf, dit-elle.

Je comprends maintenant notre halte à la pharmacie, je comprends pourquoi j'ai dû attendre dans la voiture.

— Ta maman est pleine de surprises, dis-je à Grace, toujours endormie. Et c'est pour cela que je l'aime.

INÉDIT

BONUS 5

Pour toujours

La voix de l'hôtesse de l'air me sortit de mon sommeil. Je passai une main sur ma nuque endolorie et, m'appuyant sur les accoudoirs en cuir beige, je me redressai dans un soupir.

— Bien dormi ?

Je repoussai mon oreiller de voyage et me tournai vers Andrew. Après presque dix-huit années de mariage, me réveiller près de lui me faisait toujours le même effet. J'avais conscience que la plupart des couples ne parvenaient pas à maintenir la magie des premiers mois, je me sentais d'autant plus privilégiée. L'incrédulité face aux sensations que provoquait le sourire de mon mari laissa vite place à de la fierté : cet homme superbe m'avait remarquée, il m'avait séduite et était devenu mon mari. Andrew, comme je le disais souvent, était au-delà de mes rêves les plus fous.

— Tu me détailles encore, sourit-il, tout en déchiffrant un tableau d'analyse.

Regarder Andrew était une manière comme une autre de me prouver que je ne rêvais pas. C'était aussi une distraction qui avait le mérite de l'agacer prodigieusement. La plupart du temps, je le faisais quand il dormait et que la lumière du jour perçait à peine les volets.

— Je découvre à chaque fois quelque chose de nouveau, me défendis-je.

Andrew secoua la tête et retint difficilement un rire. Il tourna sa feuille et se concentra dans la lecture d'un nouveau rapport. Je repoussai ma fine couverture en polaire grise et bus une gorgée d'eau.

— Quel genre de nouveauté peux-tu encore trouver ? demanda-t-il finalement.

Son regard vert émeraude plongea dans le mien et mon cœur manqua son battement habituel. Après presque toutes ces années, il parvenait toujours à me faire perdre le fil de mes pensées. Je soutins son regard et me pinçai les lèvres pour retenir un rire. Mais, très vite, je compris son intention.

— *Tu* recommences, râlai-je.

Mon mari était parfaitement conscient de l'effet qu'il me faisait : il en jouait régulièrement, prenant un plaisir fou à me faire balbutier et perdre toute cohérence. Andrew était à moi autant que j'étais à lui. J'avais souvent tenté de jouer avec lui comme il le faisait avec moi. En vain. Son métier lui avait appris à ne pas trahir ses émotions. Son corps restait de marbre, imperméable à mes tentatives de séduction. Il esquissa un sourire irrésistible avant de remarquer :

— Je dois perdre la main, tu ne rougis même plus.

Mon visage s'enflamma aussitôt. Je retins un grognement de frustration, pendant qu'Andrew éclatait de rire. Du dos de la main, il caressa ma joue droite et attira mes lèvres contre les siennes pour un baiser tendre.

— Reste comme tu es, murmura-t-il contre ma bouche.

Je me contentai d'acquiescer, ravalant un nouveau grognement de frustration. Comme toujours, la vibration de sa voix contre ma peau mit mes sens en alerte. Evidemment, ce n'était plus ce désir incandescent et presque incontrôlable de nos premières années de vie commune, c'était plutôt une sensation diffuse de bien-être mêlée à une puissante attraction auquel mon corps réagissait immédiatement. Au fil du temps, la frénésie du désir s'était muée en passion intense. Le désir était toujours présent, tangible, s'éveillant parfois dans un simple échange de regards, mais nous nous étions assagis.

Certains auraient pu s'inquiéter de cette évolution ; ils auraient craint l'ennui ou la monotonie. Personnellement, je trouvais fantastique de vieillir avec un homme comme Andrew, un homme qui continuait à m'enlacer avec fierté lors de nos dîners, un homme qui m'offrait des fleurs à la moindre occasion, un homme qui profitait de ses voyages pour m'écrire.

— Qu'est-ce que tu lis ? demandai-je finalement.

— Le dernier rapport d'activité pour *Powerfull.*

— Tu vas devoir apprendre à laisser ton bébé à Nathan.

Devant mon sourire, Andrew fronça les sourcils et me lança un regard agacé. Cela faisait plusieurs mois que la transition de *Powerfull* s'opérait. Nathan et Andrew avaient convenu de se partager les responsabilités du groupe Blake Medias : Nathan, aux Etats-Unis, Andrew en Europe. Nathan s'assurait de la pérennité du groupe à New York pendant qu'Andrew partait sur le vieux continent, à la recherche de nouvelles opportunités.

— J'ai des tas de souvenirs liés à *Powerfull.* Le meilleur, avec toi, d'ailleurs !

— Mes remarques acerbes sur ton numéro zéro ?

Il referma son dossier et le posa sur la tablette devant lui. D'un geste rapide, il repoussa une mèche de ma chevelure désordonnée derrière mon oreille et me fixa pendant quelques secondes.

— Je pensais plutôt à ce dîner.

— Ce dîner ? C'était un traquenard ! Et je ne me souviens pas d'avoir mangé quoi que ce soit.

— Si tu essayes de me faire culpabiliser, c'est peine perdue ! Si c'était à refaire, je referais tout de la même façon.

Je baissai les yeux, touchée par sa franchise. Même si je refusais de l'avouer, je me souvenais de tous les détails de ce premier dîner avec Andrew : de ses exigences pour me persuader de rester avec lui, à la chaleur de son corps près du mien. Même son arrogance m'avait séduite.

Ou peut-être était-ce son sourire victorieux, celui qui m'avait fait comprendre que j'étais prise au piège, qui m'avait totalement convaincue ?

Andrew enlaça ses doigts aux miens et embrassa mon alliance. Son regard se voila et il m'adressa un sourire hésitant.

— On retourne sur les lieux du crime, dit-il finalement.

— Tu as monté ce magazine, Andrew. On ne pouvait pas partir sans une dernière soirée avec tes équipes. Ça ne pouvait pas être ailleurs que là-bas.

— J'espère que Grace ne m'en voudra plus à notre retour.

— Alors, c'est ça qui t'inquiète ? Ton adolescente de fille ?

— En temps normal, cela ne m'inquiéterait pas. Mais elle a ton tempérament.

— Quelle chance elle a ! dis-je dans un rire.

— Elle est têtue comme une mule, bougonna-t-il. Et sa façon de me tenir tête ! Bon sang, on lui offre une opportunité incroyable avec ce déménagement à Londres et...

— ... Et ta fille a tous ses amis ici. Elle a toujours connu le soleil californien et notre maison. Comment espérais-tu qu'elle réagisse ? Tu lui fais miroiter le climat londonien et plusieurs milliers de kilomètres de séparation.

Andrew poussa un soupir las. Il avait toujours entretenu un lien particulier avec Grace. Je le soupçonnais d'aimer profondément son caractère affirmé et son sens de la repartie. Il ne redoutait pas vraiment qu'elle soit fâchée contre lui — elle l'avait déjà été à de maintes reprises — mais plutôt que sa fille s'éloigne de lui.

— Il faut lui laisser un peu de temps, ajoutai-je.

— Et toi, ça te va ? Je veux dire, quitter cette maison, quitter le pays et...

Je le fis taire en posant mon index sur ses lèvres.

— Je ne suis bien qu'avec toi. Ce n'est qu'une maison, je garde les souvenirs et j'en aurais d'autres là-bas. Ta fille finira par se calmer.

— Heureusement que James a mon tempérament, plaisanta Andrew.

— Bah voyons ! Il a séché les cours toute la semaine dernière, il a utilisé la voiture sans permission et je le soupçonne de faire le mur certains soirs.

— J'appelle ça l'esprit d'aventure. Ou de l'anticonformisme, si tu préfères. James est un esprit libre. Il finira par trouver sa voie !

L'avenir de notre fils m'inquiétait plus que les états d'âme de Grace. James était survolté, prêt à prendre des risques insensés, comme si son monde était trop étroit et qu'il cherchait à s'en défaire. Il tenait définitivement de son père : il n'y avait qu'à voir son assurance, sa façon d'affronter la vie sans s'inquiéter des conséquences.

A mon tour, je soufflai de lassitude. J'espérais que ce déménagement fut synonyme de nouveau départ pour James. Je dirigeai mon attention vers le hublot, devinant la banlieue de New York en bas. Si Andrew faisait ses adieux à *Powerfull*, je faisais mes adieux à New York. Je n'y avais plus d'attaches, mais une partie de moi appartenait à cette ville.

— Je parlerai à Grace, promis-je à Andrew.

— Merci. Fais en sorte que je redevienne son papa chéri !

Je me tournai vers mon mari et décelai une véritable inquiétude dans son regard. Je posai ma main sur sa joue et le rassurai :

— Tu le seras toujours pour elle. On trouvera un compromis.

Malgré le lien qu'elle entretenait avec son père, Grace savait garder un secret et j'avais appris à le déceler. Notre fille avait su aligner ses arguments : sa dernière année de lycée, ses amis, ses cours de peinture. Tout était bon pour nous retenir ici. Mais mon instinct de mère me soufflait qu'il y avait autre chose.

— Si tu le dis !

La fin du vol se passa sans encombre. Andrew termina la lecture de son rapport, pendant que je me plongeais dans un livre policier. A notre arrivée à l'aéroport, une voiture de l'hôtel nous attendait. Avec une certaine nostalgie, je retrouvais New York en plein cœur de l'hiver, son ciel gris annonciateur de neige, ses buildings sans fin qui semblaient effleurer les nuages, ses taxis jaunes rageurs, son brouhaha rassurant. J'adorais vivre en Californie, mais l'énergie citadine new-yorkaise me manquait. Cette frénésie électrisante, cette ville toute en son et lumière me manquait.

— La réception est pour demain, me rappela Andrew.

Je réprimai un bâillement et hochai la tête. Malgré ma sieste dans l'avion, notre réveil matinal se rappelait à moi. Je me lovai contre Andrew, admirant la vue new-yorkaise par le toit ouvrant de la voiture. Je me surpris à sourire lorsque je découvris les premiers flocons virevoltants dans le ciel. J'échangeai un regard avec mon mari.

— New York est vraiment une belle ville, murmura-t-il.

Le souvenir de notre toute première réception me revint aussitôt. Ce soir-là, j'avais compris que tous mes efforts pour résister à Andrew Blake étaient vains, que j'étais définitivement sous son charme et liée à lui.

— Merci de m'avoir ramenée ici.

— Tout le plaisir est pour moi.

La voiture se gara devant l'hôtel où j'avais travaillé pendant de nombreuses nuits. A quelques jours des fêtes de fin d'année, le Peninsula avait revêtu ses atours de Noël. La façade était décorée de feuillages de lierre et de gui, rehaussés de fines guirlandes lumineuses. Quelques boules nacrées étaient suspendues et deux sapins d'au moins deux mètres encadraient l'imposante porte tambour.

— Il n'y a qu'à moi que cela paraît à la fois familier et nouveau ? demandai-je en admirant l'entrée.

— Non. A moi aussi. C'est... comme un déjà-vu avec un petit truc en plus !

Nous franchîmes la porte tambour et nous entrâmes dans le hall majestueux du Peninsula. Lors de mes nuits de travail — bien avant qu'Andrew ne vienne perturber ma vie — j'avais eu le temps d'observer chaque détail du prestigieux hôtel. Chaque détail de la décoration contribuait à vous donner la sensation d'être dans une bulle hermétique au bruit et à la violence.

Ici, dans ce hall, il ne pouvait rien vous arriver. Sauf rencontrer Andrew Blake et devenir sa femme.

Le sapin gigantesque, les cadeaux factices parfaitement emballés, les moquettes épaisses et moelleuses, le bar rutilant, les marbres polis, les prestigieux tableaux de maître : je retrouvais tout ce qui, de l'arrière de mon pupitre, m'avait fait longuement rêver. Face à l'agitation new-yorkaise, cet hôtel faisait office de bulle de sérénité.

— Tu viens ?

Andrew captura ma main et m'entraîna vers l'accueil. Devant lui, je vis l'hôtesse tressaillir. Je levai les yeux au ciel et échangeai un regard avec Andrew, pendant qu'elle lui donnait la carte magnétique de la suite. Avec ses tempes grisonnantes et ses rides au coin des yeux, mon mari savait toujours jouer de son charme. Il lui adressa un sourire séducteur, avant de murmurer d'une voix chaude et reconnaissante un « merci » qui la fit presque défaillir.

— Tu ne peux pas t'en empêcher, n'est-ce pas ? demandai-je une fois dans l'ascenseur.

— Quoi donc ?

Son faux-air innocent me fit rire. Je fichai ma main dans la sienne et continuai :

— Séduire les hôtesses d'accueil. Elle était sur le point de s'évanouir. Je sais l'effet que ça fait.

— Je m'en souviens aussi.

En une seconde, la cabine de l'ascenseur se rétrécit. Venir au Peninsula, c'était comme ouvrir une boîte pleine de souvenirs. Chaque endroit de cet hôtel les rappelait. Cet ascenseur ne faisait pas exception. L'air devint subitement lourd et, quand Andrew caressa du pouce le creux de ma main, je frissonnai de désir.

— Je me souviens de tout avec toi, précisa-t-il en me repoussant contre la paroi.

Ses lèvres m'effleurèrent, pendant que son corps

épousait le mien. Ses mains se promenèrent sur moi, s'attardant sur mes hanches.

— Ton uniforme, ton air revêche, la neige...

— ... Tes exigences, ton café matinal, complétai-je.

Ses doigts se faufilèrent sous ma blouse en soie. Une nouvelle vague de désir me secoua, me faisant frémir de la tête aux pieds. Les yeux clos, je m'abandonnai contre la paroi. La bouche d'Andrew trouva mon cou, pendant que ses doigts électrisaient ma peau. Je ne ressentais plus aucune nostalgie, uniquement une chaleur intense et un désir dévastateur.

C'était le Peninsula : une douce parenthèse où Andrew et moi avions nos souvenirs, où nous oublions nos adolescents d'enfants et nos vies trépidantes.

L'ascenseur s'arrêta dans une légère secousse, nous tirant de notre étreinte.

— Il est plus rapide qu'avant, grommela Andrew, contrarié.

— C'est peut-être toi qui es plus lent...

Je rajustai ma blouse et retirai la pince qui maintenait mes cheveux. Il y avait encore quelques années, Andrew serait parvenu à ouvrir ma blouse avant d'arriver à notre étage et se serait fait un plaisir de m'écheveler.

— Plus lent ? répéta-t-il en remontant le couloir feutré qui menait à notre suite.

— Ta fougue s'est émoussée, c'est tout.

Je retins un rire. C'était tellement simple de provoquer Andrew : il suffisait de mettre en doute sa virilité pour réveiller son côté animal. J'étais toujours sous l'effet de ses caresses dans l'ascenseur et, même si j'aimais la tendresse et la prévenance d'Andrew, j'avais envie d'une étreinte passionnée et débridée.

Les mâchoires serrées, il glissa la carte électronique et ouvrit la porte.

— Emoussé ? répéta-t-il.

Je me pinçais les lèvres, me dandinant sur mes pieds. Je suivis Andrew à l'intérieur, admirant son allure athlétique quand il retira sa veste. J'ôtais mes chaussures, envisageant de prendre une douche rapide quand, soudainement, je me sentis soulevée et me retrouvai renversée sur l'épaule de mon mari, qui se dirigeait à grandes enjambées vers le salon.

— Emoussé ?

Je décelais une pointe d'ironie dans sa voix, tandis que, le souffle court, je tentais de me dégager de ses bras fermes qui me maintenaient les cuisses. Parvenu dans le salon, il s'arrêta net. Je relevai la tête, chassant les cheveux qui me barraient la vue.

— Un problème ? demandai-je.

— Je réfléchis.

— A la possibilité de me libérer ? proposai-je en battant des jambes.

— A l'endroit où je vais te démontrer... ma fougue. Le canapé fera l'affaire.

Il avança et, de ma position, je vis qu'il se débarrassait des coussins qui garnissaient l'assise. Il alluma la lampe sur pied près de la fenêtre et, l'instant suivant, je me retrouvai assise sur le canapé, admirant Andrew qui retirait sa chemise. Ses séances quotidiennes de natation lui permettaient de conserver un corps musclé et harmonieux. Il s'installa près de moi et, d'un mouvement rapide, me fit grimper sur ses cuisses. Je me cramponnai à ses épaules, devinant son sexe durcir. Il repoussa mes cheveux puis prit mon visage en coupe et captura ma bouche pour un baiser brûlant. Ses mains retrouvèrent mon dos, glissant sous ma blouse. En une seconde, il décrocha mon soutien-gorge, puis souleva mon haut pour le passer par-dessus ma tête.

J'eus à peine le temps de reprendre mon souffle, qu'Andrew me débarrassa de mon sous-vêtement et captura la pointe de mon sein entre ses lèvres. Je gémis lourdement, me débattant avec sa chemise que je ne parvenais pas à libérer de son pantalon. Andrew mordilla mon sein et ricana :

— Qui est émoussé, maintenant ?

J'arquai un sourcil plein de défi et tirai brutalement

sur son haut. Je sentis le sourire d'Andrew contre ma peau, pendant qu'il passait à mon autre sein. Ses mains naviguèrent sur mes côtes, avant d'enserrer ma taille. Je grognai, un peu embarrassée par ce corps qui n'avait plus vingt ans. Il trahissait mes grossesses et les années : la cicatrice de la césarienne pour James, mes seins alourdis par les allaitements, mes hanches plus rondes, ma peau moins élastique.

Me surprenant à nouveau, Andrew m'allongea sur le canapé et entreprit de me déshabiller entièrement, faisant glisser mon jean le long de mes jambes, puis ma culotte. Les yeux clos, je sentis son regard se promener sur moi, explorant mes imperfections.

— Andrew, râlai-je, mal à l'aise.

— Tu es superbe, Kat. A mes yeux, tu le seras toujours.

— Tu sais que c'est faux.

Il retira son pantalon, puis son caleçon et s'allongea sur moi. Son sexe tendu se nicha entre mes cuisses et une vague de chaleur cavala le long de mon échine. Ses doigts coururent sur ma cuisse et il déposa un baiser sur mes lèvres.

— Tu es superbe, répéta-t-il. Je ne vois que des marques d'amour sur toi. Les enfants et nous.

— Tu ne trouves pas qu'il y en a un peu trop ?

— Franchement, je n'en aurais jamais trop de toi.

Il embrassa mon cou et appuya ses hanches contre les miennes alors que sa main droite agrippait l'arrière de mon genou. Il m'adressa un sourire tendre et planta son regard dans le mien ; l'ivresse de notre étreinte s'était un peu évaporée, pour laisser place à un instant de tendresse.

— Tu t'es cognée contre l'armoire de Grace, dit-il en pressant son pouce sur une petite cicatrice sur mon genou.

Sa bouche courut sur ma gorge et descendit sur mes seins. Ma peau me picotait, anticipant chacun de ses gestes. Il embrassa ma poitrine avec délicatesse et reprit :

— Tes seins sont magnifiques. Tu m'as donné Grace

et James. Rien que pour ça, tu seras toujours la plus belle femme du monde à mes yeux.

Un sourire lascif s'étira sur mes lèvres. Andrew se redressa et je sentis son sexe me caresser avec lenteur, comme s'il attendait ma permission. Je remontai mes jambes contre lui et remuai les hanches, l'invitant silencieusement à s'enfoncer en moi.

— Et même après toutes ces années de mariage, j'aime toujours autant te faire l'amour.

Il pianota sur ma peau, de la gorge à la poitrine, jusqu'au ventre. Je frissonnai, prise dans un tourbillon de désir. Andrew retrouva ma bouche et, avec une lenteur cruelle, me pénétra. Tout mon corps se tendit, soulagé de l'accueillir. Mes doigts s'enfoncèrent dans ses épaules, pendant qu'Andrew me couvrait de son corps. Il m'embrassa avec ardeur, sa langue adoptant le rythme des mouvements lascifs de ses hanches. Un gémissement m'échappa et Andrew posa ses lèvres contre mon cou. Une chaleur ardente se glissa entre nos deux corps étroitement enlacés dans une danse intime et cadencée par nos respirations lourdes. Les mains d'Andrew trouvèrent les miennes et, brutalement, il les plaqua au-dessus de ma tête, avant de m'asséner un puissant coup de rein.

— Je ne suis pas émoussé, murmura-t-il.

Je me contentais de hocher la tête. J'étais incapable de prononcer le moindre son. Le souffle coupé et le dos voûté, j'étais à sa merci. Il me tenait, certes, mais son regard sombre m'emprisonnait davantage. Son sourire victorieux persista quelques secondes, avant qu'il ne se retire de moi pour revenir violemment. Je criai de surprise et de plaisir. Andrew réitéra son geste. Encore, et encore, me laissant à bout de souffle et au bord de l'implosion. Tout mon corps vibrait d'une énergie incontrôlable. Puis il libéra mes mains et se cramponna à mes hanches. J'accrochai sa nuque, espérant retrouver ma respiration. En vain. Andrew était implacable, me torturant avec délectation, faisant palpiter mon corps. Mes gémissements emplirent la pièce, tandis que, luisante de sueur, je glissai sur le canapé en cuir noir ébène.

A la faveur d'une puissante poussée d'Andrew, mon bas-ventre se contracta violemment. Andrew grogna, accélérant le mouvement, manquant de nous faire tomber sur le tapis épais en laine. Je me cambrai une dernière fois pendant qu'une onde de volupté se répandait dans tout mon corps. Andrew me suivit dans la jouissance, étendant son corps brûlant sur le mien.

Le souffle court, je passai ma main dans sa chevelure, luttant contre l'envie de m'endormir dans la minute.

— Que dirais-tu d'un bain ? proposa mon mari d'une voix encore enrouée de plaisir.

— Tu veux m'achever ?

— Après tant d'années, me voilà démasqué, rit-il en se relevant. Je vais remplir la baignoire.

Il se dirigea vers la salle de bains, me laissant tout loisir d'admirer ses épaules carrées et rougies par notre étreinte. Mes yeux descendirent le long de son dos, jusqu'à ses fesses.

— Tu le fais encore, dit-il sans prendre la peine de se retourner.

Je me contentais de sourire, savourant la chance que j'avais d'être ici, avec lui. Je tournai la tête vers la baie vitrée, admirant les lumières de la ville. D'ici, on devinait les allées et venues des voitures, les néons des restaurants et les sirènes des véhicules de secours. J'entendis l'eau couler et décidai de me relever du canapé. Quelques minutes plus tard, je rejoignis Andrew, nos deux corps bientôt enlacés et couverts de mousse.

A mon réveil, Andrew avait déjà déserté le lit. Un petit déjeuner copieux m'attendait dans le salon et j'eus un sourire en découvrant la tasse à expresso de mon mari sur une desserte près de la fenêtre. Je n'étais jamais parvenue à lui faire perdre cette habitude : chaque matin, il se préparait un café très serré et le buvait, debout, allant et venant dans notre cuisine en lisant ses messages. Je retrouvai ses tasses dans l'entrée, parfois dans la salle de bains, plus rarement dans le garage. C'était une sorte de jeu de pistes quotidien.

Je m'installai face à mes œufs brouillés et, amusée, je découvris les journaux et magazines qu'Andrew avait demandés. N'ayant qu'un déjeuner tardif avec Lynne, j'avais le temps de lire et de me relaxer. J'appréhendais déjà mon retour en Californie, où il me faudrait préparer le déménagement, parler avec Grace et tenter de dompter — même pour quelques jours — James.

C'est en découvrant le *New Yorker* que mon sourire s'élargit. J'abandonnai mon assiette, noyai mon café dans un nuage de lait puis je retrouvai le canapé dans lequel Andrew et moi avions commencé notre séjour et, mon magazine à la main, je me calai dans les coussins. C'était une nostalgie douce et agréable, comme de replonger dans un bon roman dont on connaît la fin et se régaler des détails oubliés. A la page des annonces, une feuille de bloc-notes rehaussée du logo du Peninsula glissa entre mes mains.

Je reconnus immédiatement l'écriture fine d'Andrew. Cette habitude ne nous avait jamais quittés. Quand il était en déplacement, à l'occasion d'un événement ou pour notre anniversaire de mariage, Andrew m'écrivait. A ses yeux, ce séjour ici était suffisamment important pour faire l'objet d'un nouvel échange.

Ma très chère Kat,

Il y a presque dix-huit ans, j'entrai dans cette suite avec un sourire aux lèvres. Comme je te l'avais demandé, mon dîner avait été servi, avec ce délicieux vin blanc... Evidemment, ce n'était pas cette commande qui me réjouissait, c'était toi. Après notre rencontre furtive à la soirée de lancement de Powerfull, je n'avais trouvé que cette piètre excuse pour t'adresser la parole. Tu n'as vu en moi que de l'arrogance, voire de l'abus de pouvoir. En réalité, j'étais partagé entre la crainte que tu me repousses et la volonté farouche de t'avoir. Je me souviens parfaitement de cette soirée. En tout cas, je me souviens de tout ce qui est lié à toi, de ton sourire fragile à ton embarras. Même Powerfull, qui était pourtant un objectif majeur du groupe Blake Medias pendant deux ans, est passé au second plan, ne devenant qu'un prétexte pour mieux t'approcher.

Des années plus tard, j'ai toujours ce même sourire aux lèvres. Nous sommes mariés, parents, amants, amis, confidents. Ce jour-là, sur la place, quand je t'ai demandé en mariage et que j'ai réalisé la chance insolente que j'avais, je me suis aussi rendu compte que cette décision éclipsait toutes les autres. Mon travail et ma soif de réussite sont devenus secondaires. Car tu étais là, chaque soir, chaque nuit, à me conseiller quand j'en avais besoin, à me faire rire quand la situation l'exigeait, à m'émouvoir quand tu plaçais Grace dans mes bras, à me faire pleurer de joie quand James a fait ses premiers pas dans mon bureau. Tu m'as apporté plus en quelques années que ce que je pouvais imaginer.

Voilà ce que tu es, Kat, pour moi : tu es au-delà de mes rêves les plus fous.

Ce soir, nous tournerons une nouvelle page et nous aurons de nouveaux souvenirs. Parfois proches des anciens. Je suis confiant. En ta présence, rien ne peut m'arriver. Enfin, si, que de belles choses.

Je serai de retour en fin d'après-midi et je serai honoré que tu m'escortes à cette dernière soirée à New York. Avec un peu de chance, le canard sera tout aussi bon et je parviendrai à te soutirer une danse.

A.

Je repliai la lettre d'Andrew avec délicatesse. Elle rejoindrait bientôt toutes les autres, méticuleusement conservées dans une boîte. En souriant, je terminai mon café au lait, réfléchissant déjà à la lettre que je lui écrirais en retour. Après une douche rapide, j'enfilai un jean et un pull suffisamment épais pour affronter le froid new-yorkais.

Je flânais dans la ville et en profitai pour appeler Grace. Je laissais un message sur son répondeur, l'encourageant à me rappeler. Je rejoignis Lynne dans le restaurant italien que nous fréquentions avant qu'Andrew et Nathan ne viennent bousculer nos vies pour un déjeuner nostalgique et joyeux.

A mon retour au Peninsula, Andrew était dans notre salon avec Nathan.

— Je vois que ça bosse toujours autant, ironisai-je en jetant un regard oblique vers leurs verres de cognac.

— Je tente de le rendre ivre pour obtenir un accord plus intéressant, m'expliqua Nathan.

— Plus intéressant ? reprit Andrew. Je te laisse aux manettes d'un des magazines les plus rentables du pays !

Nathan m'embrassa et m'aida à me débarrasser de mon lourd manteau en laine. Je m'assis près de mon mari, qui prit ma main pour la porter à ses lèvres.

— Bonne journée ? demanda-t-il.

— Très bonne. J'ai déjeuné avec Lynne, c'était chouette. Elle devait visiter des appartements dans l'après-midi.

Nathan fronça les sourcils et s'assit sur l'accoudoir du fauteuil qui me faisait face.

— Je sais ce qui va rendre cet accord plus intéressant : que tu me dises quel appartement elle veut, pour que je passe pour un homme idéal.

— Je crois qu'elle sait depuis quelque temps que tu es un escroc, soupira Andrew.

Nathan lui lança un regard sombre, avant de m'adresser un sourire encourageant.

— Je pourrais me montrer reconnaissant, ajouta-t-il. Dis-moi ce qui lui plaît !

— Après toutes ces années de vie commune, tu ne le sais pas ? m'étonnai-je.

— Les femmes resteront à jamais un mystère pour moi, y compris mes filles. Je pense que j'ai fait quelque chose de mal dans une vie antérieure et que j'expie mes fautes. Heureusement que Lewis comprend mes blagues à table.

— Les hôtesses de l'air, marmonna Andrew, voilà ce que tu payes !

Je retins un rire, me souvenant des frasques de Nathan et de sa connaissance fine des aéroports du pays. Depuis quelques années, il avait considérablement réduit ses déplacements, mais, dès que l'occasion se présentait, Andrew se faisait un plaisir de lui rappeler sa réputation.

— Elle a repéré un appartement dans Manhattan, dans un vieil immeuble. Elle veut te faire faire la peinture.

Nathan manqua de s'étouffer avec son cognac et toussa pendant de longues secondes. Il me lança un regard sombre, plein de contrariété, puis, d'une voix étranglée, il reprit :

— J'ai accepté de t'aider quand Andrew ne voulait plus te voir, je t'ai fait entrer dans son manoir de force, j'ai été contraint de faire du footing avec toi sur la plage et maintenant, tu veux que je fasse des travaux avec Lynne, énuméra-t-il en comptant sur ses doigts. Tu me hais, c'est ça ? Ton plan secret est clairement de me tuer d'une manière ou d'une autre.

— Ce sont les travaux ou Lynne, le problème ?

— Lynne dans des travaux. Je l'aime. Je jure que je l'aime plus que ma vie, mais colle-lui un pinceau entre les mains et elle se transforme en Cruella.

J'éclatai de rire devant sa mine catastrophée, avant de le rassurer :

— Je plaisante. Elle a vu un superbe appartement avec vue sur Central Park. Fais en sorte de t'extasier sur la hauteur sous plafond et les moulures.

— D'accord. Merci. Autre chose ?

— Achète des fleurs, grogna Andrew.

Nathan se perdit dans sa réflexion et vida son verre d'un trait. Il arqua un sourcil dans ma direction, cherchant à comprendre le sens de la remarque d'Andrew. J'échangeai un regard avec Andrew qui tapota sur sa montre.

— Nous avons une soirée ce soir et tu avais promis à ta femme d'être avec elle pour 16 heures. Ce qui fait que tu as...

— 45 minutes de retard, finit Nathan en récupérant sa veste à la va-vite. Elle va me tuer !

Son regard fureta autour de lui et s'arrêta sur un bouquet de fleurs fraîches qui avait été déposé ce matin par l'hôtel. Il n'eut même pas à lever les yeux vers Andrew.

— N'y pense même pas, l'arrêta ce dernier en enroulant son bras autour de mes épaules.

J'éclatai de rire, tandis que Nathan s'échappait précipitamment dans le couloir pour rejoindre la suite dans laquelle attendait sa femme. Rien n'avait vraiment changé : Andrew prenait un plaisir fou à torturer son bras droit et ce dernier passait la majeure partie de son temps à se retrouver dans les pires situations. La plus marquante s'était déroulée le jour de la naissance de sa première fille : Nathan, rompu de fatigue après plusieurs déplacements, avait fini par s'endormir en salle d'attente. A deux minutes près, il loupait le premier cri de sa fille.

— Comment va Lynne ? demanda Andrew.

— Très bien. Je crois qu'elle est contente de revenir ici, elle est plus new-yorkaise que californienne. Elle souhaite créer une succursale de son agence.

— Très bonne nouvelle.

Andrew joua avec une mèche de cheveux échappée

de mon chignon improvisé. Ses yeux d'un vert lumineux me sondaient avec intensité, me faisant frémir. Je posai ma tête sur son épaule, puis d'un geste du pied retirai mes bottes.

— Merci pour la lettre. C'était très... nostalgique.

— Revenir ici me ramène toujours à toi et à nous. J'ai l'impression qu'hier encore tu m'appelais Monsieur Blake et tu t'entêtais à me résister.

— Je m'entête toujours. Je ne voudrais pas que tu t'ennuies ou que tu imagines que j'ai perdu toute résistance face à toi.

— Madame Blake, avec vous, je ne m'ennuie jamais.

Il se pencha vers moi et sa bouche effleura la mienne. Aussitôt, mon corps s'enflamma et mes mains se perdirent dans sa chevelure folle. Les doigts d'Andrew remontèrent le long de ma jambe et, sous ma jupe, agrippèrent ma fesse pour m'asseoir sur ses cuisses. Haletante, je me détachai de ses lèvres et, saisissant le bas de mon pull, je le retirai pour le jeter à travers la pièce. Andrew embrassa ma gorge, longeant la dentelle qui ornait mon débardeur fluide en soie blanche. Je tirai sur sa cravate, parvenant à l'arracher à son col et à déboutonner le haut de sa chemise. Je plongeai mes lèvres dans son cou, suçotant sa peau, espérant le soumettre au même désir brûlant que moi.

— Et si on allait prendre une douche, murmurai-je à son oreille. Je pourrais te retirer cette chemise et nous offrir un très beau début de soirée.

Je ponctuai ma requête de baisers le long de sa mâchoire. Andrew émit un grognement irrésistible. Abandonnant son cou, je posai mon front contre le sien et repris ma mission en cours : retirer sa chemise à mon époux alangui sur ce canapé luxueux. Ses doigts s'enfoncèrent dans mes cuisses, profitant de ma jupe remontée jusqu'à mes hanches.

— Je vais devoir décliner, marmonna-t-il en me saisissant les mains.

Je fronçai les sourcils de contrariété, avant de le voir

jeter un coup d'œil à sa montre. Dans un timing parfait, des coups résonnèrent à la porte. Un sourire satisfait se dessina sur les lèvres de mon homme.

— Tu attendais quelqu'un ? demandai-je en remontant les bretelles de mon débardeur.

— Oui. C'était sa seule possibilité.

Il passa son doigt sur la petite ride de vexation qui s'était formée entre mes deux yeux, avant de m'adresser un sourire compatissant.

— Ce n'est que partie remise, assura-t-il.

Frustrée, je me relevai et renfilai mon pull en bougonnant. J'ignorai le regard amusé d'Andrew, tandis qu'il ajustait sa chemise et se passait une main dans les cheveux. Cet homme m'agaçait : il parvenait en moins de dix secondes à avoir un visage neutre et l'air détendu, pendant que j'arborais un visage rouge d'excitation et que je me débattais avec les manches de mon pull-over.

— Nelson, merci d'avoir pu vous libérer.

En entendant le prénom de notre invité, je me figeai, incrédule. Sa mallette à la main, le vendeur Cartier tendit sa main vers Andrew, un grand sourire aux lèvres.

— C'est toujours un plaisir de venir vous rendre visite, monsieur Blake.

Il dirigea son attention vers moi, alors que je me débattais entre frustration et stupéfaction. Il me salua poliment d'un mouvement de la tête, avant de me saisir la main pour m'offrir un baisemain plein de révérence.

— Madame Blake, mes respects.

— Nelson. Je ne m'attendais pas à votre visite, avouai-je.

— Nelson, je vous en prie, installez-vous ! reprit Andrew.

S'asseyant délicatement sur le canapé, Nelson posa sa mallette sur la table basse et, après avoir composé le code secret, l'ouvrit. En silence et dans une solennité révérencieuse, il sortit une multitude de boîtes et d'écrins et les disposa devant nous.

— Aviez-vous une idée précise de ce que vous désiriez, monsieur ?

— Madame Blake va choisir. C'est pour offrir, précisa-t-il en me lançant un sourire amusé.

— Tu es décidément très nostalgique, répliquai-je.

Je me souvenais parfaitement de ma première séance d'essayage de bijoux avec Andrew. A l'époque, mon embarras avait été si palpable que j'avais pris la fuite dès que l'occasion s'était présentée. J'avais essayé des colliers et des bracelets, avant de porter mon choix sur une paire de boucles d'oreilles. Evidemment, Andrew avait été suffisamment machiavélique pour m'annoncer que le cadeau était pour sa mère, et non pour moi. Mon humiliation avait été cuisante.

— Je garde un excellent souvenir de cette soirée, reprit Andrew. Tu étais... docile.

— J'étais professionnelle. A l'époque, je travaillais pour cet hôtel et je n'avais pas envie de perdre mon emploi.

— Je m'en souviens parfaitement. Tu étais têtue, contrariante et superbe. C'était évident que j'allais tomber amoureux de toi.

Si jamais j'avais gardé un grain d'amertume de cette soirée, ils se seraient envolés dans l'instant. En quelques mots, Andrew venait d'effacer les restes de mauvais souvenirs. Mes yeux se portèrent sur les bijoux étincelants. Nelson attendait patiemment, enfilant dans un acte cérémoniel un gant en soie noire.

— Je pense que tu devrais retirer ce pull, proposa mon mari.

Sans attendre ma réponse, il le souleva et le fit passer par-dessus ma tête. Puis il se porta derrière moi. Effleurant ma peau du bout des doigts, il s'assura que les bretelles de mon débardeur étaient bien réglées. Il retira ensuite ma pince et ébouriffa mes cheveux avec tendresse. Je sentis son souffle chaud dans ma nuque, douloureux rappel des bribes de désir encore incandescentes qui erraient dans tout mon corps.

— Je crois que nous sommes prêts, qu'avez-vous à nous proposer ?

— Pour qui est-ce cette fois ? demandai-je, sans cacher le voile d'ironie dans ma voix.

— Pour toi.

Son chaud murmure vibra contre mon cou et je tentai de garder un visage neutre, alors que les mains d'Andrew s'égaraient sur mes hanches.

— Tu vois quelque chose qui te plaît ?

J'avalai péniblement ma salive. La frustration, le désir, l'incompréhension, la fatigue, tout se cumulait et me rendait fébrile. Presque vingt années et j'étais toujours aussi stupidement embarrassée et incapable d'articuler un son face à des bijoux aussi coûteux. Je m'éclaircis la gorge et approchai avec précaution de la table. D'une main tremblante, je désignai un collier en diamant.

— Excellent choix. C'est notre nouvelle collection : or gris et diamant.

— Je peux ? demanda Andrew.

Nelson acquiesça et Andrew s'empara du collier pour me le faire essayer. Délicatement, il repoussa mes cheveux et la chaîne délicate de diamants glissa sur ma peau. Derrière moi, je devinais Andrew, qui s'appliquait à fermer avec précaution le bijou. Un pendentif en diamant en forme d'orchidée se nichait dans ma poitrine. C'était si léger et si fin que la fleur semblait flotter dans les airs.

Andrew revint face à moi et me contempla. De l'index, il caressa l'orchidée.

— Plus de un carat sur toute la pièce, 77 diamants. C'est une pure merveille, un véritable bijou d'exception.

Au mot « exception », Andrew planta son regard dans le mien. Nous échangeâmes un sourire complice et mon estomac fit ce petit bond d'émotion que je connaissais par cœur. Je me pinçai les lèvres, contrôlant une nouvelle salve de désir brut. Je me triturai les doigts, envisageant de mettre Nelson à la porte pour reprendre là où ce dernier nous avait interrompus.

— Je crois que c'est un peu trop classique, dit finalement Andrew. Joli, mais classique.

— Je pensais que tes bonnes manières désuètes apprécieraient ce bijou, dis-je.

— Pour toi, ce modèle est un peu terne. Qu'avez-vous d'autres ? demanda Andrew.

Il me retira le collier. Nelson le fit déposer dans un plateau en argent, avant d'ouvrir un nouvel écrin.

Ebahie, je n'osais même pas toucher le bijou. Ce collier, rigide, était composé de six diamants en forme de poires, qui tombaient harmonieusement. Par rapport au premier, celui-ci était vraiment extravagant.

— Le seul pendentif comprend douze carats de diamants, taillés en poire. Nous pouvons aussi ajouter des rubis, vanta Nelson.

Lentement, Andrew prit le collier et passa ses bras au-dessus de moi pour l'attacher autour de mon cou. Les six diamants tombaient à la perfection à hauteur de ma poitrine, affleurant le sillon entre mes seins. Dans un silence religieux, j'entendis le petit « clic » du fermoir, puis Andrew se posta à nouveau devant moi.

Si le premier collier était superbe, celui-ci était indescriptible. Mes doigts caressèrent la multitude de petits diamants autour de mon cou, avant de jouer avec les pendants.

— Un bijou d'exception, murmura Andrew. Il est fait pour toi.

Je n'osais imaginer combien cette merveille coûtait. En épousant Andrew, j'avais dû me faire à l'idée que le luxe faisait partie de notre vie. Malgré les réticences de son avocat, mon mari avait refusé tout contrat de mariage. Officiellement, ce qui était à lui était à moi. Officieusement, je n'avais jamais eu l'audace de vivre aux crochets de mon mari. J'avais travaillé pendant des années et je continuai à m'habiller dans des boutiques de prêt-à-porter. Les boutiques de luxe me mettaient mal à l'aise et, hormis pour des soirées de gala comme celle de ce soir, je m'y refusais.

— On ajoute des boucles.

— Andrew, ce n'est pas la peine, ce bijou est tout à fait suffisant.

— Ce n'était pas une question, me lança-t-il.

Je tentai d'afficher un visage contrarié, en vain. Le regard vert émeraude d'Andrew m'envoûtait. Il savait qu'il avait ce type de pouvoir sur moi, il savait comment obtenir gain de cause, sans que je lui oppose une quelconque résistance.

— Nelson ? reprit-il sans me lâcher des yeux.

Il nous amena des pendants assortis qu'Andrew accrocha délicatement à mes oreilles. Je restai immobile, tandis que mon mari, reculant de quelques pas, admirait sa surprise à plusieurs milliers de dollars.

— Tu es sublime.

La plupart du temps, ma vie avec Andrew était tout à fait normale. Nous dînions en famille, nous discutions, nous sortions. Il avait Blake Medias, j'avais mon travail, nous partagions nos tracas mutuels. Quand nos enfants étaient encore petits, nous nous faisions un devoir de les amener à l'école. Et puis, brutalement, Andrew organisait l'un des coups d'éclat dont il avait le secret, me rappelant que malgré notre vie ordinaire, nous étions des privilégiés. Sous couvert d'un élan nostalgique, cet essayage extravagant de bijoux était un moyen pour Andrew de me rappeler qu'il était tout-puissant et qu'il pouvait toujours faire surgir l'improbable dans mon quotidien.

— Quelle chance ai-je de t'avoir ? lui susurrai-je à l'oreille.

— Une chance insolente.

Il passa derrière moi et ouvrit le fermoir du collier pour me le retirer avec précaution. J'enlevai les pendants de mes oreilles et les rendis à Nelson. Ce dernier s'appliqua à remettre les bijoux dans leurs écrins respectifs. Dans un silence religieux, il rangea les autres boîtes dans sa mallette, puis retira ses gants et nous salua d'une petite révérence.

— Très bonne soirée, monsieur Blake. Madame.

Andrew raccompagna Nelson à la porte, avant de revenir dans le salon.

— J'ai encore quelque chose pour toi, dit-il en me prenant la main. C'est par ici.

Sans attendre ma réponse, il m'entraîna vers notre chambre monumentale. En voyant une housse à vêtement sur le lit, je lui adressai un regard amusé.

— Une chance qu'on ne vienne pas toutes les semaines, sinon ces séjours finiraient par te coûter une fortune.

— Et tu en vaudrais, sans aucun doute, chaque dollar. Lors de notre première réception ici, j'étais venu t'apporter une robe.

— Je m'en souviens parfaitement. J'étais à moitié nue et tu as exigé que je m'habille !

— Avec toi, mes capacités de concentration sont assez limitées, admit-il.

Puis, tournant son attention vers le lit, il reprit :

— Elle doit être à ta taille, mais, au besoin, on peut la faire retoucher d'ici ce soir.

— Andrew, j'avais déjà prévu une robe.

— Certes. Mais celle-ci va avec les bijoux de Nelson.

— Tu n'avais aucune idée des bijoux que je...

A sa mine confiante et son sourire victorieux, je compris que j'avais, encore une fois, été dupée. Sous couvert de me laisser le choix, Andrew avait déjà repéré ce qu'il voulait me voir porter. Des années après notre première rencontre, il parvenait encore à me surprendre.

— J'essaye, alors ? capitulai-je.

— Sans vouloir te commander, j'aimerais, oui.

Je levai un sourcil à sa réplique et ouvris la housse. Faire une remarque sur le sujet allait entraîner un nouvel échange que je n'étais pas certaine de remporter.

Une robe Versace m'attendait, brodée de sequins, garnie de tulle et de dentelle fine, avec un décolleté suffisamment large pour que s'insère parfaitement le collier de diamants.

C'était tout à fait Andrew : extravagant, sublime et élégant. Même si cette robe sentait le luxe et la haute-couture, elle restait simple dans sa coupe et dans ses broderies dorées. La dentelle lui conférait une touche de légèreté et de raffinement. Je passai ma main sur le tissu, éblouie par cette création.

— Elle est... Andrew, elle est vraiment divine, cette robe !

— J'ai toujours pensé que c'était toi qui mettais en valeur le reste. La robe, notre vie, notre maison et même moi. Ce n'est pas la robe qui est divine, c'est toi.

Je retirai mes vêtements et, sans attendre, j'enfilai cette merveille. Je me tournai vers Andrew, l'encourageant silencieusement à fermer la rangée de boutons dans le dos.

— Elle te va parfaitement, murmura-t-il avant de déposer un baiser sur mon épaule dégagée.

— Même avec dix-huit ans de plus que la dernière fois ?

— Surtout avec ces dix-huit ans de plus. Laisse-moi te l'enlever, on va prendre une douche.

Cette soirée d'adieu se déroula sans encombre et permit la passation officielle de *Powerfull.* Plusieurs fois, je sentis des bouffés nostalgiques m'étrangler. Quitter le pays signifiait aussi ne plus voir Lynne ou Meghan pendant quelques mois. Nous avions pris pour habitude de nous rencontrer régulièrement, laissant les enfants grandir ensemble. Nous avions partagé nos vies, nos souvenirs, nos repas, nos chagrins. Tout. Notre amitié ne s'étiolerait pas, mais tout allait être différent désormais.

Quand tous les invités furent partis, nous bûmes un dernier verre ensemble, programmant déjà un prochain dîner à Londres. Le rire de Gregory et la maladresse de Nathan me firent presque oublier ma tristesse. Nous reparlâmes de tout ce que nous avions vécu, de la naissance de nos enfants, de nos barbecues en terrasse, du bouquet d'orties que Nathan avait finalement offert à Meghan, du Vesuvio privatisé, de la déclaration in extremis de Nathan pour Lynne, de Meghan que j'avais prise pour la femme d'Andrew.

Cet hôtel conservait tous nos souvenirs.

— Au Peninsula, proposa Andrew en levant son verre. Je remercie chaque jour le hasard de m'avoir fait venir ici, plutôt qu'au Four-Seasons.

— A nous, soufflai-je.

Cette nuit-là, nous eûmes du mal à quitter nos amis : nous savourions nos tout derniers instants à New York. Pourtant, quand mon mari me pressa la main, je compris qu'il était l'heure de partir. Nos valises avaient été bouclées par un employé de l'hôtel, ne laissant à disposition qu'un jean et un pull pour le voyage.

— Je vais commander notre voiture. Tu as quelques minutes pour te changer.

Ma main dans celle d'Andrew, je franchis la porte tambour du Peninsula avec un pincement au cœur. Ma vie avait changé dans cet hôtel. Devant moi, les cinq marches tapissées de moquette rouge étaient parfaitement dégagées. Seuls les deux monumentaux lions en pierre étaient recouverts de neige. Arrivée à la voiture, je pris une profonde inspiration et admirais, pour une dernière fois, des réverbères aux néons des enseignes en passant par les guirlandes d'ampoules, la ville de New York qui m'entourait.

— New York est vraiment une belle ville, chuchota Andrew à mon oreille.

Il m'offrit un ultime moment de solitude et de nostalgie, puis s'engouffra dans la voiture. Un employé déposa la robe houssée dans le coffre, puis tint la portière jusqu'à ce que je m'installe sur la banquette.

Quelques instants plus tard, j'adressai un dernier adieu à cet hôtel.

Après un long vol et près d'une heure de voiture, je retrouvais avec joie le calme et le silence de la Californie. Bien que nous ayons atterri à l'aube, Andrew était allé directement à son bureau, pour boucler les dossiers en cours. Sur la terrasse surplombant la plage, je sirotais mon café matinal. D'ici deux heures, des acheteurs viendraient visiter la maison, pendant que je finirais d'empaqueter les quelques affaires que nous avions prévues d'emporter à Londres. Un élan de nostalgie m'étreignit, songeant à tout ce que j'avais vécu ici : des premiers pas de Grace au dernier coup d'éclat de James, de la demande en mariage d'Andrew à cette conversation d'il y a quelques mois, concernant la passation de *Powerfull.*

— Maman ?

Chassant mon émotion, je me tournai vers ma fille. Elle passa une main sur son visage ensommeillé, avant de me rejoindre sur la terrasse. Machinalement, je caressai ses longs cheveux châtains, espérant qu'elle s'ouvre à moi. A son visage triste, je devinais qu'elle cachait quelque chose. Cela la tourmentait et je me sentais impuissante.

— Nous avons pris un avion plus tôt, expliquai-je.

— Papa est déjà au bureau ?

— Oui, il finit de ranger. Il sera là pour le déjeuner.

Grace m'adressa un regard incrédule. Andrew pouvait se laisser engloutir par le travail, oubliant de regarder l'heure et même de manger. Dernièrement, avec la passation de *Powerfull*, ses soirées au bureau s'éternisaient. Si j'acceptais ce rythme, c'est parce que je savais que c'était provisoire. Mais, pour Grace et pour James, c'était plus difficile.

— Tout va finir par rentrer dans l'ordre, assurai-je.

Grace secoua la tête, et, à l'instant où j'allais à nouveau caresser ses cheveux, elle recula d'un pas. Une profonde tristesse se peignit sur son visage, pendant que je poussai un soupir las. Pendant des années, je m'étais réjouie de connaître parfaitement ma fille, voire, parfois d'anticiper ses réactions. Cette fois, je n'y parvenais plus. Dans son corps tendu, la tristesse se disputait à la révolte. Son regard se porta sur l'océan et je décidais de changer de conversation.

— Tu es matinale.

— Cartons, marmonna-t-elle.

— As-tu pensé à ce que je t'ai proposé ? Faire une soirée ici avec tes amis avant notre départ ?

— Je ne vois pas ce qu'il y a à célébrer. J'aurais pu rester ici.

— Avec ton père, nous pensons que ça sera mieux pour toi. Tu as besoin de voir autre chose, de découvrir une autre culture.

Ses yeux flamboyèrent de colère et je devinai sa mâchoire crispée. Je savais que nous allions nous disputer. Depuis quelques semaines, ma fille était à fleur de peau et contenait mal ses émotions. Elle semblait toujours sur la brèche, prête à hurler son mal-être.

— Peut-être que c'est ça le problème : personne ne m'a demandé mon avis.

— Grace, tu es encore jeune. Tu ne peux pas rester seule ici.

— J'aurais pu rester avec grand-mère.

— Elle est fatiguée, et tu le sais. Ce n'était pas possible. Faire des études à Londres te permettra de t'enrichir. Je suis certaine que tu vas adorer cette ville et que tu pourras te refaire d'autres amis.

— Je ne veux pas d'autres amis, cria-t-elle. Ce que je veux, c'est rester ici !

Elle tenta de retenir ses larmes, en vain. D'un geste rapide de la main, elle les effaça, me toisant avec un regard déterminé et plein de défi. Le vent souffla dans sa chevelure, masquant pendant quelques secondes son visage.

— Grace, je sais que ce n'est pas agréable pour toi. Je sais que tu n'as pas envie de déménager. Mais ton père a saisi une opportunité et nous devons partir.

— Tu pourrais rester ici, plaida-t-elle. Tu pourrais attendre que l'année se termine et on rejoindrait papa ensuite.

— Tu penses vraiment qu'en juin tu voudras quitter cette maison ?

Nous avions tout planifié pour notre départ. Si la visite de ce matin se déroulait convenablement, je ne doutais pas que la maison serait vite vendue. Nous avions trouvé un appartement à Londres, les modalités du déménagement étaient bouclées. Cela étant, si ma fille considérait qu'attendre six mois lui permettait de partir sereine, j'étais prête à en discuter.

Cependant, ma fille restait muette, perdue dans ses pensées. Je l'interrogeai à nouveau :

— Grace ? Tu penses qu'en juin tu te sentiras prête à partir ?

— Je ne sais pas, avoua-t-elle. Ce n'est pas...

— Ce n'est pas la maison ?

Elle se pinça les lèvres — une de mes mauvaises habitudes qu'elle s'était appropriée — et secoua la tête. Je retins un sourire heureux : pour la première fois en plusieurs semaines, ma fille se laissait aller à une minuscule confidence. Je m'enfonçai dans cette brèche infime :

— C'est le lycée alors ? tentai-je.

— Plus ou moins.

Elle se rembrunit et je compris que le moment était passé, qu'elle venait de se refermer aussi vite qu'elle s'était ouverte à moi. Elle garda le silence pendant de longues minutes, les yeux rivés sur les vagues, frissonnant à chaque fois que le vent caressait nos visages.

— Je retourne dans ma chambre. Je... Je vais faire quelques cartons.

— Pas plus de dix, d'accord ?

Sur un hochement de tête, elle s'en fut. Des yeux, je suivis sa longue silhouette s'éloigner, cherchant une explication à son attitude. Ma fille avait toujours été enjouée et enthousiaste. Cet air triste ne lui allait pas et, malgré mes efforts, elle demeurait indéchiffrable. Contrariée et inquiète, je terminais mon café et imitais ma fille : j'avais moi aussi des cartons à faire.

Après deux heures de tri, mon dressing était quasiment vide et mes vêtements soigneusement rangés dans des cartons adaptés. James était parti chez un ami pour la journée, ravi de m'apprendre que ses cartons étaient terminés. Connaissant mon fils, il avait dû tout entasser dans deux cartons, oubliant l'essentiel. Grace me surprit en venant me voir, alors que je défaisais ma valise de New York. Plus jeune, ma fille adorait jouer dans ma chambre : je l'y retrouvais régulièrement chaussée de mes bottes à talons, habillée d'une jupe qui, remontée jusqu'à la poitrine, faisait office de robe et, très souvent, les lèvres couvertes de rouge. En grandissant, elle avait cessé d'investir mon dressing. Je devais admettre que si j'aimais la voir grandir et s'épanouir, cette période insouciante me manquait terriblement.

— Nouvelle robe ? demanda-t-elle.

— Cadeau de ton père pour la dernière soirée.

Les yeux de Grace s'écarquillèrent, pendant que je sortais la robe de sa housse. Les sequins brillèrent à la lumière du jour, tandis que j'étalais délicatement ma tenue sur le lit. Grace approcha et, du bout des doigts, effleura la robe, admirant les détails du tulle et des broderies dorées.

— Ton père ne fait jamais les choses à moitié.

— Les parents de Diana sont en plein divorce. C'est un peu bizarre : je suis la seule dans mon groupe d'amis à avoir des parents mariés.

— Je crains que cette bizarrerie perdure un moment.

— Où sont les bijoux ? demanda-t-elle en furetant dans ma valise.

— Nous avons préféré les laisser sur place. Cartier les apportera pour nous à Londres. Comment sais-tu ça ?

— La presse. Il y a des photos de vous deux, expliqua-t-elle en haussant les épaules.

Son attention se reporta sur la robe, passant sa main sur le tulle qui composait tout l'ourlet. Grace était perdue dans ses pensées, observant le tissu sans vraiment le regarder. A nouveau, je sentis qu'elle était tourmentée, hésitant à me confier ses secrets. Je m'assis près d'elle, espérant que notre proximité instaurerait un climat propice à une confession. La confronter n'avait rien donné, j'envisageai donc une tactique inverse : l'amadouer.

— Tu veux l'essayer ?

— Quoi ? La robe ?

— Oui. Tu es aussi grande que moi maintenant. Pas que ça me réjouisse, mais il va falloir me faire une raison : tu n'es plus cet adorable bébé qui me réveillait trois fois par nuit.

Grace me gratifia de l'un de ces sourires hérités de son père, ce sourire qui aurait pu faire fondre n'importe qui, ce sourire heureux et enthousiaste qui vous réchauffait mieux qu'un chocolat chaud en plein hiver.

Sans attendre sa réponse, je me relevai et pris la robe pour la suspendre à la porte de la salle de bains attenante.

— Je sais qu'elle sera un peu grande, mais, si elle te plaît, on peut la mettre à ta taille.

— Maman, c'est une robe Versace. Ça ne se reprend pas.

— Eh bien, on fera comme quand j'étais gamine : on mettra des pinces à linge pour l'ajuster.

Grace s'était approchée de moi et regardait la robe comme si cette dernière était sur le point de la mordre. Dans son jean large et son sweat-shirt, ma fille semblait fragile, presque apeurée par ma proposition.

— Je te laisse. Appelle-moi quand tu as besoin d'aide pour la fermer.

— D'accord.

Je la laissai seule, tendant l'oreille au moindre bruit. Après notre dispute matinale, je voulais recoller les morceaux et retrouver la confiance de ma fille. Au bout de quelques minutes, je l'entendis.

— Maman ?

Elle n'attendit pas ma réponse et ouvrit la porte. Grace se planta devant le miroir en pied, resplendissante dans cette robe, certes trop grande sur elle, mais qui la transformait en adulte. Je l'admirai à distance, réalisant que ces dix-sept dernières années étaient allées bien trop vite. Son indépendance et son caractère affirmé en feraient bientôt une femme déterminée et redoutable.

— Tu me l'attaches ?

Elle souleva sa chevelure et, tirant un élastique de son poignet, la rassembla dans un chignon improvisé. Comme prévu la robe était un peu trop grande, je fermai néanmoins les crochets un à un, serrant les pans de la robe pour l'ajuster au maximum. Grace bougea sur elle-même, admirant son reflet dans le miroir.

— Les photos étaient belles, dit-elle finalement.

Son regard se promena sur les murs de notre chambre, s'arrêtant sur nos photos de famille. On y voyait James et Grace grandir, pendant qu'Andrew et moi veillions sur eux. Des Noëls, des anniversaires, des fêtes familiales, des vacances... Toute notre vie se découvrait là.

— Tu veux la garder ? demandai-je.

— Maman, elle est bien trop grande. Et puis, je n'aurais jamais l'occasion de la mettre !

— Je suis certaine que ces deux problèmes peuvent se résoudre. D'une part, on peut tenter de la faire ajuster et, d'autre part, on peut trouver une occasion : un bal de fin d'année... ou une soirée de ton père. Tu pourrais venir, tu venais plus jeune, avec Lewis.

— On passait la soirée planqués sous une table. Lewis s'amusait à défaire les lacets et à les renouer ensemble pour faire tomber les invités.

A travers le miroir, nous échangeâmes un sourire. Lewis avait le caractère facétieux de son père : il était bien le digne héritier de Nathan. Avec Grace, ils avaient grandi ensemble et participé à certaines soirées mondaines. Vers douze ans, ils avaient tous les deux décidé de ne plus nous accompagner, estimant que ces soirées étaient bien trop longues et trop pénibles pour eux.

— Je dois avoir une photo de vous deux, lors de votre première rentrée.

Grace hocha la tête, puis, se concentrant sur la robe, évita mon regard. Elle souleva le tulle pour mieux le faire retomber sur elle. Elle resta songeuse de longues minutes, avant de reprendre :

— On ne se parle plus trop avec Lewis.

— Ah bon ? Vous vous êtes disputés ?

Lewis ne se prenait jamais au sérieux, Grace appréciait les débats interminables. Leurs deux tempéraments agités et indépendants avaient dû avoir raison de leur complicité. Je devais aussi admettre que, depuis l'annonce du déménagement, Grace se montrait beaucoup plus vindicative et fermée à toute remarque.

— Pas vraiment. C'est juste que... Je crois que c'est lui qui s'éloigne. Nous avons toujours vécu ici et on va se retrouver à des milliers de kilomètres.

— Peut-être qu'il a de nouveaux centres d'intérêt ?

Grace leva un sourcil, dubitative. Lewis était promis à un avenir de sportif de haut niveau ; pratiquant le basket, il avait déjà été approché par plusieurs universités pour intégrer le championnat universitaire. Le sport était une grande partie de sa vie et lui prenait la majeure partie de son temps.

— Hormis le basket, ses mauvaises blagues et le fait qu'il adore me rendre chèvre, je ne vois pas quels centres d'intérêt il pourrait avoir.

— Il te rend chèvre ?

— En permanence. Il déteste la littérature, il a pourtant décidé de s'inscrire à un de mes cours, uniquement pour me contredire lors des discussions. Il dit que notre grande et longue amitié est forte, mais...

Elle secoua la tête et poussa un soupir las.

— Mais..., l'encourageai-je.

— Je crois que l'éloignement aura raison de tout ça.

— Tu lui en as parlé ?

— Parlé avec Lewis ? On ne peut pas parler sérieusement avec lui. Il... Il passe son temps à plaisanter, il évite le sujet. Il m'évite tout court, ajouta-t-elle en ravalant une pointe de dépit.

Elle abandonna le miroir et s'assit sur le lit. Je me rendis compte que j'avais peut-être minimisé la situation avec Lewis. J'étais habituée à leur amitié, ils avaient grandi ensemble, ils fréquentaient le même lycée et le même groupe d'amis. Quelque part, j'étais rassurée que Lewis et Grace soient si proches, il la protégeait d'éventuelles fréquentations malveillantes. Je m'étais pourtant trompée sur un point : leur relation n'avait plus rien de fraternel. A la mine triste de ma fille, je compris qu'il y avait bien plus que de l'amitié.

— Si tu tiens vraiment à régler ce qui se passe, tu devrais insister pour lui parler.

— J'ai essayé plusieurs fois. Je veux qu'on reste amis malgré... malgré nos déménagements respectifs. C'est la première fois qu'on sera vraiment séparés.

A la tristesse succéda le désarroi. Au moment où elle allait laisser derrière elle le premier garçon dont elle était apparemment amoureuse, ma fille découvrait les affres des relations avec les hommes. Je lui pris la main et parvins à soutenir son regard.

— Il faut que tu réfléchisses à ce que tu ressens pour lui. J'ai toujours cru que Lewis et toi étiez comme frère et sœur.

Elle éclata de rire et secoua la tête.

— Non ? repris-je, un peu perdue.

— Non. Du moins, plus depuis mes treize ans et le jour où il m'a embrassée.

— Embrassée ?

— Embrassée. C'était ma première fois, c'était chouette que ce soit lui. Ça faisait moins peur.

Je restai muette devant les révélations de ma fille. Je revoyais encore Lewis, en couche-culotte en train de courir dans la maison, semant des kilos de sable un peu partout. Il était devenu, Lewis, premier baiser de ma fille, premier amoureux et premier chagrin. Devant ma mine stupéfaite, ma fille se voulut rassurante :

— Nous n'avons jamais été plus loin que ça.

— Juste un baiser ?

— Non. Plusieurs... Mais rien de plus. Tu vois ?

— Je vois. Mais, vous êtes... amis ?

— Sûrement. Et autre chose. Mais, c'est justement de ça dont il ne veut pas parler. Je pense que je devrais le laisser tranquille. Tu sais ce qu'on dit : que les filles sont mûres plus rapidement que les garçons...

— Et le laisser s'en tirer ? Je t'ai connue plus combative ! Il faut... Parfois, il faut savoir s'imposer, expliquai-je en songeant à la façon dont, quelques années plus tôt, j'avais déboulé dans le bureau d'Andrew.

— J'espérais qu'il fasse le premier pas, avoua-t-elle. Je ne suis pas vraiment certaine de... enfin... de ce qui se passe entre nous.

Elle réprima difficilement un rougissement pudique. Je comprenais ses réticences : dévoiler ses sentiments à un garçon, à son âge, demandait du courage, un peu d'expérience et une pointe de folie. Malgré sa détermination, Grace n'était pas le genre de jeunes filles à prendre des risques. James était nettement plus aventureux.

— Alors, si tu ne veux pas l'affronter, tu devrais peut-être... lui écrire.

Grace haussa un sourcil, stupéfaite.

— Tu veux dire... Lui envoyer un SMS ?

J'éclatai de rire, puis me relevai du lit. Evidemment, à 17 ans, avoir un téléphone portable dans son sac était plus courant qu'avoir un stylo. Je retournai dans mon dressing et récupérai la large boîte en carton beige qui contenait tous mes échanges avec Andrew. En l'ouvrant, je sentis une bouffée nostalgique m'étreindre. Je connaissais ces lettres par cœur, à la virgule près, je connaissais les confidences d'Andrew, ses secrets et ses doutes. C'était par ces lettres que j'étais tombée amoureuse de lui, que j'avais compris ses fêlures et appris à aimer l'homme sous le costume trois pièces.

— Je veux dire, lui écrire vraiment.

— Une lettre ?

Grace n'aurait pas eu l'air plus horrifiée, si je lui avais demandé d'entrer dans une cage aux lions. Je posai le carton de lettres près d'elle et l'ouvris.

— Quand j'ai rencontré ton père, je lui ai écrit. Beaucoup. Et nous continuons à nous écrire.

— Tout le temps ?

— Quand il est en déplacement. Il m'a écrit le jour de ta naissance, le jour de la naissance de ton frère, pour notre premier anniversaire de mariage. Tout est là.

Grace se pencha et admira les lettres dans la boîte. Andrew n'était pas très formel. Il écrivait aussi bien sur un bloc-notes que sur une feuille volante. A l'hôpital, pendant que je dormais, il m'avait écrit au dos d'une ordonnance.

— C'est comme ça que je suis tombée amoureuse de ton père. En le lisant. Et, crois-moi, sans ces lettres, tu ne serais pas là. Je ne voyais que son arrogance et... là-dedans, dis-je en désignant le carton, il y avait autre chose.

— Maman, c'était...

— Il y a des siècles, oui je sais. Mais puisque vous ne parvenez pas à discuter, il faut utiliser une autre méthode.

Grace n'était pas convaincue. Je le voyais à la façon dont elle fronçait les sourcils. A ses yeux, tout cela devait être une énormité. Néanmoins, en la voyant plonger la main dans le carton, je me rendis compte que mon idée faisait son chemin.

— Je peux ? demanda-t-elle en captant mon regard.

— Bien sûr. Prends le carton.

— Je vais d'abord retirer ta robe.

— *Ta* robe, corrigeai-je.

Elle m'adressa un sourire heureux et alla se changer. Quand elle réapparut, j'eus la sensation que son masque de tristesse et de contrariété s'était dissipé. Elle prit le carton, et, avant de quitter ma chambre, se tourna vers moi.

— Tu n'en parles pas à papa, hein ?

— Parce que ?

— Parce que sinon il va passer son temps à vérifier mes sorties et à être pénible.

— Il le fait déjà, lui fis-je remarquer.

— Il le fera encore plus. Et tu sais à quel point il peut être... difficile.

— Je sais. Aucun problème. Cela restera entre toi et moi.

Elle s'échappa vers sa chambre et, apaisée d'avoir pu discuter calmement avec ma fille, je retournai à mes cartons. Le reste de la journée se déroula sans encombre. Je déjeunais avec Grace dans un restaurant proche, et nous fûmes rejointes par Andrew.

Le lendemain matin, James nous gratifia d'une apparition, avant de filer pour une partie de basket avec Lewis. A la mention du nom de ce dernier, notre fille plongea le nez dans son orange pressée et c'est à peine si on l'entendit respirer. Elle attendit qu'Andrew parte en rendez-vous pour se confier.

— J'ai lu les lettres, dit-elle d'une voix douce.

— Je m'étais toujours dit que je te les ferai lire. Je suis contente d'avoir trouvé une parfaite occasion.

— Je comprends mieux ce qui vous lie, toi et papa. Du coup... j'ai écrit une lettre à Lewis. Tu crois que je devrais la poster ou...

— Est-ce que tu tiendras 48 heures, le temps que la lettre arrive ? la coupai-je. Tu pourrais peut-être la déposer dans sa boîte aux lettres ? Il va jouer au basket avec ton frère toute la journée, tu ne risques pas de te faire prendre !

— Tu crois ?

— J'en suis certaine. Tu as déjà fait le plus difficile en lui écrivant. Tu ne risques pas grand-chose.

— Bien sûr que si. Il peut scanner cette lettre et l'envoyer à tout le lycée ! s'écria-t-elle.

— Bien. Imaginons qu'il le fait et que ton père l'apprenne : ce pauvre garçon n'aura plus qu'à prendre la fuite jusqu'au Mexique, en attendant qu'une armée de tueurs à gage lui fasse un sort. Il ne le fera pas.

— A cause de papa ?

Je soupirai lourdement et passai mon bras autour des épaules de ma fille. Résoudre un problème de maths ne lui posait aucun problème, mais gérer les relations humaines la tétanisait.

— Parce qu'il est ton ami depuis plus de quinze ans et que tu connais ses secrets autant qu'il connaît les tiens. Lewis est le portrait de son père : il est maladroit, intelligent, dévoué. Et par-dessus tout, il est loyal. Il répondra à ta lettre.

— Je lui ai demandé de venir, en fait. Enfin, je lui ai demandé de m'inviter au cinéma ce soir, s'il était d'accord pour, euh, plus.

Elle ramena ses cheveux derrière ses oreilles, réfléchissant certainement à sa proposition. Elle fit rouler son mug entre ses mains et leva les yeux vers l'horloge de la cuisine.

— Je vais aller courir, tu veux venir ? proposai-je. On déposera la lettre sur le chemin ?

Grace acquiesça et, près d'une heure plus tard, nous remontions la plage en courant en direction de la maison de Lynne et Nathan. J'avais plusieurs fois tenté de rassurer ma fille, en vain. Devant la maison, elle hésita pendant de longues secondes, passant d'un pied sur l'autre devant la boîte aux lettres.

Les yeux clos et après une profonde inspiration, Grace glissa finalement sa lettre dans la boîte.

Ce n'est qu'une fois de retour sur la plage, avec notre maison en vue, qu'elle retrouva la parole :

— C'était comment ton premier rendez-vous avec papa ?

— Conflictuel et inattendu. Je te souhaite un meilleur premier rendez-vous, plaisantai-je.

— Et le deuxième ?

— Il a réservé tout un restaurant. Ton père est le spécialiste des coups d'éclat.

— C'est ce que j'ai compris dans les lettres.

Nous échangeâmes un sourire et nous finîmes notre course matinale.

Pendant la journée, Grace resta silencieuse, les yeux rivés sur son téléphone, attendant une réponse de Lewis.

Quand James rentra, elle se tordit les mains et, armée de la télécommande de la télévision, entreprit de zapper aussi vite que possible. Je m'installai en cuisine, préparant le dîner. Andrew arriva en fin d'après-midi, pendant que je remuais une sauce bolognaise. Il posa ses mains sur mes hanches et m'embrassa dans le cou avec tendresse.

Puis, remarquant sa fille assise sur le canapé, il me questionna :

— Tu as pu lui parler ?

— Oui. Je pense que ça va s'arranger, éludai-je.

— Encore un de vos secrets de filles ? ronchonna-t-il.

— Parfaitement. Elle va bien, ne t'inquiète pas. Je lui ai donné la robe de New York.

Je m'attaquai à la cravate de mon mari et défis les premiers boutons de sa chemise. C'était une forme de rituel entre nous. Après ça, il nous servait un verre et me racontait sa journée.

— La robe ? s'étonna-t-il. Mais enfin elle n'a que...

— 17 ans, Andrew. Elle a 17 ans. Ta fille n'est plus un bébé ! Tu l'aurais vue dans cette robe, elle était superbe. Et puis, je devais monnayer sa confiance.

— Tu as intérêt de tout me raconter. Et si ce secret a un lien, de près ou de loin, avec un garçon, je jure de lui acheter une ceinture de chasteté !

Je n'eus pas le temps de lui faire remarquer qu'il s'inquiétait nettement moins pour son fils. Des coups résonnaient à la porte. Andrew râla à nouveau, et se dirigea vers l'entrée.

— Lewis ? s'étonna-t-il.

J'entendis la porte de la chambre de ma fille claquer et je me tordis le cou vers le canapé déserté. Grace réapparut quelques secondes plus tard, habillée d'un jean ajusté et bataillant avec sa chevelure folle. Je lui adressai un coup d'œil encourageant.

— Andrew ? J'ai besoin de toi en cuisine ! lançai-je pour laisser le champ libre à ma fille.

— J'arrive !

— Maintenant ! criai-je.

Quand il fut là, je lui déposai une pile d'assiettes à ranger. A mon regard sombre, il comprit immédiatement que toute question était inutile. Je savais qu'il tendait l'oreille, mais je m'agitais suffisamment pour l'empêcher d'entendre.

— Tu peux aller dans la salle à manger pour nous ramener deux verres ?

— Je sais ce que tu fais, murmura-t-il avec son air grincheux.

— Verres. Dans le salon, ordonnai-je.

Il obtempéra et me laissa quelques secondes de répit. Je levai les yeux au ciel, exaspérée par son comportement buté. Quand il revint dans la cuisine, Grace réapparut, un grand sourire aux lèvres.

— Vous sortez ? demandai-je avec un air aussi neutre que possible.

— C'est un soir de semaine, intervint Andrew.

— Lewis m'a proposé d'aller au cinéma.

Notre échange de regards n'échappa pas à Andrew. Je retins difficilement un sourire, pendant qu'il fronçait ses sourcils d'incompréhension.

— C'est toujours un soir de semaine, répéta-t-il.

— Andrew, on déménage prochainement. Lewis et Grace sont amis depuis toujours, laisse-les aller au cinéma.

— 22 heures, répliqua-t-il.

— Sans problème ! répondit Grace en sautillant d'excitation.

— Tu veux de l'argent ? demanda mon mari.

— Lewis m'invite.

— Eh bien, au moins, il est mieux élevé que son père ! 22 heures, répéta-t-il, pendant que Grace prenait la fuite.

Je l'entendis rire aux éclats, puis la porte d'entrée claqua avec fracas. Quand je me retournai, Andrew avait disparu et s'était posté sur la terrasse, suivant du regard Grace et Lewis. Je le rejoignis, nos verres de vin à la main.

— Tu vas m'expliquer ? fit-il.

— Ta fille a écrit une lettre.

Andrew écarquilla les yeux et manqua de recracher sa gorgée de vin. J'éclatai de rire et passai une main dans son dos. Au même instant, Lewis et Grace marchaient, main dans la main sur le ponton. Je levai mon verre en direction de mon mari :

— A nous et à eux, dis-je.

— A nous et à eux. Tu sais quoi ? fit-il après avoir bu une nouvelle gorgée, Lewis a vraiment de la chance de l'avoir.

— Une chance insolente, oui.

Note de l'auteur

Au moment où je rédige ces lignes, je viens juste de finir une ultime relecture de Dear You. J'ai tant lu et travaillé ce texte qu'il me semble que j'en connais chaque dialogue et chaque virgule.

Et je sais que je ne suis pas la seule. À chaque salon, chaque signature, chaque rencontre avec vous, vous me parlez de votre attachement inconditionnel à cette histoire et aux personnages d'Andrew et de Kat. J'entends vos voix vibrer d'émotion, j'observe vos visages s'épanouir dans un sourire et je vois vos mains caresser les couvertures. Et, juste après, vous me remerciez, avec chaleur et les yeux pétillants.

La plupart du temps, je me contente d'une courbette de gratitude, d'un sourire effrayé et je tente une misérable blague pour chasser le frisson d'émotion qui me parcourt. Vous n'avez pas à me remercier. Jamais. C'est moi qui vous suis reconnaissante. Sans vous, sans votre attachement à ce roman, je ne vivrais pas cette expérience incomparable qu'est l'édition, je n'aurais pas la chance d'aller régulièrement à votre rencontre, je ne publierais pas de nouveau roman chaque année.

Dear You est une folle aventure, un texte-fleuve qui, selon les normes de l'édition et de la romance il y a quelques années, n'aurait jamais dû connaître de destin éditorial. « On publie, on tente. » Depuis, Dear You a connu plusieurs vies : du numérique au papier, en passant par le coffret et par le livre audio. Aujourd'hui encore, il emprunte un nouvel habit de lumière, avec cette intégrale.

Ce soir encore, en parlant à mon mari de la correction des épreuves de cette intégrale, je lui ai dit : « Je crois que la boucle est bouclée avec Dear You », comme s'il s'agissait de la fin d'un cycle. Mon mari a commencé par rire, avant de rétorquer : « Tu crois ? On te parlera toujours de Dear You. » Il a raison (oui, il arrive parfois qu'un homme ait raison !). Quelle que soit sa forme, on me parlera toujours de Dear You parce que ce roman appartient à vous tous, lecteurs et lectrices, parce que vous continuerez à ressentir cette émotion si intense en l'évoquant devant moi, parce que vous serrerez le livre contre vous en souriant de contentement.

Parfois. Souvent. Presque tous les jours, je me dis que tout cela est magique. C'est le seul argument que j'ai pour expliquer l'inexplicable. La magie : celle de vous parler, de vous voir, de vous écrire, celle de voir ses livres en magasin, offerts pour les anniversaires ou pour Noël.

Cette intégrale, c'est donc un cadeau pour vous tous, pour vous remercier d'être là depuis le début et encore aujourd'hui, pour vos sourires, pour votre présence, pour votre impatience, pour votre enthousiasme, pour vos demandes d'une suite (non, il n'y en aura pas !), pour vos trépignements (vraiment, je vous promets, aucune suite !), pour vos gémissements de frustration (désolée, pas de suite !). Merci donc. Encore. Et encore. Andrew ne serait pas « Andrewww » sans vous !

J'en profite pour remercier aussi HarperCollins France pour son soutien sans faille, son professionnalisme (à toutes les étapes de la vie du livre !), son attention et sa présence. Comme le dit l'adage : seul, on va vite ; ensemble, on va loin.

Mes remerciements renouvelés à ma team de relectrices, qui m'ont poussée à écrire et à me faire éditer.

Last, but not least, mes remerciements, ma gratitude et tout mon amour pour mon amoureux depuis... quelque temps. Sans toi, cette aventure n'aurait pas de sens. Pour ça, pour notre vie commune, et cependant exceptionnelle, depuis presque quinze ans, pour Matthias et Constance, nos deux épuisants enfants, pour ta présence et ton soutien, merci.

Mon exception, c'est toi.

Découvrez le nouveau roman

d'**Emily Blaine**

en juin

Composé et édité par HarperCollins France

Achevé d'imprimer en France par CPI
en avril 2019

Dépôt légal : mars 2019
N° d'impression : 2044214

Pour l'éditeur, le principe est d'utiliser des papiers composés de fibres naturelles, renouvelables, recyclables, et fabriquées à partir de bois issus de forêts qui adoptent un système d'aménagement durable. En outre, l'éditeur attend de ses fournisseurs de papier qu'ils s'inscrivent dans une démarche de certification environnementale reconnue.